摩诃婆罗多

简读史诗

MAHABHARATA

雍洛一 编译

陕西新华出版 陕西人民出版社

图书在版编目（CIP）数据

摩诃婆罗多 / 雍洛编译 . -- 西安 : 陕西人民出版社 , 2024.8

ISBN 978-7-224-15160-2

Ⅰ.①摩… Ⅱ.①雍… Ⅲ.①英雄史诗—印度—古代 Ⅳ.① I351.22

中国国家版本馆 CIP 数据核字（2023）第 220261 号

出 品 人：赵小峰
总 策 划：关　宁
出版统筹：韩　琳
策划编辑：晏　藜　王　凌
责任编辑：王　倩　凌伊君
装帧设计：哲　峰　杨亚强

摩诃婆罗多
MOHEPOLUODUO

编　　译	雍　洛
出版发行	陕西人民出版社
	（西安市北大街 147 号　邮编：710003）
印　　刷	陕西龙山海天艺术印务有限公司
开　　本	787 毫米 ×1092 毫米　1/16
印　　张	53.5
字　　数	782 千字
版　　次	2024 年 8 月第 1 版
印　　次	2024 年 10 月第 2 次印刷
书　　号	ISBN 978-7-224-15160-2
定　　价	128.00 元

如有印装质量问题，请与本社联系调换。电话：029-87205094

序言

此处有，别处有；此处无，别处无。

——《摩诃婆罗多·初篇》

在托尔斯泰巨著《战争与和平》英译本的译者序中，有这样一句话："如果世界能够自我书写，那么，它应该就像托尔斯泰笔下所呈现的那样。"而在印度，世界确实亲手执起了笔，谱写出了一曲乱世华章，那就是《摩诃婆罗多》。"摩诃"意为"伟大的"。"婆罗多"既是指婆罗多族，即著名君主婆罗多王的后裔；又指他们统治的疆域，即婆罗多之地。时至今日，印度人依然称呼自己的国家为婆罗多。[1]

《摩诃婆罗多》——伟大的婆罗多的故事，就是关于这片土地、这个民族的不朽诗篇。

人们称之为史诗，但它和紧紧围绕英雄事迹的西方语境下的史诗并不完全相同：囊括的内容更多，创作的视角更宏大，并不囿于三两个主要人物的事迹。这部洋洋十万颂的梵文巨著，不仅描述了俱卢族和般度族两方堂兄弟之间的战争，也夹杂了大量的传说故事、宗教法典和道德说教，古印度的风俗人情、民生百态等无所不包，堪称一部百科全书式的巨著，以至于作者骄傲地宣称：这书里有的东西，在所有地方都存在；而这书里没有的东西，在世间任何地方都找不到。

作者毗耶娑既是故事中的人物——一位神通广大无所不知的仙人、俱卢族和般度族的共同祖父，又是千千万万编撰者的统一称谓，梵语中的"毗耶娑"就是编撰者的意思。《摩诃婆罗多》从诞生起，就辗转于行吟诗人、婆罗门僧侣，乃至千家万

---

[1] 婆罗多 Bharat 为印度共和国的官方国名。

户之口。在宗教集会上,在乡村社戏中,在母亲讲给孩子听的床头故事里,"伟大的婆罗多族的故事"被一遍又一遍地重述、修改。新的传说加进来,旧的故事被重新定义……它不再为某一阶层某一集团所垄断,内容越来越驳杂,篇幅越来越庞大,这部历时数百年由印度人共同创作的作品,最终成为他们的心灵皈依,被尊称为圣典、"古印度的灵魂"。

"一个人旅行了全印度,看到了一切东西,可是除非他读了《罗摩衍那》和《摩诃婆罗多》,他不能了解印度的生活方式。"印度前总督拉贾戈帕拉查理(C.Rajagopalachari)如是说。此话不假。对印度人民来说,摩诃婆罗多不仅是文学著作,也是"历史",梵文为 Itihāsa,其词义和我们通常的理解有异,不是指对过去事实的记录,而是一系列包含着道德说教的故事。古代印度人会记载他们认为有意义的事件,但总是把这些事件和神话传说相结合加以再创造,以赋予某种意义。所以,他们所说的"历史"所记录的事件未必真实发生过,但却有一种提炼过的、"象征式的真实",和所有的历史典籍一样,具有鉴古知今的作用。印度人民更有意淡化其时代背景,使之成为适用于任何人类社会的普世经验与教训。

因此,《摩诃婆罗多》至少可以从以下三个层面来理解:

一、它是一部古典文学名著,印度最长的史诗,描绘了两千多年前南亚次大陆上发生的一次惨烈大战,塑造了上百个栩栩如生的人物。其文字的表现力与感染力是如此强大,千百年后的读者依然会对书中人物的悲哀与愤怒感同身受。而书中对古印度政治地理与风俗民情的描绘,亦使历史学家与民俗学家视之为宝库。

二、它是永恒的"历史"。它所记录的事件"过去曾经发生过,现在正在发生着,将来还会再发生"。诗人有意将俱卢大战视为不断重复的神魔之战中的一环,从而突破具体时空限制,具有长久的启迪意义。俱卢之野即正法之野,胜利被反复强调在正法所在的一方,黑天的每次下凡都是为了拯救衰微的正法……古印度人确认"法、利、欲和解脱"为人生四大目的。他们认为人生的最终目的是获得解脱,但并不反对人类追逐财富权势等现实利益。他们肯定人的欲望,但认为这种追求应该符合正法,人应该做欲望的主人而不是奴隶,否则就会陷入无休止的争斗中,造成像俱卢之战这样玉石俱焚的悲剧。

所谓正法，简单地说就是正确的生活方式和处世之道。人类应当如何生存，以何种方式与他人共享这个世界？这是所有伟大文明共同探索的话题。《摩诃婆罗多》中的正法观自然有明显的历史局限性，但千百年来，社会更迭，人类的共性依然未变，《摩诃婆罗多》中的告诫至今仍然有警世作用。

三、它是一部哲学经典。诗中应用了大量比喻和象征手法，将俱卢之战影射为人的自我之战。战场就是每个人的内心，敌人就是自己在生活中经历的种种困惑和疑虑。从这个意义上来说，整部史诗不啻一个大寓言，饱含着古印度有识之士对于社会以及人生的深刻理解与感悟。

综上所述，《摩诃婆罗多》中描述的这场婆罗多族之间的大战，既是传说中发生于远古时期的一次大战，又是历史上无数次真实战争的总结和影射；既是世俗意义上强权与正义之间的角力，又是精神层面上人类的征服自我之战。其宏大与精微，自古以来就吸引了无数读者。它被翻译成各种文字，改写出诸多版本。它突破了宗教的限制，佛教、耆那教都化用它的故事宣传自己的教义；也突破了地域的限制，从南印乡间到爪哇宫廷，书中的情节被一次又一次地刻绘在石壁上，描绘在画布中，表现在舞台上。到了现代社会，这部产生于远古时期的史诗魅力依旧，衍生出的文学影视作品不计其数，各种论文专著层出不穷，就连史前核战争之说都已经不是新闻。

众说纷纭的解读、浩繁的篇章、跨越千年的历史与文化鸿沟……常常让中国读者对这部巨著望而却步，想说爱你不容易。另外，《摩诃婆罗多》长达八百余年的成书过程以及古印度典籍特有的口头传承方式使得这部史诗在本土流传的版本就不计其数。即便有心阅读，又该从哪个版本下手？有鉴于此，本书将以公认最接近史诗原始内容的印度班达卡尔东方研究所完成的《摩诃婆罗多》精校版为主，结合其他版本中流传较为广泛的说法，去除其中由于口语讲述而造成的语言烦冗拖沓以及过时的说教，将《摩诃婆罗多》里的故事与国内外学者的相关点评结合起来，向中国读者介绍这部远古史诗。我们相信，伟大的作品自有跨越时空的魅力，再艰深的理论也可以用简单易懂的方式让人理解。

　　《摩诃婆罗多》是一座宝山，一份没有标准答案的习题集，古今中外的评论浩如烟海，我们无意也不可能一一穷尽，倘若能让您借由这本小书而对它产生兴趣，愿意亲自前往探索的话，于愿已足。下面，就让我们开始这段旅程吧！

折断的象牙 ——关于这本书

公元前 2000 年—公元前 1500 年左右,一支雅利安人来到了印度次大陆。这是一个崇拜声音的民族。他们相信,最初的知识源自古代仙人们听到的从世外传来的神秘之音。仙人们记录的吟诵里有对天神的赞美,有对大自然的好奇,有对生命与存在本相的沉思,还有各种各样的知识、仪轨和道德劝诫,统称为"吠陀"。吠陀是梵文"Veda"的音译,意为知识或智慧。因吠陀是仙人亲耳听到的神之教诲的原始记录,它被称为"天启经"(Sruti)。Sruti 词根为 Sru(意为"听"),Sruti 即"听所闻"。

吠陀是印度教的根本经典。它是如此神圣而不可置疑、不可更改,每一个音符、每一处重音都至关重要,仙人们拒绝用文字来记录它,而是用口耳相传的方式一代一代地传承。后来,发生了一场长达十四年的旱灾,庄稼干枯,大地龟裂,圣洁的娑罗室伐底河干涸。人们苦苦挣扎求生,遗忘了古老的吠陀。当雨水重新洒向大地的时候,一位名叫毗耶娑的人收集散落各地的吠陀篇章,编纂后分类为四部:《梨俱吠陀》《娑摩吠陀》《夜柔吠陀》和《阿闼婆吠陀》。这四部吠陀构成吠陀本集。直至今天,印度人在婚礼和晨祷上念诵的经文依然与几千年前的吠陀诗篇一模一样。印度人称他们的宗教为"永恒的法",称吠陀为"永恒的经典",一切似乎都是不变与永远。

毗耶娑是渔家女贞信(Satyavatī)的私生子,一出生便被母亲遗弃,依靠自己的努力成为一位渊博而多产的婆罗门仙人。他不仅编纂了四部吠陀,还是诸多往世书的作者。往世书(Purāṇa)又名"古事记",意为"古老的",包含一系列当时流传的神话传说以及宗教仪轨和说教。其中影响最大、流传最广的有十八部,称为"大往世书"。人们相信,这十八部大往世书的作者都是毗耶娑。这些著作属于"圣传经"(Smriti),与"天启经"相对应,表示圣贤所创作的经典。Smriti 词根为"Smri"(意为"记忆"），Smriti 即"记所闻"。

完成了这一系列著作之后，毗耶娑的子孙俱卢族与般度族之间发生了一场血腥残酷的大战，战争为期十八天，死伤惨重，大地为之一空。当最后的胜利者般度五子也离开尘世的时候，毗耶娑决心创作一部著作，讲述婆罗多族的历史，讲述人生的四大目的——法、利、欲和解脱，讲述吠陀的奥义和智慧。可是，他感到世上没有人能写作出这部著作了。他为此祈求于创造神梵天，梵天推荐代表智慧和好运的象头神迦尼萨（Gaṇeśa）做他的书记。

"我可以为你记录，但你必须毫不停顿地一直讲述。"象头神说。

"可以。但你要保证你能理解你写下的每一句话。"毗耶娑回答。

于是，毗耶娑开始口述，象头神做记录。这著作是如此深奥，以至于全知全能的象头神有时都不能不稍做停顿理解其中的深意。这著作又是那么长，象头神写断了手中的羽毛笔，索性折断一只象牙作笔才能完成。他们花了三年时间，日以继夜，终于写完了这部庞大繁杂的《摩诃婆罗多》。诗人骄傲地宣称：正如积水之中海为最上，四足之中牛为最上，《摩诃婆罗多》是一切典籍中最优秀的，甚至比四部吠陀更伟大更重要——它是"第五吠陀"。

据说没有人完整地看到过这部由毗耶娑口述、象头神记录的史诗。它的大部分内容只在天神中间流传，另一部分流传在祖宗中间，还有一部分流传在罗刹和药叉中间，只有十万颂流传在人间，是毗耶娑的一位弟子护民子（Vaiśampāyana）在镇群王的蛇祭上讲述给众人听的。

这当然只是传说。一般认为，《摩诃婆罗多》成书经历了三个阶段：

（1）八千八百颂的《胜利之歌》（Jaya）。文中多次以"胜利"一词指代史诗，《胜利之歌》可能就是史诗的原有名字。文中称向持国口述俱卢大战的全胜也知道这八千八百颂，合理推断这个原始版本是以描写十八天的战争为主。

（2）二万四千颂的《婆罗多本集》（Bhārata）。这是一个没有插话的版本。据说护民子在蛇祭上讲述的就是这个版本。

（3）十万颂的《摩诃婆罗多》（Mahābhārata）。加上篇章总目、插话、说教和后记《诃利世系》（Harivamsha）后，史诗的规模达到了十万颂。考古发现笈多时代的一块石碑（约445年）提到这部史诗有"十万本集"，史诗内容至此已基本定型。

《摩诃婆罗多》成书三阶段

篇名	篇幅	史诗记录[1]
《胜利之歌》（Java）	八千八百颂	我（厉声）和苏迦知道这八千八百颂，或许全胜也知道这八千八百颂。
《婆罗多本集》（Bhārata）	二万四千颂	他（毗耶娑）编了《婆罗多本集》，共有二万四千颂，没有插话，智者称作《婆罗多故事》。
《摩诃婆罗多》（Mahābhārata）	十万颂	以后仙人又作了一百五十颂的提要、序目章、篇目内容。他（毗耶娑）又编了另一部，颂数总计六百万，其中一半三百万，流传天国天神间。列祖列宗百五十万，罗刹药叉百四十万；余下这个十万颂，流传尘世凡人间。

按史诗所述，毗耶娑曾将这部史诗讲述给儿子苏迦和包括护民子在内的四位弟子。护民子按照毗耶娑的吩咐，在镇群王的蛇祭上当众讲述了婆罗多族的故事，其中有位歌人毛喜（Lomaharshana）和他的儿子厉声（Ugraśravaṇa）听到了这个故事。后来，厉声来到飘忽林，应众仙人请求，重述了摩诃婆罗多的故事。厉声的讲述既有护民子的叙述，也有毛喜和他自己的补充。除了婆罗多族的故事，他也在不停地回答仙人们的提问，大量与主线故事关系不大的插话、宗教学说、风俗地理知识就是这时加入的。现存的史诗文本即是厉声的叙述。

苏迦、护民子与其他几位毗耶娑的弟子无疑是宫廷歌人和民间行吟诗人的象征，《摩诃婆罗多》的故事就这样在各地流传开来。几千年过去，文本不免各异。现有的抄本大致分为北传本和南传本两大体系。南传本的细节更丰富，语意也更连贯。北传本的文本更为质朴，以加尔各答版（1839年整理出版）和孟买版（1863年整理出版）为代表。其中影响较大的孟买版称为通行本，因17世纪学者青项（Nīlakaṇṭha）曾为之作注，故又称青项版，主体部分共有十八章，约八万四千颂，加上后记《诃利世系》一万六千颂，共计十万颂。

---

[1] 译文采用中国社会科学出版社版《摩诃婆罗多》。

《摩诃婆罗多》流传图

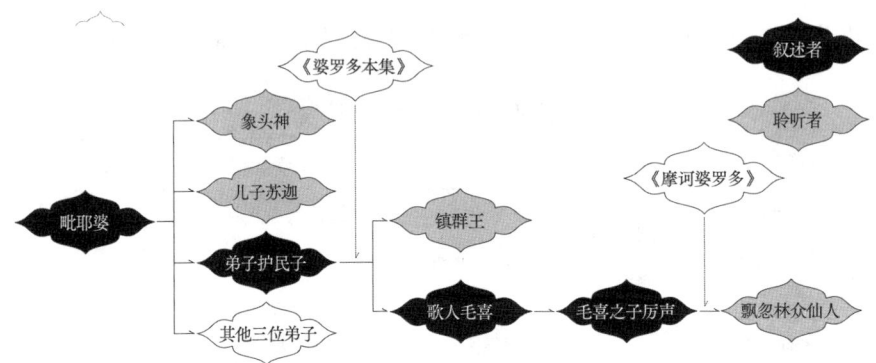

为了有一个公认的可靠的权威版本，印度于1919年开始着手编订精校本，首任主编为苏克坦卡尔（V.S.Sukthankar），于1966年完成，历时近半个世纪。编者一共收集了一千二百多种抄本，确定用于校勘的抄本七百多种，以通行本为基础，逐字逐句校勘，排除了错讹和伪增，得到了一个最为古老纯洁的版本。根据学者耶尔迪（M.R.Yardi）的研究，精校版全书共75595.5颂，有五种诗律风格，分别代表史诗文本的五个发展阶段：最初由护民子诵唱的《婆罗多》有21161.5颂，此后毛喜增加17284颂，厉声增加26728.5颂，《篇章总目篇》作者增加1368.5颂，《诃利世系》作者增加9053颂。尽管一些印度学者对精校版仍有批评，但这个版本已成为各国学者研究《摩诃婆罗多》的基础文本。中国社会科学出版社的《摩诃婆罗多》全译本即是根据精校版翻译的。

英译本方面，印度经济学家Bibek Debroy翻译完成精校版全文。著名梵文学者J.A.B.van Buitenen本打算将全文翻译精校，但此事因他去世而中断，只完成了俱卢大战之前的部分。纽约大学出版社则根据通行本出版了一系列梵英对照的《摩诃婆罗多》译本，颇受好评，目前还未完成全部翻译。此外，孟加拉国学者Kisari Mohan Ganguli以孟加拉语文本为主，参考通行版，完成了《摩诃婆罗多》全本英译。

本书关于史诗文本的内容即以精校版为主，参考以上其他译本来讲述婆罗多族的故事。

原史诗包括三部分内容：

（1）俱卢族与般度族兄弟相争直至引发十八天大战的前因后果，这是史诗的主线故事。本书内容亦以此为主。

（2）大量宗教和道德说教。毗湿摩在箭床上对坚战的说教《和平篇》和《教诫篇》因篇幅过长，本书将只简述一些重点内容。《薄伽梵歌》是印度教的著名经典，除了 J.A.B. van Buitenen、Winthrop Sargeant 等人的权威译本之外，本书亦有参考黄宝生、张保胜，印度先贤商羯罗、阿毗那婆笈多、室利·阿罗频多、圣雄甘地等人的讲解。为保持全书的整体风格，本书没有对《薄伽梵歌》原文进行翻译，而在文字表达和顺序上做了调整。

（3）许多插话，大多是有关天神、仙人、国王、名媛的传说和风俗地理掌故等。本书将选择部分插话，以知识点的形式，结合国内外学者的相关点评，附录在每一章节之后。一些流传较广或有助于理解主线故事的插话将单独介绍，以便中国读者对这部史诗能有一个整体印象。

如无特别标注，文中所有《摩诃婆罗多》的引用，NYU 指纽约大学出版社的通行版梵英对照版，KMG 指孟加拉国学者 Kisari Mohan Ganguli 的译本，另外，部分原文使用中国社会科学出版社版《摩诃婆罗多》译本。

毗耶娑所著《摩诃婆罗多》篇目提要

篇章目录	篇章名称	内容提要
第一部	《初篇》 Adi Parva	婆罗多族的故事，俱卢族与般度族交恶的经过，至般度五子建立天帝城为止。
第二部	《大会堂篇》 Sabha Parva	般度族赌骰失败被流放森林。
第三部	《森林篇》 Vana Parva	般度族流放森林十二年。
第四部	《毗罗吒篇》 Virata Parva	般度五子与黑公主隐姓埋名在摩差国度过最后一年。
第五部	《斡旋篇》 Udyoga Parva	黑天赴象城调解俱卢族和般度族的纷争。谈判破裂，战争一触即发。
第六部	《毗湿摩篇》 Bhishma Parva	大战开始。毗湿摩挂帅，为期十天。本章节有著名的《薄伽梵歌》。
第七部	《德罗纳篇》 Drona Parva	德罗纳挂帅，为期五天。
第八部	《迦尔纳篇》 Karna Parva	迦尔纳挂帅，为期两天。
第九部	《沙利耶篇》 Shalya Parva	大战第十八天沙利耶挂帅，俱卢军全军覆没，难敌被杀。
第十部	《夜袭篇》 Sauptika Parva	第十八天夜里马嘶趁般度军熟睡时偷袭军营，般度军全军覆没。
第十一部	《妇女篇》 Stri Parva	大战结束后俱卢之野上妇女的悲鸣。
第十二部	《和平篇》 Santi Parva	坚战在亲友们的劝说下登基为王，毗湿摩躺在箭床上向他讲解王者之道和解脱之道。
第十三部	《教诫篇》 Anusasana Parva	毗湿摩继续教导坚战，直至死期来到，毗湿摩升天。
第十四部	《马祭篇》 Aswamedha Parva	黑天救活激昂的遗腹子，阿周那征服四方，助坚战完成马祭。

续表

篇章目录	篇章名称	内容提要
第十五部	《林居篇》 Asramavasika Parva	持国夫妇与贡蒂退隐林居,数年后死于森林大火。
第十六部	《杵战篇》 Mausala Parva	雅度族人自相残杀,黑天归天。
第十七部	《远行篇》 Mahaprasthanika Parva	惊闻黑天辞世的噩耗,般度五子决定弃世。在攀登雪山的过程中,四个弟弟和黑公主先后死去,唯有坚战以肉身升入天国。
第十八部	《升天篇》 Svargarohanika Parva	坚战通过天神的试验,最终俱卢族和般度族的死者都成为天国的神祇。
后记	《诃利世系》 Harivamsha	大神黑天的早年生活。

如果说《摩诃婆罗多》这部著作是一棵大树,"序目篇"就是种子,"布罗曼篇"是分叉,"阿斯谛迦篇"是树根;"出生篇"是树干,"大会堂篇"和"森林篇"是栖息的枝条,"引火木篇"是盘结的树结,"毗罗吒篇"和"斡旋篇"是大树的髓。"毗湿摩篇"是主枝,"德罗纳篇"是树叶,"迦尔纳篇"是盛开的美丽花朵,"沙利耶篇"是花朵的甜美香味。"妇女篇"和"芦苇篇"是清凉的树荫,"和平篇"是累累硕果,"马祭篇"是它不朽的汁液,"林居篇"是它的生长之地。"杵战篇"则是吠陀的奥义,深受有德的婆罗门敬重。这棵名叫婆罗多的大树永不枯竭,如同雨云之于人类,也将是所有著名诗人谋生之源泉。

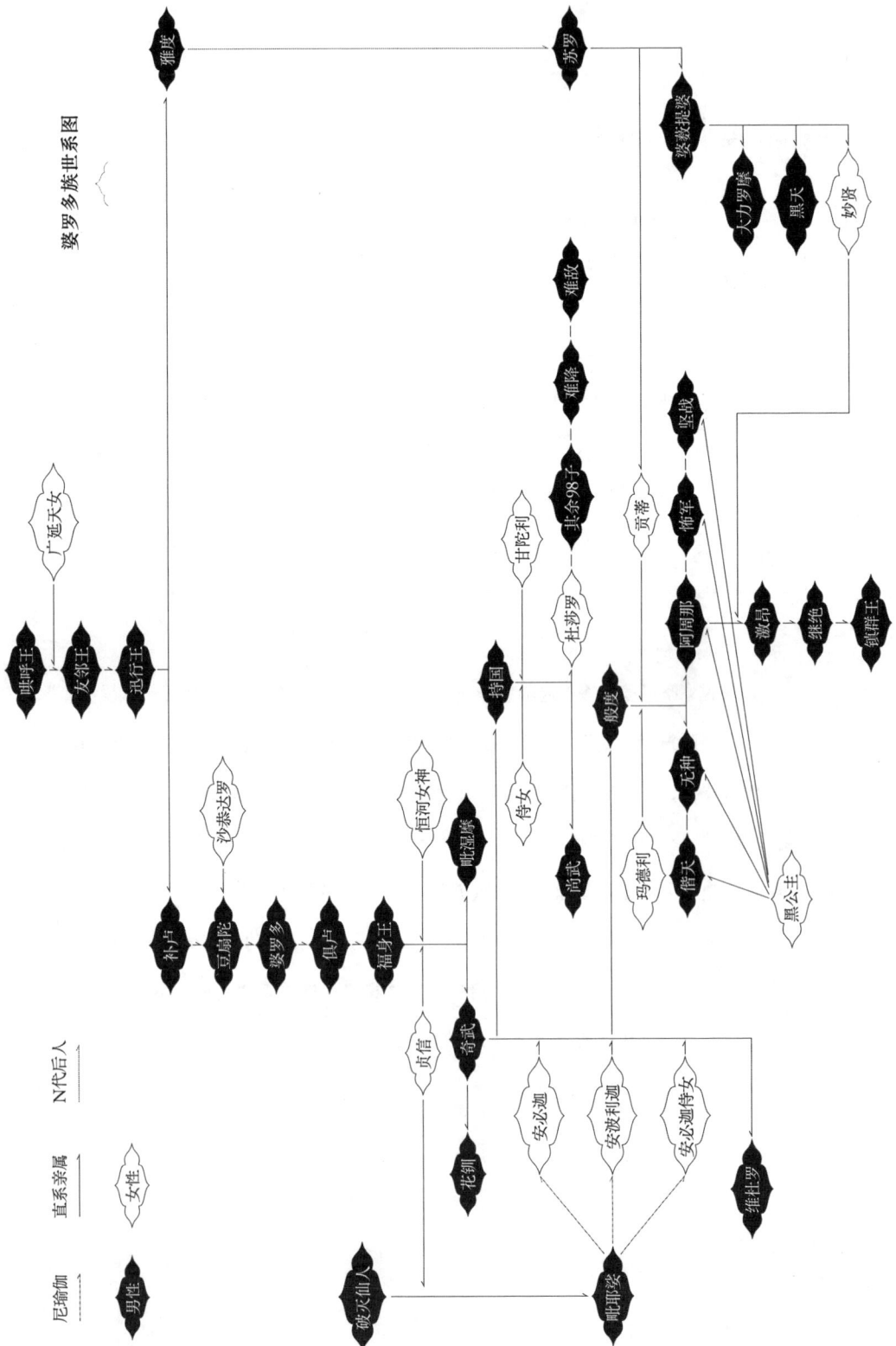

楔子　　　　　　　　　　蛇祭上的故事

"关于俱卢族（Kaurava）和般度族（Pāṇḍava）的一切，你老人家曾经亲眼见证。他们原本是一家人，是怎么分裂的呢？"多年以后，般度族的后人镇群王（Janamejaya）在一次盛大的祭祀上向老祖宗毗耶娑询问道，"那场毁灭性的俱卢大战，又是怎样发生的？"

这次祭祀是镇群王痛心于父亲继绝王（Parīkṣit）被蛇王多刹迦（Takṣaka）害死而举办的。愤怒的国王决心为父报仇，烧死大地上所有的蛇。蛇祭持续了许多昼夜，大大小小的蛇蟒被咒语诱唤，从四面八方涌来，坠入炽烈的祭火中，扭曲痉挛，发出阵阵哀鸣，宛如被时间之火焚烧的芸芸众生。继绝王如何丧生于蛇王的毒焰下，群蛇也同样葬身于祭火中。河面漂浮着蛇的骨髓和脂肪，空气中弥漫着蛇肉烧焦的味道。罪魁祸首蛇王多刹迦终于出现了。他被咒语控制，恐惧万分，神志昏迷，在天空中翻滚着，发出嘶嘶的尖叫声。

这时，一位名叫阿斯谛迦（Āstīka）的年轻人站出来阻止蛇祭。作为人类与蛇族公主的儿子，这位年轻人请镇群王保全他母亲的家族，让人类与蛇族共存于世。镇群王经过再三考虑，接受了他的请求，终止蛇祭，放弃报复，饶恕了杀害父亲的凶手蛇王多刹迦，让蛇族免于灭绝，仇恨不再延续。

而在蛇祭进行的间歇，仙人毗耶娑来到了会场。他是俱卢族和般度族的共同祖先，也是那场著名的俱卢大战见证人。应镇群王之请，他让弟子护民子讲述了"摩诃婆罗多"（Mahābhārata），一个关于亲族仇杀、王国分裂、最终惨胜若败的故事。耐人寻味的是，毗耶娑将这个故事命名为"胜利之歌（Jaya）"。

◉ 《摩诃婆罗多》中描述了多种祭祀（Yajña，有时也译作火祭）。祭司们吟唱着咒语或颂歌，将祭品投入祭火中奉献给神灵，祈祷愿望得以实现。祭品主要有酥油、牛奶、谷物和苏摩酒（Soma）等。由于祭司们可以通过祭祀展现本领、提高声望、获得馈赠，所以在他们的倡导下，古印度一度盛行祭祀之风。大规模的祭祀甚至长达数年，有数百名祭司参与。

◉ 印度神话中的仙人是指通过修苦行而获得超凡智慧和法力的智者、圣人或先知。人们尊重其智慧，畏惧其法力。继绝王就是因误会而冒犯了一位仙人，受仙人的儿子诅咒，说他会被毒蛇害死。

◉ 印度神话的形成大致可分为几个阶段：1. 吠陀时期。雅利安人进入印度并吸收了当地人的信仰和文化，产生古印度最重要的经典——吠陀。吠陀（Véda）为"知识"之意，包含四吠陀本集及其诠释类经典，如梵书（Brahmanas）、森林书（Āraṇyakas）和奥义书（Upanishads）等。这一阶段，古印度人以崇拜众多自然神为主，吠陀后期则确定了梵是包括众神在内的宇宙万物的唯一本源。2. 史诗时代，以两大史诗《罗摩衍那》和《摩诃婆罗多》为代表，印度人认为这两部史诗代表着他们的"历史"。3. 往世书时代。以十八部大往世书和众多小往世书为代表，是印度神话的成形期。印度人已从崇拜吠陀时期的众多神灵转为崇拜三大主神，即创造神梵天（Brahman）、保护神毗湿奴（Viṣṇu）和毁灭神湿婆（Śiva）。其中毗湿奴和湿婆又被各自的教派奉为至高神。

◉ 《胜利之歌》的"胜利（Jaya）"一词主要是指抽象意义上的胜利，这种胜利未必存在输家，它比实体战斗、竞技的"胜利（Vijaya）"一词意义更长久。

```
                                    印度教经典
         ┌─────────────────────────────┴─────────────────────────────┐
    天启经                                                          圣传经
  (Sruti) "听所闻"                                             (Smriti) "记所闻"
```

天启经（Sruti）"听所闻"

吠陀本集

- **梨俱吠陀（Ṛgveda）** 又名"赞诵明论"，记录颂神之诗
- **娑摩吠陀（Sāmaveda）** 又名"歌咏明论"，记录配乐颂诗
- **夜柔吠陀（Yajurveda）** 又名"祭祀明论"，记录祭祀仪轨
- **阿闼婆吠陀（Atharvaveda）** 又名"禳灾明论"，记录医药咒语

梵书（Brahmanas） 又名"净行书"，祭祀篇，包含四吠陀颂诗及祭祀仪轨释义，如《百道梵书》等。

森林书（Āraṇyakas） 即阿兰若书，冥思篇，是梵书附属部分，如《鹧鸪氏森林书》等。

奥义书（Upanishads） 又称吠檀多（Vedānta），即"吠陀的终极"，知识篇，以哲学思辨为主题，如《广林奥义书》等。

圣传经（Smriti）"记所闻"

副吠陀（Upaveda） 讲述世俗事务方面的知识，如讲述有关武器与战争知识的《射方吠陀》等。

吠陀六支（Vedanga） 即语音学、音韵学、语法学、语源学、天文学、仪轨学

六派经典（Shatdarsana） 印度正统哲学六派即正理派、胜论派、数论派、瑜伽派、弥曼差派、吠檀多派的经典文献

法经法论（Dharmaśāstra） 如《摩奴法典》等

历史（Itihāsa） 即《罗摩衍那》与《摩诃婆罗多》

往世书（Purāṇas） 含十八部大往世书与若干小往世书，多以毗湿奴、湿婆和大女神为主神

各宗教教派经典

楔子 蛇祭上的故事

目录

第一部 缘起

第一章
第八个婴孩
003

第二章
誓言的代价
008

第三章
盲目的孩子、苍白的孩子、睿智的孩子
014

第四章
五子与百子
018

第二部 裂国

第一章
亲人还是仇人
027

第二章
老师的最爱
033

第三章
般遮罗之战
038

第四章
紫胶宫之火
046

第五章
降伏罗刹
052

第六章
由祭火而生的公主
058

第七章
比箭夺婚
066

第八章
一半国土
073

第三部
不可避免之战

第一章
联姻多门城
081

第二章
幻象之宫
087

第三章
天帝城崛起
095

第四章
危机四伏的王祭
104

第五章
命运的赌局
110

第六章
最后的赌注
116

第七章
德罗波蒂的问题
123

第八章
不可避免之战
131

第四部
流放

第一章
再入森林
141

第二章
行善的好处
150

第三章
法宝与天宫
157

第四章
真理与王国
165

第五章
香醉山之旅
172

第六章
蛇一样的祖先
181

第七章
再遇宿敌
190

第八章
双林湖之战
197

第九章
信度国的不速之客
205

第十章
阎摩的考验
212

第十一章
隐姓埋名
220

第十二章
空竹之死
228

第十三章
大战三穴国
235

第十四章
他的名字
240

第十五章
毗罗吒之战
247

第十六章
婚礼
254

第五部
战争与和平

第一章
一个人，一支大军
263

第二章
五个村庄
269

第三章
盲王不寐，王储欲战
275

第四章
黑天出使
282

第五章
最后的努力
289

第六章
母亲的教诲
296

第七章
抉择
303

第八章
毗湿摩挂帅
310

第六部
俱卢之野

第一章
战争规则
319

第二章
薄伽梵歌（上）
327

第三章
薄伽梵歌（下）
337

第四章
敌将的祝福
347

第五章
大破揭陵迦
354

第六章
黑天的愤怒
359

第七章
复仇开始
366

第八章
束发的挑战
372

第九章
生死之交
377

第十章
僵局
383

第十一章
血战
389

第十二章
毗湿摩的决心
396

第十三章
破局
403

第十四章
时代之末
410

第十五章
箭床
417

第七部
陨落的群星

第一章
德罗纳挂帅
425

第二章
福授王之死
432

第三章
车轮战
439

第四章
阿周那的誓言
447

第五章
饮马疆场
454

第六章
名师高徒
462

第七章
闯关
470

第八章
怖军与迦尔纳
477

第九章
追赶太阳
484

第十章
长日已尽战未尽
491

第十一章
暗夜之战
499

第十二章
瓶首之死
506

第十三章
落地的战车
512

第十四章
胜利的代价
519

第八部
血铸的誓言

第一章
迦尔纳挂帅
529

第二章
取胜神弓
535

第三章
武士与御者
542

第四章
三条战线
549

第五章
兄弟之间
555

第六章
饮血
562

第七章
泥潭深陷
570

第八章
迦尔纳之死
578

第九章
覆灭
585

第十章
最后一战
592

第十一章
誓言与规则
600

第九部
报复与浩劫

第一章 最后一位统帅 609

第二章 夜袭 616

第三章 盲王的悲伤 623

第四章 经过考验的婴儿 627

第五章 母亲的诅咒 633

第六章 贡蒂的秘密 640

第十部
胜利之歌

第一章 胜利好似失败 649

第二章 象城新主 657

第三章 王者之法 663

第四章 危机时的智慧 671

第五章 毗湿摩归天 678

第六章 继绝出世 685

第七章 马祭 692

第八章 离别之歌 699

第九章 归于祭火 706

第十章 迦利时代 711

第十一章 尘世与天国 719

插话篇

第一话
金翅鸟与蛇族
731

第二话
搅乳海
740

第三话
沙恭达罗
745

第四话
那罗与达摩衍蒂
753

第五话
罗摩传
775

第六话
莎维德丽
797

第七话
洪水传说
805

第八话
如意神牛
813

参考文献
819

梵汉对照表
826

第一部

缘起

那场造成人寰灭绝的大战是怎样发生的呢?

——《初篇》1.54.19

第一章 第八个婴孩

很久很久以前，月亮王朝（Candravaṃśa）年轻英武的国王豆扇陀（Duṣyanta）在打猎时遇到了一位美丽的少女沙恭达罗（Śakuntalā），彼此一见钟情，结为夫妻。他们的儿子就是著名的婆罗多王（Bharata），据说大地上从未有过像他那样伟大的国王。婆罗多王的战车所向无敌，征服了所有的王国，将疆域拓展至空前广大。他的名字化为当今印度的国名，他的子孙后代统称为婆罗多族（Bhārata），名王辈出，引人传颂至今。其中有一位俱卢王（Kuru），继承了以象城（Hāstinapura）为首都的美丽王国。俱卢王的后人被称为俱卢族。故事就从俱卢王的第七代孙福身王（Śāṃtanu）开始。

在世间最为神圣的河流恒河（Gaṅgā）岸边，福身王见到一位莲花花蕊一般娇媚的女子。她美丽无瑕，佩戴着美妙的珠宝，穿着轻柔的衣裙，袅袅婷婷，仪态万方。福身王顿时被这妩媚动人的女郎迷住了。而女郎看着国王，似乎也动了情。最终，福身王温柔开口，向她求爱："天仙一般的美人啊，不论你是神是魔，不论你家世如何，都请一定做我的妻子吧！"

"我可以做你妻子。"女郎微笑着回答，"可是，我做的事情，无论是好是坏，你都不许盘问，不许阻止，更不能对我口出恶言。否则我就会离开你。你答应吗？"

"好吧！"沉醉在爱情中的国王爽快答应，二人便开始一起生活。福身王一直记着承诺，从不过问这女子的事，一心对她倾注自己的爱，快乐无边。

他们的第一个儿子出生了，美丽得如同天神一样。福身王正沉浸在做父亲的喜悦中，女郎就把孩子抱走了。"这是为你好啊！"她说完这句话，便把孩子扔进波涛汹涌的恒河中。眼睁睁地看着刚出生的孩子就这样葬身水底，福身王又是惊讶又是愤怒，但他太爱妻子了，害怕失去她，只能隐忍不言。

就这样，接连七个儿子刚一出生就被这神秘而又残酷的女郎扔进了恒河的波涛中。到了第八个孩子，痛苦不堪的福身王终于忍不住了。他盼望自己有一个儿子，于是对她说道："不许你再杀害孩子了！你究竟是谁，为什么要害死儿子？住手吧，邪恶的女人啊！"

女郎这才向他道出原委。原来这位看似不可理喻的狠毒母亲，便是人神同敬的恒河女神。她曾遇到八位称为婆薮（Vasu）的天神灰头土脸，失去了神光，得知他们因为得罪仙人而遭到诅咒，必须投生到凡人女子的肚子里去人间走一遭才能恢复神威。八位婆薮神央求恒河女神下凡，成为他们八个在人间的母亲，女神同意了。她杀死每一个新生儿，就是为了让他们尽快脱离凡人世界，摆脱仙人的诅咒。现在福身王破坏了约定，恒河女神必须离开，而第八个婴儿将会长留人间，作为女神给福身王的赠礼。

恒河女神给这个孩子取名天誓（Devarata），让他接受了最优良的教育，把他培养得文武双全，然后将他送还给福身王。福身王喜出望外，立刻为他灌顶，把他立为王储。俱卢人都认为，天誓将成为象城的下一任国王，直至四年后，福身王遇到另一位让他神魂颠倒的女郎，再次品尝到爱情和亲情抵触的矛盾与痛苦……

这次让福身王一见倾心的少女，是体有异香、姿容曼妙的渔家女贞信。她父亲有着底层人物少见的精明与世故，提出了一个十分苛刻的嫁女要求：王位必须由贞信生的儿子继承。福身王不愿答应，却又对贞信恋恋不舍。他陷入两难，整日闷闷不乐。

孝顺的天誓察觉到了父王的忧伤，几经追问，旁敲侧击，终于得知原委。他一心想让父王开心，便自己前去寻找那位渔夫，愿意放弃本属于自己的王位，替父王再次提亲。可是，渔夫却说："请理解我作为一位父亲疼爱女儿的天性吧！你言而有信，自己是不做国王了，我们也信得过你。然而你日后还会有儿子，我们不得不担心你儿子啊！这婚姻成不了。"

天誓明白了渔夫的顾虑。为了成全父亲的好事，他再次牺牲自己的利益，发出了誓言："渔人之王啊，请你听清楚我这一番话。世间无论是已经出生的，还是尚未出生的，没有人敢说我这样的话。为了父亲，我宣布：我将放弃王位，终身不婚！尽管我不会有儿子，但我终会进入天上的不朽世界！"

听了天誓这番话，渔夫欣喜若狂，对他说道："我同意了！"漫天花雨飘落，洒落到天誓身上，空中响起众位天女和天神的惊呼："他是毗湿摩（Bhīṣma）！"毗湿摩，意思就是立下可怕誓言的人。

就这样，福身王与恒河女神的第八个孩子为了父亲的快乐，许下了可怕的誓言，得到了"毗湿摩"的称号。他将贞信奉为母亲，接回象城。福身王得知这一切，十分高兴，于是赐福毗湿摩，使他能够按照他自己的意愿死去。作为恒河之子、天神化身，毗湿摩心思纯正，生性高洁，甘愿为父亲自我牺牲。当他立下这个让天神也为之惊叹的严酷誓言时，并没有想到，这纯粹出自善意的行动会带来怎样的后果……

时光流转，世事变迁。这时已不是人人都热爱真理和正义的圆满期（Kṛtayuga），也不是人人都遵纪守法的三分期（Tretāyuga）。时间的轮盘已经行进到二分期（Dvāparayuga）末期，人心不古，美德衰败，大地上罪恶横行。许多阿修罗在与天神的战争中失败，降生到凡间，成为国王。他们迷信强权，横行霸道，欺凌他人。大地女神承受不住这样的压迫和摧残，向众天神哭诉。大神毗湿奴于是派天神各自化出分身降生为人，去阻止阿修罗们为祸人间，为大地解除重负。他自己也亲自投生到婆罗多族的一系雅度族（Yādava），无巧不成书，他也正好是父母的第八个孩子。

◉沙恭达罗与豆扇陀相爱、分离以及最终团聚的故事，被诗人迦梨婆娑写进诗剧《沙恭达罗》中，在印度家喻户晓。鲁迅称《沙恭达罗》为绝唱，季羡林将其翻译成中文。《摩诃婆罗多》中保留了这个故事较为原始的版本。

◉这部史诗成书的时代，印度人正处于从吠陀众神转向三大主神崇拜的过渡期。世界总是处在创造和毁灭的无穷轮回（Saṃsāra）中，先后依次经历圆满期、三分期、二分期和争斗期（Kaliyuga，也称为迦利时代）。每向后推移一个时期，世间的正法减少四分之一，罪恶相应增加。至争斗期结束，世事已败坏到无可补救，世界将归于毁灭，再造圆满期，重新开始。四时代组成一个循环，历经一千个时代循环之后，整个宇宙将彻底毁灭于火焰与洪水之中，称为一劫（Kālpa）。大神梵天在莲花中入睡。待他醒来，又开始新的一轮创造。《摩诃婆罗多》的故事就发生在二分期末期、争斗期即将开始的时候。

❀ 天神（Deva）与阿修罗（Asura）的战争是印度神话中永恒的主题。天神以天帝因陀罗（Indra）为首，他们居住在天上，以人间祭祀的供品为食，也就理所当然地对人类有所回馈。因此虽然他们也有七情六欲，会做错事打败仗，但通常都被归为善的一方。阿修罗住在地下或海中，生活奢侈，力量强大，不亚于天神。他们并非天性邪恶，但更易受欲望支配，崇尚力量，好勇斗狠，屡屡与天神作对，经常侵扰人类社会，总体形象更加负面。《摩诃婆罗多》中的俱卢之野大战也被视为神魔大战中的一环，从而突破时空的限制，具有永恒之战的意味。

❀ 一旦人间正法衰落，大神毗湿奴便以化身形式下凡救世。"化身（Avatāra）"一词有"下凡、下降"的意思，在毗湿奴神话中指无形无尽的宇宙精神以有限的形态展现于物质世界中，以完成某种神圣的使命。精神世界中的神灵与其人间化身同时存在，类似于采用"分身术"，一旦完成使命，即返回自身。美国大片《阿凡达》部分地借用了这一概念。在《摩诃婆罗多》中，毗湿奴的化身是雅度族王子黑天（Kṛṣṇa）。

❀ 恒河女神杀婴的故事反映出古印度一度盛行的出世思想，认为人活在世上就是受苦，死了反倒是解脱。毗湿摩的长寿被认为是一种诅咒和惩罚。这和同样杀婴的刚沙（Kamsa）被视为阿修罗化身形成了有趣的对比，表现出两种思想的对立。在出世说最深入人心的年代，因为印度人相信修炼苦行可以从生死轮回中脱出，所以有大批人出家修苦行，以致造成劳动力不足的情况。

❀ 祭祀在印度教中占据着极为重要的地位。"祭祀万能"是早期印度教（即婆罗门教）三大纲领之一，认为人的一切愿望都可以通过祭祀实现。印度教最为神圣的经典四吠陀以及诠释性的梵书也全以祭祀为中心，除了祭祀几乎没有别的内容，如《梨俱吠陀》是祭祀时的颂神之诗，《婆摩吠陀》是祭司在祭祀时吟唱的歌曲，梵书则阐述祭祀的理论和仪轨等等。因此，有学者称印度教是祭祀主义的宗教。

厉声向飘忽林中的仙人讲述《摩诃婆罗多》的故事。左下角的仙人们正在举行祭祀

第二章　　　　　　誓言的代价

　　快乐的日子总是不长久，福身王不久便归天了，给贞信留下了两位小王子，分别叫作花钏（Citrāngada）与奇武（Vicitravīrya）。花钏好勇斗狠，死于一场决斗中，这下奇武成了国王。毗湿摩毫不迟疑地履行承诺，拥立幼弟，尽心尽责。等到弟弟长成青年，他又开始为奇武的婚事操心。他得知迦尸国（Kāśi）国王的三个女儿美貌绝伦，正在举行选婿大典（Svayaṃvara），吸引了众多国王前去竞争。选婿大典是刹帝利（Kṣatriya）公主选择夫婿的传统方式，有时公主可以亲自挑选出自己的如意郎君，有时她需要嫁给满足父兄提出的条件并且完成挑战的优胜者。如果你有足够的勇气和武力战胜所有求婚者，还可以当众抢走公主。对于崇尚武力的刹帝利武士来说，这种抢婚行为是值得夸赞的业绩。

　　而这正是毗湿摩打算做的。他独自驱车前往迦尸国，闯入会场，以迅雷不及掩耳之势，将三位公主抢到自己的战车上，大声喝道："我已决定用武力抢走她们，不服气的就施展最大的本领来打败我吧！"

　　在场的国王顿时炸了锅。他们慌慌张张地脱下求婚的华服，换上铠甲，从四面八方冲上去围攻毗湿摩。他们射出的利箭密密麻麻，又快又狠，犹如乌云朝一座高山倾泻雨水。然而毗湿摩远比他们更为敏捷有力，他轻而易举地封住了这些利箭，战胜了全部对手，载着三位公主飞驰离开。

　　畏惧于恒河之子的盖世武艺，求婚者们只能绝望地撤退。但梭波国（Saubha）的沙鲁瓦王（Śalva）仍不肯放弃，从后面追击毗湿摩，一面追一面叫道："色鬼，你站住！"这位国王以为毗湿摩是为自己抢亲。毗湿摩感到十分难堪，他恼怒地掉转战车冲向沙鲁瓦王，两人展开了一场恶战。然而沙鲁瓦王不是毗湿摩的对手，被杀得狼狈不堪，大败而归。如果不是毗湿摩手下留情，他甚至连性命都无法保全。

毗湿摩抢得公主回到象城，便开始和贞信一起为奇武筹办婚事。这时，迦尸国的长公主安芭（Ambā）来找他，害羞地说："我心里早已选定沙鲁瓦王做丈夫，他也早已选中了我。在那次选婿大典上，他就是我要选的丈夫。沙鲁瓦王一定正在等着我，你怎么能将我这个另有所爱的女子安置在家中呢？"毗湿摩考虑之后，放走了安芭公主。安芭经过长途跋涉，到达了沙鲁瓦王的京城，本以为终于能够与恋人团圆，却不想遭到了沙鲁瓦王的拒绝。他难以忘却惨败于毗湿摩的羞辱，对安芭说道："你回去吧！你已经被毗湿摩抢走，我不想要你了！毗湿摩战胜了众位国王，强行带走你，而你也乐意被他带走。你已经属于别人，我不选你为妻了！你愿意去哪儿就去吧！"听到恋人如此绝情的话语，安芭强忍悲痛苦苦恳求，向沙鲁瓦王表明自己对他的爱和忠贞，但沙鲁瓦王仍不相信。

遭到爱人的抛弃，安芭公主哭泣着离开了。她绝望地想："世上还有比我更不幸的女子吗？失去了亲属，被恋人抛弃，走投无路，不能回象城，又被赶出了沙鲁瓦王的京城。"她懊悔自己没有从毗湿摩的马车上跳下，埋怨父亲为自己举行选婿大典，更愤恨毗湿摩的抢亲。思来想去，安芭认定毗湿摩就是自己不幸的开端，决心报复。可是天下没有哪一个刹帝利武士能战胜勇武绝伦的恒河之子。最后，她找到了曾经教授毗湿摩武艺的持斧罗摩（Paraśurāma），向他讲述了自己的遭遇，求他为自己主持公道，杀死毗湿摩。

持斧罗摩是位传奇式的人物，他虽然是婆罗门（Brāhmaṇa），行事却像一个刹帝利，但又与刹帝利为敌，武艺高强，被视为天下无敌。听说了这女子可怜的境遇，他虽不忍与弟子动武，但也不愿拒绝向他求助的安芭。于是他答应公主，先亲自领着她去找毗湿摩说理，如果毗湿摩不听师父的话，他才会动手。

见到毗湿摩之后，持斧罗摩厉声责备了旧日弟子，可毗湿摩并不打算收留安芭，他声称安芭已有意中人，因此绝不会将她嫁给自己的弟弟奇武。持斧罗摩一听此言，勃然大怒，要和毗湿摩开打。毗湿摩恳求无效，也动了怒："事已至此，无法挽回，你又何必白费力气来掺和呢？我已经抛弃了迦尸国公主，但凡懂得女子的缺陷和危害的人，都不会将心有所属的女人留在家中，因为那就好像豢养一条毒蛇。看在你过去是我老师的分上,我请你宽恕,但我即便受到天神威胁,也不会改变心意!你自认为能战胜世上所有的刹帝利,那是因为我还没有出生。你尽管动手吧,不要迟疑了,我会灭除你的傲气!"

就这样,在古老而神圣的俱卢之野(Kurukṣetra),曾经的师徒展开了一对一的决战。这是当世两位最强武士之间的对决,堪称惊天动地。持斧罗摩杀红了眼,毗湿摩也毫不退让。他们互朝对方放箭,羽毛箭矢如同一条条吐着信子的毒蛇,让他们周身绽开如花朵一般的殷红伤口。箭雨遮蔽了苍穹,如同倾泻的暴雨,在空中发出呼啸。标枪的枪尖燃烧着,如同划过天边的流星,光辉耀眼,照亮整个世界。他们从日出打到日落,激战不停,跌倒又爬起,昏迷又苏醒,只在夜里歇息。一个黎明接着另一个黎明,这难舍难分、不分上下的战斗持续了整整二十三天。最终,持斧罗摩盛怒之下祭出了足以摧毁世界的梵天法宝(Brahmāstra),而毗湿摩也同样祭出梵天法宝对抗。两件法宝在空中相遇,互相抵消,但它们释放的无尽威力却使得众生痛苦不堪,大地生灵涂炭。这时,众位天神、仙人和祖先们在空中现身,挡在战场中间,劝双方不要再继续战斗。持斧罗摩终于认输了。他叹了口气,不得不对安芭公主说:"我已竭尽全力,施展各种法宝(Astra),使出浑身解数,也无法战胜优秀的武士毗湿摩。请你去向毗湿摩求情吧,你没有别的出路了。"而倔强的安芭回答道:"尊者,诚如您所言,您的确尽了全力。但我绝不会去求毗湿摩!我要亲自杀死毗湿摩!"说罢,安芭带着满腔愤怒离开了。

战胜持斧罗摩,毗湿摩的声誉达到顶峰。他的勇猛善战已成为传奇,他遵循刹帝利法则,面对师父的挑战也绝不退缩,被视为武士精神的楷模。现在大地上已无人能帮助安芭了。但这美丽的女子仍不肯放弃,复仇的怒火支撑着她开始了卓绝的苦行。

安芭进入净修林,绝食饮风,年复一年,修炼严酷的苦行,变得消瘦憔悴。她甚至连水也不喝,以惊人的意志坚持苦修,一心只想杀死毗湿摩。所有的苦行者都劝她:"你何必这样?"安芭回答道:"只有在战场上杀死毗湿摩,我才能平静。我讨厌成为女性,决心变成男性。我要向毗湿摩复仇,谁也劝阻不了我。"终于，大神湿婆被她打动而显身，向她许诺："你在来生将变成男性，在战场上杀死毗湿摩。"获得了神的允诺，安芭公主一刻也不想再等。为了缩短等待的时间，她毫不犹豫地点燃柴堆，随着火焰燃烧，她胸中的怒火也在燃烧，口中高喊："为了杀死毗湿摩！"纵身跳入火中。

这就是迦尸国长公主安芭的故事。为了实现亲手杀死毗湿摩的誓言，她放弃生命，转生成为木柱王（Drupada）的女儿束发（Śikhaṇḍin），一直被当作男孩养大，后来机缘巧合变成了真正的男子。束发的存在，是所向无敌的战车武士毗湿摩唯一致命的弱点，最终会导致他倒在俱卢之野，倒在他曾经战胜师父、享誉天下的地方。

◈ "选婿大典（Svayamvara）"一词，由"自己（Svayam）"和"挑选（Vara）"组成，说明待嫁女子一定程度上有自由选择权。然而，由于选婿大典的内容通常涉及完成某种任务或举行某种竞赛，女方因为经常被男性参赛者视作"勇气的奖品（Vīryaśulka）"，从而失去其择定夫婿的权利和自由。

◈ 在精校版和通行版英译本中，是毗湿摩不愿让心有所属的安芭嫁给弟弟奇武而酿成悲剧。而在一些后起的地方改写本与现代重述中，往往描写为安芭坚持要求毗湿摩娶她，毗湿摩虽同情她但不肯破誓，使毗湿摩"立下可怕誓言者"这个称号更名副其实。

◈ 史诗成书的时期，印度社会实行种姓制度。第一种姓婆罗门负责文化，主要工作是主持祭祀、教书育人等，推崇博学、宽容、淡泊平静。第二种姓刹帝利为武士阶层，负责征战和保卫国家，崇尚武力。第三种姓吠舍（Vaiśya）为平民阶层，多为商人和牧民。第四种姓首陀罗（Śūdra）是低等种姓，主要担任仆役，为前三种姓服务。唯有前三种姓有资格学习吠陀，获得精神上的再生，因此前三种姓又被称为再生族（Dvija）。此外还有一些从事渔猎、屠宰等"不洁"职业的贱民。《摩诃婆罗多》中既存在推崇种姓制度的言论，也有实践中的一些宽松现象。

◈ 毗湿摩和持斧罗摩使用的梵天法宝是一种威力强大的天界武器，甚至可以摧毁整片大地。在《摩诃婆罗多》中，法宝（Astra）一般指通过咒语召唤的非凡武器。"赐予法宝"的行为并非指将法宝实物送给他人，而是指将释放、收回某一法宝的咒语或方法传授他人。因此，在"赐予法宝"之后，收受者拥有了法宝，出让者也仍然能够使用这件法宝。

◈ 印度神话中有几位永生不死的人物，持斧罗摩是其中之一，据传他是毗湿奴的第六位化身。他拥有许多神赐法宝，曾因为家族复仇而二十一次杀尽大地上的刹帝利武士。

一些说法认为毗湿奴只在他复仇时才附在他身上。

◉ 持斧罗摩屠杀刹帝利发生在圆满期结束，这个故事普遍被解释为宣扬婆罗门优越于刹帝利。而《摩诃婆罗多》中描写持斧罗摩与毗湿摩作战并落败，则是为了衬托刹帝利武士毗湿摩的武力和道德上的完美，并以刹帝利击败了婆罗门为结局。有指这体现出当时新兴的刹帝利阶层与婆罗门阶层的矛盾。

◉ 在吠陀前期，女性仍享有较多权利，择偶也比较自由。《摩诃婆罗多》中模糊地提到了当时的一些情况。但总体而言，《摩诃婆罗多》中的妇女地位十分低下，书中她们被侮辱、被出卖的故事屡见不鲜。有指从恒河女神向求婚者开条件，到安芭像货物一样被劫掠，正体现了妇女地位下降的过程。毗湿摩的行为在当时看来是正当的，史诗作者对此并没有任何质疑和否定，然而安芭"我讨厌成为女性，决心变成男性"的绝望与坚持，千载之后读来，仍然震撼人心。感谢史诗作者的洞察力和同情心，让我们在令人热血沸腾的帝王名将的英雄颂歌之后，仍然能听到上古时代一个不幸女子那遥远而绝望的呼声。

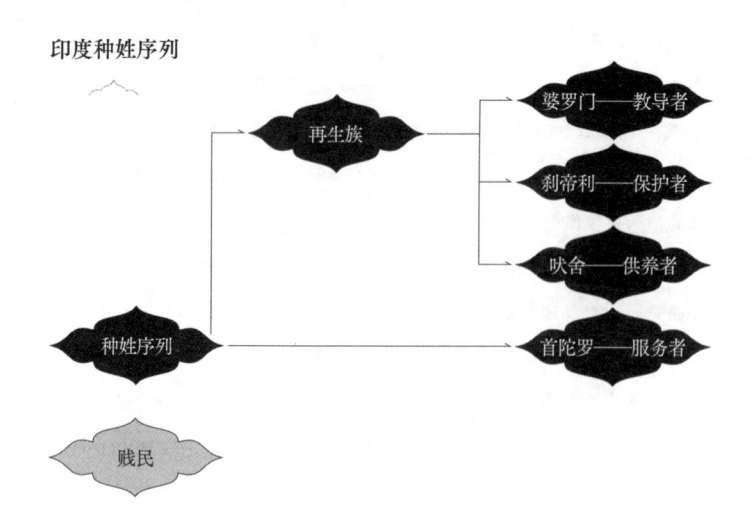

印度种姓序列

种姓序列
- 再生族
  - 婆罗门——教导者
  - 刹帝利——保护者
  - 吠舍——供养者
- 首陀罗——服务者
- 贱民

毗耶娑

贞信年轻时被一位仙人强迫欢好，生下毗耶娑便离开了。毗耶娑是毗湿奴神的化身，为传播智慧而降生人间。传说他落地即成人，发愿修苦行，成为举世同尊的大仙人。《往世书》中称毗耶娑曾因母亲舍弃他而感到无助和孤独，苦修求子。他得到的儿子苏迦精通吠陀，大智大慧，年纪轻轻便白日飞升。毗耶娑一路追着他呼叫他的名字，只能听到宇宙万物代苏迦传来的应答声。失子之痛令毗耶娑难以承受，一度试图自杀，湿婆现身，给他一个不知是慈悲还是残酷的恩惠，他将永远看到儿子的影子，不离他的身边。

第三章　盲目的孩子、苍白的孩子、睿智的孩子

迦尸国的另外两位公主安必迦（Ambikā）和安波利迦（Ambālikā）则不像姐姐一般经历这么多波折，她们如期嫁给了毗湿摩的异母弟弟奇武，成为象城的王后。奇武王沉醉在与妻子的情爱中，年纪轻轻就害肺病去世了，安必迦和安波利迦成了寡妇。由于奇武没有子嗣，贞信太后十分忧愁："俱卢世系要中断了！"她是如此绝望，甚至去求毗湿摩，让他打破誓言，灌顶登基为王，延续俱卢王族的血脉。但毗湿摩却回答说："母亲啊，你的意愿无疑是崇高的，但我的誓愿也是严格的。即使大地会舍弃芳香，太阳会舍弃光芒，水会舍弃滋味，火会舍弃炽热，我也绝不会违背誓言！"他建议母后重金约请一位品德高尚的婆罗门，让他与奇武王的两位妻子施行尼瑜伽（Niyoga），为家族延续后代。贞信太后同意了。她尚未出嫁时曾有一个私生子毗耶娑，他已经成为一位道行高深的仙人。贞信请他帮忙，毗耶娑便奉命与安必迦王后交合。

安必迦听贞信说借种一事时，她以为是由毗湿摩完成，见到毗耶娑之后，也许是仙人长期不修边幅的相貌吓到了她，她失望得始终不肯睁眼。次日，贞信问毗耶娑安必迦是否会生下一个出色的王子，知晓未来的仙人答道："她会生下一个力大无穷但天生目盲的孩子。"

听了仙人之言，贞信随即说道："一个盲人无法保护家族，不宜做俱卢族国王。你要给俱卢族第二个国王，以振兴祖先的宗族。"于是带着毗耶娑进入另一个儿媳安波利迦的卧房。安波利迦也被长着浓密胡子的黑皮肤仙人吓得面色苍白，魂不附体。毗耶娑见了便说："既然这样，那么你会生下一个肤色苍白的孩子。"

贞信并不满意，请毗耶娑再次与长媳交合，安必迦却胆战心惊，不肯执行王太后的命令。她将自己的一名首陀罗侍女打扮成王后模样，让侍女替自己完成任务。

侍女尽心尽责，服侍殷勤，和毗耶娑度过了愉快的一夜。毗耶娑告诉她："今后你将不再是奴隶了。你会生下一个正直智慧的孩子，大地上没有人能及得上他的学问和美德。"

毗耶娑的预言一一实现了。安必迦生下了一个强壮但天生目盲的孩子，名叫持国（Dhṛtarāṣṭra）。安波利迦生下了面色苍白的般度（Pāṇḍu），般度本意即"白色的"。安必迦的侍女也生下了一个儿子，取名维杜罗（Vidura），即"智者"之意。他们都被视为奇武王的合法儿子。持国因为双目失明，没有登基为王。般度继承了奇武王的王位，成为象城国王。

三个孩子长大之后，毗湿摩分别为他们安排亲事。他首先去了犍陀罗国（Gāndhāra）替持国提亲，犍陀罗公主甘陀利（Gāndhārī）[1]曾被湿婆神赐福，能够拥有一百个儿子。甘陀利的父亲听说新郎双眼看不见，心中犹豫，但想到俱卢王族的名声和品行，终于还是把女儿许给了象城。甘陀利公主听说此事后，出于对未来夫君的敬爱，用布条蒙住了自己的双眼，以示绝不比丈夫享受更多。她在哥哥沙恭尼（Śakuni）的陪伴下，来到象城，嫁给了持国。

般度参加了贡提婆阇（Kuntibhoja）国王的养女贡蒂（Kuntī）[2]的选婿大典，在大典上赢得了她的心。她将婚礼花环套在外貌俊朗的般度身上，与他举行了婚礼。之后，毗湿摩按照摩德罗国（Madra）的风俗，奉上重金作为彩礼，让般度迎娶了美丽的玛德利公主（Mādrī）作为第二位妻子。至于维杜罗，毗湿摩也为他选择了一位出身相称的女子，作为他的妻子。

婚后不久，般度开始履行自己身为象城国王的义务。他率领浩浩荡荡的战象战车出发，旌旗招展，征战四方，击败了一个又一个国王，称霸一时的摩揭陀国（Magadha）的国王也被般度诛杀。他倾泻的箭雨，烈焰腾腾。他投射的法宝，火光熊熊。与他交战的军队无一不被摧毁征服。最后，大地上所有的国王都被般度王击败了，他们不得不屈服称臣，为象城献上贡品，公认般度是独一无二的英雄。般

---

[1] 甘陀利（Gāndhārī）：意为"来自犍陀罗的女子"。

[2] 贡蒂（Kuntī）：意为"来自贡提国的女子"。

度满载着战利品凯旋,象城百姓一片欢腾。他们兴高采烈地议论着:"福身王和先祖婆罗多王有过的荣光威名,一度黯淡,如今又被般度王振兴了!那些曾经胆敢冒犯俱卢,抢夺咱们财富的王公,如今又来向咱们献礼了!"般度将财富分赠给众人,从毗湿摩、贞信到持国、维杜罗,以及各位亲朋好友,人人有份,个个满意。

建功立业的般度王休息之后,带领两位王后进入森林漫游,沉醉于游猎之中。有一天,般度王正在不乏凶猛野兽的林中行猎,看到了一头庞大的公鹿正与一头母鹿交配。般度王射中了这头鹿,却发现自己射中的其实是得道的仙人之子。仙人之子正幻化为鹿形,与母鹿交欢。他发出惨叫,苦恨地诅咒般度王:"国王啊,你射杀野鹿,我不怪你。但你至少应该等我俩完成交欢再放箭!这是多么残忍的行为啊!为此我一定要诅咒你——因为你对情侣如此残忍,所以你一动情欲,死亡就会夺走你的生命!你如何杀死了我,自己也会落得一样的下场。你与你钟情的女子交欢之时,就是你的死期,而她也会追随你而去!"诅咒完之后,仙人之子就痛苦地死去了。看着此情此景,般度王也悲哀不已。

自那以后,般度王和他的两位妻子陷入忧伤。般度王叹息着反省自己:"一个人即便生在充满美德的家族,如果被欲望蒙蔽,犯下恶行,那么他也会陷入痛苦,自食其果。我听说我的父亲英年早逝,就是因为他变成了欲望的奴隶。如今,我也犯下了恶行。从今天起,我要开始苦行赎罪,独自进入森林,不伤害任何生灵,远离一切亲仇,身穿树皮衣,以根、果为食,忍受寒风暑热、饥渴劳累。只要我身体还未倒下,我就会遵行林居期的严苛规则,极尽可能地严中求严。"说完,他看了看妻子贡蒂与玛德利,这样宣布:"请告知我们的亲人、师长和依靠我生活的臣僚百姓,我已决定退隐森林,修炼苦行。"听到丈夫这样说,贡蒂和玛德利一起回答道:"即便带上我俩,你也仍然可以以多种方式修炼苦行。我们也愿意放弃荣华富贵,与夫君你一起经受最严苛的考验。如果你抛下我们,我们只能离开这个世界了!"于是,他们三个脱下锦衣华服,摘下金冠宝珠,舍弃财富、欲望、舒适和尘世的欢愉,在众人的唏嘘号啕之中进入森林开始苦行。

般度的逊位与自我放逐,使象城王位再度虚悬。维杜罗虽然聪明而又正直,年纪轻轻就已经成为毗湿摩的左膀右臂,甚至被后世认为是正法之神的化身,但他母亲低微的身份使他永远与王位无缘。于是,天生目盲的持国接掌了象城王权,他将与他以布蒙眼的妻子甘陀利一起统治美丽富饶的象城。

◉ 古印度人极端重视子嗣,在丈夫无法生育或者没有留下子嗣就死亡的情况下,允许妻子和高种姓的人结合来帮助自己诞育子嗣,首选是丈夫的兄弟,其次是近亲,以使血缘尽可能地接近自己的宗族。这种做法称为尼瑜伽。施行尼瑜伽必须遵循严格的规则,以此诞育的子嗣被认为是丈夫与妻子的合法后代,在继承权上仅次于亲生儿子。

◉ 古印度人认为理想的人生应分为四个阶段,即四行期(Caturāśrama),分别是:拜师求学的梵行期(Brahmacarya);进行世俗生活,结婚生子,供养他人的家居期(Gṛhastha);归隐山林、俭朴度日的林居期(Vanaprastha);放弃物欲、弃绝尘世的遁世期(Saṃnyāsa)。四个阶段一般按照人的年龄增长依次进行,但也可以提前或稍微推迟。

◉ 古印度规定有八种婚姻形式:1. 父亲将盛装打扮的女儿嫁给一位受邀而来的博学之士,称为梵(Brahma)式婚姻;2. 父亲将盛装打扮的女儿送给主持仪式的祭司,称为诸神(Daiva)式婚姻;3. 父亲按照圣典接受新郎献上的礼物,一般是一头公牛一头母牛或一对母牛,然后将女儿嫁给他,称为圣仙(Ārṣa)式婚姻;4. 父亲以应有的礼仪嫁出女儿,宣布两人成为夫妻履行各自的职责,称为生主(Prājāpatya)式婚姻,如甘陀利嫁给持国;5. 新郎出于自愿,馈赠财物给予新娘亲戚和新娘本人,求得新娘,称为阿修罗(Āsura)式婚姻,如般度以重金娶玛德利公主;6. 青年男女互相吸引共许姻缘,称为乾闼婆(Gandharva)式婚姻,如豆扇陀与沙恭达罗;7. 新郎以武力从父亲家中夺取新娘,打败阻止者,称为罗刹(Rākṣasa)式婚姻,如毗湿摩为奇武劫夺迦尸国三位公主;8. 趁女子睡眠、醉酒或神志不清时强暴该女,之后娶她,这是最为可耻的婚姻形式,被《摩奴法典》视为罪责,称为毕舍遮(Paiśāca,一种吸人血的恶灵)式婚姻。

◉ 奇武王的三个儿子具有强烈的象征意义。古印度数论哲学认为万事万物由三性(Triguṇa)构成,即表示愚昧迟钝的暗属性(Tamas)、表示欲望冲动的忧属性(Rajas)和表示智慧喜乐的善属性(Sattva)。有指持国天生目盲,为黑暗所笼罩,为暗属性。般度多情多欲,最后因控制不住欲望和激情亡身,为忧属性。维杜罗大智大慧,正法之神化身,为善属性。但他出身微贱,永远只能作为臣属,忠言不被采纳。持国成为摄政王暗示着争斗期的黑暗时代即将来临,无明统治一切,智慧屈居下属。

第四章　　　　　五子与百子

般度放弃王位进入山林，和两位妻子一起，生活在喜马拉雅山南部的百峰山（Śataśṛṅga），与仙人为伴，以根果为食，过着与世隔绝的修行者生活。岁月流逝，他渴望登上天国，于是和妻子一起向众山之王喜马拉雅山进发。仙人们劝阻般度，认为路险难行，有些地方飞鸟走兽都难以逾越，更何况般度还有两位娇妻。但般度决心坚定，没有丝毫动摇。可是，作为无子之人，他终究难登天国之门。原来，当时人们相信，人降生于世，需要偿还四种债务（Ṛṇa）：用祭祀典礼报偿天上的神灵，用勤学和苦行报偿老师与仙人，用宽仁处事报偿世人，用子孙行使祭礼报偿祖先。如果没有子孙后代祭奠，祖先的亡灵会头朝下坠入地狱。般度心想："前三种债，我都已偿还，然而这最后一种，我尚未偿还。一旦我离开人世，不仅自己无法进入天国，祖先们也会因为我的失职而毁灭！"想到这里，他十分痛苦，于是询问智慧的苦行者们："我父亲的妻子与声名显赫的仙人生下了我们兄弟，我的妻子可否也像那样诞育子嗣？"

苦行者们给了他明确而肯定的答复，并告诉他："我们已经预见到，你必定会拥有如天神般光辉纯洁的儿子。这是命运的安排，但也需要你自己去努力争取。行动起来吧，果实已然在望。"

得到了法理上的肯定后，般度劝说妻子贡蒂，让她去和比自己还优秀的人一起行尼瑜伽，借种生下后代。贡蒂本有些顾虑，但看到丈夫反复劝说，明白他求子心切，为了满足丈夫的心愿，她便说出了自己的一段往事。贡蒂本是雅度族首领苏罗（Śūra）的头生女，被苏罗过继给好友贡提婆阇做养女。因她性情和顺，耐心细致，人人喜爱，所以贡提婆阇让她去侍奉一位以脾气火暴著称的敝衣仙人（Durvasa）。贡蒂安排周到，仙人心满意足，赐给贡蒂一段咒文。使用这段咒文，贡蒂可以召唤任何一位天神，得到天神的赐福恩典，生下一个儿子。如今看来，敝衣仙人未卜先知，这段咒文要派上用场了。

然而，贡蒂有一件事没有告诉般度，当时年少的她不知利害，出于好奇而贸然使用咒语召唤了太阳神苏利耶（Sūrya），应召而来的苏利耶近乎威胁地让她怀上了一个儿子。为了保全自己的名誉，她生下孩子后将孩子安置在箱子里，放入河中顺水漂流，从此两不相见。事后，她虽然一度派人寻找，但最终还是与孩子断了联系。孩子与生俱来的金甲和耳环，是她向苏利耶求来的恩典，也是他们日后相认的凭据。这件事是压在贡蒂心底最深处的秘密，她从未向任何人吐露。

听到贡蒂可以通过咒语召唤天神而生子，般度非常高兴："那就请召唤正法之神阎摩（Yama）吧！如果这样诞育后代不符合正法，那么正法神绝不会理睬我们。如果他如约而来，就说明我们的请求是正当的，世人不会非议。而且正法之神所赐的儿子，思想不会热衷非法。"

贡蒂举行仪式，念诵咒文，正法神阎摩果然现身了。他使贡蒂的请求成真，赐给她一个男孩。在吉祥的因陀罗日[1]、名为"胜利"的时辰，日正中天，男孩出世。天空中响起一个无形的声音："他是般度族的长子，当以坚战（Yudhiṣṭhira）为名。他将坚守正道，言语真实不虚。他将成为大地之主，德行出类拔萃，享誉三界。"

坚战出生后，般度再次向贡蒂请求："请召唤风神伐由（Vāyu）吧！我希望有一个力大无穷的儿子。"风神受邀而来，赐给贡蒂第二个儿子，取名"怖军（Bhīmasena）"。这孩子强壮得可怕，有一次贡蒂被猛虎惊吓，摔落了膝头的怖军。孩子跌落山间却安然无恙，反而是山中的石头被他坚如金刚石的小小身躯砸得粉碎。

怖军出生后，般度又想："这个世界建立在天命和人事之上，而天命可以通过人事争取。因陀罗是众神之王，他所赐予的儿子必定勇猛非凡，三界之中，无与伦比。"般度打定主意，不惜修炼苦行整整一年，终于使天帝因陀罗满意。于是，

---

[1] 印度阴历九月第二个半月的第八天，相当于中国阴历十月初八。

般度与贡蒂的第三子阿周那（Arjuna）出世了。天降花雨，诸神迎贺，祝福这孩子将会成为所向无敌的盖世英雄，预言他将与他的兄弟们一起，举行三次盛大的祭祀，征服所有的首领和国王。

在此之后，般度仍想求子，但这次贡蒂拒绝了。她不悦地援引当时的成例："即使身遭不幸需要借种求子，妻子和除丈夫之外的男子生子应以三个为上限，如果说借种生四个已属过分，那么生第五个就是娼妓了。你对此了然于心，实在不应该贪求过甚。"

话虽如此，她还是在般度的请求下，将召唤咒语告知般度的第二位妻子玛德利，使她也能够拥有自己的孩子。玛德利召唤了双马童神（Aśvinau），得到一对俊美的双胞胎儿子无种（Nakula）和偕天（Sahadeva）。般度的五个孩子就这样依次诞生了。

此时，象城中同样也孕育着新生命。就在贡蒂召唤正法神阎摩之时，持国的妻子甘陀利正好怀胎满了一年。但是她并没有如期生产，甚至两年过去了，仍不见孩子出生。她正深为其苦，又传来了贡蒂已经生子的消息，失望和忧愁让她失去理智。为了让这异常漫长的孕期尽快结束，甘陀利瞒着持国，狠狠地捶打自己的肚子，却产下了一个硬如铁球的鲜红肉团。她正想把这个怀了两年的东西扔掉，毗耶娑仙人及时赶到，拦住了她。

"你这是想做什么呀？"仙人问道。

甘陀利没有费心去掩藏自己的情绪，如实答道："听说贡蒂的长子已经出生，像太阳一样光芒四射，我极为痛苦，就捶打肚子。如果预言属实，这个肉团本应该是一百个儿子！"

仙人说："预言当然属实！你赶快准备许多个盛满清奶油的罐子，给这个肉团洒上一些冷水。"肉团淋着水，分裂成了一百零一块，每块都有拇指大小。毗耶娑把分裂出的胎儿分别放在罐子里，命人把罐子妥善保管。这样又过了整整两年，在般度次子怖军诞生的同一天，持国的大儿子终于破罐而出，得名"难敌（Duryodhana）"。

持国和甘陀利都明白，般度的长子坚战是俱卢族下一代中的长子，按照宗法常规，应是坚战继承王国。于是，难敌出生后，持国马上请教智者和长老："坚战是王子中最早出生的，是延续我们家族命脉的人，我们不反对他日后获得王国。但是，我这儿子是在他之后出生的，我的儿子能否也获得王国呢？"持国的话音刚落，象城凶兆四起，秃鹰和豺狼在四方发出凄厉的嚎叫声。智者和长老见状，都认为难敌将会成为俱卢族的毁灭者，要求持国弃子，但满怀望子成龙之心的持国并没有理睬。随后一个月的时间里，持国的一百个儿子和一个女儿相继出生，百子分别取名难降（Duḥśāsana）、奇耳（Vikarṇa）等。女儿名叫杜莎罗（Duḥśalā），后来嫁给了信度（Sindhu）王胜车（Jayadratha）。另外，在甘陀利为久久不能生产而烦恼之时，一个侍女侍奉持国，为他生下了一个叫作尚武（Yuyutsu）的儿子。这便是持国的儿女诞生的经过。

时光荏苒。家族的下一代纷纷诞生，自己的五个儿子也在广袤的森林中茁壮成长，日后必将使俱卢族兴旺发达，看着这一切，般度觉得心满意足。

时值盛春时节，百花吐艳，鸟兽争鸣，林间弥漫着花果浓郁的芬芳，般度看着山间活力无限的种种生灵，心头的欲望也开始萌发、活跃起来。这时，妻子玛德利正好追随在他身边。般度看着薄裙裹身、青春美丽的玛德利，情欲突如野火般燃起。他无法约束情欲，浑然被感官所控制，将过去仙人的诅咒抛之脑后，也不顾玛德利的抵抗，一心只想行欢好之事。于是，死神如约降临。这位曾征服大地的君王，终究无法征服自我，在情爱的控制下，走到了生命的尽头。

玛德利怀抱着丧失知觉、毫无生气的般度，悲声痛哭。贡蒂带着孩子们闻声赶到，见状痛不欲生。悲伤、愤怒和隐隐的妒意交织在一起，她难过地对玛德利说："你明知他身负诅咒，怎么能引诱国王呢？可你又是幸运的，比我更有福气，因为你看到了国王愉悦的面容。"

玛德利说："是他贪恋着我。我一再阻止他，可他阻止不住自己。他是打算证实一下命运啊！"

贡蒂悲伤不已，想要陪伴丈夫一起离开尘世，却被玛德利阻止了。"般度王因我而死，我岂能独活？再说，我自认无法对你我的儿子一视同仁，所以就让我追随国王而去吧！如果你能多多关怀我的儿子，便算是为我造福了。"玛德利说完，便迅速登上般度的火葬堆，投火自焚，追随丈夫而去。

般度和玛德利死后，山中的大仙们经过商议，决定把贡蒂和五个孩子送回象城。闻听消息，象城的男女老少全都蜂拥出城迎接。摩肩接踵的贵族和平民惊讶地看到数以千计的仙人领着贡蒂和五位相貌堂堂的王子，宣布般度王的死讯，讲述这五个孩子的来历。"请以盛大的仪式，迎接这几位英雄儿郎和他们的母亲贡蒂吧！请让般度王得到献给祖先的祭品吧！"仙人们对着全体俱卢人说完这番话，就如轻烟一般刹那间消失了。

在持国的吩咐下，毗湿摩和维杜罗为般度举行了葬礼。数以千计的百姓都像丧失了自己的亲人一样，跟随着灵车哀哀哭诉："国王离开了我们，我们就失去了庇护！"般度的母亲安波利迦悲呼一声，昏倒在地。一时间，王公大臣与黎民百姓同感其哀，哭声遍地。

失去般度王的哀伤犹如长了翅膀，传遍了俱卢各地。毗耶娑感受到了人民的绵绵哀思，便对母亲贞信说道："幸福已成过去，忧患即将来临。大地青春不再，将日益黯淡下去。未来将一日坏似一日，罪恶蔓延，一切符合正法的行为恐怕都会被破坏殆尽。请您离开这里到林中安居吧，这样您就不必亲眼见证自己家族的覆灭！"听到儿子如此可怕的预言，原本就对持国的统治抱有疑虑的贞信，当即带着安必迦和安波利迦两位儿媳进入了森林。

一个时代结束了。毗耶娑的预言像不祥的阴云笼罩在象城上空。"用你自己的行动，让天命成真吧！"这是般度求子时仙人对他所说的话。笃信天命可以通过人事争取的般度，终究死于命定的诅咒之下。而这命定的诅咒，归根到底仍然是因他自己的行为而引发。天命与人事，究竟何者更为强大？象城的未来，是否还会有光明？

一切，只能等待时间——这永恒的君王，给出最终的答案……

◉ 为了说明子嗣的重要性，史诗中特意加入一则插话：仙人阁罗迦卢（Jaratkaru）热衷于修炼苦行，颇有成就。一天他在漫游途中看见自己的祖先一个个头朝下倒悬在一个大洞穴中，仅凭一簇圣草系住他们不致坠落，老鼠还在不断啃咬草根，情势岌岌可危。祖先们告知，都因他只顾修炼苦行，不肯娶妻生子，导致宗族即将灭绝，他们才会被困在这里。阇罗迦卢幡然醒悟，和一位蛇族公主结合，生下了一个儿子延续宗族，让祖先得以升上天堂，自己才离家继续修苦行。这个儿子就是后来劝阻镇群王行蛇祭的阿斯谛迦。

※ 般度求子召唤的诸神皆是吠陀时代的重要神灵。阎摩是正法之神，也是死亡之神，掌管着生死寿命，公平地审判所有的灵魂。中国神话中掌管地府的阎罗王即渊源于此。伐由是风神与呼吸之神，性情狂暴而放纵。因陀罗是风暴与雷电之神，吠陀时代他是战功赫赫的天神之主，后来则常常需要仰仗三相神的力量才能维持统治。双马童是光明之神，永远年轻漂亮，象征着清晨半明半暗的晨曦，常常以灵丹妙药救世助人。

※ 据孔雀王朝时代（前322—前185）的《政事论》中所载继承法，身体有缺陷的儿子没有继承权，但他的下一代如果身体健康，则可享有继承权。持国因天生目盲，虽然执掌象城王权，却无法正式成为国王。俱卢大战前夕持国曾对儿子提及此事。因此，持国之子先于般度之子出生就变得极为重要。坚战先于难敌出生，甘陀利的失望之情可想而知。尽管如此，难敌出世后，持国还是立即召集众人商讨王位继承权问题，其心情可见一斑。而持国问话出口后象城凶兆立现，显示出对王位的渴求正是大战的源头，智者与长老的反应则是对持国的警告。

※ 玛德利因般度为她而死，出于对般度的爱情，自愿跟随般度的脚步死去。史诗中虽然记载过丈夫死后寡妻殉情的事例，但并无鼓励或强迫的描述，不应等同于印度社会后来出现的强迫寡妻殉夫的萨蒂（Sati）制度。吠陀经和《摩奴法典》（Manava Dharmasastra）中也没有要求寡妻殉夫的记载。

※ 因果业报是印度哲学中很重要的概念，常被认为是宿命论。但在印度人看来，所谓命运只是自己的行为与他人的行为互相作用所导致的一系列反应和后果。古印度人确认法、利、欲和解脱为人生四大目的。他们认为人生的最终目的是获得解脱，但并不反对人类追逐财富权势等现实利益。他们肯定人的欲望，但认为这种追求应该符合正法，人应该做欲望的主人而不是奴隶。《广林奥义书》中说："人确实由欲望构成。按照欲望，形成意愿。按照意愿，从事行动。按照行动，获得业果。"可以作为般度一生的写照。

（第一部完）

第二部

裂国

当你们明白了地利与天时，你们
就能得到幸福。

——《初篇》1.144.19

第一章　　　　　　　　　　　　　　　　　　　　亲人还是仇人

贡蒂和般度五子的到来彻底改变了象城的格局。这五个孩子身体强健，相貌堂堂，聪敏过人，深受城乡百姓的爱戴。王公大臣和军队将领难忘昔日般度王的仁慈关怀，把对已故国王的敬爱和忠诚转移到了般度的儿子们身上。坚战在俱卢族下一代中年岁居长，是名正言顺的王位继承人，日后将会灌顶登基，成为整个王国的主人。象城上上下下，无人对此有异议。这让持国的儿子们受到了从未有过的挑战。他们原本是天之骄子，是所有人瞩目的中心，但一切全被这五个男孩的到来打破了。

那一天，许多仙人领着一个妇人和五个孩子出现在象城门外，他们用诗一般的语言讲述了这五个男孩的来历，说这五个男孩是般度王的后代，是天神赐福的产物，是俱卢族的卓越儿郎。持国的儿子们发现，他们的亲人都把仙人的话当了真。曾祖母领着两位祖母离开了他们，进入了深山密林，再不相见。而这五位不知来源于何处的男孩，就这样堂而皇之地进入了宫廷，成为他们的堂兄弟，日后还将成为他们的君主。

竞争与敌意无疑从一开始就存在，而持国王的荣耀和权柄并不足以帮助持国之子在竞争中获胜。特别是般度的二儿子怖军，他有着"狼腹（Vṛkodara）"的别名，跑得快，射得准，吃得多，在泥沙地里摔跤也厉害。持国的儿子们也算身强力壮，但一百零一个孩子加在一起，也打不过只身一人的怖军。怖军总能轻而易举地将他们摔倒在地，拖来拖去，让他们膝盖、脑袋、肩膀都是擦伤。怖军力气大，脾气急，虽然没有恶意，他的恶作剧也让持国诸子吃尽苦头。戏水的时候，怖军一个人就能把十个持国之子拽入水中，弄得对手奄奄一息。持国之子爬上树摘果子，怖军却大力踹树，让那些孩子随树一起摇摇晃晃，有的孩子和果子一起掉下树来。无论什么时候，无论是比武、赛跑，还是角力，持国之子都无法战胜天生神力的怖军。

岁月流逝，怖军非凡的力量渐渐变得举世皆知。有这样一位大力士的保护和支持，坚战通往王位之路势必一帆风顺，无人可以挑战。意识到这一点，持国的大儿子难敌对自己的堂兄弟产生了恶念："必须用计谋把般度和贡蒂的二儿子除掉！然后，我再把坚战和其余几个兄弟关起来，就没有人可以妨碍我独自统治大地了！"

有了这个想法之后，难敌开始静静等待对怖军下手的时机。他命人在恒河岸边建起一座宽敞的水上行宫，布置得漂漂亮亮，备好上等美食，然后邀请坚战带着弟弟们前去游玩。王子们遣散侍从，游戏林间，流连行宫，玩得不亦乐乎。共同嬉戏的乐趣淡化了往昔的不快，孩童时期的敌意似乎已被完全忘记。他们是如此和睦融洽，甚至彼此喂食，无人知晓难敌已在怖军的食物中掺入了毒药。

给怖军喂食的正是难敌。想到怖军吃了这么多一定活不成，难敌心中无比快乐。他一面说着甜蜜的话，一面友善地把下了毒的食物一口一口喂给怖军。接着，王子们又去戏水。怖军玩了一会儿，觉得十分疲倦。他刚从水里出来，就支撑不住，倒在岸边，毒药的效力扩散到全身，让他失去了知觉。早在一旁窥伺的难敌见此机会，立刻上前，用藤蔓将怖军手脚绑住，把他扔进了湍急的水流中。

昏迷的怖军落入深水中，沉到了蛇族（Nāga）的领地。蛇族以为有外敌入侵，立即将怖军团团围住，成百上千的蛇亮出毒牙去咬他，却正好中和了他体内的毒素。怖军顿时清醒过来，挣断藤索，打跑群蛇，惊动了蛇族之王婆苏吉（Vāsuki）。也许是喜爱怖军的勇武，也许是出于对怖军无辜被自己手下袭击的歉意，婆苏吉特地用带有神力的汁水招待怖军。据说只要喝下一杯这种神奇汁水就能拥有千象之力，而怖军一口气喝了八杯。这汁水的威力让他一时无法承受，他又一次昏睡了过去。足足过了八天，他才把药力完全消化，醒过来，回到了象城。

与此同时，贡蒂母子们正心急如焚。原来，怖军消失之后，王子们一开始都没有觉察出异样，只是以为怖军一个人先回城了。他们和扬扬得意的难敌一起回到了宫中。坚战见到母亲贡蒂，一问才知怖军并未回宫。

贡蒂顿时心生警觉，一面让坚战兄弟赶回行宫搜寻，一面立刻找到维杜罗，向他求援："怖军不见了！所有王子都从行宫回来了，唯独怖军没有！难敌不喜欢怖军，而且一直公然觊觎王位。我心焦无比，害怕他做出图谋我孩子性命的事啊！"维杜罗急忙劝说嫂子："千万别这么说！如果你公开指控难敌，他可能会把你剩下的这几个儿子也杀了！你要相信怖军一定还活着。"听了这话，贡蒂又惊惧又焦虑，只得寸步不离地看守儿子们。就这样苦苦等待了八天，怖军终于回到了他们身边。一家人紧紧地抱在一起，喜极而泣。待到怖军讲述完自己的经历，坚战对他说："千万不要声张，不要和其他人说起这件事。从今往后，我们必须要彼此照应，小心警惕。"

坚战的担心并不是多余的。过了一阵子，难敌果然又在怖军的饭食中下毒。这次的毒药十分猛烈而致命，持国和吠舍侍女生下的孩子尚武对般度五子很友爱，他得知此事，便把难敌的计划偷偷告诉了他们。怖军明知有诈，还是毫不犹豫地吃光了饭，却安然无恙。原来，他有蛇族赐予的神药相护，已经百毒不侵。就这样，般度五子识破了难敌和他的好友迦尔纳（Karṇa）以及舅舅沙恭尼制定的许多计谋。而维杜罗出于家族安宁的想法，总是一面劝他们抑制怒火、息事宁人，一面想方设法暗中保护他们。

于是，尽管彼此间的敌意已经从孩童时的打架斗殴发展成了阴谋毒杀，般度之子和持国之子仍然维持着表面上的和谐与平静，仍然在一起生活，一起学习。他们共同的导师是慈悯（Kṛpa）大师，他是婆罗门仙人之子、福身王的养子，弓箭术天下闻名。

毗湿摩对俱卢王子们寄望甚殷，仍然遍请名师，希望王子们出类拔萃，长成顶天立地的大武士。而最后找到的老师，不仅符合一切苛刻的条件，更是一位传奇人物。他就是慈悯大师的妹夫、掌握了持斧罗摩所有法宝奥秘的德罗纳（Droṇa）。他的技艺和才能是如此出众，以至人们传说他是天神的导师祭主仙人（Bṛihaspati）下凡。

德罗纳是著名的持力仙人（Bharadvāja，音译为婆罗堕遮）之子，家族古老而尊贵。据说，他的先祖是创造神梵天冥想时产生的十位心生子之一，是天地间的第一批仙人。德罗纳为此自豪，和妻子一起过着清贫但平静的生活。德罗纳非常疼爱

蛇崇拜在印度颇为盛行，尤其是眼镜蛇和眼睛王蛇。蛇会蜕皮，象征着死亡和重生，许多著名的神庙和石窟中都刻绘有巨大的那伽像。民间修建蛇庙，祭祀蛇神，一些地方每年还会举办蛇节，人们用牛奶给蛇沐浴、给蛇喂牛奶等方式来表示对蛇的尊重，尽管牛奶并不是蛇喜欢的食物。

那伽（Nāga），蛇族，有时译为"龙蛇"或"龙族"，其形象通常上半身是人，下半身为盘曲的蛇身。他们是河流、湖泊、泉水和井水的保护神，也是财宝的守卫者。佛教引入了这一概念，称那伽为天龙八部中的龙众。《摩诃婆罗多》提到的有名的那伽有负载大地的千首龙王舍沙，赐怖军千钧之力的蛇王婆苏吉，以及毒死继绝王的蛇王多刹迦。

儿子马嘶（Aśvatthāmā），但由于家里太穷，马嘶从小连口牛奶都没有喝过。一天，马嘶看见富家孩子在喝牛奶，哭闹起来。德罗纳深为自责，为了满足儿子的愿望，他东奔西走，希望有人能施舍给他一头奶牛，可没有人愿意给他。德罗纳满心失望，双手空空地回到家，正好看见马嘶的伙伴用米粉兑水给马嘶喝，骗他说是牛奶。马嘶不知就里，开心得手舞足蹈："我喝了牛奶！我喝了牛奶！"

此情此景深深刺痛了德罗纳的心。旁人的讥笑和嘲讽传入他的耳中："看那个自命清高的德罗纳！穷成那个样子，儿子连牛奶和米汤都分辨不出来！"德罗纳万分自责，他感到自己太对不住儿子了。痛定思痛，他终于下定决心外出求财，一定要让儿子过上富裕的生活。但他的傲气仍在，不愿屈居人下。思前想后，他想到了自己童年时的好友，如今已贵为一国之君的木柱王（Drupada）。

木柱王曾与德罗纳一起在森林中的道院中学习。那时候，木柱王曾对他说道："我是你的朋友，德罗纳！我成为国王之后，将和你分享王国，决不食言！"想到这里，德罗纳十分高兴，他感到自己是幸运的，拥有木柱王这样的朋友。他一路回想着彼此美好的往昔，带着妻子和儿子，愉快地踏上了前往般遮罗国（Pāñcāla）的旅途。

◉《摩诃婆罗多》中描写的蛇族（Nāga）是一种神奇生物，兼具蛇与人的特点，可以幻化为人类，有各自的族群和领地。婆苏吉统率的是其中最强大的一族，其领地与凡间隔绝，在地表之下。他预知蛇族将会有一劫，特地安排妹妹嫁给仙人生下阿斯谛迦。阿斯谛迦长大后阻止蛇祭，挽救了蛇族。

◉慈悯的出生颇具传奇色彩。据说他父亲有年仙人（Śaradvat）随箭而生，长大后学习吠陀资质平平，却精通弓箭，其箭术与苦行引起了天帝因陀罗的忧虑，特别派了一名天女去诱惑他。天女惊人的美丽让有年仙人弓箭失手落地，元阳流泻也浑然不觉。元阳流泻在一根芦苇秆上，分作两部分，诞生出慈悯与妹妹这对孪生兄妹。福身王在森林打猎时见到了这对兄妹，收养他们作为自己的子女，让他们在象城王宫中长大。有年仙人得知后前来教授儿子武艺，又将女儿嫁给德罗纳。慈悯与持斧罗摩一样属于不死者（Cirañjīva），将一直活到争斗期结束。

◉和慈悯一样，德罗纳也是因为父亲持力仙人面对天女的诱惑不能自制而生。这一主题在《摩诃婆罗多》中反复出现，有指这表现了史诗作者认同家居生活的价值更胜林居隐逸。在《教诫篇》中，作者更借毗湿摩向坚战宣道之言明确提出：家居生活是人生四阶段之本，因为只有依靠家居生活，社会才得以维持，种族才得以延续。

◉ 古中国皇权至上，富与贵始终相连，古印度却并非如此。种姓制度推崇婆罗门至上，财富和权力却多掌握在刹帝利手中。婆罗门以安贫乐道为美德，除了少数出任国王祭司和广收弟子的大师之外，大多生活清贫，以行乞为生。虽然《摩诃婆罗多》中一再宣扬要尊敬婆罗门以及布施的美德和果报，但实际生活中不愿布施给他们的也不在少数。德罗纳四处碰壁遭人白眼就是一个典型事例。

第二章　　　　　　　　　　　　　　老师的最爱

般遮罗是一个大国，毗邻俱卢王国。虽然般遮罗王族与俱卢族在血缘上有些渊源，但两国素来不和，屡有战争。德罗纳长途跋涉，找到好友，对木柱王说道："国王啊，你还记得我这个朋友和当初的承诺吗？"

没想到木柱王淡淡一笑，冷漠地说："蠢货，你怎么竟敢称我为你的朋友！过去你我有交情，是因为那时我们地位相当，和你交友对我有利。但现在我是一国之君，你却一文不名，有什么交情可言？这世上哪儿有永远不变的友谊？时间消磨它，欲望搅乱它，愤怒撕碎它，何必重提旧事呢？乞丐不是富翁的朋友，文盲不是学者的朋友，国王只会跟国王做朋友。"

德罗纳求财不得，反遭羞辱，满心希望化为泡影，不禁怒火熊熊，决心复仇，于是来到般遮罗的敌国俱卢王国的首都象城，想要收徒授业。毗湿摩获悉此事，便让俱卢王子们拜他为师，献上各种财宝。行过拜师大礼之后，德罗纳召集全体学生，说道："我有一个心愿，一直渴望实现。你们学成武艺之后，一定要帮我做到，谁能答应我？"听罢此言，王子们个个默默无言，唯有般度的第三个儿子阿周那站了出来，果断地应承了老师的要求。他发誓，无论老师要他做什么，他都必定做到。德罗纳大喜过望，热泪纵横，热情地拥抱了阿周那。

除了俱卢族的王子，德罗纳还收了许多其他国家慕名而来的王子做徒弟，包括贡蒂的族人雅度族的小王子们。难敌的好友迦尔纳也跟着众位王子一起学艺。本领高强的德罗纳将天神和凡人的种种武艺都传授给了弟子们。学艺期间，阿周那尽心竭力侍奉老师，无微不至。虽然德罗纳给所有弟子的教导都是一样的，但因为阿周那的天赋和勤学，他总能成为成绩最出色的学生。

德罗纳看到阿周那武艺出众，就起了私心。他给每个徒弟一个窄口壶，让他们去打水，却给自己的儿子马嘶一个宽口壶，这样马嘶就能更快地完成打水的任务。趁着别的学生都打水未归，德罗纳会悄悄教儿子一些更高超的武艺。阿周那得知此事，并没有向老师抱怨，而是更快地装满他的窄口壶，然后和马嘶同时完成了任务。德罗纳看在眼里，又偷偷吩咐厨师："天黑之后就不要再给阿周那食物了。"一天，阿周那吃饭时，一阵风吹灭了油灯，但阿周那继续吃着晚餐，丝毫未受影响。他意识到，是熟练和习惯让他能在黑暗中准确无误地进食。于是，他开始在夜晚练习射箭。德罗纳夜里听见弓弦声，发现了阿周那，不禁心悦诚服，对他说："我保证，你会成为世上最强大的弓箭手。"就这样，阿周那成了德罗纳最心爱的弟子。在德罗纳的悉心栽培下，阿周那学会了各种战术和武艺，以及各种武器的使用方法，其中他最擅长的是弓箭。

这引起了同样爱好箭术的迦尔纳的嫉妒。迦尔纳是持国王的好友苏多（Sūta）升车（Adhiratha）的养子。升车发现了这个被安放在箱中在恒河里顺水漂流的婴儿，他天生就有金灿灿的耳环和坚不可摧的铠甲，像初升的太阳一样光辉灿烂。升车夫妇认为这是天神赐子，满怀喜悦地接受了这个孩子，将他视为己出，悉心抚养，待他年纪稍长，又送他出来学艺。迦尔纳也以箭术出名，时常挑衅阿周那，成了阿周那的对头，因此迦尔纳获得了难敌王子的青睐，彼此结为好友，共同敌视般度诸子。后来，他向德罗纳求取梵天法宝未果，便告辞而去，另投名师。阿周那学艺时期最大的挑战反倒来自一位被德罗纳拒之门外的人——尼沙陀（Niṣāda）王子独斫（Ekalavya）。

独斫想拜德罗纳为师，却被拒绝。他并不灰心丧气，在森林里塑了一座德罗纳的泥像，将其奉为老师，勤学苦练，坚持不懈，练成了一手神箭。有一天，王子们出去打猎，在森林中巧遇独斫，有一条狗朝着独斫狂吠不已，独斫立即向狗嘴里射出七箭，快得仿佛同时射出，将那只狗封住口，引得众王子连声赞叹，自愧不如。独斫对王子们说："我也是德罗纳的弟子，正在努力学习武艺。"众王子回去便向德罗纳禀告了这场奇遇。

独斫神速放箭的英姿一直在阿周那的脑海里盘旋，他悄悄去见德罗纳，说道：

摩诃婆罗多

"您曾经拥抱着我说,我是您最出色的弟子。既然这样说过,您又为什么还拥有这样一位比我强的徒弟呢?"德罗纳思考了一会儿,带着阿周那找到了独斫。独斫见到德罗纳,连忙快步上前,向德罗纳行触足礼,然后像一位尊师的弟子一样,合掌站立,等待老师的命令。德罗纳对他说:"你若是我的徒弟,那就给我一份谢师礼(Gurudakṣiṇā)吧。"谢师礼是当时的习俗,弟子在学艺有所成就之后,应该向老师赠送一份谢礼。这谢礼可以是实物,也可以是帮助老师完成一项任务。德罗纳这么说,相当于承认了独斫是他的弟子。独斫十分感激,毫不犹豫地答应道:"我该给您什么呢?请吩咐吧!我没有什么不可以给师父的!"

然而,德罗纳提出的要求完全令人意想不到:"独斫啊,如果你真的想给我礼物,那就把你的右手拇指给我吧!"面对这样残忍的要求,独斫依然恪守诺言,不假思索地割下自己的右手拇指,把它交给了德罗纳,脸上仍然带着欣喜之色。此后,没有了右手拇指的独斫便不能像以前那样灵活自如地射箭了。德罗纳的话语也就成为真实,阿周那从此放了心。

德罗纳的徒弟经过一段时间的学艺,都颇有所成。其中,难敌和怖军擅长杵战,马嘶擅长各种秘传的法宝,坚战擅长车战,无种和偕天擅长剑术。而阿周那各种武艺都十分出众,成为众王子中最卓越的武士。他和怖军是持国诸子最为嫉恨的对象。

为了考查弟子们的武功,德罗纳把一只人造的鸟置于树梢,命令学生搭弓上弦,看看谁能射下这只鸟。他挨个考验学生,每一次都问道:"你看得见那只鸟吗?你看得见那棵树,看得见我和你的兄弟们吗?"王子们的回答如出一辙:"我看得见那只鸟,看得见老师,也看得见兄弟们。"每次听到这种答复,德罗纳都会不悦地说:"你走开吧,你是不可能射中的!"唯独阿周那回答:"我只能看见那只鸟,看不见树、老师或者我的兄弟。"德罗纳很高兴,问道:"说说那只鸟的情况。"阿周那回答道:"我看得见鸟的头,看不见它的身体。"听罢此言,德罗纳欣喜万分,立马命令阿周那放箭。阿周那一箭射掉了鸟头,德罗纳激动万分,紧紧抱住了阿周那,心想:"木柱王一定会一败涂地。"

不过，仅仅箭术超凡并不足以保证在实际作战中一定获胜。一天，德罗纳在恒河里沐浴，一条凶猛的鳄鱼咬住了他的腿，德罗纳意识到这是一个考查弟子临场反应的好机会。他虽然能够击退鳄鱼，但还是装出慌张的样子，向弟子们求救："你们快杀死鳄鱼，救救我！"德罗纳话音刚落，阿周那就射出了五支利箭，杀死了水里的鳄鱼，而德罗纳的其他弟子都还张皇失措，来不及反应。

凭借出众的武艺和迅捷的反应，阿周那在每次测试中都交出了令老师满意的答卷。德罗纳十分欣慰，更加认定阿周那确实是自己最为出色的弟子。又过了一段时间，德罗纳确信阿周那方方面面都满足了自己严苛的要求，便对他说："我要把不可抵挡的梵颅法宝（Brahmaśiras）送给你，并且教你使用和收回这件法宝！这法宝三界无敌，足以杀死天神。你决不能对凡人使用它，因为如果对弱小的敌人使用这件法宝，它就可能焚毁整个世界。"

"遵命！"阿周那恭敬地说道，接过了这件至高无上的法宝。这时，德罗纳又说道："世间不会有哪一位弓箭手能与你比肩！"

此言一出，难免有人不服气。德罗纳的儿子马嘶便私下找到父亲，向他求取梵颅法宝。德罗纳知道马嘶不是学习梵颅法宝的合适人选，但出于爱子之心，他还是将这法宝给了儿子，并嘱咐儿子无论如何都不能对凡人使用这件法宝。这样，马嘶也能和阿周那一样使用梵颅法宝了。

光阴似箭。看着俱卢王子们学有所成，德罗纳派人禀告持国和俱卢族的各位长辈：王子们可以出师了！持国欣喜万分，命维杜罗协助德罗纳举办王子们的出师典礼，并为此通知了全城。

出师典礼的日子终于到来，全城沸腾，人人前往校场观看王子们献艺。以毗湿摩和慈悯为先导，持国王登上皇家的检阅厅，就连一向居于深宫的甘陀利与贡蒂也出席了，共同期待那激动人心的一刻。现场人声鼎沸，鼓乐齐鸣，犹如波涛汹涌的海洋。德罗纳一身白衣，白发白须，佩戴着白色的花环，在儿子马嘶的陪伴下步入校场，有如皎洁的明月，在火星的伴随下高高升起。

◈ 在史诗成书的时代,部分由于婆罗门建立的巽加王朝(Śuṅga)覆灭,婆罗门的地位比吠陀时期下降很多,描写婆罗门穷困潦倒的故事比比皆是。据当时的一些记载,还有婆罗门迫于生计为人佣的故事,而刹帝利阶层的地位则呈上升趋势。木柱王对德罗纳的鄙视就是当时社会情况的反映。另外,在史诗描写的时代,种姓制度并未完全形成,所以故事中经常出现刹帝利成为学者而婆罗门成为武士之类的情况。

◈ 为了吸引毗湿摩的注意,德罗纳精心设计了自己的出场:一天,俱卢王子们嬉戏时不慎将木球掉进井里,却取不出来。德罗纳温和地取笑他们学艺不精,告诉他们自己可用一把芦苇化为法宝取出木球。他念动咒语,用第一根芦苇射中木球,第二根芦苇射中第一根芦苇,第三根再射中第二根,如此根根芦苇相连,顺利取出木球。俱卢王子们被他的神技惊得目瞪口呆,德罗纳便让王子们告诉毗湿摩自己的相貌和技艺,果然得到毗湿摩的器重,重金礼聘他做俱卢王子们的老师。

◈ 尼沙陀人是一个生活在山林或海滨的种族,不接受雅利安吠陀文化,以渔猎为生。因此雅利安人将他们视为未开化的野蛮人。德罗纳要求独斫断指的故事,人们大多认为表现的是雅利安人对非我族类的部落民的压制和防范。此外,尼沙陀人也指一种混合种姓,是婆罗门男子和首陀罗女子所生的后代。

◈ 古印度有一种"师徒传承"(Guruśiṣya Paramparā)的传统,学生住到老师家里,跟随老师学习,为老师服务,艺成后向老师献出谢师礼。学生视老师如父如天,老师视学生如子。这种传统一直延续至今,尤其是在音乐和舞蹈领域。

◈ 誓言和诅咒是《摩诃婆罗多》中的常见命题,亦是推动故事发展的重要手段。古印度极端看重"言灵",诅咒出口便无法收回,只能缓解。誓言一经发出便必须实现,无论立誓者是否愿意。Simon Brodbeck 分析独斫断指便是一连串承诺与应誓中的一环:

1)木柱王答应分给德罗纳一半国土—木柱王反悔—木柱王被俘,被迫履行承诺;

2)阿周那承诺德罗纳会为他复仇—阿周那俘虏木柱王,实现承诺;

3)德罗纳承诺阿周那会是他最好的弟子—独斫的出现导致德罗纳违誓—德罗纳索要独斫的拇指,实现承诺;

4)独斫承诺给德罗纳任何东西做谢师礼—德罗纳索要拇指—独斫断指以实现承诺。

这四个承诺环环相扣,互为因果,如德罗纳对阿周那的偏爱最初便是因阿周那答应为他复仇。木柱王、德罗纳、阿周那、独斫四人都被自己的誓言束缚,主动或被动地应誓。

第三章　　　　　　　　　　　般遮罗之战

例行的祭供仪式之后，演武大会正式开始。王子们身披铠甲，手执武器进入校场，然后由长及幼，依次表演了他们的武艺，赢得阵阵喝彩。王子们先是表演了一整套弓箭术，接着又演练了车战、象战、马战、对射以及剑术。他们挥剑舞盾，姿态优美，动作娴熟，令在场观众大饱眼福。

随后，难敌和怖军手握战杵，威风凛凛地上场。这两个大力士从小就是对头，长大后更是冤家，都想当众称雄，他们左右兜着圈子，那针锋相对、剑拔弩张的气势感染了现场的所有观众，他们或支持怖军，或支持难敌，一个个大声呼叫，向自己喜爱的一方表示支持。一时间，场内好似大海扬波，声潮涌动。见此情形，德罗纳连忙吩咐马嘶阻止二人交战，避免场面失控。

难敌和怖军退场后，德罗纳走入校场，宣布道："即将出场的这位王子，我疼爱他更甚于自己的儿子。他精通各种技艺，是我众多弟子中的佼佼者，他就是因陀罗之子阿周那！"身穿黄金铠甲的阿周那出现了，他强弓在手，满囊利箭在身，宛如黄昏时的彤云，又如被闪电照亮的天虹。整个校场顿时沸腾了，阵阵欢呼赞叹之声仿佛要撕裂长空："他就是般度王居中的儿子！""他是贡蒂光辉的儿子！""他的武艺最为高强！""他是最优秀的恪守正法者！"贡蒂听着这些赞美，心中充满自豪与喜悦。

当欢呼的声浪终于平息之后，阿周那开始逐一展示各种武艺。校场上一会儿燃起烈火，一会儿又发起大水，一会儿狂风大作，一会儿乌云密布。阿周那一会儿钻入地下，一会儿又搬来大山。从天神法宝到各种普通兵器，他样样精通，箭术更是非同凡响，深深吸引了观众。阿周那的表演既将演武引入高潮，也让这场表演接近了尾声。观众平静下来，乐声也渐趋微弱。这时，校场门口却传来异响，观众们惊奇地睁大了眼睛，看到迦尔纳步入校场。他高大俊朗，穿戴着与生俱来的耳环和铠甲，如金色的棕榈树一般挺拔，如雄狮般强健威武。

迦尔纳漫不经心地向昔日的师尊德罗纳和慈悯鞠了一躬。在场观众不明就里，一个个心头充满好奇："他是谁？他来这里做什么？"这时迦尔纳开口，直接向阿周那发出挑战："阿周那，你刚才展示的技艺，我都可以当着大家再做一遍，并且会比你做得更出色。好好看着吧，你会目瞪口呆的。"话音未落，举座皆惊。阿周那羞怒交加，难敌则一阵狂喜。随后，经过德罗纳的允许，迦尔纳把阿周那适才表演过的武艺重演了一遍，以证明自己的才能不逊于他。

看见阿周那的风头被迦尔纳盖过，持国之子们欢呼雀跃，走到迦尔纳身边拥抱了他。难敌激动地道："英雄啊，欢迎你！得到你真是我的幸运！你知道如何挫败傲气！无论你想要什么，我和俱卢王国都会满足你！"迦尔纳回答道："我只想要成为你的朋友。此外，我还想和阿周那一战。"听闻此言，难敌更是高兴，立即说："请和我一起共享荣华富贵！去做让朋友满意的事情吧——把你敌人的头颅踩在脚下吧！"

原本是俱卢王子的出师演武大会，却被一位不速之客这样扰乱，阿周那感觉受到了侮辱，便对迦尔纳说："迦尔纳，我杀死你之后，你会去到不请自来还夸夸其谈的人该去的世界！"

迦尔纳答道："校场人人都可以来，又不是你一个人的。武力超群的人就是王者，刹帝利正法只尊崇力量。弱者才靠口舌争雄，让我们用箭来说话吧。今天我就当着你师父的面，取下你的首级！"

说完这话，迦尔纳便与持国诸子拥抱，准备战斗。阿周那也得到了德罗纳的同意，和兄弟们拥抱后上前迎战。两人手执弓箭，决斗一触即发。顷刻间，乌云滚滚，电闪雷鸣，但与此同时，太阳也大放光华。人们看见天帝之子阿周那笼罩在云彩的阴影中[1]，太阳之子迦尔纳则沐浴在太阳的光辉里。持国诸子支持迦尔纳，毗湿摩、

---

[1] 天帝因陀罗也是雷雨之神。

德罗纳和慈悯则支持阿周那。在场观众也跟着分成了两派。这时，凭借迦尔纳与生俱来的铠甲，贡蒂认出了他就是自己年少时遗弃的儿子，震惊之下竟晕了过去。维杜罗给她淋洒上一些檀香味的清水，让她苏醒过来。她看着两个儿子在互不知情的情况下彼此仇视，准备角斗，不禁心痛如焚，强忍着没有冲上去。

就在两位英雄举弓瞄准之时，慈悯对迦尔纳说："这位是般度王和贡蒂的儿子，俱卢王的后裔。请你也这样宣告父母的名字，报出你的王族家世，这样你才有资格和他一对一决斗，否则他可以不战斗！"

慈悯精通比武规则，这一问正好击中迦尔纳的软肋，因为在当时，只有王族才有资格向王子提出挑战，可迦尔纳并非王族。迦尔纳一时无言，羞红了脸，像雨后莲花一般低下了头。难敌见状，为了支持迦尔纳与阿周那作战，立即将迦尔纳封为盎迦（Aṅga）的国王，并当场为他灌顶。得到难敌如此礼遇，迦尔纳感激万分，从此对难敌死心塌地，誓死跟随。

这时迦尔纳之父升车也来到了校场。父子相见，升车激动万分，紧紧拥抱迦尔纳，眼泪滴落在儿子刚刚灌顶的湿漉漉的头发上。怖军看到升车，推断出迦尔纳的出身，于是嘲笑道："车夫之子，你无权死在阿周那的箭下！就像狗不配吃祭品一样，你无权享有盎迦国！你还是拿起鞭子赶车吧！"听到这一番奚落，迦尔纳微微颤抖，他抬头望向天上的太阳，长叹一声。难敌马上回击道："怖军，你不该这样说话！对于刹帝利而言最重要的是力量！即便是最低劣的刹帝利，也值得与之一战！勇士的出身就像江河的源头，都是难以追溯明白的。你们兄弟的出身不也说不清楚吗？普通的鹿怎么可能生下如太阳一般耀眼的猛虎？！迦尔纳生来就拥有铠甲和耳环，岂是出身卑贱之相？以他的勇武，再加我的辅助，他可以统治大地，何况区区一个盎迦国。如果谁还对我加封迦尔纳一事有异议，那就接受我的挑战吧。"

一番喧闹声中，太阳缓缓落山，这场没能开始的决斗也就不了了之，众人各自散去。贡蒂认出了迦尔纳就是自己的儿子，看到他成为盎迦王，心中欢喜，她将这份怜子之情深藏在心里。迦尔纳展示的高超武艺令所有人惊叹不已，当时甚至连坚战也认为迦尔纳是世上最强大的弓箭手。得到这一员猛将，难敌心满意足。迦尔纳也对难敌感激涕零，两人遂结为生死之交。原来，迦尔纳当初向德罗纳求取梵天法宝就是为了挑战阿周那，但德罗纳偏爱阿周那，不愿意教他使用这个法宝，对他说："奉守誓愿的婆罗门和修苦行的刹帝利可以学习梵天法宝，其他人都不行。"迦尔纳听了，当即向德罗纳告辞，径直找到传授德罗纳法宝的持斧罗摩。由于德罗纳说只有婆罗门和刹帝利能学梵天法宝，而持斧罗摩痛恨刹帝利的事世人皆知，迦尔纳便谎称自己是婆罗门，和持斧罗摩同属一个大家族。持斧罗摩信以为真，对他倾囊相授，并将自己的取胜神弓（vijaya）送给了他。迦尔纳由此获得了梵天法宝等众多天界法宝以及许多天神打造的传奇武器。他告诉难敌："我已掌握所有的武器。"难敌大喜过望，有了迦尔纳，他对阿周那的忌惮之心从此便消失了。

比武过后，王子们学艺有成，德罗纳认为是时候实现自己的愿望了，于是把弟子们召集到一起，对弟子们说："袭击般遮罗国，活捉木柱王献给我，这就是我要的谢师礼。"听闻德罗纳的要求，众王子齐声答应，陪同老师一起前往般遮罗。

王子们意气风发，一路凯歌，包围住般遮罗国的都城。阿周那看见俱卢王子们骄傲自满的样子，便对德罗纳说："他们这样是无法战胜木柱王的。我们等他们打完了再上吧。"于是般度五子便在城外一里处扎营。以难敌为首的俱卢王子率先发起攻击，个个奋勇争先，攻陷了都城，战车驰过长街，沸反盈天。木柱王不甘屈服，当即全副武装，挺身应战。双方呐喊着展开激战，漫天箭雨，倾泻而下。

木柱王一马当先，利箭如雨，重创俱卢军。般遮罗人见到国王身先士卒，士气大振，螺号声与鼓声响彻四面八方，人人如同勇猛的狮子一样奋力保卫自己的家园。无论长幼，家家户户的人都冲出来奋勇杀敌。遭遇敌人如此舍生忘死的抵抗，俱卢军阵脚大乱，全线崩溃，退出了都城，朝般度之子的军营奔来。

般度五子见状，便在向德罗纳致意后加入战局。怖军手持铁杵冲锋在前，阿周那和兄弟们跟随在后。层层箭雨，声声呼号，英勇的武士们彼此角逐，般遮罗国的军队渐渐地落了下风。阿周那驱车入阵，所向披靡，以一阵箭雨将木柱王射落战象。他在千军万马中直取木柱王，有如大鹏金翅鸟在波涛汹涌的大海中捕获一条巨蛇。眼见国王已被活捉，般遮罗军队顿时四散奔逃。

见阿周那得胜，王子们兴奋无比，想摧毁这座城市。阿周那连忙阻止，说道："木柱王也算是俱卢族的亲戚。我们此战只是为了报答师恩，别再屠杀他的将士了。"怖军本想乘胜追击，听了也就作罢，就和众王子一起押解着木柱王和他的大臣去面见德罗纳。

看到昔日飞扬跋扈的木柱王沦为阶下囚，德罗纳回想起昔日所受的侮辱，对他说："如今我攻下了你的国家，掌握着你的生死，你想不想与我重提旧交呢？"说罢，德罗纳笑了笑，又道："你不必担心性命，我们婆罗门宽宏大量。我俩打小在道院一同玩耍，情谊深厚。现在，我再一次请求成为你的朋友。既然国王只能和王侯之辈做朋友，那我就将一半国土作为恩典赐予你，另一半我留下。从此你在恒河南岸为王，我在北岸为王。如果你同意，就接受我这个朋友吧！"

迫于情势，木柱王不得不同意："你有这么多高贵勇敢的徒弟，灭亡我国也不算什么奇迹。我愿意和你友好，愿意永远令你满意。"德罗纳心满意足，释放了木柱王，还给他一半国土。市镇云集、人口众多的北般遮罗国，就这样被阿周那一战夺取，作为谢师礼献给恩师德罗纳。般遮罗从此一分为二，德罗纳父子坐享北般遮罗国，富贵双全，备受世人尊敬，昔日的惨痛记忆及所受的屈辱，终于一朝洗清。

◉ 苏多是刹帝利男子与婆罗门女子逆婚所生的后代，身份颇为复杂。据葛维钧先生总结，他们首先是歌者和宫廷诗人，众多的古代经典（尤其是史诗和《往世书》），多出自苏多之口。他们又是国王的御者，因随侍左右，目睹时政，因此成为国王亲信，往往兼任大臣，甚至是重臣。《摩诃婆罗多》中的全胜（Samjaya）就是持国王的御者和大臣，同时也是宫廷诗人。俱卢大战的战争进程就由他负责向失明的持国王讲述。

◉ 般遮罗国和俱卢国是雅利安人建立的国家，信奉吠陀文化，其王族都是月亮王族的后裔，婆罗多王的子孙。盎迦国、摩德罗国和摩揭陀国为半雅利安化的国家，居民身份较为复杂，风俗文化亦略有差异。

◉ 许多印度学者强烈否认雅利安人是指某个种族。他们认为雅利安人入侵论是毫无根据的假说，现存文献中提到的雅利安人是指崇尚吠陀的人，反之则是蛮族。罗米拉·塔帕尔便指出，吠陀文献中认为盎迦国和摩揭陀国为杂种姓所居，因此属于蛮族之地。而同期耆那教文献中则将这些地区列为雅利安人之地，可见雅利安人只是一个单独的文化集团，而非一个种族。

⊛ 盎迦国位于印度东海岸，传统上是摩揭陀国的属国。俱卢则位于恒河流域中心，传统的"雅利安人之地"，其间相距万里。精校版英译者 J. A. B. van Buitenen 因此认为难敌分封迦尔纳为盎迦王只是一种象征性的分封，使迦尔纳获得和阿周那决斗的权利，而非实际封地。《摩诃婆罗多》中另一处称摩揭陀王钦佩迦尔纳的勇武而赐给他封地，可能更为实际。

⊛ 持斧罗摩是食火仙人（Jamadagni）之子，其家族婆力古（Bhṛgu）是最古老尊贵的婆罗门世家之一。据《摩诃婆罗多》记载，国王作武王（Kārtavīrya）有一千只手臂，勇武非凡，傲慢嚣张，到食火仙人的净修林做客时嫌招待不周，强抢牛犊，被持斧罗摩杀死。作武王的儿子们报复，趁持斧罗摩不在时杀死食火仙人。持斧罗摩怒不可遏，发誓杀尽世间刹帝利。他独自杀死作武王诸子，周游大地，二十一次杀绝大地上的刹帝利。在往世书时代，持斧罗摩成为大神毗湿奴的第六化身。不过，据精校版主编苏克坦卡尔（V.S.Sukthankar）研究，《摩诃婆罗多》中关于持斧罗摩的叙述极可能是婆力古家族后来添加的。据《摩诃婆罗多》中的描写，当时的刹帝利征战是为了荣誉和财富，而不是土地。征服敌国后一般要求敌国臣服并献出财富，但不会夺走对方的土地。Iravati Karve 指出德罗纳抢占般遮罗国土地的做法违反了当时的刹帝利法，尤其德罗纳还是一位婆罗门。婆罗门本以清贫乐道为贵，德罗纳却以索要谢师礼为由，借助俱卢兵力夺人国土，为儿子求取富贵。事后北般遮罗国似成俱卢属国，显示德罗纳父子对俱卢王族的依赖性更为加强。

⊛ 苏多是刹帝利男子与婆罗门女子逆婚所生的后代，身份颇为复杂。据葛维钧先生总结，他们首先是歌者和宫廷诗人，众多的古代经典（尤其是史诗和往世书），多出自苏多之口。他们又是国王的御者，因随侍左右，目睹时政，因此成为国王亲信，往往兼任大臣，甚至是重臣。《摩诃婆罗多》中的全胜（Saṃjaya）就是持国王的御者和大臣，同时也是宫廷诗人。俱卢大战的战争进程就由他负责向失明的持国王讲述。

⊛ 般遮罗国和俱卢国是雅利安人建立的国家，信奉吠陀文化，其王族都是月亮王族的后裔，婆罗多王的子孙。盎迦国、摩德罗国和摩揭陀国为半雅利安化的国家，居民身份较为复杂，风俗文化亦略有差异。

⊛ 许多印度学者强烈否认雅利安人是指种族。他们认为雅利安人入侵论是毫无根据的假说，现存文献中提到的雅利安人是指崇尚吠陀的人，反之则是蛮族。罗米拉·塔帕尔便指出，吠陀文献中认为盎迦国和摩揭陀国为杂种姓所居，因此属于蛮族之地。而同期耆那教文献中则将这些地区列为雅利安人之地，可见雅利安人只是一个单独的文化集团，而非种族。

⊛ 盎迦国位于印度东海岸，传统上是摩揭陀国的属国。俱卢则位于恒河流域中心，传统的"雅利安人之地"，其间相距万里。精校版英译者 J. A. B. van Buitenen 因此认为难敌分封迦尔纳为盎迦王只是一种象征性的分封,使迦尔纳获得和阿周那决斗的权利,而非实际封地。《摩诃婆罗多》中另一处称摩揭陀王钦佩迦尔纳的勇武而赐给他封地,可能更为实际。

◎ 持斧罗摩是食火仙人(Jamadagni)之子,其家族婆力古(Bhṛgu)是最古老尊贵的婆罗门世家之一。据《摩诃婆罗多》记载,国王作武王(Kārtavīrya)有一千只手臂,勇武非凡,傲慢嚣张,到食火仙人的净修林做客时嫌招待不周,强抢牛犊,被持斧罗摩杀死。作武王的儿子们报复,趁持斧罗摩不在时杀死食火仙人。持斧罗摩怒不可遏,发誓杀尽世间刹帝利。他独自杀死作武王诸子,周游大地,二十一次杀绝大地上的刹帝利。在往世书时代,持斧罗摩成为大神毗湿奴的第六化身。不过,据精校版主编苏克坦卡尔(V.S.Sukthankar)研究,《摩诃婆罗多》中关于持斧罗摩的叙述极可能是婆力古家族后来添加的。

据《摩诃婆罗多》中的描写,当时的刹帝利征战是为了荣誉和财富,而不是土地。征服敌国后一般要求敌国臣服并献出财富,但不会夺走对方的土地。Iravati Karve 指出德罗纳抢占般遮罗国土地的做法违反了当时的刹帝利法,尤其德罗纳还是一位婆罗门。婆罗门本以清贫乐道为贵,德罗纳却以索要谢师礼为由,借助俱卢兵力夺人国土,为儿子求取富贵。事后北般遮罗国似成俱卢属国,显示德罗纳父子对俱卢王族的依赖性更为加强。

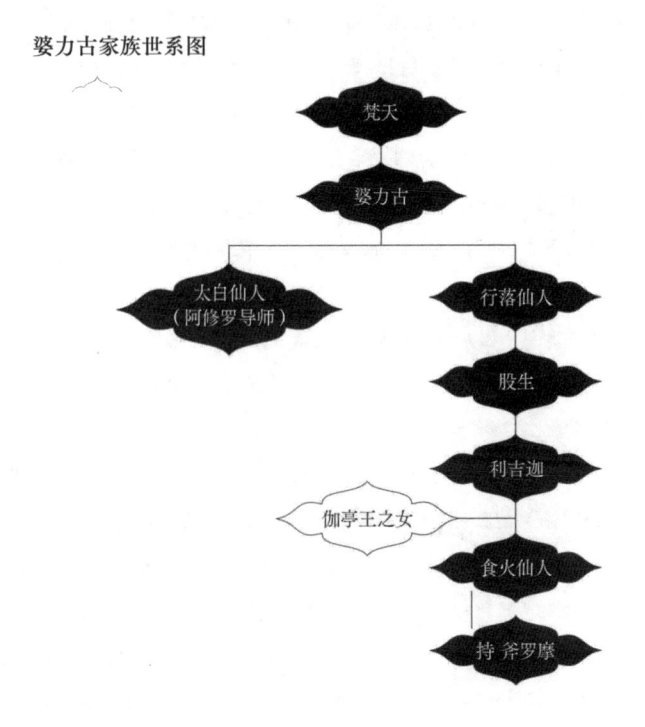

婆力古家族世系图

```
梵天
 │
婆力古
 │
 ├─────────────┐
太白仙人        行落仙人
(阿修罗导师)      │
               股生
                │
               利吉迦
                │
   伽亭王之女────┤
                │
               食火仙人
                │
               持斧罗摩
```

持斧罗摩大战作武王

婆力古后裔利吉迦仙人娶伽亭王之女为妻，妻子怀孕时仙人为她制作了求子药，确保她生下纯正的婆罗门。适逢伽亭王妻子也怀孕有子，仙人赐她灵药确保她生下纯正的刹帝利。然而两人不小心弄混了求子药，伽亭王之妻生下了婆罗门气质的刹帝利，就是大名鼎鼎的众友仙人。他本是刹帝利，却凭借苦行之力成为婆罗门。而利吉迦的妻子不愿儿子是具有刹帝利气质的婆罗门，便应验在孙子身上，就是食火仙人之子持斧罗摩。为报杀父之仇，持斧罗摩二十一次尽屠世间所有刹帝利王族，在普五之地造成了五个血池，以此向祖先献祭。摩诃婆罗多之战就发生在普五之地。

第四章　　　　　　　　　　　　　紫胶宫之火

般遮罗之战令阿周那一战成名。武艺高强的阿周那与力大无穷的怖军，构成了坚战的坚实臂助，为难敌所不容。有父亲持国王做靠山，难敌一向对象城王位志在必得，法定继承人坚战就成为他必须除去的障碍。此时难敌有母舅沙恭尼献计献策，有迦尔纳作为武力后盾，三人便多番定计企图害死般度五子。但在维杜罗的帮助下，五子总能化险为夷。他们以自身拥有的美德赢得了象城百姓的由衷爱戴。无论街头巷尾相遇还是朝堂议事，人们纷纷表示："持国王双目失明，不能做国王。毗湿摩也已立誓此生不会登上象城王位。般度的长子虽然年纪轻轻，但处事老成，恪守正法，慈悲为怀，我们理当让他灌顶登基。他现在就对毗湿摩和持国一家以礼相待，将来登基之后也必然会让他们享尽荣华富贵。"

这些议论逐渐传入了难敌耳中。难敌不禁怒气难忍，便寻了一个四下无人的时候面见持国，对他说道："父亲，市民们现下正叽叽喳喳，胡言乱语，想让般度的长子做象城之王呢！毗湿摩定会赞同这个主意。我们就要大祸临头了！当年，您不过是因为天生的缺陷，才让般度把本属于您的王位夺了去。如果般度的儿子继承了象城王位，那么般度的后代势必世世代代占着象城王座，您的后代则会被永远排除在象城的王族世系之外，遭受世人轻视和排挤了！那样的话，我们死后也要仰仗他人的祭飨，魂灵只怕会永堕地狱！国王啊，快想办法阻止这一切吧！如果您以前继承了王国登了基，那我们继承王位自然顺理成章，也就根本不用管那些百姓情愿不情愿了！"

听完这番话，持国沉思片刻，答道："般度是我的弟弟，一向恪守正法，敬待亲友。他对我尤其尊敬，给了我包括王国在内的一切。他的儿子也同他一样美德昭著，深受百姓们爱戴。我们怎么能用武力把他驱逐出这个王国呢？尤其是在他拥有众多盟友的情况下。此外，般度从前十分照顾俱卢族人，善待百姓，对大臣和将士们关怀备至，甚至对他们的后代也毫无疏漏。如果我们对坚战不利，这些人为了坚战，难道不会把我们斩尽杀绝吗？"

难敌马上回答道："此事我早有考虑。以功名富贵为饵，收服他们易如反掌。如今我已掌控了大臣们和国库。现在只需要您用点手段把般度五子和贡蒂遣去多象城（Vāraṇāvata）就好，等到您把王国交给我之后，再让他们回来也可以。"

儿子的话正合持国的心意，他终于忍不住透露："难敌啊，这种想法也在我心中翻腾。只是此计罪恶，让我难以明言。还有，毗湿摩、德罗纳、维杜罗和慈悯绝不会同意我们驱逐般度之子，因为他们都是正直之士，不会容许不公正。我们这样做，是冒天下之大不韪，恐怕会招来杀身之祸。"

难敌逐一分析道："毗湿摩会始终保持中立。德罗纳的儿子与我为友，而他必会和自己的儿子站在一边。慈悯也是同理，因为他绝对无法抛下德罗纳父子，他们是亲人。维杜罗即便发难，也是孤掌难鸣，无法伤害到我们。所以您可以放心大胆地把般度五子和贡蒂遣走，今天就动手吧！这不会给我们带来坏处。他们就像扎在我心口的尖刺，让我难以安眠，除非消灭他们，我的忧伤之火绝不会停熄。"

一番商议，两人定下计划，分头行事。持国百子们用官爵和金钱悄然笼络了众多大臣，持国则示意让一些侍臣大肆宣扬多象城的繁华，说那里富丽堂皇，有无数奇珍异宝，还要为湿婆神举办一次盛大节庆。听了这些鼓动的话，般度诸子渐渐也燃起了对多象城的向往。持国见时机成熟，便对般度诸子说道："孩子们，我总听说多象城是世上最迷人的地方。如果你们想去多象城参加节庆，就带着侍从和卫队去那里尽情享受吧。好好地玩一段时间，玩够了再高高兴兴地回象城来。"

朝堂上的人事变化让敏感的坚战觉察出自己的势单力孤，紧接着持国又提议让他们离开象城，远离政治中心，其中的动机，坚战心知肚明，但这是长辈的旨意，他只能同意。难敌欣喜若狂，找来心腹大臣布罗旃（Purocana），抓着他的右手，对他说："布罗旃啊，这世界、这世间所有的财宝，都是我的啦！你只要跟着我，也能享有这一切，所以，你要保护我的江山。我再找不到比你更值得信任的盟友了。

你要严守秘密，为我巧妙地铲除仇敌！你马上乘一辆轻便的驴车赶往多象城，用树脂等易燃的材料在城郊建造一座富丽堂皇的宫殿供般度诸子居住。建造时，要在泥中混入大量的清奶油、芝麻油和紫胶，用这材料涂抹墙壁。然后，你要在宫中小心地摆放各式竹制、木制家具。布置时一定不能露出马脚，一切要经得起细致查看，不能令般度之子起疑。建好宫殿，就把贡蒂母子和他们的侍从恭恭敬敬地请到里面住下。等他们逐渐放下戒心，时机成熟，就在他们睡熟之后，在宫门放火，烧死他们。这样一来，人们会认为他们死于意外，与我们无关。"布罗旃领命，马上赶到多象城，按照难敌的命令准备妥当一切，静候般度五子和贡蒂的到来。

般度之子虽不知难敌的算计，但亦深感此行危机重重。坚战向俱卢族长辈和德罗纳等师长辞别时，难过地说："遵照持国王的命令，我们就要前往美丽繁荣的多象城了。你们都是正直仁慈之人，请为我们祝福吧。你们的祝福会保佑我们不被罪恶击败。"他得到了祝福，然而并没有一位长辈站出来阻止他们离开。唯有一直同情他们的维杜罗，和一些俱卢族的亲属，默默地送了他们一程又一程。

和维杜罗一起为般度五子送行的，还有众多象城市民。眼看着本应做国王的人反而被驱逐，几个大胆的市民不禁发出不平之鸣："般度五子个个正直善良，绝不会行不法之事，但持国却只知偏袒自己的儿子，竟然把他们赶走！这样的恶行令人无法容忍。我们也随坚战离开吧！"前程迷茫，安危莫测，坚战听到市民的这些话语，内心极为痛苦，但还是好言劝说他们尊重国王的决定，返回家中。

市民们散去后，知晓内情的维杜罗用只有坚战才能懂得的蛮族语言对他暗示道："只有知道该采取的行动，才会摆脱灾难。有一种武器虽不是铁制，却能穿透人的身体；有一种东西可使林木毁坏、露水消失，却不会烧死洞穴中的动物。你应该常常走动以认清道路，借助日月星辰以辨明方向，控制自己的五种感官以不为人所制。"坚战心领神会，当即回答道："是！"

待所有送行的人离开，贡蒂向坚战询问维杜罗话中的用意，坚战答道："他让我警惕毒药和火，不动声色地暗中寻找出路。"

他们怀着忐忑不安的心情抵达多象城，迎接他们的是多象城的百姓有如狂欢般热情洋溢的祝福与献礼。全体市民倾城出动，欢呼"胜利"（Jaya），兴高采烈地簇拥着般度诸子入城。般度诸子向百姓致敬，随即拜访了城中官民的家庭，他们受到了各个种姓的市民的盛情款待。此时行宫尚未完工，布罗游只得先将般度诸子安置于别处，待新宫十天后落成，方才引领他们入住。

新宫名叫吉祥宫（Śivagṛha），和一座兵甲齐备的军械库仅一墙之隔。一进入这座宫殿，坚战便按照维杜罗的指示，四下仔细查看，发现这座宫殿和它美好的名称相反，其实是一处陷阱。"这座宫殿是用易燃的材料筑成，可以闻到油脂混合清奶油和紫胶的气味。这便是维杜罗的暗示——他们企图在我们放松警惕之后烧死我们。"他向众位兄弟宣布。

"那我们就赶紧离开吧，回之前住的地方去！"怖军提议道。

"我觉得我们应该不动声色地在这里住下，让布罗游慢慢放松对我们的警惕，然后偷偷找到一条出路；否则他会先下手为强把我们杀掉。"坚战考虑之后却说道，"布罗游投靠难敌，并不畏惧非法。如果我们被杀，俱卢族的长辈虽然会生气，但不会真的拿难敌怎么样。如果我们贸然逃走，也会被难敌派密探追杀。现在难敌手握大权，我们却孤掌难鸣，因此最好的办法就是骗过布罗游和难敌，逃到偏僻的地方躲藏起来。这样吧，我们装作迷上打猎，伺机观察这一带的地形，寻找逃跑的出路。还要挖一条隐蔽的地道藏身，以免被火烧到。但是一定要做得隐秘，而且必须不知疲倦地去做。"

如此决定之后，般度五子便着手施行计划。不久，一个技术高强的挖掘工受维杜罗之邀请前来帮助般度五子，并带来了维杜罗的最新情报——布罗游将在黑半月的第十四天夜里放火烧死般度五子和他们的母亲。听闻此言，坚战马上请求这位挖掘工帮助他们逃脱，于是，这位技艺精湛之人为他们在房子中间挖出了一个巨大的洞穴，并把洞穴的入口掩藏了起来。般度五子夜里全副武装地住在洞穴中，白天则不停地在森林中打猎，以熟悉逃走时的道路，他们对布罗游看似信任，实则暗怀警惕。而布罗游为了监视般度五子，住在行宫门外，也没有发觉任何破绽。

就这样过了整整一年，布罗游断定般度诸子已失去戒心，决意实施计划，而一直观察布罗姆动静的般度五子也知道自己逃走的时间到了。于是贡蒂以布施为名，在夜里举办了一场盛大的宴会。一位尼沙陀妇女与她的五个儿子也前来讨食，酒醉倒在宫殿内，睡得不省人事。

宴会结束，深夜的多象城狂风呼啸，人们沉沉入梦。怖军悄悄在布罗姆的住处及紫胶宫多处纵起大火，然后迅速带着母亲和兄弟们从地道中逃走。风助火势，刹那间烈火熊熊，热浪滚滚，将多象城的百姓从睡梦中惊醒。

惊醒的市民赶到现场，却无能为力。他们亲眼看到这座豪华的宫殿轻易就化为灰烬，便猜出这是难敌为了除去般度五子而设下的陷阱，感慨道："持国原来如此居心险恶，意图害死般度五子，而布罗姆那个丧尽天良的恶徒也没能逃脱……"他们悲叹不已，围着这座宫殿呆立一宿。次日，城中百姓全部赶到这里，扑灭大火，期望着能找到贡蒂和般度五子，却只找到了烧死的尼沙陀妇女和她的五个儿子，地道的入口因为被挖掘工在清理行宫废墟时悄悄填上了，没有引起人们的注意。

这场惊天之变袭动了整个俱卢王国。人们纷纷指责道："这一定是难敌做出的恶行，他在持国默许之下烧死了般度的儿子们！但是俱卢族的尊长都没有阻止这不义之举。可见毗湿摩、德罗纳、维杜罗和慈悯也都没有遵守正法！"

噩耗传入象城，持国痛哭道："今天我那无人能及的兄弟般度是真死了！"他下令为贡蒂和般度五子举行隆重的葬礼，大撒金钱，举族哀悼。该为逝者所做的事情，他一样没有落下，只是他并不知道，他所哀悼的这些人都还活着，正为了逃避他和他儿子的迫害而风餐露宿，背井离乡。

就在多象城大火肆虐、人们为般度诸子的命运悲叹惋惜的时候，怖军带着几位弟兄和母亲从地道中连夜逃出城外，来到恒河岸边。黑魆魆的密林深处，维杜罗派来的船夫正等待着他们的到来。他向他们转告了维杜罗的祝福："贡蒂之子啊！你们一定会战胜难敌和他的兄弟还有沙恭尼和迦尔纳。船已经预备好了，会带你们脱离险境。不必烦忧，开启你们的旅程吧！"

水流湍急，风声呼啸，般度诸子和母亲乘坐小船渡过了恒河。这小船代表着俱卢宫廷中难得的善意与温情，也是他们在茫茫天地间仅有的帮助和支持。"祝福你们胜利（Jaya）！"船夫说罢，便消失在茫茫夜色中。般度五子则和母亲一起，继续在这莽苍森林中前行，走向他们未知的命运和莫测的未来。

胜利，真的会属于他们吗？

◉ 多象城意为"群象之地"或"看得见象群的地方"，是俱卢祖先的故都。据《摩诃婆罗多》中的叙述，那是座人烟稠密的城市，位于恒河岸边，城郊有大片象群出没的森林，当地敬拜大神湿婆的兽主之节颇为有名。一说多象城在今天印度的"恒河之门"圣地赫尔德瓦尔（Haridwār）和瑞诗凯诗（Ṛṣikeś）附近。

◉ 古印度历法以月亮的盈缺将每个月分为黑半月与白半月。《大唐西域记·印度总述》中称"月盈至满，谓之白分；月亏至晦，谓之黑分。黑分或十四日、十五日，月有小大故也"。大月三十天，小月二十九天。月盈为吉，月亏为凶，尤以黑半月第十四日、第十五日为大凶之日，月亮几乎隐没不见。不过，和中国阴历不同的是，古印度以黑半月为前，白半月在后，合为一个月。每个月由圆月开始，月轮由盈转缺，尔后复归圆满。

◉ 由于维杜罗为正法之神的部分化身，而坚战为正法神之子，且施行尼瑜伽的首选对象正是丈夫的兄弟，所以有致力于将《摩诃婆罗多》去神话化的学者认为维杜罗是坚战的生父，般度让妻子首先邀请行尼瑜伽的正法神正是指维杜罗，这可以解释为何他会多次帮助般度方。但是，按照尼瑜伽的规则，维杜罗是首陀罗侍女之子，因母亲身份低微，无缘象城王位，自然无权为兄长般度延续血脉。另一方面，作为奇武王的第三子，维杜罗在俱卢族内的地位超然，又身担俱卢王国重任，所以难敌兄弟难以用金钱官爵收买维杜罗。他和毗湿摩一样，一直致力于俱卢与般度双方的和平共处。不同的是，毗湿摩保持着绝对中立，而维杜罗则以扶持弱者的方式维持公平。

◉ 紫胶宫大火是《摩诃婆罗多》中的一个标志性事件，维杜罗靠劝说般度方隐忍换来的表面和平局面已无法再维系，俱卢与般度方终于撕破了表面上那层温情脉脉的面纱，矛盾彻底激化，达到了你死我活的程度。由于难敌一方率先动手，所以他虽然成功地驱逐了般度兄弟，但却失去了道义上的优势。多象城居民口称"胜利（Jaya）"前来迎接坚战一行，正为点题之语，切合史诗原名"胜利之歌"。

第五章　　　　　　　　　　　降伏罗刹

　　般度五子与贡蒂一路向南奔去，进入茫茫森林之中。每当想到布罗旃的阴险恶毒，他们就感受到自己目前的处境之危，所以一直星月兼程，不敢停下脚步。夜黑林深，他们走得筋疲力尽，困倦得甚至连睁眼的力气也没有了。于是坚战向怖军说道："现在危险迫在眉睫，但我们连走路的力气都没有了。你的力气最大，现在只有你能带我们逃离危险。"怖军便把贡蒂扛在肩头，让孪生兄弟一左一右抱住他侧身，双臂带着阿周那和坚战，继续迅捷威猛地大步前行，有如疾风俯冲过山林。

　　为了躲避持国之子的追捕，他们乔装打扮，渡过激流河川，跨越荆棘丛林。黄昏时分，他们走到了一处林中高地，这里贫瘠荒凉，没有水源和食物，只有成群的野兽和猛禽。暮色越发昏暗，已然看不清方向，野兽的吼叫和夜风的怒号显得越发恐怖。他们口渴如焚，倦极思睡，再也支撑不下去。怖军带着贡蒂和几位兄弟走进一处森林，将他们安顿在一棵枝叶繁茂的榕树下面："你们先在这里休息吧，我去找水。我听到了仙鹤的叫声，附近一定有湖。"

　　怖军循着水禽的鸣叫声找到了水源，当他带着水返回之时，发现母亲和兄弟们已躺在地上熟睡过去。见此情景，怖军万分难过，不禁哭了起来："当初在多象城的时候，他们就日夜忧思，只能藏身洞穴，不能在床榻上安睡，现在又睡到了地上！我母亲本该锦衣玉食，受人敬奉；我大哥心怀正法，天底下没有谁比他更配做国王；我三弟勇武举世无双，我另外两个弟弟天生俊美。他们本应享受荣华富贵，可如今却躺在这荒郊野外！一个人若没有亲戚，倒也好了。如果亲戚众多，大家都遵行正法，和睦相处，生活也能美满幸福。森林中的树木尚且能共存共荣，可我们的亲戚却迫害我们，还想把我们烧死！我们今后该怎么办呢？他们吃了那么多苦，那么疲倦，就让他们好好睡一睡吧。"怖军下定决心，便彻夜不眠，担任警戒，守护着自己的亲人。

怖军的担心并非多余,这里看似平静却暗藏杀机,因为这是一座罗刹(Raksasa)出没的森林。罗刹希丁波(Hiḍimba)就住在森林附近的一棵娑罗树上,此时已垂涎欲滴,急欲吃下这几个生人以填口腹。他对妹妹希丁芭(Hiḍimbā)说道:"这么久没吃人肉,现在总算有生人自己送上门来了!人肉比一切食物都要美味。我要把他们抓来,一个一个咬断他们的血管,撕咬他们的鲜肉。你去探清这五个人的真实身份,然后杀死他们带到我的面前来。我们一起饱餐一顿吧!"

希丁芭领命,来到近前,看见地上有几个人熟睡着,一个威猛帅气的武士守护在侧。瞧着怖军挺拔的身姿和样貌,希丁芭不禁心生爱慕,心想:"眼前这人健壮威武,真是与我最般配的丈夫了。我绝不执行兄长的残酷命令。杀死他,我和哥哥只能满足片刻的口腹之欲。不杀他,我却可以和他在一起,快乐无边。"

希丁芭摇身一变,化为一位绝色美女走向怖军,步履轻盈,宛如一株娇怯怯的藤萝,开口说道:"你是什么人啊?这些又是什么人?在这里睡得如此香甜,却不知这座森林罗刹出没。有个名叫希丁波的罗刹正想以你们为食。他是我的哥哥,本性凶残,派我来取你们的性命,但我已爱上了你,愿视你为夫,护你周全。让我带你离开吧,或者叫醒你的亲人,我能在空中飞行,愿意救你们一起逃脱险境。"

怖军说:"我的亲人睡得正香,不需要叫醒他们。我可不怕你恶毒的哥哥,你看我是多么强壮,双臂是多么结实。你可不要小瞧我,以为我是普通的凡人。你哥哥来了,我就当着你的面杀了他,让你看看我的本事。"这时,希丁波久等妹妹未归,便寻了过来,见状不禁大怒,骂道:"希丁芭!你是昏了头吗?竟然为了一个汉子而背叛我,简直败坏了我们罗刹的声誉。我现在就把你们通通杀掉!"

希丁波说罢,就恶狠狠地朝希丁芭扑过来,一旁的怖军马上护住了她,呵斥道:"我的亲人正在熟睡,你凭什么吵醒他们?冲着我来吧,不要欺负并加害妇女。她不过是爱上了我,你就要为此杀了她吗?只要有我在,你别妄图杀害一位妇女。我们来单打独斗吧。今天,我要杀死你这个吃人的恶魔,让这座森林恢复太平,让所有来往的行人能够自在安宁地在这里出入行走。"

受到怖军的挑衅，希丁波气急败坏地伸手来打怖军。怖军微微一笑，一把抓住他的手臂，如同雄狮拖拽猎物一般把他拖到远处，心想："可不要发出声音，打扰了我亲人的睡眠。"希丁波气得大吼大叫，怖军只得又把他拖了一程。两人扭打起来，就像两只暴怒的大象，撞断树木，扯坏藤蔓。尽管怖军有意减轻他们打斗的声音，贡蒂和其余四子仍被吵醒，看见了美丽的希丁芭。

希丁芭向他们解释了前因后果，众人逐一起身，果然见到不远处正在缠斗的两人。阿周那便叫道："怖军啊，速战速决吧！东方就要泛红了，黎明前夕是最凶险的时刻，罗刹的力量会大大增长。不要和他闹着玩了，在罗刹使出幻术之前，赶快杀掉他吧！"怖军听了，高高举起希丁波的身体，飞快地转了一百多圈，喝骂一声，用力将他扔到地上，杀死了这个不可一世的邪恶罗刹。

众人盛赞怖军的勇武，相携离开森林，希丁芭也随他们一起动身。但怖军仍对希丁芭有所怀疑，于是希丁芭对贡蒂和坚战坦言："尊贵的夫人啊，你知道人间女子被情爱折磨的滋味，我正忍受着这样的煎熬。我对您的儿子是一片真心，背叛亲族爱上了他，只愿以他为夫，希望能得到您的允许与他成亲。日后只要你们一想到我，我会立刻前来助你们脱险。"希丁芭的一席话诚挚动人，坚战便答应道："你们可以成亲，白天在一起，但每到夜晚你必须把他送回来。"

举行过佩戴结婚圣戒的仪式之后，希丁芭每天白昼带怖军离开，凌空飞走，晚上再送他回来。从丛林村镇，到湖畔江岸，乃至海滨山巅，大地上处处留下他们快乐美好的回忆。希丁芭为怖军生下了一个儿子——这个人类与罗刹之子因为头上光秃，怖军为他起名"瓶首（Ghaṭotkaca）"。他生下来就是成人模样，力量非凡，迅捷勇猛，精通各般武艺，擅施幻术。他和母亲一样向般度五子保证："将来我会在你们需要的时候立即赶到。"后来，瓶首果然成为般度族的强大助力。

这时，希丁芭知道离别的日子已经到来。她与怖军依依惜别，独自上路，瓶首则去了北方。般度五子和母亲继续前行，离开森林，进入了崇尚吠陀文化的雅利安诸国。他们乔装成婆罗门苦行者，一边赶路，一边学习吠陀圣典和各种知识，直到遇见毗耶娑仙人。毗耶娑叹息道："我早已料到你们会被坚持非法的持国诸子驱逐，听说此事后我就赶来了，想要帮助你们。我对你们双方都一视同仁，但人总是更偏向不幸或弱小的亲人，所以我现在格外疼爱你们，这也在情理之中。"他安慰贡蒂，说般度诸子将来一定大有作为，不必沮丧。

在毗耶娑的指引下，贡蒂母子前往独轮城（Ekacakra），住在一户婆罗门家里，等待他的进一步指示。"当你们明白了地利与天时，你们就能得到幸福。"毗耶娑留下这句莫测高深的话便离开了。般度五子以婆罗门苦行者的方式生活，白天出外行乞，晚上带回乞讨所得，全部交由母亲分配，这样度过了一段风平浪静的日子。一天，坚战和几个弟弟外出行乞，只有怖军和贡蒂留在家中。贡蒂突然听见房东的屋里传来了阵阵哭声，像是大祸临头，她不禁心生怜悯，想要帮助这家人，便前去询问究竟。

房东告诉贡蒂："这一方土地都被罗刹钵迦（Bakāsura）统治，他保护我们不受外敌侵扰，但我们却得用人肉来养活他。我们需要定期派一个人，向他献供一车稻米和两头牛。他收到供品，就会把送供品的人吃掉。如果有人敢逃离这里，他就会杀了那人全家。这样已经很多年了，今年轮到了我们去送供品。这一切都是因为此地没有强大的国王保护啊！人首先需要投靠一位明君，在他保护的土地上生活，才能平安地娶妻生子，求取钱财。我们没有找到明君，所以才有今日之祸。现在我们走投无路了，我绝不愿交出自己的亲人，只能让那个罗刹把我们一家人都吃掉了！"

听到这番悲戚绝望的话语，贡蒂心中已有主意，安慰道："不必担忧，您只有一儿一女，我却有五个儿子，我会让我的一个儿子替你们去交上供品。"

此话一出，房东立刻反对，但贡蒂坚持如此："我的儿子英勇无比，颇有神通，在来到这里之前，他已杀死过恶毒的罗刹。这一次如果是他去送供品，他不仅会平安归来，也会替你们除去这个祸害。"为了避免泄露身份，贡蒂又说："不过这事你决不能告诉任何人，否则恐怕会给我儿子带来不幸，法术也可能不灵验了。"贡蒂话已至此，婆罗门自是对她千恩万谢，怖军当即顶替房东带着供品前去森林。

坚战等人回来之后，得知此事。坚战责怪道："您为什么要让怖军去冒险呢？

怖军的力量和武艺是我们的依靠，也是我们将来重获王国的希望。可是您现在却为了别人的儿子而舍弃了自己的儿子，这违背了人之常情啊！您是因为遭受太多痛苦而变得糊涂了吗？"

贡蒂答道："不，这是我深思熟虑之后的决定。怖军此行既是为了报答房东一家的收留之恩，也是为了拯救这座城市，这就是最高的正法。我相信怖军的能力，他一定能做到。他一路将我们从紫胶宫带出来，徒手杀死了希丁波……凡此种种，难道不足以让我们相信他吗？毗耶娑曾对我说过，身为刹帝利，无论何时何地，都应对婆罗门倾情相助；应在死亡边缘救出其他的刹帝利；应在战斗中帮助吠舍；应解救前来寻求庇护的首陀罗。这就是刹帝利的正法啊。"贡蒂一席话说服了坚战，他心悦诚服地说："母亲啊，您的决定确实是理智而又充满怜悯之心的。怖军一定会杀死恶魔平安归来。"

却说怖军带着供品，到达了罗刹所居的森林，已是拂晓时分。他一面高叫着钵迦之名挑战，一面吃起了那些供品。钵迦见状大为恼怒，叫道："哪个傻瓜竟敢当着我的面吃我的东西，是存心找死吗？"怖军微微一笑，根本不看他，照吃不误。钵迦勃然大怒，挥拳打中怖军的背脊，可怖军还是继续吃东西，不加理会。罗刹狂怒，拔起了身边的一棵树朝怖军扔去，这时怖军已经吃完了供品，还洗了洗手。钵迦盛怒之下扔过来的大树，他气定神闲地一把接住，拔出身边的树木回击过去。这场战斗是勇武的较量，双方均抓起四周的树互相投掷，当地生长的一切树木几乎毁于一旦。随即两人扭打在一起，连大地都因承受不住他们撞击的力量而颤抖。一来二去，钵迦已力竭不堪，怖军抓紧机会将他踏翻在地，一折两段。钵迦发出一声可怕的嚎叫，口喷鲜血而亡。

钵迦的死让跟随他的那群罗刹个个胆战心惊，怕怖军会对他们赶尽杀绝，但怖军只要求他们承诺不再害人。从此，这群曾经飞扬跋扈的罗刹变得温文尔雅，城里的居民们看见了这番变化，俱是大为惊奇。

完成了这件壮举，怖军扛着钵迦的尸体扔到了城门附近，悄然返回住处。第二天，城中居民发现了钵迦的尸体，全都倾城而出，盛赞这一伟大的奇迹。他们从当天轮值献供的房东那里打听到，这是一位不知姓名的过客为解除他们的苦难只身前去除魔的结果。城中居民为表达感激之情，便立下了一个节日，礼敬这位造福世人的英雄。这个节日甚至吸引了所有住在乡村的居民，一齐赞颂这位神秘人士的英勇事迹。而般度诸子依然平安而隐秘地在独轮城生活，除了受惠的房东一家，没人知道城中那个胃口奇大的行乞者就是孤身一人杀死钵迦的英雄。

◉ 在印度神话中，罗刹常与阿修罗混淆使用，但概念上二者是不同的。阿修罗是天神的对头，居住在与人类世界不同的地底世界中。罗刹则与凡人一起生活在大地上，常以人类为食，善施幻术，还能飞行和随意变幻形象。罗刹女子一怀孕即分娩，生下婴儿立即长为成人模样。在大史诗中，罗刹的形象常常是负面的，是按照丛林法则行弱肉强食之事的代表，《罗摩衍那》中的大反派罗波那即是罗刹王。

◉ 史诗中提到般度诸子奉持国之命前往多象城时尚未成年（3.13：71），需要有母亲陪同。精校版英译者 J. A. B. van Buitenen 认为，他们是在逃出紫胶宫后的流亡途中由少年成长为成人，怖军和希丁芭成婚正是标志。

◉ 独轮城位于般遮罗国和某小国的边界处，据史诗中的叙述，这个小国以藤野城（Vetrakīya）为王城，有指该国就是苏多部族建立的空竹王国。因国王软弱无能，致使独轮城一带罗刹肆虐，史诗作者认为这是国王失德。在《教诫篇》中，史诗作者明确提到，对于国王来说没有比保护臣民更重要的职责："谁始终保护善人，惩处恶人，他就应该成为国王。"

◉ 《摩诃婆罗多》中有一则插话谈到国王的起源：从前世上没有国王，人们在痴迷与贪欲的控制下互相掠夺残杀，有如大鱼吞噬小鱼，人世陷入混乱。创造神梵天于是指定摩奴（Manu，印度神话中的人类始祖）作为第一位国王，制定规则管理众生，依据刑杖惩恶扬善，从此善人得到庇佑，恶人不敢作恶。因此国王被视为世间的神，刹帝利正法是最高的正法，一切众生的依靠。

◉ 史诗中最下功夫浓墨重彩描写的人间英雄无疑是阿周那。然而在印度的一些乡村和部落中，怖军才是般度五子中最受欢迎的一位。他铲除罗刹拯救百姓，他的非凡神力、直率的说话风格和奇佳的胃口被编成各种传说广为传颂，乡间社戏常以怖军为主角，演绎他诛魔除妖的故事。

第六章 由祭火而生的公主

般度五子在独轮城的生活没有因罗刹钵迦之死而改变，他们依然清贫而安宁。但是几天后另一位房客带来的消息，让他们怦然心动，决意再次踏上征途。这位客人见多识广，来此求宿，闲谈中讲述了许多见闻和逸事，让般度五子清楚地了解到时局，其中最令他们感兴趣的，便是昔日敌人般遮罗国主木柱王的一双儿女奇迹般的诞生经历。

却说木柱王当年一战落败，失去了一半国土，虽然口称与德罗纳和好，心中却一直引以为耻，心心念念想要报仇雪恨。然而德罗纳武艺超群，又拥有持斧罗摩所传的全部法宝，大地上无人能敌，而且他身为俱卢王族的首席教师，有整个俱卢王国做后盾，想要复仇谈何容易！木柱王环顾膝下诸子，竟无一人能担此大任，他便想借助仙人的祭祀之力，求得一位能杀死德罗纳的儿子。

他找到了大仙迦叶波（Kaśyapa）的后人，软磨硬泡了一年多，动之以情，诱之以利，终于得偿所愿。三堆明灿灿的祭火升起，盛大的求子仪式开始。"你想得到什么样的儿子，都会如愿以偿。"仙人承诺。"我只想得到一个能杀死德罗纳的儿子。"木柱王答道。他为此备好了一切祭祀用品，但当仙人祷告结束、召唤王后服食祭品的时候，木柱王的王后还未准备妥当，无法赶到祭祀现场。"请稍微等一等吧，仙人！"王后恳求道。

然而仙人拒绝等待："祭品已经备好，咒语已经完成。你来与不来，祭祀都会圆满完成。"说罢，仙人将本该王后服食的祭品投入了祭火之中。

但见熊熊火焰之中，升起了一位天神模样的战士，披甲携弓，手执利剑，呐喊不止。他一离开祭火便登上战车，驱车驰骋，形容可怕，光辉如同火焰般耀眼。般遮罗人看得欣喜若狂，爆发出了一阵阵的欢呼之声。天空中传来神灵的预言："这位王子为诛杀德罗纳而降生,他将会消除木柱王的忧伤,光耀般遮罗国!"

这时,又有一位少女,从祭火之中徐徐升起。这位少女姿容曼妙,肤色黝黑,目如莲瓣,美艳绝伦。但见她腰肢纤细,身上的香气如蓝莲花一般馥郁芬芳。天空中一个声音传来:"这位肤色黝黑的女郎胜过一切女子,届时她将完成天神的重托,导致许多刹帝利的毁灭。因为她,俱卢王族将面临灭顶之灾!"听闻此言,所有般遮罗人更是欢喜万分,欢呼之声有如雄狮怒吼,甚至大地都无法承受众人的狂喜之情。

木柱王的王后赶到祭祀现场,看见此情此景,也欣喜万分,当即认下这一对儿女。但这一对孩子其实出自祭火,并无生母。男孩取名猛光(Dhṛṣṭadyumna),女孩因肤色黝黑,人们称她为黑公主(Kṛṣṇā),又称她为德罗波蒂(Draupadī,意为"木柱王之女")、般遮丽(Pāñcālī,意为"般遮罗公主")。他们为满足木柱王复仇的心愿,即杀死德罗纳、灭亡俱卢族而诞生。

德罗纳听说此事后,为保全自己的名声,也因为无法逃避命运的安排,便把猛光带到了自己的王宫,收他为徒,亲自授他武艺。这样他即使日后真的死在猛光手中,也是死于自己弟子之手,不会有损自身威名。

听说了这个故事,般度五子都有些心神不宁。原来,他们在这户婆罗门家里住下后,毗耶娑仙人曾遵守承诺来探望过他们,也提起过般遮罗国的这位黑公主,说她前世苦修向大神湿婆祈求得到一位如意郎君。为了确保自己的幸福,这位女子连续说了五遍"我想要个具有一切美德的丈夫"。湿婆答应了她的请求,承诺道:"你将会有五个丈夫。"听到这话,那女子大为惊讶,马上请求道:"请您只赐给我一个丈夫吧。"但湿婆却回复道:"你希望我赐给你丈夫,这个请求你一共重复了五遍。因此等到你投胎转世之后,你会获得五位夫君。"

说到这里,毗耶娑向几人解释道:"黑公主就是那女子转生的,容貌艳丽无与伦比。这一世里,这位黑公主命中注定会成为你们五个人共同的妻子。你们要依我的话,进入般遮罗国的国都。如果你们能得到黑公主作为妻子,日后必会十分幸福。"

毗耶娑的话听来很是离奇，可是现在回想却似乎处处有玄机，般度五子不禁动心。贡蒂看出了儿子的心思，便对坚战说："我们已经在这里住了很久了，在一个地方久待不甚安全。我想我们最好离开这里到般遮罗国去，听说那里的人很是慷慨，国王也很敬重婆罗门，不知你意下如何？"

坚战回答道："遵守您的命令就是我们的职责，而且您的所有决定都是为了我们好。只是不知几个弟弟是否同意？"其余四子都表示赞同，于是他们向房东告辞，离开了独轮城，一路北行，前往木柱王的京城。

一天夜里，他们行至恒河岸边，阿周那手执火把，为母亲和兄弟照明，他为了保护大家，当先而行。他们匆匆的脚步声惊扰了一位高傲善妒的乾闼婆（Gandharva）王，他当时正在河水中与几个女人嬉戏，发现有人接近，顿时大怒，张弓搭箭，厉声说道："经典曾有规定：夜间是罗刹和乾闼婆等夜游精灵活动的时间，这时如有无知的凡人外出活动，哪怕他是一国之主，我们也可以惩罚。我是乾闼婆奇车（Citraratha），是财神俱比罗（Kubera）的朋友。这座森林是属于我的，你们怎敢擅自闯入！"

听到他的挑衅，阿周那反驳道："无论白天还是黑夜，这天地间的大海、雪山，还有吉祥的恒河，都不是能被谁独占的。以前没有人来冒犯你，那是因为他们怕你，但是我不怕！"

奇车大怒，利箭连发，但都被阿周那以火把和盾牌挡开。阿周那随即反击，投出烈火法宝（Āgneyāstra）。法宝烧毁了奇车的战车，神光闪闪，照得奇车头晕目眩，昏迷倒地。在奇车妻子的请求下，阿周那饶恕了奇车。奇车很是惭愧，向阿周那忏悔道："从前的我不可一世，直到被你打败，我才知强中自有强中手。从现在起，我不会再自负于自己的力量，也不会再为自己的名号而扬扬自得。我将放弃我过去的名字，从此以焚车（Dagdharatha）为号。"他赠送给般度五子每人一百匹乾闼婆骏马，阿周那不愿意白白受惠，便以烈火法宝交换这些骏马，双方从此结下友谊。

化敌为友后，阿周那问道："我们也是精通圣典的人啊，你为什么要在夜间

乾闼婆与天女

印度神话中的乾闼婆是极为出色的乐师，以致讲述音乐的吠陀称为"乾闼婆吠陀"。他们以吸食香气为生，放浪不羁，时常化为人形到人间勾引妇女，但同时又善妒好战。贞信的长子花钏就死于和他同名的乾闼婆王之手，因为这位高傲的乾闼婆王不能容许凡人和他有一样的名字。佛教中亦引入了乾闼婆，称他们是天龙八部中的一部，东方持国天王的侍从。

袭击我们？"乾闼婆王说道："我知道你们是天神之子，品德高尚，本领高强，但当着女人的面，男子汉总想炫耀武力。乾闼婆的力量在夜间更为强大，凡人如果在夜间与我们交战，绝难活命。再说，我看见你们没有保留家族的祭火，也没有婆罗门做前导替你们引路，所以就袭击了你们。"

紫胶宫大火的消息已传遍天下，乾闼婆王对般度五子的处境也有所了解，便指点道："要知道，刹帝利如果想要征服大地，单凭匹夫之勇和高贵的出身是不够的，他应该请一位品行端正、智慧博学的婆罗门作为祭司和国师，在国师的建议和指引下获取胜利。当年俱卢王族的先祖广覆王（Saṃvaraṇa）也是在国师极裕仙人（Vasiṣṭha）的帮助下，才能顺利地娶到太阳神的女儿炎娃（Tapatī）为妻，从此家庭美满，国运昌隆。对于每一位渴望建功立业的国王来说，延请国师都是头等要事，你们也请一位婆罗门做国师吧！"

般度五子听了很高兴，他们将获赠的骏马留在乾闼婆王处由他代为保管，说是日后需要之时再来讨要，然后根据乾闼婆王的推荐，成功地请到博学睿智的烟氏仙人（Dhaumya）作为国师。烟氏仙人认为，般度五子聪明勇武，完全可以凭借本领在选婿大典上赢取黑公主。得到烟氏仙人的祝福，般度之子深受鼓舞。自从逃出紫胶宫以来，他们被迫离开故土，躲躲藏藏，颠沛流离，一路走来，备尝艰辛，但路是越走越宽，得到的帮助也越来越多了。现在，他们终于看到了成功的希望。

毗耶娑仙人曾经预言："坚战必会成为大地之主，般度之子必将安享王国。一旦你们得到黑公主为妻，你们便会找到幸福。"怀着这样的希望和憧憬，般度之子来到了南般遮罗国的京城，仍以婆罗门苦行者的身份，投宿在一户陶匠家中。

此时木柱王为黑公主举办选婿大典的消息已传遍各方，黑公主的美丽与般遮罗国的财富吸引了大地上所有的国王，来看热闹的城镇居民与求取布施的婆罗门纷纷云集于此，整座都城人山人海，盛况空前。

选婿大典的会场设置在城东北方，四周有高墙和深沟围护，场内张搭着五色凉棚，处处花团锦簇，香烟缭绕，乐声悠扬。为了招待各路国王和贵客，会场四周建起许多亭台宫殿，陈设精美，装饰豪华，犹如高耸入云的群山一般。普天下赫赫有名的国王和王子都来了，包括以难敌为首的持国诸子、迦尔纳、沙恭尼、马嘶，难敌的妹夫信度王胜车，难敌的妻族羯陵迦（Kaliṅga）王，无种和偕天的母舅摩德罗王沙利耶（Śalya），俱卢王族的月授王（Somadatta）及其子广声（Bhūriśravas），摩差（Matsya）王毗罗吒（Virāṭa），东光国（Prāgjyotiṣa）福授王（Bhagadatta），等等。雅度族的首领黑天和大力罗摩（Balarama）也在其中，他俩是贡蒂的侄子。

选婿大典已经持续了十五天，每天都有戏剧杂耍和舞蹈表演，木柱王布施了大量钱财。到了第十六天，黑公主沐浴一新，盛装丽饰，手拿花环，登上了选婿台。当她美丽的身影出现在会场时，所有的国王和王子都心醉神迷，不由自主地站起身来，目光和心思都集中在她一个人身上。混迹在婆罗门求乞者中的般度五子，也和这些国王一样，在目光接触到黑公主的瞬间即被爱神的箭所射中。他们目不转睛地凝视着她，心神完全被她夺走。

唯一例外的是雅度族首领黑天。他敏锐地从人群中发现了般度五子，苦行者的装束也掩饰不住他们的光辉，犹如灰烬不能掩饰祭火的闪光。他对大力罗摩说道："听说般度五子从大火中逃出来了，这几人一定就是他们！"大力罗摩听了，也仔细端详起般度五子来，然后欣喜地看着黑天。

音乐声停止了，会场安静下来。猛光走到选婿台中央，大声说道："众位国王，请注意！这里有弓箭，请弯弓上弦，射出五箭，箭矢穿过高悬空中的圆盘中央的小孔，然后射中顶上的箭靶。哪一位出身高贵的英俊男子能完成这项任务，我的妹妹黑公主就可以成为他的妻子！"

这一要求苛刻得难以置信，凡人绝难企及，木柱王为何会为求婚者设立这样严苛的条件？

大地上的刹帝利英雄都已齐聚会场，人人都以勇武自夸，摩拳擦掌，跃跃欲试，谁能技压群雄夺得世间最美丽的黑公主？人人翘首以待，就连众位天神、大仙、乾闼婆、天女都按捺不住好奇之心，纷纷到场观看。一时间仙乐飘飘，天车云集，竟连浩瀚无垠的天空都显得有些拥挤了。

◎ 为了报复俱卢人，木柱王先后向神灵祈求，得到了三位子女，分别为安芭公主转世的束发，以及生于祭火的猛光与黑公主。他们三人都是因复仇而生，后来也为复仇付出了巨大的代价。这三个孩子都是大神湿婆所赐。身为印度神话中司毁灭的主神，湿婆在《摩诃婆罗多》中的赐福多与复仇有关。

◎ 乾闼婆（或译为健达缚）是印度神话中的一种男性精灵，据说是大仙迦叶波的子孙。他们精通音乐，亦以勇武闻名，常作为因陀罗的侍从出现。他们有的居住在天国，是天国的乐师和歌手，与天女自由结合为夫妻，由此衍生出乾闼婆式婚姻；也有的居住在人间。

◎ 广覆王是俱卢族的先祖，娶太阳神的女儿炎娃为妻，其子即为名王俱卢（Kuru），俱卢的后人便称为俱卢族。俱卢勤修苦行，获得天神恩惠，他苦修的地方便得名"俱卢之野（Kurukṣetra）"，成为圣地。俱卢得到过赐福，使得所有死在俱卢之野的人的灵魂都可以升入天国。

◎ 乾闼婆王奇车为阿周那讲述了许多故事，其中之一是：婆力古家族的男子被贪婪的刹帝利屠杀殆尽，连婴儿也不放过。婆力古家族的一位女子唯有把胎儿改怀在大腿里，以躲避刹帝利的追杀，这个孩子因此取名股生（Aurva）。带着仇恨而生的股生满腔愤怒，想要毁灭整个世界，却被祖先劝阻，请他不要因为家族的仇恨而犯下毁灭全部世界的罪行。但股生认为，正义的愤怒不能无故熄灭，因此将之投入大海之中。这愤怒化身为马首之形，不停地吞咽海水，喷出火焰。这就是海底火山的来历。也许正是听了这个故事，般度五子才能按捺住复仇的怒火，即使得到了般遮罗国和雅度族的强援，也没有向俱卢族报复。

◎ 贡蒂是雅度族首领苏罗的头生女，过继给贡提婆阇为女。苏罗之子婆薮提婆（Vasudeva.）正是黑天和大力罗摩的父亲，因此贡蒂是他们的姑母。沿恒河而下，依次是俱卢、般遮罗、黑天所属的雅度族聚居的马图拉地区（Mathurā），以及同属于雅度族却投靠敌人摩揭陀国的车底国（Cedi）。有学者认为，黑天是为了缓解下游来自车底国的威胁，故此关注般遮罗国王的选婿大典。

◎ 黑天既是雅度族的王子，也是大神毗湿奴的人间化身。毗湿奴（Viṣṇu），意译为"遍入天"，是印度神话中司保护的主神。传说他肤呈蓝色，身着黄衣，眼如莲瓣，容貌至美，四臂分执莲花、法螺、神杵和飞轮。他以莲花和法螺赐予生命和慈惠，以神杵和飞轮惩恶扬善，维护宇宙秩序，护持一切众生。他常化身下凡救助人间，最为出名的有十大化身，分别为灵鱼、神龟、野猪、人狮、侏儒、持斧罗摩、罗摩（即史诗《罗摩衍那》主人公）、黑天、佛陀与迦尔基。其中罗摩与黑天已被印度多个教派奉为主神，影响极大。

在蛇王头上翩然起舞的黑天

黑天是大神毗湿奴的第八化身,以"婆薮提婆之子"(Vāsudeva)之名著称于世。婆薮提婆之子崇拜起源甚早,公元前113年希腊使节希利奥多罗(Heliodorus)在印度立碑,即自称婆薮提婆之子的信徒。黑天是印度最受欢迎的神灵之一,不少教派甚至以他为最高神。无论他是顽皮的孩童、与牧女们嬉戏的美少年,还是在俱卢之野从容为阿周那讲解《薄伽梵歌》的世界导师,都深受印度人民的喜爱。中世纪虔信运动之后,黑天派更是发展迅速,黑天俨然成为爱之化身。信徒们宣扬对神的爱应像父母对子女一样疼爱,如同阿周那对黑天一样忠诚不渝的友爱,如牧女对黑天一样情人般的甜蜜热爱。他们将牧女与黑天情侣般的情感视为最高级的爱,象征着人与神的最高结合,是他们毕生追求的目标。

阿周那在德罗波蒂的选婿大典上

阿周那是《摩诃婆罗多》的中心人物之一。他是天帝因陀罗之子,大神黑天的密友,当世无双的弓箭手,能双手开弓,因此得名"左手开弓者"。《摩诃婆罗多》中称他出生时双手带有弓箭的标志,双足带有箭和旗帜的标志,因此天下无敌。传说他能夜中视物,控制睡眠,因此又得名"征服睡魔者"。他在德罗波蒂的选婿大典上击败天下群雄,抱得美人归。南印版本的《摩诃婆罗多》细节更为生动,称木柱王将木鱼安置在高空不停旋转的机关上,求婚者需看着水中的倒影,一箭穿过机关中央的小孔,准确无误地射中木鱼的眼睛。

第七章　　　　　　　　　　　　　　　　　比箭夺婚

般遮罗国与俱卢王国素来敌对。为了报复俱卢人，木柱王曾苦修，并向湿婆神祈求得到一位能杀死毗湿摩的儿子，为此安芭公主转生为束发投胎在他家中。般遮罗一战带给他的耻辱更是刻骨铭心，他誓要向德罗纳复仇。但木柱王对于将他生擒、武艺高强而又宅心仁厚的阿周那却很有好感，一心想要阿周那做女婿。他听说了紫胶宫大火的消息，但也听说般度五子其实并未遇害，只是藏了起来，以躲避亲族的迫害。为了找到阿周那，木柱王特地预备了一张只有阿周那才能拉开的硬弓，设下高悬于空的机关和金子做的靶心，宣称谁能拉弓上弦并箭中靶心，谁就能娶走他的女儿黑公主。木柱王将选婿大典的消息昭告天下，就是想招来阿周那做女婿，但他并没有把这个心愿告诉任何人。

为了得到绝色无双的黑公主，大地上的刹帝利英雄齐聚南般遮罗国的王都，参与这场盛大的比箭夺婚仪式。他们个个骄傲自负，认为自己武艺超群，力量非凡，必能在比试中夺魁。国王们意气风发地依次上前，决心施展本领弯弓上弦，耀武扬威一番，可他们无论如何都不能拉开那张坚硬无比的大弓。有的好不容易憋足了力气拉开弓，想要安上弦，却被弓的反弹之力震倒在地，狼狈不堪。一次次尝试，一次次失败，就连迦尔纳、沙利耶这样以勇武闻名天下的英雄都无功而返。国王们傲气消散，垂头丧气，甚至怀疑这根本就不是人能做到的事情。

当所有的国王都失败退下的时候，苦行者打扮的阿周那从观众席上挺身而起，径直向巨弓走去。而木柱王因为不知阿周那会以何种身份参与选婿大典，所以并没有追问这位竞争者的出身和家世，任由他上前比试。看见这年轻的修道者竟敢妄想尝试这连英勇的刹帝利武士也无法办到的事，人们顿时议论纷纷。有人说他胆大妄为，不自量力；也有人认为他仪表堂堂，沉着自信，想必确有绝技在身。

正议论之时，阿周那已走到巨弓前，镇定自若，岿然屹立，宛如群山之王喜马拉雅山。行礼致敬之后，他自如地拿起了弓，迅速地搭箭上弦，连射五箭，箭箭穿过机关中央的圆孔，正中靶心。因阿周那射箭力度太猛，金质的箭靶甚至被射落在地。随着靶子落地，四周瞬间欢声雷动，惊叹连连。刹那间，天上漫洒花雨，地上众乐齐奏，选婿大典至此已至高潮。黑公主唇角含笑，满心喜悦地为阿周那戴上花环，选中他为自己的夫婿，从此倾心。

坚战见弟弟获胜，便带着无种和偕天回去给母亲报喜。而怖军仍留在阿周那身旁，以免出事。果然，看见这场选婿大典的胜利者是一位婆罗门而不是刹帝利，在场诸王十分气愤，叫道："刹帝利公主的选婿大典只能在刹帝利中举行，婆罗门根本没有资格入选。在场那么多国王，难道木柱王就挑不出一个女婿来吗？他把我们召集在此，却把女儿嫁给一个婆罗门，这是对我们的侮辱，让我们把他和他儿子一起杀了吧！这女子若不乐意挑选刹帝利英雄做夫婿，就把她烧死吧！"说罢，国王们怒气冲冲地朝木柱王扑过去。阿周那和怖军见状，便挺身迎上前去。阿周那手执赢得黑公主的那张强弓，怖军随手拔起一棵大树将去树叶作为武器，与他共同作战。

杀人心切的众位国王宣称："把他们也一起杀掉吧，因为杀死举起武器的婆罗门不算罪过！"迦尔纳一马当先，冲向阿周那。双方展开对射，快得令人眼花缭乱，赢得旁观者阵阵喝彩。从阿周那的箭术中，迦尔纳认出他不是普通的婆罗门，又因他拥有梵天法宝和因陀罗法宝，便退出了战斗。沙利耶则对上了怖军，两人拳脚相斗，扭打成一团。怖军将沙利耶高高举起，用力摔在地上，但并没有杀死他。

见沙利耶被怖军打倒，迦尔纳迟疑惧战，诸王心生惧意，比起之前急欲杀死他们泄愤的念头，现在更想知道这两个人的真实身份。于是，黑天适时发言说那位婆罗门是根据选婿大典的规则得到黑公主，符合正法，劝说诸王各自回国，一场大祸就此消弭于无形。

阿周那和怖军带着黑公主，欢欢喜喜地回到陶匠家中，一进门就大声说道："看看我们今天得到了什么！"屋内的贡蒂正为儿子久久未归而担忧，以为他们和往常一样说的是化缘得到的施舍,没有看就随口说道:"那你们就大家一同分享吧。"话刚说完,才发现他指的是一个女子,方知自己说错了话,羞愧地拉着黑公主的手,对坚战说道:"我适才没有留心,犯下如此大错!你说应该怎么做,才能既让我不致口出妄言,又不让这位公主遭遇非法?"

坚战思索片刻,安慰了贡蒂一番,便对阿周那说:"是你赢得了这位公主,因此你应该与她成婚。"但阿周那却拒绝道:"兄长还未成婚,弟弟怎能占先?依照正法,你和怖军结婚之后,才能轮到我。请兄长说说看,该怎样做才能不违正法,受到称赞,又能让般遮罗王欢喜。不论你有何吩咐,我们都会遵行。"

听了阿周那的话,般度诸子一同望向美丽绝伦的般遮罗公主,黑公主也看着他们。般度诸子彼此对视一眼,坐下来各自沉思,从他们的表情来看,显然每一个都爱上了这位公主。坚战看出了弟弟们的心事,祖父毗耶娑关于"黑公主命中注定将成为你们兄弟共同的妻子"的预言,再次在他心中响起。冥冥之中,似乎确有命运存在。为了避免兄弟之间产生裂痕,也因为毗耶娑的预言,坚战宣布:"那就让黑公主成为我们共同的妻子吧!"

听了长兄的话,般度诸子默然而坐,思索着此话的含义。这时雅度族首领黑天和大力罗摩前来探望他们,亲人相见,欢喜无限。黑天明确表达了自己对他们的支持,谴责持国方。不过,一路尾随而至的不止黑天,还有般遮罗王子猛光。黑天与大力罗摩走后,他依然躲在近旁暗中观察,眼前所见让他颇为惊喜。他回宫向木柱王禀报:"那位射中靶子的年轻人有四个兄弟,和一位气度尊贵的老妇人住在一起。他们谈论的都是战争、战略、法宝和武器,那是只有刹帝利才能讲述的故事。既然那年轻人武艺如此出色,出身刹帝利却刻意隐瞒,他们毫无疑问就是我们寻找的般度五子!"

木柱王大喜过望,以盛大的仪式迎接般度五子和贡蒂进入王宫。坚战坦诚地向木柱王告知了自己的真实身份和五子合娶黑公主的决定。木柱王虽然欣喜自己心愿得偿,但难以接受五子共妻,他问道:"一个妻子怎么可能同时拥有几个丈夫?坚战啊,你精通正法,怎么会产生这种非法的念头?"

坚战说道:"遵守母命是正法,兄长应先于弟弟娶妻是正法,阿周那赢得你如同珍宝的爱女,该与她完婚。而我们兄弟之间有过誓言,获得珍宝应一同分享,我们不愿违背誓言。正法微妙,我们不知该如何遵循,但先贤走过的道路,我们可以遵循。"

但木柱王心中仍觉得不妥,无奈之下,索性把这事交给猛光、贡蒂和坚战三人商量处理。这时,仙人毗耶娑到了。木柱王心中一宽,向他请教:"一个女子是否能同时拥有几位丈夫?这样是否违背正法?"

毗耶娑答道:"一妻多夫违背人情,违反吠陀,因此现在已经不再通行了。不过,我想听一下你们对这事的看法。"

木柱王便道:"一妻多夫不仅违背人情和吠陀,而且过去的圣人也从未实行过。所以我反对一妻多夫,认为这样的婚姻不合法。"

猛光表示:"正法微妙,我这样的凡夫俗子哪里能确切知道。所以黑公主能不能作为他们共同的妻子,这问题我回答不了。"

坚战说道:"一妻多夫是有先例的,之前有记载说一位女郎嫁给了七位仙人,这位女郎以贞洁贤德闻名于世,可见人们并不以此为罪过。我从未口出妄言,心从不向往非法,但对这件事我却心向往之,所以它绝不可能违背正法。母亲是最好的师长,母亲要求我们兄弟一起分享,我认为遵守母命就是遵守正法。"

贡蒂承认道:"坚战说的是实话,我确有此言,希望我能免去妄言的罪过,说的话不致落空。"

见只有木柱王一人坚决反对,毗耶娑便与他单独谈话,告诉他黑公主前世即是因失言而获湿婆赐福必将得到五位丈夫的苦修女,而那位苦修女的前世即是象征王权的吉祥天女(Śrī),她与般度五子的姻缘本是命中注定。

据毗耶娑所述,神王因陀罗有一天看到恒河中漂来一朵金莲花,他好奇地溯源而上,发现一位美丽绝伦的女郎正在哭泣,泪水滴入恒河,化为朵朵金莲。"美丽动人的女郎啊,你为什么哭泣?"因陀罗问道。

这位女郎就是吉祥天女,她带着因陀罗来到喜马拉雅山巅,见到一位年轻俊美的男子正与一位女子掷骰子取乐。青年玩得很是尽兴,并不理睬因陀罗。因陀罗感觉受到了侮辱,怒道:"我是宇宙的主宰!"

青年一笑,向因陀罗扫了一眼,因陀罗便动也不能动了。青年玩乐完毕,才解除了因陀罗所受的禁制,说道:"你对我如此无礼,应当受点教训。既然你自负有力量,就打穿这座山吧!"因陀罗依言而为,发现山洞里有四个和自己一模一样的因陀罗。原来他得罪的这位青年就是大神湿婆,另外四个因陀罗也犯下同样骄傲自大冒犯大神的罪过。湿婆要求他们投生到人世,历经艰辛,完成各种业绩,凭借自己的努力重新赢回因陀罗界。因纯粹的凡人之身难以得到解脱,几位因陀罗请求正法神、风神、双马童作为生父,最后一位因陀罗不亲自下凡,而是由他的儿子来完成使命。吉祥天女作为王权的象征,也将下凡转世成为他们共同的妻子。吉祥天女哭泣,正是为自己和几位丈夫的命运而悲叹。

这般决定之后,湿婆又带着他们去见至上尊神那罗延(Narayana,即司保护的主神毗湿奴),那罗延同意了这样的安排,并且拔出自己的两根头发,白发转生为大力罗摩,黑发转生为黑天。

"黑公主即是吉祥天女转世。之前被关在山洞里的那四个因陀罗,转生为般度的四个儿子。后去的那位因陀罗应贡蒂之请而生子,即阿周那。所以他们的姻缘本是尊神安排,前世注定。"说罢,毗耶娑施展神通,让木柱王得以见到般度五子的本来面目。他们一个个年轻俊美,戴着金冠和花环,身上的天衣一尘不染,如同太阳一般光艳绝伦,确然是神王因陀罗的形貌。木柱王又惊又喜,叹道:"神意不可违,既是天意注定,我还能说什么呢?我本来只想得到一个女婿,如今却得到了五个女婿。既然这是湿婆神的恩赐,那就让他们成婚吧。至于是否合乎正法,那都不是我的过错了。"

得到了木柱王的肯定,般度五子依次每日一人与黑公主携手完婚。这场姻缘缔结了般度五子与南般遮罗国的同盟。木柱王得到勇武过人的般度五子作为强援,再也无惧任何强敌;而般度五子也得到了立身之所,足可与任何对手一较短长。

听说在选婿大典上夺得魁首的原来是般度之子阿周那,众位国王惊讶不已,心服口服，共同谴责持国王和俱卢族长毗湿摩。而般度五子大难不死并娶得木柱王之女为妻的消息，也迅速传遍了整个雅利安，传到了俱卢王国。象城王座之争，由此再起风云。

◉ 在《摩诃婆罗多》精校本校注涉及的数百份古代手稿中，黑公主的选婿大典上迦尔纳多因拉不开弓而被淘汰，但有六份手稿描述迦尔纳成功地拉弓上弦，正准备射箭之时，黑公主当众宣称："我绝不嫁苏多之子。"迦尔纳因此退出了比试。精校本编者因这六份手稿均属于晚出版本，且描述不符合当时的社会习俗，故未予采纳。

◉ 印度神话中的吉祥天女象征着王权、国土、财富以及好运。在《摩诃婆罗多》中，她是一位抽象概念上的独立的女神。她支持谁，谁就能获得王国和财富。因此，她常常与神王因陀罗联系在一起。般度五子与黑公主的联姻被视为因陀罗与吉祥天女的结合，颇有深意，既是对一妻多夫制的说明，也是将人世间的风云变幻视为宇宙秩序的投影。公元4世纪后，吉祥天女（Srī）与拉克什米女神（Laksmī）合二为一，成为主神毗湿奴的妻子，但在《摩诃婆罗多》主体故事成形的年代，这一联系并未建立起来。

◉ 印度人将真言（Satya）视为一种极其重要的美德。在《摩诃婆罗多》中，多处出现"真实是最高的正法"之类的词句。真言包括两个方面，一方面要坚持说真话、讲事实，另一方面还应确保自己说出的话都能成真、言出必行。说出落空的话，或者说出妄言，都被认为是严重的罪过。印度文化、宗教中对于"真"的追求可谓登峰造极，至今，印度的国训仍是"唯有真实，方能胜利（Satyam-evajayate）"。

◉ 这一章中毗耶娑称一妻多夫制是一种已过时的婚俗，吠陀时代的雅利安人可能实行过一妻多夫制。《梨俱吠陀》中描绘了多起一妻多夫的神话，如双马童同娶太阳神的女儿，风暴群神钟爱他们共同的妻子等。在吠陀和早期的经典中，有多例"父亲（Pitā）"和"丈夫（Pati）"采用复数。Sarva Daman Singh 在《古代印度的一妻多夫现象》（Polyandry in Ancient India）一书中有详细论述。至今在印度南方和喜马拉雅山区等地，仍有一些部族保留着几兄弟同娶一妻的风俗。《摩诃婆罗多》虽然掺杂了许多后世编写者添加的限制女性自由、贬低女性地位的内容，但仍可以在一些细节处发现截然不同的言论。比如般度劝说贡蒂使用咒语求子时，曾经说过："从前，据说妇女们纵情享受着欢乐，自由自在。这不算违反正法，因为这就是古时候的正法。"

◉ 湿婆与妻子掷骰子被冒犯，惩罚众因陀罗下凡历劫，《摩诃婆罗多》的故事因之展开，这一安排具有神之戏（Lila）的意味。中国人常说人生如梦，而印度人常说人生如戏，是戏剧，也是游戏。出于大神湿婆的恩惠，般度五子得到了黑公主为妻，从而拥有了王国和财富，而他们后来因掷骰子而失去王国历经艰辛，也正与群山之巅的这场掷骰之戏遥相呼应。极盛之时即是灾祸之始，这一基调从一开始就已确定。

⊛ 毗湿奴眠于原初之海上的形态称为那罗延（Narayana）。那罗（Nara），意为"水"，也指"人"，因此那罗延既表示"卧于水上者"，也表示"人的最终居所"。那时，宇宙消融于无形，剩下的残余物形成一条盘曲的大蛇，即千首龙王舍沙（Sesha），舍沙表示"残余"。当那罗延一觉醒来，从他的肚脐上生出原始莲花，梵天在莲花中诞生，万物由此肇生。

⊛ 大力罗摩和黑天原本是马图拉地区人们崇奉的一对神灵。大力罗摩肤色白皙，手执犁铧，是农业之神。黑天肤色黝黑，牧人装扮，是牧业之神。在《摩诃婆罗多》的这一插话中，大力罗摩和黑天都被视为主神毗湿奴的化身，但流传更广的说法是大力罗摩为毗湿奴座下千首龙王舍沙的化身。《摩诃婆罗多》中也同样提到了后一种说法。

第八章　　　　　　　　　　　一半国土

在选婿大典上失败的难敌，沮丧地带着自己的弟弟、迦尔纳、沙贡尼等人回转象城。路上，他们听说赢去了黑公主的人正是他们本以为早死在多象城的阿周那，不禁叹息天命才是最重要的，人力只是徒劳，一边痛骂布罗旃办事不力，一边担心——般度五子既然从火中逃生，又与般遮罗国缔结了姻亲之盟，如果他们借机复仇该怎么办呢？

他们忧心忡忡地回到象城。而得知此事的维杜罗却心花怒放，向持国报告喜讯道："上天作美，俱卢族繁荣昌盛啦！"持国本以为是难敌娶到了黑公主，这时才从维杜罗口中得知是般度五子成了般遮罗国的女婿，还结交了其他有力的盟友。持国满心不是滋味，但仍装作欣喜地说道："般度的儿子与我的儿子无异，听说他们从火中逃脱并获得了盟友，我只会更加高兴，有哪个国王不愿与木柱王及其亲友结盟呢？"

持国的一番话打发了维杜罗，令他喜滋滋地去了。但难敌和迦尔纳听了很不高兴，对持国说道："在维杜罗面前不好说什么，但是请您在我们面前实话实说。国王啊，您怎能以敌人的喜悦为喜，以敌人的荣耀为荣？现在我们应该好好讨论要怎么除去般度五子，削弱他们的力量，而不是助长他人威风！"

"我不过是为了掩人耳目才这样说的，在这件事上，我的想法与你们一致。"持国询问道，"那你们觉得我该怎么做？"

难敌回答道："我们可以派人去离间五子之间的感情；可以去贿赂木柱王的大臣们劝说他不要与般度五子结盟，或者让般度族留在般遮罗国不要回来；我们可以挑拨黑公主与般度五子的关系；我们可以悄悄害死怖军，削弱般度族的力量；或者明着请他们一起来象城，半路上派人干掉他们……"

难敌提出了许多建议，被迦尔纳一一否决："他们羽翼未丰之时，我们的计划尚且屡屡失败，如今他们已然得势，怎么可能制服他们？他们爱着同一个妻子，不可能因离间而闹分裂。要让黑公主对他们不满就更不可能了。黑公主嫁给他们时，他们还是苦行者模样，她尚且没有嫌弃，如今时来运转，黑公主又怎么可能离开他们？一个女人能有好几个丈夫，那可真让人羡慕，她不会放弃到手的幸福。般遮罗王不会为财富所动，他的儿子也喜欢般度族，绝不会背弃他们，所以你那些离间和送礼的办法都行不通。"

"与其绞尽脑汁，不如以武力取胜，就趁般度族根基未稳，趁般遮罗国还没做好战争的准备，趁黑天还没带着他的军队来援助般度族，我们集结大军向般遮罗国进攻，消灭他们永除后患。自古都是以武力论胜负。通过战争，以勇武征服四方，这就是刹帝利正法呀。"迦尔纳竭力劝说持国开战，获得持国的称赞。但军国大事必须召开会议才能决定，于是，持国召来了以毗湿摩、德罗纳、维杜罗为首的所有大臣前来商议。

毗湿摩一听这样的计划就一口否决："和般度的儿子们作战，我无论如何也不会赞同。"他以俱卢族长的身份说道："对我来说，般度的儿子与你的儿子都是亲人，我对你们一视同仁，怎么能和他们开战呢？持国啊，你也应该像保护自己儿子一样保护他们啊。你去和他们议和，分给他们一半国土吧，因为这个王国也是他们的祖先和父亲留给他们的呀。"

他语重心长地劝说难敌："难敌，你把这王国视为你祖传的，认为自己有权继承，同理，般度之子也是这样想的。依照正法，般度的儿子事实上比你更有权继承这个国家。如果他们无权得到这个王国，其他人就更没有权利了。因此，为了调和矛盾，分出一半王国给他们吧。否则，我们只会声名狼藉，遗臭万年。"

自从紫胶宫大火之后，这位德高望重的俱卢族长也无辜受累，白白地领受了不少骂名。他谆谆告诫难敌："好好地维护自己的名声吧！美名就是最大的力量。若美名传扬，人虽死犹生；若恶名昭著，人虽生犹死。自从我听说般度五子和贡蒂在多象城遇难，我就无颜见任何人了，天幸他们还活着！难敌，你应该把这视作上天给你补偿罪孽、洗刷恶名的机会。特别应当注意的是：般度五子同心协力，又站在正义的一方。他们是被不义地赶出了他们本应享有同样权利的王国。如果你还愿意遵守正法，愿意让我高兴，愿意有好结局，那就听我的，分给他们一半国土吧。"

听了毗湿摩之言，德罗纳也表示赞同："我想我们应该马上派使者带着厚礼前往木柱王处，向他表达我们对象城与般遮罗国联姻的喜悦之情，并向般度五子祝贺新婚之喜，邀请他们回到象城，在征得百姓的同意之后让他们登上般度王留下的王位。这就是我的想法。"

毗湿摩为俱卢族长，百战百胜，在军队中威望崇高；德罗纳贵为俱卢王族首席教师，发言举足轻重。他们二人一致否决，出兵之事自然成不了。一心想作战的迦尔纳满心不痛快，挑拨道："毗湿摩和德罗纳都受你供养，为你敬重，可他们却处处向着外人，不为你着想。持国王啊，我认为你该想想这些大臣中谁是好人谁是坏人，分辨出谁说的话才是忠言。"

德罗纳怒道："我早知你居心叵测，你一心想和般度族开战，只是因为你仇恨他们，想公报私仇。如果国王今日不听我的忠告，过不了多久，就是俱卢族的毁灭之日！"

眼看几人就要在朝堂上争吵起来，维杜罗见状，马上对持国道："毗湿摩和德罗纳才是你的亲人和尊长。他们一向对你和般度族一视同仁，从不背地里说你的坏话，也不曾做过对你不利的事。身为长者，自然以象城利益为先，绝不会有意害你。那些劝你加害般度族的人，就算投你所好，也只是出于一己私利，并不是真正为象城着想。你想想，以般度五子的武艺，谁有把握能战胜他们呢？况且现在般度族已不是孤军奋战，雅度族支持他们，黑天为他们出谋划策，再加上般遮罗国的结盟，我们哪里有必胜的把握？相反，如果我们不与般度族开战反而与他们交好，其一，可以洗刷火烧紫胶宫落下的恶名；其二，可以与般遮罗国缔结盟好，从此化敌为友；其三，雅度族力量强大，黑天支持的一方必是胜利的一方，如此可以不与黑天交恶。能用怀柔手段解决的事，为何要诉诸战争呢？城中百姓原本就亲善般度诸子，此举也是顺应民心之举。因此，请您采纳德罗纳和毗湿摩的建议，不要听从难敌、迦尔纳这些年轻无知之人的话。否则，全国百姓都会因此而遭殃的。"

持国权衡利弊，决定与般度族和解，便派维杜罗前往般遮罗国，请般度之子归来。般度之子征求了黑天和木柱王的意见，携着黑公主和贡蒂，在黑天的陪同下，一起回到象城。持国派遣儿子奇耳与般度之子的授业恩师德罗纳和慈悯，一同前去迎接他们。他们在众人的簇拥下荣耀万分地进入象城，城中百姓欣喜万分，向他们致以最热烈的欢迎。对百姓来说，看到般度之子重返象城，就像看到昔日的般度王因为思念百姓而从森林中归来一般，熟悉而又亲切。他们由衷地希望般度诸子能够永留象城，像亲人一样保护他们。

待般度诸子休息了一段时间之后，持国和毗湿摩接见了他们。持国说出了自己的计划："为了不再起纷争，我分给你们半个王国。坚战，你和你的弟弟们前往甘味林（Khāṇḍava）居住吧！在那里，你们会拥有自己的王国，可以大展宏图，再不会受苦了。"这一半国土是俱卢王国西边较为荒芜的部分，在阎牟那河（Yamunā）以西，娑罗室伐底河（Sarasvatī）以东，遍布着原始蛮荒的丛林，常有危害人类的蛇族和罗刹出没。让本应继承王位的般度之子离开象城，前往那片蛮荒之地，本不甚公平，但般度诸子还是接受了持国的安排，在黑天的陪伴下，动身前往甘味林。

般度之子与持国之子始自童年的争斗，随着岁月的流逝而愈演愈烈，至紫胶宫大火矛盾彻底激化，般度诸子诈死逃亡，一路上降服罗刹，结盟乾闼婆，赢娶昔日仇敌木柱王之女……他们顺时而动，因势而为，将一个个敌人化为盟友，最终得到了半个王国，这是天时，更是人和。象城纷纷扰扰的王位之争，至此终于暂告一段落。

然而，分国而治真的就能平息纷争吗？利益当头，人欲无穷，有几人能始终不移地蹈行正法，完全摒弃内心的私欲？同样的问卷不仅考验着持国诸子，也考验着走向自己新家园的般度诸子。血与火的征服、奶与蜜的土地、好友的拥抱、美人的柔情、亲人的欢笑与泪水……新的冒险正等待他们去经历，新的传奇正等待他们去书写。

◎ Michael Witzel 认为俱卢王国是雅利安人在印度建立的第一个王国，也是政治文化中心。《梨俱吠陀》即提到了俱卢王国及福身王，当时天帝城还是一片蛮荒。但《百道梵书》中就有了赞颂阿周那的孙子继绝王为各种族共主贤王的诗篇，称颂在他治下人民安居乐业。天帝城在今德里附近，考古报告显示该遗址最早的文明层在公元前1000年左右。

◎ 《罗摩衍那》以罗摩为二子加冕为王、裂国共治为结局。罗摩为三分期结束、二分期开始时的圣君，被目为道德典范，一举一动俱为后世垂范。毗湿摩提议分裂王国由持国之子与般度之子共治，正是沿袭了罗摩时代的传统。不过，和般遮罗分裂为两个完全独立的国家有所不同，这种裂国共治仍然保留了家族的统一和完整。有指正是这样的安排放大了般度方繁荣昌盛对难敌造成的压力，引发了难敌的妒忌。

◎ 一般认为《摩诃婆罗多》成书于公元前4世纪到公元4世纪之间。印度的社会政体正由共和制的部落联盟向奴隶制国家转化；列国林立争霸，逐渐诞生统一的帝国。史诗中的"国王"实际是指不同社会发展阶段的部落首领和奴隶制国家首领，其定义远不如中文语境中的"国王"一词那样严格，像难敌这样的王子也经常被称为"国王"。

◎ J. A. B. Van Buitenen 称《摩诃婆罗多》是一部主题模糊、时间模糊、作者模糊的著作，但它首先是一部关于"俱卢之野"的史诗，可以理解为"俱卢族的土地"。俱卢国位于恒河上游，疆域北至喜马拉雅山，西至娑罗室伐底河。与之毗邻的般遮罗国尽管仅剩南般遮罗部分，依然紧扼俱卢通往恒河下游的通道。而象城之西越过甘味林、沿阎牟那河而下的马图拉，则生活着黑天的族人。印度三大圣河恒河、阎牟那河、娑罗室伐底河均流经俱卢的土地，这是传统的"雅利安人之地"最中心的部分。俱卢族内部的兄弟相争，俱卢与般遮罗之争，以及作为顾问参与其中的黑天，构成了这部史诗的核心故事。

（第二部完）

第三部
不可避免
之战

兄弟间的那场灾难性的赌博是怎样发生的呢？请您详细地讲给我听，因为那是大地遭到毁灭的根本原因。

——《大会堂篇》2.46.3

第一章　　　　　　　联姻多门城

　　按照协议，持国将俱卢王国分为两部分，东部地区位于恒河流域，是雅利安人传统的繁衍生息之地，人口稠密，属于吠陀文化的中心地，归持国一家所有。西部地区则是未经开垦的蛮荒之地，归般度之子所有。般度五子接受了这样的安排，来到自己的王国，在阎牟那河畔的丛林中选择了一块土地建都。黑天有率领雅度族迁徙至多门城（Dvārakā）建设新家园的经验，便伴他们同行，指导他们建立起新都。最终他们建好一座美丽辉煌的城市，壕沟宽阔，城墙高耸，塔楼入云，武备精良；城内坊市有序，城门叠立，道路宽阔；城周园林繁美，有星罗棋布的湖泊和池塘；整座城通体雪白，好似透着盈盈月光，又好似财神俱比罗的仙宫。人们甚至把这座城市视为天帝因陀罗的宫殿在凡间的化身，因此称它为因陀罗之城（Indraprastha），即天帝城。因陀罗又有"最优秀的"之意，故也表示世间最好的城市。待般度五子安顿好之后，黑天和大力罗摩便返回了多门城。

　　坚战王和兄弟们一起有条有理地治理邦国，奉行正法，使得国家百业俱兴，臣民快乐富足，天帝城很快就远近闻名。各地的商旅学士纷纷慕名前来，云集于此。在来此拜访的众多客人之中，还有一位不一般的仙人，他就是可以在三界之中自由穿行的那罗陀仙人（Nārada）。他告诫般度五子："从前曾发生过原本亲密无间的兄弟为了争夺同一名女子而自相残杀。般遮罗国公主以一人之躯成为你们五个人的另一半，你们应该想一个办法来防止兄弟失和。"般度五子经过商议，便当着那罗陀的面定下规矩："如果五兄弟之中有谁正和黑公主独自相处，其他兄弟就必须回避。若有哪位兄弟没有回避而是上前打扰，那他就要到森林里去修十二年的梵行（brahmacarya）。"有了这样的规定，般度五子虽共娶一妻，却没有纷争与不和。黑公主与般度之子彼此情投意合，而天帝城则在般度五子的治理下欣欣向荣，家国和美，生活美满而幸福。

一起突发事件打破了他们平静的生活。有一天，一位臣民因奶牛被盗贼抢走，来找般度之子主持公道。阿周那正在附近，听了他的申诉，准备拿起武器，捉拿强盗，夺回奶牛。但坚战此时正和黑公主单独待在存放武器的房间里。阿周那有些犹豫，然而奶牛主人的哭喊让他意识到刹帝利的最高正法是保护无助者，自己应履行职责，不能置苦难于不顾。于是他下定决心，闯入屋中取出了武器，战胜恶徒，夺回奶牛归还给失主。回城之后，他对坚战请辞："我打扰了你和黑公主的独处，请让我按照约定，去林中梵居吧！"听到这样的话，坚战有些错愕，他难过地劝说阿周那："何必呢？你没有过错。即便你的闯入让我有些不悦，但我完全可以原谅你啊。我是哥哥，是弟弟的庇护者，弟弟闯入哥哥的房间，根本不算过错。听我的话，留下来，不要去林居吧！"但阿周那十分坚决："你教导过我正法面前不容诡辩，我以真理为武器，不会在真理面前动摇。"坚战劝他不动，只得同意他出发前往森林，开始为期十二年的梵行生活。

所谓梵行，就是指追寻和理解所谓宇宙真理"大梵"的生活。修梵行者应回归他们学生时期的生活方式，需要保持个人清洁，简衣素食，按时冥想，不恋奢华。阿周那进入森林，按照梵行的要求，举行祭祀和布施，一路走过许多丛林、湖泊和山脉，到达恒河的源头圣地。传说，恒河就是从这里由天上降落到凡间。阿周那于此处进入恒河沐浴，正从水中走出之时，被蛇王之女优楼比（Ulūpī）撞见。优楼比对他一见倾心，便将阿周那拖入水下，带到了蛇王的宫殿之中。优楼比向阿周那直白地表明了自己的倾慕之情，求他满足自己的情欲。阿周那惊讶于蛇女的大胆，但是拒绝了她："我也愿意成全你的一番美意，但我发誓要过十二年的梵行生活，我的誓言不能成为谎言。"优楼比灵机一动，说道："你林居的缘由我都知道。你离开天帝城到森林游荡，便已经算是履行誓言了。你在我这里和我欢好，并不会使你违背正法。更何况，你身为刹帝利，正法不是要你保护受苦难的人吗？我现在为情所困，痛苦难解，正是需要你保护的人呀！难道你要坐视我被爱情折磨致死也不出手相救吗？哪怕你我欢好会违背你梵行的誓言，但因为你援助了我这孤苦之人，可以算是积下大德，所以你的正法仍会得到弥补。"听了这番话，阿周那便在蛇王宫中住了一夜，满足了优楼比的愿望。优楼比心满意足，赐福给阿周那，使他能在水下无敌，并且告诉他："一切两栖动物都会败于你手。"

第二天日出，阿周那离开了优楼比，继续向群山之王喜马拉雅山进发，在那里参拜圣地、游历一番之后，便折向东南，沿着海岸走到了海边的摩尼城（Maṇipūra）。摩尼城国王花乘（Citravāhana）有位名唤花钏（Citrāṅgadā）的女儿，生得十分美丽。阿周那对她生出了爱慕之情。花乘王了解情况之后，告诉阿周那："我们家族每一代都是单传。到了我这一代，只有花钏这一个女儿，所以她的儿子要成为传宗之人。如果你愿意将你俩的儿子送给我，那我便答应把女儿嫁给你。"阿周那同意了，和花钏公主举行了婚礼。在曼奴罗国停留期间，阿周那听说南方有五个圣地因水中鳄鱼作祟而荒弃，决定前往一探究竟。他一到了那里，就去水中沐浴。果不其然，一条鳄鱼一下咬住了阿周那。阿周那运用无穷的臂力，反制住了鳄鱼，将它拖到岸上。刚一出水，鳄鱼就化成了一位妇人。阿周那大吃一惊，询问原委，才知道这五处圣地中的五条鳄鱼都是天女所化，她们因引诱苦行之人而受到诅咒，变成了鳄鱼。那罗陀仙人指点五位天女，让她们来到这五个圣地，等待阿周那的到来，请求他的救助。于是阿周那依次将五位天女从诅咒中解救出来，让圣地恢复了光彩，才回到摩尼城看望妻子花钏公主。他在摩尼城停留了三年，花钏公主为他生下了一个儿子，就是日后的褐乘王（Babhruvāhana）。儿子出生后，阿周那便出发上路，继续自己的林居之旅。

他由东南游历到了西部边陲，拜访了西海岸的每一处圣地、每一条圣河。好友黑天听说后，便前去见他。他正有一肚子的话想要和黑天说。他把自己一路上的见闻尽数倾诉，那些高山河流，那些古迹圣地，他不知疲倦地讲着讲着，一直讲到自己进入梦乡。他还将自己林居的原因和奇遇告诉了黑天，黑天满意地说："朋友，你并没有做错。"旧友重逢，快乐无比。黑天意犹未尽，邀请阿周那到多门城居住一段时间。于是二人一起来到了多门城，受到了人们的热情欢迎。时值节庆，多门城的百姓纷纷出门游乐。就在这次节日庆典上，阿周那遇见了黑天的妹妹妙贤

（Subhadrā）公主。华灯之下，乐舞声中，他的心湖因为这位妙龄女子而泛起涟漪。黑天看在眼里，调笑道："林居者的心弦竟然也会被爱情撩动？令你倾心的女子是我的妹妹妙贤，如果你心中有意，我可以帮你禀明父亲。"被好友看穿了心思，阿周那坦率地承认："她是你的妹妹，又如此美丽，若我能娶到她，那就如同拥有了一切！无论是什么事，只要能得到她，我都愿意去做。"黑天见他如此心切，便给出建议："刹帝利女子结婚一般是要举行选婿大典，但勇敢的刹帝利抢婚的行为也受到人们赞赏。既然你对我妹妹志在必得，那你就把我妹妹抢走吧！"于是阿周那派出信使请示坚战，得到坚战的同意之后，他便驾起黑天的金车，抢走了妙贤公主。

　　多门城的宫廷得知妙贤被劫的消息，顿时乱成一团，武士们催促侍从套车备马的叫喊声此起彼伏。大力罗摩正好喝醉了，听到这消息愤怒不已，痛骂道："阿周那这个蠢货，如果希望结亲，又为何做出如此胆大妄为的事情！这是对我们的侮辱，如同照脸踢了我一脚！他自己寻死，我一定要将他整个家族统统消灭！"相比族中其他武士的群情激越，黑天一直一言不发，听了哥哥这话，他终于开口："阿周那非但没有侮辱我们，反而显示了他对我们家族的尊重。他明白我们不是贪求彩礼之人，又觉得传统的选婿大典靠不住，他不愿像买卖牲畜和货物一样娶走我们的公主，才依据刹帝利正法掳走了妙贤。依我看，阿周那英勇无敌、出身名门、广受赞誉，这门亲事郎才女貌很是相配。他勇猛善战，又驾着我的战车，你们现在去追他，也未必能战胜他，只会是自取其辱；倒不如好言劝他回来，欢欢喜喜地结下这门亲事。以外交代替征伐，才能立于不败之地。"大家听了这话，细思利弊，都平静了下来，阿周那也就带着妙贤回到多门城成了婚。婚后，阿周那在多门城居住了一年，便告辞而去，继续拜访圣地，维持林居的生活，直至十二年期满。

　　阿周那终于回到了甘味林。黑公主得知他带回了妙贤公主，不禁闹起了别扭。她生气地说："你何必来我这里？你到妙贤公主那里去吧！新欢在前，旧爱又算得了什么呢？"说着说着还哭了起来，埋怨阿周那。阿周那一再劝慰也无济于事，只得请妙贤公主帮忙。于是，妙贤褪去华服，打扮得像个牧女一样，对黑公主行礼，说道："王后啊，我就是您的侍女！"见到她如此通情达理，黑公主也就消气，拥抱了妙贤,给予她真诚的祝福。

自从阿周那回来之后,天帝城就喜事不断。多门城送来了海洋一般的财宝,庆祝阿周那与妙贤的婚事。不久,妙贤就生下了一个男孩。这个男孩拥有满月一般的俊俏脸庞,健康强壮,无所畏惧,得名"激昂(Abhimanyu)"。黑公主也为阿周那生下了一个男孩,为纪念阿周那在林居期间的业绩,得名"闻业(Śrutākarmā)"。加上她之前和坚战生下的向山(Prativindhya),和怖军生下的子月(Sutasoma),和无种生下的百军(Śatānīka),和偕天生下的闻军(Śrutāsena),现在,般度家族的下一代男丁兴旺,欣欣向荣。长辈们为这些孩子举行了各自的命名、剃发和拜师礼,让他们习文练武、端正成长,对他们寄托了无尽的期望。日子美好得就像蜜酒,毫无苦涩和凶险,只有快乐和希望,这样的生活能持续多久,也许只有神灵才能知道。

◉ 那罗陀告诫般度五子的故事构成了插话狄罗德玛篇。上古时有两位阿修罗孙陀(Sunda)和优波孙陀(Upasunda)通过苦行求得梵天赐福:除非两人自相残杀,否则没有任何伤害能置他们于死地。两位阿修罗获得赐福后称霸三界,胡作非为,却无人能制。梵天为此造出一位绝色美女狄罗德玛(Tilottamā)。为了能目不转睛地看到她,湿婆长出了四张脸,因陀罗长出了一千只眼睛。孙陀和优波孙陀在醉酒时看到她,为了争夺她而发了狂,彼此互不相让,大打出手,最后死于对方手中,三界的危机得以解除。那罗陀以此告诫般度五子不可因嫉妒而兄弟反目。

◉ 早在吠陀时期(前1000年左右),牛就被雅利安人视为最重要的财产和生活必需品,婴儿喝牛奶长大,成年人喜好各种奶制品。一个家庭有了一头牛,生活就有了保障。爱牛敬牛逐渐演化成一种宗教情感,牛被视为最神圣高贵的动物,尤其是乳牛。杀牛、盗牛都被视为重罪。这一习俗流传至今,导致护牛的印度教徒常和每逢节日就宰杀牛羊庆祝的穆斯林起冲突。

◉ 著名诗人泰戈尔将花钏女的故事改写为同名戏剧《齐德拉》(Citrāngadā)。花钏女自幼被当作男性继承人培养,英武善战,保境安民,但相貌平平。为了得到阿周那,她祈求神灵赐予她为期一年的美丽面孔。她如愿以偿了,却一直处于患得患失之中。最终,她鼓起勇气向阿周那展现出真正的自我,得到了阿周那更深沉真挚的爱情。这是一个"肉体与灵魂你更爱哪一个"的故事。1924年该剧目首次在中国上演,徐志摩、林徽因参演,轰动一时。

◉ 那罗陀是印度神话中著名的仙人。据说他是梵天之子,永恒的旅行者和歌人。他见多识广,博学多才,总是怀抱着维纳琴穿梭三界,将见闻分享给天神、阿修罗、凡人等所有种族。许多故事因他的到来而展开。《摩诃婆罗多》中称他是大神毗湿奴的虔诚信徒,每一次世界毁灭过后,他负责将音乐(乾闼婆吠陀)传授给下一劫的人们。中世纪虔信运动之后,他又成为虔爱的化身。那罗陀在耆那教也极具影响力,耆那教认为每个轮回都有九个那罗陀。

◉ 黑天所在的多门城是多族共治的部落联盟。有致力于将史诗去神话化的学者认为,黑天忽然改变主意让阿周那劫走妙贤,是担心族中有长老不同意多门城与般度方的联姻,造成波折。他特意将自己的金车借给阿周那,就是为了向族人显示自己的意向,让族人有所顾忌,以免抢婚途中双方发生太严重的冲突。

◉ 阿周那被誉为业瑜伽(Karma-yoga)的典范,即履行职责从事行动而不在意后果如何。在《摩诃婆罗多》中,他两次流放森林,两次进行大规模长距离的征服,两次死而复生。在他二十四年的流放生涯里,他似乎时刻都在行动中,其足迹遍布印度的各处圣地圣河,从喜马拉雅山区到南海之滨,从东海岸到西海岸,上至因陀罗神界,下至地界蛇王的宫殿。这段类似奥德修斯归家的旅程让他被称为行动的英雄,从下定决心到从事行动之间少有迟疑,唯一的一次便是在俱卢大战前因不愿屠杀亲朋好友而犹豫不决,从而引发了黑天向他宣讲《薄伽梵歌》(Bhagavadgītā)。

怀抱维纳琴周游三界的那罗陀仙人

维纳琴(Veena),印度最古老的弦乐器,历来被视为神圣之物。演奏维纳琴被认为是一种瑜伽修行。传说智慧与文艺女神辩才天女便很爱演奏维纳琴。

第二章　　　　　　　　　　　　　　　　　　　　幻象之宫

　　妙贤与阿周那成婚后，雅度族与般度族亲上加亲，黑天更是经常到天帝城做客。夏日的一天，他和阿周那正在阎牟那河畔的甘味林附近游玩，一位婆罗门前来乞讨食物，自称食量很大，请求能让他吃饱。此人身具异相，橘黄肤色，胡子红彤彤的，周身闪着黄金般的光泽，明亮夺目。古印度以布施为美德，所以黑天和阿周那一口答应："您要吃什么样的食物？我们一定竭力满足您。"那人答道："我不吃寻常粮食。你们就当我是火焰吧，火吞食什么，我就能吃什么。如今我想吃掉这座甘味林，但其中居住着蛇王多刹迦和他的亲友。多刹迦是因陀罗的朋友，我若烧着了林子，因陀罗肯定会兴云作雨保护，让我无法如愿。你二人武艺高强，就请帮助我，抵挡因陀罗的雨水，并且拦阻奔逃的动物，让我饱餐一顿吧！"阿周那顿时明白了，眼前这人正是伪装成婆罗门的火神阿耆尼（Agni）。

　　在吠陀时代，阿耆尼是一位十分重要的神灵，他是一切祭祀活动的中心，是承接和享用祭品的主体，是连接人与神之间的桥梁。凡间有位国王，为了能升入天国，举行了一次长达十二年的盛大祭祀，最终如愿以偿。祭火之神阿耆尼却因为长时间不间断地吞食祭品而病倒，失去了往日的光芒，只有吞噬掉甘味林及林中的生物才能痊愈。但由于因陀罗和林中生物的阻挠，阿耆尼接连七次试图烧林都未能成功，于是在梵天的指点下，前来寻求阿周那和黑天的帮助，因为这两人是古老的仙人那罗与那罗延的化身，一定能抵挡因陀罗的攻势。

　　阿周那得知原委，回答道："我无惧和因陀罗作对，但还需要一些合用的兵器。我臂力太强，寻常的弓难以承受我的力气，因此我需要一张用劲拉也不会拉断的强弓。我射箭很快，战车载不动那么多箭，所以我还需要用之不尽的箭和一辆上好的战车。黑天也需要与他的勇武相配的武器。"

火神当即请来水神伐楼那（Varuṇa），伐楼那给了阿周那一张梵天亲手制作的神弓甘狄拨（Gāṇḍīva）和两个箭可取之不尽的箭壶。据说，世间只有阿周那、黑天，以及天生神力的怖军才能为甘狄拨弓安上弦。水神还赠予阿周那一辆套着神马、以神猴哈奴曼（Hanumān）为旗徽的战车，白马如云，疾行如风，神猴雄俊，战车华贵。阿周那为甘狄拨弓安上弓弦，弦声铮铮，声震四方，惊得人心颤抖。黑天则得到了一个诛杀敌人之后可以自动飞回的飞轮和一个神杵。得了这些武器，二人表示能够战胜世间一切敌人，哪怕是天帝因陀罗。于是，火神高兴地扑向森林，以七条火舌包围甘味林，开始焚烧。一时间，大火直蹿青天，承受焚烧的森林发出耀眼火光，如同一座黄金累积成的大山，又如同太阳撞上了大地。黑天和阿周那立即各自登车，守在林子的两端，不让任何东西逃出火神的包围。两位黑王子驾驭着战车，围绕着甘味林疾驰，追杀四处逃窜的动物。因为车速太快，两辆战车如同连接在一起，没有丝毫缝隙。因陀罗得知消息，马上对准熊熊燃烧的森林降下大雨，雨是那么大，以至于雨水都形成千万道车轴一般粗的水柱。但哪怕雨下得再猛，也敌不过旺盛的火焰。这些水柱还没有碰到森林的边，就被蹿入半空的大火烧干了。这下子，甘味林上空黑云密布，雷电大作，狂风呼啸；半空中水火交织，烟雾弥漫；而被黑暗苍穹笼罩的森林正发出耀眼金光，同时传出林中生物的阵阵哀嚎……多么可怕的情景！

见到自己的法术被阿耆尼抵消，因陀罗愤怒起来，降下更多雨水。阿周那见招拆招，射出雨点一般密集的箭矢，将整座林子封住，里面的一切出不来，外面的雨水也进不去。因陀罗为了救出多刹迦的儿子马军（Aśvasena），用幻术使阿周那昏迷，使他得以逃脱。阿周那醒来之后勃然大怒，开始与因陀罗正面作战。阿周那朝天空射出密密麻麻的利箭，又用法宝驱散了雨云，霎时间，乌云扫净，又一片明丽晴空。这时，林中的金翅鸟、毒蛇、罗刹、魔怪、食尸鬼等纷纷加入战斗，想要杀死黑天和阿周那，但都敌不过两位黑王子，纷纷倒下，尸体如潮水般累积。见到两人胆大包天违抗自己的意愿，因陀罗怒不可遏，跨上白象，手持金刚杵，向他们冲去，他命令众天神："他俩的末日到了！"一声令下，所有的天神都纷纷祭出自己的法宝，加入战斗。天神和人类开战了！战斗是多么恐怖，好似末日来临，世界

水神伐楼那

在《梨俱吠陀》早期的颂诗中，阿修罗是对最高神的尊称，这个最高神正是伐楼那。他以摩耶幻力创世并制定规则，以太阳为眼睛洞察一切掌控三界，违反他命令的罪人将被他手中的套索捆绑无法挣脱。但到了史诗时代，阿修罗已经成为天神的对头，常具负面形象。伐楼那也早已失去昔日的神王地位，成为阿修罗和众水之主，也是西方护世神，以多金多宝闻名于世。

火神阿耆尼

吠陀时代的主神有三位：地界主神阿耆尼（Āgni），空界主神因陀罗（Indra）和天界主神苏利耶（Sūrya）。阿耆尼三首七舌，以山羊为坐骑，以烟为旗帜，是沟通天神与人类的媒介。他是人类家庭的常客，听取祈祷，将祭品运送到天神和祖先那里，因此他常被称为祭品的运输者和分发者。

就要覆灭。但阿周那和黑天并没有退却，他们一次次地击退天神的进攻，使得对手丧失斗志。因陀罗变出无数巨石，让巨石像雨点一样冲着阿周那砸去，阿周那则飞快放箭，粉碎倾泻的石雨。然后，因陀罗索性托起一座山峰投向阿周那，阿周那面对陨石般的山峰射出烈焰，使山峰崩裂，落在森林中。就这样，妖魔和天神都未能击败阿周那与黑天，也无法阻止大火吞噬森林，只得弃战而逃。因陀罗一是发现他的朋友多刹迦早已逃出，并未困在火场之中，二是佩服阿周那二人的勇武，也就平息了心头的愤怒，转身回天国去了。

阿周那与黑天继续围堵森林，让火神享用祭品，血和油脂浸泡着甘味林发烫的土壤，惊呼与悲鸣甚至连遥远的大海上都能听到。这时，黑天看见一位名叫摩耶（Mayāsura）的阿修罗从火场中逃出，他举起飞轮正要攻击，摩耶冲着阿周那大叫："阿周那呀，快来救我吧！"阿周那身为武士，有责任保护向他求救的人，所以立刻喊道："不要怕！"见摩耶得到了阿周那的庇护，黑天便饶过了他的性命。大火烧呀烧呀，把一切生灵都吞了下去，有如劫末之时，时间之火焚烧众生，收回万物。借助两位黑王子的帮助，火神饱吃一顿，心满意足，升上天去。甘味林中的万千生灵都丧了命，只有多刹迦父子、四只花斑鸟以及这位叫作摩耶的阿修罗活了下来。

摩耶逃过一劫，对阿周那十分感激，决意报答。阿周那推辞不过，把人情送给了黑天。黑天得知摩耶是阿修罗一族的能工巧匠，就让他为坚战王建造一座美轮美奂的大会堂。会堂是当时印度王室举行庆典、处理政务的重要场所，是王权的象征，也是一国软实力的体现。摩耶欣然应允，特地从北方的高山深潭中带回无数奇珍异宝作为建筑材料，用黄金打造柱子，用玉石垒筑围墙，把各式各样的宝石点缀在这金碧辉煌的会堂之中。会堂四周绿树繁茂，四季百花盛开；会堂内部舒适凉爽，富丽夺目。其中有一个天下无双的莲池，摩尼宝珠为花朵，琉璃为莲叶，整个池塘镶嵌着无数珍珠宝石，加之池水清澈透明，粗心的人初次见到这莲池还以为是珠宝堆，一时不慎就会跌落池中。用了足足十四个月，这座神奇的大会堂终于落成了，长宽一万腕尺，它像太阳一样光芒四射，像火焰一样灿烂辉煌，尘世之中无与伦比。

那时，天帝城已经征服了临近地区的一些王国，国势蒸蒸日上。在坚战的带领下，怖军总管监国，刚正不阿；阿周那抵御外敌，治军严明；偕天监理法务，不偏不倚；无种怀仁抚恤，谦恭敬贤。这片土地已经再也看不出往日荒凉贫瘠的痕迹，人人安居乐业，各阶层的利益都受到保护。因为坚战王关怀众生，一视同仁，总是依据民众的需求做出决策，百姓将坚战视为亲人，没有谁对他怀有敌意，因此，他得到了"无敌（Ajātaśatru）"的称号，意思是"没有敌人之人"。如今摩耶修筑的大会堂又顺利完工，更引得天下名流齐聚于此，表达对坚战王的敬意。

这一天，威力非凡的大仙人那罗陀再次造访天帝城。他之前为坚战兄弟的家事提出了有益的建议，此次则重点考核坚战对政事的理解。那罗陀认为，君王治理国家的关键是正确、平等地对待法、利、欲三者，不能对任何一方有所偏废，因为它们和解脱一样，都是天下众生所追求的目标。所以，他首先针对坚战对法、利、欲这三者的理解和处置而提问："坚战啊，你是否正确地对待法、利、欲三者，享受生活的快乐，钱财用途正当，心以崇奉正法为乐？你对待百姓是否既合乎正法，又合乎利益？你是否对各色人等都能量才录用？任用的大臣是否都能干称职，爱戴效忠于你？你的国家是否太平？武备、粮仓和国库是否充实？国家的收支比例是否平衡？残疾者、无依无靠者和出家人是否能得到你的照料？百姓是否视你为他们的父母？"

国王自身的素质自然也是那罗陀重点考察的对象："懒惰、粗心、易怒、办事拖拉、求教于愚者、偏听偏信、做事只凭感觉……这些都是国王常见的毛病，你是否都能一一克服？你是否能控制自我，然后再去征服你的敌人？你是否内政巩固后再去征服外敌？你是否有高效的密探和出众的将领确保作战一定能获胜？"

那罗陀问政，详细而全面地考察了坚战治国的方方面面，而考察结果让他十分满意。坚战对待正法、利益和欲望都给予相同的重视。人们甚至认为，在坚战的统治下，法利欲就像化作了人形，来到了大地上，而坚战自己俨然就是第四者——古印度人的人生最高目标解脱。

在这摩耶打造、象征着天帝城王权的大会堂中，那罗陀向坚战娓娓讲述了他所见过的三界诸王的大会堂，包括天帝因陀罗，药叉之王财神俱比罗，阿修罗、蛇族与众河流敬拜的水中之王水神伐楼那，众生之主创世神梵天的大会堂。谈及天帝因陀罗的大会堂时，那罗陀特别提到了伟大的诃利旃陀罗（Hariscandra），他征服大地，举行王祭（Rājasūya），成为万王之王，死后直升因陀罗界，位在众国王之上。当时坚战的父亲般度在场，也为诃利旃陀罗的荣耀而惊讶。坚战听到那罗陀见过般度，激动万分，追问那罗陀："我父亲对您说了什么？"那罗陀回答道："他要我转告你，你的兄弟都听从你，你有能力举行王祭，建立大地上最高的威望。"

"坚战啊，照着你父亲的话去做吧！"那罗陀的这句鼓励，表明了他对坚战能力的认同。但他同时也提醒道："可是你也要知道，这种祭祀总会遇到许多阻碍，甚至会引起规模空前的战争。所以，你好好考虑吧！"

那罗陀离去后，坚战的内心久久不能平静。所谓"王祭"，就是过去那些对自身品德和实力有足够自信的国王邀请众多国王一起举行的盛大祭礼。祭礼之后，举行王祭的国王在到场诸王的一致认同下，获得"转轮圣王（Cakravartin samrāṭ）"的称号。"转轮圣王"意指车轮所到之处全都畅通无阻的君王，相当于天下公认的"盟主"，是名副其实的"王中之王"，死后超越祖先亡灵所在的阎摩界，直入因陀罗天界。"转轮圣王"并不占据他国土地，而是以向臣服之国收受贡赋的方式建立权威，因此最重要也最困难的就是得到大众的认同。坚战思念父亲，希望完成父亲的愿望，但以他的资质和德行，真的能让诸国臣服，和历史上的伟大君王并肩吗？那罗陀仙人所说的"阻碍"和"战争"，会不会是一种预言？坚战犹豫了。于是，他召集兄弟和群臣商议，大臣们纷纷表示，坚战的品德和能力足以让他成为转轮圣王，一致建议他举行王祭。然而，行事谨慎的坚战仍不愿贸然行事，他希望在做出最终决定之前，再听听一位智者的看法，那就是黑天。

⦿ 阿周那因为皮肤黝黑，被称为黑王子。《摩诃婆罗多》中共有四位以"黑"为名号的人物，分别是阿周那、黑公主、黑天，以及史诗作者毗耶婆。毗耶婆因为肤色黝黑，生于岛上，故被称为黑岛生仙人。阿周那、黑公主是史诗浓墨重彩描写的中心人物，黑天是阿周那、黑公主的挚友，被视为史诗的灵魂人物。毗耶娑出场不多，但每次现身对情节的推进至关重要。他们四人或明或暗的交叉互动，构成了史诗中的一条主线。

🏵 《摩诃婆罗多》的成书历经八百年，火烧甘味林明显是其中较为古老的篇章。在这个故事中，古老的吠陀神灵火神阿耆尼、水神伐楼那和因陀罗成为主角，小花斑鸟对阿耆尼的颂诗、伐楼那众神之神的称号，以及水神与火神联手对抗因陀罗的故事，将我们带回遥远的《梨俱吠陀》时代。在《梨俱吠陀》早期的颂诗中，阿耆尼和伐楼那多次被称为阿修罗，伐楼那还被奉为全知全能的神王，但这一称谓很快就被因陀罗夺走。后期的《梨俱吠陀》颂诗里，有因陀罗夸耀自己将伐楼那赶下王座，邀请阿耆尼作为自己臣属的描述。《摩诃婆罗多》里阿耆尼不得不借助凡间英雄才能抗衡因陀罗的故事，也许正是远古时代这场诸神之战的回响。

🏵 四只花斑鸟的故事是史诗中的一段插话。从前有位仙人终身苦修，死后却因没有子女而不能进入天国，他便转世成为能够养育许多后代的花斑鸟，与一雌花斑鸟生下四只小鸟，然后离开甘味林，与另一只雌鸟为伴。火神吞噬甘味林时，这四只小鸟劝母亲飞走，自己则留在林中赞颂火神。火神心情愉悦，便让烈火改道，使它们能够幸存，并应其请求，用火焰吞噬了林中的猫。

🏵 火烧甘味林被视为俱卢大战的先兆和缩影。阿周那与黑天作为两位古老的仙人那罗与那罗延的化身并肩作战，以血与火征服大地，在此基础上修建起象征天帝城王权的大会堂。在这一场大劫之中，仅有七位生灵得以生还，正与俱卢大战之后寥寥数位幸存者相应。也就是在这里，阿周那得到了甘狄拨神弓和以神猿为旗徽的神圣战车，从此成为他个人勇武的标志；而俱卢大战后，战车焚毁，神猿从旗帜上离去，令人想起史诗作者的喟叹："有与无，乐与苦，一切都以时间为根株。焚烧众生者是时间，时间又使它熄灭。"

🏵 《摩诃婆罗多》中多次描写到蛇族，他们大多与人类相安无事，但也常有互相争夺生存空间之举，这种争斗并非总能以和平方式解决。有致力于将史诗去神话化的学者认为，般度五子虽然名义上得到了半个王国，实际控制区却仅有阎牟那河流域的狭小区域，大部分国土都是森林和丛莽。北临持国一家控制的俱卢本部，天帝城郊即是蛇族和罗刹出没的甘味林，颇有腹背受敌之忧。因此从战略意义上说，彻底肃清甘味林不仅让般度族大大拓宽了有效国土，也解除了他们向外进取的后顾之忧，为下一章的征四方奠定基础。

🏵 不少学者认为，象征天帝城王权的大会堂可能就是在甘味林的废墟上建立起来的。建造大会堂的阿修罗名叫摩耶，这个名字颇有深意。摩耶是印度神话及哲学中的一个重要概念。在吠陀神话中，摩耶表示一种神奇的法术，即"幻力"，诸天神依靠幻力而创世。而在吠檀多哲学中，摩耶又有"幻象"（Māyā）之意，表示世事无常，富贵短暂。此处两种意义都可以说得通。

◎ 那罗陀向坚战提及的三界神王同时也是四方护世神，因陀罗、阎摩、伐楼那、俱比罗分别为东、南、西、北的护世神，创世神梵天的大会堂居于世界中心。那罗陀称梵天的大会堂在三界之中无与伦比，正如坚战的大会堂人间无双，以此将尘世间的一切视为天上的投影、宇宙秩序中的一部分。

因陀罗

因陀罗意为"最胜者"，又称帝释天，天界神王及东方护世神，以六牙神象爱罗婆多为坐骑，手执金刚杵。

柬埔寨吴哥窟的火烧甘味林浮雕

柬埔寨吴哥窟中的火烧甘味林浮雕。该浮雕生动地刻画了两位黑王子堵在甘味林两头，众多动物惊慌逃窜的情形，画面中心是蛇王多刹迦之子马军。据《摩诃婆罗多》所述，马军无法穿越两位黑王子的箭网，他的母亲将他吞下，才救了他的性命。母蛇吞到一半，带着儿子从空中逃生，却被阿周那一箭断头。天帝因陀罗正好赶来救援，马军才得以成功逃脱。

第三章　　　　　　　　　　天帝城崛起

经过一段时间的经营，天帝城政通人和，正是锐意进取之时。举行王祭，赢得"转轮圣王"的称号，成为天下共主，既符合父亲般度王对坚战的期待，也得到亲友与大臣的一致支持。然而作为一国之君，坚战王希望多方权衡利弊，兼顾所有人的利益，所以仍对是否应该举行王祭抱有疑虑。他对黑天说道："我身边的人要么与我亲近，要么有求于我，因此他们或多或少都忽略了负面考虑。你为人冷静，立场客观，请你告诉我，到底该怎么做才好？"黑天回答道："我认为你确实具备转轮圣王的美德，也衷心希望你举行王祭，但目前我并不认为你的王祭能够成功，因为摩揭陀国的国王妖连（Jarāsandha）还在人间。"

摩揭陀国是一个半雅利安化的王国，和俱卢文化颇有不同。经过历代先王的经营，摩揭陀国力强大，素来被附近一些与之文化接近的国家奉为宗主国。国王妖连曾获乔达摩大仙（Gautama）的赐福和效忠，在乔达摩仙人的庇护下，摩揭陀国连年风调雨顺，无病无灾，国力强盛。妖连战胜了很多国王，让他们成为臣属；也结交了很多盟友，例如车底国的童护（Śiśupāla）就成了他的大军统帅，由此结成一个盘根错节、强大无比的联盟。众国王畏惧他的武力，更畏惧他的势力，不愿臣服于他的只能四处逃散，流离失所。

黑天以雅度族的遭遇举例道："妖连的女婿刚沙因仗恃他的势力，迫害亲族，被我和大力罗摩杀死，妖连因此与我们为敌。考虑到双方兵力和后盾的悬殊，我们放弃故土，来到了现在的居所。这还只是妖连对我们一族的威胁。如果你不能铲除他，怎么能顺利地举行王祭呢？"

坚战思索片刻，感叹道："你说得对，转轮圣王的称呼不是能那么轻易获得的。大地辽阔，奇珍异宝无数。但对我而言，心灵的平静是我人生的最高追求，如果举行王祭，我想我是不可能拥有宁静的心灵的。如果强大如你都忌惮妖连的武力，我们又如何能与他抗衡？"

这时，怖军站出来说道："面对强敌应奋发图强，软弱无力就是溃败之始。只要方法正确，照样能够以弱胜强。黑天有计策，我有力量，阿周那有制胜的保障。我们三人联手，定能挫败妖连。"

黑天也赞同道："妖连残忍暴虐，不得人心，只能靠武力维持统治。臣服妖连的国王们向他纳贡，可他仍不知餍足，将俘虏的那些可怜的国王关押起来，准备杀死献祭给湿婆神。他已经抓了八十六个国王，等抓满一百个，他就要开始人祭了！你如果要获得认同，就应该为大地除害，惩治妖连。妖连原有两位得力干将汉沙（Haṃsa）和狄婆迦（Dimvaka），两人发誓同生共死。后来，大力罗摩杀死了一位与汉沙同名的国王，狄婆迦误以为是好友死去，便自杀应誓，汉沙得知真相后也跟着自杀身亡。妖连羽翼折损，正是除掉他的好时机。谁能阻止妖连的暴行，谁就能美名远扬，你若打败了妖连，就一定能成为转轮圣王。"

但这样仍未能说服坚战："你们都是我的亲人，我将怖军和阿周那视为眼睛，将你视为我的心。我怎能只为实现自己的目标，而让你们去冒险？"

"决心是成功之本，业报则依靠天命。"阿周那也继怖军之后请命，"刹帝利以打败敌人为天职，以勇气为美德之本。神弓、法宝、勇气和力量我全都有。我们绝对有能力杀死妖连，救出众国王，举行王祭。如果你想做转轮圣王，我们就会为你作战，不管敌人有多强大。"

这时黑天看出了坚战的真正顾虑，说道："阿周那的表现无愧于婆罗多族的后裔、贡蒂之子！我们都不知道死亡何时来到，但也没听说过不打仗就不死的。男人的职责就是和敌人拼搏。即使双方实力不对等，只要正确运用计谋，专攻敌人弱点，就能消灭敌人，如同河水冲走大树。妖连的优势在于强大的军队和众多的盟国。我们可以悄悄潜入，与他单独见面，以激将法让他与怖军搏斗，怖军一定会杀死他。妖连向来骄傲自负，独享荣耀，他一死，军队也就群龙无首，起不了什么作用。就算他的军队不肯善罢甘休，我们为保护亲族而死，也死得其所。"黑天的计划洞悉妖连在力量上和人性上的弱点，虽然冒险，但切实可行，并非只是豪言壮语，坚战终于被说服，同意让他们三人前往摩揭陀，深入敌后，擒贼擒王，除去妖连。

于是，黑天、阿周那和怖军三人伪装成刚刚完成学业的婆罗门，不带任何武器，径直进入摩揭陀京城，直闯王宫，单独面见妖连。妖连依礼迎接了他们，见面不一会儿，他敏锐地发现了异样，对黑天说："你们手上有挽弓的痕迹，装饰和举止分明是刹帝利！说吧，你们究竟是谁？我素来遵循刹帝利法，也不记得与你们有什么过节儿，你们带着敌意来此究竟有何目的？"

黑天索性挑明来意："你囚禁了那么多国王，还准备残杀他们，把人当作牲畜祭祀，怎么敢说你遵循刹帝利法呢？我是黑天，这两位是般度之子阿周那和怖军。你狂妄无知，自以为是天下最强者，我们就要向你挑战！妖连，要么释放所有国王，要么就去见死神阎摩吧！"

妖连不以为然地说："人们说，刹帝利的生活法则就是打败敌人，然后想把他们怎么样就怎么样。那些国王都是战败之后被我抓来的，我当然有权处置他们，更不可能因为惧怕而放了他们。要打就打。你说想怎么打，我都奉陪！"按照当时的习俗，刹帝利应接受任何方式的挑战，黑天便让他自己选择一位对手徒手搏斗。一如黑天所料，妖连骄傲自负，自恃勇武，果然选择了三人中外表最高大健壮的怖军作为对手。二人准备停当，开始决斗。他们没有使用武器，仅用粗壮如铁闩一样的双臂互搏角力，使出推、拉、压、拽、摔、撞等手法，拳脚相加，拼命厮打，发出雷劈大山一般的巨响。从八月初一开始，两位英勇的斗士不分昼夜地足足打了十三天，到了第十四天夜里，妖连终于累了，打不动了。此时黑天提醒怖军："敌人已经筋疲力尽，经不起更多打击。使出全力，给他最后一击吧！"怖军闻听此言，旋即用双手高高举起妖连，把他重重摔在地上，折断了他的脊背。一轮圆月之下，妖连的尸体躺在地上，了无生气，怖军发出狮子般嘹亮的怒吼，像是雪山崩塌，又像是大地开裂，惊得摩揭陀人魂飞魄散。

三人将妖连的尸体扔在王宫门口，黑天亲自驾驭着妖连的战车，载着怖军和阿周那当街驰骋，无人敢阻。他们顺利解救出被妖连囚禁的众位国王，要求他们支

怖军杀妖连

在后期版本的《摩诃婆罗多》故事中,怖军将妖连的身体撕成两半,无法重新拼合,终于杀死妖连。

黑天大战妖连

黑天和大力罗摩多次与妖连交锋,耆那教版本的摩诃婆罗多故事以黑天与妖连的战争为主线,最后决战以黑天以妙见飞轮杀死妖连而告终。

持坚战的王祭。被解救的国王感念他们的救命之恩，无不欣然应允。妖连的儿子偕天（Sahadeva，与般度和玛德利之子偕天同名）胆战心惊地率群臣和百姓前来迎接他们，黑天安抚他一番，当场为他灌顶加冕，拥立他为摩揭陀新君，双方从此化敌为友。在日后的俱卢大战之中，他一直是般度方坚定的盟友。

妖连原本称霸一方，无人不惧，如今竟死于怖军之手，震惊了整个雅利安。天帝城一跃成为八方瞩目的中心。而他们三人义救被囚国王，拥立妖连之子偕天为君，行事处处体现出对刹帝利正法的尊重，也为他们赢得了足够的口碑和好感。在此情形下，举行王祭的时机已然成熟。于是，在一个吉星高照的日子里，怖军、偕天、无种和阿周那分别带着军队，朝着东、南、西、北四个方向出征，让诸国献上贡品，以示认可并支持坚战王的权威，也为王祭积累财富；坚战王则留守天帝城。

阿周那负责北线，首战告捷，战胜了古宁陀地区和沙迦罗七岛的众多国王，收编了他们的军队，带着他们一同征战至东光国，迎来了征途上的首位强敌福授王。福授王是妖连的盟友，但也是因陀罗的朋友，对阿周那这位天帝之子本就有好感。他与阿周那交战八日，满意于阿周那的勇武，同意交纳贡品，拥立坚战为转轮圣王。阿周那继续北行，连战皆捷，降伏的对手既有山地国王、森林部族、北境边民，也有三穴国（Trigartā）等雅利安国王。一路上，他也遭遇过规模宏大的激战，但总能克敌制胜。收编的军队越来越多，阿周那整肃军队，遣散没有战斗力的队伍，只带精锐部队继续征伐。一路凯歌高奏，锐不可当，甚至征服了紧那罗（Kiṃnara，一种半神精灵）和乾闼婆的王国，一直打到凡人居住的瞻部洲（Jambudvīpa）的边境诃利婆沙（Harivarṣa）。天神一般的守卫对阿周那说："再往前就是圣洁的北俱卢洲（Uttara kuru）了。阿周那啊，这座城池你无论如何也无法攻克，因为这里已经不是凡人的居处。你一路得胜，到此就已足够了。所以不要再前进了，请回吧！你如果有什么其他的愿望，我们倒是能满足。"阿周那同意了，但请城门守卫献上一些贡品以示对坚战王的支持。就这样，阿周那在到达凡人世界的边境之后，带着琳琅满目的各式贡品，其中甚至包括来自传说中北俱卢洲的礼物凯旋。

怖军的任务最重。他负责东线，这里是富饶的恒河流域，汇集着妖连的众多盟国和属国。他先是到了岳父木柱王的般遮罗国，巩固两国情谊。接着，他迅速征服了两个小国，然后转战陀沙那国（Daśārṇa），与国王妙法（Sudharman）单打独斗，角力定胜负。一场恶战，两人英雄相惜，怖军任命妙法为自己的军队统帅，二人一同踏上东征之途，庞大的军队连大地也为之震颤，一路捷报频传，抵达车底国。车底国童护是妖连的核心盟友，也是般度诸子的表兄弟。妖连既逝，怖军大军压境，童护亲自出城迎接，表明立场，以示自己对天帝城的臣服和支持。怖军在此停留了十三天，稳定住局势。接着，怖军开始着手征服恒河流域那些最古老富庶的王国，如阿逾陀（Ayodhyā）、迦尸等地；其间还北上征服北部山地，南下降伏整个兽地国。由于东北部的东光国已在阿周那北征时臣服天帝城，此时摩揭陀国与盎迦五国已彻底被孤立。怖军汇集归降国王带领的各路大军，前往摩揭陀京城。妖连之子已与天帝城化敌为友，再度表示臣服，并率军加入他的军团。至此，怖军麾下已聚集了众多强国的雄师，挥师东进，迦尔纳纵然勇武，也无法以一己之力抗衡。怖军征服了盎迦五国，打败了众多蛮族人，直达大海之滨，最终将获得的巨大财富带回了天帝城。

无种负责西线，这片地区的许多国家原本被黑天征服过，是多门城的势力范围。而另一个强国则是无种的舅舅沙利耶的摩德罗国。黑天一心支持坚战举行王祭，沙利耶原本就对无种和偕天视若己出，他们都热情款待了无种，并赠送给他许多珠宝。于是，无种一路顺风顺水，几乎没有遭遇到什么很艰难的战斗，就带回了十万头骆驼驮着都吃力的巨大财富。

与无种的顺利相比，向南方进军的偕天遭遇到了更多阻碍，好在他总能运用自己的智慧逢凶化吉。在与多牛城（Mahiṣmati）国王的战斗中，偕天的军队本已占据上风，然而，火神却赶来援助多牛城国王，大火从四面八方包围了偕天的军队，一时间，马匹、大象和士卒都惊恐万分。偕天临危不乱，对火神说："以烟为路的火神啊！我向您致敬。我这次出征是为了举行王祭，而您正是祭祀的化身。您现在来阻碍我们举行祭祀，实在是不应该。"火神听了，便现身告诉偕天，他之所以出手，是因为过去他给过多牛城国王的先祖一个恩典，定要保护这座城市，也是想借机考验一下偕天，并非有意阻碍王祭。然后，火神果真离开战场，转而劝说多牛城主接受偕天的要求，臣服天帝城。偕天在出征途中充分运用外交的手段，多次以和谈代替征伐，最终也顺利完成使命，带着大批贡品回到了天帝城。

至此，般度族对四方的征服都取得了圆满成功，不仅全盘整合接收了妖连原有的属国和盟国，还结交了大批盟友，力量更加壮大。现在，四方的国王都表示愿意拥立坚战为天下共主，献上贡品和礼物。按照王祭的礼仪，这些财富应全部用来举行祭祀、布施，返还给参加王祭的人。坚战也正是这样做的。在征得黑天的赞同之后，天帝城全面行动起来，派出一批批使者邀请天下所有受人尊敬的人来参加祭祀，无论他是婆罗门、刹帝利、吠舍还是首陀罗。一时间，天帝城群贤汇聚，人声鼎沸，热闹不已。盛大的王祭终于要开始了。

◉ 妖连的出生有一个传奇性的故事：摩揭陀王娶了迦尸国一对孪生姐妹做王后，承诺将对她们一视同仁。后来，摩揭陀王向乔达摩仙人求子，得到一个芒果，遵照承诺将芒果剖为两半分给两位妻子，结果两位王后各生了半个孩子，各有一只眼、一条腿、半个脑袋和半个身体。她们吓得把这两团肉给扔掉了。正好有个吃人的罗刹女经过，高兴地拿起这两团人肉准备吃，结果这两半正好拼凑成一个完整无缺的健康婴儿。婴儿的哭叫声惊动了王官里的人，国王得知孩子无恙十分高兴，因为孩子的身体是罗刹女连接起来的，就给他取名妖连。在妖连的命名仪式上，乔达摩大仙赐福，说妖连将不会被天神的武器所伤，将战胜许多国王。据精校本所述，妖连王与怖军角力，力竭后被怖军杀死。但在后起的版本中，妖连拥有不死之身。在黑天的暗示下，怖军将他撕为两半，各自抛到不同方向去，使他的身体不能合拢，才得以杀死他。

◉ 摩揭陀国是印度列国时代的著名强国，佛教和耆那教传播的中心地带。黑天一行以 Snātaka 的身份进入妖连的王官。Snātaka 原意为"沐浴者"，印度教徒结束梵行期将举行沐浴仪式，因此多指完成学业后的婆罗门，但也可指佛教徒或者耆那教徒。梵语中的"雅利安人"指"纯洁高贵者"。传统的吠陀典籍并未将摩揭陀国列为雅利安人之地，但佛教和耆那教典籍则将摩揭陀国称为雅利安人之地。

◉ 史诗中特别提到，妖连在接受怖军挑战之前传位给儿子偕天，显示出他已预料到自己的死亡。J.A.B van Buitenen 认为，即使面临死亡也不能拒绝挑战是当时的刹帝利法，这也是后来坚战明知有诈也无法拒绝沙恭尼赌骰挑战的原因。

❀ Iravati Karve 在论述王祭时总结道：王祭的举行者不仅要证明自身的勇武，也要证明自己遵从刹帝利法。般度四兄弟征战四方时，从诸多国王那里获取了贡品并且让他们认同坚战的宗主权，然后邀请他们参加王祭，在王祭上返还了贡品。童护之后在王祭上的发言也说明了这一点，即获得了全体国王的认同，王祭才得以举行。虽然王祭能给予举行者"转轮圣王"的称号，但这并不会破坏同等级的君主统治邻国的刹帝利法度。妖连击败国王，囚禁他们，并准备杀之祭神，就触动了这种秩序的根基，所以被杀。

❀ 妖连统治下的摩揭陀国，全盛时期势力范围横跨整个恒河流域。怖军等人杀死妖连属于出奇制胜，妖连庞大的军队和众多属国并未受到触动，因此事后的安抚和重新整合其原有势力就变得极为重要。在般度征伐四方的路线中，这一任务主要由怖军完成。怖军用兵灵活，行军路线往往出其不意，也许正是为了避免妖连原有众多属国相互救援，联合作战。

❀ 天帝城虽然国力提升极快，但毕竟是新兴的王国，征伐过程中般度族兵力的捉襟见肘随处可见，如：阿周那北征的兵力主要是沿途收编的归降国王的军队；怖军在面对首位强敌陀沙那国时，不是通过两军交战，而是以赤手空拳与国王角力来令对方折服，其兵力在陀沙那王归顺后才显著增加；偕天往往以外交来代替征伐；等等。细节上的真实让许多学者相信，历史上可能确实发生过一场摩诃婆罗多大战，经过后人的艺术加工而形成了现在的史诗。

❀《摩诃婆罗多》中有不少人物同名，如妖连之子与般度五子中的偕天同名，妖连手下的汉沙与被大力罗摩杀死的国王同名则是另一例。汉沙与狄婆迦不能被武器杀死，却因为误信好友死讯而双双自杀，妖连不得不从马图拉退兵。这故事与之后俱卢大战中怖军杀死名叫马嘶的大象，令德罗纳误以为儿子马嘶被杀，颇有相似之处，因而引人瞩目。

❀《摩诃婆罗多》的后记《诃利世系》中详细记载了黑天和妖连结仇的经过：雅度族人刚沙依仗岳父妖连的势力，囚禁了父亲雅度国王厉军（Ugrasena），自立为王，迫害族人。上天预警刚沙将会被妹妹提婆吉（Devaki）的第八个儿子所杀。刚沙于是囚禁提婆吉和婆薮提婆夫妇，生一个儿子杀一个。提婆吉怀上第七个儿子大力罗摩时，天神让胎儿改怀到婆薮提婆的另一个妻子腹中，大力罗摩才得以幸免。黑天是第八个孩子，出生在雷雨夜中，监狱门自动打开，看守熟睡，婆薮提婆连夜将黑天送给好友牧民难陀抚养。黑天长大后杀死刚沙，解救了族人，却触怒了妖连，被迫从马图拉迁徙至多门城。

❀ 耆那教的往世书中也记录着耆那教版本的摩诃婆罗多故事，但以黑天和妖连的斗争为中心。耆那教认为世界处于无尽轮回中，每一劫中都有二十四位圣师（Tirthankara，意为"津渡者"）、十二位转轮王、九位崇尚非暴力的力天（Baladeva）、九位以暴力除

摩诃婆罗多

恶的婆薮提婆之子（Vāsudeva）和九位邪恶而强大的统治者作为"婆薮提婆之子的敌人"（Prativāsudeva）。每一世的战争都以婆薮提婆之子杀死他的敌人而告终，代表人性之善战胜恶。并非巧合，力天和婆薮提婆之子正是大力罗摩和黑天在印度教经典中的称号。在耆那教的宇宙中，大力罗摩和黑天即是现在这一劫中的最后一位（第九位）力天与婆薮提婆之子，婆薮提婆之子的敌人为妖连。在最后决战中，黑天以飞轮杀死妖连，完成使命。《罗摩衍那》也有耆那教的版本，罗摩和罗什曼那为第八位力天与婆薮提婆之子，由罗什曼那杀死婆薮提婆之子的敌人罗波那。

第四章　　　　　　　　　　危机四伏的王祭

　　接到坚战王的邀请，象城的尊长如毗湿摩、德罗纳和持国一家也来到了天帝城。只见昔日人迹罕至的荒野如今已变成一座富丽堂皇、热闹非凡的都城，四方来客、万国嘉宾云集于此。天帝城的宏伟宫殿如日月般光辉夺目，又像一座云山高高耸立，直抵天界。走进宽阔的大会堂，玉壁金柱，奇珍异宝，简直可与众神的天宫媲美。坚战见亲人们来到，连忙迎上前去行礼问候，并说道："在这次王祭中，希望你们能给我帮助！我的财产就像你们自己的一样，请随意使用，不必拘束。"说完，他就为他们安排了不同的职责，协助款待来宾，赠送礼物，发放布施。

　　远道而来的国王们为了一睹法王坚战和天帝城大会堂的风采，也为了得到回礼，都竞相献上自己的礼物。出于尊敬，坚战把接收礼物的工作委托给了难敌。难敌看到那些曾经勇武不可一世的国王们在坚战面前恭顺得好似仆从，看到来自雪山和大海的名贵物产一批批运进坚战的宫中，一想到这些礼物全是送给自己的仇敌的，他就难受得想死。他的手已经累得接不动珠宝，赠送礼物的宾客队伍却仍然长得望不到头。他妒火中烧，也想拥有这一切，然而身处人家的地盘，只得暂且忍下心中恨意。

　　祭祀典礼神圣而庄严，毗耶娑仙人亲自担任祭官。坚战用之前征战四方得来的钱财献上祭品，款待所有来宾，人人心满意足。王宫中规定，每回有十万人用完餐，就吹响一次螺号，而在这场王祭上，这用餐的螺号声此起彼伏，让人对祭祀的规模心生敬畏。

　　祭祀的最后一天，坚战王将举行灌顶仪式，以示四海臣服，天下归心。而在仪式开始之前，主人应先答谢来宾，为最具代表性的到场贵宾泼洒圣水、灌洗双足、涂抹蜜膏，谓之迎宾礼（Arghya）。那么谁将作为首座客人最先接受献礼呢？坚战王请示俱卢族长老毗湿摩，毗湿摩认为宾客之中，黑天应居首席。这也正符合坚战的心意。不料此举却触怒了车底国王童护。

童护对坚战举行王祭并无异议，却与黑天素有过节儿。原来，童护是黑天的表弟，但有预言说他会死于黑天手中。后来，黑天又娶走了原本许配给童护的艳光（Rukmiṇī）公主，因此童护认定黑天为仇敌，无法容忍黑天受到崇敬。他当众说道："在座有这么多国王，黑天既不是祭司，也不算长辈，又不是导师，更不是国王，甚至还杀死了妖连这样一位伟大的国王，他哪里配受这样的大礼！我们今天来到这里，不是因为害怕坚战，也不是要搞政治投机，只是因为坚战遵行正法，才给他献上贡品，让他获得大地之主的尊位。可他现在却因为个人偏爱，而使我们这么多国王受辱！毗湿摩选这个人，就说明他已经老糊涂了，只配受到蔑视。阉人不配交欢，瞎子不配看见美色，不是国王的黑天当然也不配受到尊敬！诸位国王啊，坚战今天首先向黑天致礼，说明他已经丧失了正法，你们都看清了吧！"说到这里，童护直接站起身来，号召国王们随他一同离席。

坚战见状，赶忙追上童护，好言劝慰："国王啊，你的话尖锐得没有意义，而且并不属实。在座的许多国王比你年长，他们也都同意黑天受礼啊。老祖宗毗湿摩真正了解黑天，所以才提议黑天受礼，你不该这样侮辱他。"

但毗湿摩已经动了肝火，说道："一个内心不愿尊敬黑天的人，用不着安抚，也不值得劝说！一个刹帝利在战斗中降服另一个刹帝利，然后又释放他，就等于成了他的导师和长辈。在座的诸位国王，有哪一位没有被黑天打败过？他用实力赢得了我们的尊敬！我提议黑天首先受礼，并非出于偏爱，而是因为我知道他兼具婆罗门的智慧和刹帝利的勇武，又拥有美德和名声，才认为他最值得崇敬。童护如果反对，那就尽管反对好了！"

偕天这时也站出来压场："诸位国王，我要敬拜黑天，如果有谁无法忍受，那我只好向他挑战，用我的脚踩在他的头上！"很多国王都没有表示异议，以童护为首的那群人却因此勃然大怒。他们开始咆哮叫嚷，推推搡搡起来。黑天知道，这群人是要挑起战争了。

绑架艳光

据《诃利世系》所述,艳光的兄长宝光与童护交好,不顾妹妹的心意,强行将她许配给童护。艳光便托人带信给黑天,让他在婚礼前夕将她带走。黑天定计,二人在雪山神女庙中相会。而后,黑天击败了宝光和童护的追兵,顺利将艳光公主带回多门城成婚。

偕天遵照毗湿摩的旨意，依照经典规定，向黑天献上最高的献礼。见此情景，童护气得面色突变，双眼通红。他鼓动国王们破坏王祭："我们联合起来向苾湿尼族和般度族开战吧！我当统帅，你们说怎么样？"见到一些国王愤怒骚动，局面开始失控，坚战赶紧询问毗湿摩该怎么办，毗湿摩回答："不要害怕。难道狗还能咬死狮子吗？黑天定会挫败童护的锐气。"

　　童护听到这话，更是气得不行，破口大骂："毗湿摩，你口出狂言，就不害臊吗！你这玷污家族名声的老家伙，对黑天大唱赞歌，舌头怎不碎掉呢？你自称懂得正法，然而却把已有心上人的安芭公主抢给自己的弟弟。你坚持不婚，要么是傻，要么是生理无能。你这样的人，说一套，做一套，卑劣低贱！就像传说中假仁假义的老天鹅，天天宣讲正法，背地里却偷吃群鸟的蛋，终会被群鸟发现杀死！我尊敬妖连王，黑天、怖军和阿周那却不正当地杀死了他。我一直奇怪为什么般度五子偏离正道还不自知，今天看到你这样一个女里女气的老头成了他们的军师，我也就不奇怪了！"

　　听到童护在庄严神圣的王祭上这般恶言恶语，向来脾气直爽的怖军哪里还忍得下去。他瞋目裂眦，怒发冲冠，冲向童护，却被毗湿摩一把拦住。毗湿摩劝阻怖军道："我知道这个童护的底细，他不会死在你手里。他出生时有三只眼、四只胳膊。天上传来神谕说，如果有谁能使他多余的眼睛和胳膊消失，那人就是命中注定会杀死他的人。黑天拜见姑母时抱起童护，童护一进入黑天的怀抱，身上的异相就消失了。童护的母亲知道黑天就是预言中能够杀死自己儿子的人，又难过，又害怕。黑天为了安抚姑母，答应宽恕童护的一百条罪过。童护正是因为得到了黑天的庇护和恩惠，才会有恃无恐，面对你的怒火而毫不胆怯。他现在如此丧心病狂，定是他寿数将尽，所以命运操纵他自己来向死亡挑衅了！"

　　童护闻言，毫不示弱："毗湿摩！你把黑天吹捧得那么高，那就让他来对我们这些仇敌显显威风啊！在座有这么多本领高强的国王，你都不歌颂，唯独歌颂一个灵魂卑贱的牛倌儿！"毗湿摩答道："我把这些国王看得草芥不如。我崇拜的黑天就在这儿，如果有谁活得不耐烦了，尽可以向他挑战。"毗湿摩此言惹怒了众位国王，场中一片哗然。童护被毗湿摩一激，又见情势似乎于己有利，立即向黑天发出挑战："你来和我打吧，黑天！我今天要把你和般度五子统统杀掉！你是奴隶，不是国王，思想邪恶，不配受到尊敬，般度五子愚昧无知地崇拜你，所以你们都该杀！"

眼见童护的情绪已经失控，黑天岿然不动。他等童护吼完，然后用温和的语气对在场所有人说："国王们，我这个表弟已经成了雅度族的敌人。我们并未得罪他，他却屡屡来犯。他曾趁我们出行，放火焚烧多门城；他曾杀戮和掳走我们的族人，偷走我父亲的祭马，破坏祭祀；他还几次三番地夺取别人的妻子，甚至想占有艳光公主（Rukmiṇī）。我答应过姑母饶恕他的百次罪过，所以忍受了这一切。今天，大家都亲眼看到了他对我的侮辱，也知道了他过往的恶行。当着诸位的面，我不会再原谅这个人的罪恶。"

听闻黑天的话后，国王们明白了前因后果，纷纷开始谴责起童护来。童护却放声大笑，说道："黑天啊，艳光公主原本是许配给我的！你当着这么多人的面提起这件事，你不羞愧吗？我才不管你原不原谅，说到底，你就算是发怒，又能把我怎么样呢？"

童护说完，黑天就祭出飞轮武器，同时对众人说道："大地之主们，请听好了。这个人的母亲向我请求，要我原谅他的一百次冒犯。即便是这种请求，我也答应了。今天，一百次这个数目已经达到了。我现在就要杀死他，请诸位作证！"黑天话音刚落，飞轮就砍下了童护的头颅。童护的躯体应声倒地，顿时电闪雷鸣，暴雨倾盆，大地震动。一团光从童护的尸体上升起，向黑天致敬，然后融入黑天体内。祭礼上的国王都被这景象所震惊，有的吓得直瞪瞪望着黑天，哑口无言；有的心有不平，咬牙切齿，暗暗摩拳擦掌；还有的已经开始小声地称赞黑天了。坚战立即反应过来，赶忙按照礼仪给童护举行了葬礼，随即为童护的儿子灌顶，立他为车底国国王。

一场风波就此平息，在黑天的保护下，王祭得以顺利进行，盛大灿烂，极尽繁华。毗耶娑仙人任主祭，那罗陀等大仙人为前导，持斧罗摩及众多精通吠陀的学者念诵经文，黑天以上一劫中创世神梵天为神王因陀罗灌顶的贝螺授予坚战，加冕他为天下共主。一时之间，北起飞鸟难至之地，南至大海之滨，喜庆的螺号声与欢呼声响彻整个大地，震得包括难敌在内的众位国王心生惶恐。黑天手持角弓、飞轮和神杵，一直守护到王祭结束，宾客散尽，才向般度诸子告辞离去。偌大的大会堂中，只剩下难敌和沙恭尼二人。谁也没有想到，真正的危机这时才刚刚开始。

危险并非来自外敌，而来自自己的亲人——坚战的堂弟难敌。正如黑天对童护的一再容忍反而成为童护作恶的倚仗，坚战对难敌的善意也并未得到对方的同等回馈，反而点燃了嫉妒的火焰。这把火正越烧越旺，最终毁灭了整个俱卢族。

◉ 迎宾礼（Arghya）代表主人对尊贵客人的最高敬意。按照《摩诃婆罗多》中的描写，师长、祭司、亲属、学习结业的婆罗门、朋友和国王这六种人住了一年以上就应该收到献礼，其中最优秀、最有本领的客人称为首座客人，首先接受献礼。至今印度仍保留着为贵客和长老涂抹檀香木膏、敬献花环的习俗。

◉ 一些版本在童护向黑天发出挑战后插入颂词，描述黑天接受童护的挑战，二人展开车战决斗。黑天告知童护前世即是阿修罗王金座（Hiranyakashipu）与罗刹王罗波那（Ravana），分别死于自己的人狮化身与罗摩化身之手，因此童护也命中注定将死于自己之手，然后祭起飞轮杀了童护，童护死后灵魂融入黑天。精校本的编纂者认为这段是黑天崇拜兴起后的产物，因而删去，但在"斡旋篇"中保留了童护死于与黑天单车决斗的部分情节。

◉ 史诗中描写的众国王献给坚战的礼单为研究古印度社会经济留下了极为珍贵的资料。礼物大致分为金银珠宝、牲畜、奴隶、纺织品和手工艺品等，没有农产品。一些学者认为，王祭更类似一次为确定首领地位而举行的夸富宴和礼物交换仪式。该王国与天帝城关系的亲疏远近，是盟国还是属国，决定了献礼的性质是礼品还是贡品，以及国王能否在第一轮进入大会堂。

◉ 史诗中特别指出，所有国王中，仅般度族的姻亲木柱王和作为朋友的黑天未向天帝城奉上献礼。然而，俱卢族也同样没有献礼，反而是以主人的身份参与主持王祭。黄宝生先生认为，这表明坚战实际上是代表婆罗多族举行王祭。他加冕为天下共主，意味着整个婆罗多族被尊为宗主。而俱卢族也积极配合，助他完成王祭。然而，这场盛大王祭的后果，却让所有人始料未及。

第五章　　　　　　　命运的赌局

参加王祭的众位国王都已离去，难敌和沙恭尼仍留在天帝城大会堂。他们在般度五子的款待下，把整个王宫仔仔细细参观了一遍。天帝城大会堂巧夺天工的构造，难敌见所未见。他看到王宫里晶莹剔透的水晶地，以为是池塘，于是撩起衣服准备蹚水。他发现自己错了，于是怏怏不乐，走到一个真的池塘边，他以为这又是水晶地面，一不小心跌入水中，侍从们见状都忍不住大笑起来。坚战连忙吩咐给他换上干净的华服。可是见着他那副狼狈的模样，怖军、阿周那、无种和偕天都大笑不已。难敌只想立即杀死怖军他们，然而又怕自己落得和童护一般的下场，于是他只得强忍怒火。没过多久，他又将一扇关闭的水晶门误认成打开着，一头撞在门上；无种和偕天关切地扶起难敌，微笑着为他指路："王兄，门在这儿，往这儿走。"这还不算，接下去他路过一扇敞开的门，却以为是关着的，伸手去推门，结果栽倒在地。就这样，难敌在天帝城的大会堂中出尽了洋相，窝了一肚子火，返回象城。

回去的路上，难敌一言不发。他心中难忘天帝城那令人惊讶的富庶繁华，久久不能释怀。一想到般度之子的富庶和显赫地位，难敌就愤愤不平，气得面无血色。沙恭尼关切地询问他怎么了，难敌答道："看到般度之子统治大地，看到坚战完成王祭，看到国王们献上各种耀眼的珠宝，我心中的火焰就一刻不停地燃烧，烧得我好似旱季干涸的池塘。你看黑天杀死童护时，现场没有一个国王敢支持童护，就是慑于般度五子的威力。敌人有这般富贵与权势，世上有哪个血性男子能够容忍？我现在要么投火，要么服毒，要么就投水自尽！因为我得不到这种荣华富贵，也没人助我一臂之力，只能一死了之。舅舅啊，你把我的痛苦告诉持国吧！"

听到外甥一心寻死，沙恭尼连忙劝阻："难敌，你不要嫉妒般度五子，他们只不过是命好罢了！但你说没有人助你一臂之力，这可说错了。你的兄弟们、德罗纳父子、迦尔纳和我都支持你，你也一样能征服大地啊！"

难敌一听，高兴地说："那好啊，我们去征服般度五子吧！只要战胜了他们，整个大地就是我们的了！"

"若论武力，就算天神也难以战胜般度族。不过我有一个办法，可以战胜坚战本人。"沙恭尼盘算一下，说道，"坚战喜欢玩掷骰游戏，但并不擅长。如果有人向他挑战赌骰，他是没法拒绝的。而我擅长掷骰，三界中无人能与我相比。你去告诉持国，让他邀请坚战赌骰吧，我一定会为你赢来他的王国和财富！"难敌当即答应："这事得要你自己和持国提，不能由我来和他说。"于是，二人商量好了，一起去见持国。

一见持国，沙恭尼就故意对他说："国王啊，您的长子无法忍受敌人带来的沮丧忧伤，已经变得面黄肌瘦，您怎么一点都不知道？"爱子心切的持国一听，连忙发问："儿啊，你为何难过？我已将自己的财富和权力都交给了你，你的亲友也全都顺你的心意。你锦衣玉食，养尊处优，怎么会难过呢？你是要豪华的宫殿还是迷人的美女？只要你一开口，我就一定让你得到！"

早有准备的难敌便和沙恭尼唱起了双簧："见过了坚战的荣华富贵，我这些享受根本不值一提。他的辉煌令我黯淡，敌人兴旺，而我却衰落。看到国王们为我的敌人献上各式各样的宝物，我恨不得立即去死！般度五子的荣华时时刻刻都在我眼前浮现，挥之不去，令我痛苦沮丧，不得安宁。"

接着，难敌就开始向持国详述坚战王祭时的盛大场面，细数诸王给坚战送去的礼物。持国眼睛看不见，就需要用言语来刺激。看到火候将至，沙恭尼适时接话："我有办法让你得到般度五子那样的无上财富！我精通掷骰，每次掷出骰子都能赢，而且我很懂人心，懂何时下注、如何下注，对赌博的奥秘了如指掌。赌博是我的弓，骰子是我的箭，骰子盘就是我的战车。坚战喜欢掷骰，却不精通。国王啊，您是坚战的长辈，您的邀约坚战无法拒绝。就请您去邀请坚战掷骰吧！我一定会使用诈术赢得每一局！"难敌也马上对持国说："父王啊，您就答应了吧！"

可此时持国仍有些犹疑："我做决定之前一向要听取维杜罗的意见，我得和他商量一下。"难敌赶忙激他："维杜罗肯定会劝阻您。如果你打消了主意，那我就一定会去死！我死了，您和维杜罗正好称心如意，您一个人独占国土，还替我操心做什么？"也许是因为难敌不达目的誓不罢休的坚决态度，也许是因为儿子话语中的哀怨与凄楚，也许是因为自己内心也有同样的隐秘欲望，持国同意了儿子的主张，命令工匠修建大会堂，准备举行掷骰大会。

维杜罗听说了此事，知道掷骰一定会引起争斗（Kali）、打开毁灭之门，急忙去面见持国。他俯伏在持国的双足前恳切地请求："国王陛下啊，我不赞成您的决定，别让后辈因为赌博而闹翻！"然而持国不为所动，说道："奴婢之子啊，天神一定会开恩保佑让孩子们友好地掷骰的，天意如此，他们一定不会闹翻。我的决定不容改变！"维杜罗心知事情不会像持国说的那样简单，他心中痛苦，却无能为力。

维杜罗的进谏虽然未被采纳，但还是对持国有所影响。持国思前想后，又私下劝说难敌："维杜罗不会害我们，他睿智博闻，并不看好赌骰一事。他说掷骰会引起分裂，导致王国毁灭。他说那么多都是为你好，你就照他说的，放弃赌骰的念头吧。你是我第一位王后的长子，有什么好东西你没有得到呢？如果你是想举行祭祀获得荣耀，虽然无法举行王祭，但我也可以让祭司为你举行七部祭（Saptatantu）。儿啊，别和般度族结仇吧！坚战没有和你结仇，你又为何要和他结仇呢？知足常乐，贪图别人的财富是卑劣的行为，努力从事自己的事业才是兴旺的征兆。你冷静些，不要执迷不悟啊！"

难敌却无法平静，他愤怒地说："看着般度五子享有那样的荣华富贵，你怎能把我的生活称作'幸福'？贡蒂之子的耀眼财富令我痛苦不堪，无法平静。般度族本是家族里年幼的一支，如今比你这做兄长的还要繁盛兴旺，这成何体统！你尽教育我们安分守己，但国王的行为准则和普通人不一样；如果照你说的办，那你的儿子们就全完了。刹帝利的行事目标只有'夺取胜利'，不用管自己的行为符不符合正法。只要能挫败敌人的东西就叫武器，不用管是否正大光明。不满足是繁荣之本，不懈进取才算精通政道，所以我永不满足。财富和王权本就是你争我夺的对象，不必在意归属如何，这就是为君之道。"

在难敌看来，设谋夺取般度族的财富不仅正当，而且必要。他引经据典地说道："没有谁生来就是仇敌，双方目标一致就成了仇敌。而即使是最弱小的敌人，也不能掉以轻心，必须立即剪除，否则就会招致灭亡，就像大树被蚂蚁所毁。得不到般度族的荣华富贵，我永远都会惶惑不安。我宁可战死疆场，也不能忍受敌人兴旺发达，我们却无所作为，停滞不前。"

此时难敌的论点已经从"为了消除嫉妒给我带来的痛苦，必须夺取般度族的财富"变成了"如果不夺取般度族的财富，我们就会大祸临头"。他督促持国不要理会维杜罗的建议，立即先下手为强消灭敌人。他说："维杜罗肯定会反对赌骰，他只顾般度五子的利益，哪里会为了我好？自己的事不要总是听从他人的建议，没有谁的意见会完全一致，赶快行动吧！"

"我不想和强者相争。"持国说出了心中的顾虑，"争执会引发仇恨，仇恨会导致战争。你是错把灾难当福利了。"

难敌不以为然地说："掷骰子是古人发明的娱乐，并不见得会招致毁灭和战争。要我看，骰子会为我们敲开通往天界之门，让我们和般度之子们平起平坐呢。你就快些下令吧！"

持国并未完全被儿子说服，但明白儿子心思已定，于是放弃了劝阻，决定任由事情自行发展。他叹息道："我不赞成你说的话，但这件事就随你便吧！日后毁灭众多刹帝利的灾难降临时，你会后悔的。"口中说着责备的话，他还是顺从儿子的意思，让象城的能工巧匠迅速建起一座富丽堂皇的大会堂，遍邀国王观礼见证，然后命令宰相维杜罗邀请坚战五兄弟来象城参与掷骰之戏。维杜罗再次劝说道："国王啊，我害怕家族遭到毁灭，我担心孩子们在赌博时发生冲突，请不要这么做！"

但是持国又一次对他的劝诫充耳不闻。"世事由天不由人。"持国这样答复道，"如果命运不和我作对，我就不用为冲突担心。"

在持国的强令之下，维杜罗只得奉命来到天帝城。预感到灾祸来临却无能为力，是智者最为悲哀的事情。维杜罗心情沉重，却不能不履行使者的职责，对坚战说道："孩子啊，持国王请你和兄弟一起去象城参观新落成的大会堂，那座会堂就和你们这座一样富丽堂皇。他还请你们去那里玩友好的掷骰！持国王已经安排好了赌徒，正等待着你。请你遵照持国王的命令，即刻上路吧！"

赌骰（Dyūta）在梵文中本有战斗之意，对于重视勇气的刹帝利而言，掷骰的邀请就如同战场上的挑战一样事关荣誉，不能随便推却，何况这邀约还是来自长辈。

"赌博时，我们与持国之子必然会发生争执。明明能预知争执，谁还想要去赌博呢？"因严格遵守刹帝利法而获得天下人尊重的转轮王坚战面对这样的局面，不禁踌躇，向维杜罗征询意见，"我们都信任您，您认为怎样合适呢？"

维杜罗只好坦然回答："我明白赌博是祸根，也已再三劝阻，但国王还是一意孤行。你是明白人，请自作打算吧！"

"持国之子以外，我需要和哪些人赌博？"坚战问道，"维杜罗啊，请告诉我，我需要向谁押上我们成百上千的财富？"

维杜罗告诉坚战："人中最厉害的要数赌骰老手沙恭尼，他想掷出什么点数就一定能如愿。"

"天下最可怕、最会耍花招的赌徒已经在那儿等着了。但世间事总是听命于造物主的安排，由天不由人。智者啊，我不得不去和这些可怕的赌徒赌一赌了。"坚战叹息着说出了和持国惊人类似的话语，做出他最后的决定，"如果在大会堂上，沙恭尼不向我发出掷骰挑战，我就断然不赌，但如果他发出了挑战，我就不能拒绝，这是我一贯的誓言。"第二天清晨，他就打点行装，带着德罗波蒂和兄弟们一起登上马车，和维杜罗一起出发，前往象城。

"命运使人丧失理智，如同强烈的光芒刺瞎眼睛。人受天意控制，如同被套索绑住。"临行前，坚战这样说道。

摩诃婆罗多　　　　　　　　　　　　　　　　　　　　　　　　114

◈ Devdutt Pattanaik 认为，难敌出于嫉妒试图夺取堂兄的财产和王国而设下赌局，是俱卢大战的直接导火线。令难敌痛苦的不是自己生活得不够好，而是别人生活得比他好。造成悲剧带来灾难的不是绝对意义上的邪恶，而是内心深处不受控制的欲望。这一主题在印度神话中反复出现。Devdutt Pattanaik 由此进一步解释古印度的正法观念，即理想社会建立在人类整体的繁荣与共存之上。人类能超越弱肉强食的动物天性去扶助弱小为正法；为一己私欲为所欲为、欺凌压榨他人为非法。非法的欲望是灾祸的源泉，而合法的欲望是人生的四大目标之一。黑天在《薄伽梵歌》中的自述可以作为注解："对于众生，婆罗多的英雄啊，我是不违背正法的欲望。"

◈ 古印度人认为世事是天意与人力共同作用的结果。作为唯一能阻止难敌的关键人物，持国王并非没有意识到赌局将会招致的危险，却因软弱易受控制的性格和过分溺爱儿子而纵容了赌局的发生。他称世事由天不由人，作为自己行为的聪明的遁词。《摩诃婆罗多》精校版首任主编苏克坦卡尔（V.S.Sukthankar）评论道，在摩诃婆罗多的背景下，命运确实是存在的，但持国没有认识到，人本身是他命运的缔造者。正如牡蛎制造了自己的外壳并不知不觉将自己束缚其中一样，人的头脑创造了自己的生活和命运，并使它成为必然。所谓人为命运所捆绑不得解脱，换句话说，是人出于自愿用自己制造的绳索将自己完全捆住。只有人的头脑才能束缚与解脱人类。

◈ 不少学者注意到，坚战在答应赌局邀约时提到了命运的至高无上，用词与持国十分类似。对他选择赴约的原因，史诗中则有不少看似矛盾的说法，依次为：1.欲。沙恭尼认为坚战喜欢赌骰，因而一定会接受邀约（2.45：18）。2.法。坚战认为邀约来自持国（2.52：21），应接受邀请以实践誓言、维护刹帝利的荣耀，此说亦得到阿周那的证实（2.61：9）。3.利。坚战在之后与怖军的对话中承认，自己接受赌局是为了夺取持国之子的王国（3.35：2）。也许，这三种原因都具有真实性，坚战王在欲、利、法的驱使下，决定接受赌局的邀约。至此，作为挑战者的难敌，作为主事者的持国，作为应战者的坚战，都已各就各位，命运的赌局即将开启。他们的选择不仅决定了他们自己的命运，也影响和决定了其他人的命运。俱卢族的智者维杜罗敏锐地预见到赌局将招致争斗（Kali），既是指家族间的争斗将起，也是指争斗期——迦利时代即将到来。由于赌局导致的灾难性后果，一场毁灭所有刹帝利的大战已无可避免，由此开启了迦利时代。

◈《摩诃婆罗多》讲述的不是一个世俗意义上的故事。难敌抱怨般度族年幼却比年长的持国一脉更家族兴旺，让人联想起印度神话中阿修罗与天神族永恒的争斗。吠陀中提到阿修罗与天神原本同根同源，阿修罗为兄长，天神为弟弟，彼此永远征战不休。由于婆罗多之战争斗双方的神魔背景，这场战争不再只是一场亲戚间的互斗，而具有宇宙背景下永恒之战的意味，是过去、现在乃至将来所有战争的总结和映射。

第六章　　　　　　　　　　　最后的赌注

阔别经年，般度五子再度重返象城。他们在这座城市长大，却因家族争斗而两度被迫离开，远走天帝城，建立起自己的王国。然而完成王祭之后他们首次收到来自亲人的邀约，却是参加一场凶险莫测的赌局。邀约以友好的掷骰为名，亲友相见，场面尚算和谐。只是俱卢族女眷见到黑公主雍容华贵，心里有些不是滋味。

象城的大会堂比照着天帝城的大会堂而建，镶嵌着宝石，摆放着赌具。次日，沙恭尼在这富丽堂皇的会堂中向坚战正式发起挑战，说道："毯子已经铺好了，大家正等待着我们掷骰。让我们定个赌博的规矩，然后开始掷骰吧！"

面对挑战，坚战回答道："存在欺诈的赌博是一种罪恶，既体现不出刹帝利武士的英勇，也没有正义可言。沙恭尼啊，请你不要以欺诈的手段来战胜我们。"然而沙恭尼不肯承诺，反而说道："懂得算计、通晓诈术的赌徒才真正精通赌博之道。我们凭借掷骰来击败敌人，普利塔之子啊，不要再拖延了，让我们开始下注吧！"

沙恭尼既已明确表示欺诈正是赌博的本质，坚战便道："先贤曾说：和耍诈的赌徒进行赌博是罪恶。正人君子应当根据正法来战斗，赌博也应该这样。不用手段、正大光明地赢取胜利才是诚实之人所为，请不要用不正当的手段赢取非法之财。我不想用诡诈机巧获得快乐和财富。何况就算不耍诈，赌博也不是值得尊敬的行为。"

沙恭尼筹谋已久，岂能轻易放过坚战？"博学之士运用计谋战胜无知之人，智者战胜愚者，人们并不会称之为欺诈；那么一个擅长赌骰之人用欺诈击败一个赌艺不精的人，也不能说是欺诈。正如精通武器者战胜不会武艺者，强壮击败弱小，一个人通过努力用学到的技巧战胜不擅此道的对手，人们都不会认为是不诚实一样。"沙恭尼能言善辩,对答如流,更出言激将,"坚战啊,如果你认为和我赌博是欺诈,感到害怕,那就取消掷骰吧!"

话已至此,坚战只得道:"我立誓回应所有的挑战。国王啊,命运过于强大,我们都受其所控。你要掷骰,那就开始吧!我要和谁掷骰,有谁能押上与我拥有的事物相匹配的赌注?"

难敌回答:"我愿意押上我所有的珠宝和财产,我舅舅沙恭尼会为我掷骰。"坚战说:"我认为替他人掷骰违背了规则,这一点我想你也必须承认。但如果你仍旧坚持如此,那就这样开始吧。"

于是,持国和儿子们、毗湿摩、德罗纳父子、慈悯,以及迦尔纳、月授、沙利耶、胜车等国王进入大会堂中,友好的掷骰(Suhṛt dyūta)开始了。

先押注的是坚战。第一局,他押上了搅拌大海得到的镶金珍珠。这串珍珠固然美丽名贵,但相对于天帝城的巨额财富而言,并不算一记重注,可见坚战虽然答应赌骰,仍很小心谨慎。"这就是我的赌注。兄弟啊,你押什么呢?让我们按照规则下注,我会赢的。"坚战说道。

"我也有很多珠宝和钱财,我愿意押上它们,只求能胜过你。"难敌答道。于是沙恭尼拿起骰子,抛掷而出,然后对坚战说道:"赢啦!"

坚战怒道:"沙恭尼,这次你是以欺诈的手段赢了我,让我们再来加上成千倍的赌注吧。我有一百个盛满成千金币的罐子,金库里还有取之不竭的金子,我就用这份财产和你赌!"然而随着骰子落地,沙恭尼的欢呼声再次在大会堂中响起:"赢啦!"

就这样,坚战连输十局,输掉了金车、战象、仆从,输掉了乾闼婆送给阿周那的骏马,输掉了精兵以及巨额财富。一局又一局,沙恭尼总能随心所欲地掷出骰子,大呼一声"赢啦",就轻而易举地赢得赌局。

眼见赌骰变得一发而不可收拾,会堂上的维杜罗赶忙对持国说:"国王啊,就像垂死的人不想吃药一样,你也不想听我的谏言,但还是听一听吧!赌博是分裂的根源,必将酿成大战。难敌用赌博制造仇恨,为自己树立劲敌,也毁掉了我们国家的安宁，他就是我们家族的祸根。为了家族，您就抛弃这个人吧！请不要贪图眼前的利益，和般度族作对。如果你想要般度族的财富，请像花匠一样养花护花，一点一点地摘取盛开的鲜花，花朵才能常开常有。你现在这样，就像烧炭人放火烧林，不仅会把树林全部毁掉，也会引火烧身呀！你想到难敌会赢坚战，心里高兴，可是这场游戏玩得太过分，就会引发战争，造成毁灭。战端一起，你赢得这么多财富又有何用？仇恨的火焰已经点燃，赶快在战争来临之前熄灭它吧！就让擅耍花招的沙恭尼回犍陀罗国吧！"

难敌听了，愤怒地说："你的舌头暴露了你隐秘的心思，维杜罗，你并不忠心，只想和我们作对。我们战胜敌人获得战果，你却和敌人搅在一起，也就变成了我们的敌人，好不羞耻！你不要妄自尊大，自以为是这里的主事者！统治者独一无二，具有绝对权威，叫别人做什么，别人就要遵命，包括妇人腹中的胎儿。你不要再恶言恶语伤害我们这些宽容大度的人。心怀友善地提出建议，智者才会接受，强行教训、试图操控别人，只会和人结仇。不能把敌人的朋友留在家里，尤其是那些心思邪恶的人。维杜罗啊，你想去哪儿就去哪儿吧！"

维杜罗闻言，伤心地对持国说："看看啊，我服侍你们多年，现在，只因为我的进言，难敌王子就要抛弃我。难敌王子自以为聪明，不喜欢忠告。可是甜言蜜语易得，逆耳忠言难寻。良药苦口利于病，善人愿意饮用，恶人则总是拒绝。请平息怒气，喝下苦口良药吧！我一直为了持国和他的儿子们的名誉与财富考虑，现在，随你们去吧。我只坚持再对你说一句话——智者绝不会激怒强敌。"

难敌对维杜罗大加斥责，一向重视弟弟意见的持国此时却充耳不闻，儿子的胜利让这位盲目的君王充满喜悦，无意干涉，赌博于是继续进行。沙恭尼再次出言激将，他对坚战说："你已经输掉了般度族的很多财产。如果你还有未曾输掉的财产，不妨说给我们听吧！"坚战有些沉不住气了，他答道："我自知拥有数不清的财富，但你为何过问我的财产多寡？我有上千万、上千亿，甚至千万亿的财产。我就押上这所有的钱财和你赌。"然而这一局毫无差别，坚战的财富再一次被沙恭尼施展诈术轻松赢走。

"信度河以东的大片土地上，有我的无数牲畜。我就用这份财产和你赌。"坚战道。毫不意外，这次他仍然输了。

接连失利让坚战王越来越焦躁，他说道："我还有城池、王国、土地、婆罗门之外的臣民和他们的财富，这些是我剩下的财产。我就押上这些和你赌。"

然而坚战的孤注一掷并没有扭转局面，沙恭尼一把掷出骰子，便轻松取胜。于是，坚战甚至连众王子身上的首饰也押上了，依旧被沙恭尼悉数赢走。这位财富曾令天下人艳羡不已的万王之王，如今已是一贫如洗，输得彻底。指掌之间，骰子翻滚，富贵荣华消逝如流水。在这决定万千人命运的赌局之中，操控一切的究竟是命运，还是人心？

绝望之中，坚战押上了一份特殊的赌注："年轻的无种也是我的财产。我以他为注和你赌。"沙恭尼喜不自禁，掷出骰子，说道："坚战王！你亲爱的弟弟无种也成了我们的财产啦，接下来你该押上谁呢？"坚战说："偕天王子遵行正法、学识渊博。虽然我不应押上他，但我也必须以他作注和你赌。他是我的至亲至爱，我现在用他和你这个与我不亲近的人赌。"坚战的话音刚落，沙恭尼的骰子也落下了。"我又赢啦！"沙恭尼笑吟吟地说道。

"我赢得了玛德利双生子，你亲爱的弟弟。"沙恭尼并不满足于既有的胜利，继续煽风点火，"然而我却觉得，你心里觉得怖军和阿周那更亲呢。"坚战斥道："恶棍！你罔顾正法，想要在我们同心同德的兄弟之间挑拨离间。"沙恭尼似真诚又似嘲讽地说道："醉汉摔进坑中就无法爬起。坚战啊，我向你致敬，请你原谅我。你要知道，赌徒一旦赌激动了，就会说出像这样无论醒着还是睡着都说不出来的胡话。"

赌博继续，又轮到坚战加注。也许是沙恭尼的话起了作用，也许是他已别无选择，这次坚战押上了阿周那："我用人间英雄阿周那王子和你赌，虽然我不应这么做。"毫无悬念，沙恭尼又赢了，他得意地说："我赢走了双手都能开弓的阿周那，你还能押上什么和我赌呢？就把你亲爱的弟弟怖军当作赌注吧！"

"怖军王子是我们战场上的领头人，勇猛如同神王因陀罗。世上没有人的力量能与他相比,也没有武士能在杵战中胜过他。他睥睨一切,从不能忍受丝毫屈辱。"坚战说道,继续着这场惊心动魄的赌博,"虽然我不应这样做,但我现在也必须押上他作赌注。"

沙恭尼骰子脱手,就赢走了大力士怖军。他意犹未尽,对坚战说:"你已经输了这么多财产,战马战象也输了,甚至兄弟都输了。说吧,你还剩什么财产能用来押注?""我只剩下我自己,为我的弟弟们所尊敬。"连输十八局的坚战说道,"如果你赢走了我,我会像被赢走的人一样,为你做事。"

骰子落地,局势仍未逆转。沙恭尼再次施展诈术,轻松获胜。曾经四方来贺、八方来朝的转轮圣王坚战,如今沦为沙恭尼的奴隶。然而沙恭尼却说道:"你竟输掉了自己,这真是犯了大罪啊!因为你明明还有其他财富,却先押上了自己!"说完,沙恭尼趾高气扬地向在场的国王宣布,他已经将般度王的五个儿子逐一赢过来了。之后,他又转向坚战:"你仍然有一件心爱的赌注,我还没有赢过来。那就是你的爱妻,般遮罗国的黑公主。你就押上她,用她赢回你自己吧!"

于是,刚刚输掉自己的坚战,像落入言语陷阱中的困兽,押上了他最后的赌注:"我将身材匀称、眼若秋莲、善良温柔的德罗波蒂作为赌注。她早起晚睡,打点上下,即便牛倌儿牧人,她也悉心照看。汗水涔涔之时,她的脸也如素馨花一般美丽。她是男人梦寐以求的妻子,我如今把她押上和你赌。"

一听坚战这话,整个大会堂陷入一片骚动。年长之人全都发出谴责的"呸"声,毗湿摩、德罗纳和慈悯急得冒汗,维杜罗低头沉思,频频叹息。持国则喜形于色,一再询问:"这赌注赢得了吗?这赌注赢得了吗?"迦尔纳和难降等人大声欢笑,其余人的眼眶中却充满了泪水。沙恭尼胜券在握,得意非凡,如醉如狂,反复喊着:"你仍然有一件心爱的赌注!你仍然有一件心爱的赌注!"接着,他拿起骰子,一把掷出,大叫道:"胜利啦!"

难敌大获全胜,欣喜若狂,命令维杜罗:"你去把般度五子的爱妻带过来,让她打扫宫室!让她和女奴们一起服侍我们,让我们高兴!"维杜罗无法沉默下去,愤怒地谴责道:"蠢材啊,你激怒了强敌,却全然不知自己处境危险。狡诈欺骗是通往地狱的门，俱卢族听不进良言，一味放纵贪欲，定会彻底覆灭！我认为黑公主不应成为女奴，因为坚战拿她当赌注时已经不再是她的主人。"难敌正处在喜乐之巅，根本不理会维杜罗的争辩，他狂妄地唾弃了维杜罗，转而命令侍者："你去将黑公主带来，不用理会那个胆小怕事的奴婢子。"侍者领命，向黑公主的宫室奔去。这场男人之间的争斗，最终蔓延到了女人身上。

◉ 掷骰是古代雅利安人喜爱的娱乐。按照吠陀典籍对王祭的描述，灌顶典礼之后就是一次象征性的掷骰仪式，由王者击败对手代表着宇宙新秩序的建立。不少学者相信，《摩诃婆罗多》中的赌局紧接着王祭之后安排并非偶然。有人认为，这次掷骰之戏实际是王祭典礼的延续；也有人认为，史诗中已明确表示王祭典礼圆满完结。但无论如何，这次灾难性的赌局都是对吠陀仪式的颠覆和嘲弄，暗示着时移世易，美好的黄金时代已经结束。

◉ 象城大会堂中的赌局让人联想起毁灭神湿婆在神山之巅的那场掷骰游戏。在印度神话中，掷骰子取决于神意，象征着命运，《梨俱吠陀》中有诗句："神明来来去去，犹如骰子翻滚，赐予财富又收回全部。""命运（Daiva）"一词，在梵语中就有"来自神（Deva）"之意。然而，操纵赌局令坚战一败涂地的却是沙恭尼的诡计，似乎又暗示着世事取决于人事，而非命运。这种通过作弊得来的胜利，最终导致了俱卢族的灭顶之灾，又应验了仙人毗耶娑最初的预言。那么，决定事态发展的究竟是命运还是人的行为呢？史诗给我们留下了一个永远无解的谜题。

◉ 坚战不谙赌博之道在史诗中处处有所表现。在赌局开始之前，坚战试图规范赌博规则，沙恭尼却告诉他，赌博的本质就是欺诈。应该说，这一说法确实成立，《薄伽梵歌》中黑天的自述"在欺诈中，我是赌博"一语可以作为注解。沙恭尼由此立论，赌徒通过欺诈来战胜对手，如同智者用计谋战胜愚者，并非应受人鄙视的行为，并成功地让坚战接受这一约定，从而在赌局中战胜了坚战。这为之后一向诚实的坚战最后为了夺取胜利选择在战场上欺骗德罗纳的心理转变提供了合理的线索。

◉ 印度神话中，人类社会发展的四个时代是以骰子的点数命名的：圆满期即骰子上的四点（Krti，音译讫利多），三分期即骰子上的三点（Treta，音译特雷达），二分期和争斗期分别为骰子上的二点（Dvapara，音译德伐波罗）和幺点（Kali，音译迦利）。迦利又是恶神的名字，德伐波罗是他的同伴。争斗期就是恶神迦利统治的时代，即罪恶横行的黑暗年代。在《摩诃婆罗多》的故事中，难敌就是恶神迦利的化身，沙恭尼是德伐波罗的化身，由沙恭尼代难敌掷骰象征着二分期到争斗期的转化。正是这次灾难性的赌局，打开了通往迦利时代的毁灭之门。

◉ 在古往今来的争斗和战争之中，女性往往成为最终的牺牲品。凌辱强暴敌人的妻女被视为摧毁对方尊严、炫耀自身权力以及宣泄愤怒的最有效的方式。摩诃婆罗多大战作为一切战争的映射，涉及这一问题。般度族赌骰失败后黑公主的遭遇，正是古今中外沦为战争牺牲品的一切女性的缩影。明成祖将政敌铁铉的妻女贬为妓女，成吉思汗宣称要抢夺敌人的财产、强暴敌人的女人……似曾相识的故事，在不同的时空和地点不断重演。

◉ 沙恭尼要求坚战押上黑公主时用了两个耐人寻味的称呼："你的爱妻"（Priyā devī），直译为"你心爱的女神"；般遮丽（Pāncālī），这个词既指般遮罗国的公主，又有"傀儡""玩偶"之意。她被当作丈夫的财产而押上赌桌，被视为失势国王的妻子而受尽侮辱，但她最终依靠自己的聪明才智拯救了丈夫们以及她自己，宛如女神。

哈拉帕遗址中的骰子

距今5000年前的古印度河流域的哈拉帕遗址中就已经有发现骰子，形制和现代人用的骰子极为相似，只是各面的骰子点数是1和2相对，3和4相对，5和6相对；而现代人用的骰子是1和6相对，2和5相对，3和4相对。令人惊讶的是，这些数千年前的骰子保存得极为完好，少有磨损，学者们推测人们可能是在柔软的织物上抛掷这些骰子。

第七章　　　　　　　德罗波蒂的问题

那时，黑公主还全然不知外面的惊涛骇浪。赌骰的那一天正是她的经期。她按照当时经期的妇女不应见外人的规定，身披单衣，独自在后宫休息。难敌的侍者跑来告诉她："坚战赌疯了，让难敌把你赢到手中。你到持国王的王宫中去吧，我奉命带你去听候差遣。"面对突如其来的巨变，黑公主惊怒交集，难以置信地问："你在说什么？陛下一定真的赌疯了、赌傻了，他难道找不出别的赌注了吗？"侍者答道："他的确已经无物可赌了。他押上了兄弟，然后押上了自己，最后才是你。"黑公主听后对侍者说道："那就请你回到会堂问问那赌徒，他是先输掉他自己，还是先输掉我？你问明白之后再来带我走吧！"

"你把我输掉的时候，是谁的主人？"按古印度经典规定，国王在失去理智的情况下做出的决定是无效的。因此，这个问题包含着两重含义：在这场疯狂的赌博中，你是否依然神志清醒，是自己的主人？如果你已经因赌博而输掉了自我，是否还能声称拥有我？

面对这样的提问，坚战王木然不答，仿佛失去了知觉。难敌不耐烦地说："让她自己来这里提出这个问题（Praśna）吧！让大家都听听她和坚战怎么说。"侍者不得不从命，哀伤地对黑公主说："公主啊，大会堂里的人们要你过去。我感到俱卢族的毁灭就快来临了！""天意如此。无论智者还是愚者都会经历幸与不幸。"黑公主说道，"人们都说这世上正法至高无上。如果珍视正法，正法也会保佑我们。愿俱卢族如今也不会放弃正法！"这时坚战心知难敌的意图，也让一位信得过的侍者来找黑公主，请她去见主持大会的持国王。于是身着单衣的德罗波蒂来到持国面前，哭泣着请求伯父的庇护。

难敌看着殷度五子愁苦的面容，心中喜悦，又命令侍者："把黑公主带到这儿来，让俱卢族的人当面回答她的问题。"可侍者害怕黑公主的怒火，难敌还以为他害怕怖军，骂了他一顿，让难降去把黑公主抓来。

难降立即闯进黑公主所在之地，叫道："走吧！我们已经赢得你了！你现在就将俱卢族的人认为夫主吧！我们赢得你是符合正法的！"事已至此，黑公主悲伤地擦了擦苍白的脸庞，起身奔向持国王后们所在的宫室，想逃去避难。难降咆哮着快步赶上，一把抓住她在王祭上经过圣水沐浴的乌黑长发，将她拖到了会堂上。唉！推搡拉拽之下，黑公主的身躯就像风暴中飘摇的芭蕉树。她低声哭喊："我今天正在经期，只穿了一件单衣，你不要把我带到会堂上去！"然而难降仍然粗暴地拖拽着她的长发，说道："不管你是不是在经期，不管你穿没穿衣服，你是我们赢下的奴隶。不管你是否愿意，你就得和女奴在一起！"

在难降的拽拉之下，黑公主披头散发，衣服也快滑脱了。她又羞又怒，虚弱地说："我这样不能见会堂上的人。恶徒啊，你不要拖我了，不要让我赤身裸体！否则，即便你有天神相助，我夫君们也绝不会宽恕你！正法之子现在被正法绑住了！正法微妙，只有心清目明之人才能弄清。即便夫君发话，我也不会放弃自己的正法。你在俱卢族英杰面前如此拖拽一个妇人，真是卑劣行径！但这会堂上竟无一人斥责你……想必都是赞同这种做法。可鄙啊！婆罗多族的正法、刹帝利的品行一定都毁灭了！否则，会堂上这些人又怎会坐视这种无法无天的事情发生！毗湿摩、德罗纳、维杜罗、持国王，这些长者想必是丧失勇气了，否则怎会视而不见这等罪孽？"黑公主哭诉着，轻蔑地瞥了一眼她的夫君们。般度五子被这样一瞥，更是被怒火炙烤。夺走国家、丧失财富、输却珠宝，这些都不比承受黑公主这个哀怨又轻蔑的眼神更让他们痛苦。

面对黑公主的质问，俱卢族最年长、最受尊敬的毗湿摩开口说道："贤女啊，正法微妙，所以我也无法回答你之前提出的问题。的确，没有财产之人不能将他人的财产作为赌注；但是，妻子又是永远属于丈夫的财产。坚战就是抛弃全世界的财富，也不会口出妄言。他之前的确承认，自己已经被赢走了。论赌骰，沙恭尼在世上无人能比，可坚战仍然自愿和他掷骰，不认为这是欺诈。所以，我无法明辨此事。"

黑公主答道:"坚战被召进这座会堂里,受到挑战才参与赌博。他不擅掷骰,却不得不与那技艺精湛的狡诈赌徒掷骰,怎么能说是'自愿'呢?他不知是阴谋诡计,输得一无所有,这才赌上了我。在场的俱卢族长辈,你们都有儿子儿媳,请你们想想我说的话,给我一个回答。"黑公主这样哭诉时,还望了几次她的夫君们,难降每次都会口出恶言。怖军看到黑公主被如此对待,内心痛苦不堪,双眼盯着坚战,他的愤怒爆发了。

怖军说:"坚战,你输掉了珠宝、金钱、武器、王国,输掉了我们和你自己,我都没有震怒,因为你是我们的主人。但你赌上德罗波蒂,我认为这错得没边儿!这女子不应受到如此对待。她将我们兄弟作为夫君,却因为你一人的缘故,被这卑劣残酷的俱卢族小人凌辱。为了她,承受我的怒火吧!我要烧掉你的双手!"阿周那连忙劝阻:"你可从未说过这种话。你不要遂了敌人的心意冒犯兄长,做出亲者痛仇者快的事情。坚战是受到敌人挑战,遵循刹帝利的正法,才依从敌人的意愿进行赌博的。"怖军听到劝说,这才打消了烧掉坚战双手的念头。

这时,持国的一个儿子奇耳(Vikarṇa)看不下去了,站出来说道:"各位国王,各位尊长,请据实回答黑公主提出的问题吧!如果不回答这个问题,我们都会堕入地狱。"他反复请求,但在场的国王毫无反应,不肯表态。奇耳无奈叹息,又开口说道:"国王们啊,我不管你们说不说话,都要说出我认为正确的话。赌博是王者的罪过,世人也不承认沉迷于赌博的国王做的事。而且,黑公主是般度五子共同的妻子,坚战在押她为注时已经输掉了自己,何况还是沙恭尼要求以她当赌注的。所以,想想这一切,我不认为他们赢得了黑公主!"此言一出,大会堂一片喧嚣,国王们纷纷赞扬奇耳,谴责沙恭尼。

见到这景象,迦尔纳气得攥紧了拳头,说道:"奇耳的话漏洞百出!之前诸位国王不回答黑公主的问题,是因为他们都认为她被赢走是符合正法的。大家亲眼看到坚战在这会堂里输掉了所有的财产,黑公主是坚战财产的一部分,他亲口说以黑公主作为赌注,那四个般度之子也没有反对,凭什么说她没有被赢走?如果说把穿着单衣的妇人带到这里不合正法,可是天神规定女人只能有一个丈夫,一个拥有多个丈夫的女人就是淫妇！把一个淫妇带到会堂上，哪怕让她赤身裸体，也不值得大惊小怪。难降啊，你去把般度五子和黑公主的衣服扒下来吧！"听了这话，般度五子脱掉了自己的上衣，难降则把黑公主拽到会堂中央，在众目睽睽之下，想要扒下她的单衣。

就在这时，奇迹发生了。黑公主的衣服被扒下一件，就会出现一件一模一样的衣服，盖住她的身体，她内心的正法保护了她。这样一次又一次，难降扒下的衣服已经堆成了小山，他又羞又累，干脆坐了下来。这神奇出现的衣裳是上天对迦尔纳质疑的最强有力的回应，面对这样前所未有的奇迹，国王们爆发出对黑公主的喝彩和对持国之子的谴责。怖军看到妻子受辱，气得双唇颤抖，当着所有国王的面大声发誓："各位听好了，为我这前无古人后无来者的毒誓作证——如果我不在战场上徒手撕开这个恶棍难降的胸膛，并喝下他的鲜血，那我就绝不会去见我的列祖列宗！"会堂上的人们听到他的毒誓，都为他喝彩，发出令人毛发直立的谴责声，喊道："俱卢族人为何不回答黑公主的问题？！"

维杜罗挥动双臂，请众人安静，然后说："诸位国王，黑公主哭着提出的问题，你们却没有回答，这行为是对正法的践踏。如果一个心痛如焚的人来到会堂（Sabhā，此词双关，既指国王的大会堂，也指人群聚集的地方，即社会）上提出了关于正法的问题，众人就理应依据真理、不带偏私地回答他。如果正法遭到践踏，与会者却袖手旁观，那么大会的主持者责任最大，他必须承担一半罪过；而与会者和作恶者同样罪孽深重，各自承担四分之一的罪过。如果大家都对作恶者进行谴责，那么主持者和与会者就不再有罪，作恶者将承担全部恶果。诸位，奇耳已经回答了黑公主的问题，你们也像他一样做出回答吧！"然而，国王们仍然一言不发。

迦尔纳见状，对难降说："你把她带到女奴的住所里去吧！"于是难降又开始当着众人拉拽黑公主，强行把她拖走。黑公主浑身颤抖，痛哭着呼唤般度五子，并说道："等等，有件重要的事情我还没做。我还没有向大会堂中俱卢族的尊长致敬，我被这身强力壮的人拖拽，惶恐中不能行礼，请饶恕我的过错。"听到这话，难降使出更大的力气拖拽她，黑公主跌倒在地，哀哀泣诉："过去我不曾抛头露面，今日却承受众目睽睽；过去般度五子不能忍受别人碰我哪怕一下，今日他们却容忍这个恶徒对我生拉硬拽。时间已经脱离常轨，俱卢人居然容忍他们的儿媳遭受如此折磨！国王们的正法到哪里去了？！国王们啊，俱卢人啊，我是般度五子的妻子、猛光的妹妹、黑天的密友、法王坚战门当户对的妻子，现在请你们告诉我，我是不是女奴？俱卢人啊，我再也无法忍受下去，请问你们是否认为我已经被赢走？我会按你们说的去做。"听到这话，国王们惧怕难敌，仍然不置可否。

毗湿摩说："贤女啊，我已说过，正法微妙，即使智者也难以理解透彻。强者认为合乎正法的事，不管是否如此，别人也会跟着认同；弱小之人即使说出了最高的正法，也很少有人理会。因为兹事体大，并且错综复杂、微妙难测，我不能给出明确的回答。但可以肯定的是，我们家族的末日不远了。俱卢族人都陷入了贪婪和愚痴，这些年高德劭之人全都如同丢失魂魄，垂头坐在这里。般度族是在灾难面前也不背离正法的高贵家庭，作为儿媳的你也一样，遭逢灾厄，仍恪守正法。我认为坚战最有资格回答这个问题，应该由他亲自说明你是否被赢走。"

难敌看着在场沉默不语的国王们，微笑着对黑公主说："你让怖军、阿周那、偕天和无种回答你的问题吧！无论怎样，坚战都成了说谎的罪人。如果他们为了你，当着大家的面声明坚战不是他们的主人，不是你的夫主，你就不用当女奴。或者，你让伟大的'正法之子'坚战亲自回答他是不是你的夫主。你看啊，会堂上这些俱卢族贵人都被你的痛苦感染了，可他们答不出你的问题，都在等着你丈夫们的答案呢。"

难敌语出挑拨，巧妙地让坚战陷入困局：如果坚战在押上黑公主时不是黑公主的夫主，那么他将黑公主作为赌注的行为就是说谎，因为作为奴隶他不能拥有任何财产；如果坚战在押上黑公主时仍然是黑公主的夫主，那么他在前一局中说他已经没有其他财产、只能将自己作为赌注时就说谎了，因为他当时仍然拥有黑公主。听到难敌的话，会堂上有人赞同，有人哀叹，大家都把脸转向般度五子，很想知道他们会说些什么。会堂中的喧嚣刚一平静，怖军就挥动臂膀说道："如果坚战不是一家之主，那我们绝不会容忍这一切！如果他说自己被输掉了，那我们也就认为自己被输掉了。可是，任何胆敢触碰般遮罗公主头发的凡人，都别想让我饶命！我是被正法所缚，出于对兄长的尊重，又被阿周那劝阻，才没有即刻动手。然而，只要坚战一声令下，我一定会撕碎这些罪恶的持国之子！"毗湿摩、德罗纳和维杜罗连忙劝阻："怖军，你当然能言出必行，但现在还望你克制！"

迦尔纳见状说起了风凉话："有三种人是没有财产的——奴隶、学徒和始终依附于人的女人。黑公主是奴隶之妻，奴隶的财产归属于主人，所以你已经相当于没了夫主。你的主人不是般度五子，而是持国的儿子们了！现在你赶快进宫好好侍候我们吧！美女啊，你另择佳婿吧，选一个不会把你输作女奴的丈夫。记得永恒的规矩：奴隶与自己的主人欢好绝不会受到谴责。哎呀，坚战已经掷骰输掉了你，怖军现在想起自己的英武和男子气概还有什么用啊？"怖军听得怒不可遏，却不能不强自忍耐，对坚战说道："我不能对迦尔纳生气，因为我们确实已经沦为奴隶。要是你没有把黑公主当作赌注，仇敌又怎敢如此待我？"坚战好似失去了知觉，依旧沉默不语。

难敌快乐极了，他想故意折磨怖军，便和说风凉话的迦尔纳相配合，撩起衣服，挑逗地露出自己的左大腿给黑公主看。左腿是只有妻子才能坐的位置，这样充满性暗示的挑衅与侮辱令怖军勃然大怒。他怒目圆睁，当着众人大声对难敌说："如果我不在大战中用杵打断你这条大腿，那我死后都无法进入天国，只能做孤魂野鬼！"愤怒中的怖军，双眼通红，就像一棵燃烧的大树，全身的每个毛孔都往外喷射着怒火。

维杜罗说："诸位看看怖军这恐怖的模样吧，婆罗多族必将遭受厄运了！持国之子的行为已经超越了赌博的界限，现在竟在大会堂上争夺一位女子！俱卢人啊，你们赶紧认清正法，回答黑公主的问题吧！如果在大会堂上正法遭到践踏，所有与会者都同样有罪。如果坚战是在输掉自己之前用黑公主作为赌注，自然可以说他是黑公主的主人。但一个一无所有的奴隶，听了沙恭尼的话，把不属于自己的财产拿去押注，又怎么能算数呢？"难敌说："我听坚战那四个兄弟怎么说，只要他们说坚战不是他们的主公，我就放了黑公主。"阿周那闻言回答道："俱卢人啊，坚战在开始赌博之前自然是我们的主人，但在他输掉自己之后，你们想想，他还是谁的主人？"

这时，一只豺狼闯进持国王宫的祭坛高声嚎叫，引得四周的驴子和猛禽也遥相呼应地大叫起来。这是极其不祥的征兆，仿佛神灵在证实维杜罗的预言，昭示着婆罗多族即将毁灭。这可怕的叫声，甚至惊动了深宫之中的甘陀利。

◉ 般度诸子得国与失国的故事，构成了《摩诃婆罗多》的第二部《大会堂篇》（Sabhā-parva）。在天帝城的大会堂（Sabhā）中，坚战成功地举行了王祭，达到了权力的顶峰。而在象城大会堂中，他一败涂地，失去了他和兄弟们辛辛苦苦建立的基业。Sabhā一词有多重含义，除"会堂"外，也指"赌博会馆"。此外，Sabhā又有"人群"之意，史诗作者有意将象城大会堂中发生的一切，视为整个社会的缩影：作恶者通过利用和修改规则来达到目的，而主事者的无所作为、旁观者对强权的屈服，以及善良人的沉默，使罪恶得以不受约束。

◉ 德罗波蒂的问题（Praśna），又有"谜题"之意，意指"模棱两可、难以解决的难题"。毗湿摩称妻子永远属于丈夫，迦尔纳称妇女始终依附于人（Asvatantra），这些正是《摩奴法典》中对妇女地位的描述："她始终不应该随意自主""决不要寻求脱离父亲、丈夫和儿子"。而黑公主质疑已经沦为奴隶的坚战是否还是她的夫主，有无权力将她当作赌注，在古印度父权制的等级社会中，依据法典是很难回答的。J. A. B. van Buitenen 将德罗波蒂的问题称为"终极的谜"，及至赌局终篇，此问题依然悬而未决。

◉ Alf Hiltebeitel 认为，黑公主拒绝难敌传召这一举动，出乎所有人的预料。她的公开质疑动摇了当时夫权的绝对权威，表现出女性意识的自我觉醒，也唤醒了坚战因赌博而迷失的自我，"直到现在才清醒过来"（2.60.44）。德罗波蒂的疑问，以及她的遭遇所引发的种种思考——为何正法不能惩恶扬善、如何判定是非对错、谁有权力作出仲裁，既是《摩诃婆罗多》的中心议题，又是坚战穷其一生求索的问题。

◉ 黑公主是在她最需要保护的时候，在对她来说理应最安全的地方（夫家的家族中）受尽欺凌。史诗作者不断强调她"有保护者，却没有得到保护"，她的丈夫和她夫家的家族中人是当时最强大的武士，却集体失职，有负刹帝利最高正法——保护弱者。

◉ 无论北传本还是南传本中，黑公主都是向黑天祈祷，后者以正法为她幻化出尽的彩衣，覆盖住她的身体，使她免于受辱。精校本认为这一段是黑天崇拜兴起后的产物，予以删除，但在之后的《斡旋篇》中保留了黑公主与黑天关于此事的对话。此外，在这一章节中，黑公主首次称黑天是自己的密友（Sakhā）。古印度将妻子视为丈夫的密友，但妇女拥有婚姻之外的异性密友极为罕见，在《摩诃婆罗多》中仅见黑公主与黑天一例。

◉ 盎迦王迦尔纳认为女人只能有一个丈夫，以此否定德罗波蒂一妻多夫的合法性，称她为淫妇予以侮辱。这与下文中持国王称黑公主为他"最守正法，贞洁无瑕"的媳妇形成了引人瞩目的对比。金克木先生认为，这反映了当时社会各阶层、各部落对婚姻制度和女性地位等的不同看法。《摩诃婆罗多》描绘的不仅是一次部落大战，也是时代矛盾的尖锐冲突。这些冲突最后在一次毁灭性的大战中得到解决。

◉ 一些学者注意到，天降不祥之兆是在阿周那答复德罗波蒂的提问之后出现的。虽然他并没有明确回答，但语意和怖军宣布坚战永远是一家之主的坚定直接颇为不同。对照阿周那之前劝说怖军不要冒犯坚战，这一态度尤其引人注目。

◉ 传说黑公主曾为黑天包扎受伤流血的手，作为回报黑天在黑公主受辱时以赐她无尽纱丽，维护了她的尊严。这就是兄妹节的由来。兄妹节又称护绳节（Raksha Bandhan），在印历五月圆月之日，是印度教的重要节日之一。妹妹将在兄长的右手腕上系上护绳，既表示亲爱，亦祈求保护。兄长接受护绳即意味着他承诺保护妹妹。兄妹节除了亲兄妹，表亲和异性朋友之间亦可互赠护绳。在这个节日里，婆罗门祭司也将为施主们系上护绳，祝愿天神保佑他们。施主们接受祝福，回馈以施舍。

第八章　　　　　　　　　　　　　　　　不可避免之战

骤然出现的噩兆，惊得老人们大声念诵："吉祥平安！"毗湿摩、慈悯、波力迦月授王父子和德罗纳等长辈一起离去。在甘陀利和维杜罗的共同请求下，持国意识到了事态严重，终于决定出面干预。他对难敌说："邪恶的难敌啊，你在俱卢群英聚集的大会上这样侮辱女人，尤其是侮辱符合正法的黑公主，你完了！"他思考了一会儿，安抚黑公主说："般遮罗国的公主啊，你是我最好的儿媳，最守正法，贞洁无瑕，你向我求取一个恩典吧！"于是，德罗波蒂说："如果您愿意赐我恩典，那么我求您让遵守正法的坚战免受奴役。我不想让我和他的儿子被别的孩子叫成'奴隶之子'。"持国答应了，又说："你不该只获得一个恩典，再向我求取第二个恩典吧！"德罗波蒂说："请让怖军、阿周那、无种和偕天重获自由，归还他们的战车和武器。"持国答应后，继续说道："两个恩典也不足以表达对你的尊敬，向我求取第三个恩典吧！"这次德罗波蒂答道："贪婪会毁灭正法。刹帝利女子可以要求两个恩典，我不配要求第三个恩典，所以我不再提出请求。我的夫君已经免于奴役，今后，他们能够通过自己的善行获得幸福！"这个骄傲的女子，自始至终不认为自己已沦为奴隶。

情形在瞬息间急转直下，迦尔纳不禁道："这世上有很多以美貌闻名的女子，但从未听说她们有黑公主这样的功德，竟然在持国之子的怒火之中救出了陷于灭顶之灾的般度五子。"听到迦尔纳说般度五子全靠妻子得救，怖军深感痛苦，对阿周那说道："妻子受辱，我们人生的引航星光就会黯淡！"阿周那劝慰道："不要理会卑劣小人的恶言。善人总是记恩不记仇，因为他们知道该怎么做，对自己充满信心。"然而怖军的愤怒无法平息，他请求坚战道："国王啊，我现在能不能把聚集在这里的仇敌全部杀掉？我们何必争论，何必忍受痛苦？就在此时，就在此地，我能把他们全部消灭，让你成为独一无二的统治者！"他一再望向自己的战杵，渴望着战斗。怒火从他周身冒出，他双眼血红，面色恐怖，仿佛劫末之时的死神阎摩。这时，坚战伸出手阻止了怖军，仍然恭敬地依礼向持国告辞。

持国温言安抚道："没有敌人的人啊，带着你自己的财产，平平安安地回去吧！但请务必记住我的话，哪里有智慧，哪里就有和平。善人总是记恩不记仇。你遵循正法，行为高贵，忘掉难敌的恶语，多想想我这瞎眼伯父和你甘陀利伯母吧！我原本只是想见见朋友，另外也想看看我儿子的力量如何，这才安排了这场赌骰。祝福你幸福安乐，兄弟和睦。俱卢人有你做领袖，有维杜罗辅佐，就一定不会遭受灾厄。"

惊心动魄的赌局至此终于告一段落，坚战兄弟和黑公主得回财产，踏上了归途。然而难敌功亏一篑，岂能甘心？他迅速与迦尔纳和沙恭尼一起商量对策，然后火速面见持国，劝说老国王召回般度五子。难敌说："国王啊，天神祭司祭主仙人曾告诫神王因陀罗，应该在敌人伤害自己之前，先下手为强，用尽一切手段消灭敌人。父亲啊，归还般度五子的财产无异于放虎归山！一旦回到天帝城，他们马上就会集结人马，与我们开战。他们被如此侮辱，绝对不可能宽恕我们。他们中又有谁能原谅我们对黑公主的所作所为呢？所以我们必须和般度之子再赌一次！这次的赌约是让他们流放十三年，让我们能利用这段时间扎牢根基、积蓄力量，用般度族的财产用来广结盟友，组建一支锐不可当的庞大军队。这样一来，即便般度族卷土重来和我们作战，也无力回天。国王啊，希望你赞同我的这个法子。"

持国深以为然，立刻命人追回般度五子，哪怕他们已经走了大半路程，也要让他们回来再赌一次。上自象城尊长如毗湿摩和波力迦一系的月授王父子，同辈人如维杜罗与德罗纳，下至他的儿子奇耳和尚武，都劝说他别再开赌局，但持国心意已决，不为所动。甘陀利王后知道此事后担忧不已。出于对儿子的关心，她也出面劝说持国王："没有人会重新点燃已被扑灭的大火，你又为何要激怒已经接受和平的般度族？难敌降生时就有家族毁灭的噩兆，夫君，请你不要对那冥顽小儿言听计从，让家族沉入灾难之海。你应该以智慧去指导儿子们，不要让他们落得粉身碎骨的下场！以恶行夺得的繁盛，必然好景不长；和善地积累财富，才能传给后人。"

然而，持国却说："如果家族真要毁灭，那就让它毁灭吧！我也无力阻挡。就让儿子们随心所欲吧，把般度之子带回来，让他们再赌一次！"

就这样，持国的侍者在半途追上了坚战，传达持国之令要他再回象城赌骰。坚战回答道："祸福天定，无论我去不去赌第二次，后果也在所难免。这是掷骰的挑战，更是长辈的召唤，虽然知道去了一定会导致毁灭，可我也不能违抗。"说完这话，坚战明明心知沙恭尼的伎俩，却仍领着兄弟回去掷骰。见到般度五子又一次踏进俱卢族的大会堂，善良的人都心痛不已。

般度五子落座之后，沙恭尼对坚战说："老国王已经把财产还给你们了，我们也尊重他的决定。但是，你听好了，我这里有一份丰厚的赌注。如果我们输给你，我们就身穿兽皮去森林里流放十二年，第十三年则藏匿起来，不得被人认出。如果在第十三年被人发现，那就必须再流放十二年；如果没有人认出，就能重获王国。同样，如果你们输了，你们就得带上黑公主，遵守规定流放十三年。坚战啊，咱们就按照这样的规矩，押上所有的财富，以林居为赌注，一局定输赢吧！"

难敌也当众发下誓言："无敌王子啊，如果你们在流放的第十三年被探子发现，你们就得再次流放十二年。你要明确同意这一点。如果你们没有被我们的侦探发现，我在这个俱卢族的大会堂上起誓，我会将五河地区全部还给你。如果我们输了，我和所有兄弟也会抛弃一切享乐，按照约定度过流放的十三年。"

会堂上的人听了这话，都着急地说道："哎呀，这是要招致灾难啊！他们的亲人也不提醒！智者都能看清这事，婆罗多族的人却看不清。"

坚战听见了众人的议论，心中羞愧，但为了正法，他还是加入了赌局，一面想着这会不会导致俱卢族的毁灭，一面说道："我是遵循正法的刹帝利国王，怎能在挑战面前退却？沙恭尼，我会和你赌。"坚战接受了挑战，沙恭尼立刻掷出骰子。毫无悬念，这一局沙恭尼又胜利了。

般度之子输了，按照规定披上了兽皮衣，准备去森林流放。难降大声感叹，故意激怒般度五子："从此以后，难敌就是转轮圣王，般度之子遭难啦！曾经嘲笑过持国之子的般度之子被打败了，他们永远丧失了王国和幸福，就要到森林里去啦！他们曾经不可一世，如今才知道自己只是空心芝麻，又小又瘪！坚战！你穿的兽皮衣没经过祭祀，可比不得森林中的圣贤穿的兽皮！你也别想在森林里过上他们那样的日子！哎，木柱王把女儿嫁给般度五子真是倒了霉，因为她的夫君如今都变成了无能的阉人！黑公主啊，你跟着这群丧失一切的丈夫们去森林里会有什么快乐呢？你在俱卢族会堂上看中了谁，就把他选作夫君吧！我们都很大度，又阔绰，选一个做夫君，就不必白白受苦啦！"

听了这话，怖军怒不可遏，扑上前去抓住难降，高声骂了起来："恶棍，你说的什么浑话！你今日得意忘形，凭借的还不是沙恭尼的伎俩？有谁凭借见不得人的勾当赢了之后还敢自吹自擂？你今日用言语伤人，他日如果我不在战争中撕开你的胸膛喝你的血，那我就死不瞑目！利欲熏心跟着你保护你的人，我也会送他们统统去见阎摩。我定要当着所有战士的面，杀死持国的儿子们，之后才会平息怒火。这是我的誓言！"虽然怖军放了狠话，可他必须遵守掷骰的规定，不能行动。难降见状，更是跳起舞来，无耻地大叫着："蠢牛！蠢牛！"难敌也模仿起怖军的步态，肆意羞辱。

持国之子的这些举动让般度之子愤恨不已。即将走出俱卢族大会堂时，怖军强忍怒气，说道："我要在这大会堂上庄严宣誓——战争爆发后，我将杀死难敌和难降，阿周那将杀死迦尔纳，偕天将杀死沙恭尼。他们四个的鲜血会渗入大地。我要用战杵杀死罪恶的难敌，用脚把他的头踩在地上！我要像狮子一样饱饮邪恶的难降的鲜血！天神会令我实现誓言！"

一向温和的阿周那也动了怒，说道："善良之人下定的决心绝非泛泛空谈。十三年后会发生什么，拭目以待吧。怖军，我会按照你说的，一箭杀死这个恶毒善妒、挑拨离间的迦尔纳。我会杀死那些愚蠢到和我作战的国王们。如果我不实现誓言，雪山会移动位置，太阳会失去光辉，月亮会失去清凉。如果十三年后难敌不愿恭敬归还我们的王国，我的誓言就一定兑现！"

阿周那说完，偕天也扬起手臂说道："沙恭尼，你是犍陀罗之耻！你竟把骰子当作伤人利箭来耍。你还有什么未竟的事业，就赶紧去做吧！因为如果你也上了战场，那我定会按照怖军所言，杀死你和你的追随者！"

接着，无种也开口说道："赌骰时，那些持国之子为了让难敌开心，对黑公主口出恶言，侮辱了她。我会为他们指明通往死后世界的道路。我要遵循坚战的命令，牢记黑公主的苦难，用不了多久，我就会消灭持国之子。"就这样，般度之子都伸出臂膀，立下了誓言。

坚战将母亲贡蒂托付给维杜罗照顾，向他辞行。维杜罗祝福了般度五子，说道："坚战，记住，如果有人被非法的手段战胜，他不必为失败而痛苦。内心的安宁能带来一切幸福，天神也无法战胜。在苦厄困顿中也要遵循正法和利益，顺应时势而动。愿你坚定内心，控制愤怒，愿你们无病无灾，平安归来！"坚战答道："定当如此！"

黑公主披散着头发，单衣已被经血染污，哀伤的目光似乎能将大地焚毁。面对那些幸灾乐祸嘲笑她落难的俱卢族妇女，她悲痛难忍，泪流满面地说道："那些迫害我的人，十三年后他们的妻子将失去丈夫，失去儿子，失去一切至亲至爱。她们身上将染满亲人的血，披散着头发，在月经来临时祭奠死去的亲人。"

她跟随丈夫走了出去，贡蒂痛苦地跟在哭泣的黑公主后面，上前对穿着兽皮、羞愧得低着头的五个儿子哭诉道："你们一向行为端正，怎会遭逢不幸？如果我知道你们注定要在森林中居住，那般度过世之后，我又何必从百峰山回到象城？般度和玛德利都很幸运，不用见证儿子的灾难，只有我贪恋生命，真该受到诅咒！"眼见母亲悲恸落泪，般度五子只得竭力安慰。

向母亲行礼之后，般度五子和黑公主忧郁地进入森林，烟氏仙人先行，口中唱诵着死神阎摩的颂歌。就在他们身后，敌人兴高采烈，朋友忧伤不已，百姓悲痛无助。仿佛与这毁灭的颂歌相应和，当他们一行人走出象城的时候，万里无云的天空突然惊雷闪电，大地震动，流星陨落。本不是日食的日子，太阳却隐没不见。这是婆罗多族即将毁灭的前兆。这时，那罗陀仙人出现在俱卢族的大会堂里，做出可怕的预言："由于难敌的罪过，十三年后，俱卢族将毁于怖军和阿周那的武力。"

难敌终于感到了害怕，他和迦尔纳、沙恭尼一起去寻求德罗纳的庇护。德罗纳很痛苦，他在情感上一直偏向般度族，深知般度族并无过错可言，却无法拒绝难敌的要求。"我会尽力保护投靠我的人，但最终结果要靠天意。"德罗纳说道，"般遮罗国的猛光站在般度族一边，他是注定要杀死我的人，我也是必死的人类，所以很怕他。为了你的缘故，我不能不奋力和他作战。难敌啊，快快为自己谋福吧，举行大祭，尽情享受吧！因为你现在的幸福不过像冬天棕榈树的阴影那样短暂，十三年后，你将大难临头。我已经说得很明白了，如果你愿意，就好好安抚般度族，和他们和解吧！"

然而难敌不以为然，得到了德罗纳的承诺，他的信心又回来了。他没有一丝一毫和般度族和解的打算，而是一心一意地按照他的原有计划行事，积蓄力量，结交盟友，为十三年后的大战做准备。

"死神若要毁灭一个人，并不会敲碎那人的脑袋，而是会让他失去智慧。这样的人坚持把邪道视作正道，把不利看成有利。失去神智的人，往往会自己招致毁灭。"事过境迁之后，持国王这样评价自己的儿子。盲目的老国王仿佛突然从一场迷梦中醒过来，获得财富的喜悦已然消失殆尽。他担忧而恐惧，预见到了十三年后那场毁灭家族的不可避免之战。

⊛ 一些学者认为，因坚战是代表整个婆罗多族举行王祭，这场堂兄弟之间的赌局正是婆罗多族取得雅利安至高王权之后家族内部的权力再分配。因此难敌击败坚战之后，不仅接管了坚战的王国和财富，也接管了坚战的所有政治遗产，包括众多属国。故此本章中坚战赌骰失败后，难降即称难敌为转轮圣王，但因难敌并非家族长子，故始终无法举行王祭，真正成为尊王。

⊛ 在《摩诃婆罗多》中，黑公主是独一无二的女主角，性格复杂而迷人，既是温柔善良的贤妻良母，又是意志如铁的复仇女神。这种双重特质契合了印度大女神崇拜中女神既慈惠又凶暴的特点，令她在印度民间进位为神，神庙遍及南印度及斯里兰卡、马来西亚等地，以泰米尔纳德邦最为兴盛，仅南阿尔果德地区就超过500座。她被视为萨克蒂大女神（Śakti）的化身，是黑天的妹妹，下凡助黑天铲除邪恶。在南印度的黑公主崇拜中，人们常常举行仪式模仿她在祭火中的神奇出生，上演着有关她的种种传奇。

⦿ J. A. B. van Buitenen 认为，按照史诗中描写的赌骰，赢家不必下注，输家则需要不断加注赢回所有，其结果必然是要么全赢要么全输，所以维杜罗在试图阻止赌骰时只能求助于持国，坚战被赌骰的规则所缚不得不赌下去，因此在道义上并无过错可言。他的说法得到了一些学者的认同，但也不乏质疑之声，因在《森林篇》中坚战承认"他若能克制怒气，就不会继续赌下去"。这表明坚战是有机会退出赌局的。故此对于赌局带来的严重后果，坚战本人也应负一定责任。不过，在赌输后坚战严格履行承诺，而难敌一方则表现卑劣，黄宝生先生据此评论道：最终结果是难敌赢了赌骰，输了道义，而坚战虽然输了赌骰，但在道义上是赢家。

⦿ 坚战屡屡提到他因于誓言必须接受任何挑战，即使明知这会带来毁灭，但精校版中并未提及誓言的内容，看起来他似乎为了维护刹帝利的荣耀而不拒绝任何挑战（这也是妖连不拒绝怖军挑战的原因）。而通行本中则有另外一个故事：王祭结束后毗耶娑告诉坚战，十三年后由于坚战和难敌的争执，所有刹帝利将会全部毁灭。坚战震惊之下立下誓言，十三年中他将永远依从亲族的命令，不和任何人发生不和，以此避免争端。（NYU. 2.46.10-30）

（第三部完）

第四部

流放

善事与恶事的果报,它们的产生和消亡,这些是天神们的秘密,无人知晓,芸芸众生处在困惑迷茫之中。

——《森林篇》3.32.33

第一章　　　　　　　　　　　　　　　　　再入森林

般度五子赌骰失败，带着武器和黑公主进入森林开始流放。十几名忠仆各携家眷，跟随着他们。俱卢百姓们闻讯赶来送别，不少人甚至愿意抛家舍业，要跟随坚战进入森林。他们成群结队地跟在坚战身后，请求道："难敌以非法手段夺取王国，他生性残酷，贪得无厌，这样的人一旦为王，那片大地都会遭到毁灭。侍奉这样的国王我们也会染上罪孽。正如靠近花朵，衣服也会染上香气，人应该永远和那些善良睿智、正直自制的人为邻。请让我们随你而去吧！"

坚战感激而又愧疚地说："你们把我这无德之人视为有德，是我们的幸运。但我在这里请求诸位，不要跟随我们去流放受苦。我请求关爱我们的诸位，留在俱卢，照顾和保护俱卢族的长辈以及我的母亲和朋友。我们一定会再相见的！你们都已送了很远的路，现在请回吧！"遣散依依惜别的百姓之后，般度之子和黑公主来到恒河岸边的一棵名叫"见证"（Pramana）的大榕树下。由于心情抑郁，他们只喝了些水，便要度过流放的第一夜。这时，一些不愿离去的婆罗门跟随他们到了这里，这些婆罗门祭司燃起祭火，念诵经文，陪伴般度王的后代。太阳的余晖和祭火的光焰洒在恒河的粼粼水面之上，古老而神圣的智慧之言回荡在如大伞一般遮蔽天空的树冠之下，般度之子的内心被复杂的情绪煎熬着，这个黄昏既凄苦，又美丽。

第二天黎明，般度之子和黑公主准备起程进入森林。坚战劝说陪伴他们的婆罗门："我们已经丧失一切，没有王国，也没有财富。请诸位不要和我们一起去森林中忍受艰难困苦，就此请回吧！"但这些婆罗门却不愿散去，愿意自己采集野果为生，请求坚战不要抛弃他们。坚战犯了愁，他难过地说："能有诸位的陪伴，无疑是我的荣幸。但现在我一无所有，你们的陪伴反而成了我的耻辱。我怎么忍心看到各位因为关爱我而受苦受难呢？持国之子们真该死！"说罢，坚战沮丧地坐到了地上。

熟知经典的婆罗门智者寿那迦（Saunaka）开导道："国王啊，像你这样的智者不应为这些事忧虑，即使身心受创，遭遇困境，也不要陷入绝望。人生的痛苦多种多样，但根源都在于爱。由爱故生忧，由爱故生怖，由爱而产生执着和对物质的渴望。而执着比物欲更加有害，如果执着过甚，即使执着的不过是一点微不足道的小事，也会毁掉正法和利益。因此弃绝者并非抽离于爱，而是能看清爱所带来的问题，冷静自制，既不过分依恋朋友和财富，也不怀有敌意。他们不被执着和物欲所左右，犹如荷叶不沾水珠。要知道，人的生命虽然有始有终，人的渴望却无始无终。就以财富而言，不知足的人永远渴望更多，赚钱辛苦，守钱也不容易，钱财流失更会带来痛苦。坚战啊，知足才是最大的财富，放弃对财富的渴求，远离痛苦和迷妄吧！"

坚战解释道："我并非因为自己失去钱财失去享受而痛苦，而是按照家居之法，人生天地间，应与一切众生分享食物。作为一家之主，理应供养苦行者。身为主人，理应招待客人，家中随时常备床铺和餐食，确保客人不受饥寒侵扰。在黄昏和清晨，他应行万神祭（Viswedeva），在地上放置一些食物，布施给天地间的一切生灵。居家之人不应只为自己准备食物，他应该先供奉祭火和牛，等到客人、亲友、妻子儿女以及仆人吃完后再用餐，他应该永远吃仆人剩下的食物和祭祀剩下的食物。我身为居家者却无力供养大家，因此感觉惭愧。"

寿那迦听了叹息道："看看这个颠倒的世界吧！让善人感觉羞愧的事，正好是恶人满足喜悦的。愚者受感官控制，只知满足一己之欲，因此永远在浊世中轮回，不得解脱。所以，吠陀经教导我们，人既要行动，又不能过分执着于自己的行动，要不怀目的地履行正法。而履行正法有八条道路——祭祀、学习、布施、苦行；真诚、宽容、自制、不贪。前四条道路通往祖先（Pitṛyāṇa），而后四条道路则通往天神（Devayāna），使人终至解脱。坚战啊，你就通过苦行这条道路来供养他人吧！"

对坚战而言，寿那迦这番具有深意的话不仅是解决迫在眉睫的问题的帮助，更是缓解他内心痛苦的启悟。在烟氏仙人的指点下，坚战决定修炼苦行，来取悦赐予大地上一切动植物以生命的太阳。他屏息敛气，修炼瑜伽，礼赞太阳神的一百零八个名字，终于打动了太阳神向他现身。太阳神满意地对坚战说："你会得到你希望得到的一切。国王啊，我将赐你一个无尽神盆（Akshaya Patra）。黑公主有了这个神盆之后，今后十二年中的每一餐，只要她还没有吃掉其中装的食物，那么在你厨房中的野果、根茎、肉和蔬菜这四种食物就用之不尽。"

获得赐福之后，坚战就开始和黑公主一起烹饪。果如太阳神所言，那四种食物尽管最开始很少，却越变越多。有了这些食物，坚战供婆罗门苦行者用完餐之后，也同样供他的弟弟们用餐，坚战自己则吃剩食。在坚战用餐之后，黑公主才开始用餐，而在她用完餐之后，这一天的食物才被用尽。解决了供养的问题，般度五子和黑公主便在众婆罗门的陪伴之下起程，离开恒河岸边，一路西行。他们穿过一座又一座森林，走了三天三夜，最终来到了俱卢王国西陲的迦摩耶迦森林（Kāmyaka）。

每天半夜，罗刹等生灵的力量最强大的时候，吃人的罗刹都会在这座森林中游荡。般度之子一行人刚进入森林，就看到一个罗刹手持火把拦住了他们的去路。那罗刹眼睛通红，面相凶恶，施展幻术，发出雷鸣一般的吼声，吓得飞鸟走兽游鱼四散逃去。整座森林刮起狂风，灰尘遮蔽了整个夜空。黑公主一见这可怕的罗刹，当即吓得晕过去。般度五子赶忙抱住晕过去的黑公主，犹如五种感官抓住令人愉悦的感知对象。而烟氏仙人则念诵起经咒，摧毁罗刹的幻术，现出他的真身。坚战问罗刹道："你是谁？我们能为你做什么？"

那罗刹回答道："我是斑驳（Kirmīra），是钵迦的兄弟。我住在这座林子里，常常以凡人为食。你们是什么人？我会打败你们，把你们统统吃掉！"

听了这话，坚战也报出了自己的家世和姓名："我是般度之子坚战，我们兄弟失去王国，想在你把持的这座森林中居住。"

谁知斑驳却说道："我真走运，寻找了这么久的仇家今天自己送上门来了！

无尽神盆（Akshaya Patra）

印度卡纳塔克邦 Amba 圣地的石雕，刻绘坚战带领妻子和弟弟们向太阳神祈祷，获赐无尽神盆。

太阳神苏利耶（Sūrya）

苏利耶是吠陀时代的天界大神，Sūrya 一词即指太阳。他乘坐着七匹马拉的金车，象征着一周七天，曙光之神阿鲁诺是他的御者。太阳辉映万物，阳光无孔不入，因此常被视为宇宙神王赖以洞察一切的眼睛和密探。

怖军杀死了我哥哥钵迦,还杀死了我的好友希丁波,抢走了他的妹妹希丁芭。今天,在这夜半时分,我要和他清算宿怨,替我哥哥和好友报仇。以前怖军侥幸逃过了钵迦之口,今天我就当着你们的面把他吃掉!"

坚战怒斥道:"这不可能!"这时,怖军已经拔起了一棵大树,捋去叶子当作武器。阿周那也已开弓上弦,准备战斗。怖军挡开阿周那,不让他出手相助,自己举起大树朝斑驳打去。斑驳并不慌乱,朝怖军扔出火把。怖军一脚踢开火把,又扑上去。这时斑驳也已拔起一棵大树,与怖军对打起来。这场树战持续了很久,很多大树被他们像芦苇一样折断,随意抛弃在地。随后,罗刹举起石头扔向怖军,打得怖军跟跟跄跄。斑驳随即扑上去,和怖军扭打在一起,如两只猛虎相搏。这时,怖军看到黑公主望着自己的眼神,想起了难敌的侮辱,身体忽然增添了力量。他奋力将斑驳掀倒在地,又拦腰抱住他猛烈摇晃。这时斑驳已精疲力竭,他拼命挣扎,痛苦地发出破鼓般的吼声。怖军抓住他一阵旋转,然后用双手掐住他的脖子,直到罗刹浑身僵直、眼睛大睁,才将他扔在地上,说道:"你从此不必为希丁波和钵迦抹泪了!"

就这样,凭借怖军的勇武,般度五子和黑公主得以在迦摩耶迦森林中栖身。但是平静的日子并没有过多久,他们就迎来了一位不速之客——维杜罗。远远见到维杜罗的马车,坚战不禁对怖军嘀咕:"不知维杜罗是不是又来邀请我们去赌骰?沙恭尼是不是要把我们仅存的武器也赢走?受到挑战,我是无法躲避的。如果连武器都输掉,那我们要重获王国就很困难了。"虽说如此,他们还是尊敬地迎接了维杜罗。

维杜罗对他们说:"俱卢族已经病入膏肓,我建议持国将王国还给你们,但他拒绝我的忠告,甚至发怒将我逐出了宫廷。于是我特地来这里见你们。我在大会堂上说的那些话,你们要牢记在心!即使受到残酷迫害,也要保持耐心,等待时机,保持坚强的意志;低调行事、真诚待人,与朋友共享财富。这样便能得到更多的帮助,最终得到天下。"坚战感谢维杜罗的忠告,表示会全心全意地按照他说的去做。

原来，般度之子离开象城之后，持国王坐立不安。他想到般度五子临行前发出的毒誓，想到百姓对自己的怨恨，想到那罗陀仙人那可怕的预言，他又是害怕，又是担忧，于是向维杜罗请教道："事已至此，我该怎么做才能重新获得百姓的爱戴？怎么做才能不让般度族杀光我的儿子？另外我也不希望般度族遭到毁灭。"

维杜罗答道："如果你还想为你的儿子留条后路，就归还般度族失去的一切吧。国王不应该贪图别人的财产。如果你的儿子愿意和般度之子友好相处，共同治理国家，你就没什么好担心的。否则你就应该制服难敌，让坚战做国王，依法统治大地。让难敌、沙恭尼和迦尔纳愉快地接受坚战的统治，让难降在大会堂上请求怖军和黑公主的宽恕。你问我该怎么办，这就是我的办法。"

持国听后怒道："在会堂赌骰时你就尽为般度族说话，毫不维护我的利益，现在又是这样！般度之子虽说也是我的儿子，可难敌才是我的亲骨肉，我怎么可能做到一视同仁，为了般度族而抛弃自己的儿子？既然如此，我也不指望你帮助我治理大地了。你信任谁，就到他那里去吧！"说罢他一怒而去。维杜罗便乘坐马车一路奔驰来见坚战。

可是维杜罗一走，持国就后悔了。他焦躁不安，昼夜难以入睡，思念着弟弟，竟昏倒在地。苏醒之后，他立即吩咐车夫全胜去把维杜罗接回来。深爱着自己兄长的维杜罗遵从命令，回到象城，持国赶紧向他道歉。他对持国说："国王啊，我早已原谅你了。对我而言，般度之子和你的儿子是一样的。我对你的建议也是为了你好，而不是出于维护般度之子的利益。然而，遵循正法的人都愿意帮助落难的人，现在般度之子落了难，我关心他们是理所当然的。"

持国和维杜罗两兄弟是和好如初了，难敌却浑身难受。他召集沙恭尼、迦尔纳和难降，对他们说："专为般度族说话的维杜罗又回来了。趁着他还没有说服持国改变心意、召回般度五子，你们快替我想想办法吧！只要看到般度五子回到这儿，我就会失去控制、身心枯萎、性命不保。我宁愿服毒、投火或者自刎，也决不能忍受般度五子再度兴旺发达。"

沙恭尼说："你怎么和孩子一样？般度五子都是守誓之人，他们既已按照约定离开这里，就不会再回来，哪怕你父王叫他们回来，他们也不会回来的。就算他们违背誓约回来了，我们也可以再次和他们赌一把啊！依我看，我们不妨表面上遵循持国的命令，不要轻举妄动；暗中则严密监视般度五子，寻找他们的薄弱点突破。"

沙恭尼的话惹得难敌心中很不高兴，迦尔纳心领神会，立马站起来愤慨地说道："我们都愿意为难敌效忠，如果我们无所作为，难敌就会不高兴。我们一起去森林里杀掉流浪的般度族吧！只有他们都死了，我们才能安枕无忧。只要他们沉浸在哀伤之中，身边又没有朋友，我认为我们就能够战胜他们。"听了迦尔纳这番话，大家纷纷赞同，一起登上战车，想要出发杀死般度五子。

这时，有着天眼神通的毗耶娑仙人为了阻止他们，立刻面见持国，对他说："与亲族争斗既不合法，也不光彩。难敌现在想要去森林杀死般度五子，只怕反倒会丢掉自己的性命。国王啊，若想避免大祸，可以让你儿子独自一人去和般度五子住在一起。如果难敌对般度五子产生了亲情，那么俱卢族尚可逃过一劫。"

持国回答道："难敌做的事情我也不喜欢，但我被命运支配了，所以才允许他们赌骰。出于爱子之心，哪怕难敌做出糊涂事来，我也不能抛弃他啊！"

毗耶娑说："你说的是实话，爱子之心人人有之，但是人们会对受苦的儿子更加爱恋。孩子啊，般度是我的儿子，你和维杜罗也是我的儿子，正是因为爱子之心，我才会和你说这番话。如果你希望俱卢族人都活着的话，就让难敌和般度五子和解吧！"说着，毗耶娑请来了曾经在森林里跟随般度五子的慈氏仙人（Maitreya），向持国和难敌等人讲述般度之子在森林里的种种英勇事迹，希望以此震慑难敌，让他想通，与般度五子和解。如同往日一样，虽然般度之子的勇武令持国和难敌都产生了忧虑，但一提和般度之子和好的事，那么，无论好话还是歹话，难敌都听不进去，态度十分无礼。慈氏仙人大怒，诅咒道："因你对我如此无礼，你一定会得到报应！大战将会爆发，你的双腿会在大战中被怖军用铁杵打断！"

持国吓了一跳，连忙哀求仙人饶恕难敌。仙人便道："如果你的儿子能以和为贵，我的诅咒就不会实现；否则，这个诅咒一定会实现！"说罢，慈氏仙人扬长而去。

难敌对于流放森林的般度五子仍然恨之入骨，欲杀之而后快，那么般度五子对于难敌等人的态度又如何呢？他们是打算如约守誓，还是打算现在就向俱卢族宣泄仇恨呢？

◉ 般度诸子赌骰失败后被流放的故事构成了史诗的第四部《森林篇》（Araṇyaka Parvan）。梵语中的"森林"（Araṇya）一词较为宽泛，可指猛兽罗刹出没的原始森林，也可指静谧如田园般的净修林。在森林中聚居修行的仙人构成了某种形式的村社，失势或退位的国王往往也加入其中。该词语经由佛教典籍传入中国，意译为"丛林"，音译为"阿兰若"。

◉ "见证"（Pramana）一词在梵语中表示"获取知识的手段"。般度五子在森林中出生，在遇到政敌迫害时进入森林避难，如今这是他们又一次进入森林流放。这段时光不乏冒险事迹，也充满哲理思考。他们在林中接受历练，经历考验，感悟人生，寻找方向。森林就像一座学校，成为他们获取知识的宝库，也见证着他们在逆境中的成长。

◉ 祖先之路与天神之路最早见于《梨俱吠陀》，前者祭祀死神阎摩，让亡灵进入下界冥府；后者祭祀火神阿耆尼，让天神带领亡灵升天。《摩诃婆罗多》中延续了这一概念，称人死之后有两条路，举行祭祀是走祖先之路，向下进入阎摩之境，再入轮回；寻求解脱是走天神之路，向上摆脱束缚，不再轮回。（12.17.14 & 12.315.30）

◉ 五种感官即与眼耳鼻舌身所对应的五种感官认知，即视觉、听觉、嗅觉、味觉和触觉（《和平篇》12.177.5）。《摩诃婆罗多》中有许多象征与隐喻。一般认为般度五子代表五感官，黑公主代表物质对象或身体，持国百子代表各种纷繁杂乱的思想和欲望，是我们所要战胜的对象。史诗中多次描述般度五子对于黑公主的依恋和执着如同五感官之于感知对象。

◉ 坚战正处于人生四行期中的家居期，他应结婚成家，努力工作，养活自己和家庭，并承担施舍和慈善的社会义务，履行史诗中所称的家居之法："得到合法来的钱财，举行祭祀，经常布施，款待客人，不取别人不予之物。"（1.86:3）他每天应进行五种祭祀：梵祭、祖先祭、天神祭、精灵祭和人间祭。梵祭即诵读吠陀；祖先祭即供奉祖先；天神祭指供奉与家庭有关的天神，祈求庇佑；精灵祭指供奉给日行精灵和夜行精灵，以及鸟兽虫等一切生灵，以示关爱众生。人间祭包括供养家人，为客人提供食宿，以及最大限度地为社会服务。J.D.Khatri 在其著作《印度教》（Hindu Religion）中称："在以上五种祭祀中，最重要的是人间祭，也就是为人类服务。那些为他人而工作、赚钱和生活的人，他的整个人生都是祭祀。这样的人已经脱离了一切依恋和私欲，他的一切都是为了奉献给别人，而不是为了任何果报。"

⚛ 在极端重视语言魔力的古印度，常用各种名号来表达英雄人物或神灵的各种特征。而印度教神灵尤其是主神的名号更是数目众多，为世界任何宗教神灵所不及。据《摩诃婆罗多》所述，太阳神苏利耶有一百零八个名号，而主神毗湿奴和湿婆则有上千个名号。

⚛ 无尽神盆是印度神话中颇为著名的宝物，总能提供取之不尽用之不竭的食物，但一旦黑公主用过餐后，神盆就会空了。在通行本中，还有一个故事：难敌为了给般度五子找麻烦，特地让脾气暴躁的敝衣仙人带领一万名弟子在黑公主吃过晚饭后要睡觉的时间前去拜访般度五子。黑公主情急之下求助于黑天，黑天应声而至，要求黑公主先给他些吃的再来解决问题。黑公主被弄糊涂了，最后黑天自己从神盆里找到一颗饭粒和一小片菜叶。黑天吃下饭粒，表示已经饱足，这时敝衣仙人和他的一万名弟子也同时感觉吃饱了，因为黑天是以宇宙精神的身份吃下了饭粒，他的饱足也就意味着整个宇宙的饱足。

第二章　　　　　　　　　行善的好处

听说般度族赌骰失败而被流放，他们的亲族——以黑天为首的雅度族人和以猛光为首的般遮罗族人——立即赶去见他们。到了森林，一见般度之子布衣蔬食，这些武士都愤愤不平，他们推举黑天为首，向坚战说道："以前你在天帝城举行王祭是何等气象！普天之下的国王首领都向你俯首称臣。如今难敌那伙人以诡计夺走你们的王国和财富，我们定要为你夺回，还要夺取他们的性命，让你灌顶登基！作恶者应该被杀死，这是永恒的正法。"

坚战虽然感激，但仍然坚定地回答："黑天啊，我已承诺定居森林。等过完十三年，你和各位英雄再为我实现这个誓言吧！"然而黑天的怒气仍未平息，阿周那连忙开言抚慰，他历数黑天的前世和英雄业绩，让黑天回忆起往昔那亿万年漫长岁月中的经历，回忆起了自己转生的使命。于是，黑天重新恢复了平静，对阿周那说道："属于我的一切也属于你，你是那罗，我是那罗延。我们一起从彼世来到今生，谁也不能将我们分开。"

但是黑公主不愿放弃复仇的大好时机，她上前对黑天说道："诸位大仙都说你是世界的主宰，一切众生的主人，因此我要向你诉说我的痛苦！我是般度五子的妻子，猛光的妹妹，黑天的好友，俱卢家族的媳妇，还是五个儿子的母亲。我月经来潮，身穿单衣，被人拽着头发，当成女奴，在众目睽睽之下痛苦颤抖。我谴责般度诸子，他们是出类拔萃的武士，却眼睁睁看着那些卑鄙小人侮辱亵渎我！即便力量微弱的丈夫也会保护他们的妻子，这是善人永远遵行的道理。我的保护者明明在世，他们平时从不拒绝向他们请求庇护的人，却没有保护需要保护的我。怖军空有神力，阿周那空有神弓，却任由难敌存活至今，真是可耻！"

说到伤心处，黑公主用手捂着脸哭泣起来。她哽咽着诉说般度五子从小屡遭难敌迫害的事情，她不明白自己这五位品行端正、威猛英勇的丈夫怎能容忍那些力量远不如他们的恶人欺凌加害他们这么长的时间。"我仿佛没有丈夫，没有儿子，没有父兄，没有亲戚，没有好友！我受到侮辱，孤立无援，痛苦无法平息，而你们却视而不见，仿佛无忧无虑！"黑公主激动地斥责道。

听到黑公主声泪俱下的控诉，黑天深受感动，当众立下誓言："使你痛哭的人，将来他们的妻子也会痛哭，那些侮辱你的人定会死在阿周那的箭下。我定会竭尽心力帮助般度族，你会成为这五位国王的王后。即使天塌地裂、山崩海竭，我的话也不会落空！"

黑公主听了，便斜眼看着阿周那。阿周那当即对妻子承诺道："事情定如黑天所言，绝无二致！"猛光也发誓道："我会杀死德罗纳，束发会杀死毗湿摩，怖军会杀死难敌，阿周那会杀死迦尔纳。妹妹，有了大力罗摩和黑天的支援，我们一定能够战胜持国之子！"众位武士纷纷劝慰黑公主："王后啊，我们对你发誓，难敌定会因为侮辱了你而丧命！那些恶人定会身首分离，尸体被野兽吞噬，鲜血被大地酣饮。请你不要悲伤！"

黑天又对坚战说道："可惜赌骰之时我正在异乡和童护的兄弟沙鲁瓦（Śalva）交战，否则你一定不会陷入这样的困境。贪色、赌博、狩猎和酗酒为四大恶癖，赌博危害尤烈。哪怕无人邀请，我也会赶赴象城，指出赌博的害处，劝说不要赌博。如果持国王不听我的忠告，我就用武力制止，劈杀会堂上所有阳奉阴违的恶人和赌徒。我回到多门城才知道你们的遭遇，立即赶来见你们。看到你们处境艰难，大家都很难过，可是断堤未修好之前总会漏些水的。"

说罢，黑天与般度五子告别，带着妙贤和激昂回多门城。猛光也带着黑公主的五个儿子回到般遮罗。众位武士纷纷登车告别，承诺十三年后再聚。般度五子则再次上路，披荆斩棘，清除森林中的障碍，和黑公主一起，带着仆从和侍女，在位于迦摩耶迦森林南边的双林（Dvaitavana）中住了下来。

此时炎热的夏季刚好过去，雨季正要来临。距离他们失去王国进入森林开始流放已经有一段时日了，然而，时间并不能疗愈心灵的创伤。就像雨季里时常降临的雷雨一样，每个人心头都笼着乌云，隐隐地酝酿着电闪雷鸣。

一天，黄昏时分，心情忧郁的般度五子与黑公主一起坐着闲谈。黑公主对坚战说道："凶狠残酷的难敌对我们毫无怜悯，他以我们的痛苦为乐。你这样恪守正法的好人本该享福，不该受苦。看到你现在的落魄景象，再想想你从前光耀的生活，我悲从中来，替你难过。你看到你的弟弟、你的妻子，如今都流落森林，靠野果维生，你怎么就不发怒呢？你的弟弟们个个武艺绝伦，他们本有能力杀死所有俱卢族的人，但没有得到你的允许，所以只能一味隐忍。我想，你根本是不知道发怒，所以哪怕看到自己兄弟和我的这般遭遇，你心中也毫无痛苦。可是世上哪有不会发怒的刹帝利呢？身为刹帝利，要是该发威的时候不发威，就会受到所有生灵的鄙视。先贤也不提倡一直宽容、一味温和。若是由于无知而犯错，或常常做好事偶尔犯了一点小错，那应该原谅；但对于明知故犯、一错再错者就应该惩戒。我认为，对于那些贪得无厌、一贯作恶的持国之子而言，现在就到了该你施展威力的时候！软弱受人轻视，凶狠使人害怕，懂得如何两者兼用的人才能成为大地之主。"

听了黑公主这番话，坚战平静地回答："的确，愤怒可以使人强大，但也会导致毁灭。如果人间充满愤怒，人类就不能共处。如果人人都挨了骂就立即回骂，挨了打也立刻打回去，父亲伤害儿子，儿子也伤害父亲，丈夫伤害妻子，妻子也伤害丈夫，那么不要说正法，一切众生都会毁灭。你要知道，生存是人类共处的基础。正因为世上还有宽容如大地般的人，万物才得以诞生和繁衍。公主啊，愤怒会使人不能正确地看待问题，丢失界限，丧失理智，做出不该做的事。因此，就算要施展威力，也不应该任由愤怒支配。遭受苦难时，弱小的人不发怒可以自保；强大的人不发怒，则能够理智行事，消灭使他受苦的人。所以即使是为了杀死难敌，我也不能发怒。象城尊长都主张和平，他们肯定会敦促难敌归还王国。如果他出于贪婪不愿归还，那么他就会遭到毁灭。如果难敌自己学不会宽容，那么他也同样得不到宽容。婆罗多族毁灭的时刻快要到了，从一开始到现在，我一直这样认为。但是我懂得宽容的意义，我把宽容和仁慈奉为永恒的正法，并且遵照它来行动。"

坚战的不为所动加剧了黑公主的内心之火，她接下来的言语更显锋芒："你本该承袭刹帝利祖先勇武好斗的遗风，然而你却特立独行。世人单凭仁爱和宽容绝不可能得到荣华富贵。我知道，在你心中，正法重于一切。你宁愿抛弃生命，抛弃四兄弟和我，也不会抛弃正法。然而，正法可没有保护你啊！你一直全心全意追随正法，从不傲慢，虔诚谦虚。然而，你这样正直温和的人，怎么会失去理智去掷骰子？又怎么会失去一切，蒙受灾难？天理何在？正法何在？据说，人的命运都不能自主，而是听从神的摆布，那我只能谴责神灵了！神灵随心所欲地玩弄自己的造物，犹如任性的孩子玩弄玩具，让好人受苦，恶人享福。神灵如此不公，行善又有什么用？如果恶人没有得到恶报的原因是因为他有力量，那我只能为弱者感到痛心。"黑公主说的这段话，可能世上很多人都有过同感——如果好人没有好报，恶人也没有恶报，那么为什么还要当一个好人？

坚战显然也意识到这一点，他如实回答："公主，你这番话十分精彩，但我做事并非为了求得果报。我布施是因为应该布施，我祭祀是因为应该祭祀，我按照家居之法尽力履行一个居家男子的职责，是因为这些是我应该做的事，而不是因此能得到好报。我天性倾向德行。如果只是为了得到好报才行正法，一旦受挫便怀疑正法，对神灵不敬，这样是得不到正法之果的。"然而，坚战也意识到，他自己的行为准则未必对黑公主等人适用，于是他补充道："黑公主啊，请你不要怀疑正法。如果遵循正法没有结果，前人又怎会奉行正法？大仙摩根德耶（Mārkaṇḍeya）刚刚离去，他不就是因为履行正法而获得长生不死吗？善恶产生的果报是天神们的秘密，凡人无法窥视，请你摆脱疑虑，保持信念。"

黑公主说："我没有蔑视正法，也没有对神灵不敬。我心中悲苦，才说出刚才的话。现在我仍有一些想说的。一个人获得成功，或靠命运，或靠运气，或靠自己的努力。然而，凡人无法掌控命运和机遇，只能掌控自己，想要达到目的就必须付诸行动。每个人才是自己成功的原因，神灵也是根据每个人的努力而给予相应的果报。一个人不应该无所事事，犹疑不决不会达到目的，坚定坚强的人则能积极行动，永远充满信心。我们现在正处在逆境之中，如果你振作起来，正确行动，那么我们肯定能够走出困局。如果我们尽自己所能行动了，那么即便没有成功，我们也没有过错啊！"

听了黑公主这番话，怖军激动不已，他叹息一声，气冲冲地走到坚战面前，说道："难敌夺走我们的王国靠的不是正法，而是一个骗局。国王啊，你为什么只顾正法，却丢掉了理应同等重视的利和欲呢？只是因为你对正法的热爱，我们丧失一切，流落森林，明明拥有征服四方的力量，却不得不承受这样的苦难。只是因为听从你的命令，我们才没有杀掉持国之子，使亲人痛苦，仇人快乐。我看这件事是做错了，所以它现在煎熬着我们。你平时法不离口，恪守诺言，足够仁慈和宽容，持国之子却认为是我们无能。我们大家都不喜欢你这样。如果我们直接开战，那么即便丧生，也算死得其所。我们理应坚持身为刹帝利的自我正法，报仇雪恨，世人不会因此谴责我们，反而会赞扬我们！如果正法令我们承受痛苦和伤害，那它就不是正法。兄长啊，一味守法，抛弃利益和欲望，就会变得软弱，既得不到利益与欲望，也得不到正法，真是愚者的行为！更何况，刹帝利的正法就是战斗——杀伐外敌、保护臣民、收集财富。坚战啊，鼓起勇气，担起重任吧！难敌不该拥有王国，你赶紧登上战车，在我们的追随护卫之下，征服敌人，夺回王国吧！"

坚战答复道："怖军，你所言句句是真，这些实话如利箭一般令我痛苦，但我不能怪你，因为都是我的错误之举，连累你们遭受灾难。我拿起骰子之时，心中的确有夺得王国的欲望。然而骰子仿佛只顺从沙恭尼的心意，我一输再输。怒气使我丧失了理智，我被傲气和斗勇之心所扰，才使我们落到如此地步。然而，我已经在那么多人面前立下了誓约，现在又怎能为了夺回王国而毁约？怖军啊，如果不是阿周那阻拦，你本会烧掉我的双臂。当时你要是真那么做了，也不是错事。你勇武豪迈，但为何没有在我立约之前说出这些话？现在一切都已太迟。看到黑公主受人欺凌，我们却只能忍气吞声，我同样深感痛苦。但是我既已立下了誓约，现在就必须守约。我的确将正法视为最重要的东西，为了使我的誓言真实不虚，我宁可抛弃王国、名誉和财富。"

听到坚战这番答话，怖军好像一拳打在了棉花上，更加气恼："你立下的这个誓约是有关时间的。时间可不等人啊，国王！我们是会生老病死的普通人，现在不能复仇，我们日日夜夜忍受煎熬。其他人为了你的缘故，都不多说什么，但是我说的一些话，他们也都赞成。大家都想要打仗，想在死亡之前向敌人复仇，哪怕违背誓约堕入地狱，也心甘情愿。你这样心怀仁慈地默默忍受痛苦，是不会有人赞扬你的！你是一个生来从事残酷事业的刹帝利，不是慈悲为怀的婆罗门！更何况，我们六个声名远播，无人不识，想要乔装打扮隐藏自己度过第十三年是不可能的。我们之前打败过的国王，肯定都想报复我们，讨好难敌，派遣密探寻找我们，使得我们暴露行踪，再次被流放。智者曾说，一个月可以代表一年。我们已在森林里住了十三个月，你干脆就把这十三个月看成十三年，我们今天就打回象城，和持国之子开战吧！对于刹帝利来说，没有比战斗更重要的正法。"

坚战听完怖军的话，发出叹息，陷入了沉思。他意识到，对于一贯奉行实用主义的怖军，只讲道理是行不通的，必须从现实局势出发才行。于是他这样对弟弟说："你自以为凭借武力和一腔激情就能夺回王国，但你可曾仔细考虑过目前的局势？俱卢王国中有很多良将，个个精通武艺。之前被我们击败过的国王王子，现在也都依附了俱卢。俱卢国库充实，兵力强大，军心稳定。虽然毗湿摩、德罗纳和慈悯将我们与持国之子等同视之，但他们毕竟是为俱卢王室效命的。还有迦尔纳，他不仅武艺高超，而且有一身不可刺穿的铠甲。真开战以后，不击败这些强敌，就不可能杀死难敌。"

听了这些话，怖军既愤怒又失望，却也无法想出战略，再也说不出话来。这次谈话成了般度五子与黑公主之间内部矛盾的集中爆发点，但终究无果而终。对于黑公主说的"人为何要行善"的问题，坚战只能说他自己是不追求业果的，因此不论报应如何，他都要行善。然而，至于"好人为何不得好报"，坚战此刻也无法回答。也许只有留待时间，主宰一切的时间，来为世人徐徐揭晓答案。

⊛ 赌骰发生时，黑天正与沙鲁瓦王交战。在天帝城王祭上，黑天诛杀了童护，童护的兄弟沙鲁瓦怀恨在心，趁着黑天还未回到多门城，他凭借能够在空中随意飘浮飞行的城市梭婆城（Soubha）洗劫了多门城。黑天从王祭赶回，看到家园残破，愤怒之下四处追杀沙鲁瓦，最终杀死沙鲁瓦，摧毁梭婆城。

◉ 在坚战兄弟定居双林之后，大仙人摩根德耶曾来看望他，因坚战严守誓言而微笑，将之比为圣君罗摩。罗摩为十车王（Daśaratha）长子，勇武绝伦，战无不胜，但为了让父亲的许诺得以成真，他放弃储君之位自愿放逐森林十四年，后登基为王，文治武功垂范天下，成为印度人民心目中的圣君典范。摩根德耶以此勉励坚战恪守诺言，依法践约，按宇宙的自我运行规律行事，不要恃强倚势，做出不合正法之事。坚战面对妻子弟弟的连番责难不为所动，坚持依法行事，也许正是受了摩根德耶的启发。

◉ 印度古代哲学中，"因果报应"是很重要的一环。人们相信，一旦做业（Karma），业就会产生相应的后果。如果想要得到好的回报，就应做善业，不做恶业。如果说正法（Dharma）是直接、明确地提出道德规范和行为准则，那么业果就是间接利用人的趋利避害心理来引导人们行动。甚至比起"法"的约束，"业"的引导对世人的影响更加深远。《摩奴法典》中就有言："世间从未见过任何行动由无所希求的人做出，因为，人无论做任何事情，都从愿望出发。"在《摩诃婆罗多》的故事中，法（Dharma）与业（Karma）的交织与碰撞时时发生，常常引发人对道德、哲学的深思。

◉ "好人为何没有好报"的问题，常让古代哲人困惑。柏拉图在《理想国》中便指出，大多数人行善只是为了贪图行善带来的名利，但对善行本身是讨厌的。如果人可以不受惩罚地任意行事，他们总倾向于作恶来让自己快乐，而不是行善。最后得出结论：为人应该行善，是因为善行本身最有益于不朽不灭的灵魂自身，这就是神灵赐予行善者的终极奖励。这与史诗作者要表达的伦理诉求颇有异曲同工之处。

◉ 在史诗中，坚战是正法之神阎摩之子，他自己常常被称为"法王"，即作为正法化身的国王。苏克坦卡尔认为，在这一激烈的辩论中，坚战的言论正代表史诗作者想要传达的理念——为了行善而行善，而不是以善行交换好处。这种主张行动而放弃业果的思想，正是"业瑜伽"的具体注释。在《薄伽梵歌》中，它被说成比禅定、智慧和不断的修行更为伟大，因为它最后导致心灵的安宁。

◉ 这一章中，怖军提到的"自我正法（Svadharma）"和坚战提到的"普遍的正法（sādhāraṇadharma）"其实是两个概念。前者是指某一个体根据他的阶级、职业、身份而背负的特定责任、义务和行为规范，如刹帝利正法等；后者则是指普遍的道德准则，更接近"良心"的概念。

第三章   法宝与天宫

    坚战劝说怖军不可立刻向俱卢人报复的理由，正是他心中的隐忧。毗湿摩、德罗纳、马嘶、迦尔纳拥有众多法宝，包括威力无穷、足以毁灭三界的梵颅法宝。如果说这些良将现在已经足够让人生畏，那么经过十三年的刻意笼络，更多的盟友名将加入俱卢方，那时再想战胜难敌谈何容易！感知到了坚战的忧虑，仙人毗耶娑飘然而至，安慰他道："我知道你在担心什么，所以特来告诉你解决之道。我会传授给你'忆念'（Pratismriti）之法，你将这个法术告诉阿周那，让他去向众位天神求取法宝。有此法术相助，他必会成功。阿周那会在战场上战胜这些勇士，你不必担忧。"

    毗耶娑将法术传授给了坚战，并建议他搬离双林，因为在一个地方停留的时间太长，消耗的动植物太多，也会扰了此处原本的清净。坚战听从毗耶娑的话，又率众回到了迦摩耶迦森林居住，时常练习仙人教授的法术。等到时机成熟，他向阿周那说明原委，将忆念之法传授给弟弟，命阿周那外出修习苦行，向天帝因陀罗求取所有的天界法宝，以便将来能战胜毗湿摩、德罗纳等人。"现在整个大地都属于难敌，我们只能指望你了。阿周那呀，你身负重任，不要因任何人而停下脚步。"坚战语重心长地说道。

    阿周那领命出发，他深深地吸了口气，抬首仰望天空，握紧了手中的甘狄拨神弓。黑公主前来送别，依依不舍地说道："愿你能够得偿所愿，愿你出生时天神赐你的天下无敌的吉言能够实现。阿周那啊，我们所有人的幸福和痛苦、生与死、王国和财富，都取决于你。在你离开的日子里，一切对我们来说都不再有意义。难敌对我的羞辱让我备受折磨，可那也远远比不上与你分别带来的痛苦。愿神灵保佑你一路平安，愿我们来世不再生为以战斗为业的刹帝利！"

就这样，带着亲人的重托与祝福，阿周那动身北行。他的意志坚强如铁，他的行动快捷如风，他不知疲倦地日夜兼程，到达因陀罗吉罗山（Indrakila，即因陀罗之山）时，忽听空中传来一声"停下"。阿周那应声停步，只见树下有个瘦瘦的婆罗门苦行者，正是乔装打扮的天帝因陀罗。因陀罗微笑着劝他丢掉武器，因为这里已是凡人梦想的至高归宿，自己可以满足他的任何心愿。

然而不管因陀罗怎样反复劝说，阿周那决心已定，毫不动摇，他坚定地答复道："我不渴望福寿，也不稀罕任何享受。我不想得到天国，成为天神之主。我的兄弟们还在森林里，等着我回去和他们一起报仇雪恨，我不能抛弃他们。三十三天之主啊，我只有一个心愿，想从你这里学会全部法宝。"

见阿周那态度如此坚决，天帝温和地安慰他道："只要你见到了湿婆神，我就把一切法宝都交给你。"说罢，因陀罗便消失不见。

阿周那独自一人穿越荆棘遍布的丛林，来到喜马拉雅山的一个峰顶，选中了一处鸟语花香、流水潺潺的森林，开始修炼极其严苛的苦行。一连数月，他以风为食，勤修苦行，威力撼动天地，终于惊动了湿婆神。为了考验阿周那，湿婆化作一位山野猎人，手持弓箭，光辉似火，在女神乌玛（Umā）的陪伴下，悄然来到阿周那的修行之地。众多精灵都同样化作山野女子的模样，兴高采烈地跟随着他。

刹那之间，整座森林沉寂下来。那潺潺的流水声、婉转的鸟啼声，都一下子消失了。一名罗刹变化成野猪，直冲过来袭击阿周那。阿周那立即挽弓上弦，说道："我无加害之心，你却有害人之意，我只能先送你去见阎摩了！"化作猎人的湿婆制止道："是我先想杀死这个家伙的！"阿周那并没有理会，一箭射出。与此同时，猎人的箭也射了出去。双箭齐发，光辉如同雷电与火焰，同时命中目标。野猪倒地而死，现出了罗刹的原形。

阿周那惊讶地看着这个突然出现的猎人，说道："你是谁？为何不遵守狩猎之法，射击我的猎物？是我先杀死这个罗刹的！"

猎人闻言笑了，答道："是我先瞄准他，也是我先射死他的。不合狩猎之法的是你。傻瓜呀，你冒犯了我，今天我要用利箭打掉你的骄傲！你就使出你的全部本领与我战斗吧！"说罢，这位猎人朝阿周那冲过来，倾泻漫天箭雨。

　　阿周那一声咆哮，泼洒箭雨回击。这时，这位神秘的猎人忽然化身千万，阿周那也立即射出成千支利箭，那些附有咒语的利箭穿透猎人的身体。那许多身体又合为一个，如高山般屹立，毫发无伤，面上也毫无痛苦之色。阿周那惊讶万分：这神秘的猎人究竟是谁？怎么能承受这些连天神和夜叉也难以承受的神箭？

　　于是，阿周那使出万般手段，射出各种各样的神箭。这些箭矢灿烂如同太阳，威力如同金刚杵，然而，对手却丝毫不为所动，大笑着将这些箭全部吞掉。阿周那甚至用上了至高无上的梵箭，一时间，火焰熊熊，四面八方光明大盛。但就连梵箭也被这猎人摧毁，而他那两个取之不尽的箭囊居然空了！阿周那不免有些害怕，但他不退反进，挥动甘狄拨神弓与这猎人相斗，但神弓也被夺走。阿周那挥剑便砍，又用大树和石块与猎人作战，然而宝剑折断，大树和石块也被这可怕的猎人用幻力吞没。失去一切武器的阿周那怒不可遏，直接挥拳向这难以战胜的猎人打去，猎人也毫不客气地以拳回击。双方你来我往，以拳互搏，胸膛相撞，发出可怕的声响。这场恶战持续了好一阵子，拳击战变成肉搏战，他们肢体交缠，相互角力，身体碰撞，冒出火星和烟雾。最终，湿婆紧紧抱住阿周那，用力挤压，令阿周那神志昏迷，晕倒在地。

　　阿周那的武艺、勇气与毅力，让湿婆神深感满意。他赐给了阿周那能够看见自己神体的视力。阿周那清醒过来，发现这位神秘莫测的山野猎人竟然就是他一直敬拜的对象，不禁又惊又喜，立刻向湿婆神施礼致歉。

　　湿婆笑着拉住阿周那的胳臂，说道："我已经原谅你了。今天你表现出的威力和勇气几乎与我相当，令我满意。想要什么恩惠，就向我要吧！我喜欢你，阿周那，人间天上没有人能和你相比。从前你是仙人那罗，现在你能在战争中战胜一切敌人，所有的刹帝利中你最出色。"

　　阿周那便道："世尊啊，如果可以，我希望能得到劫末之时你用来摧毁三界的兽主法宝。我想用这个法宝来战胜毗湿摩、德罗纳、慈悯和迦尔纳。"

　　湿婆一口答应，说道："我会把我心爱的兽主法宝传授给你，并教会你如何发射和收回它。你可以用思想、目光、语言和弓施放这个法宝。三界之中，没有它不能杀死的生灵、不能摧毁的东西。你能用它抵御所有武器，但你只能在受到严重威胁时使用它，不能把它用在凡人身上，因为它一旦落到威力不够强大的人身上，就会毁灭整个世界。"

当湿婆神正式授予阿周那这个犹如死神化身般的至高法宝时，整个大地震颤，数千螺号和锣鼓一齐鸣响，狂风呼啸，所有的天神与阿修罗一起见证着这个可怕的法宝燃烧着，从此为阿周那所拥有。湿婆神为阿周那治愈了身上的一切伤痛，将用幻术吞没的甘狄拨神弓交还给他，让他前往天国，便离开圣山，消失不见了。

片刻之后，三界诸王、四方护世神相继现身。南方护世神、亡灵之主阎摩赐予宝杖；西方护世神、水族之主伐楼那赐予套索；北方护世神、夜叉之主俱比罗赐予阿周那能让敌人沉睡的法宝。最后出现的是东方护世神、天帝因陀罗。他微笑着对阿周那说："阿周那啊，你已功德圆满，进入天神之道。我会派天车接你去天国，给你一些法宝。"

当阿周那掌握这些法宝之后，天神们便离去了。阿周那正想着天国的金车何时到来，天帝的御者摩多梨（Matali）即驾驶着金光璀璨的天车，划破浓云，驱散黑暗，破空而来。一万匹骏马拉着这辆灿若太阳的天车，车上装有无数威力巨大、森然可怖的武器，许多凶猛的大蛇吞吐着火焰，闪电耀眼，风雷激荡，蓝莲花般的深蓝色常胜旗迎风飘扬。这位全身用纯金装饰的御者请阿周那上车，升天而去。

一路上，阿周那看到许多星星形状的光体，他们是凭苦行之力升入天国的国王和战争中英勇捐躯的战士，凭借自身的功德发出光焰，照亮一方天宇。这些英灵明亮而又美丽，远远看去就像一盏盏油灯。他们就是地上凡人看到的天上繁星。这条由星星汇聚成的道路，就是著名的天神之道。

天车一路疾驰，乾闼婆、仙人与天女往来穿梭，天帝因陀罗的坐骑神象爱罗婆多（Airavata）就在前面门口迎接他，欢迎他来到这所有刹帝利武士梦寐以求的至高归宿与至善福地——因陀罗界的永寿城（Amaravati）。

这座城市美丽而圣洁，是善人与勇士的天堂，处处仙乐飘飘，圣歌回荡，树木常年开花，香气四溢。在天帝的欢喜园林中，成群的天女往来其间。天帝因陀罗坐在撑着白华盖的宝座上，天女们为他摇动着散发圣洁香味的扇子。

阿周那走下天车，两旁仙乐奏响，在众天神、仙人、刹帝利英灵、乾闼婆的祝福和赞美中，他走向自己的父亲，俯首行礼。因陀罗欢喜地将阿周那抱住，拉着他坐在自己的宝座上，搂着他，看着他，脸上带着微笑，眼里充满喜悦。看出了天帝的心思，众天神和乾闼婆迅速以最高的礼遇接待阿周那，乾闼婆用最甜美的嗓音唱起颂歌，婀娜多姿的天女翩翩起舞，秋波频传，欢迎这位天帝之子的到来。

阿周那住在天宫中学习各法宝的使用和收回方法，掌握了包括金刚杵在内的各种天界法宝。天宫里的生活极尽享受，凭借天帝之子的身份，阿周那处处受到敬奉，但他无时无刻不思念着森林中的兄弟们和远在象城为儿子牵肠挂肚的母亲贡蒂。天帝却一心要他多住些时日，要求他跟随乾闼婆学习歌舞和演奏乐器，说道："这些天国之乐是人间没有的，你也学一学吧！将来对你有好处。"阿周那聪颖好学，渴求真知，虽然乐舞看来是和刹帝利武士毫不相称的技艺，他也勤学苦练，学会了各种美妙绝伦的舞蹈和乐器，还和教导他歌舞的乾闼婆王奇军（Chitrasena）成了好朋友。然而，因陀罗还是认为儿子尚未准备好。

一天，天帝看到阿周那看了广延天女(Urvaśī)一眼，便找来奇军，对他说道："你去告诉广延天女，阿周那已经学会了各种天界法宝和乐舞，受到众神敬重，你也应该让他习惯女人的陪伴。"奇军向广延天女传达了天帝的旨意，这位天界最美的天女十分高兴，说道："我早已爱上了这位天帝之子，自当从命。"当晚，广延天女精心装扮，前往阿周那的居所。但见她轻纱裹身，金饰装点，犹如薄雾遮蔽的明月，更显得美艳绝伦，足以动摇任何圣者的心神。

阿周那吓了一跳，连忙闭上眼睛，以接待尊长的礼节恭恭敬敬地对广延天女说道："请问你来此有何吩咐？我必当从命。"

听到阿周那的声音，爱火炽烈的广延天女顿时忘情，含情脉脉地对阿周那说道："眼如莲花的人啊，在众天神和大仙出席的盛大宴会上，你唯独深深地看了我一眼。所以，我奉天帝之命来与你欢好。这也是我的愿望，因为我早已被你的美德打动，沦为爱神的俘虏。英雄啊，我会永远珍惜！"

阿周那羞惭地说："我一定是耳朵出问题了！当日宴会上我看着你，是因为想到你就是我们婆罗多族的祖先。我一直把你当母亲看待，请不要这样戏弄我！"

"天帝之子啊，我们天女无拘无束，自由欢好，不受人间礼仪约束。"广延天女解释道，"婆罗多族中也有不少英雄凭借苦行与德行升入天国，他们与我欢爱，并无罪孽可言。所以，英雄啊，不要拒绝我。我早已倾心于你，受到爱欲煎熬。你就尊重我，接受我吧！"

阿周那答道："完美无瑕的美人啊，让四方诸神为我见证，请听我肺腑之言：你对我而言，就像贡蒂、玛德利和因陀罗的神妃一样，是我尊重的长辈。我向你俯首致意，我敬你如母，请护我如子。"

听了阿周那的话，广延天女感觉受到了侮辱，她气得浑身发颤，竖起秀眉，诅咒阿周那："你违抗父命，漠视一个被爱神折磨向你求欢的女人，因此，你会成为舞师，生活在被你漠视的女人中间，并且失去男性，变成一个受人轻贱的太监。"

广延天女一怒离去，阿周那只得求助于父亲，没想到天帝听了笑道："这是好事啊！说明你的定力已经超过很多仙人了，贡蒂真有福气。至于广延天女的诅咒，那简直就是祝福，第十三年你可以用来隐藏保护自己，你会在这一年中失去男性成为舞师，期限一到诅咒就会终止。"阿周那听了便放下心来。

时光荏苒。一天，毛密仙人（Lomasha）拜访天帝，看到阿周那与因陀罗同坐在天帝的宝座上，犹如日月交相辉映，心中不禁诧异："这个凡人做了什么善事，怎么能坐上这个受众天神敬拜的位子？"

天帝知道仙人心中所想，微微一笑，对他说道："他可不是普通的凡人，他是我的儿子，由贡蒂生下，他来天宫求取法宝，将来还要为天神办一件大事。请你替我告诉坚战，让他不必担心，阿周那已经获得法宝，很快就会回去。他也应该和其他兄弟一起，修炼苦行，朝拜圣地，积累福德，将来就能幸福地享受王国。至于他心头的隐忧，等阿周那回去后，我会为他解除。"

阿周那也对毛密仙人说："请您保护我的兄弟们。在朝拜各方圣地的路上，会有很多艰难险阻，有您的保护，他们就不会受到罗刹的侵害。"

毛密仙人答应了，带着因陀罗和阿周那的嘱托，前往迦摩耶迦林看望坚战。阿周那性格温和，常常充当兄弟之间的调解人。在他离开的日子里，坚战与弟弟和妻子又是怎样度过的呢？

◈ 印度教认为大地以弥卢山为中心，有七洲七海，由八头方位象支撑。大地之上有七重世界（Loka，音译为楼伽），由下而上分别为地界、空界、天界、摩诃界、天人界、苦行界和梵天所在的真界。大地之下也有七重世界，为蛇族和阿修罗所居，千首龙王舍沙在最底层负载着整个宇宙。

七重天	真界（Satyaloka）	宇宙最高处，创世神梵天的居所，终极智慧与真理之所在	瑜伽行者死后所在的不灭世界
	苦行界（Tapoloka）	七仙人所在之处	
	天人界（Janaloka）	圣人们死后所居	
	摩诃界（Maharloka）	劫末之时仙人们的避难之所	劫末时不会毁灭，但能感受到劫火的炙热
	天界（Svarloka），又称因陀罗界	位于弥卢山顶，天帝因陀罗等三十三天神的居所，日月星辰所在之处	
	空界（Bhuvar-loka）	从地界到弥卢山顶称为空界，乾闼婆、紧那罗、悉陀等的居所	三界众生将在劫末时被完全毁灭
	地界（Bhūrloka）	人类所居住的大地	

◈ 印度古典文论以味论为核心，将文学分为八种情味，即艳情、滑稽、悲悯、暴戾、英勇、恐惧、奇异和厌恶味。阿周那向湿婆求取兽主法宝的故事，传统上被归于英勇味（vīra）。阿周那拒绝因陀罗让他可以升入天国成为天神之主的提议，宁愿回到森林与兄弟们一起复仇，体现出他对刹帝利法的尊重。即使是人生的最高目标——解脱，如果来得不是时候，也不值得获取。而他最终打动湿婆的，也不是传统湿婆赐福故事中的苦行，而是刹帝利武士的英武和勇气。

◈ 公元五、六世纪的梵语作家婆罗维（Bhāravi）根据阿周那求取兽主法宝的故事，创作了大诗（Mahākāvya）《野人与阿周那》（Kirātārjunīya），以其刚健的英雄情味、强大的文字表现力和精湛的修辞技巧，赢得人们的赞赏。此诗篇也是婆罗维唯一的传世之作。大诗为叙事长诗，与作为抒情诗的小诗（Khaṇḍakāvya）相对。印度传统将迦梨陀娑的《罗怙世系》和《鸠摩罗出世》、婆罗维的《野人与阿周那》、摩伽的《诛童护》和室利诃奢的《尼奢陀王传》这五部诗作称为大诗的代表。

❀月神之子步陀（Budha）与太阳王朝的公主结合而生下了洪呼王（Purūravas），由此开创了月亮王朝。洪呼王爱上了广延天女，与之结为夫妻，但后因洪呼王无意中破誓而分离。广延天女为洪呼王生下了六个儿子，长子长寿王（Ayus，音译阿逾娑）的后裔豆扇陀与沙恭达罗相爱，生下婆罗多王，其后裔即为婆罗多族。

❀月亮王朝君主友邻王曾一度代因陀罗出任天帝。众天神不满友邻王的骄狂却畏惧他的神通。于是天帝因陀罗分封四方护世神，与他一同对付友邻王。他自任东方护世神，封俱比罗为北方护世神，药叉与财富之主；阎摩为南方护世神，祖先之主；伐楼那为西方护世神，众水之主。佛教受其影响，衍生出四大天王，即手持琵琶的东方持国天王守护东胜神洲，手持慧剑的南方增长天王守护南赡部洲；手持龙蛇的西方广目天王护持西牛贺洲；手持宝伞的北方多闻天王护持北俱卢洲。

第四章 真理与王国

此时，持国王已从仙人毗耶娑那里知道了阿周那已获得兽主法宝，并登上因陀罗界求取更多的天神法宝，他不无担心地对全胜说："坚战有阿周那为他作战，只怕流放期结束后，我的儿子将性命难保！即使有德罗纳、迦尔纳，或许还有毗湿摩，能否取胜也是大问题。要么他们死，要么阿周那死，否则不会有和平。可是谁能杀死阿周那？唉，当初迦尔纳何必说那些难听的话？把黑公主拉上会堂已经足够结仇了。难敌这个傻孩子，欺负我瞎眼，不听我的话。他那些愚蠢的弟弟和大臣，也助长他的错误。想到他们会在战争中被般度之子毁灭，我就愁得昼夜难安。"

全胜答道："国王啊，这难道不是你犯下的大错吗？你原本能够阻止你儿子，却放纵他作恶。坚战不仅有阿周那、怖军这样英勇的弟弟，还有黑天等人的支持，一旦他们带领大军前来征讨，谁能活命呢？"

持国叹息道："维杜罗告诉过我，赌局一定会招致纷争和俱卢族的毁灭，现在我相信他的话了。"

可是，持国王的这些悲伤和悔悟，对于失去王国、流落森林的般度兄弟来说，已经没有任何意义。他们生活本就艰苦，现在又和阿周那分离，心情更加抑郁。急躁的怖军忍不住又旧话重提，对坚战说道："阿周那已经走了那么久，也不知是生是死，怎不让人忧心？正是接受他的劝阻，我才没有在赌局上杀死那些恶人。大王啊，都是你掷骰的错误，才让我们这些勇士空有力量却窝在这里受苦。可是，刹帝利的正法是凭借自己的勇武获取王国，绝不是林居！请遵循刹帝利法，立即召回阿周那和黑天，让我们率领大军杀死持国之子，夺回王国。你可以继续待在森林里，等我们杀死那些恶人再回去，这样你也不用违背誓言了。诡计就应该用诡计来对付，如果你不是那么天真幼稚，死抱着正法不放，事情本该这么办的。吠陀诗句中也说，人在困境中度日如年。如果你承认吠陀的权威，那十三年的期限早就满了。现在就是杀死难敌和他那些追随者的时候，趁他还没有统一天下，赶快行动吧！"

坚战亲了亲怖军的前额，安慰他道："你当然会和阿周那一起杀死难敌的，不过要等到十三年后。不要说时间已经到了，因为我不会也不能撒谎。欺骗是罪，你不需要欺骗也能杀死他们。"

坚战虽然这样安抚怖军，可是他的内心也并不平静。适逢巨马仙人（Brihadashva）到来，坚战不禁向他诉苦道："我一向遵行正法，那些精通欺诈的赌徒却以赌博夺走我的王国和财富，甚至羞辱比我生命还要重要的妻子，大地上还有比我更不幸的国王吗？"

巨马仙人道："从前有一位尼奢陀王那罗（Nala），他比你更加不幸。他本人俊美博学，具备一切美德，娶了著名的美人达摩衍蒂（Damayanti）为王后，生活原本十分幸福。这引起了恶神迦利的嫉妒，趁他不备钻入他体内，控制了这位国王，导致他在赌骰时大输特输，将王国和所有的财产都输给了弟弟，流落荒野，只有他忠实的妻子达摩衍蒂还跟随着他。不忍心妻子跟着自己受苦，那罗悄然离开，孤身一人，历经磨难。他从火中救出蛇王。蛇王咬了他一口，改变了他的容貌，指点他以车夫的身份去投奔一位精于赌骰的国王学习掷骰技艺。蛇王还告诉他，恶神迦利潜伏在他的体内，蛇毒会折磨迦利，但不会伤害到那罗本身，并留给那罗一件可以让他恢复外貌的仙衣。那罗按照蛇王的指点，以高超的驭马术获得国王的欢心，于是那罗以驭马术作为交换，学会了赌骰之术。此时迦利也难以忍受蛇毒带来的痛苦，离开了那罗的身体。摆脱了恶神迦利，那罗披上蛇王所赠的仙衣恢复了容貌，依靠赌骰击败了弟弟，重新获得王国，并与忠贞的妻子团聚。"

"那罗孤身一人流落在外，为人仆役，尝尽辛苦。而你一直有兄弟妻子陪伴，还有那么多博学多才的婆罗门始终追随着你，还有什么可悲叹的呢？"巨马仙人说道，"如果你担心那些赌徒继续邀你赌博，我可以教你赌骰之术，解除你的忧虑。"

坚战大喜过望，诚心向巨马仙人学习赌骰之技，掌握了骰子的全部秘密，再也不怕别人邀他赌骰了。

巨马仙人走后，坚战陆续收到消息，得知阿周那此时正在喜马拉雅山修炼连仙人都为之动容的苦行，十分为他担忧。其他人也因思念阿周那而郁郁寡欢。黑公主悲伤地说道："缺少了阿周那，我觉得这个鲜花盛开的迦摩耶迦林毫无生气，我不想再在这里待下去。"怖军、无种和偕天也纷纷附和，说道："看着阿周那的座位空着，我们的心无法安宁，还是离开这儿吧！"

这时，大仙那罗陀前来迦摩耶迦林看望他们，提议他们外出朝拜圣地，积累善果："在这些圣地沐浴敬神，可以涤除一切罪恶，享有如同王祭和马祭那样的功果。昔日毗湿摩就曾经周游大地，获得永垂不朽的美名。你也效仿他，带领这些仙人同去吧！这些圣地现在很多被罗刹占据，除了你，别人也无法到达那里。"

坚战听了，便请教祭司烟氏仙人道："我知道阿周那是仙人那罗，他一定能成功取得法宝，所以才派他去。可是他一走，我们也不想住在这里了。能否告诉我们另外一处圣洁的森林，我们迁往那里等待阿周那。"

烟氏仙人向他介绍了大地四方的圣地圣湖。正说话间，毛密仙人从天宫而来，告知坚战阿周那已经顺利地求取到法宝，并带来了因陀罗和阿周那的嘱咐——阿周那将以五年的时间求取知识，五年之后，他们将在群山之王白山峰顶相会。在此期间，他们建议坚战兄弟前去朝拜圣地，消除烦恼。

得知阿周那安然无恙，获得成功，坚战高兴得不知说什么好，当即准备动身前往圣地。他请大批依附他的婆罗门苦行者和因忠于他而跟来的市民回象城或去般遮罗木柱王处，只带了少数林中修行的婆罗门和仆从同行。临行之际，仙人毗耶娑、那罗陀等特来为他送行，并给予祝福。他们于十二月初动身，身穿兽皮和铠甲，带着兵器，踏上了朝圣之路。

他们一路周游大地，沿途布施，在各处圣地沐浴祭祀。长寿而博学的毛密仙人为他们讲述仙人名王的故事，为他们排遣愁绪，增广见闻。"仙人啊，我不认为我是个品德不好的人，倒是我的敌人没有道德。但为何他们繁荣昌盛，我却在受苦？"坚战忍不住向毛密仙人倾诉。显然，德罗波蒂关于"好人为何没好报"的问题在他心底种下了疑虑，让他无法平静。

"国王啊，你千万不要为此难过！依靠非法或者可以繁荣一时，但终会招致彻底毁灭。"毛密仙人答道，"我在古老的天神时代见证过这一切。"毛密仙人所说的天神时代，是指第一个时代圆满期。那时天神们崇尚正法，而阿修罗们违背正法，只知追求财富和权力。由于不行正法，阿修罗们变得骄傲自大、易怒和不知廉耻。于是，争吵不和降临到他们中间，骄傲使他们冲昏头脑，而不知廉耻则让他们名誉扫地，强大一时的阿修罗们也就走向了灭亡。而天神们则因苦行、布施、祭祀和朝拜圣地而变得圣洁，得到了持久的幸福。

"毫无疑问，你也会和天神们一样，得到荣誉和功德；而傲慢自大、沉醉于自己力量幻象的持国之子们则会像阿修罗那样毁灭。"毛密仙人这样安慰坚战王。

他们先是向东行至著名的飘忽林（Naimisha forest），然后到达恒河和阎牟那河的汇合处，那里是天神的祭祀之地。接着，他们又在圣洁的梵湖住了些时日，那是永恒的正法之神阎摩的住地，是一切河流的发源地。般度之子们在那里举行了长达四个月的祭祀，然后继续前行，途经投山仙人（Agasthya）、众友仙人（Viśvāmitra）的净修林，到达恒河入海口。随后，他们折向西行，沿着海岸向羯陵迦方向行去，途中拜会了持斧罗摩，经过达罗毗荼人的聚居区，直达西南边陲，大海之滨。这里正是当初阿周那第一次林居时所游历过的地方。他们沿途拜访这里的圣地和圣河，听着当地居民讲述阿周那的业绩，既欣慰，又悲伤。最后，他们在圣地波罗跋沙（Prabhasa）停下来，坚战王在这里沐浴祭祀，修炼苦行。

多年以前，黑天就是赶到此处，会见林居中的阿周那，邀他去多门城一行。而这一次，黑天也和大力罗摩一起，带着族人和军队，前往波罗跋沙看望坚战兄弟。坚战热情地接待了他们。连日的苦修让坚战王更为消瘦沉静，但他勇气不减，举止泰然，即使在这样极端的困境中，仍然维持着尊严和气度。他告诉雅度族亲友们，阿周那已经成功地获取了各种天神法宝。亲友们都为他高兴，但看他们生活如此清苦，又不禁难过得流下泪来。

大力罗摩忧伤地对黑天说："看啊，善没有善报，恶没有恶报，遵行正法的坚战王身穿树皮衣流落森林，违背正法的难敌却兴旺发达，世事如此颠倒，人们就会丧失信仰，偏离正道。持国王和毗湿摩、德罗纳那些婆罗多族的长辈都糊涂了吗？赶走了无罪的般度之子们，他们怎么能心安理得？持国王心思不正，犯下这等恶行，将来死后见到祖先他用什么理由为自己辩护？看着怖军、无种、偕天这些伟大的天神之子在森林里生活，看着出生于祭坛的般遮罗公主忍受不该受的苦，大地怎么还没有裂开呢？"

这时萨谛奇（Sātyaki）说话了。他曾和般度之子们一起拜师德罗纳，又向阿周那学习过箭术，彼此相交莫逆。看到般度族的苦难，萨谛奇义愤填膺，说道："罗摩啊，现在不是悲叹的时候！即使坚战王没开口，我们也应该为他们主持公道。有你在，有黑天和我在，我们怎么能让他们住在森林里？最好我们现在就带着雅度族的大军出发，请你杀死难敌和他的亲友，黑天可以杀死毗湿摩和德罗纳，焚烧月授王的军队。阿周那是我的兄弟、朋友和师长。为了他，我很高兴拿起武器，在战场上杀死俱卢人。然后，让激昂统治大地，直到坚战王完成誓约。让我们用利箭征服敌人，杀死持国之子们和迦尔纳，为法王坚战夺取王国，这是我们最光荣的任务。"

黑天仔细听了他的话，说道："你说得自然不错，可是，般度族不会仰仗别人的力量来获取王国。坚战王决不会因为欲望或恐惧而背离正道，他的弟弟们和黑公主也是一样。等到流放期满，我们就可以和般遮罗、车底国等盟国联合起来，帮助他们杀死难敌了。"

黑天的话说到坚战的心里去了。他欢喜地说："黑天是唯一了解我的人。在真理和王国之间，我更重视的是真理，而不是王国。等到时机成熟，你和黑天一定能在战场上征服难敌。对于正法，我立场坚定，决不动摇。人中之雄啊，你们请回吧！相信我们今后必定会快乐地重聚。"

他们互相拥抱道别。送走了雅度族亲友，坚战王一行继续周游各处圣地，向喜马拉雅山进发，苦行让他们能见到凡人肉眼难以见到的圣地。他们走过天神世界与凡人世界的交界点琉璃山（Vaidurya），一直走到喜马拉雅山脚下，恒河的七条支流由这里流过，光彩熠熠，美丽而圣洁。毛密仙人为他们指引路程："看啊！前面就是药叉王俱比罗的住地，由无数药叉和乾闼婆守护。他们力大无穷，快捷似风，十分危险。山里还会遇到俱比罗那些凶恶的大臣和罗刹朋友，你们要多加小心。"

坚战听了担心地说："毛密仙人从来没有这么紧张过。前面如此危险，黑公主怎么能去呢？怖军，你要好好保护黑公主，带着偕天、众婆罗门和仆役回去，在恒河之门等我回来。就我和无种与毛密仙人带少量食物继续往前走。"

然而怖军并不同意："黑公主一路走到现在，就是为了见到阿周那。我们大家都是。见不到阿周那，你焦急心慌成这样，何况连我们也见不到了。你可以把仆从打发回去，可是我绝不能把你扔在这罗刹出没的道路上，偕天和黑公主也是。大家都渴望见到阿周那，那就一起上路吧！如果黑公主累了，我就背她走。如果玛德利娇嫩的儿子不能走了，我也会带他们越过。"

坚战听得感动万分，说道："山道如此难行，你竟然还要背着黑公主、带着双子走！这世上除了你，只怕没有第二个人能做到。但愿你的力气长盛不衰，永不疲乏！"

黑公主听了含笑道："不用为我担心，我自己能走。"

这时毛密仙人发话了："这香醉山（Gandhamadana）凭借苦行之力是能上去的。让我们——你们兄弟四人、黑公主和我将苦行的力量结合起来，一起前行吧！这样大家都能看到阿周那。"

于是，般度兄弟将仆从和车马留在雪山脚下一位国王那里，手执弓箭和兵器，护卫着黑公主和众婆罗门，徒步向香醉山进发。山道崎岖，路险难行，时有野兽出没，乾闼婆、紧那罗等精灵四处漫游。他们只以块茎和果子为食物，在山中艰难行走，常常感觉力不能支，但仍然互相打气，勉力前行。

"我已经有五年没有见到阿周那了！对他的思念煎熬着我。他一向宽宏大量，哪怕受到卑微小人的侮辱也不计较。他总是英勇无畏，庇护善人，惩治恶徒。哪怕对方如因陀罗般威武，他也凛然不惧；但对战败寻求庇护的敌人，他却怀有恻隐之心，予以保护。他快如风，美如月，威武如因陀罗，愤怒如同永恒的死神，在战场战无不胜，给我们大家带来幸福。由于我的过失，我不能见到这位大弓箭手，陷入巨大的痛苦中。为了追寻他的足迹，我愿忍受大苦行，进入香醉山，到达那难以到达之地。"

坚战王的心声，也是他的弟弟们和黑公主的心声。想要见到阿周那的渴望和黑公主过去所遭受的凌辱，就像不停受到酥油供奉的祭火，烧灼着他们的心，支撑着他们继续这条复仇之路，决不后退，决不回头。

- 印度人认为吠陀并非人类撰写，而是神所启示的绝对真理，称为天启经（Shruti），其权威性不容置疑。"吠陀天启，祭祀万能，婆罗门至上"为古婆罗门教的三大纲领，也是最高教义。

- 朝圣是虔诚的印度教徒必须履行的宗教功课，至今在印度教徒的生活中仍然占据重要地位。他们会不远万里地前往圣河、神庙和伟大人物的出生地朝拜，以期得到精神上的净化和指引。相对于吠陀时代的大型祭祀，朝圣无疑是更为简便的与神沟通的方式。史诗借仙人之口说朝圣可以得到马祭和王祭的功果，反映了当时宗教仪式上的改变。

- 投山仙人是印度神话中的一位著名仙人，威力胜过天神和阿修罗。他曾经应众天神之请，喝干大海，以便天神们消灭躲藏在大海中的阿修罗。大海就此干涸，直到恒河下凡才重新填满。印度神话中认为南天上的一颗星星就是投山仙人，它就是中国神话中的南极仙翁星。

- 众友仙人是沙恭达罗的生父，《梨俱吠陀》中著名颂诗《伽耶特利》（Gāyatri）的作者，印度神话中最伟大的仙人之一，留下许多丰富多彩的故事。传说他原本是刹帝利，后苦修成为婆罗门仙人，是圣君罗摩王的导师之一。

- J. A. B. van Buitenen 认为，坚战和难敌的赌约并非没有漏洞。然而，无论是怖军要求让其他兄弟发动战争夺取王国，还是萨谛奇要求让雅度族代为杀死俱卢人，都被坚战一一否定，表现出他择善固执的决心。J. A. B. van Buitenen 同时指出，坚战的决心建立在弟弟和妻子对他无条件的支持上，他们即使对他的做法表达过口头上的不满，却始终对他不离不弃，从未闹过分裂。般度族内部的团结是坚战能东山再起的最大力量，以致持国王发出哀叹："当我听说坚战王赌骰失败，失去国土，仍有勇力无限的兄弟们追随，那时我就不怀胜利希望了。"（1.1：105）

第五章　　　　　　　香醉山之旅

香醉山是北方护世神、夜叉之主俱比罗的居所。传说，神猴哈奴曼（Hanuman）就是由此一步跨越大海，到达罗刹王占据的海岛，找到了主母悉多（Sītā）。般度兄弟一行人进入山林中没走多久，狂风骤起，飞沙走石，天地间一片黑暗，他们慌忙躲避，只听到狂风刮倒大树，发出犹如天崩地裂般的可怕巨响。风势稍弱，滂沱大雨又至。连绵不断的雨水汇成河流，夹杂着沙石和泥土，裹挟着被刮倒的树木和植物，咆哮着朝山下冲去。过了一阵子，让人凛然生畏的天地之威方才止息，风住雨停，太阳重新露出头来。他们慢慢从藏身之处走出来，准备重新上路，但黑公主已经被这一阵狂风骤雨折磨得筋疲力尽，晕倒在地。无种赶紧扶住她，大叫坚战。

坚战连忙赶过来，看着黑公主苍白憔悴的面容，他悲痛欲绝，将她搂在怀里，伤心地说："我为什么要愚蠢地喜爱掷骰子，连累她跟着我在这满是野兽的山林里流浪？木柱王认为她会得到幸福，才把女儿嫁给我们，可她现在却由于劳累忧伤而倒在地上，这都是我这个罪人的错啊！"

在他们的悉心照料下，黑公主慢慢清醒过来。坚战一面安慰她，一面担心地对怖军说："前面有许多大山，冰雪遍布，崎岖难行，黑公主怎么能走呢？"怖军想了想道："我儿子瓶首可以在天上飞，我让他来帮忙吧！"

坚战同意了。怖军在心中默念儿子的名字，瓶首立刻响应父亲的召唤，带着他的罗刹部众出现在父亲面前。问明原委后，瓶首背起黑公主，招呼他的部众背起般度兄弟和众婆罗门，在毛密仙人的指引下，飞快地前行。有这些罗刹相助，他们很快到了上古仙人那罗与那罗延的净修林。许多仙人聚集在此修习苦行，招待坚战等人住下。这吉祥的丛林就像天帝的永寿城一样美丽迷人，到处都有清澈如镜的湖泊，盛开的红莲和青莲互相掩映，熠熠生辉。时有凉风吹拂，送来阵阵天香，令人心旷神怡。

一天,清凉的风儿忽然从东北方吹来一朵美丽的千瓣莲花,正落在黑公主的身旁。黑公主拾起这朵莲花,见它又美又香,很是喜欢,便对怖军说道:"你看,这花多美!我要把它送给法王坚战。如果你爱我,就请为我多采一些吧,我想在迦摩耶迦林也种上这种花。"说罢,她拿着这朵莲花,去送给坚战。

怖军一心想讨爱妻欢喜,立即向东北方行去。一路上风景如画,各种矿物层令香醉山群峰呈现出五彩斑斓的色彩,如被彩笔涂抹。白云飘浮,清澈的溪流奔腾直下,犹如垂落的绸缎。杜鹃轻啼,蜜蜂嗡嗡,孔雀随着天女的脚铃声翩翩起舞。年轻的般度之子拨开藤蔓,在青翠的山林中敏捷地穿行,犹如美的化身,惹得不少隐形的夜叉女和乾闼婆的妻子频频回首注视着他。

怖军想到难敌给他们带来的苦难,想到阿周那的离别,决心满足妻子的心愿。他疾行如风,攀上越来越高的山峰,发出狂放的吼声。长久压抑的苦闷心情,在这怒吼声中得到释放。这时,一群狮子老虎愤怒地张开大嘴,向他扑过来,怖军徒手格毙若干猛兽,吓得剩下的四散逃命。一大群水鸟惊得扑簌簌飞起,怖军追寻而去,看见一个美丽的大湖。湖畔遍布金色的芭蕉林。怖军欢喜地跳进大湖,自由自在地戏水,玩了很长时间才尽兴上岸,吹响了螺号。

听到那雷鸣般的螺号声,许多狮子野象也发出吼声四下回应,声势甚是惊人。然而,另一种有节奏的拍打声适时响起,竟然盖过了野象的吼叫声,回荡在群山万壑之中。怖军好奇地循声而去,走进那丛金色的芭蕉林。只见一只奇异的黄色的大猴子,睡在林中一块巨石上。他像闪电一样明亮,也像闪电一样不可逼视,旗杆一般的尾巴不停地拍打,怖军听到的就是他尾巴的拍击声。

怖军走上前去,大吼一声,这足以吓退猛兽的吼叫声,却并没有吓倒这猴子。他微微睁开蜜黄色的眼睛,微笑着道:"我病了,睡得很香,你为什么要吵醒我?我生为动物,不懂正法,但你是有智慧的人类,为何不知应该怜悯众生的道理?你是谁?为什么来到这里?"

怖军惊讶地看着这只口吐人言的猴子,说道:"我是俱卢族的后裔、风神之子怖军。你是谁？为什么化作猴身？"

听了他的话，猴子笑了起来，说道："我就是一只猴子，我不会让你继续往前走，因为前面不是凡人可以去的。否则，你性命不保。"

怖军不能忍受这样类似威胁的话语，生气地说："我没有问你这个，你也用不着管。快起来给我让路，否则，我会让你性命不保！"

猴子说道："我病得很重，起不来。你一定要往前走的话，就从我身上跨过去吧！"

怖军答道："虽然你只是一只猴子，遍入万物的无上梵我（Paramatman）依然存在你的身体中。出于对无上梵我的尊重，我不能从你的身上跨过去。否则我就会像哈奴曼跨过大海一样，跨过你的身躯和这座大山。"

猴子眯起了眼睛："你说的哈奴曼是谁？"

怖军挺起胸膛，自豪地说："他就是我的兄长，名震天下的《罗摩衍那》中的猴王。为了寻找罗摩王（Rāma）的妻子，他一步就跨越了广阔无垠的大海。我和他一样厉害，快起来给我让路！"

猴子似笑非笑地看着他，说道："我已经很老了，站不起来了。你就把我的尾巴挪开一点，走过去吧。"

怖军不以为意，随手抓起那猴子的尾巴，却无法移动它。他吃了一惊，又用双手去扳，用尽了浑身力气，累得汗如雨下，竟然还是无法将那只猴子的尾巴挪动半分！他羞愧地低下头来，恭恭敬敬地合十行礼，说道："请原谅我的冒犯。你究竟是谁，是天神还是乾闼婆化作猴身？如果你愿意的话，可否告诉我？"

猴子微笑着道："我就是你刚才提到的风神之子哈奴曼，你的兄长。我曾向罗摩求得一个恩惠，只要世上还在流传罗摩的故事，我就会仍然活着。虽然罗摩已经离开了这个世界很久，可是，世人和天神仍在吟唱罗摩的事迹，让我高兴。怖军啊，前面已经是天神的世界，凡人不能通行。我拦住你，是不想你被诅咒或攻击。你要找的莲花附近的湖里就有。"

听了哈奴曼的话，怖军欣喜若狂，立刻向兄长俯首行礼，叫道："我竟然能在这里遇到我的兄长,真是太幸运了!你能把你当初跨越大海的形象展现给我看看吗?"

哈奴曼笑了笑,答道:"你不能见到我当时的形象,因为那不是发生在现在的事,时代已经变了。现在已是衰败的时代,我不会具有当时的形体。时间的法则不可超越。大地山川、天神大仙,都必须适应时间,因时代的改变而具有不同的形态和力量。我也不例外。"

怖军神往地说:"有几个时代呢?能告诉我每个时代的情况是怎样的吗?"

哈奴曼答道:"一共有四个时代:圆满期、三分期、二分期和争斗期。第一个时代是圆满期,那是最好的时代,没有疾病和争斗,没有烦恼和仇恨。正法四足俱全,长盛不衰。人人依法行事,行善不求果报。众生之魂毗湿奴神是白色的。"

"接下来是三分期,正法减少一足,毗湿奴神变成红色。人们尊法守信,热衷以祭祀和苦行获得善报。然后是二分期,正法衰减为两足,毗湿奴神变成黄色。不少人背离真理,迷恋激情,出现了许多疾病和天灾。第四个时期则是争斗期,正法只剩一足,毗湿奴神变成黑色。正法衰落,疾病和灾祸不断,人世间充满争斗,甚至遵照正法之名行事也会招致有悖常理的结果。这个黑暗时代不久就会出现。即使长寿者也只能适应,不能改变。你问这些无用的事做什么呢?还是走吧。"

然而怖军坚持他的要求:"不看到你过去的形象,我无论如何也不走!"

看着固执的小弟弟,哈奴曼微笑了,破例为弟弟展现出自己当时跨越大海时的神圣形体。他的身躯越变越大,就像一座大山,充塞住四面八方。他甩动长长的尾巴,就像太阳一样光芒四射,让怖军不得不闭上眼睛。"如果愿意,我还可以变得更大。"哈奴曼笑道。

怖军又是欢喜,又是害怕,合十行礼道:"无上的勇士啊!我已经见识过你雄伟的英姿了,请恢复到原来的形体吧!"

听了怖军的话,哈奴曼便恢复原状,给弟弟指明通往俱比罗花园的路,告诉他那儿有他要找的莲花。"可是,你不要急躁地直接动手采花。要注意遵守自己的法,尽职尽责;还应了解和践行最高的法,遵循真理和道德行事。"哈奴曼谆

北方护世神、财神俱比罗（Kubera）

吠陀经典中称俱比罗是黑暗精灵之首，Kubera有"畸形的"之意，暗示他身带残疾。印度神话中他矮小、丑陋、大腹便便，一只眼睛呈黄色。在一些造像中，他手握一只猫鼬作为钱袋，猫鼬每次张口就会吐出宝石。俱比罗在佛教中也颇具影响力，是四大天王中的北方多闻天王，又称毗沙门天。

药叉与药叉女

药叉，又名夜叉，是山林中的精灵，守护着一方水土，带来丰饶和富裕，但也有狰狞可畏的一面。古印度造像中的药叉男性通常是矮壮的侏儒，女性则极美丽，有纤细的腰肢和丰满的胸臀。

谆告诫道，"要明辨是非，因为有时人们把非法称为正法，有时正法又以非法的面目出现。弟弟啊，你是刹帝利，刹帝利的职责就是保护者，通过惩罚恶人和保护善人而升入天国。你要牢记自己的职责，正确地施行。"

说罢，哈奴曼紧紧拥抱着弟弟，被他这一抱，怖军疲劳顿消，浑身舒畅。哈奴曼亦心潮起伏。这位无上的勇士，来自上一个时代的长寿者，此时眼里满是泪水，声音哽咽地说道："见到了你，我这双眼睛也就没有白生！碰触到你凡人的躯体，让我再一次想起罗摩王。弟弟啊，告诉我你要什么恩惠？要是你愿意，我可以去象城把卑鄙的持国之子们都杀掉！"

"你已经为我做了一切。"怖军欣喜地答道，"你就是我们的保护者，在你的庇佑之下，我们一定能战胜敌人！"

"好吧！当你冲入敌人的军阵，发出愤怒的狮子吼，我会放大你的声音，增强你的声威。"哈奴曼祝福道，"我会出现在阿周那的旗帜上，发出可怕的吼声，令敌人魂飞魄散。"

怖军告别兄长，沿着他指引的路线，找到了由众罗刹守护的莲花池。这美丽的莲池源自俱比罗宫殿附近的山泉，池中开满了吉祥芳香的金莲花，正是黑公主的所爱。见他跃跃欲试要摘莲花，众罗刹立刻上前呵斥道："就算天神来这里游玩也需要俱比罗允许，你这个凡人怎敢无视俱比罗，强行摘取莲花？"

怖军骄傲地说道："俱比罗不在这里，就算他在这里，我也不会向他乞求，因为乞求不符合刹帝利法。再说这莲池源自山泉，应属于一切众生，并非俱比罗的私产，我为何要向他乞求？"

他毫无畏惧地往前闯，罗刹们纷纷喝骂，将怖军团团围住，高举武器想要杀了他。怖军以一敌十，勇猛无比，杀死了罗刹头领，赶跑众罗刹。俱比罗得知此事后一笑置之："让他去吧，我知道他是为了取悦黑公主。"

就在怖军和罗刹打斗之际，天降不祥之兆。坚战发现不见了怖军，追问之下才知原委，立刻赶至俱比罗的莲池，看见遍地狼藉，不禁责备怖军行事鲁莽，好在俱比罗不予追究。不过，这不是他们在净修林中唯一遇到的麻烦，很快，又有心怀不轨的罗刹找上了门。

这个罗刹名叫辫发（Jatasura）。和之前遇到的穷凶极恶的罗刹不同，他假扮成虔诚修行者的样子，和般度之子们住在一起，表面上殷勤招待，暗中窥视他们的武器。一日怖军外出打猎，这罗刹便露出本来面目，抢走所有的武器，掠走坚战、双子和黑公主。偕天挣扎逃走，怖军及时赶到，怒骂道："你偷看我们武器的时候，我就看破你了，但你没有做过坏事，因此就算知道你是罗刹，我也没有杀你。但你今天劫掠黑公主，那就是自寻死路！"他们拔起大树、举起石头交战，树拔光之后演变成了肉搏战，神力惊人的怖军最终还是占了上风。他杀死了这个罗刹，如同从枝头摘下熟透的果实。

他们又住了些时日，算算五年之约将近，便再次上路，进入白山群峰，在一位仙人的净修林里住下，等待着阿周那。净修林正对着白山，远远可以看到山上出没的珍禽异兽、仙人和天女。众罗刹守护那天神的游乐园，不允许凡人接近。凝望着那神圣的山峰，黑公主心驰神往，便对怖军说道："你弟弟曾经在甘味林战胜天神，你和他一样勇猛，可否赶走那山上的罗刹，让我们好好欣赏一下那座美丽的山峰？"

为了取悦爱妻，怖军立刻出发，登上白山峰顶，吹响螺号。峰顶正是俱比罗的行宫，守卫的药叉和罗刹立刻冲上来，咒骂着围攻怖军。这是一场真正的战斗，英勇无畏的怖军以利箭射死射伤众多罗刹和药叉，杀死为首的罗刹王，其余的吓得四散奔逃。听到山顶传来的打斗声，再次发现怖军失踪的坚战忧心如焚，立刻带着两位弟弟，全副武装赶去白山。看到怖军在俱比罗家门口闹事，地上全是被他打倒的药叉和罗刹，坚战严厉地责备他道："不管你是莽撞还是糊涂，都不该这样不顾正法和利益地胡来，犯下恶行，冒犯天神。如果你想让我高兴，就不要再这样做了！"

这时，财神俱比罗在成千上万的药叉和罗刹的簇拥下来到峰顶，般度之子们上前敬礼，怖军手持弓箭，面无惧色地看着俱比罗，准备战斗。奇怪的是，俱比罗看上去并不生气，反而笑笑对坚战说道："你不用担心，也不要生怖军的气。说来我还要谢谢他，因为他帮我摆脱了投山仙人的诅咒。"

原来，怖军杀死的罗刹王是俱比罗的朋友。他们一起外出时罗刹王侮辱了投山仙人。仙人震怒，诅咒罗刹王和他的军队会遭到凡人杀戮，俱比罗也会遇到麻烦，直到遇到那位凡人才能终止。因此，怖军的莽撞行为反而误打误撞地帮俱比罗解除了诅咒。

"不过，这是怖军第二次犯错了！他自恃勇武，骄傲自大，不懂正法，坚战啊，你要好好教教他。"俱比罗教导一番，最后说道，"你们回净修林吧，这座山你们可以随意来去，我的仆从会侍奉你们。阿周那在天宫一切顺利，因陀罗很快就会亲自送他来此与你们相会。"

俱比罗的话令般度兄弟对阿周那的思念更加浓烈，每一天都像一年那样漫长。他们经常遥望着白山峰顶，看着日升日落，盼望着重聚之日的到来。直到有一天，他们看到天帝的御者驾驭着金车，如同闪电一般破空而来，照亮整个天空。阿周那就站在天车之上，正以同样急切而热烈的目光，在找寻着他们。

于是，长久的等待与思念、艰辛与忧伤，此刻终于画上了句点。

⊛ 俱比罗是印度神话中的财神和北方护世神，《罗摩衍那》中的大反派罗刹王罗波那（Ravana）的同父异母兄弟，《摩诃婆罗多》中说他是药叉和罗刹之主。他原居于楞伽岛（Lanka），楞伽岛被罗波那霸占之后，他迁居到香醉山。传说他以人为坐骑，暗示人是财富的奴隶。

⊛ 《罗摩衍那》是另一部伟大的印度史诗，本章中借哈奴曼之口简述了其内容：哈奴曼为风神之子，与猴王妙项（Sugrīva）交好。当时妙项被兄长波林（Vali）迫害，毗湿奴的化身下凡为十车王（Dasaratha）之子罗摩，为了让父亲的誓言成真自愿放逐森林，他的弟弟罗什曼那（Laxmana）和妻子悉多跟随着他。罗刹王罗波那贪图悉多的美貌，设计引开罗摩，掳走悉多。罗摩和弟弟在找寻悉多的途中遇到妙项，三人结为好友。罗摩杀死波林，助妙项复登王位，妙项则派出猴军助罗摩寻找悉多，其中就有哈奴曼。哈奴曼打听出悉多被掳至楞伽岛，便一步跨过大海，见到悉多，报知罗摩。于是，罗摩杀死罗波那，带回妻子，统治大地一万一千年后升入天国。

⊛ 哈奴曼是《罗摩衍那》中的主要人物之一，罗摩王的忠实追随者和虔诚信徒。罗摩升天后，他仍然留在人间长生不死，让罗摩的美名永远流传。在印度，他是忠诚、勇敢、坚定无畏的象征，拥有众多信徒。中世纪后，他的重要性进一步增强，甚至常常被视为湿婆的化身。

◉ 无上梵我（Paramatman）即梵，古印度哲学中最高的宇宙灵魂。梵（Brahman）的词根为"bṛh"，意为增长和发展。在吠陀文献中，这个词作中性时表示吠陀颂诗中的力量，作阳性时指祭司。印度人认为它遍及一切众生，是宇宙的唯一实在和真正本源。它在自然界中沉睡，在动物中做梦，在人类中清醒。无上我与作为个体灵魂的个我（Jīvātman）本质上是同一无二的。有人比喻说，无上我如同大海中的水，个我则是陶罐中的水，一旦打破陶罐，陶罐中的水将汇入大海，再无分别。这一境界就是梵我同一（Brahmātmaikyam），修行的过程即是证悟的过程。

第六章　　　　　　　　　🕉　　　　　　　　蛇一样的祖先

　　按照约定，阿周那在天宫度过了五年，掌握了全部的天神法宝和歌舞技艺。因陀罗欣慰地抚摸着儿子的头说："现在就算成群的天神也不能战胜你，何况人间那些凡人？该你酬谢老师了。"

　　因陀罗要求阿周那付的谢师礼，是杀死天神的敌人，名为全甲族（Nivatakavachas）的阿修罗。他们曾修炼苦行取悦梵天，获得天神无法战胜的恩惠，凭借这个恩惠，他们强占了天帝的城池，赶跑了众天神。这些全甲族总数有三千万，天帝拿他们无可奈何，便让阿周那出手。临行之际，天帝送给阿周那一顶光华璀璨的天国王冠，亲手为阿周那戴上，阿周那由此得到又一个名号"有冠者"（Kiritin）。众天神赠予他天授神螺（Devadatta），祝福他胜利。阿周那穿上无法刺穿的护身铠甲，手握甘狄拨神弓，乘坐天帝征服四方的天车出发。

　　天帝的御者摩多梨驾驭着这辆可自由行走三界的天车，越过波涛汹涌的大海，抵达全甲族居住的城市。听到天车的隆隆声响，全甲族还以为是天帝前来，全城戒备，严加防范。阿周那吹响天授螺号，发起挑战。全甲族于是全体出动，手执各种兵器，向阿周那杀过来。他们发出的巨大吼声震晕了成千上万的游鱼，它们堆积如山，漂浮在海上。全甲族将阿周那团团围住，向他发射箭雨，投掷铁叉、标枪和火器。阿周那毫不畏惧，天车疾行如风，他以甘狄拨神弓射出各种施过咒语的梵箭，成百上千地杀死这些阿修罗。愤怒的阿修罗于是从四面八方一拥而上，各种刀剑箭矢一齐向阿周那身上倾泻。见敌人实在太多，阿周那祭起因陀罗所赠的法宝摩诃梵（Maghavan），粉碎敌人的全部武器，然后一次十箭，将他们射死。伤亡惨重的阿修罗再次集合起来，向阿周那发射密密麻麻多如蝗虫般的利箭，阿周那针锋相对，用燃烧的锋利的神箭抵御那些箭雨，粉碎敌人的身体和内脏。在他的猛烈打击下，阿修罗们肢体破碎，涌出的鲜血犹如雨季的暴雨。

自知不敌的阿修罗开始用幻术作战，巨大如山的石块从天而降，向阿周那砸来。又降下粗如车轴的水柱，充塞天地四方。阿周那见招拆招，以法宝粉碎了石雨、吸干了水流，又以同样方法破除了阿修罗的火和风等幻术。连番失败的阿修罗于是令世界陷入一片浓黑之中，各种可怕的武器、石头、火焰和风暴，在黑暗中向阿周那袭来。在这浓重的黑暗中，马匹恐惧不前，天帝御者摩多梨也失去了惯有的镇定，马鞭失手落地，他颤抖着叫道："般度之子啊，你在哪里？我见过天神与阿修罗为了争夺甘露而发生的大战，也见识过天帝因陀罗杀死弗栗多，可是我从未见过这么可怕的战斗！世界就要毁灭了吗？"

阿周那心头何尝不害怕？他竭力让自己镇定下来，鼓励摩多梨道："不要害怕，我会以法宝和甘狄拨神弓破除他们的幻术！"说罢，他施放法宝，驱散包围他的黑暗幻象。全甲族阿修罗又施展出各种幻术，世界忽而被黑暗吞噬，忽而沉入水中，忽而光亮突现，成群的阿修罗向阿周那扑来，阿周那便把握这机会，大量歼灭敌人。战斗进行得正激烈，突然之间，所有的阿修罗都消失不见了。他们用幻术躲了起来，隐身和阿周那交战。阿周那以甘狄拨神弓射出施过咒语的神箭，无论他们如何躲藏，神箭都照样准确无误地命中他们的头。这场恶战令全甲族伤亡惨重，无法继续，只得收起幻术，逃入城中，留下一地狼藉的尸体、破碎的武器和铠甲。阿周那正准备追击，这些阿修罗突然跃入空中，密密麻麻地遮蔽了整个天空，向阿周那投掷石块，另一些阿修罗则钻入地下，抓住天车的马和车轮。

天车被牢牢抓住，动弹不得。投掷的石块压在天车四周，层层叠叠，堆积如山，阿周那感觉自己像是被卡进了一个山洞中，痛苦万分。摩多梨适时提醒道："别害怕呀，阿周那。用金刚杵！"阿周那听了，连忙祭起天帝最心爱的法宝金刚杵，同时以甘狄拨射出众多利箭，击中金刚杵。一碰触到金刚杵，这些利箭随即化为无数支威力绝伦的金刚杵，击碎幻象，全歼阿修罗。于是幻象全消，地面上阿修罗的尸体堆积得像一座座小山，而阿周那和摩多梨仍然奇迹般毫发无伤。摩多梨笑着向他道贺，两人乘车驰入曾被全甲族阿修罗占据的天国之城，收复了这座美丽的城池，胜利返回天宫。

在归途中，阿周那看到一座如太阳般灿烂辉煌的天城，全由宝石制成，在天空中自由飞行。"那是阿修罗们占据的金城（Hiranyapura），为梵天所建，能在空中任意飞行。"摩多梨解释道，"他们的母亲曾修炼苦行，得到湿婆神的恩惠，让他们无忧无虑，不会被任何天神、乾闼婆和蛇族杀死。不过，梵天曾说他们会死于凡人之手。阿周那啊，你可愿出手杀死这些强大的阿修罗？"

"立刻带我去吧，让我用法宝歼灭天帝的敌人。"阿周那答道，"因为对我来说，这些阿修罗并非无法杀死。"

摩多梨驭车来到金城附近，那些阿修罗见状立刻披上铠甲，登上战车，手执各种武器，朝阿周那杀来。阿周那以箭雨相抗，天车行走如风，路线飘忽，追逐围攻阿周那的阿修罗经常撞在一起，刀剑箭矢反而伤到自己人，阿周那趁机发射成百支燃烧的箭射穿他们的脑袋。发现阿周那不好对付，阿修罗们急忙逃入金城，整座城池飞入空中，时而高飞入云，时而直落入海，时而划出斜线。然而阿周那的箭太快太密，他祭出法宝，织成一张巨大无比的箭网，快如闪电奔雷般的铁箭击中了这座辉煌无比的天空之城。城池从空中跌落在地，城中的阿修罗们惊慌失措，乱作一团。摩多梨驾驶着天帝金车，飘然而降。

这些孔武有力的阿修罗回过神来，怒不可遏地冲上来，六千辆战车将阿周那团团围住。阿周那放射出各种天神法宝，但这些阿修罗太过强大，越战越勇，逐一破除了法宝，反而慢慢占据了上风。于是，阿周那祭出了湿婆神所赐的兽主法宝，呼唤那位永恒的众神之神："请护佑众生吧！"于是他眼前随即出现湿婆神三首六臂、颈缠厉蛇的神圣形体。阿周那以甘狄拨神弓放射出兽主法宝，天地间突然涌现出各种各样的动物、猛禽、饿鬼、药叉、嗜血的毕舍遮和各种专吃生肉吸髓的怪物。成千上万的动物和精怪一下子布满了整个战场，不停地杀戮那些阿修罗。阿周那趁势出箭，很快歼灭了所有阿修罗。曾经盛极一时的金城，就这样毁于阿周那一人之手。

歼灭了全甲族，摧毁了金城，阿周那大获全胜，回到天宫。因陀罗十分欣喜，赞叹道："这是连天神也难以完成的业绩，也是对老师的丰厚谢礼。阿周那啊，你已经掌握了所有的天神法宝，大地上没有任何凡人能够胜过你。你可以回去了。"于是，阿周那待伤势痊愈、休养一番之后，便乘坐天帝的金车，来到白山峰顶与兄弟和妻子团聚。

亲人相见，悲喜交集。坚战听了阿周那讲述这五年来的经历，十分欣慰，赞叹道："你能得偿所愿，平安归来，真是太好了！快给我们演示一下你从天宫获得的那些法宝吧！"

阿周那按照兄长的指示，准备展示这些神圣的天国法宝。这时，大地震动，江海翻涛，山岳崩裂。地底的无数生灵窜上来，哀求阿周那不要动用法宝。漫天花雨飘洒，世界之祖梵天、大神湿婆，在各界护世神以及仙人、精怪的簇拥下现身。那罗陀仙人代表众天神，对般度之子们说道："不要无故动用这些法宝。就算在战场上，如非必要，也不可轻易施放天国法宝，否则会毁灭三界。坚战啊，你会看到阿周那在战场上使用这些法宝的。"

阿周那即刻终止了演武。他和兄弟们在白山生活了四年，处处有俱比罗的仆从侍奉，闲时在这风景优美有如天国的山林中游玩，生活平静而舒适。这样加上之前的六年，般度之子们林居已有十年，这让怖军渐感焦躁。他忍不住向坚战进言道："俱卢族的国王啊，为了让你的誓言成真，我们居住在山林中，如今已是第十一年。我们大仇未报，难敌还在外面逍遥自在，多想想该怎么报仇雪恨吧。如果就在这山林中悠闲度日，世人将逐渐将你忘记；只有惩罚仇敌，夺回王国，你才能重获声誉。黑天他们还在为你复国而奔忙，我们兄弟四人也会助你夺回权力和财富。"

坚战接受了他的建议，向俱比罗告辞。他们告别了毛密仙人，踏上了征程。临行之际，坚战回首凝望这神圣的山林，下定决心："当我完成心愿，一定再来此地修炼苦行，此志不渝。"

他们停停走走，慢慢走出了喜马拉雅山山区，作别瓶首及其部众，和之前停留在雪山脚下的仆从、厨师等会合，一路南行至阎牟那河发源地的山区树林毗沙卡逾波林（Visakhayupa）居住，靠打猎为生。这里是天神和乾闼婆等往来的深山密林，

投山仙人

因陀罗因杀梵罪躲了起来，众神只好找到著名贤王友邻王做天帝，并赐予他神通，让友邻王能以目光摄取他人的荣光。然而友邻王成为天帝后变得骄狂自大，要求强娶因陀罗之妻舍脂，还要一千个仙人给他抬轿，因此受到投山仙人的诅咒，化为蟒蛇。图为投山仙人，印度比哈尔邦 12 世纪的造像。投山仙人的造像总是矮小而壮实，有时甚至是个侏儒。

投山仙人头顶的螺发冠（JataMuku-ta）显示出他是个苦行者。吠陀经典中的"雅利安人之地"到文底耶山为止，人们相信投山仙人是将吠陀文化传播到印度南部的先驱。这以神话的形式反映出来：文底耶山嫉妒弥卢山是大地中心，日月总是要围着弥卢山运行。于是，文底耶山不住疯长，快要挡住日月的轨迹了。众天神无奈救助于投山仙人，仙人便称自己要南行，要求文底耶山低头，直到仙人返回。慑于投山仙人的威力，文底耶山只能从命，可是仙人再也没有北返，于是文底耶山就只能一直保持原来的高度。据说投山仙人至今仍居住在泰米尔纳德邦。

渺无人迹，有许多猛兽毒蛇出没。

一日，怖军外出打猎，忽然遇到一条巨大的蟒蛇，它盘曲的身体有如一座小山，张开的血盆大口就像山洞，简直就像死神阎摩的化身，令一切众生颤抖。它猛然扑向怖军，紧紧地缠住他的双臂。怖军奋力挣扎，可是说也奇怪，这位具有万象之力的勇士，一接触这蟒蛇就变得虚弱无力，不管他如何竭尽全力都无济于事。巨蟒越缠越紧，让他动弹不得，只能任其摆布。

怖军根本没有想到自己会落得这样的下场，他震惊地说："我是法王坚战的弟弟、般度族的怖军。你究竟是谁？怎么会制服我？"

"怖军啊……说来你还是我的后裔。"巨蟒的答复令他更加震骇，"我就是你的先祖友邻王（Nahuṣa），月亮王朝的第五代国王。"

"依靠祭祀和苦行，我曾经获得三界的统治权，坐上了天帝的宝座。我乘坐天车巡游，三界之中凡被我目光注视的生灵，我就能剥夺其威力。"这蛇一般的祖先，恋恋不舍地说起他光辉的过去，"可惜我得意忘形，让一千个仙人为我抬轿，结果被投山仙人诅咒，从天国坠入这尘世，化身为可憎的蛇，苦熬光阴至今。除非有人能回答出我的问题，诅咒不能终止。"

"仙人还给了我一个恩惠，凡是我饥饿时抓住的东西，即使比我强大，也不能逃生。你是我的后裔，长得又漂亮，本来是不该杀的，可我今天还是要吃了你，因为我饿坏了。"巨蟒似乎不胜遗憾地说道，"你看看，命运就是这样。"

事已至此，怖军发出叹息，答道："我不生你的气，我也不怕死。你说得对，我一向自负勇武，但命运至高无上。我不为自己的下场伤心，我担心的是我的兄弟们会因我的死而失去勇气。他们遵守正法，是我贪图王国催促他们来到这里。我担心勇武非凡的阿周那会被悲伤压垮，担心孤苦无助的母亲无人保护，担心兄长和两位弟弟从此失去进取心。"

就在怖军悲叹的同时，净修林中的坚战见噩兆频频，心中不安，便出外寻找怖军。他沿着怖军的足迹一路寻去，看到弟弟被巨蟒紧紧缠住，不禁骇然。问明原委后，他请求巨蟒放了怖军，他愿意提供别的食物作为交换。

摩诃婆罗多　　　　　　　　　　　　　　　　　　　　　　　　　　186

"我只要怖军,不要别的食物。不过,你看起来像个聪明人。如果你能回答出我的问题,我就可以放了他。"巨蟒问道,"婆罗门是什么样的?"

坚战答道:"古人说,谁若是诚实、仁慈、宽容、行善事、不杀生、有自制力、有同情心,他就是婆罗门。他应该知道永恒的梵。"

"按照这个标准,四种姓中都有人可以达到。"巨蟒说道,"就算首陀罗,也可能具备这些资质啊。"

"出身是婆罗门的人不一定就是婆罗门。智者说,只有表现出这些高贵的品质,他才能成为婆罗门。"坚战答道,"如果他不具备这些品质,即使他出身于婆罗门,他也只是一个首陀罗。"

"按照你的说法,应依据行为来判定一个人是否婆罗门,那么按出身论种姓就毫无意义了。"巨蟒继续追问,"因为那时人还没有表现出任何行为呢。"

坚战答道:"大智大慧的蛇啊,我确实认为人的出身难以断定,因为所有种姓都是混杂的。任何男子和任何女子都能诞育后代。语言、性交、生与死,对于所有人都一样。仙人们开始祭祀时念诵的祷词为'无论我们是何种姓,我们举行祭祀……',可见,洞悉真理的人认为品行才是最关键的因素。人的出生仪式在割断脐带之前就已举行。那时,颂诗就是他的母亲,导师就是他的父亲,任何人在未接受吠陀知识启蒙之前都是首陀罗。对此持有异议的摩奴说道:'种姓由行为决定。如果不依据行为,就会出现严重混乱。'所以我认为,谁践行真理,他就是婆罗门。"

巨蟒满意地说:"应该知道的你全都知道,你回答得如此圆满,我怎么还能吃掉你的弟弟呢?"

见怖军获救,坚战松了口气,也借机向这位长寿的先祖请教:"请问什么样的行为是无上之道呢?"

巨蟒答道:"施舍、温和、真实,以及不害(Ahimsa),凭借这些行为可以升入天国。而这几者之间的轻重之别,则视具体效果而定。有时施舍胜过真实,有时不伤害众生胜过言语和蔼,有时则相反。一切取决于造成的结果。过去,我傲慢自负,目空一切,以致冲昏头脑,被投山仙人诅咒。当时,那位仙人怀着怜悯之心告诉我,当我骄傲残忍的力量和恶果耗尽之后,法王坚战能帮助我摆脱诅咒,获得解脱。我惊讶于这梵行的力量,所以向你询问何为婆罗门。确实,真实、自制、苦行、不害和持之以恒地施惠他人,这些就是人类成就伟大的途径,不是靠出身,也不是靠家世。"

"由于和你这位善人的交谈,我得以摆脱诅咒,重返天国,祝你好运!"说罢,友邻王摆脱蛇身,升天而去。

怖军终于脱险,毫发无伤,心中却甚是羞愧。这次经历让他真正意识到了个人勇武不足恃,让他获得解救的,是坚战智慧的力量。

◉ 一些学者将阿周那毁灭全甲族和金城的故事视为史上最早期的科幻小说。全身铠甲的异生物,能在空中自由飞行、忽而上天忽而入海的金城,确实很容易让人联想起外星人和飞碟。史诗描写人类英雄凭借勇气和天界法宝,最后只身毁灭所有异生物,宛如一部科幻大片,反映了印度人民神奇的想象力。

◉ 坚战常被视为智瑜伽(Jnana yogi)的典范。若说阿周那是行动者,坚战则是思考者。十二年的放逐生涯中,当怖军忙于诛杀罗刹,阿周那忙于天宫学艺,坚战的时间则主要花在与智者们交谈上,以此增长见闻,获得智慧。史诗中描写他具有婆罗门的特征,他仁慈的天性与刹帝利的职业相互矛盾,常常令他陷入痛苦和犹疑之中。不过,他的内心挣扎并非哈姆雷特式的悲剧性的自我毁灭,而是洗涤心灵的自我净化,这最终令他成为更好的人。在本章中,他回答友邻王提问时对种姓制度所持的开明态度,令人印象深刻。

◉ 不害(Ahimsa)即"身不害、意不害、语不害",不在肉体上伤害,不在心理上伤害,不在语言上伤害。这一概念最早出现在《广林奥义书》中,是五种获得解脱的途径之一,甘地的非暴力运动亦是在这个基础上发展而成。真实(追求真理、真相,信守真言)和不害(非暴力、不杀生、不伤害一切众生)构成了印度哲学伦理最重要的基石,也是坚战性格的主要组成部分。坚战被史诗作者称为正法之子、以法为魂,或许正是因为这个原因。

毗湿奴神

第七章　　再遇宿敌

在月朗风清、蔓草成熟的秋季，般度之子们回到了娑罗室伐底河畔的迦摩耶迦林。听说他们回来，许多修行者从四面八方赶来这里。黑天也带着夫人真光（Satyabhama）前来看望他们。阿周那向他讲述了森林中的经历，黑天听了不禁赞美坚战道："美德比获得王国重要，国王啊，你依法行事，正直无欺，好学守誓，按照刹帝利法获取财富，举行一切古老的祭祀。你不追求感官享受，不为满足私欲而行事，不为贪图利益而违背正法，所以，你是天生的法王。等你完成誓言之后，我们就惩罚俱卢人，你很快就会如愿以偿，重登王位保护你的人民。"

接着，黑天向他们介绍了孩子们的情况："黑公主啊，你的孩子一切都好。你的父兄封他们为王，赐予他们领地，但他们不愿待在般遮罗，一心一意到多门城来学习武艺。妙贤把他们当自己儿子一般看待，我的儿子始光（Pradyumna）做你孩子和激昂的老师，对他们的表现都很满意。孩子们在我那儿生活愉快，出入平安，你们就放心吧。"

正说话间，大仙人摩根德耶来访。这位睿智的不死者，已经活了几千岁，经历了好几轮劫波。应坚战的请求，他给大家讲述了许多见闻和故事，讲述四个时代的更迭和特征，讲述劫末之时他如何在貌若孩童的毗湿奴神腹中见到整个宇宙，讲述大梵天如何化身为鱼在洪水时代拯救摩奴和七仙人，讲述一个骄傲的婆罗门如何被一位主妇和猎人教育，懂得了在尘世间履行自己的职责就是真正的正法……

"人的身体就像一辆马车，灵魂驾驭着这些感官之马。谁若能坚定地控制感官，犹如优秀的御者驾驭着驯服的骏马，他就能走向胜利。仁慈是最高的正法，宽容是最高的力量，认识自我是最高的知识，诚实守信是最高的誓言，但能为众生带来最大利益才是最高的真理。行动而不求果报，祭祀是为了弃绝，不伤害一切众生，不仇恨任何人，超脱于幸与不幸，无所有，无所求，这样的人达到永恒的梵……"上古仙人在宁静的迦摩耶迦林里娓娓宣讲，男人们端坐在一起聆听并讨论着正法与解脱，黑天的夫人真光则和黑公主在另一边悄悄说着知心话。

"黑公主啊，你有五个如天神般威武、处处受人尊敬的丈夫，而他们总是看你脸色，顺从你的意愿。你是怎么做到的呢？是靠苦行、祭祀，还是靠咒语和药物？"真光羡慕地说，"请告诉我这些美好的婚姻知识吧！我也想让黑天这样顺从于我。"真光所说的这些方法，古印度人并不认为是黑魔法。在神圣的《阿闼婆吠陀》中，也记载有让爱人钟情于己的咒语。

然而黑公主一听便道："真光啊，这些都是不正当的方式。你这样聪明有德的女子不该问出这种问题！咒语不会让丈夫顺从妻子，相反，如果他知道妻子在使用咒语或者药物，他就会害怕你，这样怎么会有幸福呢？请听我是怎么侍奉般度兄弟的吧！我总是事事以他们为先，心里只想着他们。我勤勉持家，谨言慎行，不和品行不端的女子交往，不愿与丈夫分离。我总是精心打扮，一心为了他们好。我知道一切居家主妇应尽的职责，尽职尽责地一一履行。我的丈夫们为人正派，说话真实，性情温和，但我依然把他们当作发怒的毒蛇一般小心对待。依附丈夫是我的正法，也是妇女们永恒的正法。丈夫是神，女人只能通过丈夫才能升入天国，没有别的途径。[1] 既然如此，为什么要去触怒他们呢？我处处尊重他们，孝顺长辈，因此，丈夫们反倒顺从我。"

讲述了一番法经中常见的贤妻（Pativratā）之道，黑公主又向真光谈起昔日天帝城中自己作为尊后的情况。她不无骄傲地说道："从前，当坚战统治大地的时候，我清清楚楚地知道他供养了哪些客人，有多少女仆。我负责招待这些客人，知晓每一个女仆的名字、相貌和作为。我知道天帝城有多少牲畜和马夫牛倌，后宫有多少侍从，因为是我在制定人员的数目和规矩。在整个般度族中，唯有我知道国王的收入和支出，唯有我一个人掌管着国王那连海神伐楼那都管理不过来的宝库。我的丈

---

[1] 古印度人认为女子不能凭借自己的能力独自获得解脱，只能通过侍奉丈夫升入天国。观念类似于佛经中称女人为"五漏之体"，不能独立成佛。

夫们把所有的家中事务都交由我打理，他们当然对我言听计从。我不辜负他们的信任，总是第一个醒来，最后一个入睡。真光啊，这就是我永久的魅力所在。是的，我确实知道如何迷住自己的丈夫，可我不会也不愿效仿那些坏女人的做法。"

真光听得肃然起敬，向黑公主致敬道："请原谅我吧，刚才是我乱开玩笑。"

"我将告诉你如何以正当途径赢得丈夫的心。以美味的食物、美丽的装扮以及娴熟家务让他感到你爱他，他也就会充满爱意地拥抱你。"黑公主说道，"善女子啊，在这世上，幸福是不容易得到的。所以，即使有仆人，你也应该亲手做该做的事，让丈夫感受到你的爱意。丈夫对你说的话，就算不是秘密，也不要随意说出去，以防别的嫔妃搬弄是非。控制感情，守住舌头，这些就是美好的婚姻的知识。真光啊，戴上美丽的花环去取悦你的丈夫吧！"

这时，黑天和般度兄弟交谈已毕，准备告辞，呼唤真光。于是，真光热情地拥抱着黑公主，说道："不要难过，不要烦恼，像你这样可敬的女子是不会长久受苦的。你会看到你的丈夫们除掉仇敌，享有大地。那些在你落难之际幸灾乐祸嘲笑你的俱卢妇女，会得到报应，陷入绝望。你的儿子们都很健康快乐地在多门城学习武艺，深得大家喜欢。你不用为此担心。"黑天也微笑着安慰了一番黑公主，就带着真光回去了。

般度之子们继续行至双林湖边住下，遣散和安顿人们。一些博学长者前来看望他们，其中一位婆罗门后来到了象城，见到了老王持国。应持国之请，他讲述了般度之子们的近况。持国得知由于林中生活艰苦，般度兄弟和黑公主都日渐消瘦，回想自己造成的一切，内心很不平静。他有些同情般度之子，但更担心自己的儿子将来会遭到报应，叹息落泪道："般度之子们过去幸福快乐，如今风吹日晒、睡在地上，心中的怒火怎能平息？他们武艺出众，只是受誓言和正法约束，不能不强自忍耐。当初难敌对怖军说的那些恶言恶语，一定让他没齿难忘，林居生活的艰苦只会让他的仇火越烧越旺。一旦时机到来，他和阿周那会像死神阎摩一样，在战场上杀光一切敌人。"

"善恶终有报。种什么因，必得什么果。沙恭尼以不公平的手段对付品行端正的般度之子,我被坏儿子们摆布,对他们也不公平,这必定导致俱卢族走向毁灭,就像风必定会吹,黑夜之后必是黎明一般确定无疑。"持国王忧心忡忡地发出哀叹,"若是到头来一无所有,当初又为何要去做?财富一不小心就会流失,可是一个人做的业却永远不会消失。想想看吧!阿周那以肉身进入天国,谁还肯回到这尘世?无非就是为了报仇雪恨。以阿周那的勇武,甘狄拨弓的威力,再加上那些天界法宝,谁能承受这三种力量?可惜难敌、沙恭尼、迦尔纳和难降他们只看到了危崖上的蜂蜜,却看不到下面的万丈深渊,忽视了怖军和阿周那的勇力。"

难敌和沙恭尼偷听到了持国王的这番话,难敌很是不快,就到迦尔纳那里,把一切都告诉他。迦尔纳听了便安慰他道:"你凭借智慧的力量放逐了般度兄弟,大地上已无人是你对手。东南西北四方的国王都已向你称臣纳贡,听从你的号令,因为属于般度兄弟的王权和富贵如今已经为你所赢取。听说般度兄弟现在住在双林湖畔,你就赶去那里向他们炫耀你的荣华富贵吧,让他们看看你有多么威严显赫!世上还有比看到仇敌落难更让人愉快的事吗?有什么快乐比得上自己事业成功,而看着阿周那穿树皮衣住在净修林里?让你的妻子们打扮得花枝招展,出现在穿树皮衣的黑公主面前,她肯定会感到无法忍受的悲哀,甚至远远超过当初在大会堂上被羞辱。"

难敌听了很开心,转而又气馁地说:"迦尔纳啊,你这些话全都说到我的心里去了!我获得整个大地,也比不上我看着般度的儿子们受苦受难更让我快乐。可是持国王一定不会允许我去双林,因为除了铲除住在那儿的般度之子们,我说不出另外的目的。你和沙恭尼、难降一定要想出个办法,让国王准许我们去才好。一定要让坚战、怖军他们看着我现在的荣华富贵,那才活得有意思!"

迦尔纳想了一夜,第二天兴冲冲地去找难敌:"我已经想到办法了!双林那边有我们的牛场,我们可以借口清点牛群去呀。巡视牛场一向是正该做的事。"沙恭尼笑道:"我看这个借口很合适。"他们欢喜地互相拍打手掌庆贺,然后就去见持国。

他们事先安排了一名牧人,向持国汇报双林牛场的情况。迦尔纳趁机说道:

"国王啊，如今到了巡视牛场清点牛群的时候，也是打猎的好时候，让难敌去那儿看看吧！那里现在风景正好。"

持国却有些担心地道："打猎和查看牛群是好事，但我听说般度之子们就住在那附近。坚战还好，怖军和黑公主都对你们满腔怨恨，我担心你们起冲突。仗着人多势众欺负他们不光彩，而且我认为你们不会取胜，迦尔纳啊，因为阿周那从天国带回了各种法宝。就算你们听从我的盼咐谨言慎行，也会过得不自在。还是另外找一些办事可靠的人去吧，我不同意难敌自己去。"

沙恭尼开口劝说持国王："坚战当众发过誓，他通晓正法，会信守诺言的。他的弟弟们也追随他，不会与我们起争执。我们只想打猎和清点牛群，不会去他们的住处。"

和往常一样，持国又不情不愿地被说服了。于是，难敌、迦尔纳、沙恭尼以及难降等，带着自己的妻妾和侍从，在大批军队的簇拥下出发。随行的还有不少市民、商人、妓女、吟唱诗人和猎手，连同千辆马车、万头巨象，闹闹哄哄地跟随前往。到达后，难敌把所有人马驻扎在离双林湖仅仅四里的地方。

他们完成巡视牛场清点牛群的任务后，就在林中尽情游玩、围猎，渐渐来到双林湖。难敌命令侍从们先去湖边为他布置好娱乐场地。这些侍从到达双林湖边，发现整个湖都被乾闼婆围了起来，不准他们进入湖畔的树林。原来，乾闼婆王奇军从俱比罗的宫殿来此游玩，占据了整个双林湖，不许凡人进入。

难敌闻报之后派出军队，下令："把他们都赶走！"先遣部队于是来到湖边传达难敌的命令。乾闼婆们听了大笑道："你们的国王真是愚蠢无知，竟然对我们这些天国居民发号施令？你们这些蠢货也是不动脑子就来传令，快回去吧，否则就是找死！"

被他们这一恐吓，这一小队士兵不敢动手，赶快跑回去报告给难敌。难敌素来骄横，哪里受过这等气！他怒不可遏地叫道："就算是因陀罗带了众天神来这里玩耍，我也要好好教训一下那些胆敢跟我作对的家伙！"于是，俱卢军队奉难敌之令，强行闯进双林湖畔的树林中，冲散乾闼婆。

奇军闻报后大怒，誓要教训这些狂妄的俱卢族。他一声令下，乾闼婆军队挥舞着武器，从天而降，冲向持国的儿子们，吓得他们当着难敌的面转头就跑。迦尔纳临危不乱，发射出密集的箭雨，杀死了成百的乾闼婆，却有更多的乾闼婆从天而降，大地上瞬间满是乾闼婆的军队。在迦尔纳的带领下，难敌、沙恭尼以及难降等持国之子们重整旗鼓，杀戮乾闼婆的军队。车声隆隆，战斗激烈，乾闼婆们纷纷中箭，力不能支。占据上风的俱卢人发出兴奋的吼声。

见到自己的军队失利，愤怒的奇军王亲自投入战斗。他运用幻术作为武器，剥夺俱卢人的神志。每个俱卢人都觉得自己在和十个乾闼婆作战，他们恐惧万分，从战场逃向坚战的住地，俱卢大军顿时全线崩溃。难敌、迦尔纳和沙恭尼虽然身受重伤，但依然在战场上坚持作战。乾闼婆们便把迦尔纳作为首要攻击目标，他们将迦尔纳的战车团团围住，有的砍断车辕，有的扳倒旗杆，有的掀翻车轴、马匹和车夫，有的捣毁华盖。就这样，成千上万的乾闼婆将迦尔纳的战车捣成碎片，想要杀死他。迦尔纳见势不妙，只得拿着刀和盾，跳到奇耳的车上，策马逃跑。

一见迦尔纳败绩，所有的士兵也当着难敌的面纷纷逃跑。难敌看着自己的弟弟们都逃之夭夭，自己依然坚守原地，奋力射出箭雨，抵挡迎面扑来的乾闼婆大军。乾闼婆们不顾箭雨将他围住，粉碎了他的整个战车。难敌跌落在地，被奇军冲上来抓住。难降等几个弟弟和他们的妻妾也被抓走。

侥幸逃出的俱卢人在乾闼婆的追赶之下，与原先败逃的士兵一起投奔般度族寻求保护，并请求帮助。这时候，坚战正好在举行祭祀，没想到十三年的誓约未完，他竟然在双林遇上了落难的仇敌。

◉ 摩根德耶是印度神话中著名的长寿仙人，往世书中说他因为虔信湿婆神而获得不死之身。按照印度神话的观念，世界处在创造与毁灭的循环之中。摩根德耶因此见证了劫末众生毁灭时洪水淹没大地的情形。他在可怕的汪洋中游荡，见到一棵榕树，树上坐着一个小孩。孩子请他休息，张开口将他吞入腹中，他在其中见到了日月山川天神仙人等整个世界。摩根德耶从孩子腹中出来，知道这孩子就是宇宙的起因、永恒的毗湿奴神，于是向他致敬。在故事结尾，摩根德耶说明黑天就是毗湿奴神的化身。

◉《鱼往世书》的插话说太阳神之子摩奴在修炼苦行时出于怜悯之情救起了一条小鱼，鱼越长越大，水罐放不下它，于是摩奴先后把它放归池塘、恒河，乃至大海。当摩奴亲手把鱼放入大海之时，鱼告诉他自己就是大梵天的化身，劫末的洪水时代就要来临，指点他搜集各种种子，带领七仙人等候救助。洪水来到之时，大梵天化身有角的鱼，牵引摩奴及七仙人乘坐的船渡过灾厄。洪水过后，摩奴成为人类的始祖。在《摩诃婆罗多》中，大鱼是梵天的化身，而在往世书中一般是毗湿奴的化身。

◉ 摩根德耶还讲述了一个骄傲暴躁的婆罗门的故事，一次他去一位主妇家中乞食，正好主妇的丈夫回来又累又饿，主妇便去侍奉丈夫，怠慢了他，他大发脾气。主妇告诉他侍奉丈夫就是妇女的正法，指出他不懂正法，建议他向一位猎人求教。他见这位猎人在屠宰场卖肉，表示鄙夷。猎人向他讲述了因果报应和解脱之法，告诉他孝顺父母就是做儿子的正法。在猎人的教育下，这位婆罗门决定回家尽心侍奉父母，并心悦诚服地表示：种姓依据行为而定，如果一个婆罗门行为不端，那他就是首陀罗；如果一个首陀罗遵守正法，那他就是婆罗门。

◉《摩诃婆罗多》中有许多说教，如那罗陀向坚战宣讲国王之责的那罗陀论道，俱卢大战前夕维杜罗向国讲述政治伦理道德的维杜罗正道论（Vidura niti），贡蒂讲述刹帝利职责的维杜拉（Vidula）训子，以及战后毗湿摩向坚战讲述的各种王法、危机法与解脱法等。有些与情节发展和展现人物性格密切相关，有些则是为了满足作者的说教癖。本章中的黑公主与真光的对话明显是针对妇女听众所作，宣扬女人应视丈夫为神的贤妻之道。不过，黑公主最引以为傲的是她完全掌控后宫事务以及她独立掌管般度族的宝库，称这是丈夫顺从她的真正秘密，为这段陈腐的说教增添了一抹耐人寻味的色彩。

第八章　　　　　　　　　　　　双林湖之战

"难敌王和他的兄弟、妻子们都被乾闼婆抓走了，请救救他们吧！"年迈的俱卢大臣苦苦哀求，"无论如何，不要让俱卢族的女眷蒙羞受辱！"

怖军很是开心，幸灾乐祸地说道："这就是赌博耍赖的国王听信小人挑唆该有的下场！乾闼婆做了我们想做的事，要怪就去怪挑唆他这样行事的小人，不关我们的事。"

听到怖军的讥讽，坚战道："这些人遭遇不幸，来寻求庇护，你怎么能这样说话？我们和俱卢人结下冤仇，但他们还是我们的亲族，怎么能让外人欺负？刹帝利应该尽力保护前来寻求庇护的人，即便他是宿敌。你们去把难敌救出来吧，别再耽搁了，记得先礼后兵。若不是祭祀仪式还要继续，我就亲自去了。"

于是，般度兄弟披上盔甲，在怖军的率领下前去营救俱卢人。阿周那温和地对乾闼婆们说道："强占别人的妻子，以凡人为配偶，这样不光彩的行为不适合乾闼婆王。你们听从法王坚战的命令，放了持国之子和他们的妻子吧！"

这些乾闼婆笑道："除了天帝因陀罗，世上无人能命令我们。"

既然如此，阿周那便向他们宣战，般度之子们从四面射出箭雨，阿周那祭起天国法宝，击倒成千上万的乾闼婆。乾闼婆自知不敌，带着俱卢族的俘虏向天上飞去。阿周那射出巨大的箭网将他们困住，如同将鸟儿困于笼中。愤怒的乾闼婆向阿周那倾泻无边箭雨，阿周那以法宝挡住箭雨，将箭雨反弹回去，射穿乾闼婆的身躯，射落的头颅和四肢犹如天降石雨。乾闼婆往上飞被箭网拦住，往下飞又被阿周那的利箭拦住，进退维谷，恐惧万分。

奇军见状，拿起棍棒就向阿周那冲去，阿周那连射数箭，将他的铁棍射成碎块。奇军施展幻术，隐住身形，从空中向阿周那投掷天国武器。阿周那启用法宝在空中追击他，同时运用射声法，依靠听声辨位来射击隐形的敌人。

奇军遭到阿周那各种武器的打击，疲惫不堪，于是亮出真身向阿周那表明身份。阿周那看到是自己的好友与老师，立刻收回武器，般度族兄弟也跟着停战。他们脱去铠甲，互相拥抱，彼此问好，亲热得像是一家人。

阿周那笑着问奇军："你为什么要抓难敌和他的妻子们？"

奇军道："难敌来这里就是想嘲笑你们落难，天帝知道后便命我们把难敌和他的大臣抓来。"

自己的不光彩企图被当众揭破，难敌羞愧得只想找个地缝钻进去。

他们带着俱卢族的俘虏去见坚战，告诉他难敌来此的目的。坚战听后，仍坚持释放难敌，奇军便将难敌交给他们。天帝降下甘露（Amṛta），使战斗中被杀死的乾闼婆们全部复活，在奇军的带领下回去了。

就这样，般度之子们救出了包括难敌在内的所有亲族。坚战送别他们，特意对难敌苦心劝告："施暴者不会有好结果，不要再犯这种错误了！带着所有弟兄平安回家吧！"

难敌羞愧无言，心情极度沮丧，走到中途便命人就地驻扎，他颓丧地坐在躺椅上，犹如被罗睺（Rahu）吞吃的月亮。黎明时分，迦尔纳找到难敌，一见面就惊喜地说："你还活着，真是太好了！你们这是打败了那些乾闼婆凯旋了吧！你亲眼看到我竭尽所能也未能阻止军队的败退，自己也身受箭伤，只得逃离战场。你却能带着亲族脱身出来，真是奇迹！"

听了他的话，难敌更是难堪，他难过地垂下头，哽咽着结结巴巴地说道："我不会对你生气，因为你不了解情况。你以为是我战胜了那些乾闼婆，其实我被他们俘虏了，是般度族救了我们。可怜我陷入敌手，当着俱卢族妇女的面，被捆绑着交给坚战，还有什么比这更痛苦？我宁愿在大战中战死，也比这样靠敌人活命强！"

他越说越伤心："我这么骄傲的人，却受到敌人的羞辱嘲笑，我有什么颜面再回象城？毗湿摩他们会怎么说我？我想清楚了，决定坐在这里绝食至死，你们都回家吧！让难降为王吧！"

难降大惊失色，他匍匐在地，抱着兄长的双脚大哭不止，反复说道："请不要这样，这个家族中只有你才是王。"

看他们如此忧伤，迦尔纳也很难受，上前安慰难敌道："国王啊，我实在不明白你今天的举动。般度族已经在大会堂上沦为你的奴仆，又居住在你的领土上，受你保护，是你的臣民。奴仆解救主人，臣民保护国王，救你是他们应该做的事，不救你才是失职。这有什么好抱怨的呢？何况般度族被你夺走财富也照样活得很好，你为什么要寻死？如果你死了，我也不能活了。可是我要告诉你，这样绝食至死，你只会成为其他国王嘲笑的对象。"

"迦尔纳说得对，你为什么要放弃我为你赢得的巨大财富，一心寻死呢？"沙恭尼忍不住说道，"今天我才明白，你从不听老人的智慧之言。一个人如果不能控制骤喜骤悲，就算得到财富，也会毁于一旦。你在逆境中得到般度族兄弟的帮助，这有什么好难过的？你应该报答他们，高高兴兴地把王国还给他们，与他们言归于好，这样你会获得声誉、美德和幸福。"

难敌被他们一顿数落，更是羞愤交加，赌气道："美德、友谊、财富、权力……这些我统统不要！我决心已定，要绝食至死，你们都回城去吧！"

"没有你，我们怎么能回城呢？"可是不管人们如何劝说，难敌王死志已决，径自铺好草垫，席地而坐，屏气凝神，一心只想升天。迷迷糊糊之中，他发觉自己跟着一个神秘的女子来到地界，身边全是在神魔之战中败北的阿修罗，一个个既喜悦又关切地看着自己。

"婆罗多族的后裔难敌啊！你为什么会突然决定自杀呢？坚强起来吧！"阿修罗们劝说道，"你可知道，你本非凡人？你是我们修苦行从湿婆神那里得到的，是我们的希望和庇护，如同般度族是天神的庇护。我们为了帮你，已经投胎在这世上助你铲除仇敌。另一些阿修罗也将进入毗湿摩、德罗纳和慈悯等人的体内，控制他们的思想，让他们不再同情般度族，毫不留情地与你的敌人作战。为了消除你对阿周那的恐惧，被黑天所杀的那罗迦阿修罗（Narakasura）的灵魂已附身到迦尔纳身上，他会怀着仇恨与黑天和阿周那激战。因陀罗知道此事，为了保护阿周那，他

第四部 流放

会骗取迦尔纳的耳环和铠甲。为此，我们成百上千地联合起来，罗刹们也组成'敢死队'（Samshaptakas），会杀死阿周那，你将独享整个大地。回去吧，不要再动寻死的念头。你要是死了，我们这一方就完了。"他们拥抱了难敌，又让那女子把他带回他原来打坐绝食的地方。

当那女子的身影消失不见，难敌只觉似幻似真，宛如梦境，但那些细节是如此栩栩如生，那些话语已经在他心中生了根。他可以在战场上打败般度族，迦尔纳和敢死队联合起来可以杀死阿周那……这些念头在他心中渐渐坚定起来，驱逐了死意。他把这一切深埋心底，没有告诉任何人。

第二天一早，迦尔纳又来安慰难敌："活着才有一切，死了如何战胜敌人？或许你害怕阿周那的勇武，我向你起誓，我将在战场上杀死阿周那。待十三年期满，我会把般度之子们全部抓来，任你处置。"

迦尔纳的这些话，就像在印证难敌昨夜的经历，于是难敌站起身来，心中不再犹豫悲伤，怀着战胜般度之子们的决心，率领军队浩浩荡荡地回到象城。

不出难敌所料，毗湿摩一见他就说道："孩子啊，我早说过，不赞成你去。结果你被敌人抓走，是般度族兄弟将你救出。而你倚重的迦尔纳却由于害怕，从战场逃跑。他的勇气、箭术和品行，远不如般度兄弟。这是你亲眼看到的。为了家族的繁荣，你应该和般度兄弟和解。"

听了老祖父的话，难敌放声大笑，扬长而去，迦尔纳、沙恭尼等人也跟着离开，留下毗湿摩一人甚是难堪，只得自己回家。

看毗湿摩走了，难敌等人又回到那里议事。难敌告诉他们，他希望举行王祭，他自从在天帝城见识王祭之后，就一直心向往之。迦尔纳等人当然大力支持，可是祭司却说："国王啊，只要坚战还活着，你的家族里就不能再举行王祭这种最高的祭祀。何况你父亲也还活着，你举行这种祭祀是违禁的。不过，你可以举行另一种与王祭同等规格的祭祀，称为毗湿奴祭（Vaishnava），用天下国王进贡的金子打造一把金犁，用它耕作祭祀用地。这种祭祀可以给你带来好运。"

难敌接受建议，着手准备毗湿奴祭，向各地的国王和婆罗门发出邀请，林中的般度族也收到了。坚战回复使者道:"难敌举行祭祀是好事,我们本该去,但如今期限还未满,不能破坏誓约。"

怖军却没有那么客气,他发狠道:"法王坚战会去的,我们都会去的。十三年后,愤怒的般度之子们将以战场为祭坛,以持国之子们为祭品,把他们投入刀剑点燃的祭火之中。你就这样告诉难敌。"

不管怖军怎么发狠,难敌的祭祀还是顺利完成了。有人评论说这祭祀不及坚战的十六分之一,难敌的朋友们则赞美它超过之前的所有祭祀,可媲美上古名王的祭典。难敌很是高兴,这时迦尔纳对他说道:"这只是一个好的开始。等到将来杀死贡蒂之子们,你举行王祭的时候,我再向你道贺。"

"你说得很对!"难敌热情地拥抱着迦尔纳。他心中向往最高王祭,忍不住问了句:"什么时候我才能杀尽般度族,举行王祭呢?"

看着友人渴望的神情,迦尔纳当众向他起誓:"只要阿周那一日不死,我就不允许任何人为我洗脚。我将遵守阿修罗之誓,不吃肉不喝酒,不拒绝任何人的布施请求。"大家一齐为迦尔纳欢呼喝彩,仿佛般度族已被征服。

密探将这些对话都告知般度之子们,坚战王深感忧虑。迦尔纳勇武非凡,又有铠甲和耳环保护他不被人杀死,这一直是坚战的隐忧。想到前路的艰险,坚战忧心忡忡,无法平静。

意外的帮助来自因陀罗。昔日阿周那在天宫学艺之时,因陀罗曾托毛密仙人向坚战传话:"等阿周那回去之后,我会设法消除你从未吐露的巨大恐惧。"现在他准备兑现誓言,盗取迦尔纳的铠甲和耳环。太阳神得知此事,出于一片爱子之心,于深夜潜入迦尔纳的梦境中,告诉迦尔纳:"孩子啊,全世界都知道,无论婆罗门向你请求什么财物,你总会给予,从不拒绝。知道你是这样的人,因陀罗将会化身婆罗门,向你乞讨你天生的铠甲和耳环。这两样宝贝产自甘露,你千万不能给他,否则你就会送命。我是太阳神,因你对我虔诚,所以我好心前来警告你,切记切记!"

迦尔纳答道:"多谢你的好意,可是我不能背弃誓愿。全世界都知道我连生命都可以舍弃给婆罗门,所以如果因陀罗要我给他耳环和铠甲,我一定会给他。我宁愿光荣地死去,也不愿因背誓而名誉扫地。"

太阳神劝说道:"活人才能享受声誉,声誉之于死者,就如同花环之于尸体。你经常挑战阿周那,但只要你有这对耳环,阿周那就不可能战胜你。所以如果你想战胜阿周那,就不能把它施舍出去。"

迦尔纳道:"太阳神啊,你知道我对你的虔诚甚至超过我对妻子朋友的爱。我再次俯首请你成全我的誓愿,完成这无上的施舍。凭借我从持斧罗摩和德罗纳处得到的强大武器,我可以战胜阿周那,请你不必担心。"

见他心意已决,太阳神只得道:"如果你确定要把这两样宝贝给他,那么你也要向他索要他杀敌百发百中的力宝标枪(Shakti),这样你就可以战胜敌人。"

于是,当迦尔纳向太阳神祷告的时候,因陀罗果然化为婆罗门,前来请求迦尔纳施舍他天生的铠甲和耳环。每当婆罗门向他求乞,迦尔纳从不拒绝,但这一次他说道:"我可以给你土地、妇女、牛群,甚至王国,但我不能给你铠甲和耳环。有了它们,我才不会被敌人杀死。你索要别的恩惠吧!"

然而不管迦尔纳怎么安抚,这位婆罗门始终拒绝接受别的恩惠,只要铠甲和耳环。迦尔纳心中有数,不禁微笑了:"我知道你是谁了!众神之神啊,要我白白给你恩惠不合适吧!你身为天帝,应该是你给我恩惠才对。如果你非要我的铠甲和耳环不可,那你要答应我一个条件,否则我不能给你。"

"一定是太阳神事先告诉你了。"因陀罗不能不让步,"好吧,你想要什么恩惠?除了我的金刚杵不能给你,其他的你随意提。"

迦尔纳高兴地说:"那你就用战场上杀敌百发百中的力宝标枪,来交换我的铠甲和耳环吧!"

因陀罗想了想,说道:"我可以给你标枪,但这个标枪在我手里可以成百上千地杀死阿修罗,在你手里却只能杀死一个吼叫发光的强敌,然后就会回到我的手中。"

迦尔纳说道:"我只想在大战中杀死一个敌人,他吼叫,他发光,我可能会怕他。"

"你可以用它杀一个强敌。"因陀罗说道,"可你一心想杀的那个人受到黑天的保护,而黑天就是大神那罗延。"

"那就让我用这标枪杀死一个强敌吧。"迦尔纳答道,"我会从身上割下铠甲和耳环给你,但愿我受伤的身体不会变得狰狞可怕。"

"不会的。因为你不说假话,你身上甚至不会留下任何伤痕。"因陀罗说道,"不过如果你还有别的武器可用,却昏头昏脑地掷出这标枪,那它就会落在你自己身上。"

迦尔纳答应道:"只有在最危险的时候,我才会使用标枪。"于是他接受了因陀罗标枪,开始用刀切割自己的身体,面上甚至还带着微笑。这时,仙乐奏响,漫天花雨飘落,这是天神也为他这一壮举而喝彩。迦尔纳割下天生的神甲和耳环,交给因陀罗。从此,他又被称为毗迦尔多那(Vaikartana[1]),即切割者。

因陀罗因诡计得逞而露出笑容,他达到目的,返回天国。而迦尔纳则因奉守誓愿和慷慨布施,赢得三界不朽的声名。声誉有如花环,对迦尔纳而言,它是献给勇者的胜利花环,还是献给死者的悼念花环呢?一切只能等待时间来证明……

◉ 在印度神话中,阿修罗与天神原本是兄弟,曾一起合作搅拌乳海,从中得到各种宝物以及可长生不死的甘露。天神与阿修罗为夺得甘露而争斗,毗湿奴神随即化为美女,迷惑阿修罗,拿到甘露分给天神饮用。一名叫作罗睺的阿修罗冒充天神饮用甘露,日神和月神揭发了他,毗湿奴随即砍下他的头颅。这时甘露刚流至罗睺的咽喉,故他的头颅得以永生。从此罗睺与日神和月神结下冤仇,总是吞食日月,从口入,从咽喉出,造成日食和月食。

◉ 为了争夺甘露,阿修罗和天神发生大战,最后天神在毗湿奴的帮助下获胜,战败的阿修罗逃往地界和海中,但神魔之间的争斗从未平息。学者们认为,搅乳海象征着人类通过集体合作和辛勤劳动,能够创造一切财富,但人类为了争夺财富所有权,又陷入永无止境的争斗中。《摩诃婆罗多》中描写的亲族大战,正是体现了这一神话主题。阿修罗们

---

[1]Vaikartana 也表示太阳神之子,Vikartana 是太阳神的一个别名。

劝勉难敌打消死意,继续与天神化身的般度之子作战,显示摩诃婆罗多之战正是这一场神魔大战的延续,与史诗开篇大地女神要求众天神下凡解除阿修罗给大地造成的重负遥相呼应。

◉ 据《摩诃婆罗多》所述,那罗迦阿修罗为大地女神之子,大地女神曾经为他向毗湿奴求得战无不胜的毗湿奴法宝,那罗迦以此横行三界,建立东光国,后为毗湿奴化身黑天所杀,毗湿奴法宝则为东光国王福授王继承。难敌游地界之时,众阿修罗告诉他,福授王正是他们投胎帮助难敌对付般度之子的主力。

◉ 怖军告诉难敌的使者,十三年后般度族和俱卢族将迎来一场盛大的战争祭祀,以战场为祭坛,以刀剑点燃祭火。俱卢大战就是一场祭祀,这一概念将在之后的篇章里,由不同的人物反复提及。

第九章　　　　　　　　　　　信度国的不速之客

难敌用天下国王进贡的金子举行毗湿奴祭，显示出俱卢已得到许多国王的支持，他的统治已然牢固。"把般度族流放十三年，让我们能利用这段时间打牢根基、积蓄力量，把般度族的财产用来广结盟友，组建一支强大的军队。这样一来，即便到期后般度族有心和我们作战，也无力回天。"多年前难敌请求持国王务必在半路截住坚战、举行第二次赌骰时的筹谋，正一步步变成现实。

这次大祭之后，难敌又举行了各种祭祀，大撒金钱，供奉婆罗门[1]，结交盟友，收取人心。"财富就是用来布施和享受的。"他骄傲地宣称。

目睹难敌声势日盛，坚战王心中烦闷。一天夜里，坚战梦到一群鹿向他哀求，称他们在双林居住太久，林中动物已经所剩无几，请他们迁往他处，让林中鸟兽可以留种繁衍。坚战王深感怜悯，他们这次在双林居住了一年又八个月，确实太长了些。他把梦告诉弟弟们，大家搬到迦摩耶迦林去了。

随着十二年的林居期即将结束，坚战王的心情越发不能平静。他总感到亲人们遭受的巨大痛苦都是自己造成的，一想起那场赌博造成的严重后果，他心头就像是深深地扎了一根长刺，强烈的内疚和自责折磨得他无法安眠，频频发出痛苦而愤怒的叹息。他的弟弟和妻子看见他这样，都极为难受，压抑不住的勇气和怒火让他们形体消瘦，一心期盼剩下的日子尽快过去。毗耶娑来看望他们，一见自己的孙儿们竟然瘦成这个样子，飘然世外的仙人也不禁大为同情，语带哽咽地说道："孩子啊，一个人只有经历苦行的锻炼，才能得到巨大的幸福。人生总有浮沉，没有谁会永远不幸。以苦行自我约束，以施舍施惠众生，你最终会获得平静

---

[1] 通行版中难敌将敝衣仙人侍奉满意，求得恩惠，让敝衣仙人去找般度五子麻烦的故事就发生在这一时期。

和福报。"

坚战始终耿耿于怀，于是问道："请问苦行和施舍哪一种更困难更重要呢？"

毗耶娑答道："世上没有什么比施舍更困难的。但用非法手段获得的财富来布施，并不能拯救施舍者；只有用正当的手段获取财富，怀着纯洁之心，在合适的时间和地点施舍给善人，才会产生功德。"

他给坚战讲了一个故事，一位贫穷的修行者在俱卢之野以拾取落穗为生，仍然不改乐善好施的天性，宁肯自己饿肚子，也要先满足客人，由此通过了难缠的敝衣仙人的考验，可以凭借施舍带来的善果以肉身进入天国。可是当他问清进入天国耗尽善果之后还会堕落尘世，便拒绝了这一福报，继续修习智瑜伽，最终达到永恒的至福境界，获得解脱。

"因此，你不必悲伤。"毗耶娑仙人劝勉道，"你从至高的王座上坠落，通过苦行，十三年后你必定会重获祖传的王国。幸福和痛苦总是这样轮番转动，这就是人生。"

他们在迦摩迦耶林度过了最后几个月。般度之子们经常外出打猎，以供养依附他们的众牟尼，这时黑公主就和祭司烟氏以及大仙人摩根德耶等留在净修林。这一天也是合该有事，难敌的妹夫信度国和妙雄国（Sauvira）国王胜车，在许多国王的陪伴下前往沙鲁瓦国成亲，途中经过净修林，看到了美丽的黑公主。她正独自站在净修林入口处，手攀树枝，光艳照人，如同火焰照亮黑夜。胜车一见就神魂颠倒，叹息道："这女子是天仙下凡吗？我不想去结婚了！跟她一比，其他女人就像母猴子一样。把这女子带回宫中，我就心满意足了！"

受胜车之命，同行的尸毗（Sivi）王子前去询问黑公主的来历，也向黑公主介绍了胜车等人的身份。黑公主一听是自己亲戚，自己的丈夫也快回来了，就很热情地邀请他们休息片刻，和丈夫们见面致意后再走。这对胜车来说正中下怀，他带人走进空旷的净修林，见四下无人，便调戏黑公主道："你的丈夫们已经失去了王国和财富，流亡森林，永无出头之日。聪明的女子不应该再侍奉倒霉的丈夫。你就抛弃他们，做我的妻子吧！登上我的车，跟我走吧，享受富庶的信度国和妙雄国吧！"

黑公主没想到会碰上这样的无赖，又羞又怒，涨红了脸呵斥他道："你怎么能说出这种话来？真是可耻！我的丈夫们都是声名显赫的大武士，我受他们的保护。你敢打我的主意就是自寻死路！"

胜车得意地说："不要用你的丈夫们来吓唬我，国王应该拥有六种品质：勇气、力量、平静、聪明、慷慨和王权，我看你的丈夫都没有。你就赶快跟我走吧！空话对我没用，要是你乖乖地求我开恩也许还有用。"

黑公主怒道："你以为我会卑躬屈膝地求你哀怜吗？你看错我了！无论如何我也绝不会背弃我尊贵的丈夫，凭此真心，我将亲眼看见他们制服你！"

她向祭司烟氏仙人高声呼救，胜车扑过来抓住她的衣服。黑公主用力推开他，但架不住他力大，黑公主再三挣扎还是被强拖上车。闻声赶来的烟氏仙人见黑公主被抢走，大声呼喊道："胜车啊，想想刹帝利法吧！你没有打败她的丈夫，不能把她带走！般度之子们一定会让你为你的卑鄙行为付出代价！"

胜车充耳不闻，扬长而去。烟氏仙人穷追不舍，夹在胜车一行的步兵队伍里，继续跟在黑公主后面。

这一阵喧扰惊得林中鸟兽四散逃窜，发出尖利的叫声。林中打猎的坚战察觉到这一不祥之兆，心中不安，带领弟弟们匆匆赶回净修林，见到黑公主的侍女正倒在地上哀哀哭泣。问明缘由，坚战兄弟勃然大怒，立刻沿着胜车等人留下的踪迹追寻而去，很快就赶上了胜车的军队。夹在步兵之中的烟氏仙人见到他们追来，激动地呼喊他们快快救下黑公主。般度之子们见到自己的妻子就在胜车的车上，不禁怒气冲天，像鹰隼扑向猎物一般冲向胜车的军队。胜车连忙鼓动与他同行的国王一起应战。于是，信度国、尸毗国、三穴国等国的将士纷纷围攻般度诸子。愤怒的怖军直冲向信度王胜车，却被尸毗王子截住，标枪和铁箭从四面八方向怖军射来，怖军浑然不顾，打死了信度王前锋的坐象，又用锋利的刀刃砍下尸毗王子车夫的头。车夫一死，惊马拉着尸毗王子的战车四处狂奔，怖军追上去，掷出标枪杀死这位王子。

坚战也冲上前去，瞬间杀死了一百多个妙雄国勇士，三穴王妙车（Suratha）扑上来杀死了坚战的战马，坚战便和车夫一起上了偕天的战车。这时无种已经杀死了两位王子，三穴王妙车精通驭象术，指挥战象摧毁无种的战车，迫使无种手持短刀和盾牌从车上跃下。妙车一心想杀死无种，催动战象大步向前，长长的象鼻卷向无种。无种毫不畏惧，待战象走到近身处，手起刀落连根斩落战象的象鼻和象牙。战象扑倒在地，连同驭象的三穴王妙车一起摔死了。无种随即登上怖军的战车。偕天驾驶着战车冲向象军，利箭如雨，射落的象兵如同孔雀一般纷纷从树上飞下。阿周那弯弓搭箭，直取胜车，凡在他射程中的尸毗族、信度族、三穴族武士无不应弦而倒。他连杀十二位妙雄王子，战场上尸横遍野，血流成河，引来无数野狗、秃鹫和乌鸦来享用死者的血肉。

胜车见势不妙，慌忙放了黑公主，逃进森林中。烟氏仙人连忙扶住黑公主，按照坚战的盼咐，登上偕天的战车。阿周那见胜车已经逃跑，而怖军仍在四处追杀士卒，立刻阻止他道："都是胜车王的罪过才引发了这场劫难。我看他现在已经不在这里了，我们赶紧去追他吧！杀这些士兵没有意义，你觉得如何？"

怖军听了，便对坚战王说道："现在敌方将领都已战死，士兵大多逃亡。你和双子带着黑公主回净修林吧，好好安慰她。我去追胜车王，就算他上天入地，我也决不会让他逃得活命！"

坚战王答道："胜车虽然可恶，但看在杜莎罗和甘陀利的面上，也不一定非杀他不可。"

黑公主又羞又怒，对怖军和阿周那说道："如果你们愿意让我高兴，就该杀死这个败坏家族名誉的卑鄙小人！这种无故强抢别人妻子的恶徒，就算是跪地哀求，也不该饶他性命！"

坚战带着妻子、双子和烟氏仙人返回净修林，怖军和阿周那策马去追胜车。阿周那启用念过咒语的神箭，隔着很远的距离射死胜车的马。战马一死，胜车更是胆战心惊，他一心逃命，头也不回地朝密林里跑去。阿周那叫道："你强抢人妻的勇气到哪儿去了？快回来！你身为刹帝利，怎么能把部下扔下自己逃跑呢？"

胜车充耳不闻，只管逃命。怖军大怒，从战车上跳下，三步并作两步地追上胜车，一把揪住胜车的头发，将他狠狠地摔倒在地，掐住脖子一通猛揍。胜车呻吟着试图站起身来，可是怖军哪儿肯这么容易放过他？这位具有万象之力的大力士对着胜车王又踢又打，一阵狂揍，将他打晕过去。阿周那连忙阻止狂怒的怖军，说道："他好歹是杜莎罗的丈夫，你就听法王的话，不要杀他！"

怖军怒道："这家伙又坏又蠢，欺负无辜的黑公主，根本不配活命！可法王总是慈悲过度，你也总是出于幼稚的美德来阻止我，我能做什么！"他用锋利的月牙箭将胜车王的头发剃成五撮，对胜车说道："听好了，你要是想活命，就按照战争中胜负的规矩，当众宣布你是奴隶，我便饶你不死！"

胜车害怕性命不保，连忙答应。怖军将他捆得紧紧的，带他去见坚战。坚战王见他这副模样，笑了笑，说道："放了他吧！"

怖军道："那你告诉黑公主，这个恶徒现在已经是般度族的奴隶了！"

坚战王友善地道："如果你尊重我，就放了他吧。"

黑公主看出了法王的心思，便对怖军说："你已经把他的头发剃成五撮了，就把国王的这个奴隶放了吧！"

怖军这才放了胜车。胜车获释，急忙向坚战和众牟尼致敬。由于被怖军一顿猛揍，他几乎站立不稳，全靠阿周那搀扶。坚战心生怜悯，对他说道："你已经获得自由，以后不要再做这种邪恶卑劣的事了！愿你的德行随着智慧而增长，不要热衷于非法。带着你的军队平安回去吧！"

胜车满面羞愧，垂着头一声不吭地走了。坚战的告诫他一句没听进去，反而心心念念要报这羞辱之仇。他特意去圣地恒河之门苦修，向湿婆神求赐福："请让我在战场上战胜般度五子吧！""不行！你不能战胜或杀害般度五子，不过，你能在战场上抵御他们。"湿婆神答道，"但阿周那除外。他是最卓越的武士，就连天神也难以抵御，而且受到黑天的保护。而黑天就是不可战胜的四臂之神那罗延。"

坚战王并不知道胜车的心思，如果他知道自己的一念之仁将会给般度族带来怎样惨烈的后果，他是否还会坚持行善不求果报的原则释放胜车呢？然而世事没有如果。在上天提供给人的习题中，每一个人都在根据自己的原则和性格做出选择，而自己的选择与他人的选择相互影响，造成后果，人们称之为命运。

命运。这是一个太沉重的词。即使意志坚强、心思坚定如坚战王，也不能不发出浩叹，对"为何好人不得好报"这个问题感觉迷惘。"我想，时间和命运是无法超越的。"坚战王叹息道，"我们的妻子完美无瑕，奉行正法，没有一点点过失。为何她屡遭不幸，被人劫掠？虽然我们打败信度王救回了她，但这事还是让我们闷闷不乐。森林里的生活实在太过艰苦，我们不得不以狩猎为生，伤害林中的动物。而这种流放生活却是我们的亲人通过欺诈强加在我们头上的。世上可还有人比我们更为不幸？"

大仙人摩根德耶答道："国王啊，圣君罗摩也曾被不公平地流放森林，他忠贞的妻子也被罗刹王劫掠过。罗摩历经千辛万苦，才在猴军和熊军的帮助下，战胜罗刹王，救回了自己的妻子，最后重登王位，美名至今传颂。想想吧，罗摩只能依靠动物作为盟友，对手是罗刹王；你却有怖军、阿周那、双子这样神勇无比的弟弟作为助手，很快就打败胜车王，救回妻子。有这样天神般的弟弟做助手，你必将战胜一切敌人，为何还要烦恼呢？"

坚战王稍感安慰，又不禁为妻子不平，问道："我和弟弟们失去王国，忍受艰辛，都不如我妻子的不幸遭遇那样让我痛苦。在那场赌局中，是黑公主拯救了我们，而她却被胜车王劫掠。仙人啊，你可曾听说过有哪位女子像她那样智慧忠贞？"

摩根德耶于是给他讲述了莎维德丽（Savitri）的故事。摩德罗公主莎维德丽选中了诚实正直却注定短命的萨谛梵（Satyavan）作为丈夫。萨谛梵的父亲本是沙鲁瓦国王，后来因为眼瞎而失去王位，流亡森林。莎维德丽与丈夫一家同甘共苦，直至死神阎摩亲自来带走丈夫的灵魂。莎维德丽紧追不舍，她的美德与口才令阎摩赞叹。为劝说她回去，阎摩答应除了不能让萨谛梵复活，任她求取其他恩惠。莎维德丽请求让公公恢复视力，重登王位，再有一百个儿子延续家族。阎摩逐一答应。莎维德丽最后请求阎摩赐福让她和萨谛梵再有一百个亲生儿子，阎摩也不假思索地答应了。

"可是你夺走了我的丈夫，我怎么能再和他生一百个儿子呢？"莎维德丽请求道，"所以请让我的丈夫复活吧，正法之神啊！让你的话语成为真实。"于是阎摩只得松开套索，让萨谛梵复活，与莎维德丽夫妻团聚。所有的赐福都实现了：莎维德丽的公公恢复视力，重新成为沙鲁瓦王，又生育了一百个儿子。莎维德丽也和萨谛梵生育了一百个儿子，夫妻幸福美满，白头到老。

"就这样，莎维德丽凭借自己的才德拯救了丈夫、公公和丈夫的家族，赢得众人的赞颂。黑公主吉祥有福，美德举世公认，她也会像莎维德丽一样，拯救你们所有人。"摩根德耶结束了讲述。

莎维德丽以智慧战胜阎摩的故事让坚战听得赞叹不已。他没有想到，他自己也很快会在一个超自然的环境下邂逅这位尊神。

⦿ 胜车是难敌妹妹杜莎罗的丈夫。他不仅是信度王，也是妙雄国、尸毗国及周边地区的国王。妙雄国和尸毗国是两个毗邻信度国的小国，可能是被胜车征服的地区。《摩诃婆罗多》中记载了两个三穴族人建立的国家，一个在北方，阿周那北征时曾征服该国。一个在西方，毗邻尸毗国，无种西征时曾征服该国。国王妙车此次跟随胜车成亲队伍同行，因胜车强抢黑公主而终被无种所杀。

⦿ 除了杜莎罗之外，胜车还有来自甘波阇族（Kāmboja）和耶婆那族（Yavana）的妻子。俱卢大战中，甘波阇王率领有耶婆那人的一支大军加入了难敌方（5.19：21），有指可能就是因为与胜车的姻亲关系。

⦿ 《摩诃婆罗多》有"第五吠陀"之称。古印度不允许首陀罗、妇女和贱民听吠陀，据说毗耶娑正是因此创作了《摩诃婆罗多》，让所有人都能聆听吠陀教诲。史诗中最著名的两则插话《那罗与达摩衍蒂》和本章中莎维德丽的故事，正是专门为妇女创作、以女子为主角，塑造了达摩衍蒂和莎维德丽这两位光彩照人的女性形象，颂扬印度古代女性的智慧和美德。

⦿ 世事取决于天意和人力，这一主题在《摩诃婆罗多》中被反复提及。而在莎维德丽的故事中，莎维德丽凭借非凡的智慧和坚定的意志扭转了丈夫的命运，以及她自己的命运，这是人力战胜天意的一则典型事例。

第十章　　　　阎摩的考验

黑公主被劫一事让般度之子们十分痛苦，于是，坚战又带着兄弟们离开了迦摩耶迦林，重返双林，和大仙人摩根德耶做了邻居。在十二年林居期的最后一天，一位婆罗门准备举行火祭，正好一头鹿跑过，他挂在树枝上的钻火棍和引火木被鹿角勾住带走了。他连忙请坚战兄弟帮他取回这至关重要的祭祀用品。几兄弟拿起武器追出去，可是追着追着，鹿就不见了。他们不停地寻找却一直找不到，又累又渴，便坐下来休息。此时大家都疲惫不堪，情绪焦躁。无种心中怨愤，对长兄说道："我们家族从未背离正法，也从未因懒惰而失利，为何灾难还会落在我们头上？"

坚战答道："不幸是不分界限也没有原因的，正法之神对善人和对恶人都一样分配。"

怖军可没他那么想得开，愤然道："我没有当场杀掉把黑公主当女奴强拉到会堂的家伙，所以我们现在受苦。"

阿周那道："我当时居然容忍了苏多之子那些刺骨的刻薄话，所以我们现在受苦。"

偕天恨恨地道："沙恭尼掷骰取胜的时候，我就该杀了他。可我没那么做，所以我们现在受苦。"

"无种啊，你找找看附近有没有水。"坚战打断了这个话题，"有的话，你去取些水来，你的哥哥们都口渴得厉害。"无种依言前去为大家取水。他走到一个池塘边，见池水清澈，四周鹤群围绕，应该可以饮用。他口渴难耐，正准备喝水，听到空中传来声音："孩子啊，不要鲁莽，这个池塘是我的，回答了我的问题你才能喝水，否则你就会立即死去！"无种没有在意，结果喝下水后便倒下了。

无种去了很久都不见人影，坚战先后让偕天、阿周那、怖军前去寻找。他们都听到了空中传来的劝阻声,可是没有一个人当真。于是,他们一个接一个地倒下了。

坚战左等右等不见人回去,忧心如焚,便起身前去寻人。他看到一个精致美丽的池塘,四周鲜花盛开,果实累累。四个弟弟倒在池边,像睡着了一样,一动不动地丧失了生命,身上却没有武器伤痕。坚战震惊而又悲痛,他稳住心神,思索是谁杀了自己这些强大的弟弟:"也许是难敌干的,也许是他唆使乾闼婆王做了这些,也许他用了什么鬼蜮伎俩。但这水应该是无毒的,因为弟弟们脸色都正常。大概也只有死神阎摩,才能依靠这些无毒的水来取走他们的性命了。"

坚战思前想后,看着这个美丽的池塘,清澈的池水对于饥渴的人来说是那么充满诱惑:"也许,我先喝一口水,就能想明白了。"这时,空中传来一个雷鸣般低沉的声音:"是我杀死了你的四个弟弟。你若不回答我的问题便喝水,你将会是第五个倒在这里的人。"

恐惧和好奇同时在坚战的心头升起,他朝声音传来的方向走去,见到一个身躯如巨木般高大的药叉,像火焰与太阳一样发光,像山岳一样不可征服。药叉威胁道:"这池塘是我的财产。我曾反复劝阻你的兄弟们不要鲁莽,但他们仍强行取水,所以我杀了他们。你先回答了我的问题,才能随意喝水。"

坚战回复:"我无意贪图你的财产。你有什么问题请问吧,我会尽力回答你的问题。"

于是药叉提出了第一个问题:"谁让太阳升起?谁伴它同行?谁使太阳落下?它住在何处?"坚战答道:"梵天让太阳升起,众神伴它同行;正法使太阳落下,它住在真理之中。"

药叉接着问道:"怎样得学问?怎样变伟大?怎样可以赢得第二个自我?怎样可以获得智慧?"坚战答道:"通过经典得学问,通过苦行变伟大,坚定可以赢得第二个自我,侍奉长者可以获得智慧。"

接下来,药叉问到了种姓职责:"什么是婆罗门的神性?什么是他们的正法和善行?什么是他们的人性?什么又是他们的劣性和恶行?"坚战答道:"诵习吠陀是他们的神性,苦行是他们的正法和善行,死亡是他们的人性,毁谤是他们的劣性和恶行。"

"什么是刹帝利的神性？什么是他们的正法和善行？什么是他们的人性？什么又是他们的劣性和恶行？""学习弓箭武器是刹帝利的神性，祭祀是他们的正法和善行，恐惧是他们的人性，而临阵脱逃、拒绝履行保护者的职责是他们的劣性和恶行。"

既然谈到祭祀，夜叉便问道："什么是祭祀的颂歌（Sama）[1]？什么是祭祀的祷词（Yajur）？祭祀需要什么，并且不可或缺？"坚战答道："生命是祭祀的颂歌，思想是祭祀的祷词，祭祀需要语言（Rik），而且不可或缺。"

药叉继续问道："从天而降的什么最好？撒落在地的什么最好？渴求世俗财富的人最看重的是什么？生育者最看重的是什么？"

坚战答道："从天而降的万物之中，雨水最好；撒落在地的万物之中，种子最好。渴求世俗财富的人最看重的是牛，生育者最看重的是儿子。"

"什么样的人聪明睿智，万人敬仰，极尽享受，却依然虽生犹死？""不奉养天神、客人、仆从、先祖和他的自我灵魂（Atman），这样的人虽生犹死。"

"什么比大地还重？什么比天空更高？什么比疾风迅速？什么比杂草繁多？""母亲比大地还重，父亲比天空更高，思想比疾风迅速，烦恼比杂草繁多。"

"什么睡觉不闭眼？什么生下来不动弹？什么东西没有心？什么东西迅猛增长？""鱼睡觉时不闭眼，蛋生下来不动弹，石头没有心，河流迅猛增长。"

"外出时以谁为友？居家时以谁为友？生病时以谁为友？临死时以谁为友？""同伴是外出时的朋友，妻子是在家时的朋友，生病时的朋友是医生，临死时的朋友是他一生做过的施舍。"

"谁是众生的客人？谁是永恒的职责？什么是不死甘露？什么构成了整个宇宙？""火是众生的客人。献祭是永恒的职责。牛奶即是甘露，风（Vāyu）构成

---

[1] 颂歌（Sama），音译为娑摩；祷词（Yajur），音译为夜柔；语言（Rik），音译为梨俱。《娑摩吠陀》《夜柔吠陀》和《梨俱吠陀》构成三吠陀本集，其中以《梨俱吠陀》最为重要。在吠陀祭祀中，祭司首先吟诵《梨俱吠陀》中的颂诗，敬请神灵从天而降；接着高唱《娑摩吠陀》的颂歌，以赞美神灵；然后背诵《夜柔吠陀》中的祷词，向神献上供品。

了整个宇宙。"[1]

"什么独自运行？什么不断重生？什么是寒冷的良药？什么是最大的原野？""太阳独自运行，月亮不断重生，火焰是寒冷的良药，大地是最大的原野。"

药叉的问题渐渐变得抽象和深入："用一个词来说明，什么带来美德、声誉、天国和幸福？""勤勉带来美德，施舍带来声誉，真理带来天国，善行带来幸福。"

"什么是人的自我？什么是他命定的朋友？什么支撑生命？什么是他最后的依靠？""儿子是人的自我，妻子是他命定的朋友，雨云支撑他的生命[2]，施舍是他最后的依靠。"

"什么是至高的财富？什么是至高的拥有？什么是至高的受益？什么是至高的幸福？""技艺是至高的财富，学识是至高的拥有，健康是至高的受益，知足是至高的幸福。"

"什么是世间至高的正法？什么样的正法总有果报？控制什么便不再悲伤？与什么结盟永不破裂？""仁慈是至高的正法，三吠陀教诲的正法永远有果报，控制思想不再悲伤，与善人结盟永不破裂。"

"抛弃什么使人和善？抛弃什么不再忧愁？抛弃什么人变富有？抛弃什么人变快乐？""抛弃傲慢使人和善，抛弃愤怒不再忧愁，抛弃欲望人变富有[3]，抛弃贪婪人变快乐。"

"为什么要布施给婆罗门、艺人和舞师？为什么要给仆人和国王报酬？""布施给婆罗门是为了得到善果，布施给艺人和舞师是为了获取声誉。付报酬给仆人让他们得以生活，交赋税给国王以换取保护免于恐惧。"

"世界被什么所笼罩？因为什么它不显现？人为什么会抛弃朋友，为什么不能升入天国？""世界被无知所笼罩，因为愚昧它不显现。出于贪婪人抛弃朋友，

---

[1] 吠陀时代的印度人通过祭火与神灵沟通，故称火是众生的宾客；视风（Vāyu）为形成宇宙、赋予肉身生机的关键因素，相当于汉语中的"气"。

[2] 农牧业生产都依靠雨水。雨云带来降雨，令庄稼生长，万物复苏，支撑着生命。

[3] 此处指抛弃欲望，人对财富的需求降低，故感觉富足。

出于对尘世的依恋他不能升入天国。"

"什么样的人如同死亡？什么样的国如同亡国？什么样的祭奠和祭祀无效？""贫穷的人如同死亡，无主的国如同亡国，缺少饱学婆罗门的祭奠无效，没有布施的祭祀无效。"

"什么是正确的方向？什么被称之为水？什么是食物？什么是毒药？什么是正确的祭奠时间？回答了这个问题，你就可以喝水了。""善良是正确的方向，天空是众水之源。牛提供一切食物，贪求即是毒药。婆罗门是祭奠最好的时间。"

药叉继续提问："告诉我什么是苦行？什么是自律？什么是宽容？什么是羞耻心？"坚战答道："坚守自己的正法即苦行，控制思想才是真正的自律。宽容就是容忍对手和异见；基于羞耻心，人放弃不当的行为。"

"国王啊，告诉我什么是知识？什么是平和？什么是慈悲？什么是质朴？""知识就是认识到事物的本质，平和在于心灵宁静。"坚战答道，"慈悲是希望一切众生幸福，质朴在于心态平衡。"

药叉又道："什么是难以征服的敌人？什么是不可治愈的疾病？什么是善人？什么是恶人？""愤怒是难以征服的敌人，贪婪是不可治愈的疾病。善人关心一切众生的福祉，缺少慈悲心的人就是恶人。"

"什么是无知、骄傲、懒惰、悲伤？""不知道自己的职责是无知，不履行自己的职责是懒惰。骄傲源于自负，悲伤源于无知。"

"什么是坚定和坚韧？什么是真正的洗礼？什么是慷慨大方？""忠于自己的职责坚定不移，控制感官坚韧刚毅。真正的洗礼是洗涤尽一切私心杂念，慷慨大方在于护卫一切众生。"

"人们认为什么样的人有学问？什么样的人不敬神？什么样的人愚蠢？什么是欲望和嫉妒？""知道自己职责的人有学问，无知的人不敬神，不敬神的人就是蠢人。欲望即是渴望占有；嫉妒无非是一颗悲伤不安的心。"

"什么是自负、伪善、天赋和恶毒？""自负源于极度无知，为宗教设定戒律即伪善。天赋是我们布施的果报，恶毒在于毁谤他人。"

"法利欲彼此矛盾，如何让它们和谐共存？""当妻子和正法彼此协调一致的时候，法利欲三者能和谐共存。"

药叉又道："什么样的人堕入永恒的地狱？快快回答我的问题！""主动说要布施给贫穷的婆罗门，却又推说没有的说谎者；毁谤吠陀、经典、婆罗门、神灵和祭祖仪式的人；明明家财万贯，却出于贪婪，既不享受也不布施的守财奴，这些人堕入地狱。"

"那么，国王啊，依靠什么成为婆罗门，出生、行为还是学习或教授吠陀？请确凿无疑地告诉我。""毫无疑问，无论出生还是学习或教授吠陀都不能让他成为婆罗门，只能由他的行为来决定。药叉啊，一个人如果行为不端，就算他精研四吠陀，也比首陀罗还不如。"

"言辞友善会获得什么？谨言慎行会获得什么？朋友众多能获得什么？奉行正法能获得什么？""言辞友善获人爱戴，谨言慎行收获成功，朋友众多生活快乐，奉行正法来世幸福。"

药叉最后说道："什么是真正的幸福？什么最让人惊奇？什么是正确的道路？现在正发生什么？回答了这四个问题，我就可以让你的弟弟复活。"

坚战答道："在该用餐的时间里，在自家厨房里煮食仅供果腹的蔬菜，但既无债务，也不必为生计在外奔波，这就是真正的幸福。

"每一天都有无数的生灵死去，可活着的人仍然认为自己可以永远活下去，还有比这更让人惊奇的事吗？

"争论永无终结，经典彼此相异，没有一位仙人的话被所有人都接受，正法的真意难以辨清。伟人们走过的道路就是正确的道路。

"这由摩耶幻象构筑的世界犹如一口煎锅，以太阳为炉火，昼与夜为燃料，月与季为木勺，时间煎熬一切众生，这就是现在正发生的真相。"

药叉见坚战都答了上来，便说："你正确地回答了我所有的问题。现在继续告诉我，什么才是真正的人（Purusha）？什么人拥有一切财富？"坚战答道："善良的声誉响彻天地，只要声誉长存，他就被称为人。爱与憎，乐与悲，过去与未来，将这些一视同仁的人，拥有一切财富。"

药叉对于坚战的回答很满意，说道："你可以让你的一个兄弟复活，告诉我你希望是谁？"坚战请求复活无种。药叉惊奇地问道："人们都说你喜爱怖军，阿周那则是般度族的依靠，你为什么不救他们，要让与你并非一母所生的无种复活呢？"坚战回答："仁慈是最高的正法，我不愿偏离其道。贡蒂和玛德利都是我的母亲，我作为贡蒂之子活着，药叉啊，现在让玛德利之子复活吧。"

听到坚战的话，药叉很高兴："你认为仁慈高于利益和爱欲，那么就基于仁慈，让你所有的兄弟都复活吧。"他话音刚落，四个弟弟都死而复生，他们的饥渴也在刹那间消失。坚战惊奇地望着夜叉，说道："我想你不是夜叉，而是天神。请问你是谁？是我们的朋友，还是父亲？"

"我是你的父亲。孩子啊，我就是正法之神阎摩。"夜叉含笑显露出真身，"我是来看望你、考验你的。温和而勇敢的人啊，我一向喜欢你。你的仁慈令我十分满意，选择一个恩惠吧！"

坚战不忘此行的目的，请求找到带走钻火棍和引火木的鹿，让婆罗门的祭火不要中断。阎摩告诉他，那个鹿是他变化的，为的是把他们引来。他将钻火棍和引火木还给坚战，让坚战再选另一个恩惠。"第十三年的隐匿期即将开始，请让我们无论住在哪里，都不会被人认出来吧！"坚战请求道。

法王一口答应："如你所愿。你们尽可随意乔装，即便以自己的面貌行走，三界中也不会有人认出你们。选择第三个恩惠吧，孩子，因为你是我生的。"坚战回答："能亲眼看到你，得到你的恩典，我已十分满足。父亲啊，但愿我能战胜贪、嗔、痴，心中永驻慷慨、苦行和真理。"

阎摩答道："你天生就具备这些品质，你就是正法，你必会如愿以偿。"说罢，他便消失不见了。

坚战和弟弟们团聚在一起，欢喜无限。十二年的林居期最终以来自阎摩的考验而结束，他们即将迎来最为艰难的第十三年——隐匿期。

◉ 在印度神话中，阎摩既是死神，又是正法之神。他是位理智严厉的公正之神，以公牛为坐骑，手持套索和名册。他以套索在人命终时带走灵魂，使精神与物质肉体分离；以名册记录人的行为，保证善恶有报。人的生命因欲望之神迦摩（Kama）而起，因阎摩的到来而终，迦摩和阎摩共同护持着生死轮回和因果业报。阎摩的形象经由佛教经典传入中国，逐渐演变为民间传说中地府的掌管者阎罗王。

◉ 在《森林篇》中，几位贡蒂之子都有和亲人相见的经历。但有别于因陀罗、哈奴曼对阿周那、怖军的帮助提点，阎摩带给坚战的是一场问答式考验。以问答体方式探讨哲学问题，是奥义书时代就有的传统，问与答常常是形而上的比喻，未必有确定的答案。药叉的问题（Prashna，亦可译为谜题）包罗万象，涉及社会与自然、伦理道德、人生态度等等，而坚战的回答则反映了古印度人对社会与人生的种种思考与感悟。

◉ 以奥义书为代表的印度正统派哲学认为，梵是宇宙的终极实在，而人的自我灵魂（Ātman，音译为阿特曼）则是无上梵我的一部分，因此人生而具有神性，但因困于物质肉身而染上种种业果，坠入生死轮回之中。人生的目的就是不断修行，证悟到自我灵魂与梵是同一的，从而摆脱生死轮回，与梵合一。

◉ 药叉对坚战的第一个提问具有双重意义：从字面上看，药叉询问的是日升日落，恒常不灭，是什么导致的？坚战回答是创世神梵天的作为。而据17世纪评论家青项的解释，此处的"太阳"也指人的自我灵魂，奥义书中常将其喻为"太阳"。因此，坚战的回答也隐喻人依靠学习梵学，自我灵魂得以脱离尘世而升起；依靠自制等神性的作为来奉养自我灵魂。日落则是隐喻自我灵魂的归家之旅：坚战认为依靠正法，自我灵魂可以摆脱业果，最后在"真知"中找到它永恒的家。此处以掌控时间和天体运行的自然法则，对应人间的道德法则，勾勒出古印度正统哲学中的根本原则。

◉《引火木篇》历来受到看重，KMG版序目篇中将整部史诗比作一棵大树，特别提到"森林篇是栖息的枝条，引火木篇是虬结的树结"（KMG 1.1）。树结是大树受到外界伤害（如砍伐）后形成的隆起，像伤疤一样保护着树木，使树木健康成长。此处隐喻坚战在艰难中成长。）药叉与坚战的问答录俨然是坚战十二年林居期的期末考试，也是这位国王在人生这条朝圣路上的一个里程碑。坚战在面临四个弟弟死亡的危急关头，从容作答，他所体现出的智慧之光，使他被不少学者视为智瑜伽的代表，有人甚至称他为柏拉图笔下的"哲人王"。而从他最后向药叉请求的恩惠上来看，坚战仁慈的本性依然未变，但他开始变得务实。经历了种种磨难的坚战，正努力地在至善的理想主义和残酷的现实考虑中艰难地寻找出路。

第十一章　　　　　　　　　　　　　　　　隐姓埋名

得到了正法神的恩惠,坚战和弟弟们回到净修林,把钻火棍和引火木还给了那位婆罗门。如今十二年的林居生活已经完结,他们即将开始第十三年乔装改扮的隐匿生活。于是,坚战向那些忠心耿耿追随他们来森林中生活的苦行者告别。他双手合十,恭敬地说道:"你们都知道难敌是怎样用诡计夺走我们的王国和财富的,这第十三年我们必须隐匿度过,不能不与你们告别,请你们允许。难敌、迦尔纳和沙恭尼一向恨我们入骨,一旦发现我们,就会想方设法折磨我们,以及我们的市民和亲人。我们还能有得回王国的一天吗?"想到渺茫的未来以及前方的艰难困苦,坚战忧从中来,痛苦不堪,竟晕了过去。

众人连忙将他救醒,烟氏仙人安慰他道:"国王啊,你聪明博学,性格温和,善于自制,一定能安然度过这段岁月而不被人察觉。为了征服敌人,即使是天神也常常乔装打扮。你一定听说过毗湿奴伪装成侏儒(Vāmana)降伏阿修罗王钵利(Bali)的故事。同样,你也会最终克敌制胜,重获尊荣。"

听了烟氏仙人的话,坚战顿觉心安,怖军也表态道:"我们都会遵从你的命令,决不会鲁莽行事。你来主导一切,大家团结一心,很快就会渡过难关,战胜敌人。"

和这些苦行者告别之后,般度兄弟们商议应该去哪儿度过这最后一年。尽管有正法之神阎摩的恩典,他们还是力求小心谨慎。曾周游列国的阿周那列举出了俱卢王国周围十个富裕的国家作为备选。坚战经过深思熟虑,最后选择了摩差国。摩差国是个富裕而强大的大国,足以对抗俱卢。它本身和俱卢没有直接的联系,但和俱卢盟国三穴国是死对头,因此决不会与难敌结盟。"摩差国王毗罗吒年长有德,受人爱戴,又拥护般度族。我们可以为他做事,度过这一年。说说看,你们打算为他做什么?"坚战问道。

阿周那听了难过地说:"你过去是一国之君,很少体会过普通人的艰辛,你想以什么谋生来度过这段艰难时日呢?"

坚战答道:"我想做毗罗吒王会堂的侍臣。我会说我是一个名叫刚迦(Kanka)的婆罗门,精于赌骰。我会以精湛的赌技来赢得国王和大臣们的欢心,这样就没有人能发现我。如果国王问我,我会说我之前是坚战的密友,他与我亲近得有如生命。"作为会堂近侍,可以了解时政,也能对君王施加影响,但以坚战的知名度,出入宫廷会堂其实颇为冒险。"你闻名大地,不可能隐藏自己,犹如天上的太阳不可能藏匿。"怖军曾这样说过。不过,天下皆知坚战不善赌骰,却无人知晓他已从巨马仙人处习得赌骰之技,自然不会有人想到眼前这个精通掷骰的侍臣,竟会是在两次赌局中一败涂地的坚战。

"我做得一手好菜,我想做毗罗吒王的厨师,名叫牛牧(Vallabha)。国王尝到我做的菜肴比之前任何厨师做得都好,一定会很高兴。"食量极大的怖军第一时间想到的就是厨房的活儿。他想了想,又说:"我还可以调教大象和公牛,做国王的角斗士。不过我不会杀死它们,只是击倒它们,让国王开心。如果有人问起,我就说我曾是坚战的厨师、驯象师和角斗士。"

"那么你呢,阿周那?"坚战担忧地问道。这位般度的第三子,名满天下的弓箭手,有如群象中的爱罗婆多(Airavata)[1],三十三天中的因陀罗,走到哪里都光彩四射,他怎么能收敛锋芒,不被人注意到呢?

阿周那答道:"我已经想好了,我会做一名太监,用手镯遮掩我手腕上被弓弦磨出的瘢痕。我会梳起发辫,戴上火焰般的耳环,打扮得形同女子,取名巨苇(Bṛhannaḍā)。我会在毗罗吒王的后宫教导女子歌舞奏乐度日,告诉别人我过去曾在坚战宫中服侍过黑公主。我会以这样的方式隐藏自己,如同火隐藏在灰里。"

阿周那说完便沉默了。坚战于是继续询问无种和偕天。无种说道:"我打算为毗罗吒王养马,我喜欢马,这个工作很适合我。我会说自己名叫法结(Granthika),

---

[1] 爱罗婆多是群象之王,神王因陀罗的坐骑。

之前是坚战王的马夫。"

"那我就为毗罗吒王养牛好了，叫作索护（Tantipāla）。"偕天说道，"不用为我担心，我之前就为你照料过牛，我会干得很出色，没有人能认出我。"

坚战最后转向了黑公主，关切地说："你是我们的妻子，比我们的生命更宝贵，值得我们像母亲一样保护，像姐姐一样敬重。你从小锦衣玉食，在花环和香料中长大，不熟悉普通妇女干的活儿，你打算做什么呢？"

黑公主说："这世上有一类人称为锡林陀罗（SairandhrI），服侍他人，不受保护。人们通常认为有尊严的女子无论如何也不会走到这一步，我就说自己是锡林陀罗，善于梳理头发，曾服侍过黑公主。我可以做摩差王后妙施（Sudeṣṇā）的侍女，这样就能得到王后的庇护。你不要这么悲伤了。"

坚战赞同道："不愧是名门闺秀，你说得真好！那就这样吧。"然后，坚战让烟氏仙人护持着家族祭火，带着厨师和管家，以及黑公主的女伴和女仆，去般遮罗投奔木柱王。车夫们赶着空车去多门城。如果有人问起，大家都推说彼此在双林话别，不知般度之子们的去向。

临行之际，烟氏仙人放心不下，再三叮嘱道："在王宫中生存不易，何况你们原本是贵人，却要作为仆役整整生活一年。我给你们一些忠告，永远不要信任一个国王。即使他给你恩宠，也不要得意忘形，逾矩失礼。要尽心尽力地为国王做事，即使指派的是别人，也应该主动询问你可以做什么。既不要夸夸其谈，也不要过于矜持，要温文尔雅，说顺从他心意的有益的话。不要谈论国王的秘密，不要揭穿国王的谎言，永远保持低调，只做国王喜欢的事。这样的人才能在王宫中生活，并得到国王的恩宠。"

坚战谢过他的教诲，随即带着弟弟们和黑公主踏上了前往摩差国的旅途。他们扮作猎户，一路步行，穿越深山密林，进入摩差国地界。黑公主疲惫不堪，想休息一夜再走。但坚战希望尽快赶路，便让阿周那背起她继续前行，一直走到摩差国首都城外才放下她。坚战打算将武器存放在郊外再进城，以免被人发现。于是在阿周那的提议下，他们找到火葬场附近山顶上的一棵莎弥树（Sami）[1]。这棵树高耸入云，绝难攀爬，又地处偏僻，人迹罕至，附近常有野兽出没。他们放松弓弦，将这些举世闻名的武器一起捆绑好，由无种亲自爬上树安放。无种找了一个枝叶茂密雨淋不到的地方，用绳子把它们绑在粗大结实的树枝上。为了稳妥起见，他们还绑了一具尸体在这棵树上，告诫来往的牧人，说那是他们母亲的尸体，按家规需要捆在树上安葬，请人们不要惊扰亡者的安宁。其实不需要他们多做说明，人们一闻到腐臭味，就知道树上挂着尸体，都会远远避开。

随后，坚战兄弟又各自取了一个秘密的名字，分别为阇耶（Jaya）、阇衍多（Jayanta）、维阇耶（Vijaya）、阇耶塞那（Jayatsena）和阇耶钵罗（Jayadbala）。这些名字都有同一个意思：胜利。安排好一切之后，他们才走进毗罗吒的都城，准备迎接这十三年流放生涯中最为严峻的挑战。

按照原定计划，坚战首先进入大会堂求见毗罗吒王。即使一身穷困潦倒的婆罗门打扮，他依然难掩自身的王者气象，那出众的仪表令毗罗吒王一见之下便心生好感。"我叫刚迦，是个婆罗门，精于赌骰。"坚战向国王请求道，"我过去是坚战的朋友，现在已一无所有，想投靠你，为你做事。"

"太好了！我由衷欢迎你。我喜欢聪明的赌徒。而且，你就像天神一样，配得上享有王国。我会给你任何你想要的恩惠，不允许任何人冒犯你。"毗罗吒王高兴地说，"所有的人都听好了，刚迦是我的朋友，和我一样是摩差国的主人。你可以帮我打理内外事务，我的大门永远为你打开。穷人向你乞求工作，你可以代表我答应他们，你的许诺我都会应承。"

坚战就这样顺利地成为毗罗吒王的侍臣。第二个来求职的是怖军。曾经握着铁杵的手，现在拿着勺匙和菜刀，他一袭黑衣，厨师打扮，神情忧伤地对国王说道："我是厨师牛牧，善于制作精美独特的菜肴，过去一直为坚战王效劳，希望你也能喜欢我做的菜。我还可以与大象和狮子搏斗，博你高兴。"

---

[1] 据传火神曾居住在莎弥树内，因此莎弥树被视为圣树。

"我不认为厨师这个工作适合你,你英俊威武,光彩照人,值得享有大地。但既然这是你的要求,那么好吧,你可以做我的首席厨师和厨房总管。"毗罗吒王欣然同意接纳怖军为厨师。

接着,在王宫门口出现了一位肤色黝黑、异常美丽的年轻男子,他戴着耳环和手镯,打扮得如同女子,大步走向毗罗吒王。"我名叫巨苇,擅长唱歌跳舞,能演奏任何乐器。"阿周那这样介绍自己,"希望能成为你女儿至上公主(Uttarā)的舞师。"

毗罗吒王不相信地看着他:"你气宇轩昂,那昂首阔步的神态有如象王。你可以是纵横疆场的武士,也可以是像我儿子那样拥有一切的天之骄子,但绝对不可能是太监。"

"往事不堪回首。"阿周那避开了国王的询问,说道,"你只需要知道我是个无父无母的孤儿就行了。求你垂怜!"

毗罗吒王考查了阿周那的歌舞和演奏乐器的本领,确认他并非男性,便让他教导至上公主和宫女们歌舞和弹奏。阿周那行事谨慎,多才多艺,很快便受到公主和她的女伴们的欢迎。

偕天则是在毗罗吒王巡视牛群时出现的。他一身牧人装束,说话带着牧人的口音,向毗罗吒王请求道:"我叫索护,以前为坚战王看守牛群,希望能在你这里谋生,因为我不知道般度之子们现在在哪里。"毗罗吒王爽快地答应了他,将所有的牛和牧人全都交给偕天照管。

无种也以同样的方式成为毗罗吒王的马夫。"你的容貌就像坚战那样令人喜悦。"毗罗吒王将他的车马以及马夫车夫都交给无种主管,惆怅地说,"如今那位毫无过错的般度之子孤独地生活在森林里,不知道怎么样了呢!"这位国王还不知道,他所思念的坚战王如今正以侍臣的身份陪伴在他身边呢。

而黑公主的求职经历则有些波折。尽管她穿上一身又大又脏的黑衣服,打扮成锡林陀罗的模样,她出色的容貌还是引起了妙施王后的担忧:"你美如天仙,哪个男人能抵御你的魅力?如果我收留你做侍女,国王一定会被你迷住,那我岂不是自掘坟墓？"

"王后啊，你放心！不管是毗罗吒王还是别的男人都不可能触碰我，因为我有五个乾闼婆丈夫。他们强大有力，会一直保护我。"黑公主说道，"我也是个刚烈的女子，不会为别人动心。谁敢打我的主意，他一定活不过明天，因为我的乾闼婆丈夫们不会让人欺负我。还有，他们定下规矩，我服侍的人家不能给我吃剩食，我也不给人洗脚。"

"既然如此，那你就留下吧！可爱的女子啊。"妙施王后说道，"你决不会吃别人的剩食，也不用你给别人洗脚。"

他们就这样在摩差国的王都里住下来，凭借自己的本事很快得到国王和周围人等的欢心。坚战出入会堂，玩弄骰子有如玩弄系着绳子的小鸟一般得心应手，赢得不少钱财。怖军吃住在厨房里，梵天节时他一举战胜当时最为出名的大力士，得到了毗罗吒王的器重。他常常和别的角斗士比试，和猛兽搏斗。阿周那以出众的才貌成为至上公主和宫中女孩们的良师益友。无种和偕天精心管理毗罗吒王的车马和牛群，让国王心满意足。私底下，兄弟五个会平分自己得到的钱财和赏赐，互相帮助互相扶持，共同保护着黑公主，也算衣食无忧。

时光飞逝，十个月就这样过去。眼看十三年的流放生涯即将终结，却波澜顿起——妙施王后的哥哥空竹（Kīcaka）看上了黑公主。

⊛ 摩差国在阎牟那河西岸，毗邻俱卢王国，在今拉贾斯坦邦（Rajasthan），与宿敌三穴国同属受吠陀文化影响的地区。国王毗罗吒王十分富裕，拥有大批牛群，远近闻名，以致引起邻国的垂涎。

⊛ 毗湿奴化身侏儒（Vāmana，音译为伐摩那，又称三步神，Trivikrama）降伏阿修罗王钵利的故事在印度家喻户晓。阿修罗王钵利征服三界，所向无敌，将因陀罗等诸神赶出了天界。毗湿奴化身为侏儒婆罗门，请求钵利布施给他三步之地。钵利一口应允，毗湿奴遂展现出其遍入世间无限无尽的真身，一步就跨越了地界，第二步跨越了空界、天界直达梵天所在的真界，宇宙已无处可容纳他的第三步。钵利承认失败，让毗湿奴将第三步踏在

伐摩那现宇宙相

此造像描绘伐摩那显出毗湿奴神的真身,第二步跨域了空界和天界,脚趾刺破梵卵宇宙,引得原初之水注入宇内,就是神圣的恒河。四面的梵天正为毗湿奴神灌足,左下角可见拜服在地的阿修罗王钵利。

他的额头上，交出了三界的控制权。侏儒是毗湿奴十大化身中的第五位。

◉ 坚战的假名为刚迦（Kanka），既是正法之神阎摩的称号之一，也表示"假冒的婆罗门"。无种与偕天分别充当马倌和牛倌，或与他们为吠陀之神双马童之子的定位相关。Dumézil 提出一个印欧神话模式，指出般度五子也对应着社会结构：坚战是虔诚的婆罗门，怖军和阿周那是刹帝利阶层，分别代表粗鲁的武夫和优雅的骑士，双子对应恭顺的臣仆。有学者认为阿周那超越了刹帝利阶层，对应的是国王；并加入了迦尔纳，调整如下：

	超越者	圣者	力量	丰饶	被排斥者
种姓	国王	婆罗门	刹帝利	吠舍	苏多
般度之子	阿周那	坚战	怖军	玛德利双子	迦尔纳

◉ 锡林陀罗是陀沙优（Dasyu）男子和阿逾迦跋（Ayogava）女子结合所生的杂种姓。陀沙优人常指无种姓的原住部落民或丧失种姓者。阿逾迦跋为首陀罗男和吠舍女逆婚所生的杂种姓。《摩奴法典》说锡林陀罗善侍主人装束，虽非奴隶而尽奴隶之职，又以捕捉野兽为业。这也是黑公主在摩差国的称呼。

◉ 《摩诃婆罗多》是一部刹帝利英雄史诗，加入了不少婆罗门的说教，史诗的主要描写对象也是这两个阶层。而般度五子和黑公主落难成为毗罗吒王仆役的经历，则提供了一个少见的机会，让我们可以了解到当时下层人物的生活和感受。

第十二章　　　　　　空竹之死

空竹既是妙施王后的兄弟，也是摩差国的军队统帅。他能征善战，还有一百多个武艺高强的兄弟，摩差国就是靠他抵御敌国的侵袭。因此空竹权势极大，骄横无比，连国王也惧他三分。这一日，空竹来到王后的宫殿，一进门便看到美貌的黑公主在那里忙忙碌碌。这可吸引了他的目光。这美女的容貌太过出众，他顿时疯狂地迷恋上了她。为此，他向妙施王后说道："我以前从未在宫中见过如此美貌的女子，王后啊，她让我神魂颠倒，告诉我，她是谁？这样的美女不适合给你做女仆，让她来使唤我吧，我愿意奉上无数金银财宝任她享用，让她来装饰我的广厦吧！"

黑公主惊人的美貌一直让妙施王后感觉不安，因此，她也乐意促成哥哥的好事。空竹跟妙施王后商量之后，便去勾引黑公主说："美女啊，你的美貌无与伦比，又正值青春妙龄，可惜独身一人，就像没人佩戴的花环。嫁给我吧，我愿意为你抛弃我的那些妻子，让她们作为奴仆来伺候你，我自己也会像奴仆一样听从你的摆布，让你享尽荣耀。"

黑公主正色道："苏多之子啊，你不该来追求我。我只是个出身低微的没什么姿色的锡林陀罗，还是有夫之妇。不要打别人妻子的主意，这不合正法。我有五位乾闼婆丈夫，他们个个如同神明，你对我起了这样的心思就是死路一条！"

然而空竹怎么可能放下这邪念？黑公主越是拒绝，他便越想得到她，又去要求妙施王后帮忙："无论如何你也得想办法让那位侍女接受我，否则我真的会死掉！"他这样哭诉了很多次，王后经不起他软磨硬泡，也就心软同意了。考虑到黑公主性格刚烈，王后告诉空竹："你借口过节，准备好酒和食品。我派她到你那里取酒。那时无人打扰，你可以尽情爱抚她，也许她就会改变主意接受你。"

空竹大喜，依计而行。王后果然让黑公主去空竹那里取酒。黑公主当然明白其中的诡计,苦苦哀求王后另外派人去,却得到冷漠回应,无奈,她只能接过妙施王后递过来的金质酒杯,前往空竹的宫中取酒。这柔弱女子拿着空酒杯,想到自己即将面临的困境,忍不住伤心哭泣,在心中向太阳神默祷:"除了般度族兄弟,我不认识其他男子。凭此真言,空竹无法占有我。"天空中的太阳神把这一切看在眼里,便让一名罗刹隐身去保护她。

满心恐惧的黑公主出现在空竹面前,色欲熏心的空竹立刻叫道:"美女啊,你终于来了!我的床都为你准备好了,快来陪我喝酒!"说罢,伸手就去拽她。黑公主拼命将他推倒在地,转身跑向坚战王所在的会堂寻求庇护。然而空竹哪里容她求助,他追到会堂门口,当着国王的面抓住黑公主的头发,将她摔倒在地,还用脚踢她。太阳神派来的罗刹连忙击昏空竹,黑公主这才脱身。会堂之中的怖军忍不住愤怒,正要教训空竹,却被坚战拦住。黑公主看到他们都在大厅里,亲眼见她备受欺凌却不肯保护她,不禁伤心欲绝。

为了不暴露身份,黑公主只能强忍怒火对摩差国王控诉:"我的乾闼婆丈夫们勇武有力,他们力量强大得可以摧毁世界,是无依无靠者的庇护所,我是他们骄傲的妻子,可是空竹这苏多之子竟然用脚踹我!我的丈夫们的光辉与勇气到哪里去了?他们此时此刻如同阉人一般不敢出头,连自己的妻子被恶人伤害也不保护!毗罗吒国王,你的正法又到哪里去了?此时此刻你的行事哪里像个国王?无论是空竹还是国王都没有正法,在场的诸位也一样!我本不该在大庭广众之下辱骂国君,但是我当着你的面受辱挨打,你却无动于衷!诸位作证,空竹有罪!"

国王不敢得罪空竹,装聋作哑地说:"我不知道你们争吵的前因后果,怎么能判断是非曲直呢?"但是侍臣们都已看明白事情真相,纷纷赞叹黑公主的美德,谴责空竹。坚战随侍在座,前额已因愤怒而布满汗水,然而他仍然竭力忍耐着,对黑公主说道:"我想你的乾闼婆丈夫们知道现在不是发怒的时候,才没有来保护你。你打扰了摩差王的掷骰,快回妙施王后的宫中去吧!"

黑公主知道这事是不能让坚战出头了,她怒火中烧地回到妙施宫中,告诉王后说,空竹今晚必死。当天夜里,她趁着夜色,来到怖军的住处将他唤醒,因为只有怖军能让她达成心愿。她脸色苍白，神色哀戚，抱住怖军，向他倾诉自己的痛苦。

"以坚战为丈夫的女人怎么会不忧伤？因为你的这位赌徒兄长，我被卑贱小人拉到会堂里当作女奴般对待，被信度王劫持，如今又被空竹侮辱踢打！怖军啊，我的心痛苦得就要迸裂开来。"黑公主低声哭诉道，"坚战一向仁慈地供养盲人、老人和失去依靠的孤弱无助者，如今他却去侍奉别人，看到他沦落至此，我的心忧愤难平。看到你经常与猛兽搏斗，看到阿周那以太监身份被宫中女孩役使，看到无种和偕天成了养牛养马的仆役，我难过得不想再活下去。而我这位般遮罗的公主，般度之子的王后，如今沦为女仆，骄傲与尊严被摧残得零落破碎。我默默忍受，没有抱怨，因为我知道命运无法逾越，人生总有起伏。看着阿周那沉默安静得像不燃烧的火，我想，这次落难也出乎你们的意料。我承受的苦难，世间除了我没有哪一个女子能够忍受，而我仍然活下来，就是希望你们有朝一日能时来运转，再度辉煌。可是所有这些极度的痛楚，都不像现在被空竹纠缠威胁这样让人感到孤弱无助，不得安宁。你知道我过去有多么快乐，除了为孝敬婆母贡蒂，我从未亲手磨过香膏，现在却为了摩差王一刻不停地研磨香膏，看看我这双手吧！"

她把长满了老茧的双手袒露给怖军，原本美丽红润的双手已经变得粗粝不堪。怖军对她深爱不移，他将黑公主的双手放到自己脸上，忍不住落泪。"我还没有为你复仇，这事一直是我心头的一根刺，让我寝食难安。可是，你能否暂忍怒气？"怖军安慰她道，"如果坚战知道你这样责备他，他会难过得放弃生命。他死了我们也活不成了。你聪明贤德，就再忍受一个半月吧，不需要很久，我们就能为你复仇了。"

黑公主依偎在怖军怀中低声哭泣，说道："我不责备坚战，可是我的痛苦无法平息。过去的就过去了，但现在你不能让我失望！妙施王后担心我比她漂亮，会被国王看上，空竹就抓住她这种心态对我百般纠缠。他自恃勇武，并不害怕我所说的乾闼婆丈夫，今天的事绝不会是最后一次。怖军啊，保护妻子、杀死敌人就是刹帝利正法。不要为了遵守正法而失去正法，不要为了信守诺言而失去妻子。空竹就是我种种不幸的祸根，如果明天空竹还活着，我就自杀，因为我宁死也不要落入空竹的手中。"

怖军一面抱着她安慰，一面暗暗下定决心杀死空竹。他舔了舔嘴角，给黑公主出了个主意："我会按你说的去做，但此事要做得隐秘。摩差王建了个舞厅，白天宫中女子在这里歌舞，晚上她们各自回家，舞厅就空无一人了。里面有一张床，你趁没人看见的时候约他在那里相会，我就在那里杀死空竹。"他们流着眼泪互相诉说心中的痛苦，快到天亮才分别。

第二天一早，空竹果然又去纠缠黑公主，他得意扬扬地说："你瞧，我当着国王的面打你也没人敢救助你，因为这里的国王只是徒有虚名，我才是摩差国的真正主人。你就乖乖地顺从我吧，我会给你很多的奴仆和金币，我自己也会听你差遣，任你摆布。"

黑公主按捺心中怒火，按照怖军的指示，告诉空竹去舞厅等她，并一再叮咛："但你一定不能告诉任何人，包括你的朋友和兄弟，因为我害怕走漏风声，被我的乾闼婆丈夫们知道。"

空竹一听，乐得发狂，他满口答应，兴高采烈地回到家去，用所有的花环、香膏、首饰打扮自己，一心盼望夜晚快快来到，他哪里知道他心心念念的幽期密约竟会是他的死期呢！好容易等到约定的时间，精心装扮的空竹溜进了被黑暗笼罩的舞厅，一路摸到床边。怖军正躺在床上，为黑公主受辱而怒火万丈。空竹色迷心窍，浑然不知，一面凑过去抚摸着怖军，一面恬不知耻地说道："我要把我所有的财宝都给你，家里的女人们今天还突然赞美我，说没见过像我这样衣着华贵、容貌漂亮的美男子。"

怖军怒笑道："看来我真走运。你漂亮！你赞美自己！但是你恐怕从未感受过现在这样的爱抚！"这臂力可怕的勇者猛然跳起来，抓住了空竹那饰有花环和香粉的头发。但空竹马上挣脱了怖军的束缚，伸手抓住了他的胳膊，跟他徒手搏斗。他们如同争夺一头雌象的两头象王，都渴望胜利又愤怒非常。空竹不愧是摩差国的军事统帅，身强力壮，并非泛泛之辈。怖军一个恍惚被绊倒在地，但他迅速爬起，又与空竹缠斗在了一起。这两位力士在这深夜时分扭打搏斗，一决高下，整个舞厅都因他们的打斗而摇摇晃晃。怖军的双手力大无穷，就如同阎摩的权杖在手，他猛烈地击打空竹的胸膛。面对这大地上任谁也无法抵挡的攻击，空竹很快就耗尽了体力，渐渐失去知觉。怖军怒火未息，他喘着气，大吼一声，将空竹的四肢跟头颅都塞进了躯干里，就好似猎人处理野兽一般。

怖军把空竹的死讯告诉黑公主，自己趁着夜色溜回厨房。黑公主十分高兴，叫来舞厅的卫兵说："快来看，空竹被我的乾闼婆丈夫们杀死了！这就是打别人妻子主意的下场！"卫兵们慌忙手持火把赶到这里，只见遍地鲜血，空竹气绝身亡，尸体已经不成人形。空竹勇武有力，竟然死得如此凄惨可怕，让人油然而生畏惧。"一定是乾闼婆杀死他的！"他们纷纷这样断言。

这时，空竹的亲戚们得知消息赶来看他，围着他大哭，把他的尸体抬出来，准备为他举行葬礼。他的一个兄弟看到黑公主就在旁边，立刻叫嚷道："空竹因她而死，让我们杀死这个淫妇！要不然就把她跟他一起火化！只有这样做才能让空竹高兴。"

他们集体要求毗罗吒王，一定要将黑公主跟空竹一起火化。毗罗吒王惧怕他们的武力，便同意了。于是，这些空竹的兄弟一起拥向吓呆了的黑公主，粗暴地抓住她，把她捆绑到火刑架上带往火葬场。

黑公主高声呼唤着丈夫们的秘密名字，请求他们快来救她。怖军听到黑公主的求救声，立刻从床上跳下来，他小心地改换装束伪装好自己，爬上一棵大树翻墙出宫，从旁边拔起一棵树，冲到火葬场。一路上，他的双足踏过的土地都在颤抖，树木纷纷被震倒，他举着巨树冲向这些小空竹们，有如死神举着刑杖，雄狮冲向群鹿。

这些小空竹们顿时吓得瑟瑟发抖，连忙放了黑公主就要逃回城去，可是怖军怎可能放过他们？他举着大树击打他们，将他们全部杀死，有如砍倒树木。杀了这一百零五个小空竹之后，怖军安抚了黑公主，又从另一条路潜回厨房。

看到一地横七竖八的尸体，加上之前惨死的空竹，人们又是震惊又是恐惧。一见黑公主，人人都因惧怕她的乾闼婆丈夫而吓得惊逃，有人甚至吓得闭上眼睛。黑公主清洗一番，惊魂方定，返回宫中，看到怖军正站在厨房门口看着她。黑公主又是惊讶又是欢喜，用只有他们知道的暗语说："向拯救我的乾闼婆王致敬！"怖军却答道："他们只是在偿还欠你的债而已。"

这时，她看到伪装成巨苇的阿周那正在舞厅中教毗罗吒王的女儿们跳舞。见她回来，这些女孩儿连忙上前询问她是否安好，阿周那也担心她的状况，问她如何获救。黑公主满心不是滋味，气恼地说："祝福你，巨苇，你何必关心我的命运呢，我跟你又有什么关系？你一直跟女孩儿们舒舒服服地在后宫里。你没吃过我吃过的苦，现在你的询问就好像是在嘲笑我一般！"

阿周那不禁苦笑道："巨苇自有巨苇的无比痛苦，她干的何尝不是下贱营生，但你不了解她。我和你一起在这里生活，你遭遇不幸，谁又会不感同身受呢？不过，没有人能完全读懂别人的心，所以，你也不会明白我。"

空竹和他兄弟们的死震惊了整个摩差国，人人都怕极了黑公主那些爱吃醋又威力无穷的乾闼婆丈夫，就连国王都让王后赶快送走黑公主，免得她给王国带来灾祸。"请再给我十三天时间吧！十三天之后，他们会来带走我，也会报答你。"黑公主请求道。

黑公主既然这样说了，妙施王后也不敢不从，毕竟，触怒乾闼婆的下场就摆在眼前。

空竹之死的消息迅速传扬开去。他是摩差国的军事统帅，他这一死，敌国三穴国顿时蠢蠢欲动。与此同时，俱卢国的难敌也收到了这个消息。

◉ 空竹属于苏多阶层，故此黑公主称他为苏多之子。他一死，三穴国立刻对摩差国发动攻击，空竹对于摩差国的影响力由此可见一斑。

◉ 史诗作者极力渲染黑公主如烈火般毁灭性的美丽，对男人具有不可遏制的吸引力。然而，黑公主惊人的美丽给她带来的只是不幸，她的追求者一旦不能得逞便转变为施暴者。黑公主当着丈夫的面被空竹踢打却无人救助的场面，几乎像是赌骰事件后她在大会堂被俱卢人羞辱的翻版。但事情的相似之处到此为止，怖军杀空竹平息了黑公主的愤怒，也拉开了般度之子复仇的序幕。

第四部 流放

◉ 在英帝国对印度实行殖民统治时期，马哈拉施特拉邦上演了一部政治隐喻剧《诛空竹》（Kichak Vadh），以黑公主影射印度，空竹影射当时的驻印总督寇松（George Curzon），坚战影射温和的民族主义者，怖军影射激进的民族主义者，号召人们拿起武器，英勇无畏地反抗英政府的暴政，解救灾难深重的祖国。该戏剧影响很大，一度被禁。

第十三章　　　　　　　　　　　　　　　　大战三穴国

在坚战等人藏匿起来的这一年期间，难敌派出了许多的手下去打探般度族的下落，他们寻遍了山林，也搜遍了村庄城镇，可全都无功而返。眼看约定好的十三年期限将至，难敌仍旧寻觅不到般度五子的下落，这让他深感焦躁。

这一日，探子们将摩差国统帅空竹被杀的消息报告给了难敌，但这并没有引起难敌的重视。他的全部心思都放在如何搜寻自己的仇家上。"你们要倾尽所能去找般度五子。"难敌发出指令，"十三年之约只剩下几天，若是般度族熬过了这几日没能被我们发现，那他们就算是完成誓约，到时他们必然如同怀有剧毒的蛇王那样充满愤怒地报复俱卢。如果在期限到来之前找到他们，那他们就必须遵守诺言再次到林中流放。所以为了俱卢国永远安定，没有仇敌，必须找到他们！"

迦尔纳站出来提议："再换一批人去吧！换一批更聪明更能干的人，让他们即刻出发去找般度五子，让他们做好伪装，在市井之间穿行，上山下海，无论是圣地还是矿井，是苦行者之中还是仆人堆里，都不能放过。"

难降赞同迦尔纳的话，可一边又心宽地对难敌说道："我们处处寻遍，说不定他们都已经死了！所以你无须焦虑，想做什么就做什么好了！"

听了难降的话，导师德罗纳不以为然地说道："般度五子勇武过人，智慧非凡，通晓正法。他们以法王坚战为首，四子敬重长兄，长兄也爱护弟弟，坚战必然有计策而四子必然遵从。所以我看他们定然是不会灭亡的。而且这些人光辉无比，到哪里都显眼得很呢！你再派些婆罗门或者悉陀这类了解他们的人去找找吧！"

"般度族的智慧与美德必然能使他们躲避危险，我相信他们不会灭亡。这一点德罗纳说得很对。"毗湿摩直言不讳地说，"但如何对待他们，我的想法与别人不同。我们对待般度族要运用智慧而不是仇恨。孩子啊，既然你向我请教，作为长者，我应该给你的是忠告而不是诡计。我认为般度族所在之地必然充满吉祥。不过，般度五子谦虚宽容，坚定平静，这样的智者一旦决定隐藏起来，就连婆罗门也发现不了，何况是你派出的密探呢？所以你好好想想该怎么办吧。"

慈悯也对难敌说道："我完全赞同毗湿摩的说法。你一边让探子继续搜寻他们，一边也要做好应对般度族的准备。般度五子个个武艺精湛，一旦他们熬过这最后几天就是时来运转了。届时，你将要迎来最大的威胁，一定要在军力、财力和策略上做好计划。"

他们这样你一言我一语，说得难敌举棋不定。三穴国的国王善佑（Suśarman）忙趁机对难敌进言："摩差王之前总是侵占我国的领土，现在他们国家的统帅空竹被杀，国内空虚，已无依仗，这时候我们就该联合起来攻打他。摩差国富饶繁荣，牛羊成群，财宝成山；我们该冲进他的城市，分享他的土地，搜刮他的财宝，掠夺他的牛羊！如果你同意，请带着所有的俱卢族人和迦尔纳一起出征，杀死他的所有士兵，强迫他归顺我们，增强你的实力，这才是当务之急啊。"说这话的时候，他还向迦尔纳使了个眼色。

果然，善佑言罢，迦尔纳马上附和："善佑说得好！良机不可错过，现在不去征讨摩差国更待何时？何必为般度兄弟耗费心神呢？他们现在既无财富又无军队，丧失了勇气，而且说不定已经死了！让我们现在就调兵遣将攻打摩差国，抢夺他们的财富跟牛羊！"

迦尔纳的话，难敌总是听的，当下他便抛开令他心烦的般度之子，和元老们商议攻打摩差国的事宜。最终决定兵分两路，善佑带三穴国军队先行，难敌则带领俱卢族的名将第二天出发，届时双方会合，共同抢夺摩差国的牛群。

于是，三穴国国王善佑领军由西南方向进军摩差国，他们在黑半月的第七天出发，一路隐藏行踪，出其不意地发动攻击，抢走了毗罗吒王的大批牛群和财物。

毗罗吒王闻报，立即召集全部军队，带领弟弟们和年长的王子们准备与来犯敌军开战。临行前，他还特地派人找来坚战兄弟，让他们一同披挂上阵，共同杀敌。"刚迦、牛牧、法结和索护也应该参战。我看他们个个相貌堂堂，一看就是会打仗的。

给他们武器、铠甲和战车，我相信他们一定不会拒绝参战。"毗罗吒王这样说道。于是，除了假装成阉人巨苇的阿周那，般度族其余四兄弟都全副武装，跟随毗罗吒王出征。

他们一路搜寻敌人踪迹，寻觅丢失的牛群，在太阳下山之时，终于碰上了三穴国的军队。摩差国与三穴国原本就是宿敌，此时双方军士对垒沙场，为了牛群与财富互不退让。驯象师驱动大象冲锋陷阵，尘沙飞扬，遮蔽视线。将士们大声狂吼着，奋力拼杀。相同的兵种互相交战，厮杀的惨烈程度让人毛骨悚然，让人想起传说中天神与阿修罗之间的战争。

此时太阳已经下山，可是战斗仍在持续。天空被不断射出的箭矢点燃，好似有无数的萤火虫在为死亡的阴影照亮。战场上，残肢遍布，武器散落，鲜血喷涌。暮色渐深，尘土弥漫，天地间一片昏暗，双方军队互相不能辨认，只得暂时休战。待到明月升起，恶战又复继续，摩差国军队渐渐不能支持。这时三穴国国王善佑和弟弟率领车军，从四面八方包围了摩差国国王毗罗吒。他们手持铁杵、刀剑、战斧和尖锐锋利的梭镖，一路大砍大杀，摩差国的军队在他们的狂猛冲击下崩溃。善佑兄弟索性跳下战车，愤怒地冲向毗罗吒王，分别击杀国王的马和车夫以及众多后卫，生擒活捉了毗罗吒王。善佑将毗罗吒王拖到自己的战车上，迅速撤离战场。

国王一被俘，摩差国顿时兵败如山倒，人人恐惧得四散奔逃。见此情景，坚战连忙对怖军说道："快去救国王！不能让敌人把他抓走！我们一直受到他的善待，应该报答这份恩情！"

怖军答应一声，转身就要拔起地上的大树做武器。

坚战连忙阻止他："你必须找个普通一点的武器，不然别人马上就会知道你是怖军了！无种，偕天，保护他的车轮！我们一起救出摩差国王！"于是，这兄弟四人同心协力，策马向前，再度迎击三穴国的敌军。怖军拿起一张强弓，向善佑泼洒箭雨，一边追一边叫道："别跑！别跑！"

善佑回头一看，就这么一眨眼的工夫，怖军已经摧毁了所有阻拦他的战车。他手执铁杵和弓箭，挡者披靡。紧接着，又是成百上千的车、马、象被掀翻，无数骑手、弓手和步卒倒在他前进的道路上，善佑兄弟率领的军队就这样被怖军打垮。见他如此勇猛，摩差国的军队士气大振，也重整旗鼓，向三穴国的军队发起反击。坚战、无种、偕天冲锋在前，坚战催马直取善佑，善佑立即回击，向坚战发射利箭。这时怖军已经赶到善佑跟前，杀死善佑的马和后卫，一把将他的车夫拽下地。护卫善佑车轮的原本也是一位勇士，见此情形恐惧得弃车而逃。于是，毗罗吒王趁机从善佑的马车上跳下，抓起一根铁杵，向善佑发起攻击。他虽然年事已高，此刻却身手矫健得如同青年一般。

善佑不敢恋战，立即驾车逃跑。但怖军岂会那么轻易放过他？这位力大无穷的勇士从战车上跳下来，直冲向前，犹如雄狮冲向小鹿，一把揪住善佑的头发，把他从战车上拖下地。善佑痛得大叫，怖军用膝盖重击他的胸膛，猛踢他的头，将他踢晕过去。

看见主将被擒，三穴国军队恐惧万分，一哄而散。般度兄弟顺利地夺回牛群和财物，献给毗罗吒王。怖军将善佑交给还在战场上的兄长坚战处置。坚战瞧着善佑那狼狈的模样，不禁心生怜悯，微笑着道："还是放了这恶徒吧。"怖军听了，便对三穴国国王善佑说道："你听好了，若要活命，就按照战败者乞求饶恕的规矩，在大庭广众下承认'我是奴隶！'我便饶你不死。"

温和的坚战于是再度向怖军求情："如果你尊敬我这个哥哥，就放了他吧！他已经是毗罗吒王的奴隶了。"他回过身，对善佑说道："走吧，你已经自由了。只是以后不要再这样作恶了！"善佑羞惭得无地自容，向毗罗吒王致意之后，便灰溜溜地回去了。

这场大战最终以摩差国胜利而告终，坚战兄弟厥功至伟。毗罗吒王十分感激，对坚战说道："这些财宝是我的，也是你们的，你们可以随意享用。我还要给你灌顶，让你成为摩差国的主人。英雄啊，你值得拥有一切！全靠有你的缘故，我才能活着见到我的王国和儿子，才能擒获我的仇敌。"坚战谦恭地合十致意道："听到你这样说，我们已经很高兴了。快派人给城里传信报喜吧！"

于是，摩差王喜气洋洋地叫来使者，吩咐道："快去都城宣告我的胜利！让王子们带着乐队和歌伎来这里迎接我！"这一夜，他们在外扎营，欢庆胜利。使者则当夜出发，回都城报喜。日出之时，捷报已传遍毗罗吒城，人人沉浸在国王战胜的喜悦之中，全然不知灾难正向他们袭来。

就在这一天，难敌召集俱卢族全部精锐，毗湿摩、德罗纳、迦尔纳、慈悯、马嘶及难降等持国诸子一齐出动，大军浩浩荡荡，以雷霆万钧之势攻向摩差国的都城毗罗吒。

◈ 经过十三年的流放，般度五子已经不足为惧，因为"他们已经丧失了财富、军队和勇气"（4.29：18）。迦尔纳的这一看法很大程度上也代表不少俱卢人的看法。因此，流放期结束后般度方迅速集结起七支大军的事实，让持国深为震惊，失去了胜利的信心（1.1.116）。

◈ 坚战王祭之时，阿周那曾率军战胜过三穴国。摩差国夺牛之战是三穴国国王善佑和般度兄弟的第二次遭遇。和流放生涯中发生的其他故事一样，坚战的宽宏大量并没有得到对方的善意回报。在迦利时代将近的时期，美德总是不及力量更受尊重。善佑就像信度国国王胜车，心衔战败被俘之恨，矢志复仇。在俱卢大战时，他成为般度族的强劲对手。

◈ 在吠陀时期，母牛是雅利安人最重要的财富和生产物资。人们常常以牛来计算财产，甚至把牛当作货币来计价交换商品。抢夺牛群是部落之间爆发战争的最常见的原因，以至于《梨俱吠陀》中表现战争的词即是"求牛"（Gavisthi）。

◈ 夺牛是印欧神话中的常见主题。欧洲神话中有关这一主题最著名的是凯尔特神话《夺牛征战记》（Tain Bo Cuailgne），记录了两国为争夺一头神牛而爆发的战争。而在《梨俱吠陀》中，也有因陀罗劈开山岩，从波尼部落（Panis）中夺回被盗奶牛的故事。

第十四章　他的名字

按照协定，俱卢人比三穴国晚一天出兵。黑半月第八日，他们从北面攻入摩差国，此时摩差国的将领与军队都被毗罗吒王带去与三穴国作战，后方空虚，毫无防备。俱卢大军长驱直入，车轮滚滚，如入无人之境。他们打破牛栏，杀戮牧人，强行抢夺了六万头母牛，用战车围起。面对这场突如其来的残酷劫掠，摩差国的牧人们哭喊哀号，场面混乱而凄惨。

牧人首领飞速赶往王宫，宫中只剩下监国的小王子优多罗（Uttara）和一群妇女。牧人首领向优多罗禀报了他们遭到抢劫的惨烈情形，哀求道："国王带走了军队，现在我们只能靠你了啊，王子！你的父亲曾夸你和他一样英勇，箭术精湛，现在正是你大显身手的时候。你是摩差王的儿子，王国现在最高的庇护者，你快去把那些俱卢族强盗赶走，将被抢走的财富抢回来吧！升起你的金色狮子旗，发射你像太阳一样的金箭，歼灭那些国王吧！"

他当着后宫女子的面这样激励小王子，优多罗听了很是得意，便吹嘘道："可惜我的车夫一个月前在战斗中丧命，没有了车夫叫我如何打仗？你们快去找个能为我驾车的人。只要有了车夫，我现在就出城和他们作战，片刻就能带回牛群。无论是难敌、迦尔纳、毗湿摩、慈悯还是德罗纳父子，我都能打败！他们见识了我的利箭就会怕得尖叫，认为一定是阿周那在惩罚他们呢！"

人群中的黑公主听他提到阿周那的名字，实在忍不住，她腼腆地上前，轻声对他说道："那个叫巨苇的英俊青年原是阿周那的车夫和弟子，箭术不弱于阿周那！他精通驭马术，跟随着阿周那东征西讨，打败过神明，战胜过恶魔，阿周那的那些功绩都有他的一份功劳。我在天帝城服侍尊后德罗波蒂的时候见识过他的本事。有他为你驾车，你必然能够获胜！"

听了她的建议，优多罗王子便叫他的妹妹至上公主去将巨苇带来。公主急忙跑到舞厅找居住于此的巨苇，焦急地对他说："俱卢人抢走了我们的牛群！我哥哥带着弓箭要去征服他们，可他的车夫不久前死在了战场上。锡林陀罗说你车技很好，巨苇，请你做我哥哥的车夫吧！我真心恳求你！你要是不答应，我就死在你面前！"

阿周那知道事态严重，立刻飞奔去见优多罗。小公主紧紧地跟在他身后。优多罗远远看到，便叫道："巨苇啊，锡林陀罗说你曾是阿周那的车夫。阿周那就是乘坐你驾的车，在甘味林战胜了天神，征服了大地。我要和俱卢人作战，夺回牛群，你来为我驾车吧！"阿周那推托道："你让我唱歌跳舞还行，要我做车夫载你上前线打仗，我哪儿有这个本事？"

优多罗不由分说地道："唱歌跳舞以后再说，你现在赶快上车帮我驾车，别浪费时间了！"说着扔给他一副铠甲。尽管阿周那胸有成竹，但当着至上公主的面，他故意装出手忙脚乱的样子，胡乱把铠甲往身上套，逗得女孩们发出阵阵笑声，最后还是靠优多罗帮忙才能穿戴好。不过，巨苇一踏上战车，人们便看出锡林陀罗的推荐并没有错，他确实是一个好车夫。他挽住缰绳，小王子优多罗带着许多昂贵的弓和漂亮的箭上了车，意气风发地准备出发。

"巨苇啊，当你打败那些俱卢人，记得给我们带回各种漂亮衣服，用来打扮我们的玩偶。"临行前，至上公主和女孩们这样对阿周那说道。

阿周那笑道："如果王子打败了那些勇士，我就给你们带漂亮衣服回来。"说罢，他驾车载着手持弓箭的优多罗出了毗罗吒城。

优多罗兴奋地大喊："驶向俱卢人！抢回牛群我们就回去！"

阿周那扬鞭策马，骏马便以风一般的速度奔跑起来，仿佛在凌空飞驰。还没走多远，他们就在火葬场附近碰到了俱卢军队。

远远望去，只见俱卢军的旌旗高高飘扬，大军如波涛汹涌的大海，又像是林木茂密的森林，移动时卷起的沙尘遮天蔽日，车马象兵种齐备，毗湿摩、德罗纳、迦尔纳、马嘶这些光彩照人、勇武非凡的名将亲自保护着这支大军。

优多罗这才意识到自己将要面对什么，战车越驰越近，他也越来越恐惧。稚嫩的小王子一下子吓得心惊胆战，害怕地颤着声说："我害怕！他们都是能跟天神作战的大勇士！他们什么兵种都有！他们的军队看着就像是大海一样没有尽头！我不敢跟他们打！我不想冲过去跟他们打！我现在汗毛都竖起来了！"他怕得发抖，大声哭诉："我父亲带走了军队，现在就我一个人怎么可能打得过他们这么多人！巨苇，快带我回去！"

"敌人还什么都没做，你就吓成这样，只能助长敌人的气焰。王子，是你要我做你的车夫，带你到战场上来的。你在人前夸下海口，现在一头牛都带不回去，别人会笑话你的！"阿周那无奈又不满，"我也受到锡林陀罗的称赞，说我车技出色，我不能让她失望，没有抢回牛群我决不会回去！有她的夸奖，你的命令，我怎能不和俱卢人作战呢？王子，你要镇定！"

"谁爱笑谁笑吧！让俱卢人抢走那些牛吧！就让他们把财富都抢走吧！就让我父亲对我失望吧！只要不让我跟他们打，爱怎样就怎样吧！"优多罗哭喊着跳下马车，不顾颜面地拔腿就逃。

"从战场上逃跑可不是刹帝利的正法！"阿周那大喊道，"就是战死也比逃跑强！"他一边喊着，一边跳下战车追赶王子。他此刻还是太监的打扮，鲜红的衣裙和长长的发辫在空中飞舞，惹得俱卢军士哈哈大笑。可是笑着笑着，他们渐渐笑不出来了。他的身影，他奔跑的姿态，看来竟是莫名熟悉，让他们想起一个人来——阿周那。

那位大弓箭手的英姿，即使时隔十三年，依然深深地烙印在俱卢人的脑海中，无法忘怀。可是，阿周那怎会是这副模样？俱卢军士议论纷纷，猜测不已，却始终不敢确定那高大的太监是不是阿周那。

然而，德罗纳一眼就认出了他心爱的弟子。"毫无疑问，此人就是阿周那！"他斩钉截铁地说道，"狂风呼啸，天色昏黄，乌云低垂，马匹垂泪，这些都是不祥的征兆，还不速速备战，守好牛群？阿周那有多厉害你们不是不知道，他经过十三年的磨砺，又受过天神指点，我看我们这里没人是他对手！"

"你总是拿阿周那来贬低我们！"迦尔纳不满地抗议道，"他还不如我或者难敌的十六分之一！"

难敌冷笑道："他要真的是阿周那可就遂了我的心了！他跟他的兄弟们就得再滚回林子里去流放十二年！他要不是，哼，就一个太监，我一箭就能射死他！"听他这么说，毗湿摩、德罗纳、慈悯和马嘶都夸他有男子汉气概。

此时，阿周那已追上了优多罗，拽着他往回走。"巨苇！"优多罗见逃脱不了，可怜兮兮地哀求了起来，"我给你金币，给你宝石，给你大象，给你马车！巨苇，求你放过我吧！"

阿周那又好气又好笑，硬把他拖回车边："你要是不敢跟他们作战，那你来驾车，我跟他们打好了！你出身刹帝利，不该因敌人的强大而退缩。丢掉恐惧吧，过来为我驾车！"优多罗无计可施，战战兢兢地上了战车，按照阿周那的指示，驾车驶向藏有般度兄弟武器的那棵巨大的莎弥树。

"你的弓太弱，承受不住我的力量，不能杀死大象。"阿周那指着那棵莎弥树对优多罗说，"树上有个包裹，那是般度族藏在这儿的武器。你去把它们拿下来。"

优多罗听了直摇头："我听说这树上挂着的是尸体！我是刹帝利出身的王子，你怎么能要求我像是个不洁的运尸人那样去碰触尸体！"

"里面只有武器，没有尸体。快去吧！"在阿周那的催促下，优多罗满心不情愿地爬上树，把那巨大的包裹取下来，割断绳索，揭开遮盖物，甘狄拨神弓及其他神兵利器顿时展现在优多罗的面前，光华璀璨，森然可怖，宛如星辰升起，看得他心惊胆战又心跳如鼓。他小心翼翼地伸手，鼓足勇气轻轻摸了摸那些武器。

"这张有一千个金色弯头的大弓是谁的？它看起来那么厉害！谁有资格能拿起它？这些闪闪发亮的弓又是谁的？"优多罗兴奋地叫起来，"还有各种各样的箭矢！这些箭矢比普通的箭大多啦！我几乎能感觉到这些还在金质箭囊里的箭也渴望着敌人的鲜血！还有这些宝剑、宝刀，锋利纯净，毫无瑕疵，就像燃烧的火焰一样明亮辉煌。它们的主人究竟是谁？能见到它们简直就是奇迹！"

阿周那回答道："你最先问我的那张弓就是举世闻名的甘狄拨神弓[1]。它威力

---

[1] 如今甘狄拨神弓（Gāṇḍīva）以阿周那曾用弓而举世闻名，这个词在梵语中本身就是"弓"的意思。

巨大，无与伦比，受到天神和阿修罗的崇拜。湿婆持有它一千年，梵天拥有它五百年，天帝和月神也保存过它一段时间。阿周那从水神那里得到它，以此射杀敌人，毁灭敌军。其他几张弓则属于他的兄弟怖军、坚战、无种、偕天，他们以此征服四方。这些利箭神兵都属于般度五子所有。"

听到巨苇再次确认，优多罗马上就来了精神，连忙追问："那他们人在哪里？自从他们赌骰失败被迫流放后，我就再也没有听说过他们的消息了。还有他们的妻子，那被誉为'女中瑰宝'的黑公主又在哪里？"

"他们就隐姓埋名生活在你身边。"阿周那向他透露了兄弟和妻子的身份，微笑着回答道，"我就是阿周那。"

优多罗吃惊地看着巨苇，他承认巨苇的确相貌堂堂，但这身阉人的装扮怎么也和那位传说中的英雄人物对不上号。于是，优多罗谨慎地提出要求："你要是能说出我之前听说过的阿周那的十个名字以及它们的由来，我就相信你！"

"我当然能告诉你我自己的名字。"阿周那答道，带着些骄傲与伤感，报出了自己的一个个名字，"我的十个名字分别叫阿周那（Arjuna）、翼月生（Falguna）、吉湿奴（Jishnu）、有冠者（Kiritin）、驾驭白马者（Swetavahana）、毗跋蔟（Vibhatsu）、维阇那（Vijaya）、黑王子（Krishna）、左手开弓者（Savyasachin）和胜财（Dhananjaya）。"

"因为我战胜了所有的国王，夺走他们的财富，所以我叫'财富胜者'——胜财；因为我在战场上作战勇猛，直入敌营，不战胜敌人绝不回头，所以我叫'胜利'——维阇那；得名驾驭白马者是由于我上战场时总是白马金鞍；起名翼月生是因我诞生之日正碰上翼宿的前后两个星座。在与阿修罗作战前夕，天帝因陀罗亲手为我戴上灿如太阳的金冠，因而我得名'有冠者'。"随着叙述，那些名字带来的记忆逐一浮上心头，伪装一层层脱落，整整一年的蛰伏期内被他自己刻意淡忘压抑的自我重新显现：他不是巨苇，他是阿周那！

尽管心绪如浪潮涌动，阿周那的声音依然不疾不徐，为王子详细说明自己这些名字的由来："叫我毗跋蔟是因为我在战斗中的作为从不使人厌恶；而称我为左手开弓者则是由于我左右手都能拉开甘狄拨神弓；因为我行为洁白无瑕，故人们叫我阿周那,意为'洁白者';吉湿奴则是我在天神与凡人之中得到的称号,因我绝不妥协,征服敌人,又是天帝之子,所以我得名'胜利者';最后一个名字黑王子则是我父亲所取,因为他喜爱我黑亮的肤色。"

这些名字及其来历对于视阿周那为偶像的优多罗来说可谓耳熟能详,他的眼睛越来越亮,等到巨苇讲完,他已完全信服眼前这人就是阿周那。于是,这位王子整理好自己,走上前去向他一直景仰崇拜的英雄致敬,并重新介绍自己:"我叫优多罗。能见到你真是我的幸运!我的国家欢迎你与你的兄弟、妻子!请原谅我之前的无知之言。你创下那么多丰功伟绩,驱散了我的一切恐惧。我无限地喜欢你!"

他原本对于来犯的俱卢人怕得厉害,可现在勇气和信心又重新回到他身上。在阿周那目光的注视下,摩差国的小王子正由男孩成长为男人。他不再逃避自己身为刹帝利和王国保护者的责任,热切地对阿周那说道:"英雄啊,请登上这辆战车,让我为你驾车吧!你要去哪里,我将按照你的指令而行!"

"我很高兴你不再害怕。把箭袋绑到车上,带上这把镶金的剑,我会击溃你的敌人,抢回牛群。"阿周那的声音沉着而自信,"保持镇定,不必担心。这辆战车就是你的城堡,我的双臂就是城墙和护门,甘狄拨弓将克敌制胜,无坚不摧。毗罗吒王骄傲的儿子啊,丢掉恐惧吧。"

"有你在战车上,我怎会害怕?可是……我想提一个愚蠢的问题:你这样的大英雄,怎么会成为太监?"优多罗终于忍不住问出了心头的疑问。

看他期期艾艾的神情,阿周那不觉莞尔:"此事说来话长,不过,我不是太监。一年的期限已满,我的誓约已经完成。"

心头的大石头落了地,优多罗兴高采烈地说道:"太好了!我就说你这样的英雄不可能是太监!今天简直是我这辈子最高兴的一天了!有你帮我,我连天神都不怕!现在,你就给我下命令吧!我学过驾车,技术不错,能为你驾车是我的荣幸!"

见他镇定下来,阿周那脱下手镯,束好头发,重新整理了装束,面朝东方上了战车。他神情肃穆,净化了身体也凝聚了灵魂,在心中召唤他的所有法宝,一年的时间让他沉淀得更为成熟稳重。随后,他拿起甘狄拨弓,迅速安上弓弦,用力拉开了这张神弓。

神弓拉开，发出的声音震耳欲聋，有如巨石相撞。这巨响传遍山野，狂风四起，大地震动，惊得群鸟扑簌簌飞起。俱卢军人人闻之而色变，脱口叫出了那个时隔十三年依然让他们惊惧不安的传奇的名字："阿周那！"

◉ 般度族第十三年隐匿在摩差国的故事，构成了史诗的第四部《毗罗吒篇》，从般度兄弟隐姓埋名藏匿武器开始，到阿周那向优多罗说出自己的十个真名、取回武器、大胜俱卢军结束。阿周那讲述自己名字和来历的过程，就是他的自我逐一展现的过程，同时也是优多罗认识自我、由逃避转变为履行自己刹帝利职责的过程。

◉ 优多罗与阿周那出战俱卢军的故事开端颇有喜剧色彩，但逐渐演化为刚健庄严的英雄史诗。优多罗临阵丧失斗志，作为御者的阿周那于是向他透露自己的真实身份，唤起他作战的勇气，这一幕类似于俱卢大战前夕，黑天向沮丧厌战的阿周那展现自己的神圣形体，提醒阿周那履行刹帝利职责，鼓励他英勇作战。而阿周那帮助优多罗击败俱卢军的情节，也与黑天以御者身份帮助阿周那取得大战胜利的故事相互对应。

◉ 传说，阿周那在印历八月初十这一天结束流放，从莎弥树中取出般度五子的兵器，与俱卢军作战并大获全胜。作为纪念，印度人民在这一天举行"阿育达普祭"（"Ayudha Puja"，亦称"Astra Puja"，直译为"武器崇拜"），用鲜花装饰刀剑举行敬拜仪式。在现代社会中，这一仪式泛及任何工具，如农人敬拜耕田的犁，乐师敬拜乐器等。此仪式的意义在于，人在使用每一件工具的时候都应该心怀恭敬。

◉ 阿周那在《摩诃婆罗多》中有将近70个名号和称号，一部分与他的身世传承有关，如天帝之子（Indrasuta）、俱卢后裔（Kaurava）、般度之子（Pandava）、普利塔之子（Prtha，即贡蒂之子，普利塔为贡蒂的名字）、怖军之弟（Bhimanuja）等，一部分则与他的外貌特征有关，如卷发者（Gudakesha，亦为"征服睡魔者"，即能自由控制睡眠者）、以猿猴为旗帜者（Kapi Dhwaja）和持甘狄拨神弓者（Gandivdhanava）。

◉ 尽管阿周那肤色黝黑，但他最主要的名字却是"洁白者"（Arjuna），这也是因陀罗的一个名号。据《夜柔吠陀》记载，因陀罗在举行王祭时被称为阿周那，因他既是刹帝利又是祭祀者。有学者认为，史诗作者有意将俱卢大战视为一场祭祀，而将阿周那视为祭祀者。

第十五章　　　　　　　　　　　毗罗吒之战

将优多罗的狮子旗换成自己标志性的神猴金旗，阿周那全副武装，登上战车，吹响了天授螺号。那嘹亮的螺号声穿云裂石，响彻天际，惊得拉车的骏马膝盖发软，跪地不起。优多罗吓得缰绳脱手，跌坐在车上。阿周那连忙挽住缰绳，稳定好战车，然后他拥抱着优多罗，安慰他道："别害怕，你是刹帝利啊！难道你从未听过螺号声？为什么会怕成这样？"

优多罗苦着脸说："我是听过螺号声，但从未听过这样的螺号声和弓弦声！这声音震得我心慌意乱，不辨东西南北。"

阿周那笑了，鼓励他道："你站稳脚跟，牢牢握住缰绳，我又要吹螺号了。"

于是，阿周那再度吹响战斗的号角，拉开了甘狄拨神弓。优多罗策马驱车驶向俱卢军，车声隆隆，声如雷霆，大地震动。

"除了阿周那，谁能有如此声势？"德罗纳忧心忡忡地说道，"兆头不吉祥，预示我们将会失利！你们看看，我们这边军心涣散，士兵们个个吓得脸色发白，这样怎么对敌？快点儿赶开牛群，排队列阵，抖擞精神，拿出点上战场的样子来吧！"

难敌又惊又怒，叫道："第十三年的期限还没到，阿周那怎么会这时候出现？究竟是他贪图王国忘了时间，还是我们记错了？得让毗湿摩好好算一算他们有没有违约。事情总是计划是一回事，结果又是另一回事。我们和三穴国约定今天会师，一起攻打摩差国，为何不见他们的踪影？或许三穴国背叛了我们，和摩差国结盟；要不就是摩差国已经击败了他们，现在要率军来攻打我们！但不管来的是阿周那还是摩差王，我们都得跟他打。所以，各位勇士——毗湿摩、德罗纳、慈悯、马嘶，你们一个个为什么还心慌意乱地呆坐在战车上呢？"

他焦躁地说道："这个时候，我们除了战斗，别无选择。如果我们因为夺牛而遭遇天帝或者死神那样的对手,逃跑就能跑回象城吗?在这个陌生的森林里,一旦转身逃跑,只会让全军陷入慌乱,被敌人从背后射杀!马军或许还有生路,步兵就是死路一条啊!"

听他这么抱怨,迦尔纳便煽风点火地说道:"别管老师说什么,安排打仗上的事儿得由你亲自来!老师就会吓唬我们,要知道他特别偏爱阿周那,对他极尽赞美之词。看看吧,他连听到马嘶声都能想到阿周那!马总会嘶鸣,天总会刮风下雨打雷,这和阿周那有什么关系?他这么说,只能是出于对般度族的偏爱,和对我们的怨恨。老师们自然善良睿智,目光如炬,但危急关头,万万不可找他们商量。他们就适合在豪华宫殿里讲讲好听的故事,或者当众表演一下他们高超的技艺,然后指指点点别人有什么缺点,食物又有哪里不好。无视那些赞美敌人的智者吧,你自己制定战略,消灭敌人,保护好牛群。"

他高傲地看着被难敌点名的勇士们,继续说:"我看你们这些贵人吓成这样是不想打了,那我来打吧。不管来的是摩差王还是阿周那,我都会挡住他们,如同海岸挡住大海。若来的是阿周那,他想发泄这十三年的怨恨,我就拿最锋利的箭矢当成贺礼送给他!贡蒂这个儿子的确三界闻名,可我哪一方面都不比他差!凭借我从持斧罗摩那里得来的法宝和弓箭,我会射得他旗帜上的猴子嗷嗷乱叫,射得他车毁人亡,拔除难敌的眼中钉、肉中刺。这样我也就实现了诺言,还清了我欠难敌的还不清的债。你们不敢打,就站在那儿看我动手吧!"

慈悯恼得不行,怒喝:"迦尔纳,你那颗心残酷好战,行事从来不计后果!作战也要看天时地利,现在我们不适合和阿周那遭遇。他独自一人战胜乾闼婆王奇军和他的军队,独自一人杀死连天神也无法征服的全甲族阿修罗,毁灭了金城。你独自一人创下过什么丰功伟绩?谁想要单独挑战阿周那最好先吃药。他被我们亏待了十三年,现在就像挣脱套索的雄狮,要来毁灭我们。我们无意中遇到这个煞星,一定要小心谨慎。迦尔纳,你不要鲁莽!你我应该和毗湿摩、德罗纳、难敌、马嘶联手对敌,我们六辆战车联合在一起,就可以对付阿周那了。"

"牛还没抢到手,边界都没过去呢,迦尔纳你就在那儿自吹自擂吧!"马嘶愤然开口，"人家的功绩摆在那里，也不自夸勇敢；靠不光彩的手段得到财富的人，哪儿还有脸吹嘘？你在哪次战斗中战胜过般度兄弟，征服过天帝城？只会把还在经期的黑公主拖到朝堂上来欺负凌辱。我父亲喜欢阿周那怎么了？人家就是比你勇敢，比你有本事。你要是不服气，就把赌骰欺诈跟欺辱女人的能耐拿出来，跟阿周那正面交锋吧！让精通赌博的沙恭尼也参加战斗吧！我看你们能打成什么样！"

他嘲笑了迦尔纳一番，又说："我是不会跟阿周那打的，我的敌人是摩差王！"

看他们吵得不可开交，毗湿摩连忙规劝双方："突然看到强敌崛起，谁都难免犯糊涂。智者绝不该指责老师，但迦尔纳也是一时情急，为了激励大家而已。现在不是内讧的时候，阿周那就快到了，我们应该联手对敌。请德罗纳、慈悯和马嘶宽容他吧，你们兼有婆罗门宽容的品德和刹帝利的英勇，这时候我们自己人先闹矛盾可不行啊！"

在毗湿摩的调解下，难敌和迦尔纳向德罗纳道歉，慈悯也从旁打圆场，德罗纳父子也就平息了怒气。

"毗湿摩一开口我就已经平静了下来。让我们好好制定战略，确保难敌不会与阿周那交战。"德罗纳说罢，把目光投向毗湿摩，"不过我还有个疑问。我知道如果流放期限不够，阿周那绝对不会暴露自己，但他流放的期限到底到没到，我还是心存疑问。难敌王之前也提出了这个问题,恒河之子啊，请你遵照历法，如实回答。"

古印度根据月亮的盈缺将一年分为十二个月，这样一年有三百五十四天，这与太阳历三百六十五天有别。古印度人也意识到了这点，于是每三十个月添加一个闰月以补足，十三年就应多加五个月零十二天。毗湿摩精确地计算了时间，然后宣布："根据我的计算，他们早已经完成了十三年的约定。阿周那肯定是知道这一点，才会出现在我们面前。般度兄弟以法王坚战为首，怎么会违反正法？"

说到这里，毗湿摩感慨万分："贡蒂的儿子不会屈从于诱惑，不会为了夺得王国而不择手段，否则他们在赌局时就会展现出他们的勇武了。在真理和死亡之间，他们宁死也不会背离正道。但现在期限已到，他们肯定要来取走属于他们的东西了。战事一起，胜负未知，没有谁会永远胜利。难敌啊，你要做好准备，因为阿周那已经来了。"

"老祖父，我是绝对不会把王国还给他们的。做好战争的准备吧！"难敌答道。

毗湿摩道："既然如此，你就带四分之一的军队护送牛群，四分之一的军队保护你自己回象城，我们用剩下的一半军队抵挡阿周那。迦尔纳为前锋，德罗纳老师为中军，由马嘶和慈悯护卫左右，我在后面压阵。"

于是，难敌带着牛群先离开，剩下的一半俱卢军按照毗湿摩的指示排好阵形。只听车声隆隆，迅速逼近，阿周那的身影已经出现在战场上。这位黑王子一面按照礼节射出箭矢在尊长脚下以示问候，一面眼睛迅速扫视全场，发现没有难敌的踪影，便吩咐道："难敌一定是带着牛群往回跑了。优多罗，我们别管这些人，去追难敌，我要打败他，夺回你的牛群！"

见阿周那的战车掉转方向，德罗纳立刻知道他的想法，大喊着让大家赶快追上去与阿周那交战，保护难敌。这时，阿周那已经追上了护送牛群的俱卢军，他大声通报了自己的名字，然后迅速开弓射箭，密密麻麻的箭矢如同飞蛾般瞬间就遮蔽了天空。对于阿周那，俱卢军士既恐惧又神往，知道来人便是阿周那，他们既无心作战，也不想逃跑，一个个暗自为这位王子的非凡箭术而喝彩。于是，阿周那再次吹起螺号，牛群听到螺号响，摆摆尾巴，掉转方向，迅速跑回摩差国。

阿周那夺回牛群，达到目的，立即冲向难敌想报仇雪恨。以迦尔纳为前锋的俱卢将士急忙冲过去阻止阿周那。阿周那不退反进，快马如风，冲散敌人军阵，直入战场中央，率先发起攻击。难敌的几个兄弟和迦尔纳的弟弟胜战（Samgramajit）等人立即以利箭和标枪回击，可怕的战斗开始。难敌的弟弟奇耳向阿周那发射箭雨，阿周那拉开甘狄拨神弓，一箭射断他战车上的战旗，奇耳捡起战旗匆匆逃走，前来救援的勇士也被阿周那射杀。阿周那纵横驰骋，箭无虚发，横扫俱卢军队，犹如夏末的大火焚烧山林。俱卢军士在他的打击下吓得瑟瑟发抖。胜战鼓起勇气向阿周那冲去，阿周那连发数箭杀死他的马匹，然后当着迦尔纳的面，一箭射落他戴着珠冠的头。

见到弟弟被杀，迦尔纳愤怒地冲向阿周那，他连发十二箭射向阿周那，又向优多罗和马匹泼洒箭雨。阿周那迅速开弓如满月,一支支锋利的月牙箭犹如闪电奔雷,分别射中迦尔纳的手臂、大腿、头、前额、脖子以及车身各处。迦尔纳疼痛难忍,抛弃前锋岗位,离阵而去。

见迦尔纳败走,难敌忙带领各位将领迎战阿周那。优多罗此时已经信心大增,他骄傲地对阿周那说道:"你要冲向哪支军队?只管下达命令吧!"

阿周那指着在场众人向他一一介绍:"这位是我的导师德罗纳,不要和他正面交战,因为这是永恒的正法。除非他先动手,我才会还击。那位是导师的儿子马嘶,在他面前,你要收缰勒马以示尊敬。那个穿金铠甲的就是难敌王,我要找他算账。败逃的那个是迦尔纳,他总爱挑战我,和他交战你要小心保护自己。白华盖下面那位光彩熠熠的老人,就是福身王之子、我们的老祖父毗湿摩,他受俱卢王室的财富供养,听从难敌的命令,我们最后和他交战。现在先带我去慈悯那里吧!"

于是,优多罗驾车驶向慈悯,驶向如同夏季雨云般庞大的俱卢军队。恶战将起,天帝因陀罗骑着神象,带领众天神前来观战,一睹他们的法宝在人间施放的威力。

慈悯迎上前来,与阿周那展开决战。两位英雄互相泼洒箭雨,密密麻麻的利箭覆盖住四面八方,整个天空都仿佛变成一片阴影。阿周那迅速射出四支火焰般的利箭,击中慈悯的四匹马,中箭马匹如被蛇咬般猛地腾空跃起,将慈悯从座位上掀落。阿周那敬他是尊长,没有趁机痛下杀手。慈悯回到座位上,向阿周那射出十支羽毛箭。阿周那用一支锋利的月牙箭射断他的弓,又用劲道十足的铁箭射穿他的铠甲,但没有伤及他的身体。慈悯铠甲脱落,犹如蛇蜕皮露出身体。慈悯大怒,换弓再战,但张张弓都被阿周那射断。阿周那连发数箭,分别射中马车各处,让慈悯的战车失灵;随即射死他的马匹和车夫,并一箭射断战旗。然后,他笑了笑,一箭射中慈悯的胸膛。慈悯铠甲脱落,弓断车毁,他抓了一根棍棒跳下车,向阿周那投掷棍棒,又被阿周那的利箭拦截。俱卢军士急忙从四面八方进攻阿周那,救走失去战车的慈悯。

阿周那战胜慈悯,随即驱车驶向德罗纳。他谦恭地向老师问好,说道:"我们已经遵守了协议,现在想要堂堂正正地复仇,你不该生我们的气。我不想和你交战，除非你先动手。你看该怎么做吧。"于是，德罗纳率先发难，师徒大战开始。这两人都是举世闻名的英雄，快捷似风，精通一切法宝。他们互相以密集的箭网笼罩对方，比试法宝。一时间，四面八方全是箭，他们的身影隐没在箭雨中，仿佛燃烧着火焰的山被烟雾所遮蔽。那些镶金的羽箭不停地从强弓中射出，在空中连成一体，看起来就像一根长箭，又像秋空中一行迁徙的天鹅。因陀罗法宝、风神法宝、火神法宝……阿周那一次次地破除德罗纳的法宝。死在阿周那利箭下的战士不计其数，车毁人亡，鲜血淋漓，场面混乱不堪。在这场快箭战中，阿周那越战越勇，箭越来越快，连风都不能穿过他密集的箭雨。他用成百上千支锋利的箭矢泼向德罗纳，俱卢军士惊恐地大叫起来。这时马嘶带了大批车兵冲过来援助德罗纳，阿周那也就借机放过德罗纳，迎战马嘶。德罗纳立刻驾着已中箭的快马撤退，他的铠甲和旗帜都已破碎。

马嘶心中钦佩阿周那的勇武，但也气恼他战胜舅舅和父亲，向他射出数千支利箭。因箭矢太多太密，四周变得一片昏暗，人们只能听到噼噼啪啪的弓弦响动声，犹如焚烧竹林时发出的脆响。但阿周那的箭用之不竭，马嘶的箭却很快耗尽了，于是阿周那占据了上风。见此情形，迦尔纳猛然拉开巨弓，惊呼声四起。阿周那循声望去，发现了迦尔纳，顿时怒不可遏，抛下马嘶，直冲向迦尔纳，叫道："迦尔纳，你一直自吹自擂说自己天下无敌，那就让大家见识一下吧！你之前作的恶，我要你全都偿还！过去我忍你是因为被正法捆住了手脚，而今天，我将化怒火为胜利！"

迦尔纳冷笑道："你以前忍气吞声是因为你无能！你要是真的遵守正法，现在就该继续过林居生活，你只是自以为期限到了而已。要打便打，就算天帝为了你来和我作战，我也照样能取胜！"

阿周那沉着脸嘲讽他："刚才你还被我打得临阵脱逃才得以活命。除了你，有谁会看着弟弟被杀，自己反而逃跑的？亏你还有脸吹嘘！"说罢，他朝迦尔纳直冲过去，一箭射断迦尔纳的弓，又射倒他的马匹。然后，阿周那用一支威力巨大的利箭射穿迦尔纳的护胸铠甲，箭矢直刺入肉，疼得迦尔纳眼前一黑，只得再次逃走。阿周那和优多罗在他身后高声辱骂他。

至此，阿周那已攻破迦尔纳率领的前锋，以及德罗纳、慈悯和马嘶护守的中军，即将迎战担任后卫的毗湿摩。面对着这位连败四大名将的左手开弓者，俱卢军士如临大敌。于是，所有的俱卢族大勇士集合起来，决心共同反击阿周那，一场惊天动地的恶战随即开始。

◈《毗罗吒篇》是承上启下的篇章，般度之子结束十二年的林居期，进入了一个新的阶段。而印历的新春正是以每年翼月满月之日的霍利节 (Honi) 为开端，宣告春天的到来。霍利节又名洒红节，是庆祝春天的节日，是爱神迎摩的节日也是素衣散发的寡妇唯一能抹上色彩欢笑的日子。不分种姓和身份，人们竞相将色彩涂抹在他人身上，尽情狂欢。J.ABvanBuitene 认为，《罗吒篇》中有诸多因素影射霍利节如翼月出生的阿周那击败俱卢军，为至上公主带回五颜六色的华美衣服，等等。而激与至上公主的结合，既是悲剧来临前的短暂欢愉，亦是俱卢族最终得以延续的因缘。

◈ 印历一年 12 个月，每个月 30 天，一年即 360 天，这样便与实际的 365 天相差 5 天。为了弥补差距，印度最古老的天文学优提舍（Jyotiṣa）吠陀支有一套复杂的算法，以五年为一个阶段，插入两个月，这样五年就有 62 个月，平均每个月为 $29\frac{16}{31}$ 天。毗湿摩按此规律，将十三年划分为两个半五年，加上 5 个月零 12 天。

◈ 毗罗吒之战的很多幕场面几可被视为俱卢大战的预演。三穴国作为夺牛之战的前锋，掩护俱卢族乘虚而入攻打摩差国都城，如同俱卢大战中三穴国组成敢死队引开阿周那，让德罗纳能放手进攻坚战大军。毗罗吒之战结束时，除毗湿摩被困于马车上，其余俱卢族将领因阿周那的法宝昏迷，正如俱卢大战后除毗湿摩困于箭床外，其余全部阵亡。此外，俱卢军将帅不和的问题一直贯穿始终，这是他们拥有占据绝对优势的兵力却常常败北的原因之一。

◈ 认为德罗纳对阿周那的偏爱会影响他对俱卢的忠诚，难敌应独自制定战略的言论，在通行本中是迦尔纳的看法，而在精校本中则出自难敌自己之口。无论是否受迦尔纳的影响，对德罗纳的不信任无疑深深地植根在难敌的心底里，这为他在俱卢大战中的刚愎自用和错误战略埋下了伏笔。

第十六章 婚礼

在阿周那的鼓励下,优多罗驾车冲入毗湿摩的车阵中。以难降为首的四名持国之子抢先冲上来围攻阿周那。难降一箭射中优多罗,一箭射中阿周那,阿周那转过身,一箭射断难降的弓,五箭击中难降的胸膛,迫使难降逃离战场。阿周那又一箭击中奇耳的前额,将他从战车上射了下来。另外两名持国之子慌忙向阿周那放箭,想要救助自己的兄弟。阿周那箭无虚发,同时射向他们俩,杀死他们的马匹。于是,所有的俱卢武士一拥而上,联合反击阿周那。

阿周那毫不畏惧,只见他从取箭、开弓到射出利箭歼灭敌人,所有动作一气呵成,快如闪电,肉眼根本看不出间隙。他以箭网覆盖四面八方,穿透人马的躯体和铁甲,削落的人头滚滚犹如天降石雨,战场血流成河,尸体遍布。战象和马匹的嘶鸣声,利箭击中铠甲的撞击声,以及人们濒死的呼号声,汇聚成一曲恐怖的死亡之音。经历了十三年苦难的阿周那一朝脱困,酣畅淋漓地向俱卢人宣泄他心头的怒火。他手持甘狄拨神弓纵横驰骋,仅凭一人之力所向披靡,犹如劫末时焚毁众生的时间之神,在战场上跳起了狂野暴烈的毁灭之舞。

目睹阿周那的勇武,俱卢军士惊慌失措,四散奔逃。于是,难敌、迦尔纳、德罗纳、马嘶、慈悯及难降等人重返战场,怒气冲天地围攻阿周那。他们小心地站在不远处,向阿周那发射出各种各样的天神武器,笼罩住他全身上下,密集得甚至找不出二指宽的缝隙。重重包围中的阿周那傲然屹立,光彩熠熠,令所有人黯然失色,犹如群星隐没在太阳的光芒下。他含笑将因陀罗法宝搭在甘狄拨神弓上,甘狄拨神弓犹如舒展的彩虹,放射出的因陀罗法宝如同闪电和火焰,覆盖住四面八方。面对这样可怕的对手,俱卢军全线崩溃,所有武士恐惧得逃离战场,再无求战之心。

眼看大军溃败,毗湿摩及时吹响螺号,止住颓势。他迅速向阿周那的旗帜射出八箭，射中了旗帜上的神猴。阿周那以牙还牙，一箭射落毗湿摩的白色华盖。他们射出的利箭在空中相撞，火星四溅，犹如雨季天空中闪耀的雷电。生主法宝、因陀罗法宝、火神法宝、俱比罗法宝……这一老一少动用各种人间罕见的天国武器对抗，打得难分难解，轮流占据上风，其激烈程度不亚于昔日天帝因陀罗大战阿修罗王钵利。漫天花雨洒落，那是空中观战的天神也为这场惊心动魄的大战而叫好。

这时毗湿摩趁阿周那拉弓搭箭的空隙间，一箭射中阿周那的左肋。阿周那一笑，用一支宽刃箭射断毗湿摩的弓，又以十箭击中他的胸膛。毗湿摩受创，抓住车辕，失去知觉。他的御者立即驾车带他逃离战场。

目睹毗湿摩败退，难敌怒不可遏，亲自冲向阿周那，一箭射中阿周那的前额，艳红的鲜血顿时涌了出来。阿周那中箭，一看是难敌射的，不禁大怒，冲向难敌。眼看难敌单枪匹马地迎战阿周那，他的弟弟奇耳急忙骑着战象赶来援救。阿周那迅速拉开强弓，射出又长又大的铁箭，正中大象最薄弱而又致命的颞颥处。战象中箭倒地毙命，奇耳惊惶地跳下来，爬上另外一位兄弟的战车，迅速逃跑。阿周那又用同样的大箭击中难敌的胸膛。难敌中箭受伤，一看所有的将士都在逃，也赶紧掉转车身逃跑。

阿周那在他身后嘲笑道："你叫难敌，怎么不顾名声弃战而逃？这可太配不上你的名字了。我遵行坚战王的教导，在战斗中勇敢坚定。你可还记得刹帝利王者之法？不过看你人前人后都无人保护，今天我就放你一马，饶你不死！"

难敌受不得激，又回头迎战。于是，迦尔纳、毗湿摩、德罗纳、慈悯等人也都纷纷回过头来保护难敌。他们团团围住阿周那，向他发射法宝。阿周那同样以法宝对抗，并祭出能让所有人丧失神志的失魂法宝（Sammohana），吹响了天授神螺，那深沉嘹亮的螺号声响彻天地四方，震得人心惶恐。在失魂法宝的影响下，俱卢军上上下下头晕眼花，扔下武器，失去了知觉。

阿周那看俱卢将士都已陷入昏迷，想起至上公主临行前的要求，便吩咐优多罗道："你从中间走过去，拿走难敌、迦尔纳、马嘶、慈悯、德罗纳的衣袍。不过，毗湿摩知道怎么应付我的法宝，他应该还有知觉。因此，你要从他马车的左边走，避开那些还有意识的人。"

优多罗依言跳下车，拿走难敌等人的战袍，迅速回到车上，驾车载着阿周那，从旌旗飘扬的俱卢大军里冲出。毗湿摩和他保护的军队是俱卢军中唯一保持清醒的，他奋力以利箭拦截阿周那，阿周那则以十支箭射中他的肋部作为回复，又射死他的马和车夫。这位伟大的武士不会驭车，只好眼睁睁地看着阿周那扬长而去。

难敌恢复清醒后，见阿周那已经撤离战场远远观望，不禁着急地责备毗湿摩："你怎么让他逃掉了？你应该抓住他的呀！"

毗湿摩笑道："刚才昏迷不醒的时候，你的智慧和勇气到哪儿去了？阿周那本可以趁机杀死你，但他遵守正道，不做残酷之事，因此我们大家才能保住性命。赶快回俱卢吧，让他带着牛群走吧。"难敌很是不甘，但身在异国，情况未明，也就打消了再打下去的念头，只是愤愤不平地连连叹气。其他勇士见阿周那越战越勇，为了保护难敌，也一心要回去。于是，他们垂头丧气地离开了战场，返回象城。

阿周那远远跟着他们走了一会儿，确信他们已无战意，便挥箭向尊长和朋友问候。然后，他拉开甘狄拨神弓，一箭射穿难敌镶嵌着宝石的金冠，让整个世界都响彻甘狄拨神弓的怒吼。他吹响胜利的螺号，撕裂敌人的心。在神猴金旗的衬托下，这位征服所有对手的英雄显得格外光彩照人。眼见俱卢人都已走远，阿周那回头一笑，对优多罗说："我们已经夺回了牛群，现在掉转车头回城吧！"

这时，之前四处逃窜的俱卢士兵陆陆续续地从密林里走出来，他们饥渴而又疲倦，一个个心惊胆战，请阿周那处置。阿周那答道："你们走吧！不必害怕，我不是嗜杀之辈。祝你们幸运！"士兵们总算是松了一口气，高兴地祝福了这位仁慈的王子之后才往回走。

这一切尘埃落定，阿周那嘱咐王子不要说出真相，只说是他自己打赢的。"人人都知道我不可能完成这一壮举。"优多罗答道，"不过，没有你的允许，我不会透露你的身份。"他们将甘狄拨神弓又放回原来的地方，阿周那换回阉人的装束，这才叫来牧人回去报信。[1]

---

[1] 一般认为，阿周那不让优多罗透露真相的真正原因是他希望由坚战来决定何时展露他们的身份。

这时，已得胜回城的摩差王没有看到优多罗，便问起王子的下落。宫中女子高兴地告诉他："王子去打俱卢人了！"她们对小王子的吹嘘深信不疑。毗罗吒王问明情况，得知儿子面对的竟然是毗湿摩、德罗纳、迦尔纳等人，顿时吓出一身冷汗，连忙要带兵出城去救自己的儿子："优多罗就带了个阉人车夫，他哪儿还能有命在！快去打探消息！快去集结军队！"

他焦急万分，坚战却笑着对他说："放心吧，有巨苇做他的车夫，他必然能夺回牛群，战胜那些俱卢人。"毗罗吒王还没来得及呵斥他荒谬，优多罗的使者就跑进来大喊着："王子胜利啦！他打赢俱卢人，夺回牛群啦！王子跟车夫安然无恙！"

这消息简直就是一颗炸雷，炸得毗罗吒汗毛倒竖，整个人晕乎乎的，高兴得不得了，下令道："装饰所有的街道，祭祀所有的天神，让军队、女孩、所有的乐师和歌手都出城迎接我勇敢无比的儿子！"他安排好人去迎接他的儿子，仍旧兴奋不已，又让随侍在旁的黑公主取来骰子，说要和刚迦好好赌一赌。

坚战说道："都说人春风得意的时候不该和精明的赌徒赌博，但是我想让你高兴，国王，我们就玩一局吧！"毗罗吒王笑道："就算我今天不赌博，你也护不住我的女人、牛群和金银财宝。"毗罗吒王本意是说他太过高兴，不介意散尽他的各种财富，可是坚战听在耳中，却不禁心有所感，脱口而出："赌博并不是一件好事，国王啊，你应该戒除赌博。你可听说过坚战王输掉了王国和他天神般英勇的弟弟，输了所有的一切？所以我不喜欢赌博。"他意识到自己说得太多，又掩饰道："不过你喜欢的话，我们就来赌。"

毗罗吒王一面掷骰，一面忍不住夸耀自己的儿子："瞧瞧，我儿子打赢了那么多俱卢勇士！"坚战很诚实地说道："他的车夫是巨苇，怎么可能不获胜呢？"

毗罗吒王听他一再称赞巨苇，很不高兴，严厉地说："你怎敢把我的儿子跟一个阉人做比较！为什么我儿子就不能战胜毗湿摩和德罗纳？你不知道祸从口出吗？我是出于情分没对你怎么样，可你要是再这么说话，我就要了你的命！"可是坚战不可能不说实话，所以他仍旧坚持自己的观点："可是能击败这些英雄的人只有巨苇呀。"

这让毗罗吒气愤非常，拿起骰子就砸在了坚战脸上，叫道："我再三警告，你依然不听。我要是不惩罚你,这世上就没人守规矩了!"他盛怒之下力道不小,砸得坚战鼻血直流。坚战忙伸手把鼻血接住,不让血液滴在地面上。他向黑公主使了个眼色,黑公主会意,立刻拿金盆过来接住了他的血。坚战知道阿周那不会放过任何在战场以外让他受伤的人,还特意让守卫挡住巨苇,让优多罗先进来。

优多罗进宫给父亲见礼,一眼看到旁边的坚战鼻子受伤,不禁大惊失色,问道:"父亲,是谁伤害了刚迦?""是我打了这个讨厌的婆罗门,他活该。"毗罗吒余怒未息,答道,"他在我夸奖你的时候故意跟我作对,竟然夸奖那个阉人!""国王啊!"优多罗立刻大声说,"你快去请求他的原谅吧!婆罗门的怒火所孕育出的诅咒会毁掉你的根基!"因为已经知道刚迦的真实身份,这位王子忧虑万分。

毗罗吒王虽然不知道真相,但还是依从儿子向刚迦道歉。坚战笑道:"国王,我早已经原谅了你,所以我不让我的血滴落地面,以免造成你和你王国的毁灭。国王啊,我不责备你打了一个无辜的人,因为位高权重者总爱轻易诉诸暴力。"

血止住之后,阿周那才进来,向国王以及坚战行礼。国王看了看他,再看看自己的儿子,仍旧觉得有一肚子的不满,便当着阿周那的面夸起儿子来:"你不愧是我的好儿子!快告诉我你是怎么打败俱卢人的?要知道他们一个个都是精通武艺的大武士啊!"

优多罗急忙分辩道:"这不是我的功劳,父亲啊,这些都是一位天神之子的作为。他见我害怕便跳上了我的战车,打败了那些著名的俱卢勇士,帮我夺回了牛群。"毗罗吒王听了惊讶万分:"那位天神之子现在何处?我应该好好向他道谢,他为我夺回了财富,也为我救下了你啊!""这位天神之子消失不见了,父亲,不过,也许过几天他就会自己出现。"优多罗神秘地说。

毗罗吒点了点头,接受了优多罗的说法。于是,阿周那仍旧以巨苇的身份,在得到毗罗吒的同意后,亲自将俱卢人那些花花绿绿的华丽战袍献给至上公主,逗得小公主很是开心。然后,般度之子们和优多罗私下拟定计划该如何透露自己的身份,他们决定和毗罗吒王开个小玩笑。

按照计划,般度五子在第三天沐浴更衣,换上王族的衣服首饰,走进了毗罗吒的会堂中,坐到了属于诸王的尊贵位置上,像祭坛中的火焰一样熠熠生辉。国王毗罗吒进来一看，不禁又惊又怒，呵斥道："刚迦！你不过是个小小侍臣，你怎么敢坐到王位上？"

阿周那笑道："国王啊，他就是以美德和守法闻名天下的坚战王。如果他不配坐在王座上，谁配呢？"听了这话，毗罗吒惊讶地瞪大了眼睛："如果他是坚战，那么他的兄弟们呢？著名的般遮罗公主德罗波蒂又在哪里？"

"陛下，你的厨师长牛牧就是大勇士怖军，为你照看牛马的便是无种与偕天。黑公主则是后宫中服侍王后梳妆的锡林陀罗，正是因为她，空竹才会丢了性命。"阿周那解释道，"而我就是阿周那。我们平安愉快地生活在这里，多谢你的庇护。"优多罗连忙插言道："父亲啊，我说的那位打跑俱卢人的天神之子，就是阿周那啊！"

毗罗吒不禁又惊又喜，享誉天下的般度兄弟竟然就生活在他身旁，一直像仆人一样侍奉他，而他所爱戴的坚战王竟然就是刚迦！他充满愧疚地向坚战道歉，向拯救他和优多罗的怖军、阿周那道谢，他一再拥抱亲吻着般度兄弟，激动地叫道："能见到你们，我有多幸运啊！看到你们平安无事真是太好了！全靠你们，我们才能战胜敌人，我愿意把我的王国和财富双手奉上，请你们千万不要推辞！我还想把我的女儿至上公主许配给阿周那，希望他能接受！"

坚战表示同意，阿周那便道："摩差族和婆罗多族联姻是大好事，我接受你的女儿做我的儿媳。"毗罗吒有些疑惑："为什么你不接受她做你的妻子呢？"

"国王，在你的后宫里，我陪伴你的女儿，她也把我看作父亲一样信任，我唱歌跳舞得她喜欢，但是这并不是男女私情。我们之间从未逾矩，这我可以保证。"阿周那解释道，"为了避免闲言闲语，我请求你把你的女儿嫁给我的儿子，这样既能证明她的清白，也能让我不用担心世人的诽谤。国王啊，我的儿子激昂英武如天神，和你的女儿至上公主正般配。"

毗罗吒被他说得连连点头，这桩婚事就这么定下了。摩差族和般度族的联姻轰动了整个雅利安。十三年流放期限已经过去，般度族的各方盟友正好借参加婚礼的机会相聚。

婚礼定在摩差国的水没城（Upaplavya）举行。雅度族的黑天、大力罗摩、萨谛奇等人护送着妙贤激昂母子来到这里。黑公主的父兄木柱王、猛光、束发等也护送着黑公主的儿子们来与亲人团聚。与坚战交好的迦尸王与尸毗王也各自带领军队前来参加激昂与至上公主的婚礼。整个水没城装饰一新，光辉灿烂。在诸多长辈的祝福声中，年少英雄的激昂与美貌无邪的至上公主结为夫妇。喜乐飘飘，美酒香醇，全城狂欢，如庆贺一场盛大的节日。在这变幻无常的浮生里，在战争阴影的威胁下，这对小儿女的婚礼是如此美好，犹如长夜来临前那一抹绚丽而易逝的血色夕阳。

❀ 失魂法宝（Sammohana）是一种让人产生幻觉、丧失神志以至失去知觉的法宝。欲望之神迦摩有五支神箭，其中一支也叫失魂。有指毗湿摩是唯一不受此法宝影响的人，因为他无欲无求。

❀ 根据 C. Rajagopalachari 的解释，在古印度，抢走敌人的衣服表示取得决定性的胜利。

❀ 一些从事印欧神话比较的学者将怖军比作希腊神话中的大力士赫拉克勒斯（Heracles），同样是力大无穷半神半人的英雄，时有有悖于社会伦理之举，二者都有童年杀死毒蛇等诸多相似的业绩；而将阿周那比作阿喀琉斯（Achilles），两人都被称为当时最伟大的武士，也同样都有假扮女性的经历。

❀ 古印度人极端看中子嗣，但同时他们也很推崇苦行禁欲，这两种看似完全相反的思想倾向，有时会以印度人特有的调和方式有趣地组合在一起，如这个故事中阿周那接纳至上公主为儿媳。阿周那自己拒绝接受新娘，然而他仍然为儿子结亲以诞育后代，尽到他身为居家男子的责任，这一做法受到史诗作者的推崇。激昂和至上公主所生的继绝王后来成为般度族延续血脉的唯一后裔。

❀ 印度的"丘比特"称为迦摩，是一个长着翅膀的美丽青年，骑着鹦鹉，手持代表欲望的甘蔗弓（梵文中的 Kāma 即欲望之意），身边总是陪伴着妻子罗蒂（Rati，即情欲）和春天。他有五支鲜花（白莲花、无忧花、芒果花、茉莉花、蓝莲花）做的神箭，射中谁谁就会坠入情爱中，呈现出爱情的不同症状，如"痴迷"、"灼热"、"致幻"、"失魂"、"毁灭"等。在《摩诃婆罗多》中，爱神化身为黑天与艳光之子始光。

（第四部完）

第五部
战争与和平

天神的意图，智者的直觉，学者的谦卑，作恶者的毁灭。

——《斡旋篇》5.33.61

第一章　　　　　　　　　一个人，一支大军

十三年，般度族的苦难终于结束。现在他们不需要隐姓埋名，而是以般度之子的身份，堂堂正正地现身人前。激昂与至上公主的婚礼完毕之后，般度五子与前来参加婚礼的般遮罗国和雅度族的各位首领一起到毗罗吒王那金碧辉煌的宫殿中议事。这场会议是黑天发起的，旨在讨论般度族未来何去何从。他们按年龄坐定，人人衣饰华丽，坐在精美的金质座椅上，有如夜空中闪烁的星辰。

只听黑天说道："你们都知道事情的始末。在赌骰大会上，沙恭尼以诡计赌赢了般度五子，让他们失去了他们的王国，流放十三年。般度五子本可以用武力取得大地，但他们甘愿遵守协议，忍受了一切不公和屈辱。现在流放期已经结束，请大家在一起商量一个解决办法，既合情，又合理，兼顾般度族和俱卢族双方的利益。你们都知道坚战王的品德，不是他的，哪怕是天国，他也不会贪求。如果是他的，哪怕仅仅是一个村庄，坚战也会尽力争取。即使被持国之子如此迫害欺辱，他依然希望他们好，只希望得回属于自己的那一份。但是，持国之子们不是凭真本事而是用阴谋诡计夺走他们的王国。而且，为了夺取王权，持国之子从小时候起就用尽了各种卑鄙手段伤害他们。因此，我认为，如果这一次持国之子仍然出尔反尔，那么般度族可以杀死持国之子。但我们现在还不知道难敌的想法，所以，我们应该派出一个使者，请他前往象城，劝他们把原属于般度五子的王国还给他们。"

"黑天的建议我很赞成，因为对双方都有好处。如果能够和谈解决，彼此共分一半国土，那就太好了。我很高兴有人愿意了解难敌的想法，传达坚战的意见。"这时大力罗摩说话了。十三年的时光，确实能改变很多事情。赌骰事件刚结束时，大力罗摩曾经和黑天一起拜访森林中的坚战，愤怒地为他发出不平之鸣，此时却完全变了样，说道："但这位使者一定要言辞谦恭，因为持国之子们不是以诡计，而

是以自身能力在赌骰大会上获胜。坚战虽然态度友好，但他迷恋赌博，才失去了王国。坚战明明不精通赌骰，却不听旁人的劝告，执意向精于赌骰的沙恭尼挑战，这才输去了一切。沙恭尼并没有什么罪过，所以这位使者一定要谦卑有礼，只能用和解的口吻好好安抚俱卢族，不要想着开战。"

大力罗摩完全站在俱卢人的角度说话，激怒了雅度族的勇士萨谛奇。他曾经向阿周那学习弓箭，彼此情谊深厚，当下便对大力罗摩反驳道："一个家族里有懦夫也有勇士，你和黑天正是如此。黑天说话合情合理，你怎么却满口胡说，对坚战这样吹毛求疵呢？如果持国之子们来到般度族的家里，公平地战胜般度族，这样的胜利才合法。但俱卢人是利用了坚战的信任，才赢了不精于赌骰的他，这怎么能说合法呢？坚战好不容易摆脱了流亡的生活，如今却要向持国之子们俯首帖耳，才能获得本属于他们的财富吗？别说般度五子不贪求功名富贵，即使他们贪求富贵，也不应向持国之子摇尾乞怜。现在事实是，般度族明明已经流放结束，但俱卢人故意狡辩，非说有问题。他们企图霸占王国的居心难道不是昭然若揭？毗湿摩和德罗纳都劝说他们归还坚战的王国，可他们还是不听。依我看，不如好好打一仗，我要狠狠地教训他们。与敌人作战，不是违背正法，向敌人乞求施舍，那才是非法！为了这个目的，我们要齐心协力，要么让坚战灌顶称王，要么血流成河，战到最后一刻。"

木柱王也说道："我也认为大力罗摩的话不妥，因为对方从一开始就不想合理解决问题。难敌为人恶毒，又狂妄自大，对他客气讲道理完全没有用。我们该早做战争的打算，去各地请人来帮忙，而且要尽快，因为难敌也会这样做，我们不能落他之后。此事最为关键。另外，我可以派我的家庭祭司充当使者，去象城传递消息。"

听完众人的意见，黑天总结道："木柱王的建议既符合他的身份，也对坚战有利。我们需要正确行动，这是当务之急，不然就成了傻瓜。不过，对我和大力罗摩来说，俱卢族和般度族都是我们的亲戚，我们来此只是为了参加婚礼，现在婚礼结束了，我们也该回去了。"他对木柱王说道："以你的年龄和学识，我们该都是你的学生。持国一向尊重你，德罗纳和慈悯也是你的好友。由你来派使者向象城传话再好不过了。只要难敌愿意和平相处，那么我们不会诉诸武力；但若他仍然冥顽不化，那么战争就不可避免，请你通知我们以及其他国王，一齐来襄助般度族。"

商议既定，黑天带领雅度族人返回了多门城。木柱王找来自己的家庭祭司，吩咐道："俱卢族和般度族的情况你都了解。作为般度族的特使，你应向持国王讲清道理，争取和平，这肯定会动摇他们的军心，维杜罗和俱卢族的几位长者也会支持你。这样人心浮动，大臣分裂，他们就没办法忙于军备，我们的主要目的也就达到了。如果持国接见你之后，听从你的话，双方达成和解固然很好，但如果事与愿违，咱们也有应对的办法。只要你在象城和谈，他们的内部意见就不能统一，般度族就有了备战的时间。"

于是，当月亮进入鬼宿，星象上称为"胜利"（Jaya）之时，木柱王的祭司作为般度族的使者动身前往象城。般度族一面等待消息，一面和各同盟国一起抓紧备战，同时派出使者请求各国的援助。与他们所料不差，难敌也在竭力邀约天下国王支持自己。一时间，大地上各国国王分立两派，或拥戴般度族，或援助俱卢族。来自四面八方的各国人马，匆匆而行，脚步震撼着高山和森林。实力雄厚的多门城自然是双方争取的重点对象。难敌亲自出马，星夜疾驰，想赶在般度方的前面赢得雅度族的支持。同时，阿周那也作为般度族的代表来到了多门城。

两人正好前后脚到，但黑天尚在沉睡。因为彼此是亲戚，两人都直接进入黑天的卧室等候。难敌选择了坐在黑天床头的精美座椅上等待；阿周那随后进来，双手合十，躬身行礼，选择了谦恭地站在黑天的脚跟旁等他醒来。

黑天一觉醒来，虽然难敌最先到达，但是因为阿周那站在了他的脚边，睁开眼的黑天第一眼看见的就是阿周那。他向两人都表示了欢迎，然后询问他们的来意。难敌抢先回答："我来请求你的援助。在这场战争中，我希望你能站在我这一边。我和阿周那都是你的亲人，而且，按照礼法，你应该答应第一个到达这里的人，你可不能偏心啊。"黑天答道："虽然是你先到了这里，可是我首先看见的是阿周那，所以他也同样有权得到我的帮助。按照习俗，阿周那年龄比你小，理应让他先来挑选。"说到这里，黑天提出了问题："我的同族人个个英勇善战，这支由成千上万勇猛的牧人组成的大军称为那罗延军,这支大军算一方。而我自己算另一方,但我不会在战争中动武。你们可以任选一方:手无寸铁的我,还是一支实力强大的军队?阿周那,你先来挑吧。"

阿周那毫不犹豫地选择了黑天。于是,难敌得到了雅度族的大军,又听到黑天亲口许诺说他不会参战。难敌心下大悦,前去拜见了自己的老师大力罗摩,向他说明自己此行的目的。大力罗摩回答道:"我在毗罗吒婚礼上说过的话想必你已经知道了。我已经尽量帮你说话,但无法说服黑天。不过看到黑天现在的做法,我决定既不会帮助般度族,也不会帮俱卢族。你就按照刹帝利的正法英勇作战吧。"得到大力罗摩的保证,难敌热情地拥抱了他,自觉已稳操胜券,便带着雅度族的大军心满意足地回象城了。这支军队的统帅就是雅度族的勇士成铠(Kṛtavarmā)。

难敌走后,黑天问阿周那:"你为什么选择了我这个不参战的人而不是强大的军队呢?"阿周那回答道:"你举世闻名,荣誉总是跟随着你。我毫不怀疑你独自一人就能杀死他们所有人。我想我也能做到。所以我选择了你,希望你能担任我的御者,让我乘坐由你驾驶的战车作战。这是我很久以来的心愿,请你帮我达成。"黑天满意地说:"你想仿效我吗?这很好呀。我会做你的御者,满足你的愿望。"于是,两人一起回到了水没城,与坚战会合。

这时,无种和偕天的舅舅摩德罗王沙利耶也收到了般度族的邀约,召集了一支大军(an Akshouhini),在儿子的陪伴下前往相助。难敌听说后,决定将这支大军收为己用。他在沙利耶的必经之处设置了处处精美的接待站点,对沙利耶服侍周到,极尽殷勤。沙利耶还以为是坚战所为,十分高兴,说要赏赐如此盛情款待他的人。难敌等的就是这句话,闻言现身。沙利耶见是难敌所为,便拥抱了他,问道:"你想要什么恩赐呢?说吧。"难敌马上答道:"我希望你能成为我军的统帅,愿你言而有信。"沙利耶话已出口,只得说:"好吧。不过我得去见一见坚战,告诉他事情的经过。"难敌说:"那你快去快回。我可是全指望你了,你可不能失信啊。"

沙利耶应许了他,随后前往般度族所在,歉疚地告诉他们,自己已经答应在这一场战争中帮助难敌了。事已至此,坚战只得道:"一诺千金是美德,你做得很对。我只求你一件事，只有你的驭车之术能与黑天媲美，在大战开始后，当阿周那对阵迦尔纳时，你必定会成为迦尔纳的御者。如果你也愿意帮帮我，我希望你能在那时保护阿周那，削弱迦尔纳的能力，助我们一臂之力。虽然这样做不合适，但这事你必定能办到。"沙利耶一口答应："一定照办。如果我成为他的御者，我会不停地说着让他泄气的话，让他心思烦乱，无心应战。对于他，我可一直都记得在赌骰大会上他是如何侮辱你和你的妻子的。我相信，不久之后，邪恶之人必受惩处，而你们会获得最后的胜利。"随后，沙利耶遵守承诺，加入了俱卢人的阵营。

就这样，难敌得到了雅度族和摩德罗国的两支大军。他自己坐拥象城和天帝城，本身就拥有实力雄厚的强大军队，随着他邀请的各路援军陆续到达，最后难敌一共拥有十一支大军。而般度方则召集到了七支大军。论兵力，俱卢人占据优势。就是在这样的情形下，木柱王的祭司作为般度族的特使，来到了象城。

◉ 在古印度，一支大军（an Akshouhini）由车、马、象、人四兵种构成。一支大军里有 21870 辆战车，21870 头的大象，65610 匹战马，109350 名步卒。四兵种的比例为 1∶1∶3∶5。一共有十八支大军加入了俱卢大战，参战总人数将近 400 万人。C. Rajagopalachari 风趣地把战车比喻为古代的装甲车，战象相当于坦克。

◉ 作为先到者，难敌本可以让阿周那失去求助的机会，但傲慢自大的他选择了坐在黑天床头的精美座椅上，以客人的身份等待。而阿周那以求助者的身份，选择谦恭地等候在黑天的脚跟那边，这样他成黑天第一眼看见的人，获得黑天的青睐。类似的一幕在沙利耶身上重演，但结果却完全相反。

◉ 苏克坦卡尔从超验主义的角度论述难敌和阿周那共同向黑天求援的一幕：阿周那代表的善与难敌代表的恶都向同一个原始的本源求助，那就是最高的自我——无善无恶的梵，此处由黑天代表。苏克坦卡尔评论道：这就像生活总是不断地把不同的选择对象放在我们面前，要求我们做出抉择。而我们每个人都做出了自己的选择，并得到相应的结果。虽然我们事后常常会不满意，矢口否认这些就是自己当初想要的，但这些不过是我们的自我选择自然而然产生的不可避免的结果。难敌希望得到力量，他确实得到了黑天所向无敌的军队，但这支军队失去了黑天的指引，最终全军覆没。而阿周那只希望得到正确的指导，于是他得到了黑天这位神圣的御者，引导着他的战车驶向了最后的胜利。

创造神梵天

吠陀后期出现了人格化的大神梵天,人们相信他是宇宙最高的创造神,后逐渐产生抽象意义的梵。经商羯罗的大力提倡,"梵"成为印度教哲学中最根本的概念。它永恒无限,是宇宙的最高本体,唯一的终极实在,神只是梵的显现。它超越一切对立,没有任何性质和限制,是万物的本源。因此,善与恶、光明与黑暗、知识与无知、天神与阿修罗,皆源自于梵。图为创造神梵天。

原因之海上的那罗延

《摩诃婆罗多》奉黑天为最高神,他即是大神毗湿奴的化身,终极实在梵的具象。难敌和阿周那等待黑天醒来的画面极具象征意义,与眠于水上的那罗延神话遥相呼应。黑天自称他以四个形态护持世界:一个形体修炼苦行,一个形体洞察所有善恶,一个形体化身降世,第四个将沉睡一千年,醒来将向应许之人赐予最高的恩惠;正对应黑天赐惠于难敌和阿周那。图为6世纪初十大化身庙(Dashavatara Temple)中的那罗延像。他躺在千首龙王舍沙身上,创造神梵天和诸天神前来敬拜他。毗湿奴的妻子吉祥天在为他按摩脚,兵器月光神杵以女神形象随伺在后。

第二章　　　　　　　　　　五个村庄

十八路大军集结，战争已是一触即发。这时，木柱王的祭司作为般度族的使者到达象城，受到接见。"在座各位都明了永恒的正法。"木柱王的祭司以此为开场白，"持国与般度是一对兄弟，因此，他们的后代都有同样的权利继承父辈的财富。可是，持国之子们却独自霸占遗产，并百般迫害般度之子，如果不是命运眷顾，般度之子早死于持国之子的阴谋之下。这些你们都知道。后来，般度之子离开象城自创基业，但持国之子因为嫉妒，又阴谋夺取了他们的王国，让他们尝尽屈辱和艰辛。但般度族仍然不计旧恶，愿意与俱卢族和解，因为他们不嗜战争，只想得到属于自己的那一份财富。难敌认为他兵力强大可以轻易取胜，但般度族也有七支大军，实力并不弱。以阿周那的勇武和黑天的智慧，如果真打起来，你们有几成胜算呢？因此，我希望你们能把握住这次和谈的机会，不要执意作战。"

祭司的求和之言正符合毗湿摩的意愿——这位俱卢元老也不愿亲人之间兵戎相见。于是，他马上回应道："般度族和黑天都不愿发动战争，这再好不过。你说话虽然尖刻，但也合情合理。般度之子是应该获得父亲的财产，而阿周那也的确精通武艺，即使因陀罗也不能与之抗衡……"

毗湿摩刚说到这里，一向视阿周那为敌的迦尔纳便愤怒而粗暴地打断了他的话。他不好针对俱卢族长，便朝木柱王的祭司发作："你说的这些天下皆知，何必一再唠叨？是般度族赌输了又不遵守规定，时间未到便暴露身份，却妄想凭借摩差国和般遮罗国的力量夺回王国，这想法真是愚蠢透顶。难敌可不会因为害怕就给他们一片立足之地。如果他们真想得回王国，就该老老实实地回森林去再过十二年，到期再来向难敌乞求。否则一旦开战自取灭亡的时候，他们会想起我今天所说的话。"

毗湿摩怒道："迦尔纳，你怎么如此说话？你还记得阿周那一人对战六位战车武士的事情吗？如果不听忠告，在战争中自取灭亡的人会是我们而不是般度族。"

眼看两人就要在朝堂之上吵起来，持国连忙出来打圆场，客气地送走了般度族的使者，并派遣自己的亲信全胜作为象城使者往水没城。全胜是位苏多，既是宫廷歌手，又是持国的车夫和大臣。他与持国关系亲密，完全知道持国的所思所想——此行只为传达和平的意愿，不做任何许诺和让步。

"坚战王啊，看到你身体健康，又有诸多盟友在侧，有如伟大的神王因陀罗，这真是太好了。"全胜谦恭地向坚战俯首行礼，"你的伯父、年迈的持国王向你和你的诸位兄弟问好，也向黑公主问好。这位公主行为永远不偏离正道，是你喜乐的中心，你一向为之祈福的对象。"

"欢迎你啊，全胜。"坚战彬彬有礼地回答，"象城的各位长辈和亲友也都好吗？有没有敌人伪装成朋友挑拨离间？盗贼横行的时候他们有没有想起阿周那的神弓和怖军的神力？他们还记得在双林时难敌不怀好意地来到牧场，结果落难反被我们搭救的往事吗？如果我们为他做了那么多还不能赢得难敌的好感，再多做一件好事肯定也无济于事。"

"难敌待你们不公，但持国王并不同意他这么做。这位老人常常想念你们，心中悲伤，痛苦万分。他渴望和平，不希望亲族间兵戎相对，所以派我前来，愿你们能接受和解。"全胜避开了坚战软中带刺的讥讽，说出了自己的来意，"般度之子们一向正直高贵，恪守正法，这是你们的天性。非法与你们不相宜，就像一滴眼膏落在白布之上一样刺眼。行事以家族为重的人是有福的。愿意为了俱卢族的福祉而重义轻生，才是好儿子、好亲戚。如果你们选择报复和惩罚，就算能杀死所有敌人，也是虽生犹死，因为杀戮亲族来换取自己的生存，绝不是正法。况且双方都名将云集，一旦开战，必然两败俱伤，我看不到战争能带来任何好处，只有杀戮和死亡。一向坚守正法的般度族怎会让这种事发生？在这里，我向你们请求，请缔结和平，让双方都平安幸福。"

坚战听他话虽然说得好听，却只一味要求对方让步，绝口不提己方的行动，便道:"难道我刚才表达过开战的欲望?谁都知道,和平比战争更好,但凡有别的选择,谁愿意打仗呢?法利欲为人生三要,不可偏废。般度族无疑渴求幸福,但他们的要求和行为都符合正法,因此合情合理,有利于世间。如果追求幸福时只顾放纵自己的欲望,那只会带来痛苦,因为人欲无穷,即使达到了目标,他依然会不满足。持国王自己生活极尽奢华,他已经把我们逼迫到这个地步,但仍不餍足。持国王自己都无法公正,却要求别人做公正的事,这不正当。他溺爱儿子,明知难敌心术不正,所行非法,却依然不听维杜罗的劝告,举行掷骰大会,夺取别人的王国,才埋下了今日的祸患。持国王和难敌希望独霸天下,没有对手,在这种情况下,如何可能缔结和平?他认为可以轻易战胜我们,迦尔纳可以抵挡阿周那的攻势,然而在过去的几场大战中,迦尔纳并没有成为持国之子的庇护者。如果他们还有理智,就不要企图夺走我的财富。全胜,你知道难敌是怎样迫害我们的,而我们又是怎样对待他的。今天,我们依然既往不咎,愿为之谋求和平,但是我必须收回我的天帝城。只要难敌同意这个条件,我便如你所愿。"

面对坚战的指责,全胜针锋相对,指出坚战同样受情感和贪欲的控制,他回应道:"坚战王,你以恪守正法而举世闻名,然而人生无常,希望你能珍惜美名,不要任它毁于一旦。如果俱卢族不进行战争就不归还你的王国,那么我认为,即使乞讨生活,也比发动战争夺回王国要强。你不要为了贪财而背弃正法,犯下罪孽。凡事应将正法放在首位,不执着于情感羁绊,不贪恋财富与权力,才能赢得今生的喜乐和来世的善果。你已举行过王祭,享受过许多年快乐了,不要贪求过分。如果现在发动战争从事恶业,你当初又何必遵循正法,前往森林呢?那时你有自己的军队,有众多的属国,开战的胜算比现在大得多,那时你没有反抗,为什么十三年后良机已失,你却打算用战争来复仇呢?坚战啊,你从不做非法之事,现在却要因为愤怒而破坏你的美德了吗?我希望你能宽恕持国之子们,否则,发动战争,残杀亲人和你敬重的长辈,这样的代价值得吗?请你好好思量吧。"

全胜言辞犀利,直接质疑坚战开战的动机。坚战应答道:"毫无疑问,正法最高。但你需要明辨何为正法之后再指责我,因为有时候正法以非法的面目出现,非法以正法的形式出现。在危机中固守正法不行动，或者全然抛弃正法错误地行动，这两种情况，都应受到谴责。这是前人的教诲，我不认为遵循前人教导属于非法，也不想依靠非法的手段获取财富和权力。"说到这里，坚战将目光转向了黑天，道："现在，正法之主黑天就在这里，你可以向他请教，是不是我放弃战争，就是遵循正法；进行战争，就是背离正法呢？黑天立场客观，智慧是众人的导师，我会按照他的教诲行事。"

"俱卢族和般度族都是我的近亲，我希望他们都能繁荣幸福。持国王希望和解，这无疑对双方都有利，然而，因为持国之子们贪得无厌，和平难以取得。你明白真相，为何还要指责坚战呢？至于弃绝与行动哪一种更佳，智者也有不同的看法。有人认为应该靠行动获得善果，成就圆满；有人认为应该弃绝行动，靠精进知识而达到完美，然而一个知道吃饭的人，不吃饭仍然会饿，可见知识和智慧必须付诸行动，才有成果。我认为没有什么比行动更好。没有行动，一切都是空谈。"黑天侃侃而谈，以如诗般的语言，说明行动的重要性"看看这个世界吧。风依靠行动吹拂大地，太阳依靠行动而每日升起，创造白天和黑夜。火不知疲倦地燃烧，带来光明和温暖；河流不知疲倦地流淌，满足一切众生。宇宙因行动而存在，法则由行动而确立。人人恪尽职守从事行动，社会才得以正常运转。既然你熟知正法，我倒想问问你，依照正法，国王应该从事战斗还是逃避战争？刹帝利的职责在于惩罚盗贼，保护善良，虽死不辞。盗贼明偷暗抢窃取别人的财物，持国之子的做法与盗贼何异？为惩罚窃国之贼，般度之子就算战死也是值得称赞的。你倒是应该对俱卢人讲述这古老的正法。"

黑天以子之矛攻子之盾，驳斥了全胜对俱卢族和持国的辩护，让人再次回想起十三年前那惨烈的一幕："请再次想想赌骰大会上难敌的行为、沙恭尼的狡诈、迦尔纳和难降的恶言恶语，想想无辜的黑公主的哀号。而持国王的默许、纵容，甚至支持，才是这一切的根由。难敌是棵愤怒的大树，迦尔纳是树干，沙恭尼是树枝，难降是盛开的花果，糊涂的持国王是树根。全胜，你明知这一切，当知道是俱卢人的恶行造成今日的局面。然而，为了两族的共同幸福，我愿意亲自前往象城斡旋，在不伤害般度族利益的情况下，力争缔结和平。俱卢人当认真听取我的忠告，否则毁灭就在眼前。全胜啊，俱卢族和般度族是亲戚，他们本应互相依靠，共荣共存。般度之子们热爱正义与和平，但他们也是刚强的战士。请向持国王说清道理，让他做出正确的决定吧。"

黑天的一席话，深入而又透彻，于情于理都无懈可击，令全胜心悦诚服，再无二话。"我向你们告辞了，祝你们幸福。但愿我的偏袒没有冒犯你们。"全胜恳求道。坚战安慰他道："你没有冒犯我们，我们都了解你的为人。请你回象城之后，向俱卢族的各位长辈、亲友，以及象城百姓问好。也请向那些支持和投靠难敌、准备为他作战的国王们问好，告诉他们，难敌得到的勇士确实无与伦比，然而，正法必胜。请转告难敌，独霸俱卢族的欲望始终在折磨着他的心，可我们不会让他称心如意。请转告持国王，他曾赐给我们王国，现在也请善待我们，我们希望共存共荣，不希望生活在仇恨中。请向毗湿摩和维杜罗问好，请他们用智慧拯救俱卢族免于战争。难敌脾气暴躁，请对他好言相劝，我们可以既往不咎，但是，我们一定要要回属于自己的王国。"说到这里，坚战感到不能让使者空手而归，为了表示己方的诚意，他毅然做出重大让步："这样吧，只要难敌同意给我们五兄弟五个村庄，就不会有战争。俱舍地、狼地、阿散地和多象地，第五个村庄随便他给一个无人居住的村庄。请告知难敌，战与和，我都奉陪。法与利，我都不会放弃。"

黑天的陈述，坚战的承诺，深深地打动了全胜，他快马加鞭地回到象城，径直去见持国。他抑制不住内心的悲愤，指责持国道："你让我出使般度族，现在我回来了。坚战他们过得都好，比你想象的要好，因为他们奉行正法，不沾罪恶。犯下罪孽的是你，是你的恶业在毁灭俱卢族。全世界这样任由亲生儿子摆布的人只有你一个。你软弱无力，偏听偏信，造成家族内讧，子孙断绝。这都是你的罪过，我要谴责你！"看到一向温和顺从的全胜竟然如此愤怒，持国大吃一惊，但他正想追问情由时，全胜以旅途疲倦需要休息为由告退，说是明日会当众转述坚战的回话。说罢，全胜当即离去，只留下老王持国，茫然而孤独地面对着这沉沉暗夜，面对着战争与死亡的阴影。

◈ 大战之前双方既努力备战又努力争取和平的故事，构成了史诗的第五部 Udyoga Parvan，字意为《努力篇》，精校本将其译为《斡旋篇》，再现了俱卢大战之前俱卢族和般度族在外交上一场场没有硝烟的战争，既体现在争取盟友积极备战上，也体现在争取人心力求和平上。随着般度族与俱卢族智者争取和平的努力一一破灭，崇尚力量强权至上的难敌最终占据了上风，一场毁灭性的大战也就不可避免，为迦利时代的到来拉开了序幕。

◈ 全胜与坚战的辩论，主要围绕法（Dharma）与利（Artha）的关系展开。法与利皆是古印度人追求的目标，故此坚战说他都不会放弃。据朱明忠先生的总结，法指作为社会成员的个人必须遵行的职责与道德，利是指世俗生活中的物质财富与经济利益。印度人并不排斥追求财富，但要求每个人树立正确的财富观念，即获取财富的方式必须正当，贪婪地掠夺财富是一切罪恶之源；对待财富不能独享，因为印度人视财富为神的恩赐，除了留下一部分自用，剩下的必须通过慈善或施舍的方式与他人共享，回馈社会，酬谢神恩。神即是梵，是无上我。每一个体灵魂都是神的一部分，因此唇齿相依，共存共荣。

◈ 古印度人视法利欲为人生三要，视解脱为最高的人生目标。然而，围绕如何才能达到解脱，向来有"出世之法"与"入世之法"之争。前者强调知识，即对真理的认知；后者强调行动，即对真理的实践。黑天旗帜鲜明地赞赏和推崇"行动"的必要性，认为"没有什么比行动更重要"，宇宙因行动而存在，社会因行动而运转，表达出一种积极入世的人生观。《薄伽梵歌》的译者张保胜先生评论道，这种务实的有为的精神，不管披上什么样的神学外衣，都比那些"遁世""出家""无为"的陈腐说教高明得多。

第三章　　盲王不寐，王储欲战

平心而论，持国王是真不愿意打仗，他始终对怖军与阿周那的勇武怀有戒心，不希望自己的儿子在战争中被杀。而坚战失去国土和财富，流亡十三年却仍有盟友相助，短短几个月就能召集七支大军，也大大出乎他的意料。然而，他心底里还是希望难敌能够独享王国，虽然希望能和平解决问题，但并非真心想答应般度族的要求。全胜出使回来后异乎寻常的严厉指责让持国惊觉事态严重，他为象城的未来而忧虑，更为儿子的命运而担心，心神不宁，难以入眠。于是，他深夜召来宰相维杜罗，向其求助："我害怕罪恶，又预感到罪恶，因此忧心忡忡，向你求助。一个受到失眠煎熬的人应该怎么办？"

维杜罗知道持国的心事，便道："窃贼和受到强者威胁的人就会失眠，你没有贪图别人的财富吧？为了俱卢族着想，我奉劝你把属于般度族的王国还给他们，让他们和你的儿子们一起幸福生活，自然就没有什么可担心的了。智者行事，应该先考虑清楚后果和自己的能力，不能只贪图眼前利益，否则就会像鱼贪吃鱼饵却吞下铁钩一般，自取灭亡。如果你害怕做不该做的事，就应该控制自我，不要去喝那醉人的饮料。而沉醉权力比沉醉饮酒更坏，因为沉醉权力的人不到栽下来，不会清醒。人需要先控制感官，才能控制财富；先征服自我，才能征服敌人。追求幸福不能抛弃正法和利益，那样看似聪明实则愚蠢，因为靠欺诈和非法手段聚敛的财富容易毁灭，软硬结合才能恩泽子孙。"

持国说道："我错待过坚战，担心他会在战斗中杀死我的儿子，而我不能抛弃我的儿子。为此我烦躁不安，请说一些驱逐我烦恼的话吧。"维杜罗答道："人人都有过错，难敌过去对坚战不公，你作为家族的长者正应该加以弥补。俱卢族和般度族合则两利，分则两败。持国之子们就像树林，般度之子们就如林中的狮子。

没有狮子的守卫，树林很快被毁灭；但是没有树林，狮子也就没了它们的依托之所，同样也会毁灭。所以，请公平地对待你的儿子和般度的儿子们吧，让他们互相支持，互相依托，家族就会繁荣昌盛，犹如池塘中的莲花。世界那么大，足可以容纳俱卢族和般度族。然而穷尽大地上所有的财富，也无法让一个贪婪的人得到满足。阻止难敌吧，让他放弃野心，否则将来当你的儿子的死讯传来之时，你会后悔莫及的。"

一如既往，维杜罗的谆谆教诲总能让持国王心服口服，可是盲目的老国王承认："你的教导我总是能听进心里去，理智上我也同情般度之子们，可是一见难敌，就会变样。只能说一切都是命中注定，人力只是徒劳。"

谈话之间，长夜逝去。次日，众人齐聚会堂，倾听全胜转达般度族的回复和他出使的所见所闻。全胜详细地描述了般度族的阵容、兵力、将帅，并称坚战的盟友都对他忠心耿耿，遵从他的号令行事，人人都对胜利深具信心，因为他们得到了黑天的帮助，且命中注定束发将杀死毗湿摩，猛光将杀死德罗纳。他们深信，正义和命运都站在般度族一方，因而斗志昂扬，军容鼎盛。全胜转达阿周那的话说："如果难敌不把王国还给坚战，那么他的罪行就没有受到清算。如果有人认为这场战争俱卢族能够取胜，非法胜过正法，世上就不会有人再行善。如果持国之子们冥顽不灵到这个地步，那就让战争到来吧！他们将在战场上看到甘狄拨神弓，黑天，和我。我将如大火焚毁俱卢族，如死神吞噬众生。"

毗湿摩听了说道："很久以前，仙人那罗延和那罗曾携手并肩，战胜过许多连天神都束手无策的敌人。他们一次次地降生，依靠行动带给世界快乐。据说，那罗就是阿周那，而那罗延则是黑天。他们是一个灵魂，两具身体。现在黑天成为阿周那的御者，他们俩再度携手，必将摧毁你们。难敌啊，你一向只听迦尔纳、沙恭尼、难降这些卑贱小人的话，也听一听长者的建议吧！如果你一意孤行，俱卢族只会在战争中遭到毁灭。"

这样当面指责引来了迦尔纳的抗议，道："祖父啊，你不该这么说我。我一向忠于职责，所做的一切都是为了难敌和持国王好。我做错什么了？"

毗湿摩并不理睬，只对持国说道："这家伙只知道吹嘘，你什么时候见他战胜过般度之子了？现在降临在你儿子身上的厄运，都是这个心术不正的车夫之子造成的！"

毗湿摩的话得到了德罗纳的附和。持国听了众人的意见和全胜的汇报，越听越担心，忧心忡忡地说道："这场大祸显然发端于那场掷骰大会，都是那些迷恋王权的蠢人造下的恶业。般度方勇将虽多，我最担心的还是怖军和阿周那。怖军力大无穷，赤手空拳就打死了妖连。阿周那曾战胜三十三天神，还没有听说他败过。我预见到灾祸必定降临俱卢族，我的儿子们会难逃厄运，为此夜不能寐，担忧不已，还是不要开战的好。"

全胜听了忍不住道："可是在赌骰大会上，你任由你的儿子以诡计赌赢了般度五子，你像小孩子一样欢呼雀跃，那时你可没有预见未来的祸患呀。你对儿子言听计从，可并没有真的为儿子的利益着想，害儿子的人不配做父亲。你祖传的王国并不大，靠了你侄子的努力你才赢得了整个大地，而你亏待他们，致使许多追随般度族的国王都不再尊敬你，你的儿子也会毁于阿周那和怖军的武力。做错事就得付出代价，现在悲叹有何意义？"

听闻这些泄气的话，难敌马上道："父亲，你不要害怕，不要为我们担心。当初坚战刚刚流亡森林的时候，以黑天为首的国王带着大军去见他，说要帮他讨还王国。我知道此事时很是忧虑，认为他不会遵守约定向我们宣战。那时开战我们必败无疑，因为坚战刚刚举行过王祭，大地上所有的国王都臣服于坚战，听从他的指挥。而我们的臣民离心离德，人人都指责我们。投降看来是唯一的出路。可是毗湿摩和德罗纳父子安慰我，说即使和全世界作战，他们也有能力战胜敌人。现在十三年过去，许多国王已经被我拉拢，愿意为我卖命。而坚战的力量远不如前，他只向我们要求五个村庄，不就是因为害怕我们吗？这些年，我勤学苦练，杵战技艺大有长进，我的老师大力罗摩曾说过，'以杵交战，没有人能与难敌相比'。因此怖军不足为惧。我还拥有德罗纳、迦尔纳、毗湿摩等名将，难道还杀不死一个阿周那？此外，我们有十一支大军，但他们只有区区七支大军，从数量上来说我们也占足了优势。所以你又害怕什么呢？"

第五部 战争与和平

持国悲伤地说:"难敌啊,不要犯蠢。你没有发现这正是你的漏洞吗?当初安慰你的毗湿摩和德罗纳父子现在都不想打仗了。除了你,整个俱卢王族没有人想要战争。这样你怎么能指望别人为你全心全意地作战呢?不要再听迦尔纳、难降和沙恭尼的教唆了,和般度之子和好吧,一半领土足够你生活了。"

可是固执的难敌哪里听得进去!"如果所有的人都不全力助我,那我就不重用他们,但是仗我是一定要打的。"难敌斩钉截铁地说,"这场战争是我和迦尔纳主持的祭祀,坚战就是祭祀的供品,我的战车就是祭坛,我们将在战场上祭祀阎摩,杀死敌人,载誉而归。说句明白话吧,我宁死也不愿与般度之子一起生活,不会给般度之子们即使针尖一般大的领土!"

持国见难敌态度如此坚决,便仔细评估双方取胜的概率,但他思前想后,还是认为自己的儿子不是般度族的对手,只得再次劝说:"我认为般度族会赢得胜利,这是事实,不是推测。因为他们是天神之子,世上没有不爱自己儿子的。天神们会帮助自己的儿子,火神也会报答阿周那,助他取胜。"

难敌最不想听到的就是这个,当即大发脾气,愤怒地说:"如果你是因为天神的原因惧怕和他们作战,那我告诉你,天神们行事自有其法则,才不会关心这些人间的事情。而且,不是我自夸,天神的威力也不能和我相比,不能救助我所憎恨的人,否则般度之子就不会遭受十三年的痛苦。我能令风暴平息,流水静止,我的智慧、勇气和威力,都远远胜过他们所有人。一旦开战,你只会听到般度族灭亡的消息,因为无论天神还是阿修罗都不能阻挡我毁灭我的仇敌。"

这时,迦尔纳为了回应难敌对自己的器重,也为了讨难敌欢心,说道:"我曾假扮婆罗门,从持斧罗摩那里骗得至高无上的梵天法宝,虽然他发现后诅咒我这个法宝会在我死期来临之际失灵,但是我现在已经完全驾驭了它。在战场上,我可以用我的法宝为你顷刻间将敌人消灭殆尽,毗湿摩和德罗纳他们都不用动手,我一个人就可以担负重任。"

一听这话,毗湿摩不禁动怒:"你在胡说什么呀?阿周那有黑天亲自保护,你怎么可能杀得了他?黑天杀死的敌人都比你只强不弱!"

迦尔纳一再被毗湿摩训斥，也忍不下去了，当即声明道："即使你是俱卢族的老祖父，也需要面对侮辱我的后果。只要你在战场，我绝不出战。"说罢，他放下武器，离开了会堂。

毗湿摩不为所动，瞧着他离去的背影奚落道："这个车夫之子就知道吹嘘。等到俱卢军毁灭的时候，你们就可以看到他如何信守诺言，担负重任。梵天法宝是他骗来的，那时他就已失去了他的正法和苦行，还指望依靠法宝的威力克敌制胜呢。"

听见毗湿摩这样嘲笑自己的好友，难敌心中不喜，驳斥道："般度诸子也和我们一样为凡人女子所生，为何你认定他们必定会取胜？我告诉你，不需要依靠你和德罗纳等英雄，我和迦尔纳、难降就能杀死般度之子，你就看着吧！"

眼看着俱卢族内部离心离德，战争还未开始，将帅就已闹到不能共事的地步，维杜罗叹息着说道："孩子啊，我曾听说过捕鸟人为何能抓到天上的鸟。因为这个捕鸟人在等待一个时机，一个群鸟之间吵架争斗的时机。一旦并飞的鸟儿争吵起来，它们就会坠落到地上落入网中，被捕鸟人捉住。亲族之间也是同理。亲族间本该和谐共处，一旦内部开始相争，便成了这个家族灭亡的契机。请善待你的亲族吧，不要互相内斗，因为亲人之间的战争没有胜负之说。"

"在俱卢王族中，维杜罗是唯一受到智者尊敬的人。"持国王曾如此评价维杜罗。他没有说错。一如往常，维杜罗的发言依然睿智不凡。一如往常，他的忠言照旧被人置之不理。毕竟，此时已不是圆满期，不是三分期，二分期已经走到尽头，即将迎来正法锐减、智慧潜沉的争斗时代。

不管亲友如何相劝，难敌始终不愿与般度族和解。于是，全场默然，人人带着沉重的心情离开会场。战争的脚步越来越近了。

⬥ 维杜罗对持国的劝说主要围绕利与欲展开，利指现实利益，欲指情感爱欲。持国在理智上接受了维杜罗的劝说，认同和般度方开战风险太大，从俱卢族的利益出发不如争

取和平；但情感上却完全无法对难敌说不，终于导致大战爆发。持国既无法控制难敌的行为，也无法控制自己对儿子的溺爱和迁就，由此造成战争浩劫，而他将此称之为命运。在苏克坦卡尔看来，持国和以难敌为首的持国百子代表着经验的自我和与之相随的各种欲望。"持国"这个名字表示"掌控王国"，然而这个名义上的王完全被他的儿子们操纵支配，意为经验的自我选择了远离智慧（以维杜罗为象征），执着于满足各种贪欲，因而变得软弱、盲目、反复无常。

◉ 印度哲学中没有绝对的善与恶，即使邪恶透顶的恶人也并非完全不知是非。苏克坦卡尔称，印度哲学中没有能准确对应"良心"一词的词语，而是使用"菩提"（Bodhi，意为觉悟、智慧）这个概念。"菩提"是人在日常生活中的顾问，使人能分清善恶是非。持国一方的顾问维杜罗即是"菩提"的象征，他总是向持国提供意见并一直跟随兄长到死，即使持国从不听从。持国称他为"摩诃菩提"（意为大智者，5.35.1），可为例证。

◉ 维杜罗和持国之间的谈话不仅针对般度族和俱卢族的纷争，也广泛地涉及治国与处世之道，充满了名言警句，堪称古印度的政治伦理格言汇编。这部分内容后来被单独摘录出来，称为"维杜罗正道论"（Vidura niti）或"智者之歌"（Vidura Gita），至今仍受到研究者的重视。

◉ 在大战开始之前，史诗作者再次点明阿周那和黑天即那罗与那罗延的化身，与主题献词"礼赞那罗延，无上士那罗"对应，并借毗湿摩之口，称他们是一个灵魂，两具身体。那罗延即无上我，代表梵/神，为觉醒了的灵魂；那罗则是个我，即个体灵魂，代表未觉醒的人类。神与人看似相异，实则同一。这一概念颇有奥义书的哲学色彩，即"梵我同一"论。

◉ 史诗中多次将俱卢大战比作祭祀。在难敌的眼中，大战是他和迦尔纳发起的祭祀，坚战是祭品。而之后迦尔纳也称大战是难敌发起的祭祀，但他认为黑天和般度诸子是祭司，难敌等持国诸子是祭品。Danielle Feller Jatavallabhula 认为，这表示难敌是自己祭祀的牺牲品，而般度诸子则是为他人行祭的祭司，其间的差别即是"有我"与"无我"。

◉ 俱卢大战发生在二分期末期，争斗期即将到来的时候。有指祭祀为二分期的正法，施舍则是争斗期的正法。而处在新旧时代转换期的这场毁灭性战争被视为一场小型的天启。

那罗与那罗延

"梵我同一论"（Brahmāt-maikyam）是印度教的主要信仰之一。印度教将人的本质或自我灵魂称为"个我"即阿特曼，宇宙本体称为"梵"，认为二者同一无差，人的自我灵魂只是宇宙本体"梵"在人间的显现。梵如同大海中的水，人的自我灵魂如同陶罐中的水，一旦打破陶罐（摆脱身体的束缚），水就能复归大海。梵我同一论一方面为印度教追求的终极目标"解脱"提供了理论依据，另一方面也有利于社会和谐：当人认识到每个人的个我都一般无二，就不会丧失对他人的爱。

黑天与阿周那，那罗与那罗延

史诗在每一处关键场景中都会提到阿周那与黑天即是那罗与那罗延，他们是人的个我与梵的具象，彼此同一。在大战即将开始之际，毗湿摩再次提到那罗与那罗延两位古老的仙人受到梵天的崇敬，他们一次次转生，战胜阿修罗，带给世界以福祉："传说黑天就是那罗延，阿周那就是那罗。那罗延和那罗是一个实体，分成两个。他俩凭借自己的业绩，享受不灭的永恒世界，而在战斗的时刻，他俩又一次次诞生在这里或那里。

第四章　　　　　　　　　　　　　黑天出使

这样的结果早在坚战王的预料之中。全胜离开后,坚战便和黑天商议道:"全胜是持国的灵魂,他传达的一定是持国本人的意思。持国贪财,心思邪恶,溺爱儿子,处事不公。他要求和平,却不肯归还我们王国。即使我们只要五个村庄,一味顺从儿子的持国王也未必会应允。黑天啊,你知道我们的遭遇,我们有权获得幸福,把快乐带给受难的母亲,照顾答谢一直支持我的朋友们。最好的解决之道是与他们和解,彼此共享幸福,战争是下下策。我知道刹帝利以杀戮为生,除了作战我们没有别的生存方式,然而,即使是陌生而卑劣的敌人也不该轻易杀死,何况是和我们有着血缘之亲的亲族?踏着亲人尸体的胜利和失败有什么分别呢?一旦开战,我们只有两种结局,或失去性命,或终己一生背负痛苦。战争带来死亡和毁灭,造成的仇恨无法平息,只要家族中有人出生,仇恨就会一直延续下去。也许斩草除根能终结一切,但却太过残酷。而放弃王国以求安宁也不可取,因为敌我双方毁灭的因素依然存在。"

坚战心情沉重地说道:"黑天啊!仇恨无法消灭仇恨,只能助长仇恨,犹如酥油助长祭火。我们既不想放弃王国,又不想家族毁灭,那就只能委曲求全,争取和平。一旦所有谋求和平的努力失败,战争也就不可避免,那后果是可怕的。黑天啊,你怎么看待此事?我们找你商议,因为你最关心我们的利益,又多谋善断,富有远见。"

黑天明白坚战的顾虑,慨然答道:"为你们双方考虑,我将亲自前往俱卢谈判,如果能在不损害你们利益的前提下缔结和平,我便做了一件大好事,从死亡的套索中解救出俱卢族、般度族和为你们而战的朋友,大地也就不会毁灭。"

"不,我不赞成你这么做。因为不管你说得多么合情合理,难敌也不会听你的。

我不想你为我们而蒙受屈辱。"

黑天微笑道:"我当然知道难敌是什么样的人,但还是应该去争取和平,这样才师出有名,不会受人非议。至于我在象城是否会遇到危险,你大可放心,就算世上所有的国王聚在一起,也不敢面对发怒的我,就像群兽不敢面对发怒的狮子。"

坚战放下心来,诚心祝福道:"既然如此,那你就去吧!你能言善辩,熟知我们双方的情况,真心盼望你此行顺利,能达到目的,平安归来。"

"我的确对你们双方都很了解。你的一切行动都是立足于正法,而持国之子们则立足于仇恨。所以你更多想的是如何避免战争,但不要抱有不切实际的幻想。"黑天提醒道,"难敌兄弟这些年广结盟友,羽翼已成,自以为强大,不会满足你们的愿望。你的妥协退让只会被他们视为软弱可欺。你在为家族的前景忧心忡忡,可他们从来没有为他们犯下的罪孽懊悔自省。这样的人死不足惜。我前往象城,是因为世人还没有看清难敌到底有多么贪婪。我会斥责他的倒行逆施,赞扬你的美德,即使和谈破裂,世人也会谴责俱卢族和持国王。我会努力争取和平,也会借机探查他们的军备情况,然后回来助你争取胜利。你也要训练好士兵,做好一切战争准备。在战争中,邪恶之人必将灭亡,而你终会夺回属于你的东西。因为只要难敌活着,他就不会把财产与王国还给你。"

听完黑天的话,怖军担忧地说:"黑天啊,无论如何你都要劝说俱卢人接受和平,不要用战争来恐吓他们。我和坚战王都是这意思,阿周那也赞成,因为他心怀慈悲。想打仗的只有难敌,他暴躁易怒,是家族的毁灭者。你要好好劝他,和气说话,让他听从,不要过分傲慢。我们也愿意忍让他,顺从他,只求家族不要遭到毁灭。"

一向脾气暴烈的怖军竟然说出这样温和的话语,犹如山岳失去重量,火焰失去热度。黑天不觉失笑,说道:"这可不像你的风格呀,怖军。你平日不是最渴望战争的吗?林居的日子里,日夜被复仇的怒火煎熬,长吁短叹,夜不能寐的,难道不是你吗?当众发誓要用铁杵杀了难敌的,难道不是你吗?现在战争临近,正该你大显身手的时候,怎么你倒想求和了?是不是害怕了?怖军,懦弱可不是你的风格。"

听到黑天的讥讽，怖军急了，立刻分辩道："你错看我了，黑天！我怎么会害怕？我的力量和勇气，足以分开天与地。就算要和全世界作战，我也不会胆怯。我只是出于怜悯，不忍心家族毁灭，才向敌人示好。"

"我没有小看你，我对你的评价甚至比你对自己的评价还要高。"黑天温和地说道，"我只是提醒你，谋事在人，但成事在天。博学之士精心筹划百般谋算，也难免因命运作梗而不能成事。如天气冷热，是否下雨等，这些是上天的安排，人力无法强求，也就不必在意。但命运之外，人的行动不受限制。不能因为有这些人力无法控制的因素存在，就放弃自己的职责，放弃行动，无所作为。世上没有必赢的战斗，做自己该做的事，全力以赴，但不必在意结局的成败。怖军啊，这就是我想对你说的话。"

"明天我将前往俱卢，竭尽全力争取和平，而又不牺牲你们的利益。如果他们接受和平，自然皆大欢喜，否则必将爆发一场残酷的战争。那时你和阿周那将身负重任，率领其他勇士共同对敌。所以我才用话激你，让你重燃斗志。"黑天解释道。

"我感到，你似乎认为由于持国之子的贪婪，或者由于我们实力不足，谋求和平并非易事。"阿周那敏锐地察觉到了黑天的弦外之音，"你说单凭人力无济于事，又说人不努力就不能成事。你说得也许对，也许不对，但总不能把任何事情预先设定为不成功。黑天啊，你是般度族和俱卢族最好的朋友，为我们带来和平吧！我认为你想做就一定能做到。但如果你另有打算，认为杀死难敌对我们更有利，也请立即行动吧，反正他也该死。总之，无论你做出什么决定，我们都会追随你，遵从你的命令。"

阿周那这种"只要你黑天去就一定能成事"的强烈信心让黑天有些啼笑皆非，只得再次解释道："任何事情的成功都取决于双方的行动。农夫可以辛勤耕耘努力施肥，但没有雨水照样没有收成。就算以人力灌溉来补救，真要遇上旱灾也无济于事。先贤早已睿智地断言：世事取决于命运和人力。就人力而言，我会尽我所能，但我无法改变命中注定的事。直到现在，难敌从未为他的恶行而受到惩罚，沙恭尼难降之流还在助长他的邪念。以他的为人，除非他死去，你们不可能得回王国。这个罪人经常挑拨你我的关系，但我从不中计，你也不应有所怀疑。我虽然不赞成与他们和解，但还是会付诸行动，做我该做的事情。你们也不能放松对他的警惕，在努力求和的同时也应努力备战。"

"黑天啊，你已经听到了坚战、怖军和阿周那的意见，但不要为他们的意见所束缚，你认为该怎么办就怎么办吧，因为每个人的意见都自有道理。"无种委婉地说出了自己的不同看法，"我们现在有七支大军，无数良将，谁会不怕呢？你和俱卢人说话的时候，不必卑躬屈膝，要软硬兼施，让难敌心中充满恐惧。你向俱卢人晓以利弊，象城尊长会引导难敌接受和谈，让坚战王如愿以偿的。"

"坚战王说的是永恒的正法，但我认为你应该让战争爆发。即使俱卢人想要和谈，我们也不要答应。"偕天直率地说道，"目睹黑公主在众目睽睽之下受辱，不杀难敌，我怒气难消。如果坚战、怖军和阿周那三位兄长囿于正法不愿作战，黑天啊，我宁愿背弃正法，也要与他们战场相见。"

"说得好！"雅度族勇士萨谛奇为偕天喝彩，"偕天的想法，也就是我们所有战士的想法。只有杀死难敌，我们的怒气才能平息。"

萨谛奇一语方毕，在场所有将士齐声发出可怕的狮子吼，四面八方都响起了为他鼓掌叫好的声音。将士们渴望着战斗，以最直接的方式表达着他们对偕天和萨谛奇的支持。现场气氛热烈，战意激荡，士气高扬。

一直默默旁听的黑公主终于等到了她想听到的话。她含着泪水，对黑天说道："黑天啊，如果难敌不想归还王国，你就不应该去。你知道难敌及其同伙有多么不择手段，你也知道我所受的屈辱和我所经历的痛苦。如果我们想要活下去，就不能对敌人妥协退让。这些恶人得到的应该是惩罚，而不是安抚。"

说到这里，她情绪激动，眼圈发黑，乌黑柔软的长发如黑蛇般卷曲垂下。她以手挽着秀发，走到黑天面前，哽咽着说道："莲花眼[1]啊，那些想要求和的人应

---

[1] 莲花眼是黑天的称号，指他的眼睛又大又长，形状如莲花花瓣一般美丽。

该随时牢记,当初难降是怎样拽着我的头发肆意羞辱我的。若不看到难降的脏手被砍下,我的心永不平静!如果怖军和阿周那想要低三下四地向敌人求和,我年迈的父亲和我英勇的儿子们也会为我而战!这十三年里,愤怒时时刻刻在燃烧着我的心灵,但我的丈夫却因为正法而想要和解。"

说到伤心处,黑公主不禁失声痛哭,那潸然而下的泪水滚烫得犹如流动的火焰,深深地打动了黑天。黑天安慰她道:"放心吧,如果持国之子不听我的话归还王国,战争必定会爆发,他们命中注定会死于杀戮,尸体喂饱野狗和豺狼,婆罗多族的妇女将如你此刻这般痛苦地哭泣。黑公主啊,收住眼泪吧,山可移,地可裂,天空和星辰可落,但我的话绝不会落空。我向你发誓,不久的将来,你会看到你的敌人躺在血泊之中,你的丈夫重获荣华富贵。"

阿周那听了也表示道:"黑天啊,你是所有俱卢后裔最好的朋友,同时为双方所敬爱。如果连你的忠告难敌也不肯听从的话,这个蠢人也就只能任由命运宰割了。"

黑天答道:"是的。我此行既是希望能维护你们的合法权益,也是为了让俱卢人平安无事。"

黑夜过去,一轮朝阳破晓而出,金光遍地,灿烂辉煌。时值秋冬之交的奎宿(Revati)白莲月(Koumuda),正是丰收和欢庆的时节。黑天于密多罗吉时起身,将作为般度族的使者出使象城。他吩咐萨谛奇将他所有的武器都放上车,做好万全的准备:"因为难敌、迦尔纳和沙恭尼是什么事都干得出来的,不可掉以轻心。"

坚战率领众兄弟与般度族盟友前来为黑天送行,谈到母亲贡蒂所受的苦难,坚战深为自责:"我们自幼由这位柔弱的妇女抚养长大,在她的庇护下逃过难敌的一次次迫害。我们流放森林的时候,她哭泣着追赶我们,而我们却扔下她,把她留在象城。如果她还没有伤心而死,但愿我们能时来运转,让她重拾欢颜。黑天啊,请代我问候她,也问候象城各位尊长。"

阿周那也上前说道:"黑天啊,所有的国王都知道难敌应该归还我们半个王国。如果俱卢人客客气气地照办,自然很好;否则,我必定灭绝这些刹帝利!"怖军随之应和，发出兴奋而又愤怒的吼声，令人震怖。

黑天和朋友们一一拥抱道别，以萨谛奇和成铠为首的十名雅度族勇士全副武装地陪随着他。他们率领一千名步兵和骑兵，以及数百随从，浩浩荡荡地向象城进发。和风吹拂，天降花雨，整个三界都关注着黑天这次决定万千生灵命运的出行。黑天的战车以大鹏金翅鸟为旗号，金车灿若朝阳，骏马如云奔腾。当御者驱车之时，那疾行的骏马仿佛要吞没道路，吞噬天空。

黑天出使的消息迅速传到象城，引发全城热议。持国十分高兴，下令象城上下装饰一新，备下厚礼，要好好地款待黑天："黑天是般度族的使者，为所有人所敬重。如果我们能取悦于他，他就会满足我们的愿望。难敌，你要在沿途为他搭建好厅堂，设备齐全，让他一路受到最崇高的敬意；你要好好去办，让他对你产生好感。"难敌于是亲自主持此事，在黑天必经之地择地建造驿舍，嵌以各种宝石，饮食衣物一应俱全，安排舒适周到，更在象城郊外的狼地村特别盖了一座华美精致的行宫，专门供黑天居住。然而，他对付沙利耶的这套手段，却对黑天不起作用。黑天看也不看这些镶嵌宝石的驿舍，一路径直向象城进发。到达狼地村后，他也同样借宿在俱卢百姓家中，和当地村民一同进食。

持国王不以为意，仍然兴致勃勃地和众大臣商议第二天见到黑天时应献上怎样的厚礼。维杜罗察觉到他的意图，不觉叹了口气，一针见血地道："国王啊，我很清楚，你如此厚待黑天，不是出于正法和友谊，而是一个圈套。你想用财物拉拢黑天，让他背叛般度族，可黑天不是你能收买的。他来此只为和平解决争端，除此之外他不会想要别的礼物。你若真的想让他满意，就照他说的做吧。"毗湿摩也随即表示赞同。

难敌在一旁听得一肚子气，说道："维杜罗这话倒说得不错，黑天不可能背叛般度族，所以不要给他送礼了。我也绝对不会和般度之子共享财富。我已经想好了，我要把黑天这个般度族的靠山抓起来，这样般度族、雅度族和整个大地就只能臣服于我。他明天就会来这里，现在的问题是我们该怎样行事才不被他发觉。"

此言一出，满座皆惊，连持国都觉得太过分了，惶恐地说："不要说这种话了，这不合古制，黑天是使者呀！他又是我们喜爱的亲戚，并没有害过我们，你怎能囚禁他？"

毗湿摩大怒道："持国！你这儿子又坏又蠢，自择死路。我告诉你，如果你再默许他做出这不义之事，他和他那帮大臣顷刻之间就会毁灭！我再也受不了他的胡言乱语了！"说罢，这位俱卢族元老一怒离场，会议就这样不欢而散了。

俱卢族这边商议未定，黑天已如期来到了象城。持国以最盛大的仪式欢迎黑天到来，象城居民倾城而出，争相目睹黑天的风采，将王道挤得水泄不通。毗湿摩、德罗纳和慈悯等尊长一起亲自前去迎接黑天，他们由衷地欢迎这位般度族使者的到来，因为他已是婆罗多族最后的和平希望。

◉ 在般度一方中，黑公主的复仇之心是最炽烈的。史诗中特别提到，难降将经期中的她带到大会堂中当众受辱时，他拖拽的黑公主的秀发曾在圣水中沐浴过。从那以后，她就一直保持着散发形象，直至战争结束，仇人灭绝。散发在印度是寡妇的标志，她手挽秀发要求发动战争雪耻的形象，打破了印度要求妇女宽容柔顺的传统。8世纪的梵语作家婆吒·那罗延（Bhatta Narayana）以此为灵感，创作了一部宣扬复仇的戏剧《结髻记》。在这部剧中，怖军击断难敌的大腿，以仇人的鲜血为她洗发之后，黑公主才重新结上发髻，表示接纳丈夫。

◉ 古印度人将一年分为六季，两个月构成一季，依序分别为春季、夏季、雨季、秋季、秋冬之交和冬季。奎宿为第二十七宿，白莲月即迦拉底迦月（Kartika），印度太阴历中的第八月，约在公历的十月或十一月，是一年之中最为吉祥的月份。但如今迦拉底迦月属于秋季，而不是秋冬之交。这可能反映了印度古今气候的变化。一些学者以此为依据来推算俱卢大战发生的历史年代。密多罗时辰通常为早上太阳升起后的96分钟之后，是象征友谊的吉时。

◉ 一些试图将史诗去神话的学者认为成铠加入俱卢方是雅度族内部分裂的结果，但从史诗文本上看，很难证实这一点。黑天在预感到象城和谈可能会受到难敌武力威胁的时候，特意带雅度族心腹作为自保，成铠就是其中之一。如果成铠是俱卢方的支持者，且在已确定加入俱卢方的情况下，黑天不可能将他作为护卫队首领带往象城。

第五章　　　　　　　　　　最后的努力

黑天在人潮的簇拥下入城，快马不得不放慢脚步，许久才进入王宫，依礼见过俱卢王室尊长之后，在下午见到了姑母贡蒂。亲人相见，悲喜交集。贡蒂已经十三年未和儿子见面，伤心之情难以自持。黑天安慰了她，然后去难敌的宫殿与难敌见面。

难敌正与迦尔纳、难降和沙恭尼在一起。俱卢族召集的各盟国国王也全都会聚于此。难敌很客气地接待了黑天，又邀请他吃饭，黑天干脆利落地拒绝了他："使者只有完成使命后才能接受食物和供奉，你等我此行成功之后再招待我吧。"

"你这话就欠妥了。无论你此行是否成功，尽心尽意地招待你难道不是我该做的事吗？为何你一路拒绝我们的招待，到了象城仍然如此？"难敌不悦地说，"我们是亲戚，双方既无仇怨，也无纷争。你不应该拒绝我们出自友爱的礼物。"

黑天看着难敌和他那些大臣，唇角含笑，然而话语如刀："我绝不会因为爱欲和私利而抛弃正法。难敌，你一直无端地仇视般度之子，但你仇视的一方恰是恪守正法的一方。因此，我直言相告——我与般度之子们灵魂同一，仇恨他们就是仇视我，追随他们就是追随我。人不应该与卑鄙之人交往，不应该享用沾有罪恶的食物。所以这一次来象城，我会住进维杜罗的家里，只吃他供奉的食物。"

黑天说完就离开了难敌的宫殿，前往维杜罗家住下。俱卢尊长听说此事后，毗湿摩、德罗纳甚至老王波力迦都前来看望黑天，表示已为黑天备好豪华的宫殿，黑天一概婉拒。当晚，他与维杜罗一同用餐，两人挑灯长谈，直至群星逝去。

维杜罗并不赞成黑天来象城，他担忧地说："你不该来这里，因为难敌不会听从你的建议。他贪婪成性，傲慢自大，缺乏自知之明。现在他已召集好盟友，集结好军队，自认为力量强大，足以战胜般度方，所以绝不会与你们讲和。和难敌结

第五部　战争与和平

盟的这些国王都与你有宿仇，你之前曾夺走他们的财富。他们对你又恨又怕，于是投靠了难敌，渴望与般度方作战。所以黑天啊，你又有什么必要对这帮恶徒白费唇舌呢？"

黑天感谢维杜罗的关心，坦然答道："我自然知道难敌的邪恶和这些国王对我的敌意，但这一趟我必须来。俱卢族正面临灭顶之灾，这是难敌和迦尔纳造成的，其他人都是追随者。避免两族之间的战争，拯救面临灾难的朋友，让大地免于覆亡，是我应该做的事。如果我已竭尽全力，难敌仍然不听劝告，我也算尽到了责任。如果我不这么做，别人就会说，黑天有能力却不阻止这场战争。你也不必为我的安全担心，这些国王不敢面对发怒的我。"

翌日，难敌和沙恭尼来接黑天去会堂和谈。黑天与维杜罗同车当先而行，萨谛奇和成铠率领上千名雅度族勇士跟随在后。见黑天到来，以持国王为首，毗湿摩等象城尊长及俱卢族的众多盟国国王一齐起身致意，就连那罗陀、持斧罗摩等仙人圣者也到场观看这场人间的集会。黑天肤色是如亚麻花一般的蓝色，他身披黄衣，神采奕奕，坐在会堂中一张精致美丽的金座椅上，就如嵌在金子上的摩尼珠一般光彩照人。

"俱卢族和般度族之间应该和平共处，而不是兵戎相对，这就是我此行的目的。"黑天开门见山地说道，"持国王，你是俱卢家族中的最高权威，理应约束族人的胡作非为。现在，由于以难敌为首的持国之子们倒行逆施，俱卢族面临着战争。如果任其发展，不仅俱卢族，整个大地都会因此而毁灭。这是你想要的吗？如果你想要和平，倒也不难，你来阻止你的儿子，我去阻止般度族，息兵止戈，让双方重归于好。俱卢族和般度族都良将如云，盟国众多，合则天下无敌，家族兴旺，幸福安乐；战则两败俱伤，家破人亡，众生毁灭。所以，为众生，为家族，为你自己，请与般度族和解吧！他们并没有任何过错，虽然屡遭迫害，却依然视你如父地尊敬你。般度之子已经做到仁至义尽，要求合情合理，他们渴望和平，但也准备好战斗，权衡利弊，请你把属于他们的财产还给他们吧！"

会堂里的所有人都听到了黑天的发言，人们在心中叫好，但碍于难敌在场，没有人敢置一词。见此情形，持斧罗摩等圣者仙人告诉难敌，阿周那和黑天就是上古的仙人那罗与那罗延，他们二人一旦联手，三界之中无人可以抗衡。而黑天本人就是至高神毗湿奴的化身，难敌若执意要与般度方开战，将是自择死路。然而难敌开战的决心已定，看着迦尔纳笑道："造物主既然把我造成这个样子，我如何能改变？自当照此行事，走向我既定的未来和宿命。说这些有什么用！就让该发生的都发生吧！"

那罗陀仙人忍不住对持国说道："骄傲和固执将会带来毁灭，持国王啊，让你儿子听听朋友的忠告，和般度之子和解吧！"持国叫道："这何尝不是我的希望？但我做不了主啊！愚蠢的难敌从来不肯听我的话。黑天，你做做好事帮我劝劝他吧！"

黑天便对难敌说道："难敌，我今日之言全是为你好。你是著名的婆罗多族的后裔，以你的出身和所受的教育，本该知道是非廉耻，然而你的想法和做法却卑鄙无耻，完全不合你的身份。要知道善恶有报，你的恶行，已经使你的家族面临毁灭。你就听从父母之命，与般度族和解吧！把自己从罪恶的泥潭中拯救出来，积善行德，让各位尊长满意高兴。般度之子是你的亲戚，正直勇敢，一直善待于你，你却与他们为敌，为此求助于沙恭尼和迦尔纳这些人品、学识和本领远不如他们的外人，岂非愚不可及？智者追求三大目的——法、利、欲，若不能兼得，上者取法，中者求利，下者求欲。背弃正法，不择手段，只为满足自己的利和欲，这样的人迟早毁灭。现在你就是这样的情形，你不择手段地攫取权力和财富，不惜以怨报德，与恶人同盟而压迫坚守正法的般度之子，现在还想发动战争。难敌啊，凡事不可太过分。就算是普通人，也不要把人逼至绝境，何况是英勇的般度之子们呢？阿周那不可战胜，这场战争只会造成毁灭。为了你的亲人考虑，请不要发动战争，不要让你的儿子、兄弟和亲友因你而死。"

然而一向不容异见的难敌哪儿能听得进去？他正要发脾气，毗湿摩马上说道："孩子啊，黑天说这些话是出于朋友的道义，希望我们家族能和睦安宁，合乎正法和你的利益。你要听进去，不要被愤怒冲昏头脑，一意孤行，葬送了整个婆罗多族。"

德罗纳也跟着道:"听黑天和毗湿摩的话吧,他们聪明博学,是真心为了你好。那些鼓动你开战的人并不能真的带给你胜利,难敌啊,只要有黑天和阿周那在,般度族就不可战胜,不要害死你的儿子和兄弟。黑天和毗湿摩的意见是正确的,如果你不接受,以后你会痛苦不堪的,好好想想吧。"

连番遭受指责,难敌愈来愈怒。维杜罗冷眼瞧着他,说道:"难敌啊,我不为你担忧,我只担忧你年迈的父母。就因为生育了你这个毁灭家族的罪人,他们会失去保护,失去朋友和亲人,像孤苦无依的乞丐,悲哀地在这大地上游荡。"

俱卢族的尊长都意见一致,持国王就算开始还有寸土不让求得和平的私心,此时也已化作泡影。于是他也开口劝说难敌道:"黑天的话符合正法,你要听从。孩子啊,不要错过这次机会,以黑天为桥梁,去会晤坚战,与般度族讲和吧。"

持国王此言一出,立即得到毗湿摩和德罗纳的赞同。看到所有人都反对自己,难敌怒不可遏,叫道:"黑天,你应该想清楚再说话!你无缘无故地支持般度方,一味指责我,就不考虑双方力量的强弱吗?你、奴婢子、国王、老祖父和老师,全都谴责我,你们都恨我,但我做错了什么?我想了又想,也没有发现自己有什么错,甚至连最微小的过失都没有!般度之子沉迷赌博,输掉了他们的王国和财富,这是我的错吗?我把财富还给他们,他们又再次输给我,于是遵从协议流放森林,这是我的错吗?所以,他们凭什么要与我为敌?我有毗湿摩、德罗纳这些英雄,还怕战胜不了般度之子!你想威胁我,但我绝不会因为害怕而向敌人屈膝。我是刹帝利,刹帝利的正法就是作战。参与战争,死在箭床上,就是刹帝利最高的归宿。因此,你说我背弃正法,而我认为这就是我的正法。我这一生,将只向刹帝利正法和婆罗门屈膝。"

说罢,难敌斩钉截铁地道:"黑天,你听着,只要我活着,我就不会容许般度之子获得任何一片我父亲曾经同意给他们的王国。那时是持国王主政,我年幼无知,才会任由长辈们无故侵犯我的利益。这种事不可能再发生了,现在我连一块针尖大小的土地都不会还给般度之子!"

黑天不禁心中微怒,嘲笑道:"你想得到英雄之床?战争即将爆发,大屠杀就会开始，你和你的大臣们都会如愿以偿。蠢材，现在你还说你没有做过错事？好，我就说给大家听听。你嫉妒般度之子的财富和权势，于是和沙恭尼这个骗子合谋，设下赌局陷害自己的亲戚，这是正人君子所为吗？就是那次罪恶的赌局，造成家族不和，让俱卢族如今面临毁灭的危险。除了你，谁会在大庭广众之下凌辱自己家族的儿媳？你已迫害他们流放，还要雪上加霜，恶言相向，极尽侮辱，有哪个善人会做出这等事情？多象城的大火，怖军饮食中的毒药，从小到大，你用过多少手段想害死他们？难道你还认为你没有做错，般度族无权征伐于你？现在，你的父母和长辈都多次对你好言相劝，让你接受和解，这对双方都有利，但你智慧浅薄，愚蠢狂妄，将这些忠言抛诸脑后。难敌，你的这些行为，哪一件不是违背正法、玷污名誉之事？"

黑天词锋如刀，但俱卢尊长并无不满之色，反有支持之意。见此情形，难降便向难敌说道："哥哥，现在看起来如果你不和般度族和解的话，俱卢族人就会把你、我还有迦尔纳捆起来交给般度之子啊。"这句挑拨之言令本已不满的难敌勃然大怒，不顾在场的尊长和集会礼仪，起身扬长而去。他的弟弟、大臣和所有的国王立即跟着他离开会堂。

"抛弃正法，意气用事，难敌对王国的迷恋太深，以致陷入贪婪和嗔怒的罗网。黑天啊，现在所有这些国王和大臣们都愚蠢地追随难敌，看来刹帝利已经在劫难逃。"望着难敌离场而去的背影，毗湿摩叹息道。

听了这话，黑天以沉雷般的语音，对毗湿摩和德罗纳为首的所有人说道："如今的一切，追根溯源，是你们俱卢族长辈犯下的大错。你们把王国交给这个邪恶的国王，现在却不能阻止他滥用权力。是时候采取行动了！当初，博遮王族舍弃了一个作恶多端的刚沙，整个雅度族同受其惠；舍弃了一些害群之马，阿修罗与天神之间止息了一场毁灭之战。因此，你们将难敌、迦尔纳、难降和沙恭尼捆起来交给般度族吧。为了保全一族，当可舍弃一人；为了保全一村，当可舍弃一族。持国王啊，当机立断吧！如果你能舍弃难敌，与般度之子和解，所有的刹帝利就不会因你而毁灭。"

似曾相识的可怕的话语，多年以前持国就已听过。那是在难敌出生之际，他为儿子索取继承王国的权利，刹那间噩兆显现，族中的智者和长老齐声要求："舍弃这个孩子吧，否则他将毁灭家族、毁灭大地！"无从得知此刻持国是否回想起了那令人战栗的一幕，但他显然明白事态严重，立即吩咐维杜罗道："快把甘陀利请来！我要和她一起劝导走上邪路的儿子。她聪明睿智，富有远见，也许难敌会听他母亲的话，那我们就能求得和平，拯救全族。"

　　一向对难敌予取予求的持国王，在俱卢族生死存亡之际，终于展现出他积极主动的一面，要与妻子共同阻止儿子的愚行。然而长久的溺爱与放纵，早已养成难敌骄纵的性格。绝不愿以强制手段对付儿子的持国，单凭苦口婆心的劝说是否能奏效，真是不问可知。然而作为一个深爱儿子的父亲，这已是持国王所能做的最后的努力了。

◉持国三兄弟之中，持国代表为无明所障的众生，般度代表多情多欲，维杜罗则是智慧与美德的象征，是正法之神阎摩的部分化身。后世的虔信文学常常描写维杜罗为了抗议象城的不公，拒绝享用王室食品，只吃自己菜园中种的蔬菜，因而得到了黑天的赞赏。

◉作为最能阻止战争的俱卢族最高权威，持国王的反应历来受到研究者重视。在会议开始之初，持国理智上知道应该还般度之子一半王国，情感上却依然偏向自己的儿子，希望寸土不让就能取得和平。而在俱卢尊长众口一词地表态之后，他终于正面要求儿子与般度族和解。但他真正努力说服儿子，则是在黑天要求他顾全大局舍弃儿子之后。史诗作者将持国不同阶段的反应写得层层递进，令人信服。

◉雅度族分为博遮族、苾湿尼族（Vrishnis）和安陀迦族（Andhakas）等，实行多族共治，由推举产生类似于国王的部落联盟首领。博遮族王子刚沙倚仗岳父摩揭陀王妖连的势力，囚禁了父亲厉军（Ugrasena），夺取王位，残酷压榨雅度族人民。黑天在亲友们的支持下，杀死刚沙，迎厉军重登王位，让雅度族重获幸福与安宁。黑天以此为例劝说持国舍弃儿子，换回和平。

◉黑天代表最高的自我那罗延，阿周那代表生命的自我那罗，这一概念在史诗中被反复提及论证。为了说服难敌打消战意，持斧罗摩讲述了国王骄生（Dambhodbhava，意为骄傲所生的儿子）的故事。骄生狂妄自负，有人说他不是在香醉山枣林中苦修的那罗与那罗延的对手，他就带领大军前去挑战。那罗苦劝无果，于是拿起一把芦苇投向骄生和他的大军。看似无害的芦苇如利箭般准确无误地刺向来犯者，骄生只得跪地求饶。这是一个矫治骄傲的故事，故事中的那罗延始终没有出手，只是在一旁看着，然而他却是比那罗更伟大的人物。苏克坦卡尔认为这一插话是《奥义书》中寓言的通俗版：一棵树（代表人的身体）上有两只鸟，一只鸟品尝着果子（代表生命的自我），另一只鸟就在旁边安静地看着（最高自我）。这个寓言形象地表示了人的体内同时有人的灵魂和神的灵魂。史诗中多处提到"黑天就是阿周那，阿周那就是黑天"，即是此意。

第六章　　　　　　　　　　　　　　　母亲的教诲

甘陀利来到会堂,了解到事情经过,知道俱卢尊长都对儿子要独占王国的态度极为不满。她担心家族毁灭,一边让人去请回自己的儿子,一边责备持国道:"王国不能让一个忽视正法和利益的人掌管。事情发展到如今的地步,都是你的过错啊。你明知他屡屡作恶,却出于溺爱而依从他,将王国交给了这个贪婪邪恶之人,现在尝到了恶果。"

这时难敌余怒未息,两眼通红地再次回到会堂。这种态度触怒了俱卢族元老毗湿摩。他生气地说:"难敌!你听我的话,做对家族有益的事吧!只要有我在,谁敢统治这个王国?我是福身王的独子,为了父亲和家族,我信守誓言,多次拒绝王位。是我让大智者毗耶娑和我的弟媳行尼瑜伽,为俱卢族延续血脉,诞下了持国等三位王子。你的父亲是盲人,无权继承王位。般度成为国王,他的儿子理应继承父亲的遗产。不要再吵了,给他们一半王国吧!我对你和他们一视同仁,一直希望你们能和睦相处。这也是你父母和维杜罗的想法。不要无视我的话,不要毁灭你自己和整个大地。"

毗湿摩话音刚落,德罗纳也对难敌说道:"般度王林居之时,将王国托付给持国和维杜罗。维杜罗甘居下位,侍奉兄长,掌管王国的财政。毗湿摩不恋王位,掌管王国的军事。俱卢族因此家族和睦,王国兴盛。你出生在这样一个兄友弟恭的高贵家族,怎么想要分裂家族呢?和你的堂兄弟和好,共享荣华富贵吧!我说这些不是因为怯懦或贪图财富,是毗湿摩供养我,不是你供养我,我也不想靠你吃饭。听毗湿摩的话,还给般度之子一半王国吧。我是你们共同的老师,对你们一视同仁。我爱阿周那,如同我爱马嘶。还有什么可说的吗?哪里有正法,哪里就有胜利。"

两位长辈的话已经说得很重,但难敌铁了心要开战,并不因此而动摇。维杜罗心痛如焚，看着毗湿摩说道："天誓啊！俱卢世系血脉中断之际，是你拯救了它。现在因为难敌的缘故，俱卢族面临灭亡的危险，请你阻止他吧！如果你做不到，就和我与持国一起遁入山林；要么你就把这个败家子捆起来，让般度之子来保护这个王国吧！"

听到几位尊长的发言，甘陀利深感事态严重，于是生气地责备难敌道："让大会堂里所有的人都听好了，我要讲述你和你追随者的罪过。俱卢王国是依序继承的，这是从古至今的规矩。恒河之子毗湿摩品行高洁，不恋王位。这整个王国之前属于般度王，现在属于般度的子孙，别人无权统治。般度王之前将王国托付给持国和维杜罗，如今这两位长辈都还在世，你怎么能妄图超越他们，成为国王呢？持国和维杜罗都听从毗湿摩的吩咐，俱卢族应以正法为先，按照毗湿摩和持国王的指示行事。让正法之子坚战依法继承和统治这个王国吧！"

持国也说道："难敌啊，俱卢族并不一定是长子继承王位。远有俱卢族的先祖迅行王（Yayati），因为长子雅度王（Yadu）对他不敬而剥夺了他的继承权，让孝顺的小儿子补卢（Puru）登上王位，从此统治象城的代代都是补卢的子孙。近有我的祖父福身王兄弟，老大天友王（Devāpi）身体残疾，无法继承王位。老二波力迦王继承了母舅的王国，主动放弃了继承权。这样，福身王年纪最小，却继承了象城。我们就是福身王的子孙。同样，我虽是长子，却因残疾而无法得到王国，般度成为国王。他死后，这个王国属于他的儿子坚战。坚战既是合法的王位继承人，又具备一切国王应有的素质，他理应统治俱卢王国。难敌啊，我从未拥有这个王国，你既不是国王的儿子，又德行有亏，怎么能抢夺别人合法继承的王国呢？不要妄想了，把一半的王国和财富给他们吧！这样你和你的弟弟才能安度余生。如果你尊重我，就按照我说的话去做吧！"

这大概是持国对难敌说过的最重的话了，但只能让难敌更加愤怒。甘陀利于是用较为和缓的语气对他说道："你听我说，难敌，为了你好，你应该和般度族讲和，以示对毗湿摩、对父母、对以德罗纳为首的朋友们的尊重。统治世界是一件大事，像你这样违背正法，罔顾利益，随心所欲地统治王国，必定难以持久。

人要做感官的主人，而不是奴隶。如果你不能控制自己，却想控制国家，那是不可能的。贪欲和愤怒会撕裂你的智慧。难敌啊，你不要任其支配。听你长辈们的话，和般度族一起统治大地吧。他们没有说错，黑天和阿周那无法战胜，发动战争对你没有丝毫好处。当初为了避免家族内讧而平分国土的好处你也看到了，你享受整个大地，一切敌对势力由般度之子铲除。如果现在你和你的大臣们愿意的话，分一半国土给般度族吧，一半国土足够你们生活了。你已经迫害了他们十三年，还不够吗？如果逼到极处，战事一起，一切众生都不复存在。你不要因为你的一时意气毁了俱卢族，不要让这个大地因为你而经历一场屠杀。况且，就算你执意开战，毗湿摩、德罗纳和慈悯等人也不会全心全意地为你战斗。迦尔纳倒是有这个心，可他不是般度之子们的对手，你的弟弟难降就更不行了。不要再贪心了，难敌，平静下来吧！"

然而难敌执念已深，已听不进任何劝告。他听到母亲也帮着般度族教训自己，再次怒气冲冲地离开会堂，和沙恭尼、迦尔纳等人商议道："在黑天和持国、毗湿摩等人抓捕我们之前，我们要先下手为强，把黑天抓起来。只要黑天落入我们手中，般度族就没了靠山，再也不敢跟我们作对。所以不管持国怎么叫喊，我们都要当机立断，不能再有丝毫犹豫。"

然而，一直保持高度警惕的萨谛奇已从难敌的神色中看出端倪。他察觉到难敌的用心，马上和成铠一起离开会堂，并吩咐成铠迅速集结军队，来会堂门口接应。萨谛奇返回会堂告诉黑天，然后把难敌的阴谋公之于众，边说边笑："这些智力低下的人想要抓住黑天，简直就像傻子想用布抓住燃烧的火。"

满座皆惊。维杜罗连指责这有违对待使节之道都忘了，只着急地提醒持国："你儿子要真这么干，那就是飞蛾扑火啊！但黑天决不会违背正法，做出让人非议的事。"黑天听出了维杜罗有意维护持国之子的话外之音，便对持国说道："如果他们想抓我，那就让他们来。对付他们，我游刃有余。我本可以把他们抓起来交给坚战，但我不会在你面前做出不符合使节身份的事情。"

持国既尴尬又狼狈，只得忙让人再次唤难敌回来，当众责备道："你交的是什么狐朋狗友？这种既不光彩又做不到的事，只有你这种败坏家族名誉的傻瓜才做得出来！你以为你勾结这几个心术不正的小人就能抓住黑天？要知道，即使是众天神和阿修罗也没法抓住他，何况是你？"维杜罗也说道："你可知黑天就是无始无生、创造万物的至高神那罗延？你企图以你区区凡人之力抓住他，只会让你和追随你的人顷刻间化为灰烬。"

维杜罗话音刚落，黑天突然纵声大笑，说道："难敌啊，你以为我独自一人，你就能捉住我；我这就给你看看，我这里可有着般度族、雅度族和众位天神啊！"伴随着他的阵阵笑声，黑天全身闪耀出火焰般耀眼的光辉，梵天出现在他的额头、楼陀罗出现在他的胸膛之上、火神出现在他的口中……三十三天神从他闪光的身体里逐一现身。除此之外，还有般度族、雅度族、药叉、乾闼婆……他们手执诸般武器，相貌威严，守护在黑天身前。黑天身上现出无数条手臂，高举着飞轮、神杵等武器，眼耳鼻口中喷出熊熊火焰。随着黑天在俱卢宫廷中展现出瑜伽自在主的本相，顷刻间天鼓雷动，声震九天，漫天花雨飘洒，地动山摇……一时间，除了黑天赐予天眼的毗湿摩、德罗纳、维杜罗、全胜和在场仙人外，甫一见到黑天本体的诸位国王无不心惊胆战地闭上双眼。

于是黑天收回了神圣的形体，这一切戛然而止，复归平静。在人们的惊异声中，黑天大步离开会堂。持国赶紧带领众国王追了上去。黑天并不理会，跨步而出，成铠已驾驶着黑天的金车前来迎接。知道黑天上车准备离开，持国又惊又惧，再次对他说道："黑天啊，你亲眼看到我怎么努力劝说儿子，我一向主张和平，对般度族绝没有半分恶意。事情到这个地步，非我所愿，所有的人都知道我已经尽了我最大的努力。"

"今日在会堂上发生了什么事，诸位都亲眼看见。"黑天向众人说道，"难敌那个蠢人执意开战，毫无教养地多次发怒离场。而持国王说他已经无能为力，各位，我的使命已经完结，告辞了。"

说罢，黑天当着俱卢族人的面，驱车前去看望姑母贡蒂，持国与毗湿摩等俱卢族人紧紧跟随在后。黑天把会谈经过告知贡蒂，说道："这里的一切已被难敌控制，注定将要毁灭。我现在就要回到坚战那里去,你有什么话需要我转达吗?"

十四年与儿子分别已让贡蒂受尽煎熬,如今俱卢人依然蛮横地继续剥夺般度之子的正当权利,这让贡蒂忍无可忍。她告诉黑天:

"请你转告坚战:儿啊,你的正法已经锐减,不要再做徒劳无益的事了!你只是专注于圣典的字面意义,对正法的理解是片面的,看看造物主为众生制定的更为宏大的正法吧!刹帝利的正法就是以作战而谋生,以勇武来拯救弱者,保卫臣民。臣民若行不法,便是国王的罪过。你的懦弱和心慈手软并非王者所为,既不能供奉天神、祖先,也不能保护臣民。这不符合祖先与父母对你的期许。

"请听我给你讲述一个名为'胜利'(Jaya)的故事,当你意志消沉时,它会让你振作精神,重燃斗志,获得胜利。古时候有一位国王,因为战败而灰心沮丧。他的母亲维杜拉(Vidula)责备他,身为刹帝利,应是众生依靠的对象,如果要依靠别人生活,不如一死。遭遇失败、身处逆境并不可怕,可怕的是丧失信念,从此走向没落。人要自尊自强,坚定不移地履行自己的职责,用尽全力去拼搏,无论成败都无怨无悔。遭到放逐,失去王国,却没有愤慨,缺乏勇气,靠行乞和他人的善意卑贱地活着,这不是刹帝利的生活方式。刹帝利生来就是为了作战和胜利,要昂首挺胸地战斗,追寻属于自己的东西。要心如铁石地消灭敌人,像火焰一样在敌人的头上燃烧,哪怕只是一刹那!慷慨豪迈地勇敢作战,杀戮敌人,征服大地,让亲友因你而获得幸福,让所有臣民依靠你而生活,犹如众生依靠雨云。这样的人生才有意义。

"我知道永恒的刹帝利之心,它为祖先所称颂,为后世所尊奉。坚战啊,你既是长兄,又是国王,带领你的弟弟们奋起作战吧!我希望我的儿子是战场上战无不胜的英雄,恶人的惩罚者,善良的保护者,不要让我失望。

"请转告阿周那、怖军和双子,通过勇武而赢得享受,甚至重过生命本身。当着你们的面,恪守一切正法的黑公主遭受侮辱,谁能忍受?你们丢失王国,放逐森林,都不如黑公主的受辱更让我痛苦。她有保护者,却无人保护,这是你们最大的耻辱。走黑公主为你们指明的道路吧!刹帝利妇女生育儿子就是为了奉献给战争，现在这时刻已经来临。黑天啊！祝你一路顺风，请保佑我的儿子吧！"

黑天辞别贡蒂，婉拒了毗湿摩等人的送行，只让迦尔纳上车，一同驱车出城。黑天走后，毗湿摩与德罗纳仍在你一言我一语地劝说难敌，希望他能回心转意："你听到了贡蒂告诉黑天的那些话，这些话充满智慧，富有深意，符合至高无上的正法。般度之子们会按照黑天的指示行事。你不归还王国，他们不会善罢甘休。你和般度之子们和解吧！放弃战争，拯救这个即将毁灭的世界吧！"

然而不管长辈们怎么劝说，难敌始终紧皱着眉头，一声不吭。毗湿摩和德罗纳互望一眼，知道难敌心意已决，不禁长叹。毗湿摩苦笑道："坚战具备一切美德，始终忠于真理，还有什么比与他交战更痛苦？"德罗纳也叹息道："我喜欢阿周那甚至超过我儿子马嘶。在我的教导下，世上没有比他更好的弓箭手。为了遵守刹帝利正法，我竟然要与他作战吗？"

为获得胜利而生，为追求荣誉而死；身为刹帝利，便应勇猛作战，永不退缩，即使对手是自己的至亲至爱。这便是古老而残酷的刹帝利法，也是刹帝利武士永恒的悲哀与无奈。作为传递和平信息的最后一位使节，黑天的离去，标志着和解的失败与战争的来临。时间的车轮以无可阻拦之势滚滚向前行进，超然而漠然，将众生碾为尘土。

⊛ 迅行王为上古名王，治国有方，颇受百姓爱戴。但他背着妻子天乘（Devayani），偷偷地娶了天乘的侍女多福（Sarmishtha），并生下了孩子。天乘的父亲太白仙人（Uśanas）一怒之下诅咒迅行王未老先衰，但如果有人愿意以青春和他的老年交换，他就可以恢复青春。迅行王求助于他的儿子们，长子雅度为天乘之子，轻蔑地拒绝了父亲的请求，只有多福所生的小儿子补卢愿意以自己的青春和父亲的老年交换。迅行王于是诅咒雅度的后代永不能成为国王，让小儿子补卢继承了王位。迅行王得到青春后又享受了许多年，终于有一天意识到欲望不能通过纵欲来扑灭，于是大彻大悟，将青春还给补卢，自己遁入森林。补卢即是俱卢族的祖先，雅度的后代则是黑天降生的雅度族，因为迅行王的诅咒，雅度族无法建立王国，一直处于松散的部落联盟状态。

◉ 贡蒂委托黑天转告坚战的故事构成了插话《维杜拉训子》。和故事中那位名叫维杜拉的刹帝利母亲一样，贡蒂以尖锐的言辞责备和激励儿子，要求他遵循刹帝利法，勇敢战斗，征服敌人，获得胜利。这是这部洋洋十万颂的英雄史诗中最形象具体地介绍刹帝利正法的篇章，令人惊讶但并不意外的是，这段演讲并非由战无不胜的刹帝利英雄讲述，而是出自母亲贡蒂之口。这个故事名为"胜利之歌"（Jaya），正与史诗原名相应和。

◉ 史诗作者将贡蒂训子紧接在甘陀利劝说难敌之后描述，显是有意为之。两位母亲的训示都充满智慧，但由于听者的不同而造成了截然不同的效果。一如在贡蒂讲述的故事中，儿子尊敬地称母亲维杜拉为领导者（Netri），贡蒂对般度五子的影响力也是无与伦比的。也许是因为这个原因，她在后世被人神化，尊为"五贞女"（Pancha kanya）之一，成为人们祈福的对象。

◉ 黑天在俱卢官廷展现瑜伽自在主的形体，这一幕常用来与他在俱卢之野向阿周那展现宇宙相对比。前者是他作为和平使节劝说双方罢战言和，在公开场合下展现出万物因他而生的宇宙万象，表现出他作为创造者的形态。后者则是他作为阿周那的御者和导师，劝说阿周那拿起武器奋勇作战，仅对密友阿周那展现出万物因他而毁灭的劫末景象，表现出他作为毁灭者时间之神的形象。

◉ 在流传广泛的南传本中，持国王在黑天展现神性的瞬间恢复了视力，但他要求什么也看不见，于是他仍旧是个盲人。这是对持国出于个人意愿，主动选择对世事和真理视而不见的一个隐喻。

宇宙相

宇宙相(Viśvarūpa)是毗湿奴崇拜中的标志性图景，Viśva 表示"所有的""遍在的""全宇宙的"，rūpa 表示形态。毗湿奴以千手千臂的形态展现，表示出神的无限和全知全能。其造像通常左边以毗湿奴的人狮化身为首，右边以野猪化身为首。

第七章　　抉择

黑天婉拒了俱卢人的送行，却单独邀请迦尔纳上车，这举动本已出人意料，而他讲述的话语就更令人震惊。"罗陀之子啊，你可知你的真实身份？你是贡蒂婚前所生的儿子。"黑天单刀直入地挑明迦尔纳的身世，"你熟知吠陀，精通法典，应该知道法典规定未婚女子所生的儿子算她婚后丈夫的儿子，称为未嫁生（Kanina）或随妻来（Sahoda）。你正是这样出生的，所以按照道理和法理，你是般度王的儿子。今天你就和我一起走吧，去见般度之子们，让他们知道你是贡蒂的长子。他们一定会尊你为王，你可以得到整个俱卢王国，甚至黑公主。我也将为你灌顶，立你为大地之主，让坚战成为你的王储。你统治王国，享受荣耀吧！贡蒂之子啊，让贡蒂高兴，让敌人恐惧，和兄弟们团聚吧！"

然而迦尔纳的反应却异常平静，说道："我知道你说这些是为了我好，我也知道你说的都是真的，我甚至知道她是通过施咒于太阳神怀上了我，又按照太阳神的吩咐，在我刚出生时就将我遗弃。按道理和法理，我是般度王的儿子，可贡蒂从未考虑我的福祉就将我扔掉，是升车和罗陀发现了我，满怀慈爱地养育我长大成人。是车夫升车把我当儿子看，依据法典为我举行圣礼。我按照他的选择和妻子们成婚，繁衍子孙后代。我永远视他为父，我的情感与他们紧紧相连。同样，我也无法斩断我和持国一家的羁绊。我依靠难敌才顺风顺水地做了十三年国王，难敌也是依靠我才拿起武器准备与般度方作战，他就指望我做阿周那的主要对手。我不能因为畏惧强敌或是贪图王国而对难敌失信。如果我不与阿周那单车决战，我和阿周那都会名誉扫地。"

即使过去许多年，迦尔纳当初校场演武时的心愿依然未变：和难敌做朋友，与阿周那决战。然而，确实有东西在悄然改变，他表露出了对般度族从未有过的善意:"我知道般度之子们会按你的指示去做,所以请不要把我们的这次谈话告诉任何人,这样对大家都好。如果坚战知道我是贡蒂的长子,他一定不肯接受王位。而我就算得到了这个王国,也只能把它交给难敌。就让以正法为魂的坚战永远做国王吧!他有你为导师,有阿周那为勇士,有那么多英勇的武士和国王为他效命,必将赢得整个大地。这个为所有国王所赞颂的辉煌的王国,已经是他的了。"

"我之前为了取悦难敌,对般度之子们说了许多恶言恶语,现在我为此感到内疚。这场战争就是持国之子们举行的祭祀,你将亲眼见证这一切。你、般度之子和他们的勇士就是祭司,甘狄拨神弓就是祭祀用的木勺,男子汉的勇气则是祭神的酥油,而我和持国之子们将成为祭品。当怖军杀死难敌,持国之子们的战争祭祀也就宣告结束,俱卢族的妇女将举族哀悼,进行祭祀后的沐浴。"说到这里,迦尔纳愈加下定了决心,"黑天啊,请你不要让这些资深年迈的刹帝利武士白白地老死家中,请让他们在那三界之中最神圣的俱卢之野上获得荣耀的死亡,灵魂升入天国,名声传于后世。只要高山屹立,大河奔流,人们就会一遍遍地讲述着这场宣扬刹帝利荣耀的、伟大的婆罗多族之战。黑天啊,带领贡蒂之子阿周那来与我交战吧,让我们的这次谈话成为永远的秘密吧!"

听了迦尔纳的话,黑天微笑了,然后大笑。他说道:"你不接受王国的诱惑吗?你不想统治我奉送给你的大地吗?般度族必胜无疑,没有人会对此怀疑。当你看到阿周那乘坐黑天驾驶的白马战车纵横驰骋,当你听到甘狄拨弓如雷鸣般的震响,当怖军在战场上痛饮难降的鲜血,实现他的誓言,此时已不是圆满期,不是三分期,不是二分期。"

针对迦尔纳对战争将给刹帝利带来无上荣耀的诗意表述,黑天提醒战争也将毁灭一切,迎来争斗期的到来。但他并没有因此而否定迦尔纳的选择,而是说道:"迦尔纳啊,请你回去后转告毗湿摩、德罗纳和慈悯,七天之后将是因陀罗日,让战争从那一天开始。也请你转告那些追随难敌的国王和王子,我将帮他们实现愿望,他们所有人都将死于武器,灵魂升入因陀罗界,获得刹帝利武士最高的归宿。"

得到黑天的承诺,迦尔纳便向他致敬,然后说道:"黑天啊,你知道一切,为什么还要愚弄我？我知道整个大地毁灭在即，原因就在于我、沙恭尼、难降和难敌。般度族和俱卢族之间无疑将爆发一场浴血大战，所有追随难敌的国王和王子都将死于武器。我看到种种不祥的征兆，也做了许多噩梦，无一不预示着难敌必败，坚战必胜。我看到这个大地白骨如山，血流成河；看到坚战在弟弟们的簇拥下，登上千柱宫殿，成为最终的胜利者；看到俱卢方除了马嘶、慈悯和成铠，无一不头顶红冠，驶向阎摩的殿堂。我知道哪里有正法，哪里就有胜利。我和其他国王，所有的刹帝利，都将死于甘狄拨神弓的烈火之中。对此，我毫不怀疑。"

黑天答道："迦尔纳啊，现在大地毁灭的时刻确实就要降临，因为你的心并未接受我的话。即使面临众生毁灭这样的浩劫，你的心仍然无法消除那些看似正确其实错误的想法。"

迦尔纳没有反驳，但他并没有后悔自己的选择，只是伤感地说道："若我们能从这场毁灭所有刹帝利英雄的大战中生还，那我们还会与你相见。不过，我们最终都会在天国重逢。在我看来，那将是我们相会的唯一可能。"说罢，迦尔纳紧紧地拥抱了黑天，然后下车离开，神情忧郁地与全胜一道回到象城。黑天和萨谛奇随即驾车前往水没城。深知情况的紧迫，他们不停地催促御者："快！快！"骏马以思想和风的速度飞驰，仿佛要吞饮天空。

至此，战争已成定局。如果说象城大会堂的赌局打开了通往争斗期的毁灭之门，那么现在毯子已铺好，人们根据自己的选择各就各位，准备以刀剑为赌具，在这名为死亡的赌桌上掷下骰子。有人看到了那可怕的前景，迟疑着不愿开始；有人只看到了赌注的丰厚，而对毁灭视而不见；但也有人，即使明知结局，还是会毫不迟疑地掷出骰子，迎接那命定的失败和死亡。

黑天的离去，带走了最后一丝和平的希望。展望前景，维杜罗忧心忡忡，他向贡蒂诉说自己对战争的忧虑："儿子健在的母亲啊，战争看来是难以避免了。持国王年事已高，被他傲慢的儿子弄糊涂了，不寻求和平。由于胜车、迦尔纳、难降和沙恭尼的唆使，争斗终会爆发。他们利用非法手段剥夺守法者的王国，正法终会让他们品尝到苦果。黑天这次没能调解成功，般度之子们一定会诉诸武力。俱卢族的不义将导致众多英雄的毁灭,想到这里,我就忧虑得难以入眠。"

贡蒂心事被触动,她忧心如焚,痛苦不堪,思忖道:"般度族将和俱卢族开战,骨肉相残,彻底毁灭,还有什么比这更痛苦的事?俱卢方有祖父毗湿摩、德罗纳和迦尔纳,这三个人最让我担心。毗湿摩和德罗纳都对般度之子怀有慈爱之心,唯独迦尔纳始终不移地追随难敌,仇视般度之子们,一直想置他们于死地。现在是向他说出身世真相的时候了,希望他知道他和般度之子们是亲兄弟之后,能够改变立场。"

贡蒂下定决心,就在迦尔纳做晨祷时去恒河边找他。迦尔纳正面向东方,高举手臂,念诵着祷词。贡蒂安静地在他身后等待,承受着阳光的灼烧,像一个枯萎的莲花花环,站在迦尔纳上衣的阴影中。迦尔纳晨祷结束后,转身看到贡蒂,向她合十行礼:"罗陀与升车之子向你问好,请问我能为你做什么?"

"你是我贡蒂和太阳神的儿子,不是罗陀和升车的儿子,你也不是苏多种姓。"贡蒂终于说出了隐藏在心底几十年的秘密,"请相信我说的话,你是我婚前所生的儿子,是我的长子。因为你是天神之子,所以天生拥有宝甲和耳环。你和般度之子才是亲兄弟,不应该站在持国之子那一边。之前,阿周那为坚战赢得荣华富贵,却被持国之子出于贪婪而夺走。你和他们绝交,享受坚战的荣华富贵吧!今天,你就和阿周那兄弟相认吧,如果你们二人能像大力罗摩和黑天那样同心协力,世上还有什么做不到的事?你将不再是苏多之子了,你将在五位亲弟弟的陪伴下,享尽荣耀。儿子啊,满足你父亲和偏心母亲的愿望吧,人们说遵从父母之命能得到正法的果实。"

这时,远方传来太阳那父亲般慈爱的声音:"迦尔纳啊,贡蒂说的都是事实,你就按照你母亲说的话去做吧,这样对你最有好处。"

然而,即使亲生父母都已开口,迦尔纳却不为所动,他充满怨愤地对贡蒂说道:"刹帝利女子啊,不是我不相信你说的话,也不是说儿子不应该服从母亲,可你对我犯下了太大的罪过。当年你一生下我就把我抛弃,我本该是刹帝利却没有得到刹帝利的待遇,有谁对我的伤害会超过你?你从未对我尽责,现在却来命令我。你从未像母亲般关心过我，如今对我说出真相也不过是为了你自己。有黑天相助，谁会不畏惧阿周那？如果我听从你的意见临阵倒戈，大家都会以为我是因为害怕与阿周那作战才投奔般度族。持国之子和别人结仇，但始终对我以礼相待，此刻正是他们最需要我的时候，我应该以命报答，怎能抛弃他们，让他们的希望破灭？因此在战争中，我会竭尽全力为难敌效命，与你的儿子作战。我对你不说假话。"

说到这里，迦尔纳放缓了语气，说道："不过，我也不会让你白走这一趟。我将不杀死坚战、怖军和双子，唯独阿周那除外。要么我杀死阿周那，要么阿周那杀死我，这样在战争结束之时，你仍会有五个儿子。"

听了迦尔纳这番话，贡蒂心中大恸，颤抖着拥抱了迦尔纳，说道："若事情如你所言地发展，俱卢族必将走向毁灭。迦尔纳啊，命运太过强大有力。我现在只能求你记住你的诺言，让你的四个弟弟在战争中安然无恙。祝福你，愿你平安幸运。"迦尔纳答复道："事情定当如此！"他们就此告别，各自走向不同的归宿。

面临抉择的不止迦尔纳一个。在大战前夕，大力罗摩带领雅度族人来到般度方的军营。他当众说道："俱卢之野即将迎来一场前所未有的血腥屠杀，在我看来，这是天意使然，不可避免。你们有黑天相助，胜利必定属于你们。然而，怖军和难敌都是我的学生，我不忍目睹俱卢族的灭亡，所以，我将前往娑罗斯婆蒂河朝圣。这场战争，我两不相帮。"

大力罗摩出于对亲戚自相残杀的厌恶而主动退出了战争。此外，还有一位国王没有参战，但却是被迫的，那就是具威王（Bhīṣmaka）之子宝光（Rukmin）。宝光是黑天之妻艳光的哥哥，因恨黑天抢走了自己的妹妹，发誓不杀黑天决不回国。然而即使他带着四路大军追击黑天，还是被黑天击败。他不好意思回国，就带着剩下的士兵们在被打败的战场上另建了福席城（Bhojakaṭa），自任城主。宝光拥有因陀罗的取胜神弓（Vijaya），此弓可以与黑天的沙棱迦神弓（Sharnga）、阿周那的甘狄拨神弓媲美。此次听说俱卢之野的战争，宝光便带了一支大军前往般度族军营相助，希望借此修复与黑天的关系。他对阿周那说道："般度之子啊，如果你害怕，我就来做你的助手。我的勇武举世无敌，我能杀死你的敌人，或生擒他们交给你处置。"

宝光当众这般口出狂言引起众人不悦。阿周那看着坚战和黑天笑了笑，友善地说道："我曾经历过无数恶战，战胜过天神和阿修罗等强敌，何曾有过助手？宝光啊，我是般度之子，德罗纳的弟子，现在更有黑天做我的助手，又怎么会害怕？我既不害怕，也不需要你做助手。或去或留，你自己决定吧。"宝光一听，又羞又怒，当即率军转头前往俱卢营地，说了同样的话。高傲的难敌更不能忍受宝光的言辞，同样拒绝了他。两边碰壁之下，宝光只得率军离开，退出了这场战争。

除了大力罗摩和宝光，大地上几乎所有的国王都参与了这场惊心动魄的婆罗多族之战，共有十八支大军集结于俱卢之野，杀戮即将开始。

※ 古印度人将生子视为播种，生父为种子所有人，母亲为田地，孩子即田地上的产物。《摩诃婆罗多》在《教诫篇》中有详细论述：孩子首先属于生父所有，即谁下种，孩子归谁（13.49：13）。如果生父放弃不要，孩子则属此女的法定丈夫所有，因孩子是在他的田地上所生。此女的法定丈夫即田地所有人，所生孩子为田生子（13.49：15）。然而，如果孩子被扔弃后为他人收养，那么他就是为他行圣礼的收养人的儿子，无论孩子的生父还是生母的法定丈夫都无权做他的父亲（13.49：18）。按照这样的规定，迦尔纳本应是般度王的儿子，然而，贡蒂将他扔弃，他即成了收养人升车之子，而非般度王之子，并不享有俱卢王国的继承权。在贡蒂与迦尔纳的对话中，贡蒂即只称他为贡蒂之子。不过，如果般度方击败俱卢方取得了最后的胜利，在贡蒂认可、坚战也同意的情况下，迦尔纳作为贡蒂的长子还是有可能成为俱卢国王的。

※ 黑天与迦尔纳的这段谈话，常被用来与他在俱卢之野为阿周那宣讲《薄伽梵歌》对比。对于渴求荣誉、极力怂恿难敌开战的迦尔纳，黑天让他知道了自己的真实身份，向他告知战争的毁灭性，劝诱他放弃战争。而对于渴望和平、厌弃战争的阿周那，黑天向他展示了无上我和宇宙万象，提醒他身为刹帝利武士的责任，要求他勇猛作战。

※ 一些学者认为，迦尔纳在明了"我是谁"之后仍然选择实现他人生的两大目标（与难敌为友、和阿周那决战），体现了他作为个体人类的尊严，将宿命主义的因果业报变成了以自由意志主动选择和铸造命运。他清醒地意识到难敌是因得到他的支持才发动这场战争，于是将战争视为一场祭祀，而将他自己当作牺牲的祭品。通过自我毁灭的方式，他将

他的死亡从惩罚变成了救赎。但也有人认为这正体现了命运的无可抗拒，如迦尔纳向毗湿摩请战时所言："此事无法控制，不能扭转，有哪种人力能扭转命运？"（6.117：24）

❀ 黑天在与迦尔纳交谈时谈及俱卢大战，精校本中译本及 J.A.B 的英译本都作时代的变迁解，指迦利（Kali）时代的来临："……此时已不是三分期（Treta），不是圆满期（Krta），不是二分期（Dvapara）。"但梵文原文中并无"时代（Yuga）"一词，因此有学者认为此处应作为掷骰的点数解，即大战开始后，俱卢人将面临的"不是三点（Treta），不是四点（Krta），不是二点（Dvapara），而是代表厄运和灾难的幺点（Kali）"。

❀ 史诗中提到黑天与迦尔纳的这段对话是由全胜讲述给持国王听的，故事结尾特别提及迦尔纳与全胜一起回到象城。Van Buitenen 认为这是史诗作者为说明全胜何以知道这段隐秘对话所做的并不让人满意的解释。因该段有一些情节上的断层和明显的黑天崇拜的痕迹，有人认为这幕场景是在贡蒂劝子的基础上演绎而成。史诗作者借迦尔纳之口愿这场"伟大的婆罗多族大战"永远为人传颂，与史诗的正式名称相互呼应，显示出这部分可能是在史诗成型的最后阶段，即正式更名为《摩诃婆罗多》的阶段加入的。

大力罗摩

大力罗摩是黑天的兄长，皮肤白皙，身着蓝衣，暴躁易怒，喜欢喝酒，以犁铧为武器，又称"持犁者"。《摩诃婆罗多》中称他原本同情般度族，但在般度族流放十三年时被难敌拉拢，倾向于俱卢方，但黑天永远是他最亲爱的弟弟，因此俱卢大战时选择了两不相帮。大力罗摩在后世的黑天崇拜中地位很高，在耆那教和佛教中也颇具影响力。耆那教称他是9位力天中的最后一位，佛教则称他是佛陀的前世。

第五部 战争与和平

第八章　　　毗湿摩挂帅

黑天刚一离开象城，难敌便立即召来迦尔纳、沙恭尼和难降，说道："黑天这次求和失败，般度族一定不会善罢甘休，这将是一场残酷激烈的恶战。我们要做好一切战争的准备。现在就传令下去，让所有的国王整顿好军备，明日为鬼宿日，大军开赴俱卢之野，抢占有利地点安营扎寨。从象城通往军营的道路要平坦，保证供养不易切断。"众人遵命行事，厉兵秣马，整装待发。

第二日，难敌亲自调兵遣将，按照能力的强弱配置人马象车，重新整编了他的十一支大军，选定了十一位能征惯战之士担任各军统帅，分别为：俱卢族元老、福身王之兄波力迦及其孙广声；俱卢王室的教师慈悯与德罗纳，以及德罗纳之子马嘶；难敌的妹夫信度王胜车、舅舅犍陀罗王沙恭尼、好友盎迦国王迦尔纳；摩德罗国王沙利耶、雅度族勇士成铠与甘波阇国（Kāmboja）国王善巧（Sudakṣiṇa）。

然后，难敌当着所有国王的面，恭恭敬敬地向毗湿摩合十敬礼，说道："没有统帅的大军就如一盘散沙，不堪一击。你武艺超群，拥有不死之身，又一向为我着想，就请你担任我军的统帅吧！在所有武士心中，你就如同山中的弥卢山，鸟中的金翅鸟，如果能得到你的保护，即使三十三天神也不能战胜我们。"

"好吧。但我有两个条件，般度之子也是我的孙子，尽管我会遵守承诺为你尽职尽责地作战，但我也要为他们着想。"毗湿摩沉重地叹了口气，说道，"这世上的武士，除了已掌握所有天界法宝的阿周那，无人可与我匹敌，可他绝不会与我公开作战。而我运用法宝可以在刹那间毁灭整个大地，但我不能杀般度的儿子。但我每日都会杀死他们一万士兵，我会一直这样杀下去，除非他们先杀了我。还有，我不会与迦尔纳同时出现在战场上，要么他先上阵，要么我先上阵。这个车夫之子总是拿我做比较，吹嘘他有多能耐。"

迦尔纳一听，立即说道："只要毗湿摩活着，我决不会出战，等到他死了，我再上战场与手持甘狄拨神弓的阿周那交战。"

迦尔纳既然这样表态，难敌也就接受了毗湿摩的条件，任命他为俱卢军的全军统帅，为他行灌顶之礼。鼓乐齐鸣，几百人一起吹响螺号。然而就在这时，天降血雨，狂风呼啸，大地震颤。在挂帅灌顶之礼上凶象频现，是极其不祥的征兆，俱卢全军上下军心摇动。于是，难敌按照礼仪大量布施金子和牛，请婆罗门为他祈福。在赐福胜利的鼓舞之下，难敌率领十一路大军，以毗湿摩为前锋，浩浩荡荡地开赴俱卢之野。迦尔纳伴他同行，与他一起巡视了俱卢之野后，选择了一处水草丰美之地安营扎寨，准备迎接即将到来的大战。

当黑天快马加鞭地赶回水没城，探子已经传来难敌拜毗湿摩为帅、大军进驻俱卢之野的消息。黑天向般度五子详细说明了出使的经过以及贡蒂的嘱托，最后说道："我劝难敌以正法和利益为重，与你们和解，但把欺诈当智慧的难敌根本不听。于是我当众陈述你的美德，指责他的卑劣，以分化俱卢阵营。毗湿摩、德罗纳、维杜罗，甚至持国王，都愿意和解，然而，所有长辈的话，他一概无视。这个蠢人违抗父命，自以为依靠迦尔纳就能获胜。为了争取和平、完成使命，我再次安抚调解，采用馈赠的方式，做出最大的让步，表示你们可以放弃王国，只需五个村庄容身，但即使这样，难敌还是冥顽不化，声称连针尖大小的土地都不会给你。求胜良策（Nitis）有四：一游说，二馈赠，三分化，四惩戒。如今三策已毕，只剩征讨一途了。我们已经尽力争取和解，现在无人能指责我们。难敌已拜毗湿摩为帅，纠集众多盟国国王前往俱卢之野，他们既然自取灭亡，那就让战争开始吧！"

坚战沉吟未决，现场鸦雀无声，所有国王都屏息敛气地盯着坚战，等待他做出最后的决定。坚战明白了他们的心意，终于说道："黑天的话你们都已经听到了，一切都已经清楚了。巡视全军，披甲备马，准备战斗。我们将首先与祖父交战，所以，我需要你们先帮我选定七军统帅。"

黑天喝彩道："正当如此！"

几番商讨之下，般度方最后确定七支大军的统领为般遮罗国主木柱王及其二子束发和猛光，摩差国主毗罗吒王，雅度族勇士萨谛奇，童护之子车底王勇旗，和妖连之子摩揭陀王偕天；又择定猛光为全军统帅，阿周那为最高军队统帅。此时已是深夜，坚战命全军上下全副武装，做好准备，待天明就出发前往俱卢之野。

备马应战的消息迅速传遍全军，般度军营中欢声雷动，求战心切的刹帝利武士心满意足，兴高采烈地大声呼喊："备马！"一时间，骏马嘶鸣，车声隆隆，将士们整装待发，精神饱满，意气风发，好似他们即将走向的不是生死攸关的战场，而是无上荣耀的殿堂。军心昂扬本应让人欣慰，然而，坚战王却突生悲悯，想到了他们即将面对与尊长至亲兵戎相见的场面。他叹息着对怖军和阿周那说道："我们不惜忍受屈辱，流亡森林，就是为了避免这样亲族仇杀的巨大灾难。但尽管我竭尽全力，战争还是无可避免地发生了，好像我们之前的努力全都是白费功夫。我们怎么能与自己的亲人开战呢？通过杀死尊长来赢得胜利又有什么意义？"

阿周那答道："国王啊，你听到了黑天转述的母亲的话，我想你完全明白其中的道理。我坚定不移地相信，母亲的话符合正法，现在不应该停战撤退。"黑天微笑着道："事情正是如此。"于是，般度之子们坚定了作战的信念，和战士们一起安然度过长夜，直到黎明到来。

次日天明，坚战将黑公主等女眷留在水没城，设下军营安排卫兵保护，大军誓师出发，开赴俱卢之野。怖军、无种与偕天走在军队前列，坚战居中，阿周那和黑天殿后。人、马、象、车四大兵种阵容整齐，将士们斗志昂扬，人声鼎沸，欢腾之声直冲云霄。七支大军有如汹涌澎湃的恒河之水，不可阻挡。大军抵达俱卢之野，便暂停休息。黑天和阿周那在四周巡视戒备，赶走了数百名俱卢方的士兵。猛光和萨谛奇寻找合适的地点驻军，最终确定在希伦婆蒂河畔（Hiranvati）建立军营，四周挖掘壕沟，安排守军保护。为了和俱卢方抢时间，般度此次行军较为仓促，未能及时知会部分盟军。盟军得知般度军已在俱卢之野安营，便带领人马赶来相聚，会师于这片三界最圣洁之地。

俱卢之野在象城以北，车马当天可以来回。般度族和俱卢族的共同祖先俱卢王曾在此地修习苦行获得赐福，俱卢之野从此成为正法之田、三界圣地。据说，这里风扬起的尘土也能让作恶的人消除罪过。所有死于这片土地的人们，灵魂都将升入天国。当俱卢王以苦行将这片荒野变为圣地之时，恐怕怎么也想不到他的后世子孙将因此而选中这里作为决胜之地吧。

难敌拥有十一支大军，以象城、天帝城的强大兵力为主导，其盟友多来自犍陀罗、信度、北般遮罗、三穴国等雅利安人的传统聚居地，以及东光国、盎迦国等骁勇善战的半雅利安化的王国，再加上沙利耶统御的摩德罗军和成铠率领的雅度族雇佣军，无论军队的数量还是质量都占有压倒性的优势。而坚战本身并无一兵一卒，七支大军分别来自南般遮罗、摩差国、摩揭陀国、车底国、南方海边的般底耶国、山地部落民，以及由各地区人马组成的军队。双方对垒于俱卢之野，大战一触即发。

由于所有的兵力都集中于俱卢之野，城中只剩下儿童、妇女和老人。此刻，在空荡荡的俱卢宫廷中，持国王想到即将到来的战争，担心儿子的命运，忧心不已。全知的大智者毗耶娑于是悄然来到他身边，告诉他："你的儿子们和其他国王们大限已到，将在俱卢战场上走向灭亡。这是时轮运转的结果，你不必为此忧伤。如果你想看到这场大战，我可以赐你神通，让你能亲眼看见。"

听到这样冷酷的预言，持国心胆俱裂，叫道："我不想看到亲族自相残杀的场面！但我想凭借你的恩惠，听到这场战争的每一处最微小的细节。"

"既然如此，那我就赐给全胜天眼通，让他为你转述吧。"毗耶娑道，"他会成为全知者，这场战争中发生的一切，哪怕是私下的秘密或人们内心的所思所想，都不会逃过他的眼睛。他不会疲倦，也不会被武器所伤，他会从战争中幸存下来。而我会赞颂所有俱卢族和般度族的荣誉。不要忧伤了，此事早已注定，无可避免。哪里有正法，哪里就有胜利。"

说到这里，毗耶娑长长地叹了口气，说道："这将是一场毁灭性的战争，我现在已看到种种不祥的预兆。罗睺吞噬太阳，凶星计都进入鬼宿，预示着俱卢族将彻底灭亡。两边军队都将伤亡惨重，大地将吮吸成千上万刹帝利的鲜血。秃鹫和乌鸦聚集成群，呱呱乱叫，兴奋地等待着国王们的死亡。婆罗多的子孙啊！既然知道时限来临，你就采取适当的措施吧，让这个世界不要走向彻底毁灭。"

持国听了便道："我认为一切都是命中注定，该发生的就一定会发生。如果刹帝利依据正法在战场上英勇捐躯，他们的声名会在世间流传，灵魂也会升入天国，享受长久的幸福。"

见持国仍无意采取行动，毗耶娑沉思入定，以至高的瑜伽之法默察天道，然后说道："时间确实毁灭世界，但时间也创造世界。这世上没有什么是永恒不变的。请向你的儿子指明正道吧，你有能力阻止他们。杀戮有害无益，从不受吠陀推崇。骨肉相残更是罪孽，不要做出让我痛心的事。你明明能够遵循正道，时神却将你引上毁灭之途。死神已化身为你儿子，就要屠戮大地。灾祸化身为王国，诱你丧失智慧，失去安宁。你要王国有什么用呢，如果这只会带来家族和众生的毁灭？让你的儿子放弃战争吧，让般度族获得王国，让俱卢族获得和平吧！结束这场浩劫吧！"

毗耶娑语气哀伤，盼持国在最后一刻悬崖勒马，然而持国却说道："世人难免利令智昏，我也不能免俗。你说的这些道理我都知道，但我的儿子们都不听我的话，你不应该怪罪于我。你是俱卢族和般度族共同的祖父，睿智博学，受人敬重，请为我指点迷津吧！请问在战争中，哪一方的军队会胜利呢？"

毗耶娑知他心意，便答道："如要取胜，士气最为关键。一人恐慌，会造成全军恐慌。就算是勇士，也会受到气氛感染，跟着陷入恐慌。大军一旦崩溃，便如大水破堤，无可遏止。兵战凶危，人们都说，谈判和解是上策，离间分化敌人是中策，战场兵戎相见是下策。人多未必管用，一切要看天意。即使能在战场上取得最终的胜利，自己也会损失惨重。"

毗耶娑走后，持国陷入沉思。他忧心忡忡，长吁短叹，对全胜说道："我知道战争会造成毁灭，但我无法阻止难敌做蠢事。我的智慧一遇见难敌就会消失，我想这毛病是改不了了。只能说命运至高无上，凡人无能为力。告诉我他们安营扎寨之后又发生了什么事吧，你拥有天智之灯与智慧之眼，告诉我你看到的一切。"

全胜一听他又把责任全推到儿子和命运上去，不禁说道："这恐怕不能全怪难敌吧！一个人如果因为自己作恶而遭遇不幸，他就不该怪罪于命运或者时神。般度之子在赌局中遭受欺凌，他们出于对你的尊敬才忍受了屈辱，那时你可没有做什么。好吧,请听我向你讲述这场毁灭世界的残酷大战,请带着智慧去聆听和思考,你会得到这个结论:人并非善业或恶业的行动者。有人说一切都是神的旨意,也有人说我们的行为出自我们的自由意志,还有人说今生的行为是前世业报的结果。请耐心聆听吧,因为邪恶已经来到我们身边。"

于是,得到了天眼通的全胜奉持国之命前往前线的俱卢军营,跟随主帅上阵杀敌,与俱卢将领共商战略。而在大战的间隙中,通常也是一方主帅阵亡的时候,全胜匆匆赶回象城王宫,向持国汇报战争的情况。借着全胜的眼睛,我们看到了这场远古时期的婆罗多族之战,听到了这部传承千年的英雄史诗,从中了解到古印度人的思想、情感和智慧。虽然隔着时光的洪流,史诗中的很多观点已经陈腐过时,但依然有一些鲜活的东西,能引发我们的共鸣,给我们以启迪;因为无论古今,人性依然是共通的,在那些异域远古的虚构人物身上,我们依然能见自己的影子。

《摩诃婆罗多》不仅属于过去,也属于现在和未来,诚如史诗作者所骄傲宣称的:

——这是最好的故事,有绚丽的词句,有微妙的意理,装饰着吠陀的奥义。

——这是婆罗多族的历史,蕴含着群书的内容,包括各种学问。

——这部历史过去有人吟唱,现在有人论述,将来必仍有人继续讲述。

太阳底下,原无新事。

◉ 当坚战因为亲族即将相残而动摇时,是阿周那以母亲的嘱托劝他坚定信心,阿周那因此受到黑天的赞扬。然而在正式战场相见时,阿周那也同样困惑不安,无意求战,从而引发了黑天向他宣讲《薄伽梵歌》。

◉ 有学者注意到,相较于般度方,难敌的盟国如犍陀罗和信度国,正是雅利安人进入印度的最早居点,其他盟国也是受吠陀文化影响较深的地区。结合史诗中的描写,他们认为俱卢大战反映了雅利安部落内部的意识形态之争。难敌为首的一方代表拒绝与当地文化交流、坚持雅利安文化的保守势力;般度族为首的一方有长期森林生活的经历,代表愿意与当地原住民通婚、主张彼此和平共处的开明势力,双方发生分歧,酿成大战。此说得到了一些学者的认同，但也有人认为此说受"雅利安入侵论"影响较重而有所质疑。

◎ 毗耶娑以万事自有定数为由劝持国不必伤心，但随后又说即使到了最后一刻，只要持国愿意他仍可逆转命运。全胜先说一个人由于作恶而承受后果不应怪罪命运，但接着又称人无法对他的善业或者恶业负责。世事取决于命运与人力，但命运与自由意志谁更强大的争论一直贯穿整部史诗，或许，也将贯穿整部人类历史。

◎ 在全胜得到天眼通之后，持国曾询问全胜，世人为夺取大地而不断杀戮，这片大地究竟有何可爱之处。全胜于是讲述了大地由七大洲构成，以及每个洲上的地理和居民状况。此篇章虽然有神话的成分，但依然成为学者们研究古印度地理状况的重要资料。

（第五部完）

第六部

倶盧之野

大自在天位于一切众生的心田,
他用幻力驱遣着登上转轮的芸芸众生。

——《毗湿摩篇》6.40.61

第一章 战争规则

俱卢之野，正法之野，是三界之中最为圣洁之地。传说，这里是创世神梵天的祭坛。众生之主梵天曾在此举行长达一千年的祭祀[1]，在那古老到未知的年代。伟大的婆罗多王曾在此举行马祭，祭马所至之地便是婆罗多王征服的土地。这里又被称为天国的门户，俱卢王于此地修习苦行，获得天神的赐福，让所有死在俱卢之野的人灵魂都将升入天国。

创造与毁灭。过去与未来。这是新旧时代的转化期，是将死而未生的年代。婆罗多王的子孙、俱卢王的后裔，将在这一片圣地上同室操戈，由此开启的大战将摧毁整整一代刹帝利武士。

"期待多年的俱卢族和般度族之间的战争即将来临，世界为之恐惧。"难敌叫来了沙恭尼的儿子优楼迦（Uluka），命他前去般度军营宣战。这位俱卢王子滔滔不绝说出的全是羞辱，以致奉命出使的优楼迦不得不事先声明："你们都知道我只是个使者，请不要迁怒于我。"坚战王让他但说无妨。

于是，优楼迦当众对坚战说道："请听，这是难敌对你说的话：你作战是为了征服敌人和收复王国。国王啊！你赌骰失败，黑公主被拉上会堂受辱，谁会不愤怒？你王国被夺，流亡森林，为人仆役，蒙受苦难。记得你的怨愤吧！若你还是个男人，就来报仇雪恨吧！怖军这个无能之辈，既然赌咒发誓说要喝难降的血，就来喝吧！展现你们力量和勇气的时候到了，不要光说大话却不行动！傻瓜啊，你们还没在战场上面对毗湿摩和德罗纳，才敢如此吹嘘。如果你们能战胜这两位盖世英雄，那么风都能吹走弥卢山了。看啊，我的大军汇聚了东西南北各方的国王，如同滔滔

---

[1] 该祭祀名为 Ishtikrita 祭，字面意义为"满足心愿的祭祀"。

恒河不可阻挡，你怎么敢痴心妄想与我作战夺回王国？"

对于曾战胜毗湿摩和德罗纳的阿周那，难敌另有一番说辞："空言无益，拿起武器来作战吧！我知道黑天是你的助手，我知道甘狄拨神弓的威力，我知道没有一位武士能与你相比，但我还是夺走你的王国。在你落难之时，我已经享用了这个王国十三年；在杀死你和你的亲人之后，我还会继续统治这片大地。当年的赌骰大会，你们兄弟都沦为我的奴隶，那时你和怖军的力量在哪里？说到底，你们全靠清白无瑕的黑公主才能得救。我说你们是空心芝麻是说对了！阿周那，我可不会因为怕你或者黑天就交还王国。无论什么幻术、戏法和障眼法，都吓不倒我。你去和毗湿摩作战，用头去撞开那座坚不可摧的大山吧！你会发现，还有无数的猛将在等着你，让你耗尽心力、穷于应付。当你的亲人都被屠戮殆尽，你自己也被重重包围精疲力竭，那时，你会痛悔莫及，知道自己想要得到王国的念头是何等虚妄！"

难敌的挑衅让般度之子们怒不可遏，他们全都离座而起，像愤怒的毒蛇，互相交换着目光。怖军气得双目血红，凝视着黑天。看到风神之子已经不克自制的怒容，黑天微笑着催促优楼迦赶快离开："话已经带到，请你转告难敌，般度之子们会如他所愿，在战场显示威力报仇雪恨，怖军会喝下难降的血。没有自知之明的蠢人啊！他以为我不参战就万事大吉了，那就明天战场上见吧。般度之子们的誓言会一一实现，所以，他们不会理会他的胡言乱语。"

阿周那怒火中烧，对优楼迦说道："真的勇士依靠自己的力量去向敌人挑战，依靠别人的力量来狐假虎威的，不过是无能的懦夫。毗湿摩是俱卢族元老，心地善良。你推出长者来为你献身，自己躲在背后说大话。居心不良的小人啊！我知道你的心思，你以为般度之子们出于敬爱，不会杀死毗湿摩。或许毗湿摩也说过会恪尽职守为你效命，所以你有恃无恐。那么，我就当着所有人的面，首先杀死你的庇护者毗湿摩！赌徒之子啊，回去转告难敌，让他好好派人保护这位尊长。当毗湿摩、德罗纳和迦尔纳纷纷倒下，当他看到弟弟和儿子全都死去，自己也要丧生在怖军手上之时，他就会记起他的所有恶行了！我的话语真实不虚，这一切都会变成现实。"

犹如酥油浇在祭火上，难敌充满挑衅的战书令双方战意更加高涨，各自厉兵秣马，做好战争的准备。难敌得知阿周那的誓言，表示自己无所畏惧。他向毗湿摩说道："有你和德罗纳相助，胜利必定属于我。祖父啊，你熟悉敌我双方的情况，请告诉我们，俱卢方和般度方都有哪些武士（Rathas）和大武士（Atirathas）？"

毗湿摩道：

"我先简单说说你军中的情况吧。我的能力你很清楚，就不必自我介绍了。首先，你和难降等一百位持国之子，各有专长，都是优秀的武士。我认为信度王胜车相当于两位武士，他心衔被辱之仇，又有天神赐福，必定会舍生忘死地与般度之子们作战。你军中可算得上武士的还有你舅父沙恭尼、甘波阇王善巧，以及三穴国善佑兄弟等。

"俱卢王室的尊长波力迦、雅度族的成铠和摩德罗王沙利耶可算得上大武士（Atirathas）。东光国主福授王擅长驭象之术；罗刹王阿罗逾达（Alayudha）精通幻术，在战场上必定都会有出色表现。

"年轻一辈中，你的儿子罗奇蛮（Lakshmana）和难降的儿子都是优秀的武士。而迦尔纳的儿子牛军（Vrishasena）是伟大的武士（Maharathi）。

"慈悯和波力迦之孙广声则是统帅中的统帅。单论本领，马嘶自然可称翘楚，他的箭术可与阿周那媲美，又掌握了德罗纳所赐的各种天神法宝；但这位大弓箭手过于惜命，所以，我不认为他算得上武士或大武士。

"马嘶的父亲德罗纳也是统帅中的统帅，即使独自驱车，也可以战胜联合作战的天神和阿修罗；但他喜欢阿周那，决不会杀死自己最心爱的弟子。"

"至于迦尔纳……他是你最亲密的朋友，也是你的顾问和导师。"毗湿摩话锋一转，评价道，"他粗鲁好战，自命不凡，一直怂恿你与般度五子开战。这个蠢人已经失去了宝甲和耳环，又被持斧罗摩和婆罗门诅咒，关键时刻他的法宝和战车都会失灵。所以我认为他只能称为半个武士。如果在战场上碰到阿周那,他必死无疑！"

听毗湿摩评价自己的儿子算不上武士也未吭声的德罗纳，此时却出声附和："你说得很对，我也认为迦尔纳只是半个武士。每次上战场，都看到这个只会吹嘘的人逃跑。"

这两位尊长一唱一和，迦尔纳气得睁大了眼睛，叫道："祖父啊，你总是一有机会就无缘无故地侮辱我，我看你才是半个武士！有谁会像你这样，在大战来临前夕，借口点评将领，随意贬损同样战绩显赫的国王，散播不和，制造分裂？"

他越说越气，向难敌告状道："难敌啊，你要看清楚，抛弃毗湿摩吧，他对你没安好心！要知道就算同一宗族的军队，一旦产生矛盾，也很难再凝聚成一体，何况我们这支来自各地的联军呢？看吧，现在我方将士已经人心浮动了。他居然就在我们眼前打击我们的士气！毗湿摩年迈体衰，神智昏聩，目空一切，瞧不起人。他哪里知道什么叫武士，懂得什么战略？经典是教导我们要听老人的话，但也不能听那种已经活成老糊涂的老人的话。我独自一人就能杀尽般度族，这是毫无疑问的；可是这样一来，荣耀就全归毗湿摩了，毕竟他才是统帅，战士的功劳都归统帅所有。所以，只要毗湿摩还活着，我绝不出战。一旦他战死，我就立刻上战场。"

德高望重的毗湿摩何曾受过这般气？他努力克制住自己，沉声道："我考虑了很多年，才决定承担起这个重任，为持国之子们作战。大战在即，我不能让军队分裂，否则，我岂能容你活命！苏多之子啊，你就是争斗不和的化身，就是因为你，俱卢族才会面临如今的灭顶之灾！"

难敌打圆场道："我还要仰仗两位取得胜利。恒河之子啊，你就多关心我吧！天一亮就要开战，请你再说说般度军的情况吧。"

毗湿摩答道：

"般度之子们本身就是出类拔萃的武士，怖军一个人就相当于八位武士。国王啊，童年时他们射击角斗就样样胜过你们。他们会牢记自己的苦难和黑公主的受辱，宛如死神般消灭你的军队，你不要与他们交战吧！

"尤其是阿周那，就连天神和阿修罗也不是他的对手，何况凡人呢？现在他有黑天做助手，更是如虎添翼。只有我和德罗纳能抵御他，但他们还年轻，而我俩已经老朽。

"年轻一辈中，黑公主的五个儿子都是伟大的武士。妙贤之子激昂、希丁芭之子罗刹王瓶首，更是统帅中的统帅。瓶首精通幻术，激昂甚至能与阿周那或黑天媲美。

"般度族的盟友中，毗罗吒王和木柱王都是伟大的武士。萨谛奇则是统帅中的统帅。为了般度族的利益，他们会竭尽全力地拼死作战。般度军的全军统帅猛光也是大武士，他将指挥浩荡如海的大军，在战场上如湿婆神一般不可战胜。般遮罗王子束发则是般度军中首屈一指的武士，不过，即使他主动攻击我，我也不会与他作战。我会杀死任何一位向我挑战的国王，但我不会杀死般度之子。"

"为什么尽管束发拿起武器朝你冲来，你也不和他交战？"难敌追问道，"你说过要消灭般遮罗人的！"

"因为束发王子前世就是安芭公主。"毗湿摩回忆起遥远的往事，语气说不出是骄傲还是忧伤，"束发生下来原本也是个女孩，后来靠了夜叉的恩惠才变成男子。木柱王一直把束发当男孩养大，对外封锁消息，世人多不知此事。我派遣密探乔装成傻子、瞎子和聋子到木柱王那里打探，这才得知真相。孩子啊，我以'天誓'为名，我的誓言举世皆知：我不会向妇女、前生是妇女、有妇女名字的人射箭。如果我毗湿摩杀死一个妇女，就等于杀死自己。所以，即使束发心怀前世的仇恨，渴望与我作战，我也不会瞧他一眼，更不会与他交战。"

毗湿摩的态度如此坚决，难敌不能不表示尊重。谈话之中，长夜逝去，黎明已至。难敌又问道："恒河之子啊，般度军既然有这些猛将保护，你需要多长时间才能消灭他们？在座各位呢？"

毗湿摩沉吟道："依据正法，普通人应该堂堂正正地作战，懂幻术的依靠幻术作战。我每日出战，动用法宝，每次能消灭一万名普通士兵和一千名战车武士。那么我只要一个月就能消灭般度军，这是我在战场上的最高能力。"

德罗纳笑道："我与毗湿摩一样，需要一个月。"慈悯谦逊地表示他需要两个月，马嘶说他只需十天，而迦尔纳则称他五天之内就能灭绝般度军。听了迦尔纳的话，毗湿摩不禁笑出声来："阿周那持弓，黑天驭车，两位黑王子在战场上纵横驰骋，永不退却。只要没有遇上他们，你尽可以这样想，尽可以这样说。"

俱卢军营的这番谈话，早有探子飞报给般度方。坚战以此询问阿周那。阿周那答道："有黑天相伴，动用湿婆神所赐的兽主法宝，我能在瞬息间毁灭三界。不过，动用这样的天界法宝来对付凡人不合适，我们应该堂堂正正地征服敌人。国王啊，你有那么多英勇善战的同伴——束发、猛光、萨谛奇、双子、怖军、毗罗吒王、木柱王，绝不比俱卢将领逊色，你自己也有毁灭三界的能力，何必担心呢？"

天已大亮，双方排兵布阵，相聚于俱卢之野，制定战争规则，确保公平作战。俱卢方和般度方拟定的规则如下：

1. 若以言语挑战，则也应以言语应战；不应杀害兵器破损的人、失去铠甲的人和退出战斗的人。

2. 象兵对象兵，车兵对车兵，骑兵对骑兵，步兵对步兵；不同兵种不得混战。

3. 交战之前应视情况发出警告；不得杀死没有防备或受惊的人、正与人作战的人、疯癫或转过脸的人。

4. 不应杀害非战斗人员，如车夫、鼓手、号手和运送武器的人。不得杀死牲口。

双方都同意遵守这些规则来进行战斗。然后，他们各自返回营地。在两军对峙之时，难敌发现般度军让阿周那保护束发，心中忧虑，特意叮嘱难降道："在这场大战中，保护毗湿摩是我们的首要任务。只要他活着，就能消灭般度军队。所以，我们要尽快杀掉束发，可是阿周那是束发的保护者。难降，你一定要好好保护毗湿摩，不能让束发杀死他！"难降郑重承诺，在之后的战争中，他一直和弟弟们跟在毗湿摩的后面，悉心保护。

于是，俱卢大战正式开启。时值秋末冬初，草茂马肥，气候宜人。这一天，月亮达到祖灵界[1]，七大行星燃烧着相会于天空。太阳升起，好似分成了两个。十八支大军有如劫末之时吞没三界的浩荡海水，遍布于俱卢之野。刀剑的寒光反射着当空的艳阳，勇士们全副武装，意气风发，只待一声令下，便将焚尽一切。

毗湿摩一早起身，祈愿般度军能够得胜，这是他和德罗纳每日清晨的必行之事。

---

[1] 根据青项的注释，月亮到达祖灵界意味着此时死去之人的灵魂不必等待，可以直接升入天国。

然后，他决心恪尽职守，为俱卢军而战。这位俱卢尊长一身白盔白甲，在标志性的金棕榈旗的映衬下，有如太阳一般辉煌而美丽，他大声激励众将士道："诸位刹帝利啊，天国的大门已经打开。追随先辈的道路，履行职责，英勇作战吧！刹帝利不应该病死家中；战死疆场，才是刹帝利的永恒之法！"

俱卢军全体将士齐声应和，发出狮子吼，震撼十方。除了迦尔纳及其亲友，其余国王都整装出发，前往战场。鼓乐齐鸣，声势浩大，长长的军队犹如大海扬波，望不到尽头。

相比之下，只有七支大军的般度军不免显得势单力薄。阿周那于是排出金刚杵阵（Vajra vyuha），以怖军为先锋、坚战居中、阿周那压阵，集中优势兵力对抗敌人。然而，坚战仍感信心不足，询问阿周那如何能取胜。阿周那安慰他道："不必担心，战争的胜负并不一定取决于兵力的多寡。那罗陀仙人曾说过，正法必胜。哪里有黑天，哪里就能胜利。所以，胜利必定是属于我们的！"

这时，毗湿摩高声发出狮子吼，吹响了螺号。黑天和阿周那也吹响螺号相应和。那高亢激越的螺号声响彻大地和天空，一场震古烁今的大战拉开了帷幕。

◉ 毗湿摩点评众将时用了武士（Rathi）、大武士（Atirathi）、伟大的武士（Maharathi），以及统帅中的统帅等称呼。Rath 意为"战车"，武士（Rathi）即战车武士之意。尽管象军也威力巨大，但在《摩诃婆罗多》的时代，战车为军队的主力，尤其是弓箭手，更偏好战车的迅捷方便。驾驭战车的武士积累了一定战斗经验和业绩，才能被尊称为战车武士。其他的称号也是同类尊称，经常混用，并无绝对意义上的高下之分。

◉ 毗湿摩提到的俱卢方武士还有阿凡提国（Avanti）的两位王子文陀（Vinda）和阿奴文陀（Anuvinda），乔萨罗国（Kosala）国王巨力（Brihadbaala）等。般度方的武士则有羯迦夜五兄弟、迦尸王等；伟大的武士则有车底国王勇旗以及雅度族勇士显光（Cekitāna）、般底耶王等。他还称赞木柱王之子真胜（Satyajit）一人可以抵八位勇士。

◉ 束发的人生十分传奇。木柱王希望得到一个可以杀死毗湿摩的男孩，湿婆神赐给他一个女孩，说她长大后会由女变男。这孩子就是安芭公主转世。木柱王将她当作男孩养大，对外封锁消息，还给她娶了陀沙尔那国的公主为妻。公主发现束发是女人之后告诉了父亲，

第六部　俱卢之野

陀沙尔那国王一怒之下要攻打般遮罗国。束发为了不连累家国，走入一处偏僻的树林自尽，守护这片树林的药叉出于同情，愿意把自己的男性器官借给束发一段时间，骗过了陀沙尔那国王。药叉之主俱比罗得知此事后，认为这位药叉行事荒唐，诅咒他从此将成为女性，而束发成为男性，直到束发死去，这位药叉才能恢复男性身份。于是束发先女后男，与陀沙尔那公主结合生子，但他始终没有忘记前世的仇恨和父亲对他的厚望，誓杀毗湿摩。

❀《摩诃婆罗多》的时代与现在相距甚远。按照当时的战争习俗，日落之后双方便要停止作战，不再敌对，彼此甚至还可以如朋友一般来往杂处。不同武器也各有使用规则和禁忌。大战前夕，俱卢方和般度方共同拟定战争规则，发誓遵守，但随着战事日趋激烈，这些规则被一一打破，代表纷争和混乱的迦利时代悄然而至。

第二章　薄伽梵歌（上）

战争的螺号声响彻天地，俱卢之野上英雄齐集。俱卢军面朝西方，般度军面朝东方，准备战斗。阿周那乘坐着白马负载、光华似火的战车，车上系的成百个铃铛叮当作响，以哈奴曼为标志的战旗迎风飘扬。他最亲密的朋友——至高神的凡人化身黑天，亲自担任他的御者。在这决定命运的时刻，阿周那举起甘狄拨神弓，对黑天说道："不灭者（Acyuta）[1]啊，请把战车驶入两军中间，让我看一看我将要与哪些人殊死一战。"

于是黑天驱使战车，停在了两军中间，停在了毗湿摩、德罗纳和其他国王面前："普利塔之子啊，你看吧。"

阿周那举目四望。大战在即，然而他看到的不是致命的敌人，不是与他比试勇武的对手，而是人，他的亲人。他看到了他的父辈和祖辈，看到了老师、舅舅、兄弟、子侄、孙辈，同时也看到了许多好友和姻亲。这些列阵以待、即将倒在他箭下的，都是他的亲族。这让这位英勇的武士不由自主地颤抖起来，甘狄拨神弓从他手中滑落，心中充满了极度的同情和沮丧。

"黑天啊，我四肢发沉，腿脚发软，我看到了不祥之兆。我不明白，打仗杀死自己人有什么好处？我们追求王国和幸福，正是为了自己的亲人，而他们却准备抛弃生命与我们战斗，那王国和财富对我们还有什么用？"阿周那的眼中涌出泪水，"我不想要胜利！不想要王国！诛灭摩图者（Madhusūdana）[2]啊，哪怕我自己被

---

[1] 不灭者（Acyuta），毗湿奴千名中的第一百个名号，或译为"不退者""不败者"，此处指代黑天，意为"坚定不移""恒常不变""永恒不灭"。

[2] 诛灭摩图者（Madhusūdana），毗湿奴千名之一。太初之时，代表善性（Sattva）的创世神梵天与代表忧性（Rajas）和暗性（Tamas）的两个阿修罗同时降世。为保护梵天，毗湿奴杀死阿修罗，其中之一为摩图，故有此名号。此处指代黑天。

杀死，哪怕我能获得三界的王权，我也不愿去杀他们，何况只是为了地上的王国。"

"杀死持国之子们能带给我们什么快乐呢？他们也是我们的亲族，即便他们利令智昏，不把毁灭家族视为罪过，但我们却是知道的，那为什么还要明知故犯呢？毁灭家族罪孽深重，必将堕入地狱。天啊，我们怎能犯下如此大罪？我宁可抛下武器、放弃抵抗，被持国的儿子们杀死。"这些话，阿周那说完，丢下弓箭，伤心地坐在了战车座位上。

看到阿周那神情沮丧，满眼泪水，薄伽梵（Bhagavān）黑天这样说道："在这紧要关头，你怎么退缩了？这为高贵者所不齿，不得升入天堂。阿周那啊，不要向怯懦低头，这与你不相称，抛开这些软心肠，起来战斗吧！"

黑天劝勉阿周那的话，正是之前阿周那鼓励坚战进军俱卢之野的刹帝利职责。然而，抽象的道理完全比不上眼前有血有肉的人给阿周那带来的冲击。他痛苦地说道："我怎么能对可敬的毗湿摩和德罗纳兵戎相向？即使在世间乞食为生，也强过享受染血的王国。我不知道我究竟希望哪一方获胜。持国之子们就在我面前，杀死他们，我们也不愿再活下去。我的心软弱而困惑，不知何为正法，请你明示！我是你的学生，请求你庇护和指引。"

"黑天啊，我实在看不到有什么能解除我心中的烦忧。我不参战。"阿周那在迷茫中做出决定，在两支无敌的军队中间，在自己的亲人与亲人中间，陷入了沉默。

黑天看着阿周那，这位人中最胜者、当世无敌的战士。俱卢之野的战争尚未打响，他内心的战争已经先输了。于是，黑天微笑了。应答着对方真挚而谦卑的请求，黑天开口对阿周那说话，也对阿周那所代表的芸芸众生说话。这段充满智慧的对话，就是著名的《薄伽梵歌》。它将一代又一代地流传下去，刀锋一般锐利，破碎虚妄与执念的迷障，为无数迷惘中的人们提供安慰，指引方向。

"你在为不必忧伤的事情忧伤，阿周那。"黑天微笑着说道，"你的话貌似有理，但真正的智者，并不会为了活着还是死去而忧伤。我、你和这些国王，过去无时不存在，死后仍将无时不存在，因为肉身会毁坏，肉身内的灵魂（Ātman）却不可摧毁，它不生不灭、恒定持久，即便肉身被杀死，它也杀不死。灵魂抛弃毁坏的身体，进入新的躯体，犹如人脱掉旧裳，换上新衣一样。人的自我灵魂火不能焚，刀不能伤，水不能湿，风不能干。因此它既不杀戮，也不被杀。推及万物也一样，起初未显，中间阶段才显现，最后又归为隐没，然而寓居于万物之中的内在自我永恒不灭。这就是古老的数论（Sāṃkhya）智慧。明白了这一点，你就不该为一切众生而忧伤。"

灵魂不灭，轮回转世，这是从奥义书时代就已深入人心的观点。黑天讲述着前人的智慧，逐一为阿周那澄清疑虑："至于说到正法，对于刹帝利武士来说，有什么比投身于合法的战斗更高的正法？临阵脱逃的刹帝利丧失名誉，受人蔑视。要么战胜享受大地，要么战死升入天国，阿周那啊，放下对得失成败的顾虑，下定决心投入战斗吧！"

阿周那沉默。他当然知道刹帝利法，然而无论是享受大地还是升入天国，比起杀死尊长亲人的痛苦来说，都显得太微不足道了。他为那可怕的后果而战栗，他的心思仍然困惑。于是，黑天便从人生的最高目标解脱入手来开导他。

解脱，指人的灵魂彻底超脱生死轮回的痛苦循环，与梵合一，达到至高的平静和幸福。为此人们需要视生活为修行，持之以恒地修炼身心，这种行为方式称为瑜伽。

"现在，请听瑜伽的智慧吧！践行这条智慧之路，你将摆脱业所带来的束缚，努力不会落空。"黑天的话语，回荡在永恒的俱卢之野，整个大地都在聆听这曲不朽的神之歌，"智慧坚定的人专注一心，而智慧不坚定的人则枝蔓众多。他们只尊崇吠陀的字面意义，热衷各种仪式，希望以此获取权力、享受、天国，以及来生的果报；殊不知吠陀的话题仍然局限于三性（Trāigunya）造成的物质世界，相对于无边的智慧之海，吠陀经典不过是一方池塘。阿周那啊，你要超脱于三性，超脱于苦乐爱憎等对立，牢牢地把握自我。你的职责就是行动，永远不要在意结果。不要为了结果而行动，也不要刻意放弃行动。比起智慧瑜伽，为贪求业果而行动远为卑下，所以，你就将成功失败等同看待，立足瑜伽行动吧！因为瑜伽就是等同化一。"

黑天的话解除了阿周那最大的顾虑与恐惧，他立即追问道："什么样的人具备这种坚定的智慧呢？"

黑天答道："智慧坚定的人摒弃内心的所有欲望，只专注于自我。像乌龟缩回四肢到壳中，他控制感官，远离感官对象，对祸福、苦乐一视同仁，达到平静。欲望进入他，有如江河注入大海，却不能让大海满溢。这样的人，死后与梵同一，获得解脱。如果放任感官，执着于感官对象，就会产生欲望，由欲望生愤怒，由愤怒生愚痴，最终丧失智慧，人也就跟着毁灭，如同大风吹走水上的船。"

阿周那听得神往而又困惑，问道："既然你认为智慧比行动高明，为什么又要我从事战争这种暴力行动呢？你能否明确地告诉我到底该走哪条路？"

"世上有两种解脱之道：数论行者的智慧瑜伽与瑜伽行者的行动瑜伽。放弃行动也是一种行动，并不能让你摆脱业力。"黑天侃侃而谈，"阿周那啊，试看芸芸众生，谁能有片刻不行动？履行你的职责吧！因为行动总比不行动好。"

"除了为祭祀而行动，整个世界都受到业的束缚。阿周那啊，你就摆脱执着，为祭祀而行动吧！[1]"黑天注视着俱卢之野，这创世者梵天曾经的祭坛，"众生之主在创造众生的同时创造了祭祀，他让众生用祭祀侍奉众神，众神回报以雨水，雨水产生食物，食物维持生命。如此周而复始，世界因此而运转，生命因此而生生不息。依靠祭祀，众生与众神相互奉养，而祭祀的产生靠行动，一切行动源自梵，梵源自不灭的最高自我。所以，遍及一切的梵，永远存在于祭祀中。恶人不愿顺应这样的天道循环，如窃贼一般享受神赐却不予回报，只知追逐感官欲乐，白白虚耗一生。智者则专注满足于自我，对世间众生都无所企求，心无牵绊地恪尽天职，达到至福。看看上古贤王遮那迦（Janaka）[2]吧，他通过尽心履行国王的职责而获得解脱。"

他更以自己为例，以神与人的双重身份，为阿周那现身说法："对我来说，三界中没有我必须去做的事，也没有我应得而未得的东西，但我仍在不知疲倦地行动。如果我停止行动，世人都将效仿我，世界就会走向毁灭。愚者为贪求业果而劳作，智者无所贪求，只为造福世界而行动。但智者也不会干涉愚者的行为，

---

[1] 刹帝利的祭祀是战争。
[2] 遮那迦（Janaka）：古印度著名的"哲人王"，传说他在世即获得解脱。

摩诃婆罗多

因为每个人的行为由三性所决定。阿周那啊,就算只是为了维持世界,你也应该行动。你就摒弃一切私欲,投入战斗吧!"

阿周那沉浸在他的言语中,沉思着生命与存在的本相:"那么,是什么造成一个人犯罪呢?他仿佛不由自主地受外力所驱使?"

黑天答道:"是源于忧性的愤怒和欲望。欲望犹如烈火,毁灭智慧和知识,是智者的永恒之敌。要知道思想比感官重要,智慧比思想重要,而自我比智慧更重要。如果能征服自我,自我就是你的亲人;否则自我就会变成你的敌人。所以,你首先要控制感官,加强自我,杀死欲望!"

解脱不是通过回避职责、放弃行动来实现;而是通过履行职责、不带功利性地从事行动来实现。对于在战场上进退维谷的阿周那,黑天指出了一条积极入世的解脱之道,即舍弃对行动结果的渴望而不舍弃行动本身,这就是行动瑜伽。

"这永恒的瑜伽,我曾传授给太阳神,由太阳神传给人类始祖摩奴,由此在世间流传。然而时日久远,人们已经忘记了,今天我再讲给你听。"薄伽梵黑天这样说道,千年万载的岁月如河流般从他眼底悠悠而过,流向无穷无尽的未来。

阿周那惊异地看向他的御者:"可是,你出生在后,怎么可能向太阳神宣讲这个瑜伽?"

黑天对他的朋友微笑,他此时已不再是雅度族王子,正如阿周那也不再是般度之子。黑天对阿周那说话,是那罗延对那罗说话,是觉醒者对仍为尘世悲喜所牵绊的众生说话,是最高宇宙灵魂无上我(Paramatman)对迷惘中的个体灵魂说话:

"阿周那啊,我和你都经历了许多世,只是我记得一切,而你不记得了。我[1]即是一切众生之主,不生不灭的至高自我,然而我仍然用我自己的原质,凭借幻力出生。

"一旦正法衰落,非法横行,婆罗多王的后裔啊,我就让自己化身于世。为了保护善良,为了铲除邪恶,为了重建正法,我在各个时代降生。

---

[1] 这段和以后各段中出现的"我"可以理解为作为神格化身的黑天自己,也可以理解为无上我(即印度哲学中最高的宇宙灵魂)。与"我"合二为一,即梵我合一。

"谁能真正理解我、认识我,以瑜伽弃绝业的束缚,以智慧斩断疑惑,他就能摆脱一切罪恶,达到最高平静。"

阿周那问道:"你既赞扬弃绝,又赞扬行动,那么哪一种更好呢?"

薄伽梵黑天答道:"弃绝和行动瑜伽是一致的,但行动瑜伽更好。因为所谓弃绝,就是瑜伽;不弃绝欲望,成不了瑜伽行者。没有瑜伽,弃绝很难达到梵。如同灯盏在无风之处火焰不会摇动,只专注于自我的瑜伽行者心思不会动摇。他知道由感官带来的各种感受都是暂时的,平静地做他应做的事,将一切献给梵,既无怨恨,也无渴求,罪恶不能沾染他,如同莲叶不沾水。内在的自我成为身体的主人,愉快地居于这座九门之城[1],智慧就会像太阳一样照亮至高的存在。他会发现他的自我与众生的自我同一无差,他会关爱一切众生,对苦乐一视同仁,因为他从众生中观照到了自我,从一切中观照到了我。无论何时何处,我与他同在。[2]"

"可这太难了!我烦躁不安,难以控制思想,就像难以控制风。"阿周那紧张地问道,"如果有信仰却做不到,他会毁灭吗?"

黑天微笑,这位大弓箭手在梵学上的谦卑和他在战场上的英勇简直判若两人:

"不必担心,所有行善的人都不会遭到毁灭。即使今生没有实现瑜伽,来世他仍会被瑜伽吸引,继续前世的修行。经过一次次再生,他总会走近我,达到我。

"然而即使实现瑜伽的人之中,也很难彻底了解我。阿周那啊,我将毫无保留地告诉你这至高的知识,它是学问之王、机密之首。地、火、水、风、空、思想、智慧和自我意识,这是我的八种原质;我还有一种更高的原质,它孕育万物,维持整个宇宙。你要知晓,我是整个宇宙的起源和终结。没有比我更高的存在,财富胜者啊,一切都与我相连,犹如串起的珠链。我是水中的滋味,我是日月的光辉,我是一切吠陀中起始和结束时的颂词'唵'[3],我是空中的声音、人中的勇气。我是

---

[1] 古印度人将身体视为九门之城,九门指身体的九个器官:两眼、两耳、两鼻孔、嘴、肛门和生殖器。

[2] 此处指意识到众生的自我灵魂同为一体的人,将与黑天所代表的最高宇宙灵魂无上我同在。

[3] 唵,其音为 A-U-M 三字母所合成,有的认为代表三相神梵天、毗湿奴和湿婆,有的认为代表三吠陀或三界,但皆称之为印度教中最神圣的字眼。《摩奴法典》规定念诵吠陀起始和结束都要念诵"唵",并认为这个"唵"是最高的梵。

大地的芬芳、火焰的光热；我是众生的生命、苦修者的苦行。我是万物永恒的种子，我是智者的智慧，我是光辉者的光辉。我是令强者远离欲求和激情的力量，我是众生不违正法的欲望。善性、忧性和暗性皆出自我，它们在我之中，而我却不在它们之中。尽管我无形无相，但愚人却以为我有形，殊不知我乃超乎万物的至高存在，永恒不变。愿望和憎恨造成对立，它们在创造中走向愚昧。

"而智者知道我即一切，临终前凝神定气，时刻忆念我，念诵梵音'唵'，脱离肉身后便能与我融为一体。梵界以下，万物轮回，谁能皈依我，他就能跳出轮回。我是世界的父母、先祖、维持者、当知者和净化者，我也是《梨俱》《娑摩》和《夜柔》。我是标的、维持、主人和见证，也是居所、庇护和朋友。我是创始、毁灭和存住，我也是宝库和不灭的种子。我散播光热，我调度雨水，我既是永恒又是死亡，我既存在又不存在。

"劫末万物都回归于我的原质，劫初我又将它们创造。我凭借我的原质，将万物创造，万物在我原质的支配下，皆不能自主，而我超然于外，心无执着，因此不被业所束缚。在我的监督下，原质创造出一切动物和不动物，宇宙因此周而复始。

"我是一切祭祀的享受者和主人。有人遵照吠陀礼仪举行祭祀，祈求进入天国。他们死后到达因陀罗界，待功德耗尽后再回到尘世。有人虔诚地敬拜别的神，尽管不合仪轨，他们也是在祭拜我。敬拜众神者归于众神，虔信我的人走向我。

"只要是怀着虔诚之心奉献给我的，哪怕是一片叶，一朵花，一枚果，一掬水，我也接受。我对众生一视同仁，既无憎也无爱。即使是首陀罗和妇女，只要向我寻求庇护，也能达到至高归宿。"

黑天对着他的朋友微笑，"阿周那啊，你既然来到这个痛苦无常的世界上，就虔诚地信奉我，以我为至高归宿，将一切奉献给我吧！"

◉ 薄伽梵（Bhagavān），意为"世尊""神"，这里指黑天。《薄伽梵歌》直译也就是"尊神之歌"。《薄伽梵歌》是《摩诃婆罗多》中最著名的一则宗教哲学插话，共18章，与

18天的俱卢大战相对应，颇富深意。苏克坦卡尔直接说道：《薄伽梵歌》实际上是大史诗故事的思想核心，重中之重，《摩诃婆罗多》则是对《薄伽梵歌》的一种不可缺少的诠释，以其背景和故事让《薄伽梵歌》中的道理变得生动形象，其关系类似于神我（Purusha）与原质（Prakriti）。

◈ 商羯罗称吠陀如青草，奥义书如奶牛，而《薄伽梵歌》则是奶牛咀嚼青草而产的牛奶；换言之，《薄伽梵歌》即是吠檀多智慧的精华。《薄伽梵歌》综合了吠陀祭祀、数论、奥义书的绝对精神论，发展出成熟的有神论。贯穿《薄伽梵歌》的脉络为：数论瑜伽（肉身可灭，灵魂不死，万物皆出自无上我，应当摆脱三性的束缚，对万物一视同仁）→行动瑜伽（Karma-yoga，亦译为业瑜伽，摒弃对行动结果的渴望，但不摒弃行动本身）→虔信瑜伽（Bhakti-yoga，信瑜伽，敬奉无上我）→智慧瑜伽（Jñāna-yoga，智瑜伽，认识到人的自我灵魂与宇宙本体梵本质同一，并通过瑜伽严格控制感官和欲望，以求达到梵我同一）。

◈ 数论（Sāṃkhya）派是印度最古老的哲学派别之一，认为世界有两大本原——神我（Puruṣa，或译"原人"）和原质（Prakṛiti，或译"自性"），大致对应于"精神"与"物质"。原质派生出三性（Trāigunya），即善性（Sattva）、忧性（Rajas）和暗性（Tamas），三性的互相作用衍生出世间的万事万物。《薄伽梵歌》部分借用了数论哲学中的理论并有所发展。在《薄伽梵歌》的哲学范畴内，"神我"是"原质"的主宰，承认有脱离肉体而存在的灵魂，承认有至高的存在——无上我（Paramatman），即至高神我。这是《薄伽梵歌》里的数论与古典数论派哲学的最大区别。智瑜伽就是指用数论和奥义书的哲学指导自己的行动。

◈ 瑜伽（Yoka）最初指给牛马套置的"辕"，有约束、连接、结合之意。考古发现印度河文明时期即有以瑜伽姿态盘坐冥想的印章，证明瑜伽出现在婆罗门教之前。奥义书时代，瑜伽已成为修炼身心的方法。《迦塔奥义书》称："这种对感官的稳定控制，被称为瑜伽。"在《薄伽梵歌》中，黑天将词义扩大为实现解脱的行动方式。

◈ 梵语中 Karma 一词，指"行动"，也可译为"业"。印度人认为人的一切行为都会留下痕迹，产生"业"的束缚，导致相应的果报；佛家所谓因果业报，即渊源于此。《薄伽梵歌》宣称行动本身不构成束缚，执着于行动成果才构成束缚。因此，人只要不怀私利，不执着于成败得失，只是为履行职责而行动，就能不被业所束缚，获得解脱。这就是行动瑜伽。当时印度盛行遁世和出家，大批劳动力被引入山林和寺院，《薄伽梵歌》主张积极入世，为社会无私奉献，无疑具有一定进步意义。

◈ 在吠陀时代，祭祀占据着极为重要的地位，能保证人们获得今生及死后的幸福。吠陀文献中的"行动"（Karma）一词常用来特指祭祀。黑天并不全然否定吠陀和祭祀，但却给祭祀赋予了新的含义。《薄伽梵歌》中称"智慧的祭祀胜于一切物质的祭祀"

（6.26.33），以及不怀私欲、不计较得失地履行职责就是最好的祭祀。"吠陀天启、祭祀万能、婆罗门至上"的婆罗门教三大纲领因此受到极大挑战。

◉《薄伽梵歌》的出现标志着婆罗门教转化为印度教，主要宗教活动由祭祀转变为虔信（Bhakti），提倡以对待子女、朋友、父母、爱人般欢快热烈的情感去敬神爱神，体会整个宇宙。《薄伽梵歌》宣扬虔信大神黑天，即使妇女和首陀罗亦可得到解脱，让长期遭受压迫的妇女和低种姓人民也看到了解脱的希望，创中古虔信运动之先河，对后世影响极大。

◉ 智瑜伽、业瑜伽和信瑜伽三者相辅相成，缺一不可。印度教徒认为，人与最高自我（梵/神）的结合必须涵盖理性、行为和情感三方面，而唯物主义者则可以从另一个角度来理解。如黄宝生先生在《薄伽梵歌导言》中所言，我们可将作为"至高神我"的黑天视为宇宙精神或事物的内在规律，将"原质"视为宇宙万象，智瑜伽、业瑜伽和信瑜伽分别代表认识、实践和信仰。"认识世界，尊重客观规律，无私无畏履行职责，从事行动，奉献社会，就能圆满实现人生，达到天人合一的崇高境界。"

最早为《薄伽梵歌》做注释的商羯罗大师

阿迪·商羯罗（ĀdiŚaṅkara）是中世纪印度著名经院哲学家，吠檀多思想的集大成者，不二论的宣示者。他是天才神童，32岁即去世，但在他短暂的人生中，他著述无数，在印度东西南北四处建立了四大道院，组织了十名教团，拥有大批追随者。他的思想和宗教组织实践至今仍对印度产生深远的影响。

第三章　　　　　　薄伽梵歌（下）

在两军阵前、在大战即将开始的刹那间，黑天从容为阿周那讲解着无上我的知识与解脱之道。阿周那曾无数次听人讲述过黑天的尊贵身份，但从未有这般亲身经历。他深有感触地说道："你是至高的梵，原初之神，遍及一切者。仙人那罗陀、毗耶娑都这样告诉我。我深信你所说的一切都是正确的。众生之源、宇宙之主啊，请告诉我你神圣的显现吧，告诉我该如何认识你？"

"我即是一切众生心中的自我，我也是万物的始、中、末[1]。俱卢族的英雄啊，因为我广袤无边，我只能扼要讲一些我的神圣显现。光明之中我是耀眼的太阳；群星之中我是月亮；感官中我是'心'；众生中我是'觉'；群山中我是弥卢山；河流中我是恒河；祭司中我是天国祭司祭主仙人；仙人中我是那罗陀；湖泊中我是大海；高山中我是喜马拉雅山；语言中我是音节'唵'；祭祀中我是默祷祭；人类中我是君王；武器中我是金刚杵；树中我是宇宙之树阿说他树（Asvattha）；牛中我是有求必应的如意神牛（Kāmadhuk）；蛇中我是婆苏吉；龙中我是无限[2]；天神中我是因陀罗；执法者中我是阎摩；百兽中我是狮子；禽鸟中我是金翅鸟；净化者中我是风；武士中我是罗摩；学问中我是关于自我的知识；话语中我是辩论；曲调中我是大调；诗律中我是迦耶特利；月份中我是九月；季节中我是花木繁盛的春季；我是无穷无尽的时间；我是面朝所有方向的创造者；我是吞噬万物的死亡，也是一切生命的起源；我是欺诈中的赌博、光辉者的光辉；我是胜利，是决断，是良善者中的善；雅度族中我是黑天；般度众子中我是

---

[1] 始（Adi）中（Madhya）末（Anta）：指万物的形成、存在和毁灭。

[2] 无限（Anantas）：即舍沙，乳海上的龙王，负载大地者。"蛇中我是婆苏吉；龙中我是无限"：这两句中，"蛇"的原文是 sarpā，指有毒的蛇；"龙"的原文是 nāgā，指无毒的蛇。

阿周那；牟尼中我是毗耶娑；诗人中我是优沙那[1]；我是惩罚者的刑杖；我是求胜者的良策；我是秘密中的沉默；我是智者的智慧；我还是万物的种子。阿周那啊，一切动物和不动物，没有我都将不存在。"

阿周那说："至高无上的自在天（Paramesvara）啊，你已向我描述了自己；我渴望能一睹你神圣的显现。瑜伽之主啊，如果可以，请向我展示你那永恒不灭的自我吧。"

于是，黑天赐予阿周那一双天眼，向他展示了至尊无上的遍宇之相：这位无穷无尽的尊神身着天衣，佩戴花环，抹着香膏，高举无数法宝，无数张神奇不一的面目朝向各方。漫天奇光异彩，只有一千个太阳同时升上天空，其光华方能与这位灵魂伟大者相比。整个千差万别的宇宙在这位神主身上归为一体，既统一，又多样。

阿周那看到这一切，震惊不已，双手合十，俯首顶礼："神啊，我在你体内看到了众天神和一切生物，还有梵天、众仙人和神蛇。但是，宇宙之主啊，我却看不见你的始、中、末。我看到你头戴王冠，手拿神杵和飞轮，光团在你四周闪耀，日光煌煌，火焰迸射，难以看清。你是不灭的至高者，你是宇宙的最高居处，你是永恒正法不朽的保护者，我相信你是最初的原人，以日月为眼，遍及天地万方。看到你那神奇的可怕之形，三界都诚惶诚恐，跟我一样恐怖战栗。看到你高耸云霄，光辉灿烂，口中遍布牙齿，如同劫末之火，我的心瑟瑟发抖，无法坚定和平静，请怜悯我吧，神主啊！持国的儿子们，和许多国王、毗湿摩、德罗纳、迦尔纳，还有我军许多有名的武士，走进你那烈焰之口，犹如条条江河流向大海；他们奔进你的嘴走向毁灭，好似飞蛾扑向熊熊烈焰。你以光辉充满宇宙，又用可怕的烈火将它焚烤。毗湿奴啊，请告诉我这可怕的形象是谁？我想要了解你，太初之神。"

薄伽梵黑天说道："我是毁灭世界的时间之神，我来此是为了收回一切世界。

---

[1] 优沙那（Usana），即太白仙人，传说中宗教仪轨及社会法律的制定者，也是阿修罗的导师。

即便没有你，对面列阵的这些军队也都会荡然无存。因此，站起来争取荣耀吧！他们已经被我杀死，你只是充当一个工具，左手开弓者。战斗吧！不要畏惧，你将战胜敌人。"

阿周那再次双手合十，俯首顶礼，战战兢兢地说道："向你致敬，神主啊！整个世界都赞美你，我现在明白了。从前我不知你的伟大，出于疏忽，也出于爱，只当你是至亲好友，称呼举止有所失礼，请你原谅！请恢复原有的形态吧！"

于是，黑天收起神迹，又恢复到往日模样。他告诉阿周那，这个形象连天神都渴望一见，谁都不能像阿周那这样有幸得以看见："只有通过忠贞不贰的虔信，他才能看到我的这一形态，他才能真正理解我，进入我。"

骤然见到这前所未有的神迹，阿周那心潮起伏，好一会儿才说道："有一些人虔心敬拜你，另一些人则敬拜那永恒的未显者，谁更懂瑜伽呢？"[1]

黑天答道："专注而坚定不移敬拜我的人，最为我所钟爱。而那些敬拜永恒不灭的未显者、关爱一切众生的人，也能达到我。只是他们冥想的目标没有形态，凡胎肉身修行起来也就更为艰难。"

黑天更进一步指明解脱的各种具体方法："有人以我为终极目的，思想和行动均专注于我，我将很快救他们脱离轮回之海。如果做不到全神贯注于我，你可以通过坚持修习瑜伽达到我。如果你无力修习瑜伽，那你就把为我而行动视为最高目的；如果连这也做不到，那就托庇于我，控制自我，弃绝一切业果。智慧胜于修习，禅定胜于智慧，弃绝业果的行动胜于禅定；一旦弃绝业果，立即获得平静。"

为了说明梵与世间万物、身体与自我灵魂的关系，黑天将身体比喻为"田"（Kṣetra），通过从事各种行动，业在身体这片田野中播种和收获；自我灵魂为"知田者"（Kshetrajna），它居于身体之内，监督和观察着田野中发生的种种变化，与之一起经历悲喜。而知识对象则是至高无上的梵。梵不生不灭，非无非有，遍及一切，与众生心中的自我同一无差。因此，作为最高宇宙灵魂无上我的黑天，也就

---

[1] 根据阿毗那婆笈多的注释，此处涉及有形梵与无形梵的区别。有人将梵具象化为至高神如黑天、湿婆等加以敬拜，称为有形梵；有人敬拜无形无相抽象概念的梵，称为无形梵。二者的共同目的都是与梵同一。

第六部 俱卢之野

是一切身体中的知田者。不灭的至高神我进入众生的身体，化为生命，支配五种感官和第六感官心，人就有了记忆和智慧，而命终之日，自我灵魂又带着感官离开躯体，犹如一阵风吹过，带走原有寓所的香味。

"原质和神我皆无始终，一切转变和因果由原质产生；神我只是居于原质之中，感受苦乐。原质派生出三性；对三性的执着，则决定了出身的好坏。"黑天解释道，"至高神我寓居于身体内，是见证者、允准者、维持者和经历者，亦被称为大自在天（Mahesvara）或无上我。谁能这样理解神我、原质和三性，他就能超脱轮回。谁能看到至高的自我平等地遍布于一切众生之上，自己不能伤害自我，他就能达到至高归宿。"

三性指善性、忧性和暗性，在身体里束缚永恒不灭的灵魂。善性纯洁无瑕，明亮而健康，束缚灵魂执着于幸福和快乐；忧性的特性是激动，由渴望和迷恋产生，束缚灵魂执着于为贪求业果而行动；暗性生于无知，它蒙蔽灵魂，使之耽于放纵、懒惰和昏沉。三性在体内互相作用，哪一性占主导地位，人就呈现出相应的特点，采取不同的行动，由此得到的果报决定了人下一世投胎的好坏。由于一切行动皆是受三性支配，自我灵魂并非作业者；所以，只要不带任何欲望和企图去行动，就能超脱三性，灵魂便不会受到业的束缚，超脱于轮回之上。

"那么，超脱三性的人有什么标志呢？"阿周那问道。

黑天答道："对三性的活动不为所动，立足自我，超脱对立，对苦乐、荣辱、敌友一视同仁，运用虔信瑜伽坚定侍奉我，就能超脱三性达到梵，因为我即是甘露、不灭的梵、永恒的正法，以及终极幸福之所在。"

黑天用充满诗意的语言描绘这一切："传说中有一棵永恒不灭的阿说他树，其根在上，其枝在下，其叶为吠陀颂诗，谁能认识它，谁就能通晓吠陀。树枝受到三性的滋养而上下延伸，根须则受到业的束缚，向下在人间延展。它无始无终，世人不知它的真实形态，若用超然无欲的利斧砍断这棵根须繁茂的大树，就能找到一条通往至上归宿之路，不再返回。——他已找到原初的神我，一切生命活力之源。"他眺望着俱卢之野，注视着陈兵列阵的双方军队。千年万载之前，他们就在交战；千年万载之后，这场永恒的战争仍会继续。黑天说：

"世间的造物，分为神性和魔性两类；神性导致解脱，魔性导致束缚。

"真实、不害、宽容、不贪、正直无畏、平静自制、弃绝欲望、不怀恶意，怜悯一切众生，这些品质属于神性之人。

"虚伪、傲慢、愤怒、妄言、愚昧，这些品质属于魔性之人。别忧伤，阿周那，你生来具有神性。现在请听我讲述魔性。

"生具魔性之人不知何事当为、何事不当为，品行不端，缺乏真诚。他们宣称这个世界是不真实的，没有根基和主宰，人与人之间全凭欲望而结合，此外无他。

"秉持这种看法，他们欲壑难填，残酷行事，成为导致世界毁灭的敌人，一直到死都充满无边的焦虑：今天获得这个，明天还要获得那个；这份财富是我的，那一份也是我的；杀死了这个敌人，还要杀死那个敌人……

"他们自私而妒忌，满怀敌意，仇视居于自己和他人身体中的自我灵魂，无视经典规定举行徒有其表的祭祀，只能生生世世轮回于魔性的子宫，不得解脱。阿周那啊，欲望、愤怒和贪婪是导致毁灭的三重门，你要谨记！人应遵照经典行事，若无视经典，为所欲为，便不能达到至高归宿。"

"有人很虔诚地举行祭祀，但却没有遵守经典的规定，那这种行为是善性、忧性还是暗性呢？"阿周那询问道。

薄伽梵黑天答道：

"人的信仰受其本性支配，分为善性、忧性和暗性。不求回报地祭祀和布施，属于善性；若只是出于虚荣或为了功果去做，属于忧性；不顾仪轨，缺乏信仰，态度轻慢，则属于暗性的祭祀和布施。

"敬神尊师，正直仁爱，这是身体的苦行；诵习经典，言语真实，这是言语的苦行；思想清净、平静自制，这是思想的苦行。怀抱信仰、不求回报地修炼这三种苦行，这就是善性的苦行。期盼礼遇和崇敬，怀着虚荣心修炼苦行，这是忧性的苦行。无视经典规定，修炼极端的苦行，折磨自己的身体，甚至折磨到了身体里的我，这是暗性的苦行。

"'唵！达多[1]，萨多[2]。'相传是梵的三种标记。因此知梵者总是先念诵梵音'唵！'，然后遵照经典去祭祀、布施、苦行。他们口中念诵"达多"，不求功果，只求解脱，这样的信仰和行为被称为'萨多'。'萨多'意为真实、善，以及值得称颂的行为。如果没有信仰地去做这些事，就是'非萨多'（Asat），无益于今生和死后。"

阿周那进一步追问道："请告诉我什么是弃绝（Saṃnyāsa）[3]，什么是摒弃（Tyāga）。"

"弃绝是弃尽因欲望而生的行动，而摒弃则是从事行动但不求果报。阿周那啊，在这世上，没有人能彻底弃绝行动，应该弃绝的是对行为成果的企盼。根据数论智慧，一切行动、知识和智慧，可按照三性来区分。

"从一切众生中看到无上我，从千差万别的事物中看到永恒不可分的唯一，这是善性的知识；只看到万物有别的是忧性的知识；以偏概全、执着狭隘，是暗性的知识。

"知道何时行动、何时停手，何事当为、何事不当为，知道解脱之道，这是善性的智慧。不能正确地分辨正法与非法，不知何事该做、何事不该做，是忧性的智慧。是非颠倒，视非法为正法，是暗性的智慧。

"不怀欲望与企图地行事，这是善性的行动。为满足私欲而竭尽全力，这是忧性的行动。倒行逆施，不顾能力与后果，不惜伤害和杀戮他人，是暗性的行动。

"三性产生于原质，支配万物行动，就连天神也难以摆脱。三性决定人具备不同的资质，从事不同的行动，由此有了婆罗门、刹帝利、吠舍和首陀罗；人人尽责工作，便能达到圆满。自己的职责虽然不完美，也应恪守天职，因为一切行动总有缺陷，如同火焰总是带有烟雾。

"听我扼要地告诉你，获得圆满的人如何也能获得梵：以智慧控制自己的语言、

---

[1]达多，梵文 Tat 的音译，意为那个。这个代词只能泛指，不能指任何具体事物，以此表示梵的普遍性和多样性。
[2]萨多，梵文 Sat 的音译，意为真实、善，表示梵的绝对实在性。
[3]Saṃnyāsa，意为抛弃，抛下。这个词也用于表示人生四行期中的最后一个时期遁世期。

身体和思想，舍弃声色欲情，专心修习禅定，内心平静，毫不自私，他就能与梵同一。

"他不忧伤，不渴望，平等地看待一切众生，将一切行动奉献给我。由于这种虔信，他能真正理解我，从而直接进入我。

"你却出于自己的私心临阵决定不参战，这是错误的决定。你的原质将会约束你。即使你不情愿，你的刹帝利本性也会驱使你去战斗。大自在天位于一切众生的心田，他用幻力驱遣着登上转轮的芸芸众生，全心去寻求他的庇护吧！凭借他的恩惠，你将获得至高的平静，达到那永恒的居所。"

这位神圣的御者，此时驾驭的已经不再是阿周那的战车，而是阿周那的心灵。他收拢思想的缰绳，让智慧不再动摇："阿周那啊！舍弃一切法则，以我为唯一庇护，不必忧伤，我会让你摆脱所有的罪过。"

"出于对你的爱，我告诉你这至高的秘密。你充分考虑之后，做出自己的决定吧！"黑天在全面总结之后，将决定权交还给阿周那，叮嘱道，"阿周那啊，你是否已专心听清楚我的话？你的疑惑是否已经消除？"

此时是时代的转折期，此地是俱卢之野（Kuru-kṣetra），又被称为正法之田（Dharma-kṣetra）。业的种子经过数十年的成长壮大，就要在这片田野（Kṣetra）上结成业果，只待时神收割。阿周那注视着这广阔的原野和对面的军队，他内心的战争已经胜利，重新恢复了平静。"拜你的恩惠，我已解除困惑，获得智慧。我已打消疑虑，意志坚定，我将照你的话去做。"他拿起了甘狄拨弓，在这不可避免之时，迎接这不可避免之战。

看到他拿起神弓迎战，般度军爆发出巨大的欢呼声。一时间，战鼓声、螺号声和军乐声响彻天地，就连因陀罗也率领众神前来观看这场前所未有的大战。两边军队开始缓缓地向前推进。这时，坚战王突然脱下铠甲，放下武器，双手合十，神情肃穆地向俱卢方走去。

◈ 尽管《薄伽梵歌》以《摩诃婆罗多》中的插话的形式出现，但在古代大师和现代学者眼中，《薄伽梵歌》更为重要。印度学者普列姆·纳特·巴扎兹称："从史前到当代全部的印度文献中，没有一部著作像《薄伽梵歌》那样享有如此巨大的声誉。每一个印度教徒，不管他是否读过这部圣诗，他的思想和行为无不受到它的熏陶和影响。"到了近现代，《薄伽梵歌》的重要性有增无减，成为印度最流行的宗教典籍，其影响力远远超过了被正统派目为神圣的吠陀经典。有学者甚至认为，它就是印度文化的精神。

❈ 承接着《斡旋篇》，《薄伽梵歌》发生在已经做出战争的决定，双方陈兵列阵，但大战还未开始之际。阿周那突然对战争的合法性产生怀疑，由此与黑天展开一场问答。在此之前，双方已经就战争与和平的问题讨论过多次，这场大战在世俗意义上的合法性已经无可置疑，层层递进之下，这次作为般度方最高统帅阿周那与作为神之化身黑天的问答录，堪称终局，对战争的肯定和否定都达到了最高点。阿周那基于人道主义提出疑问，最终被黑天基于天之道的回应说服，这一幕让人想起之前阿周那对坚战的劝勉（"现在不应该停战撤退。"）以及黑天的回复（"事情正是如此。"）。

❈ 印度教神灵众多，却认为宇宙间只有一个绝对本源和唯一真实，那就是梵，现实世界万象百态只是原质的派生、幻力的产物；因此有"宇宙即梵，梵即自我"的结论。至高神（《薄伽梵歌》中为黑天）即是梵的具象化。人的身体由原质派生，是"易逝者"；个体灵魂则与梵同一，是"不灭者"。黑天在俱卢之野现出宇宙相，阿周那在他身上"看到一个完整世界，既统一，又多样"（6.33.13）。因此，在宗教上，人应认识到自己是无上我的一部分，勤修瑜伽，以求与梵同一；在伦理上，人应看到伤害他人即是伤害自我，平等地善待众生，与之共存共荣，此为正法，反之即为非法。

❈ 印度神话里的宇宙之树与生命之树称为阿说他树（梵名 Asvattha），意为"马站树"（一般认为这是因神话中太阳的神马在这棵树下歇足而得名），是毕钵罗树（梵名 Pippala）的异称，因释迦牟尼在此树下悟道成佛，证得菩提，故又称菩提树。菩提树树龄极长，根须可以从树干长出并扎进泥土，从中生出新芽并长成大树，历来被视为圣树。在摩亨佐·达罗（Mohenjo dharo）地区曾出土过一枚崇拜阿说他树的印章，足可上溯到公元前 3000 年左右的印度河文明时代。《奥义书》中将梵比喻成长生不死的宇宙树，根向上，枝干向下，《薄伽梵歌》借用了这一概念。黄宝国先生认为，黑天用阿说他树象征宇宙中轮回转生的生存方式，其根源来自无上自在天。

❈ 《摩诃婆罗多》看似描述一场世俗意义上的战争，但书中般度五子皆为天神下凡，难敌一方多为阿修罗投胎，俱卢大战因此深化为天神与阿修罗永恒之战的一部分，象征着正法与非法的不断冲突。《薄伽梵歌》中黑天对"神性"与"魔性"造物的阐述，可谓点睛之语。值得注意的是，双方的争斗根源并非绝对的善恶，而在于人性的弱点，如自私、贪婪和妒忌等，这也是古往今来人类社会一切冲突之源。因此，大史诗也是一部真正的人类历史，《摩诃婆罗多》中出现过的种种场面，在今天也同样在不断地发生。

❀ 中国人认为人性本善，西方人认为人性本恶，原罪与生俱来；印度人则认为人性既非善亦非恶，而是由原质的三性决定的。原质即原初物质，具有善性、忧性、暗性三种性质。三性的不同比例决定了人的资质和行为。人因此而分为善性之人、忧性之人和暗性之人，这是古印度的人性论。人的行为受本性支配，无法强行压制。《薄伽梵歌》的注释者以毗罗吒之战为例解释道，阿周那本不欲出战，但优多罗临阵脱逃时，他的刹帝利本性依然促使他拿出武器，与俱卢军交战。因此，黑天责备阿周那不想参与大战的行为是"错误的决定，原质将会约束你"（6.40.59），引领他面对真实的自我，迎接注定的使命。

❀ 黑天将马车停在两军中间，与阿周那从容对话，这一场景极富象征意义。《奥义书》将人的身体比作马车，个体灵魂为乘客，智慧为御者。《薄伽梵歌》则以最高神我的代表黑天为御者，与阿周那所象征的"自觉之灵魂"（苏克坦卡尔语）展开对话，消除其心结，使之与自己复归为一。印度人认为善恶同源，"万种正法，千般利欲，一切解脱"。从超验哲学的角度看，政治斗争和世间万物一样并不具有绝对真实性。阿周那本来认为毗湿摩和德罗纳（代表传统和情感羁绊）以及持国诸子（代表千种欲念）是他的亲人，实际他们只是"他的存在所映出的虚像"，是他在瑜伽证悟道路上的敌人；最终在最高自我的引导下，他战胜和消灭了敌人。苏克坦卡尔引用古代学者阿难陀迪尔特之语"这部婆罗多之歌，全有关于最高之我"，证明这是古今一致为印度人民广泛接受的看法，即：摩诃婆罗多之战也是一场自我之战。俱卢之野就是人内心深处不同欲望和情感的战场，人的高尚自我和卑下自我在那里进行着无休止的大战。

❀ 两军即将开战的紧要关头，作为最高军事统帅的阿周那突然停下来与御者黑天展开一段长篇哲学对话，这一情景太过超现实，以霍普金斯为代表的一些西方学者因此认为《薄伽梵歌》是后来插入的，说明开战出自神意，以此为战争中英雄们的一些不名誉行为辩护。他们完全否认史诗中的象征意义，认为这是对原作的过度引申。这些说法遭到了印度学者的严厉批判，因原作者自称史诗的目的就是阐述法利欲和解脱，而解脱必须从超验哲学的角度来理解。苏克坦卡尔指出，西方学者对印度文化一无所知且态度傲慢，致力于还原一个未经修改的原始史诗，这实际上既不可能，也无必要。因年代久远而缺少信息，西方学者其实是在按照自己的喜欢随意肢解史诗，去掉自己不喜欢不理解的部分，但《摩诃婆罗多》的象征意义正是它超出一般英雄史诗，被印度人民喜爱且流传至今的原因。泰戈尔亦表示，《摩诃婆罗多》是集印度人民历代智慧书写出的史诗，犹如一道精美的大餐，而试图从史诗中寻找历史残片来否定史诗的做法，犹如在大餐中寻找调料，却不知道重要的是菜的味道。

❀ 印度每年都会出版新的《薄伽梵歌》注释本，观点不一甚至相互矛盾。《薄伽梵歌》

提倡行动瑜伽，首位为《薄伽梵歌》作注的吠檀多大师商羯罗却并非毗湿奴派信徒，将其解释为弃绝的号召。有人认为《薄伽梵歌》拥护种姓制度，因里面明确提出四种姓的职责；也有人以《薄伽梵歌》为依据，认为人人都是神的孩子，并无区别，种姓只是取决于资质和行动，类似"基因决定性格，性格决定命运"。这是因为《薄伽梵歌》本身具有一定的宗教包容性，便于各派引申发挥；而各派学者也无法忽视《薄伽梵歌》的巨大影响，借注释《薄伽梵歌》来宣传自己的观点。

◉在印度独立运动期间，《薄伽梵歌》成为激励人民的武器，鼓励人民加入抗英斗争。圣雄甘地提倡非暴力不合作，民族主义者提拉克提倡暴力革命，其根据都来自《薄伽梵歌》。而在现代社会中，《薄伽梵歌》中所体现的争鸣和对话传统，则更受重视。黑天强调履行职责，阿周那则主张规避恶果，这段神与人之间的对话，以朋友之间谈心的方式进行。黑天并未强迫阿周那接受，而是在劝告后让阿周那自己决定。史诗对大战之后凄凉景象的描写，也证明阿周那的担忧确有价值。这体现出印度宗教哲学的多元与宽容，也是印度教至今仍极具活力的原因所在。

◉《薄伽梵歌》是大战开始前黑天向阿周那讲解的，具有天眼通的全胜看到这一切，复述给持国听。《摩诃婆罗多》中没有描述持国的反应，但以全胜的反应作为《薄伽梵歌》的终结：听到了黑天与阿周那之间的对话，瑜伽之主黑天亲自讲解瑜伽，我兴奋不已。承蒙毗耶娑的恩惠，我听到了这个至高的秘密。我一遍又一遍地回想这番圣洁的对话和黑天的神圣形象，一次次欢欣鼓舞。我认为哪里有瑜伽之主黑天，有弓箭手阿周那，哪里就有吉祥和胜利，就有繁荣和永恒的正义。（6.40.74-78）传说黑天在印历九月十一日向阿周那讲述薄伽梵歌，这一天被称为"薄伽梵歌诞生日"（Geeta Jayanti）。人们将举行各种各样的庆祝活动，纪念这一神圣诗篇的诞生。

◉阿说他树（又称毕钵罗树或菩提树）的根须可以从树干长出来落地生根，且繁衍茂盛，能独木变成林，古印度人认为它是可以倒着生长的。它被视为宇宙之树，植根于天上，代表永恒的梵，枝繁叶茂的树枝树冠便是大千世界。它也象征着人体，树根在大脑，树枝象征遍布全身的脉络，人若要达到解脱，便需"爬树"——修炼瑜伽，找到大树的根部，最后获得解脱。

第四章　　　　　　　　　　敌将的祝福

坚战王突如其来的举动让所有人都吃了一惊。阿周那立即跳下车追赶；黑天和怖军、双子紧随其后，追上坚战。坚战的弟弟们心中不安，纷纷追问："现在双方都已经陈兵列阵，大战就要开始。国王啊，你为何突然解除铠甲和武器，抛弃我们，步行走向敌军？你是我们的长兄，你这样的举动让我们很担心。你想做什么？"

倒是黑天看出了坚战王的心思，微笑道："我想，他是想向毗湿摩、德罗纳等尊长致敬后再开战。据说在古时候，与自己的老师或家族中的长者交战之前，应依据礼法先向对方致敬，这样必能取胜。"

这时，俱卢军看见坚战王放下武器、神态谦恭地向他们走来，不禁议论起来："坚战一定是害怕了，所以带着弟弟们来寻求毗湿摩的庇护。他有阿周那、怖军、无种和偕天保护，还这样懦弱，真给家族丢脸！他简直不配出生在刹帝利家族，因为他缺乏勇气，畏惧战斗。"他们兴高采烈地摆动着自己的衣服，一面赞美着俱卢族，一面辱骂着般度五子与黑天，直到坚战走近，才安静下来。

然而无论是弟弟们的担忧，还是俱卢人的辱骂，坚战都完全没有回应。他只是沉默地前行，在弟弟们的护卫下，穿过刀枪林立的俱卢军阵，径直走到毗湿摩身前，俯身行触足礼，虚心道："向你致敬，难以征服的人啊！请允许我们与你交战，请给予我们赐福。"

毗湿摩很高兴，说道："大地之主啊，如果开战前你没有来向我致敬，我就会诅咒你，让你失败。你现在的做法让我很满意，孩子啊，投入战斗，取得胜利吧！我受俱卢族的供养，必须为他们效力。除此之外，你想要什么恩惠？告诉我吧！"

"我明白你将为俱卢人战斗。"坚战答道，"我只请求你为我出个主意。"

毗湿摩一口答应："你想要我怎样帮助你呢？就算我要为你的敌人而战，也请说出你的想法。"

坚战便道:"那就请你告诉我能在战斗中胜过你本人的方法吧!"

毗湿摩答道:"没有人能战胜我,孩子啊,我死期未至,你到时候再来吧!"

坚战告别毗湿摩,按照礼节向德罗纳致敬,请求他同意自己与老师作战并取得胜利。德罗纳欣然应允,答道:"俱卢人用财富绑住了我,我只能为他们作战,但我希望战胜的是你,也必然是你。因为哪里有正法,哪里就有黑天;哪里有黑天,哪里就有胜利。我也想赐你一个恩惠,告诉我你想要什么。"

坚战道:"请告诉我,如何能在战场上战胜你?"

德罗纳答道:"只要我还在作战,就无人能战胜我,除非我失去斗志,自己想死。因此,你只能和你的兄弟们尽快杀死我。"

坚战接着向老师慈悯和舅父沙利耶致敬,同样得到了他们的允许和祝福。于是,他在兄弟们的卫护下,离开了俱卢大军。行至两军阵前,坚战回过头,对俱卢人大声说道:"诸位,谁若愿意选择我们,他就是我们的盟友!"

持国与吠舍侍女所生之子尚武一向与般度五子友爱,闻言心中喜悦,叫道:"无可指责的国王啊!若你愿意接纳我,我将为你而战,对抗持国诸子!"

坚战王欢喜地道:"来吧,尚武!欢迎你加入我们,为我们而战吧!看来你将成为持国唯一幸存的血脉,因为邪恶暴戾的持国之子就要丧命。"

于是,尚武毫不犹豫地阵前倒戈,加入了坚战的军队。在雄壮的军乐声中,般度军重新排列阵容,士气大振,勇士们齐声发出狮子吼。俱卢军也不甘示弱地奏起鼓乐,吹起螺号。两支大军士气高昂,迅速向前推进。一时间,战马的嘶鸣声、大象的吼叫声以及勇士们的呐喊声,汇合成一股巨大的声浪,声势震撼天地。

这时,般度军的先锋怖军大喝一声,如同惊雷当空炸响,将所有的声音全都压了下去。他一马当先,犹如雄狮一般直冲向俱卢军。以难敌为首的十二位持国之子和俱卢王族的广声立刻挥舞弓箭将他团团围住,向他发射出大量箭雨,犹如乌云覆盖住太阳。般度方的勇士急忙冲上前去支援,黑公主的五个儿子、激昂、无种、偕天和猛光等人,一面向持国之子们放箭,一面赶到怖军身畔。只听弓弦不停地响动,燃烧的利箭有如彗星般划过天空。

怖军与玛德利双子迎战三位持国之子。怖军的对手正是冤家对头难敌,两位大力士互相咆哮着向对方泼洒箭雨,战况之激烈令一切众生惊讶不已。

激昂的对手则是乔萨罗国(Kosala)国王巨力(Brihadbaala)。乔萨罗国是《罗摩衍那》的主人公圣君罗摩曾统治的王国,巨力王本人则是毗湿摩点评的俱卢军的优秀武士之一,武艺颇为了得。他砍倒了激昂的战旗,又击倒激昂的车夫,不得向非战斗人员下手的战争规则在开战的第一天就被打破。激昂见自己的御者倒下,不禁大怒,当即以牙还牙,同样射断巨力的战旗,一箭击倒巨力的车夫。

与此同时,俱卢方主帅毗湿摩冲向般度军,般度方统帅阿周那前往拦截,两人一对一地交战起来,他们身份相当,也战至旗鼓相当。萨谛奇则对上了成铠,这两位勇士同属雅度族,如今立场各异,相互厮杀,血溅疆场。

一向温文尔雅的坚战王亲自上阵,冲向摩德罗王沙利耶。刚祝福过般度军必胜的沙利耶,一旦开战照样恪守刹帝利法,勇猛作战,毫不手软,一箭射断坚战的弓。坚战斗志不减,换弓再战。

猛光寻到了自己的宿命之敌德罗纳,罗刹王瓶首迎战罗刹王指掌(Alambusha),束发对战马嘶……就这样,俱卢方和般度方将对将、兵对兵地交战起来,四大兵种按照规矩各自厮杀,呐喊声震天动地。勇士们挥动武器互相砍杀,手中明亮的刀剑上滴着人血。锋利的标枪像流星一样飞落,刺穿人马的身躯和铁甲。到处都有被象牙戳伤、被棍棒击中的人和牲畜惨叫着倒地死去,尸体在不停地堆积。无主的战象四处逃跑,发出可怕的吼叫声。整个俱卢之野有如一个盛大的祭坛,勇士们不断地如飞蛾扑火一般,以身祭祀那熊熊燃烧的武器淬炼之火。场面既恐怖,又美丽。

然而不多时,这场初看有序的战斗就演变成一场疯狂血腥的混战。不管为确保公平作战制定了多少规则,战争本身自有它的规则。毕竟,在自己生命受到直接威胁的时候,谁还能记得那些神圣而空洞的誓言?围攻、杀死御者和马匹等场面随处可见,四大兵种战到一处。一些英勇的骑兵骑着快马闯入车阵,直接跳上战车,割去车兵的头颅。而车兵也毫不犹豫地射杀众多进入射程内的骑兵。横冲直撞的战象用象牙挑起骑兵，用鼻子卷起战车和战马，用脚踩踏着步兵和旗帜。许多人被车轮碾压，被战象、战马踩伤，被利箭和标枪刺中，伤口撕裂，奄奄一息地倒在血泊中。那凄厉的惨叫声犹如鬼魂的哀号，回荡在俱卢之野，又随即被刀剑的撞击声和勇士们的呐喊声压了下去。

在这场残酷的厮杀中，上午迅速过去大半，战绩最为辉煌的始终是俱卢军主帅毗湿摩。以棕榈树为标志的银旗高高飘扬，白发白须的老祖父屹立在战车之上，如同群星拱照的月亮一般光彩熠熠。难敌的计划变成了现实，只要俱卢军能牢牢护卫毗湿摩安全，这位天神般的主帅就能带领他们走向胜利。在成铠、慈悯、沙利耶等五位大将的保护下，毗湿摩驱使战车，纵横驰骋，所向披靡。他不断飞快地射出锋利的月牙箭，一路收割众多敌人的头颅，激怒了阿周那之子激昂。

这英勇的少年愤怒地向老祖父冲过去，毫不畏怯地挑战众多英雄：一箭射向成铠，五箭射向沙利耶，九箭射向老祖父，一箭射断慈悯的弓，另外两箭分别射死对方的车夫，命中对手的战旗。激昂手下不停，弓弦嗡嗡作响，他轻捷娴熟地挥舞着弓箭，迎战四面八方，光彩四射，犹如转动的火轮。那矫健的英姿直如阿周那显身，令天上观战的众神也赞叹不已。

毗湿摩决定还以颜色，他连发数箭，射断激昂的战旗，杀死激昂的车夫。成铠、慈悯、沙利耶等人群起围上，向激昂发起攻击。激昂沉着应战，箭无虚发，向护卫毗湿摩的这五位大将泼洒箭雨，仍有余力反击毗湿摩。这少年的武艺和力量都甚是惊人，不仅击碎了毗湿摩射来的利箭，还射断了毗湿摩的战旗。看到那面标志性的棕榈树银旗轰然倒下，人们纷纷发出惊呼。怖军见侄儿如此英勇，心中欢喜，发出狮子吼，为激昂呐喊助威。

于是，威严可怕的毗湿摩动用众多天国武器，顿时有成百上千支利箭覆盖住激昂。一见情况危急，怖军、猛光、萨谛奇及毗罗吒父子等般度军十名勇士立即冲上前去援救激昂。

毗罗吒王的幼子优多罗，曾在夺牛之战中怯战，如今已成长为一名勇敢的战士，就连毗湿摩都称赞他算得上一位战车武士。他指挥着战象冲向声名显赫的摩德罗王沙利耶，沙利耶驾车迎上。愤怒的战象抬脚便踩，摧毁了沙利耶的战车，杀死了为沙利耶拉车的骏马。沙利耶战车失灵，但他久经沙场，并不慌乱，奋力向优多罗掷出标枪。锋利的标枪如毒蛇般刺透铠甲，穿透优多罗的身体。优多罗眼前一黑，从象背上摔下来，驭象的刺棒和刺钩从他手中滑落。这位渴望建功立业的少年，就这样失去了生命。沙利耶从战车上跳下来，杀死了优多罗的那头战象，耀武扬威地登上前来接应他的成铠的战车。

毗罗吒王之子商佉（Śaṅkha）见弟弟被杀，勃然大怒，拉开镶金的大弓，冲向沙利耶，一心要杀死他为弟弟复仇。见他来势汹汹，信度王胜车和甘波阇王善巧等七名俱卢方勇士立刻从四面八方群起围上，想要救助沙利耶。这时，俱卢军主帅毗湿摩大喝一声，声如雷霆，亲自冲上来进攻商佉。一见这位煞星冲来，般度军纷纷胆怯地避开，犹如狂风吹过长草。阿周那飞速上前护卫商佉，迎战毗湿摩。这时沙利耶杀死了商佉的马匹，商佉只得跳上阿周那的战车，方才安定。

见此情形，毗湿摩避开阿周那，冲向木柱王的军队。他不断地泼洒箭雨，覆盖住天地十方，整个战场都听到他声声如雷鸣般的弓弦响动，一行又一行的利箭无情地屠杀着木柱王的军队，犹如大火焚烧山林。在他的打击下，般度军全线崩溃，四散奔逃。在士兵们的沮丧哀叫声中，太阳徐徐落山，般度之子们只得收兵撤退。此时天色晦暗，什么也看不清了，唯见毗湿摩高大的身影巍然屹立于战场，犹如无烟的火焰。

第一天的战斗以俱卢方大获全胜而告终。眼见般度方损兵折将，坚战王心痛如焚，战斗一结束，他立即和弟弟们以及所有英雄一起找到黑天，商量对策。

"黑天啊！你看看毗湿摩今天在战场上的表现是何等可怕！他像浇上酥油的祭火那样吞噬我们的军队，我们该怎样才能对付他呢？"坚战焦急而又忧伤地问道，"就算能战胜死神阎摩或者天帝因陀罗，也不可能战胜这位老祖父，我竟然蠢到以为我们可以对抗他！看到那么多人因为我的缘故而被杀害，失去宝贵的生命，我想我最好还是去过林居生活吧，在我的余生里长期修炼苦行，不要再让我的朋友们去送命！"

"我该怎么办呢？黑天啊！请快些告诉我吧。毗湿摩不停地动用天国武器，成百上千地屠杀我方的勇士，可是阿周那在战场上却表现得像个中立的旁观者，只有怖军遵照刹帝利法在竭尽全力地作战，但单凭他双臂的力量，就算再过几百年，也杀不完敌人的军队啊！尊者啊，唯有你的朋友阿周那了解所有的武器，可是他却看着毗湿摩和德罗纳用天国武器打击我们而无动于衷。黑天啊，毗湿摩如此英勇，照这样下去他一定会消灭我们！瑜伽之主啊，你看有哪一位大弓箭手能够对付毗湿摩，犹如乌云扑灭森林大火？我们需要你的帮助，才能消灭仇敌，收复王国，与亲人们同享欢乐。"坚战王一口气说完，陷入了长久的沉默，思绪被悲伤和愁苦所占据。

黑天见状安慰他道："婆罗多族的俊杰啊，不要忧伤难过。你的弟弟个个都是三界闻名的大弓箭手，所有的国王和军队都忠于你，期待为你效命。般遮罗王子猛光是全军统帅，他一直在为你的福祉奔走，取悦于你。还有束发，他一定能置毗湿摩于死地。"

于是，坚战王便在会议上当众对猛光说道："猛光啊，请听我对你说的话，不要违背。在黑天的赞同下，你出任我们全军的统帅。请展现你的勇武，杀死俱卢人吧！我、怖军、黑天、玛德利双子以及其他国王们都追随你，人中之虎啊！"

猛光当即答道："放心吧，我是命中注定将要杀死德罗纳的人。我将对抗毗湿摩、德罗纳、慈悯以及俱卢方那些傲慢的国王们，大地之主啊！"听到他鼓舞人心的承诺，般度族将领都为他大声喝彩，士气重振，一起商量明天该如何作战。

至此，他们中没有人理会在座的阿周那。

◉《毗湿摩篇》以全胜战场归来、告知持国俱卢军主帅毗湿摩战场遇难为开端，展开倒叙，不时穿插着持国的提问和全胜的议论。据全胜的叙述，大战的第一天，双方军队聚集于俱卢之野，太阳升起，狂风四起，大地轰鸣，流星坠落，充满了不祥之兆。般度军先锋怖军首先向俱卢军冲来，而难敌则率领众位弟弟向他射出了第一支箭，俱卢大战由此开启。

⚛ 白螺，海螺在印度教和佛教中都具有极为重要的作用，尤其是白色的螺号。它是举行庆典和宗教仪式时吹奏的乐器，也是战争时鼓舞军心的号角。它是大神毗湿奴的标志性法器，也是女神吉祥天的居所，人们认为供奉白螺能带来声名、长寿和财富。

⚛ 尼赫鲁称："《摩诃婆罗多》中有一种明确的企图，就是要强调印度的基本一致性。这里印度的名字就是'婆罗多之地'，是从传说中这族始祖婆罗多而来的。"在这之前的名字是"雅利安人之地"，但从未越过文底耶山。《罗摩衍那》是雅利安人向南发展的故事，《摩诃婆罗多》中的这场大战可能是历史上一次真实的争夺印度（或北印度）霸权的战争。从《摩诃婆罗多》开始，才有全印度及婆罗多之地的概念。他引述修女尼维的塔的文章，认为这部史诗强调复杂中的一致性，作者一直试图在听众心中烙印一个单独的中央集权的印度的观念。

⚛ 18是史诗中一个颇为神秘的数字：《摩诃婆罗多》有18篇，《薄伽梵歌》有18章，战争持续了18天，一共有18支大军参加俱卢大战，每支大军有21870辆战车、21870头大象、65610匹战马，与109350名步兵，每一个数字的各个数位上的数字加起来都是18。有人称1代表神，8代表无限；也有人认为只是后人附会，有意将史诗和《薄伽梵歌》分成18个部分。

⚛ 根据史诗的描述，每一位战车武士都有自己的螺号，他们吹响螺号以震慑警告对手，或显示自身的力量。阿周那的螺号由众天神授予，故名天授（Devadatta）。黑天的螺号是他杀死一位叫五生（Pachajanya）的阿修罗后得到的，故名五生。坚战的螺号名永胜（Ananta-vijaya），怖军的螺号为崩多罗（Poundrya），无种的螺号为妙声（Sughosh），偕天的螺号为珠花（Manipushpak）。

⚛ 由于《摩诃婆罗多》成书历经八百年，版本众多，难免有前后矛盾之处。如前文叙述迦尔纳拒绝在毗湿摩的带领下作战，因此未前往前线战场，本章中又有黑天阵前劝迦尔纳改换阵营的描写。类似的情况将只在注释中提及。

⚛ 毗湿奴的螺号称为五生螺号，传说是他杀死同名阿修罗后得到的，能发出原初的创世之音唵。神杵Kaumodaki，代表能击碎一切无明的知识，梵文意为"爱大地者所有"，"爱大地者"即指毗湿奴。在印度文学、绘画和雕塑中，大神毗湿奴的法器常常表现为人的形态。有趣的是海螺和神杵通常具象为女神，而妙见飞轮则是男神。

第五章　　　　　　　　　　　　　　　　大破羯陵迦

俱卢大战进入第二天。般度军统帅猛光在坚战的提议下，排出了苍鹭阵（Krauncha vyuha）。与第一天怖军为先锋、阿周那为后卫的金刚杵阵不同，这次由阿周那担任先锋，怖军、猛光、萨谛奇、激昂以及小五子（黑公主的五个儿子）构成两翼。这样一来，般度军最强大的武士几乎全都出现在战斗的第一线。坚战王率领实力相对较弱的部落军队，构成了苍鹭的背部。般遮罗国主木柱王和摩差国主毗罗吒，分别统率本国精锐部队，护卫住一头一尾。据说，苍鹭阵是昔日天神大战阿修罗时天国祭司祭主仙人为天帝因陀罗排出的战阵，人间从未有人布置过。

太阳升起，难敌看到了这个前所未有的军阵，不以为意，前一天的胜利让他信心十足。"诸位英雄啊，我们的军队受毗湿摩的保护，胜利无疑是属于我们的。"他兴奋地鼓励全军，"请保护好毗湿摩，勇敢作战吧！"于是，毗湿摩在德罗纳、沙恭尼、难敌兄弟的重重护卫下，率领大军挺进，战斗开始。

毗湿摩何等眼力，一眼看出战阵端倪，撇下阿周那，直取苍鹭阵的侧翼和尾部。他全副武装，率领俱卢群雄，攻向激昂、怖军、萨谛奇、猛光和毗罗吒王。只听弓弦声响如雷鸣，漫天飞箭如雨，在他的猛烈打击之下，般度军阵容摇动，旗帜倒下，车队散开。身为先锋的阿周那决心不再重蹈覆辙，愤怒地对黑天说道："看来毗湿摩是决心为了难敌毁灭我的军队。黑天啊，载我到祖父那里去吧！我要保护我的军队，对抗毗湿摩！"

"你要小心！"黑天简单地嘱咐一句，驾驶着这辆三界闻名的战车，冲向毗湿摩。车声隆隆，色如苍鹭的骏马负载着灿烂如日的战车飞奔而来，旗帜上的神猴徽记发出可怕的叫声，阿周那神弓在手，箭无虚发，一路射倒众多勇士。毗湿摩率领群雄奋起迎战，因为在俱卢军中，除了毗湿摩、德罗纳与迦尔纳，无人能抵御手持甘狄拨神弓者。毗湿摩、德罗纳、慈悯、沙利耶、信度王胜车、沙恭尼、难敌以及奇耳，将阿周那团团围住，人人向他发射数支到数十支利箭。阿周那毫不畏惧，对他们每人射出箭雨回击。这时，猛光、萨谛奇、毗罗吒、激昂和小五子纷纷出手援助阿周那，迎战以德罗纳为首的众多毗湿摩护卫。于是，在俱卢将士的齐声呐喊助威之下，武士中的魁首毗湿摩以八十支利箭射向阿周那。

听到他们的欢呼声，阿周那不退反进，冲入俱卢众将中间，以一敌众，仍然轻松自如，犹如嬉戏一般。难敌顿时沉不住气了，对毗湿摩抱怨道："你和德罗纳还活着，阿周那就要和黑天一起消灭光我的军队了！迦尔纳对我忠心耿耿，就是因为你，他才没有参战。恒河之子啊，你就杀死阿周那吧！"

毗湿摩并不打算和阿周那决战。或许是因为他希望从较弱的对手处突破以造成更大程度的杀伤，或许是因为他不愿意与般度的儿子们交手，但对于难敌的要求，他只能从命。"可恶的刹帝利法啊！"他恨恨地骂了一句，冲向阿周那。这两位人间最伟大的武士，展开了一场生死之战。以勇武对勇武，以箭雨对箭雨，他们互相拦截对方的箭网，攻击对方的马匹、旗帜、车轮和御者，战至难分难解。双方你来我往，反复较量，一次又一次地变换位置和路线，寻找攻击对方的机会，连大地都在他们的车轮碾轧下颤抖，但始终势均力敌，无法战胜对方。天上的众神和仙人也不禁为他们的勇武而赞叹："这两位都是连天神、阿修罗和乾闼婆联合起来也绝无可能战胜的英雄啊！他们力量相当，这场战斗堪称奇迹。"

与此同时，猛光与德罗纳之间也爆发了一场惊心动魄的恶斗。德罗纳负责护卫毗湿摩，对猛光这位宿敌下手决不容情。为了杀死猛光，他动用了一支威力如同死神刑杖般的神箭。当那支燃烧的箭矢呼啸着向猛光飞去之时，所有的士兵都发出惊呼。猛光沉着应对，击断了这支神箭，并向德罗纳泼洒箭雨。看到猛光如此神勇，般度军将士都欢呼起来。德罗纳挡住箭雨，一箭射断猛光的弓。猛光便向德罗纳投掷铁杵，德罗纳截住铁杵，手下不停，弓弦响动，接连杀死猛光的御者和马匹。

猛光战车失灵，弓已折断，但这位般遮罗王子始终记得他的承诺，也记得他出生的使命，他手持铁杵，跳下车想要继续厮杀。然而没等他下车，德罗纳就一箭击落他的铁杵。猛光便拿起大刀，举起盾牌，仍旧朝德罗纳冲去，想要杀死他，犹如愤怒的狮子扑向大象。德罗纳射出密密麻麻的箭雨，迫使猛光只能举起盾牌抵挡而不能前行一步。这时，怖军突然冲过来援助猛光，七支利箭射向德罗纳。在怖军的掩护下，猛光迅速登上另一辆战车，与坚战王会合。难敌见状，急忙命羯陵迦王带领大军前来保护德罗纳。于是，羯陵迦王父子和尼沙陀王子具旗（Ketuman）率领一支四大兵种齐全的庞大军队，冲向怖军。而德罗纳见猛光离开，也就离开现场，前去与毗罗吒王和木柱王交战。

羯陵迦是俱卢的姻亲之国，难敌的一位妻子就是羯陵迦的公主。听从难敌的吩咐，羯陵迦王闻寿（Shrutayu）率领数千战车，尼沙陀王子具旗率领一万头大象以及众多尼沙陀武士，从四面八方将怖军团团围住。怖军率领少量车底人奋起迎战。勇士们的厮杀呐喊声如同大海呼啸，整个大地如同火葬场一般到处是斑斑血肉。由于众寡悬殊，车底人抵挡了一阵之后便扔下怖军撤退，而怖军仍然屹立战场，单人独骑与众多羯陵迦人交战。

在战斗中，怖军的马匹被羯陵迦王子释迦罗天（Shakradeva）射死。怖军战车失灵，奋力向释迦罗天掷出铁杵，当场击毙这位羯陵迦王子及御者。释迦罗天的战旗也被沉重的铁杵一同击断，轰然跌落尘埃。羯陵迦王闻寿见儿子被杀，愤怒地指挥战车包围住怖军，向他发射利箭，投掷长矛。怖军拿起大刀，砍断箭矢和长矛。这时，闻寿的另一个儿子有光（Bhanumat）驾驭着大象，大吼着向怖军冲来，发射出箭雨覆盖住怖军。怖军无法忍受敌人的这种威慑性吼叫，他大喝一声，震慑全军，然后手握大刀，从象牙上跳上大象，手起刀落，腰斩有光，随即一刀砍向大象的脖颈。战象脖颈断裂，呻吟倒毙，有如山崩。怖军从象背上跃下，冲入羯陵迦大军之中，在车、马、象以及步兵的队伍中一路大砍大杀，横冲直撞，所向披靡。但见他浑身沾满鲜血，似恶魔又似天神，纵横驰骋，奔跑跳跃，砍掉战象的鼻子，砍杀骏马和骑兵，还跳起来将车兵和他们的战旗一同砍倒，直如狂风过境，摧折万物。上万人的羯陵迦大军竟被他一个步兵杀得七零八落，溃不成军。被砍断的长矛、弓箭、旗帜、马具，以及驭象的刺棒、战士的铠甲等，纷纷坠落，大地上好似突然开满了色彩斑斓的鲜花。

这时，怖军的御者驾驭着一辆新的战车追上怖军，怖军迅速登车，冲向羯陵迦王闻寿。闻寿连丧二子，怒发如狂，向怖军射出九箭，正中怖军的胸膛。怖军大怒反击，射出七支铁箭，杀死羯陵迦王，又射死尼沙陀王子具旗。至此，这支羯陵迦大军的四位主将全部被杀，军队还剩下数千人。愤怒的羯陵迦武士将怖军团团围住，高举各种武器向他发起攻击。怖军杀得性起，跳下马车，手持铁杵，横扫羯陵迦军，成百上千地杀死敌人。无主的战象吼叫着冲向军队，踩死己方的士兵。怖军吹响螺号，声震天地。羯陵迦人心胆俱丧，全线崩溃，成批成批地转身逃跑。

看到羯陵迦军队败逃，猛光随即下令全军发起攻击。他吹响螺号，发出狮子吼，冲上前去接应怖军。萨谛奇也从另一个方向赶来，与他们会合。怖军看到般度方的旗帜飘扬，心中欣慰，攻势越发凌厉，羯陵迦人死伤无数，战场上血流成河。俱卢人惊得大喊："这是死神化作怖军与羯陵迦人交战啊！"

毗湿摩听到了呼喊声，立即带领大军冲向怖军，试图挽回颓势。他人到箭到，首先射死怖军的马。这时萨谛奇出手，射死了毗湿摩的御者。御者一死，狂奔的马匹拉着毗湿摩离开了战场。毗湿摩一离开，再无人能阻止怖军。这位风神之子横扫战场，全歼这支羯陵迦大军，如同大火焚烧干草。猛光追上前去，将他接上自己的战车，人们纷纷向这位英雄致敬。萨谛奇兴奋地冲过来拥抱怖军，向他祝贺，然后登上自己的战车，与好友一起继续并肩杀敌。

在这场恶战中，下午的时间已过去大半，双方的战斗仍然激烈。猛光力敌马嘶、沙利耶和慈悯三人，杀死了马嘶的战马。激昂冲上来援助猛光，难敌的儿子罗奇蛮斗志昂扬地向激昂发起攻击，挑战自己的堂兄弟。这两位年纪相仿的少年随即展开激战。难敌唯恐儿子出事，立即赶往那里。他一动，其他国王也随即跟上，从四面八方包围住激昂。阿周那一见儿子陷入重围，也迅速冲上前去援救。

见难敌父子竟然和阿周那对上，去而复返的毗湿摩当即与德罗纳一起，率领俱卢方所有的国王，带领车、马、象军，冲向阿周那。一时间，大地震动，扬起的尘土遮天蔽日。数百位国王带领大军到达阿周那的射程范围，便不能再前进一步。

阿周那射出密密麻麻的利箭，遮蔽了天地和太阳。只见四面八方天色晦暗，众生哀号，可怕的灾难降临俱卢族。俱卢军旗帜折断，马匹倒毙，战车逃逸。无数国王从战车、战象和骏马上栽倒在地，高举的手臂上还握着自己的武器和旗帜。愤怒的阿周那射断了他们的手臂，射落的武器、铠甲和旗帜狼藉一地。无人能在战斗中抵御阿周那，胆敢迎战他的勇士无不死在他的利箭之下。在他的猛烈打击下，俱卢军全军溃败，士兵们四散逃跑，就连毗湿摩和德罗纳也无法遏制。阿周那和黑天吹响胜利的螺号，响彻天地。

毗湿摩看到大军败退，微笑了一下，对德罗纳说："你看，阿周那和黑天在一起，就有这样的威力。今天我们肯定无法战胜他了，溃败的大军已经无法再召回。太阳要下山了，是收兵的时候了，我们的军队既疲乏又恐惧，不能再战。"

这时夕阳西下，双方各自收兵回营，般度方凯歌高奏。初尝失败滋味的难敌终于开始意识到，兵少将寡的般度军也许并不像他想象的那么容易对付。

◉ 在古代的冷兵器时代，为了有效地指挥和协调士兵投入战斗，古印度人会根据双方实力等具体情况安排布置车、马、象、步兵等四大兵种，排列出各种战斗队形，如苍鹭阵、车轮阵等。在俱卢大战中，双方都采用军阵（Vyūha）的形式来组织军队，相互对垒。中国古代也很讲究阵法，著名的战阵有诸葛亮的八卦阵、李靖的六花阵等。

◉ 古印度的武器大致分为四种：投掷式（Mukta），如飞轮；非投掷式（Amukta），如刀剑；半投掷式（Muktamukta），可以手执也可以用于投掷的武器，如铁杵；以及用器械投掷发射的武器（Yantramukta），如弓箭。根据两大史诗和吠陀文学中的描述，当时的超级武器是弓箭。

◉《摩诃婆罗多》中有一则插话提到羯陵迦国的渊源。阿修罗王奉献王（Vali）无子嗣，让长暗仙人（Dīghatamas）与自己的王后行尼瑜伽，生下五个儿子，分别成为盎迦（Anga）、梵迦（Vanga）、羯陵迦（Kalinga）、崩德罗（Pundra）和修摩（Suhma）等东方五国的先祖。这五国传统上是摩揭陀国的属国。

第六章　　　　　　　　　　　　　　黑天的愤怒

当夜，毗湿摩思索着克敌制胜之法，为俱卢方排出了金翅鸟阵（Garuda vyuha）。金翅鸟为众鸟之王，毗湿摩位于最富攻击性的鸟喙部位。德罗纳与成铠为双眼，马嘶与慈悯为鸟头，广声、沙利耶、福授王与胜车王等构成鸟颈，难敌及其兄弟为鸟背。这次俱卢方算是做足了准备，一心要取得胜利。

针对俱卢军的阵容，阿周那和猛光一起布置出半月阵。怖军与阿周那这两位战斗力最强的将领分别据守左右两处尖端，大军中央是由猛光和束发率领的般遮罗军队，以及坚战王率领的象军。萨谛奇、小五子、激昂、瓶首以及阿周那与蛇族公主的儿子宴丰（Irāvān）等将领保护着他们。

当初升的太阳将明媚的阳光洒向俱卢之野时，恶战开始。双方军队互相冲击搏杀，呼声震天，扬起的尘土遮天蔽日，很多时候武士们只能通过互报名号来进行战斗。由毗湿摩、德罗纳率领的俱卢群雄对战阿周那、怖军为首的般度众将，引发的杀戮堪称惊心动魄，令人想起昔日天神与阿修罗的大战。双方几度交手，反复冲杀，死伤惨重，但阵形依然不乱。到处都是倒毙的人、马与战象的尸体，几乎令战车难以行路。大地浸满鲜血，以致尘土不再飞扬，视野再度恢复清明。只见四面八方都在进行血腥残酷的战斗，旌旗飘扬的战车驰骋在俱卢之野上，武士们的刀光剑影如天上的流星划过。

这时，般度军向俱卢军发起总攻。坚战王与玛德利双子亲自率领大军，冲向毗湿摩与德罗纳。萨谛奇与激昂冲向沙恭尼的军队。右角尖端的怖军与瓶首，左角尖端的阿周那，也分别冲向俱卢军。

毗湿摩与德罗纳奋起迎战，一行又一行锋利的羽毛箭杀戮着坚战王的军队。坚战王沉着应对，与玛德利双子一起，指挥着大军勇猛拼杀，艰难地击退德罗纳的进攻。

俱卢方众多盟国的国王围堵住阿周那，数千辆战车从四面八方将他团团围住，标枪、铁杵、长矛等各种武器像滂沱大雨一般向他倾泻。阿周那拉满弓弦，以箭雨阻拦回击，敏捷的身手赢得观战的众天神与阿修罗的赞美致敬。

怖军和瓶首的攻势也十分凌厉，瓶首的勇武甚至超过了他的父亲。于是，难敌亲自率领一千辆战车，拦截住他们。怖军怒笑一声，一箭击中难敌的胸口。难敌受此重击，头晕目眩，倒在战车上。御者见他昏厥过去，慌忙驾车带他逃离战场。他这一走，俱卢军顿时军心摇动，士兵们四散逃跑，怖军在后面放箭追杀。

恐惧是会相互传染的。这一支军队的失利，迅速引发了俱卢全军的溃败。般度军士气大振，坚战王、猛光率军乘胜追击，当着毗湿摩和德罗纳的面杀戮俱卢军。

而另一方，沙恭尼兄弟率领犍陀罗大军力战萨谛奇与激昂，萨谛奇战车破碎，登上激昂的战车继续作战。此时受到怖军胜利的声势鼓舞，萨谛奇与激昂精神振奋，联手反击，四处追杀沙恭尼的军队。他们二人共乘一车，英姿勃勃，光彩照人，犹如新月之夜，日与月相会于天空。

阿周那与俱卢群雄的交战也已到了尾声。愤怒的阿周那向俱卢军发射箭雨，驱赶着心惊胆战的俱卢人四处奔逃。毗湿摩和德罗纳又急又气，竭力阻拦，但依然无法挽回颓势。这时难敌苏醒后重回战场，劝说四处逃亡的军队回来。见他平安无事，俱卢将士这才停止逃跑，士气重振，有如月亮升起，大海潮汐涌动。

难敌把溃散的军队重新集合起来，心中愤懑，走到毗湿摩面前，含怒带怨地说道："祖父啊，般度族绝不可能是你的对手。那为什么有你和德罗纳在场，我们的军队竟然被打得四散逃亡呢？这只能说明，你偏爱般度族。可是，你至少应该在开战前就对我说清楚，你不打算与般度的儿子们交战，不打算与猛光和萨谛奇交战。那么我和迦尔纳可以另作打算。如果你们觉得不应该这样抛弃我，就请拿出你们的实力来战斗吧！"

听了他的话，毗湿摩气得大笑起来，说道："国王啊，我多次向你进过忠言，就连天神也不可能战胜般度之子，你总是不听。今天，我虽然老迈，但还是会竭尽全力为你作战,你和你的亲友就看着吧!让三界见证,我会独自击退般度之子和他们的军队。"

难敌要的就是这句话,当即兴奋地命人吹起螺号,擂响战鼓。般度军也不甘示弱地奏响军乐。此时日已过午,般度军占据上风,正在兴高采烈,毗湿摩在持国之子们的护卫下,快马冲向般度军。只听一连串犹如山崩地裂般的弓弦声响,般度军的阵营里惊呼声四起,成百上千的头颅滚落在地,无头的尸体依然紧握着武器。毗湿摩含愤出手,箭无虚发,挡者披靡,战车过处,哀号声不断,倒毙的士兵和大象的尸体塞满了道路。

他单人独骑,战车如风,从四面杀戮般度族的军队。由于速度太快,人们根本难以看清他的身影,只觉他好似有分身术,整个战场都是他!所有胆敢靠近他的人都被他射倒在地。毗湿摩力挽满弓,一支羽毛箭就射透大象的披甲;而他射出的铁箭,一箭竟能穿透两三个身披铠甲的士卒。在他这一轮如狂风暴雨般的打击之下,般度军全线崩溃,士兵们丢盔弃甲,四处逃跑,竟没有两个人能跑在一起。

黑天见状停下战车,对阿周那沉声说道:"你曾经当众说过,你会杀死所有为持国之子而战的人,包括毗湿摩和德罗纳,现在就是你兑现承诺的时候了!看吧,你的军队正因畏惧毗湿摩而全线溃败。向他出击吧,克敌制胜者啊!"

阿周那答道:"那就越过军队的海洋,带我到毗湿摩那里去吧!"于是,黑天策马扬鞭,冲向毗湿摩,犹如冲向不可凝视的太阳。看到阿周那迎战毗湿摩,般度军军心稍定,又重返战场。

毗湿摩此番决意求胜,威力非同小可。他频频发出狮子吼,射出的利箭密密麻麻,顷刻间便将阿周那的战车淹没。黑天沉着应对,继续驱策着受伤的马匹。阿周那拉开甘狄拨弓,三箭射断毗湿摩的弓。毗湿摩立即安上另一张大弓,刚挽开弓,就又被阿周那射断。毗湿摩赞道:"真不错!孩子,我真心喜欢你!来和我战斗吧!"

他那口气宛如昔日慈祥的老祖父夸赞演武中表现出色的孙子,下手却依然凌厉,利箭如雨,射遍黑天和阿周那全身。黑天的驾车技术很高明,可他和阿周那还是免不了被毗湿摩的利箭所伤。毗湿摩大笑着不断发射箭雨，逼得两位黑王子只能躲避自保，同时照样杀戮坚战王的军队，威武严酷直如中天之日，炙烤万物。他那愤怒的笑声和雷鸣般的弓弦声，竟连以勇武出名的萨谛奇都不禁震惊颤抖。

见此情形，黑天又急又怒，他觉察出阿周那出于对毗湿摩的尊敬，不知该怎样作战，再这样下去，只怕般度族就要全军覆没。正思忖间，毗湿摩又向阿周那的战车发射了数不清的利箭，覆盖住天地十方。刹那间，箭雨遮天蔽日，狂风乍起，烟雾弥漫，四方震动。毗湿摩一声令下，德罗纳、胜车、广声、成铠、慈悯及甘波阇王善巧等人统率大军，一起冲向阿周那。成百上千条由车、马、步兵组成的洪流，连同庞大的象军，将阿周那团团围住。而般度军出于对毗湿摩的畏惧，竟纷纷转身逃跑。萨谛奇立刻冲上去援助阿周那，阻止大军溃败，对这些逃兵说道："你们要逃到哪里去？请牢记自己的诺言，不要违背勇士之法。"

此时，黑天眼中所见，是毗湿摩的所向披靡，是阿周那的软弱无力，是般度军的四处溃败。看见俱卢族人从四面八方包抄过来，他再也无法忍受，猛然扔下缰绳，对萨谛奇说道："让他们逃吧！尽管逃走吧！你看着吧，今天我要把毗湿摩、德罗纳和所有追随他们的人都击倒！今天，没有一辆俱卢人的战车能从我的怒火中逃脱！萨谛奇啊，我将手持飞轮，夺取这位严守誓言者的性命。我要杀死毗湿摩，杀死德罗纳，杀死所有的持国之子，杀死这些支持他们的国王，愉快地将王国奉献给坚战王。"

说罢，黑天跳下马车，举起飞轮，愤怒地冲向毗湿摩，犹如傲气十足的雄狮冲向象王。大地在他的脚下震动，黄色的衣襟在空中飞舞，如同携带着闪电的雨云。妙见飞轮（Sudarśana）光华璀璨如朝阳，以黑天的手臂为茎，犹如从那罗延脐中生出的原始莲花。黑天的愤怒如同升起的太阳，让这莲花盛放，美丽的莲瓣边缘锋利有如剃刀。这位原初之神怒容满面，高举妙见飞轮，仿佛要摧毁整个生命世界。他呐喊着向毗湿摩冲去，犹如焚烧万物的时间之火，一切众生惊恐地发出呼叫。

毗湿摩手持弓箭，屹立在战车上，镇定地说道："来吧，众神之主啊！向你致敬！三界的保护者啊，来杀死我吧。如果我今天有幸死在你手上，我在今生和来世都能获得至福，享誉三界。"

这时，阿周那迅速跳下战车，追赶上黑天，张开双臂将他抱住。愤怒的黑天仍然拖着阿周那往前冲，犹如狂风卷起一棵树。阿周那死死地抱住黑天的腿，好不容易在第十步拽住了他。阿周那拜倒在地，诚恳地说道："请息怒吧，美发者（Keshava）[1]啊。我以我儿子和兄弟发誓，我不会背弃誓言，一定会和你一起摧毁俱卢族。"

黑天转怒为喜，重新登上战车，拿起缰绳。他吹响了五生螺号，让这高亢激越的螺号声传遍四面八方。他手持螺号，洁白的牙齿发着微光，卷曲的睫毛上沾染着尘土。看着他的英姿，听着那鼓舞人心的螺号声，般度族的将士们振奋精神，发出呐喊。雄壮的军乐声再度响起，与勇士们的狮子吼响成一片。阿周那拉开甘狄拨神弓，迎向四面八方向他扑来的俱卢军。

这时，俱卢群雄已然杀到。广声向阿周那射出七箭，难敌掷出长矛，沙利耶掷出铁杵，毗湿摩向他掷出灿若闪电的标枪。阿周那以七箭挡住广声的箭矢，三箭分别击碎难敌、沙利耶和毗湿摩投掷来的武器。

然后，阿周那用力挽开三界闻名的甘狄拨神弓，祭起因陀罗法宝，用明亮如火焰般的箭流挡住了所有来敌。从有冠者的神弓中射出密密麻麻的利箭，摧毁了无数战车、旗帜和武器，穿透了敌军勇士的身体，射死大批战象和马匹。一时间，嘹亮的螺号声、战鼓声，以及战斗的喧嚣声，全都淹没在甘狄拨神弓的呼啸声中。俱卢军战旗折断，成群的步兵和车兵中箭毙命。阿周那展现了可怕的勇武，他用利箭在战场上造成了一条恐怖的血河，河里漂着成千上万具尸体，破碎的铠甲犹如河里翻滚的波浪，连在头颅上的头发在血河中漂浮，犹如一团团诡异的水草。目睹甘狄拨弓的威力，所有的般度之子连同全军将士兴奋地发出吼声，震慑敌军。

此时已近黄昏，太阳已减弱了光芒，天际一片血红。俱卢人满身箭伤，目睹因陀罗法宝逞威，犹如末日来临，不可抗拒。他们在毗湿摩、德罗纳和难敌的带领

---

[1] 美发者（Keshava）：黑天的名号之一，形容他有一头长而卷曲的头发。

第六部　俱卢之野

下撤离战场。第三天再次以俱卢军的失败告终。"阿周那以一人之力，战胜毗湿摩、德罗纳、广声、沙利耶、慈悯、胜车等十一名勇士，这是谁也做不到的事啊！"俱卢将士这样相互议论着，在火炬的照耀下返回营地。

◉ 金翅鸟（Garuda，音译为迦楼罗，精校本有时也译为大鹏）是众鸟之王，蛇类的克星。毗湿摩排出此阵，或是针对之前般度方排出的苍鹭阵。般度族针锋相对排出半月阵，该阵形有如一钩新月，两端由少量精兵据守，中间向内弯曲出弧度，由大军据守，以诱敌深入，必要时可由两边包抄，歼灭敌军。

◉ 毗湿摩以慈祥的祖父夸奖孙子的口气夸赞阿周那的箭术，触动了阿周那心中的柔软之处，难以对老祖父下狠手，造成般度军的溃败和无数人的死伤。黑天动怒，意欲以妙见飞轮斩杀毗湿摩，阿周那为避免黑天违背誓言，奋力拖住黑天，重申承诺。这一幕作为史诗中的经典场面，成为印度绘画和雕塑上的常见题材。

◉ 四吠陀、吠陀六支及八论，构成了十八种婆罗门经典，统称为十八大经，成为印度文化的主流思想。八论分别针对不同领域的知识，其中记载军事学的著作称为《射艺吠陀》（*Dhanur veda*），字面意义为有关"弓"（Dhanus）的知识，弓箭在古印度军事上的地位由此可见一斑。Sarva Daman Singh 在其著作《古印度的战争》（*The Ancient Indian Warfare*）一书中写道："当时所有出名的武士都是出色的弓箭手。每一场战争的胜负总是取决于卓越的弓箭手。"

◉ 在古印度，弓甚至成为一种计量单位，一弓相当于四腕尺，约等于六英尺。腕尺指从肘到中指指尖的距离。《摩诃婆罗多》中称毗湿摩的弓有六腕尺长，"高如棕榈树"，或许有夸大的成分，但古印度人在战争中使用的是长弓大箭当为事实。

◉ 《火神往世书》中详细地记载了箭的制作方法和射箭的姿势。标准的箭长为三腕尺。高明的箭手应该能射穿金属盘子半指深，或穿透十二层皮革。很少有人能成功使用铁箭，这是箭术出色者的一个标志。

◉ 古印度人的弓箭技术十分出色，当时的步兵也普遍配备有弓箭，这给古希腊人也留下了深刻印象。阿里安在《亚历山大远征记》中惊叹道："印度弓箭手射出的箭，什么东西都挡不住。不论是盾牌、胸铠，还是厚盔厚甲都不顶事。"

妙见飞轮 (Sudarśana)

妙见飞轮象征着时间和正法，因此无往不胜、无坚不摧、至高无上；它也象征着世间万物生长死亡的无尽轮回。《摩诃婆罗多》中称："尊者黑天凭借自己的瑜伽，不断地运转着时间之轮，世界之轮，时代之轮。我实话告诉你，唯独这位尊者主宰时间、死亡、动物和不动物。"5.66.12-13

虽然毗湿奴的武器都有神格化，但妙见飞轮俨然已成为独立的神祇，拥有自己的单独神像，且有代表自己阴性力量的妻子。尤其在南印，妙见飞轮神的香火颇盛。

第七章　　　复仇开始

接连两日的失利让骄傲的恒河之子毗湿摩心头愤怒。次日黎明，他率领俱卢大军奔赴战场，德罗纳、胜车王、难敌兄弟等追随保护着他，犹如众天神簇拥着天帝因陀罗。车、马、象、步兵摆开战阵，整个阵容如同一团巨大的雨云，藏身云团中的将领就像那云中的闪电。毗湿摩一声令下，俱卢军顿时如汹涌澎湃的潮水一般，冲向以阿周那为先锋的般度军。刹那间，扬起的尘土形成一个巨大的天幕，勇士们的弓弦声响彻天空。

毗湿摩在俱卢群雄的护卫下，催马疾驰，冲向阿周那，以棕榈树为旗徽的战旗高高飘扬。阿周那之子激昂见状立刻驰援父亲。毗湿摩避开激昂，直取阿周那。马嘶、沙利耶、广声、广声的兄弟舍罗（Sala）之子等五人则将激昂团团围住，向他发起攻击。激昂独自迎战这五位勇士，仍然游刃有余，他击倒舍罗之子的旗帜，击落广声的标枪，挡住沙利耶发射的成百上千的利箭，并射死沙利耶的战马。看见儿子如此英勇无敌，阿周那心中快慰，发出狮子吼，为儿子加油助威。广声等五人合战激昂，仍有力不能支之感。

见此情形，难敌便指挥三六人等数十万大军，团团包围住阿周那父子。猛光见这两位战车武士陷入重围，也立即率领大军援救。他一马当先，杀入俱卢阵营，三箭击中慈悯的锁骨，一箭杀死成铠的马，来势汹汹，挡者披靡。舍罗之子当即舍弃激昂，冲上来迎战猛光，向猛光及御者发射利箭。猛光箭无虚发，粉碎他的弓，杀死他的马匹和两侧卫士。这位年轻的勇士毫无畏惧地跳下战车，握着剑和盾牌，迅速冲向猛光的战车。猛光大怒，举起铁杵击碎他的头，这少年被杀倒下，失手坠地的剑和盾牌依然明亮耀眼。俱卢将士大声哀叫，悲叹这年轻生命的消逝。见儿子被杀，愤怒的舍罗当即冲向猛光，沙利耶也赶来相助，用锋利的月牙箭射断猛光的弓，泼天箭雨随即笼罩住猛光，犹如雨云笼罩住山峰。于是，以激昂为首，怖军、无种、偕天以及小五子等般度族将领纷纷驰援猛光，难敌等十位持国之子也冲上前去护卫沙利耶，恶战开始。

双方都情绪激烈，渴望置对方于死地。怖军一心要找难敌复仇，他高举起铁杵，想要杀死仇人，结束战斗。一见他那凶神恶煞的样子，持国之子们惊惧不安，纷纷逃跑。难敌大怒，命摩揭陀王率领一万头大象组成的象军前去进攻怖军。怖军大喝一声，手持铁杵，跳下战车，冲向象军。战象被他的厉喝之声所震慑，竟缩成一团，不敢动弹。

眼见怖军竟然徒步迎战象军，激昂等人纷纷冲上去掩护怖军。他们使用剃刀箭、马蹄箭、月牙箭和合掌箭，射落象兵们的首级，杀死大象。象兵们的首级滚落如同下起滂沱石雨般，无头的身躯犹自挺立在象背上，像被砍去树顶的树木。象军的指挥者摩揭陀王亲自驾驭着战象，冲向激昂。激昂一箭杀死大象，又用一支锋利的月牙箭砍下摩揭陀王的首级。

摩揭陀王一死，群象失去了主宰。怖军冲入象军之中，横冲直撞，杀戮群象。他一铁杵就能打死一只大象，犹如因陀罗以金刚杵粉碎山峰。他所到之处，群象前额粉碎，哀嚎毙命，犹如山峰崩裂。一些大象身受重伤，号呼瘫倒，剩下的大象吓得转身便逃，四处践踏着俱卢人自己的军队。怖军浑身溅满大象的鲜血，手持铁杵，纵横驰骋，四面出击，犹如毁灭之神湿婆在战场上狂舞。

在怖军的铁杵和四面八方的飞箭的袭击下，这支庞大的象军顷刻间七零八落，仓皇逃窜，自相践踏。怖军驱散象军，站在混乱的战场上，宛如湿婆神手持杀戮野兽的三叉戟，站在坟场上。

见此情形，难敌怒不可遏，命令所有的军队向怖军发起攻击。于是，俱卢军全军上下呐喊着冲向怖军，国王们群情激愤，四面蜂拥而来的军队犹如无边无际的大海，在朔望之夜涌动潮汐。然而，怖军面无惧色，铁杵在手，宛如手握刑杖的死神阎摩。他的兄弟和儿子，激昂与小五子，猛光和束发，尽管心中恐惧，始终坚定地和他在一起，共抗强敌。

怖军紧握着沉重的铁杵，冲向迎面扑来的俱卢人的大军，袭击车、马、象和步兵。他力大无穷，在战场上闯荡，挡者立毙，诛灭一切，宛如劫末毁灭万物的时间之神。所到之处，人仰马翻，尸横遍野。他举起铁杵，成批成批地杀戮敌人，一次次地摧毁俱卢军队，整个战场犹如死神的屠场。

见怖军行为如此恐怖，毗湿摩立刻驱使着灿若太阳的战车向他冲去，发射出的利箭如同暴雨般覆盖住怖军。怖军仍在徒步应战，萨谛奇立刻飞骑赶来救援，以强弓利箭杀开一条血路，无人能阻，就连罗刹指掌也败下阵来。广声大怒，冲上前去迎战萨谛奇。于是，难敌等持国之子们驰援广声，殷度之子们则驰援萨谛奇。怖军趁势登上自己的战车，盼咐御者道："这些持国之子们想要杀死我，我也想杀死他们，你且好好地为我驭马吧！"

当年在赌局上，怖军曾发誓杀死所有的持国之子们，他至今仍未杀死一个，现在他打算实现誓言。他迎战的正是宿敌难敌。两人仇人见面分外眼红，互相射断对方的弓。愤怒的难敌迅速拿起另一张弓，一箭击中怖军的胸膛。这一箭力道很大，怖军遭受重创，昏倒在战车上。难敌算是报了昨日的一箭之仇。

不过，御者并没有带怖军撤退，因为其他的殷度族勇士立即对难敌群起而攻之。这时，怖军恢复清醒，先后向难敌射出八箭，又以二十五箭射中沙利耶，迫使对方带伤逃离战场。十四名持国之子随即一起冲向怖军，向他发射许多利箭。怖军望着这些持国之子，犹如猛兽看着自己的猎物。他舔了舔唇角，用一支马蹄箭砍下第一个冲上前来的持国之子的首级。众人还没来得及反应，他眨眼间又杀死了另外两名持国之子。但见他手下不停，放声大笑，射落的头颅滚滚，已经有八名持国之子死在他手上。其余的几位吓得魂飞魄散，转身便逃。

俱卢族的老祖父毗湿摩心痛如焚，对全体将士说道："诸位国王啊，怖军正在战场上屠戮持国王勇敢优秀的儿子们，请你们捉住他！"听了毗湿摩的话，俱卢全军上下群情激愤，冲向怖军。东光国主福授王骑着他著名的战象妙颜（Supratīka）驰来，向怖军发射出许多锋利的箭矢。以激昂为首的殷度族将领立即对他和他的战象发起攻击。战象妙颜被四面八方飞来的箭雨射得血流如注，但在福授王的驱策下，它反而加快了步伐，以不可阻挡之势冲向般度军。福授王趁势发箭，一箭射中怖军的胸膛，将他射晕过去。

见怖军昏厥，瓶首大怒，施展幻术，变幻出天王因陀罗的神象爱罗婆多和其他三头方位象。瓶首骑在幻化的象王爱罗婆多上，几位罗刹骑在另外三头方位象上，从四个方向围堵福授王的战象妙颜，长长的象牙戳进妙颜的身躯。妙颜本已伤痕累累，再被这四头方位神象袭击，发出痛苦而凄厉的叫声，声如雷霆。

毗湿摩远远听到，立即对德罗纳和难敌说道："我们听到了般度族的欢呼声和福授王战象的哀鸣，我们必须立刻前去营救这位国王，否则他性命不保！这将是一场恶战，诸位国王啊，请不要耽搁，福授王英勇忠诚，我们应该联合起来救护他。"于是，以德罗纳为首的俱卢群雄加快速度冲上去援救福授王，而坚战王也亲自率领大军前来接应瓶首。看到援军到来，瓶首兴奋地发出巨大的吼声，震慑四方。

毗湿摩到达近前，听到瓶首的吼声，看到他幻化的大象，此时天色已晚，罗刹的力量只会更加强大。毗湿摩审时度势，决定撤兵，他对将士们说："今天我不想再跟这个罗刹打了。他此刻力量正强，又有援军。般度族占据上风，而我方将士和牲口都已疲惫不堪，我们明天再和他们交战吧。"

见到俱卢人撤退，般度军将士欣喜地吹响了胜利的螺号。他们簇拥着这一天的大功臣怖军和瓶首，向他们道贺致敬，兴奋地发出狮子吼。一时间，般度军的阵营里人声鼎沸，螺号声、鼓乐声、竹笛声，伴随着勇士们的吼叫声，响成一片，热闹非常。这声音远远传到难敌的耳中，更刺痛了他的心。在这第四天的战斗中，他失去了好几位弟弟，痛苦不堪。他含泪处理好军营中的事务，陷入了沉思。

"为什么般度的儿子不能被杀死，死的都是我的儿子？"当全胜讲述到这里时，持国王再也无法忍受，哭喊了起来，"我看不到这场灾难的彼岸，怖军一定会杀死我所有的儿子！般度之子们是受了谁的恩惠，还是掌握了什么知识？全胜啊，请你如实地告诉我，我不能忍受我的军队一次次地被杀戮！"

"请你镇定下来。"全胜平静地说，"般度族是恪守正法、依靠规则来战斗的，并没有用什么歪门邪道。你的儿子过去对他们犯下恶行，现在是自食其果。哪里有正法，哪里就有胜利，因此，般度之子们没有在战斗中被杀。维杜罗、毗湿摩、德罗纳和我都多次劝过你，但你不肯采纳，倒听信你儿子的意见，认为能战胜般度族，现在你不能不承受这恶果。你的问题，也是难敌的疑问。当天夜里，他就是这样去询问毗湿摩的。"

"老祖父啊，你和德罗纳、沙利耶、马嘶、成铠、广声等人，都是三界无敌的大勇士，我认为般度之子们联合起来也无法胜过你们。"难敌难掩失落和悲伤，但仍然恭敬地向毗湿摩请教，"可是为什么他们却能一再战胜我们呢？"

毗湿摩答道："国王啊，请听我说，这话我已对你讲过多次，但你总是听不进去。现在我也只能对你再讲一遍。和般度族讲和吧，和他们一起共享富贵吧！这对你、对全世界都好。你轻视般度族，现在尝到了苦果。般度族有黑天亲自庇护，你如何能够战胜他们呢？你要知道，黑天就是至高的原初之神那罗延，胜利的化身，世界的庇护者。他安卧于水上，从口中创造火，从呼吸中创造风，从心中创造出语言女神辩才天女和吠陀。他创造世界，也创造和毁灭一切众生。从前，梵天亲自请求他为了众生的利益，化身为人杀死投胎在大地上作恶的阿修罗，得到他的允诺。于是，这位大神与那罗一起，化身为黑天与阿周那。你与他们作对，必将遭到覆灭。"

这并不是难敌想要的答案。他礼貌地向老祖父告辞，回到自己的营帐，一夜未能入睡。

⚜ 舍罗（Sala）又名桑耶摩尼（Samyamani），为广声的兄弟、月授王之子，属于俱卢王室波力迦一系的子孙。波力迦为福身王的兄弟，继承了母舅的王国，其世系为波力迦→月授王→广声、舍罗。舍罗之子是这个家族中参加俱卢之战的最年轻的一辈，也是最早阵亡的。在之后十多天的战役中，他的父亲、叔父、祖父、曾祖父，都将一一战死在俱卢之野。

⚜ 从第四天起，怖军开始实践他必杀尽持国百子的誓言。这一天十四位持国之子围攻怖军，史诗中描述了怖军杀死八位持国之子，剩下的试图逃跑。不过，精校版英译者

Bibek Debroy 在注释中提到，这十四位持国之子当天都丧生在怖军手中。

❀ 在俱卢大战中，不少种族两边都有参与，如羯迦夜人、摩揭陀人等。摩揭陀王妖连之子偕天支持的是般度方，而激昂杀死的是另一位支持俱卢方的国王。

❀ 在印度神话中，世界由八头大象分别支撑和守护，称为方位象。象王爱罗婆多为天王因陀罗的坐骑，镇守东方。安阇那（Anjana）为伐楼那所有，镇守西方。婆摩那（Vamana）为阎摩所有，镇守南方。帕提迦（Pratika）为俱比罗所有，镇守北方。另外几头方位象分别为火神、日神、风神、月神所有，镇守西南、东南、西北和东北。

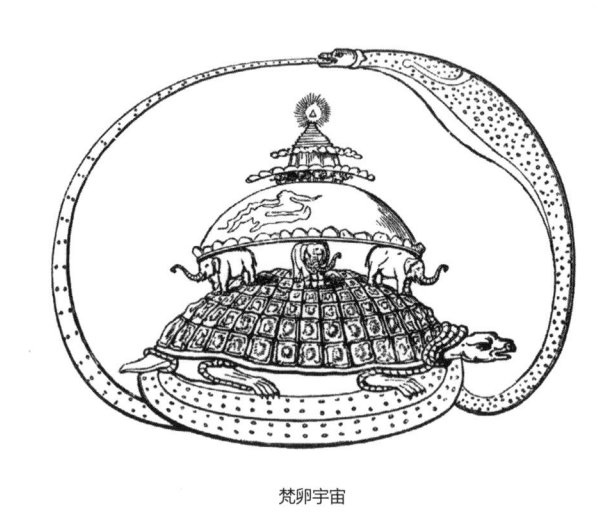

梵卵宇宙

印度人认为大地以弥卢山为中心，由八头方位象负载，之下是负载大地的神龟。最下面是千首龙王舍沙，他翻身或打鼾将造成地震。

第六部 俱卢之野

第八章　　　　　　　　　　　　　束发的挑战

俱卢大战进入了第五天，毗湿摩为俱卢方排出了摩羯罗（Makara）阵容。摩羯罗是传说中的一种水陆两栖的怪兽，毗湿摩的母亲恒河女神就是以摩羯罗为坐骑。般度军则排出了秃鹰阵。怖军为前锋，位于鹰喙；般遮罗王子束发和猛光为双眼。萨谛奇位于鹰首，阿周那在颈部，般遮罗人和羯迦夜人各领一军作为双翼，激昂和小五子在雄鹰的背部，坚战王和玛德利双子作为后卫，构成了鹰的尾羽。接连三日的胜利之后，般度军信心大增，让预言中会杀死毗湿摩和德罗纳的两位般遮罗王子领军在前，显然用意颇深。而难敌也一心要为阵亡的弟弟们复仇，渴望着胜利。

在嘹亮的螺号声中，战斗开始。难敌在大军的护卫下，以毗湿摩为前锋，冲向般度军。而怖军则率领般度军，冲向毗湿摩。双方军队一接触，扬起的尘土如乱云，战马、战象的嘶鸣声，勇士们的呐喊声，混合着武器撞击声和弓弦震响声，喧嚣震撼天地。这一天一开场战斗就很激烈，不足片刻，战场上便尸横遍野，被利箭射落的人头滚落如天降石雨。勇士们互相泼洒箭雨，用铁杵、标枪和刀剑搏杀，甚至在失去了所有的武器之后，他们仍然用拳头和手臂拼搏到最后一刻。

毗湿摩一心想让持国之子们摆脱对怖军的恐惧，使用了大量的武器，打乱般度军的阵容。阿周那见状立即冲向恒河之子，向他射出一千支箭作为报复。听到阿周那的五生螺号响起，所有的俱卢人心生恐惧。当那标志性的神猴金旗出现在刀剑之林中，阿周那宛如天帝因陀罗一般现身战场，镶金的甘狄拨神弓犹如耀眼的闪电。顷刻间狂风呼啸，雷电交加，那是这位般度之子在泼洒箭雨，屠戮四方。在他这一轮迅猛狂暴的打击之下，俱卢军晕头转向，惊慌失措，纷纷向毗湿摩寻求庇护。

于是，难敌下令难降、胜车、沙恭尼等人率领大军一起向般度军发起进攻。车、马、象、步兵四大兵种汇成了洪流，扬起的尘土犹如升腾的乌云，勇士们的呐喊声如雷鸣，武器闪烁的寒光则像云层中的闪电，整个战场显得越发恐怖。

难敌想起了昨日弟弟们的阵亡，特地对德罗纳说道："老师啊，你和毗湿摩就是我们的依靠。只要有你们在，我们一定能征服天神，何况般度之子们呢？"德罗纳明白他的用意，当下便冲入般度军中。萨谛奇率军迎战，但仍无法遏制德罗纳的攻势，被他一箭击伤锁骨。怖军大怒，箭射德罗纳，保护萨谛奇。双方展开混战，战局迅速演变为毗湿摩、沙利耶、德罗纳与怖军、激昂和小五子的对抗。

就在此时，束发催马疾驰，径直冲向毗湿摩，弓弦响动如雷霆，射出的箭雨遮蔽了太阳。毗湿摩始终认为他仍是女人，见到他冲来，便遵守承诺，退出了战斗。难敌不容毗湿摩有失，立即命德罗纳上前护卫毗湿摩。束发避开德罗纳，仍旧直取毗湿摩。难敌当即率领大军一起保护毗湿摩，与以阿周那为先锋的般度军展开了一场恶战。

毗湿摩战阿周那，胜车王战怖军，坚战战摩德罗王沙利耶，木柱王和萨谛奇等迎战德罗纳父子……双方就这样互相厮杀，呼声震天。天空无云，却不时有闪电划过，一群流星雨轰然坠落，声如雷鸣。狂风四起，尘土弥漫，遮蔽了太阳。将士们迷失了方向，看不清敌友，可仍然在继续作战。被砍断的头颅和躯体遍布各地，散落的铠甲和武器随处可见。失去主人的战象拖拽着挤成一团的战车，吼叫着四处奔跑，犹如拽着湖中成片的莲花。

搏杀之中，时已至午，阳光普照大地。镶金的战车驰骋于俱卢之野，锃亮的武器和铠甲光华璀璨，辉映四方。战斗进行得越发激烈，束发始终盯紧了毗湿摩，一有机会就冲向他。猛光也处处挑战德罗纳。一心想要实现誓言的怖军则冲向了难敌兄弟。

毗湿摩决心不再让怖军得逞，他愤怒地当着全军的面，向怖军射去威力强大的金羽箭。怖军向他投掷标枪作为回击。毗湿摩一箭击碎标枪，另一箭将怖军的弓射为两截。萨谛奇立即飞速赶来援助怖军，毗湿摩当即挽开大弓，射死他的御者，报了当初的一箭之仇。御者一死，惊马脱缰狂奔，疾如风暴，带着萨谛奇离开了战场。

全场大哗,般度军纷纷在叫:"拽住马!""快跑!"但却追逐阻止不及。

然后,毗湿摩再次大显身手,袭击般度军,可这次般度军没那么容易打垮。他们渴望着胜利和荣誉,以猛光为前锋,斗志昂扬地冲向毗湿摩。在下午灿烂耀眼的阳光之下,勇士们驾驶着战车冲击搏杀,犹如空中划过的流星一样光彩熠熠。这一场大战,犹如昔日天神与阿修罗的交锋,残酷而美丽。

按照难敌的吩咐,毗湿摩始终处于俱卢群雄的严密护卫之中。见阿周那率众杀到,德罗纳之子马嘶便朝阿周那当胸射去六箭。阿周那一箭射断他的弓,又以极其锋利的羽毛箭射伤了他。马嘶气得发晕,抓起一张更强大的弓,朝阿周那和黑天射了许多箭。两位黑王子受创,怒不可遏。阿周那以左手挽开甘狄拨神弓,射出无数锋利而致命的箭矢。利箭穿透马嘶的铠甲,吸吮着他的鲜血,然而,马嘶仍然毫不退缩,与阿周那奋战到底,誓要保护毗湿摩。看着浴血奋战的马嘶,阿周那想到他是师父德罗纳的爱子,不禁心生怜悯,放过了他,继续杀戮俱卢军。

难敌和怖军这对冤家对头又在战场上相会了。他们互相对射,彼此都受到重创。激昂独自对抗三名持国之子,也负了伤,但依然勇猛绝伦,以一敌三,犹自游刃有余。他发射出无数利箭,刺伤包围他的持国之子,杀戮俱卢军队,犹如寒季逝去,大火焚尽枯林。这英勇如天神的少年,在战场上英姿勃勃,纵横驰骋,激怒了难敌的儿子罗奇蛮。他催马向激昂冲去,激昂力挽满弓,接连射死他的四匹马和御者。罗奇蛮战车失灵,愤怒地向激昂掷出标枪,又被激昂以利箭击碎。看到他的窘境,慈悯上前接应,让罗奇蛮登上自己的战车,带他撤离战场。

在这场混战之中,无数人丧失生命。勇士们失去了武器,失去了铠甲,仍然用双臂搏击,坚持战斗。于是,愤怒的毗湿摩动用天国武器屠戮般度军,在他的打击下,无数的车、马、象、步卒以及御者倒地毙命,尸横遍野。

这时,萨谛奇重回战场,挽开硬弓,泼洒箭雨,挡者披靡。难敌见他如此勇猛,便派出一万辆战车前去拦截。萨谛奇毫不畏惧,使用天国武器将他们全部杀死。眼见整支车军都被萨谛奇摧毁,月授王之子广声勃然大怒,冲向萨谛奇,挽开色如彩虹的大弓,发射出成千上万支利箭,震慑四方。如此声势令跟随萨谛奇的军士吓得拔腿便跑，留下萨谛奇独自战斗。

萨谛奇的十个儿子见状立刻向广声发出挑战，广声傲然道："那你们就一起上吧，我会杀掉你们全部！"听了这话，十子便合力进攻广声，向他泼洒箭雨，犹如雨季的乌云向大山倾泻雨水。然而，这些迅猛锋利的箭矢还在中途就被广声摧毁。这位被毗湿摩誉为"勇士中的勇士、统帅中的统帅"的俱卢族名将，确实不负盛名，瞬息之间便射出十箭，摧毁了他们的弓，然后以锋利的月牙箭砍下了他们的头颅。他们倒地而死，如同被雷电击中的大树。

眼睁睁地看着十个儿子就此丧命，萨谛奇发出悲愤的吼声，猛冲上前要杀广声。两位勇士战车撞在一起，互相杀死对方的马匹。战车失灵，他们就跳下车准备步战。两人都手持长剑，虎视眈眈地盯着对方，决心置对方于死地。这时，怖军和难敌分别赶来接应，让他们登上自己的战车。不过，他们的深仇大恨已经结下。这场决斗并没有终止，只是推后了。

恶战未休，太阳正在迅速西沉。难敌派了两万五千人前去围堵阿周那，他们像飞蛾扑火一般纷纷死在阿周那手上。伴随着万千人命的消殒，红日沉入西山，毗湿摩下令收兵。双方人马疲倦地各自回营。

◉ 印度神话很少直接谈到同性恋爱，但有不少性别转换的故事，如搅乳海时毗湿奴化为绝色美女摩西尼，从阿修罗手中骗到甘露，以及束发和同情她的药叉互相调换性别。最有名的故事则涉及婆罗多族乃至月亮王朝的起源。传说月神苏摩之子步陀（Budha）与太阳王朝的公主伊拉结合，所生之子洪呼王开创了月亮王朝。而伊拉原本是男子苏底优摩那，因误入湿婆与妻子游戏的森林而受罚，性转为女子，他身为女子时失去了之前的记忆，因此与步陀结合而生子。后来，伊拉通过虔诚敬神而恢复为男子之身。《摩诃婆罗多》记录此事时称："伊拉生下了富有学识的洪呼王。我们听说，她既是他的母亲，又是他的父亲。"

◉ 古印度的男尊女卑即使在性转故事中也有体现，药叉性转成女子被视为神的诅咒（俱比罗），而束发性转为男子则被视为神的恩赐（湿婆），需要两次艰苦卓绝的苦修（安芭与木柱王）。尽管如此，在毗湿摩眼中，束发依然是一个女人，尽管他已经具有男人的外表，根深蒂固的壁垒仍不容僭越。她只能作为一个女人而出生，也只能作为一个女人而安葬，因为俱比罗的诅咒在束发死后便会终结，她和药叉的性别将恢复。

🏵 Andrea Custodi 指出，安芭的复仇故事虽然惊心动魄，但从一开始就是无效的，因为毗湿摩拥有自决生死的能力。这就是父权制社会下一个女子抗争的极致：即使决心坚定，不惜吃尽千辛万苦，即使拥有两次湿婆神的赐福，她的抗争依然被巧妙地消融、化解，最终归于虚无。

海神伐楼那夫妇坐在摩羯罗上

摩羯罗（Makara）是印度神话中的海兽，传说它有七种动物特征：身躯如野猪，头如鳄鱼，象鼻，牛耳，猴眼，狮爪，孔雀尾，是海神伐楼那和恒河女神的坐骑。它的呼吸吞吐会掀起巨浪。史诗中形容激昂少年英雄，在敌阵中杀进杀出，锐气不减，"犹如摩羯罗搅翻大海"。佛教和耆那教寺院中也常常见到摩羯罗的形象。

第九章　　　　　　　　　　　　生死之交

　　第六日清晨，般度军首先排出阵容。在坚战的提议下，猛光布置了俱卢军昨日排出的摩羯罗阵，仍然由怖军担任前锋，位于摩羯罗的嘴，无种、偕天为双眼，木柱王和阿周那在头部。激昂、小五子、瓶首和萨谛奇簇拥着坚战，位于摩羯罗的颈部；摩差王毗罗吒和般度军主帅猛光率领大军，位于摩羯罗的背部；而把束发置于摩羯罗的尾部，与阿周那的儿子宴丰在一起。这是一个相对保守的阵容。

　　毗湿摩见了，便为俱卢军排出了苍鹭阵，他将举世无双的弓箭手德罗纳置于苍鹭的喙，以马嘶和慈悯为双眼，将成铠置于苍鹭的头部，难敌率领大军在颈部，东光国主福授王在苍鹭的胸部，广声作为后卫压阵。这是般度军第二日排出的阵形，从那一天起，胜利不再属于俱卢人。

　　这已是大战的第六天了，双方都渴望着一次决定性的胜利。这天一开始就乱了套，原本四大兵种应各负其责，但两军甫一相接，车兵不仅攻击车兵，也攻击象兵、骑兵和步兵。同样，象兵和骑兵也一起加入混战，厮杀起来，完全忘记了作战的准则。或者即使记得，他们也不在乎。在战争中，胜利就是唯一的目标、唯一的准则。

　　一如既往，最先投入战斗的是两军前锋。怖军催马向德罗纳率领的俱卢军冲去，德罗纳挽开强弓，以九支铁箭击中怖军的要害。怖军虽然受创，但仍杀死了德罗纳的御者。但德罗纳精通驭马之术，亲自驾驭战车，照样冲锋陷阵。他与毗湿摩率领俱卢军，而怖军与阿周那率领般度军，大肆杀戮，各自突破对方的阵营，两边的阵容都在攻击下崩溃，双方人马杂乱地混战在一起，彼此凶猛冲杀，死伤惨重。

　　听到战况还没有起色，持国再也忍不住，对全胜抱怨道："我们这支大军素质优良，听从指挥，本应战无不胜，攻无不克。我们所有的战士都是精挑细选而来，身体强健，动作敏捷，勇气十足。他们精通所有兵器，受到最完善的训练，历经最严格的考核。我们根据他们的能力，支付合适的酬金，善待他们的家属，因此，他们对我们忠心耿耿，一心一意为我们作战。这支军队配备完善，兵种齐全，人数众多犹如浩渺无极的大海。保护这支军队的统帅都是天下闻名的英雄。但这样一支武器和财富充足的大军，竟然不能战胜般度族，反而遭到杀害，这不是命运是什么呢？维杜罗说的话确实是忠言良药，可惜我的蠢儿子难敌不肯听从。唉，可能这真的是命中注定吧，所以我们才会遭到失败。"

"难敌不明白，你却是明白的。"全胜答道，"由于你的过错，才发生了掷骰事件，导致了这场战争。做错了事就得承担后果，现在听我继续讲下去吧。"

却说怖军以利箭打乱俱卢军的阵形，冲进俱卢大军中，寻找持国之子们，一心想要杀死他们。而持国之子们也恨透了他。一见他单枪匹马地冲进来，以难降为首的十三位持国之子立刻将他团团围住，纷纷在喊："怖军在这里！让我们取走他的性命！"成千上万的战车从四面八方赶来，围堵怖军一个人，这场景犹如众生毁灭之时，太阳被凶恶的彗星所包围。身陷敌阵的怖军，并不理睬那些决心要制他于死命的堂兄弟，打算先杀死所有的车、马、象兵。于是，他索性跳下战车，手持铁杵，孤身一人杀进俱卢军队的海洋中。

当怖军只身冲入俱卢军阵的时候，猛光正与德罗纳交战，一见大吃一惊，立刻抛下德罗纳，率军前来支援。他杀入重围之中，却只看见怖军的车夫守着一辆空车。猛光与怖军素来友善，史诗作者写道：对这位般遮罗王子而言，世上没有比怖军和萨谛奇更亲近的人。眼前这情形让猛光惊得险些晕过去，一下子热泪盈眶。

"怖军在哪里？"他哽咽着问道，"他比我的生命还要重要！"

御者恭敬地答道："他让我在这里等他，自己冲进敌人的军阵中，说要杀光他们。"

"怖军在哪里，我就会在哪里。"猛光当即答道，"他是我的朋友和亲戚，他忠于我，我也忠于他。若是抛弃孤军奋战的朋友，自己袖手旁观，那我纵然活着，也是虽生犹死。"

"请看我杀戮敌人，犹如天神杀戮阿修罗。"猛光扔下这句话，便冲入俱卢军阵中，沿着被怖军击倒的战象的尸体，找到了怖军。他看见怖军正手持铁杵，四处冲杀，犹如狂风摧折树木。然而俱卢军实在太多，他们连成一片，从各个方向围堵怖军，向他泼洒箭雨。怖军徒步与敌人作战，不免吃亏。他满身箭创，身陷重围，但毫不畏惧，足踏大地，怒气冲冲地举起铁杵，犹如劫末之时的毁灭之神。

猛光立刻驱车上前，把怖军接到自己的战车上，为他拔去身上的利箭，在千军万马之中热烈地拥抱和安慰怖军。

难敌大怒，指挥众兄弟围攻猛光和怖军，意欲将他们当场消灭。只听车声辚辚，弓弦响动，大地震撼，弥天箭雨笼罩着猛光的战车。猛光见状祭起了迷魂法宝（Pramohana），上前围攻的持国之子们顿时神志迷糊，昏迷不醒。俱卢军车、马、象、步兵顿时一哄而散，四处逃跑。

这时，德罗纳刚击败木柱王，听说俱卢族的王子们都被迷魂法宝击晕，赶紧赶过去解救。而坚战王也遍寻不见怖军和猛光，担心他们的安危，命激昂率领小五子和羯迦夜兄弟等十二名勇士前去敌阵寻找。他们组成了一个小型的针尖阵（Suchimukha），催马杀入俱卢军中。被怖军和猛光轮番打击的俱卢人根本无力抵抗，任由他们杀入阵中。

双方几乎同时赶到现场。德罗纳一见持国之子们已陷入昏迷，而猛光和怖军正在纵横驰骋，四处追杀俱卢人，他又惊又怒，立刻施放出智慧法宝（Prajna），抵消迷魂法宝的影响。猛光见老师出现，让怖军登上羯迦夜人的战车，自己上前迎战德罗纳。德罗纳盛怒之下，一箭射断猛光的弓，又迅速向猛光发射了上百支利箭。猛光取出另一张弓，以金羽箭回击。德罗纳出手如风，再次射断猛光的弓，接连发箭杀死猛光的战马和御者，威势无可匹敌，猛光抵挡不住，只得登上激昂的战车。

在德罗纳的凌厉攻势之下，般度军阵脚大乱，有如大海翻波，俱卢军士连声叫好。此时难敌也清醒过来，指挥兄弟们再次冲上去与怖军交战。他亲自出马，以锋利的铁箭击中怖军的要害。怖军受创，勃然大怒，以三箭击中难敌的双臂和胸膛。看到他们之间的搏杀，难敌的弟弟们一起冲上前去，一心要置怖军于死地。然而这时激昂等勇士赶来援助怖军，锃亮的金甲在艳阳的照射下闪耀着火焰般的光彩。持国之子们不敢再战，但怖军却不肯放过他们，紧追不舍。于是，持国之子们以难敌为首，迎战怖军、猛光与激昂等人。

而在战场的另一方，毗湿摩和阿周那正各自屠杀着敌军，收割人头。俱卢军和般度军中都有成百上千的将士阵亡，到处都是残缺的尸体和断裂的肢体。整个俱卢之野成了一片血的海洋，倒毙的战象和翻覆的战车浸在血泊中，宛如一座座孤岛。而活着的人仍然在拼尽全力地互相搏杀，制造出更多的鲜血和尸体，为了荣誉，为了胜利。

在残酷的厮杀之中，日已偏西，难敌满怀仇恨地冲向怖军，想要杀死他。怖军也同样怒火万丈，厉声说道："我盼望这一刻已经很多年了！今天你若是不逃走，我就要杀死你，为贡蒂和黑公主驱散忧伤，为我们之前流亡森林报仇雪恨。甘陀利之子啊，你借着赌局侮辱般度族，听信迦尔纳和沙恭尼之言为所欲为；你妄自尊大地藐视黑天的求和，派优楼迦来下战书。今天就是你为这些罪行付出代价的时候，我要杀死你和你的亲友！"

说罢，怖军挽弓搭箭，迅速向难敌射出多支利箭。那箭矢如雷电，如火焰，两支射中难敌的弓，两支射中他的御者，四支杀死难敌的战马。又是接连两支，射断难敌的华盖。接着，怖军大吼一声，三箭射断难敌的旗帜。全军上下都看着难敌那面以大象为旗徽、镶嵌着珠宝的旗帜突然从战车上坠落在地，犹如闪电脱离乌云。接着，怖军微笑了一下，以十支箭射向难敌。难敌身受重创，痛苦不堪地跌坐在车座上。慈悯连忙上前，将他接到自己的战车上。担任后卫的信度王胜车立刻指挥战车，阻住怖军的去路。

激昂与小五子等人则忙着对付难敌的兄弟们。八名持国之子包围住激昂的战车，合力向他发起攻击，但仍不是他的对手。激昂手握强弓，英姿飒爽，尽情挥洒箭雨，犹如一名优雅的舞者，在这以死亡为背景的舞台上起舞。他射出的箭威力强大如因陀罗的金刚杵，如同死神本身，接连摧毁奇耳的旗帜、御者和马匹。那些苍鹭羽毛箭箭头镶金，箭尖锋利，穿透了奇耳的身体，浸满奇耳的鲜血之后坠落在地，仿佛饱饮鲜血的蛇。

见到自己的兄弟中箭，持国之子们怒不可遏，向以激昂为首的勇士们冲去。黑公主的五个儿子上前迎战，其中以无种的儿子百军表现最为出色。他向以英勇出名的持国之子胜军（Jayatsena）发起挑战，一箭射中胜军的胸膛。另一名持国之子丑耳（Dushkarna）正好在胜军身旁，当即愤怒地射断了百军的弓。百军立刻取出另一张弓，射断丑耳的弓，并射死丑耳的御者作为报复。百军手下不停，接连发箭，杀死丑耳的所有马匹，并用一支锋利的月牙箭，深深地刺进丑耳的胸膛。

　　看见丑耳受伤，五位持国之子顿时将百军团团围住，想要杀死他。般度方的羯迦夜五兄弟驾驶着战车冲上前去，与他们交战在一起。英雄们手持弓箭，五彩斑斓的战旗飘扬，战马迅疾如思想。他们凶猛地厮杀，战车和战象碰撞在一起，场面血腥而暴烈。

　　太阳已经落下山去，可是战斗仍持续了好一阵子，数千车兵和骑兵倒毙。福身王之子毗湿摩用利箭歼灭了无数般度军的士卒，下令收兵。深沉的螺号声响起，宣告第六日的战事结束。法王坚战终于又见到了猛光和怖军，他高兴地迎上前去，吻着他们的头。

　　这天的战斗十分激烈，许多人都身受重创，浑身淌血地回到营地，可是心头战意沸腾，仍渴望着战斗，渴望着胜利。难敌受伤不轻，又是焦躁又是忧虑，望着毗湿摩说道："我们的士兵勇猛善战，布阵正确，可是般度族的战车还是很快打乱我们的阵容，杀戮和折磨我们。他们击昏我们所有人，获得声名。摩羯罗阵威严如金刚杵，怖军用死神般的利箭射中我。望着他怒气冲冲的面容，我吓得失去知觉，现在还惊魂未定。严守誓言者啊！我希望能凭借你的恩惠，杀死般度之子，获取胜利。"

　　受伤流血的孙子用这样近乎撒娇的语气诉说着他的悲哀，这让毗湿摩感觉心疼。"我尽心竭力地冲入敌阵，希望带给你胜利和幸福，王子啊，我没有隐藏自己的实力。"他再一次为自己分辩，安慰着难敌，"般度族拥有许多以英勇著称的盟友，他们与你结仇，不可能轻易战胜。但是为了你，我会竭尽全力去与他们作战，即使牺牲自己的性命。"

　　他顿了顿，继续说道："你还有我，有德罗纳、马嘶、成铠、沙利耶等人，我们都愿意为你效死。可是为了你好，我还是要再次对你说，般度族有黑天支持，即使众天神也不能战胜他们，但无论如何，我会按照你的盼咐去做，要么我击败般度之子，要么他们击败我。国王啊，你不要再精心保护我的性命。"说罢，他给了难敌一些颇有奇效的神圣的药草，用来治疗难敌的伤势。

毗湿摩一诺，万金不易。得到了他必将全力作战的承诺，难敌转忧为喜，重拾信心，满心欢喜地期待着黎明的到来。俱卢大战的第七日，真的会给俱卢军带来转机吗？

⊛ 印度是世界上最早使用战象的国家，很早就形成了车、马、象、步四大兵种的军事编制。许多人认为，象棋中的车、马、象、卒的配置正是起源于印度。不过，从《摩诃婆罗多》中的描写看来，当时起决定作用的还是战车，而非战象，可能因为战车更适合弓箭手。当时的骑兵没有马镫，常常有骑士在作战中滑落下来的描写。步兵人数虽多，但并非主导力量。

⊛ 在冷兵器时代，战争中因没有坐骑而步行作战是非常吃亏的，因此会有四大兵种必须各自为战的规则。俱卢大战中也屡次出现武士战车失灵便有同伴将他接上自己战车的描写。怖军却两次主动放弃战车，徒步作战，有人认为这是因为他喜欢用杵和近身肉搏，也有人认为他是出于武士的骄傲而不愿意在与四大兵种作战时占步兵的便宜。

⊛ 持国与全胜的对话中涉及当时武士阶层的生活状况。由于种姓制度的发展，古印度形成了一个特殊的武士阶层专门负责作战，即刹帝利阶层。他们不事生产，和平时期只参加训练，得到优厚的酬金。如若战死，家属由政府供养。由于刹帝利的生命意义全在于作战，许多刹帝利武士崇尚战争，渴望作战。W. R. Ramachandra Dikshitar 认为，古印度战争频繁爆发，刹帝利好战是重要原因之一，这在《摩诃婆罗多》中也有反映。

⊛ 按照古印度的刹帝利法，双方作战不应侵入果园，毁坏树木；不应践踏农田，毁坏庄稼；不应进入寺庙，洗劫祭神的财物。国王战败不会失去王位，只是失去财物；国王被杀则应立其子为王继续统治该国。一切军需用品由政府管理，私人不得生产。故此，史诗时期的战争不像现代战争那样波及全民，而只涉及刹帝利阶层。这在古希腊人的游记中也有反映，如斯波特拉在《地理学》中所述："经常遇有这种情况，在同一时间和同一地点，有些人摆开阵势，冒生命危险对抗敌人，而农民则平安无事地犁田或翻地，后者有前者保护。"

第十章　　　　　　　　　　　　　僵局

俱卢大战进入第七日，晴空万里，澄澈无云。毗湿摩为俱卢军布置出圆形阵（Mandala），该阵容各个方向都有数千辆战车环绕，大批骑兵手持刀剑和长矛护卫。每一头战象配有七辆战车，每辆战车配有七位骑兵，每位骑兵配有十位弓箭手，每位弓箭手配有七位盾牌手，如此层层护卫，坚不可摧。毗湿摩一声令下，大军出发。所有的俱卢将士发出呐喊，呼声震天，斗志昂扬。难敌全副武装地屹立于战车之上，毗湿摩昨夜的保证让他信心大增。这支庞大的军队向战场挺进，犹如劫末之时天空翻滚的层层乌云。

针对圆形阵，坚战王亲自排出了金刚杵阵，这是大战第一日般度军使用过的阵形。双方兵马各就各位，勇士们齐声发出狮子吼，向前冲锋，渴望击溃对方的阵容。德罗纳冲向摩差王毗罗吒，难敌冲向猛光，马嘶冲向束发，而三穴国主善佑则率领数千位国王包围住了阿周那，高举各种武器向他进攻。阿周那扫视战场，对他神圣的御者说道："黑天啊，你看，精通所有战阵的毗湿摩为俱卢军排出了这个阵形，认为这样就能保护他的军队。那我就当着你的面，打败这些三穴人。"

说罢，阿周那引弓发箭，挑战三穴人。包围他的众国王立即向他发射出密密麻麻的利箭，犹如雨季的滂沱大雨，瞬间笼罩住阿周那的战车。四下惊呼声响成一片，就连天上观战的众神也为两位黑王子的处境担忧。阿周那大怒，祭起因陀罗法宝，施放出的箭流不仅挡住了敌人的箭雨，而且让所有包围他的人无不中箭受伤。在阿周那的打击下，这支以三穴国主善佑为首的人马退却，军士四散逃跑，俱卢军阵脚大乱，犹如风吹大海，波涛翻滚。

毗湿摩见状，冲过来迎战阿周那。难敌立即对全体将士说道："毗湿摩不惜牺牲自己的性命，一心要战胜阿周那。你们要奋勇作战，保护这位婆罗多族的老祖父。"众人齐声答应。于是，三穴国主、难敌兄弟及俱卢群雄一起追随着毗湿摩，冲向阿周那。只听战车隆隆，声如雷鸣，以哈奴曼为旗徽的阿周那迅速逼近，黑天亲自驾驭着白马金车，光芒四射如同中天之日。见到这辆神圣的战车，所有的俱卢将士心生恐惧。同样驾驶着白马战车的毗湿摩上前迎战，他手持白弓，如同一颗白色的彗星，威严不可逼视。

与此同时，德罗纳与毗罗吒王的战斗已分出了胜负。武艺超群的德罗纳射断了毗罗吒王的旗帜，杀死了他的马匹和御者。毗罗吒王只得登上儿子商佉的战车，两人共同对抗德罗纳。德罗纳力挽满弓，发射出一支毒蛇般的利箭，穿透商佉的胸膛，饱饮他的鲜血后坠落于地。商佉从战车上栽倒下来，倒在父亲的身旁。这是毗罗吒王阵亡的第二个儿子。毗罗吒王知道自己不是德罗纳的对手，只得驾车逃跑。德罗纳乘胜追击，四处击溃般度军。

德罗纳的儿子马嘶则盯上了束发，一心想除去这个对毗湿摩来说最大的威胁。束发以三支铁箭击中马嘶的眉心，马嘶大怒，在不及眨眼的时间内射出无数支利箭，摧毁束发的马匹、战车、旗帜和武器。束发立即从战车上跃下，手持宝剑和盾牌，像鹰一样驰骋在战场上。马嘶一心想杀死他，向他射出数千支利箭，击破束发的盾牌，射断他手中的宝剑。束发只得扬手朝马嘶投掷出手中断剑。马嘶击落断剑，向束发射出密密麻麻的铁箭。眼看束发危在旦夕，萨谛奇驱车奔来，将受伤的束发接上自己的战车。

萨谛奇并不停留，向罗刹王指掌发起进攻。这位精通幻术的罗刹以一支月牙箭射断萨谛奇的弓，然后施展幻术，幻化出泼天箭雨袭击萨谛奇。萨谛奇毫不慌乱，祭出从阿周那处学来的因陀罗法宝，顿时将指掌幻化出的箭雨焚为灰烬，四面八方倾泻的箭流笼罩住指掌。指掌抵挡不住，惊恐地逃离战场。萨谛奇发出胜利的呐喊，发射箭雨屠戮俱卢军队。

难敌力战猛光，被猛光射断了手中的弓，马匹也被杀。他跳下失灵的战车，拔出佩刀向猛光冲去。护卫他的沙恭尼赶紧把他接上自己的战车。这时怖军也战胜了雅度族的成铠，射死他的马匹和御者，用各式各样的利箭射遍成铠的全身。浑身中箭的成铠就像一只带刺的豪猪,只得跳下战车,匆匆登上沙恭尼弟弟的战车。猛光和怖军这对好友并肩战斗,各自击败了对手,冲向俱卢军大肆杀戮,犹如死神手持刑杖收割众生。

此刻,在俱卢之野,大大小小的战斗仍在继续。阿周那与蛇族公主优楼比的儿子宴丰迎战阿凡提国的文陀与阿奴文陀兄弟。他先杀死了阿奴文陀的马匹,迫使两兄弟共乘一车,接着又杀死了他们的御者。失去御者的马匹狂奔乱窜,拉走了这两兄弟。

但瓶首与东光国福授王的交战却频频失利。许多般度族将士因为惧怕福授王而纷纷逃跑,只剩下瓶首独自对抗福授王。福授王以利箭射杀瓶首的马匹,瓶首战车失灵,迅速向福授王的战象投掷出标枪。福授王扬手发箭,这支毒蛇般的标枪断为三截,坠落于地。瓶首抵挡不住福授王的攻势,只得逃离。福授王驾驭着战象妙颜乘胜追杀,四处践踏着般度军,犹如大象践踏着莲花池。

沙利耶的作战对象正好是自己的两位外甥无种和偕天。亲人相见,分外喜悦,然而沙场征战,不容留情。沙利耶微笑着杀死了无种的战马,无种只得登上偕天的战车。两兄弟同乘一车,挽开强弓,和沙利耶展开对射。偕天一箭射中沙利耶,穿透了他的身体。沙利耶身受重创,疼痛不堪,晕倒在战车上。御者见状,立即载他逃离战场。玛德利双子战胜了摩德罗王,兴奋地吹响了胜利的螺号。

整个上午就在这样的厮杀中过去。日正中天,坚战王驱车冲向安波私吒(Ambashtha)国主,向他射出九支笔直的利箭。安波私吒国是一个在现在旁遮普邦地区的小国,国王也叫闻寿。闻寿王挡住坚战的箭矢,回射七箭,箭箭穿透坚战王的铠甲,吸吮着他的鲜血。坚战王身受重创,心下大怒,以一支月牙箭射断闻寿的战旗。闻寿看见战旗坠地,又向坚战王射出七箭。怒火在坚战王的心头越烧越旺,这位素来温文尔雅的国王此刻满面怒容,大异往常,犹如劫末之时的太阳,令一切众生颤抖。他拉开强弓,一箭射断闻寿的弓,又以锋利的铁箭,一箭穿透闻寿的胸膛。浴血而战的坚战王勇猛异常,尽显刹帝利本色,接连数箭杀死闻寿的马匹和御者,打得闻寿只能弃车而逃。统帅一逃,所有的军队也跟着逃跑,坚战王驱车追赶,以利箭杀戮四方。

雅度族的勇士显光（Cekitāna）与慈悯交战。慈悯眼疾手快，先是射断显光的弓，又接连杀死显光的马匹、御者和两翼的卫士。显光立即跳下战车，挥舞铁杵，击杀慈悯的马匹和御者。慈悯也弃车站到地上射箭。显光中箭，愤怒地向慈悯掷出铁杵，然后迅速拔剑便砍。慈悯只得挥剑相迎。双方你来我往，用力劈杀，直至筋疲力尽，双双倒地，各自被友军救走。

广声迎战车底王勇旗，虽然身中数十箭，还是继续奋战，杀死勇旗的战马和御者，击败勇旗。激昂独自迎战三位持国之子，杀得他们节节败退，战车失灵。不过，他记得怖军发过誓要杀死所有的持国之子，因此并未痛下杀手。毗湿摩担忧这三位俱卢王子的安危，立即率众前来救援。阿周那看到这番景象，决心保护自己的军队，也策马直冲过来。一见阿周那冲来，俱卢军士恐惧地大叫起来。负责护卫毗湿摩的三穴国主善佑和持国之子们在前后众多国王的围护下，一起包围阿周那，从四面八方向阿周那泼洒利箭，犹如乌云笼罩太阳。

阿周那大怒，甘狄拨弓震响，所有袭击他的国王顷刻间弓断人亡，肢体破碎，头颅坠地，形态各异地同时毙命。然而俱卢军勇气不减，前仆后继，又有两支由三十人构成的车兵后卫群起包围住阿周那，弓弦响动，密集的利箭如同暴雨般倾泻而下。阿周那再次挽开神弓，以六十箭将这六十名车兵全部杀死，驱遣着白马金车，直取毗湿摩。

三穴国主善佑见亲友们惨遭杀戮，立刻和一些国王一起冲上前去，试图杀死阿周那。阿周那以一番疾射击溃这些国王，又遇到难敌、胜车等人的拦阻。阿周那不想恋战，迅速冲出他们的围堵，甘狄拨弓在手，一心一意驱车冲向他此行的目标——俱卢军主帅毗湿摩。

见阿周那孤身一人冲锋陷阵，以束发为首的勇士立即赶来支援，保护阿周那的战车。坚战王也率领怖军以及玛德利双子赶到，一起冲向毗湿摩。他们与护卫毗湿摩的俱卢众将展开激战，直杀得天昏地暗，血流成河。

战局演变为毗湿摩、胜车王、难敌兄弟、慈悯、沙利耶等人与般度五子和束发的对抗。双方都竭尽全力，奋力拼杀。毗湿摩勇猛无比，发射出的阵阵箭流杀戮四方，令人望而生畏。许多般度军将士在他的凌厉攻势下四散逃避。坚战王看见这些人中竟然还有束发，他的弓也在激战中被毗湿摩的箭流在无意中击断。坚战王不禁动怒，斥责束发道："木柱王之子啊，你曾经当着你父亲的面立下誓言，必杀毗湿摩。你还没有完成誓言，怎么竟然害怕逃跑了呢？在阿周那的指挥下，大战正在进行，不要损害你的声名，不要背弃你的承诺，英雄啊！"

　　束发深受触动，鼓起勇气，再次冲向毗湿摩。俱卢军上下决不容他接近毗湿摩，沙利耶立刻前来拦截，施放出的法宝如同世界毁灭时的熊熊烈火。束发不避不闪，以伐楼那法宝抵挡住沙利耶的法宝。

　　在这激烈的混战之中，毗湿摩决心实现他对难敌许下的诺言。他呐喊着击断坚战的弓和战旗，驱车直取坚战王。般度军将士恐惧万分，担心坚战王性命不保。然而坚战王不退反进，与无种、偕天一起，冲向毗湿摩。原本在与闻寿的交战中已经身受重创的坚战王，此刻战意沸腾，勇猛作战，一心一意想要杀死毗湿摩。他向毗湿摩射出数千支利箭，毗湿摩同样撒出箭网，但见空中利箭横飞，犹如成群的飞鸟。坚战射向毗湿摩的铁箭尚未到达便被毗湿摩击碎。接着，毗湿摩施展威力，射死坚战王的战马，迫使坚战登上无种的战车。

　　毗湿摩再度逼近，用箭网覆盖住双子的战车。坚战王大喝一声："大家联合起来，杀死毗湿摩！"于是，般度军全军上下战车隆隆，向以毗湿摩为首的俱卢军发起总攻。毗湿摩身陷重围，发出怒吼，宛如百兽之王狮子震响山林。他挽开强弓，杀戮四方，砍下大批车兵的头颅，犹如从树上摘下熟透的果实。束发迅速冲向毗湿摩，高声挑战。但毗湿摩不予理睬，继续冲向般度军，对方也兴奋地吹响螺号应战。

　　日已偏西，双方阵形早已打散，大军陷入混战，刹帝利武士们捉对厮杀，声震天地。猛光和萨谛奇用标枪和长矛大肆杀戮俱卢军队，然而俱卢全军上下誓死苦战，尽管伤亡累累，也决不后退。这时阿凡提国的文陀与阿奴文陀兄弟赶来救场，杀死猛光的马匹，迫使猛光登上萨谛奇的战车。坚战王见状冲过来，迎战这两兄弟。三穴国善佑兄弟缠斗阿周那，德罗纳则与难敌一起护卫毗湿摩，与般度族交战。夕阳西下，难敌大叫道："抓紧时间！"双方继续苦战，直至夜幕降临。

这一天的战斗异常激烈，俱卢之野上尸横遍野，血流成河，引来了无数食尸鬼和毕舍遮等妖魔，尽情享受这人肉与鲜血的盛宴。成群的豺狼出没，不时发出凄厉的嚎叫声，回荡在阴森可怖的战场上。

在这第七天的战斗中，俱卢军全军上下全力以赴，展现出最大的勇气，但面对难以战胜的对手，一次次冲杀总是无功而返。全胜比喻道，这就像甘美的恒河，一旦与大海相逢，河水也会变得苦涩。但同样，般度军将士尽心竭力，艰苦奋战，也无法击败猛将如云、装备优良的俱卢军队。第七日的战斗始终未分胜负，战况一时陷入了僵局。精疲力竭的勇士们各自回到自己的营地，拔箭疗伤，沐浴净身。然后，他们在音乐和歌声中沉沉入睡，没有人再提及战争和仇恨。对比白昼的残酷厮杀，将士们和战马、战象在夜幕中安然入睡的场面，如同天国一般静谧而祥和。

◉ 根据《摩诃婆罗多》中的描写，一些学者认为吠陀时期的战争可能以双方统帅之间的捉对厮杀为主。统帅之间的交锋决定着战争的胜负。行吟歌手在现实战争的基础上加上了华丽的想象，描写出《摩诃婆罗多》中气势磅礴的大战。

◉ 史诗中常常提到在般度军的阵营中有斯楞遮耶人（Srinjayas），他们是般遮罗国的盟友，毗湿摩在回忆安芭的故事中，提到安芭的外公为斯楞遮耶国王。但史诗中有时也将斯楞遮耶人作为般遮罗人的同义词而混淆使用。

◉ 从史诗的描写来看，当一天的战事结束之后，军中有歌手和乐师用轻柔的乐曲助士兵们入睡，还有医生用药草救护伤员。在《和平篇》中谈到，即使对待敌方的伤员，也应给予救治，或将他送回敌方阵营；没有受伤的俘虏，则应予以释放，这是永恒的正法。

第十一章　　　　　　　　🌶　　　　　　　　　　血战

夜尽天明，休息了一整夜的勇士们重新投入战斗。这次毗湿摩仍然位于大军前列，紧接着是德罗纳，德罗纳之后是福授王，福授王之后是乔萨罗王巨力，巨力王之后是三穴王，三穴王之后是马嘶，他们就这样一个挨着一个地排定阵容。马嘶之后则是由弟弟们簇拥着的难敌王，他率领大军向前挺进，慈悯殿后压阵。整个阵容犹如大海一样可怕，战象和战马就像海中的浪花与浮沫。

般度军针锋相对地排出三叉阵（Sringataka），两边的尖端分别为怖军和萨谛奇，阿周那位于轴心，坚战王和双子位于战阵中心，激昂、小五子、瓶首和毗罗吒王担任后卫。悠长的螺号声响起，宣告第八天的战斗开始。

双方将士人人奋勇争先，渴望投入战斗。战车快速向前冲，车辄撞在一起，勇士们互相杀戮，刀剑的闪光犹如晴空般美丽。战象互相冲撞，处处可见象牙因摩擦起火而冒出青烟。战场上箭矢横飞，标枪划过，宛如云中放射出千万道闪电。而投掷出的镶金铁杵，则像长了翅膀的山峰，飞堕于地。光辉如日的俱卢军主帅毗湿摩冲向般度军，利箭如雨，造成了极严重的伤亡。怖军见状上前迎战毗湿摩，发出兴奋的吼声。难敌唯恐毗湿摩有失，立即召集弟弟们保护毗湿摩。

这时，怖军猛力射出一箭，杀死了毗湿摩的御者，失控的马匹拉走了不会驭车的俱卢族老祖父。历史仿佛重现，毗湿摩一走，怖军便大开杀戒，一箭砍下了一位持国之子的头颅。暴怒的七位持国之子一起冲向怖军，利箭齐发，想为死去的兄弟报仇。怖军来一个杀一个，箭箭夺人性命，顷刻之间，这七名持国之子全部丧生在他手上。剩下的持国之子们吓得魂飞魄散，纷纷逃跑，想起了怖军立下的杀尽持国之子的誓言。

这才是上午，难敌王就死了八个弟弟。他悲痛欲绝，向全军将士下令一定要杀死怖军。然后，难敌走向毗湿摩，谴责他没有尽心作战才酿成惨剧。"我英勇的弟弟们被怖军杀害了。我所有的将士都在拼尽全力奋战，可他们还是不停地被杀。"难敌愤怒地叫道，"看来你一直在冷眼旁观，根本不在意我们的死活。是我选错了路，看看我现在的命运！"

难敌的话字字诛心，毗湿摩心内生疼却不忍苛责，含泪叹息道："孩子啊，我和维杜罗等人之前对你的忠告，看来你完全不能理解。但不管怎样，我不会背弃对你的承诺，你的老师德罗纳也不会。说实话，怖军要是盯上了哪位持国之子，就一定能取他的性命。般度之子们就连天神也无法战胜。因此，你要坚强，以天国为归宿，下定决心战斗吧！"

说罢，毗湿摩再次投入战斗。他和德罗纳、马嘶、慈悯、成铠等人杀向般度军，大肆杀戮。而般度军也意识到不杀毗湿摩难以夺取胜利。于是，他们兵分三路：猛光、束发和萨谛奇对付毗湿摩，阿周那带领显光和小五子对付难敌的盟友，怖军、激昂和瓶首则冲向俱卢军。双方互相残杀，大批人马和战象倒毙，哀叫号哭之声不绝于耳。

恶战之中，阿周那与蛇族公主优楼比之子宴丰驾驭着骏马，冲向俱卢骑兵。由于速度太快，马群互相撞击摔倒，失去坐骑的骑士们互相厮杀，死伤惨烈。这时，沙恭尼的六个兄弟骑着快马从俱卢大军中冲出，从四面围堵袭击本已疲惫不堪的般度方骑兵，向他们投掷锋利的长矛。宴丰徒步作战，胸部、背部和两肋都被长矛刺中，浑身浴血，以一敌众，但仍然镇定自若，勇气不减。他不停地发射利箭，击退众人，从身上拔出所有的长矛，一根根掷向骑在马上袭击他的犍陀罗王子们。然后，他手持利剑和盾牌，向他们冲过去。见宴丰已身受重伤，沙恭尼的这六个兄弟就想活捉他。可他们一旦走近，便被宴丰劈杀。就这样，六位犍陀罗王子死了五个，剩下的一个也负伤累累，不敢再战。

宴丰的英勇令难敌又恨又怕，命罗刹指掌杀死宴丰。因怖军杀死了独轮城吃人的罗刹钵迦，指掌对般度族怀有仇恨，当即听从难敌的吩咐，率领罗刹军队冲向宴丰。待他冲到近前，宴丰奋起迎战，举剑击碎了他的弓和箭袋。指掌察觉出宴丰的厉害，便施展幻术，升腾入空。宴丰有一半蛇族血统，也能腾入空中，用利箭射碎指掌的肢体。然而一次又一次，他射中的总是幻象，罗刹破碎的肢体总能在瞬间恢复。宴丰大怒，又用利斧一次次劈杀，终于砍中了罗刹的实体。指掌大声惨叫，被砍伤处血流如注。他又幻化成巨人，想要捉住宴丰。宴丰的一位蛇族亲属率领众蛇前来援助宴丰，呈现出巨蛇的模样，压倒指掌幻化的巨人。指掌再次变化，幻化成金翅鸟，以吞噬众蛇。这个幻象迷惑住了宴丰。眼看着自己的亲人被吞噬，本已重伤的宴丰震惊之下晕厥过去，指掌趁机砍下了他的头颅。

当时阿周那还在战场的另一方作战，不知自己儿子的死讯。瓶首看到了宴丰战死，悲愤地发出怒吼，震动四方，惊得俱卢军士腿脚发软。他怒不可遏地手持铁叉冲过来，犹如劫末之时死神临世。看到这支罗刹大军冲过来，俱卢军士吓得纷纷逃跑。难敌王大怒，亲自冲上前去迎战，射倒了好几个罗刹。梵迦王率领庞大的象军紧跟在后保护他。

愤怒的瓶首冲向难敌，厉声道："就是你这个家族的败类，设下骗局用掷骰击败般度族，逼迫他们流放森林，还羞辱黑公主。要是你不逃跑，今天我就要结果你的性命，清算这笔总账！"他咬牙挽开大弓，向难敌发射出暴雨般的利箭。难敌大怒回击，以多支铁箭射中瓶首。

瓶首中箭流血，举起明亮锋利的标枪，奋力掷向难敌王。这闪闪发光的标枪向难敌王飞去，威力如同因陀罗的金刚杵，梵迦王见势不妙，赶紧驾驭着战象挡在难敌的战车前面。标枪击中了梵迦王的坐象，大象倒地毙命，梵迦王从战象上跳下。这时，他带来的象军已被罗刹军杀得七零八落，溃不成军。难敌又气又急，弯弓搭箭，猛然射向瓶首。瓶首避开这一箭，再次发出怒吼，震慑一切众生。

毗湿摩听到瓶首的吼声，心急如焚，立刻带领俱卢众将杀向瓶首，援助难敌。只听阵阵弓弦响动发出犹如竹林燃烧的噼啪声，无数长矛划过天空宛如飞翔的毒蛇。瓶首四面受敌，怒吼着迎战众将，一箭射断德罗纳的弓，一箭射断月授王的战旗，三箭射中波力迦王的胸膛，一箭射中慈悯，三箭射中持国之子奇军（Chitrasena）。接着，他奋力挽弓，准确无误地命中奇耳的锁骨，奇耳中箭流血，倒在车座上。他

第六部 俱卢之野

再以十五支铁箭穿透广声的铠甲，箭矢吮吸着广声的鲜血钻入地下。痛心于宴丰之死，瓶首展现出无比的威力，不断地发射出可怕而锋利的箭，接连杀死马嘶和另一名持国之子的御者，射断胜车王的弓，杀死阿凡提王的马匹。这位勇猛无匹的罗刹之王再发一箭，射倒乔萨罗王巨力，又以数箭射中沙利耶，击败俱卢众将，再次冲向难敌。

眼看难敌情势危急，所有的俱卢将士群起护卫，发射出大量箭矢。瓶首中箭，怒吼着升腾入空。坚战王远远听到瓶首的吼声，担忧他的处境，因阿周那距离太远，便让怖军前往支援瓶首，并协助般遮罗人对抗毗湿摩。怖军领命，当即带领激昂、小五子、沼泽低地地区的部落首领尼罗（Nila）等，率领庞大的车军和象军向前挺进，声势震动大地。

怖军之威令俱卢人惊惧，纷纷撇下瓶首，向后撤退。但当双方人马相接，彼此都恪守刹帝利勇士之法，人人奋勇争先，不惜生命。勇士们互相投掷武器，一次次冲杀搏击，扬起大片尘沙。战象用长牙互相攻击，有的象牙断裂，有的被捅破身躯，痛苦地倒在血泊中，有的被铁箭射中，失控地到处乱跑，践踏着战车和士兵。马匹互相碰撞，将士彼此交锋，激战之下，俱卢军节节败退。

骄傲的难敌王不能忍受失败，亲自冲向怖军，猛力射出一箭，正中怖军的胸膛。这一箭力量很猛，怖军向后靠着旗杆，痛苦地喘息。一见怖军受伤，瓶首和激昂等人大怒，迅速冲向难敌王。德罗纳大叫不妙，说道："国王的处境极其危险，快快保护国王！"于是，以月授王为先锋，慈悯、沙利耶、广声、马嘶等十一位俱卢大将群起围护难敌。德罗纳亲自出马，箭射怖军。怖军迅速以十箭回击，正中德罗纳左肋。德罗纳年事已高，身受重创，疼痛不堪，晕倒在车座上。

见德罗纳受伤晕厥，愤怒的难敌和马嘶朝怖军直冲过去。怖军拿起铁杵，跳下战车，徒步迎战二人。怖军的好友尼罗赶来援助，迎战马嘶。马嘶被尼罗的利箭射中，愤怒地回击，将尼罗击晕过去。这时瓶首率领罗刹军赶到，马嘶接连发箭击退罗刹军的前锋，惹得瓶首大怒。这位罗刹王施展出幻术，展现出可怕的战场景象。俱卢军看见己方的统帅德罗纳、马嘶、慈悯甚至难敌王都倒地毙命，吓得转身就跑。

毗湿摩大声提醒这只是幻术，全胜当时也在场，跟着拼命呼喊，但却无人听从。

此时日已西斜，难敌王看着败退的大军，忧心如焚。他走到毗湿摩面前，恭敬地向他致敬，叹息道："主人啊，正如般度族依靠黑天，我们以你为庇护，发动了这场战争。我本人和我的十一支大军都听从你的指挥。现在般度族靠瓶首的力量击败了我的军队，我恳请你给我一个恩惠，让我依靠你的力量，亲手杀死这个罗刹！"

毗湿摩怎能放心让难敌与瓶首交战？这位善于辞令的老祖父委婉地答道："孩子啊，无论在任何情况下，在战斗中都应该好好保护自己。你是国王，应按照王者之法，和你身份相当的人交战。就让福授王去对付这个罗刹吧！"

说罢，他不待难敌答话，立刻对福授王说道："赶快去吧，国王啊！你有非凡的勇气和天国武器，也有不少与阿修罗交战的经验，一定能战胜瓶首。"

福授王领命，发出狮子吼，驾驭着神象妙颜，冲向般度军。怖军率领瓶首、激昂等人奋起迎战。怖军驾驶着战车，以利箭杀死了上百名护卫象腿的卫士。福授王大怒，驱策着象王妙颜加速冲向怖军。般度军群起而攻之，利箭如暴雨般射向妙颜。这头战象中了许多箭，可还是奋力前冲。关键时刻，陀沙那国王驾驭着战象，拦住了妙颜。这位国王是怖军为举行王祭东征时遇到的第一个强劲对手，从此与般度族结为盟友。福授王盛怒之下，掷出了十支长矛，穿透陀沙那王战象的护面铠甲，深深地扎进大象的面部。战象负痛，狂吼一声，转身便逃，践踏着自己的军队。

陀沙那王的战象一败退，怖军立即率领般度族勇士呐喊着攻向福授王。福授王毫不畏惧，用刺棒驱使着神象妙颜四处攻击，横冲直撞，势不可挡，践踏摧毁着成百上千的战车、战马和步兵。般度军在这头巨兽的攻击下节节败退。

见到军队溃败，瓶首怒火中烧，猛然掷出铁叉，想要杀死这头象王。福授王扬手一箭射落铁叉，向瓶首投掷出一支火焰般的标枪作为回击。瓶首眼疾手快，一跃而起，竟一把抓住标枪，折为两截。其矫健的身手甚至让天上众神都惊讶不已，将士们的欢呼叫好之声更是不绝于耳。

福授王无法忍受，挽开大弓，向以怖军为首的般度军众将发射出光焰似火的铁箭。他杀死怖军的马匹，射断怖军的战旗，又以三箭射伤御者。怖军战车失灵，于是他手持铁杵跳下战车，准备徒步作战。

这时，只听车声隆隆，以神猴为旗徽的阿周那飞骑来到这里。甘狄拨弓震响，成百上千的俱卢军士倒毙。难敌见状，立即指挥俱卢大军冲上前来。福授王也驾驭着战象，冲向坚战王。双方展开激战，厮杀呐喊声震动天地。

与怖军相遇，阿周那才从他的口中得知了宴丰阵亡的消息，不禁悲痛欲绝，对黑天说道："智者维杜罗早已预见战争会导致俱卢族和般度族的毁灭，所以他才竭力劝阻持国王。杀戮亲人，我们能得到什么好处呢？但由于难敌、沙恭尼和迦尔纳的恶行，刹帝利聚在这里走向灭亡。我现在明白了坚战王的明智，他只向难敌要求五个村庄，而难敌竟不答应。看见那么多英勇的国王横尸沙场，我痛恨自己以刹帝利为业！黑天啊，与自己的亲人作战无法让我感到丝毫乐趣，只是不想别人认为我无能才继续战斗。诛灭摩图者啊，策马冲向俱卢族的军队吧！没有时间犹豫了，我要凭借自己的双臂越过这战斗的海洋。"

黑天闻言，扬鞭策马，白马如风，冲向俱卢军，战斗开始。毗湿摩、慈悯、福授王和三穴国主善佑围攻阿周那，持国之子们则簇拥着德罗纳冲向怖军。怖军一见持国之子们便怒上心头。他像一头傲慢的老虎，舔了舔唇角，挽开强弓，一面抵挡着德罗纳的攻击，一面当着德罗纳的面，射死一个又一个持国之子。所有的持国之子一接近他，就像投入祭火的祭品，有去无回。他就这样接连杀死了九个持国之子，其他的望风而逃。怖军在他们眼中，简直就像死神一般森然可怖。

战争进行得越来越激烈，失去武器的勇士们甚至互相揪住头发，用指甲和牙齿来搏斗。成千上万的人伤亡倒地，被武器击碎的躯体浸在血泊中，他们或痛苦地呻吟，或沉默地死去。夜幕降临，双方收兵回营。大地上到处散落着浸透鲜血的铠甲、破碎的武器和各式各样的金饰，它们在夜幕中发着微光，像火焰将尽时细碎的光芒。

这一天，难敌失去了十七个弟弟。

◉ 宴丰（Irāvāṇ，异名 Aravan，"阿拉万"）是当年阿周那林居期与蛇族公主优楼比所生之子。他受到叔父的敌视，由母亲抚养长大。后来，他听说阿周那在因陀罗的天宫之中，便赶去相见，父子相认。俱卢大战时他带了一批骏马赶来参战，不幸阵亡。

◉ 宴丰后来融入南印度的黑公主崇拜中，有另一个名字库坦塔瓦（Kuttantavar），常以被砍掉的头颅形态受人敬拜，泰米尔人供奉他以求子或治病。库坦塔瓦原本是当地一个乡村神灵的名字。传说宴丰的头落到了一条长满芦苇的河里，化为一个婴儿。孩子被当地的国王捡到，取名库坦塔瓦，长大后成为英雄，杀死了肆虐当地的恶魔。死去的英雄以这样的形式复生，并进位为神。

◉ 怖军和阿周那都有和不同种族结合生下儿子的经历：怖军与罗刹希丁芭生下瓶首，阿周那与蛇族公主优楼比生下宴丰。在民间传说中，他们还有更多这样的后代。故事框架大同小异：刹帝利英雄（怖军或阿周那）与低种姓部落女子（有时甚至是罗刹或蛇族）结合，生下的孩子神通广大，除暴安良，成为当地的保护神。学者们认为，《摩诃婆罗多》在印度流传的过程，也就是吠陀文化在各地推进的过程。地方神灵通过与史诗英雄攀亲家的方式，融入印度教的万神殿中。

◉ 难敌一方亦有异族支持，如阿修罗王福授王（父亲为大阿修罗王那罗迦）、罗刹指掌等。有致力于将史诗去神话的学者认为，这表示有未开化的部落或种族也加入了婆罗多族的大战。

第十二章　　　　　　　　　　　毗湿摩的决心

俱卢大战开战八日，难敌已经死了三十一个兄弟。他再也坐不住了。当天晚上，他找到迦尔纳和沙恭尼一起商量对策，痛苦地说："不知为什么，毗湿摩、德罗纳、慈悯、沙利耶和广声这些英雄竟然无法抵挡般度之子！般度之子一个也没被杀死，他们正在摧毁我的军队。我军的力量在减弱，武器在耗尽。我看错他们了，就连天神也无法战胜般度之子！我现在充满疑虑，怀疑我怎么可能击败他们。"

迦尔纳安慰他道："不要难过，我会帮你实现你的心愿。只要你让毗湿摩放下武器，离开战场，我就立刻当着他的面，杀尽般度之子和他们的军队。我向你发誓！国王啊，毗湿摩一向同情般度族，而且他太喜欢打仗了，一下子消灭般度族，他就无仗可打了。你快去毗湿摩的营帐劝说他放弃战斗吧，他一离开，你就看着我全歼般度族及其亲友吧！"

难敌深以为然，让迦尔纳做好战斗的准备，同时吩咐难降："立即召集所有人，穿戴整齐，跟随我去见毗湿摩。"于是，难敌涂上灿若黄金的檀香膏，衣饰华贵，在俱卢群雄的簇拥下骑马前往毗湿摩的营地。弟弟们跟随着他，朋友们手执武器护卫着他。四处点燃注满香油的金灯，侍从们手执杖鼓为他开道。一行人声势浩大地来到毗湿摩的住处，难敌下马拜见毗湿摩。向祖父谦恭地致敬之后，难敌双目含泪，哽咽着道："你英雄盖世，般度之子们如何是你的对手？消灭敌人者啊！请你怜悯我，杀死般度之子吧！如果你出于对他们的慈爱或对我的不满而不愿杀死他们，那就请让迦尔纳上战场吧！他会战胜般度方。"

难敌的话就像利箭一般，深深地刺痛了毗湿摩。但即使是受到这样的当众质疑和逼问，他仍然没有对难敌恶言相向。沉思良久，他强抑着怒火和伤痛，温和地回答："我不惜生命地全力为你奋战，你为什么还要刺伤我？难敌啊，般度之子在甘味林战胜过天帝因陀罗，为了搭救你战胜过乾闼婆，在毗罗吒城战胜过我们所有人，这些都是明证。世上有谁能战胜他们呢？甘陀利之子啊，在垂死的人眼中，所有的树木都是金子做的。你错看一切，跟他们结下深仇，那你就自己去和他作战，显示你的男子气概吧！"

尽管不满，老祖父还是再次重申承诺："你好好回去睡觉吧！明日我会大战一场，除了束发之外，我会杀死所有般度军，要么被他们所杀。只要大地存在，人们就会传颂这场大战。"难敌没有错过毗湿摩的那句"除了束发之外"，他心满意足地回营了。

第九日清晨，难敌当着全军将士的面宣布："集合军队！毗湿摩今天要杀尽敌军！"听了这话，毗湿摩感到难敌这话是在对自己下命令，提醒自己履行昨夜的承诺。信守誓言的老祖父决定与阿周那交战，但心情极度抑郁，厌恶自己受制于人。

难敌敏感地察觉到了毗湿摩的心思，立刻吩咐难降一定要好好保护毗湿摩，不能让束发杀害他。"消灭般度族，获得王国，我们多年的梦想就要实现了。"难敌喜悦地说，"毗湿摩亲口答应我，除了束发，他会杀死所有渴望般度族胜利的刹帝利。我们必须好好保护毗湿摩，这样他才能杀死般度之子们，为我们带来幸福。"

于是，毗湿摩调兵遣将，排定全福阵容（Sarvatobkadra）。毗湿摩仍然是军队前锋，所有的持国之子护卫着他。此外，在战阵前列的还有慈悯、成铠、犍陀罗王沙恭尼、信度王胜车、甘波阇王善巧等人。德罗纳、沙利耶、广声和福授王保护右翼，马嘶、月授王和阿凡提国的两位国王保护左翼，难敌在三穴人的护卫下坐镇中军，罗刹王指掌和安波私吒王闻寿殿后。这样排成了一个方形的阵容，四面都有强将护卫，犹如熊熊燃烧的火焰。

而般度军这次由坚战王、怖军、无种和偕天占据阵容前列，束发则由阿周那亲自保护，大军重重围护，恶战开始。刹那间狂风四起，豺狼嚎叫，彗星袭日，这是极其不祥的征兆。俱卢族和般度族两军交锋，战旗飘扬，车声隆隆，勇士们冲锋陷阵，发出巨大的喧嚣声，犹如狂风呼啸过大海。

激昂一马当先，冲锋在前，深入俱卢军战阵。他挥舞着镶金的大弓四处出击，纵横驰骋,泼洒箭雨大肆杀戮,犹如闪电在云层中嬉戏起舞。他敏捷地在德罗纳、马嘶、慈悯、胜车和乔萨罗王巨力护卫的军队中穿行,射出的利箭就像成群的蜜蜂从繁花盛开的森林中飞出,英勇如同第二个阿周那。在他的打击下,俱卢军阵脚大乱,军队散开,哀号一片。

难敌王当即令罗刹王指掌前去杀死激昂。指掌领命,大喝一声,发射箭雨驱散般度族的军队。黑公主的五个儿子冲上前去迎战,利箭如雨,穿透罗刹王的铠甲,重创指掌。指掌一度受伤昏迷,清醒之后大怒,将身躯长大了一倍,接连发箭射断了小五子的弓,杀死了他们的马匹和御者。然后,他冲上前去,想要杀死他们。

这时,激昂冲过来救援自己的兄弟,与罗刹王展开对射。他们呐喊着互相重创对方,中箭浴血,看上去宛如开满红花的金苏迦树。指掌到底不是激昂的对手,被打得节节败退,便施展出幻术,让所有人都陷入黑暗。激昂不为所动,祭出光辉如日的光明法宝,驱散黑暗,让世界重放光明。不甘失败的指掌又使出种种幻术,但都被激昂逐一破除。激昂怒不可遏,箭如雨下,覆盖住这个爱用欺诈手段来战斗的罗刹王。指掌幻术失败,又抵挡不住激昂,只得弃车逃跑。激昂乘胜追杀,势不可挡。

毗湿摩见状立刻指挥大军围堵住激昂,俱卢群雄瞄准他一人发射箭雨。阿周那见自己的儿子以一敌众,立刻赶过来迎战毗湿摩。持国之子们群起护卫毗湿摩,而般度军将领也前来援助阿周那。萨谛奇向袭击阿周那的慈悯发起挑战,慈悯恼怒地回击,以九箭射中萨谛奇的胸膛。萨谛奇中箭受伤,猛然一箭射向慈悯,却被马嘶中途拦截,将这支箭劈为两段。

于是萨谛奇撇下慈悯,与马嘶交战。马嘶射断了萨谛奇的弓,萨谛奇取出另一张大弓,以六箭正中马嘶的胸膛,将他射晕了过去。马嘶恢复知觉后大怒回击,一箭穿透萨谛奇的身躯,又以一支月牙箭射断了萨谛奇的旗杆。随后,他大喝一声,以箭网覆盖住萨谛奇。然而萨谛奇敏捷地粉碎箭网,并发射出重重箭网,以成百上千支利箭困住马嘶。

德罗纳见儿子情形危急,飞马来救。而阿周那也担心萨谛奇不敌,冲上前去迎战德罗纳。师生之间展开激战,犹如水星与金星相撞。交锋之下,德罗纳中了阿周那三箭。当心爱的弟子再次用箭雨覆盖住自己之时,德罗纳不禁勃然大怒,顷刻之间以无数笔直的利箭包围住阿周那。这时,难敌命三穴王善佑保护德罗纳的后背。这位三穴国主便挽弓搭箭,射向阿周那。德罗纳与善佑射出的箭在空中闪闪放光,宛如晴空中飞翔的天鹅。阿周那中了好几箭,愤怒地大喝一声,利箭如雨,射向三穴王和他的儿子,然后施放出风神法宝。刹那间狂风大作,卷起巨树,杀伤军队。德罗纳立即发射石箭法宝(Shaila),平息狂风。

然而三穴国的这支军队已经败退逃跑。于是,难敌、慈悯、马嘶、沙利耶等八人纷纷率领大军,群起包围住阿周那。毗湿摩在持国之子们的卫护下,包围住坚战王。广声与舍罗兄弟二人,连同沙恭尼,围堵玛德利双子。

福授王与安波私吒王闻寿则指挥象军,从四面包围住怖军。怖军舔了舔嘴角,跳下战车,冲进象军之中,举起铁杵大肆杀戮,宛如狂风吹散浓云。怖军身上多处被象牙戳伤,他愤怒地抓住大象的长牙,拔出象牙,刺进大象的颞颥之中,大象哀嚎着倒地毙命。怖军手持着沾满鲜血的铁杵横扫象军,直如毁灭之神杀戮兽群,迫使难敌的大军再次败退。

而在另一处的战斗中,毗湿摩则占尽上风。这位俱卢族的老祖父决心实现誓言,让难敌满意。他发射出成百上千支利箭,碾轧般度军。猛光、束发、毗罗吒王与木柱王将他团团围住,一起攻击他,毗湿摩身上多处中箭流血,却越战越勇,射断了木柱王的弓。于是,怖军、萨谛奇、小五子等人群起攻向毗湿摩,而俱卢群雄也竭尽全力保护毗湿摩,双方展开恶战,天地为之变色。

在这场血腥恐怖的战斗中,许多御者被杀,失控的马匹拉着战车四处飞驰,失去战车的武士们仓皇地徒步奔逃。无主的战象发出雷鸣般的吼声,跌跌撞撞地践踏着自己的军队。骏马失去骑手,骑手失去坐骑,在战场上奔逃追赶,互相撞击踩踏,尸横遍野,死伤惨重。刹帝利的鲜血汇成了河流,那一颗颗被砍下的头颅就是河中的卵石,白骨和毛发就像那河中的苔藓和水草。不断有新的鲜血加入这条恐怖之河,壮大阎摩的国度,犹如吠陀罗尼河(Vaitarani)将亡灵带往冥界。

目睹这场前所未有的血腥屠杀，刹帝利们纷纷谴责道："都是难敌的过错才造成了这场灾祸，持国王为何要嫉妒有德的般度之子？"难敌听到大怒，又去催促毗湿摩和德罗纳等人务必速战速决："为何耽误这么久？奋力战斗吧！"

这时，阿周那已击溃了善佑率领的三穴国军队，导致大批人马溃败。难敌立即以毗湿摩为前锋，率领大军拼尽全力冲向阿周那，力图拯救善佑的性命。般度军也上前援助阿周那，与俱卢大军交锋，将领们捉对厮杀。德罗纳击败木柱王，迫使对方骑着快马逃走。波力迦王在怖军的攻击下节节败退，危急时刻罗奇蛮前来接应，让他跳上自己的战车。激昂呐喊着杀死持国之子奇军的马匹和御者，战车失灵的奇军只得登上他兄弟的战车。萨谛奇与成铠交战片刻后直取毗湿摩，双方互相发射利箭，投掷标枪。般度军为了保护萨谛奇，群起包围住毗湿摩。

难敌见状，吩咐难降带领所有的军队好好保护毗湿摩，这样毗湿摩就能歼灭所有般度军。难降领命，率领大军团团围护住毗湿摩。沙恭尼则带领十万骑兵阻击坚战王与玛德利双子，不让他们前去进攻毗湿摩。难敌也派了一万骑兵与沙恭尼会合，包围住坚战王的人马。大批骑兵猛然冲进战场，大地震动，直如成群的天鹅急冲直下，扰乱湖泊。坚战王和玛德利双子奋起作战，用利箭和宝剑杀戮这些骑兵，砍下的头颅如同熟透的果实纷纷坠地。难敌见军队受挫，又让沙利耶前往支援。怖军见坚战王应付沙利耶颇为吃力，也赶过去援助。激战之中，日已偏西。

红日一寸一寸地向西坠落，毗湿摩却越战越勇，挡者披靡。在俱卢群雄的护卫之下，他以弓箭杀戮四方，焚烧敌人，弓弦声和击掌声宛如雷鸣，震慑一切众生。他箭无虚发，箭箭穿透铠甲，让大批战象、战车和战马失去御者。车底国和迦尸国的一万多名勇士手执各种武器向他挑战，就像遇上张开大口的死神，一头栽进冥界。成百上千辆战车破碎，倒毙的武士和破碎的武器遍布大地。毗湿摩冷漠而镇定地杀戮着般度族的军队，犹如巨人踩碎蚂蚁。在他的打击下，般度军全线崩溃，将士们丢盔弃甲，纷纷逃跑，哀号声不绝于耳。

黑天见状对阿周那说道："你期待的时刻已经来到，你曾说过要杀死毗湿摩，现在就是你兑现诺言的时刻。牢记刹帝利正法，战斗吧，贡蒂之子啊！"

阿周那垂下头，为难地说："要么杀死尊长，获取王国，死后坠入地狱，要么忍受艰辛流亡森林，我该怎么做呢？带我去毗湿摩那儿吧，我会遵照你的话，杀死这位俱卢族的老祖父。"

看见阿周那迎战毗湿摩，般度军又重新投入战斗。毗湿摩不断地发出狮子吼，用箭雨笼罩住阿周那的战车。阿周那沉着应战，两次射断毗湿摩的弓。毗湿摩看着后辈的出色表现，不禁欣慰："好啊！贡蒂之子！"他再次拿起一张强弓，一面向阿周那发射利箭，一面不停地杀戮般度族的军队。黑天见毗湿摩作战勇猛，神威无敌，阿周那却打得束手束脚，不禁大怒，跳下战车，挥舞着鞭子，直冲向毗湿摩。这位世界之主身着黄衣，宛如摩尼珠一般光彩照人，双足仿佛要踏碎大地。

见黑天亲自上阵，所有的士兵都吓得逃跑，纷纷叫嚷："毗湿摩死定了！毗湿摩死定了！"

毗湿摩镇定地挽开大弓，以无所畏惧的心情迎接黑天的到来，说道："来吧，莲花眼大神啊，向你致敬！在战斗中死在你的手里，是我最大的荣幸。"

阿周那立刻跳下车追赶黑天，用力拽住他。但愤怒的黑天仍然在向前冲，拖行到第十步，阿周那终于让黑天停下脚步。他痛苦地对黑天说道："不要这样，你说过你不参战的，世人会指责你说谎。杀死毗湿摩完全是我的任务，我不能让你失信。我凭着友谊、真诚和善行向你发誓，我一定会击倒毗湿摩，犹如击落时代结束之时的圆月。"

黑天余怒未息，沉重地喘息着，一言不发地重新登上战车。毗湿摩又向两位黑王子泼洒箭雨。这段插曲并没有让他停止杀戮，他仍然是令人生畏的、不可抗拒的、难以战胜的恒河之子毗湿摩。夕阳西下，毗湿摩的箭光却似乎比太阳还要灼热，炙烤着一切众生。见般度军始终难挽颓势，坚战王决定收兵，双方将士各自回营。

第九天以般度军的惨败而告终。难敌多日的沮丧和疑惑一扫而空，他相信他对老祖父的施压达到了效果，胜利似乎已是指日可待。

❀ 吠陀罗尼河（Vaitarani）是印度神话中的冥府之川，介于尘世与死神阎摩的国度之间。《摩诃婆罗多》中有多处提到这条河，称恒河流经阎摩之域祖灵界时成为吠陀罗尼河（KMG 1.172），能涤尽所有罪孽，但有罪的亡灵跨越此河时将备受折磨。

❀ 史诗中多次形容英雄们在战场上英勇杀敌血河翻涌。在《和平篇》中，毗湿摩为坚战讲述刹帝利法，称战争就是刹帝利的祭祀，鲜血即是祭祀的酥油。怯懦畏战者将堕入地狱，勇士应杀敌造成血河，以此净化自己，死后才可升入天国。

❀ 在俱卢大战中，犍陀罗国的骑兵让人印象深刻。史诗称赞他们是强壮有力、所向披靡的战士，擅长钩爪和长矛（12.102.3）。犍陀罗是难敌最重要的支持者之一，其国在俱卢国北方，今巴基斯坦东北部和阿富汗东部。历史上的犍陀罗是著名文明古国，印度列国时代的十六国之一，其佛教造像艺术造诣极高，但在《摩诃婆罗多》中，犍陀罗似乎并不属于吠陀文化，因而被视为"陀私优人"（Dasyu，盗贼、贱民）和"作恶者"，"行为方式如同狗、乌鸦和兀鹰"（12.200.41）。

❀ 《摩诃婆罗多》中有多处提到苏摩迦人（Somakas），如难敌当众宣布毗湿摩将杀尽敌军时称毗湿摩将杀尽苏摩迦人。该词的字面意义是指"月亮王朝的后裔"，般度族、般遮罗族等都可以称为月神后裔，而狭义则是指与般遮罗国结盟的部落之一，有时也指代般遮罗人。

第十三章　　　　　　　　　　　　　　　　　　　　破局

当天夜里，坚战王召集众人共商对策，回想起毗湿摩在战场上的勇猛无敌，心中久久不能平静。"有毗湿摩在，我们不可能取得胜利。这位俱卢族的老祖父不可战胜，为此，我心中忧虑，不想再打下去了。我奋力作战，却如同飞蛾扑火；我英勇的弟弟们中箭流血。"坚战王的话语中难掩苦涩，他们本应是复仇者，如今受到惩罚的却是他们。

"看来林居才是我的最好归宿，我应该用我的余生去寻求至高的正法。"坚战王喟然叹息，再次把目光投向黑天，"黑天啊，如果你关心我和我的弟弟们，请告诉我应该怎么办。"

看到坚战王的彷徨不安，黑天安慰他道："不必担心，你的弟弟们个个都是盖世英雄，我也站在你这一边。如果阿周那不想杀死老祖父，明天让我参战吧，我可以杀死毗湿摩。你的敌人就是我的敌人，你的目标就是我的目标。阿周那是我的朋友、亲戚和学生，我们互相忠于对方，不惜为彼此献出生命。阿周那曾当着优楼迦的面发誓要杀死毗湿摩，我可以完成他的誓言。"

这话有些让人尴尬，于是黑天又补充道："或者，让阿周那来完成这个任务。如果阿周那振作精神奋力作战，他能杀死众天神和阿修罗，怎会杀不死毗湿摩？我想毗湿摩死期将至了，他已经丧失了判断力，不知道自己的职责是什么。"

"你当然能战胜毗湿摩，但我怎能为了自己达到目的就让你失信呢？"坚战立刻表示反对。他考虑了一下，说道："毗湿摩曾经答应过我，他会为难敌效命，但会为我出谋划策。他的话语真实不虚，那么，他会为我献策，助我获取王国。因此，我们再去拜访毗湿摩吧，向他请教杀死他本人的方法，让这位严守誓言者赐给我们胜利。"

第六部　俱卢之野

说到这里,坚战王苦笑了一下,说道:"我们从小失去父亲,由这位老祖父抚养我们长大。而我竟想杀死他,刹帝利职业真是可耻啊!"

这个乍一听颇为异想天开的主意立即得到了黑天的赞同。"你的话,我一向爱听。"这位向来不走寻常路的雅度人微笑道,"向毗湿摩本人请教杀死他的方法,尤其是你请教,他一定会说实话。"

主意已定,般度兄弟便与黑天一起,卸下铠甲,不带武器,前往俱卢军营。当时已是深夜,他们来到毗湿摩的住处,向老祖父俯首致敬,让毗湿摩又惊又喜。"欢迎你,黑天、阿周那!欢迎你们,坚战、怖军和双子!现在我能为你们做些什么?就算再艰难,我也一定竭尽全力去做!"毗湿摩满怀慈爱地反复诉说。这一刻,他不再是白昼战场上那让人生畏的敌军主帅,而仍然是昔日那个疼爱孙子的老祖父。

"知法者啊,请告诉我们如何才能获取胜利和王国,如何才能终止众生的毁灭。主人啊,请你亲口告诉我们杀死你的方法。"坚战艰难地开口,"因为你在战场上毫无弱点,始终杀戮我的人马,而没有人能够杀死你。因为你,我的大军日益衰弱。请告诉我,如何能在战场上战胜你,保护我的军队?"

面对这样尖锐的问题,毗湿摩仍然维持着镇定。"实话实说,只要我还活着,你们就不可能取得胜利。一旦你们战胜了我,就一定能战胜俱卢人。"他平静地说出这一尽人皆知的事实,"所以,你们就尽快打倒我吧!我同意你们使用任何手段打击我,因为这样对你们最为有利。那就这么办吧!"

"可是,我们如何能战胜你呢?你在战场上威严勇猛如同死神。"

"确实如此,只要我良弓在手,就无人能战胜我。但如果我放下武器,你们就能杀死我。我严格遵守刹帝利法进行战斗,决不与女人作战。般度之子啊,请记住我早已立下的誓言,一旦看到不祥之兆,我决不战斗。"毗湿摩有条不紊地安排着自己的死亡计划,吩咐道,"木柱王之子束发以前是女人,后来才变为男人,这你们都知道。就让阿周那把束发放在前面,面对这样的不祥之兆[1],尤其这人之前

---

[1] 古印度视女人变男人为不祥之兆。

还是女人,我决不会与之作战。阿周那趁机向我射箭,就一定能取胜。贡蒂之子啊,世上除了黑天和阿周那,无人能杀死我。你就照此行事吧,胜利必将属于你。"

得到了毗湿摩万金不易的承诺,他们向这位俱卢族的老祖父告辞回营,心中五味杂陈。他们知道毗湿摩会告诉他们这个方法,是因为他已决意死在战场上,但即使如此,阿周那依旧痛苦不堪,羞愧地说:"黑天啊,毗湿摩是家族的元老,我的尊长和祖父,我怎能与他作战?小时候我不懂事,常常爬上他的膝盖玩闹,身上的尘土弄脏了他的衣袍,叫他'爸爸'。他对我说:'我不是你爸爸,是你爸爸的爸爸。'我怎么能杀死他呢?就让我的军队被他毁灭吧!不管我取胜还是死亡,我将永不与他交战!黑天啊,你怎么看?"

黑天听得心头火起,责备他道:"你之前发誓要杀死他,按照刹帝利法,你怎么能背弃誓言?不杀死毗湿摩,你就不能取胜。毗湿摩必然会死在你手里,这是命中注定的事。天神早有规定,如果德高望重的长者前来杀你,你应该先向他致敬,再把他杀死。这是永恒不变的刹帝利正法。不怀恶意地尽心战斗、保护弱者、举行祭祀,这就是刹帝利的职责。杀死毗湿摩吧!因为除你之外,没人能杀得了他。"

"我想,束发一定能置毗湿摩于死地。毗湿摩说过,他决不与束发交战。"阿周那仍然试图逃避这个可怕的任务,"我们把束发放在前面,我挡住其他敌人,束发就能冲向毗湿摩。这样一定能杀死他。"

他们计议停当,各自上床安歇,期待着明天那决定性的一战。

长夜漫漫,终将过去。当太阳升起,般度军和俱卢军都已齐聚俱卢之野,做好了战斗的准备。他们都知道这一天将决定战争的结局,深信胜利必将属于自己,却不知道战争将以何种形式结束。

按照计划,般度军将束发置于全军之前,由怖军和阿周那保护他的战车。接着是激昂和黑公主的五个儿子,萨谛奇和显光保护他们。后面是统率般遮罗大军的猛光,接着是坚战王和玛德利双子,毗罗吒王和木柱王各率本族兵马跟随在后,车底国和羯迦夜人担任后卫。

而俱卢军仍然将毗湿摩置于全军之前,由持国之子们护卫。接着是德罗纳父子,其后是统率象军的福授王，成铠和慈悯作为辅助。再后是难敌盟国的联军如犍陀罗王沙恭尼和甘波阇王善巧，三穴王善佑担任后卫。

战斗开始。怖军、玛德利双子和萨谛奇发射大量利箭，猛烈打击持国军队，让阿周那护送着束发直冲向毗湿摩。即使已经心怀死志，毗湿摩依然尽职尽责地履行着统帅之职，始终挽满强弓，力抗般度族的五位勇士，以利箭杀戮四方，保护自己的军队。束发眼见自己的军队受挫，以三箭击中毗湿摩的胸膛。毗湿摩受创，愤怒地盯着束发，怒笑道："不管你是否袭击我，我都不会和你交战，因为在我眼中，你始终是那个造物主创造的女人束发。"

在古印度，男子气概通常与英雄气概挂钩。束发只觉受辱，怒不可遏，厉声道："我知道你勇武盖世，可是我还是要与你作战，为了般度族，也为了我自己。人中俊杰啊，我真诚起誓，今天我一定要杀了你！不管你是否回击，你都难以从我手中逃得性命！毗湿摩啊，你就看这世界最后一眼吧！"说罢，他再以五箭射向毗湿摩。

阿周那见状催促道："今天如果我们不能杀死毗湿摩，你我都会受到世人的耻笑。你冲锋在前，我跟随在后，我会用利箭拦截所有的俱卢军战车武士，你就只管冲上去奋力杀死毗湿摩吧！"

谈话之间，毗湿摩正率领数十万装备精良的大军践踏着般度军。这位严守誓言者不停地发射箭雨，屠戮敌人，无人可挡。这时，阿周那大喝一声，冲上前来，利箭如雨，震慑俱卢军。眼看己方士兵在阿周那的打击下纷纷逃跑，难敌又向毗湿摩抱怨道："爷爷啊！你看，士兵们正逃往四面八方！阿周那杀戮我的军队，就像猎人捕杀驱赶兽群。还有怖军、双子、萨谛奇、激昂、瓶首这些勇士，都在四面打击我们，你快快出手消灭他们吧！"

毗湿摩思索片刻，下定决心，答道："难敌啊，请耐心听我说。我之前答应过你，每天会杀死一万名刹帝利武士，我做到了。而今天，我会突破这个界限，要么我杀死般度族，要么被他们杀死。国王啊，你长期供养我，如果我今天战死沙场，我就偿清了欠你的债务。"

留下这句隐含着诀别的话语，这位俱卢族的老祖父冲向般度军大肆杀戮，般度军的众位勇士愤怒地群起围攻他,而持国之子们也统率大军从四面围护住他。双方以毗湿摩为中心展开大战,惨烈程度远超从前,死伤人数成倍增加,整个俱卢之野变成了一片死亡之野。

阿周那见状,决心发起战斗。他对束发说道:"冲向毗湿摩吧!你今天绝不能对他流露出丝毫惧意,我也会用利箭射倒这位最卓越的武士。"听了他的话,束发、猛光、激昂、般度诸子、木柱王、毗罗吒王等人,率领全部人马,一起冲向毗湿摩。

猛光大声叫道:"不要害怕,阿周那已经冲向毗湿摩了,大家也一起上啊!就连天神也不能战胜阿周那,何况毗湿摩?"听到统帅的呼吁,般度军士气大振,人人奋勇争先,大军犹如洪水般汹涌而来。

以德罗纳为首的俱卢群雄纷纷上前迎战,全力护卫毗湿摩。成铠阻拦住猛光,广声阻拦住怖军,指掌阻拦住萨谛奇,甘波阇王善巧阻拦住激昂,混战开始。阿周那始终跟随在束发身后,横扫四方,力图接近毗湿摩。难降奉兄长之命护卫毗湿摩,奋不顾身地拦截阿周那,以三箭射向阿周那,以二十支箭射向御者黑天。见黑天中箭,阿周那勃然大怒,向难降发射一百支铁箭,箭箭穿透难降的铠甲,吸吮着他的鲜血。愤怒的难降以五箭回击,命中阿周那。双方展开对射,各自重创对方。难降到底不是阿周那的对手,中了许多箭,慌忙跳上毗湿摩的战车。在老祖父的庇护下,他缓过一口气,又再次冲上前去拼死阻拦阿周那。

萨谛奇正与罗刹王指掌交战,福授王趁机发射出许多利箭袭击萨谛奇。萨谛奇便撇下指掌,箭射福授王。福授王眼疾手快,射断了萨谛奇的弓。愤怒的萨谛奇取弓再战,猛力一箭,重创福授王。福授王大怒,向萨谛奇投掷出一支威力强大的镶金标枪,却被萨谛奇的利箭击碎。难敌立即指挥庞大的车队,将萨谛奇团团围住。他兴奋地大喊:"不能让萨谛奇活着逃出去!他一死,般度军也就完了!"众人领命,群起围攻萨谛奇。般度方奋力驰援,战局再度胶着。

就这样,围绕着毗湿摩的生死,俱卢方与般度方的将领捉对厮杀,拼尽全力作战,谁也不肯退缩一步。德罗纳马嘶父子并肩战斗,牵制了般度军的大部分兵力。德罗纳负责对付坚战王的大军,而马嘶则迎战木柱王和毗罗吒王。尽管坚战王的大军人人奋勇向前，却始终无法突破德罗纳的拦阻。这位俱卢王室的老师展现出无比的勇武，奋力击溃般度族的军队，但却心生警觉，见到了不少不祥之兆。

"孩子啊，般度族今天是拼了命要杀毗湿摩了。"他忧心忡忡地对马嘶说道，"我现在心神不宁。天色血红，彗星坠落，日月出现可怕的晕轮，俱卢军的铠甲暗淡无光，预示着国王们将有杀身之祸。我听到了甘狄拨神弓的弓弦声，想到阿周那把束发放在前面与毗湿摩交锋，我的心往下沉。阿周那一定能扫清障碍接近毗湿摩，而毗湿摩不会违背誓言与束发作战，那么大难就要来临。"

"孩子啊，现在不是臣仆顾惜生命的时候。你就拿起武器，冲向坚战，与怖军作战吧！"德罗纳慨然说道，"谁不希望自己的爱子长命百岁？但我必须以刹帝利正法为重，你就以天国为归宿，为获取荣誉和胜利而战斗吧！"

这时，福授王、慈悯、成铠、沙利耶、信度王胜车和持国之子们等十名俱卢军将领已将怖军团团围住，向他泼洒箭雨。怖军中了许多箭，但他以一敌众，依然不落下风，光辉如同劫末的死神。他以三箭分别射杀信度王胜车的御者，又射断胜车的弓，迫使胜车匆匆登上一位持国之子的战车。沙利耶大怒，向怖军射去七十支利箭，众人跟着向怖军射击。怖军以牙还牙，每人回了三箭，而回了沙利耶七十箭。盛怒之下的沙利耶射伤了怖军的御者，十位俱卢军大将人人拼尽全力猛攻怖军，向他发射的利箭犹如雨季的滂沱暴雨，投掷出的长矛、标枪和铁叉宛如毒蛇窜动。怖军毫不畏惧，以利箭击碎向他投掷的各种武器和利箭，仍有余力回击每一个敌人。阿周那看见怖军遭受重围，驾车来与他会合，共抗俱卢群雄。三穴王善佑见状加入战团，以数千辆战车围困阿周那。

阿周那人到箭到，当即向这十一位俱卢军大将每人射出三箭。而这十一位大将则迅速每人射出五箭，袭击两位贡蒂之子。然而阿周那与怖军联手，威力非同小可。这两位英俊的般度之子宛如在林中捕猎的狮子悠闲地在牛群中嬉戏。只听弓弦响动，头颅落地，成百上千的战车破碎，战象和战马倒毙，断裂的旗帜和肢体遍布大地。

持国之子们见势头不对，退往毗湿摩处。难敌又派出德罗纳和摩揭陀王胜军前来支援。怖军一箭射死摩揭陀王的御者，失控的惊马拉着胜军离开战场。德罗纳趁势向怖军射出数十支锋利的铁箭。怖军斗志昂扬，迎战德罗纳。阿周那则击溃了善佑的军队。

于是，毗湿摩、难敌、沙恭尼等人冲向怖军和阿周那，而以坚战和猛光为首的般度军则以束发为前锋，迎战毗湿摩率领的俱卢军。猛光一声令下，般度军以毗湿摩为目标发起总攻，全军上下奋不顾身地冲向毗湿摩，攻势凌厉，直如大海扬波，汹涌澎湃。俱卢军奋力作战，护卫毗湿摩。就这样，以毗湿摩的生死为赌注，双方开出豪注，人人以命相拼，战争已进入白热化阶段。

◉ 毗湿摩本名天誓，誓言贯穿了他的一生。为了父亲的幸福，他甘愿自我牺牲，放弃王位，终身守贞，由此引发持国一族与般度一族的种种故事。而他的死亡也与一连串誓言有关：首先坚战回忆起毗湿摩承诺为他献策，以此要求毗湿摩告知如何杀死他本人。毗湿摩给出的方法涉及他之前决不与束发交战的誓言，之后黑天提醒阿周那曾发誓必杀毗湿摩，完成最后一环。誓言定义了毗湿摩的人生，使这个人物充满了悲剧色彩。

◉ 苏克坦卡尔对毗湿摩为自己安排死亡有一种形而上的解释，他认为毗湿摩似乎代表了传统，"即人类生活和社会中把过去和现在结合在一起的最根本的东西。传统或过去的记忆可说是最难被彻底消灭的东西，就像毗湿摩。只有它自己的力量才可能使它消灭，每一次想消灭它的企图只不过让它重新复活。只有当它达到了目的时，它才自己悄然消失。一个民族对过去的记忆是这样，一个人对过去的记忆也是这样"。

◉ 黑天的原话是："从前由众天神定下的事必将发生，不以你的意志为转移。命中注定，杀死毗湿摩的是因陀罗。"（6.103.94）阿周那是因陀罗的化身，是因陀罗之子，也是因陀罗本身（因陀罗祭祀的称号即是阿周那）。吠陀时代，因陀罗在毗湿奴的帮助下战胜早魔弗栗多是非常著名的传说，《摩诃婆罗多》中阿周那与黑天（那罗与那罗延）并肩战斗横扫一切强敌，赢得俱卢大战的胜利，正是对吠陀神话的延续，这在史诗的每一处关键场景中得到印证和强调。

第六部 俱卢之野

第十四章

时代之末

俱卢大战相持十天，双方打得难解难分。每一天阿周那和怖军都在消灭俱卢族的军队，而每一天毗湿摩也都遵照诺言杀戮般度族的军队。第一天俱卢族取得胜利，第二天便遭遇失败。一次次的攻击，必定迎来一次次的反击。情形已经变得非常明显，这是一场势均力敌的战斗，没有谁能轻易取胜。这让难敌和坚战都焦躁不安，不约而同地找上了毗湿摩。于是，这位俱卢族的老祖父在亲手安排了自己的死亡之后，放手施为，在第十天的战斗中，他杀死了数万名般度军的士兵。他们舍生忘死地勇猛作战，死在毗湿摩手中，姓名和家世几乎无人知道。而剩下的人仍然勇往直前地向他发起攻击。伤亡仍然在继续，双方都有大批将士和牲口在残酷血腥的战斗中倒下，死亡只是一个个轻飘飘的数字。

面对着尸横遍野的战场，面对着无数条在自己手中终结的性命，毗湿摩不禁心生倦意，厌倦了杀戮，也厌倦了生命，决意战死沙场。于是，他对靠近他的坚战说道："坚战啊，你是通晓一切圣典的智者，请听从我的话，它们符合正法，能获取天国。婆罗多族的子孙啊，我已在战斗中杀戮了许多生命，十分厌弃这个身体。如果你想取悦于我，就以阿周那为前锋，率领大军来努力杀死我吧！"

坚战听到这番话，知道了毗湿摩的心意，便和猛光一起率军向毗湿摩发起冲锋，号召全军："向前冲锋吧！你们受到阿周那、猛光和怖军的保护，不要惧怕毗湿摩！把束发放在前面，我们一定能战胜他！"于是在这第十天里，愤怒的般度族以束发和阿周那为前锋，全军上下奋力冲上前去，誓杀毗湿摩。

而俱卢军也以毗湿摩为前锋，与般度军展开激战。以难降为首的所有持国之子负责护卫毗湿摩，德罗纳父子及各盟国国王率领军队，双方将领再度交锋。马嘶战萨谛奇，德罗纳战猛光，沙利耶战坚战，怖军杀戮象军。激昂先是对阵难敌，后又对阵乔萨罗王巨力。将士们互相冲杀搏击，呼声震天，场面极其恐怖。那密集的利箭、标枪和梭镖，让天空也变得阴暗。

阿周那冲向毗湿摩，奋力向他射出利箭。福授王驾驭着大象赶来拦阻，阿周那一面以锋利的铁箭抵挡住福授王和他的战象，一面催促束发尽快杀死毗湿摩。这时福授王撇下阿周那，前去挑战木柱王。阿周那迅速冲向毗湿摩，仍把束发放在前面。以难降为首的持国之子们呐喊着，一齐冲向阿周那，一心想要杀死阿周那和束发。阿周那以利箭驱散他们的军队，让束发能接近毗湿摩。于是，束发迅速以多支利箭射中毗湿摩。

毗湿摩愤怒地盯着束发，那目光中的怒火似乎要将他烧成灰烬，但这位严守誓言者依然不予回击，只是全力杀戮跟随阿周那的般度族军队，仿佛要将一腔怒火发泄在他们身上。他呐喊着在战场上纵横驰骋，以战车为火宅，以标枪和铁杵为燃料，以弓箭为火焰，焚烧般度族的军队，犹如大火焚烧干草。没有一位刹帝利武士能够对抗毗湿摩，除了阿周那和他所保护的束发。

此时俱卢族的将领都已被般度族的将领挡住，束发与毗湿摩之间再没有任何障碍。于是在阿周那的催促之下，束发不停地放箭射向毗湿摩，毗湿摩仍旧不予理睬，只是全力迎战阿周那及其军队。尽管老祖父武艺超群，箭无虚发，般度军依然前仆后继，攻势凌厉，全面压向毗湿摩，犹如乌云包围住太阳。这时，被长兄指派负责护卫毗湿摩的难降拼尽全力冲上来，利箭如雨，冲破般度军的拦阻，奋力抵抗阿周那。"维阇耶（胜利）"就是阿周那的名字，他击败难降，再次冲向毗湿摩。然而难降勇气不减，依靠着毗湿摩一再投入战斗，誓死护卫毗湿摩。

此时毗湿摩身上已经中了束发不少箭，可是这些箭并不能给他造成痛苦。他大笑着接受这些箭矢，继续杀戮般度族的军队，此情此景，看得人心惊肉跳。难敌惊怒之下大声喝令全体军队："大家驾驶战车从四面围攻阿周那吧！抛弃一切恐惧与他战斗吧！毗湿摩会保护你们。就连天神也不能战胜毗湿摩，何况脆弱必死的凡人？因此，向前冲锋吧，诸位大地之主啊！我也会和你们一起奋勇作战，冲向阿周那。战斗吧！"

在难敌的命令下，三穴人、波力迦人、沙鲁瓦人等十八个地区的人马奋力冲向阿周那。阿周那祭起天国武器，甘狄拨弓在空中闪烁着光芒，瞬间施放出数千支利箭射向敌军，犹如火焰焚烧飞蛾。箭雨之下，国王们战车破碎，战马倒地，只得四散逃跑。阿周那驱散大军，迎战俱卢诸将，接连杀死沙利耶、慈悯以及以难降为首的三位持国之子的马匹或御者，让他们战车失灵。这五位勇士抵挡不住他的凌厉攻势，败退而逃。阿周那又以箭雨击退其他国王，迫使他们转身而逃。在整个上午的战斗中，这位左手开弓者以利箭逞威，战胜诸位勇士，光芒四射，宛如无烟之火。大地被士兵和牲口的鲜血染红，宛如秋季彤云密布的天空。遍地的尸骸迎来成群的乌鸦、秃鹰和豺狼，阵阵阴风之中隐约传来罗刹和鬼怪的呼叫。

眼见军队被杀戮，愤怒的毗湿摩冲向阿周那，向他投掷出天界法宝，但束发突然冲了出来，毗湿摩只得收回法宝。阿周那又冲上来与毗湿摩交锋。这时沙利耶、慈悯、难降等五人已登上战车，迅速投入战斗；而猛光也指挥军队向毗湿摩发起总攻。俱卢军和般度军再度展开混战，宛如恒河与大海交汇，人人舍生忘死地冲杀搏击，掀起无数惊涛骇浪。

作为俱卢军主帅的毗湿摩挽开了大弓，决心在漂亮的战斗中死去，走向至高的归宿，正如古老的刹帝利正法所称颂的：

"刹帝利应该在亲友的簇拥下，在战场上杀戮敌人，受到锋利的武器打击而死去。他就是祭祀，以自己为祭柱，慷慨布施。他持弓射箭，粉碎敌人，无所畏惧，众天神察觉大地上无人比他更优秀。"[1]

他射出了利箭，扰乱敌人所有的军队，成千上万的人马在他手中丧命。他独自一人杀死了摩差国和般遮罗国的五位大武士，杀死了五千名战车武士、一万四千名普通士兵，以及无数战象与战马：

"他在战斗中用多少武器击中敌人，他就享有多少不朽的如意世界。他的肢体伤口流出的不是鲜血，而是热情，消除一切罪孽。通晓正法的人们知道，忍受过

---

[1] 本章引文见《摩诃婆罗多·和平篇》第98章中毗湿摩为坚战讲解的刹帝利法，中国社会科学出版社，2005。

那些剧烈的伤痛，以后就不再有苦行。"

尽管身上已中了不少束发射来的利箭，毗湿摩却似毫无知觉，依然在奋力挽弓，射死毗罗吒王的兄弟。任何前来援助阿周那的般度军将士都如同飞蛾扑火，自取灭亡。他屹立于两军之间，以箭网杀戮四方，光芒万丈，挡者披靡。没有一位国王敢凝视他，犹如凡人不敢凝视正午的太阳：

"刹帝利死在家中，不受到称赞。骄傲的英雄富有自尊，不可能这样死去。英勇战斗，抛弃生命，义无反顾，在战场上捐躯，受到世人的赞扬和尊敬；他充分履行自己的正法，走向因陀罗世界。"

看见老祖父驰骋纵横，无人可阻，黑天郑重地忠告阿周那："毗湿摩站在两军中间，不杀死他，你就无法取胜。去援助你的军队吧！因为除你之外，没有人能抵抗毗湿摩。"

当此之际，作为般度军最倚重的将领，阿周那终于下定决心响应命运的召唤，承担起自己应负的责任。他冲上前去，对着老祖父挽开了甘狄拨弓。顷刻之间，毗湿摩的战车、马匹和旗帜都被密密麻麻的利箭所覆盖。毗湿摩随即以箭雨回击阿周那。束发、猛光、萨谛奇等刚才被毗湿摩压着打的般度军众将这才缓过一口气。束发立刻握紧武器，奋力冲向毗湿摩，以实现自己的誓言。阿周那迅速杀死所有跟随毗湿摩的俱卢将士，为般度族大军扫清道路。于是，萨谛奇和猛光等般度族众将一拥而上，以束发为先锋，无数支利箭暴雨般射向毗湿摩，厮杀呐喊之声响彻天地。

毗湿摩不退反进，在般度族的包围中杀进杀出，他大笑着蔑视束发向他射来的利箭，只专心对付其他几位勇士。只听车声隆隆，利箭呼啸，他张开火焰般美丽的大弓，射杀无数英雄，为这场盛大的战争祭祀奉上祭品。他即是祭祀，他即是祭柱，他即是祭火，他即是牺牲。他弯弓射箭，毁灭敌人，无所畏惧，犹如时代末日的烈火。萨谛奇、怖军、阿周那、木柱王、毗罗吒和猛光将他团团围住，毗湿摩毫不退缩，向他们每人射出六箭。这些利箭被他们拦截，每人向他回击十箭。束发更是一骑当先，以许多锋利的金羽毛箭射进毗湿摩的身体。阿周那紧随在束发身后，奋力发箭，射断毗湿摩的弓。

见毗湿摩身陷重围，又被射断弓，德罗纳、成铠、沙利耶、福授王、信度王胜车和广声兄弟这七位俱卢军勇士又惊又怒，施展法宝，奋力冲向阿周那的战车。无数人在叫喊："杀死他！""上啊！"声势之恐怖，宛如时代末日淹没三界的大海的涛声。而萨谛奇、怖军、猛光、木柱王、毗罗吒、瓶首和激昂这七位般度军将领也迅速上前援助阿周那。双方的交锋宛如昔日的天神与阿修罗之战，令人毛骨悚然。

束发意识到是时候了！在阿周那的保护之下，束发冲向毗湿摩，以十箭射中毗湿摩，又以十箭射死他的御者，接着又发一箭，毗湿摩标志性的棕榈战旗应声而落。毗湿摩迅速拿起一张更强大的弓，却被阿周那射断。毗湿摩一次又一次地换弓，却一次又一次地被阿周那射断。毗湿摩盛怒之下，拿起一支有如金刚杵般的标枪，奋力掷向阿周那。阿周那扬手发出五箭，标枪断为数截而坠地，犹如闪电坠落云端。

接二连三地受挫，让毗湿摩感到这是上天示意他命数当尽。"如果不是黑天在保护他们，我一个人就能杀尽般度族。"这位骄傲的战车武士这样想，"但我不想再和他们战斗下去了，因为般度之子们不可杀戮，而且束发实际上是个女人。我曾获得可自择生死的赐福，现在应该是我离开人世的时候了吧？"

这时，天鼓雷动，花雨飘洒，云端的众神在低语："是的，是时候了！退出战斗吧！"这来自天国的声音，只有毗湿摩和作为记录者的全胜才能听到。得到众神的首肯，御者已死、战车失灵的毗湿摩不再冲向阿周那。束发再发九箭，穿透毗湿摩的铠甲，射中他的胸膛。但这位天下弓箭手的楷模依然纹丝不动，威严地屹立在战车之上，仿佛那些尖锐锋利的箭矢并不能给他带来痛苦。于是，阿周那怒笑着挽开甘狄拨神弓，二十五支利箭迅速射进毗湿摩的身体里，重创毗湿摩。他将束发放在前面，又向毗湿摩射出一百支箭，命中毗湿摩身上的所有要害。

毗湿摩浑身中箭，血流如注。他笑了笑，对身边的难降说道："这都是阿周那的箭啊！即使天帝因陀罗也不能胜过他，正如众天神与阿修罗联合也不能胜过我。这些箭穿透铠甲，如金刚杵般不可抵御，如同阎摩的使者索取我的生命，这些不是束发的箭。它们像愤怒的毒蛇吐着芯子,钻进我的要害,伤害我的生命,这些不是束发的箭。除了手持甘狄拨弓的阿周那,其他所有国王都不能给我造成痛苦。"

说罢,这位天生的战士鼓起余勇,猛然向阿周那投掷出一支燃烧的标枪。阿周那以三箭将标枪射断为数截。刚毅顽强的毗湿摩又拿起了盾牌和宝剑,决心下车战斗至死。然而他还没来得及下车,阿周那就将他手中的盾牌射得粉碎。

阿周那大喝一声,号令跟随他的军队:"冲向恒河之子!不要有丝毫的惧意!"于是,般度军将士发出怒吼,高举起各种武器,从四面八方冲向毗湿摩。同样,持国之子们也高声呼唤着,齐齐护卫毗湿摩,力抗般度军。残酷的厮杀再度展开,大地因饱浸刹帝利的鲜血而变得泥泞难行,分不清哪儿是平地,哪儿是坑洼。

尽管毗湿摩各要害处已受重创,他依然坚毅地屹立于战车之上。阿周那一马当先,泼洒出阵阵箭雨,领军突破俱卢军中路。出于对这位驾驭白马者的畏惧,持国之子们的军队纷纷败逃。妙雄人、三穴人、沙鲁瓦人等十二个地区的勇士中箭无数,全部逃离毗湿摩。

阿周那率领般度军,击溃所有的俱卢军队,众多的般度族勇士一拥而上,高声呐喊着冲向毗湿摩的战车。成百上千支利箭如暴雨般射向毗湿摩,在他的身体上甚至找不到没有中箭的一指之地。就这样,持国之子们眼睁睁地看着阿周那用锋利的箭矢射遍毗湿摩全身,看着这位俱卢族的老祖父和庇护者面朝着东方,从战车上栽下。夕阳只剩下最后的几寸了。

人间天上惊呼声不绝于耳,所有的人心往下沉。这位举世敬爱的弓箭手倒了下去,犹如天帝因陀罗的旗帜被连根拔起,声势震动大地。由于身上插满利箭,他的身体甚至接触不到地面。英勇战斗,光荣捐躯,毗湿摩躺在英雄的箭床之上,那是一个刹帝利武士的最高正法和最荣耀的归宿。

在他身后,那轮血红的夕阳缓缓落了下去。

一个时代结束了。

◎ 苏克坦卡尔认为，毗湿摩是印度这个禁欲主义的民族创造的完美人物，这个民族始终把不偏不倚、摒弃一切私欲和私利的超然视为高尚道德的必要组成部分。毗湿摩为了父亲的快乐而放弃了王位，宣誓终身禁欲，由此放弃了作为父亲和君王的所有快乐和特权，却承担起了二者的全部责任。在大战来临前夕他尽到了作为劝导者的责任，而一旦决定开战，尽管他深信般度族的事业是正义的并必将取得最后的胜利，还是像一个普通士兵一样服从了国王的号令，并毫无保留地履行自己的职责，全心全意地作战到最后一刻，倒在战场的箭床上，实现刹帝利武士的最高理想。

◎ 许多学者注意到，毗湿摩为安芭公主一事在俱卢之野与老师持斧罗摩交战获胜，声名传遍天下，这与俱卢大战中他面对安芭公主的转世束发，被自己的孙子阿周那射倒在同一地点，构成了一个循环。而大战结束后，阿周那在马祭中遇到自己的儿子褐乘王，鼓励儿子与自己作战并死在儿子手中，则构成了链条的另一环。刹帝利武士应英勇作战，即使面对自己的至亲尊长也毫不退缩，是古印度极力提倡和赞颂的刹帝利正法。史诗将英雄们之间的对战描写得惊心动魄，充满刚健雄浑的英雄情味，但刻意安排"褐乘王→阿周那→毗湿摩→持斧罗摩"这一系列类似"弑父"的因缘果报，并非没有负面效果，它体现出史诗作者对冷酷严格的刹帝利正法的隐隐不安。

◎ 时代末日（Yuganta）一词常用在描绘婆罗多族大战之时，并非指代二分期的结束，而是一个时代循环结束时的世界末日，万物俱毁。史诗中常用这个词形容俱卢族与般度族造成的灾难性后果。在描绘毗湿摩之死时，这一词语频频出现。作者将毗湿摩比喻成"时代末日的烈火"（6.114.6），般度族军队发出的呐喊如同"时代末日大海汹涌的涛声"（6.114.17）。Irawati Karve 广受好评的摩诃婆罗多论著，即以《时代末日》（Yuganta）为题。她认为俱卢大战自有其历史原型，并对史诗中的主要人物和事件进行了去神话的分析。

第十五章　　　　　　　　　　　　　　　　　　　　　　箭床

"我一定会击倒毗湿摩，犹如击落时代结束之时的圆月。"阿周那的誓言实现了。他放下大弓，眼里满是泪水。般度族胜利的螺号声响彻长空，以难敌为首的持国之子们和俱卢方众国王面如死灰，不知所措地站在原地，忧伤叹息，无心投入战斗，现场一片混乱。俱卢族最高贵的英雄恒河之子毗湿摩倒在以利箭构成的英雄之床上，天空布满阴霾，大地发出悲鸣。

在难敌的盼咐下，一直负责守护毗湿摩的难降率军以最快的速度找到德罗纳，向他报告毗湿摩遇害的消息。德罗纳震惊之下竟晕了过去，从战车上栽下。当苏醒之后，德罗纳立刻命令收兵。看到俱卢军退出，般度军也派出使者通知自己的军队停战。于是，各处的军队相继撤出，两边的英雄都放下武器，卸下铠甲，前来向俱卢族的老祖父致敬。成百上千的国王们恭敬地站在毗湿摩身边，犹如众天神环侍着创世之神梵天。

古印度认为在太阳南行之时去世不吉利，因此毗湿摩决定在太阳北行之时再离开人世。他以惊人的毅力忍受伤痛的折磨，含笑欢迎所有人，只要求一个枕头支撑他倒垂的头。国王们连忙命人拿来许多柔软舒适的枕头，他却笑着拒绝了："这些枕头不适合英雄的床。"他看向阿周那，那他所深爱也同样深爱他的大弓箭手，说道："阿周那，好孩子，请给我一个适合我睡的枕头。"

阿周那领会了毗湿摩的意图，含泪拉开甘狄拨神弓，将三支锋利的箭射入地下，构成了一个与箭床十分相配的枕头，以支撑这不朽者的头。毗湿摩微笑着对全体国王说道："阿周那垫上了适合我睡的枕头，一个刹帝利就应该睡在这样的箭床之上。我将继续躺在这张箭床上，侍奉太阳。当燃烧的太阳改变方向，驾驶着光辉灿烂的车驶向俱比罗所在的方位，那就是我的辞世之日。那时，你们中还活着的国王可以来看我。"

这时，有医生带着医用器械来看望他，毗湿摩一律拒绝，让难敌给足厚礼，送走这些医生，因为他并不需要了："我已达到刹帝利正法所称颂的最高目标，躺在箭床上，最终将与这些箭一起焚化。"

于是，难敌送走了医生，在四周挖下壕沟，设下岗位守护他。天色已晚，国王们向毗湿摩致敬，返回了营地。

夜尽天明，俱卢族和般度族的国王们破例没有进行战斗，而是前来看望毗湿摩。他们放下武器和仇恨，围坐在毗湿摩身边，像从前一样按照辈分和礼仪相互问好。男女老少各色人等也都前来看望这位俱卢族的老祖父。歌舞艺人奏响音乐，为他献舞。

毗湿摩以惊人的毅力强忍着箭伤带来的有如火燎般的疼痛，感觉口渴，但却拒绝饮用人们献给他的一罐罐清凉的水。"我不能再享用凡人的食物了。我已脱离了尘世间的任何欢愉，躺在箭床之上，等待着与日月一同归去。"这位天神一般的俱卢族老祖父这样说道，再次将目光投向他所钟爱的阿周那，"请按适合我的方式给我水喝吧，大弓箭手啊！"

阿周那答应一声，登上战车，向毗湿摩右绕致敬。随后，他用力拉开甘狄拨神弓，默念咒语，启动雨神法宝，将一支闪光的箭射向毗湿摩身边的大地。顿时，一股有如甘露般圣洁清凉的泉水涌了出来，带着天国的芳香。阿周那以此水献给毗湿摩，让老祖父感到满意。看到阿周那展现的奇迹，俱卢族人不禁胆寒，国王们惊奇地舞动着上衣，各处的螺号声与锣鼓声响成一片。

毗湿摩止住了口渴，当众赞扬阿周那道："这对你来说并不奇怪，那罗陀曾说你是古代仙人那罗，有黑天相助，你一定能完成就连众天神也无法完成的事业，毁灭所有的刹帝利。鸟中最优秀的是金翅鸟，水中最优秀的是大海，光明之中最优秀的是太阳，弓箭手中最优秀的是你。难敌出于愚痴，拒绝所有人的忠告，也无视我的谏言，终究会被怖军所杀。"

听了毗湿摩的话，难敌很不高兴。毗湿摩望着他，说出一生中对这位俱卢王子最后的谏言:"国王啊,请摆脱愤怒,听从我的话吧!你已看到了阿周那展现的奇迹,这是谁也无法做到的。只有他和黑天知道所有的天界法宝,你不可能在战场上击败般度族,你和他们讲和吧!让阿周那的任务到此为止,让这场残酷的战争随着我的死去而结束吧,让你幸存的兄弟和其他国王都能保留性命,让剩下的军队不至于毁灭。为了你的幸福和家族的安宁,你和般度族握手言和吧!给般度族一半国土,让法王坚战统治天帝城。不要再让你的朋友遭到杀戮,成为千夫所指的对象,臭名远扬。愿我的死能终结战争,带来和平,所有的国王能共享太平,天下的父子兄弟得以团聚。如果你现在还不能理解和听从我的话,不能及时悔悟,你们这些人都会走向毁灭。我的话语真实不虚,即刻停战吧!"

老祖父强忍着疼痛,对难敌说完这番金玉良言,随即保持沉默,致力于瑜伽修行。然而难敌仍然拒绝听从,就像垂死的人拒绝服药。

于是,战争继续进行。失去毗湿摩的俱卢人既愤怒又惶恐,想起了迦尔纳。"由于毗湿摩的缘故,迦尔纳和他的大臣以及朋友已经有十天没有参战了。让他参战吧,现在是时候了!他师承持斧罗摩,威力不可限量,一定能填补毗湿摩之死造成的空缺,保护我们免遭灾难。"国王们说道。

听到了毗湿摩遇害的消息,迦尔纳迅速赶到难敌的军营,准备拯救俱卢人。他眼中含泪,极力安慰难敌等人道:"世事无常,像毗湿摩这样的勇士竟然会倒在战场!现在军心不振,士气低迷,但我会像毗湿摩一样,挑起重担,保护俱卢军队。我知道般度之子们的威力,但我会战胜他们。即使死神亲自保护阿周那,我也会勇敢地与他交战。危难之际鼎力相助的朋友才是真朋友,我的决心如山岳一般坚定,誓要消灭所有的敌人;或者被敌人所杀,追随毗湿摩,前往英雄的世界。"难敌听了,号啕大哭起来,流下了痛苦而又喜悦的泪。

决心已定的迦尔纳全副武装地登上战车,前去看望毗湿摩。他看见毗湿摩躺在箭床上,犹如战神室建陀(Skanda)诞生时躺在芦苇之床上。迦尔纳走上前去,匍匐在老人的足下,双手合十,哽咽着说道:"俱卢族的尊长啊,我是罗陀之子迦尔纳。请睁开眼睛看一看我吧!但凡我在你的眼前出现,就会遭到你的敌视和憎恨。"

毗湿摩慢慢地睁开眼睛，打发走卫士，用一只手臂拥抱着迦尔纳，犹如父亲拥抱儿子，慈爱地说道："来吧，我的对手！你一直试图挑战我，与我比试高低。如果你不来见我，你一定不能安心。我从那罗陀与毗耶娑那里得知你的身世，你是贡蒂之子，并非罗陀与升车之子。孩子啊，说真的，我对你并无恶意，只是为了杀你的锐气，才对你恶语相向。我认为你对般度族的仇恨没有道理。你的出生有违伦常，因此你满心愤怒。因为骄傲，也因受小人挑唆，你憎恨那些有德之人。我担心你会造成家族分裂，这就是为何我对你疾言厉色。我知道你的勇气和美德：你娴熟弓箭，唯有阿周那和黑天才能与你相比；你敬奉婆罗门，乐善好施，忠于誓言，光辉如同第二个太阳。你曾单人独骑，横扫众国王，为难敌夺来新娘；你是天神之子，曾击败不可一世的妖连王。今天，我摒弃之前对你的愤怒。太阳之子啊，命运非人力所能扭转，般度之子们是你的亲兄弟。如果你愿意让我高兴，就去和他们团聚吧，让一切仇恨随着我的死而终结，让大地上的所有国王免于死难。"

"我知道这一切都是真的，我知道我是贡蒂之子，并非苏多之子。然而，贡蒂抛弃我，苏多抚养我。我受惠于难敌，不能背信弃义。为了难敌，我可以放弃一切：财富、身体、性命以及名誉。"迦尔纳答道，"我依附难敌，始终触怒般度族，结局已无可避免，无可扭转，谁能以人力战胜命运？祖父啊，你曾告诉我们大地即将毁灭的种种征兆，我完全明白其他人无法战胜般度之子和黑天，但就算为了他们我也要奋起作战！我将击败阿周那，这一决心坚定不移，请你允许。如今你已经倒下了，阿周那和黑天会像风助火势一般焚烧俱卢军队，我已无法再忍受这位卓越的般度之子阿周那。他是一条可怕的毒蛇，一瞥即能制敌于死命。如蒙你允许，我将在战场上与他交锋，要么取得胜利，要么迎来死亡。过去我出于愤怒或轻率，言语举止上对你多有冒犯，望你原谅。"

箭床上垂死的老人深深地叹息，为这无法化解的仇恨，为这无法阻止的命运。"如果你不能抛弃这种强烈的敌意，那么，我同意你，以天国为归宿去战斗吧！"毗湿摩终于答道，"智者曾言，世上善人与善人的联合，胜过血缘的纽带。迦尔纳啊，你总是为难敌冲锋陷阵，战胜无数英雄豪杰。那你就把俱卢军队当作你自己的军队，不怀愤怒和恶意，尽心竭力地为国王而战吧！你得到了我的允许和祝福，愿你能得偿所愿。不要狂妄自大，依靠你的勇气和力量，以正当的方式去作战吧。你一定能赢得刹帝利正法带来的世界，因为对于刹帝利来说，没有比战斗更好的事情。长期以来，我一直致力于谋求和平，但我失败了。哪里有正法，哪里就有胜利。"

得到了毗湿摩的祝福，迦尔纳向他致敬，然后回到俱卢军营中。看到这位威武的太阳之子站在灿若火焰的战车上，难敌和所有俱卢人欣喜地迎接他的回归，将士们以掌击臂，发出阵阵狮子吼，向迦尔纳表示敬意。俱卢族军心大振，他们不再在意毗湿摩的缺失，兴高采烈地议论道："般度军一看到迦尔纳上场，一定会吓得掉头就跑。毗湿摩总是不愿伤害般度之子们，但迦尔纳一定会以利箭把他们全部消灭。"

太阳升起，两军再度对垒于俱卢之野。箭床上的那位老人和他以生命为代价提出的忠告，已经被人们完全忘记。杀戮仍将继续，直至鲜血流尽，直至彻底毁灭。

⊛ 迦尔纳从持斧罗摩处学艺归来，与难敌结为好友。有一次，难敌在迦尔纳的陪伴下前往羯陵迦国的王城参加羯陵迦公主的选婿大典。公主经过难敌身旁时没有停留，难敌不能容忍她对他的忽视，强抢羯陵迦公主上车。众国王群起而攻之，迦尔纳单人独骑跟随在难敌的车驾之后，战胜众国王，护送难敌和新娘回到象城。

⊛《薄伽梵歌》中称有两条永恒的世界之路，光明之路与黑暗之路。太阳北行的六个月，代表火光、白昼和月明，瑜伽行者此时辞世将走向梵，超脱轮回，不再返回。太阳南行的六个月，代表烟雾、黑夜和月暗，瑜伽行者此时辞世将到达月亮，再度返回。（6.30.23-28）毗湿摩在俱卢之野倒下正值太阳南行之时，母亲恒河女神特别让一群仙人化为天鹅提醒毗湿摩不要在不吉之日归天。因此，毗湿摩选择在太阳北行之时归天。

⊛ 毗湿摩之死代表着以圣君罗摩为代表的理性时代的终结。世易时移，他的忠诚无私不仅不能彰显美德，反而助长了恶行。Irawati Karve 认为，毗湿摩一生都在做毫无意义的牺牲，让渡出自己所有的合法权益，却让事情变得更糟糕。这在他生命的最后十天达到了高峰，他不放弃任何一个劝说难敌罢手的机会，但即使他躺到了箭床上，这一心愿也未实现。他不得不目睹子孙在他眼前互相杀戮。毗湿摩撮合了父亲福身王和贞信的婚事，为奇武王和持国、般度、维杜罗俱卢两代人安排了婚姻，自己却终身未婚，无子而终，这也许正象征着我们忙忙碌碌却毫无所获的苦涩人生。史诗称毗湿摩因为受罚而下凡，可能正是古印度厌世思想的反映。

（第六部完）

第七部
陨落的群星

残酷的时刻正在来临,一切行将毁灭。

——《德罗纳篇》7.10.49

第一章　　　　　　　　　　　　　　　　德罗纳挂帅

毗湿摩的逝去让俱卢人既愤怒又无助，犹如钵利王被杀后的阿修罗军队，陷入慌乱之中。这时，全副武装的迦尔纳带领他的大臣和朋友们出现在俱卢军营，准备履行承诺为难敌而战。他身披金甲，手执强弓，驾驭着光华璀璨的战车飞驰而来，犹如威力无限的太阳乘云而来。整个俱卢军营顿时沸腾了，勇士们欣喜若狂地向他致敬，高声呼喊着他的名字。

难敌欢喜地迎上前去，叫道："有你在，这支军队就有了救星！没有统帅的军队，就像没有船舵的船，无法在大海中支撑片刻。毗湿摩年长博学，勇猛绝伦，具备武士的一切美德。在他之后，哪一位武士能统领我们的军队？你帮我好好挑选，你认为谁合适，他就是我们的全军统帅。"

迦尔纳答道："你帐下人才济济，个个都足以担当重任，可是全军统帅只有一位。如果选这个，那个就会不高兴，不会为你尽心作战。不过，有一个人是大家都服气的，他出身于最高种姓，精通吠陀和所有法宝，是天下武士和智者的魁首。唯有他能受到所有人的尊敬，那就是你的老师——德罗纳。请让德罗纳出任全军统帅吧！"

难敌听了，当即对德罗纳说道："无论年纪、出身、知识还是武艺，都没有人能和您相比。请您出任我军的统帅，带领这十一支大军消灭敌人吧！看见您在战场上拉开神弓，阿周那便不敢攻击我们。由您担任全军统帅，我们一定能打败坚战和他的亲族。"

难敌话音刚落，国王们便欢呼道："胜利属于德罗纳！"全军上下一致赞同，武士们齐声发出狮子吼，一扫之前的低迷与沮丧。难敌大为振奋，当下便依礼为德罗纳举行灌顶仪式。在喧闹的鼓乐声和众婆罗门的祝福声中，德罗纳成为俱卢军的第二位统帅。

德罗纳很是高兴,对难敌说道:"你描述的我的种种美德,我都会展示出来,希望能带给你胜利。我一定会尽心竭力地与般度军交战,我的话语真实不虚。告诉我,你想让我为你实现什么愿望?"

难敌便和迦尔纳、难降等人商议了一番,然后答道:"如果你想赐我一个恩惠,就帮我活捉坚战吧!只要你能把他带给我,我就满意了。"

德罗纳又惊又喜,说道:"坚战真是幸运,你竟然只要求我生擒他,而不是杀死他!显然这是你深思熟虑的结果。是否你只是想保护自己的家族,并不想让他死?也许打败般度族之后,你还打算分给他们一部分王国,兄弟间重归于好?法王坚战名叫无敌,看来他真是没有仇敌,就连你也喜欢他!"

听了德罗纳这番话,难敌再难掩饰心中的情绪,兴奋地说道:"尊师啊,杀死坚战不能带给我胜利!坚战若死了,阿周那一定会杀光我们所有人。但你若能把那信守誓言的人带来,我们又用掷骰的方法击败他,他那些忠心的弟弟们就只能跟着他再次被放逐森林。只有这样,我才能取得长久的胜利。所以,无论如何我都不能杀死坚战。"

德罗纳这才知道他的真实意图,思考了一阵子,答道:"如果阿周那没有保护坚战,那么我可以抓住他交给你。阿周那虽是我的弟子,但他年轻有为,不达目的誓不罢休,又得到了许多天神法宝。因此,只要有他在场,我就无法完成承诺。如果你能把他从战场上引开,我就能捉住坚战,带给你胜利。"

德罗纳的这个承诺是有条件的,但承诺毕竟是承诺。持国之子们笑逐颜开,只当坚战已经被德罗纳活捉了。难敌知道德罗纳偏爱般度族,为了确保他不会背誓,就把德罗纳答应要活捉坚战的消息传遍了全军上下。坚战王也通过暗探得知此事,当即要求阿周那作战时不离他身边,让难敌的企图落空。阿周那答道:"国王啊,我宁死也不愿与老师作战杀害他,但我也决不会舍弃你。放心吧,只要我还活着,你就不必害怕德罗纳。他纵然武艺超群,也绝不可能生擒你。"

就这样,俱卢大战进入了新的阶段。在前十天的战斗中,毗湿摩的牺牲虽然带给俱卢军以沉重打击,但般度方也同样死伤惨重,双方各自损失了两支大军。俱卢军在力量上仍然占优,由于迦尔纳这支生力军的加入,这种优势甚至更加明显。德罗纳挂帅,迦尔纳回归,俱卢军上下欢欣鼓舞,对胜利充满信心。

悠长的螺号声响起,宣告第十一天的战斗开始。德罗纳为俱卢军排出了战车阵容(Shakata vyuha),以信度王胜车等三名将领为右翼,沙恭尼率领犍陀罗军为翼端;难降率领慈悯、成铠等为左翼,甘波阇王善巧率领本族军队为翼端。难敌率领三穴人、摩德罗人等族构成的大军,紧跟在迦尔纳身后,作为前驱。迦尔纳作为俱卢军的先锋,行进在全军的最前面。他的战旗以象索[1]为徽记,飘扬在晨风之中,像太阳一样光辉灿烂,给人以无限的勇气和信心。

坚战王则为般度军排出了苍鹭阵容,阿周那担任先锋,以哈奴曼为旗徽的战旗高耸入云。这面神猴金旗是天下武士仰望的顶点和所有弓箭手的目标,它照亮般度族全军,犹如劫末之时的太阳照耀着大地。阿周那为箭手之最,甘狄拨弓为弓弩之最,黑天为众生之最,妙见为飞轮之最。天地间的四种精华齐集于这辆白马负载的战车之上,犹如不可阻挡的时间之轮。就这样,阿周那位于般度军阵首,迦尔纳位于俱卢军阵首,这对宿敌兄弟四目相对,彼此都渴望杀死对方。

德罗纳一声令下,大军迅速向前推进,大地震动。天空无云,却突然下起了血雨。成千上万只秃鹫和乌鸦在战场上空盘旋,成群结队的豺狼围绕着俱卢军嚎叫,等待着啃噬血肉。在这不祥的预兆中,由德罗纳保护的俱卢军与由阿周那保护的般度军展开了激烈的交锋。双方将士奋力拼杀,但都无法击溃对方,战局处于胶着状态,犹如沉睡中的森林。

于是,德罗纳驾驶着战车冲了出来,宛如一道闪电,劈开般度族的大军。他虽已年迈,却勇猛如少年,不断地发射出成千上万支利箭,覆盖住四面八方。车声隆隆,弓弦响动,枣红色的骏马迅疾如风,德罗纳的战车就像一座飞行的城市,快速穿行在各兵种之中,横扫般度族全军。他的利箭有如燃烧的火焰,穿透人、马、

---

[1] 象索:系在象腿上以限制大象步伐的锁链。

战象的躯体，让许多战车空了车座。面对如此可怕的对手，般度军并不惊慌，坚战王喝令道："挡住他！"般度军的所有大勇士从四面群起拦截德罗纳，俱卢军的武士们也纷纷迎上前去，捉对厮杀。

德罗纳面对的是自己的宿命之敌猛光，他轮番使出各种神兵利器，杀戮般遮罗军队。猛光沉着应战，多次击退德罗纳的进攻，逐渐扳回局面。于是，德罗纳重整军队，再度发起攻击。他驾驭着光辉似火的战车，利箭如雨，射向猛光，凌厉的攻势令般遮罗军队胆寒。偕天和无种分别迎战沙恭尼和沙利耶。十三年前，偕天曾起誓必杀沙恭尼，如今战场相逢，仇敌就在眼前。偕天沉住气，接连发箭射死了沙恭尼的车夫和战马，射落他的战旗，又射断他的弓。沙恭尼握着铁杵跳下战车，击倒了偕天的车夫，偕天便弃车与他步战。两人手执铁杵在战场上对垒，有如双峰对峙。无种击倒了舅舅摩德罗王沙利耶的车夫、华盖、战旗和弓，吹响了胜利的螺号。萨谛奇迎战成铠，木柱王迎战福授王，广声迎战束发，瓶首迎战罗刹指掌，迦尔纳迎战毗罗吒王率领的摩差国军队。这是迦尔纳参加俱卢大战的第一天，这位苏多之子展现出过人的勇武，发射箭雨抵挡住毗罗吒王的这支大军。

混战之中，俱卢方的一位国王布卢子（Paurava）驱车冲向激昂，向他泼洒箭雨。激昂眼疾手快，迅速射落他的战旗和弓，然后接连几箭射中布卢子，又射中布卢子的车夫和马匹。年轻的激昂发出狮子吼，将一支足以制敌于死命的箭搭在弓弦上。这时，俱卢方的成铠趁其不备，以两箭射断了激昂的弓。激昂扔掉断弓，挥舞着锋利的大刀和盾牌作战，他是如此的敏捷和灵巧，以致眼花缭乱的人们无法分辨他的刀与盾在何方。激昂大喝一声，纵身跃上布卢子的战车，一脚踢死布卢子的车夫，砍断他的战旗，抓起布卢子的头发将他提起，有如金翅鸟因捕获巨蛇而搅动海洋。

眼看着激昂耀武扬威，信度王胜车忍无可忍，握着大刀和盾牌跳下车，众国王也跟着他一起向激昂发起攻击。激昂便扔下布卢子，跃下战车，以刀或盾牌挡开敌人向他投掷的各种兵器，然后纵身向胜车扑去。两位勇士挥刀而战，只听刀声呼啸，盾牌撞击，胜车一刀劈下，嵌进激昂的盾牌之中。胜车用力拔刀，发现大刀已断，他不敢恋战，立刻撤退，迅速跳上自己的战车。

激昂也回到自己的战车上，众国王群起围攻他。沙利耶向他掷出一支火焰般的标枪，激昂敏捷地闪开，竟赤手空拳地将那标枪稳稳接住，然后扬手掷出标枪，杀死沙利耶的御者。目睹这少年英雄的英姿，般度军群雄齐声为他喝彩："妙哉！妙哉！"将士们纷纷拉动弓弦，发出吼声，向他致敬。

沙利耶勃然大怒，咆哮一声，手握铁杵从战车上跃下，要找激昂决战。激昂毫不畏惧，准备应战，怖军却拦住了他，自己迎战沙利耶。这两位都是杵战的高手，这场对决可谓棋逢对手，万众瞩目。两位勇士咆哮着兜着圈子，挥动铁杵相互撞击，声震四方，迸溅出的火星宛如夏夜的无数萤火虫在绕树飞舞。他们互相用铁杵击中对方，顿时鲜血涌出，但他们依然傲然而立，高举着铁杵冲向对方猛然劈下。由于用力过猛，两人都倒在地上，不停地喘着粗气。成铠见沙利耶情形不妙，飞速赶到他身边，将他连人带杵弄上自己的战车，迅速离开战场。怖军躺了片刻，便像醉汉摇摇晃晃地站起来，手里依然紧握铁杵。

沙利耶一逃，俱卢军顿时胆寒，也跟着四散逃跑。军队崩溃，唯有迦尔纳的儿子牛军（Vrishasena）依然在力抗般度军。这位被毗湿摩誉为大武士的少年跟着他父亲踏上俱卢之野，展现出的勇武不亚于其父。他面无惧色地独自抵挡着汹涌而来的般度军，发射出成千上万支利箭不断杀伤敌人。他射断无种之子百军的弓和旗帜，黑公主的其他几个儿子立即冲上去援助自己的兄弟，泼洒出的箭雨淹没了牛军。以马嘶为首的俱卢群雄纷纷上前援救，而般度之子们唯恐儿子有失，也跟着投入战斗。双方展开厮杀，由怖军、猛光、萨谛奇，对阵德罗纳父子、迦尔纳和慈悯。这些光彩熠熠的勇士们用刀剑和利箭照亮了整个战场，犹如许多太阳照亮了末日来临时的世界。

这时，坚战王指挥着大军向俱卢军发起总攻，犹如大海卷起巨浪，俱卢军在他强劲的攻势下节节败退，当着德罗纳的面溃败逃散。德罗纳虽竭力喝止也无济于事。愤怒的德罗纳于是驱车冲入般度族的大军之中，直取坚战王，决心以一己之力扭转战局，实现他对难敌的承诺。坚战奋力以锋利的苍鹭羽毛箭射中德罗纳，德罗纳射断他的弓，直冲向坚战。他迅速杀死护卫坚战车轮的般遮罗勇士，深入般度大军中心，纵横驰骋，迎战般度军群雄。他以利箭分别射向束发、坚战、怖军、玛德利双子、萨谛奇和小五子等人，迅猛绝伦，挡者披靡。摩差王、木柱王、萨谛奇等诸多勇士纷纷群起护卫坚战王，拦截德罗纳。德罗纳中箭无数，却越战越勇，连杀般度军三员大将，击退所有人的进攻，宛如死神般出现在坚战王的面前。

眼看无人能阻止这场危机，般度军大为恐慌，纷纷高喊："国王被抓住了！"然而就在这时，阿周那赶来实现他的誓言。只听车声隆隆，大地震颤，成群的俱卢军像水草一样倒下。阿周那在战场上杀出一条血路，踏过尸山血海，迅速冲到德罗纳面前，隔开了德罗纳和他的长兄。人们还没有反应过来，这位名震天下的贡蒂之子已搭箭在弦，接连发箭，以快至肉眼难辨的速度，以利箭覆盖住天地四方。顷刻之间，天上地下都成了箭的世界，整个战场陷入黑暗，什么也看不见。

就在俱卢军惊慌失措之际，太阳落山。德罗纳与难敌等人收兵回营。在确定俱卢军惊恐不安无心继续作战之后，般度军也慢慢将队伍撤出。他们赞美着阿周那的勇武，兴高采烈地回到自己的营地。第十一天的战斗就此结束。

德罗纳的开局远没有毗湿摩那样顺利。他自己也有些羞惭，便对难敌说道："我说过，只要阿周那在场，就是天神也难以生擒坚战。但是，如果想办法把阿周那引开，比如让人向他发出挑战，把他引到别的地方，我就可以趁机捉住坚战了。"

听了这话，三穴国主善佑和他的五位兄弟表示愿意为俱卢人引开阿周那，他们召集来自各地的六万名战车武士，组成了一支大军，起誓不杀死阿周那决不罢休。这些武士已有子嗣，一心希望通过英勇的战斗进入天堂。他们披上草编的圣衣，对着祭火发出誓言："如果我们没有杀死阿周那就离开战场，或者因惧怕他而逃跑，我们必将堕入罪孽深重者所在的地狱。"

这支军队称为敢死队。为了增强他们的力量，难敌从黑天处得来的那罗延军也加入了这次行动。次日清晨，两军对垒。这支以死亡为归宿的敢死队独自走向死神阎摩所在的南方，排开阵势，高声向阿周那发出挑战。阿周那忍无可忍，便对坚战说道："我曾发誓不拒绝任何挑战，请让我去吧！"

坚战王道："亲爱的弟弟啊，你知道德罗纳的意图，他发誓要活捉我，你应该让他的企图破灭才对。"

阿周那答道："般遮罗王子真胜（Satyajit）会保护你，只要他还活着，你就不会有事。但如果他被杀，你一定要立刻离开战场。"

于是，坚战应允了阿周那的请求。看着阿周那离开坚战前去迎战敢死队，俱卢军欣喜若狂，大军如潮水般涌上前去，誓要生擒坚战王。

◉ 迦尔纳（Karna）的名字既表示"耳朵"，也表示"船舵"。因此，难敌将没有他保护的俱卢军队比喻成没有船舵的船。

◉ 黄宝生先生认为，德罗纳将难敌引开阿周那作为他捉住坚战的前提，既是给难敌出难题，也是尽量避免和阿周那交锋。德罗纳在他挂帅期间担负统帅之职，但始终认为罪责在难敌一方，一有机会就要表达出来。史诗作者将俱卢大战视为神魔大战的延续，然而为俱卢方而战的毗湿摩和德罗纳都是天神的化身，他们依照自己的社会身份为俱卢族而战，同时依据自己的良知同情般度族，这种复杂性体现出史诗作者对社会和人性的深刻认知。

◉ 在《牧场篇》中，难敌被般度族搭救，他引以为奇耻大辱，决心绝食至死。阿修罗告诉他，许多罗刹已投胎组成敢死队，被黑天所杀的阿修罗那罗迦也附身在迦尔纳身上，可以帮助他杀死阿周那。难敌因此打消了求死之念，重燃斗志。

◉ 古印度极端重视密探的作用。吠陀神话中大神伐楼那就是依靠无处不在的阳光为密探来维持宇宙秩序。《和平篇》里毗湿摩向坚战讲解王者之法，特别强调了如何安插密探获取情报。在俱卢之战中，俱卢和般度双方都利用密探来打探消息，制定对策。

第七部　陨落的群星

第二章　　　　　　　　　　　　　福授王之死

敢死队在一处平地上摆出了半月阵。看见阿周那单车前来应战，他们兴奋得高声欢呼起来。阿周那微微冷笑，对黑天说道："这些人死到临头倒是高兴得很。不过，他们确实有高兴的理由，因为战死沙场可以升入天国。"

说罢，阿周那吹响了天授螺号。敢死队员被这嘹亮的螺号声所震慑，呆立片刻后才回过神来，万箭齐发，射向阿周那。阿周那只身一人迎战整支大军，却轻松自如，一箭射死善佑的一位兄弟。随后，他接连发箭，一张又一张连绵不断的箭网笼罩住敢死队员，死在他箭下的不计其数，军队顿时崩溃，纷纷逃向难敌的军队。三穴国王善佑大怒，叫道："够了！不要逃跑！你们曾经立下不死不休的誓言，如此作为岂不让人耻笑？"被他一激，敢死队员和那罗延军又返回战场，互相打气，以必死的决心再次迎战阿周那。

"看来他们是决心死在战场了。黑天啊，冲向他们吧。今天我要横扫敢死队，犹如愤怒的楼陀罗[1]杀戮牲畜。"阿周那沉声说道。黑天带着他冲上前去，瞬间陷入那罗延军的包围之中。阿周那眉头紧锁，这是愤怒的征兆。他握紧甘狄拨弓，祭起陀湿多（Tvashtra）[2]法宝，变幻出无数形体。在法宝的作用下，敌人互相以为对方就是阿周那，纷纷自相残杀，死伤无数。

解决了那罗延军，阿周那迎战各地的敢死队员。这些视死如归的刹帝利武士竞相向他泼洒箭雨，刹那间两位黑王子及其战车都淹没在铺天盖地的利箭之中。敢死队员以为自己成功了，高兴地吹响螺号，叫道："两位黑王子已被杀死！"

黑天紧张得冒出汗来，担忧地道："阿周那呀，你在哪里？我看不见你，你

---

[1] 即大神湿婆。

[2] 印度神话中的匠神。

是否还活着?"阿周那知道黑天是以人的形态参与这场大战,有凡人的限制,便祭出风神法宝,驱散箭雨。这些敢死队员连同坐骑和战车也一并被风吹走,如同鸟儿飞离大树。阿周那怒发冲冠,发射出成百上千支利箭,横扫敢死队。披着铠甲的战马中箭倒毙,连同骑兵一起摔倒在地,内脏都流了出来。阿周那令整个战场陷入恐惧,犹如劫末之时的湿婆神杀戮众生。

正当阿周那与敢死队激战之际,德罗纳调兵遣将,排出金翅鸟阵,准备实现生擒坚战的计划。他自任先锋,处在最富攻击性的鸟嘴上。成铠和慈悯两位大武士作为鸟的双眼,难敌等持国诸子构成鸟头。般度方则排出了半圆阵,猛光亲自出马,迎战德罗纳,护卫坚战王。德罗纳一见是自己命定的克星猛光,顿时情绪低落。于是,难敌的一位兄弟丑面上前应战猛光,德罗纳趁机大杀四方,有如风卷残云一般冲散坚战王的军队。正常有序的战斗只维持了片刻便完全乱了套,人们分不清敌我,全凭口令和推测来进行战斗。鲜血染红了战甲,浸泡着大地,令俱卢之野成为一片血的泥浆。人们就在这深至足踝的鲜血的泥浆中继续奋战,不屈不挠,不死不休。

德罗纳驱车直取坚战王,一心要完成自己的重任。这时,被毗湿摩誉为一人可敌八位大武士的般遮罗王子真胜奋起还击。另一名般遮罗王子狼氏(Vrika)也加入战团,以六十支箭射中德罗纳的胸膛。德罗纳大怒,迅速射断两位般遮罗王子的弓,击毙狼氏。真胜毫不畏惧,换弓再战。他与德罗纳交战了上千个回合,一次又一次地击退德罗纳的进攻。他们之间的战斗犹如昔日天帝因陀罗大战阿修罗王钵利,引发两边军队动荡不已。最终,德罗纳毕竟技高一筹,以一支半月箭射落了真胜的头颅。

真胜一死,坚战王遵照阿周那的话立即撤退。般遮罗人、摩差人、羯迦夜人、乔萨罗人等竞相前来拦截德罗纳,救助坚战。盛怒之下的德罗纳勇猛绝伦,锐不可当,又连杀对方三员大将,其中包括摩差王的弟弟。他接连战胜各路大军,造成一片尸山血海,镶金的大弓显现于四面八方,犹如闪电在乌云中闪出光华。萨谛奇、猛光、束发等将领纷纷被他击败,般度军全线崩溃。俱卢军齐声发出狮子吼,从各方围堵杀戮般度族的军队。

难敌见了十分得意,对迦尔纳说道:"你看看德罗纳的威力!般遮罗人被他打得晕头转向，纷纷逃跑。怖军被我的军队团团围住，好像在咒骂我。看来这个蠢货也看清了德罗纳所向无敌，般度之子们今天就要丢失性命和王国。"

迦尔纳却没他那么乐观，劝说道："般度军没那么容易被摧毁。你得罪般度之子们太深，他们绝不会善罢甘休。以萨谛奇为首的各地战车武士也会支持怖军，共同打击德罗纳。我担心德罗纳独木难支，我们赶快去援助他吧！"

难敌听从他的劝告，率军前去接应德罗纳。只听喊杀声四起，般度军果然重整旗鼓，在怖军的激励下，从四面八方向德罗纳发起攻击。难敌指挥大军上前迎敌，双方将领捉对厮杀，互有伤亡。难敌亲自指挥象军冲向怖军。怖军双目血红，以锋利的羽毛箭射遍难敌全身，射断他的弓和那面宝象战旗。一位盎迦王连忙赶来援救难敌，怖军猛力发箭，铁箭正好命中其战象的颞颥之间。战象倒地毙命，这位蛮族首领也被怖军一箭射落头颅。大军随即崩溃，逃亡的车、马、象四处践踏着步兵。

于是，东光国主福授王驾驭着著名的战象妙颜冲向怖军以挽回颓势。这头怒气冲冲的战象瞪圆了眼睛，卷起长鼻，抬脚就将怖军的战车连同马匹一同踩入尘土中。但怖军已经钻入大象的身下，以他具有千钧之力的双臂击打这头战象，受到痛击的战象疯狂地旋转起来。怖军趁势从它身下逃脱。但就这么一会儿工夫，人们看不见怖军，纷纷惊叫起来："怖军被大象杀了！"

般度军吓了一跳，立刻冲向怖军那里。陀沙尔那国王驾驭着战象冲向福授王，妙颜猛然一个转身，尖利的象牙刺破了陀沙尔那国王战象的侧肋，将其击倒。福授王接连投掷出七支长矛，杀死跌落在地的陀沙尔那国王。坚战王立即指挥战车排成了一个圆圈，将福授王团团围住，勇士们纷纷向圆圈中心的福授王泼洒箭雨。福授王驾驭着战象徘徊了一会儿，突然向萨谛奇发起攻击。妙颜卷起萨谛奇的战车就往外扔，萨谛奇跳了下来，可福授王已趁机冲出了包围圈，驾驭着妙颜横冲直撞，所到之处，人仰马翻。怖军大怒，驱车冲向福授王。妙颜朝他的马匹喷了一鼻子水，马匹受惊，拉着怖军离开了战场。

于是，激昂与尚武等人一起向福授王发起攻击，这位山地国王展现出高超的驭象之技，指挥妙颜踩死尚武的车夫和马匹，尚武只得跳上激昂的战车。福授王高踞于象背之上，不停地向四周泼洒箭雨，妙颜像长了翅膀的山，咆哮着闯入敌军，摔倒两侧的敌人，逼得般度军节节败退。

阿周那远远望见军队逃亡时扬起的尘土，听到战象的吼声，便对黑天说道："一定是东光王在驱遣着战象妙颜杀戮我的军队。他的驭象术精妙无比，那头战象也是当世无匹，能经得起各种兵器的打击，甚至不惧怕火。恐怕除了我们二人，无人能制服那头战象。东光王自恃是因陀罗的朋友，靠着那头战象耀武扬威，今天我就送他上天国去见因陀罗。"

黑天缰绳一振，驱车驶向福授王。敢死队却一心要拖住他，一万四千名敢死队员从后面追上来，挑战阿周那。阿周那进退两难，既急于援救军队，又不能不顾后方的挑战。这正是难敌和迦尔纳定下的计谋，安排这样的双重会战让阿周那疲于奔命。阿周那思忖片刻，决定先除掉敢死队。他猛然转身，迎向敢死队。数万支利箭朝他射来。正当黑天为阿周那担忧之际，阿周那动用金刚杵法宝，刹那间几乎灭绝了所有在场的敢死队员，犹如大象摧毁池塘中的莲花，一切众生发出惊叹。

阿周那一击成功，催促黑天快快前去援救般度军，可善佑和他的兄弟们又追上来了。阿周那决意速战速决，迅速射断善佑的战旗和弓，然后以六支铁箭将善佑的兄弟连同马匹和车夫一起射死。愤怒的善佑向阿周那和黑天投掷出标枪和长矛，但都被阿周那射断。阿周那快箭如雨，射晕善佑，随即向俱卢军发起攻击，一路挺进，无人能挡。他像金翅鸟一样扑向东光王，一万名弓箭手试图阻止他，但都在他的打击下败退。

于是，福授王驾驭着战象冲向阿周那，双方展开了一场战象与战车的较量。福授王居高临下，向阿周那泼洒箭雨，但却被阿周那中途击碎，便故技重施，驱使妙颜去杀死阿周那。看见那头宛如死神般的巨兽直冲过来，黑天迅速驾驶战车避开，战象从战车左边擦身而过，攻击落空。阿周那本可以抓住这个机会从背后杀死福授王和这头战象，但这不符合战争规则，因此阿周那没有出手。可是妙颜仍在继续摧毁般度族的军队，让阿周那大为恼怒。福授王高踞在象背上，以尖锐锋利的黑铁箭射穿黑天的身体。阿周那迅速还以颜色，射断福授王的弓，射杀保护战象侧翼的卫士,又击碎战象妙颜披戴的铠甲。他笑着射断福授王投掷过来的长矛和标枪,射断旗帜和华盖,又以十箭射中这位山地国王。福授王连番受挫,怒喝一声,向阿周那投掷多支标枪,打歪了阿周那的头冠。阿周那怒火中烧,扶正头冠,对福授王道:"你就好好看一眼这个世界吧!"

回答他的是福授王盛怒之下射出的一阵箭雨。阿周那已决意杀死这位耆老,接连发箭,再次射断他的弓,射碎他的箭囊,以七十二支利箭射遍福授王的要害。福授王疼痛不堪,愤怒已极,当即念诵咒语,将手中驯象的刺钩化为毗湿奴法宝,投掷向阿周那的胸膛。黑天挺身护卫阿周那,法宝落在他胸前,变成了胜利花环(Vaijayanti)。阿周那不悦地道:"黑天啊,你说过不参战的,你没有信守承诺。"

黑天解释道:"这个法宝是我之前应大地女神之请,赐给他儿子那罗迦的。有了这个法宝,那罗迦就不可战胜。福授王从那罗迦那里得到这个法宝,它能摧毁任何敌人,包括因陀罗和楼陀罗。为了你,我才毁约收回这个法宝。现在你杀死福授王吧,就像我为了世界的福祉杀死那罗迦一样。"

阿周那应声发箭,将一支铁箭射进神象妙颜的颞颥之中,直至没羽。妙颜发出一声痛苦的哀嚎,长长的象牙插入地里,四肢僵直,就此毙命。阿周那又以一支半月箭射穿福授王的心脏,戴着金环的福授王从庞大如山的巨象身上跌落,犹如开满金色花朵的迦尼迦耶树(Karnikāras)被狂风摧折,从山顶滚落下来。福授王是因陀罗的朋友,阿周那杀死他之后,绕着他的尸体右旋致敬。

看到福授王被杀,沙恭尼的两个兄弟雄牛(Vrishaka)和不摇(Achala)一前一后夹击阿周那。阿周那拉开甘狄拨弓,瞬间便将雄牛的战马、战车、御者、弓、华盖和战旗全都射得粉碎,又射死五百名向他攻击的犍陀罗勇士。雄牛急忙跳上自己兄弟的战车,换弓再战。两兄弟并肩向阿周那发射箭雨,阿周那力挽满弓,用一支箭就杀死了他们两人。沙恭尼又惊又怒,幻化出各种各样的兵器、猛禽、恶兽和罗刹,恶狠狠地向阿周那扑来。精通法宝的阿周那撒出箭网,只听阵阵凄厉的哀嚎,这些猛禽恶兽全部中箭毙命。沙恭尼又幻化出黑暗幻象和洪水幻象,但都被阿周那逐一破除,他抵抗不住阿周那的攻势,慌忙骑着快马狼狈逃窜。

阿周那乘胜挺进，箭似飞蝗，铺天盖地，驱散俱卢族各路大军。他发射出的利箭甚至能射穿大象，而且总是一箭毙命，决不再发第二箭。在他的打击下，俱卢军纷纷逃向难敌和德罗纳的大军，张皇失措之下还杀了不少自己人。全胜当时正在德罗纳的军中，只见南面战场上尘土飞扬，已看不见阿周那和俱卢族大军，只能听到甘狄拨神弓的呼啸声，压倒了螺号声、鼓乐声和其他一切声响，直冲云霄。

眼看南面战场吃紧，德罗纳越发加快了攻势，力图在阿周那赶到之前生擒坚战。然而无论德罗纳冲向哪一支军队，猛光都赶过去挡住他。战斗越来越激烈残酷，马嘶一箭射落了沼泽地区部落首领尼罗的头颅。愤怒的怖军奋力以六十箭射中波力迦，十箭射中迦尔纳。于是，德罗纳、迦尔纳、马嘶、难敌一起围攻怖军，想要杀死他。坚战急忙让萨谛奇和玛德利双子前来援助怖军，惊天动地的恶战爆发。双方武士以各种武器和弓箭厮杀，甚至用指甲和牙齿展开肉搏，亲友互搏，父子相残，局面完全失控。人、马以及战象的鲜血混合在一处，混合进大地上的尘土。

这时，猛光大喝一声："是时候了！"般度军向德罗纳发起总攻，人人奋勇争先扑向德罗纳的战车。德罗纳父子与迦尔纳等人奋起抵抗，然而般度军意志如铁，宁死不退。德罗纳大怒，射出上百支利箭大杀四方。此时阿周那已经击败了敢死队，正朝这里飞速赶来。标志性的神猴金旗出现在视野中，甘狄拨弓震响，阿周那以利箭杀戮俱卢军队，犹如劫末之时的熊熊烈火焚烧一切众生。凡是倒下的人或者转身逃跑的人，阿周那便遵照刹帝利法不再杀害他们。于是，俱卢军纷纷转身逃跑，边跑边向迦尔纳呼救。

迦尔纳听到呼救便应答道："不要怕！"他驱车向阿周那冲去，施放出火神法宝。阿周那以法宝对法宝，同时向迦尔纳放箭。猛光、萨谛奇和怖军也冲上来，各自以三箭射中迦尔纳。迦尔纳一面抵御阿周那的法宝，一面射断这三人的弓。这三名武士怒而向迦尔纳投掷出标枪。迦尔纳击碎标枪，呐喊着向阿周那射出多支利箭。阿周那迅速向迦尔纳射出七箭，然后力挽满弓，当着迦尔纳的面，接连射死迦尔纳的三位兄弟。

这时，怖军如金翅鸟般从战车上跃下，挥刀连杀迦尔纳的十五位两翼卫士，然后跳上战车，挽弓放箭，命中迦尔纳及其车夫与马匹。猛光也挥刀杀死对方两员大将，再登上战车射中迦尔纳七十多支箭。而萨谛奇也拿起另一张彩虹般的大弓，射中迦尔纳几十箭，并射断他的弓。眼看迦尔纳情形危急，难敌、德罗纳、胜车等人赶来救援，双方全力展开搏杀，俱卢之野尸横遍野。倒地的人们被战马和战象踩踏碾轧，铠甲破碎，眼睛凸出，场面之残酷惨烈，令人毛发直竖。就在这样血腥残忍的厮杀之中，太阳悄然落山，第十二天的战斗结束了。

❀ 在《摩诃婆罗多》中，黑天的角色是最让人捉摸不定的。他既是人，一位帮助般度族取得婆罗多大战胜利的刹帝利领袖，又是神。尽管史诗中的主要角色皆是神魔的化身，但唯独黑天被视为最高神毗湿奴的化身。苏克坦卡尔称，史诗中没有一段不是以此为前提，没有一段与此矛盾。他作为宇宙的化身和本源，向阿周那传授了《薄伽梵歌》。但他在史诗中的行事，仍主要是以人的身份，表现出人的情感以及局限。

❀ 黑天告诉阿周那，为了保护世界，他将自己一分为四，一个形体留在大地上修炼苦行，一个形体观察世界行善和作恶，一个形体化身下凡，第四个形体沉睡一千年，千年后醒来，便会给合适的人赐予恩惠。大地女神在他醒来时为自己的儿子求取毗湿奴法宝。那罗迦以此法宝横行三界，建立东光国。黑天应众天神之请杀死那罗迦。

❀ 《摩诃婆罗多》中提到，爱罗婆多等四方位象都出自象王妙颜的家族（5.97.15），它们是世间所有大象的祖先。福授王的战象与象王妙颜同名，亦是神象，因陀罗凭借它战胜众阿修罗（7.25.20）。史诗中特别提及它和因陀罗的坐骑爱罗婆多一样颞颥开裂，流下七道液汁（6.91.32），古印度人认为这是大象勇武有力的特征。泰卢固版《摩诃婆罗多》称那罗迦在征服三界时从因陀罗处夺得妙颜，福授王从那罗迦处继承了毗湿奴法宝与神象妙颜。

❀ 史诗中大战福授王的故事描述了古印度象战的精彩盛况。古印度大概是最早使用战象的国家，《梨俱吠陀》中即有神王因陀罗驾驭着神象爱罗婆多战胜敌人的颂诗。人们或家养，或从野外捕捉野象，加以驯化和训练，披上重甲用于战场。亚历山大远征印度时，印军庞大的战象曾让亚历山大颇为烦恼，因马匹害怕大象，载马渡河时马匹远远看见对岸的大象甚至怕得跳进水里。

❀ 传说古代的群山都有翅膀，能到处飞翔，每次落地压死无数众生。因陀罗砍断了山的翅膀，从此山不再能移动。史诗中常将凶猛的大象比作长着翅膀的山。

第三章　　　　　　　　　车轮战

德罗纳活捉坚战的计划再次以失败告终，俱卢军反而折损了不少人马。难敌的愤怒爆发了。次日黎明，他当众责问德罗纳："优秀的婆罗门啊，你想要杀死的一定是我们这一方！昨天坚战都到了你身边，你却抓不住他！其实如果你真想抓住他，谁也拦不住你。你答应给我恩惠，却又不实现，这可不是高贵者的行为！"

德罗纳羞怒交加，申辩道："我已经为你竭尽全力，你不该这样说我。我已经告诉过你，谁也无法战胜黑天和阿周那所保护的军队，今天也是同样。不过，我会排出连天神也难以攻破的阵形，杀死般度军中一名卓越的大武士。但你一定要设法把阿周那引开，因为他已经从各处学会了战斗的全部知识，无所不知，无所不能。"

于是，敢死队又把阿周那引到南面战场。阿周那走后，德罗纳排出了车轮阵（Chakra vyuha），向主战场推进。俱卢军所有的国王全部红衣金环，打出镶金的红旗，发誓要互相救助，克敌制胜。德罗纳和难敌之子罗奇蛮位于阵容的最前方，迦尔纳、难降、慈悯等人护卫着难敌，马嘶、沙恭尼、沙利耶、广声和持国之子们则围绕着信度王胜车。般度军则以怖军为先锋，向俱卢军发起攻击。然而，德罗纳手持强弓挡在最前线，利箭如雨，无人能与之抗衡，更不用说破阵了。

坚战王反复思索，认为只有激昂才能对付德罗纳，这孩子年纪虽小，武艺却可与黑天和阿周那媲美。他唤来激昂，说道："孩子啊，阿周那不在这里。除了你，我们没有人知道该怎么破这个车轮阵。我与全军向你乞求一个恩惠，请你前去破阵。阿周那回来之后，要是发现我们打了败仗，他会责怪我们的。"

激昂答道："我渴望为尊长赢取胜利，攻破德罗纳的军阵！父亲教过我破阵的方法，但万一被困，我不知该如何出阵。"

坚战王道："你的武艺与阿周那不相上下，只要你为我们打开一条通道，我们都会紧跟着你冲进去，从四面保护你。"

怖军也表示赞同，说道："我、猛光、萨谛奇都会带领全部大军，跟随你冲进去。只要你能突破敌阵，我们就能歼灭他们。"

激昂是少年英雄，血气方刚，就一口答应下来，兴奋地道："为了让舅舅和父亲高兴，我将只身闯入德罗纳难以战胜的军阵，就像愤怒的飞蛾扑向燃烧的火焰。今天，一切众生都将见证我的勇武，看见我单人独骑如同死神般歼灭成群的敌人。"

坚战王祝福道："孩子啊，愿你力量倍增，攻破德罗纳的军阵。这些天神般的大弓箭手都会保护你。"

于是，斗志昂扬的激昂催促御者策马冲向德罗纳的军阵，御者却有些迟疑，劝说道："主人啊，这个担子过于沉重。德罗纳武艺高强，经验丰富，你要好好想想再行动啊。"

激昂仰天一笑道："德罗纳又如何？所有的刹帝利武士又如何？就算是天帝因陀罗亲自带领众天神来与我较量，我也无所畏惧。前进吧！"

战马奔腾，以迦尼迦耶树为徽记的战旗高高飘扬，阿周那之子激昂身披金甲，手执强弓，冲入德罗纳的军阵，犹如一头幼狮袭击象群。护阵的俱卢军士奋起反击，刹那间，厮杀声、呐喊声、战马与战象的嘶鸣声，以及马蹄与战车的声响汇成一片。激昂眼疾手快，接连发箭，砍断无数俱卢军士的头颅和手臂。残肢和尸体遍布大地，如同祭祀上的俱舍草铺满了祭坛。他摧毁了数千辆战车，杀死大批战象和战马，屠戮成群的步卒，横扫俱卢军队，犹如战神室建陀横扫阿修罗大军。

难敌大怒，亲自向激昂冲去。德罗纳连忙带领众将群起保护难敌。德罗纳父子、迦尔纳父子、慈悯、成铠、沙利耶、广声兄弟等十三名俱卢军将领，将激昂团团围住，向他发射密集的箭雨，救出难敌。眼看难敌获救，激昂像被夺走到口食物的狮子，发出愤怒的吼声。他单身鏖战俱卢群雄，以箭雨抵挡越来越多汹涌而来的敌军，仍毫无畏惧。以难敌兄弟、德罗纳、慈悯为首的十一名俱卢军大将纷纷射中激昂数箭到数十箭，激昂奋起还击，每人还了三箭。岩石王（Ashmaka）之子试图挑战激昂，以十箭射中激昂，于是，激昂微笑着将他的战马、车夫、战旗、弓、双臂和头

激昂闯入车轮阵

颅全都射落在地。看见激昂在众人的围攻之下还能杀死己方战将，俱卢方军心摇动，人人渴望逃命。众将群情激愤，以迦尔纳为首的二十名俱卢军大将群起围攻激昂。激昂以一支快箭射中迦尔纳，穿透他的铠甲和躯体直插入地，这致命的一击令迦尔纳疼得浑身打战。接着，激昂又迅速杀死俱卢方三员大将，射晕沙利耶，发出呐喊，宛如幼狮怒吼，声震山岳。这位少年英雄此时已浑身中箭，但越战越勇，在俱卢军中横冲直撞，挡者披靡，犹如被酥油浇灌的祭火一般光彩熠熠，其勇武赢得三界众生的崇敬。

在激昂的打击下，俱卢军阵脚大乱。沙利耶的弟弟看见哥哥被激昂击败，愤怒地冲上去挑战激昂。激昂以一轮快箭射断他的头和四肢，射死他的车夫和马匹，就连他的战车、旗帜和华盖都被激昂射得粉碎。随从见之丧胆，纷纷夺路而逃。己军竟被一个孩子击败，许多武士不忿，冲过来，向激昂通报姓名发起挑战。他们都是激昂的尊长，激昂按照礼节先向他们致敬，后交战。谁先冲上来，他就先射中谁。他将生死成败置之度外，全心沉浸在战斗之中，微笑着迎战众多高手。他一次又一次地力挽满弓，消灭敌人，犹如光芒四射的太阳驱散黑暗。德罗纳看见后辈有如此成就，不禁夸奖道："激昂作为先锋，他的业绩足以让他的所有尊长和亲友为之骄傲。我看这战场上没有能与他匹敌的弓箭手。如果他愿意，他简直能消灭这支军队！只是不知为何，他不想这样做。"

难敌听出了德罗纳话语中的欣喜之情，气不打一处来，怒笑道："如果老师真想动手，他完全可以杀死阿周那之子。但出于对阿周那的偏爱，他在保护这个愚蠢的小孩。大家快快动手，杀死这个自命不凡的小子吧！"

难降向来对长兄唯命是从，当即夸口道："大王啊，我这就当着般度之子们的面杀死激昂！两位黑王子若是听到激昂被我杀死了，一定会自杀。阿周那和黑天一死，我们就能在一天之内灭绝般度族及其亲友。所以，只要杀死激昂，也就等于消灭了你的所有敌人。祝福我吧，国王啊，我要为你杀死他！"

说罢，信心十足的难降呐喊着冲向激昂，向他射出二十六支利箭。激昂此刻已是浑身箭伤，但依然毫不畏惧，责骂道："你这个无知又无耻的恶徒，羞辱我的父辈，夺走他们的财富，冒犯黑公主，今天就要尝到恶报了！"他含笑拉开大弓，将一支光辉如同死神、火神与风神般的箭射出，穿透难降的锁骨；接着又射出二十五支火焰般的利箭。难降遭受重创，剧痛之下竟晕了过去，车夫慌忙拉他逃走。般度军兴奋地发出狮子吼，齐齐上阵，发力前冲，企图攻破德罗纳的军阵。

迦尔纳急忙赶来救场，发射出上百支箭击中激昂，试图阻拦他。激昂不退反进，利箭如雨，射断众勇士的弓，然后冲向迦尔纳，射断迦尔纳的战旗和弓。迦尔纳的弟弟赶来援助哥哥，咆哮着插入激昂与迦尔纳之间，以十箭射中激昂的战旗、车夫和马匹。激昂微笑着拉开大弓，一箭射落他的头颅，又以数箭射伤迦尔纳，迫使他转身逃离战场。于是，俱卢军全军崩溃。激昂箭似飞蝗，铺天盖地，整个战场除了信度王胜车之外，再无人能够立足。激昂吹响螺号，闯进车轮阵中，一路狂洒箭雨，摧毁敌人。俱卢军死伤惨重，人人自顾不暇，逃跑中甚至砍伤了自己人，惨烈的呼号求救声回荡在四面八方。

坚战、怖军、萨谛奇、猛光等率领大军紧跟在后，一路掩杀，冲上去保护激昂。俱卢军士掉头就跑，唯有信度王胜车上前迎战，拦截般度族的大军。胜车曾因劫夺黑公主而被般度之子们俘虏，深以为耻，不惜修炼苦行以图报复，终于获得湿婆神的恩惠，可以在战场上抵御除阿周那之外的所有般度之子。现在，他凭借湿婆神的恩惠和法宝的力量，独自抵挡住般度族的大军。信度国的良马天下知名，信度王的战车犹如乾闼婆的城堡。胜车以野猪为旗徽，拉开大弓，射出密密麻麻的利箭，迅速填补上激昂撕裂出的缺口。他接连挽弓，射中般度军众将，击退他们的进攻，又摧毁怖军的马匹和弓，迫使怖军跳上萨谛奇的战车。目睹信度王的战绩，俱卢军信心大增，又回过头来，跟随他冲向坚战王的军队。就这样，激昂刚刚打开的通道又被胜车封住，般度军潮水般向他涌去，一次又一次地发起攻击，但胜车王凭借湿婆神的恩惠，始终牢牢地封锁住道路，无人能跟随激昂闯入车轮阵中。

孤身闯阵的激昂陷入重围中，依然杀得俱卢军人仰马翻，犹如摩羯罗搅翻大海。俱卢群雄按照辈分轮番向他发起挑战，激昂先射杀迦尔纳之子牛军的车夫，又射中他的马匹，惊马拉着牛军脱离了战场。接着，他杀死婆娑提王（Vasatiya），活捉

第七部 陨落的群星　　443

王子真闻（Satyashrava），射杀沙利耶之子金车（Rukmaratha），犹如死神亲临，毁灭一切刹帝利王族。金车一死，他的好友群情激愤，纷纷上前围攻激昂，密密麻麻的箭矢将激昂连人带车都淹没不见。片刻之后，激昂再度现身，战车、马匹及他全身都插满了利箭，让他宛如一只带刺的箭猪。激昂大怒，动用阿周那传授给他的乾闼婆法宝，施展幻术，一个人化出千百个分身，倏忽往来，将这一百名王子全部杀死。难敌又惊又怒，冲上去迎战激昂。两人仿佛只交战了片刻，难敌便身中百箭，不得不逃离战场。

眼看军队溃败，士兵逃亡，俱卢群雄愤怒地冲向激昂，但也大多为激昂所败。这时，难敌之子罗奇蛮奋勇向前，以利箭射中激昂的双臂和胸膛。激昂像被击中的蛇一般昂首怒笑道："好好看一眼这个世界吧！我要当着你亲友的面，送你去阎摩的殿堂。"说罢，他以一支月牙箭，砍下罗奇蛮美丽的头颅。

一见爱子被杀，难敌怒发如狂，大叫道："杀死他！"于是，德罗纳马嘶父子、慈悯、迦尔纳、成铠和乔萨罗国王巨力这六名勇士群起围攻激昂，激昂将他们全部击退，然后冲向信度王胜车的大军，试图从内部再度打开通道。羯陵迦人、尼沙陀人和迦罗特（Kratha）王子指挥象军迎战激昂。以德罗纳为首的战车武士也去而复返，再战激昂。激昂以法宝驱散象军，以箭流拦截德罗纳等人，然后迅速射杀迦罗特王子。王子一死，大部分将士也掉头而去，跟随信度王对抗般度族的大军。而以德罗纳为首的这六名战车武士则将激昂团团围住，试图杀死他。然而，激昂的精湛武艺让所有人都目瞪口呆。他驰骋疆场，泼洒箭雨，射伤迦尔纳的耳朵，射死慈悯的马匹和车夫，当着俱卢群雄的面，杀死对方一个又一个勇士。这六位声名显赫的战车武士分别向他射出数十支利箭，激昂每人回击十箭。然后，他一箭射穿乔萨罗王巨力的心脏，震慑住俱卢群雄。

迦尔纳耳朵受伤，身上也中了五十箭，怒火中烧，也以同样多的箭射中激昂。两位勇士都浑身是血，光彩照人，宛如开满红花的金苏迦树（Kimshuka）。激昂已知自己孤身陷阵，凶多吉少，但仍镇定自若，连杀迦尔纳的六名臣僚，杀死摩揭陀王子和博遮王子。他呐喊着纵横沙场，杀戮敌人，少年的朗朗英姿令群雄失色。难降之子奋起出击，射中激昂及其马匹和车夫。激昂大怒，以七支快箭射向难降之子，叫道："你的父亲已经像懦夫一样逃走了，好在你还知道战斗，可惜你今天已无法逃脱了。"他再以一支铁箭射向难降之子，马嘶以三箭截断此箭。激昂出箭射断马嘶的战旗，射死沙利耶的车夫，沙利耶只得跳上别人的战车。激昂快箭如风，再杀俱卢军五名战将，又射中沙恭尼。沙恭尼还击了三箭，终于忍不住对难敌叫道："我们联合起来把他干掉吧！这样轮流战斗，他会一个一个把我们都杀死！"

迦尔纳也表示赞同，向德罗纳求教："这样下去我们都会死在他手上，快告诉我们该怎么杀死他吧！"

于是，德罗纳对所有人说道："你们谁能发现这少年的破绽？今天他英勇得就像他的父亲，身手敏捷得没有丝毫破绽，高明得让我眩晕，又让我欢喜。"

迦尔纳听他还在满口称赞对手，便道："我受到激昂的打击，现在还坚守战场，只是因为这是武士的职责。这少年的箭确实厉害，像火焰一样可怕，削弱了我的心。"

德罗纳微笑着慢慢说道："这少年勇猛而又敏捷，我们无法射穿他的铠甲。我曾经教过他父亲如何披戴铠甲，他一定也知道。不过，如果箭射得准，可以射断他的弓、弓弦、缰绳、马匹和车夫。罗陀之子啊，如果你做得到，就按我说的去做吧！让他先转过身去，再放箭。如果他手中有弓，那就算天神和阿修罗联合起来也无法击败他。所以，如果你真想这么做，就先毁掉他的战车和弓。"

这是一个可怕却无法拒绝的建议。于是，迦尔纳迅速射断激昂的弓，成铠杀死他的马匹，慈悯杀死他的车夫，其余人一齐向断弓的激昂泼洒箭雨。在此生死存亡的危急时刻，这六位天下闻名的大武士一起毫不留情地围攻这名失去战车、孤身作战的少年。激昂弓断了，车毁了，依然遵循刹帝利法奋战到底。他手执宝剑和盾牌，像金翅鸟一般腾空而起。众武士抬头仰望，德罗纳亲自出手，射断了他的剑。迦尔纳以多支利箭射碎了他的盾牌。

激昂浑身中箭，武器尽毁，落回地面。战无可战之下，他举起一个车轮，愤怒地冲向德罗纳，仿佛在模仿黑天。车轮上的尘土落在他身上，反而让他显得更加光彩夺目。鲜血将他的战袍染成一色，这少年站在众国王中间，高举车轮，发出怒吼，像黑夜一样美丽。

❀ 战神室建陀出世是印度神话中的著名篇章，《摩诃婆罗多》中记载了它的古老版本。诸神恐惧湿婆神和女神乌玛结合诞生出来的孩子力量太过强大，要求湿婆抑制精力，愤怒的乌玛因此诅咒诸神不能再生育，唯有不在场的火神躲过一劫。而湿婆在收回精力的时候不慎有一滴落入火中。后来天界被阿修罗多罗刹骚扰，火神便以湿婆神的精力与恒河结合，又经六位女神共同孕育出战神室建陀。因此他既是湿婆之子，又是火神之子。室建陀诞生于芦苇丛中，是一位童子神，灿烂如日，俊美如月，威力无限，游戏般地粉碎了阿修罗多罗刹的军队，从此掌管天军，是众神的保护者。史诗作者以战神室建陀比喻激昂的年少英勇。

❀ 迦尼迦耶树（Karnikāras）是梵语文学中经常提到的一种开金色花朵的植物，常用来比喻明亮的火焰或油灯，或者身着黄袍、满身金饰的贵族男女。迦梨陀娑不无遗憾地说，迦尼迦耶花虽美却没有香气，可见造物主的安排总不能完美。有学者认为它是翅子树，也有学者认为它是金急雨。激昂以迦尼迦耶树为旗徽。

❀ 按照此章的描写，众人群起围堵一人，只要是轮流作战，仍然不算违规，而同时一齐出手则破坏了战争规则。虽然之前俱卢大战屡有违规之举，但第十三天的战斗是违规最集中的一次。为了对付激昂，俱卢方几乎违反了所有的战争规则：交战双方必须对等，必须一对一地进行战斗，不得从背后偷袭，不得向失去战车、铠甲和武器的人下手……尤其这样的命令出自被天下刹帝利视为导师的德罗纳之口，由六位声名显赫的大武士具体执行，突破了大战以来的双方遵守的规则。第十三天之后，双方作战再无规则可言。

第四章　　　　　阿周那的誓言

激昂举起车轮迎战俱卢军的六位大武士，英姿挺拔的美丽少年犹如高举着妙见神轮的毗湿奴神。风吹起他卷发的发梢，众国王看见这连天神也难得一见的形体。他们恐惧地击碎了激昂手中的车轮。战马、战车、弓箭和宝剑都被敌人摧毁，激昂从战场上捡起一个大铁杵，朝马嘶奔去。马嘶急忙跳下车，后退三大步。铁杵有如奔雷般砸下，击毙了马嘶的马匹和车夫。激昂手执铁杵，又杀死沙恭尼的一名兄弟和他的七十七位随从，杀死十名战车武士，摧毁七辆战车，杀死十头战象。这英勇的少年已浑身中箭，伤痕累累，但他只要一息尚存，就不会停止战斗。铁杵在手，他又摧毁了难降之子的马匹和战车。愤怒的难降之子于是手握铁杵发出挑战，两位堂兄弟展开搏斗，互相击中对方，摔倒在地。难降之子首先爬起来，趁激昂还在起身之时，将铁杵砸在激昂的头上。

就这样，激昂在孤身一人搅翻了整支俱卢族大军之后，遭遇俱卢族六位大武士围攻，最终精疲力竭，死于难降之子之手，犹如野象被众多的猎手杀死。诗人这样写道："他好似冬末燃烧森林的大火最终熄灭，他好似摧折无数树冠的飓风最终平息，他好似炙烤婆罗多族大军的太阳最终落山。"少年的面庞美丽如月，现在他倒在地上，黑如鸦翅的睫毛覆盖上他明亮的眼睛。

"我将杀死般度军中一名卓越的大武士。"德罗纳的誓言实现了。欣喜若狂的俱卢人吹响螺号，发出兴奋的狮子吼。然而天上的众神发出了宣判："他孤身一人，被以德罗纳和迦尔纳为首的六名大武士杀害，我们认为这不合正法。"

看到俱卢人为杀死尚未成年的激昂而狂欢，持国与吠舍侍女所生之子尚武再也忍不住了，怒骂道："你们这些大武士不能战胜阿周那，却杀死一个孩子，这有什么好得意的？你们严重违背正法，恶报就在眼前，就等着见识阿周那的力量吧！"

说罢，他愤怒地扔下兵器，离开了战场。

激昂一死，般度军兵败如山倒。而俱卢军杀死激昂之后，也已经浑身是血，精疲力竭，无法再战。他们彼此仇恨地瞪视着对方，慢慢地撤离了战场。在豺狼凄厉的嚎叫声中，太阳渐渐落山。大地上遍布着残缺的尸体和破碎的战车，仿佛已承受不住这重压。成群的野狗、秃鹫，以及罗刹、毕舍遮等来到战场，兴高采烈地享受这场人肉与鲜血的盛宴。激昂就倒在这阴森恐怖的战场上，这个英勇宛如天神之主的战士已经被杀害，仿佛祭祀完毕后熄灭的祭火。

般度军心情沉重地回到自己的营地，所有的武士都脱掉铠甲，扔下武器，围绕着坚战王坐下，沉浸在哀伤之中。坚战悲痛欲绝，自责地道："激昂一心为了我们的胜利勇往直前，击败无数英雄，却最终被杀。我有什么面目去见阿周那和妙贤呢？我能对阿周那和黑天说什么呢？我一心想取得胜利，却对他们做下这等恶事。野心的确是能让人丧失理智的，我怎么能让一个孩子担当这样的重任！今天，阿周那悲伤的眼神就能杀死我。当我目睹激昂被杀，无论是胜利还是王国，无论是长生不死还是升入天国，都不再令我心动。"

而这时，阿周那正在回营的路上。今天的战斗十分激烈，阿周那一直被敢死队拖住，没能返回主战场。他歼灭了大批敢死队员后凯旋，一路上却凶兆频现，让他心惊肉跳。他不安地对黑天说道："不知为什么，我总有一种不祥的预感，但愿兄长和朋友们都平安无事。"

黑天答道："不必担心，他们都安然无恙，或许应验在了别的方面。"

他们停下来做晚祷，再驱车回营。偌大的营地一片死寂，那种不祥之感更加强烈。"黑天啊，营帐里不再有音乐声，武士们见了我，个个都低头避开。我的兄弟们、木柱王和毗罗吒王都还安好吗？在没有见到所有人之前，我的心绪无法安宁。"阿周那紧张地说，"还有，今天激昂没有像往常一样，和他的兄弟们一起笑着前来迎接我。"

他们走进营帐，阿周那见到了自己的亲友，却始终没有看到激昂。他的心提到了嗓子眼里，担忧地道："你们每个人的脸色都很难看，我没有见到激昂，他也没有出来迎接我。听说德罗纳摆出了车轮阵,我知道除了激昂之外,你们没有人能攻破这个阵容。你们没有把他送去破阵吧?我没有教过他破阵的方法呀,他不会闯进阵里被敌人杀死吧?"

他从所有人的神色中猜到了答案,不禁失声痛哭:"激昂怎么会死?是谁杀了他?这孩子有一头柔软的卷发,小鹿似的褐色眼睛,总是未语先笑,既勇敢又有教养。他的声音如音乐般悦耳,他的形体举世无双,再也见不到激昂,我的心如何能平静?"

阿周那哀恸不已,泪流满面,悲叹道:"孩子啊,我即使永远看着你也看不够,死神却把你强行带走。我该怎么去对妙贤和黑公主说呢?此刻他一定浑身鲜血地躺在地上,犹如坠落的太阳。我的心大概是金刚做的,竟然还没有破碎。"

黑天安慰他痛哭的朋友:"刹帝利以战斗为生,英勇作战,沙场捐躯,是每一个英雄的刹帝利武士的必经之路。激昂已经去了有德者的世界,不要为他过于悲伤。你这样会让你的亲友们都意志消沉。你应该打起精神来安慰他们。"

黑天的话提醒了阿周那,这位悲伤的父亲愤怒地质问道:"究竟发生了什么事?为何只有激昂死去?为何你们就眼睁睁地看着激昂被杀?天啊,如果我知道你们所有人根本保护不了我儿子,那我就会亲自保护他。"

在场的众国王哽咽着不敢开口,甚至不敢向阿周那望上一眼。只有坚战硬着头皮说道:"你走了之后,德罗纳排出阵容要活捉我,攻势很猛。我们根本无法直面他的军队,更谈不上突破,只得求助于激昂。这孩子凭借你教导的知识和非凡的勇气闯入阵中。我们紧跟在后,希望能一起入阵,但胜车王凭借湿婆赐予的恩惠把我们全都挡在阵外。然后,以德罗纳为首的六位名将不惜违反规则,联合起来摧毁了他的战车,最后由难降之子将他杀死。激昂英勇作战,歼灭了成千上万的敌人,还杀死了围攻他的巨力王。他作为刹帝利最高正法的化身,升入天国,留给我们无限哀伤。"

阿周那听罢大叫一声,晕死过去。不久,他苏醒过来,悲愤难平,当众立誓道:"明天日落之前,我一定要杀死胜车这个害死我儿子的罪魁祸首!就算德罗纳和慈悯前来阻拦，我也决不会手软。若是做不到，我便跃入烈火之中，结束自己的生命，死后坠入罪孽深重者的地狱。明天，三界之中没有任何生灵能留住胜车的性命，纵然是上天入地，我也要取下他的首级。"

阿周那立下誓言，拨动甘狄拨弓。黑天吹响了五生螺号，阿周那也吹响了天授神螺。那雄浑激越的螺号声直冲云霄，震撼天地十方，令整个宇宙颤抖，犹如世界末日来临。应和着阿周那的誓言，般度军齐声发出狮子吼。

这巨大的声响令俱卢军心大震。他们以为得知儿子的死讯后，愤怒的阿周那当夜就会杀过来，慌忙备战以待。结果探子传回来阿周那誓杀胜车的消息，胜车王惊恐之下站了起来，心慌意乱，六神无主，赶到议事厅向以难敌为首的众国王诉苦道："阿周那认定我是害死他儿子的元凶，立誓要杀死我，我确实恐惧万分，想要活命。请你们保护我吧！否则，请允许我离开，我要躲藏起来，让般度人找不到我。"

现在的局面是难敌没有料到的。他原本期待的是激昂的死会使般度军丧失信心，阿周那和黑天悲伤自尽，而不是阿周那复仇的誓言。难敌不安地垂首沉思，一时没有说话。

胜车心都凉了半截，慢慢地说道："我看你们中没有人能击败有黑天相助的阿周那。那么请让我告辞回家吧，或者你让德罗纳和他的儿子亲自保护我。"

这时，难敌看出了其中的机会。他一向把自己的事看得比他人的命还要重要，当即答道："不要怕。我有十一支大军，无数英勇善战的将领，会时刻保护你。在我们的重重护卫之下，谁能杀死你呢？何况你也是个英雄豪杰，何必害怕阿周那？"

于是，难敌亲自陪着胜车去见德罗纳。胜车也是德罗纳的弟子，他谦卑地向老师请教自己和阿周那之间的差距，德罗纳答道："你们受的训练都是一样的，但阿周那修习瑜伽，历经艰辛，因此，他比你更胜一筹。不过，你完全不必担心，有我德罗纳的保护，就算众天神也对你无可奈何。明天我会排出阿周那无法攻破的阵容，保你平安无事。"

有了这番保证，胜车总算放下心来，决定参加战斗。

为了对付阿周那，德罗纳排出了三个军阵。最前面是战车阵，由德罗纳亲自把关，后面是莲花阵，莲花阵中又套有尖针阵，胜车就位于尖针阵的最后面，由迦尔纳、马嘶等六位大武士率领重兵保护。阿周那必须突破三重军阵，一路过关斩将，最后击败六大名将的合围，才能接近胜车。如果他不能在日落之前杀死胜车，就必须按照承诺，投火自尽。而在这个季节，太阳总是走得很快。

"德罗纳绝不会杀死阿周那。"这是毗湿摩的断言。不过，他确实在主持杀死了阿周那之子激昂之后，再次为自己最心爱的弟子设置下死亡陷阱。

消息传到般度军营，黑天担忧地对阿周那说道："你没有和我商量就发下誓言，这太鲁莽了。你可知德罗纳安排了三重军阵、六位大武士来保护胜车？想想他们的威力吧！要战胜这六位联合作战的大武士，实在不可能。所以，我们应该和大家好好商议一下战术，才能确保成功。"

"你认为这六位武士联合作战威力强大，我看他们还不及我的一半。胜车就算得到三界一切动物与不动物的庇护，也照样难逃我的利箭。"阿周那的声音低沉而冷酷，带着前所未见的信心与决心，"既然德罗纳充当了那罪人的保护者，那我就当着他的面，让胜车王人头落地。黑天啊，明天你将看到甘狄拨弓逞威，梵天法宝摧毁所有人的兵器。我要让难敌知道，世上没有能与我匹敌的弓箭手。有甘狄拨弓在手，有我这样的战士、你这样的御者，有什么是我不能征服的呢？我的话语真实不虚，黑天啊，不要低估我的力量！我只要上了战场，就只有胜利，没有失败。凭借我的誓言，胜车王必死无疑。千真万确，能人那里有财富，那罗延那里有胜利。"

阿周那的这番话，既是说给黑天听的，也是说给他自己听的。随后，黑天应阿周那之请来到女眷的住处，代他安慰伤心欲绝的妙贤、黑公主和激昂已怀孕的妻子至上公主。接着，他返回军营，为阿周那铺好床铺，设置好门卫和哨兵，让阿周那能够好好休息，这才回到自己的营帐。

然而，阿周那又怎么能睡得着呢？不只是他，这一夜，般度军营中无人能够安眠。"阿周那心怀失子之痛，仓促之下所立的誓言太过危险。难敌已经做足准备保护胜车王。如果阿周那明天不能完成誓言，他就会跳入烈火之中。他一死，坚战王如何能取得胜利，夺回王国？如果我们做过什么好事，就让这些善报帮助阿周那战胜敌人吧！"人们这样思索着，祈祷着，在漫漫长夜中辗转难安。

心情最为激愤的当然还是阿周那与黑天。他们为激昂之死而沉浸在痛苦之中，为少年在极不公平的对决中被害而怒火中烧，为明日战场的凶险莫测而忧心如焚。两位黑王子像蛇一样叹息着，无法入睡。察觉到那罗与那罗延的愤怒，以因陀罗为首的三十三天神惶恐不安，狂风肆虐，江海翻腾，预示着大恐怖即将来临。

夜半时分，黑天想到阿周那的誓言，再也无法忍耐，叫来御者达禄迦（Dāruka），吩咐他为自己备好武器和战车，准备必要时自己亲自上阵，助阿周那完成誓言。"当听到我五生螺号的召唤，你要立即赶到我身边。我要采取一切办法，让阿周那杀死胜车。"黑天焦急而激动地说道，"我无法忍受这个世界上没有阿周那，哪怕只有片刻也不行。我要让整个世界知道，左手开弓者是我的朋友。达禄迦呀，我告诉你，阿周那一定会取得胜利。"

达禄迦恭敬地听着，答道："有你担任他的御者，他怎么会失败呢？我会遵命行事，黑夜会过去，吉祥的黎明即将来临，为维阇耶（胜利者）[1]带来胜利。"

谈话之中，黑夜逝去。德罗纳亲自为俱卢人编排阵容，整个战阵长达十二伽毗由提，前面为战车阵，后面为莲花阵，莲花阵中又套着尖针阵。战车阵以持国之子难耐率领象军为先锋，其后为难降与奇耳，接着由德罗纳统领大军亲自把关，雅度族勇士成铠位于战车阵后，把守住针尖部位。成铠之后依次为甘波阇王善巧等人，以及难敌及群臣，之后才是重兵护卫中的胜车。为了保护胜车，德罗纳派迦尔纳和马嘶分别担任胜车的左右车轮护卫，以广声、沙利耶、慈悯和迦尔纳之子牛军四位战车武士担任胜车的后卫。这样，一共有六位大武士率领车、马、象、步兵组成的大军，一重又一重地护卫住尖针末端的胜车王。

德罗纳白盔白甲，驾驭着红马战车，以祭坛和黑鹿皮为旗徽，巍然矗立在战阵的最前方。俱卢军士气高扬，阵容强大，如同翻腾的海洋，即将吞噬整个大地。将士们渴望作战，渴望胜利，纷纷在喊："阿周那在哪里？"

---

[1] 维阇耶意为"胜利者"，是阿周那的名字。

于是，在他们的呼喊声中，白马金车的阿周那现身战场。刹那间狂风四起，飞沙走石，燃烧的彗星纷纷坠落，整个大地都在晃动。他手执甘狄拨神弓，怒不可遏，充满力量，誓要杀死胜车王，实现大誓言。成千上万只渡鸦飞起，这位全甲族阿修罗的毁灭者，以真理为勇气的胜利者，愤怒宛如把握金刚杵的因陀罗，沉着宛如手执三叉戟的湿婆神，犹如劫末之时的烈火将要焚毁一切众生，犹如掌握刑杖的死神，因时间的临近而急不可待。

◉ 伽毗由提（Govyuti），一种长度计量单位，一伽毗由提约等于四英里。德罗纳排出的战阵长达十二伽毗由提，约四十八英里；后半部分的莲花阵宽五伽毗由提，约二十英里。

◉ 战阵的后半部分为莲花阵，史诗中经常将莲花阵与困死激昂的车轮阵混用，一种说法认为莲花阵可能是车轮阵的变体。

◉ 激昂是阿周那林居期结束后回天帝城与妙贤所生之子，年纪或与小五子相仿。精校本中没有提到激昂被杀时的年纪，只提到他"尚未成年"（7.48.32）。通行本中则称他十六岁，并加入一则插话说明他为何英年早逝：激昂为月神苏摩之子转世，苏摩不愿与儿子分别太久，于是安排他在一次轰轰烈烈的战斗中提前结束生命，回到自己身旁。

◉ 通行本中在此节中加入了一些插话：坚战王为激昂之死悲恸不已，仙人毗耶娑来到军营，告诉他死亡是一切众生都无法超越的规律，是造物主在创造生命时就定下的法度，否则大地就无法负荷。他列举了圣君罗摩等上古名王的故事，说明再超凡出众的人物也会死去，或战死，或病死。最后劝慰坚战王："无罪的人啊，应该怜悯的是生者，而不是已经升入天国的死者。"在感叹人生短暂、富贵无常的同时，提醒人们珍惜现在、认真生活，这正是《薄伽梵歌》中的主旨之一，这一主旨通过《摩诃婆罗多》的故事得以呈现。

第五章　　　　　　　　　　饮马疆场

俱卢大战进入第十四天。阿周那安排萨谛奇代自己保护坚战王，以便能够心无旁骛地实现诛杀胜车王的誓言。作为那罗的阿周那，在那罗延黑天的陪伴下，登上以神猴金旗为标志的战车来到战场，犹如光芒四射的太阳照耀着弥卢山巅。

持国之子难耐负责把守第一重军阵关，率有车、马、象兵和数万名步兵。阿周那怒火中烧，战意激荡，像裹挟着暴雨的乌云一般，单车冲向庞大的持国军队泼洒箭雨。顷刻之间，战场上落满武士们的头颅。由于速度太快，这些武士甚至还没有意识到自己已经被杀，心中仍满怀着征服敌人的决心，无头的身躯依然挺立。阿周那驾驭着战车纵横驰骋，挽弓射箭一气呵成，快到肉眼看不出间歇，动作轻盈敏捷，如在舞蹈。他的箭穿透车、马、象兵，没有他杀不了的人。俱卢军队开始崩溃，将士们四散逃跑，甚至不敢回头张望。

难降看到兄弟失利，愤怒地指挥象军围堵住阿周那。阿周那大喝一声，冲进象军中，甘狄拨弓施放出成千上万支利箭杀戮四方，犹如摩羯罗以气息掀起巨浪搅翻大海。成批成批的战象哀嚎着倒地毙命，驭象者的头颅不断滚落于地，如同阿周那用以献祭天神的簇簇莲花。整个战场尸横遍野，难降自己也被射伤，他抵挡不住，慌忙跟着军队一起溃逃，寻求德罗纳的庇护。

阿周那突破第一重军阵，驭车来到德罗纳的阵前，合十向师尊致敬，谦恭地说道："您在我心中如父兄，如黑天。请祝福我吧，让我能进入您的军阵。"

德罗纳道："阿周那啊，你不打败我，绝无可能战胜胜车王。"说罢，他大笑着起来，以无数支利箭射向阿周那。阿周那按照刹帝利法抵挡住师尊的攻击，又朝着德罗纳的军队下手，箭如雨下，杀伤甚重。德罗纳奋起还击，招招致命，双方缠斗不休。黑天不禁不耐烦了，叫道："阿周那啊，请不要浪费时间了，还有重要任务在等着你！"阿周那答应一声，迅速甩开德罗纳，一路放箭向前挺进。

德罗纳叫道："你往哪里去啊，般度之子？你不是说过你上战场不击败敌人绝不后退的吗？"

阿周那答道："您是我的老师，不是我的敌人。在这个世界上，没有人能在战场上战胜您。"他一面说，一面冲向敌人的军阵。把守阵口的众国王立刻率领数万辆战车组成的联军前来阻击。阿周那一心要杀死胜车，一簇簇利箭射死战马和战象，射飞车轮和华盖，杀得俱卢军纷纷逃避。担任他车轮卫士的两位般遮罗王子，也跟随他杀入阵中。

这时德罗纳追赶上来，阿周那不欲久战，放出梵天法宝抵挡住老师的箭雨，快马如风，扬长而去，直冲入成铠和甘波阇王善巧中间。成铠负责把守尖针阵口，他是围攻激昂的六位大武士之一，但也是阿周那母系亲族雅度族的亲戚。阿周那又一次表现出不应有的迟疑，战车在成铠面前停滞不前。黑天忍无可忍，叫道："不要对成铠手软！忘掉他是你亲戚，杀了他！"

于是，阿周那迅速发箭将成铠射得头晕目眩，他可以杀死成铠，却没有下手，撇下成铠直奔甘波阇王的军队。成铠大怒，挽弓欲射，却迎面遇上阿周那的两位车轮卫士，双方展开激战。两位般遮罗王子始终无法闯入阵中，只能退回去和坚战王的大军会合，眼睁睁地看着阿周那孤身入阵，犹如般度大军看着激昂被锁定于车轮阵中。

这时，阿周那已击退数支军队，神猴金旗飘扬，单车长驱直入。羯陵迦王闻杵（Shrutayudha）挥舞着大弓冲上来，一箭射断了阿周那的战旗。阿周那迅速射断他的弓和箭囊，射死他的车夫和马匹。闻杵接连受挫，怒不可遏，拿起神杵跃下马车，朝阿周那的战车奔去。这个神杵是他从水神伐楼那处得来的，可令他战无不胜，但不能用来打击不参加战斗的人。但激怒之下，闻杵忘记了警告，举起神杵就向黑天打去，结果黑天安然无恙，神杵反过来打死了闻杵。眼看闻杵丧命，俱卢军中惊呼声四起，人人四散逃命。

这时，甘波阇王善巧赶来救场，与阿周那展开对射，被阿周那射断了弓和战旗。

善巧盛怒之下，向阿周那投掷出一支系有铃铛的铁质标枪，这支可怕的标枪像一颗燃烧的彗星划过天际，击中阿周那，穿透他的身体，钻入地底。阿周那坚毅地承受了这一记重击，手下不停，利箭如雨，射死善巧的马匹和御者，将他的战车射得粉碎，接着用一支宽刃箭射穿善巧的心脏。这位受到毗湿摩盛赞的战车武士、难敌十一支大军的统帅之一，就这样死在阿周那箭下。

阿周那顺利闯入战阵的后半部分，白马金车，径直奔向尖针阵末端的胜车王。俱卢军群情激愤，纷纷群起而攻之。阿周那一心想杀胜车完成誓言，甘狄拨弓震响，以利箭飞扫俱卢军队。转眼之间，大地上没有一寸不被他射落的头颅覆盖，引来成群的食肉秃鹫和渡鸦飞来，像一片阴影落在战场上。俱卢方将领闻寿与无退寿（Achyutayu）大怒，从左右两方夹击阿周那。阿周那被闻寿的长矛和无退寿的铁叉击中，靠着旗杆，晕了过去。俱卢军以为阿周那已经死了，顿时欢呼起来。这时，阿周那苏醒过来，动用因陀罗法宝，击碎对方的箭雨。他射断这两位战车武士的头颅和双臂，杀死跟随他们的数百名战车武士，杀死前来报仇的闻寿与无退寿之子，一路射杀无数英雄豪杰，冲入俱卢军中。

难敌负责把守尖针阵的第三重。他立刻指挥象军和众多蛮族人围攻阿周那。这些蛮族人都是山区洞穴里的居民，奇形怪状，肮脏不堪。阿周那挽开甘狄拨弓，横扫象军，歼灭蛮族人。密集如雨的蛮族人倒在他的箭下，浑身血污，肢体破碎，死状可怖。数以千计的大象连同象兵和随从中箭倒地，鲜血直流，犹如雨季的群山中流淌着的被矿石染红的洪水。盛怒的阿周那宛如降下暴雨的三十三天神之主因陀罗，整个大地都淹没在血水之中。安波私吒王闻寿试图拦截，被阿周那两箭射断双臂，一箭削落头颅，倒地身亡。于是，军队全面崩溃，四处逃散。阿周那一路杀入军阵深处，被众多战车、战马和战象包围，已经看不到了。

眼看阿周那单车入阵，一路闯关斩将，如入无人之境，难敌沉不住气了，急忙找到德罗纳，叫道："阿周那已经闯进来了，一路所向披靡，照这样下去胜车王会有危险，请你想想该怎么对付他吧！你是我们最后的依靠了。所有的人都相信他过不了你这一关，但完全不是这样，究竟怎么了？"

他越说越激动，责备道："婆罗门尊师啊，我真不知道该怎么做才能让你满意。我知道你一向偏爱般度之子，我已经竭尽全力地讨好你了，给你最高的尊荣，可你还是不喜欢我们。你口蜜腹剑，吃我们的饭，却对我们使坏，我真是错看了你！"

"如果你没有答应我，我也不会劝胜车留下，结果把他送到阎摩的口中。啊，落入阎摩的口中还有机会，落在阿周那的手里那是绝对逃不掉了！"急疯了的难敌抱怨了一大通，想起自己还是得依赖德罗纳，又连忙道歉，"请你采取行动保护胜车王吧，我是太过着急才胡言乱语，请你原谅。"

德罗纳只得解释道："我自然不会介意，你就像我儿子马嘶一样。你听我说，阿周那有第一流的御者、第一流的骏马。你看，他射出的箭雨都落在他身后二里外，可见其速度之快。我年纪大了，不能跑这么快，而坚战王的大军已经到来，所以我没有继续追下去。现在阿周那不在，我要生擒坚战，完成誓言。你和阿周那身份相当，是你和般度人结仇，就赶快亲自去拦截阿周那吧！"

难敌顿时变色："连你都拦不住阿周那，我怎么能行呢？你看他一路杀过来，攻无不克，请你告诉我该如何与他交战。如果你认为我能胜任，就请教导我吧！你是我的依靠，我完全听从你的差遣。"

"你说得不错，阿周那确实无法抗衡，不过放心吧，今天我会创造一个奇迹。让我为你披上这副神甲吧，它来自湿婆神的恩赐，能抵挡一切兵器，再密集的箭流也不能穿透绑带和铠甲的结合处。"说罢，德罗纳口念咒语，亲自为难敌系上金光闪闪的铠甲。得到神甲护身，难敌信心大增，率领成千上万的车马象兵，在三穴国武士的簇拥下，声势浩大地前去追击阿周那。德罗纳则率领大军，迎战坚战王的军队。两军交战，厮杀声震天，红日渐渐偏西了。

阿周那的白马金车一路狂奔，直取信度王。他的战车驶向哪里，俱卢族的军队就在哪里崩溃。阿周那的箭矢上刻着他的名字，缠着皮筋，能够飞很远。阿周那将箭射出二里开外，箭到人亡，而敌人倒地之时，战车正好越过这二里之地。阿周那用利箭在前方杀开一条仅供战车穿行的血路，黑天就策马沿着这条道路奔驰，快如思想，如疾风。武士和御者的配合到了出神入化的程度，令三界众生惊讶不已。

经过大半日的厮杀，战马已多处中箭，饥渴劳累，疲态毕现，但在黑天的驱策下仍奋力疾驰。阿凡提国的文陀与阿奴文陀兄弟率军向阿周那发起攻击。阿周那速战速决，迅速杀死这两兄弟，以利箭冲破阿凡提军队的包围，犹如太阳冲破云层。守护在后方的俱卢人见到阿周那，先是惊恐万分，发现他的马匹已疲惫不堪，顿时又兴奋起来，密集如雨的将士们吼叫着围堵上来。

"马匹中箭，疲惫不堪，而胜车王尚在远方。智慧的黑天啊，你看我们应该怎么办？"阿周那微微一笑，心中已有主张，"我认为我们应该让马匹好好休息一下，为它们拔箭疗伤，你看呢？"黑天答道："我也这么想呢。"

于是阿周那从容下车，让黑天照料马匹，自己徒步迎战四面八方蜂拥而来的敌军。俱卢人认为他们遇上了千载难逢的机会，欢呼着冲向阿周那，犹如疯狂的象群冲向雄狮，施放出的箭雨遮天蔽日。阿周那岿然不动，只是拉开了甘狄拨弓，迅速撒出箭网笼罩住所有人。密密麻麻的箭矢在空中交汇，摩擦出熊熊火焰。俱卢军队宛如无边无际的战车的海洋，一次又一次地掀起巨浪怒涛，然而却始终无法越过阿周那以利箭构筑的堤岸。无数人马中箭受创，遍体鳞伤，武士们渴望胜利却又无可奈何，愤怒地喘着粗气，连空气都变热了。

"我看这些马儿需要饮水。"黑天说道，轻松得完全不像身在战场，"可这里没有水。""这儿有。"阿周那镇定地答道，以法宝刺穿地面，大地上顿时出现一个洁净的水池。阿周那迅速以利箭构筑起一间箭舍，以箭为屋顶和梁柱。面对这样前所未有的奇迹，黑天大笑起来，一面称赞着他的朋友，一面解开受伤的马匹。俱卢人见之心惊，大吼着高举武器向阿周那冲来，却全被徒步作战的阿周那挡住，无法越雷池一步。身边就是利箭横飞，黑天却旁若无人地为马匹拔箭疗伤，清洗皮毛，带它们饮水吃草，浑然不把成千上万的俱卢军将士放在眼中。

俱卢军越打越是气馁，眼睁睁地看着黑天让马匹吃饱喝足解除疲劳之后，又套上战车，载着阿周那扬长而去。"信度王算是死定了。"这些国王沮丧地议论道。见识了两位黑王子的勇武之后，他们对此确信无疑。

太阳正在迅速西斜，黑天策马扬鞭，阿周那执弓在手，飞驰向前，犹如愤怒的死神，驱散整个军队。骏马欢腾，快疾如风，由于速度太快，阿周那向前射出的箭，却在战车身后落下。四周惊呼声一片，无人敢正视两位黑王子。他们就像两轮太阳一般光辉灿烂，突破层层武器之云，一路搜寻着仇敌。终于，他们发现了信度王，顿时欢呼起来，猛地冲上前去，如同猎鹰扑向猎物。

就在这时，喧哗声大作，难敌率领大军追上了他们。黑天眼睛一亮，叫道："看啊，难敌追上来了！我看这是天意，他自己送上门来，抓住这个机会杀死他吧，你就能结束这场战争，实现一切愿望。"阿周那兴奋地答道："遵命！先不管其他，带我到难敌那儿去吧，我要砍下他的头，为黑公主复仇！"

两位黑王子欢喜地吹响螺号，俱卢人吓得魂飞魄散，纷纷叫道："国王死定了！"

身披神甲的难敌却毫不畏惧，安抚道："不用怕，我会杀死这两位黑王子。"他豪气十足地挑衅道："阿周那啊，你若真是般度生的儿子，就尽管使出你的本事来吧！人人赞颂你的业绩，我可没有见识过，让我瞧瞧你是否名不虚传。"

说罢，他向阿周那和黑天射出多支利箭，阿周那镇定地反击，可是射出的箭都从难敌的铠甲上跌落下来。

黑天惊奇地道："我是不是眼花了？阿周那啊，你射出去的箭竟然会落空，这是何等的笑话！"

"我明白了，看来是德罗纳为他穿上了射不穿的神甲，所以他才有勇气与我交战。"阿周那恍然大悟，"他像女人一样依赖着神甲的保护，可这蠢人却不知道下一步该怎么做。黑天啊，你看着吧，就算他那身神甲是梵天亲自打造，他也照样会死在我的箭下。"

说罢，他取出一些利箭，念诵咒语，然后奋力射向难敌。可这些箭却被马嘶用能拦截一切武器的法宝截断了。阿周那很是气恼，因为他不能两次动用这法宝。难敌见状信心大增，向两位黑王子倾泻出箭雨，俱卢军鼓乐齐鸣，人人兴高采烈。阿周那愤怒地舔了舔嘴角，发现难敌的身体和四肢都被铠甲保护着，于是，他迅速射死难敌的战马和车夫，射断他的弓、皮护指，射碎他的战车。然后，他又用两支利箭射中难敌双手的掌心。眼看难敌危在旦夕，俱卢军慌忙一拥而上，成千上万辆战车将阿周那围在二里方圆的包围圈中，泼洒出的箭雨将两位黑王子完全淹没。于是，黑天吹响了五生螺号，在嘹亮的螺号声中，阿周那拉开甘狄拨弓，杀死数以千计的战车武士和战象，冲出包围圈，白马金车，直取胜车王。

神猴金旗招展，车声隆隆，声如雷鸣，大地震动。胜车王以及众多护卫他的勇士陡然看见阿周那，爆发出阵阵狮子吼，人人奋勇争先。胜车王以迦尔纳和马嘶为车轮卫士，以沙利耶、慈悯、广声舍罗兄弟和迦尔纳之子牛军为后卫，这八位大武士群起围堵阿周那。来自各地的骏马载着这些战车武士飞驰而来，镶金嵌银的战车上铺满虎皮，光华灿烂，照亮四面八方。武士们群情激愤，将阿周那团团围住，利箭如雨，仿佛要吞噬整个虚空。

回应着俱卢军发出的巨大喧嚣声，阿周那吹响天授神螺，黑天也吹响了五生螺号。那雄壮激越的螺号声响彻三界，彻底压倒了其他一切声音。天地十方都回荡着两位黑王子的螺号声，犹如末日来临时的天雷震响，令人震怖。盛怒的阿周那迅速拉开甘狄拨神弓，以数百支利箭驱散众武士，犹如狂暴的飓风撕碎云团。

⊛按照古印度的刹帝利正法，武士应英勇作战，永不退却，即使面对的是自己的亲友。与尊长交战，应先向对方致敬，然后再杀死他。但尽管黑天向阿周那讲述了《薄伽梵歌》，要求阿周那摒弃私情和私欲去勇猛作战，履行自己的职责，阿周那还是一次又一次地表现出犹疑，对马嘶、成铠、慈悯等人手下留情，这是他人性的表现，也是职责与情感的对抗。

⊛史诗中的重名现象很多，如俱卢军中便有三位将领叫"闻寿"：羯陵迦王闻寿，在第二天的战斗中为怖军所杀，闻寿与无退寿兄弟，以及安波私吒王闻寿。后两位在第十四天的战斗中死于阿周那之手。此外，还有三对文陀与阿奴文陀兄弟，分别为阿凡提国的两位国王、两位持国之子，以及羯迦夜族的两兄弟。

⊛德罗纳为难敌披上的神甲，据传是天帝因陀罗与弗栗多（Vritra）交战时所穿的铠甲。因陀罗因担心匠神之子万相（Trisiras）夺取天帝之位，抢先杀了万相。渴望复仇的匠神修炼了一百万年的苦行，造出大阿修罗弗栗多，击败众天神。在梵天的指引下，众天神向湿婆求助。湿婆于是以他的护身铠甲相赠，铠甲上注入三界的力量，能够抵挡任何武器。梵天亲自为因陀罗披上神甲，凭借神甲护身，因陀罗得以战胜弗栗多。

◉ 迄今为止，尚未在印度河谷文明遗址中发现护身铠甲，但《梨俱吠陀》之中已有战士们顶盔着甲、披戴护臂的记载。伐楼那的颂诗称这位神祇身着金甲。古印度的铠甲或取材于动物，如虎皮、龟壳，或以金属制成。有的铠甲能从头包到脚，甚至护住双手；有的则分为两部分，分别保护身躯和手臂；也有只保护上半身的铠甲。此外，还有专门保护特殊部位的甲胄，如护脖、护膝、手套、护指等。《摩诃婆罗多》中经常提到射不穿的神甲，这似乎主要通过特殊的系铠甲的方式来实现。史诗中特别提到，德罗纳用"念过咒语的绑带"为难敌系上神甲，让敌人无法射穿"绑带和铠甲的结合处"。

第六章　　　　　　　　　　　名师高徒

　　日正当中，阿周那击溃持国之子们率领的前锋部队，闯入军阵中。以猛光为首的般度军立即对俱卢军队发起冲锋，德罗纳摆开阵列迎战，两支大军迅速接近，引发一股巨大的冲击力，犹如雨季的恒河与阎牟那河相汇。

　　德罗纳本想趁阿周那不在时生擒坚战王，然而痛心于激昂之死的般度军作战异常彪悍，如潮水般一次又一次地向俱卢军发起攻击。德罗纳竭力抵抗，可大军还是被割裂成了三股，分别汇聚在德罗纳、成铠，以及摩揭陀王水连（Jalasandha）的麾下，力量大为减弱。德罗纳试图重整军队却一再被猛光冲散，炎炎烈日炙烤着俱卢军士兵们的兵器和铠甲，他们眼睛被尘土所眯，颇有些抵挡不住。德罗纳不禁大怒，以利箭杀戮般度族军队，双方将领各自捉对厮杀，就连全胜也披挂上阵，加入混战中。大地上布满射落的头颅，犹如被折断的朵朵莲花。

　　然后，般度军向被切割成三股的俱卢军发起总攻，怖军进攻摩揭陀王水连，坚战进攻成铠，猛光则冲向德罗纳。这位烈火中出生的般遮罗王子斗志昂扬，毫不畏惧地挑战德罗纳，他的老师、他宿命的敌人。德罗纳的战马红如血，猛光的战马白如鸽，双方战到一处，宛如彤云中闪电飞舞，炫人眼目。猛光杀得性起，索性放下弓，拿起剑和盾牌，从车辕上纵身跳上德罗纳的战车。他挥舞着剑和盾牌，在德罗纳的马车上敏捷地腾挪跃动，一心寻找机会杀死德罗纳。然而德罗纳到底经验丰富，很快回过神来，放箭摧毁了猛光的剑和盾牌，并杀死猛光的马匹和车夫。接着，德罗纳力挽满弓，向猛光射出一支夺命箭。千钧一发之际，萨谛奇出手击碎了这支箭，救出猛光。

　　德罗纳气得双目血红，像被激怒的眼镜蛇一般嘶嘶作响，催马直奔萨谛奇而来。萨谛奇毫不畏惧，微笑着对御者说道："这个不务正业的婆罗门就是难敌的庇护者，狂妄得很。快冲上去迎战吧！"

于是，御者驾驭着银色的战马飞驰迎上。两人都擅长快箭，互相泼洒箭雨，密密麻麻的利箭遮蔽了天空，大地笼罩在无边的黑暗之中，只听见箭矢撞击时发出的噼啪声，犹如因陀罗用金刚杵不断击打着山峰，射出的铁箭就像新蜕皮的毒蛇一般闪闪发光，到处乱窜。两人的战旗和华盖都被射飞，浑身鲜血直流。战况如此精彩，螺号声和呐喊声都已停止，双方武士停止厮杀，屏息观看。整个战场一片寂静，就连梵天和因陀罗为首的众天神也在空中观看这场对局。

激战之中，萨谛奇射断了德罗纳的弓，德罗纳迅速给另一张弓安上弦，但立即又被萨谛奇射断。德罗纳一次次安弓上弦，一次次被萨谛奇射断。这样反复多次，德罗纳不禁暗暗钦佩萨谛奇的骁勇，心道："萨谛奇的武艺真是不在持斧罗摩、阿周那和毗湿摩之下啊。"众天神已知晓德罗纳的业绩，却是首次见识萨谛奇的敏捷，不禁为之赞叹。

这时德罗纳又拿起一张弓，射出各种武器。他射出什么武器，萨谛奇总能射出同样的武器回应，赢得观战者的喝彩。德罗纳大为恼怒，决心杀死萨谛奇，祭出威力巨大的火神法宝。萨谛奇立刻动用水神法宝相抗。惊呼声四起，天空中的生灵也停止了飞行。两大法宝相撞，互相抵消，归于无形。殷度诸子和难降分别驰援萨谛奇和德罗纳，恶战再度开始。利箭横飞，尘沙四起，什么也看不清。武士们在尘土的笼罩中残酷厮杀，战斗彻底变得混乱无序。

红日一寸寸地西斜，斗志昂扬的殷度军决心杀死德罗纳，所有的将士冲向德罗纳的战车，大地震动。俱卢军奋起迎战，将领们捉对厮杀。坚战王身先士卒，以九十支利箭射中德罗纳的所有要害。德罗纳大怒，射断了坚战的弓，趁对方断弓之机，发射出数千支箭从四面八方飞向坚战。坚战迅速拿起另一张弓，粉碎德罗纳射来的箭雨。随后，他怒吼着向德罗纳投掷出一支金质标枪。这支标枪闪闪发亮，有如喷火的毒蛇，直刺德罗纳。在众人的惊呼声中，德罗纳祭出梵天法宝，法宝将标枪化为灰烬，然后继续飞向坚战。坚战也同样动用梵天法宝相抗，两件法宝相互抵消。坚战王继续向德罗纳发射利箭，并用一支马蹄箭射断德罗纳的弓。德罗纳盛怒之下抓起一支铁杵就扔过去，坚战同样扔出铁杵，两支铁杵撞在一起，火星四溅，同时坠地。德罗纳趁机拿起另一张弓，射死坚战的马，摧毁坚战的弓和战旗。坚战立刻跳下马车，高举双手，以示休战。但德罗纳一面向般度军发射箭雨，一面仍继续冲向坚战，试图活捉他。惊呼声四起，偕天飞速赶来，将长兄接上自己的战车。

然而，除了德罗纳带领的这支军队，俱卢方其他军队的进展并不顺利。丑面和奇耳两位持国之子分别败在玛德利双子手上，多名盟国王子死难。月授王之子舍罗也被五兄弟联手射杀，跟随他的军队溃败逃散。罗刹指掌一心想为死去的兄弟钵迦报仇，怒气冲冲地朝怖军扑过来，却被怖军射得遍体鳞伤，只得狼狈逃窜。怖军之子瓶首追击而至，两位罗刹互斗幻术，难分高下。指掌曾用幻术杀死阿周那之子宴丰，看见他又故技重施，愤怒的般度之子们在怖军的率领下一起冲向指掌，从四面八方向他泼洒箭雨，将这位罗刹的战车射得粉碎。瓶首冲上前去，一把将他拽了下来，举起他抡了一圈又一圈，然后狠命摔在地上。指掌就像砸在石头上的水罐一般碎裂，这个曾以幻术杀死宴丰的罗刹，最终死在瓶首手中。瓶首杀死指掌，兴奋地发出狮子吼。

而另一边的战场上，俱卢人也在为德罗纳的胜利而欢呼。萨谛奇杀死了年轻的摩揭陀王子，遭到了德罗纳的猛烈攻击。这位婆罗门尊长勇猛绝伦，射出的箭如同嘶鸣的蛇一般穿透盔甲，啃噬对手的血肉，打得萨谛奇意气消沉，没有还手之力。眼看萨谛奇就要丧命在德罗纳手中，俱卢军喜不自禁。坚战王见状，立刻与猛光一起率领所有武士驰援萨谛奇。德罗纳微笑以待，下手狠辣，以密集的箭雨杀戮一批又一批英勇的战车武士，般度军力不能支，开始溃败。

就在这时，坚战王听到了黑天五生螺号高亢嘹亮的螺号声。阿周那正在与护卫胜车王的俱卢群雄交战，俱卢人的呐喊声淹没了甘狄拨神弓的呼啸声。坚战心头一紧，思忖道："为什么只听到五生螺号的声音？难道阿周那有危险？"

一念及此，他只觉头晕目眩，连忙稳住心神，诚恳地对萨谛奇说道："萨谛奇啊，真朋友应当患难相助，在这危难时刻，我双手合十，乞求你担起重任，前去帮助阿周那。阿周那是你的兄弟，也是你的老师，他和我在森林中居住的时候，曾夸奖你精通各种武艺，无人可与你媲美。我们在水没城的时候，你不惜为我们驳斥大力罗摩，你对我的友情是我从未体会过的。现在阿周那为了杀死胜车王，陷入无边无际的军队之海中，很可能活不成了。一想到这里，我就心神不安。你听这震撼大地的厮杀声，你看这犹如森林一样的军队、这些悍不畏死的勇士！萨谛奇啊，你和黑天一样，是一个能为朋友舍命的人。请你听从我的吩咐，去跟随阿周那吧！若德罗纳向你进攻，我和怖军会全力为你挡住。"

萨谛奇在连番苦战之后已经颇为疲乏，答道："王中之王啊，你明白我的忠诚。我当然愿意遵从你的命令前去支援阿周那，可是阿周那出发前特别叮嘱我，要我代他好好保护你，不能让德罗纳把你抓走。国王啊，阿周那不是平常人，哪怕以迦尔纳为首的战车武士们加起来，也不及他的十六分之一，何况还有黑天相助。德罗纳的厉害你也看到了，我走之后，谁来保护你呢？请你三思之后再下令吧！"

"我已经反复考虑，还是希望你去支援阿周那。"或许激昂孤身陷阵的后果太过惨烈，坚战王十分坚持，"不必为我担心，我身边还有怖军、猛光、瓶首及众位国王护卫。猛光是为杀德罗纳而出生的，只要有他在，德罗纳不可能接近我。你就放心去吧！"

萨谛奇不愿违背老师阿周那的话，可是他更不愿别人说他是怕死的懦夫，思忖片刻，便应承道："说实话，对我来说，三界之中没有比阿周那更亲的人了。如果你认为你能得到保护，我就听从你的命令去支援阿周那。我估计从这里到达阿周那杀胜车处约有二十一里路程，我也知道沿途有多少强敌恶战。一些精锐部队没有去追击阿周那，正以逸待劳，等待着与我交战。但我将执行你的指令，勇往直前，摧毁这些敌人，令难敌的梦想破灭。"

于是，坚战王吩咐下人为萨谛奇装备好充足的箭和各种兵器，套上精力充沛的信度良马。黑天的车夫达禄迦的弟弟为萨谛奇驭车，标志性金鬃狮子旗高高飘扬。萨谛奇喝过蜜酒，精神振奋，辞别坚战王，头也不回地冲向俱卢军。

他像猛虎下山一样冲向敌阵，连杀七位大弓箭手，冲散俱卢军队。般度大军跟随在后，扑向德罗纳的战车，试图牵制住他，让萨谛奇顺利闯关。但德罗纳还是追了上来，双方交起手来，萨谛奇的战车因此停滞不前。德罗纳一面挽弓放箭，一面喝道："你师父避开我，像个懦夫般逃走了。你若不像他那样溜走，今天你必定难逃性命！"

这话反而提醒了萨谛奇。他挡开德罗纳的箭雨,答道:"我奉法王之令追随阿周那,可不能浪费时间。我要走了,祝你好运!"说罢,他立刻撇下德罗纳,飞速离去。德罗纳大怒,在身后紧追不舍。

"德罗纳一定会竭尽全力地拦截我,你要用心听从我的口令。"萨谛奇吩咐御者,"你看,前方是阿凡提军,其后是南方军,接着是波力迦军,波力迦人的旁边就是迦尔纳的军队。这几支大军彼此独立而又互相照应。你要沿着他们之间的空地走,前进吧!"

御者依言而行,载着萨谛奇闯入迦尔纳军队中的薄弱处,士兵们在萨谛奇的利箭下纷纷逃散。成铠上前迎战,被萨谛奇射中了好几箭,不禁大怒,以一支火焰般的利箭射中萨谛奇的胸部,又以数箭射断了他的弓。萨谛奇奋力投掷出一支标枪,正中成铠的右臂。然后,他拿起另一张弓,以千百支利箭覆盖住成铠,并一箭射落了车夫的头颅。成铠的马匹顿时脱缰狂奔,成铠临危不乱,迅速控制住马匹,然而萨谛奇已趁机过关,冲向甘波阇人的大军。甘波阇人出名的勇猛善战,萨谛奇在那里被卡了很长时间。

德罗纳一心要杀萨谛奇,他调整阵容,让成铠负责阻拦般度军,自己追击萨谛奇。经过大半日的厮杀,般度军的马匹已经十分疲乏。成铠未能拦阻萨谛奇,便将满腔怒火发泄到冲来的般度军身上,先后战胜怖军和束发,英勇绝伦,引发阵阵喝彩。萨谛奇听到这边的喧哗声,便回过头来,四箭射杀成铠的马匹,射断他的弓,又杀死他的车夫和后卫。成铠战车失灵,无法追击,萨谛奇得意扬扬地脱身离去,心中快乐,吩咐车夫减慢车速。此时他已冲破德罗纳军队把守的军阵,到达下一处关口。他仔细观察了敌军的强弱虚实之后,挑中三穴国的象军下手。

灿如太阳的战车疾驰入象军之中,萨谛奇射出无数利箭打击象军,他的箭又快又狠,犹如因陀罗以金刚杵击打群山。三穴人的这支象军在他的冲击下崩溃,摩揭陀王水连急忙驾驭着战象飞奔前来拦截。这位国王身手颇为了得,他射断了萨谛奇的弓,并以一支金质标枪击中了萨谛奇的左臂。萨谛奇含怒拿起另一张大弓,射落水连的双臂和头颅。水连光秃秃的躯干依然突兀地耸立着,鲜血浸染了战象全身,震骇住俱卢军将士。但这么一耽误,德罗纳已经追赶上来,率领难降等六名持国之子,向萨谛奇泼洒箭雨。难敌也带领其他战车武士加入战团,共同围攻萨谛奇。萨谛奇毫无惧意,向每人还击了数箭,然后迅速冲向难敌,两人展开恶战。在战斗中,萨谛奇身上多处中箭受创,鲜血涌出,却让他显得更为美丽。他发狠射断难敌的弓和那面宝象战旗,射死难敌的马匹和车夫,难敌见势不妙,连忙跳上一位弟弟的战车。见难敌陷入危局,人们纷纷发出惊呼,成铠急忙赶来相助。萨谛奇急于见到阿周那,迅速以八十支利箭射中成铠,射得成铠站立不稳。这位孤身闯阵的雅度族勇士力挽满弓,放出一支金灿灿的羽毛箭。这支箭威力强大如死神的刑杖,穿透成铠的金甲,沾满他的鲜血直插入地。成铠再也支持不住,弓箭脱手,双膝跪倒在车座上。萨谛奇击败成铠,在千军万马中杀开一条血路,向前挺进。成铠缓过一口气,抓起另一张大弓,继续抵抗般度军,拦截萨谛奇的任务交给了德罗纳。

阿周那已经闯关成功,德罗纳决心不能再让萨谛奇溜走。无数支利箭从他的战车中飞出,犹如愤怒的毒蛇从蚁山中窜出,穿透萨谛奇的身体。萨谛奇不甘示弱,同样射出千百支利箭,吸吮着德罗纳的鲜血。两人你来我往,互相射击对方的战旗、车夫和马匹。德罗纳以一支月牙箭射断萨谛奇的弓,萨谛奇奋力投掷出一支铁杵,被德罗纳击落。他拿起另一张弓,快箭如风,射中德罗纳身上多处。盛怒的德罗纳猛地投掷出一支标枪,将萨谛奇的车夫击晕过去,击穿萨谛奇的战车。而这位杰出的雅度族勇士竟亲自挽缰,继续与德罗纳战斗,射中德罗纳的左臂,射死他的车夫。萨谛奇手下不停,以多支利箭射中那些失去车夫的马匹。战马受惊狂奔,拉着德罗纳在战场上不停打转。俱卢军中惊呼声四起,所有的国王赶去帮德罗纳控制马匹,现场一片混乱。萨谛奇趁机闯入尖针阵中。当德罗纳重新回到军阵入口处时,般度军已经杀到,俱卢军阵脚大乱。德罗纳只得放弃追击萨谛奇,努力重整军阵。就这样,继阿周那之后,萨谛奇也闯关成功,这让德罗纳极为恼怒。这位婆罗门大师矗立在战车上,满面怒容地面对着般度军队,犹如劫末之时的太阳一般令人生惧。

❀《梨俱吠陀》中常常提到一种神秘的饮料苏摩酒，这种酒以植物苏摩榨汁过滤，混合着牛奶酸奶和大麦调汁制成，能让人精神亢奋，百病痊愈，甚至长生不死，是神话中不死甘露的原型。传说因陀罗在杀弗栗多前曾痛饮了整整三大池苏摩酒。学者们普遍认为，这是一种具有兴奋作用的饮料。据《摩诃婆罗多》描述，萨谛奇连番作战原本非常疲倦，痛饮蜜酒后一阵狂喜，浑身如同火焰在燃烧，神勇非凡地连续闯关斩将，这蜜酒可能就是与苏摩酒类似的饮料。史诗中还提到，萨谛奇也给马匹饮用了这类饮料以保持体力。

❀植物苏摩。由此制作的苏摩酒是吠陀众神喜爱的饮料，神化为酒神苏摩。据说满月时，月亮里盈满苏摩酒供众神饮用，新月时，苏摩酒被众神饮尽。因此苏摩又成为月神的名字。一些等级较低的神祇是无权饮苏摩酒的。《摩诃婆罗多》中有一则插话称双马童让行落仙人恢复了青春，仙人感激之下以苏摩酒祭祀双马童，引发了天帝因陀罗的不快。

❀一般认为，马于公元前2000年左右随着雅利安人来到印度次大陆，被用于作战和运输。骏马是智慧和力量的象征，深受雅利安人的喜爱和尊重。据说毗湿奴神曾化身马首传播智慧，马中之王高耳（Uchchaihshravas）诞生在搅乳海之时，是一匹生有双翼的七首神马，洁白如月，神骏非凡，永远年轻，为天帝因陀罗所有。《摩诃婆罗多》中提到，犍陀罗、信度、甘波阇等国盛产良马，当地人也是骁勇善战的战士。

❀萨谛奇是风暴群神摩录多（Maruts）之一下凡。摩录多群神是风神伐由之子，也有人说他们是楼陀罗之子，约有二十一位，在《梨俱吠陀》中占据显眼位置。Maruts的词根"Mar"意为"闪"，这群精力充沛的年轻神祇总是光鲜灿烂如闪电，所经之处风雨大作，电闪雷鸣，地动山摇。吠陀神话中，他们是雷神因陀罗的好友和同盟，经常共同奋战。《梨俱吠陀》中称因陀罗就是在摩录多群神的援助下，最后借助毗湿奴之力，用金刚杵杀死了旱魔弗栗多，让七河奔流。《摩诃婆罗多》中阿周那在黑天的指导和萨谛奇的帮助下，取得了俱卢之战的胜利，似与这段吠陀神话遥相呼应。

❀根据史诗的描写，刹帝利武士的战车上都有带着自己独特徽记的战旗。在作战中，战车武士常以砍断对手的战旗以显示自己的勇武，打击对方的士气。

双方著名武士的战旗如下：

般度方		俱卢方	
坚战	群星环绕的金色月亮	毗湿摩	金棕榈与五颗星
怖军	银狮	德罗纳	金祭坛、水罐和弓
阿周那	神猴哈奴曼	迦尔纳	象索
无种	狮鹫	沙利耶	金铧

偕天	天鹅	马嘶	狮尾
黑天	金翅鸟王迦楼罗	难敌	宝象
萨谛奇	金鬃狮子	慈悯	熊牛
激昂	迦尼迦耶树	胜车	野猪

摩录多群神（Maruts)

风暴群神摩录多总是光鲜亮丽，他们是一群活泼机智的青年，作战却勇猛如狮子，是因陀罗的侍从和朋友。《梨俱吠陀》中称摩录多群神还是神界的歌手，他们的歌声是风的和声，有些颂诗将他们比作吟唱祭司。

第七章　闯关

萨谛奇闯入最后一重军阵之中，猛然扑向俱卢军，像雄鹰扑向猎物。他杀死前来拦截他的俱卢军将领妙容（Sudarshana），杀死所有在他射程之内的敌人，一路泼洒箭雨向前挺进，无人能阻。他的战马色如明月，就像阿周那的战马一样；挺立在白马金车上的萨谛奇光彩熠熠，宛如第二个阿周那。这位雅度族的大勇士一次又一次地挽弓成圆，杀死成百上千的耶婆那人、甘波阇人、吉罗陀人，以及其他蛮族武士，穿透他们的铜甲和铁甲，把大地变成了一片血肉模糊的沼泽。在他的打击下，整支大军所剩无几，剩下的慌忙四下逃散。

"这些人早就被阿周那打败过，要战胜他们真是太容易了。"以金鬃狮子旗为标志的雅度族英雄骄傲地对御者说道，"越过了德罗纳的军队之海，其他的不过是小溪罢了。你就放心大胆地前进吧！让马儿慢慢跑，不要过于劳累。"他们沿着阿周那开辟出的道路深入到军阵中，已能听到远方传来的甘狄拨神弓的呼啸声。

这时，以难敌、难降为首的七名持国之子和沙恭尼等率领蛮族武士组成的大军追上来，车声隆隆，响彻天地十方。萨谛奇傲然微笑，箭无虚发，一次次击退包围他的军队，杀戮的敌人比阿周那还多。他射断沙恭尼的弓，一箭射死难敌的车夫。脱缰的马匹拉着难敌狂奔离开战场，他的弟弟们和其他将领也纷纷跟着逃跑。萨谛奇趁势驱散俱卢军，其勇武甚至赢得敌军的钦佩。

难降大怒，呵斥军队回去战斗，驱遣山地部落的武士为先锋。这些山地居民仍在用最原始的石块做武器。俱卢人希望这支奇兵可以战胜对石战一窍不通的萨谛奇。于是，五百名山地武士举起幼象大小的巨石向萨谛奇掷去，其他武士也跟着投掷出石雨。萨谛奇力挽满弓，接连射出三百支箭，将这些巨石射得粉碎，砸死砸伤了这五百名山地武士。萨谛奇箭发不停，粉碎一阵又一阵石雨，杀死成百上千的蛮族武士。碎石如雨坠落,飞鸟也无法停留。俱卢军人马如被黄蜂蜇咬,纷纷掉头就跑,狂呼哀号之声有如海啸一般。

正与般度大军交战的德罗纳吃了一惊,担心难敌有难,急命车夫带他前去营救。车夫答道:"萨谛奇已经离我们很远了,而这些般度军勇士正向你冲来。主人啊,请想想该先顾哪一边。"

德罗纳略一犹豫,看见难降带着一大群吓破了胆的战车武士朝他奔来。德罗纳又气又急,斥责道:"难降啊,为何所有的战车都跑过来?国王和信度王是否安然无恙?你是国王的弟弟,国之储君,怎么能临阵脱逃呢?你自己侮辱般度诸子和黑公主,与他们结下深仇,怎么才和一个萨谛奇交手,就吓成这个样子?他日要是遇见阿周那,你该怎么办?当初你在赌局上得意忘形,可曾想到这些骰子会变成毒蛇般的利箭?现在军队溃不成军,你本该奋起保护,如果连你也逃跑,还有谁能坚守阵地呢?如果你真想逃跑,那就干脆和般度族讲和,把大地归还给法王坚战吧!否则就回去保护自己的军队,迎战萨谛奇!"

难降听了一言不发,带领军队重回战场,冲向萨谛奇。战斗并没有持续多久,萨谛奇杀死作为前锋的五百名三穴国勇士,撒出箭网笼罩住难降,犹如蜘蛛用丝网捕捉飞虫。剩下的将士再次一哄而散,逃回德罗纳那里。不甘失败的难降又追上去缠斗,萨谛奇迅速杀死他的马匹和车夫,射断他的弓和旗帜,难降只得慌忙登上三穴王的战车逃走。萨谛奇追了他一会儿,想到怖军发誓要杀死所有的持国之子,便放过了难降,继续驾车追寻阿周那的踪迹。

俱卢军连番受挫,德罗纳怒不可遏,冲向般度族大军大肆杀戮。他挥舞着镶金的大弓,发射出的利箭犹如太阳与火焰,连杀五名年少的般遮罗王子。眼看几位弟弟遇害,猛光泪往上涌,猛地冲向德罗纳,以箭雨笼罩住德罗纳。德罗纳微笑以对,驱散这些利箭。狂怒的般遮罗王子迅速以九十支箭射中德罗纳,这些利箭深深刺进德罗纳的胸膛,让他晕厥在车座上。猛光手握大刀跳下车,跃上德罗纳的战车,双目因愤怒而充血,一心只想砍下德罗纳的人头。在这千钧一发之际,德罗纳苏醒过来,向猛光射出长不盈尺的短箭。猛光中箭,只得跳下战车。他重新回到自己的战车上，拿起大弓，继续与德罗纳交战。德罗纳射死猛光的车夫，惊马带着猛光离开了战场。德罗纳趁势重整阵容，四大兵种杀气腾腾，吼声震天，就连天神也为之惊叹。

般度军毫不示弱，怖军、猛光等号令全军，冲向俱卢大军，以便减轻阿周那和萨谛奇的压力。就在这时，身着无敌铠甲的难敌带领一支军队突然杀入般度军中。坚战射断了他的弓，但射到他铠甲上的箭全部折断落地。一见难敌出现，般度军全都朝他冲过去。然而，眼前赤影晃动，德罗纳驾驭着赤马战车拦截住他们，屠杀开始。

他首先迎战羯迦夜族王子巨武（Brihatkshatra），双方交战了数个会合。德罗纳感觉到这位王子确实武艺超群，便祭出梵天法宝。这位英勇的王子也动用梵天法宝相抗，并以六十支箭射中德罗纳。德罗纳还以颜色，以一支黑蛇般的铁箭射透巨武的铠甲，重创巨武。巨武挟愤以数十支利箭回击，但他到底不是德罗纳的对手，在对方的频频打击下心浮气躁，被德罗纳一箭穿心而死。

眼看巨武被杀，童护之子车底王勇旗大怒，猛然冲向德罗纳。德罗纳射断他的弓，杀死他的马匹和御者。勇旗战车失灵，奋力向他投掷出一支铁杵，被德罗纳射落。铁杵落地，犹如星辰自苍穹陨落。接着，德罗纳又击落了勇旗向他投掷而来的长矛和标枪，然后一箭射透勇旗的心脏，杀死了车底王。

德罗纳长弓在手，万夫莫敌，他杀死为父报仇的勇旗之子，杀死妖连之子摩揭陀王偕天，杀死猛光之子武法（Kshatradharma），犹如死神吞噬一切命数已尽的众生。至此，般度军七位统帅已折其二，全军震动。雅度族大勇士显光驱车上前迎战，被他射死车夫，惊马拉着显光脱离了战场。德罗纳纵横驰骋，所向无敌，他虽然年逾八十，仍然精力旺盛如少年，以利箭杀戮四方，犹如楼陀罗游荡在战场，夺走所有生灵的性命。在他的打击下，般度军节节败退，已经退到很远的地方。

坚战王焦虑万分，他既听不到甘狄拨神弓的呼啸，也不见萨谛奇的身影，于是找到怖军道："怖军啊，我还是没有阿周那的消息！"

怖军惊讶地看着一向镇定的坚战如此不安，答道："我从未见你这样忧伤。从前我们沮丧的时候，你总是我们的支柱。振作起来吧，你需要我做什么？尽管吩咐吧！"

"我只听到五生螺号的声音,阿周那一定已经死了,只有黑天在战斗。"坚战眼中含泪,焦急地说,"萨谛奇也没有回来,我越来越担忧了。怖军啊,若你愿意听从我这个兄长的话,就去追随阿周那和萨谛奇吧!"

"阿周那绝不会有危险。"怖军心中不以为然,但仍然劝慰兄长道,"我这就按你的命令出发,和他们会合之后,再把消息转达给你。你不要担心了。"

于是,怖军便把坚战托付给猛光,特别叮嘱道:"你知道德罗纳千方百计要活捉法王,我不认为此行有必要,保护国王倒是当务之急。可是兄长既然这么盼咐,我也不能顶撞他,只能去该死的信度王那里。你一定要好好地保护国王,这是最为要紧之事。"

猛光慨然承诺:"放心吧!只要我活着,德罗纳绝不可能捉到法王。"

就在这时,黑天那震撼三界的五生螺号声再度传来,仿佛在催促他起程。怖军辞别坚战,冲向俱卢族大军。二十一名持国之子率领象军冲上来围堵,怖军身披黑铁铠甲,快箭如风,很快驱散象群,来到德罗纳的军阵前。德罗纳以为怖军会像阿周那一样行尊师之礼,微笑道:"怖军啊,你不打败我是无法入阵的。阿周那和黑天是经过我的允许才能过去,你可过不去!"

怎知怖军一听,气往上冲,愤怒地叫道:"你这婆罗门中的败类!阿周那英雄盖世,哪里需要你的允许才能入阵?他不过是尊重你,但我不是他!过去我们视你为师,敬你如父,但现在你自认是我们的敌人,我就把你当敌人来对待!"

说罢,他挥舞铁杵,犹如死神挥舞着刑杖,奋力投向德罗纳,德罗纳急忙跳下马车闪避。铁杵过处,德罗纳的战车、马匹、车夫和旗帜尽毁。以难降为首的多名持国之子立即上前围攻怖军,德罗纳趁势登上另一辆战车。

怖军砍断难降向他投掷的标枪,拉开大弓,接连杀死七名持国之子,令人触目惊心。然而,持国之子们仍然舍生忘死地继续上前围攻他。怖军大笑,又以利箭射杀四名持国之子。转瞬之间,十一名王子殒命,剩下的持国之子们见之丧胆,纷纷驱车逃跑。怖军歼灭仇敌,精神为之一振,他发出洪亮的狮子吼,冲出车队的包围,追击他的堂兄弟们。吓破了胆的持国之子们连忙指挥精锐的弓箭手从四面八方围攻怖军。怖军笑着奋力掷出铁杵，这一击是如此迅猛有力，铁杵破空的呼啸声响彻大地，惊得俱卢军人马纷纷躲避，胆小的将士甚至惊得跌倒在地。风神之子驾驭着战车一往无前，冲破敌阵，犹如太阳驱散黑暗。

眼看怖军如此骁勇，德罗纳怒不可遏，大喝一声，驱车赶来拦截，成千上万支利箭从他的镶金大弓中飞出。怖军竟然跳下战车，闭上眼睛，直冲向德罗纳，仿佛迎面而来的不是箭雨，而是盼望已久的雨季的甘霖。他的速度是如此之快，眨眼已到近前，徒手抓住德罗纳战车的车辕，竟将德罗纳连人带车掀翻在地！间不容发之际，德罗纳敏捷地跳上另一辆战车，车夫迅速驱车载他回到军阵入口处。

怖军重新登上自己的战车，一路闯关斩将，犹如狂风摧折树木。被阿周那和萨谛奇轮番蹂躏过的军队显得如此不堪一击，听到他的弓弦声和击掌声便胆战心惊。他突破成铠的军队，穿越甘波阇人和蛮族人的大军，远远已看到了萨谛奇的金鬃狮子旗。怖军一心想找到阿周那，继续驱车飞驰，终于，他看到了正与胜车王及众多大武士激烈交战的阿周那。极度的喜悦涌上心头，怖军发出巨大的吼声，犹如雨季云层中发出的雷鸣，连接了天与地。阿周那和黑天应声抬头，也随之大吼一声作为应答，白马金车向怖军疾驰而来。

那雷鸣般的吼声响彻整个俱卢之野，坚战王顿时愁云尽去，展颜而笑。"怖军啊，你果然给我传来了好消息！阿周那还活着！这真是太幸运了！"坚战王欣喜地在心中祝愿阿周那能实现誓言，取得胜利，"胜车一死，难敌是否愿意和我们讲和，保全剩下的人呢？看到那么多人死去，他是否会后悔呢？已经倒下一个毗湿摩了，我们和俱卢人之间的仇怨可否就此终结？"

坚战王思绪万千，心中满是怜悯之情，而这场残酷的大战依然在继续进行。正与阿周那交战的迦尔纳听到了怖军的吼声，愤怒地冲上前去挑战他。他用力拉开大弓，双方你来我往，利箭横飞。那响亮的击掌声和怖军可怕的吼声令所有武士胆战心惊，甚至握不稳手里的弓。迦尔纳笑着以一簇簇利箭织成箭网，轻松地将怖军连人带车一起覆盖住。怖军浑身中箭，鲜血直流，他无法忍受迦尔纳唇角那种轻慢的微笑，双目圆睁，迅速射断迦尔纳的弓，杀死其马匹和车夫，又以数支铁箭射中迦尔纳的胸部。这些铁箭穿透迦尔纳的身体钻入地下,犹如阳光穿透云层。迦尔纳弓断车毁,只得登上儿子牛军的战车。怖军兴奋地发出胜利的吼叫声,这声音压倒一切喧嚣,迅速传遍俱卢之野,令俱卢军军心震动。

难敌气急败坏,以最快的速度赶去德罗纳处,眼里喷出怒火,指责道:"现在阿周那、萨谛奇和怖军都闯关成功,到达胜车所在之地。你就算拦不住阿周那,难道也拦不住怖军和萨谛奇吗?这可真是天下奇闻!所有人都在议论纷纷,说德罗纳怎么可能被人打败?看来我真是福浅命薄,注定要灭亡,竟然有三位战车武士越过了你这一关!"

他竭力抑制住怒气,着急地道:"事已至此,你说说我们下一步该怎么做吧!该怎么保护信度王呢?你赶快想想吧!"

"事态紧急,我已反复考虑。已经有三位武士闯了过去,我们现在是腹背受敌。"德罗纳答道,"不过,我认为阿周那和黑天在哪里,哪里就最危险,加之萨谛奇和怖军从旁助阵,因此,我们的当务之急是保护信度王。这都是自作聪明的沙恭尼设下掷骰诡计造成的后果啊!"

他忍不住又旧话重提:"当初那场赌局根本就没有赢家!输赢要在今日战场上才能见分晓。沙恭尼以为他掷出的是骰子,其实全是利箭啊!"

白发苍髯的婆罗门语气森然,仿佛看透了冥冥中的安排:"你看,这里同样是俱卢人的聚会,双方军队就是赌徒,以箭矢为骰子,以信度王为赌注开出赌局。我们所有人都需要全力以赴,以命相拼,看看这场赌局究竟谁是赢家。难敌啊,你赶快回去,和那些大弓箭手一起奋力保护信度王,而我必须留在这里,抵挡般度族的大军。"

难敌立即带着随从原路返回,下定决心要保住信度王,途中遇见担任阿周那车轮卫士的两位般遮罗王子。阿周那闯阵之时,他们被成铠拦住,一路拼杀至此。见到难敌,他们立刻冲过来挑战。一番拼斗,双方的马匹和御者都在战斗中被杀。沙利耶驱车过来接应难敌,两位般遮罗王子也登上另一辆战车,他们顾不得再战,都急忙驶向阿周那与胜车王交战之处。

在那里，般度方和俱卢方正以信度王的性命为赌注展开豪赌，这场赌局将决定般度方首席武士阿周那的生死，从而决定了整场战争的胜负。"在太阳下山之前，阿周那是否能实现誓言，与我重逢？"这是坚战王的忧虑，也是所有人关注的焦点。作为大会堂赌局的延续，双方已将赌注押上赌桌，人员已经就位，这一场战争的赌局，究竟谁胜谁负？

◉ 德罗纳射中猛光的短箭称为一拃箭（Vaitastika），指箭长一拃，即张开的大拇指和中指两端间的距离，约九英寸，适合近战。与之相配的弓一定是较小的复合弓，甚至可能是弩。弩箭在东南亚原住民部落中有使用，Sarva Daman Singh 猜测雅利安人可能从部落民处学会了类似的兵器。

◉ 德罗纳家世尊贵，且与婆罗多族渊源极深。《摩诃婆罗多》中称婆罗多王晚年对自己的儿子不满意，便通过德罗纳之父持力仙人得到一位儿子普摩纽，让普摩纽继承王位，延续了婆罗多族的血脉。德罗纳的妻子也叫慈悯，大仙人乔达摩的后人。慈悯兄妹都被福身王收养，他们的婚姻堪称门当户对。在《梨俱吠陀》中，持力仙人是一位备受尊敬的仙人，也是《射方吠陀》的作者。持力仙人后裔众多，多出任王室教师和祭司，是古印度最有影响的婆罗门世家之一。

◉ 在印度神话中，有七位永生不灭的仙人将和摩奴一起渡过大洪水的灾厄，在下一个时代中传播知识，一般认为有德罗纳的父亲持力仙人、太阳王朝的祭司极裕仙人、由刹帝利修行升为婆罗门的众友仙人、诅咒因陀罗长出一千只眼睛的乔达摩仙人、众生之父迦叶波、月神与敝衣仙人之父阿多利（Atri），和持斧罗摩之父食火仙人。德罗纳违规使用梵武器打击普通将士时，七仙人曾现身阻止。《和平篇》中则提到了另一个版本，也有持力仙人，负责传授弓箭术；另有天神导师祭主仙人，负责教导吠陀各支；阿修罗导师、婆力古后裔太白仙人，获取政道论；那罗陀传授乾闼婆吠陀，即音乐；等等。（12.203.19）

第八章　　　　　　　　　　怖军与迦尔纳

第十四天的战斗已进入白热化。德罗纳排出的三重战阵长达四十八里，战线拉得太长，以致双方都有信息不畅、难以相互救助的困难。主战场实际分成了两处：德罗纳率军与般度大军交战，伺机活捉坚战；阿周那力图在太阳下山之前杀死胜车王，否则他便要投火自焚。俱卢方只要在任何一处战场达到目的，都可以获得这场大战的胜利。为了帮助阿周那，坚战先后派出了萨谛奇和怖军前去支援。怖军马快，后发而先至，他一赶到阿周那身边，迦尔纳便冲上前迎战，两人展开了一场恶斗。

持国听全胜讲述到这里，心都揪紧了，询问道："迦尔纳已经知道怖军是他的弟弟，而怖军却只记得他们之间的仇恨，他们之间是怎么交战的？唉，我愚蠢的儿子正是因为这个车夫之子，才和般度之子们结仇。他把所有的希望都寄托在迦尔纳身上，那么迦尔纳和怖军之间的战斗究竟谁获得了最后的胜利？"

"确实如此，迦尔纳在战斗时不免手软，怖军却牢记宿怨，作战凶猛，结果迦尔纳弓断车毁，只得登上另一辆战车。"全胜答道。

怖军并未就此罢手。他想起自幼经历的苦难，想起他们赌局失利、被迫流亡森林，想起大会堂上黑公主所受的侮辱和迦尔纳的刻薄言语，怒火在他的心头升腾。他舍生忘死地向迦尔纳冲过去，射出的利箭交织成一张张箭网，甚至遮没了太阳的光芒。迦尔纳含笑粉碎了怖军的箭网，并以九箭射中怖军。怖军毫不在乎地直冲向迦尔纳，迦尔纳也兴奋地上前迎战。他的白马与怖军的黑马犹如天上的白云与黑云相互追逐。他们互相泼洒箭雨，射出的羽毛箭宛如秋日晴空中飞翔的一行行仙鹤。这两位天神般的勇士激战正酣，旁边的将士可遭了殃，无数人马中箭毙命，尸横遍野。

迦尔纳和怖军一面作战，一面互相嘲笑责骂对方。双方交战数个回合，怖军再次射断迦尔纳的弓，杀死他的马匹。一旁观战的难敌气得发抖，连忙叫来弟弟难胜（Durjaya），吩咐道："迦尔纳有难，你快去帮他杀了那个阉人！"难胜答应一声，冲上前去袭击怖军。怖军中箭，怒从心起，将难胜连同车夫、马匹一起射杀。难胜跌落在地，像蛇一般扭动着身体。迦尔纳眼中含泪，向难胜施礼致敬。

怖军笑着继续追击失去战车的迦尔纳，迦尔纳浑身中箭，迅速登上另一辆战车，继续与怖军交战。他挽弓成圆，奋力射出一支威力强大如金刚杵般的羽毛箭，这一箭穿透怖军的身体，钻入地下。怖军则向他投掷出一支足有四腕尺长的钢杵，砸死了迦尔纳的马匹，然后又射杀他的车夫。迦尔纳第三次失去战车，只得徒步作战。难敌急忙让弟弟丑面前去给迦尔纳送一辆战车。见又来了一名持国之子，怖军兴奋地舔着嘴角。于是就在迦尔纳登上战车之时，丑面中箭毙命，鲜血淋漓地栽倒在地。看着丑面的尸体，迦尔纳眼中满是泪水，他深深地叹了口气，一时不知该如何是好。就在这时，怖军向迦尔纳射出十四支锋利的金羽毛箭，这些闪闪发光的箭像嗜血的毒蛇，穿透了迦尔纳的身体，钻入地下。迦尔纳不再迟疑，同样以十四支镶金的利箭回击，穿透怖军的左臂。怖军血如泉涌却毫不在乎，以三箭射中迦尔纳，七箭射中他的车夫。迦尔纳身体受创，心灵也同样焦灼不安，终于放弃战斗，逃离战场。怖军浑身是血，挽开大弓昂然独立于战场，犹如一团熊熊燃烧的祭火。

听到这里，持国再也忍不住，悲伤地说道："看来命运确实至高无上，人力微不足道。我多次听难敌夸奖迦尔纳是盖世无双的勇士，能打败般度之子们和黑天。结果他却从战场上败逃，难敌这下该怎么说？他一定会后悔没有接受黑天的求和吧！唉，难敌怎么会蠢得让丑面去对付怖军？怖军力大无穷，简直就是死神的化身，我看我们是注定要灭亡了。"

"难道不是你听信了儿子的话才和般度之子们结下深仇吗？你才是罪魁祸首啊。"全胜毫不客气地答道，"你现在是自食其果，别再责备尽心为你作战的武士了。"

一见迦尔纳败逃，五名持国之子们愤怒地冲上前去围攻怖军，迦尔纳见状也转身加入战团。怖军不顾持国诸子，直冲向迦尔纳，可是持国诸子团团护卫住迦尔纳，箭如飞蝗一般铺天盖地地射向怖军。于是怖军将他们连同车夫全部杀死。这五位年轻美丽的王子从战车上跌落尘埃，犹如开花的大树被狂风摧折。

眼见又有那么多王子因自己而死，迦尔纳盯着怖军，心中既痛苦又内疚。他愤怒地向怖军扑过去，以数十支箭射中怖军。他脸上那嘲弄的微笑是怖军最难忍受的，怖军随即以上百支箭射中迦尔纳，射杀他的马匹和车夫，然后狂笑着再次射断他的弓。那张精致的大弓坠落在地，发出巨响。

迦尔纳第四次失去战车，陷入徒步作战的窘境。难敌急忙派遣七位弟弟前去救援，可是他们全都被怖军杀死了。迦尔纳泪流满面地登上另一辆战车，舍生忘死地冲向怖军。他们互相泼洒利箭，像两只猛虎以利齿相互撕咬着对方。身上的铠甲早已破碎，两位勇士浴血苦战，弓如雷鸣，箭如暴雨，车声隆隆，响彻四面八方。迦尔纳这次是打出了真火，无数支利箭从他的强弓中飞出，布满了整个天空，犹如当空的太阳放射出万道光芒。怖军镇定自若，粉碎了迦尔纳的箭网，并以二十支箭射中迦尔纳。这场激战吸引了所有人的注意，怖军的勇武令阿周那、黑天、萨谛奇和担任阿周那车轮卫士的两位般遮罗王子都兴奋不已，齐声发出狮子吼，甚至连敌对的广声、慈悯和马嘶等人也不禁为他叫好。

难敌十分担心，对弟弟们说道："在怖军杀死迦尔纳之前，请你们快去把他救出来吧！"于是，以奇耳为首的七名持国之子怒气冲冲地向怖军发起攻击，仿佛众生毁灭之时，七大行星冲击月亮。怖军知道这七位王子不过是武艺平常的普通人，仇恨的火焰在他的心底燃烧，他握紧了手中的弓，放射出七支阳光一般明亮的金箭。这些箭迅猛如同金翅鸟，穿透持国诸子的心脏，饱饮他们的鲜血后飞入空中。七位王子倒地身亡，怖军仰天兴奋地发出怒吼，十三年来的积郁一扫而空。

就在这一天之内，怖军已经杀死了三十一名持国之子。难敌悲痛欲绝，想起了昔日维杜罗的忠告。智者的预言、怖军的誓言，看来都在一一实现。想到这里，难敌心乱如麻。迦尔纳和怖军激战不休，利箭横飞，不少俱卢军人马中箭毙命，只得纷纷退到二人的射程之外。混战之中，怖军一箭射落迦尔纳的一个耳环，再次射断他的弓。迦尔纳又拿起另一张更为强大的弓，己方人马的遍地尸体和淋漓鲜血深深激怒了他，他全身都似乎闪耀着愤怒的光芒。他一次又一次地挽弓成圆，动作快得肉眼看不出任何间隙，数以千计的利箭从他的镶金大弓中飞出，如飞蝗般遮天蔽日，完全笼罩住怖军。接二连三的胜利让怖军有些轻敌，他径直向迦尔纳冲过去，粉碎迦尔纳的箭网，向迦尔纳泼洒箭雨。狂怒的迦尔纳摧毁了怖军射来的所有的箭，然后射断怖军的弓，射死他的马匹。怖军的车夫也中了箭，怖军立刻跳下战车，奔向萨谛奇的战车。迦尔纳怒笑着又射断怖军的战旗，击落怖军投掷的标枪，击毁对方的盾牌，光彩熠熠，犹如劫末之时的火焰。

现在怖军手上只有一柄护身宝剑。他愤怒地把这唯一的兵器向迦尔纳投掷过去，砍断了迦尔纳的弓弦。迦尔纳笑着又拿起另一张弓。这时怖军竟突然跃起，想赤手空拳把迦尔纳拽下战车，迦尔纳急忙缩起身体，闪避在车座上。怖军一招落空，只抓住了迦尔纳战车的旗杆，落回地上。迦尔纳躲过这一击，立即又朝怖军冲过去。怖军失去战车，武器耗尽，看见被阿周那杀死的大象堆积如山，便进入其中，让迦尔纳的战车无法逼近。他看见什么就抓起什么，无论是战马、战象的尸体还是车轮，全朝迦尔纳一一扔过去，但都被迦尔纳以箭击碎。占尽上风的迦尔纳想起贡蒂的话，不杀死没有武器的怖军。他笑着跑过去，用弓尖敲打怖军，尽情嘲笑道："你这阉人！白痴！贪吃鬼！毛孩子学艺不精就别来打仗！哪里有好吃的你就适合待在哪里，要么去森林啃野果，要么待在家里打骂仆人，别来跟我这样的人战斗！去找两位黑王子庇护你吧，或者干脆回家！"

就在这时，阿周那朝他射出无数支利箭，将他从怖军身边驱走。萨谛奇也赶过来接应怖军，让他登上自己的战车，一起跟随着阿周那。三人会合到一处，共抗俱卢群雄。

却说萨谛奇远远望见怖军和迦尔纳交战落了下风，立即飞奔过去想要救援。他战胜以难降为首的五十名王子，以利箭杀戮各路军队，犹如疾风驱散云层，先后击败三穴人、苏罗塞那人、羯陵迦人的大军，来到阿周那的身边。疲惫不堪的萨谛奇长长地舒了口气，就像泅渡已久的人终于登上了陆地。

黑天惊喜地叫道："阿周那啊，你看！你的学生和朋友萨谛奇突破千军万马来追随你了！"

"我可不愿他来这里。他应该保护坚战王，抵御德罗纳。他一来，不知法王是否安好？"阿周那并不高兴，答道，"现在广声已经和萨谛奇交上了手，萨谛奇经过连番恶战已经筋疲力尽，广声却是以逸待劳，我担心萨谛奇会有危险。日已偏西，我还要杀死信度王，肩头的担子是更重了。"

广声与萨谛奇两家本是世仇，加上广声在大战中杀了萨谛奇的十个儿子，正是仇人相见，分外眼红。广声一见萨谛奇便冲上去挑战，叫道："今天我真是走运，你竟然送上门来了！和你作战是我长久以来的心愿，你一向妄自尊大，我要让你好好领教一下我的男子气概，为那些被你杀死的战士报仇。"

两人像两头愤怒的公象一样战斗，互相泼洒箭雨，杀死对方的马匹，射断彼此的弓。两人都失去了战车，以剑和盾徒步作战。他们高举着牛皮做成的盾牌，在战场上挪动步伐，不断兜着圈子，挥舞着宝剑奋力劈杀。双方你来我往几个回合，击破彼此的盾牌，便以手臂展开肉搏。萨谛奇毕竟经过连番力战，疲态渐显，黑天担心地说："看来广声已经占据了上风。阿周那啊，萨谛奇是为了接应你恶战至今才耗尽精力的。赶快出手帮帮他吧！"

阿周那有些犹豫，因为这在他看来仍是一场公平的对局。这时，广声已经打倒了萨谛奇，一手揪住他的头发，一手拔剑出鞘，还用脚猛力踢打萨谛奇的胸部，这对武士是极严重的羞辱，就连俱卢人也忍不住发出惊呼。黑天再次提醒和胜车恶斗的阿周那注意："他是你的学生，现在已经完全受制于广声，你怎能视而不见？"

阿周那认为广声只是拖拽萨谛奇，不会真的下手杀他，倒是很佩服广声的勇武。"我全神贯注地盯着胜车，没有注意到其他。为了萨谛奇，我就勉为其难地出手吧！"就在这时，广声举剑准备杀死萨谛奇。一支利箭陡然飞来，猛然砍断了广声的这条手臂。这条佩戴着精美臂钏的手臂飞了出去，手里仍握着剑，看起来就像一条五头蛇。

广声大吃一惊，发现下手的竟然是阿周那，不禁愤怒地大叫道："阿周那啊，你没有和我交战，怎能趁我不注意，砍断我的手臂？你对法王坚战如何交代？这难道是因陀罗亲自教你的吗？还是湿婆神、德罗纳和慈悯的教导？有教养的武士不会攻击思想不集中的人、受惊的人、失去战车的人、求饶或者落难的人。你出身高贵，品行端正，据说比世上任何人都更懂刹帝利法，怎么会做出这种恶行？这一定是黑天的唆使。雅度族人都是行为不端的低贱小人，你怎么会以这种人作榜样？"

阿周那答道："广声，你一定是老糊涂了，怎能这样责备我和黑天？两军作战，不仅应该保护自己，也应该保护自己的朋友。你当着我的面想要杀死我的学生和亲戚，一个为了我舍生忘死战斗的好友，要是我眼睁睁地看他被杀而不予救助，那才是忘恩负义呢。你说我不该攻击一个没有和我交战的人，可我一直在和庞大的车、马、象军作战；武士上战场怎么可能只和一个敌人作战？萨谛奇已经奋战了很长时间，击败了众多武士，人马都疲惫不堪。你在这样的情况下击败他，丝毫不能显示你的英雄气概，而你竟然还想杀他，我绝不可能袖手旁观。要怪就怪你在战场上不知警觉，只顾行凶，自己不小心！"

这番辩解并没有起到作用，持国之子们和俱卢军将士七嘴八舌地指责黑天和阿周那。阿周那也不恼怒，微笑着讽刺道："所有国王都知道我立下的誓言，没有人能杀死我射程范围内的己方人马。广声啊，你记住，你没有资格指责我！你自己有武器，却想要杀死萨谛奇，因此我砍断你的手臂，这并不违背正法。激昂还是个孩子，他在失去武器、战车和铠甲之时遭到杀害，哪一位有德之士会不谴责这种行为，反而为之欢呼？"

广声听罢，沉默地低下了头。他右臂已废，决意求死，便在战场上打坐，实行临终斋戒。断臂者看起来就像被砍断长鼻的大象，阿周那心生怜悯，祝福他升入天国。就在这时，萨谛奇站起身来，举剑猛然朝广声扑了过去。黑天、阿周那、怖军、两位般遮罗王子和许多俱卢将领都冲上去阻拦，却已经太迟了！就在所有人的惊呼声中，萨谛奇挥剑砍下了广声的头颅。

"你们这群满口正法的非法之徒，说我不该杀死广声，杀激昂时你们的正法到哪儿去了？"萨谛奇直面指责自己的俱卢人，"我曾经发过誓，无论是谁在战场上把我踩在脚下踢我，我都会杀死他。我有手有眼，还在拼搏反击，你们却认为我已经死去而掉以轻心。阿周那出于对我的友爱，也为了实现自己的誓言，射断了他的手臂。我脱身后在搏斗中杀了他，这哪里不合正法了？"

没有人说话，可也没有人赞同他。俱卢方和般度方的武士都在心里敬佩广声：他英勇作战，死于兵器之下，灵魂升入天国。他那被砍下的头颅如同马祭大典中敬神的祭马之首，神圣而纯净。

一片沉默之中，阿周那握紧了甘狄拨弓，对黑天说道："太阳正在迅速西斜，黑天啊，快马加鞭奔向信度王吧！我要赶在太阳下山之前实现誓言。"黑天应声扬鞭策马，直冲向信度王胜车。

◉ 萨谛奇是般度方的第一流勇将，持国疑惑他为何会被广声击倒，全胜道出了一段往事：在提婆吉公主的选婿大典上，萨谛奇的祖父悉尼（Shini）击败群雄，为表亲婆薮提婆赢得公主，将她抱上了自己的战车。广声的祖父月授王穷追不舍，与悉尼展开了一场恶战。悉尼当众将月授王摔倒在地，一手举剑，一手抓住他的头发，用脚踢他。虽然悉尼最后饶了月授王的性命，月授王却怀恨在心，苦修求得湿婆神的赐福，得到一个能为他复仇，打败悉尼子孙的后代，即广声。凭借湿婆神的恩惠，广声得以战胜萨谛奇，并以同样的方式羞辱悉尼的子孙萨谛奇，为月授王复仇。黑天即婆薮提婆与提婆吉公主之子。

◉ 在俱卢大战中，双方都曾为帮助己方同伴，不事先警告便参与到一场决斗中来，如萨谛奇击落德罗纳射向猛光的箭，马嘶化解掉阿周那射向难敌的法宝，难敌命三穴国主善佑袭击正与德罗纳交战的阿周那等。但阿周那射断对方的手臂造成残疾，则大大超过了救助同伴脱困的范围，因此受到广声的指责。

◉ 阿周那为救助萨谛奇砍断广声手臂的故事，常用来和罗摩以暗箭射死正与妙项决斗的猴王波林相比较。波林谴责罗摩偷袭，罗摩则以波林违法在先，且自己与妙项结盟必须履行承诺来辩解。同样，阿周那也以俱卢方以非法手段杀害激昂在先、自己必须救助朋友来为自己辩护。阿周那是《摩诃婆罗多》中最负盛名的英雄，史诗中曾多次提到他遵守正法，不从背后袭击对手，甚至不像其他英雄一样追杀转身逃跑的士兵。但随着战争的白热化，尤其是爱子激昂死去，他也不再循规蹈矩。阿周那袭击广声是一个标志性事件，至此，双方都有严重违规之举。

◉ 怖军在大会堂上发誓要杀死所有的持国之子，而奇耳曾仗义执言，认为黑公主不该受辱。在通行本中，怖军杀死奇耳后为之叹息，赞叹奇耳为忠于刹帝利职责而战斗至死，令人敬佩。

第七部　陨落的群星

第九章　　　　　　　　　　　　　　　追赶太阳

日正西斜,那罗与那罗延同乘一车。黑天驱策着银色的骏马,直冲向胜车王;阿周那屹立在战车之上,箭无虚发。俱卢军首领迦尔纳父子、难敌、沙利耶、马嘶、慈悯和胜车本人立即上前迎战。阿周那的身影迅速接近,他死死地盯着胜车,双目喷出怒火,仿佛要将胜车烧成灰烬。

难敌此时有些着慌,连忙对迦尔纳说道:"日神之子啊,战斗的时刻到了,展现你的力量吧!千万不要让胜车被阿周那杀死!剩下的时间已经不多了,只要拖到太阳下山,阿周那就得投火自焚。如果世上没有阿周那,他的兄弟朋友就再也无法存活片刻,我们便能无忧无虑地享受整个大地。阿周那一定是昏了头才立下这个自取灭亡的誓言,迦尔纳啊,有你这样不可战胜的武士在,有沙利耶、马嘶、慈悯、难降和我保护,阿周那怎么可能在日落之前杀死胜车王呢?我们一起拼尽全力和他交战吧!"

迦尔纳答道:"怖军是个高明的射手,我浑身的箭伤都在作痛,四肢僵木,只是因为要忠于职责才坚守在战场上。我会尽我最大的努力保护胜车王,只要我还在作战,阿周那就别想杀死胜车。但最后能否取胜,则要看天意。"

谈话之间,阿周那已经快马赶到,以利箭横扫俱卢军队,犹如大火焚烧干草。他射落英雄们的头颅,射断象鼻和马颈,射碎战车的车轴。投向他的标枪和长矛纷纷碎裂,数以千计的战马和战象倒地毙命,射落的战旗和人头一起坠地,大地上很快便血流成河。这位以真理为勇气的不可战胜者,在怖军和萨谛奇的护卫下,光彩熠熠宛如燃烧的火焰,直取胜车王。

目睹阿周那的声威,难敌、迦尔纳等六位俱卢方大武士连同胜车王本人群情激愤,一起上前将阿周那团团围住。战车纵横驰骋,阿周那仿佛以弓弦声和击掌声为伴奏，沿着战车的轨迹而起舞，看起来就像死神张开了大口。然而包围他的武士个个本领高强，无所畏惧。太阳已经变红，他们渴望这一天尽快结束，他们将胜车护在身后，驱车围成一个圆圈，咆哮着不停地向圆圈中心的阿周那释放出暴雨般的箭流，将无数天界武器投向阿周那，一次又一次地射中他。其他武士则按照难敌的命令，以庞大的车军从四面八方围堵阿周那，个个朝他张弓射箭。

身陷重围的阿周那勇猛而冷静，迅速将这些箭射断，并让所有武士每人身中数箭。所有人都目睹了甘狄拨弓的威力，看着阿周那杀死了大量俱卢军将士之后，逼近信度王。迦尔纳立即上前拦阻。阿周那以十箭射中迦尔纳，护卫阿周那的怖军和萨谛奇也出手攻击迦尔纳，一时竟出现了迦尔纳一人奋战三人的场面。迦尔纳奋力回击，让他们每人身中数十箭。阿周那大为恼怒，射断了迦尔纳的弓，然后射出一支太阳一般灿烂的利箭，想要杀死迦尔纳。这支箭被马嘶出手射断，迦尔纳迅速拿起另一张弓，继续与阿周那恶战。他们像雄狮一般怒吼，彼此发出威胁："我是阿周那，你等着！""我是迦尔纳。阿周那，你等着！"他们射出的箭流遮天蔽日，淹没了他们的身影。这场精彩的决斗吸引了所有人的注意，就连天上观战的仙人们也赞叹不已。

难敌可不能容忍己方将领只做旁观者，叫道："大家努力保护迦尔纳吧！迦尔纳告诉过我，他不杀死阿周那决不后退。"就在这时，阿周那猛然拉弓至耳，以四箭杀死迦尔纳的马匹，又以一支月牙箭射死他的车夫，然后射出漫天利箭，覆盖住迦尔纳。迦尔纳猝然失去战车，一时不知如何应对。马嘶迅速前来接应迦尔纳，让他登上自己的战车，继续与阿周那作战。于是，所有俱卢军将领一起上阵，以沙利耶、慈悯、信度王等六大武士为首，迅速冲向阿周那，一路向他泼洒箭雨。恶战骤起，异常惨烈，令人感觉天旋地转。

时间在点滴流逝，在这秋冬季节，太阳总是下落得很快，每下落一寸，便离末日更近了一分——胜车王的，或者阿周那的。在这危急关头，阿周那手执甘狄拨弓，沉着应对。为了讨回王国，为了十二年历经的艰辛与苦难，他挽弓成圆，射出不可计量的利箭，笼罩住天地十方。天空仿佛布满了无数燃烧的流星，成群的乌鸦降落到倒毙的尸体上。头戴天冠、颈佩花环的阿周那怒火中烧，歼灭群雄，征服敌军，光辉灿烂宛如湿婆神亲自张开了他那黄褐色的神弓。他纵横驰骋，以利箭驱散飞箭，以法宝对抗法宝，仿佛出现在四面八方，造成极惨重的伤亡。人的眼光无法跟上阿周那出箭的速度，从甘狄拨弓射出的利箭成千上万，布满了整个天空。白马金车的阿周那宛如中天之日，一切众生不敢逼视。他击败群雄，直冲向胜车王，以数十支笔直的箭命中对手。

胜车王大为恼怒，奋起还击，以数支毒蛇般的利箭分别射中阿周那和他的马匹。阿周那驱散对方射来的利箭，然后同时射出两支箭，一箭杀死胜车的车夫，一箭射断他的战旗。旗杆断裂，胜车王那面华丽的以野猪为标志的战旗轰然落地，宛如一团火焰。

就在此时，太阳正迅速向西山落下。黑天立刻提醒阿周那："阿周那啊，赶快射下胜车的头颅吧！但千万不可让他人头落地。胜车的父亲增武王（Vriddhakshatra）曾发誓：谁若让他的儿子人头落地，谁的头颅就会碎成百瓣。你要用法宝将他的头颅送往增武王的怀中，不要让他察觉。按我说的做吧，因陀罗之子啊！三界之中，还没有你办不到的事。"

阿周那听了，舔了舔嘴角，动用咒语召唤出一支有如因陀罗金刚杵般的神箭，张弓搭箭，直取胜车王。这支神箭割下胜车王的人头，宛如雄鹰从树梢叼走鸟儿。阿周那用箭将这头颅变成了一朵迦昙花（Kadamba），再用另一些箭推动这头颅继续高飞，飞出俱卢之野，落在正在打坐行晚祷的增武王怀中。增武王没有察觉。晚祷结束后，他站起身来，胜车的头颅一下子滚落在地。就在胜车王头颅触地的一刹那间，增武王的头颅也碎裂成百瓣，一切众生惊讶不已，齐声赞叹黑天和阿周那。怖军发出一声惊天动地的狮子吼，向坚战王通报胜利的消息。坚战王知道阿周那已经完成誓言，心中喜悦，下令全军鼓乐齐鸣，加紧攻打俱卢人。

亲眼看见胜车王被杀，持国之子们悲痛地流下泪来。慈悯和马嘶盛怒之下朝阿周那冲过去，左右夹击，向阿周那倾泻出暴雨般的利箭。阿周那处境危急，却不愿杀害师长和德罗纳的儿子，只是徐徐放箭抵抗。尽管如此，慈悯还是抵挡不住，晕倒在战车上。车夫还以为他已经身亡，立即载他脱离战场。马嘶也随即离开。

阿周那心中难过，对黑天说道："维杜罗确实是有远见的，他早就预言过难敌会倒行逆施，给俱卢族带来灾难。就是因为难敌，我与我的老师为敌。慈悯之前教我武艺时曾告诫我不要打击师父，我本不想攻击他，却还是将他射晕过去，我将来一定会为此下地狱的。"

就在这时，痛心于胜车王被杀，愤怒的迦尔纳也朝阿周那冲过来，萨谛奇和两位般遮罗王子立即上前拦截。阿周那担心萨谛奇不敌，让黑天驱车前往救助。黑天不以为然地说："放心吧，萨谛奇一人就足以匹敌迦尔纳，何况还有两位般遮罗王子。"

看到萨谛奇失去战车，黑天吹响螺号，早有准备的达禄迦立即驾驶着他以金翅鸟为旗徽的战车飞驰而来。萨谛奇登上黑天的战车，冲向迦尔纳，一路泼洒箭雨。两位般遮罗王子也随之前往。双方展开激战，达禄迦车技精湛，迦尔纳与萨谛奇骁勇过人，令所有人为之驻足观看。己方人马接二连三被杀令迦尔纳悲痛不已，他像蛇一样愤怒地嘶嘶喘息，一次又一次地向萨谛奇发起攻击。萨谛奇同样以密集的箭雨还击，以通体铁质的利箭射遍迦尔纳全身。他射死迦尔纳的车夫和马匹，然后在俱卢全军上下的惊呼声中，将迦尔纳的战旗射得粉碎。眼看迦尔纳陷入危局，他的儿子牛军立刻和沙利耶、马嘶等人从四面八方围攻萨谛奇，场面混乱不堪。迦尔纳趁势登上难敌的战车，想起他从童年起对难敌的友爱以及誓要让难敌为王的承诺，发出一声叹息。

萨谛奇屹立于黑天的战车之上鏖战群雄，骁勇如同两位黑王子。因怖军发誓要杀尽持国诸子，阿周那发誓要杀死迦尔纳，萨谛奇没有继续追击，也没有杀害以难降为首的持国诸子，只是让他们失去战车。他以弓箭击败数以百计的刹帝利武士，赢得声名。全胜讲述到这里时由衷赞叹："在这世上，大弓箭手只有三人：黑天、阿周那与萨谛奇。别人都比不上他们。"

这时，萨谛奇原来的车夫又为他送来另一辆装备齐全的战车，达禄迦功成身退。双方交战期间，怖军和阿周那会合，说起迦尔纳对自己的侮辱："阿周那啊，迦尔纳当着你的面，叫我阉人、白痴、贪吃鬼，我发誓谁要是这么骂我，我就要杀了他！记住这是你我共同的誓言，杀了迦尔纳！"

阿周那听了，冲到迦尔纳身边，叫道："迦尔纳啊迦尔纳，你这没见识又自吹自擂的人啊，根本不懂正法！英雄们从事战斗，总是或败或胜，就连因陀罗也不是百战百胜。怖军遵守刹帝利法，全力作战，勇往直前，从不后退。他曾多次让你失去战车，却从未出言侮辱，而你却对他极尽羞辱，还趁我不在时杀死了激昂。你这是自取灭亡。听着，迦尔纳，今日我手触武器立下誓言：我不仅要杀了你，还要让你眼睁睁地看着我杀死你儿子牛军！你的随从、你的军队，以及任何晕了头前来挑战我的国王，我都会斩尽杀绝！"

听到阿周那发誓杀死迦尔纳之子，所有的战车武士爆发出一阵巨大的喧嚣声。夕阳带着千道余晖，缓缓沉入西山，宣告白昼的终结。战场上布满死去将士们的尸体，他们为了胜利和荣誉而战死沙场，铠甲破碎，武器和饰物四散零落。昂贵的战车、精致的战袍、碎裂的战旗、盾牌、花环和亮闪闪的金饰随处可见，将大地装点得分外美丽。黑天和阿周那在阵地前沿相互拥抱，欢庆胜利。然后，黑天吹响了五生螺号，这些兴高采烈的英雄们一起驱车前去向坚战王报告胜车已死的消息。坚战王跳下战车，依次拥抱两位黑王子，以及怖军和萨谛奇，喜极而泣，说道："这真是太幸运了，阿周那能够实现誓言，我能与你们这些如同生命一样珍贵的人们再次相见。黑天啊，凭借你的恩惠，我们定能取得胜利，如同昔日因陀罗依靠你而战胜阿修罗。"

黑天答道："胜车王是被你的怒火焚毁的，嚣张的持国大军也即将毁灭。赐人荣誉者啊！你始终恪守国王的职责，当俱卢人触怒你时，已经注定了灭亡的命运。"

己方的胜利令般度军欢欣鼓舞，而俱卢军中却是一片愁云惨雾。胜车王在重重保护下被杀，俱卢军将士怨声载道，认为是难敌谋划不当造成了如此惨重的伤亡。难敌也听到了这些抱怨，他泪流满面，信心尽丧，心想："大地上找不到阿周那那样的武士啊！无论是德罗纳、迦尔纳、马嘶还是慈悯，都无法面对盛怒的阿周那。他击败所有对手，杀死胜车王，无人能挡。他已经歼尽这支俱卢族的大军，我看不到任何救主。我仰仗迦尔纳的勇武，拒绝了黑天的求和，而迦尔纳却战败，胜车阵亡。"

他沮丧地前去与德罗纳会合，然后在俱卢族的议事会上对德罗纳说道："看啊，师父，阿周那在歼灭了七支大军后，又杀死了你的弟子胜车。许多全力为我而战的朋友们都已经死去，我欠他们的债该如何偿还？我这个违背正法的贪婪小人，不能保护老祖父毗湿摩，让朋友遭到毁灭，即使举行一千次马祭，也无法洗清自己的罪孽。我在此起誓：不是我将般度军全部消灭，就是我战死，奔赴朋友们所在的世界。由于没有得到妥善的保护，现在我的那些朋友已经不再一心支持我，开始心向般度兄弟。你一向偏爱阿周那，亲自决定了我们的死亡。支持我的人都已经阵亡，只有迦尔纳还在盼望我胜利。我是多么愚蠢才会犯下这个可怕的错误，竟然认不清真相，对假朋友委以重任。广声、胜车这些英雄为我而死，我现在就要去追随他们的脚步。请你这位般度诸子的老师允许我离开。"

德罗纳被他当众指责，思前想后，沉痛地说："难敌啊，你为什么要说这些话来伤害我？我说过很多次，阿周那是不可战胜的。就连毗湿摩也被杀死，我们还能依靠谁呢？当初沙恭尼投掷出的不是骰子，而是利箭啊！这些正是阿周那用来杀死我们的利箭。你用欺诈手段夺得王国，羞辱黑公主，又无视维杜罗的忠告，如今正是自食其果。"

"胜车王由你本人、迦尔纳、慈悯、沙利耶和马嘶等众多国王近身保护，为何你们都活着，胜车王却死了？他一心希望我和你能救助他，可还是未能从阿周那的手里逃生。因此，我对我自己能否活命，已经不抱任何希望。"德罗纳指出难敌对信度王之死也应负有责任，然后说道，"为了你的利益，我将继续鏖战，不把般遮罗人消灭干净，我决不卸甲！请告诉我还在作战的儿子马嘶，让他保留性命，不要放过敌人，要牢记我的教导，慈悲克制，遵守正法。国王啊，如果你有能力，就去保护你的军队吧。愤怒的俱卢人和般度人即使在夜间也要打仗。"

说罢，德罗纳毅然朝般度军进发，决心挫败众武士的气焰，犹如太阳驱散群星的光芒。就这样，第十四天太阳虽已落山，战斗却并未就此终结。战争前夕双方共同拟定的法则被一条一条破坏了。

❀《摩诃婆罗多》中有大量诅咒和赐福的故事，诅咒的发出、化解或实现，是推动史诗情节发展的重要工具。发出诅咒的主要是婆罗门，但出自刹帝利乃至平民之口的也不少，增武王就是一例。古印度人认为语言本身就有一种神秘的力量，他们崇拜原初之音"唵"，最神圣的吠陀经被称为"天启经"。在很长一段时间里，人们不是用文字，而是通过口耳相传来传授经典。有学者甚至认为，杀梵罪被视为重罪，正是因为婆罗门历来是智慧的传播者，杀死一位婆罗门意味着可能有一部分智慧因此而流失。

❀在印度尼西亚的摩诃婆罗多传说中，怖军出生时全身被皮革裹住，一头大象用象牙挑开了皮革，皮革被风神送到了求子的增武王处，化为其子胜车。胜车长大后到象城寻找哥哥怖军，被沙恭尼诓骗，难敌把妹妹杜莎罗嫁给胜车以为笼络。胜车因此而为难敌效命，充了杀激昂的关键角色，最后死在阿周那箭下。

❀通行版中对杀胜车一节的描写比精校本丰富很多，详尽地描写了阿周那如何击败六大武士，杀死胜车。此外，还增加了黑天以神力遮住太阳，让胜车误认为白昼终结的情节。不过，胜车自始至终仍在战场上，为六大武士所护卫，他们并未因"太阳下山"而放松警戒。阿周那最后力克六大武士，杀死胜车，之后又过了一段时间太阳才下山。黑天的神力干预既无必要，也没有起到作用，加之南北传本里的细节并不一致，有的写黑天瑜伽之力造成幻象，有的则写黑天以妙见神轮挡住太阳，精校本资深编辑 **M.A.Mehendale** 由此判断这一情节是黑天崇拜兴起后的产物而删去。

第十章　　　　　　　　　　　　　　　长日已尽战未尽

难敌被德罗纳一顿刺激，决心参战，他向迦尔纳抱怨道："如果不是德罗纳偏爱阿周那有意放水，阿周那怎么可能闯进来？就是因为德罗纳答应保障信度王的安全，我才没有让信度王回家，结果信度王死了，我的那么多兄弟也丧了命！"

"不要责怪你师父了，他正在为你全力搏杀。"迦尔纳答道，"不过，就算德罗纳武艺精湛，我也不认为他能击败般度族，因为命运至高无上。正是这个原因，驾驭白马者越过他闯入军阵之中。我们费尽心机地欺诈投毒，竭尽全力地奋勇作战，但总是徒劳无功。他们还是以微小的力量，挫败了我们庞大的军队。我想，这就是命运的作用，不是他们多聪明，做了什么善事；也不是你多愚蠢，犯下多少恶行。命运仲裁一切，独自做出决定。"

这位贡蒂的长子、难敌的挚友如此劝慰友人："被命运所抛弃的人，无论如何努力，都会遭遇毁灭。可是，人还是应该坚定不移地做应做之事，把成败交给命运去决定。现在，让我们全力作战，直面死亡。命运将根据我们和般度方所做的努力，做出裁决。"

于是，在迦尔纳的鼓励之下，难敌拉开大弓，以前所未有的勇气和力量投入战斗。此时太阳已经落山，视野已不如之前那么明亮。难敌挑战群雄，发射出阵阵箭流驱散敌军，无数般度军士兵倒地毙命。于是，坚战王亲自出马，射断了他的弓，并一箭将他射晕过去。般度军以为难敌已死，兴高采烈地欢呼起来。德罗纳闻讯快马赶到，护卫难敌。般度军全军上下便向德罗纳发起总攻，双方展开一场极其惨烈的夜战。

夜幕降临，尘土飞扬，人们什么都看不清，只是近乎疯狂地厮杀呐喊搏击。不时传来的豺狼凄厉的嚎叫，让这个夜晚显得更加阴森恐怖。过了一会儿，鲜血落入尘埃，金甲驱走黑暗。武士们射出的利箭如暴雨，投掷的铁杵、标枪如雷霆，其他武器则像阵阵狂风，这场兵器组成的暴风雨既冷冽，又炙热，呼啸回荡在这俱卢之野，夺走无数人的生命。

战斗变得越来越狂热和残忍。黑暗、喧嚣、混乱、血腥、盲目而无意义的杀戮……俱卢之野上正在进行的这场混战比任何一刻更能展现出战争的本来面目。德罗纳拉开大弓，连杀猛光诸子和尸毗王。怖军杀得性起，竟跳下战车，赤手空拳打死三名羯陵迦王子，抓住迦尔纳向他投掷而来的标枪，反掷回去，沙恭尼连忙出手击断那支标枪。两名持国之子也朝怖军冲过去，一人战车失灵，两兄弟便共乘一车与怖军作战。怖军竟抬脚踹翻这辆战车，一顿拳脚将这两名王子活活打死。观战的俱卢军将士吓得魂飞魄散，纷纷驾车逃走。

广声的父亲月授王痛心于爱子之死，一心要杀死萨谛奇复仇。然而尽管萨谛奇已经奋战了整整一天，年迈的月授王依然不是他的对手。勇猛的雅度人以十箭重创这位俱卢族元老，将他射晕过去。车夫立刻载着月授王撤离战场。愤怒的马嘶冲上前去想与萨谛奇较量，突见前方旌旗招展，一支奇异的大军出现在他们面前。为首的战车以黑铁制成，拉车的是一群非马非象的怪物。战车上竖着一面血红的战旗，旗上的兀鹰王双目圆睁，发出尖叫。罗刹王瓶首屹立在战车上，发出狮子吼，指挥众罗刹投入战斗，一时间四面八方都是石雨、火箭和飞镖等武器，惊得迦尔纳等国王和持国之子们四散奔逃。

唯有骄傲的马嘶仍然屹立原地，以利箭破除罗刹制造的幻象。瓶首之子冲上来拦截马嘶，却被马嘶摧毁了战车。年轻的罗刹跃入空中，施展幻术，降下漫天树雨，然而马嘶的利箭依然穿透幻象击毙了他。眼看爱子丧生，瓶首悲痛欲绝，要找马嘶复仇。马嘶却拒绝了："你是怖军之子，也就是我的小辈，我不想和你打。去找别人吧！"

杀死瓶首之子后再以不与小辈动手的规则拒战未免有些假惺惺。瓶首气得双目血红，叫道："你以为我怕打仗吗？我是俱卢族的后裔，永不退却的殷度族的儿子，今天你休想逃得活命！"他疾扑过来，车轴粗的利箭朝马嘶当头洒下。马嘶立即还击，双方箭流在空中互撞，火星四溅，仿佛无数明亮的萤火虫在夜空中飞舞。瓶首见状施展幻术，化身为一座高山，无数标枪、刀剑等武器汇成瀑布，从山顶直泻而下。马嘶微笑，以金刚杵法宝击碎高山。瓶首又化为乌云，降下阵阵石雨，却被马嘶以风神法宝破解。

于是，幻象全消。瓶首依然屹立在战车上，率领罗刹大军向马嘶杀过来。马嘶毫不畏惧，朝那些凌空飞行的罗刹倾泻暴雨般的利箭，打得对方阵脚大乱。瓶首盛怒之下向他掷出一个楼陀罗打造的八轮飞器。这闪闪发光的利器呼啸着飞来，马嘶跳下战车，竟徒手将这飞器抓住，反掷回去。瓶首急忙跳下战车闪避，就在这一瞬间，飞器将他的黑铁战车连同马匹、车夫一齐摧毁，扎入大地。

这位婆罗门出身的将领在夜晚作战竟似比白昼更为骁勇，他以利箭摧毁罗刹大军，一切众生为之惊叹。然后，他拉开大弓，一箭射穿瓶首的胸膛。瓶首中箭倒地，猛光急忙带他脱离战场。马嘶击败群雄，在尸山血海中发出狮子吼。目睹此情此景，般度军将领下定决心，誓要血战到底。于是，血腥的战斗再一次升级。

在马嘶大战罗刹的同时，难敌也派出沙恭尼带领六万象军，与众国王率领的六万步兵合兵一处，攻打般度五子。双方交战之际，月授王又看到了杀子仇人萨谛奇，怒火万丈地冲上前去，朝他发射密集的箭雨。怖军唯恐萨谛奇有失，向月授王投掷出一根铁闩，萨谛奇也正好射出一支火焰般的利箭。铁闩和箭矢同时击中月授王，他顿时晕了过去。见儿子有难，波力迦立即赶过来相救，被怖军掷出的铁杵击中倒地毙命，犹如被闪电击中的大树。

波力迦是福身王的兄长，俱卢族耆老。眼见他被杀，十位持国之子纷纷上前围攻怖军。怖军拉开大弓，以十支铁箭命中对方的要害，箭矢饱饮仇人的鲜血，夺走这十位王子的性命。然后，他又向迦尔纳的爱子牛军倾泻箭雨。迦尔纳的弟弟牛车（Vrikaratha）赶来援助，被盛怒的怖军杀死。接着，怖军又以铁箭连杀沙恭尼的十二位兄弟，令观战的众国王为之战栗。

一向温文尔雅的坚战王此刻战意浓烈，格外勇猛，战车过处大批三穴国、尸毗国、摩德罗等国的勇士和蛮族武士丧生，大地变成一片血的沼泽。

眼看各路大军败逃，德罗纳在难敌的催促下驱车直取坚战王，一上来就祭出风神法宝，但却被坚战王以法宝轻松化解。德罗纳大怒，杀意大起，接连使出伐楼那、阎摩、火神、陀湿多和日神法宝，然而坚战王毫无惧色，逐一破解。德罗纳动了真怒，不再顾及生擒坚战王的誓言，一心要置对手于死地，祭出了因陀罗法宝和生主法宝。坚战王沉着以对，也召唤出因陀罗法宝相抗。接二连三受挫让德罗纳气急败坏，索性祭出威力至大的梵天法宝。顿时，天地十方被黑暗所笼罩，一切众生陷入恐慌。然而，坚战王也同样召唤出梵天法宝，双方相互抵消，大地重归安宁。这场法宝大战吸引了所有人的目光，引来众英雄齐声叫好。

德罗纳无可奈何，于是转而朝般遮罗军队下手，用风神法宝歼灭这些普通士兵。般遮罗军士大骇，当着怖军和阿周那的面溃逃。阿周那和怖军遏止住溃散，带上他们重回战场，一左一右夹击德罗纳的军队，杀得这支俱卢军队四散败逃，即使德罗纳和难敌亲自阻止也无济于事。

眼看胜利在望，般度军欢声雷动，从四面包围住俱卢人，节节逼近，势不可挡。难敌连忙向迦尔纳求援，叫道："忠于朋友的迦尔纳啊，现在是你出力的时候了！快保护全体将士吧！"

迦尔纳当即答道："放心吧！我向你起誓，定将消灭般度五子和所有的般遮罗人，将胜利献给你。大地之主啊，我就是为了取悦于你而活着的。我会用天帝所赐的百发百中的标枪杀死阿周那，他一死，他的兄弟们就只能听凭你的摆布重归森林了。"

慈悯听了顿时笑出声来，奚落道："说得好啊，迦尔纳！如果单凭吹牛就能成功，那难敌确实能得到保护，即使阿周那与你单独交战，你也不是对手，又怎么能战胜全体般度五子和黑天呢？迦尔纳啊，你总是夸夸其谈，却一事无成，就像光打雷不下雨的秋云，可惜国王不明白这一点。不见阿周那的时候，你便大肆吹嘘。一见阿周那，遭受他的利箭打击，你便哑口无言。刹帝利靠臂力称雄，婆罗门靠语言称雄，阿周那靠弓箭称雄，而迦尔纳靠空想称雄。"

慈悯这番话够刻薄，迦尔纳强忍怒气回应道："勇士们即将上战场挑起重任，说一些豪言壮语有什么错？我已下定决心承担起这个异常艰巨的任务，你就拭目以待吧！我将杀死般度五子和黑天、萨谛奇，让难敌无忧无虑地统治这大地。"

慈悯不以为然地说："你的这些空想和狂言我不敢苟同。即使众天神、人类和罗刹联合起来，也无法战胜两位黑王子。法王坚战恪守正法，又拥有众多忠心耿耿、能征惯战的盟友，你怎么可能战胜这样的对手？真是不自量力！"

迦尔纳怒极反笑道："婆罗门啊，你说得不错，我甚至还可以举出般度五子的其他美德。可是，凭借因陀罗所赐的标枪，我必定能取阿周那的性命！阿周那一死，他的兄弟和黑天都会走向毁灭。难敌就能轻而易举地占有一切。我心有良策，才会出声呐喊。你这个婆罗门年事已高，不会打仗，对般度族的偏爱蒙蔽了你的心智，让你故意羞辱于我，恐吓俱卢军士。我方是有不少勇士阵亡，可是般度方也同样伤亡惨重，我看不出他们有什么高明之处值得你如此吹嘘。你若再敢对我出言不逊，我就挥剑割下你的舌头！"

听到迦尔纳侮辱自己的舅舅，马嘶气得举剑朝迦尔纳扑过去要杀他，难敌和慈悯连忙劝阻，眼看般度族大军正在节节逼近，请大家务必齐心协力，共同抗敌。马嘶恨恨地放下了剑，喝道："我们倒是可以原谅你，可阿周那一定会灭掉你的气焰！"

于是，迦尔纳以行动代替回答，他张开大弓，迎向四面八方汹涌而来的般度军，发射阵阵箭雨，砍掉无数头颅。阿周那眼见军队溃散，立即驱车来战，迦尔纳兴奋地上前迎战。双方互相泼洒箭雨，展开一轮快射。阿周那怒笑着以一支铁箭击中迦尔纳的手掌，迦尔纳长弓脱手，但他立刻又拿起来继续奋战。双方奋力搏杀了几个回合，阿周那迅速击断迦尔纳的弓，射死他的马匹，一箭砍下车夫的头颅。阿周那手下不停，箭如闪电，接连四箭击中弓断车毁的迦尔纳。迦尔纳中箭受创，只得跳下失灵的战车，匆匆登上离他最近的战车，而接应他的俱卢将领正好是刚与他吵过架的慈悯。两人面面相对，不可谓不尴尬。

眼看自己倚重的迦尔纳被阿周那击败，军队溃逃，难敌又气又急，赌气说："不要逃跑！诸位勇士啊，丢掉对阿周那的恐惧吧。看吧，今天我要亲自上阵杀死他！"

说罢，气红了眼睛的难敌亲自率领大军冲向阿周那。慈悯大吃一惊，急忙呼唤马嘶："国王一定气昏了头，竟然想去挑战阿周那，简直是飞蛾扑火！快阻止他！"

马嘶立即拦截住难敌，叫道："国王啊，我还活着，你就不该去打仗。不用担心阿周那，我会去拦阻他。"

难敌满腔委屈地抱怨道："师父总是像保护自己儿子一样保护般度诸子，你也偏爱他们。或许因为你喜欢坚战或黑公主，我从未见你展现出你应有的英勇。马嘶啊，快去消灭我的敌人，让我满意吧。把般遮罗人全部杀光吧，因为你完全有这样的能力。"

马嘶平静地答道："我父亲和我确实对般度诸子有好感，他们也喜欢我们，可是在战场上，我们都会抛开私情，全力以赴地作战，否则局面不会像现在这样。然而，你不可能很快战胜般度军。般度诸子都是卓越的武士，为什么不能消灭你的军队？你自己欺诈成性，傲慢而又多疑，所以总是怀疑支持你的人。尽管如此，我依然愿意为你拼死而战，让般度军领教我的威力。"

马嘶冲上前去，杀得般度军将士纷纷避让。猛光见状立即上前挑战，叫道："杀死这些人有何用处？你要真是英雄，就来和我打。我是生来要杀死德罗纳的人，我要先杀死他，再杀死你。"

马嘶勃然大怒，和猛光展开恶战。然而即使是猛光，也无法抵御黑夜中的马嘶。这场战斗仿佛只持续了片刻便分出了胜负，马嘶摧毁了猛光的马车，逼得般遮罗王子带领大军匆匆而逃。于是，坚战和怖军率军包围住马嘶，与以难敌、马嘶为首的俱卢军展开恶战，阿周那随即加入，三人目标明确，直指俱卢军主帅德罗纳。围绕着德罗纳的战车，勇士们奋力鏖战，厮杀呐喊声响成一片。

萨谛奇与月授王这对冤家再度交手，彼此都想置对方于死地。他们浴血苦战，像箭猪一样浑身布满利箭，这时怖军出手，向月授王投掷出一根铁闩，被月授王击断。随后，萨谛奇射断月授王的弓，杀死他的马匹和车夫，然后以一支火焰般的利箭结果了月授王的性命。

眼看月授王被杀，俱卢军纷纷向萨谛奇冲去，坚战王率军拦阻，向德罗纳发射箭雨，黑天适时提醒道："不要再和德罗纳打下去了，他一心想要俘虏你，杀德罗纳的自有其人。你还是去迎战难敌，支援怖军吧。"坚战审时度势，听从了黑天的劝告，撇下德罗纳，前去与怖军会合。而德罗纳也趁着夜幕初降，大肆杀戮般度军队。

　　恶战在继续，夜色越来越浓，世界笼罩在黑暗和尘埃之中。战士们无法看清对方的面目，只能通过互报姓名和猜测来作战，一旦遭到杀戮便惊慌失措地四下奔逃。在这黑暗笼罩的战场上，别说士兵，就连军队统帅也晕头转向。

　　于是，难敌下令各军重整军队，以德罗纳为前锋，沙利耶为后卫，马嘶与沙恭尼为两翼，他自己亲自保护全军。他让步兵们都放下武器，手执灯火为大军照亮。般度军也立即点燃灯火，每辆战车放置十盏灯，每头大象身上放置七盏灯，每匹马由两盏灯照亮。两军迅速行动，无数手执灯火的步兵与象兵、车兵和骑兵混编在一起，顷刻间光明大放。明亮的灯火映照着勇士们的甲胄、金饰和沾满鲜血的兵器，犹如燃起了吞噬森林的熊熊大火，光辉夺目，就连太阳也为之失色。

　　灯火通明，天地全亮，惊动了所有的天神、乾闼婆、药叉、阿修罗和天女，他们纷纷前来观战。不断有阵亡英雄升天而去，整个战场犹如天界一般。

　　⊛《摩诃婆罗多》中描述了两次在夜间进行的战斗：一次是毗罗吒军队在日落时追上抢夺牛群的三穴人，双方借助月光进行战斗；一次则是俱卢大战的第十四天，俱卢军和般度军手执灯盏和火炬继续作战。但按照古印度的战争法则，两军应在日出后作战，日落时休战；夜战普遍被视为非法的举动而不受重视。P.Sensarama 认为，印度人为此付出了惨重的代价。亚历山大大帝入侵印度时，便利用了对方不惯于夜战而让大军于夜间偷偷渡河，从而出其不意地战胜了印度国王波罗斯（Poros）。

　　⊛ Devdutt Pattanaik 认为疲惫不堪的士兵一手握着火炬，一手握着武器继续作战，象征着人类的愤怒造成的破坏。当人类怒火燃烧之时，良知泯灭，规则崩溃，复仇的兽性占据了上风。

⬢ 根据《摩诃婆罗多·初篇》中的描述,当时一支大军的标准编制如下表所示。《射方吠陀》中的记载与之相同。般度方有七支大军,俱卢方有十一支大军,参战总人数近四百万。

单位	车	象	马	步	总数
波底(Patti)	1	1	3	5	10
兵口(Senamukha)	3	3	9	15	30
兵集(Gulma)	9	9	27	45	90
兵群(Gana)	27	27	81	135	270
兵聚(Vahani)	81	81	243	405	810
团(Pritna)	243	243	729	1215	2430
旅(Camu)	729	729	2187	3645	7290
师(Aneekini)	2187	2187	6561	10935	21870
大军(Akshauhini)	21870	21870	65610	109350	218700

第十一章　　　　　　　　　　　　　　　　　　暗夜之战

　　成千上万盏灯火照亮了俱卢之野，整个战场流光溢彩，宛如群星璀璨的夜空。难敌察觉到德罗纳战意浓烈，很是满意。他踌躇满志地对众将说道："你们一定要竭尽全力地保护好德罗纳，让他免遭猛光的毒手。只要德罗纳安然无恙，他一定能诛灭所有的般遮罗人。那时马嘶就能杀死猛光，而迦尔纳会击败阿周那，我会击败怖军，这样胜利就属于我了！"

　　与此同时，坚战王也对般度军将士下令："进攻吧，以德罗纳为唯一目标，一定要杀死他！"于是在双方国王的号令下，两支大军迅速接近，将领们捉对厮杀，围绕着俱卢军主帅德罗纳展开激烈交锋。成铠和沙利耶负责护卫德罗纳的车轮。坚战王身先士卒，冲向德罗纳，成铠上前迎战。坚战打得很猛，但他到底不是成铠的对手，在对方的猛烈攻击下弓断车毁，铠甲破碎，只得撤离战场。沙利耶则拦截住毗罗吒王，杀死对方的马匹和车夫，毗罗吒王立刻跳下战车，徒步作战。他的弟弟百军驱车来援，被沙利耶一箭毙命。毗罗吒王登上弟弟的战车，愤怒地向沙利耶倾泻箭雨，然而依然不敌，被对方射晕了过去，御者急忙载他撤退，沙利耶乘胜掩杀，这支般度军四处溃败逃散。阿周那见状立即飞驰向沙利耶，一路挺进，所向披靡。

　　难敌按照他的计划前去拦截怖军，两人互相用箭雨覆盖对方，他们的身影隐没在箭流中，犹如日月被乌云遮蔽。难敌这次志在必胜，不停地射断怖军的弓。只要怖军拿起一张新弓，就立刻被难敌射断。怖军愤而向难敌投掷出一支铁质的标枪，竟然也被难敌射断。于是，怖军拿起一支沉重的铁杵，奋力投向难敌的马车。难敌的马匹和车夫被当场砸死，难敌立刻跳下马车，登上他一位兄弟的战车。混乱之中，怖军还以为难敌已经死了，发出声音巨大的狮子吼，声震四野。坚战听到了怖军的吼声，也以为难敌已死，立刻赶去怖军处。其余众将继续针对德罗纳发起进攻。

无种一路冲杀，逼近德罗纳，沙恭尼上前拦截。面对着这个导致般度族陷入苦难的宿敌，无种满腔怒火。他们互相攻击，各自中箭受创，鲜血直流，整个人宛如红花盛开的木棉树。沙恭尼一度让无种中箭昏迷，无种苏醒后大怒，接连发射了百余箭。沙恭尼被射晕过去，瘫坐在马车上，车夫载着他迅速撤离。无种击败沙恭尼，继续向德罗纳挺进。

偕天冲上去试图接近德罗纳，被迦尔纳拦截住。这是一场实力悬殊的战斗。交战没有多久，迦尔纳就射断了偕天的弓，射死了他的马匹和车夫。偕天举起宝剑和盾牌继续战斗，然而迦尔纳轻轻一笑，便用利箭摧毁了偕天的武器。偕天又向迦尔纳投掷出铁杵和标枪，但都被迦尔纳击落。偕天跳下战车，拿起一只车轮便朝对手投掷过去。迦尔纳射出数千支箭矢，将车轮击为碎片。偕天战车失灵，武器耗尽，只得弃战而去。迦尔纳大笑着追逐了他一程，说道："玛德利之子啊，上战场别和比你强的武士交锋，要和与你旗鼓相当的人作战，记住我的话！"他用弓端戳着偕天，似嘲讽又似真诚地说道："阿周那在那边，去找他吧！或者你也可以回家。"他遵守自己对贡蒂的承诺放过了偕天，转而向般度军下手。偕天保住了性命，但被仇人一顿讥讽，不禁意气消沉。一位般遮罗王子驱车而来，将他接上自己的战车。

月授王的长子普利（Bhuri）拦截住他的杀父仇人萨谛奇，然而他复仇未果，反被萨谛奇以一支标枪穿胸而过，倒地身亡。至此，月授王的三个儿子全部阵亡。马嘶见普利被杀，立即向萨谛奇猛扑过去，却被瓶首中途拦阻，两人在这半夜时分展开一场大战。瓶首利箭如雨，隐挟着风雷之声；马嘶用咒语召唤出法宝对抗，泼洒的箭矢遍布四面八方。无数箭流在空中碰撞，火星四溅，犹如萤火虫漫天飞舞。瓶首连射十箭，命中马嘶胸口，将马嘶射晕了过去。马嘶苏醒过来，迅速还以颜色，一箭穿透瓶首的心口，瓶首受创昏迷，车夫只得带他撤离战场。

般遮罗王子束发也向德罗纳发起攻击，被慈悯射晕了过去。一般这种情况下应停止攻击，但慈悯急于杀死束发，仍继续向他放箭。目睹束发受困，般度军一拥而上前来救助，持国诸子纷纷率军驰援慈悯。军队在暗夜中集结，步兵飞奔向前，匆匆的脚步震撼了大地。车、马、象身上安置的灯火摇晃，宛如一颗颗从天而降的大流星，驱散了黑暗。整个战场亮如白昼，照耀着战士的金甲、兵刃和淋漓的鲜血，越发触目惊心。

猛光一马当先，直取德罗纳。目睹德罗纳的天生之敌气势汹汹地杀过来，俱卢军群起护卫自己的主帅，两支大军在夜色中相遇，犹如风暴肆虐的海水交汇。猛光奋力拉弓至耳，射出一支足以杀死德罗纳的利箭。这支箭犹如初升的太阳一般光华璀璨，照亮了整个黑夜。俱卢军中惊惧之声四起，这时，迦尔纳适时出手，击断了这支可怕的箭矢。接着，迦尔纳、德罗纳父子、难敌兄弟、沙利耶、沙恭尼等人群起围攻猛光，分别向他射出数箭。猛光毫不畏惧，每人还了几箭，并射死俱卢方一员将领，射断了迦尔纳的弓。迦尔纳气得眼睛发红，立即拿起另一张弓，向猛光倾泻箭雨。其余六位名将见迦尔纳震怒，纷纷上前将猛光围住，决意将他立毙当场。

在这危急时刻，萨谛奇飞驰而来，迦尔纳当即向他射出十箭阻击。萨谛奇还以十箭，喝令道："不许走！"骄傲的迦尔纳自然不会拒绝挑战，当即拨响弓弦，上前迎战，各式各样的箭矢成百上千地向萨谛奇迎头洒下。迦尔纳之子牛军也上前助阵，率军从四面八方向萨谛奇发射利箭。萨谛奇大怒，用武器抵挡住对方众将的攻势，并射中牛军的胸口。牛军中箭受创，长弓脱手，晕倒在战车上。迦尔纳误以为爱子已死，强忍悲痛猛攻萨谛奇。然而这位雅度族战士骁勇异常，以一敌众，依然射断了迦尔纳父子的弓和皮护指。迦尔纳和牛军迅速换弓再战，从四面向萨谛奇泼洒箭雨。

就在这时，远方传来甘狄拨弓惊天动地的巨响，盖过了战场上的所有喧嚣。迦尔纳审时度势，向难敌进言道："你看，阿周那在那方战场杀死了所有尸毗族和俱卢族的大弓箭手，正拉动甘狄拨弓炫耀他的胜利。而我军已经溃不成军，人人都在哭喊逃命。我们无论如何也挽救不了那里的局势，不过，如果能杀死猛光和萨谛奇，胜利仍然属于我们！所以，趁阿周那还没有发现，请派大批优秀的武士拖住他。让我们像对付激昂一样，抓紧时机全力合围猛光和萨谛奇，务必尽快杀死他们。"

难敌对迦尔纳向来言听计从，当即命沙恭尼带领难降诸兄弟率军阻击阿周那，喝令众将全力围攻猛光和萨谛奇。只听车声隆隆，勇士们齐声发出狮子吼，率领骑兵和象兵将萨谛奇团团围住，弥天箭雨狂洒而下。萨谛奇临危不乱，拉开大弓，射落头颅滚滚，射断象鼻和马颈无数。伤残者的哀号声和濒死者的惨叫声，凄厉犹如鬼哭，回荡在这夜半时分的俱卢之野上，令人毛骨悚然。

难敌眼见军队溃败，亲自出马冲向萨谛奇，没想到迎头就挨了萨谛奇十几箭。难敌勃然大怒，向萨谛奇发射利箭回击。然而这位雅度族勇士尽管已奋战了整个白昼，依然勇猛绝伦，接连杀死难敌的马匹和车夫。难敌站在失灵的战车上继续向萨谛奇放箭，萨谛奇出手极快，不仅击落难敌射来的所有箭矢，还一箭射断了难敌的弓。难敌只得登上成铠的战车撤离战场。萨谛奇乘胜追击，驱散俱卢军队。

沙恭尼奉难敌之令，带领一支车、马、象齐全的军队将阿周那团团围住，将领们纷纷向阿周那施放法宝，发射箭雨。阿周那奋力反击，以利箭屠戮敌军，顷刻间俱卢将士肢体破碎，尸横遍野。交战之中，沙恭尼战马被杀，他只得跳上儿子优楼迦的战车，父子合攻阿周那。但他们如何是阿周那的对手？甘狄拨弓震响，成百支利箭呼啸而至，撕碎俱卢族的军队，犹如狂风吹散层层乌云。围攻阿周那的各路军队均被击溃，人人丧胆，在黑夜之中呼喊奔逃。两位黑王子战胜敌人，兴奋地吹响了胜利的螺号。

仿佛受到了鼓舞一般，猛光大发神威，射断了德罗纳的弓。德罗纳换弓再战，继续向猛光发射利箭。猛光一面抵挡住德罗纳的攻势，一面大肆杀戮俱卢军队。在他的打击下，俱卢将士死伤惨重，战场上血流成河，军队四散溃逃。于是，猛光、束发、萨谛奇、玛德利双子和怖军全都吹响螺号，发出声音巨大的狮子吼，声震四野，胜利似乎已然在望。

目睹各路大军溃败，难敌王怒不可遏，奔到迦尔纳和德罗纳面前数落道："是你们因信度王被杀不忿，才开始这场战斗；可你们明明有能力取胜，却故意坐视般度方杀戮我的军队。如果你们不想帮我，就不该承诺说你们会战胜般度诸子；如果你们仍然支持我，就拿出你们的真正实力来战斗吧！"

德罗纳和迦尔纳被他一激，就像被激怒的蛇，朝萨谛奇冲过去。德罗纳、难敌、沙恭尼和迦尔纳父子将萨谛奇团团围住，人人向他发射利箭。般度军将士急忙驰援，却难以抵挡盛怒之下的德罗纳等俱卢群雄，被杀得大败而逃。士兵们甚至丢下火把，只顾逃命。这样一来，般度军陷入一片黑暗中晕头转向，俱卢军却灯火通明，将敌我双方看得清清楚楚。于是，德罗纳和迦尔纳不停地放箭，从背后追杀这支溃败的军队。

眼看前方失利，猛光和萨谛奇率领的军队全面崩溃，怖军与阿周那迅速集结起各路军队，让败兵重返战场。接着，坚战也率领一支军队回到战场。双方再度交锋，战况激烈，直如月出之时大海涌潮。激战之下，俱卢军也纷纷扔掉了灯火，似乎毁灭时刻已至，人已经完全失去了理智。两军就在黑暗和尘土之中互相杀戮，靠互报姓名来辨别敌我。战场上忽而陷入沉默，忽而喧哗大起。哪里有灯光闪烁，勇士们就像扑火的飞蛾一般冲向哪里挥刃相向，浓黑的夜色笼罩住他们。

被难敌言语刺激的迦尔纳勇不可当，杀死猛光的马匹和车夫，又射断了对方的弓。猛光奋力向迦尔纳投掷出铁杵，砸死了迦尔纳的战马。此时猛光已多处受创，无法再战，只得徒步走到坚战军中，登上偕天的战车。迦尔纳重新为自己换上几匹精力充沛的信度良马，更添威势。他驱策着如飞的骏马，以百发百中的利箭大肆杀戮般度军队，砍下他们的头颅和臂膀。般度军被他杀得晕头转向，四下溃逃，迦尔纳穷追不舍，从背后放箭追击。

坚战王见状不禁心生退意，对阿周那说道："你看，手执长弓的迦尔纳在这黑夜之中也像太阳一样炙烤万物，看样子他一定会消灭我们。如果你觉得时机已至，就采取必要的行动杀死他吧！"

阿周那听了便对黑天说道："国王惧怕迦尔纳的勇武，他的军队一再得势，我们必须迅速反击，不能容忍他横行无忌地追杀我军。请立即载我到他那里去，让我和他决一死战吧！"

然而，黑天却另有主意："我看现在还不是你和迦尔纳决战的时候，因为他有因陀罗标枪，是专门留着对付你的。不过，可以让瓶首去对付他，他拥有罗刹和阿修罗的各种武器，又对你们忠心耿耿，一定能战胜迦尔纳。"

说罢，他径直召唤出瓶首，微笑着说道："瓶首啊，仔细听清我的话，现在是你展现勇气的时候了！迦尔纳正在屠杀我们的军队，只有你才能阻止他，因为罗刹在夜晚会更加强大有力。今夜，你要用幻术杀死迦尔纳，拯救你的亲族。"

阿周那听了也对瓶首说道："我军的所有勇士中，我最器重的是你、萨谛奇和怖军。你前去和迦尔纳进行一对一的决战吧，由萨谛奇担任你的后卫，在萨谛奇的协助下杀死迦尔纳。"

"我的勇武确实可以和迦尔纳、德罗纳以及任何一位伟大的刹帝利相媲美。"瓶首应承道，"今夜，我会与迦尔纳展开决战，只要大地存在，人们就会谈起这场战斗。不过，我会按照罗刹的方式作战，不放过任何人活命，即使是合十求饶者。"

夜浓如墨，瓶首驾驭着罗刹战车，冲向迦尔纳。这辆战车长达四百腕尺，装有八个车轮，覆以熊皮，配备着各种精良武器。血红色的食肉兀鹰旗高高飘扬，瓶首屹立在战车上，身躯高大如山岳，面貌丑陋而狰狞，护体金甲犹如燃烧的火焰。他用力打开巨弓，以车轴般的利箭覆盖住四面八方，在这毁灭众生的黑夜里，疾驰向迦尔纳。

◉月授王属于俱卢王室中的波力迦一系，他共有三子：普利、广声和舍罗（1.177.14）。这个家族在第十四天的战斗中全部阵亡，而这只是俱卢大战中王室家庭的一个缩影。

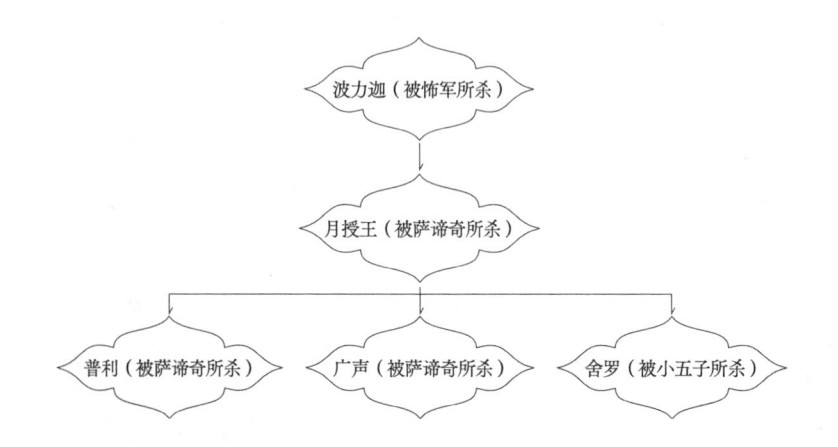

波力迦（被怖军所杀）
↓
月授王（被萨谛奇所杀）
├── 普利（被萨谛奇所杀）
├── 广声（被萨谛奇所杀）
└── 舍罗（被小五子所杀）

◉ 精校版编辑 M.A.Mehendale 注意到，在俱卢大战前双方拟定的战争规则中，规定不应杀死从战场上逃跑的人。史诗中常见英雄们以言语挑衅："如果你不从战场上逃跑，我就会杀了你。"德罗纳向难敌保证，如果坚战不从战场上逃跑，他必会生擒坚战。迦尔纳因此放过了束发（8.44.23）。不过，武士们在对付普通士兵时经常违反这条规定。迦尔纳、德罗纳、怖军等人都多次违反，史诗中明确提到不在背后追杀普通士兵的只有大战第十二天的阿周那（7.31.48）。

◉ Hopkins 试图通过史诗文本来复原当时战车的形状和尺寸，但不少学者指出他忽略了史诗作者可能运用了夸张的手法，对于罗刹战车的描写很可能只是想象力的产物而非现实的反映。如 Sarva Daman Singh 即认为，当时的战车应该很轻，史诗中多次提到战车被利箭或铁杵击为碎片（如 3.230.29 和 3.231.5 等）。

◉ 在第十四天的战斗中，黑天因迦尔纳拥有因陀罗标枪而两次阻止阿周那与迦尔纳决战。在黄昏时，黑天让萨谛奇与迦尔纳作战，此战以萨谛奇击败迦尔纳告终。而在夜战中，黑天又再次派遣瓶首代替阿周那与迦尔纳作战。值得一提的是，在夜战刚开始时，迦尔纳声称自己将以因陀罗标枪取阿周那性命，黑天驱车载阿周那战败迦尔纳，并未顾忌因陀罗标枪。这场战斗以迦尔纳弓断车毁，不得不登上慈悯的战车而告终。这是史诗文本的前后矛盾之处。

第十二章　　　　　　　　　　　　　　　　　　　　瓶首之死

　　见罗刹王瓶首驱车飞驰而来，辫发阿修罗之子足力（Alamvusha）主动请缨出战，护卫迦尔纳，挑战瓶首。辫发阿修罗死于怖军之手，双方因此结下宿仇。但足力并非瓶首的对手。黑夜中的罗刹王勇猛无敌，在瓶首的打击下，成千上万的俱卢军士兵扔下火把逃跑，四大兵种乱成一团，开始自相残杀。足力也在混战中失去战车，车夫阵亡。愤怒的足力索性赤手空拳猛击瓶首，瓶首一时被他打得摇摇晃晃。两人肉搏角力，比拼幻术，连番鏖战，足力渐落下风。瓶首如鹰隼般疾扑下来，举起足力摔到地上，随后一剑砍下他的头。瓶首拎着足力那颗血淋淋的头颅，大笑着扔到难敌的战车上，声如雷鸣："你亲眼见识过你朋友的英勇，现在他已被杀死。你和迦尔纳也会是同样的下场。"

　　足力阵亡，瓶首气势更甚，直取迦尔纳。弓如雷鸣，箭如暴雨，两人奋力搏杀了很长时间，鲜血直流，却依然难分高下。于是，迦尔纳召唤出天国武器，而瓶首也立即施展出幻术，变幻出一支狰狞恐怖的罗刹大军。在众罗刹的簇拥下，高举巨弓的瓶首俨然如死神亲临，惊得俱卢众将魂飞魄散，纷纷逃窜。时值深夜，罗刹的力量更加强大，向四面八方投掷出武器，声势骇人。俱卢阵营中只有迦尔纳依然沉着以对，他以弓箭破除幻象，击毁瓶首的马匹和战车。瓶首浑身中箭，就像一头长满了刺的豪猪，随即隐没在箭网之中。他忽而变幻出无数张大口，吞没迦尔纳的天国武器；忽而变得小如拇指，在天地间游走不定。随后，他再次出现在镶金战车上，来到迦尔纳身边，挑衅道："车夫之子啊，你今天休想从我手里逃得性命！"

　　瓶首纵声大笑，跃入空中，向迦尔纳发射出车轴般的利箭，泼洒阵阵石雨。幻化出的罗刹大军勇猛如狮虎，向迦尔纳扑来。瓶首拉开巨弓，发出怒吼，一箭击断迦尔纳手中的弓。迦尔纳并不慌乱,迅速换弓再战。无数支金羽毛箭从他彩虹般的大弓中飞出,将罗刹大军杀得七零八落。瓶首也遭到迦尔纳的利箭打击,再次隐身不见。他以幻术迅速摧毁迦尔纳的各种法宝,化身千万。在这位幻术大师的操纵下,无数豺狼、狮虎、毕舍遮和罗刹出现在战场上,高声嘶吼着从四面八方扑向迦尔纳。迦尔纳镇定地以法宝破除罗刹的幻象,一支支利箭饱饮着它们的鲜血,令它们肢体破碎,倒地毙命。眼看幻象全消,瓶首扔下一句恐吓之言,又再度消失不见。

眼看瓶首幻术层出不穷,俱卢将士人人惊恐不安,一旁观战的德罗纳和马嘶不禁惊叫出声,担心迦尔纳会死于瓶首之手。难敌当即请罗刹王阿罗逾达(Alayudha)前往救援。

阿罗逾达与难敌本无瓜葛,他是希丁波、钵迦和斑驳的亲友,此三人都死于怖军之手,他因此与般度方结下仇怨。阿罗逾达听说此刻正进行夜战,便率领一支罗刹大军赶到战场,打算借助黑夜的力量杀死怖军。这支突如其来的生力军让俱卢人欣喜万分,他们期望用它来对付瓶首。听了难敌的请求,阿罗逾达便抛下怖军,向瓶首冲过去。迦尔纳趁势摆脱瓶首,向怖军冲来。怖军唯恐儿子有失,不顾迦尔纳的拦截,飞车赶来与阿罗逾达交战。众多罗刹一拥而上,般度军阵脚大乱。黑天见状立即让猛光、束发等般遮罗王子挡住迦尔纳,让玛德利双子和萨谛奇对抗罗刹,而让阿周那抵御德罗纳为首的俱卢族大军。

这时阿罗逾达已射断怖军的弓,摧毁了怖军的马车和车夫。怖军跃下战车,大吼一声,向阿罗逾达投掷出铁杵。阿罗逾达也同样以铁杵还击。两人互掷铁杵,以拳头互殴,抓住身边任何可以交战的东西厮打:车轮、车轴、坐垫……这是一场人与罗刹的较量,发生在罗刹力量最强大的恐怖的深夜,黑天无法坐视,叫道:"瓶首,你父亲正在被罗刹攻击!你先杀阿罗逾达,再杀迦尔纳吧!"

于是,两位罗刹王就在这深夜的俱卢之野展开一场大战。他们比试幻术,投掷武器,举起大树甚至山峰厮打,发出雷鸣般的巨大声响,声威之骇人让人想起昔日猴王波林与妙项之间的大战。武器打光了,他们就扑到一起,抓扯对方的头发肉搏角力,血水和汗水混在一起流下,如同雨水从两座高山上倾泻而下。瓶首毕竟技高一筹，举起阿罗逾达，旋转着扔到地上，一剑砍下了他的头，发出怒吼。般度军鼓乐齐鸣，欢呼胜利。在明亮火炬的照耀下，瓶首身形如山，浑身是血，狂笑着将阿罗逾达那颗已无知觉的头颅扔到难敌面前。胜利是属于他的，夜晚是属于他的，这位暗夜之王。

瓶首杀死阿罗逾达，扑向正与众般遮罗王子激战的迦尔纳，有如罗睺冲击太阳。各式各样的利箭横飞，光辉灿烂，覆盖住天空，仿佛天上突然绽放出朵朵鲜花。两人再度交锋，依然势均力敌，于是，瓶首再次藏匿起身形。见此情形，俱卢军气愤地大叫起来："这个罗刹采用欺诈的手段作战，一定会杀死迦尔纳！"迦尔纳动用天国武器，迅速以箭网覆盖四面八方，天空变得一片漆黑，看不见任何生物。然后，所有人目睹瓶首施展幻象：空中现出一朵红云，明亮有如燃烧的火焰。接着，电闪雷鸣，从云中降下无数箭矢、标枪、战斧、铁杵、石雨……伴随着巨大的可怕声响，纷纷砸在俱卢将士的头上。战马和战象中箭毙命，武士们被巨石砸中，倒在地上辗转哀号。

迦尔纳密集的箭网也无法拦截这从天而降的武器之雨，俱卢军伤亡惨重，士卒纷纷逃走，战车武士们虽然满怀恐惧，但依然坚守战场。幻象变得越来越恐怖，无数豺狼吐出火焰般的舌头高声嚎叫，成群的罗刹出现在空中，向俱卢大军投掷出武器的暴雨。这是一场前所未有的屠杀，即使胆怯求饶者也依然难逃活命。在这一刻，仿佛时间之神化身瓶首，毫无怜悯地杀戮一代刹帝利，战场变成了一个森然恐怖的屠场，残缺的肢体和破碎的内脏覆满了整个大地。面对着这场灭顶之灾，俱卢军队完全崩溃了。所有人都在不辨方向地仓皇逃窜，狂呼哀号："快逃吧！一切都完了！这是因陀罗率领众神为般度族杀戮我们呢！"迦尔纳暗自惭愧，但仍然挺立在战车上，独自用利箭与瓶首的幻象对抗。逃亡的俱卢将士不禁对他又是崇敬，又为他担心。这时瓶首投掷出一个带有飞轮的百杀器，杀死了迦尔纳的所有战马。迦尔纳跳下战车思索对策，已经吓破了胆的俱卢人纷纷叫道："迦尔纳啊，快用标枪杀死这个罗刹吧！否则他会在今夜杀死所有的俱卢族人和持国之子！杀了他，我们还能从夜战中逃生，继续与般度之子们作战。"

迦尔纳眼看着自己的军队遭受屠杀，耳听着俱卢人的声声呼号，终于下定决心，掷出他用耳环和神甲换来的因陀罗标枪。他苦心保存了这支百发百中的神枪若干年，是为了对付阿周那，但现在他决定用在瓶首身上。

他投掷出标枪。

这支闪闪发光的标枪系着套索如流星般划过夜空，有如死神般追逐着瓶首，渴望吮吸罗刹王的鲜血。标枪出手，狂风大作，雷电轰鸣，一切众生发出惊呼。瓶首仓皇而逃，将自己的身形化作文底耶山一般庞大。标枪追上了他，将他的幻术焚为灰烬，然后，击中了他的心脏。在所有人的注目之下，这支燃烧的标枪冉冉上升，隐没于星辰之中。

瓶首大叫一声，倒地毙命。即使是死亡，这位罗刹之王依然创造下另一个业绩：他庞大的身躯从空中坠下，砸死了许多俱卢军士。但无论如何，他终究是死了。这位夜之君王、黑暗的主宰，在屠戮了无数俱卢将士后，终于死在百发百中的因陀罗神枪之下。俱卢人欣喜若狂，齐声发出狮子吼，簇拥着迦尔纳登上难敌的战车凯旋。

眼看亲人阵亡，般度族人眼含热泪，悲伤不已。唯有黑天兴奋得手舞足蹈，不停地拥抱阿周那。阿周那不禁不悦道："黑天啊，瓶首阵亡，军队受创，所有人都沉浸在悲伤之中，为什么你反而如此高兴？"

黑天答道："我确实很高兴，因为因陀罗标枪用来对付瓶首之后便已失效，迦尔纳就是个死人了。要知道，就算你用甘狄拨神弓，我用妙见飞轮，也无法战胜拥有神甲和耳环的迦尔纳，因此因陀罗为了你用标枪换走了他的铠甲和耳环。现在他连标枪都已失去，那就有了杀死他的机会。至于瓶首，他本来就是个罗刹，即使不死在因陀罗标枪之下，我之后也会杀死他的。"

这番解释并不能让般度之子们释怀，坚战王泪流满面，叹息不止，对黑天说道："黑天啊，人若不知报恩，那就罪孽深重。瓶首从小就帮助我们，在我们林居的时候，他背负黑公主登上香醉山。大战开始后，他尽心竭力，立下无数功劳。他喜欢我，忠诚于我，我也由衷地喜欢他。黑天啊，我们都还活着，怎么能让怖军之子被迦尔纳杀死呢！"

说到这里，坚战又想起了激昂之死，痛心地道："当初激昂战死时，是德罗纳亲自告诉迦尔纳杀死激昂的办法，他们一起合力围攻激昂。但阿周那却挑信度王下手，这并不让我高兴，因为如果按照公平作战的方式，他最应该杀死的罪魁祸首应该是德罗纳和迦尔纳才对。既然如此，就让我来对付迦尔纳吧！我要亲自上阵，杀死迦尔纳。"

说罢，坚战王亲自吹响螺号，悲伤和愤怒让般度军斗志昂扬，冲向俱卢军，誓杀俱卢军主帅德罗纳，而难敌王也立即带领俱卢军全力应战。这场惨烈的夜战以俱卢方不忿于胜车之死为开端，又以般度方痛心于瓶首之死而延续，仇恨在积累，战斗在继续，可是参战的双方将士都已疲惫不堪，只是为了刹帝利正法不得不勉力而为。他们在睡眼蒙眬中杀戮争斗，眼皮耷拉下去又竭力睁开，晕头转向地逢人便砍、不辨敌友。有的人还醒着，却已无力举起武器战斗；有的人躺在战车上就睡着了，被杀死时仍在睡梦之中。

阿周那见双方军队都已如此模样，大声喝道："你们所有人都已经困倦不堪，笼罩在黑暗和尘土之中。如果你们愿意，就让士兵们闭上眼睛休息一会儿吧！等到月亮升起，俱卢人和般度人再继续作战。"此言一出，立即得到俱卢方士兵的赞同，纷纷叫道："迦尔纳啊难敌王，请停止战斗吧！因为般度方已经停战。"

于是，双方将士都放下武器，躺下来休息，精疲力竭的身心得以放松片刻。他们感念阿周那的仁慈，赞美他道："普列塔之子啊，你通晓吠陀和一切武器，心怀正法，怜悯众生。我们承受你的恩惠，祝你的愿望都能很快实现。"他们很快陷入沉睡中，盔甲在身，武器在手，在马背和战车上就睡着了。战场上一片寂静，时闻马蹄踢踏大地的足音。沉睡中的大象喷吐着鼻息，沾满尘土的长鼻犹如蜿蜒的巨蛇。年轻的武士身带箭创，在战场上沉沉入睡，香甜得如同在情人的怀抱中入梦。

随后，明月升起，驱散了黑暗，将天地四方照得一片通明透亮。军队被月光唤醒，犹如千瓣莲花在晨曦中醒来。如同潮汐涌动，大海扬波，双方人马再度开战。这场残酷的夜战仍将继续，直至鲜血流尽，直至一切毁灭。

◉ 标枪（Shakti）是印度古代战争中的常用兵器，属于投掷式武器。在印度河文明的遗址中即有原始形态的标枪。《摩诃婆罗多》中描写武士们使用的标枪十分华丽，多以金属制成，还要涂油以增加其光洁度，常常为其饰上铃铛和珠宝。据古印度典籍记载，标枪长三四腕尺，需双手握持，一经投掷无法收回。标枪的这一特点可能给了史诗作者以灵感，让其虚构出了因陀罗神枪的故事。

◉ 史诗中因陀罗以神枪换取迦尔纳神甲的篇章名为《盗耳环篇》。在一些章节里，因陀罗为了妻子舍脂而向迦尔纳讨要耳环。这故事可能最早只与耳环有关。

◉ 迦尔纳在俱卢大战中与阿周那多次相遇，在第十四日也曾与阿周那发生激战，但均未使用因陀罗神枪。史诗中对此的解释是，由于命运（天神或黑天在此处代表命运）的安排，迦尔纳总是在对阵时忘记向阿周那投掷标枪。一个更为合理的解释是迦尔纳一直想用因陀罗神枪杀死阿周那，而难敌、沙恭尼、难降、全胜等人却力劝他应该杀死黑天，因为黑天才是"般度族的根"（7.157.24）。然而因陀罗神枪只能杀死一位英雄，迦尔纳可能出于举棋不定而迟迟未对阿周那下手。

瓶首

第十三章　　　　　　　　　　落地的战车

夜晚已经过去了四分之三，而战斗还在继续。难敌已经失去了耐心，狂怒的俱卢王子责备德罗纳道："战场上本不应对敌人显示仁慈，现在般度族人得到喘息，又恢复了精力。总是这样的，一旦他们失利，您就庇护他们，让他们重新变得强大。您拥有梵天法宝等众多天国武器，世上有哪一位弓箭手能战胜您？般度族人最怕的就是您，但不知是您顾念师生之情还是我自己倒霉，您总是对他们手下留情。"

德罗纳被难敌的一再怀疑激怒了。他压抑住愤怒，尽可能平静地陈述道："难敌啊，我已经竭尽全力地战斗。为了胜利，杀死那些不懂天国武器的人，并非高尚的行为。但如果这是你的命令，无论好坏，我都遵从。我将全力施为，不杀尽般遮罗人，决不卸甲。你以为阿周那已经精疲力竭了，但这位贡蒂之子能力敌因陀罗，打败奇军所率的乾闼婆军，歼灭全甲族阿修罗，凡人怎能抵挡他？他的勇武，你也亲眼看见，你的军队被他杀戮，也不足为奇。"

难敌最听不得德罗纳对阿周那的赞美，当即怒道："那我们就把军队分成两部分，今天我和难降、迦尔纳和沙恭尼就在战场上杀死阿周那！"

德罗纳大笑起来，同意了难敌的提议："那就祝你好运吧！即使四方护世神也无法战胜手持甘狄拨神弓者，也只有傻瓜才会说出这话来。你残忍多疑，即使为你好的人，你也这样横加指责。为什么要让别人去送死呢？你才是仇恨和不和的根源。你们四人整天吹嘘能战胜阿周那，那就履行诺言，去和阿周那作战吧！"说罢，德罗纳便将军队分为两部分，迎战般度军。

这时，太阳已经渐渐升起，将天空染成了古铜色，俱卢大战进入了第十五天。阿周那在黑天的建议下，转到了德罗纳与迦尔纳军队的左边，准备以此为切入点，分开两支俱卢军。恶战将起，怖军勉励阿周那道："阿周那啊，刹帝利妇女生育儿子就是为了这一刻！你不要心慈手软，为真理、富贵、正法和名誉英勇作战吧！冲破这支军队，把他们拦在你的右侧。"

受到兄长的激励，阿周那冲向德罗纳和迦尔纳，迎战从四面八方蜂拥而来的对手，俱卢军无法抵挡住他，犹如无法抵挡燎原的大火。难敌、沙恭尼、迦尔纳一起向他泼洒箭雨，阿周那迅速还击，向他们每人连发十箭。箭如连珠，声似雷霆，大地上尘沙四起，天地间昏暗一片，军队迷失在尘埃和黑暗之中，战士们只能通过互报姓名来进行战斗，死者堆积如山。

于是，德罗纳放弃了这片阵地，一路向北厮杀。他以三箭夺走木柱王三个孙子的性命，又接连射死木柱王和毗罗吒王，战胜众多车底人、摩差人和般遮罗人，所向披靡。眼见父亲和儿子惨死，猛光怒不可遏，当众立下誓言："今天不是德罗纳杀死我，就是我杀死德罗纳！"

说罢，他率军冲向德罗纳，怖军也带人从另一方发起进攻，难敌与迦尔纳等则奋力保护德罗纳。就在鲜血与厮杀之中，太阳迅速升起，万道金芒，瞬即照亮了整个俱卢之野。战士们已经交战了整整一夜，早已疲惫不堪，被太阳一照，许多人晕倒在地。军乐声、大象的嘶叫声、武器撞击声、战士的呐喊与悲鸣声，混杂成一片悲壮而凄惨的声响，直冲云霄。尘土遮蔽了视线，人们的血肉凝成脚下的污泥，砍掉的美丽头颅和铿亮的武器杂乱地铺坠在大地上。这场王族间的屠杀犹如死神的游戏，令胆怯者颤抖，令勇士们疯狂。

难敌、难降兄弟与玛德利双子交战，迦尔纳迎战怖军，德罗纳则对上了阿周那。这场师生之间的大战吸引了所有人的目光，双方的勇士都停止作战，屏息注视着这场精彩绝伦的战斗，就连天上的众神也来观战。两人轮番比试各种武器和法宝，一直旗鼓相当，不分胜败。见弟子如此了得，德罗纳心中快慰，认为有阿周那这样的徒弟，自己就足以胜过世间所有通晓武艺的人。他们微笑着作战，投掷出的法宝照亮了四面八方，无形的赞美声一再从天上遥遥传来："这一定是至高的梵之战。德罗纳与般度之子势均力敌，分毫无差，犹如楼陀罗分身为二，与自我作战。无人能战胜这两位英雄。只要他们愿意，他们甚至能摧毁天神所在的世界。"

于是，德罗纳向阿周那投掷出至高的梵天法宝，大地震动，江海翻腾，一切众生颤抖不已。然而，阿周那镇定自若地以梵天法宝击毁了德罗纳的法宝，一切复归宁静。见这两人都无法战胜对方，混战复又继续。这场师徒大战令空中利箭横飞，飞鸟亦难停留。猛光在玛德利双子的陪同下，迎战成铠四兄弟，试图冲破他们的包围，向德罗纳索仇。他们依据刹帝利正法交战，双方都没有任何违规行为。

这时难敌举箭瞄准了猛光，这位传说中注定杀死德罗纳的般遮罗王子。而对方反应也甚为迅速，立即有人驱车来援，正是雅度族人萨谛奇。难敌和萨谛奇是童年好友，一同受教于德罗纳与大力罗摩。忆及儿时的情谊，从来对自己所作所为坚信不疑的难敌，第一次当众表露出悔意，叹息道："朋友啊，愤怒、贪婪，以及所谓刹帝利的英勇是多么可耻啊！过去，你比我的生命还要宝贵，我对你也是一样，而现在我们却在战场上刀兵相向。"

这样感性的难敌是前所未见的，萨谛奇却笑了起来，举起利箭瞄准难敌，答道："王子啊，可惜现在既不是亲友会聚的大会堂，也不是在老师家里。"

"我们儿时的嬉戏在哪里呢？怎么会面临这场战争呢？时间之神的确难以抗拒。"难敌苦涩地道，"现在我们为了争夺财富而相互作战，可是得到了财富又能怎么样呢？"

"这就是刹帝利，他们甚至会杀死自己的老师。"萨谛奇冷静地说道，"如果你喜欢我，就立即动手杀了我，让我升入天国吧！向我展示你的英勇吧！因为我不能眼看着朋友遭遇灾难。"不知萨谛奇是在说他无法坐视般度之子的苦难，还是说他无法目睹童年好友难敌被野心和贪欲所毁灭。他们迅速迎向对方，像雄狮一样狂野地搏斗，射出的利箭犹如燃烧的火焰，发出巨大的声响。眼见难敌渐渐落败，迦尔纳立即赶来救援，却被怖军截住，这场弓箭与铁杵的较量十分激烈，两人的车夫双双阵亡。战斗日趋白热化，法王坚战喝令道："看啊，我们的勇士们正舍生忘死地作战。冲上去援助他们吧，勇敢战斗吧，无论胜利还是战死沙场，都是刹帝利渴求的归宿！"

国王的呼吁令般度方更加士气高扬，全线围堵德罗纳，与俱卢军展开激战。

怖军和玛德利双子叫道:"阿周那,把俱卢人从德罗纳身边赶走!这样般遮罗人就能杀死他!"于是,鏖战中的师徒骤然分开,阿周那冲向俱卢人,德罗纳则冲向般遮罗人。德罗纳将满腔愤怒发泄在般遮罗人身上,不断地发射武器大肆屠戮。般遮罗人舍生忘死地冲锋,却只换来一次又一次血洗,大批人马倒下去,惨叫声此起彼伏。见德罗纳驾驭着金车如闪电般穿梭在战场上,不断收割生命,般度之子们不禁心生寒意:"德罗纳通晓至高的武器,无人胆敢面对他,他会不会把我们都杀死?"

"即使因陀罗也无法在战场上胜过德罗纳。因此,为了夺取胜利,般度之子啊,抛开正法,使用计谋(Yoga)吧!不要再让他杀死我们的人。"黑天敏锐地察觉到般度之子们的沮丧情绪,果断提出建议,"如果他知道马嘶死了,就会停止战斗。让一个有德之士告诉他马嘶已经阵亡。"

阿周那拒绝了这个提议,可是其他人都赞同。坚战王思前想后,对胜利的渴望最终占据了上风,勉强同意了这个计划。般度军中有一头巨象名叫"马嘶",怖军抡起铁杵杀死了这头大象,然后率军冲向德罗纳,高声呼喊:"马嘶死了!"怖军说这话时,心里想的是名为"马嘶"的大象死了,可是他也知道这不过是自我欺骗,不免心虚带愧。

这可怕的消息击中了德罗纳,他顿时肢体发沉,犹如沙堆入水。但他想到自己儿子的英勇,又觉得不太可能,因此他仍然继续战斗。但怀疑的种子已经种下,德罗纳心头焦躁,下手越发狠辣,竟召唤出至高的梵天法宝,只是对象不再是同样精通法宝的阿周那,而是普通士卒。法宝过处,尸山血海,两万名般遮罗勇士全部毙命,大地变成一片血的泥沼,人马难以通行。盛怒中的婆罗门不再顾忌作战规则,放手施为,又杀死成百上千的战士和坐骑,直欲灭绝世上的刹帝利。

梵武器一出,三界震动。德罗纳之父持力仙人等七大仙人,连同其他大仙人,在火神的带领下,一起现身战场,力图制止这场浩劫。他们从空中向德罗纳遥遥呼唤:"你的战斗不合正法,你的死期已至。德罗纳啊,放下武器,到我们这里来吧!你以梵武器焚烧不会这些武器的凡人,这是不义的行为,尤其你是婆罗门。不要行此残酷之事了。摆脱愚痴,践行永恒之路吧,你在尘世间的时限已满。"

仙人们的责备让德罗纳感觉对般度之子们犯下了罪过。他看着猛光，这个一出生就注定要杀死自己的弟子，心中郁郁不欢。于是他转向正在附近作战的坚战，向这位以诚实闻名于世的正法之子寻求答案："我的儿子究竟死了没有？"德罗纳坚信，即使为了三界的王权坚战也不会说谎。

"如果德罗纳再杀下去，你会全军覆没。"黑天焦急地警告坚战，"此刻谎言胜过真话；为了拯救生命而说谎，不算罪过。"

怖军也劝说道："只有你的话才能令他相信。你要是想要取胜，就按黑天说的办吧。"

坚战惧怕说谎，可又一心想夺取胜利。于是，在怖军和黑天的劝说下，也在命运的支配下，他决定说出那句致命的谎言："马嘶的确死了。"良心难安的坚战又含含糊糊地加上一句："是大象马嘶。"这句话湮没在战场的喧闹声中，德罗纳没有听见。

在史诗中，坚战是正法之神阎摩之子，为了坚持真理甘愿放弃王国，被黑天赞誉为天生的法王。因此，他的战车从未沾染尘土，总是离地有四指距离。而谎言一出口，他的战车立刻着了地。

听了坚战的话，德罗纳肝胆俱裂，猛光把握时机，用力挽弓成圆，将利箭对准了德罗纳，那闪亮的弓箭，犹如夏季终结时的当空艳阳。利箭呼啸着向德罗纳飞去，有如时代终结，毁灭来临。

有那么一瞬德罗纳似乎失去了斗志，但他立刻抓起另一张弓奋力抵抗。盛怒中的婆罗门战斗力惊人，射死猛光的车夫，摧毁对方的弓箭。般遮罗王子不退反进，快马逼近德罗纳，他洁白的战马和德罗纳的红马金车纠缠在一起，犹如雨季挟着闪电的云团。德罗纳出手如风，迅速摧毁猛光的战车和铁杵。此时猛光已陷入绝境，但依然执着地试图完成自己的使命，杀死德罗纳——他的老师，他的仇人。猛光高举着剑和盾，在战车上腾挪跳跃，有如飞鹰逐肉一般近身追逐搏杀德罗纳，试图一剑劈开德罗纳的胸膛。由于双方距离太近，德罗纳一时竟找不到下手的机会，只得逐一杀死猛光的战马，终于摆脱了对方战车的纠缠。失去车马的猛光仍不肯罢手，持剑追击德罗纳。德罗纳用近身作战的弓弩击落猛光的剑和盾，一箭射向对手，想要终结他的性命。千钧一发之际，萨谛奇击落了那支箭，挺身迎战德罗纳、迦尔纳和慈悯，救出了猛光。

这一番激战看得人目眩神驰，热血沸腾。坚战王大声喝道："看啊，猛光正全力搏杀德罗纳，看情形一定会杀死他！你们齐心协力，冲上去保护猛光吧！"响应坚战王的号召，勇士们忘却生死，奋勇冲向德罗纳。

德罗纳想起仙人们对他的召唤，自知死期已至，决心通过漂亮的战斗来结束生命。他带着冷酷的决心迎上前去，大地颤抖，狂风怒号，马匹流泪，预示着恐怖即将来临。婆罗门再度祭出梵天法宝，燃烧的梵武器犹如无烟的火焰，夺走成千上万刹帝利的生命。怖军将失去车马的猛光接上自己的战车，勉励他和德罗纳作战。于是，严守誓言的般遮罗王子再次冲上前去，击溃俱卢军，一度遏制德罗纳的攻势。然而，德罗纳又一次击断猛光的弓，并伤及他的要害。

怖军再也无法忍受，逼近德罗纳，严厉地斥责道："正是那些徒有其名的婆罗门，不履行自己的种姓职责，却从事战争行当，才导致了刹帝利的毁灭。众所周知，不伤害一切众生是最高的正法，这正是婆罗门的教导和职责。而你身为婆罗门，却像贱民一样大肆屠杀，就是想为你的妻儿求取富贵。为了你唯一的儿子，你背弃职责，杀死了无数恪守职责的人，不觉得可耻吗？你为他犯下罪过，他却已经被杀，而你还不知道。法王已经告诉了你，你不应该怀疑他的话。"

怖军的话正好击中了德罗纳的两大心事：对自己行为的愧疚和爱子之死带来的无尽伤痛。望着四周堆积如山的尸体，万念俱灰的德罗纳放下了武器，叫道："迦尔纳、慈悯、难敌啊，我一再告诉你们，要小心作战。我就要放下武器了，愿你们平安无事。"说罢，他高喊着马嘶的名字，坐在战车上实施瑜伽，很快入定。他此时已身中数百箭，浑身鲜血淋漓，却已摆脱痛苦，灵魂升入天国，在仙人们的迎接下，前往至高的归宿。

猛光对此浑然不知，只觉机会已经来临。他手持宝剑，在一片惊呼声和劝阻声中跳上了德罗纳的战车。"木柱王之子啊，让老师活着吧！"阿周那悲呼着跑过去，

"不要杀他！不能杀他！"

猛光充耳不闻，一手抓起德罗纳已经失去知觉的头颅，挥剑砍下，完成了他在阵前的誓言和与生俱来的使命。就这样，俱卢军的第二位统帅在大战第十五天阵亡。

❀ 黑天提议危急时刻应抛开正法，采用计谋（Yoga），原文用的是"瑜伽"（Yoga）一词，该词有多种含义，此处指策略。在《薄伽梵歌》的最后，全胜称黑天为"瑜伽之主"："哪里有瑜伽之主黑天和弓箭手阿周那，哪里就有吉祥和胜利，就有繁荣和永恒的正义。"有学者认为，这不仅在于黑天是瑜伽士冥想的终极对象，也在于他是擅长谋略的大师。

❀ 史诗在描写人物做出关键性抉择时，总会特别强调天意与人事的多重原因，如坚战决定说谎，是因为黑天的提议、怖军的劝说，也是因为他自己对胜利的贪求，以及注定的命运。外界的影响，人的个体意志，以及宿命的阴影交织在一起，共同导致了尘世间的一幕幕悲喜。

❀ 对于坚战战车落地一事，一般认为这反映了黑暗混沌的迦利时代即将来临，即使法王坚战也未能免俗。C.Rajagopalachari 即认为，之前坚战战车离地表示他和充满虚伪的尘世有一段距离，而他为了谋求胜利而说谎，也就降落尘世，成了凡人。

❀ 在《摩诃婆罗多·和平篇》中，诗人借毗湿摩与坚战的对话，阐述了在正法倾颓的迦利时代，国王应该怎样立身处世。毗湿摩告诉坚战，众友仙人曾偷窃贱民最不洁的狗肉来充饥，身处困境时人就应该想尽一切办法来拯救自己。坚战表示这与他一向对正法的认知相抵触，毗湿摩解释道：这不是传统经典的正法教诲，而是智慧的产物。单靠一种正法，世间不能运转，国王应运用多种智慧来履行正法，获取胜利。

❀ 史诗中多次称毗湿摩死于束发之手，而德罗纳也是被猛光斩首杀死。有学者据此认为摩诃婆罗多之战应是历史上俱卢与般遮罗国之争，被后世逐步改造成了俱卢族的兄弟之争。

第十四章　　　　　　　　　　　　　胜利的代价

猛光手起刀落，将德罗纳那颗白发苍苍的头颅扔到俱卢军面前，兴奋地发出狮子吼。俱卢军惊恐万分，全线崩溃。国王们开始还试图寻找德罗纳的尸体，可是败兵溃散，战场上遍布着成千上万具无头尸体，哪里能找到！般度军欢呼着乘胜追击，杀声震天。迦尔纳、沙利耶、难敌难降等人只能带着军队仓皇逃跑，士兵们失魂落魄，神志迷糊，竟没有两个人逃在一起。就在这一片混乱之中，德罗纳之子马嘶逆着人流而上，打败几路般度军奋力突围而出。他不解地问道："从未见过军队这样逃跑，连迦尔纳都无法顶住。究竟发生了什么事？哪一位统帅被杀了？"难敌愧疚地望着马嘶，泪流满面却无法开口，最后还是慈悯告诉马嘶原委。

慈悯讲述了坚战是如何用半句谎言让德罗纳相信马嘶已死，猛光是如何在德罗纳放下武器打坐入定时将他杀害，听得马嘶又悲又恨。他擦拭着眼泪，愤怒地说道："战争中必然有胜败伤亡，父亲此刻无疑已身在天国，无须为他悲伤。但父亲死于卑鄙小人的诡计，这撕裂了我的心。坚战用谎话欺骗老师，让他放下武器。猛光则在他放下武器之后，当众揪住他的头发，残忍地将他杀死。他们的行为严重违反正法，一定会遭到报应。若不能为父亲报仇，我枉为人子。"

仇恨和愤怒让马嘶看来如死神在世，整个俱卢之野都在教师之子冷酷的誓言之下战栗："今天，我要让般度之子们和黑天都见识到我的威力，看我碾碎他们的所有军队，犹如世界末日来临。我将动用尊神那罗延亲自赐给我父亲的那罗延法宝，杀死猛光，摧毁坚战的军队。世上还没有那罗延法宝杀不死的人，杀死我父亲的般遮罗恶徒，今天休想从我手中逃脱。"

马嘶的话语极大地鼓舞了溃逃中的俱卢军。军队在他身边集结，人们重新擂响战鼓，吹起螺号，巨大的喧嚣声一浪高过一浪，原本兴高采烈追击的般度军也不禁大为震动。

"前一刻他们还在丢盔弃甲，狼狈逃窜，现在却士气高涨，声势震天。"坚战王问道，"是哪一位勇士稳住俱卢军心，带他们重返战场？"

"现在高喊着带领俱卢人重整旗鼓的勇士就是德罗纳之子马嘶。他勇武过人，一出生就像因陀罗的高耳天马那样发出呐喊，因此得名马嘶。猛光揪住老师的头发，残忍地将他杀死，现在无人能从马嘶的手里拯救猛光了。"阿周那答道，"你尽管通晓正法，以美德闻名，还是为了王国对老师说谎。你加了一句大象死了，好像这就算说了实话，但它仍然是谎言。因为德罗纳是出于对你的完全信任才放下武器，被人杀死。是学生抛弃了永恒的正法，用非法手段杀死了老师。我们的寿命已过大半，剩下的时日不多，而这短暂的余生，也已被这项严重的罪孽所玷污。这位老师无论从感情上还是法理上说都是我们的父亲，杀害他，我们就犯下了三重罪行：杀死婆罗门、老师和父亲。老师认为我敬爱他，但我却在他被害时置之不理，为此，我将头朝下坠入地狱。国王啊，出于对王国的贪求，我们犯下这样的重罪，活着还不如死了好！"

向来极为尊重坚战的阿周那突然对长兄提出如此严厉的指控，是前所未有的。他的话音一落，现场立刻陷入了极为难堪的沉默之中。片刻之后，怖军以他特有的直率打破了沉默，回击道："阿周那啊，你口称正法，好像居住在林中的婆罗门，但你是刹帝利！刹帝利的正法是保护他人，要做到这一点，就得让自己免受伤害。你空有刹帝利的一切品质，说话却愚不可及。你一心奉行正法，却被人夺走王国，妻子遭受凌辱，自己吃尽苦头！你说过要牢记这些非法行为，要和我一起奋勇作战，惩罚这些恶人和他们的追随者，但现在你却责备我们，不想履行自己的职责。说谎的是你！在我们面对恐惧需要鼓励的时候，你却赞美敌人，刺激我们。马嘶有什么好怕的？我一个人就能战胜他！"

"你谴责我杀害婆罗门，德罗纳履行了哪一项婆罗门的职责？你谴责我杀害老师，而我正是为此从祭火中诞生。"猛光开口为自己辩护，"他身为婆罗门，却从事刹帝利的行为，甚至用非凡的梵武器屠杀凡人。不管他是婆罗门还是刹帝利，这种行为都违背正法。为什么不能用尽一切手段杀了他呢？他残杀了我的亲人，即使砍下他的头颅，也难消我的怒火。刹帝利的正法就是杀人与被杀。德罗纳是我的敌人，既然你认为你杀死祖父符合正法，为什么会认为我杀死德罗纳就是非法？"

萨谛奇性如烈火，当即按捺不住地叫道："你以非法手段杀死老师，还当众炫耀，舌头怎么不碎掉呢？你对阿周那说到毗湿摩，但祖父是亲自安排他的死亡，还是你兄弟束发先下的手，怎么能和你的杀师行为相提并论？你要再这样说话，我就砸碎你的头！"

猛光原本看在亲戚面上勉强忍耐，此刻终于爆发，怒极反笑道："我听够了，萨谛奇！每当德罗纳击溃般度族军队，是我冲上去阻拦他。他使用天神武器屠戮凡人，当他放下武器，我就杀死他，这有什么错？广声被阿周那砍断手臂，静坐待死，你趁机杀了他，还有什么比这更严重的罪行？你怎么还能指责我？愚蠢的人啊，单靠正法怎么能取得胜利？俱卢人做尽非法之事，你和阿周那也以非法手段杀死毗湿摩和广声。尽管英勇无畏通晓正法，但为了夺取胜利，大家都这样做。至高的正法难以理解，非法也同样难以辨清。这次我宽恕你，但要再对我出言不逊，我一定会杀了你！"

萨谛奇怒不可遏，拿起铁杵冲向猛光，叫道："我不骂你，我要杀了你！"黑天连忙催怖军去拦住他。尽管怖军力大无穷，还是被萨谛奇带着往前冲了六步才停下脚步。偕天跳下战车，温和地劝导道："人中之虎啊，我们没有比雅度族和般遮罗族更好的朋友，你们也是同样。大家都是崇尚正法、忠于友情的好朋友，请平静下来，宽恕彼此吧！"黑天和坚战也赶来劝解，两人仍然情绪激动，但最终还是克制住了自己，因为马嘶已经发动那罗延法宝，带领俱卢人的军队杀过来了。

那罗延法宝一出，犹如世界末日来临。刹那间狂风大作，天昏地暗，大地震动，河流逆转，一切众生惊恐不安，只有成群结队的妖与兽为即将到来的人肉盛宴而欢庆。天空中出现了成百上千的利箭，如一条条毒蛇一般扑向般度军。紧接着，无数黑铁球、喷火的百杀器、边缘锋利如剃刀的飞轮……各式各样的武器如同燃烧的星体和太阳从天而降，无情地杀戮般度军。勇士们奋勇抵抗，但他们越是勇猛，那罗延法宝越是威力倍增。这场人力与至高梵武器之间的对抗，注定以惨败告终。看着俱卢之野上堆积如山的尸体，看着自己的军队纷纷溃逃，看着阿周那木然不动，坚战王心情激荡，叫道："猛光啊，你带着般遮罗军队快逃吧！萨谛奇也带着援军回去吧！我们不必战斗了！让所有的士兵停止抵抗吧，让阿周那的愿望成真，让我和我的兄弟走向灭亡吧，因为我杀死了疼爱我们的老师。"

"他真是极其疼爱我们啊！激昂当着他的面被众多大武士残忍杀死，不曾受到他的丝毫保护；黑公主被当作女奴带到会堂上向他提问求助，他和他儿子置若罔闻；难敌要杀阿周那时，是他为难敌穿上坚不可摧的盔甲；般遮罗人为我的胜利而奋勇作战时，是他动用梵武器将他们斩尽杀绝；我们被俱卢人以非法手段剥夺王国时，是他让我们去森林。"坚战王将满腔愤怒隐藏在冰冷的讥诮之下，说道，"我害死了这样一位好老师，活该我和我的亲人都迎来死亡。"

屠杀、纷争、混乱……就在这一片恐慌之中，传来了黑天镇定的语音。他高举双臂，阻止住溃散的军队："大家快扔下武器，跳下战车！那罗延亲自定下了抵御这一法宝的规则：只要你们不再抵抗，那罗延法宝便不会杀死你们；而越是对抗，那罗延法宝就会越强大。"在他的呼吁下，般度军纷纷放下了武器，唯有怖军不为所动，大声喝道："在任何情况下都不应该放下武器。如果世间无人能对抗那罗延法宝，那就让我来吧！"

说罢，他驾驶着灿烂如日的金车，冲向马嘶。马嘶一笑，向他投掷出那罗延法宝。法宝的光辉笼罩住怖军，犹如长日将尽时，高山被萤火虫所包围。怖军越是英勇抵抗，那罗延法宝的威力就越强，犹如风助火势，越演越烈，般度军全军震恐，全都放下武器，停止抵抗。于是，法宝的巨大威力就完全落在怖军头上，所有的箭都朝怖军落下。那罗延法宝的光辉笼罩住怖军的战车，宛如时代末日的烈火将要焚尽三界，一切众生发出惊呼。这时，阿周那迅速召唤出伐楼那法宝，笼罩住怖军。他和黑天双双跳下战车，冲到怖军那里。由于两位黑王子是那罗与那罗延的人间化身，心无敌意，又有伐楼那法宝相护，那罗延法宝并没有伤害他们。他们用力拉拽着怖军，黑天劝道："如果用武力可以对抗那罗延法宝，我们早就这样做了。现在所有人都已经放下武器,你也快从战车上下来吧!"怖军大叫大喊着不肯依从,但还是被拽下马车,武器也被扔到了地上。那罗延法宝随即平息下来,天空重新恢复澄澈,凉风习习,鸟兽安详。看到法宝平息,怖军安然无恙,残余的般度军都大声欢呼起来,重整旗鼓,准备再与俱卢军作战。

那罗延法宝不能用第二次,否则就会杀死使用者,但马嘶还有许多其他法宝。于是,在难敌的催促下,愤怒的马嘶发出一声狮子吼,冲向猛光。复仇的怒火让他勇气倍增,迅速杀死猛光的马匹和车夫,用利箭笼罩住杀死自己父亲的般遮罗王子。眼看猛光遇险,萨谛奇尽管之前与猛光有争执,依然立即策马来援。他以八箭射向马嘶,又以数十支利箭袭击马嘶的战马和车夫。马嘶怒笑道:"萨谛奇啊,我知道你偏袒这个弑师者!可是,你救不了他,也救不了你自己!"说罢,他向萨谛奇射出一支威力强大如金刚杵般的利箭。这支箭矢穿透萨谛奇的铠甲和身体,吸吮着他的鲜血钻入地下。萨谛奇遭受重创,弓箭落手,瘫坐在战车上,车夫立即带他脱离现场。

马嘶又发一箭,正中猛光眉心。猛光本已受伤,此刻只能靠着旗杆喘息。阿周那、怖军,以及三位般度方战车武士赶来救援。马嘶越战越勇,先后杀死这三位战车武士,兴奋地吹响螺号,宣告胜利。怖军不敌,与军队一起溃逃。马嘶纵马追赶,泼洒箭雨,从背后追杀般度军。由于恐惧,人们感觉四面八方都是马嘶。

眼见军队溃败,阿周那想起坚战的责难和过去的苦难,痛苦不堪,前所未有的愤怒在他心中升起。于是,他重新召回军队,冲向马嘶,厉声喝道:"你的勇气、你的威力,你对持国之子们的爱和对般度之子们的恨,都尽情向我展示吧!杀死德罗纳的猛光,今天将会粉碎你的骄傲。这位英雄将如劫末的烈火一般消灭敌人。你就和他或者我和黑天战斗吧!"

阿周那和马嘶本是好友,他从未对马嘶如此疾言厉色过。马嘶气得直喘气,他生阿周那的气,更生黑天的气,当即召唤出火神法宝。顿时天地晦暗,吃人的罗刹和毕舍遮们在四面八方发出可怕的号叫。法宝的热量炙烤着三界众生,就连河海也被煮沸,各种水生陆地动物被灼热折磨,喘息腾跃,惶恐不安。弥天箭雨倾泻而下,迅猛有力如同金翅鸟或呼啸的狂风。般度军人畜纷纷倒下，成百上千的战车坍塌，如同树木被森林大火所焚烧。马嘶从未用过这样威力强大的法宝，整个俱卢之野如同火海，俱卢军一片欢腾。但就在这黑暗恐慌之中，阿周那祭出了能抵御一切法宝的梵天法宝，顷刻之间，灼热散尽，清风徐来，般度军尽管经过火神法宝的灼烧，却没有任何死伤的迹象。阿周那与黑天并肩而立，如同日月当空，普照天下。

马嘶呆住了：自己认为百战百胜的法宝竟然会失效，两位黑王子仍安然无恙！这是幻觉，还是命运？一切似乎都在脱离常轨，他所熟悉的世界正在分崩离析。泪水涌上马嘶的眼眶，他喃喃地叫道："呸！呸！这不是真的！"然后，他扔下弓箭，跳下战车，飞奔着逃离战场，仿佛只要他逃得足够迅速，就能从噩梦中醒来。

当夜，俱卢军营中一片愁云惨雾，哀悼德罗纳的去世。难敌、迦尔纳、沙恭尼和难降四人聚在难敌的营帐中度过长夜，回忆起自己是怎样迫害般度五子和黑公主，从而与般度族结下深仇大恨，不禁坐卧不宁，深感懊悔。曾被视为擎天支柱的毗湿摩和德罗纳纷纷倒下，他们不能不正视俱卢军有可能会失败的事实。从第十四天到第十五天，战争日以继夜，厮杀如此惨烈，即将来临的又将是怎样的毁灭呢？被这样的疑问折磨，他们辗转反侧，难以成眠。这一夜，有如百年般漫长。

◎ 克劳塞维茨在他的名著《战争论》中谈道：战争是政治的延续，其本质是迫使对方屈服的暴力行为，而暴力是没有限度的。虽然人们心怀慈悲，幻想着运用智慧做到不必大规模流血就能征服敌人，但这种想法注定会落空，因为不择手段、不惜伤亡的一方必定会占据优势，从而迫使对方不得不采取同样手段，将暴力推向极端。摩诃婆罗多之战作为古往今来一切战争的原型，详细描写了持国百子与般度五子之间的政治斗争如何步步升级为战争，而战争又是如何变得越来越残酷，可视为对克劳塞维茨论断的具体诠释。

◎ 俱卢之战发生在二分期结束、争斗期即将开始之时，正法已经不再占据优势，般度方想要讨回公道十分艰难，甚至不得不采取非法的手段。德罗纳与马嘶使出种种法宝，给般度方造成了巨大的伤亡，外界的压力甚至引发了内部的争端。阿周那杀毗湿摩是否非法？德罗纳之死中坚战和猛光的行为是否非法？围绕这些问题，般度方内部爆发了激烈的争论。他们敏锐地意识到，为了夺取胜利，付出的不仅是人命的牺牲，也有道德上的代价。

◉ 人们说印度是一个没有历史的国家，梵文的"历史"（Itihasa）指的是一系列和过去事实相结合的故事或者传说，而对过去事件完全如实的纪年式书写几乎不存在。宗教对于印度人来说是一种生活方式，全面地渗透在生活中的方方面面。他们称印度教为"永恒的法"（Sanatana-dharma），指正法或真理超越时间，亘古长存。相比之下，世俗意义上的历史事件只是在无尽轮回中不断重复的一系列幻象。因此，记录帝王将相的文治武功毫无意义，重要的是捕捉纷繁复杂的现象背后的意义，即从"幻象的史"中找到"永恒的法"。印度人将《摩诃婆罗多》称为"历史"，远古时代的那场婆罗多族之间的大战也许真实发生过，也许从不存在，但这并不影响每一代印度人从这个故事中得到启迪和警示。

◉ 《摩诃婆罗多》中描绘马嘶放出火神法宝，法宝的威力震撼天地，热浪令河水沸腾，人和牲畜瞬即被烧死。这与原子弹爆炸的场面极其相似，而恒河上游也发现了一些疑似核爆产生的焦土废墟，因此有学者认为俱卢之战可能是一场史前核战争。

（第七部完）

第八部
血铸的誓言

命运强大有力,迦罗[1]不可抗拒。

——《迦尔纳篇》8.5.45

---

[1] 迦罗(kāla),指时间、死亡等,《薄伽梵歌》中黑天自称迦罗,即毁灭一切的时间之神。

第一章　　　　　　　　　　　　　迦尔纳挂帅

在德罗纳挂帅的五天里，战争变得异常残酷，双方都死伤惨重。般度方损失了三支大军，般遮罗木柱王、摩差王毗罗吒、瓶首、激昂等将帅阵亡。而俱卢方则损失了五支大军，大批盟国国王战死，包括东光王福授、信度王胜车等等。尤其是德罗纳死难，马嘶的法宝失效，给俱卢人心理以沉重打击，他们感觉到胜利的天平已经向般度方倾斜。看着忧心如焚却极力克制的难敌，马嘶安慰道："人们通常能通过热情、机遇、才能和策略取得成功，但这些都敌不过命运。尽管如此，我们还是不应该丧失信心。如果我们能竭尽人事，命运也会变得对我们有利。因此，请任命迦尔纳为帅，歼灭敌人。"

听了这一席话，难敌心中升起了新的希望。他稳定住情绪，对迦尔纳说道："迦尔纳啊，我深知你的威力和对我的情谊，你一向是我的终极依靠！毗湿摩和德罗纳年事已高，又偏袒阿周那，只是由于你的劝解，我才对他们保持尊敬。他们顾念祖孙之情、师徒之谊，对般度之子们手下留情，自己却反遭杀害。我想来想去，只有你才能带给我们胜利！请你出任大军统帅，带领我们全歼敌军吧！"

难敌越说越是欢喜，他终于有了一位全心全意为他作战的统帅，迦尔纳对般度之子们的仇恨甚至不在他之下："你的武艺比那两位统帅还要出色。如果般度之子们知道你踏上战场，他们会吓得和般遮罗人一起望风而逃。你会摧毁我们的敌人，就像升起的太阳驱散恐怖的黑暗。"

"甘陀利之子啊，我会成为你的统帅，这一点毋庸置疑。"迦尔纳这样回答他的朋友，"我曾对你说过，我会击败般度之子和黑天。平静下来吧，你可以认为他们已经战败了。"

迦尔纳的保证让难敌大受鼓舞，当即为迦尔纳举行灌顶仪式，任命他为大军统帅。当天夜里,难敌辗转反侧难以入眠。离天亮还有很长时间,他便突然下令,要求大军列队出发。武士们互相呼唤,匆匆披甲整装,一阵喧哗之后,迦尔纳登上战车,为俱卢军陈兵列阵。

迦尔纳摆出的是毗湿摩曾用过的摩羯罗阵。他本人亲自位于海兽恐怖之口,沙恭尼及其子优楼迦占据双眼,马嘶位于头部。难敌则处于摩羯罗的腹部,由他的弟弟们率领强兵护卫。而摩羯罗的四肢分别由成铠、慈悯、沙利耶等人护守。

俱卢之野上,坚战王远眺着俱卢方的动静,对阿周那说道:"俱卢军折损了不少名将,剩下的已不足为惧,但迦尔纳英勇盖世,是我的心腹之患。今日若你能除掉他,胜利就是我们的了!"

阿周那领命,排出了半月阵。左翼为怖军,右翼为猛光,阿周那居中,坚战及玛德利双子尾随在后。双方列阵完毕,大战随即开始。两支军队都怀着志在必得之心,人们用武器甚至手足互相混战,射落的头颅铺满了大地,英勇的武士被敌人从战车或战象上击落,就像天国的居民因耗尽功德而从天车上坠落。交战不多时,怖军旗开得胜,杀死了擅长象战的俱卢多王(Kulutas)。萨谛奇迎战文陀与阿奴文陀两位羯迦夜王子,以一支锋利的马蹄箭射落阿奴文陀的头颅。文陀悲痛万分,扑向萨谛奇,以无数火焰般的利箭射遍萨谛奇全身。萨谛奇以牙还牙,双方互相射断对方的弓,杀死御者和马匹,只得弃车步战。他们手持宝剑和盾牌在战场上兜着圈子,萨谛奇出手敏捷,一个侧劈将文陀连人带甲劈作两半。文陀一死,羯迦夜人望风而逃。而在另一方战场上,黑公主的五个儿子表现英勇,先后杀死了难敌的两位盟国国主。他们撒开箭网,驱散俱卢军队,犹如大风吹散厚厚的云层。

眼看己方受挫,将士们四散奔逃,马嘶无法忍受,驱车冲向怖军,瞄准怖军全身的致命部位,接连射出九十箭。怖军浑身中箭,随即挽弓向马嘶还击。他们驾驭着战车互相攻击,用密集的箭网覆盖对方,用天国武器交锋。两人都勇猛绝伦,无所畏惧,投射出的标枪和利箭在空中飞舞,相互碰撞,火星四溅,照亮了天地十方,犹如众生毁灭时由空中坠落的无数流星。这场激战甚至引来了众天神围观,战至酣处,诸天齐声发出狮子吼。怖军和马嘶双双击倒了对方的旗帜,又挽弓对射,一心要取对方性命。两支宛如金刚杵般的利箭分别击中对方胸口，两人都晕倒在车座上，车夫连忙带他们离开战场。

敢死队继续向阿周那发起挑战，不死不休。阿周那也完全无意放过他们，他驱车深入敢死队中，发射出成千上万的利箭，射落头颅滚滚，断肢残臂无数。他只身一人造成的杀戮，竟如同千名战车武士共同作战。大地上到处是破碎的战车、旗帜，倒毙的武士和战马。漫天花雨降落，观战的天神大声喝彩，空中遥遥传来一个声音："阿周那和黑天这两位英雄，永远具有月之俊美、日之辉煌、风之力量、火之绚丽。他们同在一辆战车上，如同大梵天与湿婆神，天下无敌。他们是一切众生中的至贤，是那罗与那罗延。"

马嘶目睹这等奇观，鼓足勇气冲向两位黑王子。他向阿周那致敬，微笑着道："英雄啊，若你把我视为贵客，请全力与我作战吧！"这是礼数周全的正式挑战，正与敢死队交锋的阿周那也不能不应战。于是黑天驱车驶向马嘶，道："为主尽忠的时刻已经来临。你愚蠢地想要从阿周那手里得到你无法承受的贵宾之礼，就下定决心和他交战吧！"马嘶应声放箭，向阿周那射出三箭，倒有六十箭射向黑天。阿周那大怒，一箭射断他的弓。马嘶立即拿起一张更为强大的弓继续作战。他使出浑身解数，只见百万支、千万支、上亿支利箭源源不断地从他的弓弦、四肢、五官甚至毛孔中射出，完全淹没了阿周那的战车。马嘶只当两位黑王子必死无疑，兴奋地发出吼声。阿周那听到马嘶的吼声，不屑地道："老师之子以为可以杀死我，且看我打破他的美梦！"说罢挽弓放箭，将马嘶射来的每一箭都射断成三截。

他冲破马嘶的箭网，继续杀戮敢死队。甘狄拨弓箭无虚发，挡者人马立毙，无论近在咫尺，还是远在二里之外。一时间，似乎四面八方都是阿周那发射出的重重箭影。阿周那犹如时代末日升起的烈日，将要烤干人数众多的敢死队之海。接着，他向马嘶冲去，倾泻出成筒的利箭，犹如慷慨的主人款待贵客。马嘶也拼尽全力奋战，向两位黑王子施放出成千上万支利箭。这一场激战，犹如金星和木星竞相争辉，那些美丽而恐怖的箭矢，宛如雷电与火焰，又像死神的刑杖。阿周那一面应付马嘶，一面攻击敢死队，接连放箭，射落一地人头。这激怒了羯陵迦等国的勇士，驱赶着战象攻击阿周那。阿周那以利箭射断象鼻，射穿护甲，大批战象和骑手一起倒地毙命，犹如被雷电击毁的山峰。

阿周那击溃象军，继续向马嘶和俱卢军发起攻击。无人能看清他何时开弓射箭，只能看到大批兵马中箭身亡。这时，马嘶奋力开弓，接连射出十箭，快得就像只射出一支箭，黑天和阿周那均中箭受创，鲜血直流。黑天不满地责备道："不能对他掉以轻心，否则就会大祸临头！"阿周那答应一声，射断马嘶的缰绳，战马中箭受惊，拉着马嘶驶向远方。经此一役，马嘶自知不是阿周那的对手，不愿再与他交战，便加入了迦尔纳的队伍。

这时，般度军北翼被摩揭陀王执杖（Dandadhara）击溃，座下战象横冲直撞，击倒大批般度族的车兵和步兵，犹如踩倒密集的芦苇丛。黑天迅速掉转战车，载着阿周那冲向执杖。阿周那以三支锋利的剃刀箭砍下执杖的双臂及头颅，杀死执杖的兄弟，以数百支镶金利箭击中他们披着金甲的战象。战象咆哮着倒地毙命，敌方大军开始溃败。阿周那稳定住战局，重新向敢死队发起冲锋，旌旗猎猎，车声隆隆，势不可挡。于是，三穴国、尸毗国、沙鲁瓦国等各国国王率领各路人马一齐攻向阿周那，射向他的阵阵箭雨犹如洪流奔向海洋。尽管靠近阿周那就意味着毁灭，勇士们依然如飞蛾扑火一般前仆后继，勇往直前。激战之中，黑天的手臂一度被长矛刺伤，缰绳滑落。他立即又拿起缰绳，驶向刺伤他的俱卢将领。阿周那手起箭到，射落这名国王的人头。盛怒中的阿周那接连放箭，射死多名俱卢军将领，击倒成千上万的敢死队队员。这激怒了俱卢军，全体敢死队队员将他团团包围，从四面八方向他发射各种武器。黑天不耐烦地提醒阿周那应速战速决，赶去与迦尔纳决战。于是，阿周那发出因陀罗法宝，迅速出箭粉碎敌军。洁白的羽毛箭飞入敌阵中，犹如天鹅飞落湖中。在巨大的喧哗声中，大批战象战车轰然倒下，成千上万的战马和战士尸横遍野，血污遍地，整个战场恐怖如乾闼婆之城。大地被鲜血浸软，致使阿周那战车的车轮下陷到轮心位置。

俱卢军遭受阿周那如此屠杀，无人恋战，全部逃遁。黑天催动骏马，全力拉动下陷的车轮。四面尸体堆积如山，几乎无路可通。武士们雪白的螺号、破碎的战旗、散落的武器，零乱地铺满了大地。他们倒卧在血泊之中，身首异处，可神情仍然鲜活，手里仍然拿着武器，如同一团团即将熄灭的火焰。黑天带着阿周那巡视着血腥屠杀后的战场，叹息道："看吧，都是难敌的缘故，才发生了这场婆罗多族与众多国王之间的大战啊。"

他们走着走着，突然听到俱卢军中传来一阵骚动，般度族的盟友般底耶王正在和马嘶展开决战。般底耶是南方的一个王国，国王骁勇善战，令俱卢人穷于应付。于是马嘶挺身出战，两位大弓箭手对射，漫天利箭横飞。短短几个时辰之内，马嘶射出的箭就需要让八辆八头牛拉的大车运送。他射杀般底耶王的战马和车夫，击毁对方的战车。般底耶王陷入危境。这时，一头失去主人的战象狂奔而来，身手敏捷的般底耶王翻身跃上战象，大吼一声，向马嘶投掷出一支华丽的长矛，将马嘶的头冠击得粉碎。马嘶大怒，接连五箭射断那头大象的四足及长鼻，射断般底耶王的双臂和头颅。看到般底耶王满月般的头颅滚落在地，难敌欣喜地上前祝贺马嘶获胜。

黑天扫视全场，担心地说："般度军在后退，我没有看到坚战王。迦尔纳正在大肆杀戮我们的人马。"阿周那一听哥哥有难，立即答道："请快速策马前行吧！"于是，黑天驾驭着那辆名闻天下的战车冲向迦尔纳，双方人马相遇，一场惊天动地的恶战再度爆发。

◈ 负责精校版编校的学者认为，《迦尔纳篇》最古老的篇章内容是怖军杀死难降和阿周那杀死迦尔纳，其他内容是在史诗流传过程中逐渐增补充实进去的。

◈ 战争伊始，俱卢方拥有十一支大军，占据绝对优势。毗湿摩为帅的十天里，双方伤亡相当，基本没有重要将领殒命，表明战争仍在可控状态。转折点发生在德罗纳为帅的时期，激昂之死打破了脆弱的平衡，非法之举出自天下刹帝利共尊的师尊德罗纳之手，尤其具有讽刺意味。此后双方对非法的容忍度一再攀高，至法王坚战战车轰然落地达到最高点。尽管如此，史诗作者仍用闻杵死于武器反噬，天神或仙人现身宣判，以及般度军内部对非法的讨论等例，试图警醒世人。

◈ 俱卢与般度军双方力量强弱的改变也发生在德罗纳为帅的五天内，俱卢方损失了五支大军，而般度方损失了三支大军。大量伤亡发生在阿周那诛胜车的第十四天和德罗纳用梵武器打击普通将士的第十五天。为了应付难敌的猜忌，德罗纳每日行兵布阵都以证明自己的忠诚为首要目的，毫无战略可言。这是俱卢方失利的主因。德罗纳死后，难敌取胜的信心第一次有所动摇，也只有到了这个时候，他才开始反省自己的过错。

第二章　　　　　　　　　　　　　　　　　　　　　　　　　　　取胜神弓

　　俱卢大战进入第十六天，也是迦尔纳挂帅的第一天。阿周那在与敢死队的交锋中取得压倒性的胜利，但主战场却是另一番景象：俱卢方担任攻击主力的是位于摩羯罗阵口部的迦尔纳。作为难敌最为信任的朋友和统帅，迦尔纳杀入般度军阵中，以阵阵箭雨打乱对方阵脚，犹如象王闯入莲花池。他每击必中，从不再发第二箭，射落头颅无数。盎迦诸国等俱卢盟友也纷纷率领象兵向猛光为首的般度军发起攻击。般度军呐喊着奋起迎战，萨谛奇一箭射死梵伽王，玛德利双子分别杀死崩德罗王和盎迦王等首领，合力驱散象军。俱卢军开始溃退。于是，般遮罗王子们、黑公主诸子、玛德利双子和萨谛奇一起冲向迦尔纳。难降当即上前迎战偕天，这场堂兄弟之间的对决颇为精彩，引得众国王挥舞着衣袍大声喝彩。偕天一箭射穿难降的铠甲，难降遭受重创，晕倒过去，车夫慌忙载他逃离战场。

　　无种正在奋力搏杀，迦尔纳拦住了他。无种怒笑道："我们终于在战场上碰面了！你就是一切灾难、仇恨和争斗的根源；就是因为你这个罪人，俱卢族才会互相攻击，走向衰败。我要杀了你，才能解我心头之恨！"迦尔纳答道："孩子啊，你先打赢我立下战功，再来夸口不迟。"说罢，迦尔纳首先向无种发起攻击，射断无种的弓，数十支利箭吸吮着无种的鲜血穿体而出。无种奋起反击，也击断了迦尔纳的弓，向迦尔纳射去数百箭。迦尔纳迅速拿起另一张弓继续战斗。他们你来我往，发射出的箭遮天蔽日，大地变得一片昏暗。双方军队被箭雨波及，死伤无数，纷纷避让退散，逃离箭的射程。

　　两人再无顾忌，启动天界武器，密密麻麻的利箭倾泻而出，他们的身影消失在箭网中，犹如日月被大雨所遮蔽。迦尔纳渐渐动怒，成千上万支利箭从他手中飞出，射杀无种的战马和车夫。重重箭影包裹住无种，却并不让他感受到疼痛。迦尔纳放声大笑,接连发箭,无种的弓、战车、旗帜、宝剑、护盾乃至护身盔甲,都在迦尔纳的利箭下一一粉碎。无种急忙手握铁杵跳下战车,但他刚举起铁杵,铁杵就被迦尔纳以利箭击毁。迦尔纳继续向他放箭,这些箭并不锋利,不会对无种造成严重伤害,却已足够让他心慌意乱。他转身就逃,迦尔纳追上前去,大笑着抛出巨弓,套住无种的脖颈,尽情嘲笑道:"刚才你说的那些都是废话。你被我压着打,现在还能骂我吗?般度之子啊,不要和比你强的人作战!别害臊,你可以回家,或者到阿周那那里去。"他遵守对贡蒂的承诺放过无种,大笑着离开。无种又羞又恨,登上坚战的战车,像愤怒的毒蛇一般不住地嘶嘶喘息。

迦尔纳放走无种,重新登上战车,向般遮罗人冲去。此时,日正中天。迦尔纳也正如这中天之日,以利箭为光焰,炙烤四方。在他的阵阵箭雨之下,大批般遮罗武士命丧沙场,精美的旗帜和金饰散落在尘埃中。被射死射伤的战象躺在血泊中,失去主人的骏马拖着破损的战车四处乱窜。迦尔纳四面出击,重创各路大军,般遮罗人望风而逃。迦尔纳仍穷追不舍,从背后放箭追杀这些已失去铠甲和旗帜的武士。

俱卢军在其他战场上也占据优势。沙恭尼父子击退了尚武等人的进攻,慈悯则找上了猛光。痛心于德罗纳之死,这位俱卢王室的教师作战格外勇猛,猛光无法推进一步。盛怒的慈悯迫近猛光,俨然如死神临近,猛光一时竟惊得呆住了,不知如何应付。慈悯深吸了一口气,以利箭袭击猛光各处要害,还好没有射中。猛光的御者看他失魂落魄的情形,问道:"你还好吗?我从未见你在战场上遇到这样的危机!"猛光沮丧地道:"我现在脑子一片空白,遍体出汗,颤抖不已。御者啊,避开这个婆罗门,快到阿周那或者怖军那里去,我才能安全。"御者掉转车头,策马驶向怖军,慈悯乘胜追击,占尽上风。

成铠微笑着拦截住另一位般遮罗王子束发,射断了他的弓。束发大怒,喝止成铠,向他接连射出九十箭,但全被铠甲挡住落下来。束发发狠射断成铠的弓,击伤他的双臂和胸口。中箭受创的成铠动了怒,换弓再战,击中束发的肩头。两位武士驾驭着战车鏖战了上千个回合,成铠技高一筹,一箭将束发射晕过去。车夫急忙载束发离开战场。就这样，般度军的这几支军队都被击溃，士兵们四处逃散。

难敌亲自迎战坚战王。见到这个让自己饱受磨难的罪魁祸首，坚战王怒从中来，一面向他倾泻利箭，一面喝道："站住！站住！"难敌以九箭还击，坚战王怒火中烧，四箭射杀难敌的四匹战马，第五箭砍下车夫的人头，第六箭射断难敌的旗帜，第七箭断弓，第八箭接踵而至，难敌宝剑落地，只得跳下战车。坚战王再发五箭，失去战车和武器的难敌陷入绝境，岌岌可危。眼看难敌遇险，迦尔纳、马嘶、慈悯等一拥而上，赶去救援。般度之子们也纷纷上前护卫坚战，恶战再起。

雄壮的军乐声和将士们的喊杀声震天动地，武士们各自捉对厮杀，开始还遵守作战规则，但很快就演变成一场混战。四大兵种战成一团，车兵驰向象兵，战象掀翻战马，武士们挥拳相向，甚至抓扯着头发互殴。一对武士正在交锋，常有其他人悄悄地接近，伺机夺走敌人的性命。这是一场彻底混乱无序的战斗，杀到后来，人们已经接近疯狂，不辨敌友，逢人便杀。鲜血渗入尘土，血肉化作淤泥，整个俱卢之野成为死神阎摩的国度。

在俱卢众将的救援下，难敌登上另一辆战车，心头狂怒，催促车夫向坚战冲去。坚战也一心要找他复仇，两位堂兄弟战场相逢，正是仇人相见，分外眼红。他们像两头怒狮一般咆哮着对阵厮杀，箭如雨下，各自中箭受创，仍浴血而战。难敌向坚战投掷出一支铁标枪，坚战扬手放箭，标枪断为三截，坠落于地。见标枪被毁，难敌立即向坚战射出九箭，重创坚战王。坚战大怒，弯弓搭箭，一箭将难敌射晕。难敌恢复知觉后怒不可遏，举起铁杵扑向坚战，想要杀死对手。坚战奋力向他投掷出一支威力巨大的标枪，标枪像燃烧的流星一般迅速划过天际，穿透难敌的铠甲，刺中胸膛，将他击晕过去。成铠急忙赶来救助，怖军也手持铁杵疾驰而来，对阵成铠。

接着，迦尔纳率领俱卢大军赶到，双方人马再度交锋，残酷的恶战爆发，成千上万的人四处奔跑、交战、死去。厮杀呐喊声回荡在俱卢之野，形成海啸般的死亡的声浪。日神之子迦尔纳在持国之子们的簇拥下，发射出灿若阳光的金箭，直取雅度族勇士萨谛奇。萨谛奇立即迎战，他的箭如毒蛇一般又快又狠，向迦尔纳及其战车、马匹、车夫泼洒而下。眼见迦尔纳情况不妙，俱卢群雄立即率军驰援，萨谛奇则在般遮罗王子的护卫下，冲进俱卢军大肆杀戮。

就在这时，阿周那开战了。他击败敢死队、例常敬拜湿婆神之后，投入战斗。黑天驾驭着白马金车，疾扑向俱卢军。只听车声隆隆，声如雷鸣，神猴金旗迎风招展，令人闻风丧胆。阿周那挽开甘狄拨神弓，如在战场上舞蹈。刹那间，成千上万支利箭覆盖住苍穹十方，如风卷残云般摧毁车、马、象、兵，将无数人送往死神的殿堂。难敌展现出武士的英勇，独自冲向这位不可战胜者。阿周那连发七箭，摧毁难敌的弓、车夫、旗帜和战马，又发一箭，击碎他的华盖。阿周那再发第九箭，欲取难敌的性命，还好马嘶赶到，将这一箭击碎。阿周那手下不停，一一击毁马嘶、慈悯、成铠的弓，击断难降的箭，势不可挡，冲向迦尔纳。于是，迦尔纳抛下萨谛奇，朝黑天和阿周那接连放箭。萨谛奇却不肯放过他，上百支利箭追击而至。般度军全线出击，猛光、束发等般遮罗王子，黑公主诸子，以及坚战和玛德利双子等人蜂拥上前，围攻迦尔纳，各式各样的武器和谩骂从四面八方向他袭来。迦尔纳怒火中烧，祭出法宝，挡住阵阵箭流和兵器，摧毁敌军大批车马战象，如狂风摧折大树。围攻他的武士大多武器尽失，受伤逃离。这时，阿周那亲自用法宝反击迦尔纳的法宝，弥天箭雨从四面八方狂洒而下，沉雄如铁杵，迅猛如雷电，杀戮俱卢军。成群的士兵紧闭双眼，四处逃窜。

激战之中，太阳落山，夜幕降临，双方各自收兵回营。迦尔纳带领俱卢人走出德罗纳之死的阴霾，重新恢复了战局的均衡。但般度军仍略占上风，他们为阿周那和黑天而欢呼，兴高采烈地耻笑着敌人。失意的俱卢人回到营帐商议对策，迦尔纳愤愤不平地紧握双拳，对难敌说道："阿周那沉稳坚毅，武艺高强，又总能得到黑天的提醒。今天我们是被他的突然袭击骗了，但明天我一定能打败他！"难敌表示同意，便打发大家回去休息了。

次日，天刚破晓，双方陈兵于俱卢之野。般度军排好战阵，军容整肃，令人生畏。毗湿摩与德罗纳之死让难敌饱受冲击，而他最为信任的迦尔纳开战第一天的结局亦不过平平，这让难敌真正认识到对手的强大，脆弱的心彷徨无助，迦尔纳成为他此刻的唯一依靠。他不由自主地将目光投向迦尔纳，就像人在寒冷时思念太阳。迦尔纳便出现在他面前，带着前所未有的信心和决心，适时给他以安慰。"今天，我会和举世闻名的般度之子交锋，不是我杀了他，就是他杀了我。国王啊，我向你起誓，不杀死阿周那，我决不回还！"迦尔纳斩钉截铁的话语，让难敌精神一振。

"我相信我能够成功，我的武器的威力足以匹敌这位财富胜者，而他的体力、身手、技巧和箭的射程都不如我。他有甘狄拨弓，但我的取胜神弓（Vijaya）却更胜一筹，为一切武器之最。"迦尔纳侃侃而谈，满怀着骄傲与期冀，"这是匠神为天帝因陀罗打造的弓，后来因陀罗送给婆力古后裔持斧罗摩，持斧罗摩把它赠送给我。依靠这张弓，天帝战胜了阿修罗。依靠这张弓，持斧罗摩二十一次征服了大地。今天，我就要用这张弓和阿周那作战，杀死这位胜利者中之最，将整个大地交给您和您的子孙统治，让您称心满意。"

"不过，我也需要讲一讲我不如阿周那的地方。他的战车坚不可摧，箭筒里的利箭取之不尽，还有黑天亲自为他驭车。普天之下，在驭马术上能胜过黑天的只有摩德罗王沙利耶。"迦尔纳充满热情地恳求道，"让沙利耶成为我的车夫吧！让许多大车满载着利箭供我使用吧！让最好的战车套上最好的马匹紧跟着我作为副车吧！国王啊，我希望您能为我做到这些，请满足我的所有愿望，然后，您就看着我击败般度五子吧！"

难敌激动得浑身发颤，向迦尔纳致敬道："我会按照你的盼咐去安排，会有许多装备良好的战车紧跟着你，会有许多大车满载你需要的铁箭和羽毛箭，我和所有国王都会追随于你！"

然后，难敌走到沙利耶身边，谦恭地说："摩德罗王啊，您听到了迦尔纳的话吧，他想请您做他的车夫。为了消灭阿周那，为了我的利益，请答应他的要求吧！请您为他驾驭战车，在战场上保护他，就像大梵天保护湿婆神，就像黑天保护阿周那。毗湿摩、德罗纳，以及许多英雄都已经被杀害，我只能依靠迦尔纳和您这位大武士了！有您为他驾车，他一定能战胜般度五子。"

沙利耶一向以门第和勇武自负，闻言不禁大怒，气得两眼血红，叫道："你在侮辱我，甘陀利之子啊！我是出身高贵的国王，举世公认的勇士，神威足以裂地开山,你竟然认为迦尔纳比我强,还颠倒伦常,让我给一个苏多之子驾车!我岂能忍受这样的奇耻大辱,这就向你告辞!"

"我提出这样的要求,不是因为我认为迦尔纳比你强,而是因为你比黑天强。"难敌说尽甜言蜜语,劝慰沙利耶,"你的驭马术胜过黑天,这是大家公认的。而迦尔纳的武器能胜过阿周那,持斧罗摩把湿婆神所赐的法宝全部传授给他了。因此,你们二人联手,必将天下无敌。传说湿婆应众天神之请,乘坐着集宇宙精华打造的战车,世界的创造者大梵天亲自为他驭车,于是湿婆一箭焚毁了众阿修罗肆虐的三连城。迦尔纳如湿婆,而你就像梵天,你们一定能战胜阿周那和黑天,就像两位尊神毁灭阿修罗。迦尔纳相貌堂堂,武艺高强,怎么可能是苏多之子?我认为他必定是刹帝利出身的天神之子。沙利耶王啊,你品性正直,一向是我们的依靠,请答应这一请求吧!"

难敌的一席话说得沙利耶心花怒发,拥抱着难敌,说道:"如果你是这么想的,那么我会去做。你当众称我胜过黑天,这就足够了。我会为迦尔纳驾驭战车。不过,如果我以良言相劝,不管是否中听,你和迦尔纳都要包涵。"难敌自然满口答应。

于是,在迦尔纳的催促下,沙利耶亲自为他准备战车。这辆战车为持斧罗摩所赠,同样白马金车,装备优良。沙利耶准备停当,请迦尔纳登车,说道:"祝你胜利!"迦尔纳敬拜过太阳,和沙利耶王先后登车。他拉开那张可怕的取胜神弓,站在白马金车之上,犹如光华四射的太阳从高山上升起。成千上万的锣号与战鼓一齐奏响,犹如层层乌云中的雷鸣响彻天空。

◉ 《摩诃婆罗多·斡旋篇》提到有三张神弓举世闻名:黑天的角弓(Śārṅga),阿周那的甘狄拨弓,以及因陀罗的取胜神弓。居住在香醉山的紧布罗沙王(**Kimpurushas**)得到了取胜神弓,后传给他的学生、黑天的妻兄宝光王。此处则称天帝将此弓赠送给持斧罗摩,持斧罗摩传给迦尔纳。

◉ 本章的插话湿婆箭破三连城是印度神话中的著名篇章。传说三位阿修罗兄弟勤修苦行得到梵天赐福,分别居于天界、空界、地界的三座城市,三城可四处漫游,千年之后才能聚首合为一体，除非有哪位大神能在这一刻一箭射穿这三座城市，否则他们将永生不死。依靠这一恩惠，无人能杀死这三位阿修罗，他们横行霸道，为祸三界。众神忍无可忍，求大神湿婆除魔卫道，并为他打造了一辆非凡的战车，以大地为车座，曼陀罗山为车轴，日月为双轮，四吠陀为骏马，请湿婆登车，创世神梵天亲自执缰驭车。湿婆用六季中的年作为弓，以劫末时吞噬众生的夜为弓弦，以毗湿奴、火神和月神作为箭，在三城合为一体的那一刻，射出这支集结宇宙精华的箭，焚毁三城及众阿修罗。湿婆随即以笑声扑灭烈火，以免让三界化为灰烬。湿婆由此得名"摧毁三城者"（Tripurantaka）。

◉ 众天神向湿婆求助时，湿婆表示愿意借自己的一半力量给众天神，让他们团结起来对付阿修罗，但众天神无法承受湿婆的一半威力，便将他们的一半力量送给湿婆。湿婆于是得到了全体天神的一半力量，威力胜过所有天神。他因此被尊为"大天"（Mahadev），即"伟大的天神"。这也是他最为常见的名号。

因陀罗以泡沫杀死阿修罗弗栗多

史诗多次将般度族与俱卢族的战争比作天神与阿修罗之间的战争，阿周那与迦尔纳的决战比作因陀罗大战弗栗多。因陀罗与弗栗多之间的战争是吠陀中的著名神话，史诗中改写成了多个版本。在俱卢大战前，沙利耶向坚战讲述的版本比较完整。匠神为报杀子之仇创造了大阿修罗弗栗多，弗栗多和因陀罗大战许久，众生不安，双方言和，约定无论白天黑夜，无论用干的或湿的武器、石头还是木棒，因陀罗都不能杀死弗栗多。但因陀罗始终心中不安，于是在一个黄昏用海边的泡沫杀死了弗栗多。而因陀罗也因杀梵罪退位，躲进了莲藕的丝孔里。但代任天帝的友邻王行为不端，在众天神的请求下，毗湿奴让因陀罗举行马祭，涤除罪孽，重新出任天帝。

第八部　血铸的誓言

第三章　　　　　　　　　　　　武士与御者

　　白马金车，由精擅驭马术的摩德罗王沙利耶亲自执缰。迦尔纳神弓在手，登上战车，决心实现他向难敌许下的誓言，也是他一直以来的愿望——杀死阿周那。在黎明的熹微中，迦尔纳的战车缓缓启动。万千战鼓擂响如天雷轰鸣，迦尔纳心中战意激荡，催促沙利耶道："前进吧，沙利耶王啊！今天我要射出成千上万支利箭，让阿周那见识到我的力量！我要杀死般度五子，为难敌夺取胜利。"

　　"苏多之子啊，你为何轻视般度五子呢？"沙利耶答道，"他们都是当世英雄。等你听到甘狄拨弓的鸣响时，你就不会这么说了！"

　　迦尔纳瞥了沙利耶一眼，并不理会，只是说道："走吧！"看到主帅意气风发，求战心切，俱卢军大受鼓舞，欢声雷动，大军开拔。这时，狂风呼啸，大地震动，七大行星偏离太阳，显现于白昼。这是极其不祥的征兆，预示着俱卢族即将灭亡，但兴高采烈的俱卢人并未发现，向迦尔纳群起欢呼："胜利！"

　　面对狂热的俱卢人，战车上的武士情绪复杂，想起了毗湿摩与德罗纳之死，以及阿周那的显赫战功，悲伤、愤怒，以及对自己力量的强烈自信，让他激动得全身如被火焚。迦尔纳大声说道："当我弓箭在手踏上战场，即使面对因陀罗那样的对手，我也无所畏惧！即使亲眼看见了毗湿摩和德罗纳那样的英雄阵亡，我也决不动摇！俱卢人啊，我实话告诉你们，除我之外，无人能抵御如死神般勇猛的阿周那。德罗纳英勇绝伦，智谋深远，武器精良，就连他也遭到杀害，有谁敢夸口自己能活着看到明天的太阳呢？德罗纳一死，我知道我必须上场了，不是我歼灭般度军，就是我步德罗纳的后尘战死沙场。难敌对我一向很好，为了实现他的目标，我宁愿抛弃生命。摩德罗王啊，命运是无法违抗的。因此，策马向般度军挺进吧！我已经做好一切准备，定要杀死阿周那，或者为他所杀。今天他就算有四方护世神相护，我也要将他打败！"

听了这番话，沙利耶忍不住大笑起来，说道："别再吹嘘了，迦尔纳。阿周那是谁，你又是谁？他挑战过湿婆，打败过众天神。难敌被乾闼婆俘虏时，你第一个逃跑，是般度之子们救出了难敌。毗罗吒之战时你们还有毗湿摩和德罗纳在场，你怎么没有打败阿周那呢？我看今天的大战你若不逃跑，定会死在他手上！"

迦尔纳大怒道："就算是吧，但我和他开战在即，你为什么挑这个时候吹捧他呢？等他打败了我，你再吹捧他也不迟。"

沙利耶于是不说话了。迦尔纳催马前行，来到两军阵前，对般度军士兵大声宣布："今天谁能告诉我阿周那的下落，他想要什么，我就会给他什么！珍宝、美女、良马、大象，甚至我的妻妾、儿子和所有财富，我都可以给他！当我杀死两位黑王子之后，我会把他们的财富也赐给他，只要告诉我他们在哪里！"

他吹响螺号，俱卢人又是一阵欢呼呐喊。沙利耶却嘲笑道："罗陀之子啊，今天你不需要悬赏也能见到阿周那。如果你想散尽家财，大可以祭祀布施；但就凭你也想杀死两位黑王子，那是不自量力。我劝你还是在各路大军的保护下，和全体战车武士联手与阿周那交战。我说这些是为了难敌好，不是恶意针对你。如果你还想保住性命，就该按照我说的去做。"

迦尔纳答道："我想和阿周那单车决战，不想和其他人联手。你打着关心的旗号来恐吓我，但今天没有谁能阻止我！"

回答他的是摩德罗王如标枪般凌厉的奚落嘲笑："你还没有听到甘狄拨弓震响，尽可以夸口。豺狼从未见过雄狮，就把自己当成狮子。迦尔纳啊，你就是那只豺狼，阿周那永远是雄狮。蠢人啊，你对英雄的嫉恨让你永远只是一只豺狼。你的力量和业绩与阿周那相比，就像鼠与猫、狗与虎，就像谬误和真理，就像毒药与甘露，这是众所周知的事情。"

迦尔纳勃然大怒，叫道："沙利耶啊，贤士才能了解贤士，你这种小人怎能了解呢？我完全了解阿周那有多强大，但我也清楚我的实力，足可与他们一战。我有一支盖世无双的蛇箭，足可以射穿盔甲和骨头，已被我敬拜多年。今天我就要用这支箭射穿这两位黑王子！你本应是我的朋友，却为何像敌人一样对他们大肆吹捧？也许因为你出生于摩德罗这种罪恶之国。等我杀死两位黑王子，定要将你和你的亲戚斩尽杀绝！我单枪匹马就能杀掉成百上千个黑天和阿周那！众所周知，摩德罗人反复无常，谎话连篇，从无友情可言。你们这些蛮族，根本不懂正法。刹帝利的最高正法就是战死沙场，死于兵器之下，灵魂升入天国，永受善人们的崇敬，这就是我的心愿。我是难敌的挚友，我的生命和全部财产都因他而存在。至于你，我看你就是般度五子的同谋，想吓唬我离开战场，但我已下定决心，保护持国之子，消灭他们的敌人。三界之中，无人能阻止我。"

"沙利耶啊，考虑到我和难敌的友情，避免被人指责，我才有耐心让你活到现在。你若是够聪明就闭嘴，否则我现在就击碎你的脑袋！"迦尔纳厉声指责一番，然后吩咐道，"前进吧！今天所有人都会亲眼见证，不是迦尔纳杀死两位黑王子，就是他们杀了迦尔纳！"

沙利耶答道："我出生于刹帝利世家，祖祖辈辈在战场上从不退却，我自己就严格遵守刹帝利法。你像个醉汉般胡言乱语，竟然还想杀了我！但出于友情，我还是向你进言。我在为你驾车，道路的状况，马匹的负荷，战局的演变，车上武士的能力和状态，我都应了如指掌。所以，我必须向你提出忠告，让你清醒。从前有一只乌鸦，以吃吠舍小儿的残羹剩饭为荣，便藐视同侪，甚至挑战天鹅。它自认有一百种飞行方式，可是一旦长途飞行，不久它就精疲力竭，恐惧万分，不得不认输。迦尔纳啊，你就像那只乌鸦，只会吹嘘，绝不会是两位黑王子的对手。就连你师父持斧罗摩也当众称颂阿周那的英勇。你就不要再吹牛了！"

迦尔纳生气地说：

"我知道阿周那是当今弓箭手中的第一人，我和他交过手，我自己就会心悦诚服地称赞他在战场上的勇气，用不着你这个傻瓜唠唠叨叨。我知道复仇心切的阿周那有多可怕，但我还是会毫不畏惧地与他交手，用利箭杀死这位不可一世的左手开弓者。让我担忧的倒是来自婆罗门的诅咒。持斧罗摩曾诅咒我在生死关头，我因欺瞒身份而得来的梵天法宝将会无效。还有一次，我不小心杀了婆罗门的牛，他诅咒我作战时将会车轮陷地。我知道你就会指责谩骂我，但出于友情，我还是把这些事情告诉你。

"沙利耶啊，你是个恶毒刻薄的小人，为了般度族肆意谩骂我，背叛朋友。朋友意味着取悦他，保护他，为他分忧，因他的快乐而快乐。我为难敌做到了全部。敌人则意味着折磨你，打击你，令你痛苦，让你叹息。这就是你对我做的。可是沙利耶啊，我不会被你的言辞恐吓住。即使天帝亲率众天神与我交战，我也毫无惧色，何况两位黑王子？迦尔纳绝不是为了恐惧而降生的，相反，我注定就是为英勇、为荣誉而降生的！你这个出生于罪恶之国的恶徒，无法理解我的品德。

"我听过持国宫中智者的讲述，我自己也在各国游历过，摩差、俱卢、般遮罗、车底人都奉行古老的正法，而摩德罗这些外邦人冥顽无知、种姓混杂、男女混居、妇女淫乱，从饮食到行为都污秽不堪。你作为他们的国王，臣民的罪过你应承担六分之一，还配谈什么正法？"

"盎迦国也有遗弃病弱和贩卖妻儿的现象，而你正是盎迦国王。毗湿摩在列举武士和大武士时，告诫过你应认清自己的缺点，不要心怀恶意、动辄发火。"沙利耶反唇相讥，"每个国家都有贞洁的女人和好色的男人。人人都擅长发掘别人的短处，却忽视自己的弱点；或者就算心里知道，也闭口不言。"

难敌看他们吵得不可开交，只得出来打圆场，向迦尔纳重申友情，双手合十请求沙利耶忍耐。于是两人都不再说话了。沙利耶转过头去看着般度军。迦尔纳爆发出一阵大笑，催促道："走吧！"

他为俱卢军排列好军阵，慈悯、成铠、沙恭尼父子等人为右翼，众敢死队员为左翼，受迦尔纳指挥，准备对付两位黑王子。迦尔纳亲自率领中路大军，其后是难敌难降等持国之子，马嘶及蛮族人的象军殿后。

大战在即，坚战王亲自调兵遣将，让阿周那对付迦尔纳，怖军对付难敌，萨谛奇对付成铠，猛光对付马嘶，他本人对付慈悯。阿周那领命，神猴金旗招展，快如云中闪电，冲向俱卢军。敢死队立即从四面八方围堵上去，层层包围，将他淹没。

迦尔纳以敢死队员牵制住阿周那，自己亲率大军，冲向般遮罗人。万千螺号声响起，众英雄齐声呐喊，为这场决死之战更添声势。整个天空连同日月星辰都似乎被卷入这声浪的旋涡，大地震动，众生惶恐不安。盛怒的迦尔纳飞速冲入般度军中，放射法宝，大肆屠杀，所向披靡。大批般遮罗战车将他团团围住，迦尔纳连发五箭，射死五名般遮罗将领，其余人悲号逃散，迦尔纳继续追击，他的三个儿子妙军（Sushena）、真军（Satyasena）和牛军分别担任他的左右车轮护卫和后卫，随他一起杀入阵中。于是，般度军将领全线出击，围攻迦尔纳父子，各种武器暴雨般向迦尔纳狂洒而下。迦尔纳的儿子们奋力护卫父亲。妙军大吼一声，射断了怖军的弓。怖军怒不可遏，迅速拿起另一张弓，射断妙军的弓，然后接连十箭，将真军的马匹、车夫、旗帜、武器一一击毁。他以一支锋利的剃刀箭射落真军的人头，青年美丽的头颅落地，犹如一朵莲花被人齐梗摘断。

怖军终于报了杀子之仇，但他仍不罢休，先后击退慈悯、成铠、难降和沙恭尼父子，再一次将目标对准迦尔纳之子妙军。迦尔纳为救助儿子，击断怖军的箭，和怖军战至一处。无种接力与妙军交锋，萨谛奇迅速杀死牛军的马匹和车夫，击毁牛军的所有武器。难降连忙赶来接应，牛军随即登上另一辆战车，继续护卫迦尔纳的后方。然后，猛光、束发等般遮罗王子，般度诸子，黑公主诸子，以及萨谛奇等人，齐齐围攻迦尔纳，迦尔纳弯弓搭箭，动作快如闪电，密密麻麻的箭雨瞬时布满天地十方。他以三倍的箭回击攻击者，硬生生地从重围中打开一条出路，直取坚战王。般度军群起护卫坚战王，成千上万的士兵死在迦尔纳箭下，犹如大片树林被砍倒。但迦尔纳最终还是被拼死护卫的士兵拦住，无法接近坚战。

坚战王气得双目血红，亲自前来攻击迦尔纳，叫道："迦尔纳啊迦尔纳，你总是挑战阿周那，维护持国之子，和我们作对，真是是非不分、善恶不辨！你就尽情展示你的武艺和对我们的仇恨吧，今天我要摧毁你对作战的自信！"迦尔纳微微一笑，迅速还击，射杀护卫坚战车轮的两位般遮罗王子。为了解救坚战王，所有的般度军将领冲向迦尔纳，各式各样的利箭向他飞来。迦尔纳祭出梵天法宝，让四面八方充满利箭，挡住所有人的攻击，大笑着击断坚战的弓。坚战的镶金铠甲也在迦尔纳的利箭下粉碎，犹如云层被闪电和狂风撕碎。盛怒的坚战向迦尔纳投掷出数支长矛，击中了迦尔纳的双臂、前额和胸口，兴奋地大叫起来。这激怒了迦尔纳，他迅速发箭，射断坚战的战旗，并将坚战的箭筒和战车射得粉碎。失去武器和战车的国王只得撤退，迦尔纳追了上去，抚摸着坚战的肩膀，笑着责备他："你出身高贵，应恪守刹帝利法，怎能在战场上逃跑呢？我看你不能履行刹帝利的职责，只能做一个诵经祭祀的婆罗门。贡蒂之子啊，你不要再打仗了，不要再去挑战和冒犯英雄！"

他大笑着放过了坚战，却更让坚战又羞又恨，迅速逃离战场。般度军将领连忙追上去，护卫着国王离去。迦尔纳见般度军斗志已失，立即率军追击，宣告胜利的螺号声响起，俱卢人士气高涨。坚战王大怒，下令反击。于是，般度军在怖军的统率下重回战场，两支大军迅速接近，犹如恒河与阎牟那河相逢，恶战再起。武士们相互泼洒出阵阵箭雨，使天空仿佛布满云的阴影。大批人马倒地身亡，不断有天女将阵亡的英灵引入天车，向天国驶去。大地上尸横遍野，血流成河。人们就在这鲜血汇成的死亡之河中继续厮杀搏斗，甚至用牙齿和指甲互相撕扯抓咬，身上的甲胄、武器、坐骑乃至战车全都染成红色。到处都是杀人者与被杀者，刺鼻的血腥气在整个俱卢之野弥漫开来。天上地下，四面八方，血红一片，哀声一片。

◎ 根据《摩诃婆罗多》中的描写，当时的古印度正处于从氏族公社到奴隶制国家的转化过程中，各国发展水平不一，所奉行的道德标准和行为准则也不相同。史诗作者将俱卢人、般遮罗人、摩差人归为一类，称他们人人都知道正法；而将摩揭陀人、盎迦人、车底人归为另一类；贬斥摩德罗人、犍陀罗人和信度人为蛮族。史诗作者认为，国王应该为自己的王国负责，对王国内的善行和恶行，国王应当负六分之一的责任。

◎ 沙利耶与迦尔纳有诸多相似之处：他们都是当时雅利安社会中的边缘人，迦尔纳是苏多，沙利耶被视为蛮族；他们都与般度族有血缘上的关系，却为俱卢人效力。沙利耶（Salya）的梵文意义是"标枪"，难敌在劝说沙利耶为迦尔纳驾车时，称"你是一支投向敌人的标枪，英勇不可战胜，赐予荣誉者啊，因此你被称为'沙利耶'"（8.23.45）。而在本章中，史诗作者称沙利耶的言辞如标枪（Vak Salya），扰乱迦尔纳的心神，与难敌的期待背道而驰。

◉ 奥修对沙利耶有另一种解释，他认为"沙利耶的意思是怀疑、忧虑，迦尔纳的意思是耳朵。最终，所有的疑惑都会从你的耳朵里进来，你的耳朵是怀疑之门。沙利耶不停地问迦尔纳：你要如何打败阿周那？所以迦尔纳被打败，怀疑获胜。避开沙利耶，完全没有必要让它成为你战车的马车夫"。

◉ 史诗中称沙利耶因答应了坚战要在大战前挫败迦尔纳的锐气，故此对迦尔纳百般打击。但这一解释并不为部分学者所接受，因为从情节上看，是迦尔纳主动邀请沙利耶做车夫。如沙利耶对迦尔纳之死负有责任，马嘶和难敌不会在战后推举沙利耶担任俱卢军的第四任统帅。因此，他们认为，沙利耶为坚战做内应的情节或许是后来添加的，他对迦尔纳的指责谩骂主要是出于难敌要求他为车夫之子驾车的不满，并未超过慈悯、马嘶等人对迦尔纳的辱骂程度。

第四章　　　　　　　　　　　　　三条战线

怖军冲锋在前，萨谛奇打击在后，般度军攻势凌厉，势不可挡。俱卢军渐渐败下阵来，士兵们四散而逃。难敌虽然大声喝止，也止不住军队的溃败。于是，迦尔纳催促沙利耶朝怖军疾冲过来，试图挽回颓势。怖军一见他来，怒从心头起，吩咐萨谛奇和猛光道："坚战王刚脱离险境，你们快去保护他。罗陀之子竟敢当着我的面击碎国王的盔甲，我今天定要杀了这个祸害！"说罢，他大喝一声，朝迦尔纳疾扑过去。

他那怒气冲天的样子实在可怕，沙利耶不禁道："你看，怖军像是要把一腔怒气都发作到你头上！之前激昂和瓶首被杀也没见他这么愤怒过！"

迦尔纳知道怖军是因长兄受辱而愤怒，便道："怖军性格暴烈，作战时毫不惜命，这甚至比他的力量还要可怕。为了讨好黑公主，他赤手空拳就打死了空竹。我看他已经被怒火冲昏了头脑，甚至会和死神交战。"

他微笑起来："我长久以来都有一个心愿，和阿周那决一死战。如果我杀了怖军，或者让他失去战车，阿周那就会来攻击我了。沙利耶，你觉得如何？"

沙利耶答道："那就去怖军那儿吧！一旦你战胜怖军，就能遇到阿周那，得偿所愿。"

迦尔纳战意激荡，叫道："专心战斗吧！不是我杀了阿周那，就是阿周那杀了我！"沙利耶策马疾驰，迦尔纳拉开大弓，接连放箭，数十支铁箭全部命中怖军，却依然无法遏制怖军的攻势。怖军双目尽赤，尽管中箭无数，却仍像狂傲的象王一般直冲过来。他迅速拉弓至耳，猛力向迦尔纳射出一箭。那支箭倾注着怖军的满腔怒火，挟着风雷之声击中迦尔纳，犹如金刚杵击倒山峰。俱卢军的统帅顿时被射晕过去，倒在战车上。沙利耶连忙驾车带他离开战场。

难敌见迦尔纳陷入危境，连忙让弟弟们前去拦截怖军，救助迦尔纳。于是，十八名持国之子带领大批战车冲上去围攻怖军。盛怒的风神之子力挽满弓，连杀六名持国之子，全场震骇，剩下的俱卢王子惊叫着仓皇逃命。迦尔纳见状重返战场，再次迎战怖军，迅速摧毁怖军的战车。怖军却大笑起来，手握铁杵跃下战车，向难敌的象军冲去，横冲直撞，大肆杀戮。转眼间，几百头战象和沙恭尼麾下的三千骑兵在他的攻击下毙命，惊得俱卢军四处逃散。他回头看见迦尔纳正追击坚战，立即登上另一辆战车，向迦尔纳泼洒出箭雨。迦尔纳于是掉转车头，不顾后面萨谛奇的攻击，径直向怖军冲去。双雄相遇，射出的利箭遮天蔽日，竟将正午灼热灿烂的阳光完全挡住。俱卢军士气大振，再次与般度军激烈交锋，场面可怕，以致观战的苏多全胜起了强烈的恐惧之心，感觉末日已至，众生即将毁于一旦。他看到空中利箭横飞，大地鲜血流淌，整个战场仿佛变成了屠场，无数具无头尸体直挺挺地耸立起来，四面响起伤者的号哭声和食肉兽的嚎叫声。渐渐地，俱卢军落了下风，军队溃散，像一只在大海中漂荡的破船。

眼看战局不利，俱卢众将迅速上前救援。慈悯箭似飞蝗，与束发交锋；成铠拦截住猛光；马嘶冲向萨谛奇和黑公主诸子护卫的坚战王，祭出法宝。刹那间整个天空被一张巨大的箭网覆盖，没有任何飞行的生物能够通过。萨谛奇、黑公主诸子和坚战等人纷纷出手，围攻马嘶。激战之中，马嘶的弓被萨谛奇射断，他奋力投掷出一支标枪，杀死萨谛奇的车夫。骏马失去掌控，拖着马车在战场上四处乱窜。般度军将领立即泼洒箭雨，填补萨谛奇留下的空位。马嘶微笑着迎战，射出成百上千支利箭，威力骇人。坚战大怒，冲上去责备道："挽弓作战是刹帝利的职责，你身为婆罗门，本该苦行诵经，却不干正事，徒负虚名。那就尽情施展你的本领吧，我照样会击败俱卢人！"马嘶沉思片刻，然后一言不发地开了战，阵阵箭雨射向坚战。坚战只得撤退，避开马嘶，向俱卢军挺进。

难敌与玛德利双子交战。他不断挽弓成圆，从四面八方泼洒利箭，覆盖住无种和偕天。这时猛光已战胜成铠，赶来援助双子。难敌愤怒地呐喊一声，接连射出数十箭，射遍猛光全身。接着，他又以一支锋利的剃刀箭，射断了猛光的弓。猛光接连受创，怒不可遏，拿起另一张弓，射出数十支镶嵌着苍鹭和孔雀羽毛的铁箭。

铁箭穿透难敌的镶金铠甲，猛然插入地里。难敌金甲破裂，浑身浴血，他奋力再次击断猛光的弓。猛光换弓再战，箭如雨下，将难敌的马匹、车夫、战车、华盖、战旗全部击毁。看着代表国王的宝象旗徽轰然坠落，俱卢全军震骇，难敌的弟弟们急忙赶来援救，载着他驶离战场。

迦尔纳击败萨谛奇，也匆匆赶过来，冲向猛光。萨谛奇从背后追击他，向他放箭。迦尔纳是俱卢军统帅，猛光是般度军统帅，他们之间的交锋迅速演变成两支大军的混战，人人奋勇向前，双方死伤无数。迦尔纳勇猛绝伦，连杀八位冲锋在前的般遮罗战车武士，又以利箭射杀十一位车底国的勇士，战车过处，人马立毙，哀号一片。时值正午，鲜血飞溅在迦尔纳身上，他看起来就如楼陀罗神亲临战场，带来毁灭和死亡。他击败般遮罗人，朝法王坚战直冲过去。猛光、束发等般遮罗王子，黑公主诸子，玛德利双子，萨谛奇等人全力护卫坚战，迎战迦尔纳。

就在迦尔纳追击般度军的同时，怖军也追击着俱卢军。许多战象和战马被怖军的铁箭射中要害，连同骑手一起倒地毙命。成百上千的战车武士武器落地，命丧沙场，不是被他杀死的，而是被他吓死的。即使难敌再三催促，也军心难振。就这样，整个战场实际形成了三条战线，分别以迦尔纳、怖军、阿周那为中心。在他们兵器之火的焚烧下，众刹帝利走向毁灭。

大战一开始，敢死队就从四面八方冲向阿周那，将他团团围住。他们人数众多，悍不畏死，竟冲到阿周那战车近旁，抓住阿周那的战车和马匹，有些人去抓黑天的手臂，还有些人攀上战车去抓阿周那。黑天一振臂，让那些人全都跌倒在地。阿周那用适合近战的短箭击倒攻击者，死伤数以千计。这种近距离的攻击凶险万分，牧场之战中，迦尔纳就是这样被乾闼婆军的贴身攻击逼迫，不得不逃离战场。阿周那也感觉后怕："黑天啊，除我之外，世间没有哪一位英雄能承受对战车如此贴近的攻击！"他吹响天授螺号，祭出灵蛇法宝。无数条蛇从天而降，像脚镣一般束缚住敢死队员的双脚，阿周那一阵砍杀，迫使他们放手松开阿周那的战车。三穴国主善佑见状祭出金翅鸟法宝，金翅鸟是蛇的天敌，金翅鸟一出，这些蛇便纷纷逃窜。敢死队员解除束缚，立即又向阿周那放箭。激战之中，阿周那被善佑射中，一度晕厥。

于是，他祭出因陀罗法宝，成千上万支利箭飞出，大批人马倒毙。一轮又一轮杀戮下来，敢死队损失过半，军心崩溃，将士逃散。阿周那抬头一看，迦尔纳的战旗正在般度军中迎风招展，昭示着他的节节胜利。阿周那道："黑天啊，你了解迦尔纳的英勇，其他勇士无法战胜他。避开其他人，朝他追击我军的方向前进吧！"

黑天笑着答应一声，白马金车，冲入俱卢军中。这辆战车冲到哪里，哪里的军队就开始崩溃瓦解。他们犹如被祭司请来的天神，被敌人召唤到这场盛大的战争祭祀中。矢志复仇的阿周那双目血红，左右开弓，挡者披靡，宛如死神降临。于是，难敌再次催促敢死队上前，并派遣二十万名弓箭手，连同车、马、象军，一起围攻阿周那。泼天箭雨从四面八方向两位英雄射来，阿周那卓然而立，不断发射出镶金利箭，如闪电般照亮整个天宇。这位征服者中之最杀死一万刹帝利，击溃敢死队所在的俱卢军左翼，挺进到甘波阇人保护的翼端，发射出阵阵箭雨，给甘波阇人以毁灭性打击。

甘波阇王善巧已在第十四天的战役中死于阿周那之手。他的弟弟此刻奋勇上前，想为哥哥报仇。阿周那以两支半月箭砍断他的双臂，复以一支剃刀箭射掉他的头颅。这位英俊青年浑身是血栽倒在地，犹如断裂的黄金之柱。恶战再起，大批甘波阇人中箭受创，死伤无数，鲜血染红了整个大地。看见俱卢军左翼行将崩溃，马嘶冲上前去，发射出泼天箭雨，将两位黑王子完全覆盖住。三界震恐，一切动物与不动物发出惊呼。黑天勃然大怒，责备阿周那："这真是古怪，马嘶竟然能胜过你！甘狄拨弓不是还在你手上吗？马嘶勇猛作战，你却总是想着'他是我老师的儿子'，向他表示尊敬。不要这样，普列塔之子啊！现在不是这么做的时候！"

阿周那暗自惭愧，立即击断马嘶的弓，摧毁他的战旗、战车、标枪和铁杵。接着，他又以几支箭击中马嘶的锁骨。马嘶被射晕过去，靠着旗杆跌坐下来，车夫迅速载他逃离战场。阿周那挽开强弓，就在难敌的眼皮底下成百上千地歼灭俱卢军，敢死队至此已所剩无几。

眼看阿周那和怖军节节胜利，三条战线上只有迦尔纳所在的这方战场由俱卢占据上风，难敌找到迦尔纳，对他和众国王说道："天国的大门已经打开了。迦尔纳啊，身为刹帝利，能参与这样的战斗，与同等英勇的武士交战，是莫大的喜悦。

让我们开始这场战争祭祀吧！一旦杀死般度之子，你们就能获取大地上的所有财富。若被敌人所杀，你们也能赢得英雄的世界！"

受到难敌的激励，众国王齐声呐喊，决心履行残忍的战争职责。两支大军再度交锋，战况激烈，死伤惨重，引得天上的众神也来观战。空中仙乐飘飘，大地众生鏖战，此情此景，也不知是天国，还是地狱。

屠杀在继续，般度军在迦尔纳的强悍攻势下退却。阿周那举目一望，已看不见坚战的旗帜。他焦急地对黑天说道："这一天只剩下三分之一了，没有一个持国之子来攻击我。请带我到坚战那里去吧，一旦看到法王和兄弟们都安然无恙，我再继续作战。"黑天扬鞭策马，阿周那心急如焚，不断催促。

他们的视野逐渐清晰，怖军已经赶来投入战斗，以猛光为首的般度军也和他一起重返战场，俱卢军在他们的攻击下败退。迦尔纳拦住逃散的俱卢人，挥舞取胜神弓，击断猛光的弓和箭，又向他本人连发九箭，箭箭命中。猛光换弓再战，以数十箭作为回击。迦尔纳怒火中烧，奋力向猛光射出一支威力强大的镶金利箭，但被萨谛奇中途拦截。迦尔纳于是向萨谛奇发射箭雨，两人展开激战，战斗残酷而又精彩，令人既不忍看，又不忍不看。

阿周那尚在远处，猛光却是近在咫尺。于是，马嘶怒气冲冲地冲向猛光，叫道："卑鄙的般遮罗人啊，我今天就要清算你杀死德罗纳的罪行！只要你不逃跑或者得不到阿周那的庇护，你就休想从我这里逃命！"猛光傲然答道："我的剑会为我做出回答！它能砍下德罗纳的头，也能砍下你的头！"说罢当即向马嘶射出一箭。马嘶勃然大怒，祭出法宝，阵阵箭雨摧毁猛光的战车和弓箭等诸般武器。猛光拿起宝剑和盾牌，可他还没来得及跃下马车，就被马嘶击断了剑和盾。但尽管猛光车毁马死，武器尽失，马嘶还是无法用利箭杀死他，索性放下弓箭，疾扑向猛光。

眼看猛光身陷绝境，黑天快马加鞭，色如明月的骏马疾驰而来，仿佛在痛饮天空。一见两位黑王子赶来，马嘶立即痛击猛光，拽着他的头发想把他拖走。这时甘狄拨弓弓弦响动，数十支镶金利箭深深刺入马嘶的身体，马嘶只得放开猛光，重新登上战车。偕天赶来接走猛光。一肚子气的马嘶抓起弓箭就向阿周那射去，击中对方的双臂和胸口。阿周那大怒，奋力向马嘶射出一箭。这支箭威力强大，宛如摧毁万物的时间之神，击中马嘶的肩头。马嘶遭此重击，浑身瘫软，跌坐到战车上，车夫立即载他远离战场。看到猛光获救、马嘶被击退，般度军全都欢呼起来，万千军乐奏响，武士们齐声发出狮子吼。

正在追击坚战的迦尔纳也听到了欢呼声，他拨动取胜神弓的弓弦，不住愤怒地盯着阿周那，渴望与对方单车决战。

"再为我做一件事就足够了：我想要你的友谊，我还想和阿周那一战。"校场演武时，迦尔纳对难敌这样说道。

"长久以来我都有一个心愿，在战斗中杀死阿周那，或者让他杀了我。"

"国王啊，请听我的誓言，今天不是我杀死阿周那，就是阿周那杀死我。"

即将实现的心愿，等待完成的誓言。

白昼只剩下最后几个时辰了，时间已经走到尽头。

◉ 迦尔纳是《摩诃婆罗多》中一个矛盾而特殊的人物，他有高贵的血统，不名誉的出身；他是贡蒂的长子，却始终忠实于难敌；他是太阳神之子，又被阿修罗王那罗迦附身。他嫉妒、偏执，但也忠诚而慷慨。比起阿周那，他更像一个普通人，因此也许更易让人共情。史诗无疑将他作为阿周那的镜像来描写，阿周那畏惧于战争的惨烈后果，迦尔纳则热烈地拥抱战争，即使明知战争会毁灭一切。同样是生死之交，黑天会责备和规劝阿周那，迦尔纳则支持和追随难敌做他想做的任何事。迦尔纳自认是难敌的真朋友，但相较于阿周那和黑天的友谊带来了胜利和荣誉，迦尔纳与难敌的友谊只导致了彼此毁灭。

◉ 吠陀时代最重要的武器无疑是弓，以至于讲解军事的经典被称为《射方吠陀》，但剑也极受重视。《摩诃婆罗多》中描写战争场面，武士们战至弓断车毁，便互相投掷标枪或铁杵，最后则以剑和盾牌近身搏杀。毗湿摩称剑是武器之冠，并讲述了剑的起源：上古时代阿修罗肆虐，屡行非法，梵天在莲花峰顶祭祀了一千年，从祭火中诞生出剑。梵天以剑赐给湿婆，湿婆以此斩杀阿修罗，遏制非法。随后，湿婆赐给毗湿奴，毗湿奴赐给因陀罗，因陀罗赐给人类之主摩奴，让他以剑保护众生。在这个故事中，剑被神化成一个肤如青莲的神灵，是正法的保护者。

第五章　　　　　　　　　　兄弟之间

阿周那救下了猛光，但般度军的局势仍不容乐观。持国之子们正指挥大军追击坚战王，一心想要抓住他。萨谛奇和怖军奋力拦截，但俱卢军人数众多，部署严密，以迦尔纳、难敌、马嘶、慈悯为首，一遍又一遍地冲击着般度军，犹如雨季的洪水滚滚奔流向大海。利箭不断从他们的弓弦上飞出，威力之大足以射碎群山。坚战的铠甲已在交战中破裂，由于斋戒，他的身体十分虚弱。迦尔纳拉开取胜神弓，发出呐喊："杀死般度之子坚战！"一箭击毁坚战的战旗。俱卢军欢呼雀跃，一拥而上，淹没了坚战的身影。

迦尔纳全力出击，以阵阵利箭歼灭敌军，一面不断催促鼓励俱卢军："冲啊，不要放过一个敌人！我会跟随在你们后面。"在他的攻击下，般度军四散而逃，满场只见迦尔纳的象索战旗高高飘扬。随后，他掉转车轮，在持国之子们的护卫下，向阿周那所在的方向冲来，但并没有立即来找阿周那决战，而是驶向猛光的战车，想要消灭般遮罗人。

就在这时，怖军护卫着坚战王重返战场，萨谛奇和般遮罗王子们簇拥着他，向俱卢军展开反击。怖军箭如雨下，一路射翻无数战马战象，射落的战旗落满战场。般遮罗勇士们欢呼着四面出击，俱卢军被打得掉头就跑，飞速逃离战场。迦尔纳大怒，重整军队，扑向般度军。束发英勇无畏地迎上前去，被迦尔纳射死车夫和马匹，只得跃下战车，向对手投掷出一支标枪。迦尔纳连射三箭，击断标枪。束发武器尽失，只得逃离战场。迦尔纳乘胜追击，多方拦截围堵坚战。

猛光拦截住难降，难降表现勇猛，双方战至难分难解。无种和迦尔纳之子牛军交锋，互相发射箭雨。被击溃的俱卢军四散奔逃。迦尔纳追上去，安抚败逃的俱卢将士，牛军也就放弃和无种的战斗，前去护卫迦尔纳的车轮。慈悯和成铠鏖战两位般遮罗王子，迫使对方撤离战场。偕天和萨谛奇与沙恭尼父子交战。沙恭尼父子都被打得战车失灵，只得逃入三穴国的军队中，父子俩同乘一辆战车。萨谛奇接连放箭，打得俱卢军纷纷奔逃。

难敌亲自挑战怖军，但转瞬之间就被怖军摧毁了马匹、车夫和战旗，只得撤退。于是，所有的持国之子都率军向怖军冲过去，呐喊声惊天动地，却被怖军一个人挡住。迦尔纳见状，也放弃坚战朝这边赶过来。

这时，马嘶率领庞大的战车部队，突然向坚战所在的方向冲去。阿周那已经赶到，祭出天国武器，挡住马嘶发射的阵阵箭雨。然而他发射的每一件法宝，都被马嘶同样用法宝击落。他们的交锋让空中利箭横飞，许多车兵被阿周那的箭雨伤及，倒地身亡。失去主人的战马挣脱缰绳，在战场上到处乱窜。然后，阿周那一箭射死马嘶的车夫，马嘶竟亲自驾车，继续与阿周那鏖战。阿周那索性射断他的缰绳，马匹全部逃跑，俱卢军中顿时响起一片惊呼声。

获得胜利的般度军军心大振，呐喊着四面出击，利箭如雨而下。俱卢军再次四散溃逃，即使迦尔纳和持国之子们再三喝止，也无法阻止军队的崩溃和混乱。于是，难敌再次找到迦尔纳，恭敬地说："迦尔纳啊，你看尽管有你坐镇，我们还是被般度军打得四散败逃。请采取必要手段吧，我们只能向你呼救。"

迦尔纳当即应承道："你就看着我的威力吧！我要将全体般遮罗人和般度诸子一起消灭！"他稳住全体将士，随后祭出婆力古法宝（Bhargava），这是他从婆力古后裔持斧罗摩处得来的法宝。顷刻间，百万、千万，乃至数亿支利箭从法宝中倾泻而出，覆盖住般度族军队。四大兵种惨遭杀戮，数千人马哀号着倒地身亡，大地为之震颤不已。战场前沿的将士吓得四散奔逃，整个大军惊慌失措，只能一遍又一遍向阿周那呼救。

阿周那看到那一方战场的惨况，对黑天说道："黑天啊，你看婆力古法宝的威力！无法在战斗中摧毁这一武器。迦尔纳今天立下显赫战功，我看不出谁能从他手里逃脱。从战争中幸存的人才有战胜和战败可言，死去的人哪有胜利？"

黑天举目一望，战场上已不见坚战的踪影。他也想等迦尔纳疲乏后再战，便对阿周那说道:"坚战已经身负重伤,你先去安抚他,再去消灭迦尔纳。"阿周那也正为兄长担忧,于是,他乘车疾驰过战场,寻找法王坚战,却到处都找不到。他一面勉励将士们坚守岗位,一面赶到怖军身边,焦急地问道:"国王怎么样了?他在哪里?"

怖军答道:"坚战王被迦尔纳射得遍体鳞伤,已经离开这里。我都不知道他是否还活着。"

阿周那更是担忧,说道:"那你应该快去找到坚战,我想他一定是回营了。他之前被德罗纳利箭重创,也仍然坚守在战场,直到德罗纳死去。现在他一定是有了生命危险!你快去看看他怎么样了,我在这里挡住所有敌人。"

"要是我离开,别人会说我是被吓跑的。还是你自己去吧。"怖军不容置疑地说道,"我来帮你挡住敢死队和所有敌人!快去吧!"

阿周那拗不过怖军,便对黑天说道:"我想见到坚战,感官之主啊,策马越过这片军队的海洋吧!"于是,黑天将怖军布置在阵前,指示他如何作战,便带着阿周那飞驰回营。坚战果然正在军营中独自卧床休息,两位黑王子见他安然无恙,心中喜悦,双双向他行触足礼。

坚战看他们高兴地回营,还以为他们已经杀死了迦尔纳,顿时大喜过望,以至说话都有些结巴了:"欢迎你们啊,我真是太高兴了!告诉我,你们是如何和迦尔纳作战,把他杀死的?今天他在全军面前击败了我,让我车毁马亡,对我大加羞辱,多亏怖军救了我。就算是面对毗湿摩和德罗纳,我也从未遭受如此奇耻大辱!他是难敌的保护伞,也是我们般度族最凶恶的敌人。现在他真的被你杀死了吗?出于对他的恐惧,我十三年里夜不能寐。复仇的火在我心中燃烧已久,今天他对我的羞辱让它燃烧得更旺了!请告诉我你已杀死了那个罪人,就能让这团火熄灭,翼月生啊!"

阿周那有些尴尬,答道:"我击败了敢死队,就甩开迦尔纳,前来见您了。怖军还在和持国诸子作战,我请求您的祝福,今天我一定会消灭迦尔纳和他的亲友!"

巨大的喜悦瞬即转变为失望,坚战愤怒地叫道:"你曾经立下誓言要杀死迦尔纳，为什么言而无信？我们把所有希望都寄托在你身上，你有最好的战车和甘狄拨神弓，还有黑天为你驾车，为何还会被迦尔纳吓得弃战而逃？懦夫啊，我看贡蒂就不该把你生下来！如果你把甘狄拨弓交给黑天，你来做他的车夫，黑天一定能杀死迦尔纳！"

这番话彻底激怒了阿周那，他唰的一下抽出了宝剑，却被黑天按住了："这里没有敌人，你拨剑干什么？你担心国王的安危，看到他安然无恙，你应该高兴，为什么生气？"

阿周那仍然盯着坚战，愤怒地喘息着说："我暗地里发过誓，谁要是对我说把甘狄拨弓交给别人，我就砍下他的头！现在国王说出了这样的话，我必须杀了他才能遵守誓言！黑天啊，你是无所不知的，你说我该怎么做？"

黑天叹了口气，答道：

"现在我知道了，阿周那啊，你自以为通晓正法，实际上你根本不懂正法。放着应做的事不去做，不应做的事却偏去做。你之前立那个誓言就很蠢，现在更是愚蠢，想要做违背正法的事情。须知不杀生是至高的正法，你怎么能杀害你的兄长和通晓正法的国王呢？

"我来告诉你正法的微妙之处。口出真实之言是好事，但何为真实却极难把控。从前有一个叫乔尸迦（Koushika）的婆罗门，立誓永远讲真话。一次，有人逃避强盗而躲进他的村子，强盗问他那些人躲到哪里去了，他实言相告，强盗便根据他的指引，搜寻出那些人全部杀害。乔尸迦自以为恪守誓言讲真话是正法，却因出言不当违背正法而堕入地狱。

"何为正法？何为非法？有人认为按经典行事即是正法，但经典并非万能。正法的作用是护持众生，因此，能护持众生的即为正法。像乔尸迦这种情况，如果说谎就能摆脱强盗，就应毫不犹豫地说谎。此时，真实成为谎言，谎言成为真实。我已告诉了你正法和非法的区别，现在你是否还想杀死坚战？"

阿周那心悦诚服地道："黑天啊，你确实智慧过人！我现在也认为我不应该杀死坚战。如果我真把他杀了，我一刻也活不下去。可是，我也不想背誓，该如何是好？"

"国王被迦尔纳利箭所伤，身心俱疲，才对你说了些重话。"黑天安抚阿周那，然后答道，"经典上说，对尊长不敬，不啻杀死他。你一向对坚战极为尊崇，现在你可以在一些无关紧要的小事上对他表示蔑视，比如不用敬语称呼他，然后你再请求他的宽恕。这样，你就既不必说谎，也不必弑兄了，只管放宽心去消灭迦尔纳吧！"

阿周那欣然接受了这个主意，于是，他以前所未有的粗暴语气对坚战说道："你不应该责备我脱离战场，因为你自己远离战斗足有二里地。只有此刻仍在奋勇杀敌的怖军才有资格责备我。智者说婆罗门的力量在言语里，刹帝利的力量在臂膀里。你就是一个言语有力的人。你冷酷无情，并且认为我和你一样。为了实现你的心愿，我奉献了全部身心，为你消灭了许多大武士，你却躺在黑公主的床上贬斥侮辱我。从你那里，我们得不到丝毫快乐。是你沉溺于赌博的恶习，才连累我们陷入灾难，却指望我们通过战斗帮你消灭仇敌，夺回王位。不要再用这样残酷的话来伤害我们，别把我们激怒了！"

他冲动之下说出这番话，自感冒犯了兄长，深深叹了口气，拔出剑来。黑天问道："这是干什么？你为什么又拔出剑来？把你的心事告诉我，我才能为你出主意。"

阿周那悲惨地答道："我想立刻杀死自己，因为我犯下了对国王不敬的罪行。"

看见阿周那沮丧得想要自杀，正法的护持者黑天向他提出建议："自吹自擂等于自杀，那你就好好自夸一番吧，也就相当于杀死自己了。"

阿周那同意了。于是，他弯了一下他引以为傲的大弓，对坚战说道："除了湿婆神之外，世上没有哪一位弓箭手能与我匹敌！依靠我的威力，你才能得到各方统治者的臣服，举行王祭。我天生就手脚带有弓箭和战旗的标志，因此，我天下无敌。我一个人就将东西南北的全部敌军消灭过半，只剩区区一些敢死队。我只对懂法宝的人使用法宝，以免让世界化为灰烬。"

然后，阿周那手触坚战的双足，恭敬地说道："国王啊，我向你起誓，今天我一定会杀死迦尔纳。请宽恕我刚才所说的话。我的生命就是为忠于你而存在的，你知道这是实话。事不宜迟，我这就动身迎战迦尔纳。"

但阿周那盛怒之下的话语已经深深地刺伤了坚战。他痛苦地说道："你把我的头砍下来吧！是我德行有亏才让你陷入灾难。今天我就去林居，让怖军做国王吧。没有我，你们都能幸福生活。我也承受不了你的这番羞辱之词，活着还有什么意义？"

说罢，坚战起身下床，想动身前往森林。黑天即刻向他俯身下拜，说道："国王啊，您知道阿周那以恪守誓言和甘狄拨弓闻名于世，但你却要求他将甘狄拨弓交给别人，触犯了他的誓言。为了让他不致背誓，我才提议让他对您做出不敬之举。因此，请宽恕我和阿周那对你的冒犯吧！我们向您俯首致敬，恳请得到您的庇护和宽恕。"

坚战慌忙将黑天扶起，双手合十向他致敬，说道："如你所言，你们是冒犯了我，但有你这番话，我也就心满意足了。黑天啊，今天多亏有你！当我们因迷茫无知陷入灾难的时候，是你拯救了我们，你就是我们的保护者啊！"

黑天看着垂头丧气的阿周那，微笑着说道："你只不过在言辞上冒犯了国王，就已经如此沮丧，如果你真杀了他，现在又会如何？正法就是如此微妙。如你害怕违反正法而杀死长兄，那么必定因弑兄罪而坠入地狱。我建议你应全心全意地抚慰国王，取悦于他，然后杀死迦尔纳，给国王带来欢乐。这样也就是尽到责任了。"

于是，阿周那充满羞愧地俯身下拜，以头触碰坚战的双足，一遍又一遍地啜泣着说道："国王啊，请宽恕我吧！请原谅我为严守正法而对你所说的冒犯之词吧！"

坚战扶起弟弟，深情地拥抱着他，也忍不住痛哭起来。一切的痛苦、委屈以及战争所带来的心理重负，都随着这热泪释放出来。兄弟俩痛哭了很久，坚战亲切地碰触着阿周那的前额，笑着说道："我虽然奋力拼杀，迦尔纳还是击败了我。今天如果你不杀了他，我真的要自杀了。"

黑天答道："我和阿周那听说你被迦尔纳利箭所伤，所以来到这里看你。万幸你没有生命危险。请安慰阿周那,祝福他在和迦尔纳的战斗中取胜吧!"

坚战再一次拥抱着阿周那,说道:"我已经原谅了你,我对你说的那些可怕的话,你也不要放在心上。现在我命令你去打迦尔纳,财富胜者啊,你已经给我极大的尊崇,愿你常胜不败!"

阿周那答道:"用利箭伤害你的迦尔纳,今天就会尝到恶果。大地之主啊,我手触你的双足向你发誓,今天我不杀迦尔纳决不返回!"

就这样,在黑天的调解下,坚战兄弟平安地度过了这次情感危机。阿周那带着长兄坚战的祝福奔赴战场,誓杀迦尔纳。天帝之子与日神之子之间这场推迟多年的大战,终于正式上演。

◉ 正法是《摩诃婆罗多》中的重要主题,苏克坦卡尔甚至称大史诗就是以正法为轴心构建起来的世界。然而,何谓正法?从黑公主在大会堂中提出永恒的谜题,到哈奴曼告诫怖军要明辨是非,因为"有时人们把非法称为正法,有时正法又以非法的面目出现",我们感到了印度先贤的谨慎。正法(Dharma)一词的词根为 dhri,意为"支撑"。"正法微妙"这一主题在史诗中反复出现,这次是由大神那罗延的化身黑天现身说法,举例讲解,确定正法的定义是"能护持众生的即为正法"。也就是说,正法的核心意义不在形式也不在律令,而在于它能让大多数人生活得更好,能让众生共存共荣。

◉ 大史诗描绘了俱卢大战中的多次争吵。俱卢方难敌多次质疑将帅的忠诚,俱卢诸将质疑彼此的能力,沙利耶与迦尔纳之间的口舌之争据说到了影响迦尔纳作战能力的地步。而般度方也围绕如何对待德罗纳和迦尔纳展开了激烈的争吵,甚至发展到动手的地步。战争给人带来的心理重负在这些情节中得到了突出体现。

◉ 黑天调解坚战兄弟情绪的能力让人惊叹。他像一个高明的心理大师,时而从哲学出发,把身体和灵魂区别开来,指出受人贬斥即是"虽生犹死",时而从道德伦理出发,说自吹自擂就等于自杀,让坚战兄弟既不违背誓言,也发泄了情绪,从而成功地化解了危机。黑天被称为瑜伽之主、世界之师,他对于般度方的支持并不仅仅在于保护了般度方最伟大的战士,也在于战略战术上的指导,以及心理上的安抚和疏导。他既是益友,亦是良师。

第六章　　　　　　　　　　　饮血

阿周那下定决心,一定要在当日杀死迦尔纳。他一路上思索着该如何完成誓言,不觉大汗淋漓。黑天察觉到他的紧张不安,对他说道:

"阿周那啊,你拥有众多天国武器,作战时头脑冷静,注意力集中,判断准确。普天下没有能和你匹敌的勇士!不过,你也不要小看迦尔纳,他艺高胆大,同样精通法宝,除你之外,就算因陀罗率领众天神也难以杀死他。他是难敌的依靠,罪恶的源泉。今天你杀死他,也就大功告成了。

"今天是大战的第十七天,毗湿摩、德罗纳、胜车等人都已经身亡,俱卢军只剩下迦尔纳、马嘶、慈悯、成铠、沙利耶这五位大武士。如果你出于对德罗纳的尊重而不愿杀死马嘶和慈悯,出于对母系亲属的尊重而不愿杀死成铠和沙利耶,那就杀死迦尔纳吧!正是仰仗他的武力,难敌选择与你们开战。俱卢人对你们犯下种种罪行,他都在场参与。

"想想激昂之死吧!他被六位大武士残忍地杀死,其中就有迦尔纳。他无法正面和激昂交锋,就从背后击断了他的弓。想想他在大会堂里对黑公主所说的那些话吧!那些诋毁和侮辱,你都亲耳听到。看吧,迦尔纳正施展法宝,屠戮你的军队。般遮罗人为了朋友,不惜献出自己的生命奋勇作战,而迦尔纳却将他们成批消灭。我实言相告,你是唯一能击败迦尔纳的人。按照你的誓言从事行动吧,杀死迦尔纳!祝你成功!"

在黑天的激励下,阿周那愁思尽去,充满了必胜的信心,答道:"黑天啊,有你相助,我必获胜!只要大地存在,众生就会传颂这场大战。我的弓箭就是骰子,战车就是赌盘。迦尔纳必将死于我手,以此偿还我对众多盟友欠下的债务。"

此时,俱卢之野上鏖战正酣。束发战慈悯,萨谛奇战难敌,偕天对付沙恭尼,无种与成铠交战，猛光和迦尔纳率领的俱卢军交锋。难降等持国之子们和残余的敢死队组成一支大军，向怖军发起攻击。怖军毫无惧色，孤身杀入俱卢军中，击溃这支军队，但举目一望，四面皆敌，不禁担忧地对御者说道："法王生死未卜，阿周那也没有回来，真让我担心。我远远看到一支军队正向这里进发，也不知是友是敌。你清点一下我的武器，看看还剩下多少。"

御者答道："放心吧，你剩下的武器用一头牛车也拉不完。"

怖军心中一宽，豪气顿生，道："那你就等着看一场大战吧！今天不是我战死疆场，就是我击败全体俱卢人，立下盖世功勋。愿天神保佑我能完成这一壮举，愿阿周那能立刻赶来，如同祭祀上一经召唤便能降临的天帝因陀罗。"

就在这时，俱卢军队突然大乱，人人都在哀号逃窜，奔逃的车、马、象践踏着成群的步兵。御者欣喜地叫起来："你的愿望实现了！看啊，神猴金旗在高高飘扬，甘狄拨神弓犹如云中闪电一般闪闪发光。是阿周那！"

怖军欣喜若狂，发出狮子吼。阿周那听到后，立即让黑天快马加鞭，冲入俱卢军中。俱卢军的大批战车武士立刻从四面八方围堵上去，人如猛虎，箭如雨下，武士们愤怒的咆哮声犹如大海扬涛。阿周那迅速射出无数利箭，击断他们的武器，砍掉他们的手臂和头颅。顷刻间四百名武士魂断沙场，全场震骇，走避不迭，军队溃退时发出的呼号声宛如激流碰撞大山发出的轰鸣。

阿周那击溃敌军，乘胜挺进，声震四方，宛如金翅鸟扑向群蛇。怖军大受鼓舞，冲入俱卢军中，射出阵阵箭雨，如狂风过境，打乱对方阵脚。难敌大怒，下令杀死怖军。于是，全体武士将怖军团团围住，向他发起攻击。身陷重围的怖军宛如第二个阿周那，以利箭撕破防线。他让大地血流成河，无数车、马、象和俱卢军士兵死于这场屠杀，武士们的头颅成了遍布血河中的石块，砍下的臂膀像一条条浸在血水中的水蛇。

看到怖军突围而出，沙恭尼在众兄弟的簇拥下拦截住怖军。怖军怒笑着以一支月牙箭射断沙恭尼的弓。沙恭尼迅速换弓再战，射断怖军的战旗，射中他的马匹。怖军勃然大怒，拿起一支铁标枪便向沙恭尼投掷过去。沙恭尼竟接住这支标枪，反手投掷回去，击伤怖军的左臂。持国之子们不禁连声叫好。怖军无法忍受，迅速开弓放箭，将沙恭尼的马匹、车夫和战旗全部摧毁。沙恭尼跳下战车，仍被怖军利箭射中，倒地昏迷。难敌慌忙将他接上自己的战车，一路奔逃。持国之子们向来害怕怖军，立刻随着难敌一起撤退。

看见怖军逞威，迦尔纳驱车朝这里赶来。般度军众将立刻将他团团围住，向他倾泻箭雨。迦尔纳笑着击断萨谛奇的弓，射中怖军的车夫，让黑公主诸子顷刻间失去战车，逼退围攻他的般度军众将。然后，他拉开取胜神弓，开始摧毁般度军，犹如大火焚烧干草。战车过处，哀号一片，大地上尸横遍野，血肉化为泥泞。般度军一和迦尔纳遭遇便溃败逃散，无人敢正视迦尔纳，犹如不敢正视正午的太阳。难敌欣喜若狂，四处凯歌高奏。迦尔纳消灭了大批人马，让马背上空无一人，然后他突然停了下来，像死神毁灭众生后停下脚步，凝望着他宿命的对手——阿周那。

这时，阿周那已经击溃了各路大军，抬眼便看到了迦尔纳，当即说道："黑天啊，迦尔纳的旗帜正在迎风飘扬，般遮罗人被他吓得望风而逃。快带我过去吧。今天，我不杀迦尔纳，决不返回！"

黑天扬鞭策马，战车长驱直入，向迦尔纳驰来。车声隆隆，声如雷鸣，般度军顿时士气一振。

"你悬赏要找的那个人，那个以黑天为御者的驾驭白马者，正向这里驰来。我想他是来挑战你的。"沙利耶提醒迦尔纳，"今天你若能杀了他，那就造福我们大家了。眼看法王受伤，怖军受挫，他怒火万丈，双目血红，只想杀尽世间所有弓箭手。迦尔纳啊，上前迎战吧，因为除你之外，无人是他的对手。我看他孤身一人，无人保护他的侧翼和后方，抓住这个大好机会吧！向他冲锋吧，只有你能抗衡盛怒之下的阿周那，驱散人们心中的恐惧。"

迦尔纳欣然答道："沙利耶啊，看来你已经恢复常态，友好对我了。不必害怕阿周那，你会见识到我的威力，看我独自歼灭般度军和两位黑王子！今天，我必定和阿周那决一死战，无论生死成败，我都已达到目的。据说人间从未有过阿周那那样出色的战车武士，黑天的功绩更是数之不尽。想到两位黑王子共乘一辆战车，恐惧和勇气同时在我心中升起。除我之外，谁有能力迎战他们？"

他来到难敌和俱卢军众将面前，对全军上下说道："大家立刻从四面八方向黑天和阿周那发起攻击，消耗他们的体力。等他们屡屡受创，我就容易杀死他们了！"

于是，俱卢众将全都向阿周那冲去，阿周那迅速还击，挡住所有利箭，并每人还击数箭。他将马嘶和慈悯的马匹、车夫、战旗全部击毁，击断难敌的弓和战旗，杀死成铠的战马，粉碎围攻他的车、马、象军。包围他的大军顷刻之间便被击溃，犹如大坝被洪水冲毁。盛怒的阿周那宛如时代末日的太阳，以甘狄拨弓为日晕，以利箭为光辉，灼烤敌军。

黑天驾驭着战车，一路疾驰向前。束发、萨谛奇、玛德利双子等纷纷赶过来，跟随着阿周那的战车前进，为他拦截住敌军。双方互相泼洒箭雨，使得天地一片昏暗，就连太阳也失去了光辉。

阿周那首先去救助身陷重围的怖军。他拉开甘狄拨弓，使天空布满箭网，俱卢军将士犹如落入罗网中的鸟儿，纷纷丧生在他的利箭下。他在尸山血海中一路挺进，甘狄拨弓声如霹雳，各种各样的利箭如火炬、如流星、如闪电，焚毁众英勇奋战的刹帝利。庞大的俱卢军队在他的利箭下崩溃，犹如大船被风暴所摧毁。所有俱卢将士从怖军身边仓皇撤离，逃往四面八方。阿周那与怖军相见，告诉他坚战身上的箭都已经取出，现在安然无恙。

然后，阿周那继续挺进，神猴金旗招展，整个天地都回荡着他隆隆的战车声。十位持国之子向他扑来，黑天甩开他们，驾驭着战车一路向前。持国之子们穷追不舍，这时怖军挽弓放箭，摧毁他们的弓箭和战车，又以十箭射落他们的首级。这些王子的头颅滚落在地，仍可清晰地看到他们愤怒得充血的双眼和紧咬的嘴唇。

黑天纵马疾驰，朝迦尔纳的方向冲去。九十名俱卢族的战车武士上前将他团团围住，阿周那利箭如雨，将这九十名武士连同车夫一起杀死。难敌不断地指挥军队向阿周那发起攻击，大批人马紧握武器向阿周那当头冲来，蛮族人驾驭着战象攻击他的侧翼，发射出的各种标枪、长矛、飞镖、利箭铺天盖地。阿周那微微一笑，将袭来的武器全部击毁，射落无数骑手。他孤身一人击溃俱卢大军，在敌人的惨叫声中乘胜前进。

这时怖军看见阿周那身陷重围，迅速赶来相助。他手执铁杵，继续消灭那些已被阿周那打得半死的俱卢军残部，留下一地尸体，然后登上战车，跟随阿周那继续前进。

被这两兄弟一轮屠杀之后，俱卢军士气低落，畏缩不前。阿周那发射出阵阵箭雨，夺走他们的性命。利箭穿透俱卢将士的铠甲，惨叫声此起彼落，人人鲜血淋漓，如被火焚，四处乱窜。军队完全崩溃，持国之子们仓皇奔逃，一路呼喊着向迦尔纳求助。迦尔纳对这些浑身是血、狼狈不堪的武士说道："不要害怕，到我这里来！"然后，他拉开大弓，向般遮罗人冲去。

他杀死羯迦夜国的统帅和王子，使猛光等两位般遮罗王子失去战车，又杀死萨谛奇的马匹。迦尔纳的儿子妙军认为是天赐良机，冲上来朝马匹倒地的萨谛奇发射箭雨，却被萨谛奇的利箭射中，气绝身亡。至此，担任迦尔纳左右车轮护卫的两个儿子都已阵亡。迦尔纳怒发如狂，喝道："萨谛奇，你死定了！"他向萨谛奇射出一支威力奇大的利箭，但这一箭被束发拦截。愤怒的迦尔纳射断束发的弓，射死猛光之子，又射伤了怖军与黑公主之子子月。

猛光痛失爱子，与束发等四位兄弟一起上前围攻迦尔纳，但却拿他无可奈何。迦尔纳不断挽弓成圆，射出利箭，摧毁他们的弓、战旗、马匹和车夫。取胜神弓发出的巨大声响，仿佛要将整个大地震裂。这时，萨谛奇出手击断迦尔纳射来的利箭，黑公主诸子急忙将五位般遮罗王子接上自己的战车。萨谛奇迅速开弓放箭，击中迦尔纳和难敌。于是，迦尔纳、难敌、慈悯、成铠一起上前围攻他，而般度军将领纷纷驰援萨谛奇，大战再起，厮杀场面惨烈而恐怖，让人想起上古时期天神与阿修罗的大战。

目睹迦尔纳杀死猛光之子，击败五位般遮罗王子，黑天大喊一声，道："迦尔纳正在灭绝般遮罗人，快去杀了他！"阿周那展开甘狄拨神弓，怒笑着冲向迦尔纳。密密麻麻的利箭飞出，大批人马中箭身亡，天地霎时为之一暗。怖军驾车跟随着他,为他一路保驾护航。两兄弟冲破重重包围,直取迦尔纳。

强敌袭来,难降冲上前去,向怖军发射箭雨。怖军恨他入骨,立即猛扑上去,犹如狮子扑向命定的猎物。他们不惜以命相搏展开对射,箭箭不离对方要害。怖军奋力射出两支锋利的剃刀箭,击断难降的弓和战旗,又一箭射掉他车夫的头颅。难降迅速换弓再战,亲自驭车与怖军恶战到底。他击断怖军的弓,利箭如雨,射遍怖军全身。

怖军浑身是血,怒不可遏,叫道:"射得好!现在你也尝尝我铁杵的滋味!"他咆哮着投掷出去铁杵。那支铁杵倾注着怖军的满腔怒火破空而至,重重地击中难降,将他抛到离战车足有十弓远的地方。难降铠甲破裂,衣衫不整,身上的金饰散落于地,躺在地上痛苦地扭动着身体。

怖军跳下战车,死死地盯着难降,回想起他当初是如何在黑公主经期的时候,拽着她的头发将她拖上大会堂,试图剥去她的衣衫,愤怒就像浇注了酥油的祭火一般越烧越旺。怖军拿起一把锋利的宝剑,足踏难降的咽喉,厉声说道:"我问你,你是用哪一只手拽拉黑公主在王祭大典中用圣水洗浴过的头发的?"

难降大笑着用手遮住眼睛,答道:"这只手粗壮如象鼻,这只手毁灭过无数刹帝利,怖军啊,就是这只手拽拉黑公主的头发,哪怕全体俱卢人包括你都在场!"

狂怒的怖军大吼一声,徒手撕去难降的手臂,用利剑剖开仇敌的胸膛,痛饮那温热的鲜血,大声道:"我此生从未品尝过比仇敌的鲜血更美味的饮料!现在,你再骂我公牛啊!你们给我投毒,想把我们烧死在紫胶宫中,赌骰夺走我们的王国,把我们放逐森林。我们遭受的种种痛苦,都是拜持国和他的儿子们所赐。"

唇边仍然沾染着仇敌的鲜血,怖军放声大笑,声音震撼着整个俱卢之野:"我昔日立下的关于难降的誓言,已经全部实现。今天,我还要实现第二个誓言,宰杀畜生难敌作为献祭,脚踏他的脑袋,我的心才能得到安宁。"

目睹怖军饮下难降的鲜血,周围的人吓得魂飞魄散,有的瘫倒在地,有的武器落地,更多的人吓得转身就跑,纷纷在喊:"这不是人!"难敌悲痛欲绝,十位持国之子愤怒地冲上去找怖军拼命。怖军双目血红,宛如愤怒的时间之神,射出追魂夺命的金箭，取走这十位持国之子的性命，其余人等吓得四散逃命。

迦尔纳眼睁睁地看着这一切，由于过分震惊和悲痛，一时竟呆住了。就在这时，他身边传来了沙利耶的语音，清晰、冷静而坚定："现在不是你悲伤的时候，迦尔纳。将士们被怖军吓得仓皇逃窜，而阿周那正向你冲过来。人中之虎啊，难敌把重任托付给你，请恪尽刹帝利职责，奋勇上前迎战阿周那吧！若胜，你将天下闻名；若败，你也会升入天国。"

这及时的劝诫唤醒了迦尔纳，他收敛心神，下定决心，准备迎接这场不可避免之战。这时，他看到了自己的儿子牛军，也是这场战斗中护卫在他身边的最后一个儿子，离开了岗位，正朝怖军冲去。

◈《摩诃婆罗多·迦尔纳篇》通行版英译者 Adam Bowles 在译者序中谈道，难降在史诗中是一个影子式的人物，尽管他是难敌最年长的弟弟，却很少有单独亮相的机会，一般在难敌和迦尔纳、沙恭尼商量诡计时附带提及。而他的第一次正式亮相就是在著名的赌骰一幕中。他奉难敌之命，不顾黑公主尚在经期，将她强拖到大会堂，拽拉她的头发，叫她女奴。之后，他更试图脱去她的衣衫，以致怖军愤怒地发下必生饮他的鲜血的誓言。般度之子赌骰失败流放森林时，他又一次出言嘲笑怖军。这一幕最终以怖军重复誓言，黑公主穿着被经血污染的单衣、披散着长发跟随五子离开象城作为结束。拽拉头发、鲜血、言语侮辱和剥衣，构成了难降凌辱黑公主、迫害般度诸子的四大标志，而这些正与他的死亡场景一一对应，在怖军复仇时一遍又一遍的回忆中得到强调。

◈怖军饮下难降鲜血，让周围的人们恐惧不已，这也正和难降拖拽黑公主到大会堂上，满座皆惊形成对照。这一场景是如此恐怖，被视为野蛮的举动（11.14.13），以致战后怖军自己都感觉不适，刻意淡化，辩称这是自己为实现誓言不得不为之（11.14.15-18）。

◈在古印度人眼中，女人的经血既污秽又神圣。经期的女性被视为不洁，必须独居避不见人，所以难降强拉经期的黑公主来到男人议事的大会堂被视为重罪。另一方面，少女来月经后才会成为女人，经血被视为女人丰饶之力的来源。法经中称经血可以净化女性，因此夫妻行房事的合法日期应该是妻子来月经后的几天。有指难降拖拽黑公主的头发、打破经期妇女的隔离，迦尔纳下令脱衣，与难敌要求黑公主坐大腿，这三重侮辱都带有性的意味。于是因果循环，这三人也都鲜血淋漓地死去，尤以难降为最。

尼泊尔乡村中怖军作为湿婆畏怖尊的造像

怖军杀难降的故事后来受到印度怛特罗运动影响，衍生得越发惨烈血腥。传说怖军将难降开膛破肚，扯出肠子，献给黑公主作花环，并以难降的鲜血为黑公主洗头。怛特罗（Tantra）即密续，对印度各宗教影响极大，性力派即专研怛特罗的宗派。该派敬奉萨克蒂大女神，认为其男性配偶湿婆居于从属地位，具有很浓的尸林文化特征，对血肉祭祀和性爱的看重常招致外界的误解。由于《摩诃婆罗多》的巨大影响力，婆罗多故事也加入了怛特罗式的解读，怖军被视为湿婆畏怖尊的化身，黑公主则是大女神的化身。怖军杀难降的故事被解读为畏怖尊杀死阿修罗，以难降的血肉祭献大女神。此类造像通常刻绘怖军扯出难降的肠子，身边有两个饿鬼伸手作乞讨状。

第七章　　　　　　　　　　　　　　　　　　　泥潭深陷

眼看多名持国之子惨死，俱卢将士逃散，迦尔纳之子牛军年少气盛，主动挑战怖军。无种上前拦截住他，射断他的战旗和弓。牛军立即换弓再战，动用天国武器，击伤无种，杀死他的马匹。无种手执宝剑和护盾跳下战车，一阵大砍大杀，杀死两千名俱卢军将士。牛军冲上前去，从四面八方放箭追击无种。无种多处中箭，索性向牛军扑去，被对方击落盾牌。无种不退反进，高举着宝剑继续冲向牛军。牛军迅速发箭，击断了无种的宝剑，又以多支利箭击中他的胸膛。这时怖军赶过来，将武器尽失的弟弟接上自己的战车。

这一胜利大大地激励了迦尔纳之子。他兴奋地继续追击无种，并放箭击伤前来救援的怖军和阿周那，引得俱卢人大声喝彩，但知道阿周那厉害的人明白，这少年的命运已如投入祭火中的祭品。牛军呐喊着向阿周那冲去，无数支利箭从他的弓中飞出，再次击中阿周那。阿周那大为恼怒，眉心紧皱，决心当着迦尔纳的面杀死牛军，为激昂复仇。这足可杀死死神的男子残酷地冷笑一声，双目血红，对迦尔纳、难敌、马嘶等人说道："迦尔纳！今天我要当着你的面杀死牛军！你们这些人趁我不在时杀了孤立无援的激昂。那我就挑你人在战车、他被众人护卫的时候，让你亲眼看到我杀死你儿子！接着，我还要杀了你！"

一丝可怕的微笑浮现在阿周那的唇边，十支利箭从甘狄拨弓中猛然飞出，击中牛军的各处要害。紧接着，阿周那迅速射出四支锋利的剃刀箭，击断牛军的弓，砍下他的双臂和头颅。少年失去头颅和臂膀的躯体从战车上栽倒在地，像一棵高大的娑罗树被狂风摧折。

眼看爱子惨死，迦尔纳悲愤填膺，双目涌出泪水，立即驱车直冲向阿周那，迎向这场宿命的对决。白马驾驭着他灿若太阳的战车，闻名天下的沙利耶王担任他的御者,当迦尔纳的象索战旗与阿周那的神猴金旗遭遇,整个战场都沸腾了。国王们齐声发出狮子吼,战士们挥舞着手臂为各自的英雄叫好助威,巨大的声浪直冲云霄。同样是白马金车,同样以精擅驭车之道的勇士为御者,矗立在战车之上的迦尔纳与阿周那光彩熠熠,如同两轮太阳同时在空中升起,注定只有一人生还,独自辉耀苍穹。他们是这场战争豪赌中的骰子,双方将士就是赌徒和观众,这场对决将决定整场战争的胜负。很长时间里,他们一动不动,只是怒目而视,心中都渴望杀死对方。他们如同天帝因陀罗与大阿修罗弗栗多相对峙立,怒气腾腾,形象可怖,就像两颗烟雾缭绕的行星。似乎感觉到主人的怒气,阿周那战旗上的神猴忍不住跳到迦尔纳的旗幡上,和迦尔纳的旗徽象索搏斗起来,双方战马也发出长嘶,渴望战斗。

迦尔纳首先收回了目光,笑着对沙利耶说道:"如果今天阿周那杀了我,你会怎么办?"这位在开战之际曾对迦尔纳冷嘲热讽的摩德罗王郑重地回答:"那我会驾驭着战车独自杀死黑天和阿周那。"

阿周那也不禁对黑天提出了同样的问题。黑天大笑起来,答道:"即使太阳坠落,大地碎裂,烈火变冷,迦尔纳也不可能杀死阿周那,否则世界就会毁灭。那我就赤手空拳杀死沙利耶和迦尔纳。"

听到挚友的回答,阿周那微笑着道:"迦尔纳和沙利耶加在一起也不是我的对手。黑天啊,今天你会亲眼看到我以利箭摧毁迦尔纳,连同他的战车、战旗和铠甲。一想起他对黑公主的凌辱嘲笑,我的愤怒就无法平息。今天,我定要将他彻底铲除,以偿还我对激昂母亲欠下的债务,让法王和贡蒂感到高兴,让黑公主脸上的泪水能够停止。"

于是,战斗开始。迦尔纳和阿周那各自发射出漫天箭雨,遮蔽住四面八方,天地间一片黑暗。双方将士心惊胆战,纷纷逃到两位武士身边寻求庇护。迦尔纳和阿周那一面安慰自己的军队,一面发射法宝驱散对方的箭雨,犹如太阳拨开层层云海重放光明。他们各自力挽满弓,发射出成千上万支利箭,袭击对方以及对方的军队,宛如天帝因陀罗大战阿修罗王。这时,难敌、成铠、慈悯、沙恭尼和马嘶这五位大武士奋力冲上前去,向两位黑王子发射箭雨,试图减轻迦尔纳的压力。然而,阿周那顷刻之间就将他们的弓箭和战马战车一同摧毁，并向迦尔纳连射十二箭。又有一百名战车武士，与战象、骑手和最精锐的甘波阇战士一同攻向阿周那，阿周那出手迅捷，砍断他们的手臂和头颅，消灭了这批敌人，引得天上观战的众神大声叫好，洒下漫天花雨。

见此情形，马嘶拉起难敌的手，劝说道："难敌啊，毗湿摩和你师父德罗纳都已经死了，你就和般度五子讲和，一起统治王国吧！不要再打仗了！阿周那会听从我的劝告休战，黑天也不愿打仗。坚战一向希望和平，怖军和双子都听他的。所以只要你愿意，你们就能停战讲和。我是出于对你的敬爱和友谊，才这样劝说你。你已经看到了阿周那的赫赫战功，再打下去你一定会后悔的。据说朋友有四种：有的天生就是亲友，有通过调解安抚得来的，也有用财富换取或者用武力屈服的。这四种关系都适合你和般度诸子。因此，你完全可以和般度五子成为朋友。这才是你该走的路。如果你同意，我这就去制止阿周那和迦尔纳。"

难敌沉思片刻，叹了口气，答道："朋友啊，你说得不是没有道理，但你也听到了怖军杀死难降时所说的话，怎么可能实现和解呢？你也不要去叫迦尔纳停战，阿周那今天已经疲惫不堪，迦尔纳一定能很快杀死他。"他拒绝了马嘶的建议，然后命令军队继续进攻阿周那："为什么我没有听到放箭声？还不快冲上去消灭敌人！"

这时，决战已经开始了。两辆白马驾驭的战车疾冲向对方，在战场上猝然相遇，如同风卷云涌，如同山峰相撞。伴随着激烈的弓弦声和击掌声，两位英雄射出的箭雨弥漫了整个战场，致使战场上尸横遍野，血流成河，就连观战的众神也为之战栗。迦尔纳率先射中阿周那十箭，阿周那大怒，立即以十箭射中迦尔纳的两肋作为还击。他们互相寻找对方的弱点下手，却让观战的怖军不耐烦了，怒气冲冲地对阿周那叫道："你怎么能让车夫之子先射中你十箭？拿出你在甘味林征服众生的本事，否则，就让我用铁杵来击倒他！"

黑天也不满地说道："阿周那啊，你这是怎么了？今天你发出的武器都被迦尔纳挡住了，俱卢人在欢呼雀跃。在过去的一个又一个时代里，作为那罗的你摧毁过无数天生骄狂的阿修罗，现在你需要同样沉静坚毅地杀死迦尔纳，将大地献给国王，为自己赢取无上的荣誉。"

在黑天的引导下，阿周那回忆起往事，找回了那漫长岁月中他作为那罗的本真自我，明白了他此行的目的。于是，他对黑天说道："为了世界的福祉，为了杀死车夫之子，我将祭出一件强大而可怕的法宝，希望得到你、梵天、湿婆、众神以及一切梵学者的允许。"说罢，他由心里祭出梵天法宝，刹那间天地十方布满箭雨。迦尔纳怒吼一声，也射出成千上万支利箭，暴雨般地向阿周那倾泻而下。阿周那、怖军、黑天每人中了三箭，这让阿周那怒不可遏。他连发十八箭，分别射中迦尔纳、沙利耶和俱卢众将，当场射死一名俱卢将领。阿周那手下不停，接连放箭，歼灭四百头大象、八百名车兵、一千名骑兵和八千名步卒。

这场对决太过精彩，以至天上地下人们都停下来观战。只听一声巨响，阿周那开弓过猛，竟然拉断了弓弦。迦尔纳把握住机会，立即向他射出一百支利箭，六十箭射中黑天。这些浸过油的锋利箭矢刺破他们的肌肤，击伤他们的肢体。阿周那勃然大怒，迅速上弦开弓，击断迦尔纳射来的所有箭矢。由于他出箭太快太密，天空一片黑暗，飞鸟难以通行。

阿周那怒笑着向沙利耶猛然射出十箭，箭箭穿透他的铠甲，又接连向迦尔纳射出十九箭。这些箭力道奇大，又快又狠，迦尔纳浑身中箭，鲜血直流，奋力向阿周那射出三箭。他一心想杀死黑天，又向黑天射出五支燃烧的蛇箭。这五支蛇箭是多刹迦一族的蛇族所化，因火烧甘味林而与两位黑王子结下深仇大恨。它们穿透黑天的铠甲，吸吮鲜血之后钻入地底，在蛇界沐浴后回到迦尔纳处。阿周那立即射出五箭，将每条蛇击为三截，坠落于地。看到黑天被蛇箭所伤，阿周那怒火中烧，迅速开弓至耳，射出多支燃烧的利箭，命中迦尔纳全身各处要害。迦尔纳疼得浑身打战，但依然坚毅地屹立在战车上。

盛怒的阿周那不停放箭，覆盖住迦尔纳的战车和四面八方，阳光和天空都被密集的箭雨所遮蔽。难敌派了最精锐的战车武士保护迦尔纳的车轮、马匹、前方和后卫，这些武士全都丧生于阿周那之手。就在刹那之间，这位盖世无双的左手开弓者全歼了这两千名武士,摧毁他们的战车、马匹和车夫。于是,持国之子们和俱卢军队全都扔下迦尔纳,恐惧逃生,奔到甘狄拨弓的射程之外驻足观望。四周变得空无一人,迦尔纳不为所动,依然兴奋地向阿周那冲去。

只见阿周那发射的武器犹如闪电惊雷,射向四面八方。迦尔纳迅速祭起持斧罗摩所赐的阿闼婆法宝(Atharvan)[1],击毁了阿周那的武器,并向他射出无数支利箭。战斗变得越发激烈,迦尔纳取出一支光芒四射的蛇箭,它是在甘味林中死里逃生的多刹迦之子马军所化,异常锋利,具有剧毒。迦尔纳保存了它很久,时时敬拜,打算以这支蛇箭杀死阿周那。他弯弓搭箭,瞄准了阿周那的头颅。看到迦尔纳搭箭的姿势,沙利耶提议道:"迦尔纳啊,这样射不中阿周那的脖子。你要好好瞄准,重新搭箭,才能射下他的头颅。"迦尔纳生气地道:"迦尔纳从不第二次搭箭!像我这样的武士决不会做这种不光彩的事!"他将蛇箭射了出去,大叫道:"翼月生,你死定了!"

见迦尔纳祭出蛇箭,黑天立即足踏战车,用力下压,战车被压得陷入地里,那些色如明月的骏马双膝跪地。于是,这支破空而来的蛇箭只击中了阿周那的头冠。这头冠是阿周那在诛灭阿修罗前夕,由天帝因陀罗亲自为他戴上的,华美灿烂如日月星辰,阿周那因此得名"有冠者"。随着珠冠落地,大地发出巨响,一阵狂风席卷过天、地、空三界及诸水域,人人震恐不安。阿周那却镇定自若,用一方白巾扎起他深黑色的头发,宛如山巅被阳光照耀的东山。

蛇箭一击不中,现出蛇身,腾空而起,叫道:"你要知道,我与他有深仇大恨,黑天啊,他杀了我母亲!"

黑天立即告诉阿周那道:"这条蛇就是逃出甘味林的马军,快杀了他!"

阿周那应声出箭,将这条蛇击为六段,由空中坠落于地。就在阿周那盯着天空中的马军放箭之时,迦尔纳迅速射中阿周那十箭。于是,阿周那向迦尔纳接连射出十二支利箭作为还击,然后,他再次开弓至耳,射出一支威力强大的铁箭。这些

---

[1] 阿闼婆(Atharvan)一词原意为"智者",阿闼婆族常用来指代婆力古族。阿闼婆法宝即持斧罗摩的法宝。

利箭穿透迦尔纳的铠甲，饱饮他的鲜血钻入地底，箭羽上仍带着斑斑血迹。迦尔纳狂怒不已，箭如雨下，射中黑天十二箭，射中阿周那九十九箭。接着，他咆哮着又向阿周那补了一箭，大笑起来。

阿周那立即还以颜色，以多支羽毛箭射中迦尔纳全身各处要害，又连射九十九箭，箭箭如死神的刑杖，射遍迦尔纳全身。迦尔纳头冠坠地，耳环被射落，身上铠甲片片碎裂。愤怒的阿周那又向失去铠甲的迦尔纳连射四箭，迦尔纳连遭重创，疼得发抖，就像身染重疾的病人。

阿周那再一次力挽满弓，猛然射出无数支利箭。这些狠毒锋利的箭矢撕裂迦尔纳的肌肤，刺入各处要害，让他全身血流如注。阿周那不停放箭，密集的箭雨淹没了迦尔纳和他的战车。迦尔纳浑身中箭，犹如高山上长满树木，绽放出朵朵殷红的花朵。他仍然在竭力奋战，无数支利箭从他的取胜神弓飞出，交织成一张带血的箭网，拦截住阿周那射来的箭雨。一眼望去，箭网中的迦尔纳宛如那轮西沉的血色夕阳。

就在这时，大地震动，迦尔纳的车轮开始打滑，持斧罗摩给他的法宝也不再显现。他战前最为担心的诅咒应验了！迦尔纳顿时惊慌起来，挥舞着手臂叫道："都说正法会保护以正法为先的人，可它却让我陷入灾难，可见正法并不总是保护他的信徒。"他这样说着，马匹竭力拉拽着战车，却难以前行。迦尔纳受创甚重，在摇晃的战车上站立不稳，一时想不出办法，只是连声责骂着正法。

阿周那没有趁势出手，迦尔纳竭力稳住身形，然后向阿周那连发三支利箭，又以七箭击中他的手臂，战斗继续。阿周那开始还击，射出十七支火焰般的利箭，穿透迦尔纳的身体。迦尔纳强忍疼痛，全力以赴地投入战斗，召唤出梵天法宝。阿周那随即祭出因陀罗法宝，但发射出的利箭都被迦尔纳击毁。于是，阿周那也祭出梵天法宝，阵阵箭雨覆盖住迦尔纳。迦尔纳怒火中烧，奋力反击，竟射断了阿周那的弓弦！阿周那立即安上另一根弓弦，继续发射出成千上万支利箭。他的动作是如此迅速，以至无人发觉他的弓弦曾被击断。

眼看双方激战不休，迦尔纳甚至还占据了上风，黑天再次提醒阿周那："射他！用你最好的武器！"于是，阿周那念诵咒语，召唤出一支如烈焰、如毒蛇般的铁箭。他挽弓搭箭，对准了迦尔纳，正准备发射出去，这时，大地吞噬了迦尔纳战车的一只车轮。

迦尔纳又气又急，竟流下泪来，叫道："等等！阿周那，你不能趁我车轮陷地时攻击我！武士不应该攻击放下武器、陷入危境的人和铠甲武器破损的人，你等我把车轮拽出来再打。你在战车上，我在地上，现在你不能杀我！我不是怕你和黑天，但你是出身高贵的刹帝利，要按照正法行事，等一等！"

⊛ 史诗描述道，迦尔纳与阿周那大战将起，一切众生都在屏息以待。天空与群星支持迦尔纳，整个大地连同山川树木支持阿周那。众阿修罗、罗刹、药叉等支持迦尔纳，四吠陀、往世书、奥义书等则支持阿周那。以天帝因陀罗为首的众天神、仙人、祖灵、乾闼婆等支持阿周那，但太阳神苏利耶和他的兄弟则支持迦尔纳。他们聚集在空中争论谁胜谁负。众说纷纭之际，梵天和湿婆驾到。作为世界的创造者和毁灭者，他们宣布："胜利必定属于灵魂高尚、武艺超群的维阇耶（阿周那）。两位黑王子是那罗与那罗延的化身，必将征服一切。让日神之子前往天国，与毗湿摩和德罗纳相聚吧。"于是，漫天花雨降落，为这一生死决战拉开序幕。

⊛ 迦尔纳因误杀牛而被一位无名的婆罗门诅咒车轮陷地。牛在梵语文学中常作为大地的隐喻，史诗开头即描述大地女神以牛的形象祈求梵天铲除阿修罗化身的残暴刹帝利，为她解除重负。《摩诃婆罗多·迦尔纳篇》的英译者 Adam Bowels 据此认为，车轮陷地是对迦尔纳助纣为虐残害大地的处罚，以他误杀牛为象征。史诗文本言及"大地吞噬了迦尔纳的车轮"，表明大地积极主动地参与到这场大战中来并决定了迦尔纳的死亡，而非被动的承受者或中立的旁观者。

⊛ Iravati Karve 在其著作《Yuganta》一书中对史诗中的多处情节做了去神话的解释。她认为迦尔纳使用的蛇箭可能是箭上涂有蛇毒，黑天压车导致箭只射中阿周那头冠可能是后世神化黑天后的情节。经过十七天的战争后，俱卢之野到处是腐尸和鲜血，迦尔纳的战车车轮打滑陷地很正常。在第十六天阿周那大战敢死队之后，也出现了他的车轮陷地的情节。大战的每一天都有战马被杀、战车粉碎的情况，武士会登上另一辆战车继续投入战斗。迦尔纳在大战前夕也特别要求难敌为他备好副车，因此车轮陷地时他应该换车再战，而不是要求对手停战自己去拽车轮。他可能因为太过紧张，才会射偏头冠，并在危急关头丧失判断力。

摩诃婆罗多　　　　　　　　　　　　　　　　　　　　　　　　　576

迦尔纳对阿周那

迦尔纳与阿周那的决战即将开始,众神裁决胜利属于阿周那。

描绘俱卢大战的细密画

画中漫天纷飞的箭矢带有式样各异的箭头。

第八章   迦尔纳之死

听到迦尔纳的请求，驾驭战车的黑天答道："谢天谢地！你总算想起正法来了！总是这样的，卑鄙小人倒霉时总会责怪命运，却从不责怪自己的恶行。迦尔纳啊，你和难敌、难降、沙恭尼把身穿单衣的黑公主带到大会堂上的时候，你怎么没有想到正法呢？当精通赌骰的沙恭尼赢了完全不会赌骰的坚战时，你的正法在哪里？看到难降把还在经期的黑公主强行带到大会堂，你大笑不已，你的正法在哪里？你觊觎他人的王国，依靠沙恭尼用赌骰战胜般度五子，那时你的正法又在哪里？"

这一连串的质问让阿周那回想起往事，怒火在他的心头燃烧，以至他全身都迸发出耀眼的光焰。迦尔纳见状立刻祭出梵天法宝，同时奋力拖拽车轮。阿周那同样以梵天法宝挡住对方的攻击，并祭出火神法宝。于是，迦尔纳召唤出水神法宝，刹那间天空中乌云密布。阿周那沉着地以风神法宝驱散浓云，然后一箭击毁了迦尔纳那闻名天下的象索战旗。那面灿烂如日的战旗向来高高飘扬在战场上，让敌人闻风丧胆，是俱卢人心之所向，如今被阿周那一箭击落。随着旗帜落地，俱卢人对胜利的希望就此破灭，巨大的哀呼声响彻整个俱卢之野。

阿周那以摧毁迦尔纳的战旗作为警告，随即取出一支合掌箭，这支箭长达三肘尺，造价昂贵，灿烂辉煌如同光芒四射的太阳，可怕如同湿婆的毗那迦弓和毗湿奴的神轮，足以毁灭一切众生。阿周那念诵咒语，将这支神箭搭在甘狄拨弓上，大声说道："如果我曾修习苦行，令长辈满意，听从朋友的忠告，凭此真言，让这支百战百胜的利箭杀死迦尔纳，带给我胜利！"

他向正在拖拽车轮的迦尔纳射出了这一箭。这支箭倾注着阿周那杀敌复仇的决心，强大如同婆力古和鸳耆罗两大仙人举行的祭祀，威力就连死神也无法抵挡，杀死仇敌，带来胜利。所有人目睹着这支箭从军队上方破空而来，瞬间便射掉了迦尔纳的头颅。俱卢军统帅染血的头颅坠落于地，俊美的面庞犹如千瓣莲花，如同血色夕阳沉入西山。他无头的躯体倒了下去，铠甲破碎，浑身是血，如同祭祀结束后熄灭的祭火。就这样，在以利箭为光芒炙烤敌军之后，威力如太阳般的迦尔纳被强大如时间（Kāla）[1]般的阿周那终结了生命，贡蒂最小的儿子杀死了她的长子。

看到迦尔纳中箭毙命，一切众生发出悲叹。天空崩裂，大地震颤，狂风呼啸，流星坠地。阿周那的战车隆隆，声如雷鸣，战旗上的神猴发出怒吼，令人胆寒。两位黑王子同乘一辆战车，犹如因陀罗与毗湿奴同车，辉映四方。他们同时吹奏起螺号宣告胜利，那高亢明亮的螺号声响彻天、地、空三界及诸水域，天上观战的众神及仙人一同向他们祝贺胜利。般度军欢声雷动，俱卢军全线崩溃，四散奔逃，战场上到处是重伤垂死或倒地毙命的战士、战马和战象，俱卢之野宛然成了阎摩的领地。

沙利耶心惊胆战，慌忙驾驭着旗帜破碎的战车，飞速驶离战场。他叫住了难敌，说道："今天迦尔纳与阿周那的那场大战真是前所未有！这些为你奋战的英雄个个勇猛如天神，可命运却眷顾般度五子，导致他们被杀。不要悲伤了，这就是命运啊！成功交替循环，不会固定不变。"

听了这番话，难敌回想起自己的恶行，悲痛欲绝，流下泪来，连声叫道："迦尔纳啊，迦尔纳！"马嘶等人连忙上前劝慰，簇拥着他回到营地。他们一面悲叹，一面频频回首。只见大地已被鲜血浸透，犹如穿上了一袭血色长裙。迦尔纳倒卧于地，全身布满甘狄拨弓射出的利箭，像放射出千道光芒的太阳。夕阳温柔地抚摸着他染血的身躯，自身也变得一片血红，然后缓缓沉入海中，仿佛想要洗去这一身血迹。苍茫的血色天地间，只见阿周那那面举世闻名的战旗在不断跃动，闪耀着光辉。

俱卢人回到自己的阵营里。此刻，他们已疲惫不堪，浑身是血，以致难以辨清眉目。迦尔纳及无数国王阵亡的情景犹在眼前，将士们被甘狄拨弓杀戮时的哀号仍在耳畔回荡，整个大军因阿周那的步步逼近而惊恐万分。慈悯再也忍不住了，走

---

[1] 迦罗（Kāla）：时间，死亡。

到难敌身旁,强抑住愤怒,向他进言:"难敌啊,现在毗湿摩、德罗纳、迦尔纳都倒下了,你的妹夫胜车、儿子罗奇蛮和你的许多兄弟也都已阵亡,我们还能做什么呢?何况,即使他们都还活着,阿周那也是不可战胜的。这位英雄以黑天为双目,就连天神也无法胜过他。甘狄拨神弓在他的手中挥舞,就像闪电劈开层层乌云,闪耀于四面八方。武艺天下第一的阿周那在黑天的帮助下,就像风助火势,摧毁你的军队。这场恶战已经打了十七天了,我军士气低迷,人心离散。怖军许下的诺言,有的已经实现,有的正在实现。你无故对这些善良的人犯下许多恶行,现在报应就在眼前。"

"难敌啊,你为了自身的利益,召集天下英雄为你而战,现在你和他们都十分危险。天神之师祭主仙人曾说过,力量相当或处于劣势时,应谋求和解;占据优势时,才应投入战斗。现在我们的力量不如般度五子,停战求和才是出路。坚战生性仁慈,只要持国开口,黑天求情,他一定会让你保留王国。黑天不会无视持国的请求,而般度五子一定会尊重黑天的意见。国王啊,我说这些全是为你好,不是自己惜命,请好好想一想吧!"慈悯沉痛地说完这番话。他年事已高,情绪激动,几乎晕倒过去。

难敌听罢,长叹一声,沉思片刻,答道:

"你的话诚然不无道理,但就像良药也治不了垂死的人,我无法接受你的意见。我用赌骰夺走坚战的王国,他怎么还会信任我?黑天曾作为般度之子的使节来象城议和,我却以欺诈对他,他怎么还会在意我呢?据说两位黑王子共有一个灵魂,现在我们都看到了。听闻外甥激昂的死讯,黑天每一夜都在痛苦中度过。我们伤害了他,他怎么肯原谅我们呢?激昂死后,阿周那从未平静过,即使我央求,他就会对我好吗?更不用说已立下复仇誓言的怖军。难降当众残忍地凌辱过尚在经期的黑公主,她在大会堂上被迫裸身的情景,让般度五子刻骨铭心,他们绝不可能放弃战斗。黑公主为了复仇,一直修炼严苛的苦行,睡在粗糙的硬地上,直到我们毁灭。妙贤与她同心同意,甘愿像婢女一样服侍她。这一切早已如烈火升腾,无法平息。激昂死后,他们就更不会同意和解了。

"我过去曾拥有整个大地，现在怎么能仰仗般度人的恩惠，满足于偏安一个小国呢？我曾如太阳一般照耀于众王之上，怎么愿意像仆从一样跟随坚战呢？我知道你的建议出于好意，但现在不是像阉人一样软弱求和的当口，而是奋起作战的时刻。我曾多次举行过盛大的祭祀，慷慨捐赠过婆罗门；我也曾征服敌国，脚踏仇敌的头颅。我享受过各种快乐，履行了我应尽的职责。世间并无长盛不衰的幸福，何况王国和荣誉。身为刹帝利，只能通过战斗来获取荣誉，别无其他。

"现在，我将放弃各种欲乐，全力投入战斗，去往那至善之境。只有在战场上从不退缩的勇士，以生命为献祭死于兵器之下，才能居住于因陀罗的天宫之中。那条路属于不死的神灵和勇士的英灵，是毗湿摩、德罗纳、迦尔纳、胜车和难降走过的路，也是我们即将踏上的路途。为了我的事业，多少人献出了生命。我希望能偿还我欠他们的债务，不再想着自己的王国。如果我让朋友、亲戚、长辈赴死，自己却保全性命，世人一定会谴责我。何况，失去朋友、亲人和关心自己的人，向般度之子俯首称臣，这样的王国要来做什么？我已征服过整个大地，我将全力奋战，以求升入天国，舍此别无他途。"

难敌的声音平静而坚决，让陷于哀伤和绝望的刹帝利们重新找到了目标，决心全力投入战斗，达到至高归宿。迦尔纳死后，俱卢军已无出类拔萃的将领。他们不敢再待在原有的营地，转移到喜马拉雅山脚下的一处空地歇息。这里距战场不到两由旬，圣河娑罗室伐底河从旁流过，河水呈现出红色。他们在这里洗浴休息，重燃斗志。难敌召集全军，驱车驶向马嘶，恭敬地说："你是尊敬的先师之子，请告诉我，如今我们该以谁为统帅？"

马嘶答道："让沙利耶作为你的统帅吧！无论从出身、勇武还是名声来说，他都首屈一指。他还有大批兵马，我们仍能战胜般度诸子。"

于是，难敌走下战车，双手合十，对沙利耶说道："患难见真心，重情重义的英雄啊，请担任我军的统帅吧！当你踏上战场，般度军一定闻风丧胆。"

沙利耶慨然答应，承诺必将击败般度诸子和他们的军队。于是，在全军上下的欢呼呐喊声中，沙利耶灌顶为俱卢军统帅。

消息传入般度军营，坚战王找到黑天，说道："俱卢军的新统帅是沙利耶，你看我们该如何应对呢？"

黑天答道："沙利耶勇猛非凡，除你之外没人能杀得了他。你拥有苦行者的力量和刹帝利的勇武，尽情展现出来吧，杀死摩德罗王！毗湿摩、德罗纳、迦尔纳都已经不在了，区区一个沙利耶难不倒你。忘记他是你的舅父，以刹帝利法为重，勇敢战斗吧！胜利必将属于你。"

坚战深以为然。此时天色已晚，他们各自回营休息。由于迦尔纳已死，般度军上下心情愉悦，一夜安睡到天亮。

天刚破晓，俱卢军在难敌的催促下武装起来，开赴战场。此时俱卢军仍有三支大军，般度军只有一支大军，人数上俱卢仍然占优，但缺乏优秀的将领。于是，他们立下约定：不得与般度军单独作战，更不能抛弃与敌人交锋的同伴。沙利耶排出战阵，他和迦尔纳诸子率领摩德罗人为前锋，成铠为左翼，慈悯为右翼，难敌为中军，马嘶殿后。沙恭尼率领一支骑兵，跟随大军前进。迦尔纳死后，难敌越发求胜心切，他仍然怀有胜利的希望，并以此安慰自己。

般度军更是志在必得，坚战亲率大军冲向沙利耶，阿周那击其左翼，怖军击其右翼，玛德利双子冲向沙恭尼父子，第十八天的战斗开始。马嘶指挥三穴国人将阿周那团团围住，无数支利箭射向他的战车。战车的每一部分都插满了各色羽毛箭，看上去犹如缀满火炬的天车降落到大地上。阿周那拉开甘狄拨弓，利箭如雨，战车过处，人马俱灭。开战伊始，他就摧毁了两千辆战车。于是，马嘶驱车来战。阿周那一笑挽弓，刹那间便让马嘶失去了马匹、车夫和战车，随后，他又击毁了对方投掷而来的铁杵和铁闩。马嘶接连受挫，但依然保持着镇定。这时，一位般遮罗将领向马嘶冲来，被马嘶一箭射杀。马嘶趁势登上他的战车，在三穴国诸将的护卫下，再战阿周那。阿周那以一敌众，仍然占尽上风。

阿周那在左，怖军在右，包抄歼灭敌军，杀伤甚重。猛光和束发在坚战的带领下攻击沙利耶的军队，玛德利双子作战勇猛，般度军全线告捷。俱卢军节节溃败，虽有勇士试图挽回败局，却抵挡不住般度军的猛烈攻势，纷纷四散逃跑。沙利耶见状重整军队,亲自迎战坚战。迦尔纳之子花军(Chitrasena)与无种交战,射断了无种的弓,又接连射杀无种的马匹和车夫。无种手执宝剑和盾牌跃下战车,一阵箭雨已经迎面泼洒而来。无种用盾牌抵挡住箭雨,以迅雷不及掩耳之势跃上花军的战车,一刀砍落花军的头颅。俱卢军顿时阵脚大乱,纷纷奔逃。沙利耶发出一声大吼,制止住军队的溃败,两军再度交锋。

这时,大地震动,流星燃烧着从天而降,散落四面八方。群兽和飞鸟从俱卢军的左边通过,预示着俱卢军的毁灭。俱卢军的新任统帅沙利耶拉开大弓,向般度军射去成百上千支利箭,无数战士倒在他的利箭下。坚战王大怒,亲自赶来拦截住沙利耶,被沙利耶一箭射中。这下激怒了般度军的将领们。怖军、玛德利双子、黑公主诸子一齐向沙利耶倾泻箭雨,俱卢军众将纷纷上前护卫沙利耶,双方将领捉对厮杀,誓死不退。这是一场可怕的掷骰游戏,双方以利箭为骰子,以生命为赌注,期待赢得胜利。

激战之中,成铠杀死了怖军的马匹。怖军立即从失灵的战车上跃下,手执铁杵奔向沙利耶。这根铁杵由精铁打造,上面有上百个铃铛,挥舞起来声如雷鸣。经过十八天的战斗,铁杵上沾满了敌人的血肉,就像死神阎摩伸出的舌头。怖军挥动铁杵,一下子击杀了沙利耶的四匹战马。沙利耶大怒,咆哮着向怖军投掷出标枪,正中怖军的胸膛。怖军毫不畏惧,拔出标枪,刺向沙利耶的车夫。车夫心脏洞穿,口吐鲜血而死。沙利耶只得手握铁杵跳下战车,徒步迎战怖军。

两人都是使杵的高手,他们纵横腾挪,挥舞铁杵厮杀,铁杵对击时火星四溅,声如雷鸣。怖军的两肋都遭到铁杵重击,沙利耶也同样被怖军重创,两人鲜血直流,开始支撑不住。他们调换位置,再度交锋,铁杵互击,如同两座高山相撞,两人一起扑倒在地。慈悯上前将沙利耶连同铁杵接上自己的战车,驶离战场。怖军摇摇晃晃地站了起来,仍大声挑战沙利耶。

见沙利耶暂离战场,难敌指挥大军冲向般度军,自己也身先士卒,奋力投掷出一支长矛,杀死雅度族勇士显光。然而般度军不退反进,全面发起攻击。俱卢军已下定必死之心,全力迎战,决不后退。要么战死沙场,要么取得胜利,双方都怀着这样的信念而战,喊杀声震天。四处都能听到头颅像成熟的果实从高树坠下一般摔落大地,战马与战象的尸体堆积如山。弓弦响动,铠甲闪光,鲜血飞溅,整个大地已变成毁灭神楼陀罗的游乐场。

❀ 和古中国一样,古印度人根据不同的箭头形状将箭分为各种类别:剃刀箭(Kshura),指箭尖形状如剃刀;马蹄箭(Kshurapra),箭头呈铲状,边缘锋利;月牙箭(Bhalla),箭头形如弯月,边缘锐利;合掌箭(Anjalika),形如双手合十祈祷,箭头扁平、宽阔而锋利。史诗中常描写英雄们用月牙箭和合掌箭砍掉敌人的头颅或旗帜。

❀ 史诗在描述迦尔纳之死时称"迦尔纳太阳被强大的阿周那时间(Kāla)带入西山"(8.67.31),此处将阿周那比作迦罗(Kāla),指时间、死亡。史诗中多次提到迦罗:"命运强大有力,迦罗不可抗拒""焚烧众生者是时间,时间又使它熄灭"。阿周那即是焚烧众生的时间,一如黑天手中的妙见飞轮(时间之轮)。《薄伽梵歌》中黑天自称"迦罗",毁灭世界的时间之神,以阿周那为工具,来此收回一切。

❀ 黑公主在《迦尔纳篇》中虽未出场,她的影子却处处可见。史诗明显将迦尔纳与阿周那的决战视为赌骰的再现:"迦尔纳与阿周那两人开始赌博,以决胜负"(8.63.27)。关键时刻,黑天以黑公主的受辱激怒阿周那,使他杀死迦尔纳。与难降一样,迦尔纳死前铠甲破碎,浑身浴血,与大会堂中被剥衣示众、经血玷污单衣的黑公主一样。

❀ 以 Alf Hiltebeitel 为代表的学者们认为,史诗中的黑公主是吉祥天女(Sri)的化身,是神圣王权、财富和大地的象征。黑公主在俱卢人手中遭受的凌虐,是大地被阿修罗肆虐的具象化。她身披血迹斑斑的衣裙被流放森林的画面,则与俱卢大战中一次次描述的"流血的大地"相对应。在迦尔纳之死中,鲜血和大地这两个因素被反复提及。在他死后,大地仿佛穿上了血色衣裙,十三年前他命令难降剥去黑公主衣裙的因果链条,终于在此刻闭合。

❀ 迦尔纳在《摩诃婆罗多》中正式出场是在俱卢王子们的毕业演武场上。他要求和心目中的对手阿周那比试,这时慈悯问了一个困扰他终身的问题:"你是谁?"他是太阳神之子,却作为苏多之子长大,并为此饱受歧视。他将社会对他的不公正转为对般度诸子的仇恨,到真相大白时为时已晚。他选择了接受现实,直面命运,以生命去捍卫武士的荣誉,实践了他对沙利耶所说的:"我注定就是为英勇、为荣誉而降生的。"《摩诃婆罗多》中对迦尔纳的描写并非全然正面,但当迦尔纳因苏多之子的身份而困惑或受辱时,史诗的态度便会转化为温情和尊重。这种对种姓制度的质疑常常在史诗中自觉或不自觉地流露出来。

第九章　　　　　　　　　　　覆灭

　　战斗继续，杀戮未休，俱卢军元帅沙利耶重返战场，勇猛一如既往，向坚战射出无数锋利的箭矢，一心想要杀死他。坚战奋力反击，一箭射落了沙利耶的战旗。沙利耶大怒，射出的利箭交织成一张密集的箭网，将坚战笼罩在网中。怖军、萨谛奇和玛德利双子立即赶来救援，阵阵箭雨向沙利耶狂洒而下，沙利耶浑身中箭，鲜血直流，但勇气不减。他人如其名，像标枪一般锐不可当，一一击毁对手投掷而来的武器，并向每人回击十箭。见他如此勇武，难敌大受鼓舞，自觉胜利在望，带领弟弟们围攻猛光。束发全力迎战慈悯和成铠，双方战士人人奋勇争先，宁死不退。

　　沙利耶的勇悍也出乎坚战的意料，心里不禁打鼓："为什么黑天的话没有变成现实？但愿他没有说错。"于是，般度四子和萨谛奇再次率军围攻沙利耶，有如愤怒的狮子扑向猎物。战车隆隆，大地震动。他们射出成百上千支利箭，瞬间覆盖住天空，四周一片晦暗，犹如被浓云投下阴影。沙利耶怒吼着奋起迎战，射出无数金羽箭，这些箭像刚蜕皮的蛇一样闪闪发光，照亮天地十方，夺走无数人的性命。般度军五位大将联合起来，竟也奈何他不得。沙利耶驱车疾驰，带领俱卢人冲锋向前。俱卢军毕竟人数占优，一轮冲击之下，般度军死伤惨重，阵脚大乱，纷纷逃离战场。

　　看到军队溃败，坚战王不禁大怒，决心亲自挑战摩德罗王。他召集众兄弟，说道："毗湿摩、德罗纳、迦尔纳已死，只剩下沙利耶了。我今日立下誓言，定要战胜摩德罗王，不是他死，就是我亡。玛德利双子将作为我的护军，萨谛奇和猛光担任我的左右车轮卫士，阿周那担任我的后卫，怖军为我前锋，出发吧！"在国王的号召下，般度军士气重振，擂响战鼓，齐声发出狮子吼，冲向俱卢军。

　　俱卢军奋起迎战，难敌一马当先，一箭射断般度军前锋怖军的战旗和弓。怖军旗毁弓折，却毫无惧色，反而猛冲向前，投掷出标枪，正中难敌的胸膛。难敌一下子晕倒在车座上，怖军趁势杀死他的车夫。无主的骏马拉着难敌的战车四处奔跑，马嘶、慈悯、成铠等人连忙赶去救助。

坚战手执良弓，亲自驱车来战摩德罗王。一向温文尔雅的坚战王，如今凶猛得令人恐惧。他怒目圆睁，身体因为愤怒而微微颤抖，不停地挽弓放箭，射杀所有敢于阻拦他的敌军，如同雷电劈开山峰。他以利箭扫荡战场，直奔沙利耶而去，两人展开厮杀，各自中箭流血，像两株开满红花的树。激战之中，沙利耶射断了坚战的弓，坚战立刻换弓再战，射断沙利耶的弓，杀死他的马匹和车夫。接着，坚战又一箭射断了沙利耶的战旗，俱卢军开始溃败。马嘶迅速赶来，将陷入困境的沙利耶接上自己的战车，他们在坚战的怒吼声中飞奔而去。沙利耶找到另一辆装备齐全的战车，他登上战车，再次冲向坚战。

盛怒的摩德罗王拉开大弓，与坚战相互泼洒箭雨，摧毁了坚战的弓和马匹。慈悯同时出箭，杀死了坚战的车夫。眼看国王情形危急，怖军立即出手，一箭射断沙利耶的弓。接着，他迅速杀死沙利耶的车夫和马匹。沙利耶车毁弓折，被偕天和怖军一阵劲射，铠甲破碎，只得手握宝剑和盾牌跃下战车。尽管情形极端不利，摩德罗王勇气不减，一剑劈断无种的车辕，径直冲向坚战。怖军以利箭击碎他的宝剑和盾牌，发出怒吼。然而，武器尽失的沙利耶依然像猛兽捕食一般冲向坚战，试图凭借他的双臂之力杀死敌人，夺取胜利。坚战手握标枪站在失灵的战车上，紧盯着迎面扑来的沙利耶，决心完成自己的使命。他手中的标枪传说由匠神为湿婆打造，纯金为质，饰以铃铛和宝石，光华璀璨，犹如劫末之夜一般美丽而又恐怖。坚战念诵咒语，奋力投掷出标枪，姿态犹如舞蹈。在所有人的注视之下，这支燃烧的标枪破空而来，宛如时代末日的巨大流星。沙利耶大喝一声，试图接住标枪，但标枪轻而易举地刺穿了他的铠甲和身体，穿心而过，扎入大地之中。鲜血从他的眼耳口鼻中流出，摩德罗王张开双臂倒了下去，正好倒在坚战身前，仿佛想要拥抱大地。死去的国王容颜如生，依然俊美，仿佛只是在情人的怀抱中陷入长眠。这位名叫"标枪"的男子，最终死于法王坚战的标枪之下。他在一场公平的决斗中，被可敬的对手杀死，宛如按照适当仪式点燃的祭火在接受供品后熄灭。

此时还不到正午，俱卢军第四任统帅已阵亡。沙利耶的弟弟冲向坚战，迅速射出多支铁箭，想为兄长报仇。坚战以六箭射断他的弓和旗帜，然后用一支月牙箭射落他的头颅。看到沙利耶兄弟阵亡，俱卢军恐惧万分，全军溃散。成铠飞速赶来，试图挽回局面，但激战之下，他的马匹、车夫和战车都被萨谛奇一一摧毁。俱卢军死伤大半，又一次溃败逃散。难敌无法阻止，只能独自迎战般度诸子、猛光和萨谛奇。这时，成铠已经登上另一辆战车。坚战疾驰而来，射杀成铠的马匹，又以六箭射中慈悯。马嘶赶过来，将成铠接上自己的战车。慈悯射出八箭还击坚战，杀死他的马匹。

双方激战正酣之际，追随沙利耶的七百位战车武士听说国王被杀，决心要找坚战复仇，不顾难敌的阻拦，冲进般度军中，立刻遭到围攻，死伤惨重。沙恭尼着急地说："我们说好了要协同作战，共同进退，你怎么能眼睁睁地看着摩德罗战士惨遭杀戮呢？"

难敌辩解道："我劝过他们，可他们不听。"

"就算他们不听，你也不能不管啊。"沙恭尼道，"我们应该召集全军，努力把他们救出来！国王啊，我们必须互相保护，共同奋战。"

难敌接受他的劝告，集结起全部军队，向般度军发起冲锋，但为时已晚，陷入般度军阵中的这批摩德罗人已被斩尽杀绝。俱卢军一到近前，发现摩德罗军已全部覆灭，顿时掉头便跑，人人狂奔逃命。般度军从后掩杀，兴高采烈地发射阵阵箭雨，胜利的螺号声在四处吹响。

看到自己的军队已经完全溃散，难敌笑了一笑，对车夫说道："我手中还有弓箭，不能让贡蒂的儿子就这样胜过我。放慢速度，我来殿后。只要我仍在战场抵挡般度军，我的大军就会很快返回，勇敢投入战斗。"车夫依言而行，此时骑兵、象兵和车兵都已经跑光，只剩两万多名来自各盟国的步卒仍跟随着难敌。

他们呐喊着冲向般度军前锋怖军，将他团团围住。怖军手握铁杵跳下战车，一阵冲杀，这两万多名步卒缺少骑兵、象兵和车兵的保护，很快便命丧沙场。接着，猛光和坚战陆续出现在战场上，率军向俱卢军发起总攻。俱卢军将领已跑得差不多了，只有难敌仍然坚守阵地。他向还没有跑远的军队高声呼喊："各位刹帝利啊，不管你们怎么跑，般度人都会追杀到底。他们的兵力已经所剩不多，只要我们坚持到底，就一定能取得胜利。但如果你们只顾着逃跑，他们就会追上来，杀死我们所有人。同样是死，何不遵守刹帝利正法，英勇战斗？这样死了也可以升入天国。"

听到他的劝告，奔逃的众位国王总算停下脚步，重整军队，发动反击。交战不多时，萨谛奇便杀死俱卢方冲在最前面的一位蛮族首领，摧毁成铠的战马和车夫。于是，俱卢军再一次掉头逃跑，唯有难敌向般度军冲去。俱卢众将奔逃一阵，发现难敌不在，只好重回战场，投入战斗。马嘶抵挡住怖军，沙恭尼父子攻击坚战和无种，成铠大战萨谛奇，难敌与猛光交锋，慈悯对付黑公主诸子。日正中天，灼人艳阳照耀着勇士们的甲胄，发出耀眼的光芒。空中利箭横飞，噼啪作响，犹如大片竹林在森林大火中燃烧爆裂。

鲜血不停飞溅，生命瞬间消逝。战争打到现在，已无法则可言。一切都在毁灭，大地充满悲伤。凶兆再现，狂风四起，飞沙走石，流星坠地。但交战中的刹帝利们视而不见，仍然在拼死奋战，以求升上天国。沙恭尼审时度势，带了一万骑兵，绕到般度军后面进行攻击。坚战发现后面军队阵脚大乱，便让偕天带着黑公主诸子前去消灭沙恭尼。他们越过沙恭尼的战车部队，向他率领的骑兵部队泼洒箭雨。接着，弓弦声停了下来，两军互相投掷标枪，四面八方都是破空疾飞的标枪，成百上千的马匹受创流血，连同骑手一起栽倒在地，扬起的尘土遮天蔽日。经过这一轮恶战，沙恭尼带着剩下的六千骑兵撤出战斗，般度军也跟着撤退。但他们刚一撤离，沙恭尼突然率军反扑，攻击猛光军队的侧翼，恶战再起。此时双方军队都已经筋疲力尽，但还是竭尽全力奋战到底，战场上血流如注，尸横遍野，浓重的血腥味熏得人头昏脑涨。

厮杀呐喊声逐渐减弱，沙恭尼的骑兵已经只剩下七百骑。他赶到难敌身边，发现还有一批战车武士在护卫着难敌，便兴奋地说道："我已经击溃了坚战的骑兵部队，去击败他的战车部队吧！然后再消灭他的象军、步兵和其他部队！只要我们不怕死，就一定能战胜坚战！"在他的激励下，俱卢军士气大振，纷纷呐喊着冲向般度军。

看到蜂拥而来的俱卢人，阿周那拿起了甘狄拨弓，对黑天说道："前进吧，黑天啊！今天我要用利箭给他们带来末日。看啊，战斗已经打了十八天了。这俱卢之野原本布满了军队，如今已经所剩无几。如果毗湿摩倒下之后，我们双方能够和解就好了！老祖父一番良言相劝，我不知难敌为何不肯听从，执意要将战争进行下去，导致所有刹帝利毁灭。德罗纳死了，福授王死了，难降和迦尔纳也死了，可是战争还是没有停止。难敌真是天生就是来毁灭自己家族的呀！伟大的维杜罗早已多次说过，只要难敌还活着，他一定不会停止对我们的迫害，不通过战争无法制服这种人。现在我已经完全看清楚了。那我就消灭他的军队，杀死邪恶的难敌，让冤仇就此了结。"

黑天听罢，双臂一振，驾驭着白马冲向俱卢军。阿周那站在飞驰的战车上，射出无数利箭，无论人马象，均一箭毙命。甘狄拨弓射出的箭雨覆盖了战场的一切，俱卢军惨呼着四散奔逃，死伤惨重。猛光等人也冲上来攻击难敌的战车部队。难敌弯弓搭箭，射中猛光的双臂和胸膛。猛光发动反击，射杀难敌的马匹和车夫，难敌只好跳上一匹快马，朝沙恭尼奔去。这支车兵被消灭之后，俱卢人又出动了三千头战象，将般度五子团团围住。怖军跳下战车，挥舞铁杵，其余四子纷纷发射利箭，驱散象军。这时，俱卢军中只剩下马嘶、慈悯、成铠、沙恭尼等人，苏多全胜还领着两支军队，也跟着抵挡了一阵，但很快就被打得七零八落，全胜被萨谛奇俘获。马嘶、慈悯和成铠三人也离开了战场，一路寻找难敌。

不一会儿，这支象军便被怖军的铁杵和阿周那的铁箭摧毁。由于难敌不在，俱卢军群龙无首，剩下的持国之子们便聚集起来，向怖军发起攻击。这正合怖军的心意。他大笑着登上战车，用一支支利箭射杀持国之子，砍掉他们的头颅。转瞬之间，十一位王子倒地毙命，怖军的誓言在一一实现。至此，俱卢军队已经只剩下沙恭尼和三穴国善佑的一些残兵，而持国百子之中，只有难敌和妙见（Sudarshana）还活着。

黑天一眼看见了俱卢骑兵队伍中的难敌，他已重新整顿了军队，准备和般度军决一死战。而般度军也不肯放过这个罪魁祸首，阿周那、怖军、偕天三人驾驭着战车，冲向难敌。俱卢军奋起迎战，持国之子妙见冲向怖军，沙恭尼和三穴国主善佑围攻阿周那。难敌向偕天发起攻击。怖军微笑着用密集的箭雨覆盖住妙见，一箭砍下了他的头颅。阿周那打散了沙恭尼的骑兵部队，杀死所有的马匹，然后冲向三穴国的战车部队。他连杀三穴国主善佑的两名兄弟，冲向善佑，怒笑着将一支宛如死神刑杖般的利箭搭上弓弦，一箭射穿了善佑的心脏。接着，他开始攻击善佑的儿子和随从，把他们成批地送往阎摩的领地。

参战的士兵越来越少，大地上布满掉落的头颅。难敌用标枪击伤了偕天的头部，沙恭尼父子也向怖军和偕天发起攻击。怒火中烧的偕天一箭削落了沙恭尼之子优楼迦的头颅。看到儿子的无头尸体栽倒在地，沙恭尼眼含热泪，仰天叹息，想起了赌骰之时维杜罗的劝告。

他沉思片刻，猛然向偕天扑去，射出三支利箭。偕天含笑挡住他的攻击，射断他的弓，击断他投掷过来的宝剑、铁杵和标枪。沙恭尼顿时惊慌起来，在犍陀罗侍卫的保护下匆匆而逃。偕天记起自己的誓言，追上他嘲笑道："你别逃啊，遵守刹帝利法则，像男人一样战斗啊！当初你在大会堂得意忘形，现在报应来了！"他怒笑着挽弓射箭，杀死沙恭尼的马匹，摧毁他的战旗和弓。沙恭尼怒火中烧，跃下失灵的战车，举起标枪冲向偕天。但他还未投掷出标枪，偕天的利箭已经射到，截断了他的双臂。接着，一支灿烂如日的月牙箭破空而来，削去了沙恭尼的头颅，毁灭了这罪恶的根源。

沙恭尼一死，愤怒的犍陀罗人冲向般度诸子，阿周那拉开甘狄拨弓，射出大批利箭，砍断他们的手臂和头颅。看到自己的军队正迅速减员，难敌大怒，召集残余的数百辆战车和战马战象，喝道："大家抓紧时间，杀死般度族人和他们的盟友，我们奏凯而归！"于是，剩下的刹帝利们鼓起余勇，冲向般度诸子，但立刻就遭到对方的利箭杀戮。尽管他们盔甲在身，意志坚定，但无大将保护，已完全不是般度军的对手。随着越来越多的般度军追击上来，这一小撮俱卢军队很快就被消灭得干干净净。至此，难敌的十一支大军已全军覆没。难敌孤零零地站在倒毙的战马身旁，身边全是般度军的人马，耳畔利箭呼啸，般度人在高声欢呼，庆祝胜利。难敌心头充满沮丧，决定逃跑。

就这样，这位曾经不可一世的大地之主，如今孤身一人，没有军队，没有战马，只有浑身的伤痛和疲惫。他拿起一支铁杵，借着战场上升腾的尘烟匆匆而逃，消失在苍茫的天地间。

◉ 沙利耶在史诗中是一个谜一般的人物。他是玛德利双子的舅父，本应加入般度方，却被难敌的贿赂打动，加入了俱卢方，表现出贪婪的一面；但他始终为俱卢军奋勇作战，直至献出生命，又体现出重视诺言的武士精神。难敌称他为真正的朋友，然而他在为迦尔纳担任御者期间，对迦尔纳冷嘲热讽，令迦尔纳气得大骂他看似是朋友，实为敌人。史诗中称他这么做是答应了坚战，要打击迦尔纳的信心，但他最终正是死于坚战的手中。他是小人，还是君子？是般度方的间谍，还是俱卢方心口如一的朋友？在史诗千年流传的过程中，这将永远是一个争论不休的话题。

◉ 俱卢军的四位统帅之中，沙利耶是唯一一个在毫无争议的公平决斗中被杀的。史诗中特别提到这一点："他在一场公平合理的战斗中，死在以法为魂的正法之子手中，宛如祭坛上按照适当仪式点燃的祭火在接受供品后熄灭。"（9.16.55）Justin Meiland 认为，这或许是为了突出法王坚战坚守正法的刹帝利形象，以示他并非如俱卢方所嘲笑的只应祭祀诵经的婆罗门。

◉ 迦尔纳死后，俱卢军的覆灭已经注定。难敌在任命沙利耶为全军统帅前与慈悯的对话，反映出他主动自毁的倾向。但在全军覆没之际，他选择了逃跑，"出于恐惧"，躲进了池塘中。

◉ 毗湿摩为帅战斗了十天，德罗纳战斗了五天，迦尔纳战斗了两天，而沙利耶仅仅战斗了半天就死于坚战手上。他们是般度五子的老祖父、师尊、长兄和母舅。这场婆罗多族之间的大战，最终以敌友杀尽而告终。

第十章　　　　　　　　　　　　　　　最后一战

第十八天的战斗开始之前，难敌还有三支大军，数十万人马，如今已被斩尽杀绝，像惨遭砍伐的森林。难敌满心恐惧，拿着一支铁杵匆匆逃离战场。他没有目的和方向，看见东面有一个池塘，便朝那里奔去，打算逃进去躲避般度军的搜寻。没走多久，他突然想起了维杜罗的话。就在他认为自己已经大获全胜的大会堂上，他一向看不起的奴婢子发出预言："战事将起，所有的刹帝利必将毁于一旦。"这位智者早已预见一切，这片尸横遍野的俱卢之野就是证明。难敌独自站在战场上，回忆起往事，痛苦不堪。泪水模糊了他的眼睛，以至于全胜出现在面前他也没有发觉。过了好一会儿，他才平静下来，询问全胜的遭遇。

全胜是在毗耶娑的求情下被般度军释放的，天色已晚，他孤身一人向象城走去。他告诉难敌："你已经全军覆没，只剩下三位战车武士了，这是毗耶娑告诉我的。"难敌深深地叹息，抚摸着全胜的肩头，说道："全胜啊，除你之外，我没有见到第二个同伴从这场战争中幸存。到处都是般度人和他们的盟友。回去吧！告诉持国王，他的儿子还活着，但遍体鳞伤，进入池塘中休息。他已经失去了朋友，失去了儿子和兄弟，王国也被般度人夺走，生命对他已毫无意义。"说罢，他便运用摩耶幻力，进入岛生池（Dwaipayana）中休息。

难敌走后，马嘶、慈悯和成铠驾驶着战车匆匆赶来，一眼看到全胜，连忙跳下来问候，追问难敌的下落。得知俱卢全军覆灭、难敌进入池塘的消息，马嘶不禁哭了起来："可惜国王不知道我们还活着，不然我们是能战胜敌军的。"这时，般度军已经搜索到这里，他们不敢停留，给了全胜一辆战车代步，他们三人赶赴俱卢军营。然而，整个军营已经空空如也。原来，得知军队战败覆灭，留守军营的大臣、护卫和王族女眷已离开军营，匆匆向象城逃去，场面狼狈不堪。大战前夕倒戈般度军的持国与吠舍侍女之子尚武见状，不禁动了恻隐之心。在征得坚战和黑天的同意之后，尚武驾车疾驰，赶上了这支回城的队伍，护送女眷们平安回到象城。

看到空荡荡的营帐，马嘶三人无心停留，立即返回岛生池，四处都听到般度军的欢呼声。经过十八天的战争，般度人的七支大军只剩下两千辆战车、七百头战象、五千匹战马和一万名步兵，总数还凑不足半支大军。代价是惨重的，但他们毕竟赢得了战争。为了夺取最终的胜利，般度诸子在战场上奔走呼喊，想要杀死难敌，可到处也找不到他。他们这才意识到，一直以刹帝利法激励将士奋勇作战的难敌，最终竟选择从战场上逃命。愤怒的般度诸子派人四处搜索，但仍不见难敌的踪影。天色已晚，他们只好回营休息。

看到般度军人马已经回营，马嘶、慈悯、成铠便悄悄走到池边，对难敌说道："请起来吧，国王啊，我们再和坚战作战！他们的军队已经所剩无几，活着的也大多身受重伤，经不起我们的猛烈打击。快起来吧！"

难敌正躺在水中休息，听到他们的话语颇为高兴，答道："知道你们还活着真是太好了！不过，我身受重伤，你们也疲惫不堪，而般度军士气正盛，现在不是作战的良机。我想休息一夜，明天再和你们共同作战，我说到做到。"

但马嘶已经等不及了，再次劝说："国王啊，还是起来吧！凭借我的功德，今天我们一定能消灭敌人。我曾发过誓，不杀尽般遮罗人决不卸甲，请相信我！"

他们正在交谈，没有发觉有人正向这里走来。那是一队为怖军提供肉食的猎户，肩上背着沉重的猎物，想来找口水喝。他们人在暗处，眼前的一切正好尽收眼底。他们听到马嘶和难敌的对话，知道难敌就躲在池中，想起般度军正到处搜寻难敌，便带着猎物来到般度军营，把难敌的下落告诉了怖军。怖军大喜过望，赐给他们丰厚的酬金，然后去向坚战报告。整个军营都沸腾了，人们大声欢呼："罪恶的持国之子找到了！"尽管他们已经奋战了一天，疲惫不堪，但还是立即朝岛生池进发。以黑天和般度五子为首的般度军将领全体出动，战车隆隆，大地震动。

马嘶等人听到动静，便对难敌说道："般度人追上来了，请允许我们离开。"在征得难敌的同意之后，他们一路奔逃，一直逃到很远的一棵大榕树下才停下来休息，心里仍然牵挂着难敌。

　　岛生池的水清凉澄澈，抚慰着难敌伤痕累累的身躯。他躺在池水中休息，仍然用幻力凝固住池水，使任何凡人都无法看见他。坚战来到岛生池边，怒火中烧，对黑天说道："你看，难敌利用摩耶幻力藏身水底。他欺诈成性，以为靠诡计就能躲过所有人，但我今天绝不会容他活命。就算因陀罗亲自来帮他作战，我也要让三界看着他横尸疆场！"

　　黑天答道："那你就用幻力摧毁幻力！坚战啊，玩弄诡计的人应该死于诡计之下，此乃真理。想方设法把难敌弄出水，杀了这个恶徒。因陀罗就是用各种手段战胜阿修罗，成为天界之王，你也可以照此行事。"

　　坚战唇边露出一丝微笑，对难敌说道："难敌啊，你导致整个家族和所有刹帝利毁灭，为什么自己却躲进水里逃命？起来和我们交战啊！身为刹帝利，临阵脱逃，亏你还自诩英雄！你亲眼看着自己的儿子、兄弟、朋友、长辈全都死了，而害死他们的你却躲进了池塘，你的骄傲和荣誉到哪里去了？你的男子汉气概到哪里去了？你自以为有了迦尔纳和沙恭尼就能保你不死，你真是蠢得认不清自己了。抛弃恐惧，遵守刹帝利法，起来战斗吧！要么击败我们统治大地，要么被杀倒地毙命，这就是造物主为我们规定的第一法则。照此行事吧，做一个真正的王者！"

　　"任何生灵都会恐惧，这不奇怪。我的战车和箭袋都毁了，车夫和士兵也都死光了，只剩我一个人。"难敌答道，"但我不是因为害怕或者想要活命才逃离战场的，我只是太累了，想休息。你和你的人也休息一下吧，然后我再起来和你们交战。"

　　"我们已经休息够了。"坚战轻笑一声，"我们追你很久了，快起来战斗吧！"

　　过了一会儿，难敌悲哀地说道："我争夺这个王国，为的是我的亲朋好友。但现在我的兄弟、朋友和亲人都死光了，所有的刹帝利都死了，大地已经失去了荣光，谁还愿意统治这样的王国？现在，我仍想击败你，仍想击败所有的般度族和般遮罗族，但没必要再打下去了。我把这个一无所有的大地送给你，我会穿上兽皮衣，在森林里度过余生。你就尽情享用这片空荡荡的大地吧！"

坚战被他的无耻激怒了:"你不要躺在水底悲悲切切了,这些话就像鸟叫一样,打动不了我。你已经不是大地之主,凭什么施舍大地给我?当初我为了家族的安宁,按照正法请求你归还我属于我的王国,你为什么不肯给呢?那时你连针尖大小的地方也紧抓不放,怎么现在倒愿意放弃整个大地了?但就算你愿意,我也不会放你活命。你的生死取决于我,不是你自己能决定的。从小到大,你想尽了办法要淹死我们,毒死我们,烧死我们,用诡计夺走我们的王国,现在你该为这些恶行付出生命的代价。起来战斗吧!"

难敌从未听过这样尖刻而不留情面的指责,这指责来自一向温和仁慈的坚战,被他当众羞辱还追到双林打算继续羞辱但仍然搭救了他的坚战。所有的亲情都已消耗得荡然无存,只余仇恨。所有的路都已走到尽头,唯有死亡。难敌深深地叹息,最终决定投入战斗。

即使决心已定,他仍试图为自己争取机会:"我会出来和你们战斗,但你们人多势众,我却孤身一人,以一敌众有失公平。我并不怕你们,但为了维护正法和荣誉,你们和我一对一决斗吧!我会把你们一一消灭干净,以回报为我而死的亲朋好友。"

"谢天谢地!你还懂刹帝利法,愿意一人挑战我们全军。"坚战答道,"我就给你一个恩惠,你可以挑选任何武器,和我们任何一人决战,我们其他人都会旁观。只要你能取胜,你就可以享有王国,否则请你上天国去吧!"

难敌暗自欣喜,继续诱导:"既然你同意一对一决斗,那我就以铁杵为武器,对战你的一位兄弟。人们通常乘坐战车决战,换用各种兵器,但如果你同意,我想一直使用这根铁杵,和你们一一徒步对战到底。我要凭借这根铁杵,战胜你的所有兄弟,还要战胜你的所有将士!"

坚战一口答应:"甘陀利之子啊,拿起你的铁杵出来吧!像个男人一样,和我们战斗吧!你是活不过今天了!"

于是,难敌挥动铁杵,打破凝结的池水,浮出水面,大声怒吼道:"对你们的嘲笑,我会用行动给予答复!坚战,你就派人和我战斗吧,一次一个,因为以一敌众,有失公平。"

"那么,激昂被你们众多战车武士联手杀死的时候,你怎么不知道这一点呢?"坚战嘲讽地说道,但他并没有以牙还牙,而是重申承诺,"穿好盔甲,还需要什么,尽管提。你可以挑选我们兄弟中的任何一人,只要你战胜他,就可以享有王国。而如果我们得胜,除了你的性命,我们什么也不要。"

坚战已经看透,难敌只是将正法当作用来束缚对手的工具,但依然应承了难敌。看到难敌穿上黄金铠甲上前叫阵,黑天非常生气,对坚战说道:"你怎么能答应只要他战胜一人就能为王?现在能以铁杵和难敌决战的只有怖军,而他为了杀死怖军,特别打造了一尊怖军的铁像,对着铁像苦练了十三年。就算他挑中怖军,你们也未必能赢。坚战啊,你总是因为心软而做出轻率的承诺。这简直就像当初赌骰之事重演,你明知不公,却给敌人制造机会,让自己陷入危局。好不容易击败全部敌人只剩最后一个了,谁还会和孤注一掷的死敌做这样的约定?"

怖军安慰道:"先不用担心,我一定能杀死难敌,了结冤仇。我甚至能和天神交战,何况难敌?"

"有你相助,坚战王必定胜利在握!你已经杀死了持国百子,只要再杀死难敌,就能把大地献给坚战。"事已至此,黑天只能尽力给怖军以鼓励和提醒,"难敌挑中你就是自取灭亡,你会打断他的双腿,实现你的誓言。不过你和他交战一定要特别小心,他武艺高强,又好战成性。"

于是,怖军拿起铁杵,愤怒地对难敌说道:"想想你和你父亲对我们做的那么多恶事!想想多象城,想想赌骰,想想你对黑公主的凌辱。因为你,毗湿摩躺到了箭床上,德罗纳死了,迦尔纳死了,挑起仇恨的沙恭尼死了,拖拽黑公主头发的难降死了……追随你的刹帝利们都死了,现在只剩你一个罪魁祸首。我今天就要杀了你,让你为你的罪行付出代价!"

难敌答道:"说这么多有什么用?还是和我交战吧!你没看我正手举铁杵等着你吗?我早就想在杵战上和你较量一番,现在终于有了机会。只要是公平决斗,就连因陀罗也无法胜过我。你就别干吼了,尽管来吧!"

他们各自拿起铁杵,准备战斗,却突然停下来,共同恭敬地迎接一位不速之客——他们的师父大力罗摩。原来,俱卢大战爆发前夕,大力罗摩失望之下带着族人前去娑罗室伐底河沿岸的圣地朝圣,一直走到圣河的源头,遇到了大仙人那罗陀。那罗陀告诉了他俱卢大战的情况,说道:"现在持国的军队已经毁灭,你的两个弟子难敌和怖军正准备决斗。你如果感兴趣的话,就快去看看吧!"于是,大力罗摩让所有族人返回多门城,自己快马加鞭赶到岛生池,正好赶上了这场决斗。

"让这场决战在普五之地举行吧。"他向坚战提出建议,"那里是创世神梵天的北方祭坛,是三界之中永恒的吉祥之地。所有死在那片土地上的战士必定能抵达天国。"

普五之地在娑罗室伐底河南岸,地势平坦。传说,这里风扬起的尘土也能涤尽罪恶,将灵魂带上天国。以大力罗摩为中心,人们围圈而坐。在中央的空地上,难敌和怖军这对从小敌对的堂兄弟手持铁杵,相对而立,用仇恨的眼光瞪着对方,互相破口大骂。最后,还是怖军先失去耐心,举起铁杵向难敌冲去,难敌立即大吼着迎战,两支铁杵互击,发出云中闷雷一般的巨大声响,迸溅出的火花像一群群飞舞的萤火虫。就这样,多年以前他们在演武场上被德罗纳叫停的决战,终于在此刻正式上演。

他们较量了一会儿,两人都疲惫不堪,不得不停下来休息,然后再次扑向对方。他们像两只争食的猫一样纵横腾挪,忽左忽右,忽前忽后,一面小心地保护着自己,一面伺机接近敌人,寻找破绽,发起攻击。铁杵在他们手中挥舞呼啸,喷溅出火焰和烟雾。怖军的铁杵重量是难敌的一倍半,当他的铁杵落下时,就连大地也随之震动;而难敌的攻击更加多变。这对堂兄弟你来我往,战至难分难解,就连天上的众神也来观战。鲜血混合着汗水顺着他们高大的身躯流淌而下,在黄昏的光线下显得异常美丽。

激战之中,难敌击中了怖军的肋部和头部,但怖军屹立不动,反而猛然向难敌投掷出铁杵,难敌敏捷地躲过这一击,趁着怖军铁杵落地,对准怖军的胸膛又是一记重击。怖军遭受重创,勃然大怒,拿起铁杵再次向难敌投掷过去。这一次他击中了目标，难敌昏然跪地，引得旁观的般度军大声叫喊。

敌人的欢呼刺激了难敌，他喘着气愤怒地站起来，朝怖军猛冲过去，挥动铁杵，击中了怖军的额头。怖军握紧铁杵，奋力反击。只听一声巨响，声如雷霆，难敌浑身颤抖，轰然倒地，犹如一株繁花盛放的娑罗树被狂风摇撼摧折。般度人欣喜若狂，欢呼声四起。可是，难敌再次摇摇晃晃地站了起来。仿佛敌人的欢呼声反而给了他无限的力量，他迅速向怖军冲去，挥杵猛击，将怖军打晕在地，然后呐喊着砸碎了怖军的护身铠甲。这漂亮的一击引来了天神的喝彩，漫天花雨降落。过了一会儿，怖军苏醒过来，擦拭面上的鲜血，慢慢站了起来，铠甲破碎，他仍显得有些虚弱。眼看情形急转直下，巨大的恐惧攫住了般度军的心。

◈ 贞信年轻时被婆罗门破灭仙人强迫欢爱，在一个岛上生下了毗耶娑。毗耶娑后来成为般度族和俱卢族血缘上的祖父，因他生于岛上，故以岛生（Dwaipayana）为名（1.99.13）。难敌在摩耶建筑的大会堂中为幻象所迷，落入池中，遭到般度诸子的嘲笑，自感受辱，是他设下赌局用来对付般度诸子的原因之一。难敌在走投无路之际逃入岛生池中，以摩耶幻力凝固池水，躲避追兵，似与前文相呼应。

◈ 《摩诃婆罗多》正文并未详细讲述难敌是如何拜大力罗摩为师的。在后记《诃利世系》中，大力罗摩曾因事与黑天生隙，一度远离多门城，在毗诃提国居住了三年，在那里结识了难敌，收他为徒教习杵战，可作为正文的补充。

◈ 《摩诃婆罗多》中称阿修罗们为了报复天神，通过苦行向代表毁灭的湿婆神夫妇求来了难敌。难敌的上半身由金刚制成，下半身由花制成，故此上半身刀枪不入而下半身脆弱。而民间传说甘陀利在失去了99个儿子之后决心保住难敌的性命，让难敌全身赤裸来见她。难敌不明就里，用芭蕉叶遮住下身去见母亲。甘陀利取下蒙眼布条，目光所及难敌的上半身坚如金刚，但被遮住的下半身没有母亲双眼苦行之力的保护，因此被怖军击碎大腿。

◈ 摩耶（Maya）一词，在梵语中有"幻象""幻力"之意，也可表示"欺诈""诡计"。难敌一生善用诡计，欺诈几乎是他的第二特征。在本章中，作者多用"邪恶的骗子""通晓诡计者"来称呼难敌。他在使用非法手段时完全心安理得，正法只是他用来束缚对手的工具。故此，黑天认为，玩弄诡计的人就该死于诡计之下。

◈ 婆罗室伐底河是印度著名的圣河（现已消失），是语言女神辩才天女的化身。传说原初之神那罗延从呼吸中创造出辩才天女,让她掌管知识和文艺。《摩诃婆罗多》的卷首语即是向那罗延、无上士那罗及辩才天女致敬。普五之地在娑罗室伐底河南岸。三分时代时,持斧罗摩二十一次杀尽世间刹帝利,刹帝利的鲜血在普五之地汇成了五个大池。持斧罗摩在此设祭坛告慰先人,然后将大地施舍给大仙迦叶波,自己归隐山林。而在二分时代末期,众刹帝利也在这里走向灭亡。

第十一章　　　　　　　誓言与规则

难敌和怖军这对堂兄弟之间的生死决战在继续。他们浑身是血，像公牛似的瞪大了眼睛咆哮呐喊，挥动铁杵搏击厮杀。眼看难敌渐渐占据上风，阿周那的心揪紧了。他悄悄询问黑天："黑天啊，你看他们两人谁能取胜呢？"

"他们拜同一个师父，接受同样的教育。怖军胜在力大，但难敌胜在努力，十三年的苦练不会白费。"黑天沉着脸答道，"看现在的情形，如果怖军按照杵战规则公平作战的话，他是很难取胜了。"

"不过，如果怖军采用非法手段，他就可以获胜。昔日，天神就是依靠诡计战胜阿修罗的。"觉察到阿周那的紧张，黑天出言提醒道，"怖军在赌骰之时曾发誓要用铁杵打断难敌的大腿，让他实现誓言，用欺诈杀死欺诈成性的难敌吧！"

按照杵战的规则，不能攻击脐下部分。要让誓言成真，就意味着必须破坏规则。黑天叹息道："你听我说，法王坚战犯了一个错误，眼看胜利在即，他却冒险把整场大战的胜负押在一场单人决战上面，致使我们陷入困境。难敌原本武艺高强，眼下别无出路，必将放手一搏。阿修罗的导师太白仙人曾说过，败军之将，唯求生路，一旦求生无望，拼死一搏，最为可怕。难敌就是这样。他原本已被彻底打垮，只求遁入森林保住性命，再不敢贪图王国。谁会邀请这种人进行一对一决斗？如果怖军不以非法手段杀死难敌，难敌就会成为你们的国王。"

这最后一句话帮助阿周那最终下定决心，他以手轻击自己的大腿，向怖军示意。怖军立即会意，忽左忽右地兜着圈子，以迷惑难敌。难敌也挥动铁杵，变换着步伐，伺机杀死怖军。两位堂兄弟像风暴中的大海一样咆哮激斗，一阵大力劈杀之后，两人再次疲倦得停下来歇息了一阵，然后继续举起铁杵拼杀，像两头野牛在泥泞中角力。流血的肢体和因仇恨而充血的双眼，显示出这是一场不死不休的决斗。怖军故意卖了个破绽，诱难敌近身，猛地向他投掷出铁杵。难敌闪身躲开，迅速地给怖军以重重一击。怖军顿时血如泉涌，头脑发晕，但仍然强忍痛苦，屹然不动。难敌看他一动不动，不知他已受重伤，便没有继续追击。怖军喘息了一阵，猛地向难敌冲去。难敌跳起来，试图避过这一击。这正合怖军的心愿，他咆哮一声，投掷出铁杵，打断了难敌的大腿。难敌双腿齐断，整个人跌倒在地。

这时，狂风骤起，飞沙走石，大地震动。随着难敌被击倒在地，天降血雨，流星坠落，众药叉、罗刹和毕舍遮大放哀声，引得飞禽走兽从四面八方发出凄厉的号叫。螺号和战鼓的巨大声响仿佛从大地深处传来，无数具无头尸体晃动着残肢跳起舞来，令人震怖。

怖军并不在意以非法手段取得胜利，复仇带来的巨大喜悦让他难以自抑，他上前用脚踯压着难敌的头颅，笑道："蠢人啊，你在赌局上对黑公主的侮辱，对我们的嘲笑，现在都得到报应了！"

几十年的恩怨就此终结，怖军大笑着对坚战兄弟和黑天说道："持国之子们把尚在经期的黑公主拖上大会堂，剥去她的衣衫。依靠黑公主的苦行，我们杀死了这些卑鄙的持国之子，连同他们的亲朋好友。至于是上天国还是下地狱，我们都无所谓了。"

他拾起铁杵举在肩头，用脚猛踢难敌的头颅，大声辱骂。坚战劝说道："不要用脚踩他的头！他是国王，又是我们的亲戚，这样做不合正法。他已经倒下了，大臣、兄弟和儿子都已被杀，连香火都已断绝。他毕竟是我们的兄弟，别人都说你是个守法的人，不要这样羞辱他了。"

坚战走上前去看着倒在地上的难敌，眼中含泪，哀伤地说："这一定是造物主的旨意吧，我们才会这样自相残杀！出于贪婪、傲慢和愚蠢，你铸下大错，害死了你的朋友、兄弟、亲戚和尊长。现在你自己也得到了果报，可怜的是那些俱卢族的媳妇。她们不幸成为寡妇，一定会指责我们。这就是不可抗拒的命运吧！"坚战深深地叹息，陷入长久的哀伤中。

眼看怖军以非法手段击倒难敌，还脚踏他的头颅，大力罗摩忍不住了。难敌一向是他心爱的弟子,何况此事在他眼前发生。他愤怒地叫道:"可耻啊,杵战是勇气的较量,决不允许攻击脐下的部位。怖军罔顾经典,肆意妄为,竟然做出这种事情来!"

他高举手中的犁,怒不可遏地冲向怖军。紧急关头,黑天伸出手臂,谦恭地拦住了大力罗摩。这对雅度族兄弟,肤色一白一黑,但一样光彩照人,宛如经天的日月。"般度诸子都是真正的男子汉,受到敌人的残酷欺凌自然要复仇。"黑天劝解道,"言出必践是刹帝利之法,怖军曾在大会堂上立下誓言,要在战斗中打断难敌的大腿。慈氏仙人也诅咒过难敌,说怖军必定会用铁杵打断他的双腿。因此,我不认为怖军有错。般度诸子是我们的血亲和好友,他们的成功就是我们的成功。所以,请不要生气了!"

然而,大力罗摩不为所动,仍然怒容满面,说道:"善人总是认真遵行正法,只有同时兼顾法、利、欲,才能获得幸福。但人们或出于贪婪而以利益为先,或因执念太深而以欲求为先,以致忽略了正法。你的解释只能说明怖军将自身欲求置于正法之上,才做出这种事来!"

"您一向以奉行正法,不动怒气而闻名于世。请平息怒气吧。"黑天不肯让步,继续劝说,"您知道迦利时代即将来临,也很清楚怖军立下的誓言。就让他实现誓言,了结恩怨吧!"

迦利时代是时代周期中最末一个时代,邪恶盛行,正法衰微,只能借助非法的手段才能惩治邪恶。大力罗摩听出了黑天的弦外之音,却并不接受这样的解释。他不愿与黑天作对,但心中不快,说道:"怖军是以非法手段杀害难敌的,他将在世上留下欺诈作战的名声。持国之子难敌将获得永恒的归宿,因为他在公平作战中被杀。他发起了这场战争祭祀,以自身为奉献,以敌人为祭火。通过祭祀,他达到净化,获得荣光。"说罢,大力罗摩登车而去,驶向多门城。

被大力罗摩一阵责备,满座不欢。坚战神情忧郁,垂首沉思。黑天叹息一声,说道:"法王啊,难敌已无亲友,他被打倒在地,昏死过去,怖军还用脚踩踏他的头颅。你精通正法,为什么会袖手旁观呢?"

"我并不喜欢怖军这么做。但黑天啊，持国之子们无数次用诡计欺骗我们，用恶言羞辱我们，把我们流放森林，这一切深深折磨着怖军。"坚战答道，"一想到怖军遭受的痛苦，我就对他的做法听之任之了。是他杀死了贪得无厌、欺诈成性、放纵欲望的难敌，就随他的心愿做吧，不管是不是合乎正法！"

听坚战这么一说，黑天体谅怖军的心情，勉强同意了："那就让他实现愿望吧！"

坚战和黑天都表了态，怖军总算松了口气，开心地向坚战合十行礼，说道："国王啊，荆棘已被拔除，所有的敌人都已消灭。整个大地已经属于你了，你来统治她，履行你的职责吧！"

坚战亲热地拥抱着弟弟，答道："难敌已被打倒，冤仇已了。我们听从黑天的建议，终于征服了大地。不可战胜者啊，多么幸运，你终于赢得胜利，实现了誓言！"欢乐一下子蔓延开来，难敌的覆灭意味着大战的终结，人们大笑着挥舞衣裳，扯动弓弦，奏响螺号和战鼓。般度军将领纷纷上前祝贺赞美怖军，斥骂难敌，欢声笑语传遍四方，就连大地也有些承受不起众人的狂喜之情。

黑天见人们笑闹太过，忍不住道："诸位啊，对已经消灭的敌人，还反复用言辞去伤害他是不合适的。这个贪婪无耻的恶徒已经死了，现在他形同朽木，既称不上朋友，也算不上敌人了，何必为他浪费唇舌呢？我们还是上车快些离开这里吧。"

这番劝解的话却比众人的斥骂更让骄傲的难敌受伤。他强忍着巨大的痛苦，拖着重伤垂死之躯半支起身体，就像一条断了尾巴的毒蛇，愤怒地盯着黑天，骂道："你这个刚沙奴隶的儿子，真是不知羞耻！我是被怖军用非法手段打倒的，你当我不知道这是你给阿周那出的主意？你运用诡计，杀死成百上千的国王，却丝毫不感到惭愧！是你把束发放在最前线，导致毗湿摩倒在战场上。是你让人杀死一头叫马嘶的大象，导致德罗纳放下了武器。你以为我不知道吗？你看到猛光去杀德罗纳，却不阻止。本应用在阿周那身上的标枪，你设法浪费在瓶首身上，还有比你更恶的人吗？是你放手让萨谛奇杀死已断臂求死的广声，又是你指使阿周那杀死车轮陷地的迦尔纳。如果与我们公平交战，胜利必定不属于你们。于是你就运用各种阴谋诡计，还唆使他人跟着你学，才导致我们这些公平作战的国王被杀。"

黑天毫不在意地反唇相讥，答道："甘陀利之子啊，你的死，你的兄弟、儿子、亲朋好友以及整个军队的覆灭，不是因为我，而是因为你走上了邪路。毗湿摩和德罗纳被杀是因为你的恶行，迦尔纳被杀是因为他一心跟随你。蠢人啊，我曾经请求你和平归还属于般度五子的王国，是你出于贪婪不肯给，才导致了这场大战和他们的死亡。心思邪恶的人啊！你毒害怖军，试图用紫胶宫烧死般度五子和他们的母亲，把月事在身的黑公主强行拖拽到大会堂。做出这些事来的你才真叫不知羞耻，死有余辜！你利用精通赌骰的沙恭尼，以欺诈击败只懂正法不懂赌骰的坚战；激昂还是个孩子，你们联合起来杀死孤身作战的他。你犯下这诸般恶行，就该横尸沙场！"

难敌被他一顿数落，答不出话来，却依然倔强地挑衅："横尸沙场是奉行正法的刹帝利武士渴求的归宿，而我实现了，还有比这更好的结局吗？我曾学习吠陀，慷慨布施。我也曾统治以大海为边界的整个大地，脚踏敌人的头颅，有谁幸运如我？我拥有过人间帝王很难获得的至高王权，现在要去往神明才配享受的因陀罗天界，和我的亲朋好友团聚，还有比这更好的结局吗？而你们却只能怀着破灭的希望，悲哀地活在这人世间。"

这时，天降花雨，洒落在濒死的难敌王身上。他这一生虽然作恶多端，临死前的行为却不乏英雄气概。因此，天国为他降下花雨，阵阵香风吹拂，令人心旷神怡，却让般度族人羞愧地低下了头。见此情形，黑天以宛如惊雷战鼓般的语音沉声说道："像毗湿摩、德罗纳、迦尔纳、难敌这些大武士，当然需要用尽各种手段才能杀死！否则胜利不可能属于般度族人。你们不应该为他们这样死去而忧伤沮丧。如果敌人太过人多势众，就应该运用各种计谋杀死他们。当初天神就是这样战胜阿修罗的。善人们走过的路，所有人都可以践行。现在我们成功了，夜色已深，我们回去休息吧！"

黑天的话语解除了般度军心灵上的重负，他们齐声发出狮子吼，吹响了螺号。随后，他们在黑天的带领下，登车向俱卢军营驶去。现场只剩重伤垂死的难敌，孤独地倒卧在鲜血和尘埃之中，等待着他的死亡。罪恶与神圣，光荣与羞耻，一切都将在俱卢之野这片三界闻名的圣地上画上最终的句点。

◉黄宝生先生认为，《沙利耶篇》的描写重点是难敌，难敌的死意味着大战结束。当难敌出生时，持国询问长老，坚战居长理应为王，但难敌是否也有成为国王的资格？由此埋下了俱卢族王位之争的伏笔。持国身为摄政王，对难敌争夺王位的野心不加抑制，反而给予积极支持。在持国的扶植下，难敌用尽各种手段迫害般度诸子，在赌骰大会时达到高潮。正是难敌的骄狂自私、迷信武力，导致俱卢大战爆发和一再升级，最终众刹帝利毁于一旦。史诗称他是恶神迦利的化身，是"罪恶的渊薮""毁灭家族的罪人"。面对最后的毁灭结局，难敌一度试图求生，并以正法为工具来束缚对手，为自己争取机会，但在最后一战中，他确实遵守了武士的规则公平决斗。由于他在最后决斗中的英勇表现，由于他死在俱卢之野，也由于黑天在战前给迦尔纳的承诺，难敌获得了升入天国的资格。

◉在临死前，难敌斥责黑天以非法手段取胜，黑天的反驳涉及以下几点：一、制定战争规则是确保公平作战，但在强弱不对等的情况下，弱者更需要运用计谋来取胜。这是危机法所允许的。二、俱卢方破坏战争规则在先，按照刹帝利正法，在对方首先使用诡计的情况下，可以用诡计还击。（12.96.9）三、战争是政治的延续，应服从社会规则。难敌对黑天的指责局限在战争规则上，而黑天则总结难敌一生的恶行，直斥难敌应该为这场大战负责。黄宝生先生特别提到一个细节，难敌让全胜转告父母自己是被般度诸子用非法手段杀死时说："就像趁人熟睡或不在意时杀死人，或用毒药害死人，他们违法规则，用非法手段杀死了我。"（9.63.27）恰好说明难敌过去正是这样对待般度诸子的，隐含因果报应的意味，也体现了史诗作者观察社会现象的宏观眼光。

❁

（第八部完）

第九部
报复与浩劫

我们战胜了敌人,却又被敌人战胜。即使具有天眼通,也难以看到最终的结局。

——《夜袭篇》10.10.9–10

第一章　　　　　　　　　　　　最后一位统帅

十八天的摩诃婆罗多大战终于结束。般度军按照当时的礼仪，以胜利者的姿态入主俱卢军营。曾经辉煌热闹的俱卢军营人去帐空，一片死寂，像宾客散尽后的会堂。大部分人都已在尚武的护送下逃回象城，只剩一些女眷、侍从和年迈的大臣。众刹帝利一路吹着螺号来到这里，兴高采烈地进入营帐。

黑天停住战车，对阿周那说道："你拿着甘狄拨弓和那两只取之不尽的箭囊先下车吧。"阿周那依言而为，黑天松开缰绳，跟着下了车。他刚走下战车，阿周那战旗上的神猴就消失了。紧接着，烈火升腾而起，将整个战车连同马匹一起焚为灰烬。这辆闻名遐迩、阿周那以之征服天下的战车，为火神所赐，又随着烈火而去。般度诸子大吃一惊，阿周那双手合十，向黑天求教："尊者啊，为什么会发生这样的事？"

黑天答道："这辆战车在大战中曾承受过大量法宝的攻击，但我还在车上驾驭着战车，故此它安然无恙。现在大战结束，你任务完成，已经用不着它了，所以，我一下车，它就被梵天法宝的神力焚毁。"

黑天俊美的面容上展露出微笑，他快乐地拥抱着坚战，叫道："贡蒂之子啊，当初我来到水没城的时候，你带着阿周那来见我，请求我务必保护好他，我做到了。多少英雄葬身在这场可怕的战争屠杀中，而你和你的兄弟得以幸存，并取得胜利，这是何等的幸运！婆罗多族的后裔啊，你的使命还没有结束，快些履行你应尽的职责吧！"

坚战深受触动，欣喜地答道："黑天啊，多亏有你的帮助和支持，我们才能战胜敌人，获得最终的胜利！诚如毗耶娑所言：哪里有正法，哪里就有黑天；哪里有黑天，哪里就有胜利。"

他们进入营帐，清查了俱卢军留存的大量财富。随后，般度诸子和萨谛奇出营解散马匹，就地在外休息了一会儿。黑天提议道："为确保一切吉祥平安，我们还是在营区外居住吧。"般度诸子和萨谛奇一致赞同。于是，他们一起撤离俱卢军营，来到吉祥的娑罗室伐底河畔扎营过夜。

然而，坚战仍然无法得到安宁，难敌被怖军以非法手段杀死的情景一直困扰着他。他思前想后，终于开口向黑天求助："黑天啊，出于对我们的支持，你在大战中担任阿周那的御者，遭受无数武器的攻击；为了我们，你承受了不少羞辱责难。可我还有一事相求。你知道甘陀利长期苦修，功力可怕。现在她失去了所有的儿子，心中伤痛，满腔愤怒。如果她知道难敌是怎么死的，她胸中的怒火一定会将我们焚为灰烬。所以，我想请你前去象城抚慰甘陀利，想尽办法平息她的怒气。"

黑天看出了坚战眼中的恐惧和担忧，慨然应允，驱车驰向象城。

此时，俱卢全军覆没的消息已传遍了象城，全城上下被悲哀和恐惧所笼罩。俱卢族和般度族共同的祖父毗耶娑适时出现，安慰伤痛中的持国和甘陀利。黑天此番前来，便正好遇见他。黑天镇定地向毗耶娑、持国和甘陀利一一行礼致敬，然后拉起持国的手，失声痛哭，热泪滚滚而下。

他哭了一会儿，清洗整理仪容，庄重地对持国说道："你知道这次大战的来龙去脉，也深知时间和命运的伟力。般度诸子都全心全意地对你，为避免家族和众刹帝利的毁灭，他们承受了种种不公，委曲求全，只求五个村庄容身。但命运摧毁了你的理智，出于贪婪，你拒绝了毗湿摩等人的劝说，没有接受这个条件，造成了如今的恶果。这岂不是时运流转的结果吗？命运确实至高无上！所以，不要责怪般度诸子了。你心里应该明白，无论于法、于情、于理，错都不在他们，是你自作自受。现在俱卢家族兴旺、血脉延续、祭祀祖先、教育后代，都需要依靠般度诸子。请想想自己的过失，好好地对待他们吧。坚战对你一向敬爱，他知道失子之痛让你痛苦不堪，影响了你的理智，他为此深感内疚，羞愧得不敢来见你。"

黑天毫不留情地指出持国对俱卢之战负有责任，而他对甘陀利的口气却温和多了："甘陀利啊，像你这样深明大义的女子举世无双！我还记得你在这会堂上对难敌晓以大义，痛陈利害，可你的儿子不肯听从。你告诉他，有正法的地方才有胜利，你的话现在已经实现了。公主啊，你既然知道这个道理，就不要忧伤了，不要试图用你愤怒的目光摧毁般度诸子，即使它足以焚毁三界。"

甘陀利慢慢平静下来，答道："黑天啊，诚如你所言，我的心一度焦灼不安，情绪激动，听了你的话之后，它重新安定下来。只是国王年迈目盲，现在儿子们都死了，我们只能寻求你和般度诸子的庇护了。"说到这里，甘陀利忍不住又哭了起来。黑天继续陪着她，安慰这位憔悴哀伤的母亲。

这时，他突然心生警觉，感知到马嘶产生了某种恶念，当即起身向持国夫妇辞行。他急于见到般度诸子，一路疾驰，直到晚上才赶回俱卢之野，在河畔营地里见到了般度诸子。看见他们安然无恙，黑天松了口气，坐下来向他们讲述此行的经过。

然而，黑天的预感并没有错，确实有一场巨大的危机正向般度军悄然袭来。就在般度军欢庆胜利的时刻，全胜带了一队信使在普五之地找到了重伤垂死的难敌。他双腿已断，倒卧在尘土中。看到全胜和信使们，他费力地整理好乱发，像蛇一样喘息着，用含愤带泪的眼睛盯着全胜。片刻之后，他似乎认出了全胜，便用力拍打地面，咬牙切齿地大声责骂坚战，叫道："我曾统率十一支大军，良将无数，竟然会落到如此地步，命运真是不可抗拒！你要告诉所有幸存的人，怖军是用非法手段才击倒我的。般度诸子还对毗湿摩、德罗纳、迦尔纳和广声犯下罪行，我看他们必定会遭受善人的谴责！"

"全胜啊，我父母都明了刹帝利法。当他们悲伤的时候，请告诉他们，我这一生极尽荣华富贵，从不曾像奴仆一样服侍过敌人。我的财富和王国只有在我死后别人才能享用。今天，我获得了坚守正法的刹帝利所向往的归宿，没有人比我更幸运了。就像投毒或者趁其不备杀死熟睡中的人一样，他们是用非法手段杀死我的。你们一定要告诉马嘶、慈悯和成铠，般度诸子作恶多端，绝不可信。"说到这里，难敌已觉力不能支，死亡的阴影爬上了他的面容。

"怖军是用非法手段击倒我的。"难敌又重复了一遍，对周围的信使们说道，"现在，我要到天国去了。那里有德罗纳、沙利耶、迦尔纳，有我的那些兄弟们，

怖军、阿周那追击马嘶

有难降的儿子和我的儿子，还有千千万万为我而战的人们。我要追上他们，就像一个掉队的旅人。可是，我的妹妹知道她的丈夫和兄弟都已战死，会怎样绝望地痛哭啊！我年迈的父母该如何悲伤啊！还有我的妻子，她有一双美丽的大眼睛。现在，她失去了丈夫，失去了儿子，一定活不久了。"

"如果我的朋友遮婆迦（Cārvāka）知道了一切，他一定会为我复仇的。"难敌最后说道，"普五之地是三界有名的圣地。我将在这里迎来死亡，前往永恒的世界。"

听完难敌的诉说，信使们眼含热泪，前往各地传递消息。大地震动，阴云密布。一些信使找到了马嘶等人，向他们转告了难敌的话，然后哀伤地踏上了归程。得知难敌的消息，马嘶、慈悯和成铠当即一路飞驰，赶到现场。只见难敌浑身鲜血地蜷缩在地上，像一头被猎人击中的大象。成群的野兽围住他，贪婪地盯着他，像仆从渴求主人的财富。难敌拖着带血的身体不停翻滚着躲避野兽的袭击，就像突然落地的日轮。这些战车武士顿时惊呆了。他们失魂落魄地跳下战车，飞奔到难敌身边，围坐下来。

马嘶紧紧地盯着难敌，泪流满面，叹息着道："时运流转，竟如此不可思议。难敌啊，你曾经是世界之主，号令天下，如今却浑身泥泞，落魄至此。可见世事无常，富贵短暂。"

听到马嘶的悲叹，难敌再次涌出热泪，对慈悯等人说道："据说这是造物主定下的死亡法则。随着时间的推进，一切众生终必有死，现在轮到了我。可是，我从未临阵脱逃，一直英勇战斗，最后死于敌人的诡计之下。与我的亲朋好友一起战死沙场，这是我的幸运。现在我有幸看到你们生还，这实在让我高兴。你们不必为我的死而难过。如果吠陀经典可以为据，我已获得了永恒的归宿。我承认黑天威力无边，但他也无法让我背离刹帝利法。我已履行了我的职责，而你们也尽到了你们的责任。为了我的胜利，你们一直竭尽全力，但命运毕竟不可抗拒。"

说到这里，难敌沉默下来，疼痛和哀伤让他无法继续。难敌的泪水摧毁了马嘶的最后一丝理智。复仇的怒火在他胸中熊熊燃烧，宛如劫末时吞噬一切的毁灭之火。他握紧双拳，泣不成声地对难敌说道："我的父亲也被他们以卑鄙手法害死，可那时的痛苦也远不及我现在感受到的切骨之恨。主人啊，我以我的所有功德发誓，今天，我必用尽一切手段，当着黑天的面，把所有般遮罗人送往阎摩的王国！请你允许。"

这正是难敌最想听到的话。他欣喜地吩咐慈悯道："请你为我取来一个装满水的罐子，替我为马嘶灌顶，让他成为我的军队统帅。在国王的命令下，婆罗门也应该投身战斗，何况马嘶奉行的本是刹帝利法。"

于是，慈悯按照难敌的命令，为马嘶成功灌顶，让他成为俱卢军最后的统帅。马嘶拥抱了难敌，发出狮子吼，他愤怒的吼声回荡在四面八方。随后，他与慈悯等人驱车离开。他思绪翻腾，决心实现自己的誓言。在他身后，难敌浑身是血地倒卧在地，令一切众生恐惧战栗的夜幕随即降落下来。

俱卢将领们一路向南，在太阳落山时回到俱卢军营附近。他们解开马匹，躲进一个隐蔽的地方打算休息，不远处传来了般度军的呼喊声。他们顿成惊弓之鸟，连忙继续向东逃跑，跑到不远处的一座森林里。他们牵着马进了森林，找到一棵大榕树，准备在此休息过夜。

黑夜降临，星月洒下银辉。森林里的夜行动物开始出没，发出凄厉的嗥叫，更给这座森林增添了几分恐怖之感。马嘶等人围坐在榕树下回忆往事，哀叹着俱卢族的毁灭。一番挣扎，疲累至极的慈悯和成铠已睡熟。然而，马嘶被仇恨之火炙烤，怎么也无法入睡。他卧在榕树下，像愤怒的毒蛇一般频频喘息，瞪大眼睛盯着夜色中的森林。只见许多动物出没其间，就在他们托庇的大榕树上，也安歇着数千只乌鸦，它们各自栖息在树枝上沉沉入眠，这似乎是个安宁的夜晚。

就在这时，一只猫头鹰悄悄降落在这棵榕树上。借着星月的光芒，马嘶看清了这可怕的鸟儿，它体形庞大，狰狞可畏，有长长的鹰钩鼻和锋利的长爪。这乌鸦的天敌轻声鸣叫，在树枝间快速移动，攻击这些熟睡中的乌鸦，速度快如金翅鸟。乌鸦没时间做出反应便横遭浩劫，被折断双腿，撕碎翅膀和脑袋。这场单方面的屠杀发生得如此惨烈而快速，就在马嘶的注视下，树上数千只乌鸦顷刻间全都死在这只猫头鹰的利爪之下，榕树的每一根枝条上都堆满了它们黑色的残破的肢体。杀死了所有的乌鸦之后，猫头鹰轻快地鸣叫着，马嘶看到了这捕猎者眼中的喜悦，那是杀敌者如愿以偿征服敌人的满意和欢喜。

这夜行的精灵得意扬扬地振翼飞起，消失在夜色中，却让马嘶灵光一闪，一个念头蓦地闯入心里："这只猫头鹰无疑向我指明了取胜之道！我向难敌发誓要杀死般度诸子，但论实力我不可能取胜，甚至会丢掉自己的性命。但如果像猫头鹰这样采用夜袭，我就能杀死熟睡中的般度族和般遮罗人。虽然此举不合正法，可是般度族也多次使用诡计，古语有云：'无论敌军是疲惫、崩溃，还是在就餐、宿营，都应该予以打击。'那么，此举又有何不可？"

一思至此，马嘶再也按捺不住，立即唤醒慈悯和成铠。他自知此计罪恶，心中羞愧，想了一会儿，哽咽着说道："我们为了难敌而与般度族结仇。卑鄙的怖军以非法手段杀死难敌，还脚踏他的头颅加以羞辱。现在俱卢已全军覆没，只剩我们三人，我想这一定是时运倒转的结果，人力无济于事。事已至此，说说看，我们该怎么做才好？"

◉ 传统上认为摩诃婆罗多大战历时十八天，《摩诃婆罗多》共十八篇，《薄伽梵歌》十八章，参加俱卢大战的共十八支大军，与十八这个神秘数字相应和。虽然马嘶被任命为最后一任统帅，但他和他主导的夜袭不在其内，一般仅被视为大战的余波和浩劫。

◉ 《摩诃婆罗多·和平篇》中讲述了死亡的来历。从前世上没有死亡，大地上众生人满为患，拥挤不堪。梵天为此愤怒，他的愤怒爆发为火焰，将要焚毁三界。在湿婆的请求下，梵天平息怒火，但为众生创定了死亡之法。为此，他创造出一个身穿红衣的女神，要求她到时夺走一切众生的生命。死亡女神震惊地流下的眼泪，被梵天接在手中，化为疾病。死亡女神恳求梵天撤回她这个令人憎恶的使命，为此苦修了数千年，但最终还是接受了任命。梵天向她承诺，众生被欲望和愤怒所迷惑，从而迎来疾病（即死亡女神的眼泪）和死亡。这个故事说明，死亡本身是仁慈而公正的，是欲望和愤怒导致了众生的毁灭和死亡。

◉ 在印度神话中，在夜晚出没的猫头鹰是厄运和不祥的象征，是幸运女神拉克什米的坐骑和同伴，总是与她形影不离，表示幸运和不幸紧密相连，类似中国《道德经》中的"祸兮，福之所倚；福兮，祸之所伏"。

第二章　　　　　　　　　　　　　　　　　　　　　　　夜袭

慈悯在熟睡中被唤醒，听到马嘶将俱卢兵败归诸命运，原本就不赞成发动战争的他叹息着答道："你说得虽然不错，但我也有些话想说。凡事都取决于命运和人事，缺一不可。单靠命运无法取得成功，正如雨水降落山间不会有收成，只有适时降落在精耕细作的田地里，才能收获累累果实。如果事情不成功，要么是努力不够，要么是缺少运气。人如果有才能，勤勉努力，听从长者的有益教诲，合法地追求财富，他的愿望不会落空。如果他任由欲望、恐惧和贪婪支配，不尊重他人的意见，那他很快就会失去财富。难敌愚蠢贪婪，目光短浅，无视智者的劝告，却听从恶人的建议，执意与般度诸子结仇。他从一开始就做错了，结果一败涂地。我们追随了这个恶人，才面临如今的灾难。马嘶，我们去见持国、甘陀利和维杜罗吧，按照这些智者的指引行动。我坚定地认为这就是最正确的做法。事情失败是因为我们从未采取正确的行动。如果我们确实尽到了努力，事情仍然不成功，那才能归之于命运。"

慈悯的回答完全与马嘶背道而驰，此时马嘶心中的仇恨有如烈火烧灼，不顾一切地做出决定："时间和境遇不同，人的想法是会改变的。在这个世上，每个人都认为自己更富有智慧，每个人都更满意自己的决定。即使之前想法相同，一旦面临逆境，他们就互相反对，意见丛生。现在，我从灾难中想出了一个切实可行的办法，决心不惜一切代价去实施，请你们听听。"

"我虽是婆罗门，却以武士为职业，理应遵行刹帝利法。今天，我就要按刹帝利法做一件大事。"马嘶全盘托出他的计划，一字一句饱含怨毒，森然说道，"般度族获得胜利，自以为天下太平，必定会安然入睡。所以，我打算就在今夜偷袭他们的营地，杀死这些熟睡的人们。我要杀光般遮罗人，杀死般度五子，为我父亲报仇雪恨。我要砍下猛光的脑袋，如同宰杀一头牲畜。我还要杀死般遮罗族和般度族的所有后代。我要让这些人全都跟着难敌、迦尔纳、毗湿摩的脚步从人间消失。只有这样,我的心才能获得平静。"

慈悯被外甥的恶毒计划惊呆了。他定了定神,委婉地劝说道:"我知你报仇心切,这样吧,今夜我们好好休息,明天一早我们会协助你一起杀进般度军,在朗朗白昼下通报名姓,和他们交战,不杀尽敌人决不罢休,或者战斗至死,升入天国。"

听到慈悯的拒绝,马嘶不禁大怒,叫道:"痛苦、愤怒、贪求、欲望,我样样占全,怎能睡得着?想到父亲的遇害,听到难敌的哀述,谁能不痛苦哀伤?我支持的军队已经战败,有黑天和阿周那的保护,想要正大光明地战胜般度军谈何容易!舅舅啊,我已下定决心,定要在今夜杀死所有仇敌,否则我无法入睡。"

"孩子啊,人如果不能控制自己的情绪,是很难理解正法和利益的。"慈悯竭力劝说道,"你要好好考虑,听从我的劝告,不要日后后悔。按照正法,杀死熟睡中的人必定会坠入地狱。你向来洁身自好,不要犯下这种恶行。"

"舅舅啊,你一直这么指导我,可你看看般度族都干了些什么!"马嘶叫道,"我父亲、迦尔纳、毗湿摩、广声、难敌,他们都是般度族采取非法手段杀死的!你为什么不谴责他们破坏规则?我定要杀死熟睡中的仇敌,为父报仇,哪怕来世转生蛆虫和飞蛾,我也心甘情愿。我决心已定,没有谁能阻止。"

说罢,马嘶不管不顾,自己套上马车,直奔般度族的大营。慈悯和成铠叫道:"你要干什么?我们是一体的,无论甘苦,我们总会陪着你,不要怀疑我们!"于是,他们也披上战甲,拿起武器,跟随马嘶而去。

夜幕笼罩之下,难敌仅剩的武士追随着他们最后的统帅,来到敌人的营地。曾容纳过难敌十一支大军的军营现在已经换了主人,为数不足半支大军的般度军在此沉沉入睡。他们到达营地门口,马嘶停下战车,满意地看到慈悯和成铠最终还是跟来了。他让他俩守在门口,不放任何人逃生,自己动身走向营地。

就在这时,一个高大的身影突然挡住了马嘶的去路。他身穿滴血的兽皮,以蛇为圣线,脸上有数千只眼睛,无数只手臂高举武器,像日月一样光辉灿烂。从他的五官中喷出熊熊烈焰,烈焰中出现无数手执海螺、飞轮和神杵的毗湿奴神。马嘶毫不畏惧，动用天国武器，向这庞然大物发射无数箭雨，但那怪物吞掉所有的利箭，犹如海底神火吞噬海水。马嘶立即向他投掷出燃烧的标枪，可是标枪一接触到那怪物便撞得粉碎。马嘶又向他投掷出利剑、旗杆和铁杵，可是这些武器全都有去无回，一碰到那怪物便消失得无影无踪。

马嘶耗尽武器仍无计可施，心中焦躁，心想："一定是我不肯听从慈悯的劝告，心思邪恶，偏离正道，企图杀害经典禁止杀害的人，以致上天降下警告。除非天命认可，我无法投入战斗。但我既已下定决心，就决不能退缩。我当寻求大神湿婆的庇护，请他为我驱除障碍。"

于是，他走下战车，沉思入定，以自己为祭品，唤请大神湿婆。突然间，阻挡他的那庞然大物消失了，一座金祭坛出现在他面前，熊熊祭火冲天而起，布满四面八方。无数奇形怪状的精灵从祭坛上涌现，样貌恐怖，手执各种武器。这些鬼怪精灵是湿婆的侍从，他们兴高采烈地奏乐跳舞，奔跑跳跃，呼声震撼天地，一齐向马嘶涌来。被极度愤怒压倒的马嘶无所畏惧，决心以恐怖的仪式，祭祀这位恐怖的毁灭之神。他双手合十，一步步走上祭坛，念诵道："尊神啊，我无法战胜我的敌人！我出身鸯耆罗族，今日我愿投身祭火，以自己为祭品，换取你的庇佑，请你接受。"说罢，他高举双手，把自己当作祭神的牲畜，投身于熊熊祭火之中。

这时，大神湿婆现身，微笑着对他说："世上没有谁比黑天与我更亲近。出于对黑天的尊重，也是为了试探你，我呈现多种幻象，保护般遮罗人。然而，时运流转，他们如今命数已尽。"

说罢，湿婆进入马嘶的身体，并赐给他一柄宝剑。湿婆附身，马嘶威力大增，无数隐形的鬼怪和罗刹追随他左右。他手执宝剑，从一个没有门的地方潜入般度军的大本营。经过连场大战，般遮罗人筋疲力尽，毫无防备地沉沉入睡，没有一个人察觉。马嘶按照标记，找到了猛光的营帐。猛光正躺在精致的大床上放心入睡，马嘶上前就是一阵猛踢，将他弄醒，然后揪住他的头发，把他摔倒在地。猛光在熟睡之际遇袭，还未反应过来就被马嘶完全制住，只得用指甲抓住马嘶，嘶哑着说道：

摩诃婆罗多　　　　　　　　　　　　　　　　　　　　　　　　　618

"立即动手用武器杀死我吧！让我能去往善人的世界。"

"杀害老师的凶手不配被武器杀死！"马嘶厉声答道，对着猛光的致命部位一阵猛踢，竟将这位般遮罗国王活活踢死。马嘶大仇得报，走出营帐，登上战车，发出怒吼。他驱车奔向其他营帐，一心要杀死所有敌人。

猛光临死前的惨叫声惊醒了女眷和卫兵，他们看马嘶手段酷烈，也不知他是人还是罗刹，吓得不敢吭声，待马嘶走后才放声大哭。哭声惊醒了附近的刹帝利武士，他们纷纷赶来询问，群起追击马嘶。马嘶用湿婆所赐的宝剑杀死这些追随猛光的武士，闯进另一个般遮罗王子优多贸阇（Uttamauja）的营帐，用同样手法踹死这位熟睡中的王子。他的兄弟瑜达摩里瑜（Yudhamanyu）赶到这里，手握铁杵，奋力打向马嘶的胸膛。马嘶猛地冲上前去，将他摔倒在地，把他杀死。这两位王子在大战中担任阿周那的左右车轮卫士，历经无数次凶险残酷的大战都安然无恙，却在此刻被马嘶当作祭神的牲畜一般杀死。

就这样，马嘶举着剑沿路搜索每一个兵营，杀死里面所有放下武器的熟睡中的武士。他浑身溅满鲜血，形象恐怖，仿佛游荡的死神。黑公主的五个儿子在睡梦中惊醒，听说猛光被害，一起冲上来向马嘶发射箭雨。复仇心切的马嘶怒吼着跳下战车，手执宝剑和盾牌，向他们发起攻击。他首先杀死坚战之子向山，然后一剑击中怖军之子子月的肋部，心脏破碎的子月倒地而死。无种之子百军仓促之下只能拿起车轮向马嘶砸去，被马嘶砍下头颅。马嘶用利箭杀死阿周那之子闻业，用湿婆所赐的宝剑砍下偕天之子闻称的头颅。这时，束发带人包围住马嘶，一箭击中他的眉心。愤怒的马嘶冲向束发，一剑将他砍为两段。他杀死束发的所有随从，杀死木柱王的子孙和朋友，杀死所有残存的摩差人。

整个军营在混乱和喧嚣中惊醒，人们睁着惺忪的睡眼，被这突如其来的横祸打击得晕头转向，到处都在呼喊："这是怎么回事？""发生了什么？"他们有的神志不清，披头散发地起身就跑；有的尖叫着想要寻找武器，却怎么都找不到；有的腿脚无力，只能惊恐地倒卧在地，被失控的战马和战象践踏成泥。马嘶登上战车，发射箭流，在军营中横冲直撞，杀死每一个他见到的人。黑色的死亡女神穿着血红色的衣裳，微笑着用套索拽走亡灵。大地变成巨大的屠场，跟随马嘶的鬼怪和罗刹兴奋地发出吼叫，震撼四面八方。人们在黑暗和恐慌中盲目地奔逃，完全组织不起像样的抵抗，被马嘶追着逐一杀死。有些士兵逃到了营门口，却被堵在这里的慈悯和成铠杀死。没有武器和铠甲的人，神志不清无法战斗的人，甚至双手合十请求他们庇护的人……这些按照经典本应放过的人，也被他俩斩尽杀绝，没有任何一个人逃生。

为了取悦马嘶，慈悯和成铠还在营地里放了三堆火，制造更多的混乱和恐慌。夜幕之下，火光熊熊，整个军营宛如祭祀楼陀罗神的恐怖祭坛。数以千计的人倒地死去，大地上满是成堆的尸体和呼号呻吟的濒死者。"愤怒的持国之子们也干不出这样的事。"许多人直到临死也不知道凶手是马嘶，哀叹道，"一定是暴戾残忍的罗刹才会犯下这等罪行，趁般度之子们不在，杀死我们这些睡觉的人。"

过了一会儿，痛苦的号呼声渐渐沉寂下去，大地浸满鲜血，尘埃得以平息。马嘶、慈悯和成铠三人花了半夜时间，屠尽了剩下的半支般度大军。这些人有些被马嘶杀死，有些逃跑时被成铠和慈悯所杀，有些死于大火、践踏和自相残杀。成群结队的罗刹、毕舍遮和食肉兽来到这里，兴高采烈地撕扯吞噬血肉。般度五子、黑天和萨谛奇在别处安营休息，没有经历这场浩劫。

马嘶浑身鲜血，紧握着剑走出般度军营地，和慈悯、成铠会合，互相拥抱祝贺，为这场谋杀拍手叫好。马嘶实现誓言，心情愉快，叫道："我们已经完成了任务，快去向国王报喜吧！"

他们赶到普五之地，难敌还活着，但已神志不清，奄奄一息，口中溢出鲜血。许多猛兽围绕着他，等待吃他的肉。难敌躺在地上，浑身鲜血流淌，因剧痛而蜷缩起身体，艰难地驱赶着周围的猛兽。马嘶、慈悯、成铠这三位俱卢军最后的武士围绕在他身边，叹息着命运的残酷和世事的无常。

马嘶哀伤地道："难敌啊，我不为你伤心，你即将获得遵守正法的刹帝利向往的归宿。我为你的父母伤心，他们失去儿子，只能忧伤地在大地上乞食。惭愧我和慈悯、成铠不能跟随你前往天国。全靠有你，慈悯、我父亲和我才能拥有富贵，多次举行祭祀。如今没有了你,没有了财富,我们只能在这大地上痛苦地苟活,再也没有幸福可言。"

他望着神志不清的难敌,继续说道:"难敌,如果你还活着,请听听这个好消息吧!现在俱卢族还剩下我们三个人活着,可般度族也只有般度五子、黑天和萨谛奇幸存。昨天晚上,我们三人夜袭沉睡中的般度军营,杀死了他们所有人,黑公主的儿子们、猛光和他的儿子们都死了,般遮罗人和摩差人也被全歼。难敌,这就是对他们的报复!般度五子也失去了所有儿子,全军覆没!"

难敌在神志迷糊中听到这个消息,顿时精神一振,叫道:"毗湿摩、德罗纳和迦尔纳都做不到的事情,现在你们做到了!如果猛光和束发已死,我便再无遗憾,愿我们天国再会。"这是难敌说出的最后一句话。他心愿得偿,阖上双眼,就此气绝。马嘶、慈悯和成铠一一拥抱着难敌已没有生命的躯体,依依不舍地驾车离去。

难敌一死,全胜的天眼通也随之消逝。他泪流满面,在黑暗中一路狂奔,在天亮之时到达象城。他浑身颤抖,来到持国面前,哭泣着说道:"国王啊,你的儿子难敌已经死了!所有的人都死了!般度方还剩七人,我方还剩三人,这就是所有的幸存者了。婆罗多族的后裔啊,因为难敌和坚战的对立,整个世界就这样被命运毁灭了!"

猛然听到这个噩耗,持国顿时颓然倒地,昏死过去。维杜罗、甘陀利和俱卢族的女眷也都晕厥过去。他们被悲伤击倒的身影,像静止在画布上的图像,足以定格为永恒。

※ Madeleine Biardeau 将《夜袭篇》视为对湿婆兽主形态一次失控的祭祀:"他以恐怖的仪式祭供行为恐怖的楼陀罗神。"(10.7.53)马嘶以绝非正常作战的方式杀死猛光等般遮罗王子,"如同杀死祭神的牲畜"。慈悯和成铠作为辅祭,在般度军营三处放火,即点燃天启祭(Śrauta)所需的三堆祭火。但和通常祈福驱灾的祭祀不同,这是全然失控的祭祀,导致彻底的毁灭和浩劫。

※ 马嘶和慈悯的对话再一次涉及命运和人事的问题。John Smith 指出,《摩诃婆罗多》

中的所有事件都必定具有双重动机,既是天意使然,又是人力所致。梵语中的"命运"一词 Daiva,即神的旨意。马嘶在与湿婆幻象对峙时认识到,他的行动如果没有得到上天认可,就不可能成功(10.6.31)。这个之前一直担任配角的人物,在夜袭的短暂时间里,充当了湿婆毁灭般度军的工具,从而完成了宏大的宇宙计划中的最后一环:"这些命定死亡的人们被德罗纳之子所杀。"(10.6.68)

◈《摩诃婆罗多》初篇中称,马嘶是毁灭、欲望、愤怒以及死亡的部分化身。印度神话中,死亡女神正是在欲望和愤怒的帮助下毁灭众生的。《薄伽梵歌》中黑天回答阿周那的提问时称欲望和愤怒是造成一个人犯罪的原因,要求他战胜自我,否则自我就会成为他的敌人。受到湿婆幻象的阻拦,马嘶意识到这是上天对他非法行为的警告,但他不惜以己身献祭,换取湿婆赐剑附身,将复仇进行到底,这是夜袭行为背后的人事因素。这样,当难敌遵行刹帝利正法升入天国之时,马嘶成为宇宙间混乱无序与破坏力量的代表,杀死熟睡中的战士,动用恐怖的梵颅法宝杀死胎儿,因此,他受到了代表守序的维持之神化身黑天最严酷的诅咒。

第三章　　　　　　　　　　　盲王的悲伤

　　清凉的水轻轻洒在他的面上，持国慢慢地苏醒过来，满怀悲伤，颤抖不已。他茫然地抬头，对维杜罗说道："博学睿智的奴婢子，你现在是我唯一的依靠了。我的儿子已经死光。"

　　心怀丧子之痛的老王失声痛哭，喘息着道："御者啊，你给我带来多么痛苦的消息啊！听到般度之子安然无恙，我的儿子却全部丧生，我的心片片粉碎。由于失明，我从未见过他们的样子，但仍对他们充满了父亲的慈爱。我听着他们的声音，知道他们孩童时做游戏的样子。他们从孩子成长为少年，然后长大成人，我真是高兴，可现在他们全都死了，年迈目盲的我该怎么办呢？"

　　老王说着说着又哭了起来："难敌总是告诉我，他有庞大的军队，有无数的名王良将为他助阵，对付般度之子不在话下，而且黑天承诺不会拿起武器，他一定能消灭般度诸子。我也就信以为真了，谁知死的竟然是我儿子，强大的俱卢全军覆没，这不是命运是什么呢！维杜罗确实是智者，我没有听进去他的劝告，结果带来了恶果。来吧，全胜，告诉我这一切是怎么发生的。"

　　他听全胜讲述了沙利耶之死，俱卢军的三支大军如何被一一歼灭，难敌如何在杵战中被怖军击倒，以及马嘶疯狂恐怖的夜袭。听到这里，持国忍不住叫道："马嘶既然有这等本事，为何之前没有为我儿子努力求胜，要等到我军覆没后，才去杀绝般度军？"

　　全胜答道："他以前害怕他们，不敢动手。这次是由于般度诸子、黑天和萨谛奇都不在，他对付的又是熟睡中的人们，所以才能得手。事后他们自己也很庆幸。"

　　听全胜讲述完事情经过，持国长长地叹息一声，久久地沉浸在悲痛中。全胜走近沉默不语的持国，提醒道："忧伤有什么用？十八支大军覆没，大地空无人烟，来自各地的各国国王都和你儿子一起迎来死亡,请依次为逝者举行葬礼吧!"

听到这句话,持国悲伤地倒在地上,自怨自艾地说:"失去儿子,失去亲朋好友,失去王国,我就像折断翅膀的鸟儿,孤苦无依,行将就木。当初黑天为了我好,在大会堂对我说道:'管管你儿子吧,他的敌意太过分了。'我没有听他的,也没有听从持斧罗摩、那罗陀、毗耶娑和毗湿摩等人的良言相劝,现在后悔莫及。我不记得我过去做过什么恶事,却遭到这样的果报,这世上还有比我更痛苦的人吗?"

全胜听他仍在申诉自己的无辜,不禁道:"你儿子不听从长辈劝告,不尊重正法,执意发动战争。而你作为仲裁人,不能保持中立,一味偏袒讨好你儿子,现在是自食其果。"

维杜罗心疼地安慰兄长,劝说道:"不要这样,国王啊,坚强起来吧!这就是所有动物与不动物的最终结局。一切盈满终必亏空,一切上行终必下坠,一切结合终必分离,一切生命终必死亡。你不必为战死者忧伤,他们已经升入天国,成为因陀罗的客人。就算是苦行和祭祀,也未必能带来这样的福报。这世界如同一棵中空的芭蕉树,须臾败坏。但灵魂是永生不死的,死亡只是灵魂抛弃了躯体,带着此生做过的业,进入下一段生命历程,他们也就与你就此断了联系。数以千计的生死轮回中,谁是谁的父母?谁是谁的妻儿?数以百计的忧伤和恐怖,每天都在困扰愚人,智者却不受影响。时间是绝对中立的,它无爱无恨,拽走一切,你又何必为这众生共同的命运而痛苦?对于无法化解的悲伤,就不要去想了,否则只会越来越痛苦。这既不能带来财富和快乐,也无益于正法。"

听了维杜罗的话,持国略感安慰,说道:"可是与所爱者分离,人怎能不忧伤?请告诉我如何依靠智慧越过正法的丛林。"

维杜罗答道:"至高的仙人曾讲述那深不可测的生命之谜。有一位婆罗门来到森林里,里面到处都是猛兽,他惊恐万分地四处奔逃,却怎么也躲避不开,一下子失足掉进一口深井中,脚缠在树枝和藤蔓上,就这样头朝下悬吊着。井下一条大蛇正等着吃他,许多老鼠在啃噬大树,他随时可能掉落井中被大蛇吞噬。一头长着六张口十二条腿的大象正向深井逼近,他的处境岌岌可危。不过,他悬挂的树枝上有一个蜂巢，蜜蜂忙碌，蜂蜜不断流淌。这个人就忘记了一切危险，不断贪恋地吮吸着美味的蜂蜜，对生命始终充满渴望。"

持国听得入神，问道："这个人的处境如此凶险，怎么还能感到快乐和满足？怎么能救他脱离这恐怖地？"

维杜罗答道："这只是个比喻，森林就是无边的生死轮回场，众多猛兽是缠身的疾病，井底的大蛇就是吞噬一切的时间，大象是年，六张口是六季，十二条腿是十二个月，老鼠是白昼和黑夜，岁月缩短众生的寿命。蜜蜂则是爱欲，流淌的蜂蜜就是让众生贪恋沉溺的欲乐。国王啊，这就是生命的本质。众生的身体犹如车辆，各种感官如同马匹，人若是贪恋欲乐，放纵感官，追逐这些狂奔的马匹，他就会像轮子一样不断轮回转生，下场如你这般失去一切，沉浸在痛苦之中。智者洞悉生命的真相，以智慧控制思想，以善行为缰绳，抛弃对死亡的恐惧，他就能脱离轮回，到达梵界。"

听了这话，持国悲从中来，昏倒在地，醒来大哭道："人生如此痛苦，我还不如死了的好！"人们对他百般劝慰，最后还是持国的亲生父亲毗耶娑出面安慰儿子："你知道世事无常的道理，不需要我多说。俱卢族的毁灭是命中注定的，我曾在天神的集会中得知，你的儿子是恶神迦利的部分化身，因为他，俱卢族和般度族将会互相交战，造成世界的毁灭。那罗陀和我在王祭上把这个秘密告诉了坚战，他忧心忡忡，竭尽全力和俱卢族保持和平，但还是无法扭转天意。国王啊，你不要忧伤了，你儿子是由于自己的恶行而遭到毁灭的，般度之子没有任何过错。坚战生性仁慈，不会对你无情。既然知道天命不可违，你就好好活下去，把你的慈爱放在般度之子身上吧！"

持国沉思片刻，长叹一口气，终于从哀伤中勉强振作起来，准备举行葬礼，让维杜罗安排俱卢族的女眷前往俱卢之野哀悼逝者。这些妇女以甘陀利为首，集合起来，见到持国，悲痛地大哭起来。维杜罗一面安慰她们，一面泪流满面，自己比她们更悲伤。女眷们按照送葬的习俗身穿单衣，披散着头发，跟随着老王持国走出象城，为死难的亲人放声痛哭。这些贵妇人之前居住在深宫之中，就连天神也未曾看到，现在身穿单衣暴露人前也顾不得害臊。她们像难民一样号哭着走过象城的大街小巷，就像多年以前因赌骰事件哭泣着随丈夫前往森林的黑公主。整个象城都注视着这支悲伤的队伍，家家户户沉浸在伤痛中。妇女们那哀伤的哭喊声震动三界，宛如时代末日众生毁灭时的哀号。

他们刚走了十里，迎面遇上疾驰而来的俱卢军最后的三位武士马嘶、慈悯和成铠。慈悯简单地向持国介绍了一下夜袭的情况，然后说道："我们三人不敢停留，因为般度诸子很快就会追来向我们复仇。"他们向持国致敬后匆匆告辞，向恒河驰去。三位武士在那里分道扬镳，慈悯回到象城，成铠前往多门城，马嘶则向毗耶娑的净修林驰去。他们害怕般度诸子的报复，满怀着恐惧和不安，踏上各自的路程。

他们所料不差，般度诸子不可能放任自己的儿子和好友被人残酷杀害，复仇的战车正在路上疾驰。坚战在战前曾经预言："仇恨无法消灭仇恨，只能助长仇恨，犹如酥油助长祭火。"俱卢大战虽已结束，但引发的恨意和纷争却没有终结，也许永远不会终结。

◉ David Shulman 在比较诗学时谈到，和《罗摩衍那》不同，《摩诃婆罗多》中的人物远非完美，他们总是被内心激烈的矛盾所撕扯，为现实困惑，在各种力量的驱使下走向最终的毁灭。持国是其中一个典型代表，他既是导致俱卢大战的原因之一，也是最终的受害者。

◉ 《摩诃婆罗多·妇女篇》以全胜、维杜罗和毗耶娑对持国的劝慰为开场，但只有毗耶娑能真正安慰到持国。Emily T. Hudson 分析道：全胜指出持国丧子是自作自受，因此不应该悲伤。他要求持国面对后果，承担责任，为逝者举丧，但持国既没有勇气也没有力量接受自己应该为大战负责的事实。维杜罗让持国看到生死是人类无法避免的悲哀，但持国没有足够的智慧为全人类的生存困境思考并获得解脱，这反而更让他崩溃。而毗耶娑告诉他，这是上天的安排，无可逆转，从而让他摆脱了负罪感，因此为持国所接受。苏克坦卡尔评价持国的性格特征是致命的软弱与顺从，可谓一语中的。

◉ 维杜罗对持国的种种劝诫在佛教、耆那教等的文献中也有类似表达，如"一切盈满终必亏空，一切上行终必下坠，一切结合终必分离，一切生命终必死亡"。《法句譬喻经》提到，有人因爱女夭亡而悲痛欲绝，求教于佛陀。佛陀告知他："世间有四件事不得长久，一是任何事物都不可能永远不变，二是富贵必贫贱，三为合会必别离，四为强健必当死。"于是说出偈言："常者皆尽，高者必堕，合会有离，生者有死。"此人闻偈开悟，当即落发为僧。

第四章　　　　　　　　　经过考验的婴儿

就在全胜到达象城通知持国之时，般度五子也得到了马嘶夜袭的消息。报信者是猛光的车夫，他侥幸逃过了成铠的注意，成为大屠杀中唯一的幸存者。他胆战心惊地度过恐怖之夜，找到法王坚战，汇报这场由马嘶发动的谋杀："我们正在安睡的时候，邪恶的马嘶、慈悯和成铠偷袭了我们的营地，你的军队全军覆没，婆罗多的子孙啊！"

坚战骤闻噩耗，顿时晕厥过去。萨谛奇和般度四子连忙上前扶住他。坚战苏醒过来，声音因过分悲痛而含混不清，叫道："我们战胜了毗湿摩、德罗纳和迦尔纳这样的勇将，却因一时大意而遭遇大难，就算有天眼通，也难以预料事情的结局。这样的胜利简直如同失败！黑公主一旦知晓她的兄长和儿子们都被杀害，将会如何忧伤啊！无种啊，去带她来这里吧。"

随后，坚战一行来到被马嘶洗劫后的军营，只见到处都是尸体，成群的鬼怪和食肉兽出没其间，满目的阴森不祥。儿子们和亲友们的尸体就横七竖八地躺在地上，身首分离，肢体破碎，鲜血淋漓。坚战悲痛欲绝，失声痛哭。这时，无种从水没城接来了黑公主和女眷们。黑公主颤抖着走下马车，一看见眼前这地狱般的场景，就腿一软倒在地上。怖军立刻上前，激动地将她搂在怀里。黑公主慢慢抬起头，她的眼睛像盛开的莲花，美丽的面庞忧伤憔悴，宛如太阳笼罩在黑暗中。

她泪流满面地对坚战叫道："真好啊，儿子们都死光了，你可以享用整个大地了！你大可以忘了勇敢的激昂，忘了按照刹帝利正法捐躯的儿子们，可是在水没城的我都记得。当我听说马嘶杀死这些熟睡中的英雄，我痛苦得如被火焚。他必须为他的恶行付出代价！般度之子啊，今天你如果不杀死马嘶那一伙人，我就在这里绝食至死！"

坚战对美丽的妻子一向又爱又敬又畏，不敢申辩，只道："你的兄弟和儿子是依据正法而死的，不必悲伤。马嘶已经逃走了。你怎么能确认他已经死了呢？"

黑公主答道："听说马嘶天生前额有一颗摩尼珠，杀死马嘶之后，带回那颗珠子。我要看到那颗摩尼珠，才会活下去。"

然后，她悲愤地对怖军说道："怖军啊，你的勇气举世无双。你在多象城庇护了你的兄弟，在毗罗吒城拯救了我。请像之前那样，牢记刹帝利正法，杀死马嘶！"

黑公主的泪水永远是最能激励怖军的力量。他立刻拿起弓箭登上战车，以无种为御者，沿着马嘶战车留下的痕迹，迅速追踪而去。

黑天心中担忧，对坚战说道："怖军是你最疼爱的弟弟，你怎能让他以身犯险？你可知马嘶拥有梵颅法宝？这个法宝的威力能焚烧整个大地，德罗纳曾赐予阿周那。他拗不过儿子的请求，也将法宝赐给了马嘶，告诫儿子绝不能向人类施用，但他从不信任马嘶的品行。马嘶心浮气躁，邪恶残忍，冲动易怒。你们流放森林时，他竟然还来向我求取妙见飞轮，打算以飞轮同我作战，让自己天下无敌。要知道，就算挚友阿周那、我哥哥大力罗摩和我的儿子们，都从未提出这种非分的要求。他拿不动飞轮，只好放弃，但仍贪婪地取走了许多财物。"

"以马嘶的为人，他现在什么都做得出来，怖军有危险，我们快走！"说罢，黑天迅速套好自己的马车，阿周那和坚战双双登车，黑天亲自驭马，一路飞驰向前，很快追上了怖军，但却无法拦阻复仇心切的怖军。怖军满腔愤怒，打听到马嘶在恒河岸边毗耶娑的净修林里，就立即快马赶过去，果然见到马嘶正和毗耶娑等仙人一起坐在河边。

马嘶现在一副修道人打扮，身披俱舍草衣，披散着头发，抹着酥油，浑身尘土。怖军怒吼一声，手执弓箭跳下战车朝他奔去，叫道："站住！你别跑！"

马嘶一见怖军追来，后面还跟着阿周那和黑天，顿时心中恐慌，感觉自己大限已到。出于绝望和愤怒，他立刻拿起一根芦苇，念诵咒语，召唤出至高的梵颅法宝。"毁灭般度族吧！"马嘶嘶声大叫，投放出法宝。顷刻之间，芦苇中生出熊熊烈火，宛如劫末之时吞噬一切的死神阎摩，即将焚毁三界。

黑天早已料到马嘶的举动，立即叫道："阿周那，是时候动用梵颅法宝，保护你兄弟和你自己了！"

阿周那立即下车，张弓搭箭。即使到此地步，他依然对马嘶施以祝福，接着祝福了自己和兄弟们。然后，他向诸天和尊长致敬，祭出梵颅法宝，心中默诵："愿此法宝制服马嘶的法宝。"

只见两个法宝熊熊燃烧，光焰大放，笼罩三界。狂风大作，流星坠地，整个大地连同山林树木震动不已，一切众生陷入大恐怖。危急时刻，毗耶娑和那罗陀两位仙人立即冲上前去，以身拦阻两大法宝相撞，叫道："住手！这种武器绝不应该对人类使用！"

阿周那向两位仙人合十致敬，答道："我只是为了制止马嘶。一旦我收回法宝，他一定会用法宝毁灭我们兄弟，请两位仙人设法既能让三界平安，又能保护我们。"说罢，他立即收回法宝。

具有梵力的法宝一旦施放，极难收回。如果不是遵守梵行、灵魂完善之人，强行收回法宝，会遭到法宝反噬，自取灭亡。阿周那信守誓言，严格按照尊长的盼咐，即使遭遇极大的危险，也从未违规动用过梵武器，因此能成功收回梵颅法宝。

但马嘶已无法收回法宝了。他违背对父亲的承诺，主动向人类施用梵武器，残忍地杀死熟睡中的战士，这个灵魂不完善的婆罗门武士已不能召回作战的法宝。"我现在不敢收回法宝。"他沮丧地为自己辩解，"我受到怖军的威胁，为了保住自己的性命，才施用了这个法宝。怖军用非法手段杀死持国之子，我在愤怒之下犯下罪过，决心摧毁般度之子。因此，今天这法宝一定会杀死所有的般度之子。"

"梵颅武器一旦相撞，将会在这个王国造成十二年的旱灾。阿周那有能力摧毁你的法宝，但却为了众生的利益而收回法宝。这样正直的人，你为何要杀死他和他的兄弟？平息你的怒气吧。"毗耶娑试图调解，他看出马嘶的求生欲望，便道，"阿周那放出法宝，只是为了防身，不是为了杀死你。你把头顶的摩尼珠交给他们，般度诸子就会让你保留性命。"

"我这颗摩尼珠可是世间至宝，拥有它便能不被武器和疾病所伤，不会感到饥饿和疲劳。既然仙人们开了口，我愿意交出摩尼珠。"马嘶的回答让大家都松了口气，可是他接下去却说道，"但我放出的法宝绝不能落空，它一定会遵守我的命令，射进般度族妇女的子宫！"

激昂和黑公主的五个儿子都已死去，般度族已经没有活着的子嗣。马嘶此举，是一心想让般度族断绝后代。这样，即使般度五子能保全性命，般度族也终会从大地上消失。他的命令仍然有效，只是换了一种方式。

看到马嘶仇恨之深，仙人们不再多言，任马嘶将法宝投入般度族妇女的子宫之中。就在被梵颅法宝击中的瞬间，黑公主、妙贤、至上公主等般度族女眷从此无法再怀孕生子。

熊熊烈焰归于虚无，可怕的梵颅法宝终于平息了。般度诸子刚经历了亲人惨死的伤痛，又面临绝嗣的危机，现场一片死寂。这时，响起了黑天的声音："般度族绝不会断绝子嗣，至上公主已经有了激昂的遗腹子。这个经过考验的孩子叫作'继绝'（Parikṣit），他将在俱卢族灭绝的时候出生，将家族延续下去。"

马嘶复仇的希望化为泡影，他愤怒地大声叫道："你太偏心了，黑天！事情绝不会如你所言，你想要保护的胎儿一定会命丧于法宝的威力之中，我的话必定不会落空！"

"你的法宝不会落空，但是至上的儿子将会死而复生，还会长寿。所有的人都会知道你的卑鄙和怯懦。"黑天的声音里有前所未有的厌恶和愤怒，"马嘶，你屡屡作恶，残杀孩童。你不是不想死吗？你听着，我诅咒你将会在大地上孤独地游荡三千年，无人陪伴，无人理会，只能在荒野中栖身，因为人世间没有你的位置。因为你的恶行，你将流血流脓，一身病痛，求死不能！同时，继绝必将平安长大，他将会精通各种武艺，遵守正法。他将担任俱卢的国王，统治大地六十年。马嘶，我以我的苦行和智慧的威力而发下诅咒和誓愿，你就等着看吧！"

"黑天的话必定会实现。"毗耶娑做出判决，"你身为婆罗门，却犯下如此残忍的罪行，应受此报。"

"看来，我会和你一样与世长存了。[1] 那就这样吧。"马嘶无计可施，只能交出摩尼珠，背负诅咒独自前往森林。

般度诸子和黑天带着摩尼珠回到营地，见到伤心欲绝的黑公主。怖军按照坚战的吩咐，将摩尼珠献给黑公主，安慰道："这就是你要的摩尼珠，杀死你儿子的人已经得到了应有的惩罚。当初黑天要去象城和谈的时候，你曾表达过强烈的不满，因为刹帝利的正法就是战斗。现在，我们已经报仇雪恨，难敌已死，我也遵照誓言喝下了难降的血。考虑到马嘶是老师的儿子，我们饶他活命，但他已声名狼藉，不过一具行尸走肉。你就不要再伤心了！"

马嘶的下场比死还惨，黑公主大仇得报，自然不会有异议。于是，她不再绝食求死，站起身来，给坚战佩戴上摩尼宝珠。"这是老师的遗物，应该戴在头顶上。"黑公主说道。

这颗神奇的宝珠在坚战的头顶熠熠生辉，宛如明月照耀着巍巍山岳。淡淡的珠光下，黑公主和坚战面面相对，彼此都能看到对方眼中的苦涩和伤痛。他们失去了儿子，今后也不会再有。所有的军队都已覆灭，无数亲朋好友丧生，他们成为最终的胜利者，制服仇人，雪清耻辱，得到了一个残破的王国和这颗珠子。

◉ 继绝（Parikṣit）有"经过考验者"之意。继绝王实有其人，Michael Witzel 认为他是生活在公元前11世纪的俱卢国王，为雅利安吠陀文化的形成发挥了重大作用。《阿闼婆吠陀》中有一首关于继绝王的颂诗，称他为伟大的俱卢国王，统治之地流淌着奶与蜜，人民安居乐业。《百道梵书》中称继绝王有四子，人人都举行过马祭。

◉ 坚战询问黑天马嘶为何能独自杀死营地里的所有人，黑天告诉他马嘶得到了湿婆的庇佑，并讲述了湿婆的故事。传说梵天让湿婆创造众生，湿婆答应了，潜入水中苦行。梵天等了很久不见他回来，就另外让生主创造了众生。湿婆从水中出来，发现世界已经创造好了，生气地把男根（林迦，Liṅgaṃ）扯下来扔到地上，告诉梵天是他通过苦行为众生创造了食物，然后避世苦行。圆满期过去，诸神已不认识湿婆，举行祭祀时没有邀请他。

---

[1] 毗耶娑长生不死，故马嘶有此一言。

湿婆于是手执弓箭赶来捣毁祭祀，祭祀化为鹿和火神一起逃走。湿婆打败诸天，诸天的呼喊声让弓弦断裂。最后，诸天和湿婆和解，让他分享祭品，湿婆恢复平静。湿婆捣毁祭祀是印度神话中的著名故事，有很多变体。《摩诃婆罗多》中保存了这个故事较原始的版本。

⊛ 许多学者注意到湿婆捣毁祭祀和马嘶夜袭的内在联系，以及黑天的神秘失位（全胜对持国的谈话特别指明了这一点）。在黑天讲述的湿婆故事中，湿婆既是为众生创造食物者，又是祭祀的毁灭者。毁灭和创造本是一体，这是印度神话中的一大主题。夜袭被视为时代末日众生毁灭的缩影，由湿婆应时间法则假马嘶之手而实现；而之后马嘶发出足以摧毁世界的梵颅法宝，更是将劫末的情景提到现实层面。而这时黑天出手挽救了至上腹中的胎儿的性命，延续了般度族的血脉。毁灭与重生，战争与和解，终结与起始，湿婆与黑天各司其职，互为补充，时代的车轮再度运转。

湿婆捣毁祭祀

湿婆现愤怒相，五首十臂，手持三叉戟、宝剑、骷髅碗等法器，捣毁达刹的祭祀，为自己争取祭品。

第五章　　　　　　　　　　　母亲的诅咒

　　战争已经结束，坚战决心和俱卢族实现和解，让仇恨不再延续。当他听说持国带着俱卢族的女眷来俱卢之野哀悼逝者，便带着弟弟们前去迎接。黑天、萨谛奇和持国唯一幸存的儿子尚武陪伴着他们，黑公主等女眷跟随在后。他们在恒河岸边见到持国一行，悲哀的俱卢族寡妇立刻围上来，纷纷指责坚战："你杀死了那么多尊长和亲戚，谈何仁慈？现在你也看不到激昂和黑公主的五个儿子了，王国对你有什么用？"坚战心情沉重地穿过这群痛哭呼喊的俱卢妇女，来到持国面前，向伯父俯首致敬。持国想到这是毁灭自己儿子的凶手，勉强给了他一个毫无温度的拥抱，心中的愤怒如火如荼，一心想要杀死怖军。"怖军，你在哪里？"盲目的国王轻声询问，极力压抑住恨意和杀意。

　　怖军依礼通报名字，向持国致敬，但黑天看出了持国心思不善。之前难敌为了击败怖军，打造了一具怖军的铁像当靶子昼夜苦练。早有准备的黑天便把这具铁像推向持国。持国不知是假，猛然抱住铁像，用力挤压。他的双臂有万象之力，在极度愤怒之下，怖军的铁像竟被他生生夹碎！持国的胸部也受了伤，他浑身虚脱，唇角溢血倒在地上，鲜血染红了他的衣袍。身边的人都惊呆了，全胜连忙上前扶起他，劝慰道："别这样。"

　　这一击用尽了持国的全部力量，也带走了他的愤怒。他重新恢复了理智，哭泣着叫道："哎，怖军啊！"

　　黑天察言观色，知道他在为杀死怖军而悲伤，便说出真相："不用伤心，怖军没有死，那只是一具铁像。杀死怖军，你的儿子也不会复活，还是和他们和解吧！"

　　持国不作声，侍女上前来为他洗脸。看他洗完脸，精神稍微振作了一些，黑天严肃地说道："国王啊，你精通经典和王法，却听不进忠告，看不清形势，受难敌的摆布，采取了错误的行动，以致今日品尝到苦果。想想难敌在大会堂上对黑公主的羞辱，你有什么理由责怪怖军的复仇呢？不要再重蹈覆辙了，这实实在在是你自己和你儿子的错啊！"

持国知道黑天说的是实话。他沉默片刻，终于道："诚如你所言，爱子之心让我偏离了正道。今日幸好有你，否则我就犯下了不可饶恕的罪过。我已经失去了儿子们，我的安全和快乐全靠般度诸子了。现在，我只想好好地拥抱他们。"说罢，持国一一拥抱了怖军、阿周那和玛德利双子，给予他们安慰和祝福。然后，般度五子前去拜见甘陀利。

甘陀利满怀丧子之痛，只等着坚战一到，就狠狠地诅咒他，发泄自己一腔怒火。毗耶娑凭借天眼通知晓她的心思，立即现身劝说道："你不应该诅咒般度诸子。甘陀利啊，开战之初，你的儿子们多次恳求你祝福他们胜利，心怀正法的你总是回答：'哪里有正法，哪里就有胜利。'现在你的话实现了，为什么反倒不能接受了呢？平静下来吧，不要被愤怒蒙了心智。"

"尊者啊，我确实被丧子之痛冲昏了头脑，但我知道他们是我的亲族，应该爱护。俱卢族的灭亡错不在他们，是难敌、难降、沙恭尼和迦尔纳造成的，对此我并不抱怨。但有一件事让我愤怒，就是怖军和难敌的杵战。发现自己无法胜过难敌，怖军居然当着黑天的面，通过打击腰下的部位杀死了难敌。"甘陀利愤恨地说，"身为刹帝利，怎么能为了活命而违背作战规则？"

听到甘陀利的指责，怖军心中惶恐。他可以毫无畏惧地面对最凶恶的罗刹，却畏惧于一个伤心的母亲。他怯怯地答道："我确实是因为害怕，想要自保，所以采取了非法手段。但你也知道你儿子是怎么欺负我们的。当日他在大会堂之上羞辱黑公主，还向她展露自己的左大腿，若不是听从坚战的命令，那时我就该杀了他。是他挑起仇恨和争斗，让我们流放森林，经历了十三年的苦难，所以我无论如何也要杀死他。现在他已经死了，坚战夺回了王国，我们也就平息了愤怒。"

"即使我的儿子犯下了大错，他也不该如此死去。"甘陀利仍未释怀，语气却和缓一些了，"还有，你竟然喝下难降的鲜血，这是应受谴责的蛮族的行为，你怎么能做出如此残忍之事？"

怖军硬着头皮说道："喝人血当然是不对的，就算是陌生人的血也不能喝，何况是自己亲戚！我只是做做样子，恐吓俱卢军而已。难降在赌骰大会上欺负黑公主，我在愤怒中发下誓愿，定要饮下他的鲜血。如果不实现誓言，那也有违正法。从前你没有制止你儿子作恶，现在你也不该怪罪我们。"

"可是你杀了我的一百个儿子啊！你怎么就不能给我留下一个过错较轻的儿子，让我们这对失明的老人有一根拐杖呢？"甘陀利怨诉道，现在她的声音听起来悲哀多于愤怒，"孩子啊，如果你们是遵守正法，用正确的手段获胜，我就不会这样痛苦。"

想起儿子和孙子的死，甘陀利又一次怒上心头："坚战在哪里呢？让他过来。"

坚战颤抖着走近她，双手合十，温和地说道："我就是坚战。王后啊，我就是杀死你儿子、造成大地毁灭的原因。你要诅咒，就诅咒我吧！那么多好友因我而死，生命和王国对我来说都失去了意义。"

甘陀利一言不发，剧烈地喘息着。坚战俯身下拜，甘陀利努力抑制住愤怒，垂下眼皮，让她的怒火不至于灼伤坚战。即使如此，她垂下的目光隔着蒙眼布落到了坚战的脚趾上，国王漂亮的脚指甲立即变为畸形。阿周那一见，吓得躲到了黑天身后。般度诸子步步后退。于是，甘陀利的怒气消散，她像母亲一样安慰他们，让他们去见贡蒂。

时隔多年终于见到儿子，贡蒂悲喜交集，流下泪来。她抚摸着儿子们身上新添的疤痕，依次拥抱着他们。黑公主上前拜见贡蒂，悲伤得不能自持，倒在地上哭泣着说道："夫人啊，你的孙子们全都不在了！他们有很长时间没有见到你了，之后也不可能来了！我失去了所有儿子，王国对我还有什么用！"

贡蒂大恸，扶起泪流满面的儿媳，一起去见甘陀利。蒙眼的老妇人甚至比她们还要哀伤。"不要伤心了。我想这是命中注定的劫难，无可避免。我和你一样伤心痛苦，可是谁来安慰我呢？"甘陀利的唇角浮起凄凉的笑意，"都是我的过错，这个优秀的家族遭遇毁灭。"

随后，持国和般度五子带领俱卢族和般度族的女眷，在黑天的陪同下前往俱卢之野。血腥辽阔的战场出现在他们面前，到处是骨头、毛发、残肢和尸体。人、马、象的污血汇成了河流，秃鹰成群，豺狼嚎叫。这些贵妇人看到自己死去的兄弟、丈夫和儿子躺在尘土和血泊中，被飞禽走兽所撕扯吞噬，哭喊着走下车来。她们披头散发，在尸堆里寻找自己的亲人，把头颅、断臂、断腿和无头的躯体拼接起来，不时发现自己弄错了，叫道："这部分不是他的！"母亲哀悼儿子，妻子哀悼丈夫，数以千计的婆罗多族妇女在俱卢之野上号哭悲诉，就连大地仿佛也承受不住这浓重的悲伤。

凭借毗耶娑所赐的天眼通，蒙眼的甘陀利也看到了这幕地狱般的景象，看到了尸体堆里的难敌，顿时昏倒在地，像一棵被砍倒的芭蕉树。她苏醒过来，抱着儿子的尸体大哭起来，泪水打湿了她的蒙眼布，落在儿子戴着金项圈的胸膛上。

"战争爆发前夕，难敌总是要我祝他胜利。我知道这个傻瓜在自取灭亡，就对他说：'哪里有正法，哪里就有胜利。但如果你勇敢战斗，你一定能获得天神的世界。'如果经典属实，他现在应该在天国了。黑天啊，我不为他悲伤，我为他可怜的父亲和妻子悲伤。"甘陀利对身边的黑天哭诉道，"你看，那是难敌的妻子，罗奇蛮的母亲。她一面亲吻流血的儿子，一面抚摸丈夫的尸体。她怎能承受这双重的悲痛？"

"看啊，我的一百个儿子被怖军杀死，尸体被兀鹰啄食，铠甲和盾牌落得满地都是。我的儿媳们围在丈夫身边，她们的哭泣比儿子们的死更让我心碎。

"那是你的外甥激昂，他骄傲勇猛如同狮子，威力如同死神，现在他自己也被死神带走。他年轻的妻子至上公主挽起他的发髻，亲吻着他俊美的面庞。这害羞的女子之前只敢借着酒醉拥抱自己的爱人，如今她脱去他残破的金甲，凝视着他染血的身体。他们只共同生活了六个月，第七个月他就迎来了死亡。她在死去的丈夫身边低声耳语，要他在天国和天女们相会时也不要忘记她。

"那是太阳之子迦尔纳，他曾如火焰般焚烧敌人，成为难敌的庇护，如今那火焰已被阿周那扑灭。他的尸体被猛兽啃噬，所剩不多，他的妻子、妙军的母亲凭借他所佩戴的金饰认出他,失声痛哭,昏倒在地。

"那是我的女婿胜车,信度族、妙雄族、犍陀罗族、甘波阇族和耶婆那族的妻妾守护在旁,可豺狼和兀鹰还是撕裂叼走了他的尸体,我可怜的女儿杜莎罗正在到处寻找丈夫的头颅。胜车劫掠过黑公主,他确实该死,可是那时候般度诸子看在我女儿的面上放过他了,为什么不能再次放过他呢?

"那是摩德罗王沙利耶。为了让般度族获胜,他在为迦尔纳驾车时用言语打击迦尔纳的士气,乌鸦正在啄食他的眼睛和舌头。那是驭象高手福授王,他头上的金环仍在闪耀,猛兽正啃噬着他的尸体。

"恒河之子毗湿摩仍如太阳一般光辉灿烂,他躺在由利箭构成的英雄之床上,就像劫末之时,太阳由天空中坠落在地。备受尊敬的德罗纳大师遭到杀害,犹如熄灭的祭火。他的妻子和门生火化了他的遗体,唱着哀歌向恒河走去。

"黑天啊,般度之子们和你在一起,无法被杀死。毗湿摩、德罗纳和迦尔纳这些英雄甚至能杀死天神,现在却全被杀死,这真是时运倒转,天命难违。孩子啊,那日你求和失败,我儿子就已经死定了。当时毗湿摩和维杜罗都劝我不要太溺爱儿子们,他们所料不差,没过多久我的儿子们就化为灰烬了。"说到这里,甘陀利悲痛欲绝,一下子倒在地上,极度的哀伤和愤怒化为熊熊火焰,吞噬了她的理智。

"这都是你的错,黑天!"她失声大叫,把满腔恨意发泄到身边的黑天身上,"般度之子和持国之子自相残杀,你为何置之不理?你能言善辩,追随者众,又有庞大的军队,原本有能力阻止这场浩劫,你却故意坐视俱卢族走向毁灭,你会为此得到报应!"

"我知道你深不可测,但凭借我尽心侍奉丈夫获得的一点苦行,我诅咒你!三十六年后,你也会毁灭你的亲族!你会失去亲友,失去儿子,独自在林中毫不光彩地死去。那时,你的妻子们也会像今日的婆罗多族妇女一样痛苦不堪。"蒙眼的老妇人一字一句怨毒地说道,在这片死亡之野上发出一位丧子之母最严酷的诅咒。

然而,黑天却微笑了,答道:"除我之外,世上无人能毁灭雅度族。刹帝利女子啊，我理解你为何会发出这样的诅咒，你不过是按照命定的轨迹而行动。天神、阿修罗和其他任何人都无法毁灭雅度族，所以，他们只能死于自相残杀。"

听到黑天的回答，般度诸子都惊呆了，他们怎么也没想到黑天竟会将诅咒应承下来。想到三十六年雅度族的命运，他们惊恐不安，痛不欲生。然而，被诅咒的对象却依然镇定自若。黑天微笑着扶起甘陀利，说道："起来吧，甘陀利，不要再伤心了。俱卢族是因为你的过错才走向毁灭。你儿子难敌嫉妒成性，粗野暴戾，极度傲慢，充满敌意，不听忠告。你仍然认为他很好，为他的恶行助阵。你为什么要把自己的错推到我身上？不要再为逝者和已经发生的事而忧伤了，那只会加重你的痛苦，带来双倍的不幸啊。婆罗门女生子从事苦行，吠舍女生子放牧牛羊，首陀罗女生子侍奉他人，而像你这样的刹帝利公主啊，生下儿子就是为了杀戮和战争。"

黑天对甘陀利说话的语气就像父母对待孩子，既严厉，又慈悲。听着他的话，甘陀利沉默不语，眼里充满忧伤和泪水。她的愤怒消失了，现在她只是一个失去了所有儿子的伤心憔悴的母亲。在她身边，是成百上千个和她一样在这血染的荒原中哀悼亲人的妇人。她们的身影重叠在一起，从这俱卢之野延展开去，投射到无穷无尽的时空中。

◉ 《摩诃婆罗多》淋漓尽致地描写了刹帝利英雄沙场征战、金戈铁马的豪情，以及勇士们不畏强权、不惧牺牲的精神，但也同样以悲天悯人之心，描绘出战争带来的严酷后果。作者以甘陀利的视角，描述了大战中阵亡将士的妻子和母亲对亲人的哀悼，其哀伤沉痛之情，正合唐人诗句"可怜无定河边骨，犹是春闺梦里人"的意思。古往今来，人类对战争的态度和心情都是一样的。

◉ Shalini Shah 提到，阵亡将士的妻子痛哭不只是因为失去至亲，印度的寡妇的地位低下也是一大原因。古印度人认为女人通过丈夫和社会发生联系，一旦失去丈夫，她们就成为无用不祥之人，被排斥在社会之外。她将披散头发，不能穿鲜艳的衣裳，不能戴首饰和奢侈品，难敌把失去荣光的大地比作他无意享用的寡妇。史诗中不止一次地提到，对于寡妇来说死亡反而是更好的结局。虽然为亡夫殉葬的萨蒂现象并未成为制度，但也确有不少女子在丈夫死后选择结束自己的生命。

❀ 在古印度种姓分工的制度下，唯有刹帝利武士专事征伐和保护之职。故此，黑天告诉甘陀利，刹帝利的使命就是从事战争，战死沙场是其必然归宿。

❀ 在这一章节尾声，持国询问坚战阵亡人数，坚战回答说有十六亿六千零二万，这显然是一个夸大的数字。按照初篇中所述十八支大军的建制，理论上当有四百多万人在这场战争中丧生。当时的物质文化发展显然无法支撑这样规模的战斗。《摩诃婆罗多》称俱卢王国最后由阿周那的孙子继绝继承，吠陀中也确实有一位贤明的俱卢族国王名叫继绝，统治着一个强大富庶的国家。不过，据印度马列主义历史学家高善必研究，这位继绝王的统治之地连一个村庄都称不上。

❀ 古印度人相信，死在战场上的武士都能升入天国，亡灵将根据生前的表现去往不同的世界。英勇作战、愉快捐躯的武士将去往因陀罗界，参加战斗但想到死亡就心中不快的武士战死后将与乾闼婆为伴，逃跑求饶却仍被杀死的武士将成为财神俱比罗的随从，即使遭受打击失去武器依然忠于刹帝利正法奋战到底的勇士将去往最高的梵界。而其他因各种原因死在战场上的亡灵都将前往神圣的北俱卢洲。

第六章 贡蒂的秘密

在持国的提议下,坚战王下令为所有死者举行葬礼,人们收集木材、酥油、香料和亚麻布,堆起数以千计的火葬堆,根据各自的礼仪火化战争中的死者。没有亲属来认领的死者也同样得到照料,在袅袅青烟中化为灰烬。浇注大量酥油的烈火熊熊燃烧,明亮无烟,祭司们吟唱起古老的颂诗送别亡灵。在吠陀颂歌和妇女们的哭泣声中,黄昏来临,一切众生疲倦忧伤。坚战王为所有死者完成火葬,然后以持国为首,向恒河走去,完成最后的献水祭(Jalapradana)。

妇女们褪去首饰,脱下上衣,进入恒河,为亲人举行献水祭。吉祥的恒河仿佛变得如大海般宽阔,岸上满是哀悼的婆罗多族寡妇,既有持国百子的妻子们,也有痛失爱子的黑公主。一片愁云惨雾之中,贡蒂仿佛是唯一的幸运者,她的五个儿子都得以保全。唯有她自己知道,这背后有怎样的故事。

"我将不杀死坚战、怖军和双子,唯独阿周那除外。要么我杀死阿周那,要么阿周那杀死我,这样在战争结束之时,你仍会有五个儿子。"说出这话的人已经死去,她在俱卢之野上看到了他残缺不全的尸体。但她无论如何也无法忘记,最后一次见面时他那怨愤谴责的眼神:"刹帝利女子啊,你对我犯下太大的罪过,一出生就把我抛弃,从未尽到过母亲的职责。有谁对我的伤害会超过你?"

现在战争已经结束,她是个好母亲,她所在意的五个儿子都安然无恙,成为最终的胜利者。可是她的头生子啊,那个她唯一亏欠、从未承认过的儿子,却永远地离开了。

极度的痛苦噬咬着她的心,迦尔纳出生时她从未为他举行任何仪式,但现在至少她可以为他举行一场正式的葬礼。贡蒂再也忍不住,她痛哭失声,在般度诸子惊诧的眼光中,她慢慢地说道:"你们还应该为一个人举行献水祭。他勇猛善战,灿烂如日,天生就有耳环和神甲。你们认为他是苏多之子,称他为罗陀之子,但他不是。他是你们的大哥,是我和太阳神所生之子迦尔纳。"

般度诸子震惊地盯着她,从她痛苦不堪的神情中知道了真相,这突如其来的消息打击得他们溃不成军,巨大的悲伤和愤怒席卷而来。坚战像蛇一样嘶嘶喘息着说道:"除了阿周那,没有人能抵挡他的箭雨,他怎么会是你的儿子?你怎么能保守住这个秘密,就像用衣服包住火?我早该想到,除了贡蒂的儿子,谁能有这样的勇力?我为迦尔纳悲伤,激昂和黑公主五个儿子的死,般遮罗族和俱卢族的毁灭,也不及迦尔纳之死更让我痛心。这场可怕的浩劫本不该发生。"

法王坚战反复诉说着,情绪激动。他吩咐带来迦尔纳的随从和妻子们,和他们一起为迦尔纳举行献水祭,周围所有人一起放声大哭。

"你怎么能保守住这个秘密,犹如用衣服包住火?"听到儿子的责备,贡蒂心如刀割,隐藏在心底数十年的秘密终于被揭开,往事历历,如在眼前……

贡蒂是雅度族苏罗王的长女,原名普利塔。当她还是个玩球的小女孩时,就被父亲过继给无子的贡提婆阁(Kunti-Bhoja)以证明他们之间的友谊,从此,人们称她为贡蒂(Kunti),即贡提国的公主。这段经历让贡蒂深感痛苦,她隐忍不言,努力迎合所有人。她出身高贵,美貌绝伦,温顺有礼,是人们眼中的完美女子,全城上下没有一个人不对她交口称赞。一天,敝衣仙人来贡提婆阁家做客,这位仙人法力高强,脾气出名暴躁,往往一言不合就发出严酷的诅咒。贡提婆阁便派贡蒂前去侍奉他,因为婆罗门通常不会对孩子发怒。年幼的贡蒂竭尽心力,不管敝衣仙人表现得多么不近情理,她都安排得周到妥帖,应对得体,让人挑不出毛病。

这样过了一年,敝衣仙人心中欢喜,临行前对贡蒂说道:"贤女啊,我对你的侍奉深感满意。选择一个恩惠吧,让你的声誉超过世上所有女子。"

贡蒂答道:"只要您和父亲满意,我就已心满意足,不需要其他恩惠了。"

"如果你不想从我这里得到恩惠,那就接受这个能召唤天神的咒语吧。"敝衣仙人不由分说地道,"你使用这个咒语,无论召唤哪一位天神,他都必定会出现,像仆人一样听从你的命令。"

贡蒂害怕一再拒绝会招来他的诅咒，便接受了。敝衣仙人走了一段时间之后，贡蒂想起这个咒语，好奇它是否灵验。她这样想着的时候，忽然发现月经来潮，自己已从小女孩长成了少女，不禁又是惊奇，又是害羞。

然后，她看到初升的太阳辉煌灿烂，放射出千道光华。感觉到她的目光，太阳神苏利耶赐给她天眼，让她能看到云端的天神。她看到太阳神身披金甲，戴着闪亮的耳环，便试着念诵咒语召唤太阳神。苏利耶化出分身，来到贡蒂身边。他肤色金黄如蜂蜜，浑身像火焰一样燃烧，微笑着对贡蒂说道："贤女啊，我应咒语的召唤而来，听从你的吩咐。你想让我做什么？"

贡蒂答道："尊者啊，请你回去吧。我只是出于好奇才召唤你，请你原谅。"

"我会按照你的吩咐回去，可是，细腰女子啊，你不能让天神白跑一趟。我知道你是想和我生一个英勇绝伦的儿子，把你自己奉献给我吧，我和你交欢之后就走。"苏利耶戏谑地说道，"否则我就诅咒你父亲和赐给你咒语的婆罗门，把他们都烧死，他们不知道你竟然敢冒犯天神。你看，以因陀罗为首的众天神看到我受了你的捉弄，都在嘲笑我。"

凭借苏利耶所赐的天眼，贡蒂看到了云端的三十三天神。她又羞又怕，央求道："请回去吧！女人应该保护自己的身体，你的行为已经让一个少女痛苦。我只是想知道咒语是否灵验，请宽恕我的年幼无知。"

太阳神答道："正是想到你还是个孩子，我才温和地和你说话，没有采取其他强硬手段。胆怯的女子啊，献身给我吧，你会幸福的。你不能让我就这样回去，被全世界取笑。"

贡蒂说尽了好话，也无法劝阻苏利耶。女孩现在万分后悔，担忧自己的父亲和敝衣仙人被牵连诅咒，更不知如何打发眼前这个威力无穷的天神。她像落入陷阱的小动物一样害怕得蜷缩起身体，脸上还得时时露出笑容。最后，她只得羞怯地说道："我父母尊长都健在，我私下和你结合违背礼法，会败坏家族的名誉。但如果你认为这合乎正法，我会满足你的愿望。可是，请你让我仍然保持贞洁。正法、家族的名声、我的声誉和性命都取决于你。"

苏利耶答道:"美女啊,你听我说,父母尊长都无权将你许配他人,女孩是自由的,可以渴求任何人。所以,你绝没有做任何非法之事。像我这样一心为众生谋福祉的天神怎么会所行非法呢?世间所有的男男女女都应自由结合,不受约束,这是人之天性,否则才是违反常理。你和我结合之后,你仍会是童女,还会生下一个著名的儿子。"

贡蒂继续央求道:"如果我能从你这里得到一个儿子,请让他有铠甲和耳环,有你一样的容貌、勇气和威力。"

"我的耳环和铠甲可是从甘露中诞生的宝物,可以保人不死。我都会送给你儿子,他会成为最优秀的勇士。"苏利耶答道。

事已至此,贡蒂只能让步。在苏利耶的作用之下,女孩像被砍倒的藤蔓一般倒在床上,失去了知觉。苏利耶以瑜伽之力进入她的身体,让她怀孕,但仍然保持童贞。当她醒来之时,太阳神已经走了。

于是,贡蒂小心翼翼地避开众人,隐瞒怀胎之事。她身处深闺,又善于自保,除了奶娘之外,竟无人知道她怀胎十月,生下一个儿子。这孩子天生就有光辉灿烂的金甲和耳环,像他的父亲太阳神一样俊美威武。贡蒂和奶娘商量后决定扔掉这个孩子。在奶娘的陪同下,她把初生婴儿放在篮子里,盖上盖子,封上防水的蜜蜡,哭着将篮子放进河中。

她知道未婚少女不该怀孕,但母性仍让她肝肠寸断,哀哀哭诉道:"儿子啊,但愿三界众生都保佑你吉祥平安,无忧无虑。但愿水中之王伐楼那保护你,但愿三十三天神保护你,但愿光辉的太阳保护你,因为你就是他赐给我的。不管你漂流何方,我都能凭借这身铠甲认出你。那位收养你的妇女是有福的,你能吸吮她的乳汁长大,从咿呀学语的婴儿成长为雄狮般强健的武士。"

贡蒂流泪放走篮子,回到父亲宫中,装作一切都没有发生过,然而心中忧郁,思念儿子。篮子随着波浪一路漂流,历经几千里,最后漂进恒河,流经苏多部落聚居的瞻波城(Campā)。由于铠甲和耳环的保护,也由于注定的命运,篮中的孩子安然无恙,被一对苏多夫妇升车和罗陀发现收养,对他爱如己出。其间贡蒂也曾派出密探找到这个孩子，但却并未与他相认，而是断了联系。她的儿子没有被苛待，那就很好。她的秘密可以永远地掩盖下去了，不再和她的生命发生交集。

升车是持国的朋友，待孩子长大，就把他送到象城，跟随慈悯和德罗纳学艺，成为著名的弓箭手，人们叫他迦尔纳。迦尔纳总是渴望与阿周那交战，因此成为般度诸子的对头，难敌的好友。为了战胜阿周那，他向德罗纳求取梵天法宝，却遭到拒绝，于是谎称是婆力古族的婆罗门，得到持斧罗摩的信任，收为弟子，学成武艺，掌握了全部法宝。一天，他拿着弓箭来到净修林附近的海边，无意中杀死了一位正在举行火祭的婆罗门的奶牛。尽管他再三道歉，那位婆罗门仍然难以平息愤怒，诅咒他道："你一定会得到报应！你会永远与你的对手竞争，每天都渴望胜过他。最后，在你和他作战之时，大地会吞没你的车轮。既然是你不留神杀死了我的牛，那他也会在你不留神的时候，砍下你的头颅！"

迦尔纳沮丧地回到师父那里，心里一直记得这个诅咒。后来有一天，持斧罗摩带着迦尔纳净在修林中闲逛，由于疲倦，就把头枕在迦尔纳的腿上睡着了。这时，一条专门吸血的小虫爬到迦尔纳的腿上啃噬他的血肉，迦尔纳害怕惊醒老师，强忍着痛苦纹丝不动，涌出的鲜血最后流淌到了持斧罗摩身上。持斧罗摩惊醒，看到了这条可怕的八足小虫。这条小虫被伟大的苦行者目光焚烧，缩起身体死去了。原来，他是一位天神时代的阿修罗，因强抢大仙婆力古的妻子，受诅咒化为小虫，现在被持斧罗摩搭救，获得解脱。持斧罗摩知道迦尔纳的这份坚韧绝非婆罗门所有，逼问出他的来历，愤怒地诅咒他在生死关头梵天法宝将会失去作用。迦尔纳告别了持斧罗摩，来到象城，在俱卢王子们校场演武时大出风头，受到难敌的器重，受封为盎迦王。从此，迦尔纳矢志追随难敌，为他效命，帮助他夺取羯陵迦公主。他的勇武还得到摩揭陀王妖连的器重，将瞻波城赠送给他统治。

就在那次演武大典上，贡蒂凭借天生的铠甲认出了迦尔纳，惊得晕倒在地。但之后紫胶宫大火、黑公主招亲、天帝城立国……作为难敌最坚定的支持者，迦尔纳与般度诸子立场对立，越行越远，发展到赌骰大会上他出言侮辱黑公主，双方结下血海深仇，已成誓不两立之局。贡蒂只能死死地守住这个秘密，将一切痛苦压抑在心底。

黑天求和失败，大战将起，眼看自己的亲生儿子就要沙场相见，生死相搏，贡蒂终于无法坐视，找到迦尔纳，希望能说服他能与兄弟相认，无奈双方冤仇已深，无法化解。"我不能背叛难敌，也不能让世人耻笑我害怕阿周那。等我打败了阿周那和黑天，我再和正法之子坚战和解。"迦尔纳双手合十颤抖着对贡蒂说道，"母亲啊，这样无论如何，你都会有五个儿子。"

出于对儿子的爱，贡蒂再次对他说道："为你的兄弟谋求幸福吧，你是愿意这么做的。"知道这将是他们的最后一次见面，贡蒂颤抖着给了他一个拥抱。后来，就听说他已经死在阿周那手上。如果她早一些向他吐露秘密会怎么样？他会离开难敌和亲兄弟和解吗？般度五子的处境会变得更好还是更坏？即使重来一次，她仍然不知道怎样才是最正确的做法。

坚战王完成水祭葬仪，情绪仍然难以平复。"坚战啊，你不要悲伤了。我曾劝过他和你和解，太阳神也说尽了好话，但我们的哀求和慈爱都无法打动他。"贡蒂笨拙地劝说道，"他被命运驱使，一直想发泄仇恨伤害你们，我也就放弃了这种努力。"

"你的隐瞒让我痛苦不堪。"坚战激动地说，不知是无法接受弑兄的事实，还是无法接受他心目中一向坚强的母亲也曾有彷徨无助的时刻，"从此之后天下的妇女将永远无法保守秘密。"

儿子的愤怒让贡蒂战栗，但在她选择亲手撕开血淋淋的往事，将自己最不堪回首的过去公布于众时，她已经做好了准备，去承受一切后果。贡蒂不是玛德利，她可以经历种种打击而活下来：守寡、被亲人仇视迫害、财产和王国被夺走、儿子和儿媳备受凌辱与她分离……在几十年苦守秘密受尽煎熬之后，如今她终于可以卸下心灵的重负，坦然面对曾经的自己。

她也知道，坚战最终会理解、原谅她的。他们将在这残破的人世间生存下来，和外部如难敌般巧取豪夺的敌人作战，和内心软弱自私的自我作战。这将是场更艰苦卓绝的战争，但他们会坚韧地战斗下去，直至胜利。

❀ 瞻波城（Campā），又名摩利尼城（Malini），位于恒河流域下游，印度列国时代是盎迦国首都，法显西游时曾到过此地。据《摩诃婆罗多·和平篇》讲述，摩揭陀王妖连听说迦尔纳的勇武，与他单车决战。双方比拼法宝，武器耗尽后以双臂相搏，最终迦尔纳击破了妖连拼接起来的身体，取得胜利。妖连佩服他的武艺，将瞻波城赠送给他。

❀ 苏克坦卡尔对贡蒂的心路历程做了极好的诠释：贡蒂在长子刚一出生之时就与他断绝了关系，她企图用这种方法来保守秘密，并自认为已经遮掩过去。但命运再次将她不想要的儿子送还给她，使她不得不向迦尔纳吐露这个秘密，以避免她年少时的行为报应在她所热爱的般度五子身上。然而，迦尔纳彬彬有礼却态度坚决地拒绝了她。于是，迦尔纳死后，她又不得不亲口在众人面前公布了迦尔纳的身份，以求为迦尔纳举行正式的葬礼。当她向儿子们坦陈的时候，她终于从隐瞒秘密所造成的折磨中解脱出来。那一秘密通过迂回曲折的途径起着作用，曾把印度英雄时代那些青春勇武的花朵碾得粉碎。

❀ 恒河是印度最著名的圣河，梵文 Gaṅgā，意为"从天堂而来"。传说毗湿奴神化身侏儒征服阿修罗王钵利时，第二步迈得太大，脚趾刺破包裹梵卵宇宙的外层，引得原初之海的水流入，成为天上的银河。梵天用手掬了一捧银河水，放在陶罐中。后来，太阳王朝的一位国王为了涤除祖先的罪孽，苦行多年打动了湿婆。湿婆将天上银河引入人间，就是大地上的恒河。湿婆亲自以头承接恒河水，以减少冲力。因为恒河水发源于毗湿奴神的脚趾、碰触过梵天的手和湿婆的头发，故此圣洁无比，能涤除一切罪恶。印度人相信，在恒河沐浴和祭祀可以洗清身心的一切污垢和罪业，达到解脱。

❀ 以温特尼茨为代表的许多学者认为，原始的《摩诃婆罗多》至《妇女篇》而结束。《初篇》中护民子向镇群王讲述概要，并不涉及战后的故事（1.61），而描写战后的文本与之前也有所不同。俱卢大战被描写为一场祭祀，如同迦尔纳所言，黑天和般度诸子就是祭司，甘狄拨神弓就是祭祀用的木勺，男子汉的勇气则是祭神的酥油，而持国诸子成为祭品。当怖军杀死难敌，持国之子们的战争祭祀也就宣告结束，俱卢族的妇女将举族哀悼，进行祭祀后的沐浴。

（第九部完）

第十部

胜利之歌

时间催生一切，时间败坏一切。焚烧众生者是时间，时间又使它熄灭。

——《初篇》1.1：188

第一章　　　　　　　　　　　　　　胜利好似失败

坚战王为阵亡将士举行完葬礼，又在恒河边住了一个多月，一直郁郁寡欢。他虽然夺回了王国，但大地残破，亲友凋零，他内心痛苦不堪。终于有一天，他忍不住对阿周那说道："我们虽然征服了整个大地，但许多亲友因此丧生。失去了激昂，失去了黑公主诸子，胜利对我来说如同失败。如果我们当初选择在雅度族乞食为生，就不会落到这个地步。难敌出于嫉妒，玩弄诡计夺走我们的王国，造成家族毁灭。持国纵容儿子，现在自己尝到了苦果。但我们杀死不该杀死的人，也犯下罪过。据说苦行可以赎罪，我想前往森林，你来统治大地吧！"

阿周那对兄长的举动颇为吃惊，不觉笑道："我看得出你内心痛苦，以致创下非凡的业绩之后，反而想要林居避世。可是，刹帝利正法就是凭借武力夺取财富，天神也是通过杀戮亲属才获得天国。你遵行刹帝利正法，消灭敌人，赢得大地，理所应当！如果你抛弃正法和利益，效仿野人行乞为生，让恶人摧毁祭祀成果，那就是你的罪过。身为国王，举行马祭，慷慨布施，净化自己和臣民，这才是你应该走的路啊。"

"你听我说，我决心已定，我将放弃世俗的欢乐，修习苦行，涂灰行乞，不怀欲求，与世无争，因为我曾因贪欲犯下罪过。"坚战不为所动，认真地说，"有行动便有业果，从此被束缚在生死轮回之中，不得解脱，有什么好呢？"

"我看你是读书读傻了。除你之外，我没见过哪个刹帝利整天讲宽容、怜悯和仁慈。"怖军不以为然地说，"如果我们早知道你有这种想法，就不用打这场仗，死那么多人了。现在仗也打了，你却想要避世，就像挖井沾了一身泥，却没见到水就放弃了。要是弃世就能成功，那山岳树木都能成功了，因为它们永远弃世，无欲无求。宇宙间人人都在各尽其责地行动，不行动是无法成功的。

"因陀罗神曾化作金鸟，点化那些试图跳过家居生活的盲目弃绝者。"阿周那引经据典地劝说道，"他告诉他们，林居不过是中等的苦行，家居生活才是最重要也最艰难的苦行，这个社会得以运转就是依靠家居者。因此，你也应该意志坚定地恪尽职守，在肃清敌人后统治大地。"

无种也赞同阿周那的说法，力陈家居生活的重要性："身为国王，应怀着无私之心保护臣民，供奉祖先，慷慨布施。如果执意去过林居生活，罔顾施舍与保护之责，这样的国王必会遭到毁灭。"

偕天也说道："舍弃身外之物不过是形式，舍弃内心的执着才是真正的弃绝。如果灵魂不死，消灭肉体就算不上罪过。如果灵魂跟肉体一样死去，那就更不用担心了。"

四个弟弟一致反对，坚战王不作声了，可是他也没有被说服。于是，黑公主说话了。般遮罗公主一向骄傲，尤其是对坚战。她通晓正法，始终受到国王的宠爱。美丽的王后看着丈夫，语音温柔，话却说得很不客气："国王啊，你的弟弟们说得口干舌燥，你为什么不肯让他们高兴？流放森林时，你对跟着你受苦的兄弟说，一旦杀死难敌，你们就能享受整个大地，得到幸福。为什么现在又说出这种话来伤他们的心？苦行是婆罗门的正法，不是国王的正法。你战胜强敌，征服四方，创下辉煌业绩，正应该高高兴兴地统治大地，为什么却昏了头要去林居？婆婆贡蒂曾对我说过，坚战会带给我幸福，不要让她的话落空！你误入歧途，就该吃药治疗。国王啊，不要失去理智！履行你作为国王的职责吧！"

承接黑公主的话，阿周那再次开口，表示他们希望坚战为王并非出自私欲，而是为了让整个社会在坚战的统治下实现长治久安："国王的职责是惩恶扬善，依法保护众生。创造主为此定下法则，名为刑杖（Danda）。如果没有刑杖，一切就会陷入混乱，强者蹂躏弱者，罪恶和欺诈横行。世上没有绝对的善行和恶行，既然我们已经得到王国，就应该确立刑杖，维护正法，挽救这个日益沦丧的世界。不必为杀生内疚，你出于自卫而杀死敌人，不算罪过。何况身体有限，灵魂不死，只是换了一个躯体而已，何来杀害呢？"

听了阿周那的话，怖军忍不住嚷道："虽然我常常劝自己不要多嘴，但憋在心里真是太难受了！国王啊，你熟读经典，怎么会犯糊涂？总在该痛苦的时候不伤心，在该幸福的时候自寻烦恼。我们终于杀死了难敌，让黑公主重新挽起发髻，这是该庆幸的事情。过去你战胜了毗湿摩和德罗纳，现在你要和自己的内心作战。这场战争你不需要武器，也没有亲戚朋友可以帮你，只能依靠你自己。所以你应该现在就投入战斗，运用你的智慧，看清真相，继承祖先的事业统治大地！"

尽管弟弟们摆出了各种高尚的理由，坚战还是怀疑他们是出于私欲。他严厉地说："我看你是出于不满足、激情和自负，才贪图王国。国王就算能独自统治整个大地，他也只有一个胃，有什么值得赞扬的呢？人欲无穷，你要首先学会节制你的胃口。一个是统治大地的国王，一个是视金子如石头的弃绝者，实现人生目的的是后者，而非前者。人生的道路有两条，祖先之路与天神之路。举行祭祀是走祖先之路，将再入轮回；弃绝尘世是走天神之路，将得到解脱。上古贤王遮那迦就追求解脱之法，留下偈语：'我财富无穷，但又一无所有。即使密提罗城付之一炬，也没有烧掉我什么东西。'缺少智慧的人则无法看透事物的本质，也就无法达到梵界。"

被坚战一阵数落，阿周那深感不安，当即答道："但遮那迦王选择弃世乞食后，王后责备他说：'你抛弃财富和王国，让母亲失去儿子，让妻妾成为寡妇，无法供养天神、客人和祖先，靠别人施舍来维持生命，能有什么功德？出家人也要靠家居者施舍，一方始终施与，一个总是接受，你应该知道二者之间的高下。'遮那迦被誉为洞悉真谛者，但也有迷惑之时，你就不应该迷惑了。不怀私欲，恪尽职责，我们会获得理想的世界。"

坚战看出弟弟有些生气，便缓和了语气，但立场依然坚定："我知道你是出于兄弟之情才说出这番话的，只是你虽然精通兵法，对经典的认知就不如我了。经典浩繁，理论各异，研读古代经典的人推崇祭祀和布施，因为弃世解脱之法微妙而难以理解，他们就认为不存在，但洞悉经典真意的智者知道，这才是永恒之道。"

看他们几兄弟争执不下，苦行者提婆斯塔纳（Devasthana）出言劝说道："坚战王啊，阿周那说得不错，你既然已经征服了整个大地，就不该无故舍弃。这不合施舍之法。财富的正当用途是举行祭祀，施舍给应该施舍的人。以我之见，涅槃的境界极难达到。你应该依次按照四行期生活，不怀私欲地治理国家，保护众生，许多国王因此获得天国。"

这话由一个苦行者说出，意义大不相同。阿周那知道坚战的心结在于俱卢大战造成的杀戮，便对长兄说道："苦行和弃世是婆罗门的正法，刹帝利的正法就是杀戮和战争。你已经依据刹帝利正法征服敌人，赢得王国，现在你该征服自己的灵魂，专心于祭祀和布施。逝者已矣，他们遵行刹帝利正法，已经升入天国，不必为他们忧伤。"

"阿周那说得完全正确，经典宣示的最高正法是家居生活。上至天神，下至鸟兽，一切众生的供养都依靠家居者维持。家居生活是最好也最难的生活方式，承担起你的重任来吧，因为弃世林居不是为你规定的。国王的正法是执掌刑杖，惩恶扬善。"毗耶娑一锤定音，为这场出世与入世之争画上句号，"你的弟弟们追随你流亡森林历经艰苦，满足他们的心愿吧。和他们一起享受过法、利、欲，尽到了作为家主和国王的责任，你再踏上归途。"

毗耶娑的话击碎了坚战出世求解脱的遁词，看到阿周那仍在生气，坚战终于说出了困扰他心灵的真正症结："可是，王权和世俗享受现在都不能带给我快乐。无数亲友死去，我悲痛不已，难以释怀。我小时候曾在老祖父的膝上嬉戏，现在却为了王国，将他杀害。我看着他被阿周那的利箭射中，如同被雷电击中，身躯颤抖，却只是瞧着束发。我看着他像一头老迈的雄狮，浑身染血，从战车上跌落，我痛苦不堪，如被火焚。"

"我用半句谎言欺骗了老师德罗纳，我让人杀死了长兄迦尔纳，也是我派激昂闯入德罗纳保护的战阵，害死了这个孩子。我也为失去了五个儿子的黑公主伤心，她本不该承受这样的痛苦。"坚战越说越激动，"我罪孽深重，不配活在这个世界上。你们就让我绝食至死吧，不要管我了！"

看到坚战如此痛苦，毗耶娑劝说道："别这样！众生的聚散如水中泡沫忽生忽灭，与所爱之人的相聚不会长久。智者曾劝说悲伤的遮那迦王，世界按照时间之法运转,谁也无法超越衰老和死亡。人连和自己的身体也无法长久相伴,何况他人呢?花到时会开,月到时会圆,人的苦乐悲欢也是如此,只能面对,无法逃避。遮那迦王听取了这样的智慧之言,放弃了弃世之念。你也应该振作起来,摆脱烦恼。"

坚战默默地听着毗耶娑的话,不置一词。万物生灭的道理也敌不过情感冲击上的刻骨铭心。阿周那只得求助于黑天:"国王陷入忧伤之海,我们又有麻烦了!黑天啊,请你劝劝他吧!"

黑天便道:"人死不能复生,忧愁只能伤身。死亡是人生的必然归宿。征服四方的婆罗多王,备受人民爱戴的圣君罗摩,这些功业彪炳的上古名王都已死去,你就不必为你的亲友死去而忧伤了。"

看到坚战仍不为所动,毗耶娑意识到,要说服这位正法之子,只能从法理上入手。于是,他说道:"刹帝利的职责是惩恶扬善,维护正法。如果有人犯下罪行,危害正法,不管身份尊卑、关系亲疏,国王都必须动用武力施以惩罚,如果不这样做,那就是失职。你奉行正法,杀死非法的罪人及其追随者,理所应当,为何会想不开呢?"

这个道理坚战完全明白。他当即答道:"你说得自然不错。但我杀死了许多不该杀死的人,为此痛苦内疚,不能释怀。"

"世事取决于天意和人事。"毗耶娑分析道,"如果你认为取决于天意,那么就该神灵负责。如果你认为取决于人事,那你就该多做善事来赎罪,而不是一死了之。如果背负罪孽而死,你死了也会受尽折磨。"

这话说中了坚战的心事,他痛苦地说道:"我的亲戚、好友、尊长和来自各地的许多刹帝利都死了。我杀死了这么多遵行正法的国王,令无数女子失去亲人、心碎哭泣,将来必会坠入地狱。我想通过严厉的苦行来摆脱躯体,请告诉我该如何做吧!"

毗耶娑认真地想了想,答道:"你不应该这样想。那些国王参与这场大战是为了追求富贵和名声,而这些必然和死亡相连。因此,时限一到,时间之神就取走他们的性命。时间之神不会偏爱任何人,他以业的形态出现,见证众生的善行与恶行，然后按照时间，给予相应的果报。所以，是他们自己的行为导致毁灭。般度之子啊，像你这样的人不会坠入地狱。如果有人故意犯罪而且毫无悔意，这样的人无法赎罪。而你是别人犯罪逼迫你做出回应，并非出自你的本心，你事后内疚不安，那么，举行马祭就可以消除罪孽了。传说上古时期天神与阿修罗发生一场大战，阿修罗是哥哥，天神是弟弟，这场大战持续了数万年，大地成为血海，最后天神获胜，杀死了阿修罗，也杀死许多狂妄自大、帮助阿修罗、散布非法的婆罗门。这样的杀戮不违规，因为有时正法以非法的面目出现，而智者知道其中的差别。天神之主因陀罗战胜敌人之后，举行了百次马祭，成功地洗净罪孽，获得天国。你应该走天神的道路。"

毗耶娑更详细指明了坚战的当务之急："你凭借勇武战胜大地上的所有国王，现在你该前往他们的国土，立其兄弟、子孙为王，或者安抚其遗腹子。如果已经没有男性后裔，就为其女儿灌顶，让百姓能安居乐业。然后，你就像因陀罗那样，举行马祭，消除罪孽。般度之子啊，你履行刹帝利正法获得王国，你的行为是纯洁的，死后也会获得幸福。"

接着，应坚战之请，毗耶娑讲述了四种姓如果犯下罪过该如何赎罪，令坚战深受触动。他心悦诚服地说："你所说的赎罪方法满足了我的好奇心，请再详细告诉我国王的正法以及如何应对危机吧！履行正法和统治王国常常互相矛盾。我很想知道怎样做既能遵行正法，又能取得胜利。"

坚战求教的是王者之道，于是，毗耶娑表示，最有资格回答这个问题的是毗湿摩："恒河之子受教于天神导师祭主仙人、阿修罗导师太白仙人，以及大仙人摩根德耶等人，他能解答你的所有疑问。在他放弃生命之前，你快去见他吧！"

坚战一听，羞愧地说："可是，我用诡计杀害了这位正直作战的老人，有什么理由去请教他呢？"

这时，一心为百姓谋福利的黑天答道："那就灌顶为王，以国王的身份去请教为君之道，才算适宜。伟大的国王啊，现在你不该沉浸在忧伤之中。所有幸存的国王和俱卢的臣民都聚集在这里，你该按照尊者毗耶娑的指导行事，满足黑公主和朋友们的愿望，造福世人吧！"

经过层层辩论，坚战王终于被说服，意识到不管他有多么痛苦内疚，自我放弃都绝非可取之道。他应该积极勇敢地面对现实，收拾残局，为家族、民众和社会承担起自己应尽的职责。他的痛苦和疑虑已经澄清，心灵重新恢复了平静。于是，为整个世界的福祉，坚战王站起身来，下令回城。象城将迎来新的主人。

◈ 俱卢大战已经结束，但故事却没有结束。为了夺取胜利，般度族付出的不只是人命上的牺牲，也有巨大的道德上的代价。在战争中，他们同样采用了非正义的手段，必须面对内心的拷问和审判。至此，摩诃婆罗多之战的意义已经从正法之战、历史之战，上升到内心之战的层面，正如怖军对坚战所言："正如你过去战胜毗湿摩和德罗纳，现在你需要与自己的思想作战。在这场战斗中，你不需要弓箭，也没有亲戚朋友可以帮你，你只能依靠自己去作战。"（12.16.20-21）

◈ 史诗的第十二篇《和平篇》（Śāntiparva）以坚战的忧伤和众人对他的劝解为开篇。"和平"（Śānti）一词也是瑜伽修习的一个主题，指瑜伽行者澄清思绪，平息激情，摆脱感官对象的束缚，达到思想和情绪上的平静安宁。

◈ 俱卢大战的惨烈后果让坚战萌生了苦行弃世的想法，他认为苦行能够赎罪，弃世能得解脱。围绕着这两点，他和他的兄弟、妻子、苦行者提婆斯塔纳、毗耶娑等人进行了连场辩论，最终坚战被说服，决心履行自己作为国王的职责。这些辩论涉及当时人们对社会、伦理、哲学等的种种看法，反映出古印度思想的争鸣和变迁。人们常认为印度哲学的主流是消极避世的，这是一种误解。吠陀时代人们通过杀牲祭祀向神祈福，祈求的不是永生或死后的至福，而是此生的成功，例如求财或生子。直到公元前6世纪佛教、耆那教等沙门思潮兴起，弃世涅槃之路才受到广泛推崇。尽管如此，接受人生和逃避人生这两种思潮一直在印度思想史中并列发展，时有起伏，但并无偏废。这从坚战和众人的辩论中能窥见一二，如坚战认为推崇祭祀和布施的人并非真正的智者（12.19.22-24），阿周那则称持骷髅行乞是邪恶的生活方式（12.8.7），许多人出家只为求财谋生（12.18.29-33）。

◈ 古印度人视解脱为人生的终极目的，实现解脱的方式有两种，一为入世法（Pravṛtti，意为"流转""行动"），二为出世法（Nivṛtti，意为"停止""弃绝"）。《薄伽梵歌》调和这两种道路，主张人们以弃绝之心从事行动，即不怀私欲、不求结果地恪尽职守，视人生如修行，以此奉献给社会，最终奉献给神。从阿周那、毗耶娑对坚战的劝告中，处处可以见到《薄伽梵歌》的影子。因此,印度学者普遍认为,《摩诃婆罗多》就是为了阐明《薄伽梵歌》中的道理而叙述的故事。

◉ 在本次辩论中,坚战、阿周那和毗耶娑都引用了遮那迦王作为例子。遮那迦王是毗诃提国王,密提罗城为其首都。他在吠陀中多次出现,是一位著名的哲人王,富贵尊荣却不为物欲所障。据说他在世即获得解脱,被誉为"人中之神"。《薄伽梵歌》也引用了他作为践行行动瑜伽的典范。

◉ 阿周那认为执掌刑杖、惩恶扬善、保护臣民是刹帝利的最高正法,毗耶娑赞同,并举了一对修行的兄弟的故事为例:弟弟未经允许吃了哥哥净修林里的果子,犯下偷窃罪,哥哥要求他去向国王自首。国王依法砍掉了弟弟的双手,然后,哥哥通过苦行让弟弟重新长出了双手。弟弟惊讶地询问,既然哥哥原谅了他,为何又要让他被国王处刑呢?哥哥回答说,他不能这么做,因为执杖处罚是国王的职责。而弟弟必须先受到惩处,才得到原谅。这样,国王和弟弟都能得到净化。

◉ 黄宝生先生提到,坚战作为正法之子,所面临的最大困惑就是他一心追求正法,却无法完全以正义的手段消灭非法,因此时时受到良心的谴责。《摩诃婆罗多》将故事背景设定在二分期结束、争斗期即将开始的时候,非法的力量已经胜过正法,以致正法需要借助非法的手段才能获胜,这在我们现实生活中也时有发生。因此,坚战的疑问"如何既遵行正法,又能取得胜利?"也是人类的终极疑问之一,史诗作者将通过毗湿摩之口给以解答。

第二章　　　　　　　　　　　　　　　　　　象城新主

坚战王祭拜过天神和众婆罗门，登上一辆由十六头吉祥的白牛所拉的马车，犹如群星之主月神苏摩登上他那不朽的战车，在众人的簇拥下向象城进发。怖军亲自为他驭车，阿周那为他执掌华盖，玛德利双子手执拂尘，陪随在侧。五兄弟同乘一车，犹如构成万物的五大元素。持国和甘陀利乘轿在先，持国仅剩的儿子尚武骑马跟随在后，接着是雅度族首领黑天和萨谛奇，维杜罗带领众女眷在队伍的最后面。

他们在行游诗人的吟唱和赞颂声中一路回到象城。城市和街道已经装饰一新，香花处处，热闹非凡。成群的市民聚集在街道两侧迎接他们的新王，妇女们倾慕般度五子的风采，赞叹着黑公主好福气。各地居民也会聚到象城，吉祥的祝福声和胜利的欢呼声潮水般向坚战涌来："何其幸运，你依靠正法和力量战胜敌人，夺回王国！伟大的国王啊，愿你长久地统治王国！请依法保护臣民吧，犹如因陀罗保护三十三天神！"

坚战到达王宫，走下马车，敬拜过诸神之后，看到许多婆罗门在王宫门口等候他。他按照礼仪，布施给婆罗门，受到他们的祝福，四下的欢呼声响彻云霄。接着，鼓乐和海螺声奏响，将胜利的消息传遍四方。

婆罗门的赞颂声安静下来之后，一名叫遮婆迦的罗刹越众而出，走到坚战王面前。他是难敌的朋友，伪装成苦行者混在祝福的人群中，也不征求众人的意见，直接对坚战王说："众婆罗门委托我代表他们说话。你这个邪恶的国王，残杀亲戚，害死尊长，不配得到王国，最好去死！"

变故陡生，所有人都惊呆了。坚战王羞惭地说："我向你致意，求你宽恕。我已经遭遇大难，请不要再谴责我。"

这时，众婆罗门回过神来，凭借慧眼识破了遮婆迦的伪装，叫道："说这话的是难敌的朋友、罗刹遮婆迦。我们没有说过这话，请不要害怕！以法为魂的国王啊，愿你和你的兄弟吉祥幸福！"他们怒不可遏，念诵咒语，遮婆迦被他们的怒火焚烧，倒地而死，犹如被雷电击倒的树木。坚战王明白了真相，转忧为喜。这场风波就此过去，灌顶仪式继续进行。

坚战登上面朝东方的金座椅。以祭司为首的众大臣携带灌顶用的各种吉祥用品，拜见坚战。随后，经黑天同意，烟氏仙人在吉位建起祭坛，设下灿如祭火的全福座位，延请坚战和黑公主坐在上面，然后召唤出火神。烟氏仙人为坚战洒下圣水，立他为大地之主。[1] 持国和众大臣依次为坚战灌顶。鼓乐齐鸣，宣告坚战成为象城新的主人。

震耳欲聋的欢呼声再度响彻长空，臣民们口称胜利庆贺他们的新王。坚战王含笑答谢，说道："般度之子们有幸得到你们的厚爱，不过，持国大王是我们的父亲和世界之主，也是你我的主人。我已杀死了许多亲人，现在我只为他而活，会永远尽心侍奉他。如果我值得你们厚待，请你们也像过去那样对待持国。这些话请你们务必牢记心中。"

接着，坚战任命怖军为王储（Yuvaraja），维杜罗仍然担任宰相，参与外交和军事决策。全胜掌管财政，阿周那掌管军队，无种负责后勤，烟氏仙人主持祭祀事务。偕天常伴坚战王身侧，担任他的私人顾问。参与夜袭的慈悯也得到宽恕，坚战王仍待之以师生之礼。他一如既往地尊重持国、甘陀利和俱卢族大臣，朝堂重新恢复了生机。

然后，坚战王为战争中的所有死难者举行了盛大的祭奠，持国祭奠百子，坚战和黑公主祭奠迦尔纳、德罗纳、猛光、激昂、瓶首和黑公主五子，以及毗罗吒王、木柱王等于他们有恩的朋友。他们也为已经没有亲朋好友的阵亡国王举行祭奠，安抚失去至亲的妇女，布施婆罗门，恩养贫穷和残疾者。这些和解政策平息了怨恨，百姓安居乐业，人们仿佛从一场噩梦中醒来，开始迎接新生。

---

[1] 通行版是黑天亲自为坚战灌顶。

诸事已毕，坚战王拜谢了一直支持他的黑天，深情地拥抱着弟弟们，说道："你们为了我流亡森林，历经艰苦，奋勇作战，屡屡受伤，现在我们苦尽甘来，好好地享受幸福吧！"他征得持国的同意，让弟弟们搬进持国诸子的宫殿，阿周那得到难降的宫殿。当夜，黑天和萨谛奇都在阿周那的住所安歇。

次日清晨，坚战王前去探望黑天，发觉他正在禅定。这位神之化身坐在金椅上，肤如雨云，身着黄衣，光辉灿烂犹如金盘上的一颗摩尼珠。"希望你昨夜休息得还好。"坚战微笑着道，"你好像被什么所困扰。能告诉我你为什么坐禅吗？"

黑天没有立即回答。过了一会儿，他结束禅定，答道："我感到箭床上的毗湿摩正心神合一，寻求我的庇护，因此，我的思想也被他所占据。这位大智者一旦升入天国，许多知识会随他而逝，大地就会像没有月亮的黑夜。所以，我希望你尽快前去向他求教学问和正法。"

一提到老祖父，坚战的眼眶湿润了："那我们一起去吧。"

于是，般度五子和黑天登上战车，向俱卢之野飞驰而去。这片吉祥的圣地，如今俨然死域。毗湿摩躺在箭床上，宛如黄昏时的太阳，毗耶婆、那罗陀等众多大仙人陪随在侧。毗湿摩沉思入定，专心念诵着黑天的名号，期盼着他的到来。当他念诵到最后一个名号"一切之魂"时，黑天也正好走完旅程，出现在他面前。毗湿摩停了下来，露出微笑。身边的仙人们眼中含泪，低声赞颂着他和黑天。看到毗湿摩犹如即将熄灭的火焰，黑天心情沉重，叹息道："身体就算扎进一根小刺，也疼痛难忍，何况身中数百箭！除你之外，谁能忍受这样的痛苦？婆罗多的子孙啊，你身为凡人，却能驾驭死亡。你智慧如海，品行无人可比。毗湿摩啊，般度的长子坚战为亲属的毁灭而忧伤，请你以智慧消除他的忧伤，解答他的疑问吧！因为你熟知各种正法、所有的历史传说和往世书，世间唯有你能澄清他的疑虑。"

毗湿摩睁开眼睛，看到了黑天作为宇宙之主的神圣形体，他惊喜地双手合十，恳求黑天赐予他理想的归宿。黑天承诺道："太阳北返之日，你就能摆脱这个身躯，前往至高之界，超脱于轮回之外。只是你的离开也会带走所有的知识，所以，请将正法和利益传授给立足真理的坚战王吧！"

得到黑天的承诺，毗湿摩心生欢喜，答道："可是我受箭创的折磨，智慧紊乱，没有这个能力。何况有你这位世界的创造者在场，哪里需要我来解答呢？"

黑天含笑道："那么，请接受我的恩惠吧！从现在开始，疼痛、疲乏、饥渴将离你而去，你将永远思维清晰，保持活力，理解所有的正法和利益，以智慧之眼看清一切众生的真相，犹如看见清水中的游鱼。"

于是，天降花雨，吉祥安宁。毗湿摩被箭创折磨得昏昏沉沉的头脑忽然间变得清晰，所有肉体上的折磨都离他而去，他老迈的躯体仿佛又恢复了青春。各种正法和知识清楚地展现在他脑海中，过去、现在和未来的一切历历可见，宛如手中的果实。这时，红日西下，黑天与般度五子向毗湿摩告辞，约定第二日再来求教。

次日清晨，坚战特地不带卫兵，只带着兄弟以及幸免于难的国王们前去请教毗湿摩。他们驾驭着战车，驰过正法之田、俱卢之野，来到老祖父身边。老人的精神比昨日健旺多了。"凭借你的恩惠，我可以解答坚战的疑问了。"毗湿摩对黑天说道，"不过，为什么你不亲自给坚战讲解呢？"

黑天微笑道："你年高德劭，一生遵行正法，举止毫无过失。因此，我赐给你神圣的智慧，增添你的声誉。我要让你和坚战的对话如同吠陀教导为世人所铭记，只要大地存在，你不朽的名声就会传颂下去。来吧，履行你作为智者的职责，回答儿孙们的提问吧！"

毗湿摩心中喜悦，说道："坚战一向以法为魂，让他来向我提问吧！"

黑天笑道："坚战不敢走近你，他害怕你因为他在战场上杀害尊长而诅咒他。"

毗湿摩答道："刹帝利正法就是战死沙场。如果尊长站在错误的一方与他战场相见，杀死这样的长辈不算罪过。刹帝利受到挑战，即使是亲戚也必须应战，因为这是摩奴规定的正法。"

听了这话，坚战谦卑地上前向毗湿摩行触足礼，毗湿摩吻着他的头，友善地说："你有什么想问的，就尽管问吧！"

于是，坚战询问道："我想向你请教国王的正法。据说这是最高的正法，一切众生的依靠。如果国王不能实行正法，世界就会陷入混乱。因此，请为我讲述王道的真谛。"

毗湿摩答道：

"国王成功的因素在于勤奋和诚实。他应该首先礼敬天神和富有智慧的婆罗门，但更重要的是，他应该精进不懈，永远勤力。孩子啊，都说成功取决于命运和人事，但我认为人事更为重要。命运也需要努力去争取和确定。因此，祭主仙人认为勤勉是王法的根本。而只有诚实，他才能赢得别人的尊重和信任。

"国王要永远重视人才，因为人才是国王最宝贵的财产。他应该重用勇敢忠诚、有教养、有学问的人，远离恶人。他应像爱护子女一样保护民众，关心弱小，侍奉长者，永远和颜悦色，让臣民满意。但他也不能过分宽容，让人误以为他软弱可欺。他应该做到赏罚分明，宽严相宜，如同春天的太阳一般既不冷也不热。

"国王可以有爱好，但绝不能沉溺其中。他不应与侍从过分亲昵，乱开玩笑，以免仆从逾越本分，轻视国王，泄露机密，弄权乱政。

"国王应该行为端正，言而有信，令出必行，不容违背。如果有人危害王国，不管是老师还是朋友，都应该处死。

"他应坚定勇敢，不滥施酷刑，不过分贪婪。他努力积累财富，充实国库，同时慷慨施舍，及时赏赐，获得军队和人民的爱戴，也应想尽一切办法分化打击敌人。在外交上，他当战则战，当和则和，不能像女子一样柔弱无力。太白仙人曾有偈语：'大地吞噬不抵抗的国王和不出家的婆罗门。'坚战啊，你要牢记！

"国王不应刻薄猜忌所有人，否则很快就会遭到背弃，但他也不能过分轻信。他应该运用智慧去判断，派遣密探去发现敌人的弱点，而始终保护自己的秘密。国王的诡计和密谋，都应该在正当的名义下进行，以瞒过世人。

"护持王国是极端困难的，邪恶之人难以担当重任，软弱之人无法承受激烈的争斗和杀戮。"毗湿摩喟然而叹，"王国永远是一块人人垂涎的肉，因此，坚战啊，你必须采取混合的手段，不能单纯依靠正直。我已讲述了部分王者之道，你还有什么想要问的？"

毗湿摩这一席话，听得众位国王连声叫好。坚战静静聆听着老祖父的教诲，热泪涌上了他的眼眶。他轻轻地向老人行触足礼，说道："日已西斜，祖父啊，我明天再来请教你。"

就这样，坚战每日天明即来，日落回城，他有时和兄弟们一起来，有时还带上妻子黑公主。无论他提出何种疑问，箭床上的毗湿摩总是给予耐心的回答。他们之间的对话构成了著名的《和平篇》和《教诫篇》，历来被视为正统吠陀文化的思想宝库。万种正法，千般利益，一切解脱，尽在这流传千古的对话之中。

❈ 箭床上的毗湿摩在等待太阳北行时，回答了坚战的一系列提问，构成了史诗中的《和平篇》（Śāntiparva）和《教诫篇》（Anuśāsanaparva），占据了全诗的四分之一，堪称"史上最长的遗言"。《和平篇》分为讲述国王正常时期职责的《王法篇》、讲述国王如何应对危机的《危机法篇》，以及讲述如何实现人生最高目标的《解脱法篇》，内容驳杂，涉及社会、律法和宗教哲学的方方面面。这样大量的说理性论述，使《摩诃婆罗多》成为一部百科全书式的作品。黄宝生先生称，这正是《摩诃婆罗多》与西方一些史诗作品不同之处。

❈ 遮婆迦是圆满期的一个罗刹，因修习苦行得到梵天赐福，可以不惧怕一切众生，唯独婆罗门除外。遮婆迦以此横行三界，众天神不堪其扰，梵天称他注定会死于婆罗门之手，于是应誓。遮婆迦是难敌的朋友，难敌临死前称遮婆迦必会为他复仇。

❈ 史诗背景设置在二分期结束、争斗期即将开始之际，描绘出新旧时代更替时的阵痛。有人认为这以俱卢族和般遮罗族的覆灭以及继绝的重生为象征，有人将黑天以自毁的方式毁灭雅度族、多门城沉入海底作为旧时代结束的象征。Fitzgerald 则将箭床上的毗湿摩视为"旧有的刹帝利秩序"行将逝去的象征，而新时代的正法以黑天为根源。这表现为黑天赐毗湿摩以"智慧"（buddhi，音译为"菩提"），由毗湿摩代为宣讲正法（12.54.27）。

❈ 《摩诃婆罗多》也是一部宗教著作，被称为"第五吠陀"，含有不少宗教内容。史诗中描写毗湿摩自从在战场上倒下之后，一直冥想着黑天，念诵着黑天的名号。这段赞颂被称为《毗湿摩赞颂之王》（12.47.10-63），精校本中他念诵了三十二颂，而在通行版中则有一百零八个名号，因为一百零八是个吉祥的数字。

第三章　　　　　　　　　　　王者之法

承接着前一日的问题，坚战王询问道："老祖父啊，请你告诉我，'国王'（Raja）这个词是怎么来的？国王和普通人一样是血肉之躯，为何他能统治大地，全世界都像对待天神一样向他一人俯首行礼？"

毗湿摩答道：

"最初的王权出现在圆满时代。从前没有王国，也没有国王，人们依据正法互相保护。可是渐渐地，贪婪和爱欲控制了人们的思想，人间正法衰落，众生陷入混乱，强者欺凌弱者，犹如大鱼吃小鱼。凡人停止祭祀，陷入危机的天神祈求梵天拯救。

"于是，梵天创作了十万章的《刑杖政事论》（Dandaniti），讲述人生三要——法、利、欲，和人生的终极目的——解脱，并涵盖了治国六德（国王、大臣、王国、堡垒、国库和军队）以及一切正法。考虑到人寿有限，湿婆、因陀罗、祭主仙人等将其层层精简，压缩成一千章。然后，众天神请求毗湿奴指派一位能人来统治大地。就这样，王国形成了。

"几代之后，一个叫维那（Vena）的人被选为众生的保护者，但他被愤怒和仇恨所支配，施行不法，众仙人处死了他。接着，维那之子钵哩提（Prithu）从其右手中诞生，披甲佩刀，威武如因陀罗。他精通吠陀和弓箭术，掌握所有的刑杖政事论。众仙人要求他平等地关爱众生，保护正法，惩治非法。钵哩提答应了。于是，众天神为他举行了盛大的灌顶仪式，毗湿奴亲自进入他的体内，使他获得神性的智慧。他使一切众生崇尚正法。在他的统治下，外敌从不敢入侵，大地五谷丰登，人人恪尽职守，永无饥饿和烦恼。整个世界向他俯首行礼，视之如神。由于他受到一切众生的爱戴，他被称为国王（Raja）。坚战啊，这就是'国王'一词的来历。从此，人们敬国王如天神，所有人都服从他的统治。

"因此，王国最重要的任务就是确定国王。没有国王以刑杖护持正法保护臣民，就没有安全和繁荣，一切众生将陷入黑暗。所以，吠陀说，不能居住在没有国王的王国里。如果有强人来到没有国王的土地上想要称王，他应该受到欢迎和崇敬，因为没有国王即是最大的罪过，世间的一切正法以国王为根基。"

坚战问道："为何说刹帝利正法是最高的正法，容纳一切正法？"

毗湿摩答道："尊神毗湿奴曾化为因陀罗宣告，一切正法以刹帝利正法为首要，受王者之法保护。在各个时代里，正法曾千百次地遭到毁灭，又依靠永恒的刹帝利正法重新运转。王法使用刑杖制止罪恶，使世人从贪图财富、放纵私欲走向道德规范，因此是最优秀的正法。如果王法废弃，国王变得邪恶，一切正法都将消失，整个世界将陷入混乱。"

坚战问道："那么，国王该如何履行职责，保护王国呢？"

毗湿摩答道：

"国王首先要战胜自我，然后才能战胜敌人。国王应永远呈现出五种形态——火神、日神、死神、财神和正法神。他当如火神一般烧灼欺骗他的恶人，如日神一般善用密探，保障众生的安宁和幸福；他当如死神一般毫不留情地摧毁敌人，如财神一般充实国库；他当如正法之神一般公正无私，惩恶扬善。

"阳光普照大地，无孔不入。国王应效仿太阳神，派遣经过严格考察、聪明坚韧的人为密探，深入全国以及敌国的城市和乡村，甚至安插到大臣、朋友和自己儿子之中，他们应扮成傻子、聋子和瞎子，以消除别人的戒心，获取机密情报。密探应互不认识，只向国王一人报告。通过密探，国王可以了解民情和民心，获知敌人、朋友以及中间派的意图，然后小心谨慎地做出安排，惩处敌人，奖励忠诚。国王应洞悉敌我双方的弱点，而不让敌人察觉到自己的弱点。王国以密探为基础，以机密为精髓，国王不应相信任何人，这是王法最高的秘密。

"国王依法保护王国，对待敌人应如死神般冷酷无情。他所居住的城堡应有坚固的城墙和宽阔的壕沟，储备粮食、武器和兵马，城门设置百杀器，壕沟里放置尖桩和鳄鱼。他应该挑选骁勇善战的士兵组建军队,任用勇敢忠诚的武士作为将领。但战争是下等的手段,聪明的国王常用安抚、馈赠和制造分裂的手段来达到同样的目的。弱小的国家应立即与强敌结盟,必要时不妨妥协以避免灾祸,如同芦苇弯腰以免被强风摧折。但他不应长久地屈从于强国,而应运用各种手段骚扰敌国,如破坏对方道路、水利设施或烧掉敌人田地里的谷物。

"正法是王国之本,依靠财富运转。因此,国王应努力积累财富,这是永恒的正法。按照经典规定,国王可以向臣民收取六分之一的赋税,作为保护他们的酬劳;也可以收取关税和罪犯的罚金,以充实国库。但不要横征暴敛,那是愚蠢的自杀行为。你要像挤奶人,照顾好母牛,就能永远得到牛奶,而不是割下母牛的乳房。如果你要增加赋税,应该循序渐进,做好安抚,而不能任意妄为。你应该关心从事农业、畜牧业和商业的民众疾苦,为他们排解困难、肃清盗贼。臣民得到保护,就能源源不断地产生财富。

"正法之神阎摩一视同仁地控制众生,国王应仿效阎摩,公正无私地依法统治臣民。坚战啊,国王应做花环匠,即使不喜欢,也应善待具有美德的部下,听取逆耳但明智的意见。他应摆脱偏好,博采众长,协调一致,从而组成一个美丽的花环。而不应做烧炭匠,毁掉整个山林,自己也难免引火烧身。

"刹帝利是世间正法的保护者,以刑杖护持众生各司其职,遵行正法,消灭非法。如果官吏任意胡为,弱者受到欺压却无人救助,刑杖就会惩罚国王。因此,国王应时时保持警惕,惩恶扬善,保护臣民。如果王国中人人遵行正法,国王可以获得四分之一的善果。如果罪恶丛生,国王也应背负四分之一的恶果。

"坚战啊,是国王创造时代,而非时代创造国王。若国王正确完整地实施刑杖学,就出现最好的时代圆满期。若国王只实施四分之三或一半刑杖学,时代将进入三分期或二分期。若刑杖废弛,恶人当道,时代就会进入争斗期,非法横行,正法衰亡,一切众生陷入混乱,国王也随之走向毁灭。"

坚战问道:"你讲述永恒的王者之法立足于刑杖,刑杖遍及三界众生,至高无上。请问刑杖是如何产生的?该如何运用?"

毗湿摩答道：

"刑杖即是法则（Vyavahara），世间一切都依靠刑杖维持。上古之时，众生陷入混乱，梵天向毗湿奴求助。这位尊神沉思良久，从自身中创造出刑杖，又创造出辩才天女为刑杖学，从此，刑杖学传遍三界。众天神将刑杖和正法赐给人类始祖摩奴，摩奴又将刑杖传给他的子孙。摩奴指出：'能对所爱与所恨者一视同仁，正确地运用刑杖保护众生，即是正法。'这是摩奴首先说出的话，也是梵天的神谕，因此，人们称之为最初的话。

"在不同的情况下，刑杖呈现出不同的形态，依法给予惩治，从斥骂、监禁、罚金到放逐不等，但不能对微小的过错就处以断肢和死刑。由于畏惧刑杖，恶人不敢行凶，王国迅速得到稳定。即使是国王的父母、兄弟、妻子和祭司，一旦违反正法，都不能逃脱刑杖的惩罚。刑杖为天神所赐，永远保持警醒，维护一切众生。如能正确地运用刑杖，必能实现人生三要：法、利、欲。"

毗湿摩所教导的王者之法以刑杖为基石，刑杖即是国王的惩罚手段，必然与暴力相连，这引起了坚战的抵触情绪。"王国不能带给我快乐，我一刻也不追求王国，只是为了正法而接受，不过看起来那里没有正法。"坚战烦闷地说，"因此，我想放下刑杖，去森林里隐居，以根果为食，寻求正法。"

"我知道你天性向往非暴力，但单凭非暴力，不能成就大事。世人将视你软弱无力，不会尊重你。林居避世不是国王的行为，般度和贡蒂都不希望你这样。他们期盼你承袭祖先奉行的刹帝利正法，勇敢坚强、刚毅伟大。"毗湿摩温和地教导着俱卢族的新王，"祭祀布施，保护臣民，维护正法，是你与生俱来的责任。命运已将这副重担交给你，只要你尽心去做，就算遇到挫折，也不会丧失名誉。哪怕只做一点好事，也比什么都不做要强。当一位知法者成为国王，用各种手段保障人们的幸福和安宁，让众生获得依靠和满足，还有什么比这更高的正法呢？"

坚战沉思了一会儿，问道："如果恶人猖獗，有其他种姓的强人依法惩治盗贼，是否适宜呢？还是只有刹帝利能够拿起武器？"

毗湿摩答道："国王的最高职责就是保护臣民，否则毫无意义。如果有人能在危难中保护民众，不管他是首陀罗还是其他种姓，他都值得尊敬。谁能始终惩罚恶人，保护善人，他就应该成为国王。"

坚战问道："国王独自一人无法统治王国，他该如何挑选大臣和侍从呢？"

毗湿摩答道：

"国王应该仔细挑选他的大臣们。坚定、能干、自制、智慧、沉着、勇敢、谨慎，顺应天时地利，国王应该挑选具有这八种品德的人作为大臣。他应该挑选品行经过检验的本国人作为亲信。外来的客人或者心术不正之人即使聪明又忠诚，也不能让他参与机密。四位精通吠陀的婆罗门，三位行为清白的首陀罗，一位熟知往世书的苏多，国王应该常与这八位大臣商议国事。他们应该不贪财、不妒忌，公正无私，年纪在五十岁以上。国王应时常和颜悦色，安抚人心，才能得到人们的爱戴效忠。

"国王应根据才能和品德合理安排侍从，并勤加考察。传说有条狗跟着仙人吃斋，一直忠心护主。因为惧怕森林里的猛兽，它请求仙人把它变成八足兽。当它变成八足兽之后，它嗜血成性，甚至想要杀戮自己的主人，于是重新成为一条狗。所以，国王不能把侍从放在不适合的位置上。他登上不适宜的高位，就会失去自己的本性。国王应时时清理自己的队伍，只保留值得保留的人，如同孔雀剔除失去光彩的羽毛。

"国王身边有四种朋友，有目标一致的盟友，有忠心耿耿的挚友，有与生俱来的亲友，也有出于利益而结交的酒肉朋友。还有第五种人，他们只与正法结盟。你要尊重和信任你的朋友，同时仍要保持防备，因为人心善变，朋友也可能成为敌人。"

"你要时时警惕你的亲戚，如同警惕死亡，因为他们比任何人都更嫉妒国王的成功。"说这话的时候，祖孙二人的面容上都掠过一丝阴影，"但没有亲戚也不好，势单力孤，容易被强敌征服。所以，你应该在言语和行动上对亲友们表示敬意，顺从他们的心意，即使心里不信任他们，表面上也要装出信任的样子。如果你能持之以恒地这么做，敌人也会慢慢变成朋友。"

但难敌最终也没有和坚战化敌为友。再精妙的统治术，也有无能为力之时。"国王应该用正法和非法两种手段统治王国，但国王本人的品行才是王法之本，否则即使获得财富，也会很快失去。"毗湿摩最后说道，"昔日难敌看到你的天帝城繁盛无比，向持国抱怨，持国告诉他，如果他想有你这样的荣华富贵，就要成为有德之人。阿修罗王钵罗诃罗陀依靠品行得到三界的王权，当他把品行布施给因陀罗之后，正法、真理、行动、力量和代表王权富贵的吉祥天女也就离他而去，归于天帝因陀罗，因为这一切都以品行为根基。慈悲为怀，慷慨布施，行为、思想和语言都不伤害一切众生，这就是品行的真谛。"

陡然间提及旧事，坚战只觉五味杂陈。他苦涩地说："我曾对难敌抱有很大的希望，我总觉得他最终会接受和平的提议，你看我有多傻！老祖父啊，我认为希望就像天空一样看不到尽头，一旦破灭，痛苦如死亡。你能告诉我希望的性质吗？我不知道为什么它如此难以获得！"

"从前有一位国王，走遍天下想要找回死去的儿子。于是，正法神阎摩化为一个身高是常人的八倍、身体却瘦削如小指的仙人，点化这位父亲：要想寻回儿子的希望比他的身体更薄弱。国王啊，世间没有什么比希望更渺茫、更难得到的东西，这就是希望的本质。"毗湿摩慢慢地说道，"后来，有人听说了这个故事，他立即放弃了比什么都脆弱的希望。贡蒂之子啊，这也是你应该做的。"

坚战在这冷酷的现实面前沉默，然后接受。"婆罗多的后裔啊，请问什么是永恒的正法？"他问出了这个萦绕于心的问题，"这个世界真真假假，智者啊，请告诉我人若想遵行正法，他该怎样对待真实与虚假？"

毗湿摩苍老的脸上露出了一丝微笑："说真话是美德，没有比真实更高的，但我要告诉你极难听到的道理：有时真实会成为虚假，而虚假会成为真实，那时就不该说真话。愚蠢的乔尸迦坚持说真话，为强盗指路，害死无辜，犯下大罪。正法微妙，一定要再三思考，以智慧之眼明辨真假。"

"什么是正法？有人说经典即是正法，可是经典并未涵盖一切。但有一点可以确定，规定正法的目的是为了促进众生的生长繁盛，因此，能够防止伤害众生的就是正法，能让众生繁荣兴旺的就是正法。正法之所以被称为正法（Dharma），就是因为它扶持（Dhri）一切众生。因此，一切能护持众生的行为即为正法。毗湿摩以最简单的话语为正法做出定义，回答坚战的提问，"所以，如果有恶人想利用正法来达到非法的目的或威胁你的生命、夺走你的财富，你就该说谎，此时谎言胜过真话。人应该懂得两种智慧——正直和诡计，但他不主动运用诡计，而是用来应付诡计。婆罗多的后裔啊，以诡计对付诡计，以美德回报美德，这是法则。"

◉ 毗湿摩为坚战讲解的正法核心内容为王法、四种姓法和人生四阶段法，表现出吠陀文化下古印度人对理想人生和理想社会的看法。王法即刹帝利正法，属于种姓法的一部分，论述国王该如何治理王国，又称刑杖法或政事论。一些材料和观点可与考底利耶（Kautilya）的政事论（Arthashastra）互为比较。

◉ 正法（Dharma，音译为达摩）可称为印度文化的核心概念，词根dhri表示"支持""维持"，尔后正法的含义逐渐扩大，伦理道德、宗教法律都可称为"正法"。据朱明忠先生总结，"正法"一词有四重含义：1.事物的内在本质和自然规律。如古印度人认为水的正法是流动，火的正法是发热，鸟的正法是飞翔，等等。2.人的行为准则和道德伦理。印度教徒认为人的社会职责是由人的本性决定的，只要人人尽职尽责，社会就能圆满。这方面常和种姓法联系起来，有婆罗门正法、刹帝利正法等等。3.法律法令。如《摩奴法典》中规定的各种法规和惩罚。4.宗教。很多印度人反感印度教（Hinduism）这个称呼，认为这是一个生造的词。他们更愿意称自己的宗教信仰和生活方式为"正法"，如"神圣之法"（Arya dharma，即雅利安达摩）表示其宗教之纯洁神圣；"吠陀之法"（Vedic dharma），承认吠陀神圣性的即为印度教徒，反之则为异教徒；"种姓之法"（Varnashrama dharma）；"永恒之法"（Sanatana dharma），认为吠陀真理适应于任何时代任何地方。

◉ 黄宝生先生将毗湿摩对国家起源的论述与西方学者的"社会契约论"相比较。卢梭、洛克和霍布斯等西方学者认为人人生而平等自由，为了换取作为社会中一员的利益，他们同意通过"社会契约"而转让了自己的自由，由此成立了国家和政府。而毗湿摩所讲述的人类政治史亦是由没有王国和国王的自由状态开始，人类陷入"大鱼吃小鱼"式的弱肉强食之中，引发了众神的干预。为了全人类的利益，他们定下法规，并选择一个理想的代理人（即国王）统治人民，确保法规得以实行。这一"社会契约"是众神和仙人与国王签订的。当国王滥用权力时，他们便处死他（维那），另选一位代理人（维那之子钵哩提），直到历史再度重复。

◈ 人间第一位国王（Adiraja）维那之子钵哩提（Prithu）的故事在印度流传很广，几乎每一部往世书里都有提及。传说他是毗湿奴的化身，发明了弓箭。钵哩提深知统治王国应如挽弓一般张弛有道，因此创造了一个黄金时代。他保护大地，使之充满生机，大地女神因此得名为"钵哩提毗"（Prithvi）。

◈ 王法又称为刑杖学，刑杖的重要性可见一斑。刑杖即惩治，即求胜四策（和谈、贿赂、离间和惩治）中的最后一策。及时有效而恰当的惩罚是成功统治的必备手段，受到毗湿摩的极力推崇，"刑杖是至高归依"（12.121.34）。刑杖被视同大神毗湿奴，并具象化为一个红眼黑皮肤的神祇，永远警醒，巡视天下，惩恶扬善，三界因此而安定。

◈ 王法论最后提到对君主的品行要求，毗湿摩还讲述了一个小故事：正法神阎摩化身为一位瘦仙人为丢失儿子的国王讲述希望的渺茫。有趣的是，史诗描写这位正法化身极度瘦削，衣衫褴褛，身高是常人的八倍，身躯却瘦削如小指。他在大地上漫游，总是得不到人们的尊重，以致极度绝望，宣称世上没有比希望更渺茫、更难以得到的东西。这与史诗结尾处正法之神化身为人人厌恶的狗相对应，是史诗作者对争斗期将临，人间正法衰微的一个隐喻和感叹。

钵哩提

毗湿奴的化身钵哩提请求大地产出乳汁哺育众生，大地女神不满维那的暴戾拒绝合作，化为奶牛逃逸。钵哩提制作弓箭，威胁要射倒她，并郑重承诺他会建立正法，约束众生不得伤害大地。大地女神终于同意："那么，就请你适可而止吧！"从此，大地产出乳汁，风调雨顺，土地肥沃，人人遵守正法，辛勤劳动，爱护大地，获得丰厚的物产作为回报。人类进入黄金时代。

第四章　　危机时的智慧

"正法之所以被称为正法（Dharma），就是因为它扶持（Dhri）一切众生。因此，一切能护持众生的行为即为正法。"这简洁明了的话语，却是最好的解释。坚战细细咀嚼着老祖父的话，心中渐渐开阔。

"你的话如同甘露，让我怎么也听不够。"坚战真诚地询问道，"如果国王因怜惜亲友的性命而迟疑不决，陷入困境。他国库衰竭，兵力不足，缺乏盟友，力量单薄，却面临强敌的进攻，这时，他该如何应对呢？"

毗湿摩没有立即回答。过了一会儿，他才说道：

"你在询问一个不宜公开谈论的正法话题。如果你不问我，我是不会主动说的。正法极其微妙。危难时采用手段求生，就道德伦理而言，我不能称其为正法，之后可能还会有恶果。无知者不作为，真知者则采取行动，获取成功。

"你心无疑虑，坚定纯洁，请听我说。国库和军队是王国的根基，是国库枯竭导致兵力不足。这时国王应该想尽一切办法充实国库，就像人在沙漠中应竭力找水一样，等时来运转后再施惠臣民，这是古人遵循的正法。人在有能力时采用一种正法，在遭遇危机时则采用另一种法则，此时非法也成为合法，智者知道这会产生罪过，事后必须采取行动加以弥补。坚战啊，刹帝利难免会遭遇危机，但他不应消沉而无所作为，他应努力征服敌人，在危机过去后振兴正法。

"孩子啊，人在危难时应想尽办法拯救自己，而不是拯救正法，因为只有活着，才有机会。经典规定，刹帝利的生命就在于勇武和进取心。因此，危难时只要不激起民愤，他就可以夺取别人的财富，就像困境中的婆罗门也可以用其他谋生方式一样。有了财富，才有力量和王国，国王才能履行职责，维护正法，获得一切。财富掩藏罪过，犹如衣服掩藏女人的私处。所以，国王必须积累财富，保护财富，这是永恒的正法。国王获取财富不能单靠正法或者只用暴戾手段，而应采取折中的方式。在保护财富时，他应心存慈悲，留有余地，不要自恃强大，斩尽杀绝，因为给别人留余地，就是给自己留余地。"

"刹帝利获取的财富应用于军队和祭祀。他用这种方式，将恶人的财富传递给善人。可是，越来越多的国王无视祭祀，聚敛财富并不用于祭祀布施，这种行为正像野草般蔓延。"毗湿摩叹息道，"因此，正法也就变得越来越微妙。"

"坚战啊，国王行事不应迟疑不决，否则就会陷入危机。"毗湿摩再次回到问题本身，指出最好的办法是避免危机，"听我给你讲一个故事吧。池塘里有三条鱼，有一天，许多渔民进入池塘挖堤放水，第一条鱼察觉到危机，立即趁着水路通畅跃入其他池塘。第二条鱼虽然也感觉不妙，却迟疑着没有行动。池塘放干水后，渔民捉住泥浆里的鱼，穿在绳子上。第二条鱼便抓住时机混在这些鱼里咬住绳子，然后趁着渔民用清水洗鱼的时候松开绳子逃跑。而第三条鱼既没有远见，也没有应付突发事件的急智，行动迟缓，于是遭到灭亡，这也是大多数庸人的结局。而第二条鱼虽然自认为聪明，但没有在一开始就采取行动，所以遭遇危机。国王应该像第一条鱼那样深谋远虑，把握天时地利，并及时采取正确行动，才能取得成功。"

"国王应运用智慧迅速应对未来及突发之事，迟疑不决将导致毁灭，你说得很对。"坚战道，"那么，国王势单力孤却四面皆敌，他该怎么办呢？作为弱者，他该如何对敌、如何结盟？"

"这是个好问题。"毗湿摩答道，"危急时谁是敌人，谁是朋友，需要视情况而定。只要能保住性命，必要时不妨与宿敌结盟，但要始终保持警惕，事后立即分道扬镳。坚战啊，与强者联盟要特别小心谨慎，注意策略，心怀戒惧，决不能疏忽大意。恐惧产生智慧，想好万全之策，与之周旋时就不会再害怕。相反，如果不知惧怕，轻敌大意，就会面临大恐怖。"

对于这一点，经历过夜袭的坚战可谓深有所感。"时代在退化，正法在衰落。"坚战喟然道，"当盗匪横行于世之际，刹帝利该如何立身处世？"

"危急时刻，国王应该放弃温情。这方面人们常引用迦宁迦（Kaninka）对妙雄国王的教诲。"毗湿摩答道,"他必须始终高举刑杖,震慑众生。游说、馈赠、分化、惩戒这求胜四策之中,以惩戒最为重要。他应首先摧毁敌人的根基,再歼灭其党羽。他应运用计谋,展现勇气,把握进退,行事果断。他可以言语谦卑,但内心必须如剃刀般锋利。他应认清时机,逆境时不妨忍辱屈服,一旦时机来临就立即出手,粉碎敌人,犹如摔碎肩上的陶罐。"

"坚战啊,危难时的国王应像杜鹃一样借助别人的力量壮大自己,像野猪那样摧毁敌人,像弥卢山那样不可超越,像空屋那样储藏财富,像蛇一样善于寻找敌人的弱点,像演员那样善于伪装。他应该积极进取,随时留心敌我双方力量的消长,做到防患于未然。他应恭敬顺从,取得敌人的信任,然后给予致命的打击。没有天生的敌人,也没有天生的朋友,一切视需要而定。即使是亲朋好友或尊长,只要挡路也必须除掉。不杀戮无以获取至高富贵。决不要放过仇敌,即使他苦苦哀求。残敌也可能死灰复燃,造成严重危害,因此永远要小心谨慎。

"若想取得成功,他需要紧握刑杖的权柄,同时也应不怀嫉妒地坚持怀柔施恩,笼络人心。温和遭人轻视,严厉遭人仇视,他应既温和,又严厉。攻击之前,他应和颜悦色;攻击之后,他更应表示友好。即使不得不砍掉对方的头,也应流泪表示哀伤。他应量力而行,不能无故结仇,不要伤害智者和挑衅强者,以免遭到报复。不要夺取你保不住的财富,不要试图杀害你砍不下他脑袋的人。

"迦宁迦的教诲令妙雄国王受益无穷。不过,这些行为准则只适用于危难时期,国王平时不都是这么做的。我为了你好,才教导你遭遇敌人袭击时应该怎么做。"

于是,坚战提出了一个更为恶劣的情形:"如果至高正法已经衰亡,非法蔓延于世,世界全然颠覆,所有规则和界限都已打破,众生互不信任,彼此欺骗,强盗控制了所有生活必需品。在这样污浊的世界中,人们该怎样行动才能不违背利益和正法呢?"

毗湿摩答道:

"一旦到了众生苦难的年代,人就必须依靠自己的判断力来遵行正法。从前三分期将尽、二分期开始的时候,出现了十二年大旱,正法沦亡,人们流离失所,饿得互相吞食。大仙人众友到处乞讨，也找不到任何食物。饥饿难耐的仙人看到旃陀罗[1]的小屋里有一块狗臀肉，便决定乘夜去偷取这平时最不洁的食物，因为他已经饿得活不下去了。但小屋里的旃陀罗还未入睡，发现了偷盗的仙人，问明缘由后不禁道：'狗是低贱的动物，臀部是最污秽的部位，偷盗更是可耻的行为。仙人啊，你修行不易，还是想想别的办法吧！不要违背正法，犯下罪过。'

"众友仙人又羞又愧，但并未改变主意，答道：'我已经饿了很久了，实在找不到别的办法。都说婆罗门犹如火神，火神吞噬一切。我想活下去，哪怕吃不洁的食物也行。垂死的人想要活命，不应受到阻拦。只要能活着，我以后就可以遵行正法，洗清罪过。'

"旃陀罗道：'按照经典规定，婆罗门不应该吃狗肉，你去乞讨别的食物吧！不要为做错事找借口。'

"众友仙人答道：'我是仙人，仙人是不会做错事的。现在狗肉和鹿肉对我来说都一样，我想吃狗肉。'

"旃陀罗道：'你是婆罗门，应该不计一切代价保护正法，宁愿饿死也不吃不洁的食物，以换取日后的善果。我是把你当朋友，才好心劝告你，不要贪吃狗肉。'

"众友答道：'你要是真为我好，就赶快把狗肉交给我。身体是我最亲爱的朋友。我一心保护它，一定要拿走这块狗肉，甚至不怕和你这么凶猛的人发生冲突。死后会发生什么谁也说不清，也许根本就没有果报可言。身体是行善积德的本钱，所以我要吃狗肉。你无权解释正法，不要再夸夸其谈。智者知道这是无罪的，愚者才会认为有罪。即使真的有罪，我能活下去，就能努力给自己净罪，好好遵行正法，比饿死强多了。'

"旃陀罗道：'我不敢施舍狗肉给你，也不愿你夺走我的食物，这样我们都会犯下罪过。人的自我灵魂将见证一切，你知道你在做错事。如果你百无禁忌，连狗肉都吃，那就违背了经典和正法。'

---

[1] 旃陀罗（Caṇḍāla）：负责处理人和动物的尸体的低种姓贱民，常被视为不可接触者。佛经中称为"煮狗者"，属于"诸秽恶人"之一。

"众友答道:'有规则就有例外。我只是突破饮食的禁忌,既没有暴力伤害,也没有说谎,就不是什么大罪。没见过谁因为饮食不洁而堕落,据说饮酒会堕落,那也只是说说而已。这类做法一点儿也不会有损功德。'

"㾿陀罗无可奈何,最后说道:'品行端正的智者因环境所迫犯罪蒙垢,即使之后努力改正,也一定会因此受到惩罚。'

"众友不为所动,拿走了那块狗臀肉,和妻子一起享用,保全了性命。后来,天开始下雨,危机过去。众友通过长期苦行消除了罪过,获得非凡成就。因此,智者遭遇灾难时应懂得变通,想尽一切办法让自己活命,因为只有活着才能获取功果,得到幸福。贡蒂之子啊,在这样的世界里,人就该以自己的智慧判断非法与合法,据此立身处世。"

这样颠覆性的教导给坚战以极大的冲击,令他难以接受。"这种可怕的教诲就像是绝不该相信的谎言。这难道不是盗匪的行为准则吗?"坚战叫道,"我困惑不安,坚守的正法信条崩溃。我无法按你的建议去做,我连想都没有这么想过!"

毗湿摩答道:

"我的教诲并非只有圣典所载的正法,也来自经验和智慧,是智者们采集的蜜。明智的国王应运用多种手段治国,不能只靠一种正法。贡蒂之子啊,记住我的话,国王应运用智慧遵行正法,这样才能取得胜利。软弱的国王哪里懂得使用前人未曾示范的智慧?

"婆罗多的后裔啊!正法有时以非法的面目出现,非法有时以正法的面目出现。智慧有侧面,犹如河流有分支,人们通过多条道路践行正法。有人因为愚蠢,不理解经典的奥义。有人则是为了谋生或赚取名声,故意曲解经典,宣扬自己的观点,贬损善人和智者建立的正法。这种人可以称为知识贩子,人中罗刹。以智慧理解了经典的真义和精神,据此阐述正法,才值得称赞。

"阿修罗的导师太白仙人曾言:'没有意义的经典不成其为经典,不能言明的知识不是真正的知识。'你为什么要听从那些有害的虚妄之词,摧毁你的根基呢?难道你看不到你天生就要从事严酷的事业吗?梵天创造羊、马和刹帝利,就是用于牺牲，以维持众生的日常生活。杀死不该死的人是错误，不杀死该死的人也是错误。国王应铁腕治国，让众生恪守正法，否则他们就会像豺狼一样互相吞噬，这是刹帝利之耻。

"国王啊，刹帝利正法是严酷的，而你始终充满温情，但你生来就注定要挑起这重任。因此，依法统治王国吧！永远惩治恶人，保护善人，因陀罗说这就是国王在危难时期的职责。"

坚战沉思片刻，然后问道："如果犯下罪孽，他该如何净罪呢？"

"只要及时悔悟、一心行善，举行马祭可以消除一切罪孽。"毗湿摩答道。

"那么，罪恶的根源又是什么呢？"坚战追问道。

"罪恶来自贪欲，它是永不满足的欲望，由此滋生出仇恨、嫉妒和愤怒，驱使人们突破界限，从事一切非法行为，最终祸及己身。"毗湿摩答道，"贪欲是万恶之源，与无知互为因果，一旦斩断贪欲，无知也就随之而逝。而要斩断贪欲，就需要控制自我，因此，自制是最高的正法。平静、宽容、坚定、超然，自制之人不惧怕任何人，任何人也不惧怕他。梵境产生于吠陀，永远深藏于内心，唯有通过自制才能达到。自制只有一个缺点，自制之人宽容大度，会被世人视为软弱无能，但他却能获得广阔无垠的天地。因此，自制之人何需前往森林居住？他住在哪里，哪里便是净修林。"

就在这问答之间，智慧的甘露从长者的唇齿间流淌而出，注入坚战王的心中，抚慰他焦灼不安的心灵，平息他的痛苦与忧伤。一代又一代，知识就是通过这样的口耳相传而流传下来，驱散无知的黑暗，照亮人类前进的路途。

◉ 毗湿摩讲解的王法论中涉及国王在遭遇危机时的应对之道，称为危机法（Apaddharma），篇幅巨大，这与史诗成书年代的印度历史息息相关。一般认为，史诗作于公元前4世纪到公元4世纪，其间北印度内忧外患不断，难陀王朝、孔雀王朝、巽加王朝、干婆王朝的建立均采取刺杀、叛乱等暴力手段，军事上马其顿和贵霜王国轮番入侵，北印度长期陷入分裂，王公们征战不休。面对复杂混乱的现实，古老正统的刹帝利法已不足应付危机，因此史诗作者特别设计了危机法，要求国王"以诡计对诡计，这是法则"。C.V.Vaidya便认为，在大史诗刚开始流传之时，雅利安人就像"所有富有活力的新兴民族一样诚实而直率"，但经历了亚历山大大帝的入侵之后，他们"从希腊人那里学到了战争的诡计"。

◉ "危机"（Apad）一词意为"艰难时期""困境"，甚至有时作为"巨大灾难"的同义词。在此情况下，允许国王使用平时视为"非法"的手段以度过危机，这是运用危机法的前提："此时非法变为正法，而正法成为非法。"黄宝生先生将俱卢大战中般度族在黑天的指导下多次以非法手段战胜对手，作为"正法以非法面貌出现"的实例。

◉ 人们常认为印度人多禁欲，在某种程度上这的确是事实，但印度人同时也极为看重财富，这种看重甚至上升到了宗教哲学的高度。"生命以财富为根基""没有财富就无法履行正法，实现爱欲"，这样的论断在《和平篇》中随处可见。在《森林篇》的结尾处，坚战与阎摩的问答中亦有"贫穷的人如同死亡，无主的国如同亡国"之语，可与之互为印证。

◉ 迦宁迦和妙雄国王之间的对话称为《迦宁迦正道论》或《迦宁迦六十颂》。这段对话中迦宁迦又被称为持力，他与考底利耶《政事论》中提到的迦宁迦·持力很可能是同一个人。在通行版中，迦宁迦也是持国的宰相，在《初篇》中出现。他向持国提出了同样的治国建议，从而让持国下定决心对付般度五子，于是同意了难敌火烧紫胶宫的计划。但《初篇》中的这段是后期窜入的成分，不见于诸多早期版本中，因而被精校本删除。在毗湿摩讲述的这个故事中，迦宁迦是妙雄国王的大臣。

◉ 众友仙人在饥荒之时偷吃旃陀罗狗臀肉是危机法中的一个极端事例。众友仙人是印度神话中的一个著名人物，传说他原本是一位横行霸道的刹帝利，看上了极裕仙人的如意神牛，试图强抢，被仙人施法击败。众友折服于婆罗门的力量，放弃了王国，苦心修炼，终于成为一名法力高强的婆罗门仙人。Fitzgerald 认为，法规固然允许婆罗门在极端危难时采取非法手段保住性命，但众友强夺狗臀肉的行为和辩词也与他本人出身刹帝利的行为方式有关。

第五章　　　　　　　　　　　毗湿摩归天

在新旧时代的转换期，在三界最神圣的俱卢之野，即将逝去的恒河之子毗湿摩为婆罗多族的新王坚战传道解惑，光辉灿烂如同燃烧的火焰。成群的仙人环侍在毗湿摩身旁，凝神倾听着这神圣的智慧之言。天神们驾驭着天车护卫着他，等待着这羁留人间已久的神祇再度归位。

"祖父啊，您是具有大智慧的人。"坚战求教道，"请告诉我命运和人事究竟谁更强大有力。"

"尊神梵天曾经回答过这个问题，他把人的行动比作田地，命运比作种子，只有当二者相互结合，才能生长出庄稼。"毗湿摩答道，"世间之事，善有善报，恶有恶报，众天神也是依靠过去的善行才能得到尊位。你们夺回王国，依靠的也不是命运，而是自己的勇气和力量。命运确实存在，但如果人不行动，命运就无从发挥作用。命运既不能让无所作为的人获得成功，也不能迫使人走上邪路，它只是跟随人的行动而适时予以相应的果报。命运不会亏待善人，也不会帮助贪婪愚蠢的恶人。吉祥天女所眷顾的，是说话诚实、恪守正法、积极行动者，而非品行不端、懒于行动者。能与吉祥天女同行之人，他的人生三要法、利、欲都得以实现。"

"世间一切活动都取决于法、利、欲。这人生三要既互相依存，又彼此独立。它们以何为基石呢？什么最为重要呢？"坚战向老祖父询问道。

毗湿摩答道："心存善意，目标坚定，法利欲就会紧密结合。人生三要以正法为基石，利益为躯体，爱欲为果实。谁若忽视正法和利益，只追求爱欲，就会丧失智慧，导致灾祸。人生三要以物质感官为基础，摆脱这一切则称为解脱。"

针对毗湿摩正法最高的观点，坚战提出疑问："所有的人都对正法抱有疑虑。遵行正法究竟是为了今生，还是来世？"

毗湿摩答道:"正法是智者为众生确定的生活法则,以确保在今生和来世都获得幸福。比如不夺取他人的财物,强者认为这是为弱者制定的法则,但即使是强盗,当他们占有财物之后,也希望国王能保护自己的财物不会被他人夺走。再比如布施的法则,富人认为这是为穷人制定的法则。有朝一日富人丧失财富,他们也同样希望能得到他人的救济和布施。己所不欲,勿施于人,这就是区分合法和非法的标志。如果你不想别人夺走你的性命和妻子,你就不要去谋杀奸淫。因此,善行必然既遵行正法,又合乎利益,这是造物主为了维护世界的运行而做出的安排。"

坚战答道:"善行是正法的标志,你的解释让我明白了不少,可我心中还有疑问。你说顺境时运用一种正法,而遭遇危机时采用另一种正法。而时代推移,正法变得越来越微妙,犹如乾闼婆之城时隐时现,难以把握。对这个人有益的也许对另一个人有害,有什么正法是超出一切的永恒之法呢?"

毗湿摩答道:"仁慈是至高的正法,即使祭祀也不应杀生。也就是说,在思想、行为和语言上,都不对一切众生作恶。"

坚战问道:"那么国王如何保护众生而不造成任何伤害呢?"

"的确有人提出这样的疑问,国王如果杀死盗匪,依靠盗匪生活的父母妻儿也会因此而死,因此应废除死刑,让他们有机会赎罪。"毗湿摩答道,"而智者回答,在民风淳朴的远古时代,说句重话就是惩罚。而现在哪怕是死刑,也依然管不住一些悍不畏死的盗匪。不处死恶人,就不能震慑众生,维持秩序。国王判处死刑不是出于个人喜好,而是为了保障善行。因此,摩奴出于怜悯,教导众生不应违反正法。"

"你已经详细地讲解了王者之法与危机之法。请告诉我四种姓和四行期的职责。"坚战求教道。

毗湿摩答道:

"婆力古大仙曾谈及四种姓的起源:梵天最初创造的都是婆罗门,没有种姓之分,由于他们的行为不同,而造成了不同的种姓。有些好勇斗狠,肢体呈现出红色,成为刹帝利。有些以放牧耕种为生,呈现出黄色,成为吠舍。有些喜欢吃一切食物,从事一切劳役,成为黑色的首陀罗。四种姓依据行为划分,否则首陀罗不成其为首陀罗，婆罗门不成其为婆罗门。

"现在我告诉你四种姓的正法：温和、宽容、正直、纯洁、乐于分享、言语真诚、与妻子繁衍后代、不伤害他人，这是一切种姓的正法。婆罗门的正法是平静、自制和博学。他应该从事祭祀和教学，学习吠陀是婆罗门的首要职责，自制是他们的荣光。刹帝利应该施舍而不是乞求，他应该让祭司举行祭祀，听从他们的教导。刹帝利的正法是杀戮和征战，消灭盗匪、保护臣民是刹帝利的首要职责，胜利是他们的荣光。吠舍的正法是正当地积累财富，他可以从事耕种、放牧和经商。保护牲畜是他们的首要职责，财富是他们的荣光。首陀罗的正法是侍奉他人，勤快是他们的荣光。主人应供养他们的生计，让他们在年老体衰时也得到照顾。所有种姓都应举行祭祀，以净化自己。"

"梵行期、家居期、林居期和遁世期，这是人生的四阶段。举行入法礼后，他住进老师家中，遵守梵行，学习吠陀，听从老师的一切吩咐，这是人生的第一阶段。梵行期结束后，他回到家中，开始最为重要的家居期。他娶妻生子，合法地获取财富，享受欲乐，实现人生三要法利欲。他供奉天神和祖先，繁衍后代，量力施舍，款待客人，以此回报世间。当儿子长大成人之后，他舍弃财物，进入森林中修习苦行，成为一名林居者，以兽皮为衣，根果为食，净化自己。当他年老多病之时，他斩断与世俗生活的羁绊，进入遁世期，托钵行乞，漫游大地，最终获得解脱。这是梵天为婆罗门制定的人生四阶段，其他种姓不必严格遵守。不过，他们年老时也可以脱离家居，进入以乞食为生的遁世生活。时移世易，从圆满期到争斗期，各种吠陀、正法和四行期的生活方式也在走向衰微。"毗湿摩叹息着说道。

风从俱卢之野吹过，坚战王沉浸在思索中。

"正法之路漫长而多种多样，你认为有哪些正法尤其需要遵守？"

"我认为尊重父母和老师最为重要。"毗湿摩答道，"母亲重要过父亲，而老师重要过父母。"

"那么，谁是凡人最忠实的同伴？当他抛下肉身前往另一个世界，谁能继续伴他同行？是他的父母、儿子，还是老师？"

"你在询问众生轮回的原则。"毗湿摩回应道,"这是永恒的秘密,由天神导师祭主仙人来回答最为合适。"

于是,祭主仙人应邀回答坚战王:"世上众生无不孤独地生,孤独地死,独自走完生命的历程。一旦他死去,他的父母、师长和妻儿稍事哀悼便会离去,唯一追随他到另一个世界的就只有正法了。因此,正法才是人类最忠实的伙伴,是他们应该永远遵行的东西。众王之主啊,肉体易逝,人的个体灵魂却永生不死,见证着众生的一切行为。智者遵行正法,摆脱贪欲和愤怒,获得解脱,超越轮回,就连天神也难以追寻他们的足迹。"

这位众神之师作答之后便升天而去,留给坚战王无限怅惘。"人生的终极目标是解脱。世人都认为取得战争胜利的我们是幸运者,有谁知道我们的痛苦?老祖父啊,请问我们何时能抛下一切,去过林居生活?"坚战问道。

毗湿摩答道:"人生四阶段各有用意,都通向至高归宿。当人经历过生离死别、大悲大喜之后,就会逐渐生出厌世之心,摒弃欲望,追求解脱。这个世界混乱而脆弱,时间的大河永远奔流不息,衰老和死亡就是河中的鳄鱼,吞噬一切众生。唯有以智慧作舟,才能渡过这汹涌的时间之河。以知足为根本,以弃绝为灵魂,无论是家居者还是林居者,都能到达以梵为源头的彼岸。贤王遮那迦恪守正法,摆脱执着,在世即获得解脱。"

坚战问道:"祖父啊,你通晓一切,请为我讲解这至高的解脱之法。"

毗湿摩答道:"正如条条河流通向大海,正法有多种,通往解脱之路也有多条。数论学者依据知识,瑜伽行者依靠禅定,摒弃欲望,摆脱感官对象的束缚,当他们观照到自己的内在灵魂与众生的灵魂一般无二时,他们就达到梵。知识产生愿望,愿望产生意图,意图产生行动,行动产生成果。当他摆脱物欲的诱惑,他就能看到至高的灵魂遍及一切众生,犹如穿过珍珠的线一般熠熠生辉。那就是婆薮提婆之子黑天,也就是尊神那罗延,他超越时间,永恒不变,是一切众生的起源和归宿。传说,他是至高的梵与唯一的庇护。人们通过虔信走向他,亦能超脱轮回,达到解脱。"

日子就这样一天天过去,坚战王的提问从宇宙起源、今生来世到世间万象无所不包。最后，他向毗湿摩诉说道："祖父啊，你无数次地告诉我善恶有报，告诉我人要坚守正法、一心向善，可是这世上恶人走运善人倒霉的事情却时有发生。"

毗湿摩答道："那是因为还不到时候。你一定要坚定信心，即使没有看到成果，你也要坚持不懈地恪守正法，有所不为、有所必为，并懂得顺时而为，相信时间到时必会给予相应的奖惩。你要知道，遵行正法的人必定会有纯洁的灵魂，受到时间的保护。他就像明亮的火焰，非法无法靠近他。坚战啊，你要坚信，时间终会证明，正法必胜，照亮三界。不过，即使智者也无法强迫不义之人回归正途，除非是他出于畏惧而做出伪装。"

他温和地劝慰坚战王："你已经没有其他问题了，就回城去吧。国王啊，愿你的烦恼都已离去；愿你能遵行正法，善待臣民；愿你的亲朋好友和追随者都能得到你的庇护，像鸟儿栖身在果实累累的大树上，从此快乐无忧。孩子啊，太阳转为北行之日就是我的归期，那时你再来看我。"

于是，在天空中的太阳转向北行的吉祥之日，坚战王率领俱卢全体臣民，以持国夫妇居首，前往俱卢之野看望老祖父。从战争中幸存的国王也从各地赶来，护卫着箭床上的毗湿摩，这位婆罗多族最优秀的人物。恒河之子毗湿摩睁开眼睛，用苍老颤抖的手抓住坚战的手臂，轻声说道："能看到你和你的臣民真好。光辉灿烂的太阳已经开始北行，我也该离开了。"

他回头对持国说道："道理你都懂，就不要太悲伤了。按照正法，般度之子也是你的儿子，应该得到你的保护。坚战生性仁慈，他会孝顺你的。"

然后，他转向黑天，发出最后的请求："世尊啊，你这众神之神，请允许我离开这个尘世，请保护好般度王的后代，你是他们最后的归宿。"

黑天答道："毗湿摩啊，我同意你离开人间，前往神界。你一生清白无瑕，因此，死亡反而要像奴仆一样听从你的召唤。"

于是，毗湿摩一一拥抱了所有的亲朋好友，向他们告别："我就要放弃这具身体了，请你们允许。婆罗多的后裔啊，你们要竭尽全力地追求真理，真理才是最强大的力量。"

随后，他沉默下来，凝神聚气，召唤死亡。所有人都目睹着奇迹发生：刹那之间，在毗湿摩瑜伽之力的作用下，老人身上的利箭不断脱落，直到他的身体完全悬浮于空中。灵魂穿过他的头顶升天而去，如一颗巨大的流星一般，瞬即消失。就这样，福身王之子毗湿摩，这背负诅咒下落凡尘的婆薮神，终于离开尘世，回归神界。

坚战王主持了毗湿摩的祭奠仪式。他们火化了毗湿摩的遗体，然后按照仪轨，将祭奠之水倾入恒河。只见波涛汹涌，恒河女神浮出水面，泪流满面地哀述道："我失去了儿子！他高贵睿智，品行无瑕。他的勇武就连持斧罗摩也无可奈何，他的力量举世无双，可他却被束发毫不费力地杀死了！"

束发是由女人转变为男人的，恒河女神因此深以为耻，替儿子抱屈。于是，黑天上前劝慰道："毗湿摩不是死于束发之手，而是死于阿周那之手，他是自愿放弃生命的。美丽的女神啊，现在他摆脱了诅咒，重新成为天神，你不应为他忧伤了。"

在黑天的安慰下，恒河女神终于平静下来，消逝不见。滔滔河水奔流向前，声带呜咽，似乎仍在哀悼这位逝去的英雄。

◉ 古印度人以法、利、欲为人生三要，而视解脱为人生的最高目标。解脱法认为世事无常，人活着就是受苦，因此应弃绝尘世，超脱轮回，让灵魂彻底摆脱身体的束缚，达到某种神秘境界，吠檀多哲学称为梵我同一，佛教称为涅槃。毗湿摩讲述的解脱之路主要为数论和瑜伽，以及"那罗延学说"（12.321-339），即虔信毗湿奴大神。这与《薄伽梵歌》所说的三条途径智慧瑜伽、行动瑜伽以及虔信瑜伽一致。

◉ "真理是最强大的力量。"（13.153.47）这是毗湿摩辞世前留下的最后的话，鼓励人们勇于追求真理。真理或真实在印度文化中占据极高的位置，毗湿摩盛赞真理，称"一切立足于真理"（12.156.5），宣称"没有比真理更高的正法，没有比虚假更大的罪恶"（12.156.24）。这让人想起《剃发奥义书》（Mundaka Upanishad）中的著名语句："唯有真理得胜，而非虚假。神圣之路通过真理展现。"（3.1.6）

◉ 印度教徒一般为火葬，需要请婆罗门祭司来主持。祭司需手捧装有死者家乡水的瓦罐，向神祈祷，然后摔破瓦罐，让水流出，象征着人的个体灵魂终于摆脱肉体的束缚，与梵合一。然后，人们浇上酥油，焚化遗体，祭司念诵吠陀经文，亲友唱起挽歌，并向天空抛掷草叶，祝愿逝者灵魂早日升天。随后，人们将骨灰撒入江河，如能投入恒河中，那就是对死者的最高礼遇。

◉ 四行期是古印度人设计的理想人生，旨在将追求解脱与世俗生活结合起来。尚会鹏先生认为两大史诗中的主人公都是严守四行期的典范，如《罗摩衍那》的主人公罗摩在梵行期尊师重道，学成后他与悉多结婚，为了让父亲誓言成真而自愿流放森林十四年历经磨难，流放期满后回国复位，统治期间国泰民安，完美地履行了家居期的责任。随着妻子和弟弟先后离世，儿子也长大成人，罗摩将王位传给儿子，自己身穿麻衣离开王宫，开始林居和遁世生活，自沉入河，获得解脱。《摩诃婆罗多》中般度五子的经历与之有诸多相似之处。作为印度教的英雄，仅有英雄壮举还不够，他们一般还需经历卓绝的苦行，以及追求宗教上的超越，否则他们的英雄事迹就会大为减色。

◉ Hiltebeitel 将整部《摩诃婆罗多》视为坚战接受教育的历程，他在流放森林时听从仙人的教导，以他与正法神化身的药叉的对话作为小结。大战后，他虔心向毗湿摩求教治国之道，这反映出古印度人理想君主的概念：他应该在智者与长者的指导下治理国家，学习并尊重一切有益的经验和教训。他还应该重视精神上的修行，超然地对待权力和名利，统治王国只是为了履行国王的责任而非贪图物欲。最为人称道的统治者是在世即获得解脱的圣王，而非雄才大略、功业彪炳的大帝，这与中国颇为不同。

◉ 毗湿摩在箭床上躺了五十八天，选择在太阳转向北行之时（Uttarayan）即冬至日离开人世，此后白昼开始变长。人们普遍相信他死于印历摩伽月（Magha，相当于公历的1—2月）白半月的第八天，这一天称为毗湿摩辞世日（Bhishma Ashtami），印度各地民众常在这一日举行沐浴、斋戒、祭奠等仪式，以纪念这位伟大的英雄。

第六章　　　　　　　　　　继绝出世

毗湿摩的逝去让坚战王悲痛万分。当他为老祖父举行完水祭，登上恒河河岸之时，强烈的哀伤再次袭上心头，他像被猎人击中的大象一般倒在地上，连连悲叹。怖军连忙将他扶起。持国在一旁说道："贡蒂之子啊，起来吧！你是依据正法赢得了大地，就和你的兄弟们好好享受吧。伤心的应该是我和甘陀利，我们失去了儿子和王国，就像做了一场大梦。维杜罗之前劝告过我，难敌的罪行会导致家族毁灭，我应该立你为王，或者自己做国王，不要听从难敌的摆布。愚蠢的我没有采纳他的良言，现在后悔莫及。可是我不明白你为什么伤心。"

黑天也劝说道："别这样了。大家给你讲了那么多道理，你应该知道怎么做。人死不能复生，抛弃忧伤吧！"

坚战含泪道："黑天啊，我知道你对我好。如果你允许我现在去林居，那就是对我最大的关心了。只有这样，我的心才能得到平静。"

毗耶娑不禁有些生气，说道："孩子啊，你怎么又像小孩子一样犯糊涂？我们说了一遍又一遍的话都被风吹跑了？刹帝利以战争为业，国王应该心无挂碍、坚定不移地履行职责。如果你真觉得自己做了错事，就举行马祭来赎罪吧！就像你的祖先——伟大的婆罗多王一样，慷慨布施，获取功德。"

坚战答道："马祭当然能够净化大地，可是举行这样的祭祀需要耗费大量的金钱，而我不想向那些失去了亲人的年轻王子索要贡赋。难敌已经耗空了大地上的财富，毁灭了一代刹帝利。尊者啊，请告诉我该怎么办。"

毗耶娑沉思片刻，说道："太阳王朝的风授王（Marutta）曾在喜马拉雅山举行过一次盛大的祭祀，慷慨布施了大量黄金，剩下的至今还留在雪山深处。你取出这笔财富，就能举行祭祀了。"

黑天接下去说道:"国王啊,你可知你还有一个敌人没有征服?他就深藏在你的身体之中。这是一场发生在你思想中的战争,你必须独自迎战,凭借智慧和行动去征服自我,获取胜利。婆罗多王的后裔啊!死亡和梵同时存在于众生的体内,彼此争斗不休。心存'我的'将导致死亡,认为'无我的'将通往永恒的梵。获得了整个大地,而认为'这不是我的',这样的人无疑已摆脱世俗;相反,林居者仍心心念念于'我的',这样的人将迎来灭亡。你要看清内外敌人的本质,如此就能摆脱死亡的恐惧。"

"婆罗多王的子孙啊!欲望是世上最难征服的敌人。它总能千变万化,迷惑一心要征服它的人。谁想凭借祭祀和施舍等善行杀死它,它就会化身为一切动物的行动之魂。谁想凭借吠陀知识杀死它,它就会化身一切不动物的平静之魂。谁想通过苦行追求解脱来杀死它,它就会出现在这位执着于解脱的苦行者面前嘲笑它。因为他们正是怀着欲望来从事这些行为的。"黑天提醒坚战,欲望正是行动瑜伽和智慧瑜伽等修行路上的最大陷阱,并告诫他,"怀着欲望从事行动,不成其为正法;不怀欲望地坚持履行自己的职责,才是正法。因此,你应该依法行事。举行马祭、施舍财富吧!你将获得荣誉和至高归宿。"

于是,在毗耶娑、黑天、那罗陀等人的轮番劝说之下,坚战王恢复了平静。他感激地道:"多谢各位。我们将前往雪山,取回财富举行祭祀。我是不幸的,又是幸运的,能在患难时得到那么多良师益友相助。"

仙人们告辞而去,坚战王继续和兄弟们一起统治王国,国泰民安。黑天和阿周那一起结伴游玩,遍历山川,宛如天王夫妇在天国中自在巡游。在黑天的安慰和开导下,阿周那渐渐平复了失去爱子和亲友的悲伤。他们一起回到天帝城,摩耶建造的大会堂还是那样美丽辉煌,那场盛大到难敌为之嫉妒的王祭大典好像就发生在昨天一样。抚今追昔,阿周那感慨无限。他在这里度过了生命中最美好的日子,可惜那段时光竟是那么短暂!他和挚友把臂同游,谈论战争以及经历的艰难困苦,谈论仙人和天神的故事,谈论梵学的真谛,似乎总有讲不完的话。十几年的光阴流水般逝去,太多人死去,太多人改变,而他和黑天的友情依然未变。

终于有一天，黑天向阿周那告辞："你们已经获得了胜利，热衷非法的持国之子们已死，坚战王登上了王位。他听从毗湿摩的教导，通晓了全部正法，大地和平安宁。我的责任已了，也该回去看望父母和亲族了。"

阿周那颇为不舍，但好友的心愿不能不尊重。于是，在征得坚战王的同意之后，黑天辞别般度诸子，相约马祭时再回象城。随后，黑天和萨谛奇、妙贤一起向多门城进发。途经荒漠之时，黑天遇到一位名叫优腾迦（Utanka）的修行者。这位不通世事的修行者问道："听说你前去调解俱卢族和般度族的兄弟纷争，现在回来了。他们已经和好了吧？"

黑天答道："虽然我竭力调解，但持国百子不听我的劝告，也不听毗湿摩和维杜罗的教导，执意开战，他们之间爆发了一场惨烈的大战，只有般度五子活了下来，其余全部走向死亡。"

优腾迦听了愤怒地瞪大眼睛，叫道："黑天啊，俱卢族和般度族都是你的姻亲，你明明有能力，却没有强迫他们停战，导致他们的毁灭。为此，我一定要诅咒你！"

"你先听我解释吧。"黑天微笑着答道，"没有谁能靠一点苦行之力征服我。你苦修积累功德不容易，我不希望你就这么白白消耗掉。"

"你要知道我是众生之魂，没有比我更高者。为了建立正法，拯救众生，我常常化身下凡，而我的举止和行事必须和我化身的形态保持一致。如果我化身天神，就应像天神那样行事。如果我化身为人，我的举止行为就应该如同凡人。所以，我以凡人之身前往象城，劝说他们罢兵言和，可是难敌不肯听从。我在愤怒之下向他们展现出自在天的形象，然后恢复人形告诫他们，但持国之子沉溺于非法，不听劝告，在战争中走向死亡。他们遵循刹帝利正法战死，此时无疑已升入天国，而般度之子们在世上赢得声誉。"黑天的一席话令优腾迦心平气和。

在优腾迦的请求下，黑天向他展示了自己作为毗湿奴神的永恒形体，并给他一个恩惠：一旦优腾迦需要水，天空中就会出现雨云，带来降水。直到如今，人们仍将荒漠中的雨云称为优腾迦云。

当黑天一行抵达多门城时，城中正在过节，家家张灯结彩，处处欢声笑语。

黑天见过父母亲友，告知婆罗多族大战的情形。谈到激昂之死时，所有人都悲痛万分，为这个讨人喜欢的孩子被不公正地杀害而哀痛不已。随后，多门城为激昂举行了盛大的祭奠。与此同时，象城中的至上公主也为丈夫的早逝而连续多天不进饮食，腹中的胎儿几乎夭折。毗耶娑凭借天眼通察知情况不妙，立即赶到象城，劝说至上公主平复忧伤："你一定会平安生下一个品德高尚的儿子，他会在般度之子去世后统治幅员辽阔的王国，疆域直达大海之滨。"

在仙人的祝福之下，至上公主腹中的胎儿健康成长，般度诸子转忧为喜，开始为马祭做准备，择吉日启程前往喜马拉雅山取风授王留下的财富，持国之子尚武留镇象城。远在多门城的黑天收到消息，他为激昂的遗腹子担忧，特地和兄长大力罗摩一起率族人提前来到象城。至上公主临产之日，般度五子还未归来。公主平安地生下一个男孩，可是人们的欢呼声很快就停息下来：孩子一动不动，没有生气。马嘶的诅咒没有落空，这男孩在至上腹中遭受梵天武器的打击，已经死去。感知到悲剧的发生，黑天在萨谛奇的陪同下迅速奔入后宫，迎面正遇上贡蒂和黑公主、妙贤等一大群哀哭的俱卢族女眷。贡蒂一面哭一面叫着黑天的名字，一把抓住他，就像抓住唯一的希望，哽咽着说道："黑天啊，俱卢家族的血脉延续全靠你了！当初马嘶用芦苇释放出梵天法宝，你承诺过会救活他，现在孩子生出来是个死婴，求你履行承诺救活他吧！这是你疼爱的外甥的孩子，你救救他吧！"

说罢，贡蒂悲痛难抑，高举双臂，倒在侄儿的脚下。妙贤望着哥哥，痛哭着说道："黑天啊，我知道你的力量！如果你愿意，甚至能复活三界，何况这个刚出生的孩子？我是你的妹妹，已失去了儿子，求你救活他的孩子。"

看着哀哀哭诉的贡蒂和妙贤，黑天心如刀割。他温柔地扶起贡蒂，在众人的簇拥下走进至上公主的闺房。至上强忍悲痛，整理仪容，怀抱婴儿来到黑天面前，低声道："儿子啊，你应该像你父亲一样知书识礼，为什么还没有向黑天表示问候？睁开眼睛看一看你痛苦的母亲，看一看世界的庇护者黑天吧！他的眼睛犹如莲花瓣，就像你父亲的眼睛一样灵动。"

至上公主倾诉着心中的悲苦，晕倒在地。这个不久前还在毗罗吒王宫中无忧无虑学习歌舞的小女孩,而今已饱尝人世间生离死别的至悲至苦。见此情形,贡蒂等婆罗多族妇女悲不自胜,放声痛哭。哀哭之声响彻整座宫殿,令人耳不忍闻。黑天看着至上公主,慨然应诺:"公主啊,我的话语真实不虚。我答应过救活这孩子,就一定会做到。就让一切众生作见证,我会让激昂的儿子死而复生。"

世界的维持者抱起那小小的婴儿——婆罗多族唯一的后裔,对着整个三界沉声宣布:"真理和正法永远植根于我,凭此真言,让这个孩子复活吧!"

随着他的话音,光明大放,一室皆亮。燃烧的梵天法宝离开了至上的子宫,回归梵天处。所有的罗刹被强力驱逐出这个房间,死去的婴儿开始有了呼吸,慢慢动弹起来。目睹这一奇迹,天上人间都欢呼起来,人人欢喜无限,庆祝激昂的遗腹子死而复生,俱卢族的血脉得以延续。黑天为孩子取名道:"激昂的孩子在家族即将灭绝之时诞生,因此,就叫他继绝吧!"

在人们的祝福声中,继绝一天天长大了。当婴儿满月之时,般度诸子也带着雪山宝藏回来了,载着巨额财宝的庞大车队浩浩荡荡地驶进象城,隆隆的马蹄声回荡在天地之间。象城上下装饰一新,人们彻夜狂欢,庆祝得宝。几天之后,大仙人毗耶娑也来到象城。征得了毗耶娑和黑天的同意,坚战王决定举行马祭,指定阿周那保护祭马。马祭期间,由怖军和无种保护象城,偕天掌管家族事务。

马祭是吠陀时代时间最长、规模最大的祭祀。仪式要求放开祭马,由强大的武士护卫,任其不受羁绊地漫游大地。他国国王如有不服,可抢夺祭马。一年之后,安然无恙的祭马会被带回京城,与大批牲畜一同献祭给天神。据说马祭可以涤除一切罪过,也是国王宣示王权的重要手段,象征着祭马所至之处尽皆接受他的统治,他即成为众王之王。

按照毗耶娑的吩咐,祭司们精心挑选了一匹强健的黑斑马作为祭马,宰杀祭马的祭刀及其他祭祀用品皆用黄金打造。在春暖花开的制呾逻月(Caitra)满月之日,盛大的马祭开始。坚战王身披黑鹿皮,项戴金花环,手执权杖,光彩熠熠,犹如大梵天现身祭坛。毗耶娑亲自放开了祭马。临行前,坚战王特地叮嘱阿周那道:"英雄啊,你来保护这匹祭马吧!请你四处宣扬我的祭祀,邀请国王们前来参加,但尽量不要和他们起争执，不要杀害那些已经失去亲人的国王。"

阿周那领命，登上白马驾驭的战车，带领一大批祭司和武士，追随祭马出发了。象城人山人海，全城出动为阿周那送行，人人争相目睹这位盖世英雄的风采和他那天下闻名的甘狄拨弓。就这样，阿周那满载着人们的祝福，保护着祭马前行，任祭马在这片般度族所征服的大地上自在漫游。一路上，他遭遇不少强敌，经历了无数恶战，其凶险之处，比之俱卢大战有过之而无不及。

◉ 印度人将《摩诃婆罗多》视为"历史"，这是一部人的历史，也是描绘人类心灵的历史。这场世俗战争被引申为神魔大战的一部分，象征着敌对的原则——神性与魔性在思想层面的永恒争斗。《薄伽梵歌》第十六章里将神性概括为宽容自制诚实，将魔性概括为虚伪自负易怒，俱卢大战被影射为人的高尚自我与卑下自我之间的战争。然而，史诗的意义不止如此。黑天对坚战王的劝告可被视为《和平篇》开篇时众人劝告的总结和升华，引导坚战王勇敢面对内心"无我"与"有我"的战斗。"自我"就是坚战要征服的最后一个敌人。苏克坦卡尔称，佛教要求人们超然遁世；但根据史诗的意见，更伟大的则是接受人世的生活却能征服自我，无所执着，这就是终极意义上的摩诃婆罗多之战。

◉ 毗耶婆向坚战王讲述了风授王举行大祭的故事。天神导师祭主仙人嫉妒弟弟卷云仙人（Samvarta）的才能，对他百般迫害，逼得他装疯自保。天帝因陀罗也嫉妒风授王的成就，禁止祭主仙人为风授王举行祭祀。于是，风授王转而请求卷云仙人担任祭司。祭主仙人指使因陀罗前去破坏祭祀，但慑于卷云仙人的法力，因陀罗接受了和平，并成为祭典上的主神。卷云仙人还指点风授王获得大量雪山宝藏，这场祭祀辉煌盛大，无与伦比，嫉贤妒能的天帝和天神导师最终不得不接受对手的成功。

◉ 阿周那与黑天旧地重游大会堂时，阿周那请求黑天再次为他讲解《薄伽梵歌》，黑天责备他没有用心理解，但仍为他讲述了一些传说和对话，传授解脱的智慧，涉及因果轮回、瑜伽数论等等。这些教导称为《续神歌》（Anugita），意为《薄伽梵歌》的延续。印度传统上称《摩诃婆罗多》有"五宝"：《薄伽梵歌》、《续神歌》（14.16-60）、《毗湿奴千名颂》（13.135）、《毗湿摩赞颂之王》（即毗湿摩在箭床上念诵黑天的名号，见12.47.10-63）和《象王的解脱》（颂扬毗湿奴大神从鳄鱼嘴里救出象王的插话，比喻口称毗湿奴大神的名号可救人脱离生死轮回的苦海，精校本中已删除）。这些带有虔信色彩的著作让《摩诃婆罗多》作为印度教的经典而受到民间敬拜。

得到黑天的恩惠后，某日优腾迦口渴，便思念黑天。他眼前出现了一位贱民，以排尿的方式给他水喝，优腾迦愤怒地拒绝了，贱民随即消失不见。黑天现身告诉优腾迦，他本想赐给优腾迦长生不死的甘露，但因陀罗要求化为贱民考验优腾迦。优腾迦没有透过现象看清真相的慧眼，因此失去了饮用甘露的机会。这是对优腾迦指责黑天的一个注解。优腾迦尊师重道，为满足师母的心愿，冒着生命危险取来耳环酬谢师恩。中途他一度被困蛇界，与蛇族结下冤仇。因此，他之后鼓动镇群王举行蛇祭作为报复。也就在这场蛇祭上，毗耶娑让弟子护民子为镇群王讲述了摩诃婆罗多的故事。

马祭

第七章 马祭

阿周那遭遇的第一个强敌是般度族的宿敌三穴国。俱卢大战时,三穴国主善佑不惜组成敢死队以求杀死阿周那,结果被阿周那歼灭。听闻般度族的祭马来到此地,三穴国主日铠(Suryavarma)怒火万丈,立即率军包围上来,试图抢夺祭马,挑衅坚战王的权威。阿周那微笑着劝说道:"停手吧!生命可贵。"复仇心切的日铠置若罔闻,利箭暴雨般地射向阿周那,马蹄声和战车声震动天地。但他岂是阿周那的对手?这位名闻天下的贡蒂之子拨动弓弦,立即将日铠笼罩在箭雨之下,并射杀赶来救援的日铠的弟弟旗铠(Ketuvarma)。

旗铠的死让三穴国人越发激愤。旌旗飘扬,战车隆隆,日铠的幼弟持铠(Dhritavarma)驱车包围阿周那,利箭连发,迅疾如风。阿周那看这少年身手敏捷,不禁起了惜才之心,手下留情,没有伤他性命。持铠趁机一箭射中阿周那持弓的手。突如其来的剧痛令阿周那松开手,甘狄拨弓跌落在地。持铠得意地大笑起来,惹火了阿周那。他抹去手上的血,拾起那彩虹般的巨弓,向三穴国人泼洒箭雨,射出的利箭凶狠如毒蛇,强大如金刚杵,引得三界众生齐声喝彩。盛怒中的阿周那宛如死神亲临,纵声大笑,箭箭夺命,在他的凌厉攻击下,三穴国人心惊胆战,全线崩溃,纷纷俯首求饶:"请饶恕我们吧!我们是你的仆人,听从你的命令!"阿周那的怒气消散了。他饶恕了三穴国诸王的性命,继续踏上征程。

骏马向东游荡,来到了东光国。东光国主福授王之子杵授王(Vajradatta)早有准备,突然从城中冲出,夺走祭马。阿周那放箭追赶,迫使他不得不放开祭马,逃回城中。杵授王不甘失败,集结军队,再次出城挑战阿周那。东光国的驭象术天下闻名,凶猛的战象在杵授王刺钩的操纵下冲向阿周那,犹如长着翅膀的飞山一样当头压下。战场上没有牲畜能抵御这头怪兽,阿周那索性下马徒步迎战,一支支火焰般的利箭从甘狄拨弓飞出，击断杵授王发射的标枪和箭矢，击伤他座下的战象。这场大战持续了整整三天，杵授王的战象已经遍体鳞伤，流淌的鲜血汇成了小溪，被仇恨之火灼烧的杵授王仍不肯罢休："阿周那啊，你杀死我父亲福授王，我今天绝不会放过你！"他驱策着战象再度向阿周那发起攻击。战象发出雷鸣般的怒吼，鼓足余勇冲向阿周那，却冲不过甘狄拨弓发射出的密集箭网，战象的要害被铁箭击中，猛然倒地，犹如山峰崩塌。杵授王摔倒在地，阿周那的身影出现在他面前，带来死亡的恐惧。

"坚战王曾经交代我，即使遇到挑衅，也不要杀害那些国王，因为他们已经失去了亲人。"出乎杵授王的意料，阿周那的话音诚挚而温和，"因此，不要害怕，我不会杀死你。放心回去吧，记得到时来出席坚战王的马祭。""好吧。"战败的杵授王答道。

祭马继续游荡，来到了美丽富饶的信度国。在俱卢大战中，信度国是俱卢方的坚定支持者，国王胜车在重重保护下被阿周那一箭射杀，众多刹帝利死难殆尽。听闻杀父仇人保护坚战王的祭马来到自己的领地，年轻的国王不胜忧伤愁苦，就此殒命。旧恨新仇令信度国武士怒发如狂，全副武装地包围住阿周那，密集的箭雨交织成网，箭网中心的阿周那就像被困笼中的鸟儿一度昏厥，甘狄拨弓失手落地。一时间，狂风大起，日月失色，云彩变成恐怖的赤红色，空中降下漫天血雨。此时，阿周那清醒过来，展开反击："好战的刹帝利啊，你们使出所有的本领来杀死我吧！我将用利箭打掉你们的骄傲。不过，我不会杀害妇女和儿童，也不会杀死向我投降的武士。"

如是言毕，他拉开甘狄拨神弓，砍断向他投掷而来的利箭和标枪，向四面八方发射出火焰般的箭雨。信度将士的身影隐没在箭雨中，犹如飞蛾被无情的烈焰所吞噬。在阵阵雷鸣般的弓弦响动中，信度将士死伤惨重，即使他们拼上性命血战到底，也无法抵挡般度之子这致命的箭雨。最终，持国的女儿杜莎罗抱着自己的孙子出现在血流成河的战场，请求阿周那的怜悯："请忘掉残酷愚蠢的难敌和胜车吧！我是你的堂妹，为了所有士兵的安全，向你乞求和平。就像激昂生下了继绝，这也是我仅有的孙子。他已失去了所有亲人,应该得到你的爱怜。"

看着泪流满面的杜莎罗,阿周那心中恻然,放下手中的弓箭,拥抱安慰了堂妹。杜莎罗也劝说信度武士停战,承认并接受坚战王的权威。

阿周那征服了信度国,跟随着祭马四处游荡,来到了海边的摩尼城,统治该国的正是他和花钏公主所生的儿子褐乘王。听说父亲到来,褐乘王备足礼物,恭敬地前来迎接阿周那。但阿周那并不高兴,责备道:"如果我放下武器来此做客,确实应受到你的款待。但此刻我护送祭马来到你的国度,按照刹帝利正法,你应该和我交战,而不是像妇人一样来迎接我。"

褐乘王一时不知所措,这时,蛇族公主优楼比劈开大地,出现在他面前,告诉他:"我是蛇王的女儿优楼比,阿周那的妻子,也可算作是你的母亲。儿子啊,你应该按照刹帝利正法与你父亲交战,这样他就会喜欢你。"于是,褐乘王披上盔甲,登上华丽的战车,指挥将士捉住坚战王的祭马。阿周那含笑阻拦儿子,父子之间的战斗开始。褐乘王一心要以英勇无畏的战斗来赢取父亲的欢心,一箭射中阿周那的锁骨。剧痛让阿周那差点晕厥过去,但他心中却甚是喜悦,叫道:"做得好!我很高兴。现在我要反击了,儿子啊,你要坚定作战!"他拨动神弓,利箭暴雨般射向褐乘王,砍断国王的战旗,射杀所有战马。褐乘王被迫弃车步战,心头愤恨,越打越是激烈。阿周那满意儿子的勇武,不再下狠手。年轻气盛的褐乘王却趁父亲转身之际,从背后发射利箭,一箭正中父亲的心口。阿周那倒地身亡,筋疲力尽的褐乘王也昏死过去。

花钏得到消息,赶到战场,看到阿周那的尸体,不禁悲痛欲绝,指责道:"优楼比啊,你怎能怂恿我的儿子杀死他的父亲?今天你若不让阿周那复活,我就绝食至死!"褐乘王清醒过来,无法面对杀父之罪,也决意求死,追随阿周那而去。

这时,优楼比取出蛇族宝物摩尼珠,对他们说道:"起来吧,不用伤心了,你并没有犯下罪过。阿周那是上古仙人那罗的化身,怎么会这样死去?把这颗起死回生的摩尼珠放在他的心口,他就会复活了。"

褐乘王大喜过望,连忙依言而为。摩尼宝珠光华闪耀,阿周那揉揉眼睛,如梦初醒般站起身来。四下欢声雷动,因陀罗大神从天空中降下圣洁的花雨。阿周那惊讶地望着面前的人们:"发生了什么事?优楼比为什么会在这里?"

优楼比含笑答道:"我要请求你的宽恕。你在俱卢大战时利用束发杀死毗湿摩,因此我安排这种方式来为你赎罪。我之前在恒河听见众婆薮神和恒河女神商量为毗湿摩之死而诅咒你,于是让父亲为你求情,他们同意以褐乘王射倒你来结束诅咒。我知道连天帝也无法战胜你,但儿子是另一个自己,相当于你自己战胜了自己。"

阿周那心悦诚服道:"你安排妥当,让我称心满意。"战斗已经结束,他欣喜地与两位妻子和儿子褐乘王相见,然后再度踏上征程。一路上,他跟随祭马战胜妖连的孙子摩揭陀王,击败独斫之子尼沙陀王,征服骁勇善战的蛮族人和古老富庶的迦尸、乔萨罗国等国,将坚战王的声威传遍了以大海为边界的整个大地。当他经过多门城时,勇敢的雅度族青年冲出来抢夺祭马,但国王厉军阻止了他们,并向阿周那献上敬意。

祭马继续沿着西海岸游历,来到犍陀罗国。沙恭尼之子率领大军前来围攻祭马,阿周那屡劝无效,便拉开神弓,歼灭犍陀罗军队,一箭射落沙恭尼之子的头盔以示警告。犍陀罗将士吓得纷纷逃离战场,国王的母亲在老臣的引领下来到战场求和。阿周那宽恕了沙恭尼之子,说道:"你我是兄弟,放下兵刃,让仇恨平息吧!请在制呾逻月满月之日,来参加坚战王的马祭。"

这是阿周那经历的最后一次恶战。他战胜所有的对手,在整个婆罗多之地上树立起坚战王的权威,胜利踏上归程。信使飞马报捷,坚战王欣喜万分,让怖军负责安排祭祀事宜,邀请招待各国来宾。随着大典之日临近,各国国王、饱学祭司以及各色人等,纷纷来到象城,人们的喧哗声如同大海咆哮,直冲云霄。水陆祭品一应俱全,祭祀用品全以黄金制成,灿烂辉煌。学者们召开辩论会,展示自己的口才和学问。

黑天和大力罗摩带领各雅度族首领来见坚战王,曾在俱卢大战中为俱卢方而战的成铠也在其中。战争已经结束,现在是抚平仇恨、重建联系的时刻。人们在这满目疮痍的大地上努力地遗忘过去、重建人生，与自己、与他人、与这个世界讲和。

阿周那人尚未至，信使先到，禀告坚战王："国王啊，请一视同仁地接待众位国王吧！请一一向他们表示敬意，不要再发生当年王祭献礼时的不和，否则大地众生又要遭殃。黑天也应该赞同这一点。"接着，信使转达了阿周那的私心请求："我的儿子褐乘王也会来参加马祭，请为我好好招待他。"

坚战自然答应。他想起阿周那一路多次经历恶战，形体消瘦，不禁难过地对黑天说道："阿周那聪明仁勇，身具吉相，但却频遭不幸，历经艰险苦难。黑天啊，他身上是否带有什么我不知道的不祥标记呢？"

黑天想了很久，答道："他长期出征，大腿粗了一点，除此之外，他没有什么不祥的标记。"坚战一想，点头称是，却惹恼了旁边的黑公主。她不能容忍别人说阿周那的坏话，便生气地瞪了黑天一眼。黑天笑着承受了她责备的目光，因为黑公主和阿周那都是他的朋友。

第二天，阿周那带着祭马凯旋，象城人山人海，争相目睹甘狄拨弓之主的风采。坚战王带领群臣和黑天，以持国王为首，前去迎接阿周那。这位当世最伟大的武士、征服者中的魁首，在人们的赞美声中走入祭场，俯身拜倒在持国和坚战王足下，和亲友们互致问候。褐乘王与优楼比、花钏也一同到达象城，受到俱卢族人的热烈欢迎。他们舒舒服服地休息了一夜。次日，大仙人毗耶娑宣布吉时已到，盛大的马祭开始。

主持马祭的许多是毗耶娑的学生，个个都是饱学之士。祭司们按照经典有条不紊地举行仪式，榨取苏摩汁，在灿烂辉煌的金祭坛上点燃圣火，将三百头水禽牲畜捆绑在祭柱上，其中包括坚战王那匹放牧了一年的祭马。这些动物将作为祭牲被宰杀烹煮，每一种动物供奉给一位特定的天神。在朗朗的诵经声中，怖军不停地向乞讨者发放食物。人们通宵达旦地醉酒歌舞，欢笑不绝，犹如过节一般。成群的乾闼婆、天女、紧那罗等降落到祭场上，在祭祀间歇奏起仙乐，翩翩起舞。

最终，祭司们以黄金祭刀杀死了那匹黑色的祭马，分成数段，按照祭祀的仪轨让尊后黑公主坐在祭马的尸体旁边。然后，祭司们取出祭马的骨髓烹煮，坚战兄弟走上前来嗅闻烹煮时袅袅升起的烟雾，据说这样可以涤除所有的罪孽。祭马的残肢则由十六位祭司分别投入火中焚化，马祭大典圆满完成。

坚战王本想仿效先贤将整个大地赐给毗耶娑作为酬金，却被毗耶娑婉言谢绝。于是，坚战支付给祭司们以三倍酬金，以代替大地。毗耶娑按四份将其分发给祭司，却把属于自己的那一份转送给贡蒂。参加马祭的各国国王、四大种姓，甚至蛮族人都获得坚战王的丰厚赠礼，人人尽兴而归。坚战王还为杜莎罗年幼的孙子灌顶，立他为信度国主，承诺会予以庇护。这场盛宴宾主尽欢，一派祥和，都说这是自风授王之后从未有过的盛大祭祀。四面八方响彻赞誉之声，漫天花雨降落在法王坚战的头上。

就在这时，一只猫鼬突然出现在祭祀现场，半边身体呈金色，口吐人言，声如雷电，嘲弄般地笑道："我看这场祭祀还比不上俱卢之野上拾穗人的一把面粉呢。"

祭司们惊奇地看着这神奇的动物，问道："祭祀场面宏大，仪式尽善尽美，人人称心满意，为何你却说这一切还抵不上一把面粉？"

猫鼬笑了笑答道："我说的是实话。从前这俱卢之野上住着一位婆罗门，他和妻子、儿子、儿媳一起拾穗为生，清贫度日。有一年发生了饥荒，他们找不到食物，忍饥挨饿多日，终于发现了一把麦穗，连忙把它做成面粉，分成四份，准备进食。但这时有客人上门，这位婆罗门将自己的那一份让给客人充饥。可是客人仍感饥饿，他的妻子又主动让出了一份。就这样，为了恪守待客之礼，一家四口都甘愿让出了仅存的食物，哪怕自己可能会面临死亡。这时花雨伴随着飞车降落，原来这位客人是正法之神所化，他赞扬这位婆罗门的美德，让他们一家四口都飞升天国，因为以虔诚之心、倾其所有地布施出自己的合法所得，即使微薄如一把面粉，其功德也胜过任何盛大的祭祀。"

"当时我从洞中出来，闻到了面粉的香气，沾染到神圣的花雨，半边身体就变成了金色。可是今日坚战王的祭祀并没有把我的另外一边身体也变成金色。所以我说，这场祭祀还比不过那位苦行者倾心奉献的一把面粉呢。"猫鼬说完便消失不见了。

护民子讲述到这里，对镇群王笑着解释道："国王啊，你不用为此惊讶。祭祀的功德诚然伟大，但人们诚实守戒，尽己所能地布施帮助他人，也同样能升入天国。这种苦行财富甚至比祭祀更加可贵，因为宽容仁慈和怜悯一切众生正是正法的永恒根基。"

◉ 在吠陀时代，人们相信祭祀的功德无与伦比，能保证今生和死后的幸福。祭祀分为家庭祭和天启祭。家庭祭指印度教徒在家居期间每天应进行五种祭祀：梵祭、祖先祭、天神祭、精灵祭和人间祭，由家主主持。天启祭则是必须由婆罗门祭司主持的大型祭祀，对祭官祭品的选择和仪式细节都有极严格的规定。马祭是吠陀时期最负盛名的天启祭，正式祭祀只有三天，准备时间却需要一年以上。国王放出祭马，由四百名武士护卫，任其漫游一年，表示祭马所到之处都是他的国土。不服的诸侯可以抢夺祭马，与之战斗，战败则必须表示臣服。年底祭马被带回京城，连同大量牲畜宰杀献祭。国王凭借马祭战胜诸侯，确立王中之王的权威；但在《摩诃婆罗多》中，马祭的主要功能变成了涤罪："坚战王消除罪孽，达到目的。"（14.91.41）因耗费巨大，马祭在吠陀后期已衰落。

◉ 护民子告诉镇群王，在坚战马祭上出现的猫鼬是愤怒之神所化。愤怒之神为了试探食火仙人的涵养，故意糟蹋了仙人祭祖的牛奶，食火仙人没有动怒，但愤怒之神却被食火仙人拜祭的祖先诅咒化为猫鼬，只有当他指责正法神时才能摆脱诅咒。因此猫鼬出现在马祭上出言指责，因为坚战王正是正法神的化身。

◉ 护民子向镇群王讲述祭祀的功德和规则时提到天帝因陀罗喜好以牲畜为祭品，祭司们看到捆绑待宰的牲畜产生怜悯，说杀生不合正法，要求因陀罗以谷物来祭祀，因此引发了用动物祭祀还是植物祭祀的问题。传说投山仙人为众生求雨举行十二年的大祭，因他用谷物祭祀，因陀罗一直不肯降雨。投山仙人坚持不肯杀生祭祀，威胁说如果因陀罗不接受他的请求，他就会自己成为天帝，为众生降雨。因陀罗畏惧仙人的苦行之力，不待祭祀结束就大量降雨。猫鼬的指与投山仙人故事的宗旨都是颂扬苦行、批评杀生祭祀，这与之前毗耶娑对马祭的赞扬前后矛盾。黄宝生先生解释称由于《摩诃婆罗多》成书时间极为漫长，不杀生的观点逐渐融入了史诗中，史诗作者兼收并蓄，因此既坚持崇尚祭祀，又允许批评杀生。

第八章　　　　　　　　　　　　　　　　　　　　　离别之歌

盛大的马祭结束了，坚战王尽心尽力地履行自己的职责统治象城。他遵循先祖伟大的婆罗多王的行为，事事依法行事，爱民如子，处事公正，人民心满意足。尽管已是象城的最高权威，他依然十分尊敬持国，事无巨细常常征询对方的意见，让持国感到坚战只是代他理政，自己仍是象城的王。持国享受的饮食、服饰、用品、出行仪仗等等，昂贵奢华一如从前。贡蒂视兄嫂为尊长，黑公主、妙贤等般度族妇女也把持国夫妇当作自己的公公婆婆一样侍奉。坚战王常带着兄弟们来看望持国，陪他说话，不想让他感受丝毫委屈和痛苦。战争已经结束，在他们眼中，持国已不再是放纵儿子迫害他们的根源，而只是一个年迈孤苦、需要他们照料的长辈。

宽容取代愤恨，和解淡化仇怨。维杜罗、全胜、尚武以及慈悯等持国的亲朋好友依然在象城执掌权柄。他们有的自始至终是般度方的支持者，有的则曾在俱卢战场上与般度方刀兵相向，慈悯甚至参与了惨绝人寰的夜袭，杀害了般度五子的至亲，但都同样得到了坚战王的重用，陪伴在持国身侧。毗耶娑仙人也常来象城看望持国，为他讲述古老的传说与智慧来开解他。

坚战王对持国夫妇的关爱无可挑剔，持国夫妇也对般度五子表示出慈爱，每日为他们祈福。然而在内心深处，持国依然难以忘怀他死去的儿子们。纵然尊荣和享受依旧，他最爱的人已不在人世。于是，持国频频为儿子们举行各种祭奠仪式，布施土地钱财无数。坚战王有求必应，从不阻止。象城上上下下对持国谦恭有礼，不敢有丝毫不敬，因为任何让持国不快的行为都会招致坚战的愤怒和责罚。出于对坚战的畏惧，没有人敢议论持国甚至难敌的恶行。

唯一例外的是怖军。他无法原谅持国带给他们的伤害和苦难，即使跟随坚战侍奉持国，也满心不情愿，背地里更不免恶言相向。有一次，他和朋友们相聚，注意到持国夫妇就在附近，便故意拍打自己的双臂，大声道："瞎眼国王的儿子也算精通各种武器，但他们也无法抵挡我的双臂之力。看啊，难敌和他的亲友就是毁灭在这双强有力的手臂之中！"甘陀利熟知正法，还能平静对待，持国听到这些话却如利箭穿心，杀子之恨再度袭上心头，奈何主客易位，他不能不强自隐忍。

坚战、阿周那和贡蒂、黑公主并不知怖军所为；而玛德利双子与怖军心有同感，包庇维护怖军。就这样，十五年过去了。持国常常听到怖军的类似话语，内心备受煎熬。他已无心享受象城的富贵尊荣，瞒着坚战偷偷斋戒，甘陀利也陪他一起修炼苦行，以求行善积德，涤除罪孽。终于有一天，他召来坚战王，含泪说道："祝福你，孩子，我在你的关心和照顾下生活得很好。大家都知道俱卢族的毁灭是我的过错。我时时想起往事，痛苦不堪，痛恨自己不该无视智者的忠告，纵容儿子抢夺你的王国，侮辱黑公主。但我的那些儿子都已死去。他们遵守刹帝利法战死疆场，升入天国，没有什么需要我做的。现在我年事已高，按照家族传统，应和妻子一起去林中隐居，度过人生的最后阶段。我将斋戒苦行，为你祈祷祝福，请你允许。你作为国王，也将分享我苦行的善果。"

坚战吃惊地道："我真是个傻瓜！我还以为你一直生活得很幸福，一点儿也没看出你承受着这样的痛苦和折磨。看到你消瘦憔悴，王国也无法带给我快乐。"

他流着泪抚摸着伯父苍老瘦削的躯体，看到持国那曾能夹碎怖军铁像的双臂已在时间的侵袭下变得孱弱不堪，不禁自责地说道："我对难敌已不再心存怨恨，只怪命运弄人，令我们和他们都陷入痴迷。人中之主啊，我们和难敌一样，也是你的儿子。我不敢吩咐你，只能请求你，请你不要离开我。你让你的儿子尚武或者其他什么人做国王都好，该去林居的是我。"

持国身形颤抖，说道："孩子啊，我一心向往苦行，不要再为难我。"他无力地倒在甘陀利身上，对全胜和慈悯道："请你们多劝劝国王，我年纪大了，说话吃力。"

看到老国王年迈体衰的样子，整个后宫爆发出一片哭声。这时，大仙人毗耶娑来到这里，劝说坚战道："满足持国的心愿吧！刹帝利要么战死疆场，要么死于林居，这是自古以来的至高正法。持国并非对你心存怨恨，只是他年迈体衰，又失去了儿子，我看他已命不长久，不要让他白白死去。他已举行过大祭，享受过王国，现在是他林居的时候了。你就按我说的去办吧！"

毗耶娑是俱卢族和般度族共同的祖先，也是举世同尊的大仙人。在他的劝说下，坚战王同意了持国的林居请求。于是，持国完成了林居生活的预备仪式，邀请所有臣民及各国国王到场。盲眼的老国王对众人开口说话："各位啊，我和甘陀利要前往森林了！王权已经交给坚战，我又瞎又老，失去了所有儿子，除了森林，还有什么去处？象城历代国王都待你们不薄，难敌傲慢蠢笨，但也没有错待你们。由于难敌的罪过和我的失策，造成了亲族之间这场残酷的战争，但请你们看在我如今年老丧子、孤苦无依的分上，宽恕我们。"

老国王说得如此凄惨可怜，听得所有臣民都潸然泪下。他们商量了一下，委托一位婆罗门安慰持国："国王啊，你说得不错，象城历代国王都像父兄一样爱护我们，难敌也没有苛待我们。俱卢族的毁灭都是命运使然，不怪你和难敌。因此，我们宽恕你的儿子，就让他升入天国、享受快乐吧！你也不必为般度之子们担忧，他们高尚正直，勇气非凡，关心民众疾苦，无论顺境逆境，都深得臣民爱戴。你就放心地做你该做的事吧，向你致敬！"持国合十答谢，慢慢遣散这些臣民。

次日，维杜罗前来传达持国的请求，他想在临行前再为所有亡故的亲友举行祭奠和布施，向般度诸子求取钱财。坚战和阿周那同意了，而怖军想起难敌的所作所为，怒不可遏，坚决不肯，叫道："我们可以祭奠毗湿摩、德罗纳等俱卢族尊长，贡蒂也可以祭奠迦尔纳，但决不能让持国来举行这些祭奠仪式！这十几年来我们流亡森林的苦难，不都是他造成的吗？"怖军说到这里，坚战让他住嘴。

阿周那叹息道："怖军啊，你是我的兄长，我不能多说什么。善人总是记得别人的恩情而不是恶行。维杜罗啊，请你转告持国，他想布施多少，就从我的财富中拿多少吧，不要让怖军为难。"

坚战也道："怖军难以忘记过去经历的痛苦，不免口出怨言，请持国不必放在心上。我和阿周那的财富都任由他支配。"

于是，持国邀请了数以千计的婆罗门，为俱卢族尊长、自己的儿子们和胜车等人举行大布施。他一一呼唤着死者的名字，为亡故的亲友也为自己的儿子举行祭奠。村庄、田地、珠宝、车马……大量财富源源不断地从般度族的府库中流出，以持国的名义布施出去。这场祭奠持续了整整十日，施舍出的财富犹如海洋般淹没了整个大地，持国心愿得偿，如期踏上了林居之路。

在吉祥的昴月满月之时，持国身穿树皮衣、披着黑鹿皮，按照吠陀礼仪供奉祭火，在儿媳们的陪伴下走出宫门。坚战王心情激荡，双手合十，叫道："尊贵的大王啊，你要到哪里去？"说罢，他哭泣着倒在地上。阿周那叹息着扶起他，低声劝慰。年迈的持国把手搭在甘陀利肩上，甘陀利则把手搭在贡蒂肩上。就这样，贡蒂搀扶着也引领着失明的兄嫂步入人生的最后阶段，姿态谦卑，步履坚定。三位老人走在队伍前列，黑公主等俱卢族女眷含泪跟随在后。当他们走出宫门之时，四周响起一片痛苦的哭喊声，许多象城臣民前来为老国王送行，就像他们之前为赌骰失败的般度诸子送行一样。这支哀伤的队伍走了许久，市民们停下了脚步，持国将慈悯和尚武托付给坚战，维杜罗和全胜则表示愿跟随持国林居。

离别充满伤感但总有结束之期。于是，坚战听从持国的吩咐，准备带领后宫女眷返回象城。他双目含泪，走向贡蒂，说道："母亲啊，我来送国王，让媳妇们陪你回去吧！"然而，贡蒂却一口回绝。她仍然扶着甘陀利，嘱咐道："儿子啊，你要照顾好你的几个弟弟，尤其是幼弟偕天。你要始终善待黑公主，要永远记住你的兄长迦尔纳。他的死是我造成的。我没有公布他的身份，是我的过错。事已至此，我要陪伴甘陀利林居，侍奉兄嫂，修习苦行，你回去吧！"

母亲的回答让般度诸子吃惊得说不出话来。坚战沉思良久，哽咽着说道："母亲啊，你怎么能做出这样的决定！过去你用维杜拉训子的故事激励我，现在那智慧到哪里去了？是你教导我遵循刹帝利正法，我这才杀死众国王，夺得大地，为什么现在你自己却要退隐森林？我不能同意，你不能抛弃我们！"

贡蒂听到儿子的话语，眼中充满泪水，但依然坚定地继续前行。怖军也悲伤地叫道："是啊，母亲，你理应享受我们赢来的王国！如果你一心隐退，当初为什么要带着我们这些孩子走出山林呢?"

贡蒂决心已定,脚步不停,但总忍不住时时回头看着儿子们。看到儿子儿媳一直泪流满面地跟随在后,她拭去泪水,说道:"正如你们所说,当你们失去王国、饱受迫害、意气消沉之时,我激励你们,因为般度族的荣誉不容玷污,般度的儿子们决不能遭受毁灭。当我看到毫无过错的黑公主被难降强拖上大会堂,饱受欺凌,号哭求助无门,我知道般度族已到了危急关头。般度王族怎能在我儿子这一辈走向衰亡?因此,我用维杜拉训子的故事,激发起你们的勇气。儿子们啊,我所做这一切,都是为了你们和般度族,并非贪图你们赢来的王国。我已享受过丈夫的显赫王权,举行过大祭,饮过苏摩酒。现在离别的时刻已经来临,我只想在森林中侍奉兄嫂,用苦行耗尽这具躯体。俱卢族的英杰啊,你和怖军他们一起回去吧。愿你的思想永远伟大,愿你的心地不离正法!"

面对母亲铁石般的意志和决心,般度之子们无言以对,默默地停下脚步,目送着母亲的身影渐行渐远,淡出他们的视野,也淡出他们的生命。

维杜罗和忠诚的全胜伴随着俱卢族老王一行走了很远,一直走到俱卢之野,在当地的净修林里定居下来,毗耶娑为他们完成了净化仪式。俱卢之野,这是俱卢族先祖耕耘过的神圣之地,也是残酷的十八天大战的毁灭之地。所有的爱与恨、乐与悲、生离与死别、荣耀与衰亡,都将在这片永恒之地画上最终的句点。

◉ 持国临行之际,曾向坚战传授治国之道,如治国八支(正法、主人、大臣、首都、国土、国库、军队和盟友),该如何选用官员、安置密探,如何视情况与敌国打交道等,大部分是毗湿摩教诲中的内容。

◉ 甘陀利和贡蒂是《摩诃婆罗多》中着力塑造的母亲形象。甘陀利为了表示与丈夫同甘共苦,自愿蒙上眼睛。她明了正法,知道难敌才是发动大战的罪魁祸首,总是告诫难敌哪里有正法哪里就有胜利,但对世事和儿子都缺乏约束力。她痛心于儿子之死,严厉地诅咒了黑天,却宽恕了般度族。战后她张开双臂拥抱同样丧失亲人的贡蒂和黑公主,是史诗中颇为动人的一幕。值得一提的是,史诗描写黑公主多次与坚战讨论重大国事,而甘陀利却只有在持国的召唤下才到大会堂规劝难敌放弃开战，这也是她唯一一次正式参与政事。有学者据此认为，史诗虽称俱卢族和般度族同为兄弟，但二族实际应是两个社会发展程度不同的部族，彼此对妇女的贞洁、参政议政权的态度都有所不同。

◉ 贡蒂一生苦多乐少，Iravati Karve 称她是史诗中最为不幸的女子，甘陀利和黑公主都曾长期作为王后享受尊荣，而贡蒂幼年即寄人篱下，丈夫早亡，在步步危机的俱卢宫廷中独自抚养儿子，饱受同族人欺凌和与儿子分离之苦。她是一位坚强而伟大的母亲，尽管对般度的另一个妻子不无嫉妒之情，仍能平等地对待所有孩子。她在般度五子陷入危机之时激励儿子们勇猛精进、践行刹帝利法，却在儿子功成名就后毅然抛弃荣华富贵，服侍兄嫂出家林居，寻求自我精神救赎。可是这位为儿子们耗尽心血的母亲，辜负最多的却是她的长子。她和迦尔纳母子之间充满着痛苦、愤怒、哀伤、自我折磨与自我救赎的故事，是历代诗人喜爱的主题。泰戈尔即据此创作短剧《贡蒂与迦尔纳》。

◉ 婆罗多族是一个视精神修行高于物质享受的民族，崇敬自我圆满的圣者多过开疆拓土的英主。毗湿摩归天前告诉族人真理是最强大的力量，要求他们坚持不懈地追求真理。而贡蒂给坚战的临别赠言则是"愿你的思想永远伟大，愿你的心地不离正法！"。这些数千年前流传下来的箴言，至今仍在激励着印度人民在追求真理和正义的道路上勇敢前行。

贡蒂牵引着持国和甘陀利夫妇走出象城

第九章 归于祭火

般度之子们郁郁不欢地回到象城。坚强的母亲一直是他们一大精神支柱，如今也舍他们而去，他们心里空荡荡的，王权富贵也无法填补那巨大的忧伤与空虚。"母亲一向金尊玉贵，如今年迈体弱，还要照料双目失明的持国夫妇。他们生活在野兽出没的森林里，也不知过得怎么样了。"这是他们时常念叨的话题。于是有一天，最受贡蒂疼爱的小儿子偕天忍不住叫道："兄长啊！既然你也有心，我们现在就去探望母亲吧！"黑公主也说："我也很想念贡蒂王后。所有的俱卢族女眷都渴望前去探望三位长者，请你开恩允许！"

坚战王同意了，让尚武和祭司烟氏仙人留守京城，自己和兄弟们前往净修林。俱卢族和般度族的王室遗孀以黑公主为首，一路布施财物。思念老王的城乡居民全都跟随而行，车马喧嚣，乐声飘飘，丽日之下盔甲明亮耀眼。白马金车的阿周那统率大军，保护着人群浩浩荡荡地奔赴俱卢之野。他们距净修林很远就下车步行，一路问询，在圣洁的阎牟那河畔见到了去河边打水沐浴的老人。偕天立刻奔上前去，向母亲贡蒂行触足礼，不觉潸然泪下。贡蒂泪流满面，扶起偕天，小心翼翼地牵起持国夫妇，带他们来见般度兄弟。与亲人重逢的喜悦和悲伤让般度兄弟激动不已，竟一度晕倒在地。

三位老人和般度兄弟一起回到净修林。以黑公主为首的般度族女眷和持国百子的遗孀轮流上前问候长辈。渴望见到持国的俱卢族百姓多如天上繁星，士兵们的问好声响彻整个净修林，此情此景，犹如梦回象城。持国双目含泪，多日的林居生活让他更加消瘦，心灵却平静了许多。他抚摸着坚战，温言询问着国事家事，坚战一一作答。那场亲友之间自相残杀、令家族毁灭世界倾颓的血腥大战似乎已经被遗忘。

"希望你们身体健康，苦行和林居能令你们忘记忧伤和愤怒。"坚战最后说道，"维杜罗呢？我没有见到他，他还好吗？"

"维杜罗很好。"持国答道，"他没有和我们住在一起。他离群索居，修炼极严苛的苦行，人们只能偶尔看到他。"

谈话之间，维杜罗的身影出现在远方。他顶着苦修者的发髻，浑身裸露，遍布尘垢。坚战王叫了他一声，维杜罗看着净修林里如潮的人群，忽然停步，转身就跑。坚战立刻抛下在座诸人，只身追了上去，只见苦修者的身影在林中穿梭，时隐时现，无法触及。

他们一前一后追入森林深处，坚战王心中焦灼，大叫道："维杜罗啊，我是你所爱的坚战啊！"风过密林，树影摇曳，冥冥中似乎有神迹要发生。这时，坚战看到了维杜罗。他紧靠着一棵大树，正目不转睛地盯着自己，目光似有千钧之重。他的身形瘦削得只剩一具骨架，但他仍然是坚战所熟悉敬爱的叔叔、曾在最绝望最黑暗的时刻给予他无私帮助的俱卢族长者。维杜罗凝神伫立，目光固定在坚战身上，整个人发出耀眼的光华，以瑜伽之力进入法王坚战的身体里。他们肢体交叠，感官重合，生命的气息汇聚在一起。那一刻的体验终生难忘，坚战感到自己的智慧和力量在成倍增长，老人已将全部生命能量都转移到他身上。国王敬畏地看向维杜罗，老人仍然定定地看着自己，但眼中的神采已消失，灵魂离体而去，只剩一具空空的皮囊，宛如油灯被风吹灭。

陡然之间，坚战了悟到自己的前生种种，他与维杜罗同为正法之神，为这场浩劫降生于人间。他叹息着准备火化维杜罗的遗体。这时，他听到一个声音说道："国王啊，你无须安葬维杜罗，他的身体已与你合二为一。他就是正法之神的化身，现在劫难已满，回归原来的世界，你不必为他悲伤。"

坚战回到净修林，将经过告知持国，众人都惊叹不已。坚战王将随身财物布施给苦行者，和后宫女眷们一起在净修林里安住下来。一天，持国夫妇做完晨祷，安坐在草垫上，贡蒂像学生侍奉老师一般垂首躬身，谦卑地侍立一旁。日复一日的苦行折磨着她的肉体，却将她锻炼得更为坚定和纯粹。鹿群在净修林中自在悠闲地漫步，不时传来孔雀的鸣叫和牟尼们念诵吠陀之声。在这静谧的清晨，大仙人毗耶娑在众仙人和学生们的陪伴下前来看望持国夫妇。"持国王啊，你是否已安于林居生活，你的心思是否已清净无垢？看到坚战兄弟是否能让你高兴？世上有三种品质最为重要：不伤害一切众生，真实，远离仇恨。我知道你心中的痛苦，我也知道甘陀利、贡蒂、黑公主以及你们所有人的痛苦。"毗耶娑温言安慰着他的子孙后辈，"婆罗多族的后裔啊，我会赐予恩惠，展现奇迹。去恒河吧！今天晚上，你们都能见到逝去的亲人。"

这个承诺让所有人惊喜不已，齐声发出狮子吼，向恒河走去。白昼似乎从未如此漫长，好容易等到太阳下山，人们完成晚祷，聚集在毗耶娑身边。大仙人沐浴着圣洁的恒河之水，召唤出逝者。恒河水发出阵阵震耳欲聋的咆哮声，犹如俱卢大战时两军的交战声。毗湿摩与德罗纳、摩差王与木柱王，分别率领两军将士的亡灵从波涛中现身，仿佛从长久思念的亲人们梦中醒来。他们衣饰整齐，光彩照人，音容笑貌宛如生前。时间和生死消弭了一切仇恨，人们悲喜交集，拥抱在一起，没有愤怒和嫉恨，只有无尽的欢喜。般度五子欣喜地和迦尔纳、激昂、黑公主的五个儿子相聚。持国也在毗耶娑的恩惠下见到了难敌为首的百子，这是他第一次见到自己的儿子，有着和自己相似的眉眼，隔着生死出现在他眼前。所有人都沉浸在欢乐的海洋中，母亲激动地抚摸着孩子的额头，妻子留恋地爱抚着丈夫的衣袍，喃喃地诉说着相思。长夜过去，人们相互告别，逝者登上车马，或赴天国，或为罗刹，各自前往自己的本来居所。许多忠贞的妇女自沉入恒河水中，摆脱肉体，前往丈夫所在的世界。

经此一遇，持国夫妇和贡蒂心愿已了，对尘世再无牵挂，催促坚战尽快回象城："孩子啊，你回去吧！俱卢族现在全靠你了。我们的日子已经不多了，你继续待在这里，只会妨碍我们修习苦行。"

"母亲啊，亲友凋零，王国已不再能带给我欢愉。在这空茫茫的大地上，只有黑天才能支撑我活下去。"坚战含泪答道，"我会活下去，为了正法而活下去。母亲啊，请用您吉祥的目光看看我们吧！今后我们也许再难相见。"骏马发出嘶鸣，他们在一片离情别绪中回到了象城。

两年之后，大仙人那罗陀到访象城，带来了三位老人离世的消息。原来坚战兄弟离开之后，三位老人便在全胜的陪伴下修习极严苛的苦行，半年便饿得皮包骨头。他们居无定所，互相护持，四处游荡。全胜就是持国的向导，贡蒂就是甘陀利的眼睛，无论持国走到哪里，他们始终坚定地追随着他。一天，持国在恒河中沐浴，岸边的净修林突然起火，风助火势，越烧越旺，从四面八方席卷而来，吞噬着整个森林。持国长期饮风为食，身体已极度衰弱，无法举步。甘陀利和贡蒂也年迈体衰，只能眼看着火焰逐渐逼近。

老国王自知死期已至，便叫道："快走吧，全胜！死亡是我们林居之人必然的归宿，我们将在火焰中捐弃肉身，得到解脱，但你快逃啊！别再耽搁了！"全胜还在犹豫，三位老人已面朝东方坐下，控制感官犹如枯木，静待着火焰将自己吞噬。全胜无奈，只能拜别三位老人，独自逃出火光熊熊的森林，宛如孤独的旅人，穿越被时光之火煎熬的茫茫人间。

"我曾在恒河岸边见过他，是他告诉我这一切的。后来，他就离开了，独自向众山之王喜马拉雅山走去。这就是俱卢族老国王和你两位母亲去世的经过。"那罗陀这样说道。

坚战大叫一声，痛苦不堪，说道："天啊，母亲抛弃荣华富贵，甘愿去过林居生活。面对大火逼近，骨瘦如柴的她一定惊恐万分，哭喊着向我们求助。她是我们的母亲啊，却像一个孤苦无依的老人一样死去。我们空有王国和武力，却救助不了她！我看火神真是个无情无义的家伙，甘味林白白受了阿周那一番恩惠，却烧死了阿周那的母亲！还有持国，他曾统治大地，又勤修苦行，怎能白白死于森林大火？"

坚战说罢，般度五子抱头痛哭，犹如世界毁灭时的众生。他们痛苦的号哭声，充斥整座宫殿，回荡在天地之间。

"你听我说，持国王并非白白死去。这场大火并非无因，本是老国王在林中供奉祭火后随意抛弃造成的。"那罗陀说道，"祭火没有熄灭，引发了森林大火。

因此，国王是和自己家族的祭火结合，达到至高归宿。你的母亲也因为侍奉长者，获得善终，你不必为他们难过。"

坚战王长叹一声，按照礼仪为持国夫妇和贡蒂举行了祭奠仪式。就这样，持国在俱卢大战十八年后死去，他在象城居住了十五年，又过了三年林居生活。坚战王再次品尝了痛失至亲的滋味，越发郁郁寡欢。他仍然尽心尽力地统治着王国，但在这充满悲伤和愁苦的人世间，只有年幼的继绝以及远在多门城的好友黑天，才是他生命的支柱。

直到十八年后……他接到了黑天的死讯。

◉持国等人在俱卢之野的净修林中修习苦行，大仙人那罗陀前来拜访，讲述了历代名王在此修行升入天国的故事，并预言持国还有三年寿命，命终后将与甘陀利一起飞升财神俱比罗界，而贡蒂则将升入天帝因陀罗界，与丈夫般度团聚。

◉印度教历来重视祭祀。每家印度教徒设立坛场，以牛粪清洁坛场（印度教徒认为牛粪最为洁净），坛场内设立祭坛，供奉祭火，举行各种祭祀仪式。家族祭火长明不灭，受经文净化而变得神圣，是家中火种的来源。持国死于家族祭火火种引发的森林大火，因此那罗陀称持国是与自己的家族祭火结合，是善终。

◉维杜罗在梵语中的意思是"智者"。从史诗叙事看来，智慧的首要含义并非指精通世俗事务，而是对终极价值观的了解。维杜罗总是规劝持国不要溺爱儿子，强调贪婪的害处，鼓励持国遵循正法，追求永恒的自我灵魂，但他的规劝总是落空。持国对于他的爱是居高临下式的，不如意时可以随便赶走他。而维杜罗一直追随兄长，直至死亡也从无怨言。代表智慧的维杜罗遭受冷落，代表正法的坚战历经坎坷，这就是物欲横流的迦利时代的现状。

◉有学者认为维杜罗可能是坚战的亲生父亲，主要基于以下两点：1.古印度实行尼瑜伽的首选是丈夫的兄弟，史诗记载贡蒂召唤的第一位天神是正法神，而维杜罗正是正法神的化身。2.奥义书中记载了一位父亲临死前让儿子躺在他身上，念诵咒语，将所有的力量、财富和智慧传递给儿子。这一仪式正与维杜罗临死前用瑜伽之力将全部生命能量转移给坚战的描写相符。但也有学者持反对意见，因为尼瑜伽的选择对象必须出身高贵。

第十章　　　　　　　　　　　　迦利时代

悲剧发生在俱卢大战后三十六年。

时代的车轮已经走到最后阶段，恶神迦利迫不及待地想要攫夺他的领地。然而他还有一个障碍，最后的障碍——神之化身黑天仍在尘世。大战之后，大地残破，曾烜赫一时的俱卢族、般遮罗族、摩差族等伤亡殆尽，唯有未参战的雅度族实力仍存，当世已无对手。因力量而自负的雅度人日益骄横堕落，藐视尊长，纵欲无度，欺诈成性。一日，大仙人众友等来到多门城。雅度族少年将黑天的儿子商波（Sāmba）打扮成怀孕女子，嘻嘻哈哈地将他推到前面，询问众友："这是勇士跋波鲁（Babhru）的妻子。她一心想生个儿子。全知全能的仙人啊，你一定知道她能生出什么来。"

众友仙人出名的坏脾气，这样明显的挑衅让他勃然大怒。"他是黑天的儿子商波。"仙人一口道破伪装者的身份，说出判决，"他将生下一根铁杵，毁灭整个雅度族。"黑天听闻后，平静地告诉族人："此事一定会发生。"这位雅度族的保护者口气平淡，就像在说花一定会谢、人一定会死一样。次日，商波果然生下一根铁杵，森然可怖犹如死神的武器，预示着仙人的诅咒已经生效。这可怕的消息迅速传遍了雅度诸部。国王厉军心惊胆战，下令将铁杵磨成粉末，投入大海，同时严厉禁酒，私自酿酒者要将其全家钉死在尖桩上。

人们畏惧国王的严令，尽量约束自己，然而天命难违，死神已降临多门城。这面容狰狞的秃顶神祇常在雅度人的家中游荡，窥视着他们的生活。水罐无端破裂，洁净的食物中突然涌出蛆虫，不祥的鸱鸮鸟昼夜啼叫。祭司念诵经文时，虚空中似乎有人在奔跑，却看不见任何人影。就连昔日象征胜利的五生螺号，也只能吹奏出驴叫般刺耳的声响。黑天察知雅度族即将大难临头，便召集族人去海边朝圣祈福。

末日将至，风流云散。黑天的妙见飞轮升空而去，灿烂如日的神车消失在大海上。天女们夺走大力罗摩和黑天的标志性战旗，不停催促："去朝拜圣地吧！"于是，雅度人带着妻妾和成群结队的乐师舞伎，满载着美酒佳肴，沿海岸而行，到达海滨圣地波罗跋沙住下。黑天曾在此地迎接第一次林居时的阿周那，带他去多门城，促成两族联姻，由此开启了天帝城的黄金时代。那是一切的开端。而今，波罗跋沙即将迎来最终的结局，见证大地上最后一个强盛部族的覆灭：商波生下的那根致命的铁杵，虽被磨成铁屑抛入大海，却神奇地汇聚到了波罗跋沙海岸，生长出成千上万株灯芯草。

雅度人一向嗜酒，在多门城迫于国王严令而停止，如今人们堂而皇之地开怀畅饮，再无限制。本应虔诚自律的朝圣，最终演变成一场实实在在的末路狂欢。智者优陀婆（Uddhava）见状请求离去，黑天也不挽留，目送着好友的背影消失在天际。优陀婆逃离了这场劫难，而黑天仍将留在波罗跋沙，与他所爱的族人一起迎接死亡。

这一日，雅度人在灯芯草丛中聚众畅饮，喝得烂醉。雅度族原本是一个松散的部落联盟，由博遮族、安陀迦族和黑天、萨谛奇所属的苾湿尼族等构成，彼此间早有摩擦，俱卢大战更是增大了裂痕。酒酣耳热之际，萨谛奇想起博遮族首领成铠协助马嘶夜袭军营的往事，不禁恨从中来，当众嘲笑道："屠杀睡梦中的人，算什么刹帝利？这种人虽生犹死。成铠啊，雅度人可容不下你的懦夫行为！"他话音一落，黑天与艳光之子始光便鼓掌支持，轻蔑地看着成铠。众目睽睽之下被人羞辱，成铠大怒，指着萨谛奇骂道："你自命英雄，怎么会杀死已经残废、放弃反抗的广声呢？"

争执开始升级，人们瞪着血红的眼睛，挥舞着手臂，彼此喝骂，酒精的刺激让口舌之争迅速发酵。萨谛奇怒而起身，叫道："黑公主五子、猛光和束发是在睡梦中被成铠这个恶人害死的。今天，我就要为他们报仇！"说罢，他一刀砍下了成铠的头颅。黑天飞奔而来试图阻止，却已经太迟了！博遮族人和安陀迦族人惊呼怒骂，将萨谛奇团团围住，醉醺醺地朝他投掷出喝空的酒罐，随即兵刃交加。

局面自此完全失控。黑天知道大祸已不可避免，反而平静下来，看着儿子始光冲过去救援萨谛奇，看着两人死在自己面前。于是，黑天愤怒地出手了。也许是缘于人的情绪，也许是神终于决定履行职责结束这一切，神在人间的化身黑天随手抓起了一把灯芯草。神罚的时刻到了，诅咒即时生效，原本脆弱柔软的灯芯草化为金刚杵般无坚不摧的铁杵。黑天挥舞铁杵，杀死所有挡在他身前的人。鲜血在飞溅，喝骂声和惨叫声不绝于耳，博遮族、安陀迦族和苾湿尼族纷纷抓起长草互相攻击，长草立时化为铁杵，足可砸碎世间最坚硬的东西。波罗跋沙海岸生长的成千上万株灯芯草，每一株都是杀人的利器、阎摩的使者。酒精淹没了一切理智。杀红了眼的雅度人愤怒地向自己的亲人挥舞起铁杵，砸碎他们的骨头和头颅，如同盲目的飞蛾。儿子杀死父亲，兄长击毙弟弟，吉祥的圣地变成血淋淋的屠宰场，如同三十六年前的俱卢之野。雅度人在命运的驱使下自相残杀，没有一个想要逃脱。

惹事的商波死了，他的儿子以及始光的儿子也都死于混战。目睹子孙的死亡，黑天怒发如狂。他黑色的身影在人群中穿梭，犹如一道黑色的闪电，无数人在他手下毙命，如同成熟的稻谷被时间之神的镰刀收割。

"黑天啊，由于你对俱卢族和般度族自相残杀袖手旁观，你的亲人也会遭受同样的命运！你会亲手毁灭你的亲族，自己也走向死亡！"甘陀利的诅咒，隔着漫长的时空，回荡在这血腥恐怖的夜晚。

"我理解你为何发出这样的誓愿，你不过是按照命定的轨迹而行动。你会如愿以偿的，因为除我之外，世上没有任何天神、阿修罗以及人类能毁灭雅度族。"

早已注定的剧情如约上演。最终，所有人都倒下了，雅度族仅剩下黑天的车夫达禄迦和一名叫跋波鲁的男子。这两人仿佛从噩梦中醒来，目瞪口呆地看着眼前这幕惨剧。夜风吹过，带来浓烈的血腥气，海浪轻轻拍打着堤岸，黑天浑身染血，孤独地矗立在自己亲人的尸体中间，如同永恒的死神。他是雅度族的保护者，也是毁灭者；他是一切的开端与终结。达禄迦和跋波鲁胆战心惊地道："尊者啊，你杀了好多人！这里人都死光了，我们去找罗摩吧！"

大力罗摩当时也在酗酒现场，如今却不见踪影。黑天等人追寻他的足迹，在森林尽头找到了大力罗摩。他正坐在一棵大树下，背靠着树干沉思入定。黑天便吩咐达禄迦前往俱卢族报信，让跋波鲁去保护女眷免受强盗伤害。然而跋波鲁没走多远，便被一支飞来的铁杵击中倒地身亡，没能逃脱仙人的诅咒。黑天见状，对兄长说道："罗摩啊，我把妇女们安排妥当后就回来，你在这里等我。"

于是，黑天一路护送女眷回到多门城，托付给父亲照顾，告知雅度族已因自相残杀而覆灭，犹如当初的俱卢族。黑天请求父亲："请你暂时照顾这些女眷，等待阿周那的到来。他会代我为你尽孝送终，保护老弱妇孺离开多门城，之后这座城市就会被大海淹没。父亲啊，毁灭之期已到。请原谅我必须离开这里，因为我不忍看着雅度族美丽繁华的都城变得空寂无人。我将和罗摩一起修习苦行，他正等着我。"

老人骤闻噩耗，心力交瘁，抚摸着儿子的头说不出话来。黑天向父亲行触足礼后迅速离去，城中响彻妇女儿童的哀哭之声。黑天回首叫道："阿周那很快就来，他会照顾你们。"

他离开多门城往回赶，看见大力罗摩仍然坐在森林尽头的那棵大树下，全身沉浸在瑜伽之力中。黑天的到来似乎让他心愿已了，大力罗摩张开嘴，一条巨大的白蛇从他口中爬出。作为人的大力罗摩死去了，他摆脱寄寓的人形躯壳，现出千首龙王舍沙的本体，有血红的眼睛、一千个头，身躯高大如山岳。大海、江河，以及各大水域的蛇王如婆苏吉等，都前来迎接他，恭贺蛇族的万王之王重归大海。

黑天目睹这一切，知道最后的时刻已来临，他将如甘陀利诅咒的那样孤独地在林中死去。他在这僻静的森林中徘徊游荡，往事历历，在他心头浮现。他想起俱卢族的覆灭，想起甘陀利的诅咒，想起他曾受仙人赐福免受兵器的伤害，唯有脚底是唯一破绽。于是，他躺倒在地，控制感官和思想，施行至高的瑜伽，脚底暴露在外，静待死亡的来临。这时，一名叫作遮罗（Jara）的猎人追赶着一只鹿来到这里，误将黑天认作是鹿，一箭射穿了他的脚掌。遮罗上前拾取猎物，才发现他射中的竟然是一位黄衣多臂的瑜伽师。遮罗意识到自己犯下了杀人的重罪，惶恐万分，俯身向黑天行触足礼。

"不必害怕，遮罗。你只是做了我希望你做的事。命运借你之手，完成了我的使命。"黑天微笑着安慰遮罗，结束了他的尘世之旅，回归毗湿奴神的尊位，光辉盈满天地之间。以因陀罗为首的三十三天神前来迎接他,乾闼婆奏起优美的乐章,仙人们高声吟唱颂诗,赞美这位世界之主、永恒不灭的万物之源。

达禄迦将噩耗驰报象城,般度五子震骇万分,难以相信强盛的雅度族竟会一朝瓦解。阿周那立即动身前往多门城,只见这座都城依然城池坚固,街道整齐,但失去了热情喧闹的刹帝利武士,整座城市冷冷清清,一片愁云惨雾,犹如冬季的莲花。阿周那双目含泪,进入黑天的宫中。众多女眷失去保护,正惶恐不安,一见阿周那到来,顿时放声大哭。阿周那也悲不自胜,竟晕倒在地。真光和艳光哭着扶起他,低声向他诉说心中的悲苦。阿周那安慰了她们一会儿,打起精神去见黑天的父亲婆薮提婆。

老人已经完全被悲伤所击垮,形容憔悴,躺在床上。他张开消瘦的双臂拥抱阿周那,黯然说道:"阿周那呀,我再也看不到那些勇猛的雅度族武士了!你的学生萨谛奇和始光挑起了这场内斗,而黑天也听之任之。不过,我不责怪任何人,我知道这是诅咒的结果。可我已经不想再活下去了。"

"还好你来了。"婆薮提婆如释重负地说道,"我把多门城的王国、子民和财富全都交托给你,请按照黑天的嘱咐行事吧!我知道你一定能完成,因为你就是他,他就是你。"

阿周那心情沉重地答道:"舅父啊,没有黑天,我也无法活下去,相信我的兄弟和黑公主也是一样。不过在这之前,我要先安顿好多门城的老弱妇孺。"

阿周那随即召集雅度族人,让他们做好准备,七天之后,他将带领所有人撤离多门城。当夜,阿周那在黑天的宫中度过,追思往昔,心情抑郁,神思恍惚。天刚亮,就传来婆薮提婆去世的消息,宫中哭声一片。阿周那严格按照仪轨为他举行了葬礼,随即带人前往波罗跋沙,收葬死于内斗中的雅度武士。他们也在附近森林中找到了大力罗摩和黑天的尸体,为其举行火葬。

到了第七天,阿周那如约带领所有雅度族人前往天帝城。阿周那一马当先,妇女和儿童紧跟在后,随后是四种姓城乡居民,雅度族残存的车马象兵跟随阿周那保护这支庞大的队伍。当最后一个人离开多门城后,地动山摇,海水暴涨,汹涌的巨浪从四面八方席卷而来，淹没了繁华富庶的多门城。黑天一手建立的城市，就这样缓缓沉入海底，犹如一场幻梦。雅度人目睹了这一切，不禁心惊胆战，加快了脚步，叹息道："啊，命运真是神奇！"

阿周那黯然神伤，护送着多门城子民一路前行，来到五河地区扎营休息。多门城多金多宝，举世闻名。强盗们见阿周那独自保护老弱妇孺，残存的雅度族士兵都羸弱不堪，不禁动了邪念，呼喊着从四面冲过来抢劫。阿周那大声警告，他们丝毫不理。于是，阿周那拿出了常胜不败的甘狄拨弓，可双臂似乎突然失去了力量，开弓上弦很艰难。这时强盗已经来到近前，冲散了人群。女人们高声尖叫，雅度族的老弱残兵根本无法保护她们。阿周那又急又气，试图召唤出法宝，却发现他再也记不起咒语。他的智慧和力量似乎都已随亡友逝去。

英雄老去，无可奈何。阿周那强忍悲伤，费力地拉开甘狄拨弓，试图完成亡友的嘱托。他的箭依然很准，但昔日取之不尽用之不竭的箭囊已经失效，箭很快就用完了。他只能用弓尖来杀戮盗匪。女眷队伍庞大，四处都遭受袭击，阿周那力不从心，只能眼睁睁地看着盗匪们狂呼大喊着抢走大量财物和妇女，还有一些女子自愿跟随盗匪而去。法宝消失，臂力不再，阿周那无力地垂下了手中的弓，等待劫难过去。之后，他带着残存的雅度族人来到俱卢之野，将成铠家族和萨谛奇家族分别安置在不同的地方，其余人等全都进入天帝城，立黑天的孙子弗吉罗（Vajra）为天帝城之王。

阿周那安顿好一切，独自来到大仙人毗耶娑的净修林，寻求智者的指点。时光荏苒，沧海桑田，俱卢族的老祖父依然如这片净修林一般平静安宁，微笑着道："欢迎你呀，阿周那。你为何频频叹息，神色忧伤？"

阿周那闷闷地道："雅度族已毁于诅咒。这些英雄勇猛无畏如同狮子，如今竟被灯芯草杀死！我尤其不能释怀黑天的死亡。就像大海干涸，高山移位，苍穹坠落，火焰变冷，黑天怎么会死！尊者啊，没有黑天，我不想活在这世上。"

他喘了一口气，接着道："还有一件事令我心碎，我发现我已经无法完全拉开甘狄拨弓了！法宝也失灵了。当年俱卢之战时，我手执神弓，黑天驭车，我们一起战胜无数强敌。可如今亲友逝去，勇力消失，我该怎么办？"

毗耶娑答道："雅度族的覆灭是命定之事，你不必为此伤怀。黑天本是上古仙人，为解除大地重负而生，而今责任已了，回到至高之位。他出于对你的友爱，助你立下盖世功绩，你们兄弟在尘世中的任务，都已圆满完成了。婆罗多族的后裔啊！你要知道，时间是万事万物的根源，它赐予一切，智慧、力量、荣誉；也收回一切。法宝失灵，因为它们已完成使命，不再属于你。婆罗多族的后裔啊，前往至高归宿的时刻已来临。去吧，这就是你们最为有益之路。"

阿周那拜谢仙人，回到象城，禀告坚战。坚战王听闻多门城陆沉、黑天归天，百感交集，下定决心弃绝尘世，说道："时间煎熬一切众生。我想，这些都是时间造成的。阿周那啊，你也是这样想的吧？"阿周那深以为然。他说不出话来，只频频叹息着道："时间啊时间！"

随着黑天离世，恶神迦利终于可以尽情享用整个大地。最后一个时代——迦利时代开始了。

❀ 印度传统上将黑天离世的那一天作为迦利时代的开始。宗教学者甚至根据《摩诃婆罗多》中关于天文现象的记载，推断出黑天死于公元前 3102 年 2 月 18 日，享年 125 岁。据说，他死于古吉拉特邦西海岸维拉瓦尔附近的圣地巴尔卡（Bhalka）。

❀ 大神化身下凡救世是印度教中的独有概念，神之化身既有神的神通，亦受到化身形态的限制。因此，《摩诃婆罗多》中的黑天既是大神毗湿奴，又有人的情感和极限。这一矛盾的特质在描述雅度内乱的《杵战篇》中表现得尤其集中和明显。

❀ 优陀婆是黑天的堂弟、密友和属臣。据往世书中的描述，他察觉到雅度族的危机，哭泣着向黑天求助。黑天告诉优陀婆，自己即将离开尘世，同时带走过分强大、因物欲和权势而堕落的雅度族。他向优陀婆讲述了永恒的正法，如同俱卢大战前夕黑天教导阿周那。这段对话被称为"优陀婆之歌（Uddhava Gita）"，亦称"天鹅之歌（Hamsa Gita）"，是黑天最后的教诲。

❀ 黄宝生先生认为，雅度族遭遇俱卢族类似的命运，无疑含有一定因果报应的意味，但黑天始终坚信自己导演的这场婆罗多族大战是惩恶扬善的正义事业。这充分说明人类社会的发展错综复杂，对历史事件的判断只能权衡利弊，从大处着眼。谁要想在人类历史中寻找绝对的"善"和完美的"正义"，犹如井中捞月，肯定会失望。

◉ 印度教一般以梵天为创造神，毗湿奴为保护神，湿婆为毁灭神。各教派则视自己崇拜的主神兼具创造、保护、毁灭之力，是宇宙间万事万物的起源与终点。《摩诃婆罗多》以崇信毗湿奴神为主，黑天一手创立多门城，带领雅度人走向繁荣，也亲手终结了这一切。书中亦描述黑天在雪山苦修多年取悦湿婆，得到儿子商波。这个儿子得罪仙人，生下的铁杵最终毁灭了雅度族，显示出湿婆崇拜的痕迹。商波这个名字即是湿婆的别称。

◉ 《摩诃婆罗多》中的人物常以镜像的方式出现，形成对照，如坚战与难敌、阿周那与迦尔纳、贡蒂与甘陀利，以及萨谛奇与成铠。成铠生性保守，尊重权威，总是忠实地执行指派给他的每一个命令。黑天将那罗延军送给难敌，成铠作为大军首领毫无异议地接受了；而担任黑天出使象城使，他亦尽心履行职责，保护黑天免受俱卢方的伤害。俱卢大战中，他对每一位统帅都尽忠职守，即使内心反对，还是追随马嘶完成夜袭。而萨谛奇则不惧权威，活跃于每一场会议、每一次争论中，甚至敢当众斥责苾湿尼族的首领大力罗摩。这两位雅度族武士都是俱卢大战中的幸存者，双双死于雅度内乱。

◉ 史诗对阿周那收葬黑天的尸体一事一笔带过，奥里萨邦版的摩诃婆罗多故事则称阿周那和猎人遮罗一起火化黑天的尸体，唯有心无法火化。神谕称不灭之心代表神的驻世之念，迦利时代为罪恶所苦的人们一见即能获得解脱。多年之后，一位虔信毗湿奴的国王在神谕的指示下得到了内含黑天之心的檀香木，招募工匠将其雕琢成神像。匠神应募而来，但要求国王不得中途打扰。国王答应了，却忍不住偷看，于是匠神消失了，国王只得到一尊未完成的神像，只有头和双手，没有身体。这尊残缺的木制神像就是著名的扎格纳特神（Jagannath，意为世界之主），他被视为迦利时代黑天的驻世形象而广受崇拜。如今，奥里萨邦普里的扎格纳特神庙已是印度最富有、最有影响力的神庙之一，每年的游车节吸引成千上万的教徒从各地赶来。载有扎格纳特像的巨车高达 14 米，需数百人拉动，时有虔诚教徒甘愿投身车轮之下，以求即刻解脱。西方人将扎格纳特崇拜视为狂热偶像崇拜的代表，并衍生出 Juggernaut 一词，意为足可碾碎一切障碍的庞然大物。

第十一章　　　　　　　　　尘世与天国

　　黑天之死斩断了般度五子和黑公主在人世的最后一丝羁绊。于是，他们在圆满完成入世的行动瑜伽之后，决心履行出世的弃绝之法。坚战为激昂之子继绝灌顶，立他为俱卢族新王管理象城，由持国庶子尚武摄政。天帝城则由雅度族王子黑天之孙弗吉罗管理。接着，坚战王为婆薮提婆、黑天兄弟和所有死难的雅度族武士举行了盛大的祭奠仪式，广为布施。诸事完毕，坚战王召集城乡居民，宣告自己将弃世林居。人人惶恐不安，竭力挽留，然而国王决心已定，不为所动。就这样，般度五子和黑公主在俱卢臣民的哀泣声中，除去华服和首饰，换上树皮衣，如同当年他们赌局失败后流亡森林，只是屈辱、愤怒和仇恨已经消逝。在经历血与火的战争之后，在反复承受命运的试探和内心的折磨之后，他们终于找回了心灵的平静。

　　他们举行了最后的祭祀，将家族祭火投入水中以示断绝尘缘，启程向东，打算向右绕大地一周。坚战居首，随后是怖军、阿周那和玛德利双子，眼如莲花的黑公主在最后。不知从哪儿跑来一条野狗，也尾随他们离开了象城。一路上，那条狗始终跟着他们，时近时远，分享一些残汤剩羹，就像一位沉默的旅伴。

　　他们遵循弃世法的规定，严格斋戒，东行至红海。阿周那手持的甘狄拨弓和无尽箭囊是唯一的世俗财宝，这位大弓箭手仍然不忍丢弃这些失效的法宝，这些法宝见证着他的光辉岁月，也见证着他和黑天的友谊。这时，火神现身，催促阿周那放下法宝："多亏阿周那和黑天的帮助，我得以焚烧甘味林。如今黑天的飞轮已经消失，甘狄拨弓是我向海神伐楼那借来的，也是时候归还了。"于是，阿周那在兄弟们的催促下，将神弓和箭囊投入大海之中。火神消失不见了，现在他们已经一无所有。

　　他们按照原计划环游大地，向南而行，抵达咸海之北，折往西行，看到多门城已被海水淹没，昔日的繁华都市沉入海底，永恒不息的只有大海的涛声。

他们就此折返北行，控制自我，全神贯注于瑜伽之法，一路越过雪山、沙漠，向诸神的居所大弥卢山进发。这时，黑公主脱离瑜伽之道，倒地不起。怖军看着她，询问坚战："公主从未做过任何非法之事，她为什么会倒在地上？"

坚战平静地回答："她特别偏爱阿周那，所以得到这样的果报。"他既不回头，也不停步，专注地继续前行。

接着，偕天也倒地身亡。怖军问道："偕天谦恭有礼，为什么也会死去？"

坚战答道："偕天外谦内傲，认为自己的智慧世上无人能比，这就是他的过错。"他不再理会倒地的偕天，带着众人继续前行，似乎完全不受影响。但深爱弟弟的无种痛苦不堪，倒地死去。

"无种一心奉行正法，从未背离，现在他也倒下了。"怖军喃喃地道。

"无种以法为魂，但他过于自负，认为世上没有人的容颜能胜过他。怖军啊，他因此倒在地上。"这是坚战的回答。

目睹至亲至爱接连离世，阿周那难以承受打击。这位英勇无畏如因陀罗的战士也最终倒在登峰途中。"阿周那从不妄言，他又犯了什么错？"怖军问道。

"阿周那曾夸口能在一天之内全歼敌人，但却没有做到。因此，他无法完成这段旅途。阿周那藐视天下的弓箭手，但想要获得成功的人应该永远说到做到。"坚战答道，没有停止他的脚步。这时，怖军也倒下了。他望着兄长的背影，发出最后的询问："国王啊，看看我吧！我是你喜欢的人，请问我为什么会倒下。"

"你太贪吃了，总是吹嘘自己的力气。"坚战答道，"你只顾自己吃，从不管别人有没有吃饱。这就是你倒下的原因。"

他头也不回地继续前行，没有看怖军最后一眼。在苍茫的天地间，他独自向前走去，跟随他的只有那条狗。

不知走了多久，车声隆隆，震响天地。天帝因陀罗乘着飞车降落到他面前，微笑着道："坚战啊，上车吧！我带你去天国。"

坚战一直镇定自若的面容上现出忧伤，答道："我的妻子和弟弟们都死在登山途中。没有他们，我不想去天国。"

"他们已经先你一步到达天国，而你将带着肉身飞升，这是对你美德的报答。"因陀罗说道。

坚战低头看着脚下那只狗，请求道："这只狗一直跟随着我走到这里，我不忍心扔下他。神王啊，请你允许它也能与我同行。"

因陀罗大笑起来："坚战啊，你即将飞升天国，与我共享至福和不朽的声名。可是，天国里可没有狗的位置。"

"都说抛弃忠诚者是重罪，这只狗一直忠心陪伴着我，我不能为了升入天国就弃它不顾。"坚战固执地坚持。

"你是犯糊涂了吧？"因陀罗好奇地问道，"你舍弃了弟弟们，舍弃了黑公主，却宁愿为一条狗而放弃天国！"

坚战答道："世人皆知死去的人无所谓聚散离合。我的弟弟们和黑公主都死了，我无法让他们复活，因此我才舍弃他们。如果他们还活着，我绝不会扔下他们不管。天帝啊，在我看来，抛弃忠诚者罪同杀害妇女和婆罗门。"

就在这时，奇迹显现，那条流浪的野狗显露出正法之神的真身。他欣喜不已，赞美坚战："婆罗多族的后裔啊！你出身高贵，具有智慧和美德，怜悯一切众生！孩子啊，我曾在双林中考验过你，你的弟弟们全都因饮水而死去，为了公平对待两位母亲，你放弃了亲生弟弟，选择让无种复活。如今，你为了一条忠诚的狗，宁愿放弃天国的至福。你的美德无人可比，因此，你将以肉身获得永恒不灭的世界，达到至高归宿！"

于是，坚战王在诸神和仙人们的赞美声中登上神车，迅速飞升天界，光辉盈满天地之间。大仙人那罗陀正在天国做客，目睹这一幕，高声宣布："坚战王的美名胜过所有来此的王仙。古往今来，除了坚战王，没有谁是以肉身升入天国的。"

坚战走进这传说中的至福之地，没有见到他一心想见的妻子和弟弟，倒是看到难敌衣饰华美，灿烂如日，坐在天神和善人们中间享尽尊荣。坚战大怒，立刻转过身背对着仇敌，抗议道："我不想和难敌在一起！这个恶人害我们流亡森林，无耻地伤害黑公主，是导致战争的罪魁祸首，我不想见到他！"

那罗陀笑着答道："坚战啊，不要这样说难敌。他英勇作战，沙场捐躯，按照刹帝利法获得了天国的位置。这里是天国，你应该忘记尘世中的苦难，与难敌依礼相见，因为天国不应该再有敌意。"

坚战仍不能释怀，道："如果这个毁灭大地的罪人也能获得天国，那我的亲友们又在哪里？猛光、萨谛奇、束发、激昂……他们英勇无畏，履行刹帝利法战死疆场，理应获得天国。迦尔纳又在哪里？我不知他也是贡蒂之子，才会命令阿周那杀了他，现在十分后悔。我的弟弟个个是人间英雄，奉行正法，我想去他们那儿。"

因陀罗劝说道："你已经到了天国，为什么还怀有凡人的情感？你依据自己的美德肉身飞升，取得了前所未有的成就，你的弟弟们无法达到这个世界。看吧，这里是天国，到处是天神和仙人，尽情享受吧！"

坚战平静下来，答道："不，我认为这里不是天国，我弟弟们所在的地方才是天国。天神啊，请带我去见我的弟弟们，无论快乐痛苦，我想和他们在一起。请带我去见我心爱的黑公主，她美丽聪慧，具有勇气和美德，是天下最好的女子。"

于是，在他的坚持下，众天神派遣使者带坚战去见他思念的亲友们。这是一条阴森恐怖的不祥之路，不时有恶人的灵魂飘荡来此。一路黑暗重重，崎岖难行，到处是腐尸、断肢和污血，散发出阵阵恶臭。坚战跟着天神使者往前走，心中充满忧虑。他看到沸水流淌的河流、布满利刃的刀林、滚烫的沙石和装满热油的铜罐，恶人在此承受着种种酷刑惩罚。坚战忍不住道："我们还要走多远？我的弟弟们在哪里？"

天神使者停下脚步，答道："你的路就到此为止。如果你累了，可以跟我一起回去。"

坚战松了口气，恶臭熏得他头晕眼花。他转身准备离去，忽然听到阵阵呼喊声："正法之子啊，请你多停留一会儿吧！你的到来带来吉祥的香风，能缓解我们的痛苦。贵人啊，请怜悯我们吧！"

哀求声似乎来自四面八方，凄惨而无助，声音似曾相识，却又无法分辨出究竟是谁。坚战心怀恻隐,立刻停下脚步,询问道:"你们是谁?为什么会在这里?"

他听到了一个个让他难以置信的回答:

"我是迦尔纳。"

"我是怖军。"

"我是阿周那。"

"我是德罗波蒂。"

"我是猛光。"

……

坚战惊呆了,这里分明就是地狱!为什么难敌可以享有天堂,而他所挚爱的亲人和朋友,这些正直无私、行为高尚的人们反而会堕入地狱遭受折磨?他感觉自己就像身处于一场荒谬绝伦的噩梦中,愤怒充塞了他的全部思绪。毕生奉行正法、历经艰难始终不悔的坚战王,此刻终于失控,大声谴责起众天神和正法本身。他忍着恶臭的折磨,让天神使者回报因陀罗:"我不回去了!我要和我的弟弟们一起留在这里。有我的陪伴,他们也会舒服一些。"

天神使者离开了。不一会儿,光明大放,天帝因陀罗、正法神等三十三天神现身,香风阵阵。所有阴森可畏的景象消失无踪,不再有残肢和腐尸,不再有酷刑和受苦的灵魂,所见一片吉祥美好。

因陀罗满面笑容,安慰坚战:"一切已经结束,坚战啊,你已经功德圆满,获得天国的位置。不要生气,所有的国王都一定要见见地狱。他们必定都有过大量的善行和恶行,善人先入地狱,再升入天国;恶人则先享受天国,再堕入地狱。你曾经在战场上欺骗过德罗纳说马嘶死了,因为这一点,你见到了地狱。你的妻子和弟弟们也和你一样,因欺骗而进入地狱。他们已经涤除罪过,升入天国。所有为你战死的国王以及你为之悲悼的迦尔纳,也都已获得各自的位置,不用为他们担心了。般度之子啊,你的磨炼已经结束,你将长享天国,获得高出众王仙的世界。"

正法神也说道:"孩子啊,这是我对你的第三次考验!你为了弟弟们,甘愿留在地狱,再次证明了你的纯洁品性,让我不胜欢喜。不过,你的弟弟们不会待在地狱里，那只是因陀罗制造的幻象。所有的国王都必定要见一见地狱，所以你也经受了片刻苦痛，但你的兄弟们和黑公主都不会长久地在地狱里。婆罗多族中的最胜者啊，来吧，到那流经三界的恒河中沐浴，从此摆脱凡人的躯体和烦恼。"

于是，坚战王在众天神和仙人的簇拥下走进恒河，摆脱凡胎肉身，获得天神的形体。他在这圣洁的恒河水中沐浴，洗去所有凡夫俗子的仇恨和烦恼。随后，他来到俱卢族英灵的所在地，看到黑天显现出真身，是他前所未见的梵的形体，以妙见飞轮为首的天国武器全都现出人形。英勇的阿周那侍奉在黑天身边，浑身散发出夺目的光华。他看到迦尔纳和太阳神苏利耶的十二个儿子在一起。怖军则与摩录多群神为伴，他们都是风神伐由之子。无种和偕天回到了父亲双马童身边。

这时，坚战看到了黑公主，她佩戴着莲花花环，美艳绝伦，灿若太阳。坚战刚想开口和她说话，便被因陀罗巧妙地打断了。天帝微笑着向他一一介绍："这位是吉祥女神，她由大神湿婆创造，为了世界的福祉下凡人间，化身德罗波蒂。这五位乾闼婆就是你和她所生的儿子，而那位乾闼婆王就是你的伯父持国。"

"看啊！以萨谛奇为首的雅度族群雄都已回归神位，妙贤之子激昂陪伴着父亲月神苏摩，你的父亲般度和他的两位妻子贡蒂、玛德利在一起。他们经常乘坐飞车来我这里游玩。老祖父毗湿摩回到了婆薮神之中，天神导师祭主仙人身边的就是你的老师德罗纳。这些是为你战死的国王们，他们奉守刹帝利法赢得天国，现在正与乾闼婆、药叉和圣仙们同行。"

护民子告诉镇群王，这些英雄将在天国中享受至福，这是他们凭借善行获得的果报。一旦业果耗尽，他们将回归本源。毗湿摩重新成为第八位婆薮神，德罗纳融入天神导师祭主仙人。迦尔纳和般度五子各自与父神融为一体，难敌和沙恭尼分别融于恶神迦利与德伐波罗。持国与甘陀利回到财神界，般度与两位王后回归因陀罗界。激昂融于月神，猛光融入火神，束发、瓶首、难敌的兄弟和朋友都是著名的罗刹，因战死而获得净化，享受天神和药叉的待遇，分别回归因陀罗界、财神界和海神伐楼那处。

摩诃婆罗多的故事到这里就结束了。就这样，在大仙人毗耶娑的指示下，护民子向俱卢族的后人镇群王讲述完了这部被称为"历史"的婆罗多族的故事。这故事讲述了人生四大目的——法、利、欲和解脱，涵盖世间所有的一切。诗人自豪地声称："此间有，别处有；此间无，别处无。"

这部历史亦被称为"胜利之歌"，故事的宗旨或可用毗耶娑的诗句来表现：

数以千计父母，数以百计妻儿，每日都在出生或死去，他人亦复如此。
数以千计名利场，数以百计恐怖地，只能影响愚者，不能影响智者。
利益和爱欲皆来自正法，为什么不履行正法？我振臂高呼，却无人听从。
不应出于欲望、恐惧、贪婪而舍弃正法。甚至不应为了活命而抛弃正法。
正法永恒，苦乐无常。灵魂永恒，因缘无常。

◉ 史诗的最后一部《升天篇》描写了般度五子及黑公主的最终结局。故事一波三折，先是黑公主等人先后死于攀登雪山途中，唯有坚战以美德获得肉身升入天堂的殊荣。接着坚战发现死对头难敌在天国而自己的亲友却在地狱，愤怒地指责正法和天神，最后证实般度方的亲友也同样升入了天国，坚战在恒河沐浴抛弃肉身升天。各种矛盾甚至互相抵触的观念都在这一篇章中出现，最后以"调和根本不可能调和的矛盾"式大团圆告终，印度文化的多元与包容在这一章节中得到了绝佳呈现。有人说，如果你读到的印度神话故事是悲剧，那你一定没有看到最后；如果你读到的是喜剧，那你一定也没有看到最后。摩诃婆罗多的故事也是如此。

◉ 《摩诃婆罗多》常被视为瑜伽士的修行之路，俱卢之战就是人的自我之战，俱卢百子即是人的各种妄念与欲望。在战胜了它们之后，人还需要战胜内在意志的软弱，斩断情感的羁绊，才能功德圆满。瑜伽士修炼身心的方法包括持戒、内制、控制呼吸和感官等，以达到内心的宁静（《和平篇》一语双关，既指战后的和平，也指瑜伽修习的境界），要求瑜伽士不妄言、非暴力、不贪婪纵欲、苦行、自省等。有指完美践行瑜伽之道的只有坚战，黑公主和般度四子都因对情感的执着以及骄傲自负和自我中心而"脱离瑜伽之道"，倒在登山途中。

◉ 雪山之旅是坚战圣君之路上的最后一段。他以行为证明了自己是当之无愧的正法之子。他为了一条流浪狗而拒绝天国，再次印证了"仁慈是最高的正法"。而他在兄弟妻子死亡时头也不回地离去，之后却甘愿与亲人们同堕地狱，说明印度教所推崇的超然无欲并非冷漠无情，而是理性与克制，尊重并接受客观规律，不因个人情感而违反公理和正义。

❀ 狗或许因为是死神阎摩的仆从，或许因为对人类的强烈依附而被印度教徒视为世俗羁绊的象征，印度人认为狗是最卑贱不洁的动物，不能出现在祭祀、婚礼等吉祥喜庆的场合。《摩诃婆罗多》开端就是镇群王举行祭祀踢打赶跑一条狗，狗的母亲因此诅咒镇群王即将遭遇不幸，镇群王的父亲继绝王果然不久被蛇咬死，镇群王怒而举行蛇祭报复。而故事也以坚战带着一条狗升入天堂、镇群王消弭仇恨放弃蛇祭而结束。等级观念在《摩诃婆罗多》中随处可见，然而"众生平等，即使最卑贱的狗也应得到尊重"的呼声也从未消失过。这正是这部数千年前的作品的伟大之处。

❀ 和二元对立的宗教不同，印度教认为善恶同源，共出于梵；善中有恶，恶中有善。恶神化身的难敌也有慷慨赴死的一面，而天神化身的般度诸子为了取得胜利也有欺骗行为。《升天篇》中借因陀罗与正法神之口，两度强调了"所有的国王都应一见地狱"，因"善行与恶行大量存在"。般度诸子的行为符合危机法，难敌战死疆场也符合刹帝利正法，因此安排他们都升入天国。

❀ 苏克坦卡尔称《摩诃婆罗多》是一部真正的史诗，里面发生的事情没有一件不是意味深长的。史诗中一个贯穿始终的主题就是正法——正义与人的正确行为。然而，"正法微妙"。如果说对大多数人有益的行为就是正法，那么杀一人以救全军的行为就是正法，事实上坚战对德罗纳说谎正是听从了大神化身的黑天的指导。但他不仅因为这一行为受到了阿周那的指责，他自己也心怀愧疚。如果地狱就是心魔的幻化，那他的自我谴责甚至持续到了尘世生活终结之后。史诗承认危急时刻使用非常手段的正义性，"正法有时以非法的面目出现"，但同时要求决策者为此承担后果，付出代价。

❀ 印度哲学推崇因果业报，以此约束人们遵循正法，希望以正法来维系社会秩序，避免人类因利益冲突而毁灭，然而现实中经常出现好人没好报的情况。在流亡森林之时，曾深信正法必会庇佑善人的黑公主因此而质疑正法和天神，坚战心平气和地回复他只是为了行善而行善。但到了史诗结尾处，作为正法化身的坚战目睹仇敌升入天国亲友堕入地狱，也忍不住大声谴责正法本身，将对正法的质疑推到了最高潮。般度诸子因行善而颠沛流离，取得胜利后也因良心难安而痛苦不堪；而行恶的难敌不仅锦衣玉食，而且精神愉快，良心不受谴责。这本身已经足以让人不平，如果连死后的果报也属虚无，甚至颠倒，即使法王坚战也难以坚持对善的执着。最终，坚战以恒河沐浴洗去凡胎肉身为代价，摆脱了凡人的愤怒和烦恼，获得永恒的宁静。这说明史诗作者意识到了正法的局限性，而试图用解脱法来解决人类的终极生存困境，但这注定徒劳无功。人类社会纷繁复杂，如何最大限度地保证公平公正，实现共同繁荣，至今仍是一道难题。

◉ 史诗结尾处，毗耶娑反复陈述正法是利益和爱欲的根基，呼吁人们遵守正法。在《和平篇》中，史诗作者也借天神导师祭主仙人之口，称芸芸众生无不孤独地生，孤独地死，唯有正法会追随他们至来生，因此正法才是人最忠实的伙伴。但正法神在书中的出场要么是森然可畏的夜叉，要么是四处游荡不受欢迎的羸弱仙人，最后干脆变成了一条最卑贱的流浪狗。这条狗沉默地尾随着坚战，它不能给坚战带来任何好处，反而需要坚战坚持不懈地照料。何为正法？为何要遵循正法？史诗中进行了一次又一次探讨，却始终未给出明确结论。大雪中坚战踽踽独行的身影，也许正是人类永恒求索的写照。

（全书终）

插话篇

请问我该讲什么呢?我是讲往世书所记载的有关正法的故事呢,还是讲光辉的国王和仙人们的往事呢?

——《初篇》1.1.13–14

第一话　　　　　　　　　　　　金翅鸟与蛇族

创世之初，大神那罗延躺在水上，从他的肚脐处长出一朵光辉灿烂的金色莲花，创世神梵天就在莲花中。金莲盛开，梵天从睡梦中醒来，创造出日月星辰山川河流等世间万物。然后，他从拇指处生出仙人达刹（Dakṣa），又用思想创造出摩利支（Marīci）、婆力古、陀刹等六位大仙人。摩利支之子仙人迦叶波（Kaśyapa）迎娶了陀刹的十三个女儿为妻，由此诞生出大地上的各类种族，因此，迦叶波又被称为"众生之父"。

迦叶波与阿底提（Aditi）结合生下了因陀罗等天神，于是天神一族便被称为阿底提耶（Ādityás），即阿底提之子。他与底提（Diti）、檀奴（Danu）结合，生下了阿修罗族，人们依照母亲的名字为阿修罗划分世系，称他们为提迭（Daityas）与檀那婆（Dānavas）。迦叶波的其他妻子则为他生下了乾闼婆、夜叉等精灵和牛、马、鱼等动物。

陀刹之女迦德卢（Kadru）和毗娜达（Vinata）是迦叶波的两个妻子，正值生育之年，美妙动人。这一天，迦叶波心情极好，欲与两位妻子行房，答应要给她们一个恩惠。迦德卢听了立刻请求道："我想要一千个同样英武的儿子！"迦叶波一口答应，令迦德卢高兴不已。

"我只要两个儿子。"毗娜达说道，"不过他们都神通广大，本领非凡，胜过迦德卢的儿子。"这个不太友好的请求让迦叶波皱了皱眉。"你会有一个半这样的儿子。"仙人这样说道。仙人的话永不落空，两位妻子都如愿以偿地怀孕了。迦叶波嘱咐她们注意保胎，便到森林中修行去了。

时间到了，迦德卢生下了一千个蛋，毗娜达也生下了两个蛋，她们按照仙人的嘱咐，把这些蛋放在湿润的钵中静静孵化。五百年过去，迦德卢的五百个儿子一个个破壳而出，取名为舍沙、婆苏吉、多刹迦……蛇族就这样诞生了。可毗娜达的两个儿子却一点儿动静也没有。毗娜达沉不住气了，敲破了一个蛋，发现蛋里的儿子上半身已经发育好了，下半身却还没有成形。儿子十分生气，诅咒她道："母亲啊，出于贪心，你竟提前敲破蛋，把我弄成这个样子！因此，你要沦为迦德卢的奴隶五百年！只有你的第二个儿子才能拯救你，千万不要再让他像我这样四肢不全地出生了！"说罢，他飞上天空，化为黎明时绯红的曙光，他就是曙光之神阿鲁诺（Aruṇa）。

毗娜达后悔不迭，只能守着剩下的一个蛋。又是五百年过去，迦德卢的儿子们长大了，这个蛋还是一动不动，毗娜达却再也不敢敲破它。一天，毗娜达和迦德卢远远看见神马高耳疾驰而去，这匹马中之王诞生于神圣的甘露之中，具有各种吉相。它力大无穷，奔驰如电，永远青春强壮，为众神所敬爱。迦德卢心思一转，便对毗娜达说道："神马高耳是什么颜色？你要立刻说出来！"

毗娜达便道："我赌马王通体全白。你觉得呢？"

迦德卢答道："我赌它尾巴是黑色的。这样吧，我们明天一起去看看，输了的要做奴隶！"

两人就这样说定了。迦德卢心中自有计较，回家吩咐一千个儿子说："你们要变为黑毛，附到神马高耳的尾巴上，助我赢得赌注。"可是，她的一些儿子不肯听她的，迦德卢大为光火，当着真界之主大梵天的面发出誓愿："你们将来一定会在蛇祭中被火神活活烧死！"来自母亲的诅咒竟然如此恶毒残忍，梵天和众天神也觉过分。可是，迦德卢诸子有些本就是生性凶残的毒蛇，毒性猛烈，嗜好咬人，残害众生。梵天权衡之下，同意让迦德卢的诅咒成真。

次日破晓，迦德卢和毗娜达越过大海，来到神马高耳近前，发现马尾上果然有许多黑毛。毗娜达输了赌局，从此沦为奴隶。就在她命运逆转的这一刻，她的第二个儿子大鹏金翅鸟迦楼罗出生了。

母亲不在身边，这非凡的鸟中之王独自破壳而出，身躯猛然长大，冲天而起，华光万丈，犹如那辉煌灿烂普照万物的太阳。他振翼疾飞之时，就像一团巨大的火焰在四面八方弥漫开来。一切众生为之惊骇不已,慌忙向火神寻求庇护:"火神啊,你的一团火焰正在到处蔓延,请不要再膨胀你的身躯,免得我们也被烧死!"

火神答道:"你们认错了,那是大鹏金翅鸟迦楼罗。他的神光和我的一样璀璨。"

众天神和仙人听了,便来到大鹏鸟面前,颂扬道:"禽鸟之王啊,你如同太阳,君临于万物之上;你如同死神,终结一切可变与永恒;你光辉如同火神,焚毁一切,造成恐怖和绝灭。大鹏金翅鸟啊,你力大无穷,驱散黑暗,任意遨游于天地间。我们齐驱到你身边,寻求你的庇护!"迦楼罗听到颂歌,便收敛神光,让他们不再害怕。

他飞越大海,降落到母亲身边。在那里,他的母亲刚刚沦为奴隶。迦楼罗作为女奴之子,不得不听从迦德卢及众蛇的奴役指使。迦德卢诸子心地卑劣,视毗娜达和迦楼罗如同仇人。迦德卢长子舍沙品性高洁,不愿与他们为伍,便离家修习苦行,只求永不再见这些一母同胞的兄弟。

一天,迦德卢把毗娜达叫去,颐指气使地吩咐道:"大海中央有一处遥远偏僻的小岛,是龙蛇一族的乐园。毗娜达啊,你背着我去吧!"毗娜达听命照办,催促儿子迦楼罗背负起他的一千个蛇族兄弟,飞到迦德卢所说的小岛。只见岛上湖泊成片,鸟鸣婉转,芬芳的檀香树高与天齐,风过树林,漫天花落如雨,美不胜收。众蛇兴高采烈地游玩一阵,又叫来迦楼罗:"喂,鸟!你飞得高,看得远,带我们去别的海岛游玩吧!要风景优美,水波浩渺的!"

迦楼罗一直被众蛇役使,心中不平,询问母亲:"为什么我必须听从众蛇的吩咐?"

"鸟中之王啊,因为我成了那贱女人的奴隶。都是这些蛇帮她作弊,害我输了赌注。"毗娜达含愤答道,将事情一五一十地告诉了儿子。

迦楼罗这才明白原委,悲伤不已。他思前想后,郑重地向众蛇提出请求:"请问我怎样才能摆脱奴隶地位?你们需要我做什么,或者为你们取得什么东西,传授什么本领吗?请告诉我实话。"

众蛇商量了一下,答道:"如果你能凭本事为我们取来长生不老的甘露,那你们母子就不再是奴隶了。"

迦楼罗捕捉蛇妖

甘露为世间至宝，诞生于乳海。为了争夺甘露，天神与阿修罗曾展开大战，死伤无数。最终天神在那罗与那罗延的帮助下夺得甘露，严密看管，想要夺取甘露就是与三十三天神为敌。然而迦楼罗毫不畏惧，对母亲说道："我现在就要去取甘露。请告诉我应该以什么为食。"

毗娜达道："在遥远的海湾，住着卑贱的尼沙陀人。你可以吃掉几千几万尼沙陀人，但万万不能伤害婆罗门。他们就像炭火，会灼伤你的喉咙。去吧，孩子！愿诸神保佑你，我也会专心为你祈福！"

于是，大鹏鸟振翼飞起，犹如死神般逼近海滨的尼沙陀人，将他们赶到一处。巨大的双翼扬起尘埃，遮蔽了天日。风沙眯眼，惊慌失措的尼沙陀人奔走逃命，全都跑进鸟王静静等待的巨口之中。迦楼罗将这几千个尼沙陀人全都吞入腹中，突然感到喉咙一阵剧痛，如被炭火灼烧，想起母亲的话，叫道："婆罗门啊，我张开了嘴，你快出来吧！因为我永远不会伤害婆罗门，我的神力也消化不了你们。"

确实有一位婆罗门被他误吞，卡在咽喉处。这位婆罗门答道："我妻子是尼沙陀人，请你也放过她吧！"

迦楼罗同意了，让这位婆罗门抱着妻子跑出去。然后他展开双翼，冲天飞起，看见在香醉山中修炼苦行的迦叶波仙人，便降落到父亲身边，问道："为了摆脱奴隶身份，我奉众蛇之命，要为他们取来不死甘露。可是我现在还没有吃饱，没有力气迎接即将到来的苦战。父亲啊，请告诉我还可以吃什么。"

迦叶波想了想，说道："从前有一对兄弟，为了争夺家产，互相诅咒对方。结果哥哥变成乌龟，弟弟变成大象。他们原本是大有法力的仙人，铸成大错后仍不知悔改，彼此仇恨，天天在这湖中打斗不休。大象身高六由旬，长十二由旬，乌龟横展三由旬，圆壳周长十由旬，足可果腹。你就将他们吃了吧！"

大鹏鸟听了，立即向湖中掠去，迅疾如思想，一只爪子抓起大象，另一只爪子抓起巨龟，直冲云霄，群山震动。大片神树在他双翼荡起的飓风中战栗，惶恐地请求道："请不要压断我们！"只有一株高大的菩提树，自恃强壮，说道："我有一根一百由旬长的枝条，你可以栖息在上面，吃掉象和龟。"

大鹏金翅鸟迅速飞来，爪子刚一接触树枝，那根枝条就被压弯了。当他庞大的身躯完全落下，那根枝叶纷披的大树枝啪的一声完全断裂。大鹏鸟一眼瞥见许多拇指大小的矮仙倒挂在树枝上，连忙疾飞过去，张口衔起树枝，免得矮仙受伤。他口衔树枝，爪子抓着巨象巨龟，飞过一座座高山，不知何处可以落脚。这位天神和阿修罗都无法抵御的禽鸟之王在高空中盘旋，身躯如山，形容神圣，犹如高高举起的梵天神杖，一切众生为之恐怖。

迦叶波见到这一幕，害怕儿子冒犯仙人被诅咒，连忙劝说众矮仙放开那根树枝，对儿子说道："喜马拉雅山深处有一处无人居住的幽谷，你可以在那里扔下树枝。"迦楼罗听了，振翼疾飞，眨眼便飞过十万由旬的路程，来到那处幽谷，扔下树枝。他的双翼刮起的飓风震得喜马拉雅这众山之王摇摇晃晃，群峰崩裂，黄金、宝石等各种矿藏暴露在外，映着丽日白雪，更是灿然生辉。那根巨大的树枝裹挟着风声从天而降，砸断了许多树木，金色的落花簌簌而下，犹如雨云中放射出道道闪电。大鹏鸟降落山巅，吃掉了巨象和巨龟，心满意足，当即张开垂天之翼，扶摇直上，直冲云霄。

随着这非凡的鸟中之王从群山之巅起飞，狂风怒啸，无数流星裹着长烟，从青空坠落。天帝因陀罗的神兵金刚杵冒出火焰，三十三天神的兵器纷纷离位，撞击到一处。这是天神与阿修罗大战也未出现过的异象！这时，晴空炸响惊雷，天降血雨，尘土飞扬，玷污了诸神的冠冕。众神心下惶恐，连忙询问天神导师祭主仙人："尊者啊，为什么出现如此凶兆？"

祭主仙人答道："因陀罗啊，你曾嘲笑过矮仙，他们诅咒会有一位勇武百倍于你的众神之首诞生，带给你恐惧。他就是众鸟之王迦楼罗，他神通广大，变化万端。他现在就要来此夺取甘露，我相信他必定能成功。"

因陀罗听了，立即吩咐众天神布置机关，守护甘露。三十三天神们个个顶盔着甲，手执神兵，严阵以待。黄金盔甲与雪亮的锋刃相互辉映，宛如当空流泻出一片阳光。他们刚集结成阵，便看到那威力无限的大鹏金翅鸟飞来，瞬息便来到近前，神光万丈。众天神竟吓得浑身战栗，手中兵刃叮叮当当碰撞不停。匠神负责看守甘露，鼓起勇气迎战迦楼罗，但实力悬殊，几个回合便不支倒地。迦楼罗扇动双翼，狂风骤起，尘土弥漫，天地间一片漆黑，众天神全被埋在尘土中。因陀罗连忙喝令风神伐由吹走尘土，光明再现，三十三天神向迦楼罗发起攻击。金翅鸟纵声长鸣，声如惊雷，忽然冲天飞起，在众天神的头顶高高盘旋。以因陀罗为首的众天神纷纷向他投掷出各种神兵，迦楼罗以一敌众，毫不畏惧，强健的双翼连续拍击，尖尖的鸟喙和锋利的鸟爪连啄带抓，在诸神身上留下道道血痕。在他的攻击下，众神一败涂地，四散奔逃，只剩下一群长着翅膀的药叉还在死守不退。迦楼罗怒火中烧，一声长鸣，用尖喙和利爪撕开他们的身体，将他们一一杀死。这些勇武的药叉颤抖着倒下，犹如遍布天空的乌云，顿时血雨如注。

迦楼罗战胜他们，飞抵甘露所在，发现甘露四周都燃着熊熊大火。火势遮天蔽日，仿佛要焚毁太阳。迦楼罗立即变出八千一百张嘴，迅速飞到各地，吸干了许多江河，用江河之水扑灭大火。然而甘露前面还安置着一个飞速旋转的轮盘，边缘锋利如剃刀，足以将任何窃贼切割成碎片。两条从不眨眼的火龙守护在轮盘下面，一瞥即能让人化为灰烬。迦楼罗立即将身体缩小为微粒，沿着轮盘滚了几滚，从轮辐的间隔中溜了进去，然后身躯猛然长大，双翼扬起尘土，顿时眯住了火龙的眼睛。只这一瞬间，他一跃而上，将两条火龙撕得粉碎。然后，迦楼罗捧起甘露，捣毁轮盘，直冲云霄，巨大的双翼遮蔽了太阳。他一路疾飞，精神振奋，在空中遇上了毗湿奴大神。

毗湿奴见他得到这世间至宝却不自饮，一心念着解救母亲，心中欢喜，说道："我给你一个恩惠吧！"

高傲的迦楼罗道："那我要永远高于你。还有，即使我不饮甘露，也要长生不老。"这就是两个恩惠了，于是他很大方地说："我也可以给你一个恩惠。"

毗湿奴微微一笑："那你就做我的坐骑吧！我会以你为旗徽，这样你就永远高于我了。"这就是黑天以大鹏金翅鸟为旗徽的由来。

这时天帝因陀罗追赶上来，拿起金刚杵奋力击向迦楼罗。迦楼罗一动不动，承受了这一击，只掉落了一根羽毛。他含笑说道："天帝啊，你的金刚杵根本伤不了我，但它是用陀提遮仙人（Dadhichi）的骨头制成的。为了向仙人表示尊重，所以我抖落了一根羽毛。"就连这根掉下的羽毛也美不胜收，迦楼罗由此得到尊号"美翼"。

因陀罗倾慕他的力量，叫道："请告诉我你究竟有多强大。鸟中最胜者啊，我渴望你永恒的友谊。"

迦楼罗道："如你所愿，我接受你的友谊。我实话告诉你：我一根羽毛就能承载整个大地以及上面的山川河海。我力量非凡，即使一切世界加起来，连同动物、不动物以及你这个天帝，我都能轻松负载。"

因陀罗道："你已长生不老，不需要甘露。请将它还给我吧！不要让别人喝下甘露与我为敌。"

迦楼罗道："我要这甘露自有缘故，不过，我不会给任何人喝的。我把它放在一个地方，你可以立即取回来。"

因陀罗大喜，道："你这话真让我高兴！你想要什么恩典我都可以给你。"

迦楼罗想到蛇族作弊令他与母亲沦为奴隶饱受欺凌，不禁怒从心头起，叫道："我原本有能力得偿所愿，但还是向你提出请求，蛇族应该就是我的食物！"因陀罗答应了，从此金翅鸟就是蛇族的天敌和克星。

迦楼罗告别天帝，飞回母亲身边，对众蛇说道："我已取来甘露，放置在俱舍草上。你们沐浴祈祷之后就可以饮用了。你们提出的要求我已经做到，那么从今天起，我和母亲都不应该是奴隶了。"

眼见甘露到手，众蛇欣喜若狂，立即答应了迦楼罗。然而他们沐浴祈祷完毕，却发现俱舍草上空空如也，因陀罗早已拿走了甘露。众蛇很不甘心，仍然伸出长舌，将俱舍草舔个不停。他们舔了很久很久，以至于舌头裂成了两半。而俱舍草也因为接触过甘露而变得圣洁。

就这样，迦楼罗让母亲毗娜达摆脱了奴隶身份，他们常常在森林中漫游，欢喜无限。迦楼罗以蛇为食，是鸟中之王，也是大神毗湿奴的坐骑。他为救母亲勇夺甘露的故事永远为世人颂扬。

◉ 金翅鸟迦楼罗是鸟中之王，印度教三大主神之一毗湿奴神的坐骑，也是力量、威严与尊贵的象征。其形象为半人半鸟，在亚洲传播甚广，泰国和印度尼西亚的国徽都以迦楼罗为图案。迦楼罗被佛教吸收为八部天龙之一，并随着佛教传到中国。民间传说中岳飞即是大鹏金翅鸟转世。

◉ 毗娜达与迦德卢打赌，因迦德卢指使儿子作弊而沦为奴隶。因部分蛇族不愿作弊，迦德卢愤怒地诅咒他们在蛇祭中被火活活烧死。若干年后，般度王的后裔镇群王为父报仇，举行蛇祭，烧死了大批毒蛇，应了此誓。为了拯救族人，龙王婆苏吉将妹妹嫁给急于求子嗣拯救祖先的阇罗迦卢，生下了半人半蛇的阿斯谛迦。阿斯谛迦长大后劝说镇群王放弃了蛇祭。

◉ 众矮仙是梵天之子，以日光为食，脾气暴躁。迦叶波举行求子祭祀，众天神和精灵都来帮忙。天帝因陀罗轻而易举就能举起高山一样的木柴，看到众矮仙举起一根细小的树枝就累得气喘吁吁，忍不住嘲笑，惹恼了众矮仙。他们发愿苦行，要求上天降下另外一位众神之首，威力百倍于因陀罗。因陀罗恐天帝之位不保，求助于父亲迦叶波。迦叶波许诺他诞生的会是众鸟之王，也以此应了毗娜达的誓愿。

◉ 迦德卢的长子千首龙王舍沙不愿与心地卑劣的蛇族兄弟为伍，离家修习苦行，得到梵天的器重。在梵天的指令下，舍沙进入地底，负载大地，据说地震就是舍沙在地底翻身造成的。因他力量无穷无限，故又名"无限"。舍沙是唯一与迦楼罗交好的蛇族，二者共侍毗湿奴大神。当劫末宇宙解体时，毗湿奴即以舍沙为床，睡卧在原初之海上。而大神每次化身下凡，舍沙都会陪伴他。当毗湿奴化身为黑天时，舍沙是他的兄长大力罗摩。

◉ 有学者认为金翅鸟和蛇族的原型可能是古代两个以鸟和蛇为图腾的部落。毗娜达因迦德卢作弊而输掉赌局沦为奴隶，以及迦楼罗战胜五百蛇族兄弟的故事，极易让人联想起摩诃婆罗多中的情节。

◉ 俱舍草是印度神话中的圣草，早在吠陀时期就用于各种宗教仪式。印度教徒常用俱舍草编织成柔软的坐垫，用于祈祷和冥想打坐之时。传说佛陀坐在俱舍草垫上在菩提树下证道，因此它也是佛教徒的圣物。

◉《梨俱吠陀》中常称天神有三十三位（即"三十三天"），包括十二位阿底提之子，十一位楼陀罗（风暴神），八位婆薮，及双马童。

◉ 就史诗所述，摩利支与婆力古、陀刹等仙人同属于梵天的七位心生子之一，是众生之父迦叶波的父亲，不过印度教中关于他的记载并不多。佛教吸收了摩利支作为密教神明，并由男化女，称摩利支天为"天女""度母"，既是宝相庄严、悲天悯人的菩萨，又是三头六臂、现"畏怖相"的女战神。随着佛教东传，摩利支的女性形象还被道教吸收，演变为道教神灵北斗七星之母斗姆元君。

第二话　　　　　　　　　　　搅乳海

巍巍弥卢山，位于大地的中央，华光万丈，高不可攀，历无量劫而不毁，是众天神和乾闼婆的居处。山上有各种仙草，无数奇珍异宝，唯独没有诸神渴求的长生不老的甘露。于是众天神齐聚弥卢山巅，商量如何得到甘露。大神那罗延对梵天说道："仙草和珍宝都已齐备，请让天神和阿修罗们一起搅动乳海吧！在搅动的大海中，将会出现不死甘露。"

他们决定以曼陀罗山（Mandara）为搅棍。这座大山高出地表一万一千由旬，深入地底一万一千由旬，有各种奇花异草、飞禽走兽。然而集众天神之力，也无法拔起曼陀罗山。于是，众神向那罗延与梵天求助，梵天召唤出地底的龙王舍沙。在那罗延的吩咐下，威力无限的尊神舍沙将曼陀罗山连根拔起。众天神带着这座山来到大海，向海神请求道："请允许我们搅动大海，取得甘露。"众水之王伐楼那答道："如果你们让我分享甘露，那我可以忍受曼陀罗山搅动我的水域。"

他们说服了背负大地的龟王阿拘跛罗（Akupara），将它作为曼陀罗山的底座，以蛇王婆苏吉为搅绳，曼陀罗山为搅棍，开始搅动大海。随后，底提之子和檀奴之子也加入进来，阿修罗抱着婆苏吉的头冠，天神握着蛇王之尾。舍沙和尊神那罗延一起，不停地将蛇王的头抬起又放下。随着婆苏吉身体的起伏，阵阵水雾裹挟着狂风和闪电，不时从蛇王口中喷薄而出。水雾凝成乌云，飘洒出细雨，抚慰着疲惫不堪的众神。

就这样，众神和阿修罗用曼陀罗山搅动大海，发出的轰鸣声犹如劫末之时的惊雷。各种鱼类以及在海神伐楼那水域中居住的其他无数生灵被这巨大的石杵碾轧成齑粉，悄然融入浩渺的海水中。曼陀罗山飞速转动着，山上巨树成片倒下，互相摩擦，引发一场森林大火。火势迅速蔓延，照亮了曼陀罗山，犹如电光从乌云中闪现。

无数动物在山火中丧生，幸好因陀罗及时行云布雨，扑灭了大火。

慢慢地，山上巨木和各种仙草涌出汁液，涓涓汇入了大海之中。这些汁液混合着黄金之露，饮之有长生不老之效。大海渐渐变成了乳白色，与这些汁液的精华深度搅拌融合，海水又从浓乳变成了清奶油。但甘露还是没有出现，而众天神、阿修罗和蛇族都已经筋疲力尽了。于是在众天神的请求下，大神那罗延又赐给他们一些力量。他们精神焕发，齐心协力地继续搅动乳海。之后，海中生出了月亮，沉静皎洁，放射出清辉万道。身披白衣的吉祥天女、谷酒女神和疾如思想的天马高耳陆续从海中诞生，加入天神的行列。接着，世间最珍贵的宝石考斯杜跋（Kaustubha）亦从海中涌现。它璀璨夺目，代表吉祥如意，自动成为大神那罗延胸口的装饰。最后，俊美的医神檀文陀梨（Dhanwantari）手捧一只洁白的钵子，从海水中冉冉升起，所有生灵梦寐以求的不死甘露就盛放在钵子里。生性强横的众阿修罗立即一跃而起，夺得甘露，一个个口中狂呼道："这是我的！"

大神那罗延当即幻化为一位绝色美人摩西尼（Mohini），将众提达与檀那婆迷得晕晕乎乎，稀里糊涂地就把甘露送到她手中。好友那罗一路陪随，护送她手捧甘露回归天神的行列。摩西尼将甘露分给众天神，一名叫罗睺的阿修罗为了偷饮甘露，化为天神的模样，也分得一杯羹。但就在甘露刚流入他喉咙的时候，日神和月神发现了他是阿修罗，连忙告发摩西尼。摩西尼当即祭起妙见神轮，砍下罗睺的头颅。就这样，罗睺与日神月神结下深仇大恨，总是追逐日月，找机会就要吞掉他们。因甘露已流到罗睺的喉咙，他的头颅永恒不灭，但因为他没有身体，所以不一会儿，日月又会从喉中漏出。这就是日食和月食的来历。

大神那罗延随即隐去幻化的美人形象，现出法身，手执各种令人胆寒的神兵利刃，众阿修罗顿知受骗。于是，为了争夺甘露，一场天神与阿修罗之间最为恐怖的战争在这咸水之滨爆发了。他们互相投掷出成千上万锋利的标枪、长矛，以及各式各样的法宝。受伤的阿修罗喷溅出大摊鲜血，到处都是被砍掉的头颅、散落的黄金甲胄，以及横七竖八的尸体。红日升起，双方仍恶战不止，叫喊声和厮杀声响彻四方，直冲云霄。

毗湿奴与吉祥天

毗湿奴通常以宇宙神王的形象出现,是光明与仁慈的象征,他的妻子吉祥天(即拉克什米女神)则以温柔美貌著称,是王权富贵的象征。毗湿奴是宇宙间所有男性和一切阳性生物的化身,吉祥天是他的阴性力量,宇宙间所有女子和一切阴性生物的化身。他们的婚姻从哲学意义上讲,是原人(Purusha)与原质(Prakriti)的结合;从世俗角度来说,他们是印度人眼中最完美的男人和女人的结合。至今印度人举行婚礼,新郎被称为那罗延,新娘被称为吉祥天。毗湿奴每次化身下凡,吉祥天都跟随着他:他是罗摩,她是悉多;他是黑天,她是艳光。

天神那罗与那罗延也投入到战斗中。那罗头戴天冠、手执神弓，箭无虚发。那罗延看到那罗的神弓，顿时想起自己的神兵妙见飞轮。神轮立即应世尊的心愿破空飞来，它至高无上，所向无敌，来去如风，灿如太阳，边缘锋利如剃刀，极美丽又极恐怖。世尊一次又一次释放出神轮，每一次神轮都迅速割下成千上万阿修罗的头颅。它喷射着火焰忽而上天忽而坠地，畅饮着敌人的鲜血，带来死亡和毁灭。

　　遭受打击的阿修罗们飞上天空，厉声吼叫着向天神们投掷下一座座大山。这些遍布树木的大山从天而降，彼此撞击，轰然坠地，发出巨大的轰鸣声。巨大的山体一座接着一座撞向地面，整个大地都被震得簌簌发抖。

　　于是，无上士那罗射出了他那以黄金为箭头的神箭。密密麻麻的箭矢接连不断，将阿修罗手中的山峰射成碎片，尘埃漫天，天空为之一暗。众阿修罗无计可施，又见妙见神轮喷射着火光朝他们飞来，慌忙逃走，有的钻入地底，有的潜入大海。

　　天神们于是获得了胜利，欢呼声响彻云霄。他们向曼陀罗山道谢，将它安置回原地，然后欢欢喜喜地携带甘露回归天界。回程路上，因陀罗和众天神将盛放甘露的钵子交给有冠者那罗保管以图安全。

◉ 搅乳海是印度神话中最浪漫瑰丽的篇章，古往今来衍生出无数惊心动魄的版本，是印度最常见的诗歌、绘画和雕塑的题材之一。从千年前古老幽深的吴哥窟，到现代化的泰国曼谷机场，都能见到以搅乳海为主题的作品展示。这个创世故事由大神那罗延（即往世书时代的保护神毗湿奴）主持，天神与阿修罗从此分裂，展开了亘古不休的战争。《摩诃婆罗多》记述了这一事件较为古老的版本。

◉ 往世书中的细节更为丰富，称因陀罗得罪敝衣仙人，仙人诅咒世上所有的财富和荣光都会消失。于是在毗湿奴的建议下，天神和阿修罗合力搅乳海。然而甘露未出，不可毁灭的剧毒诃拉诃拉（Halahala）已先出世。毁灭神湿婆为救众生吞下剧毒，存储在喉间，脖子被烧成青色，由此湿婆又名青颈（Nīlakaṇṭha）。搅乳海生成的宝物也越来越多，一说月亮成为湿婆的头饰，吉祥天成为毗湿奴永恒的伴侣，众多天女为诸神所有：谷酒女神不情愿地归于阿修罗；六牙神象爱罗婆多和七首天马高耳归天帝因陀罗所有；有求必应的如意神牛归毗湿奴所有，他将神牛送给了众仙人。神奇的夜花树（Parijata）被植入

插话篇

天帝的欢喜园林中,最珍贵的宝石考斯杜跋成为毗湿奴的胸饰,医神檀文陀梨成为毗湿奴的一个化身。

⊛ 龟王阿拘跛罗指世界之龟。印度神话中大地由巨龟背负,八头方位象承载,龙王舍沙头顶大地并以身体紧紧环抱,以免大地摇晃。在往世书中,大神毗湿奴亲自化为巨龟俱利摩(Kurma)负载曼陀罗山,这是他十大化身中的龟化身,与史诗有异。

⊛ 传说摩西尼是毗湿奴神唯一的女性化身,是魅惑的具象。在每个生灵眼中,摩西尼都呈现出他脑海中最美的形象,因此她的美能征服一切众生,包括毁灭神湿婆。亦有人称,湿婆能看透摩西尼的本相是毗湿奴,毗湿奴代表终极精神实在,而他的女性化身摩西尼则代表纷繁美丽的物质实在。因此,摩西尼是包裹着物质外衣的精神实在,这是湿婆被她吸引的根本原因。毗湿奴神话的中心主题就是将人类从丰盈却虚幻的物质实在中引领到永恒不灭的精神实在。

⊛ 据《摩诃婆罗多》所述,那罗原为天神,头戴天冠,手执金箭,被称为"有冠者",这也是阿周那的名号之一。那罗与那罗延并肩战斗,助天神夺得甘露;之后又和他一起化身为一对形影不离的仙人,创造了无数传奇。他们就是阿周那与黑天的前身。

⊛ 搅乳海的原型据说来自印度人制作清奶油的过程。牛乳、吉祥天女,以及乳海中诞生的种种宝物,皆是物质财富的象征。为了得到物质财富与不死甘露,神魔两种力量互相拉锯,维持着宇宙的动态平衡。阿修罗能被击败,但永远不可能被彻底铲除,就像不可毁灭的剧毒诃拉诃拉。人类必须坚持不懈地修习自身,才能抑制住贪婪、强横等人性中的"阿修罗之力",实现内在的精神解放。

⊛ 黄宝生先生提到印度学者和西方学者对搅乳海原型的推测还包括榨苏摩汁、钻木取火和男女交合。总之,它象征着人类的创造能力。人类通过相互合作和辛勤劳动,能够创造一切财富。但人类为了争夺财富所有权,却陷入永无止境的争斗和痛苦。因此,这个神话传说也隐含《摩诃婆罗多》这部史诗的主题。

⊛ 据说搅乳海发生在印历八月朔日,这就是排灯节(Dīpāvalī)的来历。排灯节是印度教最重要的节日之一,是光明战胜黑暗的日子。这一天,吉祥天从乳海中诞生,与毗湿奴共结连理。家家户户都会打扫清洁,点燃油灯,迎接女神降临,给家庭带来财富和好运。这一天也被视为罗摩战胜罗波那胜利回到阿逾陀,黑天杀死那罗迦,杜尔迦杀死水牛怪,以及般度五子结束十三年流放生涯、阿周那从莎弥树上取下武器与俱卢军大战的日子。

第三话　　　　　　　　　　　　　沙恭达罗

　　印度神话中有两个传奇王朝，一个是日神苏利耶后裔建立的太阳王朝，诞生出圣君罗摩；另一个则是月神苏摩后裔建立的月亮王朝，本节主角豆扇陀（Duṣyanta）即是月亮王朝的君主。豆扇陀年轻俊美，富有四海。在他的统治下，大地风调雨顺，物产丰富；人人恪守正法，安居乐业。

　　一天，豆扇陀带领随从和军队离开都城象城，前去森林打猎。国王精力充沛，英武过人，猎杀了许多动物，兴致高昂，追赶着一只鹿越走越远，不知不觉中已到达森林边缘，前面是一片不毛之地。此时，他已颇感饥渴，继续前行，走过这片荒地，眼前蓦然一亮，现出一片美丽幽深的净修林。林中繁花似锦，鸟啼婉转，凉风习习，花雨缤纷，令人心旷神怡。绿荫深处有河流经过，环绕着一处森林道院，幽雅如天帝因陀罗的欢喜园林。豆扇陀知道大仙迦叶波的后裔干婆仙人就住在这里，便吩咐士兵们止步，只带领国师和几位大臣步行进入道院。道院幽深，风光旖旎，处处都有闪耀的祭火和诵经的苦行者，但却不见干婆仙人。豆扇陀于是屏退左右，独自进入仙人的住所，却仍不见仙人的踪影。"这里有人吗？"他提高声音叫了一句，深林杳杳，仿佛有回声传来。

　　应和着他的呼唤，一位少女走了出来。她一身苦行女的打扮，乌溜溜的眼珠分外动人，美貌宛如吉祥天女神。"欢迎你！"她柔声致敬，依礼为国王濯足，献上清水。

　　"美人啊，我来此拜见干婆仙人。请问他到哪里去了？"国王问道。

　　"干婆仙人去林中摘果子了。请你略等片刻。"女孩答道。

　　她风姿曼妙，笑容甜美，豆扇陀不禁怦然心动，问道："美丽的女郎啊，你是谁家的姑娘？请告诉我吧，因为我一见面，心就被你夺走了。"

少女微笑着道："我正是干婆仙人的女儿沙恭达罗。"

豆扇陀疑惑地道："干婆仙人禁欲守戒，举世共尊。你怎么会是他的女儿？"

沙恭达罗答道："的确如此。我的生父是众友仙人，干婆仙人是我的养父。"

众友仙人原本是一位国王，属于刹帝利种姓。他羡慕婆罗门的法力，通过极其艰苦的修炼成为一名婆罗门仙人。此人出名地脾气暴躁，神通广大。因陀罗甚为忌惮，担心他会夺走天帝的宝座，便命天女美那迦（Menakā）前去毁掉他的苦行。美那迦是梵天之女，天界六位最美丽的天女之一。仙人正在森林中专心致志地修习苦行，美那迦战战兢兢地向仙人施礼致敬，在他面前佯装玩耍。这时，风神按照计划吹走了她洁白如月的衣裙作为配合。女郎似乎又羞又窘，四处奔跑着想要抓住衣裙，姿容绝世，玉体尽露。众友仙人看在眼中，顿生情欲，向她求欢。美那迦答应了，纵身扑入仙人怀中。他们形影不离，纵情欢爱，这样过了很长时间，直到美那迦生下一个女儿。美那迦完成任务，便把女婴扔弃在雪山下森林中的一条河边，回到天界。森林里荒无人烟，野兽出没，一群沙恭达鸟看见婴儿，纷纷垂下羽翼，保护她不让她为猛兽所伤。干婆仙人去河边沐浴，见到被沙恭达鸟保护的女婴，便将她带回抚养长大，取名沙恭达罗。

豆扇陀听罢，立即道："既然你的生父是众友仙人，那你就是国王之女。美人啊，做我的妻子吧！我要给你黄金花鬘、美丽的衣服、耳环和金臂钏。我还要给你珍贵的摩尼宝石、金币和许多毛皮！我今天就把这一切连同整个王国都献给你，你以乾闼婆的方式嫁给我吧！"

沙恭达罗也对英俊的国王一见钟情，羞涩地说："国王啊，请你稍待片时。我父亲回来后，会把我许配给你的。"

但豆扇陀已经急不可待，说道："美丽无瑕的女郎啊，我渴望得到你，我就是为你留下的。人是自己的亲属、自己的主人，请你根据正法把自己布施给我吧！由父亲做主婚配是婆罗门的婚姻方式，武士可以采取两情相悦、自主婚配的乾闼婆式，和以武力强娶新娘的罗刹式婚姻。我一定要娶你为妻，要么用乾闼婆式，要么用罗刹式。既然我有情，你有意，请你采用乾闼婆式婚姻成为我的妻子吧！"

天女

天女，音译为阿布娑罗，传说天女从乳海中诞生，美艳绝伦，成为天界的歌手和舞者。《梨俱吠陀》称她们是乾闼婆的妻子，但婚姻关系并不固定，合则来，不合则去。著名的天女有广延天女、美那伽等人。《摩诃婆罗多》有许多因陀罗指使天女破坏仙人修苦行的故事。

这是如果沙恭达罗不肯，国王就要强抢逼她就范的意思。于是，沙恭达罗答道："如果这是合法的，如果我是自己的主人，请你答应我一个条件：若我为你生下儿子，他应该是你的继承人。如你应承，我就同意与你结合。"

"如你所愿。"豆扇陀不假思索地答应下来，说道，"我还要把你接回京城，美人啊，我对你说的是实话。你值得这一切。"

他如愿以偿地得到了沙恭达罗，一番欢爱，起身告辞。"美人啊，我一定会亲率大军接你回宫的。"临行前，国王这样反复承诺，心中却在担忧干婆仙人知道此事后的反应。

他走后不久，干婆仙人便回到道院。沙恭达罗出于害羞之情，没有去迎接父亲。然而神通广大的仙人早已知情，告诉女儿："你们种姓相同，结合并不违反正法。对于刹帝利来说，两情相悦的乾闼婆式是最好的婚姻方式。沙恭达罗啊，豆扇陀出身高贵，堪做你的夫君。你为他生下的儿子将会成为冠绝人间、所向无敌的转轮圣王，征服以大海为边的整个大地，他的战车车轮永远无人能阻！"

沙恭达罗殷勤服侍父亲，说道："我挑选的丈夫确实是豆扇陀。请您施个恩典吧！"

干婆仙人答道："为了你，我愿意赐福给他。说吧，你希望他得到什么？"

沙恭达罗一心为豆扇陀好，请求道："愿他的家族世代遵守正法，王业永固！"

如仙人所言，沙恭达罗果然有了身孕，整整怀孕三年才生下一个男孩。那孩子一出生掌心就带有车轮印记，俊美如天神，光辉灿烂如火焰。干婆仙人为他举行了各种圣礼。孩子一天天在道院中长大，聪颖过人，力大无穷，比寻常儿童高大得多。道院在森林中，经常有猛兽出没。男孩才六岁，就能捉住狮虎，套上缰绳，骑在胯下到处玩耍。因他能镇服再凶猛不过的野兽，道院中的人称他为"降服一切者"（Sarvadamana）。然而，孩子的生父豆扇陀却从未出现过，也没有派任何使者来看望过他们母子。

干婆仙人见识到男孩的非凡行为，便道："是时候让孩子认祖归宗、成为太子了。女人不应久居父母家中，这不合正法，有害名誉。快把沙恭达罗和儿子送到她丈夫那里吧！"于是，他派了几个徒弟，护送沙恭达罗母子前往豆扇陀的都城象城。

经人通禀，沙恭达罗带着儿子入宫，以得体的礼仪拜见国王，说道："这就是我和你的儿子。国王啊，请你履行当初在干婆道院中的承诺，立他为太子吧！"

豆扇陀尽管知道一切往事，却装作不记得的样子，叫道："我不知道你是谁，你这个装作苦行女的荡妇！我不记得和你有任何关系！你的去留悉听尊便。"

女郎被他的一顿斥骂惊得呆住，整个人痛苦得仿佛失去了知觉。她死死地盯着国王，看穿了他的伪装，又是激动又是愤怒，目中就要喷出火来。随后，她努力用苦修得来的镇静克制住情绪，对豆扇陀说道：

"国王啊，你明明记得一切，为什么像个小人一样信口胡说？你的心明辨真假，你的自我就是见证者，不要自贬身份口出妄言。你以为你是一个人，然而全知全能的那罗延神就寓居在你的心里，他知道你的所有罪过，你在当着他的面作恶！人总以为独自作恶就无人察觉，殊不知众天神以及居于众生心中的最高灵魂全都看在眼里。弄虚作假的人得不到神的祝福，阎摩神会惩罚恶人甚至夺走他的生命。

"我对你忠贞不贰。是我主动前来找你，但你不应因此而看轻我！妻子理当受到尊重，为什么你却在大庭广众下把我当下贱女人对待？豆扇陀啊，请听我的如下请求，如果你仍然拒绝，那么你的头会碎成百瓣！

"古代的仙人都知道，丈夫进入妻子的身体，再以儿子的形态出生。男人有子嗣，才能把祖先从地狱中解救出来。妻子为丈夫生儿育女，是男人的另一半，是他最好的朋友，是他临终时的伴侣，是法利欲人生三要之根。有妻之人才能举行祭祀，才能履行家主职责，才能吉祥喜乐。妻子是他孤独时的朋友，履行正法时庄严如父亲，在遭受病痛时温暖如母亲。即使丈夫在荒野跋涉，妻子亦能助他消除疲惫、振奋精神。有妻之人会得到信任，因此，妻子是最高的荫庇。

"忠贞的妻子立誓追随丈夫，她会在黄泉路上等他，或者跟随他死去。国王啊，这就是婚姻存在的意义。丈夫享受着妻子的陪伴，无论生前还是死后。

"智者说，儿子是男人重生的自己。因此，男人应该把妻子当作母亲般尊重！

男人即使发怒也不该对妻子不敬，因为他的情爱、欢愉、正法以及一切都取决于妻子。妻子让男人得以再生，世上还有什么比浑身沾泥的儿子扑过来抱住父亲更大的幸福呢？现在你的儿子正以饱含孺慕之情的目光看着你，你为什么无视他？即使蚂蚁也会孵育自己的卵，明了正法的你怎能不抚养自己的亲生儿子？让这可爱的孩子去抱抱你，碰触你吧！世间没有比这更愉快的碰触。

"我怀了整整三年才生下这个孩子，上天预言他将成为举行百次马祭的伟大君王。正如婆罗门在他出生礼上念诵的吠陀真言：'从吾身，汝诞生。从吾心，汝诞生。汝即吾，以子之形。因吾性命赖汝生，家族赖汝永绵延，愿汝幸福长寿到百年！'这个儿子从你的身体出生，是你的另一个自己。好好看看他吧！他就像你在清澈湖水中的倒影。

"当初，你在道院中夺走了我的处子之身。天女美那迦和众友仙人生下了我，不知我做错了什么，婴儿时母亲就将我扔弃在雪山之阴，现在我又被你抛弃！我可以回到道院中去，但这是你的亲生儿子，你不能抛弃他！"

豆扇陀听罢，说道："沙恭达罗啊，我可不认识这个儿子！女人总爱说谎，不可轻信。你说冷酷放荡的天女美那迦是你母亲，她抛弃你就像抛弃一束祭过神的枯萎的花。你父亲众友仙人原本是个残忍无情的刹帝利，他已成为婆罗门，居然还如此好色！可是，美那迦是天女中的最胜者，众友仙人是仙人中的最胜者，如果你是他们的女儿，怎么说话像个娼妓？可见你在胡说八道。你的儿子高大强壮如婆罗树，他怎么可能这么短的时间就长这么高了？你出身下贱，说话放荡，看来美那迦只是出于淫欲生下了你。我不知道你在说什么，我也不认识你。装作苦行女的淫妇啊，你走吧！"

沙恭达罗怒道："豆扇陀啊，我的出身远比你高贵！你我之间的差异，就如微粒芥子之于弥卢山。你只能在大地上行走，而我可以在天上漫游，出入因陀罗等四方护世神的殿堂。丑人自以为美，那是因为他没有照过镜子，真正的美人从不贬低他人。同样善恶交织的话，蠢人专挑恶语来听，就像猪专吃粪便；智者却只会接受良言，如同天鹅从水中吸入乳汁。善人说了别人的坏话会痛苦不安，恶人却会扬扬自得。君子因不察人过而快乐，蠢人却以专揭人短而快乐。不过，善人即使被诽谤中伤，也不会以同样手段还击。明明是恶人，却颠倒黑白诬蔑善人，这世上还有比这更荒唐的事吗？背离真实和正法的人有如毒蛇，就算异教徒也会厌恶他，何况虔信者呢？先人曾言：子嗣延续血脉，传宗接代为至高的正法。儿子能增添欢乐，如同正法之舟，将祖先救出地狱。因此，大地之主啊，请不要抛弃自己的亲生儿子。你要保护他，如同保护真实、正法和你自己。不要再自欺欺人了。国王啊，真实胜过举行一千次马祭。没有比真实更高的正法，也没有什么东西比虚假更恶劣。真实是最高的梵，真实也是神圣的誓言。国王啊，请你信守承诺。如果你一定要背信弃义，那我就回去，不和你这样的人相伴。可是豆扇陀啊，当你死后，我的儿子仍将加冕为王，统治整个大地。"

沙恭达罗说罢，便举步离去。这时，空中传来神谕："母亲只是赋予他血肉，儿子是父亲所生的自己。豆扇陀啊，接受你儿子，不得对沙恭达罗无礼！沙恭达罗说的是事实，你就是她的种胎人。若是抛弃自己的亲生儿子而生活，你会遭遇不幸。国王啊，好好抚养沙恭达罗为你生下的这个孩子吧！因为我们的指令你才肯抚养这个儿子，所以他应该叫作婆罗多（Bharata，受育者）。"

豆扇陀听到众神的话语，顿时笑逐颜开，对国师和大臣们说："各位听到天神的旨意了吧！我知道他是我儿子，可是如果我单凭沙恭达罗的一面之词就接受他，世人可能会怀疑他的出身。"

他欢喜地搂住儿子，亲吻孩子的头。众婆罗门送上祝福，乐师唱起颂歌。国王也用妻子的礼节迎接沙恭达罗，安抚道："世人不知你我的结合，可能认为你只是出自妇人天性才与我野合，从而嫌弃婆罗多出身不够纯洁，没有资格继承王位，所以我才想方设法来证明你的清白。你在气头上说的话很难听，但我都原谅你。大眼睛女郎啊，你就是我最爱的妻子。"

豆扇陀对心爱的王后说完这些，供给她华服美食，又将儿子命名为"婆罗多"，立为太子。他就是伟大的婆罗多王。婆罗多王的战车车轮隆隆向前，光辉灿烂，不可阻挡，征服了大地上的每一片土地。豆扇陀之子击败了所有国王，统治了整个大地。他依据正法治国，赢得无上荣誉，被尊称为"转轮王（Chakravarti）"和"盖世大帝（Sarvabhauma）"，威震四方。他如同天帝因陀罗一样举行了很多次祭祀，每一次都由干婆仙人主持，馈赠极为丰厚。从婆罗多王开始，这一家族包括婆罗多的后人乃至他的先辈，都被称为婆罗多族，贤君辈出，极负盛名，被人传颂至今。

◎ 沙恭达罗讲述的是转轮圣王婆罗多出身的故事。豆扇陀在故事里是个始乱终弃、厚颜无耻的伪君子。迦梨陀娑改写了这个故事，称豆扇陀本欲接沙恭达罗回京，留下一枚戒指作为信物。沙恭达罗在情人走后心神恍惚而怠慢来此做客的仙人，仙人诅咒国王忘记沙恭达罗，直到见到信物才会想起。怀有身孕的沙恭达罗前去寻夫，中途不慎遗失戒指，因此被失忆的豆扇陀拒绝。沙恭达罗痛苦万分，哀号求助，被母亲天女美那迦接到天国。后来，有渔夫从鱼腹中发现戒指，上呈国王。国王恢复记忆，深感懊悔，应天帝因陀罗之请征服阿修罗，得胜后，豆扇陀飞升天国，与妻儿团聚。

◎ 印度人认为人的自我灵魂与最高神我一般无二，那罗延神寓居在每个人的心里，见证着一切悲欢善恶，人的所作所为无法逃离神的监督，如同甘地所言："我的神并不是在天上，在人间就可以证悟到他。他就在这里，在你的心中，在我的心中。"沙恭达罗谴责豆扇陀说谎被那罗延神全程见证，颇有中文语境中"暗室有亏，神目如电"之意。

◎ 印度种姓社会实行内婚制，即同种姓之人能通婚，不同种姓之间通婚则有严格规定，高种姓男子与低种姓女子通婚称为"顺婚"，但所生子女随低种姓，如书中多处描写婆罗门仙人娶刹帝利公主为妻，所生子女为刹帝利。而高种姓女子与低种姓男子通婚则称为"逆婚"，违反种姓法，子女成为杂种姓，如刹帝利男子娶婆罗门女子，所生子女成为苏多。豆扇陀发现沙恭达罗生父为出身刹帝利的众友仙人，双方同种姓，便立即向她求婚。

◎ 转轮王（Chakravarti）意为"转动轮子者"，传说中统一天下的理想圣君可得此尊号，喻其战车车轮转动，无坚不摧碾碎一切。此概念来自印度教主神毗湿奴神，他手持飞轮，惩恶扬善，护持三界，是理想中神王的象征。此飞轮所向无敌，如同太阳以光芒驱除黑暗，摧毁邪恶，扫灭无知；它也是从不止息、毁灭万物的时间之轮。笈多王朝的统治者即自命为毗湿奴神的在世化身。佛教也引入了这一概念，转轮圣王以慈悲和智慧统治大地，孔雀王朝的阿育王即被称为转轮圣王。

第四话　　　　　　　　　　　　那罗与达摩衍蒂

（一）天鹅做媒

文底耶山南麓有个小国毗德尔跋国（Vidarbha），国王毗摩无子，在仙人的帮助下，他得到了三个高贵英武的儿子，和一个美艳绝伦的女儿，女儿取名达摩衍蒂（Damayanti）。达摩衍蒂体态婀娜，姿容绝世，自幼即以美貌闻名。当她成长为青春少女时，父亲为她安排了一百名女伴。达摩衍蒂在她们的簇拥下，犹如天后舍脂一般雍容华贵。她的美如同闪电般明亮锐利，三界之中见所未见，闻所未闻。如此美貌的女郎，就连众神也为之神魂颠倒，但她心中却已有意中人，就是尼奢陀（Niṣādha）国王那罗。

那罗容貌举世无双，俨然爱神再世。他英武博学，敬贤守信，射艺无双，尤其精通驭马术，唯有一个掷骰子的嗜好。那罗是无数美女心中的良配，却洁身自好，不近声色，堪称国王中的佼佼者。达摩衍蒂身边常有人夸赞国王那罗，而那罗周围的人也称赞达摩衍蒂的美貌。他们虽从未见面，心中却已互生情愫。天长日久，彼此的爱慕之情也越来越深厚。

有一日，那罗难忍相思之苦，走进王宫附近一片寂静的森林中散心。一群美丽的天鹅在这里漫游，每一只都以黄金为饰。那罗好奇地捉住了其中一只，不料那天鹅竟然口吐人言，叫道："尼奢陀国王，请不要伤害我！我会做一件让你开心的事来报答你。我可以飞到达摩衍蒂身边，为你说好话，让她只钟情于你，不再想别的男人。"

听见天鹅这么说，那罗立即松开了手。这群天鹅便展翅飞向毗德尔跋国，来到达摩衍蒂面前。它们是这样美丽，让公主忍不住心动。她欢喜地带着女伴奔跑过来，想要捉住天鹅。这群天鹅立刻四散分开，女伴们分头去追，却有一只天鹅来到落单的公主面前，说道："达摩衍蒂啊，你是女子中的瑰宝，世上唯有尼奢陀国王能与你相配。他名唤那罗，容貌胜过所有天神、乾闼婆、凡人、蛇族和罗刹。你这位妙女子若是嫁他为妻，真是男才女貌。你们会生下贵子，幸福美满，天上人间绝无仅有。"

天鹅说完这番话，达摩衍蒂怦然心动，含羞道："天鹅啊，你也这样对那罗说一说吧！"天鹅一口答应，回到尼奢陀国，将事情原原本本地告诉了那罗。

此后，达摩衍蒂心中对那罗的爱恋更甚，每日沉思不语，时常盯着天空发呆。女伴们看她整日食不知味、坐卧不宁，将情况告诉了国王毗摩。国王知道女儿是动了少女心思，想到她也到了年龄，便亲自向各国国王发出邀请，要为达摩衍蒂举办选婿大典。众位国王得到消息，纷纷盛装赶去赴会，求婚队伍震动了大地，宝马香车，盛况空前。那罗也心怀着对达摩衍蒂的爱恋，迅速上路奔向毗德尔跛。

这时，仙人那罗陀在人间游历完毕，前去拜访因陀罗。天帝因陀罗好奇地问道："我这座不朽的天国是众国王们心之所向，为什么竟然没有一个国王来此做客？他们在做什么？"那罗陀笑道："我告诉你为什么一个国王都见不到，他们都向达摩衍蒂求婚去了！那位美女容貌天下无双，声名远扬，人人都渴望她做自己的妻子。"这时水神、火神、正法神阎摩等天神也在座，高兴地说："那我们也去吧。"于是，以天帝因陀罗为首的众天神也率众赶去，途中巧遇国王那罗。

那罗容貌非凡，众天神都惊得呆住了，不由得停下天车，从云端冉冉降落地面。他们唤住那罗，要求他作为他们的使者。一向乐于助人的那罗立刻同意了，然后问道："你们是谁？有什么事情需要我去办？"

因陀罗道："我们是天神，为达摩衍蒂的选婿大典而来。我是因陀罗，这几位是水神、火神和正法神。请你转告达摩衍蒂，让她务必从我们四位天神中选一位做丈夫！"

那罗为难地道："我也是为同一个目的而来，所以不能为你们传话了！"

众天神道："尼奢陀国王啊，你既已答应了我们，怎能反悔？快去吧！"

那罗只好言道:"王宫守卫森严,我怎么能进去呢?"因陀罗让他不必担心,届时他自会进去。那罗应允,径直去往达摩衍蒂的宫殿,果然顺利地进去了。

达摩衍蒂在女伴的拱卫中,腰肢纤细,双目秀美,吉祥美丽,艳光连明月也黯然失色。那罗见到她,心中的爱意增长,但思及对天神的承诺,只得克制住自己的内心。那罗突然出现在眼前,一众女伴都不禁惊慌失措,可他如此高贵迷人,让她们又是羞涩又是欢喜,心道:"他是乾闼婆吗?还是天神或药叉?"她们默默揣度着,含羞不发一语。达摩衍蒂见到那罗英俊的面容也心生好感,含笑问他:"你是谁呀?完美无瑕的人啊,你如同天神般陡然降临,催生了我的爱情。你怎么来到这里的?我的房间一向防守严密,守卫从不懈怠,你怎么没被发现呢?"

那罗答道:"我是尼奢陀国王那罗,众天神派遣我来做使者,请你从天帝、水神、火神和正法神中挑选一位做丈夫。正是借助了他们的神力,我进来时才没人发现。"

达摩衍蒂微微一笑,对他说道:"国王啊,我和我的一切都完全属于你,请放心大胆地怜爱我吧!天鹅对我说的一番话,已点燃我的爱情之火。为了你,我才把众位国王召集来。若是你拒绝我,我会了结自己的生命!"

那罗苦恼地道:"既然有天神求婚,你为什么偏偏愿意嫁给凡人?天神是世界的缔造者,我连他们脚上的尘土都不如。凡人如果触怒了天神,死亡便会降临在他头上,请选择那几位天神吧!"

笑意凝结在达摩衍蒂的唇边,泪水涌上了她美丽的眼睛。半晌,她哽咽着道:"国王啊,我已想了一个妥帖的办法,不会让你获罪于天神。你和天神们一起来选婿大典吧,我会在天神面前选择你为夫婿。"

那罗回去如实对天神们说道:"我为你们游说,可那美貌的女郎偏偏看中了我。她叫我同你们一起参加选婿大典,在天神的面前选我为夫婿,这样我便不会担什么罪过。天神啊,你们是世界的主宰,我将事情如实告诉你们,一切由你们定夺。"

天神们同意与那罗一同前往,却有心考验达摩衍蒂。

选婿大典终于开始,盛况空前。众多国王云集大厅,犹如雄狮登上山岗。他们人人都戴着芬芳的花环，耳饰上的摩尼宝石闪闪发光，仪表堂堂如同天上的太阳和月亮。美丽的达摩衍蒂随后也步入大厅，璀璨的艳光瞬间夺走了国王们的全部心神，这位痴心的女郎却一心一意只顾寻找那罗的身影。然而，她吃惊地看到，人群中竟有五个长相和那罗一模一样的人！达摩衍蒂知道这是天神的神通，却不知该如何分辨，从长者那里听说的天神所具有的特征，此时竟一个都看不出来。她思索良久仍然不得端倪，内心痛苦不堪，感到向天神寻求庇护的时刻已来临。于是，达摩衍蒂以纯洁的心灵和美好的言语向天神祈祷，双手合十发出誓愿："既然天鹅做媒，尼奢陀王那罗将成为我的丈夫，天神们啊，凭此事实，请向我指明谁是那罗！既然我的言语和心灵都对那罗忠贞不贰，凭此事实，请向我指明谁是那罗！既然上天已安排那罗成为我的丈夫，天神们啊，请显出本相，让我能辨认出我的丈夫那罗！"

天神们见她确实钟情于那罗，怜悯她的一番深情，便现出天神的特征。达摩衍蒂看见天神幻化的那罗，既不流汗也不眨眼，双足离地，纤尘不染，脖子上花环新鲜又干净。只有一个人双脚着地，影子投射在地面上。他热汗淋漓，眨着眼睛，花环已经有些枯萎，还沾着点点灰尘。达摩衍蒂知道，这就是她的心上人那罗。她有些腼腆地轻轻牵住他的衣角，将鲜艳的花环佩戴在那罗的肩头。就这样，绝色美女达摩衍蒂依据刹帝利正法，选定了自己的夫婿为尼奢陀国王那罗。

在场的国王爆发出一片欢呼声，天神们也为他们喝彩，并赐给那罗八个恩典。天帝赐给他无上荣耀的命运，以及能在祭祀上见到天帝。火神赐给他与火神一样光辉的世界，一旦那罗需要，火神就会出现。正法神阎摩赐给他品尝食物之味的天赋，以及对正法的坚定信心。水神赐给他一个芬芳的花环，和需要时就有清水出现。随后，天神们返回了天国，众国王参加了那罗与达摩衍蒂的婚礼，宾主尽欢。那罗带着达摩衍蒂回到尼奢陀，二人形影不离恩爱有加，国泰民安万众臣服。那罗举行了一次马祭，宣告自己的王权。国王与王后相亲相爱，如同天帝因陀罗与天后舍脂一样幸福美满。

不过，阴影已经存在。在选婿大典结束时，天神们在返回天国的路上，遇到了恶神迦利和德伐波罗，他们也是去参加达摩衍蒂的选婿大典的。却被告知选婿大典已经结束，达摩衍蒂选了那罗作为自己的终身伴侣。迦利怒不可遏，叫道："她竟然在天神面前挑选凡人为郎君，就一定要受到惩罚！"

以因陀罗为首的五位天神不满地说道："达摩衍蒂嫁给那罗，我们都深表赞同。那罗王忠于承诺，具备一切美德，谁若想害他一定会自食其果，坠入无边地狱，救赎无门。"说罢，他们便告别两位恶神，回到了天上。

然而，迦利怒气不歇，不肯罢休："我无法平息对那罗的愤怒，一定要让那罗跌下王位，让他与达摩衍蒂不再相爱！德伐波罗啊，你钻入骰子里去，一定要助我成功！"两位恶神就此定下诡计，前往尼奢陀国潜伏在那罗身边寻找机会。

◉ 那罗与达摩衍蒂的故事是印度神话中的著名篇章。这个故事应流传已久，被《摩诃婆罗多》收录其中。公元12世纪诗人室利诃奢（Śrīharṣa）根据这则插话创作了《尼奢陀王传》（Niṣadhacarita），是五大传统大诗之一。其作品不重视情节，偏于炫技，尤擅艳情描写，对达摩衍蒂的美貌、她对那罗的相思之情，以及二人的欢爱极尽铺陈。

◉ 坚战王放逐森林时悲叹自己的不幸，巨马仙人便给他讲述了那罗王的故事，鼓励他平静地看待世事无常，积极努力地去生活。这是一个有关命运、爱情以及自我救赎的故事，充斥着大量隐喻和说教，人的自由意志和天神的权威相互作用，但都逃不掉命运的安排，van Buitenen 呼吁不要过分夸大那罗故事与《摩诃婆罗多》的相似之处，但二者在故事情节、主旨乃至某些细节上的雷同确实引人注目。

◉ 古典文本中常混用尼奢陀（Niṣadha）与尼沙陀（Niṣāda），但一般认为那罗王所统治的尼奢陀国是雅利安人建立的国家，而部落民尼沙陀人以渔猎为生。往世书中记载了尼奢陀王族世系，称他们都是那罗王的后代。

◉ 达摩衍蒂与天鹅的故事是古往今来印度诗人、剧作者和画家最为喜爱的题材之一。有研究印欧神话的学者将其与宙斯化身天鹅引诱丽达相比较。但天鹅在这个故事中只是充当信使而非风流浪荡的神王，因此整个故事更类似于中国古典文学中鸿雁传书的意象。

（二）祸起萧墙

那罗洁身自好，两位恶神潜伏许久，竟无计可施。终于，在第十二个年头，那罗举行晚祷前忘了洗濯双脚，迦利便趁他身体不洁之时钻进了他体内，扰乱那罗的神志。然后，迦利又施展神通，变化出一个人形，去那罗的兄弟布湿伽罗（Pushkara，意为"酒醉"）面前，交给他一个骰子，挑唆道："去和那罗赌博吧！有我相助，你一定会大获全胜，赢取他的全部国土，统治尼奢陀！"迦利的诡计得逞了，布湿伽罗受他引诱，邀请那罗掷骰子赌博。他当着达摩衍蒂发出挑战，高傲的国王无法拒绝。尽管达摩衍蒂出言阻止，那罗仍置之不理，坐上了赌桌。

由于这个骰子被迦利做了手脚，德伐波罗钻入其中，点数总是能随布湿伽罗的心意变化，那罗连连失利，先后输掉了金银、车马、牲畜和华服。他被体内的迦利影响，完全失去了理智，不及时止损，反而如痴如狂地继续赌博，没有谁能阻止。于是，尼奢陀国的所有大臣和全体国民齐聚宫门，要求觐见国王。达摩衍蒂双目含泪，劝说那罗道："国王啊，您的忠诚子民和全体大臣已在宫门候立多时，言辞恳切，请求见你，您应该接见他们。"然而，由于迦利的影响，那罗对爱人的悲苦视而不见，毫不回应。全体臣民等了又等，也没能等到国王的回应，只能失望离去，心想："国王已经变了！"

就这样，那罗继续赌了好几个月，输掉的财产越来越多，达摩衍蒂见丈夫已陷入疯狂，不禁又是恐慌，又是悲哀，但还是竭尽全力想要帮助那罗。她假借那罗的旨意，让大臣们清点国库，知道财产已经所剩无几。大臣们接到旨意，还以为事情有转机，再次候立宫门请求面见国王。达摩衍蒂告知那罗，那罗却大为恼怒，并不理睬。

达摩衍蒂被丈夫无视，羞愧难当，只得转身回到自己宫中，不断听闻丈夫赌局失利的消息。达摩衍蒂心知大势已去，便让奶娘请来那罗的车夫伐尔湿内耶（Varshneya，意为"苾湿尼族后裔"），温和地说道："国王一向待你很好，现在他大难来临，你应该帮助他。他和他兄弟赌骰，输得越多，就越是沉迷。既然骰子是布湿伽罗的，总是听从他的意志，国王又听不进别人的谏言，那国王肯定会输掉整个王国，此事已一目了然。因此，我只能向你寻求庇护，请你以那罗最心爱的那几匹骏马驾车，将我们的一对儿女送到毗德尔跋国去，托付给我的亲属。你自己是走是留，由你自决。"

伐尔湿内耶将这番话转告了那罗的几位重臣，征得了他们的同意，便带着孩子们来到毗德尔跋国。他满怀愁苦和担忧向达摩衍蒂的父亲毗摩禀明那罗王的情形，将孩子们和那罗的骏马托付给国王，自己则前往乔萨罗国的都城阿逾陀城，依靠之前跟那罗学的驭马术，做了乔萨罗王的侍从，借此度日。

车夫离开后不久，那罗便输掉了所有财产与王国。布湿伽罗得意地大笑起来，对那罗说道："还要赌下去吗？可是，你用什么做赌资呢？你已经一无所有，只剩下达摩衍蒂了！那就用达摩衍蒂来赌吧，这真是一个极好的主意！如果你愿意，我们就继续！"

听到这话，那罗感觉心脏好似因愤怒而撕裂。但他一句话也没有说，怒视着布湿伽罗，褪下身上所有衣饰，只以一件单衣蔽体，独自一人失魂落魄向外走去。忠贞的达摩衍蒂看到那罗出走，也立即身穿单衣追了出去，陪伴丈夫一同受苦。

布湿伽罗却并不罢休，放言道："谁若敢收留那罗，我便立即将他处死，绝不宽容！"迫于布湿伽罗的威胁，城中无人敢款待那罗夫妻。二人在城郊度过了三日，只能靠水来维持生命。国王四处搜寻果实和草根果腹，达摩衍蒂跟随在他身后。

他们艰难地度过了一段时间。一天，被饥饿折磨的那罗见到了一群金色的鸟，不禁盘算：这群鸟既可作美餐，也是一笔财富。于是，他脱下唯一的贴身单衣作网，想捉住这些鸟，不料所有鸟一齐飞起，带走了那件单衣。鸟儿们从高空中俯视着他，突然口吐人语："笨蛋！我们是骰子，来这儿拿走你的衣服。因为你若是还有衣物蔽体，我们就不会高兴。"

那罗现在赤身露体，狼狈不堪，悲痛地对达摩衍蒂说道："这些骰子夺走了我的王国，让国民不敢招待我，如今又变作鸟，抢走了我的衣服。无瑕的女郎啊，我如今遭遇不幸，神志也不清醒，你离开我返回毗德尔跋国吧！"

达摩衍蒂憔悴的面容上挂满泪珠，哽咽道："国王啊，你的计划让我胆战心惊。你已失去了王位和财产，衣不蔽体，风餐露宿，我怎么忍心离开你，将你抛在这荒山野林中？有我陪伴，饥饿困倦的你会舒服一点儿。我会为你排遣烦忧，世上有什么良药可与妻子相比？我对你说的是实话。"

那罗感慨地答道："妙腰女子啊，如你所说，对于遭逢大难的人来说，妻子就是最好的朋友和良药。无瑕的女郎啊，你放心，我就算抛弃我自己，也绝不会抛弃你。"

达摩衍蒂仍然心怀顾虑，担心那罗灰心丧气下会抛弃自己，提议道："人主啊，如果你真心希望我投奔亲人，那就和我一起去毗德尔跋国吧！父亲一定会礼待我们。"

那罗一口否决了，不想以落难之身为亲人带去忧伤。于是，夫妻俩合披着达摩衍蒂那件仅存的单衣，四处寻找食宿。他们疲惫不堪、又饥又渴，来到一处福舍（Sabha）。这是行善之人为过往的旅人修建的临时住所。一进入福舍，那罗便颓然倒地，赤身露体，满身污秽。达摩衍蒂躺在他身边的地上，很快便睡了过去。

那罗却依然心烦意乱，无法入睡，陷入深思："究竟怎样才是最好的做法呢？达摩衍蒂对我忠贞不渝，为了我，她已备尝艰辛，跟着我只会遭受更大的痛苦。如果我离开她，也许她还能回到家人身边，重获幸福。"

他再三考虑，认为达摩衍蒂离开自己才是最好的选择。于是，他在福舍附近找到一把没有鞘的剑，将达摩衍蒂的衣服割下一半披在身上，离开了熟睡中的爱妻。可是，他心里牵挂着妻子，忍不住又返回福舍，看着妻子的面容流下泪来："这位甜蜜可爱的女郎，我贤惠的爱妻，我怎可忍心将她抛下？她身上就披着割下的半件单衣，若是醒来不见我，将会如何痴狂？为了寻我，她一定会不停奔走到处游荡！"

就这样，那罗一次次被迦利控制着离开达摩衍蒂，又一次次被爱情拉回福舍，心就像秋千一样来回摇摆。他向熟睡中的爱妻轻声吐露了许多甜蜜的话，最终还是抛下达摩衍蒂，独自走进了深邃广袤的森林里。

夜深林密，那罗孤独地在林中行走，看到了一场熊熊大火，火焰中有个声音在高声呼救。即使自己也身处困境，善良的那罗也立刻冲过去搭救。只见火场中央盘缩着一条大蛇，颤抖着向他求助："国王啊，我是蛇王迦久吒迦（Karkotaka），曾经缠住过一位无辜的仙人，被他诅咒无法动弹，只有你才能救我脱离诅咒。请救救我吧！我会成为你的朋友。"说罢，他变化身形，只有拇指大小。那罗将蛇王拿起，迅速跑到一处空旷的地方，放下他刚想离去，蛇王便道："尼奢陀国王啊，请你数着脚步往前走，我要好好报答你。"

那罗依言而行，数到第十，"十"的发音正好与"你咬吧！"相同。蛇王应声张口，咬了他一口，那罗俊美的面容立即扭曲起来，变得丑陋不堪。那罗惊愕地停下了脚步，见蛇王已经恢复了巨蛇的原貌。"我夺走你的美貌，这样人们就不会认出你。"迦久吒迦解释道，"而寓居在你体内、害你饱尝艰辛的家伙，则会遭受我毒液的折磨。如果他不离开你的身体，他就会痛苦不堪。国王啊，毒液不会给你造成伤害。凭借我的恩惠，你将无惧动物的毒牙，无惧精通吠陀的婆罗门，在战斗中无往不胜。乔萨罗王精通赌术，你去投奔他，做他的车夫吧！用驭马术交换他的赌术。一旦你掌握赌骰技能，就能夫妻重聚、儿女团圆、夺回王国。到时候如果你想恢复容貌，就将这件仙衣披在身上，自可如愿以偿。"说罢，蛇王将仙衣交给那罗，便隐身不见了。

那罗立即动身去阿逾陀，化名跋乎迦（Vahuka），以高超的驭马术得到了乔萨罗王的欢心，成为国王的御用车夫和厨师。国王赏赐他丰厚的薪俸，又让那罗原先的车夫伐尔湿内耶服侍他。那罗如今安定下来，但无时无刻不在思念爱妻达摩衍蒂，每天夜里他都在吟唱："那饥渴困顿的人儿啊，你如今身在何方？当初你时时想着那个浑蛋，现在你等待的又是谁？"

同伴听到他夜夜伤心的吟诵声，不禁道："跋乎迦，你思念的是谁？她是谁的妻子？"

那罗答道："有一个失心疯的蠢货。他本来有一个闻名于世的妻子，却背叛承诺，与她分离。失去了她，他郁郁不欢，四处流浪，日日夜夜饱受折磨，无法入睡，只能在深夜吟唱这首歌表达相思之情。当初大难来临时，女郎一路追随着这个无德之人来到凄凉恐怖、猛兽出没的森林里，却被无情抛弃！她年轻识浅，饥渴困倦，又不熟悉道路和环境，也不知能不能活下来。"那罗为自己的行为悔恨着，回答完同伴的问题，他继续在异国皇宫中仆役的房间里，凝神思念着爱妻达摩衍蒂。

◈ "洁净与否"的观念是种姓制度的基石。印度教有一套判定万事万物洁净与不洁的完整体系，按照洁净程度区分高低贵贱，如素食比肉食洁净，鹿肉比狗肉洁净。长期从事屠宰、收尸等"污秽"工作的人被视为贱民，排除于种姓社会之外。而最洁净的婆罗门种姓也会因不当的行为或婚姻而受到"污染"，沦为低种姓。《摩奴法典》认为人身上有粪便、唾液等十二种不洁之物，通过洗浴和念诵祷词可以获得净化。在那罗的故事中，那罗祷告前忘了濯脚，因身体不洁而给了恶神迦利可乘之机，体现出印度教对"洁净"观念的重视。

◈ 梵文中的 Kali 是"黑暗""争斗"，也是骰子上最小的点数——幺点。Gilles. Schaufelberger 认为那罗因被恶神迦利所迷，他投掷出的骰子永远是幺点，所以一直输。

◈ Wendy O'Flaherty 以达摩衍蒂为例，称史诗中认为人与神之间的爱欲是应该避免的不祥事件。达摩衍蒂拒绝了五位天神的求婚，贡蒂与太阳神私下结合、奉丈夫之命与正法神等行尼瑜伽，然而无论是拒绝还是接受，她们的人生都充满痛苦和不幸。

◈ 当那罗被迦利控制沉迷赌博的时候，达摩衍蒂向那罗的车夫伐尔湿内耶（Varsneya）寻求庇护，让他把那罗的一双儿女和最心爱的骏马送到毗德尔跋国。伐尔湿内耶意为"苾湿尼族后裔"，让人联想到坚战赌骰失败后，般度五子亦将儿子们托付给苾湿尼族后裔黑天照料。其后，黑天作为阿周那的车夫参加了俱卢大战，并帮助般度方取得了最后的胜利。达摩衍蒂在福舍（Sabha）中被丈夫割走半边衣的故事，亦让人想起黑公主在大会堂（Sabha）中被俱卢方羞辱剥衣。

（三）森林历险

离开那罗的达摩衍蒂确实历尽艰辛。当时她一觉醒来，不见丈夫的身影，不禁惊恐万分，高声呼唤着那罗，四处奔走："英雄啊，你通晓正法，言而有信，却为何违背承诺，将我抛弃？你曾在天神面前向我表白过忠诚，你应该履行那番誓言！我对你百依百顺、忠贞不渝，你怎么能抛弃你的妻子，尤其在这个时候？你一定是在跟我开一场大玩笑，国王啊，我现在害怕得很，你快出来吧！"

"王中之王啊！看到我这么凄惨无助，这么哭喊哀号，你为什么不来拥抱我、安慰我？我不是为我自己伤心，我是为你难过啊！白天，你形单影只；夜晚，你忍着饥渴睡在大树下面。看不见我，你会多么消沉沮丧啊。"

她在林中奔走，疲惫的身体一次次地跌倒、昏厥，又一次次地爬起来，继续呼喊着丈夫的名字。她被痛苦和焦虑煎熬着，哭泣使她屡次中断了呼吸，最后她愤怒地咒骂："是谁让尼奢陀国王遭受痛苦，谁也会遭遇同样的不幸！并在痛苦之上还要承受更大的灾祸，一生一世都在痛苦中度日！"

达摩衍蒂就这样不停地哭喊着，如同一只痛苦的雌鹗。她如痴如狂地在林中奔跑，寻找自己的丈夫，突然被一条大蟒蛇缠住。她无心为自己忧虑，仍旧牵挂着那罗："主人啊！我在这荒山野岭被蟒蛇缠住，你为什么还不来救我？他日你消灾脱难，恢复理智，重新得回财富和王国，你会怎样想起我？尼奢陀王啊，当你疲倦饥渴时，谁来为你排忧解乏？"

一个猎人正巧从附近经过，听到了她的哭喊声跑来，见一位美貌女子被蟒蛇缠住，便一刀砍下蛇头，救下了达摩衍蒂。猎人取来一些清水让她清洗，又给了她一些食物，温言询问她为何会落到如此地步。达摩衍蒂便将一切经过告知猎人。她此时只身披半件单衣，遮掩不住丰满的胸和臀部，肢体柔嫩，美丽无瑕。她的面庞如同明月般圣洁安详，声音又是那样甜蜜温柔，猎人一见便顿生淫欲之心，只是用殷勤的话语来小心遮掩。达摩衍蒂察觉到了对方的龌龊心思，不禁震怒，如同燃烧的火焰一般不可接近。而猎人仍执迷不悟，竟企图强暴她。

达摩衍蒂失去了王国与丈夫，现在又遇到了这个恶徒，心中痛苦不堪，愤怒地诅咒道："我的心只属于尼奢陀国王那罗，凭此事实，让这个猥琐低贱的猎人立刻倒地身亡吧！"贞女的诅咒一出口，猎人便像被闪电击中的大树，一头栽倒在地。

心术不正的猎人暴毙身亡，达摩衍蒂起身继续寻找自己的丈夫。她穿过一座座森林和山峰，越过一片片湖泊和水塘，见到过许多恶鬼、蛇怪、罗刹和成群的野兽。她面容憔悴，衣不蔽体，泪水涟涟，如同一只失群的母鹿。"国王啊，你在哪里？"她无力地靠在一块山石上，呼唤着那罗王，"你曾无数次对我表白，难道都已经忘记？你的妻子孤单地在这险恶的森林里，想你想得发疯，你为什么不说话？我该向谁打听你在何处？谁能为我指明你的方向？"

一头雄狮向她走来，女郎毫不畏惧地迎上前去，问道："百兽之王啊，我是那罗的妻子达摩衍蒂，独自在这森林中寻找丈夫。如果你曾见过他，能告诉我他的消息吗？如果不能，那你就吃掉我，让我脱离苦海吧！"狮子听到她这般哭诉，掉转方向走开了。

达摩衍蒂继续前行，见一座奇峰如同森林旗杆一般拔地而起，巍然屹立，又向这群山之王祈求道："我的丈夫是那罗王。他虔诚又博学，乐善好施，容貌出众。如今他独自出走，我正到处寻找他。众山的魁首啊，你有成百个山峰上接青天，也许曾见过我的夫君。为什么你不安慰我，让我再次听到尼奢陀王温柔的话语？"

她向北走了三天三夜，来到了一处净修林，林中住着许多苦行者和仙人。他们见到这俏丽的女郎都万分惊讶，褴褛的衣衫掩盖不住她的绝世风华，宛如山林女神现身人间。"你是谁？为什么会来到这里？"他们询问道。

"我的丈夫就是大名鼎鼎的那罗王。他英雄盖世，犹如日月，却被几个卑鄙小人欺骗，用赌骰夺走了他的财富和王国，现在他下落不明。为了寻找他，我跋山涉水，找遍了所有可以走到的地方，却仍一无所获。如果再过几天，我还是找不到他，那我就了结自己的生命。失去了那罗，生命对我已经没有意义。"达摩衍蒂痛苦地答道。

"不要着急，幸运的女郎啊！不久你一定能与他见面，你们会有美满结局。"苦行者们安慰道，"你会见证那罗王摆脱罪恶，降伏仇敌，在万众祝福中加冕为王。此事千真万确。"

说完这句祝福，这些苦行者连同整个净修林全都消失无踪，宛如一梦。达摩衍蒂目睹了这一切，诧异不已。"这是梦吗？还是现实？"她反复问着自己，心中重新燃起希望，终于展颜而笑，一扫连日来的忧伤愁苦。

得到仙人的祝福，达摩衍蒂坚定信念，走遍了森林山川，一心寻找那罗。后来，她遇到了车底国的一支庞大商队，便跟着商队结伴同行。途经一处森林，商队停下来在湖畔树林中休息。半夜，万籁俱寂，人们都已陷入沉睡。一群野象来湖里喝水，商队中的人因睡卧的位置正好挡住了野象的去路而惨遭践踏，死的死，伤的伤，到处都是凄惨的呼喊声。到了天亮，幸免于难的人们挪步走出树林，只看到一地的尸体。

达摩衍蒂虽侥幸逃脱，亦满心伤悲，不禁自责："是否我自己曾经犯下罪过，才会连累商队遭此噩运？都说世间事全由天神安排，我自幼及长从未行差踏错，唯有在选婿大典上拒绝了众位天神。一定是他们施展法力惩罚，我才会饱尝与亲人离别之苦。"

达摩衍蒂和死里逃生的人们结伴启程，经过漫长时日，终于来到了车底国的首都。此时，她已苍白憔悴，瘦弱不堪，衣衫不整，貌若疯癫，但依然美得惊人，城中的孩子们好奇地跟在她身后。恰好车底国太后外出，看到这一幕，便派人将达摩衍蒂召来询问。

"你是谁家的女郎？你满面忧伤，却依然美得璀璨夺目如同云中的闪电。天仙般的女郎啊，你毫无修饰，无人陪伴，但见到生人你不害怕也不回避，显然不是寻常妇人。"太后惊讶地问道。

达摩衍蒂答道："我只是一个忠实于丈夫的普通女子，是一名锡林陀罗。我丈夫的美德数不胜数，但他失去了天神的庇佑，赌骰时输得一败涂地，变得焦躁不安，失去理智，将我抛弃在森林里。从此，我日日夜夜都在寻找他，心如被烈火焚烧，却再也没有见过我那天神般的丈夫。"

太后听了难过地说："有福的女子啊，我很喜欢你，请你留下来吧！我会派人去寻找你的丈夫，你一定会与他重聚。"

达摩衍蒂答道："我可以留下来，但我不吃残汤剩羹，也不为人洗脚。除了寻找我丈夫的婆罗门，我不会和任何男人说话。这是我立下的誓愿。如果您能答应，我就留下来。"

车底太后答应了，让达摩衍蒂做了自己的女儿妙喜（Sunanda）的梳头女。

此时，那罗王的遭遇已经传遍了大地。达摩衍蒂的父亲毗摩王听闻后，重金派遣众人四处找寻女儿女婿的下落。其中有一位名叫妙天（Sudeva）的婆罗门来到了车底国，在国王宫中见到了妙喜和她的侍女达摩衍蒂。达摩衍蒂依然如妙天之前见过的那般美丽，腰肢纤细，目如莲花，如同吉祥天女一般璀璨夺目，照亮三界。她毫无装饰，因失去了丈夫而郁郁寡欢。

妙天于是上前道："毗德尔跋国的公主啊，我是妙天，奉国王毗摩之命找寻你。你的父母兄弟都很健康，你的一双儿女也平安无碍，大家都很牵挂你。"

达摩衍蒂认出妙天，终于忍不住大哭起来，长久以来的痛苦和委屈都在泪水中得以宣泄。太后闻讯赶来，妙天便当众说出了达摩衍蒂的真实身份："她就是以美貌闻名天下的达摩衍蒂。公主眉间天生有一颗象征吉祥如意的红痣，如今被泥土遮掩，犹如薄云遮住月亮。"妙喜听罢，轻轻为达摩衍蒂除去眉间遮盖的薄泥，那颗标志性的吉祥痣顿时显示出来，宛如乌云散尽后的当空明月。车底太后一见，不禁抱着达摩衍蒂失声痛哭起来。原来太后正是达摩衍蒂的姨母。亲眷相认，悲喜交集。达摩衍蒂的苦难终于结束，她在姨母的护佑下回到了毗德尔跋国，与父母和一双儿女团聚，她唯一放心不下的就是那罗了。

"母亲啊，如果你希望我活下去，就为我寻找那罗吧！"达摩衍蒂泪流满面，哽咽着请求，哀伤之情溢于言表，观者无不动容。王后求助于国王，国王出于对女儿的怜爱和对王后的尊重，立刻派遣婆罗门出发寻找。达摩衍蒂用那罗抛弃自己的事情作为暗语，让这些婆罗门无论走到哪里都吟诵同样的歌谣："赌徒啊，你割走她的半件衣裳，去了何方？你竟将熟睡的妻子抛弃林莽！此刻她已到达了你指定的地方，为你心碎流泪，你何时归来？她正翘首盼望！"

"你们要这样责问：丈夫应该永远保护妻子，为什么一个出身高贵、通晓正法的善人会无视职责，做出这种残忍之事？你常说仁慈是最高的正法，就发发慈悲，回答她的问话吧！"达摩衍蒂道，"如果有人对这番话有反应，回答出了你们的责问，就请多番打探他，速速回报给我吧！"

于是，众婆罗门听从达摩衍蒂的吩咐，走遍大街小巷，四处吟唱这些话。时光如梭，终于有人寻访到阿逾陀，发现一个叫作跋乎迦的丑陋车夫听到这番话哭泣不止，反应异常。跋乎迦向婆罗门行礼问安，开口说道："贤良的女子即便遭难，也能保护自己，赢得天堂，不会因此怨恨丈夫。抛弃她的那蠢人已经一无所有，厄运缠身，倒霉透顶。不管待她好不好，看到丈夫落得如此境地，女郎不该对他生气。"

听到婆罗门的回报，达摩衍蒂激动万分，重重奖赏了他，对母亲说道："母亲啊，如果你真心想帮我找回丈夫，请务必瞒住父亲。我想召见婆罗门妙天，他既然能找到我，也必定能帮我带回那罗。"在王后的帮助下，达摩衍蒂见到了妙天，请他前往阿逾陀面见国王，声称那罗不知下落已久，达摩衍蒂要重新择婿。

◉ Thomas Parkhill 将那罗被迦利迷失心智到遁入森林的旅程比作一次"缓慢的死亡"。他在一次次的赌骰中日益沉沦，逐渐输掉了所有财物以及臣民的尊重，进入森林，并因贪念而失去最后一件单衣，这是一个象征性的场景：他已彻底一无所有。当他走出森林时，他已经是丑陋畸形的"跋乎迦"，"世间没有人能认出他"，标志着那罗的社会性死亡。而达摩衍蒂走出森林来到车底国时，亦衣不蔽体貌若疯癫，自称锡林陀罗，可视为她作为尼奢陀王后的死亡，但这是她自我选择的结果。那罗被迦利所惑代表着天神的意志，而达摩衍蒂则代表着人的自由意志。

◉ 前文言及蛇王以毒液注入那罗体内，让恶神迦利备受折磨。而此事的发生，则是出于达摩衍蒂的诅咒。巨马仙人讲述的是那罗的故事，但故事的真正主角却是达摩衍蒂。她无疑是印度教经典中最理想的妻子，美艳绝伦，对丈夫忠贞不渝，坚韧而又聪慧。她在危急时刻保全了一双儿女和那罗的良驹，又是她想出妙计让夫妻破镜重圆。因达摩衍蒂始终遵循正法，她的诅咒甚至能让恶人毁灭、恶神遭殃，正如黑公主在被带到大会堂前的说辞："如果珍视正法，正法也会保佑我们。"

◉ 许多学者注意到，达摩衍蒂自称锡林陀罗，在车底王宫中任梳头女，与大史诗中黑公主隐姓埋名做摩差国王后梳头宫女的情节类似。而那罗担任阿逾陀王车夫和厨师，亦让人联想起怖军伪装为厨师，玛德利双子为摩差王照料牛马的经历。

（四）破镜重圆

"计算时日，选婿大典就在明天举行，各地的王孙公子已经蜂拥而去。"妙天依言对乔萨罗王说道，"国王啊，如果你也有心，就速速动身吧！"阿逾陀离毗德尔跋国并不近，若想一天到达并非易事。国王召来跋乎迦，问他能否做到。那罗骤闻达摩衍蒂重新择婿的消息，悲不自胜，思绪万千："她是真的伤心失望想重新择婿，还是那聪明的女郎为了寻夫才定下计谋？毗德尔跋国公主的确历尽艰辛，可她要做的事又是多么残忍！女人天性善变，我犯下的罪孽又如此深重，她一定是在绝望之下才出此下策。可是，我们已经有了一双儿女，她无论如何也不至于如此啊！"他越想越心乱，最后决定利用乔萨罗王对达摩衍蒂的爱慕之情，到毗德尔跋国一探究竟再做打算。

于是，他双手合十，向乔萨罗王郑重承诺："国王啊，我向你保证，必定能在一天之内到达毗德尔跋国京城。"他精心挑选了几匹身体瘦削但精力充沛、适合长途跋涉的信度骏马，套上国王的马车。国王虽然觉得那几匹马其貌不扬，但还是信任他的识马术，带领侍卫伐尔湿内耶一起登车。那罗随即操起缰绳，催动骏马以最快的速度向前飞奔。马行如电，车声隆隆，马车如在云端飞行，连乘车人都有些头晕目眩。

他摆弄缰绳的姿态伐尔湿内耶竟是如此熟悉，他看在眼里，渐生疑惑："他是天帝因陀罗的车夫下凡，还是精于驭马术的仙人化形？他技艺之精湛，犹如我的故主那罗王，年龄和身材也相仿，可是容貌完全不同。不过，常有人因为命运安排而改变容貌隐藏身份。细细想来，跋乎迦具备一切美德，他应该就是我所思念的那罗王。"

乔萨罗王知道那罗驭马术了得，但也没想到竟精妙如斯，不禁叹服。风过车辇，国王外衣被风吹落，立即命那罗停车捡回衣裳。那罗并未听从，继续挥鞭赶路，答道："国王啊，衣裳已在几里之外，取不回来了。"

乔萨罗王只道那罗存心炫技，也动了好胜之心，远远瞥见森林中有一棵缀满果实的毗黎勒树（Vibhitaka），便对那罗道："世上没有全知全能的人，你的驭马术诚然高明，但我也想让你见识一下我过人的计算能力。我一眼就可看出那棵大树树上比地下多一片落叶和一百个果子。两根树枝上有五千万片叶子和二千零九十五个果子。"那罗惊讶万分，立即跳下马车，叫道："这真是神乎其技！不过，我不知道您说得是否正确，请让伐尔湿内耶执掌缰绳，我数一数树上的果子。"

国王道："我们可没有时间耽误。"

但那罗坚持请求道："稍待片刻就好。或者，您可以让伐尔湿内耶担任车夫，这条路已经很平顺了。"

国王一听口风不对，连忙安慰道："跋乎迦啊，世上没有能和你媲美的车夫！请你帮忙让我赶到毗德尔跋国，不要多生事端。只要你能让我在日出前赶到那里，我可以答应你的任何要求。"

跋乎迦道："既然如此，就让我数一数毗黎勒树上的果子吧！"

乔萨罗王无可奈何，只得任由他去。那罗飞奔过去，细细数了一遍毗黎勒树上的果子，吃惊地道："数目和您说的分毫不差！这太神奇了！国王啊，我想知道您是怎么做到的。"

乔萨罗王答道："我精通赌骰之术和计算数目。"

那罗立即道："请传授给我这门技艺吧！我可以教您驭马术。"

乔萨罗王不觉心动，但又急着赶路，便道："行。我可以教给你最高明的赌骰之术，你可以之后再教我驭马术。"说罢，他将赌骰术全部传授给那罗。

那罗一旦掌握赌骰之术，恶神迦利便离开了他的身体，现出本相，口中不断吐出蛇王迦久吒迦种下的毒液。在漫长的岁月中，那罗备受迦利摆布，迷失自我。此刻他见到仇敌，不觉怒火攻心，正想发出诅咒。迦利恐惧得瑟瑟发抖，双手合十道："国王啊，请平息你的怒气吧，我将给予你无上的美誉！达摩衍蒂被你抛弃在森林里时已经诅咒过我，从那以后，我日夜遭受蛇毒的折磨，痛苦不堪。我向你请求庇护。若能得到你的宽恕，那么世人只要真诚赞颂您的功绩，他就能无惧我的危害。"听闻此言，那罗慢慢平息了怒气。迦利慌忙钻进那棵毗黎勒树里躲起来。因曾为恶神迦利寓居之所，毗黎勒树从此落下了个坏名声。

凡人无法看到那罗与迦利之间的这一幕。那罗摆脱了迦利的控制，神清目明，精神大振。他得到乔萨罗王传授的赌骰术，一瞥之下即能看清树上有多少果子，心中快慰，扬鞭策马，骏马疾驰，终于在黄昏时分抵达毗德尔跋国。马车隆隆，声如雷鸣，震动四方。之前寄居在此地的那罗爱马听到那熟悉的声音，无不振奋昂扬，犹如昔日那罗王亲临。深宫中的达摩衍蒂不禁喜极而泣，哭着说道："能让马车发出这样震动大地的声响，来者必是我的夫君那罗！那俊美如月、美德无限的英雄啊，如果今天不能与你相见，我宁可抛弃自己的生命！你英武仁慈，是我深深敬重的丈夫，私下里又对我百依百顺。尽管你曾抛弃我，让我心碎，但我依然对你忠贞不渝。"

她循声而去，渴望见到丈夫，却见一辆马车驶进庭院里，车上坐着乔萨罗王、伐尔湿内耶和一名素不相识的丑陋车夫。车夫轻巧地停下马车，国王毗摩用最高礼遇接待了远道而来的乔萨罗王，却不知晓他的来意，询问道："欢迎。请问您来此何事？"乔萨罗王见城中既无王孙公子，也未张灯结彩，完全不像办选婿大典的样子，也知事有蹊跷，便谨慎答道："特来向您致敬。" 毗摩王满腹疑虑，便先命人安排来客歇息。

达摩衍蒂见来客中没有那罗王，不禁疑惑："难道我竟听错了，是伐尔湿内耶学会了那罗王的驭马术？还是那名丑陋车夫就是乔装改扮的那罗王？"她思忖片刻，派遣宫女盖湿尼（Keshini，意为美发者）前去试探跋乎迦。

盖湿尼按照达摩衍蒂的吩咐，询问跋乎迦此行的来意以及各人的身份，跋乎迦一一答复。盖湿尼听到同行中人曾是那罗车夫时，便道："那么伐尔湿内耶是否知道那罗王的行踪呢？"跋乎迦答道："他完全不知道。女郎啊，世上没有人知道那罗的去向。他改变了容貌，现在即便他自己或最亲近的人，都认不出他了。"

盖湿尼道："之前有位婆罗门，为寻访那罗去了阿逾陀。他反复吟唱着同一首歌谣，讲述一位女子被赌徒丈夫抛弃在森林中，只能以半件单衣蔽体，凄惶无助，伤心欲绝，却仍苦苦思念丈夫，想要一个答案。当初你在阿逾陀曾回答过那位婆罗门，如今毗德尔跋国达摩衍蒂想再听一遍。"

盖湿尼话音刚落，那罗心头震动，如受火灼，痛苦不堪。他双目含泪，哽咽着答道："贤良的女子即便遭难，也能保护自己，赢得天堂，不会因此怨恨丈夫。"

抛弃她的那蠢人已经一无所有,厄运缠身,倒霉透顶。不管待她好不好,看到丈夫落得如此境地,女郎不该对他生气。"他一字字地重复了一遍当初的答复,再也按捺不住内心的痛苦,热泪潸然而下。

盖湿尼以此回报达摩衍蒂,公主怀疑跋乎迦就是那罗,又让盖湿尼暗自观察那罗的举止。盖湿尼遵命而行,她惊讶地告诉达摩衍蒂,她从那名丑陋的车夫身上看到了天神的特征:"他洗浴时望一眼水罐,罐里便装满了粼粼清水。他拿起茅草折断放好,火苗便自动升起。他随意揉搓鲜花,花朵却变得越发鲜艳芬芳。真是不可思议!"

达摩衍蒂此时已基本确定跋乎迦就是那罗王,那些神迹源自两人新婚时诸神的礼物,但她不明白那罗为何会变成那副模样。于是,她让盖湿尼找机会偷走了一块跋乎迦做的烤肉。盖湿尼聪敏伶俐,很快得手,取回的烤肉还是烫的。达摩衍蒂只尝了一口,就确认厨师的确是她思念的夫君那罗。她大哭了一场,洗了洗脸,让盖湿尼带着一双儿女去见那罗。看到一双宛如天神后代般的儿女,那罗立刻飞奔过来,紧紧搂住孩子,内心痛苦达到极点,不禁失声痛哭。随后,他克制住自己,放开孩子,对盖湿尼说道:"他们长得很像我自己的孩子,所以我才忍不住流泪。人言可畏,我来自异国,你一个女子三番五次来探访会惹来闲话,请带着孩子离开吧!"

达摩衍蒂听罢盖湿尼的陈述已无可怀疑,便禀明父母,请求面见跋乎迦。毗摩王见女儿一往情深,便满足她的心愿,召来那罗。时隔多年,夫妻重聚,那罗已改变形貌,丑陋不堪,而达摩衍蒂依然是世间最出色的美人,只是蓬头垢面,憔悴不堪。达摩衍蒂伤心地道:"跋乎迦啊,你可曾见一个口称恪守正法的男人却将熟睡中的妻子抛弃在森林里独自出走的?除了尼奢陀国王那罗!难道我犯了什么罪过?我拒绝天神的追求选择他做丈夫,对他忠贞不渝,为他生儿育女。他也曾在圣火前与我牵手,发誓要遵守天鹅之言,与我永不分离。那罗啊,你对我表白的真诚誓言到哪里去了?"

听到达摩衍蒂字字含泪的质问,那罗悲不自胜,坦承身份,辩解道:"我当时被迦利控制，身不由己，并非有意伤害你。为了你，我坚持修炼苦行，终于战胜迦利，将他驱逐出我的身体。我来这里也完全是为了你。不管怎样，女人怎么能抛弃对你一往情深的丈夫，另外择婿呢？现在大地上传遍你召开选婿大典的消息，乔萨罗王正是为此而来。"

达摩衍蒂立即双手合十，惶恐地答道："这只是我引诱你来此的计谋，你不应怀疑我。大地之主啊，我手触你的双足发下誓言：我的身心永远对你忠贞不渝。风神巡逻四方，他的慧眼洞悉一切，若我对你犯下任何罪过，就让他立刻取走我的性命。"

她话音刚落，风神便开口说道："那罗，达摩衍蒂清白无辜，她设下巧计都是为了你。你重新得到了她，她也重新得到了你，不要再怀疑了！"此时天鼓震响，和风吹拂，漫天花雨纷纷落下。那罗看到眼前的奇迹，立即驱散了一切怀疑。他想起了蛇王送给的仙衣，将它穿上，恢复了本来的模样。达摩衍蒂见到风采依旧的丈夫，不禁抱着他失声痛哭，女郎娇艳的面孔紧贴着那罗王的胸膛，又是欢喜，又是伤心，因过度的激动而娇喘微微。就这样，那罗在第四个年头与妻子重聚。当夜，他们互相倾诉这些年来各自的遭遇，共尽鱼水之欢。达摩衍蒂愁怀尽去，欢喜无限，如同当空明月一般皎洁明亮。

次日消息传出，城中百姓张灯结彩，欢迎那罗归来。那罗请来了阿逾陀王，向他表示歉意。乔萨罗王得知原委，也为那罗夫妻团聚由衷高兴。他接受了那罗的驭马术，由伐尔湿内耶驾车，返回了自己的国家。

那罗在毗德尔跋国小住了一个月，便向毗摩王辞行，自己带领一队人马赶回尼奢陀，直入京城，向布湿伽罗发出挑战："让我们再来赌骰吧！我又得到了许多财富，我就拿这些财产和达摩衍蒂为赌注，而你则以整个王国下注。我决心已定，非赌不可。让我们押上性命来一决胜负！经典说赢得财富和王国之后，生命就是最后的赌注。若你不愿赌博，那我们就单车决斗。布湿伽罗啊，让你我得到平静吧！先辈留下的王国必须不计代价地捍卫，这是祖先的遗训。是赌骰还是战斗，得胜者将从今天开始统治王国。"

布湿伽罗自认胜券在握，闻言放声大笑道："尼奢陀王啊，算你走运，又得来一些可作赌资的财富；算你走运，达摩衍蒂历尽艰难依然对你不离不弃；算你走运，你和你妻子还能活到现在。我当然会赢，用赢来的财富装饰达摩衍蒂，让她像天女伺候天帝因陀罗一样服侍我。尼奢陀王啊，我一直都记挂着你，等着你回来，和其他人赌博索然无味。今天我把这美丽无瑕的丰臀女郎赢过来就心满意足了，我心里可一直想着她呢。"

听到布湿伽罗的一番污言秽语，那罗气得想一刀砍下对方的头，但他按捺住自己，微笑着道："让我们开始吧！何必多说。"于是，两人在赌桌上展开了一场殊死搏斗。那罗一注得胜，赢得了所有的财富、王国以及布湿伽罗的生命。得胜的那罗王纵情大笑，说道："我的王国已拔除荆棘，重获太平。而你这个废黜的国王根本没福气看一眼毗德尔跋国公主。你和你的家人都已成为她的奴仆。你之前不过是依靠恶神迦利才能击败我，蠢笨如你，竟浑然不知。我不会因迦利的罪孽而惩罚你，所以我把你的性命还给你，让你和以前一样幸福生活，因为你是我弟弟。我不会抛弃手足之情，祝你长命百岁。"

那罗王言出必行，不停地拥抱安慰布湿伽罗，让他回到自己的城池生活。布湿伽罗感受到那罗王的真诚和宽容，双手合十，满怀感激地说道："谢谢你赐给我生命和封地。大地之主啊，愿你声誉卓著，生活愉快万万年！"

送走了布湿伽罗，那罗安抚百姓，城中阴霾尽去，一片欢腾。那罗王派遣一支大军，声势浩大地迎接达摩衍蒂归国。夫妻重聚，儿女绕膝，那罗王苦尽甘来，勤奋治国，慷慨布施，美名传遍天下。

"这就是那罗王的故事，聆听这个古老而永恒的故事，人就不会被迦利毁灭，正确地看待得失，内心始终保持平静。"多年以后，巨马仙人在迦摩耶迦林里对坚战王讲述了那罗王的故事，劝告他道，"那罗孤身一人经历困境，终于时来运转。而你有兄弟妻子相伴，有这许多精通吠陀的婆罗门追随，还有什么可抱怨的呢？如果你担心有精通赌术的赌徒邀你赌博，我可以传授你赌骰之术，解除你的担忧。"他将骰子的全部秘密告诉了坚战王。从此，坚战再也不怕别人邀他赌骰了。

◈ 在选婿大典上，达摩衍蒂通过人的特征辨认出那罗。而在故事结尾处，达摩衍蒂通过那罗身上天神的特征认出了自己的丈夫。正法神等的善意馈赠是达摩衍蒂辨认出那罗真实身份的关键一环，而恶神迦利的诡计则是夫妻俩厄运的根由。神的旨意主宰了那罗与达摩衍蒂命运的浮沉。然而，达摩衍蒂拒绝了众天神的求婚，那罗最终通过自己的善行驱逐了迦利，显示出天神亦会屈服于凡人。凡人与天神的意志互相较量，但最终都要服从于宇宙力量——命运或天意（Daiva）的安排。

◈ 爱情与正法是那罗故事的两大主题。达摩衍蒂遵行妇女的正法得回了丈夫，那罗一直遵行乐善好施、仁慈宽容的王者之法，即使自身受难、心神受控于迦利，他亦毫不犹豫地帮助蛇王迦久吒迦脱离困境，种得善因，这是他击败迦利、完成自我救赎的关键因素。

◈ 从《那罗传》中的描写看来，赌骰术需要有过人的计算能力。吠陀时代人们普遍用毗黎勒树的果子做骰子，这是一种榛子大小的褐色坚果，在《梨俱吠陀》中有多处描写。骰子的数目不等，有150枚、400枚，有时甚至超过1000枚。掷出的骰子如能被四整除，即为四点，表示胜利；如剩余三枚，即为三点；剩余两枚，即为两点；只余一枚，即为幺点，表示输了。作弊的赌徒会把骰子藏起或吃掉，这在佛经中也有记载。德国学者Heinrich Lüders猜测，吠陀时代的赌骰方式可能是一方掷出一堆骰子之后，挑战者也应立即掷出骰子，总数如能被四整除，即挑战者获胜。这就不难理解能在瞬间认清骰子数目对赌骰的重要性。Heinrich Lüders认为大会堂中沙恭尼与坚战赌骰用的也是这种骰子和赌博方式，而《毗罗吒篇》中镶满珠宝的骰子则是吠陀时代之后的赌具了，这也表明《毗罗吒篇》是后期加入的内容。

◈ 北印度有习俗，人不应坐在毗黎勒树（Vibhitaka）下，否则会遭遇不幸，因毗黎勒树曾为恶神迦利寓居之所。吠陀时代投掷的骰子正是毗黎勒树的果子。

◈ 那罗化名跋乎迦，成为乔萨罗王的车夫和厨师。传说他是一个烹饪大师，还写了一本梵语烹饪书Paka-darpana，书中描述了食物的种类、性质，六季各种当季食材，如何处理食材，怎样搭配会导致食物中毒，以及各种素食和肉食菜谱。

第五话　　　　　　　　　　　　　　　　　　　　罗摩传

（一）十首王罗波那

一切众生之主大梵天由心中生出一个儿子补罗斯底耶（Pulastya），补罗斯底耶有子俱比罗。俱比罗不与父亲亲近，却去巴结祖父，得到了梵天的欢心。梵天赐给他永生，立他为北方护世神，掌控所有的财富。由于梵天的恩典，财神俱比罗成为罗刹与药叉之主，统治着丰饶富庶的楞伽城（Laṅkā），拥有万王之王的权势以及大神湿婆的友谊。补罗斯底耶对儿子极为不满，视之为仇，却无计可施。为了平息父亲的愤怒，俱比罗送给他三个罗刹女，三个罗刹女分别为补罗斯底耶生下罗波那（Rāvaṇa）、鸠槃羯叻拿（Kumbhakarṇa，意为"罐耳"）兄弟，维毗舍那（Vibhīṣaṇa），以及伽罗（Khara）、首哩薄那耶（Śūrpaṇakhā，意为"巨爪"）兄妹。罗波那为长子，有十个头；鸠槃羯叻拿力大无穷，精通幻术；伽罗是出色的弓箭手，喜吃生肉；首哩薄那耶总是干扰仙人祭祀，毁人功德。唯有维毗舍那英俊出众，一心遵行正法。

一天，他们看见财神俱比罗出行由人抬轿，以人为坐骑，多金多宝，气派非凡，不禁羡慕，决心修习苦行，与俱比罗一较高低。罗波那、鸠槃羯叻拿、维毗舍那三兄弟恪守誓言，餐风饮露，修习极严苛的苦行，伽罗和首哩薄那耶兄妹为他们护卫。这样过了一千年，罗波那将自己的十个头一一砍下，投入祭火之中，取悦梵天。于是，大梵天亲自现身，一一赐给他们恩典。

"孩子们啊，停下来吧！你们的苦行令我满意。除了长生不死，我可以给你们任何恩典。"梵天说道，"罗波那啊，你将十个头颅投入祭火，你可随你心意，重新长出十个头颅。在战场上，你将无往不胜，你的身躯将完整无缺，还可随意变形。"

罗波那道："大梵天啊！但愿所有的天神、乾闼婆、阿修罗、蛇族、鬼怪、紧那罗、药叉和罗刹都不能战胜我！"

他没有提到人类，因为在他心中，凡人的力量无足轻重。梵天爽快答应，问鸠槃羯叨拿需要什么恩典。鸠槃羯叨拿一时糊涂，竟要求一直睡大觉，梵天满足了他的心愿。轮到维毗舍那，他恭敬地双手合十道："世尊啊！愿我身陷困境，也能不背离正法之道。我虽愚昧无知，也愿被梵学的知识之火照亮。"梵天非常高兴，答道："如你所愿！你虽出身罗刹，却不受非法引诱，我会赐给你长生不老的恩典。"

于是，罗波那依靠梵天的恩典在战场上战胜俱比罗，将他赶出楞伽城，夺走至宝云车（Puṣpaka）。这辆云车是俱比罗心爱的车辇，能变幻大小，在空中随意飞行。俱比罗只好带领忠于他的罗刹、药叉、紧那罗和乾闼婆逃往香醉山居住，愤怒地诅咒罗波那道："云车不会归你所有，而是归属杀死你的人。由于你对我这个兄长不敬，你很快就死到临头。"维毗舍那遵循正法，追随俱比罗而去。俱比罗很是满意，让他做了罗刹和药叉的统帅。

罗波那占领了楞伽城，众罗刹欢欣鼓舞，拥他为王。十首王罗波那自恃强大，战无不胜，扰乱三界，欺凌众天神。由于他经常让众生哭泣，故得名"罗波那"，意为"使他人哭泣者"。众天神不堪其扰，惊恐不安，只得向梵天求助："十首王依靠你的恩典横行三界，压迫一切众生。我们别无他法，只能寻求你的庇护！"

梵天答道："一切天神和阿修罗都不能杀死罗波那，但我早有安排，四臂的大神毗湿奴将化身下凡完成这个任务。你们也应化身为猴子和熊下凡，帮助他完成使命。"众天神领命，纷纷以自身的一部分投胎转生为猴子和熊。他们一个个力大无穷，来去如风，在森林中游荡，等待命定时刻的来临。梵天又召来一个乾闼婆女子，让她化身为十车王（Daśaratha）宫中的一个驼背宫女，专门负责挑拨离间。

十车王是太阳王朝的国君，有乔萨厘雅（Kausalya）、吉迦伊（Kaikeyi）和须弥多罗（Sumitrā）三位王后。大王后乔萨厘雅为他生下长子罗摩，吉迦伊生下次子婆罗多（Bharata），须弥多罗生下罗什曼那（Lakṣmaṇa）和设睹卢祇那（Śatrughna）二子。罗摩即大神毗湿奴的化身，聪明睿智、仁慈英武，精通一切正法和学问，深受臣民爱戴，就连敌人也由衷佩服他。他长大成人后，娶妻毗提诃公主悉多，那是

①云车
②十首王罗波那试图撼动湿婆夫妇居住的吉罗婆山

十首王罗波那是《罗摩衍那》中的头号反派,却是个能干的国王、出色的学者和音乐家。他还是大神湿婆的虔诚信徒,在湿婆神庙中常常见到罗波那的身影。

造物主亲自为他创造的佳偶，夫妻情投意合，生活美满甜蜜。十车王年事已高，眼看儿子如此出息，心满意足，决定传位罗摩，得到大臣们的一致同意。驼背宫女打听到这消息，连忙告诉吉迦伊道："十车王就要传位给乔萨厘雅的儿子罗摩，你的儿子不能成为国王，以后你怎么还会有好日子过？"

于是，吉迦伊盛装严饰，笑容甜蜜，私下求见十车王，微笑道："国王啊，你一向言出必践，你曾经许诺会答应我一个要求，请你今天兑现吧。"

十车王看着眼前这令他目眩神迷的美人，一口应承道："你说吧！你要什么，我都答应。"

吉迦伊紧紧地抱住丈夫，意识到自己的力量，声音甜美，话语如刀："我知道你要立罗摩为王，一切已准备就绪，但我要你立婆罗多为王，让罗摩穿着苦行者的衣服去森林里居住十四年！"

十车王顿时呆住了，一句话也说不出来。罗摩得知此事，认为君无戏言。为了维护父亲的荣誉，他自愿脱去华服，前往森林。妻子悉多和弟弟罗什曼那也甘愿跟随罗摩流放森林。十车王失去了心爱的儿子，悲伤不已，心碎而死。吉迦伊立即召来儿子婆罗多，说道："十车王已死，罗摩流放森林，荆棘都已拔除，你来统治王国吧！"

婆罗多是个正直的年轻人，责骂母亲道："看看你做下的恶行！你害死丈夫，毁灭家族，却让我承受骂名！"他失声痛哭，当众宣布自己绝不会继承王位，阿逾陀的国君只能是兄长罗摩。随后，他让三位母亲坐在车上，自己带着幼弟设睹卢衹那和全体臣民跟随在后，前往森林迎接罗摩回国。他们找到了一身苦行者打扮的罗摩，但罗摩坚持要恪守父亲的诺言，不愿回阿逾陀。婆罗多无奈，只得在一个小村庄里处理政务，他把罗摩的木屐放在前面，表示自己只是代兄长执政。罗摩怕婆罗多又来找寻，便往森林深处走去，一直走到弹宅迦林（Dandaka）才安顿下来。伽罗和首哩薄那耶这对罗刹兄妹就住在附近，屡屡骚扰苦行者。罗摩为保护苦行者，重建正法，杀死伽罗和一万多名罗刹，割掉了首哩薄那耶的鼻子和嘴唇，让森林恢复了安宁。首哩薄那耶连夜逃往楞伽城，晕倒在罗波那脚下，脸上血迹斑斑。

罗波那气得七窍生烟，遣散大臣，扶起妹妹，叫道："妹妹啊，是谁敢无视我的力量，将你伤成这样？谁敢用身体去面对锋利的铁叉？谁敢践踏愤怒的毒蛇，把手伸进狮子的口里？"首哩薄那耶告诉了他罗摩的威力以及伽罗的死亡。罗波那心中盘算，已有计较，安慰妹妹一番，自己飞入空中，越过高山大海，最后在一处偏僻的隐居地找到旧臣摩哩遮（Maricha）。

摩哩遮正是因为惧怕罗摩才隐居避世，没想到还是被罗波那找到，只得硬着头皮招待故主。罗波那开门见山，要他帮助自己对付罗摩。

摩哩遮吃了一惊，叫道："你别去惹罗摩！我就是因为他才隐居修苦行。是谁心怀歹意，引导你走上这条毁灭之路？"

罗波那大怒道："你若是不听从我的安排，我现在就杀死你！"

摩哩遮无可奈何，心想左右都是死，不如死在英雄手里，只得听任差遣。罗波那化身为一位苦行僧，摩哩遮化为一只鹿，向罗摩的净修林走来。由于罗刹王的诡计，也由于命运的安排，悉多看见了这只鹿，要罗摩为自己捉来。罗摩想让妻子高兴，便留下弟弟罗什曼那保护悉多，自己拿起弓箭去追赶摩哩遮化身的鹿。摩哩遮时隐时现，将罗摩越引越远。罗摩察觉出蹊跷，意识到这只鹿是罗刹所化，立即射出神箭。摩哩遮中箭倒地而死，临死前模仿罗摩的声音，凄惨地叫道："悉多啊！罗什曼那啊！"

悉多听到丈夫的惨叫声，心头发慌，连忙循声奔去。罗什曼那劝告道："不用担心，谁能敌得过罗摩？稍等片刻他就会回来。"

悉多焦急之下竟怀疑罗什曼那对自己有不轨之心，骂道："你的邪念不会得逞的！我宁可自杀，也绝不会抛下丈夫罗摩去侍候你这个卑鄙无耻之人！"

罗什曼那心思纯洁，深爱兄长，听悉多这样责骂，便捂住耳朵，前去追寻罗摩。十首王等待的机会来了，他要劫走美人悉多，让罗摩伤心而死，以便为弟弟妹妹报仇。于是，他一身苦行者装束，大摇大摆地登场。悉多见有客人登门，连忙按照礼节，拿出果子和块茎待客。这时罗波那现出原形，笑道："我就是大名鼎鼎的罗刹王罗波那，美丽的楞伽城就是我的都城。美人啊，抛下苦行的罗摩，做我的妻子吧！"

悉多慌忙捂住耳朵，逃回净修林，叫道："绝不可能！即使天空塌落，大地裂开，火焰变冷，我也绝不会抛弃丈夫罗摩！你几时看见雌象会亲近野猪？"

罗波那大步追上去，高声喝骂，悉多吓得晕了过去。罗波那一把抓住她的头发，飞上天空。住在山巅的鹰王阁优私（Jaṭāyu）是十车王的朋友，一向将悉多视为儿媳。他看到悉多被劫，怒不可遏，向罗波那疾飞过去，叫道："快把悉多放开！否则我就让你性命不保！"他扇动双翼，用尖嘴和锋利的鹰爪攻击罗波那，在罗刹王身上留下道道血痕。罗波那大怒，举剑砍断了鹰王的双翼，折翼的鹰王像坍塌的山峰一样坠落山林。

罗波那得意扬扬，带着悉多腾空而去。悉多又惊又怕，摘下首饰沿途抛撒，希望能为丈夫指路。她看见山巅有五只大猴子，又抛下一件美丽的黄色衣裳。这衣裳如同闪电划过云端，随风飘落在五位猴王中间。

罗波那回到楞伽城，将悉多安置在王宫中的无忧树园中，派了一大群女罗刹看守。她们一个个相貌狰狞，言语粗鲁，恐吓悉多道："你不尊重我们的主人，我们就把你捣成粉末，吃了你！"

悉多痛苦不堪，叫道："你们吃了我吧！失去了我视同生命的爱人，我已不想再活下去。我绝不会和别的男子亲近，随便你们怎么处置。"

这群女罗刹见恐吓无效，便去向罗波那复命。她们一走，一个名叫特哩竭吒（Trijata）的女罗刹接近悉多，安慰她道："你不用害怕，罗波那之前想霸占别人的妻子而不得，受诅咒不能强行霸占不肯依从他的女子。你的丈夫罗摩英雄盖世，很快就会来救你。罗波那残忍歹毒，欺凌众生，注定会灭亡。我曾梦见他剃光头发，深陷泥泞，鸠槃羯叻拿等罗刹也剃发赤身，涂着红色香膏，向南方死地而去，预示他们即将灭亡。我还梦见罗摩的武器遍布整个大地，预示着他的英名将会传遍天下。毗提诃公主啊，你很快就会苦尽甘来，和丈夫重逢。"

特哩竭吒虽出身罗刹，但聪明睿智，明辨是非，给了悉多不少安慰。悉多思念丈夫，忧伤憔悴，瘦骨伶仃，显得眼睛更是出奇地大。她端坐在无忧树下的一块大石上，衣衫污秽，身上首饰只剩一块摩尼宝石。罗波那自见到悉多以后，心就被爱神俘虏。他戴上闪闪发光的宝石耳环,穿上精致美丽的天衣,打扮得像天帝欢喜园林中的劫波树一般,来到悉多面前,夸耀道:"美人啊,你对丈夫已经尽心了,现在好好梳洗打扮一番,嫁给我吧!你会是我后妃中最得宠的。我统治着一亿四千个吸血的毕舍遮,还有翻倍的罗刹和夜叉。乾闼婆和天女在我的酒宴上奏乐起舞,就像伺候我兄长财神俱比罗一样。我是婆罗门仙人之子,是第五位护世神。你就做我的妻子,结束痛苦的林居生活,尽情享受美酒佳肴吧!"

悉多背过身去,泪落如雨,打湿了她的胸襟。她轻声说道:"我真是不幸,听到你这番胡言乱语。罗刹只追逐感官之欲,愿你走运,不要被我吸引!我是有夫之妇,绝不会背叛丈夫。再说我是凡人,不适合做您妻子。侵犯一个无助的妇人能有什么乐趣?既然你父亲是梵天之子,你也和护世神一样,那你为什么不遵行正法?"她大哭起来,用衣襟遮住面容和脖颈,不想让罗刹王看到自己的肌肤。十首王只能看见她又黑又长的发辫,宛如乌蛇一般蜿蜒垂落。

罗波那心神全被爱神迷住,就像听不见悉多的话语一般,仍然道:"悉多啊,笑语嫣然的美臀女郎啊,爱神以欲火焚烧着我的肢体。可是你不愿意,我不能强迫你,我该怎么办?罗摩只不过是个凡人,是我们罗刹的盘中餐,可你对他却这样念念不忘!"他无可奈何地离去。悉多留在无忧树园中,被众多女罗刹严密监视,终日郁郁寡欢,唯有特哩竭吒能给她少许安慰。

◉《罗摩衍那》与《摩诃婆罗多》这两大史诗的关系一直是学者们热衷讨论的话题之一。罗摩故事无疑流传在先,《摩诃婆罗多》中有多处提及罗摩的故事,他生活过的地点已成为圣地,而《罗摩衍那》中则从未提及《摩诃婆罗多》中的主要人物和故事。不过,《摩诃婆罗多》中的罗摩故事到罗摩携妻子和弟弟回国继承王位成为明君即止,没有《罗摩衍那》中罗摩放逐悉多的后续。罗摩王更像一个凡人,没有毗湿奴神话中的细节。有人据此认为《罗摩传》应该在《罗摩衍那》之前,但亦有学者(尤其是印度学者)认为《罗摩衍那》的主体部分在《摩诃婆罗多》十万颂之前已经创作完成,《罗摩传》不过是对《罗摩衍那》的一个粗糙简写。

◈ 圣君罗摩是毗湿奴十大化身中的第七化身，传说他是三分时代的圣王，被誉为"完美人类"（(Maryada Purushottam），化身降世以在世间确定正法和道德的规范。他孝顺父亲，为维护父亲的荣誉自愿放逐森林；他忠实于妻子，毕生不二娶；他是理想的君主，开创了罗摩盛世。诗人无疑将罗摩当作完人来描述，一举一动足为后世垂范，但以现代人的目光来看，罗摩的一些行为颇具争议。史诗中对罗摩理想完人的描写，只是为古印度的伦理标准提供了一个研究范本。

◈ 罗摩和黑天是毗湿奴神话中最受崇拜的化身，圣雄甘地遇刺时即高呼着罗摩之名而去世。11世纪虔信运动之后，罗摩和黑天的影响更是有增无减，甚至超越本尊，开宗立派，成为各自教派的最高神。罗摩难陀所创立的罗摩派至今已是毗湿奴派中信徒最多、影响最大的分支之一。罗摩派奉罗摩与悉多为主神，也格外尊崇罗什曼那和哈奴曼，信徒们相信念诵罗摩的名字即可获得解脱。

◈ 蚁垤所著的《罗摩衍那》中称罗摩四兄弟皆是毗湿奴大神的化身，但往世书和后世的传说多认为罗摩才是毗湿奴大神的化身，罗什曼那则是千首龙王舍沙的化身。

◈ 依靠梵天的恩典，罗波那乘坐云车巡视三界，欺凌众生，生擒天帝因陀罗，在梵天求情下才放了天帝。因陀罗从此畏惧罗波那，远远见到罗波那就吓得变成一只孔雀。为嘉奖孔雀助他躲过劫难，因陀罗将千眼赐给孔雀，从此孔雀有了绚丽多彩的尾羽。

（二）罗摩寻妻

摩哩遮中箭身亡，现出原形。罗摩意识到这罗刹是故意引他离开妻子，急忙往回赶，正遇上罗什曼那。罗摩着急地说："你怎么能把悉多独自留在这罗刹出没的森林里？"罗什曼那说明了原委，罗摩担心悉多出事，心急如焚，飞奔向自家的净修林，途中见到受伤坠地的鹰王阇吒优私。鹰王双翼已断，奄奄一息，告诉他们悉多已被罗波那劫走。"你可知道他们去了哪个方向？"罗摩追问道。鹰王颤抖着用头指了指南方，便气绝身亡。

罗摩为鹰王举行了葬礼，赶回净修林。只见草垫散乱，水罐破碎，一地狼藉，悉多已经不见了，昔日的甜蜜家园成为豺狼出没之所。罗摩失去妻子，忧伤凄惶。他拿着弓箭，和弟弟一起朝鹰王示意的南方走去，一心一意想要寻回爱妻。弹宅迦林广袤无边，罗摩兄弟走着走着，突然看见成群的鹿四散奔逃，飞禽走兽像遇到森林大火似的叫喊逃窜。接着，一个可怕的无头罗刹出现在他们面前，身躯粗壮，高耸如山，眼睛长在胸膛上，嘴巴长在肚子上，伸手就一把抓住罗什曼那往嘴里塞。罗什曼那猝不及防就已被擒，望着罗摩绝望地道："你失去王国，父亲去世，毗提诃公主被劫，我又遭此灾殃，再也无福看到你带公主回国登基了！"

罗摩镇定地说："有我在，没人能伤害你。我这就砍断他的左臂，你同时砍断他的右臂！"说罢，他手起剑落就砍断了罗刹的左臂，就像砍断一支脆弱的芝麻秆。罗什曼那也拔出宝剑，砍断罗刹的右臂，又朝罗刹的肋间猛刺几下，这庞大的无头怪顿时倒地而亡。从罗刹的尸体里竟然出现了一个貌如天神般的人物，灿烂如日，冉冉升空。

罗摩惊讶地望着他，问道："你是谁？为什么会这么奇怪地出现？"

那人答道："我是一个乾闼婆，被婆罗门诅咒，不得不从罗刹的胎里出生。悉多是被楞伽城的罗刹王罗波那劫走了。哩舍牟迦山（Rishyamuka）有一个湖，湖水吉祥，有许多天鹅和野鸭。猴王妙项（Sugrīva）和他的四个大臣就住在那儿。他知道罗波那的住处，向他求助吧！我保证你一定会见到悉多。"说罢，他就消失了。

罗摩兄弟惊讶不已，朝哩舍牟迦山走去，果然见到一个湖。湖中莲花盛开，清风拂来，送来甘露的芬芳。罗摩想起爱妻，悲不自胜，罗什曼那劝慰道："你既然已经知道悉多的下落，就应该拿出丈夫气概去夺回她！有我做你的帮手，何愁大事不成呢？"于是，罗摩打起精神，和弟弟一起在圣湖中沐浴，敬拜祖先，然后继续前行。只见哩舍牟迦山山巅有五个大猴子，正是猴王妙项和他的四个大臣。妙项也派出他信任的大臣风神之子哈奴曼做使者。彼此交流之后，猴王将悉多被劫时扔给他们的黄色衣衫展示给罗摩。得到了可靠的信物，罗摩亲自为妙项灌顶，让他统治天下的猴子。双方订下盟约，罗摩将助妙项杀死兄长波林（Vāli），而妙项则会全力助他寻回悉多。

他们一起前去波林的都城，大声叫战。波林正要应战，妻子陀罗（Tara）劝阻道："妙项这样大声叫战，一定是有了靠山，你不宜出战。"

波林道："你聪明睿智，能辨别一切生灵的嗓音，你看他找了谁做帮手？"

陀罗静静思索了一会儿，答道："猴王啊，我明白了。他找来了世上最强的弓箭手——十车王之子罗摩，和他弟弟罗什曼那。同行的还有风神之子哈奴曼和熊王阇婆梵（Jamvuman）。依靠罗摩的勇武，他们一定会置你于死地。"

陀罗一心为了丈夫好，却触怒了高傲的波林。他怀疑陀罗仍然对妙项有情，骂了妻子一顿，出去迎战妙项，叫道："你这傻瓜！你三番五次败在我手下，我顾念手足之情放过你，竟然又来送死！"

妙项答道："你抢走我妻子，夺走我的王国，我怎么能善罢甘休？"他们用大树和石头交战，用拳头搏斗，甚至用牙齿和利爪攻击对方，将对方抓咬得鲜血淋漓。两兄弟相貌相似，扭打在一起更是分不清谁是谁。这时，哈奴曼向妙项投去一个花环，罗摩以花环为记，拉开硬弓，一箭射中波林。波林惊恐地看着利箭穿心而过，看到挽弓偷袭他的罗摩，破口大骂，倒地身亡。

波林被杀，妙项重新得回王国和美貌贤德的陀罗。他将罗摩兄弟视如上宾，殷勤款待。这样过了四个月，悉多还是毫无消息。一日清晨，晓风吹拂，送来莲花的清香。罗摩再次想起爱妻，满怀愁绪，对罗什曼那说道："猴王妙项一坐上王位就忘记承诺，对我们不理不睬，真是忘恩负义！你去看看他，如果他还是不肯动弹，你就杀了他，送他去见波林。"罗什曼那于是带上弓箭，怒气冲冲地去找妙项。

妙项闻报，立即带着妻子和随从去迎接，大礼敬拜。他毕恭毕敬地听完罗什曼那的训斥，双手合十道："罗什曼那啊，我绝非忘恩负义之人！我已经选派使者前往各地寻找悉多，以一月为期，等他们复命。算来还有五个夜晚，请静候佳音！"

期限一到，果然有成百上千的猴子使者陆续回报，他们从东、西、北三个方向寻找悉多，踏遍高山、森林、乡村和城堡，却一无所获。罗摩的心情由期待转为失落，还好前往南方的使者还未回来，还算保有一线希望。

前往南方的猴子使者由哈奴曼和波林之子鸯伽陀（Aṅgada）率领。过了两个月，他们回来了，不急着向猴王复命，却优哉游哉地在园林中享乐。妙项闻报，不怒反喜，因为臣仆只有大功告成，才会如此放肆。

果然，哈奴曼稍事休息之后去见罗摩，见面第一句话就是："罗摩啊，我告诉你一个好消息,我已经见到了悉多!"

按哈奴曼所述,他们在一月之期内寻遍了南方的山林和矿地,同样一无所获。正垂头丧气之际,他们发现了一个幽深黑暗的山洞,往里走了很长时间,看见阿修罗巧匠摩耶的宫殿,一位苦修女在那里修苦行。在苦修女的指点下,他们一路翻山越岭,来到大海边上。只见大海广袤无边,海中鳄鱼成群,众猴子心生绝望,谈起罗摩寻妻的故事,提到了鹰王阇吒优私。这时,一只身躯庞大宛如大鹏金翅鸟般的无翼大鸟走过来,说道:"你们谁在谈论我的弟弟阇吒优私?我是他的哥哥。我们兄弟比赛一起飞向太阳,我的双翼被烧毁,掉落在这里,从此再也没有见过他。"

众猴子告知他阇吒优私为阻止罗波那劫掠悉多而死,大鸟悲伤不已,说道:"我见过罗波那的楞伽城,就在大海的另一边。悉多一定就在那里,我确定无疑。"

得到了悉多的消息,众猴子欢欣鼓舞。哈奴曼潜身在父亲风神的肚子里,越过大海,来到楞伽城,潜入罗波那的王宫中,见到了正在斋戒苦行的悉多。哈奴曼找到机会,悄悄地对悉多说道:"我是风神之子哈奴曼,现在是罗摩的使者。王后啊,请你放心,你丈夫很快就会带领猴军来这里搭救你。"

悉多思忖片刻,答道:"我听说过你,你是猴王妙项的大臣。"她拿出仅剩的摩尼宝石,让哈奴曼带给罗摩作为信物。自被劫以来,这块宝石就是毗提诃公主睹物思人的安慰。为了让罗摩确信,悉多还提到罗摩曾用芦苇射过一只冒犯悉多的乌鸦。

哈奴曼完成使命,放火焚烧楞伽城,然后回来向罗摩复命。

罗摩得到确定消息,精神振奋,命猴王妙项召集天下猴子,组成一支百亿千亿的猴子大军,准备进攻楞伽城,夺回悉多。熊王阇婆梵也带领一万亿黑熊前来参战。无数猴子和黑熊从四面八方汇集到罗摩麾下,尘土飞扬,士气高昂,宛如大海涨潮,喧嚣声闻于三界。罗摩选定吉日,以哈奴曼为先锋,罗什曼那殿后,自己与猴王妙项统率大军,浩浩荡荡地一路南行,直到大海之滨。

考虑到以船渡海易遭受敌人攻击,罗摩实行斋戒,请求海神为他让出一条路来,否则他就用法宝灼干大海。当夜,罗摩梦见海神显身,双手合十向他请求:"罗摩啊,我不想和你作对,可是如果我按照你的昐咐,让路给你的大军通过,其他人也都会像你这样恃强逼迫我。你军中有一只叫那罗的猴子,是匠神之子,他能为你建造一座跨越大海的大桥。无论他向我投下什么木头或石块,我都会让它们固定不动,堆积成桥。"

罗摩醒来之后找到匠神之子那罗,命他建桥。那罗果然建起一座宽十由旬、长数百由旬的大桥,横跨大海,这就是著名的罗摩桥。

这时,罗波那的兄弟维毗舍那前来投靠罗摩,猴王妙项疑心有诈,罗摩却宽宏以待,甚至为他灌顶,立他为罗刹之王。维毗舍那得到罗摩信任,也全心全意为罗摩出谋划策。在维毗舍那的指导下,罗摩命大军分批过桥,整整一个月,大军才渡过大海,到达楞伽城。罗波那派出两个罗刹化为猴子来刺探军情,被维毗舍那识破。罗摩让两个罗刹参观了自己的庞大军队,然后放走他们。大军进驻楞伽城郊一座食物水源都很充足的树林里,罗摩整肃军备,派波林之子鸯伽陀做使者,向罗波那下战书。

鸯伽陀艺高胆大,在亿万罗刹中从容前行,神采奕奕宛如太阳破云而出,对罗波那传达罗摩的口谕:"国王若骄横不法,他统治的国度也会遭殃。你一人强劫悉多,无数无辜者也会受牵连被杀。你过去恃强凌弱,欺辱天神,残杀仙人,劫掠妇女,该遭到报应了。我要杀死你和你的大臣,让你见识到凡人的力量。拿出勇气和我作战吧!放了悉多,否则我就杀死世上所有的罗刹!"

听到这番挑衅的言辞,罗波那怒不可遏。几个罗刹察言观色,偷袭鸯伽陀,抓住他的四肢。鸯伽陀力大无穷,带着这四个罗刹跃上屋顶,甩手摔落。罗刹们跌落在地,心脏破裂,倒地身亡。鸯伽陀纵横腾跃,冲出楞伽城,回营复命,受到罗摩嘉奖。

随后,罗摩点齐全部兵马,行动如风,攻破楞伽城城墙。罗什曼那与维毗舍那、熊王阁婆梵一马当先,攻破最难攻破的南门。猴子们欢呼跳跃,纷纷登上城头,整个城墙变成一片棕黄色。他们拆毁瞭望所,捣毁发射器,投掷出各种武器和石块。众罗刹惊恐走避,四处逃窜。罗波那大怒,派出罗刹大军,驱散进攻的猴兵,重新占领城墙。罗刹和猴子大军互相混战，用武器交锋，用拳头和利爪厮打，打得难解难分。罗摩兄弟放出阵阵箭雨，杀死许多罗刹。楞伽城遭受重创，战斗目的达到。罗摩下令收兵回营，军队刚进入营地，就遇到一群忠于罗波那的罗刹偷袭。罗刹会隐身术，但维毗舍那能识别并破除隐身术。猴子们蹦蹦跳跳，四处追杀，将这群罗刹全都杀死。

罗波那连遭败绩，无法忍受，亲自率军走出楞伽城，排定太白仙人的阵容。罗摩也点齐猴军，以祭主仙人的阵容迎战。双方将领各自捉对厮杀，互相泼洒箭雨。战斗渐趋激烈，犹如昔日天神与阿修罗的大战。他们发射出的法宝碰撞在一起，发出巨大的声响，震撼三界，令众生惊恐不安。

◉ 《罗摩衍那》中称猴王波林是三分时代的最强者。十首王罗波那曾向他挑衅，被波林击败，转而请求获得波林的友谊，双方由此结盟。

◉ 波林娶妻陀罗，妙项是波林幼弟。有一次，波林和一位阿修罗相约在山洞中决斗，很久没有出现。妙项听到阿修罗的怒吼声，又见鲜血从山洞中涌出来，误以为波林已死，就用山石堵住山洞，继承了王国和嫂子陀罗。波林杀死阿修罗，认为妙项故意想置自己于死地，便赶跑了妙项。妙项在罗摩的帮助下，杀死波林，重新得回王国和陀罗。

◉ 波林临死前大骂罗摩偷袭他有违正法，罗摩称波林迫害幼弟证明他只是一只遵守丛林法则恃强凌弱的猴子，因此活该被猎人杀死。罗摩为妙项灌顶，让他成为猴王，但立波林之子鸯伽陀为王储，改变了丛林法则，也因此得到了鸯伽陀全心全意的拥戴。

◉ 在印度，哈奴曼是力量、勇敢和忠诚的象征，有无数传奇故事。传说他为风神之子，幼时即神通广大，曾逐日而食，只是因为太调皮而被封存了力量。他一步跨越大海，杀死无数强敌，为罗摩王的胜利立下汗马功劳。在虔信运动中，他对罗摩王的忠诚广受赞誉，人们称他为力量与虔信结合的最佳典范。随着罗摩故事的流传和湿婆崇拜的渗透，哈奴曼更成为大神湿婆的化身之一，拥有广大信徒。胡适认为，随着佛教东传，《西游记》中孙悟空的猴王形象可能有受哈奴曼的影响。陈寅恪与季羡林亦赞同此说。

◉ 一般认为楞伽城就是如今的斯里兰卡。按照《罗摩衍那》所述，罗摩下令建造的通往楞伽城的石桥建筑在浮动的沙石上，依靠神力固定在海床上。考古发现在斯里兰卡的曼纳岛到印度班本岛之间确有一连串绵延48公里的礁石和沙洲，将斯里兰卡岛与印度次大陆连接起来，被称为罗摩桥。它所在之处海水极浅，不少沙洲浮现在水面上，海水最深处也不过10米左右。据说罗摩桥原本完全在海平面上，15世纪时因为气候和地质原因才沉入水中。印度教徒相信这就是罗摩王留下的神迹，要求政府严加保护；但亦有不少学者认为罗摩桥是天然形成的地质构造。有关罗摩桥引发的学术、政治、宗教之争至今仍未平息。

◈ 一些伊斯兰教著作中称亚当被驱逐出伊甸园，跌落到大地上，落足点就在斯里兰卡。亚当沿着一座石桥从斯里兰卡进入印度，这座桥称为"亚当桥"，也就是印度教徒所称的"罗摩桥"。

（三）楞伽大战

罗波那有两名爱将钵罗诃私达（Prahasta）和图牟那刹（Dhumraksha），都是作战凶猛的勇士。钵罗诃私达手执铁杵，吼叫着扑向维毗舍那。铁杵击中了维毗舍那，但维毗舍那却岿然不动，拿起一支缀满铃铛的标枪，念动咒语，对准钵罗诃私达的头颅投掷而出。标枪迅猛如闪电雷霆，砍下钵罗诃私达的头颅，这名罗刹将领一头栽倒在地，如同被风刮倒的大树。

图牟那刹见同伴被杀，立即指挥大军一拥而上，如同乌云压顶般扑向猴子大军。猴子们吓得四散逃窜，哈奴曼连忙稳定住军心，亲自迎战图牟那刹，如同天帝因陀罗大战阿修罗王，箭雨弥天，血流成河。最后，哈奴曼拔起一棵大树，将图牟那刹连同车夫一起打死。连杀两名罗刹大将，众猴子士气大振，欢呼雀跃，越战越勇。罗刹军队心怯气短，节节败退，逃回楞伽城。

罗波那痛失爱将，长叹一声，道："是时候唤醒鸠槃羯叻拿了！"他命人奏响各种乐器，声音震天，终于唤醒了鸠槃羯叻拿。十首王道："你真幸运，沉浸在梦乡中，不知大难已经来临！我抢了罗摩的妻子，他带着一帮猴子渡海而来，要把我们斩尽杀绝。钵罗诃私达和图牟那刹已经死在他手上，现在除了你，无人是他的对手。请你现在就披甲上阵，杀死罗摩和所有敌人吧！"

鸠槃羯叻拿遵命走出楞伽城，猴子大军立即拥上来将他团团围住，向他投掷各种武器。罗刹遭到打击，却无所畏惧，笑着张开大口，接连吞食了三四名猴军首领。

眼见他如此凶残，猴子们都吓得惊叫起来。猴王妙项闻讯立即赶来，拿起一棵高大的娑罗树，朝鸠槃羯叻拿头上打去。鸠槃羯叻拿结结实实地挨了一记，却毫发无伤。他大笑起来，抬手就捉住了妙项。

看到妙项被擒，罗什曼那飞速赶来，射出一支金羽箭。这支利箭穿透鸠槃羯叻拿的铠甲和身体，饱饮罗刹的鲜血钻入地下。鸠槃羯叻拿当胸中箭，放下妙项，举起一块大石，扑向罗什曼那。罗什曼那立即用锋利的剃刀箭射断他的双手，然而罗刹却长出了四只手，每只都举着石块。罗什曼那挽弓不停，射断他所有的手。鸠槃羯叻拿身形暴长，变得山岳般巨大，有无数的头和肢体。罗什曼那祭起梵宝，击中罗刹庞大的身躯。鸠槃羯叻拿轰然倒地，如同一棵枝繁叶茂的大树被雷电击中。

鸠槃羯叻拿丧命，罗刹军队心惊胆战，四散逃命。有两名罗刹将领竭力收拾残局，一面喝止士卒，一面朝罗什曼那泼洒箭雨。双方缠斗一阵，哈奴曼举起一座大山，砸死一名罗刹将领，另一名罗刹首领也被猴军所杀。双方大军又混战在一处，死伤甚重，但罗刹军队的伤亡更为惨重。

罗波那见状，对儿子因陀罗耆特（Indrajit，意为"战胜因陀罗者"）说道："孩子啊，你曾战胜天帝因陀罗，由此得到'因陀罗耆特'这个称号。最优秀的战士啊，请你用天赐的神箭，或隐身，或现身，消灭所有的敌人吧！鸠槃羯叻拿不能为伽罗报仇，希望你能做到。杀死罗摩兄弟和妙项君臣，让我高兴吧！"

因陀罗耆特领命，战车隆隆，冲向罗什曼那。双方都是盖世英雄，精通天国武器，他们互相抛洒箭雨，战至旗鼓相当。因陀罗耆特无法在弓箭上取胜，便向罗什曼那投掷出无数长矛，但都被罗什曼那击落。鸯伽陀赶来帮忙，举起一棵高大的娑罗树，砸向因陀罗耆特，但只砸死了他的马和御者。因陀罗耆特跃下马车，施展幻术，刹那间消失不见。

他利用隐身术发射无数利箭，罗摩闻讯赶来保护军队，猴子们手握巨石腾入空中，寻找隐身放箭的罗刹。但因陀罗耆特仍然依靠隐身之便，不断放箭偷袭，箭如雨下，射遍罗摩兄弟全身。罗摩兄弟身中数百箭，不支倒地，犹如日月从当空坠落。因陀罗耆特祭出天国武器，抛洒出弥天箭网，将兄弟俩困在网中，犹如雄鹰被困笼中。妙项见状立即率领众猴军首领赶来，护住罗摩兄弟。维毗舍那祭出还魂法宝，让罗摩兄弟恢复清醒。妙项念动咒语，瞬间拔除所有的箭矢，又为他们敷上灵药。片刻工夫，罗摩兄弟疼痛全消，疲惫尽去，重新恢复了神采。

维毗舍那双手合十，道："克敌者啊！王中之王俱比罗派遣使者来此献上圣水，只要用这种水擦一擦眼睛，就能看到隐形的生灵。"罗摩高兴地接过圣水，分发给全体猴军。人人都用圣水擦拭眼睛，果然能看见一切隐形生灵。

因陀罗耆特大获全胜，向父亲报功，又换了辆马车匆匆返回前线。在维毗舍那的建议下，罗什曼那出马迎战。因陀罗耆特自以为胜券在握，轻慢骄狂，向罗什曼那发射出一支支致命的铁箭。罗什曼那以牙还牙，同样向他射出火焰般的利箭。因陀罗耆特中箭，被怒气冲昏了头，向罗什曼那连射八箭。用圣水擦净双眼的罗什曼那看清罗刹王子的位置，接连两箭射断因陀罗耆特挽弓拿箭的双手，接着以一支闪亮的宽刃砍下罗刹王子的头颅，又一箭射杀他的御者。无主的马匹拖着马车跑进楞伽城，因陀罗耆特失去双臂的无头尸体突兀地挺立在马车上，极是恐怖。

十首王看到儿子的尸体，悲痛欲绝，拿起宝剑赶到无忧树园，要杀悉多泄愤。一位年高德劭的罗刹劝阻道："你是显赫辉煌的大国之君，不能杀害一个妇人。去杀死她的丈夫吧！丈夫一死，她也就死了。你曾无数次击溃包括因陀罗在内的众天神，你的勇武盖世无双。"

被他一劝，罗波那放下手中的剑，登上缀满宝石的战车，决心与罗摩兄弟决一死战。

◉《罗摩衍那》中称鸠槃羯叻拿生性凶残，以吃人为乐，吃掉了七位天女和因陀罗的十个随从。众天神怕他得到梵天恩惠后更难对付，便让语言女神辩才天女迷惑住他，让他向梵天讨要了一直酣睡的恩典。

◉ 在《摩诃婆罗多》的罗摩插话中，鸠槃羯叻拿只是一个嗜好吃人的凶恶罗刹。但在蚁垤所著的《罗摩衍那》中，鸠槃羯叻拿得知罗波那与罗摩结怨的原委后，规劝兄长要明辨是非，不要自取灭亡。在被罗波那粗暴拒绝之后，他仍坚持为兄长作战，最终被杀。

这让他的形象显得更为立体。

⊛ 维毗舍那和鸠槃羯叻拿对于亲情和正义的衡量正好相反。知道兄长罗波那所行非法，维毗舍那舍弃亲情，选择了正义的一方，帮助罗摩消灭罗波那，成为楞伽城主，获得善终。而鸠槃羯叻拿明知错在罗波那，但规劝未果后，他坚定地站在兄长一边，为此战死。《摩诃婆罗多》中持国之子尚武与奇耳的选择与之类似，结局亦以尚武成为象城摄政王、奇耳战死疆场而告终。

⊛ 按照《罗摩衍那》中描述的古印度风俗，哥哥死后，弟弟可以继承哥哥的财产和妻子。因此，猴王波林死后，妙项得到陀罗为妻。罗波那被罗摩所杀，维毗舍那也娶了罗波那的寡妻曼度陀哩（Mandodarī）。

⊛《罗摩衍那》中称曼度陀哩是一位美貌正直的贤妻，多次规劝罗波那践行正道，将悉多归还给罗摩。罗波那充耳不闻，最终自取灭亡。因此，史诗作者对曼度陀哩充满了赞赏和同情。

⊛ 印度民间有供奉五贞女（Pañcakanyā）的传说，认为念诵五位女神的名字可以驱逐邪恶。这五位女神分别为阿诃利耶（Ahalyā），罗波那之妻曼度陀哩，波林之妻陀罗，黑公主和贡蒂。阿诃利耶为乔达摩仙人之妻，因失身于天帝因陀罗，被丈夫化身为石，遇罗摩后得到解脱。曼度陀哩和陀罗都是美貌而贤德的女子，却无法阻止丈夫作恶，在丈夫被杀后另嫁他人。黑公主嫁了五个丈夫，但在赌骰大会上无人能保护她。贡蒂在短暂的婚姻生活后便长期守寡。她们都是历尽坎坷、婚姻不幸的女子。人们或许是出于同情，才将她们敬奉为神。

（四）罗摩登基

十首王心怀丧子之痛，怒发冲冠，亲率大军出征。成群的罗刹簇拥着他，手执各种武器，呼喊声震天。猴王妙项立即率领哈奴曼、阎婆梵等各路大军迎战。双方交战，猴子大军越战越勇，渐渐占据上风。于是，罗波那施展幻术，从他身体里幻化出无数手执武器的罗刹。罗摩祭起法宝，杀死所有幻化的罗刹。罗波那又变出很多个罗摩兄弟模样的罗刹，手执强弓利箭，扑向罗摩兄弟。罗什曼那不慌不忙，对罗摩说道："杀死这些变成你模样的罗刹！"罗摩祭出法宝，将这些罗刹全部杀死。

这时，天帝的御者摩多梨驾驶着一辆灿若太阳的金车降落到罗摩面前，说道："人中之虎啊！这辆金车是胜利的标志，天帝因陀罗乘坐它杀死了无数阿修罗王。

罗摩登基

罗摩在三位弟弟的辅佐下登基,开启长达一万年的罗摩盛世,又称"正法盛世"。

罗摩决战罗波那

传说罗摩与罗波那大战十日,最终在印历七月初十杀死罗波那,于是有了十胜节。这是印度教最重要的节日之一,举国欢腾,热闹非凡。从初一开始,各地就搭台上演罗摩的故事,从他的诞生一幕幕演下去,直到第十天进入最高潮,罗摩的扮演者以带火的箭头杀死内部填满爆竹烟火的纸人罗波那,赢得满堂喝彩。有说印度的四大节日中,兄妹节属于婆罗门,十胜节属于刹帝利,排灯节属于吠舍,洒红节则属于首陀罗。

请上车吧！我将作为你的御者。杀死罗波那，不要迟延！"

罗摩一开始还以为是罗刹的诡计，维毗舍那看得真切，说道："这确实是天帝因陀罗的金车，不是罗波那的幻术。快登车吧！"

罗摩不再犹豫，立即登上天帝的战车，冲向十首王罗波那。一切众生发出惊叹，天鼓擂响，众天神齐声发出狮子吼。

夜行的罗刹王向罗摩投掷出一支如因陀罗金刚杵般恐怖的铁叉，被罗摩一箭射断。罗波那心头恐惧，迅速向罗摩发射出成千上万的利箭，又投掷出标枪、铁杵、百杀器等各式各样的武器。眼看密密麻麻的武器之雨当空洒落，猴子们吓得四散奔逃。罗摩拿出一支光辉灿烂的金羽毛箭，连同梵天法宝一起，搭在大弓上。以天帝为首的众天神见了欣喜万分，认为此箭一出，仇敌罗波那必死无疑。

于是，罗摩射出了那支无可匹敌的恐怖之箭，如同高高举起的梵杖，射中罗波那。刹那之间，大名鼎鼎的十首王罗波那，连同他的马车、御者和马匹，都被熊熊火焰包围、吞噬。由于梵天法宝的威力，这位曾经横行三界的罗刹王在一切世界失去立足之地。他的血和肉，乃至构成他身体的五大元素，都在梵天法宝的烈火中被焚毁，连灰烬也不曾留下。

弥天花雨降落，众天神、乾闼婆和仙人们高兴地为罗摩唱起颂歌，向他致以胜利的祝福。随后，他们像来时一样归去，整个天界一片欢腾，庆贺天神的敌人终于被歼灭。

罗摩将美丽的楞伽城赐给维毗舍那。维毗舍那亲自迎来悉多，恭敬地对罗摩说道："请迎回王后吧！这位淑女行为端正，无可挑剔。"

罗摩走下天帝的金车，看到蓬头垢面、泪流满面的悉多。他疑心悉多已失去贞洁，便道："你走吧，毗提诃公主！我已经尽到做丈夫的责任，杀死罗波那，将你救出。可是我不能留下一个曾落入他人手中的女人，无论你是否行为端正，就像神不会接受被狗舔过的祭品。"

骤然听到这么冷酷无情的话语，可怜的悉多惊得倒在地上，满面喜容褪得干干净净，犹如明镜被呵出的水汽蒙上了薄雾。罗什曼那和所有的猴子也都惊得呆住，木然不动，仿佛失去了生命。

这时，世界的创造者大梵天乘坐飞车亲临现场。天帝因陀罗率领众天神和七仙人当空现身，十车王通体神光闪耀，乘坐着一辆天鹅驾驭的天车跟随在后。一时间天空满布着众天神、仙人、乾闼婆，犹如繁星闪烁在明净的秋夜里。

悉多缓缓起身，对罗摩说道："王子啊，我不怪你。我知道女人和男人应有的行为。请听我说！如果我曾犯下任何罪孽，就让火、水、地、空、风带走我的生命！"

她话音刚落，四面八方都响起了圣洁的语音，回荡在天地之间——

风神伐由说道："罗摩啊，我是永不停息的风。她说的是真话，毗提诃公主清白无瑕。和你的妻子团聚吧！"

火神阿耆尼说道："罗摩啊，我是寓于一切众生中的火。我见证：悉多没有犯下任何过失。"

水神伐楼那说道："罗摩啊，我是水神，一切生灵的体液皆源于我。接回毗提诃公主吧！"

创世神梵天解释道："孩子啊，你的想法并不奇怪，但你听我说！悉多被劫是天神计划的一部分，目的是引你来铲除罗波那，因为他只能被凡人杀死。由于我的安排，罗波那受到诅咒，如果恃强逼迫不顺从他的女子，他的身体立刻就会碎成百块。光辉者啊，不要怀疑了。你已完成天神的伟大使命，接回你的妻子吧！"

最后，十车王开口说话："孩子啊，我是你的父亲十车王。我为你高兴！你拥有我的祝福，接回你的妻子，回去统治王国吧！"

罗摩答道："如果你是我的父亲，我向你致敬！我将按照你的盼咐，回到美丽的阿逾陀。"

十车王高兴地答道："去吧！罗摩啊，十四年的放逐期已满，去统治阿逾陀吧！"

于是，罗摩和妻子悉多团聚，他重赏了曾保护悉多的几位罗刹，又向众天神致敬。梵天说道："乔萨厘雅之子啊，你希望我赐给你什么恩惠？"

罗摩答道："愿我永远坚守正法，战无不胜，愿被罗刹杀死的猴子们都能复活。"

梵天一口应允，所有战死疆场的猴子们都死而复生。

悉多感激哈奴曼的帮助，也赐给他恩惠："孩子啊，你的生命将与罗摩的名声同在！由于我的恩惠，你将永远享受到天国的美味。"

看到罗摩大功告成，夫妻团聚，众天神告辞离去。天帝的御者摩多梨高兴地赞颂罗摩道："以真理为勇气的人啊，你为一切众生解除了痛苦！只要大地存在，你的美名就将被永远传颂！"他向罗摩行礼致敬，驾驭着灿烂如日的金车升天而去。

随后，罗摩整顿好楞伽城，让维毗舍那带领大军再次跨越罗摩桥，渡过大海。罗摩率领群臣登上光辉灿烂的云车，飞回猴王妙项的京城。在云车上，罗摩从容向悉多展示森林美景。随后，罗摩为波林之子鸯伽陀灌顶，立他为猴国的王储。

一切安排就绪，罗摩返回阿逾陀，以哈奴曼为使者去见婆罗多。哈奴曼告知罗摩，婆罗多一直供奉着罗摩的木屐，自己一身苦行者打扮，表示代兄长处理政务。罗摩于是动身前去会见婆罗多，兄弟相见，欢喜万分。婆罗多欣然将王国交回到罗摩手中，就像交还一件由他妥善保管的圣物。

在毗湿奴星宿高升的良辰吉日，太阳王朝的祭师极裕仙人亲自为罗摩灌顶。登基大典后，罗摩送走了猴王妙项和罗刹王维毗舍那，将云车送还财神俱比罗，正式开始治理王国。传说，他曾举行过十次马祭。罗摩被视为古往今来圣君的典范，罗摩盛世至今仍是盛世王朝的代名词。

讲述完罗摩的故事，摩根德耶仙人对坚战说道："世事无常，伟大的罗摩王也曾遭遇不幸，妻子被人夺走，和他结盟的唯有猴子和熊等异类。而你却有阿周那、怖军、玛德利双子这些天神般的大弓箭手做帮手，足可战胜一切敌人，还有什么理由绝望呢？"

坚战王听了，打消疑问，振奋精神，重新恢复了信心。

⊛《摩诃婆罗多》中的罗摩故事以悉多通过试探，夫妻团聚，罗摩登基告终。而《罗摩衍那》的最后一篇（即"后篇"）讲述的故事是罗摩成为阿逾陀国王后因臣民的风言风语而抛弃了悉多，悉多在蚁垤仙人的照顾下独自产下二子。后罗摩举行马祭，祭马被悉多二子捕获，引来罗摩。罗摩得知二子为悉多所生，再次要求悉多当众证明自己的清白。悉多称自己若是清白，就请地母收容。大地裂开，悉多投身地母的怀抱，消逝不见。罗摩忧伤不已，终身不娶，为悉多铸金像纪念，独自统治大地一万年后升天。后篇与第一篇描述罗摩童年的故事最具毗湿奴神话的色彩，一般认为后篇是《罗摩衍那》中后加的部分。

◉ 印度学者认为罗摩与罗波那之间的战争是两种文化之间的战争，是尊重婚姻、家庭和社会规则的人类文明与凭借一己喜好随意强夺人妻、弱肉强食的罗刹式丛林法则的冲突。亦有学者将《罗摩衍那》视为雅利安人向南发展的故事，猴军和熊军是指未开化的部落民。罗摩与之结盟并成为他们的统帅，教导他们践行正法，其进程正是雅利安文化向南传播的过程。

◉ 在印度教文化中，罗摩的圣君形象根深蒂固。他是保护神毗湿奴大神在人间的化身，他所开创的长达一万年的罗摩盛世同时也是正法盛世，风调雨顺，国土广袤，人民健康长寿，没有疾病和灾难。凭借复兴正法，他以人力将三分时代变成了圆满时代。人们赞颂贤明的君主为罗摩。影响至今，现代泰国国王依然以罗摩 N 世自称。

◉ 罗摩不仅是印度古代与世俗王权联系最密切的神祇，也是现代印度政治文化最重要的符号之一。圣雄甘地多次用罗摩盛世来描绘印度独立后的理想社会。近年来印度教民族主义更提出了要建立"印度教国家"的理论，罗摩和罗摩盛世的观念是其理论的重要组成部分。罗摩的出生地阿逾陀有一座清真寺，人们相信那是穆斯林统治者拆毁了罗摩神庙后在原址建立起来的。一直有印度教徒要求拆毁清真寺，重建罗摩神庙。1992 年狂热的印度教徒拆除清真寺，引发了全国范围内的宗教冲突，导致数千人丧生。2020 年 8 月，印度总理莫迪亲自在清真寺原址为罗摩神庙举行奠基仪式，长达百年的"寺庙之争"就此画上句号。

第六话　　　　　　　　　　　　　　　　　　　莎维德丽

在漫长而艰苦的林居生涯中，坚战对摩根德耶仙人述说道："仙人啊，我为我自己、为兄弟、为失去的王国，都不如我为黑公主那么忧伤不已。在赌骰大会上，我们被那些恶人的欺辱，是黑公主救了我们。可她却被胜车劫走。仙人啊，你可曾听说有哪位女子像黑公主这样忠于丈夫、获得福报的？"于是，摩根德耶仙人为他讲述了莎维德丽（Savitri）的故事。

从前，摩德罗国有一位国王，仁慈宽容，治国有方，深受臣民爱戴，可惜膝下无子。为了求取子嗣，他严守戒律，每日念诵莎维德丽颂诗供奉祭火，过了整整十八年，感动了莎维德丽女神。女神从祭火中向他现身，微笑道："我知道你的心思，已经和梵天说过你求取子嗣的事情。依靠梵天的恩惠，你将得到一个光辉的女儿。"

国王同意了。不久之后，摩德罗国王后果然生下一个目如莲花的女儿，因她的诞生源自莎维德丽女神的恩惠，故取名为莎维德丽。时光匆匆，莎维德丽公主长成了妙龄少女，细腰丰臀，美如天仙，整个人宛如金像制成，浑身流泛出火焰般的光辉。没有人来求娶她，因为一见她就被这光辉挡住。

看到女儿已到了出嫁的年龄，却还没有求婚者，摩德罗王心中难过，说道："经典说不嫁女儿的父亲应受责备。如今没有求亲者，你就自己去寻找一位意中人吧！我考察后认为合适，就会把你嫁出去。快去吧！不要让我受到责备。"

他选派了一些老臣，陪着莎维德丽公主出发，造访一个个刹帝利国王林居的净修林。公主向圣地中的修道人布施财物，就这样走了一处又一处。过了一些日子，大仙人那罗陀前来拜访摩德罗王，正好莎维德丽公主回宫。那罗陀道："公主去了哪里？她已经到了嫁人的年纪，为什么不给她找一个丈夫？"

摩德罗王道："我正是为此派她出去的。告诉我，你选了谁做夫婿？"公主答道:"沙鲁瓦国国王耀军(Dyumatsena)因双目失明、儿子年幼,被邻国仇人夺走王国,林居避世。他的儿子萨谛梵(Satyavan)在城市中出生,在净修林里长大,是我心中选定的夫君。"

摩德罗王还没来得及说话,那罗陀已经叫起来:"哎呀,我知道这个萨谛梵。因为他父母都说话真实,所以给他取名萨谛梵,意为'真实'。可是公主犯了一个大错,不该选他做夫婿!"

摩德罗王道:"这个萨谛梵是否聪明强大、勇敢宽容?"那罗陀答道:"他像太阳神一样强大,像祭主仙人一样有智慧,像天帝因陀罗一样勇敢,像大地一样宽容。"

摩德罗王道:"他是否礼敬婆罗门?是否英俊高贵?"那罗陀道:"他像双马童一样英俊,礼敬尊长,言而有信,诚实温和,正直而又坚定,具备一切美德。"

摩德罗王道:"既然如此,他有什么缺点?"那罗陀道:"他只有一个缺点,就是从今天开始计算,他命中注定只有一年的寿命。"

摩德罗王叫道:"这个缺点可以抵消所有的优点!莎维德丽啊,你另外选一个丈夫吧!那罗陀是众天神都尊敬的大仙人,言语真实不虚。"听了父亲的话,莎维德丽答道:"死亡只有一次,嫁女也只能嫁一次。无论他是否短命,我一旦选定丈夫,就不会更改。心中做出决定,言语加以确认,然后付诸行动,我的心由我做主。"

那罗陀便道:"莎维德丽意志坚定,永不违背正法。萨谛梵的品德世间无人能比。因此,我赞同你把女儿嫁给他。"摩德罗王道:"你是我的导师,你的话语不可违背。"于是,国王做好婚礼准备,带着祭司和莎维德丽公主前往沙鲁瓦国国王所在的净修林,见到这位双目失明的耀军,请求缔结婚姻。

耀军道:"我们失去王国,在这净修林修苦行。你的女儿贵为公主,怎能忍受林居生活的清苦?"摩德罗王道:"我和女儿都明白悲欢无常的道理,我们的联姻也属门当户对。我下定决心,怀着友谊和爱意来到这里,你不应拒绝我。"见摩德罗王确有诚意,耀军欣然道:"我之前也曾想过与你联姻,只是想到我已失去王国才踌躇不前。这场婚姻是我早就向往之事,今天就让它实现吧!"

于是，两家欢欢喜喜地举办了婚礼。婚后，莎维德丽脱去华服，换上苦修者的装束，孝顺公公婆婆，体贴丈夫，一家和和美美，生活平顺美满。但那罗陀的话始终萦绕在莎维德丽心头，她一天天地数着日子过，眼看萨谛梵的死亡之期就要来临。在倒数第四天，莎维德丽发下誓愿，严格实行"三夜斋"，以站姿度过三天三夜。

耀军难过地劝道："公主啊，你立下的誓愿太过严厉，因为要坚持整整三个夜晚。"莎维德丽答道："公公啊，你不必担心，我一定会做到。因为我下定了决心，决心就是保证。"

耀军道："我无法劝你放弃，所以，我只能祝你完成誓愿。"莎维德丽严守誓愿，不吃不喝，保持站姿，形同一个木制的玩偶。三天过去，第二天就该是萨谛梵的死期。莎维德丽想到这里，痛苦不堪，站着度过最后一夜。太阳刚刚升起，她已完成晨祷，向公公婆婆和林中的苦修者一一致敬。苦修者们祝福她幸福吉祥，永不守寡。

"但愿如此！"莎维德丽暗暗说道，想到那罗陀的言语，心如刀绞。公公婆婆劝她吃饭，莎维德丽却拒绝了："等太阳下山后我再吃饭。"

这时，萨谛梵拿着斧子要去树林，莎维德丽连忙道："你不能一个人去树林！我要和你一起去，因为我不能离开你。"萨谛梵道："你以前没去过树林。何况你正实行斋戒，身体虚弱，怎能去呢？"

莎维德丽道："我已经下定决心，你不要阻拦我。"说罢，她对公公婆婆说道："我丈夫为了供奉父母和祭火要去森林中采集食物，我请求你们允许我与他同行，因为我不能离开他。我来这里一年了，从来没有离开过净修林。我很想看看鲜花盛开的树林。"

耀军道："你自从成为我的儿媳，从未提出过任何要求。我答应你，儿媳啊，请一路照顾好你的丈夫。"得到两位老人的允许，莎维德丽与丈夫同去树林，一路上流水潺潺，孔雀轻啼。萨谛梵向妻子指点着沿途风景，莎维德丽微笑以对，心中却时时想着那罗陀的预言，心痛苦得仿佛要碎裂成两半。

二人在林中采集果子，收满一袋。萨谛梵开始砍伐木材。他砍着砍着，身上冒汗，四肢发热，头疼得像有人用尖叉刺进他的头颅。他站立不稳，走近妻子，说道："我好像病了，想躺下睡一会儿。"

莎维德丽上前抱住丈夫，将他的头放在自己怀抱里，就势坐到地上，计算着时间的点滴流逝。突然之间，一个黑肤红眼的黄衣人出现在她面前，形貌恐怖，手执套索，灿如太阳。那人走到萨谛梵身边，紧紧地盯着他。

莎维德丽立即放下丈夫，起身行礼，颤声道："我知道你是天神。能告诉我为何而来吗？"黄衣人道："你忠于丈夫，又有苦行之力，所以我告诉你。我是死神阎摩，你的丈夫萨谛梵阳寿已尽，他遵守正法，品德高尚，因此我亲自前来带走他。"

他拿起套索，从萨谛梵身体里牵出一个拇指大小的小人儿。生魂一被抽出，萨谛梵立刻停止呼吸，身体变得僵硬。就这样，阎摩牵着萨谛梵的灵魂向南走去，莎维德丽悲痛欲绝，跟着阎摩走去。

阎摩道："莎维德丽啊，你已经尽到了妻子的义务，回去收拾尸体，为丈夫举行葬礼吧！"莎维德丽道："无论我丈夫去往何处，是自愿还是被迫，我都应该跟随他，这是永恒的正法。凭借我的苦行和善行，也凭借你的恩惠，无人能阻止我前行。智者说同行七步即成友情，因此，我大胆地称你为朋友，请你细听：正法至高无上，正法之路只有一条，我践行正法，不想要第二条和第三条路。"

阎摩也是正法之神，闻言心中舒坦，便道："你的话语清晰有理，令我满意。除了你丈夫的生命，你可以向我要求一个恩惠。"莎维德丽答道："我公公双目失明，求你让他恢复视力，身体强健，如同火焰和太阳。"

"如你所愿。"阎摩一口答应，"你走了那么久，一定很疲乏，快回去吧！"莎维德丽道："我和丈夫在一起，怎么会疲倦？你带他到哪儿，我跟到哪儿。神主啊，请听我说，与善人相遇即是幸事，更遑论与善人交友。因此，人应当与善人为伍，因为与善人交往必定会有善果。"

阎摩道："你说的都是良言益语，除了你丈夫的生命，我可以再给你一个恩惠。"莎维德丽道："愿我公公能得回王国，让他能履行刹帝利正法。这是我要求的第二个恩惠。"

阎摩答应了，再次劝她回去。莎维德丽道："尊神啊，你以法则制令众生，毫不留情地带走他们，因此被称为阎摩。然而对一切众生心怀怜悯、布施恩惠，这是善人永恒不变的正法。这世间不过如此，但对于求助者，即使是敌人，善人也会有慈悲之心。"

　　阎摩被莎维德丽的话语深深打动，道："你的话语犹如解渴的甘霖。除了萨谛梵的生命，你可以再向我要一个恩惠。"莎维德丽道："我的父亲没有子嗣。愿他得到一百个亲生儿子。这是我要的第三个恩惠。"

　　"你父亲会得到一百个儿子延续家族。回去吧，公主！你已经走了很远。"阎摩道。"和丈夫在一起，我不觉得远，因为我的思想走得更远。"莎维德丽答道，"你是受众生敬仰的正法之主。人即使无法信任自己，也会信任善人。一切众生的信任都来源于友善。因此，人人都渴望亲近、依赖善人。"

　　阎摩一再阻止她跟随无效，便道："你可以向我索要除萨谛梵生命之外的第四个恩惠，然后就回去吧！"莎维德丽立刻道："我想和萨谛梵生下一百个儿子，延续血脉。"她的话语中自有深意，但阎摩话已出口，无法反悔，便道："你会有一百个儿子的。快回去吧，公主啊，你已经走了太远！"

　　可莎维德丽还是不肯离开，说道："善人永远遵行正法，为他人谋福利。善人是众生的保护者，恩惠永不落空，荣誉永不毁灭。"阎摩听出她是要求自己履行承诺，可是她的话语那样婉转，让阎摩不觉冒犯，只觉动听，他不觉道："我越听你说话，越是对你深怀敬意。严守誓愿的女子啊，你再选择一个无与伦比的恩惠吧！"

　　这一次，阎摩没有在恩惠中设限。莎维德丽敏锐地意识到这一点，答道："你已赐我恩惠，让我拥有一百个儿子，可是你夺走了我的丈夫，我怎么能和他生下一百个儿子呢？所以，我请求让我的丈夫萨谛梵复生，你的话语也就成为真实。"

　　"好吧！"早已心软的阎摩松开了套索，对莎维德丽说道，"带你的丈夫回家吧！他会再无疾病，事业成功，获得无上声名。你们都能活到四百岁，生下一百个儿子，子子孙孙都是刹帝利国王。你的美名将永远在大地上流传。"

就这样，莎维德丽重新得到了丈夫。她回到森林里，温柔地将丈夫的头抱在自己怀中。过了一会儿，萨谛梵缓缓张开眼睛，仿佛从熟睡中醒来，用充满爱意的目光久久凝视着自己的妻子。

"我睡了这么久，你为什么不叫醒我？"萨谛梵轻轻问道，"我记得有个黑皮肤的人拖着我走，他到哪儿去了？""那是尊神阎摩，他已经走了。"莎维德丽答道，"王子啊，如果你能行走，我们就回去吧！你看，夜已经深了。夜行的动物开始活跃，远方传来豺狼恐怖的嗥叫声，让我胆战心惊。"

"树林一片黑暗，你认不得路，我们没办法回去。"萨谛梵着急地道，"我之前都准时回家，现在父母见不到我，一定忧心如焚。他们无数次流着泪告诉我，我是他们唯一的依靠；一旦我死了，他们也活不成。如果他们有什么意外，我也不想再活下去！"他越说越是担忧，不禁流下泪来。莎维德丽为他拭去泪水，发出誓愿："如果我确实修苦行，施舍祭供，言语真实不虚，愿我的公公婆婆和丈夫今夜平安。"

"我们快回去吧，免得他们担心。我经常走这条路，可以借着林间的月光找到回家的路。"萨谛梵连声催促道。莎维德丽搀扶着丈夫站起来，向净修林走去。这时，净修林中的耀军突然双目复明。他惊喜万分，和妻子一起寻找儿子儿媳。他们走遍净修林、河畔和树林，听到一点儿声响就以为是儿子回来了，像疯子一样奔过去，双脚被荆棘割得鲜血直流也浑然不顾。

林中的修士一齐出动，将他们劝回家，讲述各种传奇故事开导他们。两位老人渐渐安静下来，可还是想念儿子儿媳，忍不住又大哭起来。

修士们你一言我一语地劝慰道："莎维德丽有美德，修苦行，完成了极难完成的三夜斋；因此，萨谛梵一定还活着。""莎维德丽不是守寡之相，你儿子一定还活着。""你儿子具备一切美德，人见人爱，他一定还活着。"……

人总是喜欢听好话的。两位老人觉得很有道理，又慢慢平静下来。过了一会儿，莎维德丽和萨谛梵一起走进净修林。众修士松了一口气，齐声祝贺耀军双目复明，家人重聚。人们问起他们晚归的原因，莎维德丽说明了原委，众人敬佩地道："王族灾祸不断，全靠你这样出身高贵、大福大德的女子恪守正法，拯救他们脱离苦海。"

次日天明，沙鲁瓦国的臣民来到净修林，请耀军回国登基。原来沙鲁瓦国内乱，国王被杀，全体臣民思念耀军的恩德，决定不管他是否盲目，都要迎他回国。没想到耀军双目复明，身体强健，沙鲁瓦臣民只道是天意，一起俯首拜倒。

于是，耀军顺利回到沙鲁瓦国，登基为王，萨谛梵成为王储。阎摩的祝福逐一成真：莎维德丽果然为萨谛梵生下一百个儿子，个个都是英勇无畏的刹帝利武士。她父亲摩德罗王也有了一百个儿子，人丁兴旺，家族繁盛。

"就这样，莎维德丽救所有人脱离苦海。她拯救了丈夫、公公婆婆，拯救了父亲的家族，也拯救了自己的命运。"摩根德耶仙人最后对坚战说道，"同样，黑公主品貌出众，福德双全，世所公认。她也会像莎维德丽那样，拯救你们所有人。"

◈ 作为可以向妇女吟唱的"第五吠陀"，《摩诃婆罗多》中有不少以女性为主角的插话故事，以便为夫权至上的古印度社会确定女性的道德规范和行为标准。史诗的确塑造了许多光彩照人的女性形象，莎维德丽即是其中之一。她依靠自己的聪明才智，从死神阎摩手中夺回了丈夫的性命，是史诗中罕见的以人力战胜天意的事例。今天印度东部和北部等地的已婚妇女仍习惯在印历三月的新月之日斋戒，纪念莎维德丽，祈求丈夫长寿。

◈ 莎维德丽颂诗（Sāvitri Mantra），亦称"迦耶特利颂诗"（Gāyatrī Mantra），是《梨俱吠陀》中最重要的颂诗之一。黑天在《薄伽梵歌》中称"诗律中我是迦耶特利"。在印度教徒的入法礼上，婆罗门祭司将念诵莎维德丽颂诗，向接受入法礼的孩子授予圣线，孩子拜师开始学习吠陀，标志着他精神上的再生。此颂诗亦常用于晨祷，无数印度教徒念诵这首颂诗迎接破晓。

◈ "莎维德丽（Sāvitri）"一词来源于太阳，太阳驱散黑夜，正如知识驱散无知的黑暗。莎维德丽女神是莎维德丽颂诗的具象化，是创造神梵天的妻子。人们称她为"吠陀之母"。在一些往世书中，她是辩才天女的另一种形态。

◈ 《梨俱吠陀》中称阎摩是太阳神之子，是第一个死去的人类，因此成为亡灵之主。史诗中称他为南方护世神。他身躯高大，面目黧黑，骑公牛，以狗开道，以套索勾人魂魄。因此，南面被认为是幽冥世界所在的方位，是不吉的死地。但阎摩也是正法神，绝对公平地记录死者的所作所为，给予相应的果报。佛教借用了印度教中阎摩的形象，称他为管理地狱的阎王。中国民间受其影响，出现了一批本土化的地府之主阎罗王，如韩擒虎、包拯等等。

阎摩

正法神与死神阎摩，南方护世神，亡灵之主。他以公牛为坐骑，一手执神杵，一手执套索收割灵魂。他掌管着生死寿命，公平地审判所有的灵魂。中国神话中掌管地府的阎罗王即渊源于此。

第七话　　　　　　　　　　　　洪水传说

　　太阳神之子摩奴是一位极强大的仙人，威力超越其父，荣光可与创造主梵天比肩。摩奴常年在枣树河畔修习极严苛的苦行，高举一臂，单足而立，这样过了一万年。一天，他照常在河畔苦修，一条小鱼游过来，对他开口说话："尊者啊，我是一条小鱼，害怕那些凶残的大鱼，因为亘古以来，大鱼吃小鱼就是我们水族的固定法则。求你保护我！救我脱离恐怖的洪波，我一定会报答你的！"

　　摩奴听罢，顿生怜悯之心。他捧起那条小鱼，看见小鱼遍身闪烁着银辉，犹如一片皎洁的月光。他将小鱼放进水罐收养，像对待儿子一般悉心照料。小鱼一天天长大，水罐已经养不下了。小鱼向摩奴请求道："尊者啊，请另外为我寻一个住处吧。"

　　摩奴于是将它放进池塘，有一由旬宽，两由旬长。鱼儿悠然自得地在其中生活了很多年，越长越大，最后卡在池塘里动不了，只得再次请求摩奴："父亲啊，请把我带到恒河里去吧！"

　　摩奴带它来到宽阔的恒河边，亲手将它放入河水中。然而鱼儿的生长速度越来越快，很快连在恒河里也活动不开了。"摩奴王啊，请将我放入大海吧！"鱼儿请求道。

　　它虽然体形巨大，但当摩奴捧起它的时候，它却顺从摩奴的心意变得轻盈。摩奴轻而易举地捧起大鱼，双手触到大鱼的身体，便感到精神舒畅，闻到香气扑鼻。摩奴将它带离恒河，亲手将它放入苍茫的大海中。鱼儿仿佛微微含笑，对摩奴说道："尊者啊，承蒙你的爱护，我要告诉你一个消息。毁灭之期将至，整个世界即将迎来洪水时代。一切生灵，所有动物和不动物，都会被洪水淹没。你要造一艘结实的大船，牢牢系上一根缆绳。你可以和七仙人一起登船，带上我之前提到的各类种子，分种类保管妥当,然后在船上等我到来。我头上有犄角,你一看就能认得。我会救你脱离大难。请记住我的话,不要有任何疑惑。"

摩奴答应了,按照大鱼的话做好准备。不久,洪水时代果然来临,众生遭遇毁灭。摩奴携带好各类种子,和七仙人一起登上一艘美丽坚固的大船,看着整个世界被洪水淹没。他想起那条鱼,波涛翻滚的洪水中顿时出现了一条长着犄角的大鱼,庞大得有如一座巍然耸立的岩石。大鱼劈开水面,飞速游近大船。摩奴将缆绳结成套索,奋力套在大鱼的犄角上。大鱼套牢缆绳,便立即拉起大船在咸湿的大海上航行。

风急浪高,波涛汹涌,大鱼拖曳着摩奴的船在浪涛中穿行。飓风将船只吹得东摇西摆,像一个酒醉的荡妇在浩渺无垠的大海上旋转舞蹈。大地不见了,方向消失了,天地间全是茫茫洪水,世界变成一片混沌,只剩下七仙人、摩奴和那条大鱼。大鱼拖着这条船不知经过多少年,终于到达了雪山高峰。大鱼微笑着对众人说道:"把这条船系在雪山的最高峰上吧!"众人连忙解开套索,将船牢牢地系在雪峰上。这里因此得名"系船峰",至今沿用。

这时,大鱼表明身份:"我是至高神大梵天,是我化身为鱼,救你们脱离劫难。芸芸众生、一切世界,包括天神、阿修罗、凡人和所有动植物,将由摩奴重新创造出来。摩奴修过极严苛的苦行,拥有无边法力。凭借我的恩惠,他创造世界时不会陷入痴愚。"大鱼说完便消失了。

此时,创造的欲望在摩奴心中油然而生。待洪水退去,他便开始创造各种生物,播下种子让其重新生长,大地再次变得生机勃勃。七仙人负责将上一劫波中的知识传播给众生,让智慧的火种得以延续。然而,因为没有国王,人类像水族一样奉行大鱼吃小鱼的法则,恃强凌弱,滥施暴力,夺人妻子,抢人财物,导致人人自危。于是,人们聚集起来,共同制定纲常,但因缺少约束,大地依然盗匪横行,人们争斗厮杀,沉沦在黑暗和痛苦之中。他们向梵天祈祷:"尊神啊,我们没有主人,行将毁灭。请指定一位主人保护我们吧!"

梵天指定摩奴为国王,但摩奴却不肯,说道:"王国很难治理,人类本性狡诈,行为暴戾,让我害怕。"

众人说道："你不必害怕。我们将奉献给你十分之一的粮食、五十分之一的牲畜和金子，充实你的国库。手执弓箭的勇士将组成军队跟随你，听从你的差遣。我们以此换取你的保护，犹如因陀罗保护众天神。臣民有你的保护，就能遵行正法，由此获得的功德，你将拥有四分之一。国王啊，请你保护我们吧！去消灭敌人，让正法永远胜利！"

于是，摩奴接受任命，成为国王，以刑杖约束众生，惩恶扬善。他在大军的簇拥下出发，如雨云般巡行大地，消除罪恶，让人们各安其职，正法得以确立，世界正确运作，圆满时代开始了。

听罢摩奴王的故事，坚战询问摩根德耶仙人："大牟尼啊！世上没有比你更长寿的人。你不老不灭，曾目睹过几千个时代的终结。据说在时代末日，没有日月，没有天地，没有火和风，一切动物与不动物、天神与阿修罗尽皆毁灭，世界变成一片汪洋。唯有你侍奉着众生之主梵天。他以莲花为标记，在莲花中入睡。世界毁灭之后，他一觉醒来，再次创造众生。你亲身经历过这一切，请告诉我们当时的情形吧！"

摩根德耶仙人向那古老的原人、永恒不灭的自在天致敬，然后讲述了时代末日的情形：

当一切世界毁灭之后，梵天再次创世，先是进入圆满期，中间四千年，开始和结尾各占四百年，正法完整无缺，没有欺诈；接着是三分期，中间三千年，开始和结尾各占三百年，非法占据一分，正法保留三分；然后是二分期，中间两千年，开始和结尾各占二百年，正法和非法各占一半；最后是争斗期，中间一千年，开始和结尾各占一百年，非法盛行，占据三分，正法只剩一分。争斗期结束后，世界毁灭，圆满期又再次开始。这样，从圆满期开始到争斗期结束，共一万二千年，称为一个时代。一千个时代构成一个"梵日"，即梵天的一天。然后，所有一切重归于创造主，智者们称为"宇宙解体"。

临近时代毁灭之时，一切正法不复存在，恶人得势，善人遭殃。人人热衷欺诈，互相背叛，滥情纵欲，只追逐现世享乐。大地荒芜，物产稀少，人寿短暂。

当一千年的争斗期即将结束时，出现连年大旱，众生纷纷死于饥荒。接着，空中出现七个燃烧的太阳，烤干大海和江河中的水。狂风大作，毁灭之火借助风势席卷整个干涸的大地，一切草木化为灰烬。大火烧裂大地，窜入地下，摧毁蛇族和地下七界。火势燎天，燃遍二百万由旬，焚毁世间一切，包括天神、乾闼婆、药叉、阿修罗和罗刹。

然后，天空浓云滚滚，笼罩整个大地。电闪雷鸣，暴雨倾盆而下，扑灭大火，淹没山岳和森林。在至高神的操纵下，大雨连降十二年，山崩地裂，海水蔓延到四面八方。突然之间，狂风大作，吹散所有云团。至高神吸入狂风，在莲花中入睡。

此时世界毁灭，一切动物与不动物消逝，天神、阿修罗、人类以及所有动植物全都毁灭殆尽。没有天空，没有方位，世界陷入一片汪洋之中。只有长寿的摩根德耶仙人在大海中漫游，四面八方全是水，见不到一个活着的生物。仙人忧伤不已，游至精疲力竭，找不到一处可以歇息之地。

这时，他突然看见水中有一棵枝繁叶茂的大榕树，树枝上铺着一张精美的卧床。卧床上有一个孩子，面如满月，大眼睛如同盛开的莲花花瓣。摩根德耶惊讶不已：世界毁灭之时，这个孩子怎么会躺在这里？依靠苦行之力，摩根德耶能知一切过去、现在、未来之事，但却不知道这孩子的来历。这孩子肤色是亚麻花般的蓝色，前胸印着吉祥喜旋，光辉灿烂，仿佛他就是吉祥天女的归宿。

那孩子看着摩根德耶，微笑着说："尊者啊，我知道你疲惫不堪，渴望休息，就进入我的身体里安歇一下吧！这是我为你安排的住处，因为我喜欢你。"

他突然张开口，如同命运安排，摩根德耶不由自主地被他吸入腹中。眼前景象突然一变。在这孩子腹中，摩根德耶看到了承载着城镇森林的整个大地，看到了恒河、信度河等条条圣河，看到了满是海兽和奇珍异宝的大海，看到日月在天空中熠熠生辉。摩根德耶在大神的腹中漫游，看到四大种姓各安其职，有条不紊地工作和生活，看到了雪山圣峰、富有矿藏的白山、精灵出没的香醉山等座座神山，看到了因陀罗等天神、乾闼婆、药叉和仙人，看到了阿修罗和罗刹，看到各式各样的动物在大地上漫游，看到他在上一个时代能见到的所有动物和不动物。摩根德耶采集果子为食，周游大神腹中的这个世界，走了一百年，也没有走到尽头。这位大神的身体仿佛是无边无尽的。

于是，摩根德耶按照仪轨敬拜这位至高神，请求庇护。狂风骤起，将他从大神的口中吹出。他看见那位吞噬了整个宇宙的大神仍旧坐在榕树上，呈现出孩童模样，身着黄衣，辉煌灿烂，看着他微笑道："摩根德耶啊，你在我的身体里休息得还好吗？"

就在他说话的那一刻，摩根德耶视野一新，窥破世间幻象，获得真知。目睹这位大神的无限威力，摩根德耶谦卑地俯身下拜，双手合十，道："尊神啊！我在你的腹中看到了整个世界，一切动物与不动物。凭借你的恩惠，我记得我在你腹中不停漫游。莲花眼大神啊，我想知道你和你的至高幻力。你为什么会以孩童的形态吞噬宇宙？宇宙为什么会在你的腹中？你在这里有多久了？出于婆罗门不应有的好奇，我渴望知道这一切。请告诉我吧，因为我眼前所见实在不可思议！"

于是，这位美丽至极、光辉无限的众神之神对他说道："仙人啊，即使众天神也不知道我，但因你敬拜我，你的梵行打动了我，所以你亲自见到了我，听我讲述。"

"在那古老的时代，水被称为'那罗'（Nara），这是我起的名字。我以水为居所（Ayana），因此人们叫我'那罗延'（Narayana），即以水为家者。我即是那罗延，永恒不变者，万物的源泉。我是一切众生的创造者也是毁灭者。我是毗湿奴，我是梵天，我是天神之首因陀罗，我是罗刹与药叉之主俱比罗，我是亡魂之主阎摩，我是毁灭神湿婆，我是月神苏摩，我是众生之父迦叶波。最优秀的婆罗门仙人啊！我是维持者也是安排者，我即是祭祀本身。

"我以火为口，以大地为足，以日月为双目，以天空和方位为身体，我的意念产生风。我曾举行过数百次祭祀，慷慨布施；我也是精通吠陀的智者们祭拜的对象。向往天国的刹帝利国王和吠舍们祭拜天神，他们也是在祭拜我。

"我化身舍沙，支撑起大地；我也曾化身野猪，将大地从汪洋中举起；我是海底马首，吞咽海水，在劫末之时放出。从我的口、臂、腿和足中分别创造出婆罗门、刹帝利、吠舍和首陀罗。四吠陀诞生于我，劫末时又将回归于我。恪守真理、修习苦行、控制自我、渴望解脱的婆罗门永远敬拜我，冥想我。

"我是毁灭者阎摩。我是毁灭的光、风和太阳。漫天繁星即是我的展现。我以充满珍宝的矿藏为衣，以大海为床，以四极为居所。爱欲、喜怒、畏怖和贪痴皆是我的各种形态。根据我的安排，众生在我的体内生活劳作，意识全由我主宰。我是善人行善的目标，瑜伽士追随的道路。一旦正法衰微，非法盛行，我便化身降世，出生在善人家中，以人的形态平息一切。我用我的幻力，创造天神、人类、乾闼婆、蛇族、罗刹，以及一切动物与不动物，又毁灭他们。我以人的形态制定并维系规则，圆满期我为白肤，三分期为黄肤，二分期为红肤，在正法只剩四分之一的争斗期，我呈现为黑肤。当争斗期结束，我化为恐怖的时神，独自毁灭三界连同所有的动物与不动物。我是宇宙之魂，以三步跨越三界，赐给一切世界以幸福。我是主宰者、遍入者，也是感官之主。我独自转动时轮，毁灭众生，我也是万事万物的起因。我没有形体，无所不在，遍及一切众生，却无人知晓我。

"人们称我为那罗延，手执螺号、转轮和仙杵。世界之祖梵天即是我的半身。时代轮回多少千年，我作为遍及众生的宇宙之魂就沉睡多少千年。仙人啊，我永远在这里，虽非孩童，却采取孩童的形态，直到梵天醒来。你看到众生毁灭，世界陷入一片汪洋，忧伤不已，我便赐予你恩惠，让你进入我的身体。你在我腹中看到整个世界，惊诧不安，我便将你送出来，向你解释天神与阿修罗都不能理解的奥秘。只要梵天未曾醒来，你尽可以愉快漫游；当这位世界之祖醒来，我便与他合为一体，从我的身体里创造出天、地、光、风、水和世间一切动物与不动物。"

说罢，这位大神就消失了。摩根德耶再次看到了各式各样的造物，大地恢复了生机。这就是摩根德耶在时代末日见证的奇迹。

"凭借他的恩惠，我记忆清晰，依然长寿，可以自主选择死亡。"摩根德耶最后微笑着对坚战说，"当时我见到的那位莲花眼大神，现在就化身为你的亲戚黑天，我看到了他前胸的吉祥喜旋。他来到人间，仿佛游戏一般。向他寻求庇护吧！"

◉ 劫末梵天化身为鱼拯救摩奴逃脱洪水大难的故事最初见于《百道梵书》。在这则插话中，化身为鱼的是梵天，而在史诗其他地方以及往世书中，化身为鱼的是毗湿奴或以梵天的形态呈现的毗湿奴神。毗湿奴神话中最出名的十大化身即是拯救摩奴的灵鱼、搅乳海时背负曼陀罗山的神龟、将大地从汪洋中举出的野猪、撕裂阿修罗王金床的人狮、以三步跨越三界击败阿修罗王伯力的侏儒、灭尽刹帝利武士的持斧罗摩、开创正法盛世的圣君罗摩、黑天、佛陀与劫末时灭尽邪魔重建圆满盛世的迦尔基。

◉ 摩奴是人类的始祖，此处也是人类精神文明的代表。他拯救小鱼脱离水族大鱼吃小鱼的丛林法则，展现了人类的仁慈之心。人类之所以区别于动物，正是因为人类可以抛弃弱肉强食的丛林法则，怜悯弱小，互助互爱。摩奴为此得到了善报，得以在滔天的洪水中幸存下来。也正是因他的仁慈之心，人类社会得以重建。因此，史诗反复强调仁慈是最高的正法，是人类得以共存共荣的基石。

◉ 摩奴的故事还涉及国家的起源。在缺乏约束的环境下，人类如同水族大鱼吃小鱼般弱肉强食引发灾难的问题被再度提及。为此，人类确定了正法，确定了国王。这个故事假设自然状态的人类必然处于相互斗争冲突的状态，与西方学者的社会契约论颇为类似。

◉ 摩根德耶在洪水中见到幼童形态的毗湿奴大神，并在大神腹中见到了整个宇宙的故事，是典型的毗湿奴神话。"摩耶"是毗湿奴崇拜乃至印度哲学中的核心命题，指物质世界不过是一场幻象，永恒不变的唯有"梵"。当纷繁复杂的物质世界毁灭，摩根德耶在一片虚无中见到了自在永在的毗湿奴神；他进入大神腹中，看到了大神用幻力创造出的世间万象；而后他从大神的身体里出来，再度面对无边的虚无之海，从而领悟到世事虚妄，唯有"梵"是宇宙中的唯一真实，梵即是毗湿奴神。在毗湿奴神话中，毗湿奴神是摩耶世界的创造者也是毁灭者，因此被称为"摩耶之主"，其经典形象即为他睡卧在无边的原初之海上，无边的海水即是摩耶的象征，是一切物质世界的起因与归宿。

◉ 毗湿奴神向摩根德耶讲解了时代的变迁与轮回，指出由圆满期转化为争斗期的根本原因在于正法衰颓。劫末之时，正法不存，人类重新回到弱肉强食的丛林时代，导致最终毁灭。"正法即护持一切众生的法则"这一概念再次得到强调。"Nara"指水，亦指人；"Ayana"指居所，也指道路。因此，那罗延（Narayana）指"居于水上者"，亦指"人的道路"。人类唯有抛弃丛林法则，遵守共有的法律和道德准绳，才能走上共同发展的兴旺之路。这也是史诗《摩诃婆罗多》的主题思想。

◉ 在故事结尾处，摩根德耶告诉坚战，黑天来到世间"仿佛游戏一般"。这涉及毗湿奴崇拜中的一个核心概念"Lila"。"Lila"一词本表示"游戏、戏剧"，后特指"神之游戏"或"神之戏剧"，指大神创世并非出于必须，而只是出于喜乐；大神下凡演出一场场"神圣戏剧",给世间以启迪。这原本是毗湿奴崇拜(尤其是黑天神话)中的概念,后扩及所有印度教派。Sri Aurobindo 认为"摩耶(Maya)"与"理拉(Lila)"是印度教创世神话中的独特之处。摩耶世界的概念不足以传递出神创世的温情与祝福,物质世界只是神的种种展现,而大神创世只因这世界令他欢喜。"那是孩子的喜悦,诗人的喜悦,演员的喜悦,匠人的喜悦。那永远青春、永不衰竭的众生之魂出于纯粹的欣喜,一遍又一遍地自我创造、自我展示,他即是游戏,他即是游戏者,他即是游戏场。"这就是 Lila 的含义。

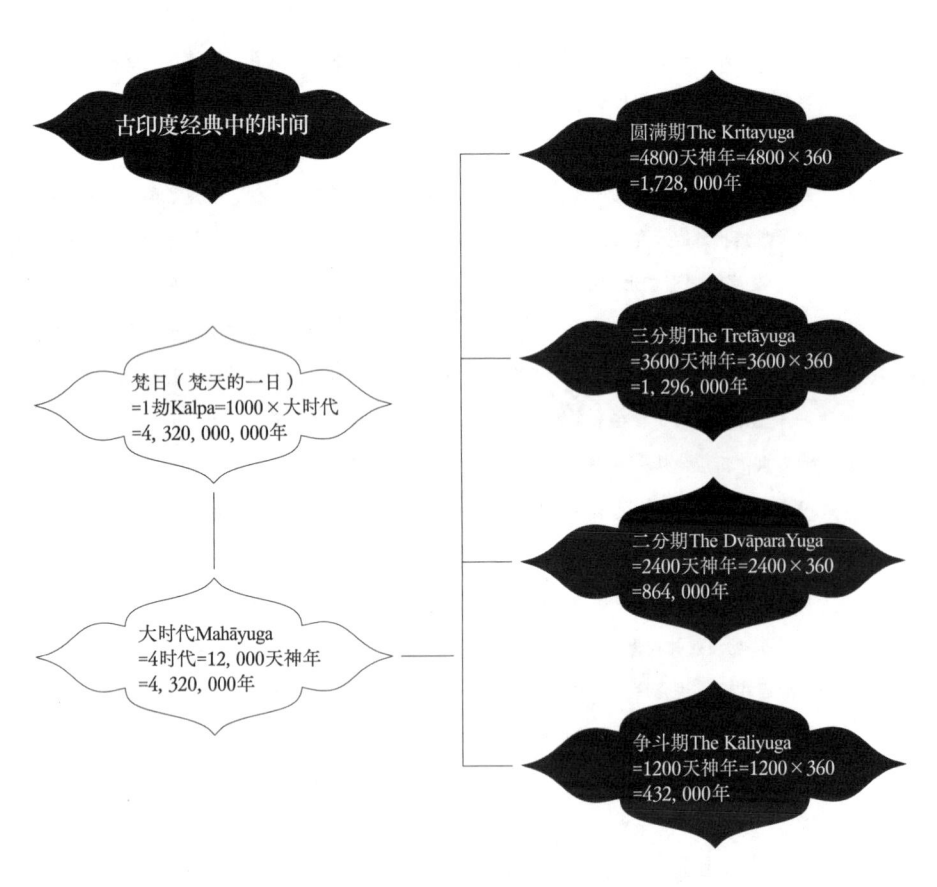

古印度经典中的时间

梵日(梵天的一日)
=1劫 Kālpa=1000×大时代
=4,320,000,000年

大时代 Mahāyuga
=4时代=12,000天神年
=4,320,000年

圆满期 The Kritayuga
=4800天神年=4800×360
=1,728,000年

三分期 The Tretāyuga
=3600天神年=3600×360
=1,296,000年

二分期 The DvāparaYuga
=2400天神年=2400×360
=864,000年

争斗期 The Kāliyuga
=1200天神年=1200×360
=432,000年

* 1天神年=人间360年

第八话　　　　　　　　　　　　　　　　　　　　　如意神牛

伟大的苦行者极裕仙人是水神伐楼那之子，居住在群山之王弥卢山的净修林里。这里各季都有鲜花盛开，物产丰富，水源充足，成群的麋鹿往来嬉戏，犹如仙境一般。他有一头如意神牛，这头神奇的母牛为众生之父迦叶波与陀刹之女怡悦（Surabhi）之女，以母牛的形态降生人间，洁白如月，灵秀美丽，具备各种吉相。主人但有所求，一经表露，说一声："给吧！"她就立刻产出欲求之物。她能产出长生不老的仙草和灵药，种种美味佳肴、琼浆玉液。极裕仙人对她爱逾性命，以她为祭祀神牛，任她在净修林里自由徜徉，不受任何拘束。

一天，曲女城国王众友带领大军来森林中打猎，疲惫饥渴，来到极裕仙人的净修林。极裕仙人按照待客之道，恭敬地迎接他，拿出酥油和野果招待他。随后，他请如意神牛为众友和军队提供食物，神牛立刻产出各种各样美味的食物和饮料，但有所愿，无不尽有。众友国王和军队饱餐一顿，十分满意。众友被这神奇的母牛迷住了，盛赞了如意神牛一番，对极裕仙人说道："我用一万头牛或者我的王国来交换这头母牛吧！"极裕仙人拒绝了，说道："我要用这头奶牛的奶待客和祭祀，即使用你的王国也不能交换。"

众友不屑地道："你一个修苦行和学问的婆罗门，哪来的勇气拒绝我？我是刹帝利，既然用一万头牛来交换你还不肯，我就按照武士之道，用武力抢走你的牛！"极裕仙人答道："刹帝利崇尚武力，你自恃勇武，可以试试能否用武力带走她。"

众友立即下令士卒去捕捉如意神牛。士卒们拿着石块和棍棒抽打驱赶神牛，神牛发出声声哀鸣，不顾士卒的吆喝驱赶，转身跑回净修林，依偎在极裕仙人身边。

"我听到了你的哀鸣。"极裕仙人难过地说，"别人胆敢用暴力抢夺你，就因为我是崇尚宽容仁慈的婆罗门啊。"神牛仰起脸看着仙人，开口道："那些凶残的士卒抽打我，为什么你听到我的哀鸣却无动于衷呢？"

极裕仙人努力克制住自己，答道："刹帝利的力量在于孔武有力的双臂，婆罗门的力量在于仁恕之心。我无法放弃仁恕之情，所以，如果你愿意，就跟他走吧！"神牛道："主人，你是有心要抛弃我吗？如果不是，他们无法用武力带走我。"极裕仙人终于忍不住道："我不想抛弃你。赐福者啊，请你留下来！"

话音刚落，如意神牛高高昂首，双目血红，发出一声低吼，宛如云中的惊雷。神牛怒火万丈，形容可怖，如同当空的骄阳一般闪闪发光。她甩了甩尾巴，甩出滚烫的火炭如雨而降，从她的粪便和口沫中诞生出各种各样的蛮族人如耶婆那人、塞种人、达罗毗荼人、吉罗陀人……这些蛮族武士人数众多，穿着各族服装，拿着形形色色的武器，组成队伍包围住众友王的军队。众友王的每一个士卒都被五到七名蛮族武士包围，利箭如暴雨般射来，杀得他们哭喊连天，连连败退，直被驱逐出净修林外三由旬远。

由于极裕仙人的慈悲之心，这些士卒并没有受到实际伤害，但高傲的众友王却无法忍受，从此记恨上极裕仙人。他痛定思痛，深感刹帝利的力量比起婆罗门来无足轻重，于是便抛弃王国，潜修苦行，成功地成为一名大有法力的婆罗门。他就是印度神话中大名鼎鼎的众友仙人，沙恭达罗的生父。

众友仙人虽已得道，但依然对极裕仙人深怀仇怨。一天，他看见太阳王朝的国王斑足（Kalmashapada）与极裕仙人百子中的长子沙迦提（Saktri）相遇，双方都请对方让道。斑足王见沙迦提不肯退让，甚为恼怒，挥鞭便向仙人抽去。沙迦提被鞭子击伤，怒道："你竟然伤害一位苦行者，简直像个罗刹！既然如此，你就变成嗜好吃人的罗刹吧！"

众友仙人看在眼里，立刻指使一位罗刹潜入斑足王的身体，控制了这位国王。沙迦提见自己的诅咒生效了，满意地离开。斑足王虽被体内的罗刹折磨，但还保有一点儿理智。他在回宫途中遇到一位婆罗门，婆罗门向他乞讨肉食。斑足王答应了，让婆罗门在原地等他。可是他回到王宫便忘记此事，倒头便睡。他在半夜中醒来，突然想起这件事，连忙催厨师赶紧去给那位婆罗门送肉食。

时值半夜，厨师到处找不到肉食，只得如实告诉斑足王。因受体内罗刹控制，斑足王毫不顾忌地说："让他吃人肉。"他接连说了好几次，厨师无奈从命，从刑场死刑犯身上割下一小块人肉，烹调好了混在食物里给那位苦苦等待食物的婆罗门送去。

那位婆罗门一看就知道食物里有人肉。"这东西不能吃！"婆罗门严厉地说道，眼里充满了愤怒，"由于斑足王送给我不洁的食物，他将对这种食物怀有强烈的贪欲。他将变成嗜吃人肉的罗刹，在大地上游荡，惊吓一切众生！"

接连遭受两次诅咒，威力非同小可；再加上罗刹附体，斑足王理智全失，完全变成了吃人的恶魔。他找到沙迦提，说道："是你给我下的诅咒，那么我吃人要从你开始！"他扑上去吃掉了沙迦提，如同饿虎吃掉动物。

众友仙人仍不解气，指使斑足王找到极裕仙人的其他儿子，让斑足王一个一个地吃掉他们。就这样，极裕仙人的一百个儿子都被众友仙人害死了。

极裕仙人惊闻噩耗，悲痛欲绝，但他仍然克制住自己的愤怒，没有想过要去报复众友的家人。失子之痛重于山岳，压迫得极裕仙人透不过气来。他决心终止自己的生命。他试过坠崖、投火、投海，甚至把自己绑起来自沉于大河之中。可是高山、烈火和大海都不肯承担杀死贤者的罪孽，让他安然无恙。大河切断了他身上的绳索，将他推上河岸。从此，那条河流就被称为"断索河"（Vipasa）。

极裕仙人求死不成，只得返回净修林，儿媳隐娘（Adṛśyantī）跟在他身后。渐渐跟得近了，极裕仙人听到背后传来诵习吠陀的声音，那声音听来竟是异常熟悉。

"儿媳啊，是谁在诵读吠陀？听起来好像是我儿沙迦提的声音。"极裕仙人问道。"他是我和沙迦提的孩子，在我肚子里已经有十二年了。他正在学习吠陀。"隐娘答道。

"原来我已经有后代了！"极裕仙人大喜过望，顿时打消了求死之意。他带着儿媳向净修林走去，突然看见斑足王正坐在一个空旷的树林里。一见他们，斑足王怒气冲冲地站起来，想要吃掉二人。

隐娘吓得往极裕仙人身后躲,叫道:"尊者啊!那个可怕的罗刹冲过来想要吃掉我们!求你庇护!"极裕道:"你不用害怕。他不是罗刹,而是国王斑足。"

他念动真言,定住了斑足王的身体,然后给国王淋上圣水,念诵咒语,将斑足王从罗刹的控制中解救出来。斑足王被沙迦提咒了十二年,心智迷失,如今终于恢复了本性。他脱离了罗刹的控制,神志清醒,摆脱罪恶,光彩映照着这片广袤的树林,如同夕阳照亮了滚滚浓云。斑足王双手合十,向极裕仙人敬礼。仙人宽恕了他,让他回到太阳王朝的京城阿逾陀治理王国,人民重新迎回了他们的王。

时机一到,隐娘也生下了沙迦提的遗腹子。因极裕仙人一心求死,发现有这孩子才打消轻生之意,这孩子得名为破灭(Parasara),意为"使死者复生者"。破灭一直在极裕身边长大,只当极裕是他的父亲。"爸爸!"他这样深情而甜蜜地呼唤极裕仙人。隐娘在一旁听到,不禁落泪,说道:"孩子啊,他不是你父亲,是你的祖父。你父亲已经被罗刹吃掉了!"

破灭仙人得知父亲被人害死,痛不欲生,满腔怒火,直欲毁灭全世界。极裕仙人知他有此念头,劝说道:"从前有刹帝利国王为抢夺婆力古家族的钱财,将家族男丁斩杀殆尽,连婴儿也不放过,唯有一位女子将孩子改怀在大腿上,才躲过追杀。这位取名'股生'的孩子带着仇恨而生,燃起的怒火足以焚毁整个世界。祖先劝他不要因为家族的仇恨而犯下毁灭全部世界的罪行,但股生记得自己在胎中时族人被追杀却无人救助的惨状,认为当时若有人主持公道,严惩罪行,恶徒就不会得逞。如果罪恶得不到制止,世间必然到处是为非作歹之人。因此,正义的愤怒不能无故熄灭。他尊重祖先的意志打消灭世之念,但将满腔怒火投入大海之中。等到劫末时正法不存,罪恶横行,海中的火焰将不再受控制,焚毁三界。"

"因此,我劝你打消毁灭世界的念头。孩子啊!"极裕仙人最后说道,"你是大有学问之人,通晓正法,不应该犯下这样的罪孽。愿你有福!"

破灭仙人听后,克制住自己心中的灭世之念,但他举行了一场盛大的罗刹祭,烧死了许多罗刹来祭奠自己的父亲。罗刹祭结束后,他将祭火抛到喜马拉雅山北坡广袤的森林中。直至今日，人们还能看到火焰在那里吞噬着罗刹、树木和岩石。

极裕仙人听闻一百个儿子都被众友仙人害死的消息，克制住自己的愤怒，没有以牙还牙地报复众友的家人，还劝阻孙子不要因报复而灭世。虽然他有起死回生的苦行之力，却仍然尊重生死的界限，不曾施法将儿子们带回人间。因此，人们称极裕仙人为征服了爱欲和愤怒的至善者。

尽管如此，极裕仙人仍有动怒的时候。一天，八位婆薮神在弥卢山的丛林中漫游，来到极裕仙人的净修林，看到了这头如意神牛，不禁啧啧称奇。其中有一位神光神（Dyu），见妻子对神牛感兴趣，便介绍道："这头神奇的牛归水神伐楼那之子极裕仙人所有，具备一切优点，世间无与伦比。凡人若是喝了这神牛的乳汁，便会青春永驻，活到一万年。"

女郎顿时心动，央求道："人间有一位公主是我的朋友，美貌震动天下。我想让我朋友喝一点儿神牛的乳汁，让她摆脱衰老和疾病。请你把这头神牛和她的牛犊带走吧！这世上没有什么事比这更能让我欢喜。"

她软语相求，打动了神光神。为了讨妻子的欢心，神光神便在其他婆薮神的帮助下，盗走神牛和牛犊。极裕仙人采集食物归来，四处找不到神牛，焦急万分。于是，他动用天眼通，发现是八位婆薮神盗走神牛，不禁动怒，诅咒道："八位婆薮神偷走我的神牛去人间，既然如此，他们一定会投胎做凡人！"

八位婆薮神这才知道厉害，慌忙来净修林请求极裕仙人宽恕。极裕仙人答道："我盛怒之下话已出口，不能落空。其他七位婆薮神可以很快一一从我的诅咒中解脱，但作为主谋的神光神将在人间度过漫长的一生，他将恪守正法，孝顺父亲，不近女色。"

八位婆薮神无奈，只得央求恒河女神下凡做他们的母亲。于是，恒河女神隐藏身份，下凡嫁给福身王，为他生下八个儿子，化解了八位婆薮神必须投胎为人的诅咒。七个儿子早夭升天，重归神位；第八个儿子便是受极裕仙人诅咒最狠的神光神，转世为禁欲而长寿的俱卢族祖父毗湿摩。《摩诃婆罗多》的故事开始了。

◉ 有求必应的如意神牛是世间一切物质财富的化身。为了得到她,人与天神用尽手段,或强夺,或偷盗,展现出最不堪的一面。而人世间的种种纷争和悲喜,亦由此而起。

◉ 极裕仙人之孙破灭仙人在阎牟那河边遇上渔家女贞信,被她的美貌所动,半强迫地与她交合。事后,贞信在一个小岛上生下一个男孩毗耶娑,孩子出生即按照自己的心愿长大成人,面目黧黑,因此人们又称他为"黑岛生"。这个孩子便是俱卢族与般度族共同的祖父毗耶娑,传说他是毗湿奴神的化身,长生不死,曾整理四吠陀,是《摩诃婆罗多》和十八大往世书的作者。

◉ 婆薮神（Vasus）是八位自然神,天帝因陀罗的侍从,各典籍所载名称不一。《广林奥义书》中称天、地、日、月、星、水、火、风这八位是婆薮神。"因为世界一切财富（Vasu）都安置在他们当中,所以他们称为婆薮（Vasu）。"神光神（Dyu）对应的是天空之神。

参考文献

《摩诃婆罗多》及《诃利世系》

1. 黄宝生等译：《摩诃婆罗多》（精校版1—6卷），中国社会科学出版社，2005
2. 金克木译：《摩诃婆罗多插话选》，人民文学出版社，1996
3. Bhandarkar Oriental Research Institute: *The Mahabharata: The Critical edition (Sanskrit)*, Pune, 1966
4. Debroy, Bibek (Tr.): *The Mahabharata (10 vol Box Set)*, Penguin Books Ltd., 2015
5. Debroy, Bibek (Tr.): *Harivamsha*, Penguin Books Ltd., 2016
6. J.A.B. van Buitenen (Tr): *The Mahabharata, Vol.1-3*, The University of Chicago Press, 1983
   - *Vol. 1. The book of the beginning.*
   - *Vol. 2. The book of the assembly hall. The book of the forest.*
   - *Vol. 3. The book of the Virata. The book of the effort.*
7. Kisari Mohan Ganguli (Tr.): *The Mahabharata Vol.1-12*, Oriental Publishing co., 1960
8. Manmatha Nath Dutt (Tr.): *A Prose English Translation Of The Mahabharata*, Elysium Press, 1895
9. Manmatha Nath Dutt (Tr.): *A Prose English Translation Of Harivamsha*, Elysium Press, 1897
10. The Clay Sanskrit Library: *Mahabharata: 15-volume Set*, NYU Press, 2006–2009:
    - Paul Wilmot (Tr): *Mahabharata Book II: The Great Hall*
    - William Johnson (Tr): *Mahabharata Book III: The Forest*
    - Kathleen Garbutt (Tr): *Mahabharata Book IV: Virata*
    - Kathleen Garbutt (Tr): *Mahabharata Book V: Preparations for War Vol.1-2*
    - Alex Cherniak (Tr): *Mahabharata Book VI: Bhishma Vol.1-2*
    - Vaughan Pilikian (Tr): *Mahabharata Book VII: Drona Vol.1-2*
    - Adam Bowles (Tr): *Mahabharata Book VIII: Karna Vol.1-2*
    - Justin Meiland (Tr): *Mahabharata Book IX: Shalya Vol.1-2*
    - Kate Crosby (Tr): *Mahabharata Books X & XI: "Dead of the Night" and "The Women"*

《薄伽梵歌》

1. 黄宝生译：《薄伽梵歌》，商务印书馆，2010

2. 张保胜译：《薄伽梵歌》，中国社会科学出版社，1989

3. 徐梵澄译、室利·阿罗频多著：《薄伽梵歌论》，商务印书馆，2003

4. Alladi Mahadeva Sastry (Tr): *Bhagavad-Gita with the Commentary of Sri Shankaracharya*, Samata Books, 1977

5. Boris Marjanovic(Tr): *Gitartha Samgraha: Abhinavagupta's Commentary on the Bhagavad Gita*, Indica Books, 2004

6. J.A.B. van Buitenen (Tr): *The Bhagavad gītā in the Mahābhārata*, The University of Chicago Press, 1981

7. Mahatma Gandhi. *The Bhagavad Gita According to Gandhi*, North Atlantic Books, 2009

8. *The Bhagavadgita or The Song Divine with Sanskrit Text and English translation*, Gita Press, 2008

9. Winthrop Sargeant(Tr): *The Bhagavad Gita*, State University Of New York Press, 1984

中文著作 / 译作

1. 崔连仲等选译：《古印度吠陀时代和列国时代史料选辑》，商务印书馆，1998

2. 崔连仲等选译：《古印度帝国时代史料选辑》，商务印书馆，1989

3. 黄宝生译：《奥义书》，商务印书馆，2010

4. 金克木选译：《印度古诗选》，湖南人民出版社，1984

5. 林太著：《梨俱吠陀精读》，复旦大学出版社，2008

6. 马香雪译：《摩奴法典》，商务印书馆，1998

7. 徐梵澄译：《五十奥义书》，中国社会科学出版社，1995

8. 巫白慧译解：《梨俱吠陀神曲选》，商务印书馆，2010

9. 迦梨陀娑著、季羡林译：《沙恭达罗》，人民文学出版社，1980

10. 蚁垤著、季羡林译：《罗摩衍那》，人民文学出版社，2002

11. 阿里安著、李活译：《亚历山大远征记》，商务印书馆，2007

12. 巴沙姆主编、闵光沛等译：《印度文化史》，商务印书馆，1997

13. 倍伦主编：《印度通史》，黑龙江人民出版社，1996

14. 恩·克·辛哈等著、张若达等译：《印度通史》，商务印书馆，1973

15. 高善必著、王善英等译：《印度古代文化与文明史纲》，商务印书馆，1998

16. 黄宝生著：《摩诃婆罗多导读》，中国社会科学出版社，2005

17. 黄心川著：《印度哲学史》，商务印书馆，1989

18. 金克木著：《印度文化论集》，中国社会科学出版社，1984

19. 金克木著：《梵语文学史》，江西教育出版社，1999

20. 季羡林选编：《印度两大史诗评论汇编》，中国社会科学出版社，1984

21. 季羡林主编：《印度古代文学史》，北京大学出版社，1997

22. 拉贾戈帕拉查理改写、唐季雍译：《摩诃婆罗多的故事》，三联书店，2016
23. 刘安武著：《印度两大史诗研究》，中国大百科全书出版社，2016
24. 刘安武、倪培耕等译：《泰戈尔全集》，河北教育出版社，2001
25. 刘建、朱明忠、葛维钧著：《印度文明》，中国社会科学出版社，2004
26. 毛世昌编：《印度文化词典》，兰州大学出版社，2010
27. 摩诃提瓦著、林煌洲译：《印度教导论》，东大图书公司，2002
28. 尼赫鲁著、齐文译：《印度的发现》，世界知识出版社，1956
29. 邱永辉著：《印度教概论》，社会科学文献出版社，2012
30. 尚会鹏著：《中国人与印度人》，社会科学文献出版社，2015
31. 孙晶著：《印度吠檀多哲学史》，中国社会科学出版社，2013
32. 韦罗尼卡·艾恩斯著、孙士海等译：《东方文化集成之印度神话》，经济日报出版社，2001
33. 薛克翘主编：《东方神话传说第四卷：印度古代神话传说》，北京大学出版社，1999
34. 许烺光著、薛刚译：《宗族·种姓·俱乐部》，华夏出版社，1990
35. 姚卫群著：《婆罗门教》，中国社会科学出版社，2011
36. 朱明忠著：《印度教》，福建教育出版社，2013
37. 朱明忠、尚会鹏著：《印度教：宗教与社会》，世界知识出版社，2003
38. 葛维钧：《毗湿奴及其一千名号》，《南亚研究》2005年第1期，P48–118。
39. 葛维钧：《湿婆和"赞辞之王"》，《南亚研究》2003年第2期，P65–71；2004年第1期，P40–44；2004年第2期，P49–56。
40. 李南：《试论阎摩的源与流》，《南亚研究》1991年第2期，P66–73。
41. 罗米拉·塔帕尔：《历史与偏见》，《南亚研究》1981年第2期，P67–75；1982年第4期，P52–60，68。
42. 欧东明：《印度教的自我之战教义——兼与其它宗教有关思想的比较》，《南亚研究季刊》2009年第4期，P94–99。
43. 朱明忠：《达摩——印度文化的核心概念》，《南亚研究》2000年第1期，P71–76。
44. 高鸿均：《〈薄伽梵歌〉的正义观——兼评〈正义的理念〉》，《清华法治论衡》2015年第2期，P113–142。
45. 薛克翘：《摩利支天——从印度神到中国神》，《东方论坛：青岛大学学报》2013年第5期，P89–94。

英文著作/译作

1. G. P. Bhatt & J. L. Shastri (Tr): *The Bhagavata Purana*, Motilal Banarsidass Publishers Pvt. Ltd., 1999
2. H.H.Wilson(Tr): *The Vishńu Puráńa : a system of Hindu mythology and tradition*, Trübner, 1864

3.J.L. Shastri(Tr): *The Siva Purana*, Motilal Banarsidass Publishers Pvt. Ltd., 2014

4.John Muir: *Original Sanskrit texts on the origin and history of the people of India, their religion and institutions Vol 1-5*, Oriental Publishers, 1972

5.M. Monier Williams: *Sanskrit-English Dictionary*, Indica Books,1949

6.N.A. Deshpande(Tr): *The Padma Purana*, Motilal Banarsidass Publishers Pvt. Ltd., 2004

7.Tulsi Ram(Tr): *The Four Vedas - Sanskrit Text with Transliteration and English Translation*, Arsh Sahitya Prachar Trust, 2013

8.Adam Bowles: *Dharma, Disorder and the Political in Ancient India: The Apaddharmaparvan of the Mahabharata*, Brill, 2007

9.A.K. Ganesan: *Valmiki's Ramayana and Vyasa's Mahabharata: joint and comparative study*, Higginbothams, Madras, 1981

10.Alf Hiltebeitel: *The Ritual of Battle : Krishna in the Mahabharata*, State University of New York Press, 1990

11.Alf Hiltebeitel: *Rethinking the Mahabharata: A Reader's Guide to the Education of the Dharma King*, University Of Chicago Press, 2001

12.Alf Hiltebeitel: *Reading the Fifth Veda: Studies on the Mahabharata*, Brill, 2011

13.Alf Hiltebeitel: *The Cult of Draupadi Vol.1-3*, University Of Chicago Press, 1988

14.A.N. Bhattacharya: *Dharma-adharma and morality in Mahābhārata*, S.S. Publishers, 1992

15.Arti Dhand: *Woman as Fire, Woman as Sage: Sexual Ideology in the Mahabharata*, State University of New York Press, 2008

16.Arvind Sharma: *Essays on the Mahabharata*, E.J. Brill, Leiden, 1991

17.Aurobindo Ghose: *On the Mahabharata*, Sri Aurobindo Ashram, 1991

18.Bimala Churn Law: *Bhandarkar Oriental Series No.4: Tribes In Ancient India Ed. 1st*, Poona, 1943

19.B.N. Misra: *A Mahabharata dictionary*, Jean Johnson, 1991

20.Buddhadeb Bose (Author), Sujit Mukherjee (Translator): *The Book of Yudhishthir*, Sangam Books, Hyderabad, 1986

21.C. V. Vaidya: *The Mahabharata a Criticism*, Kessinger Publishing, 1905

22.Danielle Feller: *The Sanskrit Epics' Representation Of Vedic Myths*, Motilal Banarsidass Publishers, 2003

23.Devdutt Pattanaik : *Jaya: An Illustrated Retelling of the Mahabharata*, Penguin Global, 2010

24.Devi Vanamali: *Sri Krishna lila: the complete life of Bhagwan Sri Krishna, taken from the Sreemad Bhagavatham, Sreemad Mahabharatam and the wealth of oral tradition*, Aryan Books International, 2000

25.Edwin F. Bryant(Ed): *Krishna, A Sourcebook*, Oxford University Press, 2007

26.Edward P. Rice: *The Mahabharata: Analysis and Index*, Oxford University Press, 1934

27.Edward W. Hopkins: *Epic mythology*, Strassburg: K.J. Trübner, 1915

28.Edward W. Hopkins: *The great epic of India: its charcter and origin*, Calcutta, Punthi Pustak, 1969

29.Edward W. Hopkins: *The social and military position of the ruling caste in ancient India; as represented by the Sanskrit epic; with an appendix on the status of woman*, Varanasi, Bharat-Bharati, 1972

30.G D Bakshi: *Mahabharata, a military analysis*, New Delhi : Lancer International, 1990

31.G D Bakshi: *The Indian art of war : the Mahabharata paradigm : quest for an Indian strategic culture*, Sharada Pub. House, 2002

32.G.P. Singh: *Republics, kingdoms, towns, and cities in ancient India*, D.K. Printworld, 2003

33.Georges Dumezil (Author), Alf Hiltebeitel (Translator): *The Destiny of a Warrior*, University Of Chicago Press, 1970

34.Georges Dumezil (Author), Alf Hiltebeitel (Translator): *The Destiny of a King*, University Of Chicago Press, 1973

35.G. J.Held: *The Mahābhārata: An Ethnological Study*. London: Kegan Paul, 1935

36.Gurcharan Das: *The Difficulty of Being Good: On the Subtle Art of Dharma*, New York: Oxford University Press, 2010

37.Gurcharn Singh Sandhu: *A military history of ancient India*, Vision Books, 2000

38.James Hegarty: *Religion, Narrative and Public Imagination in South Asia: Past and place in the Sanskrit Mahabharata*, Routledge, 2012

39.John Brockington: *The Sanskrit epics*, Brill, 1998

40.Julian F Woods: *Destiny and human initiative in the Mahābhārata*, State University of New York Press, 2001

41.Irawati Karmarkar Karve: *Yuganta, the end of an epoch*, Poona, 1969

42.Kevin Mcgrath: *Rāja Yudhiṣṭhira: Kingship in Epic Mahābhārata*, Cornell University Press, 2017

43.Kevin Mcgrath: *The Sanskrit Hero – Karna in Epic Mahabharata*, Brill, 2004

44.K C Mishra: *Tribes in the Mahabharata: a socio-cultural study*, National Pub. House, 1987

45.Krishna Chaitanya: *The Mahabharata: A Literary Study*, Asia Book Corp of Amer, 1993

46.K.S. Singh: *Mahābhārata in the tribal and folk traditions of India*, Indian Institute of Advanced Study and Anthropological Survey of India, 1993

47.L. Gonzalez-Reimann: *The Mahābhārata and the Yugas: India's Great Epic Poem and the Hindu System of World Ages*, Peter Lang Inc., 2002

48.Manoramā Jauharī: *Politics and ethics in ancient India; a study based on the Mahābhārata*, Bharatiya Vidya Prakashan, 1968

49.M. A. Mehendale: *Mahābhārata, cultural index*, Bhandarkar Oriental Research Institute, Poona, 1993

50.M.A. Mehendale: *Reflections on the Mahābhārata war*, Indian Institute of Advanced Study, 1995

51. M.R.Yardi: *The Mahabharata : Its Genesis and Growth*, Bhandarkar Oriental Research Institute, 1986

52. M.V. Subramanian: *The Mahabharata Story: Vyasa and Variations*, Higginbothams, Madras, 1967

53. Naama Shalom: *Re-ending the Mahabharata: the rejection of Dharma in the Sanskrit epic*, State University of New York Press, 2017

54. P. Sensarma: *Kurukshetra War: a military study*, Darbari Udjog, 1975

55. Ramesh Menon: *The Mahabharata: A Modern Rendering, Vol. 1-2*, Iuniverse Inc, 2006

56. R.C. Katz: *Arjuna in the Mahabharata*, Motilal Banarsidass, 1989

57. Saroj Bharadwaj: *The concept of Daiva in the Mahabharata*, Nag Publishers, 1992

58. Sarva Daman Singh: *Ancient Indian warfare with special reference to the Vedic period*, Brill, 1965

59. Sarva Daman Singh: *Polyandry in ancient India*, Vikas, 1978

60. Simon Brodbeck and Brian Black: *Gender And Narrative In The Mahabharata*, Routledge, 2007

61. S.P. Gupta, K.S. Ramachandran (eds.): *Mahabharata: Myth and Reality, Differing views*, Agam Prakashan, 1976

62. S.P. Narang (ed): *Modern Evaluation of the Mahabharata*, Nag Publishers, 1995

63. S. Sorensen (Author), P.C. Roy (Translator): *An index to the names in the Mahābhārata*, Motilal Banarsidass, 1963

64. Vanamala Bhawalkar: *Woman in the Mahābhārata*, Sharada Publishing House, 1999

65. Vishwa Adluri: *Ways and Reasons for Thinking About The Mahabharata as a Whole*, Bhandarkar Oriental Research Insitute, Pune; 2013

66. V.S.Sukthankar: *Critical Studies inthe Mahabharata*, Poona, 1944

67. V.S.Sukthankar: *Gods, priests and warriors: the Bhrgus of the Mahabharata*, Columbia Univ. Press, 1977

68. Adam D. Pave: *Rolling the Cosmic Dice: Fate Found in the Story of Nala and Damayanti*, Asian Philosophy Vol. 16, No. 2, July 2006, pp. 99–109

69. Alf Hiltebeitel: *Empire, Invasion, and India's National Epics*, International Journal of Hindu Studies, Vol. 2, No. 3 (Dec., 1998), pp. 387-421

70. Allen N. J.: *Arjuna and the Second Function: a Dumézilian Crux*, Journal of the Royal Asiatic Society (JRAS), Series 3, 9(3), P 403-418

71. Gail Hinich Sutherland: *Bīja (Seed) and Ksetra (Field): Male Surrogacy or Niyoga in the Mahābhārata*, Contributions to Indian Sociology Vol 24, No.1(1990)

72. Gilles. Schaufelberger: *Dice Game in Old India: from the essay of Heinrich Lüder's Das Würfelspiel im alten Indien*, 1906

73. Gudrun Bühnemann: *Bhīmasena as Bhairava in Nepal*, Zeitschrift der Deutschen Morgenländischen Gesellschaft, Vol. 163, No. 2 (2013), pp. 455-476

74. John Brockington: *Hanuman in the Mahabharata*, Journal of Vaishnava Studies 12.2 (2004), P 129-135

75. I. Proudfoot: *Ahimsa and a Mahabharata Story*, Asian Studies Monographs No.9, 1987

76. Luis González-Reimann: *Ending the "Mahābhārata": Making a Lasting Impression*, International Journal of Hindu Studies, Vol. 15, No. 1, pp. 101-110

77. M. A. Mehendale: *Interpolations in the Mahabharata*, Annals of the Bhandarkar Oriental Research Institute, (2001) Vol.82, P193–212

78. Michael Witzel:. *Early Sanskritization. Origins and Development of the Kuru State*, Electronic Journal of Vedic Studies. 1 (4) (1995): pp 1–26

79. Nicholas J. Allen: *Bhisma and Hesiod's Succession Myth*, International Journal of Hindu Studies 8, 1-3 (2004): P57-79

80. Simon Brodbeck: *Ekalavya and Mahabharata*, Hindu Studies (2006) 10: P1–34

81. Vishwa Adluri: *Introduction: The Critical Edition and its Critics - A Retrospective of Mahabharata Scholarship*, Special issue of the Journal of Vaishnava Studies, 19(2), P1– 21

梵汉对照表

A

Abhimanyu：激昂，阿周那与妙贤之子

Ādi Śaṅkara：阿迪·商羯罗

Aditi：阿底提，天神的母亲

Adhiratha：升车，迦尔纳的养父，持国的朋友，苏多种姓

Adṛśyantī：隐娘，极裕仙人之媳

Agastya：投山仙人，印度神话中的著名仙人，诅咒友邻王为蛇

Āgni：火神阿耆尼

Akshaya Patra：无尽神盆

Alambusa：罗刹指掌，钵迦之兄弟，为俱卢方作战

Ambā：安芭，迦尸国公主，后转生为束发，誓杀毗湿摩

Ambikā：安必迦，迦尸国公主，奇武王之妻，持国之母

Ambālikā：安波利迦，迦尸国公主，奇武王之妻，般度之母

Aṅga：盎迦国，东方五国之一，迦尔纳受封盎迦王

Aṅgada：鸯伽陀，猴王波林之子

Āraṇyakas：森林书

Artha：利，人生三要之一

Arjuna：阿周那，般度第三子，也是天帝因陀罗之子，黑天的密友，甘狄拨神弓持有者

Aruṇa：曙光之神阿鲁诺，太阳神苏利耶的御者

Apsaras：天女，音译阿布娑罗

Āstīka：阿斯谛迦，人类与蛇族公主之子，阻止镇群王蛇祭

Astra：法宝

Asura：阿修罗，与天神同为迦叶波的子孙，常与天神作对

Aśvasena：马军，蛇王多刹迦之子，火烧甘味林时逃出，后为阿周那所杀

Aśvattha：阿说他树，印度神话中的世界之树，树根在上，枝叶在下

Aśvatthāman：马嘶，德罗纳之子，因残忍暴戾被黑天诅咒

Aśvinau：双马童神，吠陀神灵，永远年轻漂亮，常常以灵丹妙药救世助人

Atharvaveda：阿闼婆吠陀，或译为禳灾明论，四吠陀中的最后一部，记录医药咒语等

Ātman：阿特曼，人的自我灵魂

Avatāra：化身

B

Bāhlīka：波力迦，福身王之兄，子月授王，俱卢大战中支持难敌

Bakāsura：罗刹钵迦，要求独轮城百姓轮流献祭，被怖军所杀

Balarāma：大力罗摩，黑天的异母兄长

Bhakti：虔信

Bhagadatta：福授王，东光国国王，俱卢大战中支持难敌

Bharadwaja：持力仙人（音译婆罗堕遮），德罗纳之父

Bharata：1. 婆罗多王，豆扇陀与沙恭达罗之子；2. 婆罗多，圣君罗摩之弟

Bhārata：婆罗多族，婆罗多王的后辈和先祖都可称为婆罗多族

Bhīma：毗摩，毗德尔跋国王，达摩衍蒂之父

Bhīmasena：怖军，般度次子，也是风神之子，以力大著称于世

Bhīṣma：本名天誓，福身王与恒河女神之子，为父亲的幸福放弃王位，发誓终身不婚

Bhūriśravas：广声，月授王之子，俱卢大战中支持难敌

Brahman：梵天，印度神话中司创造的主神

Brāhmaṇa：婆罗门，祭司阶层

Brahmanas：梵书

Brahmacarya：梵行

Brahmātmaikyam：梵我同一

Bṛhaspati：祭主仙人，天神导师

C

Cedi：车底国，印度古国，崇尚吠陀文化，国王先后为童护和勇旗

Cekitāna：显光，雅度族勇士，般度方七位大军统帅之一

Citrāngada：花钏王，福身王与贞信长子，早夭

Citraratha：乾闼婆奇车，骄傲自大，为阿周那所败，改名梵车

Chitrasena：乾闼婆王奇军，阿周那的好友，双林湖边俘虏难敌

D

Dakṣa：生主陀刹

Dadhichi：仙人陀提遮

Damayantī：达摩衍蒂，著名美女，那罗王之妻

Dāruka：达禄迦，黑天的车夫

Daśaratha：十车王，圣君罗摩之父

Dāśārṇa：陀沙那国，怖军东征中征服的国家，俱卢大战中支持般度方

Deva：天神族

Devakī：提婆吉，黑天之母

Dharma：正法，音译为达磨

Dhaumya：烟氏仙人，般度五子的国师

Dhṛṣṭadyumna：猛光，木柱王之子，黑公主之兄

Dhṛṣṭaketu：童护之子勇旗，后继任为车底国王，俱卢大战中支持般度方

Dhṛtarāṣṭra：持国，安必迦之子，因天生目盲而失去继承权

Draupadī：德罗波蒂，又称黑公主，木柱王之女，般度五子共同的妻子

Droṇa：德罗纳，持力仙人之子，俱卢王室的教师

Drupada：木柱王，般遮罗国王

Duḥśālā：杜莎罗，持国与甘陀利之女

Duḥśāsana：难降，持国百子之一，曾在大会堂中羞辱黑公主

Duḥṣanta：豆扇陀，月亮王朝的国君，娶妻沙恭达罗，婆罗多王之父

Durvasa：敝衣仙人，赐贡蒂生子咒的仙人

Duryodhana：难敌，持国长子，《摩诃婆罗多》中的大反派

Dvaitavana：双林，般度五子流放森林时的居住地之一

Dvāparayuga：二分期

Dvāravatī：多门城，黑天为躲避妖连的迫害率族人迁徙建立的新家园

Dvija：再生族

E

Ekacakrā：独轮城，般度五子逃出紫胶宫后的居住地

Ekalavya：尼沙陀王子独斫，曾偷师德罗纳，断指以谢师恩

G

Gaṇeśa：象头神迦尼萨，湿婆之子，破除障碍之神

Gāndhāra：犍陀罗国，国王沙恭尼为难敌母舅，帮助难敌赌骰战胜坚战

Gāndhārī：甘陀利，犍陀罗公主，持国之妻，难敌之母

Gandhamadana：香醉山

Gandharva：乾闼婆，天界精灵

Gāṇḍīva：甘狄拨神弓，火烧甘味林时由火神赠予阿周那

Gaṅgā：恒河，印度圣河，神化为恒河女神

Garuḍa：金翅鸟迦楼罗，众鸟之王，毗湿奴神的坐骑

Caturāśrama：人生四行期，古印度理想人生的四个阶段

Ghaṭotkaca：罗刹王瓶首，怖军与希丁芭之子

Gṛhastha：家居期，人生四行期的第二阶段，即家主生活阶段

H

Hanumān：神猴哈奴曼，风神之子，协助罗摩战胜罗波那，怖军的兄长

Hāstinapura：象城，俱卢国的京城

Hiḍimba：罗刹希丁波，为怖军所杀

Hiḍimbā：希丁芭，罗刹希丁波之妹

I

Indra：因陀罗，雷电之神，天神之主

Indrajit：因陀罗耆特，意为"战胜因陀罗者"，罗刹王罗波那之子

Indraprastha：天帝城，般度五子的京城

Irāvān：宴丰，阿周那与蛇族公主优楼比之子

Itihāsa：历史，指《罗摩衍那》和《摩诃婆罗多》

J

Janaka：上古贤王遮那迦，传说在世即获解脱

Janamejaya：镇群王，般度族的后裔，继绝王之子

Jarāsaṃdha：摩揭陀王妖连

Jaṭāyu：《罗摩衍那》中的鹰王阁吒优私

Jaya：胜利

Jayadratha：信度国王胜车，娶妻杜莎罗

K

Kali：恶神迦利，黑暗和争斗的化身

Kaliyuga：争斗期，迦利时代

Kaliṅga：羯陵迦国，难敌娶妻羯陵迦公主

Kālpa：劫，劫波

Kāma：爱欲，欲求

Kāmadeva：爱神迦摩

Kāmboja：甘波阇国，国王善巧

Kāmyaka：迦摩耶迦林，般度五子流放森林时的居住地之一

Kaṃsa：雅度族暴君刚沙，为黑天所杀

Karma：1. 业；2. 行动

Karṇa：迦尔纳，贡蒂与太阳神所生之子，为苏多升车收养

Kaśyapa：众生之父迦叶波

Khāṇḍava：甘咪林

Kīcaka：1. 空竹，种族名；2. 空竹，人名，摩差国军事统帅

Kṛpa：慈悯，有年仙人之子，俱卢王室的教师

Kṛṣṇa：黑天，雅度族王子，毗湿奴神的化身

Kṛṣṇā：黑公主，即木柱王之女德罗波蒂

Kṛtavarmā：雅度族勇士成铠，俱卢大战中俱卢方十一位统帅之一

Kṛtayuga：圆满期

Kṣatriya：刹帝利，武士阶层

Kubera：财神俱比罗，罗刹与夜叉之主，北方护世神

Kumbhakarṇa：鸠槃羯叻拿，罗刹王罗波那之弟

Kuntī：贡蒂，般度王之妻，黑天的姑母

Kuru：俱卢，1. 人名，婆罗多王的后裔；2. 国名

Kurukṣetra：俱卢之野，俱卢大战发生之地

L

Lakṣmaṇa：1.十车王之子罗什曼那，协助罗摩杀死罗波那；2.罗奇蛮，难敌之子，被激昂所杀

liṅgaṃ：林伽，湿婆大神的标志

Lomaharshana：歌人毛喜，曾在镇群王火祭上听到了婆罗多族的故事

M

Madra：摩德罗国，国王沙利耶

Mādrī：摩德罗公主玛德利，般度王之妻

Makara：摩羯罗，印度神话里水中的怪兽

Magadha：摩揭陀国，国王妖连

Maitreya：慈氏仙人，或译为弥勒仙人，诅咒难敌双腿必被怖军打断

Mandodarī：罗刹王罗波那之妻曼度陀哩

Mārkaṇḍeya：大仙人摩根德耶仙人，拥有不死之身

Marīci：摩利支仙人

Mātali：摩多梨，天帝因陀罗的车夫

Matsya：摩差国，国王毗罗吒

Māyā：摩耶，幻象，幻力

Menakā：天女美那迦，沙恭达罗之母

Mokṣa：解脱

N

Nahuṣa：友邻王，俱卢族的祖先，受投山仙人诅咒化为一条蛇

Nakula：无种，般度与玛德利之子，也是双马童之子

Nāga：那伽，蛇族，龙蛇一族

Nala：尼奢陀国王那罗

Nara：无上士那罗，阿周那的前身

Nārada：那罗陀仙人，可在三界之中自由穿行

Nārāyaṇa：大神那罗延，即毗湿奴

Nīlakaṇṭha：青项，17世纪的学者，《摩诃婆罗多》通行版的注释者

Niṣāda：尼沙陀，1.以渔猎为生的部落民；2.一种混合种姓，婆罗门男子和首陀罗女子所生的后代

Niṣadha：尼奢陀国，国王那罗

Niyoga：尼瑜伽。在古印度，在丈夫无法生育或者没有留下子嗣就死亡的情况下，允许妻子和高种姓的人结合来诞育子嗣，称为"尼瑜伽"

P

Pāñcāla：般遮罗国，国王木柱王

Pāṇḍu：俱卢国王般度王，奇武王与安波利迦之子

Paraśurāma：持斧罗摩，毗湿摩之师，曾灭绝刹帝利族二十一次

Parāśara：破灭仙人，极裕仙人之孙，毗耶娑之父

Pradyumna：始光，黑天长子

Prāgjyotiṣa：东光国，国王福授王

Parīkṣit：继绝王，阿周那之孙，激昂与至上公主之子

Prakṛti：原质，自性

Purocana：布罗旃，难敌亲信，修建紫胶宫企图烧死般度五子

Puruṣa：神我，原人

R

Rajas：忧性

Rākṣasa：罗刹

Rāma：罗摩，史诗《罗摩衍那》中的主人公

Rāvaṇa：罗波那，史诗《罗摩衍那》中的大反派

Ṛgveda：梨俱吠陀，又名"赞诵明论"，四吠陀中的第一部，也是最重要的一部，记录颂神之诗

Rudra：楼陀罗，毁灭神湿婆的一个别名

Rukmin：宝光，艳光公主之兄

Rukmiṇī：艳光公主，宝光的妹妹，黑天之妻

S

Śacī：天后舍脂，天帝因陀罗之妻

Sahadeva：偕天，1.般度与玛德利之子；2.妖连之子

Śakti：沙迦提，极裕仙人之子

Śakuni：沙恭尼，犍陀罗国王，持国百子的母舅

Śakuntalā：沙恭达罗，众友仙人与天女美那迦之女，婆罗多王之母

摩诃婆罗多　　832

Śalva：梭波国王沙鲁瓦，安芭公主心仪对象，童护好友，后为黑天所杀

Śalya：摩德罗国国王沙利耶，玛德利之兄

Sāmaveda：娑摩吠陀，或译为歌咏明论，四吠陀中的第二部

Śāmba：商波，黑天之子，乔装成妇女戏弄仙人，受到诅咒后生下铁杵

Saṃjaya：苏多全胜，持国王的大臣

Sāṃkhya：数论

Saṃnyāsa：1.遁世期，人生四行期的第四个阶段；2.弃绝

Saṃsāra：轮回

Śāntanu：福身王，毗湿摩、花钏、奇武之父

Śaṅkha：商佉，毗罗吒王之子

Śārṅga：角弓，黑天之弓

Sattva：善性

Satyabhama：真光，黑天之妻

Satyajita：般遮罗王子真胜，毗湿摩誉为一人可敌八位勇士，俱卢战场为保护坚战而死

Sātyaki：萨谛奇，雅度族勇士，阿周那的学生和密友

Satyavatī：贞信，福身王之妻

Savitri：1.莎维德丽女神，吠陀之母；2.莎维德丽，萨谛梵之妻；3.莎维德丽颂诗

Sītā：悉多，罗摩王之妻

Skanda：室建陀，童子神，湿婆之子

Śikhaṇḍin：束发，安芭公主转世，木柱王之女，后转为男性

Sindhu：1.信度国，国王胜车；2.信度河

Śiśupāla：童护，车底国王

Śiva：湿婆，印度教司毁灭的主神

Smriti：圣传经，圣贤所创作的经典，与"天启经"相对应

Soma：1.苏摩酒；2.月神苏摩

Somadatta：月授王，波力迦之子，俱卢大战中支持难敌

Sruti：天启经，天神启示，一般指四吠陀及其诠释经典

Subhadrā：妙贤，黑天之妹，与阿周那生下激昂

Sudakṣiṇa：甘波阇国王善巧，俱卢军十一位统帅之一

Sudarśana：妙见飞轮，黑天的武器

Sudeṣṇā：妙施，毗罗吒王之妻，摩差国王后

Śūdra：首陀罗，低等种姓，主要担任仆役

Sugrīva：妙项，《罗摩衍那》中的猴王，罗摩王的盟友

Supratīka：妙颜，福授王的坐骑和战象

Sūrya：太阳神苏利耶

Suśarman：善佑，三穴国国王

Svayaṃvara：选婿大典

T

Takṣaka：蛇王多刹迦，咬死了继绝王

Tamas：暗性

Tantra：怛特罗，密续

Trigarta：三穴国，国王善佑

Tretāyuga：三分期

Triguṇa：三性

U

Ugrasena：厉军，雅度族国王，刚沙之父

Ugraśravaṇa：歌人厉声，毛喜之子，在飘忽林为众仙人讲述《摩诃婆罗多》的故事

Upanishads：奥义书

Upaplavya：水没城，摩差国城市，激昂与至上公主在此举行婚礼

Urvaśī：广延天女，天界最美的天女

Uśanas：优沙那，即阿修罗的导师太白仙人

Uttaṅka：优腾迦，一位修行者，曾得黑天恩赐在沙漠中得到水，怂恿镇群王举行蛇祭

Uttara：优多罗，摩差国王子，毗罗吒之子

Uttarā：至上公主，毗罗吒之女，激昂之妻，继绝王之母

V

Vaiśampāyana：毗耶娑的弟子护民子，在镇群王的蛇祭上讲述《摩诃婆罗多》给众人听

Vaiśya：吠舍，平民阶层，多为商人或牧民

Vāli：波林，《罗摩衍那》中的猴王，为罗摩所杀

Vanaprastha：林居期，人生四行期的第三个阶段，即归隐山林的退休阶段

Vāraṇāvata：多象城，般度五子的行宫吉祥宫所在

Varuṇa：伐楼那，水神

Vasiṣṭha：极裕仙人

Vasu：婆薮神

Vasudeva：婆薮提婆，或译为富天、婆薮天，大力罗摩、黑天、妙贤之父

Vāsudeva：婆薮提婆之子，黑天的名号之一

Vāyu：风神伐由

Véda：吠陀

Vibhīṣaṇa：维毗舍那，罗刹王罗波那之弟

Vicitravīrya：奇武王，福身王与贞信次子

Vidura：维杜罗，奇武王第三子

Vijaya：胜利神弓，因陀罗之弓，一说为宝光所获，一说为迦尔纳所获

Vikarṇa：奇耳，持国百子之一，赌骰时出言维护黑公主

Virāṭa：毗罗吒，摩差国国王

Viśvāmitra：众友仙人，沙恭达罗之父

Viṣṇu：毗湿奴，印度教司保护的主神

Viśvarūpa：宇宙相

Vṛṣaṣeṇa：牛军，迦尔纳之子

Vṛṣṇi：苾湿尼族，雅度部落之一，黑天的族人

Vṛtra：弗栗多，大阿修罗，为因陀罗所杀

Vyāsa：毗耶娑，俱卢族与般度族共同的祖父，《摩诃婆罗多》的作者，或译为广博仙人

Y

Yadu：雅度，迅行王的长子，其后裔被称为雅度族

Yajña：祭祀

Yajurveda：夜柔吠陀，或译为祭祀明论，四吠陀中的第三部

Yakṣa：药叉，或译为夜叉

Yama：阎摩，正法神，死神，南方护世神

Yayāti：迅行王，婆罗多族名王

Yogo：瑜伽

Yudhiṣṭhira：坚战，般度王长子，也是正法神阎摩之子

Yuyutsu：尚武，持国王的庶子，俱卢大战中支持般度王